Lisa Gardner

Wer stirbt, entscheidest du

Der Tag, an dem du stirbst

W0395629

Die Autorin

Lisa Gardner gehört zu den erfolgreichsten amerikanischen Thrillerautoren der Gegenwart. Jeder ihrer Romane schafft es sofort nach Erscheinen in die Top Ten der New-York-Times-Bestenliste. Die Autorin lebt mit ihrer Familie und zwei Hunden in New England.

Lisa Gardner

Wer stirbt, entscheidest du

Der Tag, an dem du stirbst

2 Krimis in einem Band

Weltbild

Die englische Originalausgabe von *Wer stirbt, entscheidest du* erschien 2011 unter dem Titel *Love You More* bei Bantam Books / Random Publishing Group, New York.
Die amerikanische Originalausgabe von *Der Tag, an dem du stirbst* erschien 2012 unter dem Titel *Catch Me* bei Dutton / Penguin Group, New York.

Besuchen Sie uns im Internet:
www.weltbild.de

Genehmigte Lizenzausgabe für Weltbild GmbH & Co. KG,
Werner-von-Siemens-Straße 1, 86159 Augsburg
Wer stirbt, entscheidest du
Copyright der Originalausgabe © 2011 by Lisa Gardner, Inc.
Copyright der deutschsprachigen Ausgabe © 2013 by Rowohlt Verlag GmbH, Hamburg
Übersetzung: Michael Windgassen
Der Tag, an dem du stirbst
Copyright der Originalausgabe © 2012 by Lisa Gardner, Inc.
Copyright der deutschsprachigen Ausgabe © 2013 by Rowohlt Verlag GmbH, Hamburg
Übersetzung: Michael Windgassen
Umschlaggestaltung: Johannes Frick, Neusäß
Umschlagmotiv: © Johannes Frick unter Verwendung von Motiven von Arcangel Images (© Reilika Landen) und Shutterstock (© Ensuper, © rockyclub-r007)
Satz: Datagroup int. SRL, Timisoara
Druck und Bindung: GGP Media GmbH, Pößneck
Printed in the EU
ISBN 978-3-96377-104-0

2021 2020 2019 2018
Die letzte Jahreszahl gibt die aktuelle Lizenzausgabe an.

Lisa Gardner

Wer stirbt, entscheidest du

Thriller

Aus dem Englischen von
Michael Windgassen

Weltbild

PROLOG

Wen liebst du?

Auf diese Frage sollte jeder antworten können. Sie definiert ein Leben, schafft eine Zukunft und führt durch den Tag, fast von Minute zu Minute. Sie ist schlicht, elegant und umfassend.

Wen liebst du?

Er stellte diese Frage, und ich fühlte die Antwort am Gewicht meines Dienstkoppels, in der bedrückenden Enge meiner schusssicheren Weste und unter dem Schweißband des tief in die Stirn gezogenen Trooper-Hutes. Ich griff langsam nach unten und streifte mit den Fingern meine Sig Sauer, die im Holster an meiner Hüfte hing.

»Wen liebst du?«, rief er wieder, lauter jetzt.

Meine Hand glitt an der Dienstwaffe vorbei und fand den schwarzen ledernen Koppelverschluss. Das Klettband ratschte, als ich den ersten Riemen löste, dann den zweiten, dritten, vierten. Ich öffnete die Metallschnalle, und der neun Kilo haltende Gürtel rutschte mir mitsamt meiner Waffe, dem Taser und dem Teleskopschlagstock von der Hüfte.

»Bitte nicht«, flüsterte ich in einem letzten Appell an die Vernunft.

Er lächelte nur. »Zu wenig, zu spät.«

»Wo ist Sophie? Was hast du getan?«

»Dein Gürtel. Auf den Tisch. Sofort.«

»Nein.«

»PISTOLE. Auf den Tisch. SOFORT!«

Ich stand mitten in der Küche und stellte die Füße weiter auseinander, um sicherer stehen zu können. Das Dienstkoppel hing von meiner linken Hand herab. Vier Jahre meines Lebens bin ich auf Massachusetts Highways Patrouille gefahren, darauf eingeschworen, für Sicherheit und Ordnung zu sorgen. Ich hatte eine gründliche Ausbildung und Erfahrung auf meiner Seite.

Es wäre mir ein Leichtes gewesen, die Waffe zu ziehen und zu schießen.

Die geholsterte Sig Sauer hing jedoch in einem ungünstigen Winkel; ich hätte wertvolle Sekunden verloren. Er behielt mich im Auge, gefasst darauf, dass ich mich plötzlich bewegte. Für einen Fehler würde ich teuer bezahlen.

Wen liebst du?

Er hatte recht. Darauf kam es letztlich an. Wen hast du geliebt, und wie viel hast du für die, die du liebst, riskiert?

»Die Waffe!«, brüllte er. »Sofort, verdammt noch mal!«

Ich dachte an meine sechsjährige Tochter, den Duft ihrer Haare, daran, wie es sich anfühlte, wenn sie mir ihre dünnen Arme um den Hals schlang, an den Klang ihrer Stimme, wenn ich sie abends zu Bett brachte. »Ich liebe dich, Mommy«, sagte sie immer.

Vorsichtig griff er nach meinem Koppel, nach der Waffe im Holster.

Eine letzte Chance ...

Ich blickte meinem Ehemann in die Augen. Einen Wimpernschlag lang.

Wen liebst du?

Ich traf meine Entscheidung. Ich legte den Gürtel auf den Küchentisch.

Er nahm meine Sig Sauer und drückte ab.

1. KAPITEL

Sergeant Detective D. D. Warren war stolz auf ihre Fähigkeiten als Ermittlerin. Seit über zwölf Jahren im Dienst der Bostoner Polizei wusste sie, dass an einem Tatort mehr zu tun war, als genau hinzusehen und ein paar Gespräche zu führen. Die Arbeit verlangte ein Eintauchen mit allen Sinnen. Sie fühlte förmlich das Loch in der Rigipsplatte, das von einem heißen Projektil Kaliber .22 stammte. Sie lauschte an den dünnen Wänden, um festzustellen, ob Geräusche dahinter auszumachen waren, denn wenn ja, würden die Nachbarn gehört haben, was sich hier auf dieser Seite abgespielt hatte.

D. D. registrierte immer, wie ein Körper gefallen war, ob nach vorn, nach hinten oder zur Seite. Sie schmeckte die Luft, um den Geruch von Schießpulver aufzuspüren, der auch noch zwanzig bis dreißig Minuten nach dem letzten Schuss wahrnehmbar war. Mehr als einmal hatte sie den Todeszeitpunkt am Geruch des Blutes ermitteln können, das anfangs wie frisches Fleisch roch und dann, von Stunde zu Stunde, eine schwere, erdigere Note annahm.

An diesem Sonntagmorgen aber hatte sie mit so was nichts am Hut. Sie lümmelte sich in einer grauen Trainingshose und dem übergroßen roten Flanellhemd von Alex an seinem Küchentisch, hielt einen getöpferten Kaffeebecher in beiden Händen und zählte die Sekunden.

Sie war bei dreizehn, als Alex es endlich bis zur Haustür geschafft hatte. Dort blieb er stehen und wickelte sich einen dunkelblauen Schal um den Hals.

Sie zählte weiter.

Er war jetzt fertig mit dem Schal, zog eine schwarze Mütze auf und streifte gefütterte Lederhandschuhe über. Draußen herrschten immer noch Minusgrade. Zwanzig Zentimeter Neuschnee waren gefallen und fünfzehn weitere bis zum Wochenende vorausgesagt. In Neuengland bedeutete März nicht gleich Frühling.

Alex unterrichtete an der Polizeiakademie unter anderem Tatortanalyse. Heute hatte er einen vollen Stundenplan, morgen einen freien Tag. Wie sie. Weil das nicht allzu häufig vorkam, wollten sie gemeinsam etwas unternehmen; was, hatten sie noch nicht entschieden. Vielleicht Eislaufen in den Boston Commons. Oder ein Besuch im Isabelle Stewart Gardner Museum. Oder auch nur Faulenzen vor der Glotze, mit alten Filmen und einer großen Schale Popcorn in Reichweite.

D. D. klammerte sich an ihren Becher. Okay, vielleicht lieber kein Popcorn.

Sie zählte achtzehn, neunzehn, zwanzig –

Alex hatte die Handschuhe übergezogen, griff nach seiner abgewetzten schwarzen Ledertasche und kam zu ihr.

»Verzehr dich nicht zu sehr nach mir«, sagte er.

Er gab ihr einen Kuss auf die Stirn. D. D. schloss die Augen und zählte im Stillen von zwanzig rückwärts.

»Ich werde dir jeden Tag Liebesbriefe schreiben, mit kleinen Herzchen auf den i«, erwiderte sie.

»In dein Highschool-Heft?«

»Genau.«

Alex machte sich auf den Weg zur Tür. D. D. war bei vierzehn. Der Becher zitterte, was Alex aber nicht zu bemerken schien. Sie holte tief Luft und fasste sich. *Dreizehn, zwölf elf …*

Sie und Alex waren ein bisschen über sechs Monate zusammen. Inzwischen nannte sie auf seiner winzigen Ranch eine ganze Schublade ihr eigen, während er in ihrer Eigentumswohnung in North End nur einen kleinen Winkel im Wandschrank beanspruchte. Wenn er unterrichtete, wohnte sie hier bei ihm. Wenn sie arbeitete, war es bequemer für beide in Boston. Einen geregelten Zeitablauf gab es nicht, denn das hätte weitere Planungen nach sich gezogen und eine Beziehung weiter gefestigt, die sie zunächst einmal möglichst offen halten wollten.

Sie waren gern zusammen. Alex respektierte ihren verrückten Dienstplan als Detective der Mordkommission. Sie respektierte seine Kochkünste als Italoamerikaner in dritter Generation. Sie freuten sich auf gemeinsame Nächte, konnten aber auch solche gut aushalten, in denen jeder für sich war. Beide legten Wert auf Unabhängigkeit. D. D. war gerade vierzig geworden, er hatte diese Marke schon vor ein paar Jahren überschritten. Den Zeiten, in denen Verliebte ausschließlich den anderen im Kopf hatten, waren sie jedenfalls entwachsen. Alex war schon einmal verheiratet gewesen. D. D. wusste es einfach besser.

Sie lebte, um zu arbeiten, was andere ungesund fanden. Aber das war ihr egal. Sie fuhr nicht schlecht damit.

Neun, acht, sieben …

Alex öffnete die Haustür und straffte die Schultern, um sich dem bitterkalten Morgen zu stellen. Ein eisiger Luftzug fuhr durch den kleinen Flur und streifte ihre Wangen. Fröstelnd hielt sie den Becher noch fester umklammert.

»Ich liebe dich«, sagte Alex und trat über die Schwelle.

»Ich dich auch.«

Er zog die Tür hinter sich zu. D. D. schaffte es in letzter Sekunde ins Bad, um sich zu übergeben.

Zehn Minuten später war sie immer noch im Badezimmer, lang ausgestreckt auf dem Boden. Die Kacheln stammten aus den Siebzigern, kleine beige-braune und herbstgoldene Quadrate, deren Anblick sie wieder würgen ließ. Trotzdem begann sie die Dinger zu zählen wie bei einer Meditationsübung. Und tatsächlich, es wirkte. Irgendwann begannen sich ihre erhitzten Wangen abzukühlen, und der verkrampfte Magen beruhigte sich wieder.

Ihr Handy klingelte. Sie warf einen Blick darauf, nicht sonderlich interessiert unter den gegebenen Umständen. Als sie aber den Anrufer im Display erkannte, hatte sie Erbarmen.

»Was ist?«, fragte sie. So grüßte sie immer ihren Ex-Lover und seit kurzem verheirateten Kollegen bei der State Police von Massachusetts Bobby Dodge.

»Ich habe nicht viel Zeit. Hör zu.«

»Ich bin nicht an Deck«, erwiderte sie automatisch. »Neue Fälle gehen an Jim Dunwell. Belästige den.« Sie krauste die Stirn. Bobby würde sie nicht wegen eines neuen Falls anrufen. Als Stadtpolizistin nahm sie ihre Befehle von der Bostoner Zentrale entgegen, nicht von einem Detective der State Police.

Bobby redete weiter, als hätte sie nichts gesagt: »Bei uns ist gerade die Kacke am Dampfen, und ich fürchte, es ist unsere eigene Scheiße. Also hör mir gefälligst zu. Nebenan flattern Stars and Stripes, und vor der Tür lauert die Presse. Schleich dich von hinten ran. Und halt die Augen auf. Ich habe den Überblick verloren. Glaub mir, D. D., in dieser Sache dürfen wir uns nicht den kleinsten Fehler erlauben.«

D. D.'s Stirnrunzeln vertieften sich. »Wie bitte? Ich habe nicht den geringsten Schimmer, wovon du sprichst, und abgesehen davon, habe ich heute frei.«

»Jetzt nicht mehr. Deine Abteilung will in dem Fall eine Frau an vorderster Front sehen, und der Staat verlangt einen seiner eigenen Leute, möglichst einen ehemaligen Trooper. Der Befehl kommt von ganz oben.«

Sie hörte ein neues Geräusch; es kam aus dem Schlafzimmer. Ihr Pager piepte. Mist. Das schien Bobbys Gefasel zu bestätigen. Sie mühte sich vom Boden auf. Ihre Beine zitterten, und sie fürchtete, sich wieder übergeben zu müssen. Der erste Schritt verlangte ihre ganze Willenskraft, der Rest ging einfacher. Sie tappte ins Schlafzimmer. Es war nicht das erste Mal, dass sie auf einen freien Tag verzichten musste.

»Was muss ich wissen?«, fragte sie, mit festerer Stimme jetzt und das Handy zwischen Ohr und Schulter geklemmt.

»Dass Schnee liegt«, antwortete Bobby. »Auf Boden, Bäumen, Fensterbrettern ... und unsere Cops trampeln alles platt.«

»Schaff sie weg. Der Tatort gehört mir. Sie sollen alle verschwinden.«

Sie fand ihren Pager auf dem Nachttischchen. Jawohl, der Ruf kam von der Einsatzzentrale. Sie machte sich daran, die Trainingshose abzustreifen.

»Sie sind draußen vorm Haus. Keine Sorge, selbst unsere Bosse wissen, dass sie an einem Mordschauplatz aufpassen müssen. Aber bis vorhin wusste niemand, dass das Mädchen verschwunden ist. Zur Straße hin ist das Haus abgeriegelt, aber nach hinten raus ist alles offen. Und da wird alles plattgetrampelt. Wie gesagt, ich habe den Überblick verloren. Beeil dich.«

D. D. hatte die Trainingshose ausgezogen und knöpfte Alex' Flanellhemd auf.

»Das Opfer?«

»Zweiundvierzigjährige Person, weiß, männlich, tot.«

»Und wer wird vermisst?«

»Sechsjährige Person, weiß, weiblich.«

»Verdächtige?«

Bobby ließ mit der Antwort lange auf sich warten, sehr lange.

»Mach dich endlich auf den Weg«, sagte er. »Wir arbeiten zusammen. Unser Fall. Unsere Kopfschmerzen. Und wir brauchen Ergebnisse – lieber jetzt als gleich.«

Er unterbrach die Verbindung. D. D. warf das Handy aufs Bett und zog ihr weißes Diensthemd an.

Okay. Mord und eine vermisste Person. Die State Police war am Tatort, der im Zuständigkeitsbereich der Bostoner Zentrale lag. Was hatte die State Police dort zu suchen –

Plötzlich ging ihr ein Licht auf.

»Scheiße.«

Der Brechreiz war verschwunden. Trotzdem kam ihr die Galle hoch.

Sie schnappte sich den Pager, ihre Ausweise und die Winterjacke. Und dann, mit Bobbys Worten im Ohr, nahm sie Kurs auf ihren Tatort.

2. KAPITEL

Wen liebst du?

Ich lernte Brian am 4. Juli bei einem Picknick kennen. In Shanes Garten. Es war eine jener Partys, die mich normalerweise wenig interessierten, aber es gab diesmal einen Grund, weshalb ich die Einladung annahm. Ich selbst hatte zwar nichts davon, aber vielleicht Sophie.

Die Party war nicht übermäßig groß, vielleicht dreißig Gäste, Kollegen und Familien aus Shanes Nachbarschaft. Sogar der Lieutenant Colonel ließ sich blicken, worauf Shane durchaus stolz sein konnte. Die meisten waren jedoch von niederem Rang. Ich sah vier Jungs von der Polizeikaserne beim Grill stehen; sie tranken ein Bier nach dem anderen und gingen Shane auf den Wecker, der eine weitere Ladung Bratwürstchen auf dem Rost verteilte. An den beiden Klapptischen davor waren lachende Ehefrauen damit beschäftigt, Margaritas zu mixen und auf diverse Kinder aufzupassen.

Andere Gäste hielten sich im Haus auf, um Nudelsalate vorzubereiten und die letzten Minuten des Spiels nicht zu verpassen. Alles plapperte durcheinander, und jeder nahm einen Happen hiervon und einen Schluck davon. Ein typisches Samstagnachmittagsgelage im Sonnenschein.

Ich stand im Schatten einer alten Eiche. Wie Sophie es sich gewünscht hatte, trug ich ein orangefarbenes Kleid und meine schicken Flipflops mit Goldglitzer. Ich hatte wieder einmal die Füße ein Stück auseinandergestellt und lehnte, die Ellbogen an die Seite gedrückt, mit dem Rücken am Baumstamm. Man kann eine Frau vom Dienst freistellen, aber nicht den Dienst von der Frau.

Ich hätte mich unter die Partygesellschaft mischen sollen, wusste aber nicht, wo anfangen. Mich zu den Damen setzen, von denen ich keine kannte, oder mich zu den Jungs stellen, wo ich mich wohler fühlen würde? Zu den Hausfrauen und Müttern passte ich nicht. Ich durfte aber auch nicht den Eindruck erwecken, im Kreis der Ehemänner Spaß zu haben, denn dann hätten die Frauen zu lachen aufgehört und mir böse Blicke zugeworfen.

Also blieb ich auf Abstand, hielt meine Bierflasche in der Hand, ohne daraus zu trinken, und wartete auf den Moment, an dem ich mich höflich würde zurückziehen können.

Meist hatte ich meine Tochter im Auge.

Sie tollte in rund hundert Metern Entfernung mit anderen Kindern auf der Wiese herum und kicherte ausgelassen. Ihr pinkfarbenes Sommerkleidchen war schon voller grüner Grasflecken und ihr Mund verschmiert vom Schokoladenkuchen. Sie purzelte den kleinen Abhang hinunter, nahm, unten angekommen, ein kleines Mädchen an die Hand und rannte mit ihm so schnell, wie es dreijährige Beine zuließen, wieder nach oben.

Sophie schloss Freundschaften von jetzt auf gleich. Sie war mir äußerlich sehr ähnlich, ansonsten aber eine ganz eigenständige Person. Kontaktfreudig, mutig, abenteuerlustig. Wenn es nach ihr ginge, wäre sie ständig mit anderen zusammen. Charme war möglicherweise ein dominantes Gen, das sie von ihrem Vater geerbt hatte. Von mir konnte sie ihn jedenfalls nicht haben.

Zusammen mit den anderen Kindern erreichte sie wieder die kleine Anhöhe unter strahlend blauem Himmel. Sophie warf sich als Erste ins Gras. Ihre kurzen dunklen Haare bildeten einen hübschen Kontrast zum gelben Löwenzahn. Mit fliegenden Armen und Beinen kullerte sie wieder den Abhang hinunter und kreischte vor Vergnügen. Schwindelnd stand sie auf und sah, dass ich sie beobachtete.

»Ich liebe dich, Mommy!«, rief sie und rannte wieder den Hügel hinauf.

Ich blickte ihr nach und wünschte wieder einmal, nicht all das zu wissen, was eine Frau wie ich wissen musste.

»Hallo.«

Ein Mann hatte sich aus der Menge gelöst und kam auf mich zu. Ende dreißig, knapp eins achtzig, kurz geschnittene blonde Haare, muskulöse Schultern. Allem Anschein nach auch ein Cop, den ich aber nicht kannte.

Er streckte mir die Hand entgegen. Etwas verspätet bot ich ihm meine.

»Brian«, sagte er. »Brian Darby.« Er deutete mit dem Kopf in Richtung Haus. »Ich wohne ein Stück weiter die Straße runter. Und Sie?«

»Tessa. Tessa Leoni. Ich kenne Shane aus der Kaserne.«

Ich wartete auf den unvermeidlichen Kommentar eines Mannes, der auf eine Polizistin trifft. *Ein Cop? Dann muss ich mich ja gut benehmen*. Oder: *Oooh, wo haben Sie Ihre Waffe?*

Brian aber nickte nur. Er hielt eine Flasche Bud Light in der Linken und hatte die andere Hand in die Tasche seiner hellbraunen Shorts gesteckt. Dazu trug er ein blaues Oberhemd mit einem goldenen Emblem auf der Brusttasche, das ich aber aus meinem Blickwinkel nicht identifizieren konnte.

»Ich muss was beichten«, sagte er.

Ich machte mich auf das Schlimmste gefasst.

»Shane hat mir schon verraten, wer Sie sind. Um ehrlich zu sein, habe ich mich nach Ihnen erkundigt. Hübsche Frau, so im Abseits. Hat mich neugierig gemacht.«

»Und was haben Sie von Shane erfahren?«

»Dass Sie nicht meine Kragenweite sind. Auf den Köder musste ich anspringen.«

»Shane ist ein Idiot«, entgegnete ich.

»Meistens, ja. Sie trinken ja gar nicht.«

Ich blickte auf die Flasche, scheinbar überrascht, sie zu sehen.

»Ich kombiniere«, fuhr Brian locker fort. »Sie haben ein Bier in der Hand, trinken aber nicht. Vielleicht hätten Sie lieber eine Margarita? Ich könnte Ihnen ein Glas holen. Allerdings –« Er warf einen Blick auf die Frauen, die schon beim dritten Glas waren und entsprechend lachten. »Ich traue mich nicht so recht.«

»Schon gut.« Ich rührte mich und schüttelte die Arme aus. »Ich trinke eigentlich nicht.«

»Im Dienst?«

»Heute nicht.«

»Ich bin kein Cop und maße mir auch kein Urteil an. Aber ich kenne Shane jetzt seit gut fünf Jahren und weiß ein bisschen was. Ein Trooper ist mehr als jemand, der Patrouille fährt und Knöllchen verteilt. Habe ich recht, Shane?«, brüllte er quer durch den Garten. Shane, der noch am Grill stand, hob die rechte Hand und zeigte seinem Nachbarn den ausgestreckten Mittelfinger.

»Shane ist eine Memme«, sagte ich ebenso laut.

Auch ich bekam den Mittelfinger zu sehen. Einige Typen lachten.

»Seit wann arbeiten Sie mit ihm zusammen?«, fragte Brian.

»Seit einem Jahr. Ich bin noch Neuling.«

»Wirklich? Was hat Sie bewogen, Cop zu werden?«

Ich zuckte gelangweilt mit den Achseln. Es war eine dieser Fragen, die alle stellten und auf die ich keine Antwort wusste. »Mir fiel nichts Besseres ein.«

»Ich bin bei der Handelsmarine«, erklärte Brian ungefragt. »Öltanker. Wir sind ein paar Monate unterwegs, ein paar zu Hause und wieder weg. Mit Privatleben ist nicht viel, aber mir gefällt der Job. Ist nie langweilig.«

»Handelsmarine? Was machen Sie genau? Die Kähne vor Piraten schützen oder so was?«

»Nein. Wir fahren von Puget Sound hoch nach Alaska und zurück. Auf der Strecke trifft man relativ selten auf somalische Piraten. Außerdem bin ich Bordingenieur. Ich sorge dafür, dass es weitergeht, und beschäftige mich mit Kabelbäumen, Getrieben und Turbinen. Waffen machen mir Angst.«

»Lege auch keinen gesteigerten Wert drauf.«

»Komisch, so was von einer Polizistin zu hören.«

»Nicht wirklich.«

Ich schaute wieder unwillkürlich nach Sophie, um zu sehen, ob alles klar war. Er folgte meinem Blick. »Shane sagt, Sie hätten eine dreijährige Tochter. Sie ist Ihnen ja wie aus dem Gesicht geschnitten. Dass Sie aus Versehen ein falsches Kind mit nach Hause nehmen, ist wohl kaum möglich.«

»Sie wissen von Shane, dass ich ein Kind habe, und sind trotzdem auf den Köder angesprungen?«

Er zuckte mit den Achseln. »Kids sind klasse. Ich selbst habe zwar keine, was aber nicht heißt, dass ich irgendwas gegen Kinder hätte. Macht der Vater sich auch nützlich?«, fragte er scheinbar beiläufig.

»Nein.«

Eine süffisante Bemerkung blieb aus. Stattdessen machte er einen nachdenklichen Eindruck. »Ist bestimmt nicht leicht, als Vollzeit-Cop ein Kind aufzuziehen.«

»Es geht.«

»Daran habe ich keinen Zweifel. Ich habe schon in jungen Jahren meinen Vater verloren. Meine Mutter war mit fünf Kindern auf sich allein gestellt. Sie hat's geschafft, und das bewundere ich im Nachhinein sehr.«

»Was ist mit Ihrem Vater passiert?«

»Herzinfarkt. Und was ist mit ihrem Vater?«, fragte er und schaute rüber zu Sophie, die jetzt mit den anderen Kindern Fangen zu spielen schien.

»Hatte ein besseres Angebot.«

»Männer haben sie nicht alle«, murmelte er, wobei er so ernst klang, dass ich lachen musste. Er wurde rot. »Habe ich erwähnt, dass ich vier Schwestern habe? Sie sind wohl die Ursache dafür, dass mir solche Kommentare rausrutschen. Nicht zu vergessen meine Mutter, vor der ich doppelt Respekt habe, erstens, weil sie als allein erziehende Mutter zurechtgekommen ist, und zweitens, weil sie vier Töchter ertragen hat. Ich habe sie nie etwas Stärkeres als Kräutertee trinken sehen.«

»Scheint ja ein regelrechter Fels in der Brandung gewesen zu sein, Ihre Mutter«, sagte ich.

»Sind Sie auch von der Kräuterteefraktion? Ich frage, weil Sie Ihr Bier nicht anrühren.«

»Ich bevorzuge eher Kaffee.«

»Ist auch die Droge meiner Wahl.« Er schaute mir in die Augen. »Vielleicht könnte ich Ihnen demnächst einen Becher spendieren. Irgendwo in Ihrer Nachbarschaft oder in meiner. Sie entscheiden.«

Ich musterte Brian Darby ein weiteres Mal. Warme braune Augen, ein freundliches Lächeln und kräftig gebaute Schultern.

»Ja«, hörte ich mich sagen. »Fänd ich gut.«

Glauben Sie an Liebe auf den ersten Blick? Ich nicht. Ich bin zu vorsichtig, um für solchen Unsinn empfänglich zu sein. Oder vielleicht weiß ich es auch einfach besser.

Ich verabredete mich mit Brian auf eine Tasse Kaffee. Ich erfuhr, dass er, wenn er nicht beruflich unterwegs war, viel Freizeit hatte, was weitere Verabredungen umso einfacher machte. Nach der Frühschicht und bevor ich um fünf Sophie von der Kindertagesstätte abholen musste, gingen wir häufig spazieren. Wenn es mein Dienstplan erlaubte, schauten wir uns abends manchmal ein Spiel der Red Sox an. Und ehe ich michs versah, begleitete er mich und Sophie zu einem Picknickausflug.

Sophie verliebte sich sofort in ihn. Innerhalb von Sekunden kletterte sie auf seinen Rücken und verlangte Hühott. Brian gehorchte und galoppierte mit der Kleinen, die sich kreischend an seinen Haaren festhielt und »Schneller, schneller!« brüllte, durch den Park. Als er sich schließlich erschöpft auf die Picknickdecke fallen ließ, tippelte sie los, um Löwenzahn zu pflücken. Ich dachte, der Strauß sei für mich, aber sie reichte ihn nicht mir, sondern Brian.

Er nahm ihn entgegen, zögernd zunächst, strahlte aber dann übers ganze Gesicht, als ihm klar wurde, dass sie allein ihn damit beschenkte.

Danach war es kein Problem mehr, die Wochenenden in seinem Haus mit Garten zu verbringen anstatt in meinem kleinen Zweizimmerapartment. Abends kochten wir gemeinsam, während Sophie mit seinem Hund spielte, einem in die Jahre gekommenen Schäferhund namens Duke. Brian kaufte ein Planschbecken für die Veranda und hängte eine Schaukel in die Eiche.

Als ich einmal das Wochenende über arbeiten musste, füllte er meinen Kühlschrank auf, damit Sophie und ich durch die nächste Woche kamen. Nachdem ich einmal eines Nachmittags einen Verkehrsunfall mit drei toten Kindern hatte aufnehmen müssen, las er die Gute-Nacht-Geschichte für Sophie, während ich im Schlafzimmer Löcher in die Luft starrte und versuchte, die Bilder aus dem Kopf zu kriegen.

Später schmiegte ich mich auf dem Sofa an ihn, während er mir von seinen vier Schwestern erzählte, unter anderem die Episode, wie sie ihn im Schlaf geschminkt hatten. Er war daraufhin zwei Stunden lang mit glitzernd blauem Lidschatten und knallroten Lippen auf seinem Fahrrad um den Block geradelt, ehe ihm in einem Fenster sein Spiegelbild auffiel. Ich lachte. Dann weinte ich. Dann drückte er mich an sich, und wir sagten beide kein Wort mehr.

Der Sommer ging vorbei. Es wurde Herbst, und er musste wieder in See stechen. Für acht Wochen. Thanksgiving würde er wieder zurück sein, versprach er. Ein guter Freund kümmerte sich um Duke. Aber wenn wir wollten ...

Er gab mir seinen Schlüssel. Wir könnten es uns jederzeit in seinem Haus gemütlich machen und auch nach eigenen Wünschen gestalten, wenn wir wollten. Das kleine Schlafzimmer für Sophie vielleicht pink streichen. Ein paar Bilder an die Wand hängen. Quietschenten fürs Badezimmer besorgen. Egal was, wir sollten uns bloß wohl fühlen.

Ich gab ihm einen Kuss auf die Wange, er küsste mir die Handfläche.

Er solle sich um uns keine Sorgen machen, wir kämen gut klar miteinander. Bis in acht Wochen.

Sophie weinte und weinte.

Es seien nur zwei Monate, versuchte ich ihr beizubringen. Alles halb so schlimm. Er wäre ja bald wieder zurück.

Ohne Brian gestaltete sich unser Alltag um einiges trister und immer gleich: aufstehen um eins, gegen fünf Sophie von der Kindertagesstätte abholen, sie bis zum Schlafengehen um neun beschäftigen und auf Mrs. Ennis warten, die gegen zehn kam, sodass ich meine Schicht von elf bis sieben antreten konnte. Der Alltag einer alleinstehenden berufstätigen Mom, die sich abmüht, um mit dem Geld zurechtzukommen, von Termin zu Termin hetzt, ihre Vorgesetzten bei Laune zu halten und gleichzeitig den Bedürfnissen ihrer Tochter gerecht zu werden versucht.

Du schaffst es, redete ich mir ein. Ich war zäh. Schwangerschaft und Geburt hatte ich allein durchgestanden, fünfundzwanzig lange, einsame Wochen im Internat der Polizeiakademie ausgehalten und dabei Sophie mit jedem Atemzug schmerzlich vermisst, aber trotzdem an meinem Vorsatz festgehalten, Polizistin zu werden, weil mir das als die beste Möglichkeit erschien, für die Zukunft meiner Tochter sorgen zu können. Freitagabends durfte ich zu Sophie nach Hause zurückkehren, musste sie aber montagmorgens immer weinend in der Obhut von Mrs. Ennis zurücklassen. Woche für Woche, bis ich den Druck kaum mehr aushalten konnte. Aber ich schaffte es. Für Sophie gab ich alles.

Trotzdem schaute ich nun häufiger in meinem Posteingang nach, denn immer wenn Brian in irgendeinem Hafen vor Anker lag, schickte er uns eine Nachricht, manchmal mit einem lustigen Foto, zum Beispiel von einem Elch, mitten auf einer Landstraße in Alaska. In der sechsten Woche wurde mir bewusst, dass ich an Tagen, wenn eine Nachricht von ihm kam, glücklich war, aber gereizt und unzufrieden, wenn nicht. Sophie ging es ähnlich. Jeden Abend saßen wir vor dem Computer, zwei Mädchen, die von ihrem Mann zu hören hofften.

Dann endlich rief er an. Sein Schiff lag in Ferndale, Washington. Übermorgen würde er freigestellt werden und den Nachtflug nach Boston nehmen. Ob wir Lust hätten, mit ihm zu Abend zu essen?

Sophie entschied sich für ihr dunkelblaues Lieblingskleid. Ich trug das orangefarbene Sommerkleid von der Party am 4. Juli, darüber eine Strickjacke, um mich gegen die Novemberkälte zu wappnen.

Sophie hielt am Fenster ungeduldig Ausschau und entdeckte ihn als Erste. Sie kreischte vor Freude und rannte so schnell die Treppe hinunter, dass ich Angst hatte, sie könnte stürzen. Vor dem Eingang warf sie sich Brian in die Arme. Er hob sie hoch und wirbelte sie durch die Luft. Sie lachte und lachte und lachte.

Ich näherte mich leise, ließ mir Zeit, ein letztes Mal die Haare zu richten, und knöpfte die Strickjacke zu. Mit dem Rücken zur Straße schloss ich die Haustür.

Dann drehte ich mich um und schaute ihn an, aus drei Schritt Entfernung. Ich sog seinen Anblick geradezu auf.

Brian blieb stehen. Er hielt mein Kind noch im Arm und betrachtete mich ebenfalls.

Wir berührten uns nicht, sagten auch kein Wort. Das war nicht nötig.

Später, als wir nach dem Restaurantbesuch bei ihm zu Hause waren und Sophie im Bett lag, ging ich in sein Schlafzimmer und ließ mir von ihm die Strickjacke und das Sommerkleid ausziehen. Ich legte meine Hände auf seine nackte Brust und schmeckte Salz auf der Haut am Hals.

»Die acht Wochen waren mir zu lang«, murmelte er. »Ich will dich hier bei mir haben, Tessa. Herrje, wenn ich zurückkomme, will ich wissen, dass du hier bist, immer.«

Ich legte seine Hände auf meine Brüste, und ich reckte mich ihm entgegen.

»Heirate mich«, flüsterte er. »Es ist mir ernst, Tessa. Ich will dich zur Frau. Und ich will Sophie zur Tochter. Ihr sollt hier bei mir und Duke leben, wir als eine Familie.«

Ich schmeckte wieder seine Haut, fuhr mit den Händen über seinen Körper und presste mich in voller Länge an ihn. Die Berührung ließ mich zittern. Ihn zu spüren und zu schmecken war mir aber nicht genug. Ich brauchte ihn über mir und in mir, überall, jetzt und sofort.

Ich warf ihn aufs Bett und schlang meine Beine um seine Hüfte. Er drang in mich ein, und ich stöhnte, oder vielleicht stöhnte auch er. Egal. Er war da, wo ich ihn brauchte.

Im letzten Moment fasste ich sein Gesicht mit beiden Händen, damit ich ihm in die Augen schauen konnte, wenn die erste Welle über uns zusammenbrach.

»Heirate mich«, wiederholte er. »Ich werde dir ein guter Mann sein, Tessa. Ich werde für dich und Sophie sorgen.«

Er bewegte sich in mir, und ich sagte: »Ja.«

3. KAPITEL

Brian Darby starb in seiner Küche. An drei Schüssen in den Oberkörper. D. D.'s erster Gedanke war, dass Trooper Leoni ihr Schießtraining zu ernst genommen haben könnte, weil die Trefferanordnung geradezu schulbuchmäßig war. Rekruten der Polizeiakademie lernten: nie auf den Kopf zielen und nicht nur verwunden; die beste Angriffsfläche bietet der Torso, und wer seine Waffe benutzt, sollte um sein eigenes Leben oder das anderer Angst haben, denn er schießt, um zu töten.

Leoni hatte ihren Job getan. Stellte sich nur die Frage: Was hatte eine Beamtin der State Police dazu gebracht, ihren Ehemann zu töten? Und wo war das Kind?

Trooper Leoni befand sich zurzeit im Wintergarten und wurde von einem Notarzt behandelt. Sie hatte eine hässliche Wunde auf der Stirn davongetragen und ein noch hässlicheres blaues Auge. Ihr Vertreter von der Gewerkschaft war schon zur Stelle, ein Anwalt unterwegs.

Ein Dutzend anderer State Trooper stand steifbeinig draußen auf dem Gehweg, um den Kollegen aus Boston am Tatort nicht auf die Füße zu treten. Hinter ihnen drängte sich eine aufgeregte Pressemeute.

Vor der Grundschule nebenan parkte ein weißer Transporter, in dem mehrere hohe Tiere der Bostoner Polizei und der State Police beieinandersaßen. Der Staatsanwalt von Suffolk County spielte wahrscheinlich den Schiedsrichter und erinnerte den Chef der Massachusetts State Police daran, dass das Land von den Ermittlungen in diesem Fall ausgeschlossen werden müsse, da eine seiner Beamtinnen involviert war, und der Beauftragte der Bostoner Polizei bekam aller Voraussicht nach zu hören, dass die Forderung des Landes nach enger Zusammenarbeit absolut verständlich sei.

Obwohl dieser Hickhack um Zuständigkeiten sie komplett in Anspruch zu nehmen schien, hatten die Chefs es irgendwann immerhin geschafft, einen Befehl zur Fahndung nach Sophie Leoni zu erlassen – braune Haare, blaue Augen, circa eins zwanzig groß und gut zwanzig Kilo schwer; zwei fehlende Schneidezähne. Wahrscheinlich trug sie einen pinkfarbenen, langärmeligen Schlafanzug, gemustert mit gelben Pferden. Zuletzt war sie gegen halb elf in der Nacht zuvor gesehen worden, als Trooper Leoni angeblich noch einmal nach ihr geschaut hatte, ehe sie zur Nachtschicht aufgebrochen war.

D. D. hatte eine Menge Fragen an die Frau, kam aber nicht an sie heran. Trooper Leoni stünde unter Schock, meinte ihr Gewerkschaftsvertreter. Sie werde gerade ärztlich versorgt, ganz davon abgesehen, dass zunächst einmal für Rechtsbeistand gesorgt werden müsse. Dem Notarzt gegenüber habe sie bereits eine erste Aussage gemacht. Alle weiteren Fragen müssten warten, bis ein Anwalt zur Stelle sei.

Trooper Leoni hatte eine Menge am Hals, dachte D. D. Müsste sie nicht selbst darauf drängen, mit den Bostoner Kollegen zusammenzuarbeiten, damit ihr Kind gefunden wurde?

D. D. hielt sich erst einmal zurück. Vorläufig nahmen andere Dinge ihre Aufmerksamkeit in Anspruch. Am Tatort ging es hoch her. Detectives verschiedener Abteilungen der Bostoner Zentrale schwärmten umeinander und sicherten Spuren, während uniformierte Beamte die Nachbarschaft abklapperten, und weil Trooper Leoni mit ihrer Dienstwaffe, einer Sig Sauer, auf ihren Mann geschossen hatte, waren auch Ballistikexperten hinzugezogen worden. Es wimmelte von Kollegen.

Bobby hatte recht mit seiner Einschätzung, auch wenn sie unfein formuliert war. Das Gelände war der reinste Ameisenhaufen.

Und sie steckte mittendrin.

D. D. war vor einer halben Stunde eingetroffen. Um nicht an der belebten Washington Street einen Parkplatz suchen zu müssen, hatte sie ihren Wagen in einer ruhigen Seitenstraße sechs Häuserblocks weit entfernt abgestellt. Allston-Brighton war einer der am dichtesten bewohnten Bezirke Bostons, vollgestopft mit Studenten und Angehörigen diverser Hochschulen. Eine ziemlich teure Gegend, was zunächst seltsam erschien, da Studenten und Akademiker nicht gerade dafür bekannt waren, wohlhabend zu sein. Aber D. D. wusste, wie das lief. Die Vermieter hatten die alten, dreigeschossigen Wohnhäuser einfach in winzige Apartments zergliedert, die nicht selten für ganze Familien herhalten mussten. Und um den wachsenden Bedarf zu decken, machten in der Umgebung immer mehr 24-Stunden-Läden und Waschsalons auf.

Es war der Stadtdschungel, wie ihn sich D. D. vorstellte. Ohne schmiedeeiserne Balustraden oder dekoratives Ziegelwerk wie in Back Bay oder Beacon Hill. Hier zahlte man Unsummen für das Privileg, ein Wohnklo in einem schlichten Funktionsbau mieten zu dürfen. Die Parkplatzsuche dauerte oft Stunden. Man rieb sich schon auf dem Weg zur Arbeit auf und kam völlig kaputt nach Hause zurück, um ein Fertiggericht in die Mikrowelle zu schieben, im Stehen zu essen und anschließend auf den kleinsten Futon der Welt zu fallen.

Kein schlechter Wohnort für einen State Trooper. Der Mass Pike, die Hauptschlagader des Bundesstaates, war schnell erreicht, so auch die I-93 und I-128, die in östlicher beziehungsweise westlicher Richtung davon abzweigten. Leoni konnte als Trooper somit die drei wichtigsten Jagdgründe der Verkehrspolizei innerhalb weniger Minuten erreichen. Praktisch.

Das Haus, in dem sie wohnte, war für hiesige Verhältnisse recht ansehnlich, ein Einfamilienhaus, dem sich auf der einen Seite eine Reihe dreigeschossiger Apartmentblocks anschlossen, auf der anderen Seite ein weit ausladender Grundschulkomplex. Zum Glück war die Schule samstags geschlossen. So hatte das Großaufgebot an Polizei deren Parkplatz ganz für sich und keine Scherereien mit aufgebrachten Eltern.

Ein ruhiger Tag in der Nachbarschaft. Zumindest war er bislang ruhig gewesen.

Das zweigeschossige Haus von Trooper Leoni lag an einem Hang. Es hatte ein als Doppelgarage genutztes Souterrain und ein Satteldach mit weiß gestrichener Gaube. Eine aus Beton gegossene Treppe führte von der Straße hinauf zur Eingangstür. Der Garten ringsum war der größte, den D. D. im Stadtzentrum Bostons je gesehen hatte.

Ein hübsches Familienheim. Genug Platz, um ein Kind aufzuziehen, der Hund hatte Auslauf auf dem Rasen, und am Baum hing eine Schaukel. Auch jetzt im Winter konnte sich D. D. lebhaft Gartenpartys, spielende Kinder und geruhsame Feierabende im Liegestuhl auf der rückwärtigen Veranda vorstellen.

Wohnverhältnisse wie geschaffen für ein glückliches Leben. Was also war schiefgegangen?

Vielleicht lag die Antwort auf diese Frage im Garten. Er war so groß wie ungeschützt inmitten einer dicht besiedelten Umgebung.

Wer schnell zum Parkplatz der Schule wollte, fand hier eine Abkürzung. Auch von den anderen Apartmenthäusern oder der kleinen Seitengasse hinterm Haus war das Grundstück leicht zugänglich, wovon sich D. D. hatte überzeugen können. Natürlich kam man auch problemlos über die Treppe vom Haus in den Garten, wie die Kollegen der Massachusetts State Police bewiesen hatten. Von vorn, von hinten, von rechts und von links boten sich diverse Zu- und Ausgänge.

Entsprechend zahlreich waren die in der dicken Schneedecke zurückgebliebenen Fußabdrücke. D. D. mummelte sich tiefer in ihren Wintermantel ein und ließ ihren Ärger in frostigen Dampfwölkchen verpuffen. Verdammte Idioten.

Bobby Dodge erschien auf der hinteren Veranda. Beim Blick auf die verpfuschte Spurenlage runzelte er die Stirn. Er schien dasselbe zu denken wie D. D. Als er sie bemerkte, zog er seine Schirmmütze tiefer in die Stirn und verließ die Veranda Richtung Garten.

»Deine Trooper haben alles plattgetrampelt«, rief ihm D. D. zu. »Das nehme ich persönlich.«

Er zuckte mit den Achseln, steckte die Hände in die Taschen seines schwarzen Wollmantels und kam auf sie zu. Bobby bewegte sich auffallend ökonomisch, was er wohl seiner Ausbildung als Scharfschütze verdankte, von dem nicht selten verlangt wurde, dass er sich stundenlang nicht rührte. Wie die meisten Scharfschützen war er relativ klein und drahtig gebaut, was gut zu seinen glattgehobelten Gesichtszügen passte. Niemand würde ihn als gutaussehend beschreiben, aber viele Frauen fanden ihn unwiderstehlich.

Zu diesen Frauen hatte auch D. D. früher einmal gehört. Aber nach einer kurzen Bettgeschichte waren sie übereingekommen, dass sie sich als Freunde besser vertrugen. Dann, vor zwei Jahren, hatte er Annabelle Granger geheiratet, wovon D. D. alles andere als begeistert gewesen war. Die Geburt der Tochter hatte ihr einen ziemlichen Stich versetzt.

Aber jetzt hatte sie Alex. Es ging wieder aufwärts. Na bitte.

Bobby blieb vor ihr stehen. »Trooper schützen Leben«, meinte er. »Detectives sichern Beweise.«

»Deine Trooper haben meinen Tatort zertrampelt, und das nehme ich euch übel.«

Bobby schmunzelte. »Du hast mir auch gefehlt, D. D.«

»Wie geht's Annabelle?«

»Danke, gut.«

»Und der Kleinen?«

»Carina krabbelt schon. Kaum zu glauben.«

D. D. fragte sich, was daran schwer zu glauben war. Kinder wurden schließlich größer.

»Und Alex?«, fragte Bobby.

»Gut, gut.« Sie winkte mit der behandschuhten Hand ab. Genug Smalltalk. »Was, glaubst du, ist hier passiert?«

Wieder zuckte Bobby mit den Achseln. Er ließ sich mit der Antwort Zeit. Während viele andere Ermittler den Schauplatz eines Verbrechens umkrempelten, zog Bobby es vor, ihn zu studieren. Neigten viele Ermittler zur Geschwätzigkeit, machte Bobby nur den Mund auf, wenn er wirklich etwas zu sagen hatte.

D. D. respektierte ihn sehr, ließ ihn das aber nicht wissen.

»Auf den ersten Blick sieht's so aus, als hätte es eine handfeste Auseinandersetzung unter Eheleuten gegeben«, sagte er schließlich. »Der Mann griff mit einer Bierflasche an, Trooper Leoni verteidigte sich mit ihrer Dienstwaffe.«

»Gab es in der Nachbarschaft früher schon Beschwerden über Lärm?«, fragte D. D.

Bobby schüttelte den Kopf. Sie nickte. Dass keine derartigen Meldungen vorlagen, hatte nichts zu bedeuten. Cops ließen sich nicht gern helfen, vor allem nicht von anderen Cops. Wenn es zu Übergriffen gekommen war, hatte Trooper Leoni diese wahrscheinlich stumm ertragen.

»Kennst du sie?«, fragte D. D.

»Nein. Als sie vor vier Jahren anfing, Streife zu fahren, bin ich befördert worden.«

»Und was sagt man über sie?«

»Jung, zuverlässig. Hat früher in der Framingham-Kaserne gewohnt und ist dann hierhergezogen. Arbeitet nachts und muss sich dann um ihr Kind kümmern. Hat also wenig Kontakt mit Kollegen.«

»Hat sie immer nur die Friedhofsschicht?«

Er zog eine Braue hoch und schien amüsiert. »Beim Streifendienst schieben alle Anfänger mindestens ein Jahr Nachtdienst, bevor sie Anspruch auf eine andere Schicht anmelden dürfen. Und auch danach bleiben die bequemeren Zeiten den Altgedienten vorbehalten. Leoni ist erst seit vier Jahren dabei. Ich schätze, sie hätte frühestens in einem Jahr wieder Tageslicht gesehen.«

»Und ich dachte, der Ermittlungsdienst wäre bescheuert.«

»Die Bostoner Cops sind ein Haufen Heulsusen«, meinte Bobby. »Immerhin wissen wir, dass man sich an einem Tatort gefälligst in Acht nehmen soll und nicht überall herumlatscht.«

Er verzog das Gesicht. Beide schauten sich im zertrampelten Garten um.

»Wie lange waren sie verheiratet?«, fragte D. D.

»Drei Jahre.«

»Sie war zum Zeitpunkt der Eheschließung also schon bei der Polizei und hatte ein Kind.«

Es war keine Frage, also antwortete Bobby auch nicht.

»Er dürfte gewusst haben, auf was er sich einlässt«, fuhr D. D. fort. »Eine Frau, die nachts unterwegs ist. Und ein kleines Mädchen, das morgens und abends versorgt werden muss.«

»Und ein Mann, der dafür nicht immer Zeit hat.«

»Was soll das heißen?«

»Er arbeitete bei der Handelsmarine.« Bobby zog einen Notizblock aus der Tasche und las, was er gekritzelt hatte. »Sechzig Tage im Einsatz, sechzig zu Hause. Trooper Leoni hatte in der Kaserne entsprechende Andeutungen gemacht.«

D. D. kniff die Brauen zusammen. »Der Zeitplan des Mannes ist also noch verrückter als der der Frau. Interessant. War er kräftig gebaut?« D. D. hatte die Leiche nur flüchtig gesehen und sich abgewendet, weil ihr übel geworden war.

»Stämmiger Typ. Knapp eins achtzig, neunzig bis hundert Kilo«, berichtete Bobby. »Alles Muskeln, kein Fett. Ich vermute, er ist pumpen gegangen.«

»Also jemand, der was einstecken kann.«

»Anders als Trooper Leoni, die nur gut eins sechzig groß ist und etwas mehr als fünfzig Kilo auf die Waage bringt. Ihr Mann war kräftemäßig klar im Vorteil.«

D. D. nickte. Ein Trooper war natürlich im Zweikampf ausgebildet, doch eine kleine Frau hatte gegen einen größeren Mann immer schlechtere Karten. Außerdem praktizierten weibliche Polizeibeamte zu Hause in der Regel nicht, was sie im Dienst gelernt hatten. Das Veilchen von Trooper Leoni war nicht das erste, das D. D. an einer Kollegin gesehen hatte.

»Die Sache passierte gleich nach ihrer Rückkehr vom Dienst«, erklärte Bobby. »Sie hatte noch ihre Uniform an.«

D. D. zog eine Braue in die Stirn und ließ die Information auf sich wirken. »Trug sie etwa auch noch ihre Weste?«

»Unter ihrer Bluse, wie gewöhnlich.«

»Mitsamt Dienstkoppel?«

»Sie hat die Sig Sauer direkt aus dem Holster gezogen.«

»O Mann.« D. D. schüttelte den Kopf. »So ein Scheiß.«

Die Uniform und das Dienstkoppel ließen alles in einem anderen Licht erscheinen. Zum einen hatte Trooper Leoni zur Tatzeit ihre Weste getragen. Selbst einem Zweizentnermann dürfte es schwergefallen sein, ihr mit diesem Schutz etwas anzuhaben. Zum anderen gehörten zum Dienstkoppel nicht nur die Waffe, sondern auch jede Menge Zeug, das zur Verteidigung dienen kann. Zum Beispiel der Teleskopknüppel, der Taser, das Pfefferspray oder auch die Handschellen.

Jeder Polizist verfügte über die Fähigkeit, bedrohliche Situationen als solche blitzschnell einzuschätzen und mit angemessenen Mitteln darauf zu reagieren. Wenn man angeschrien wurde, zog man nicht gleich die Waffe, auch dann nicht, wenn es zu Handgreiflichkeiten kam.

Trooper Leoni aber hatte ihre Waffe gezogen.

D. D. verstand allmählich, warum der Gewerkschaftsvertreter auf einen Rechtsbeistand für sie drängte und darauf bestand, dass Leoni der Polizei gegenüber jede Aussage verweigerte.

D. D. seufzte und massierte sich die Stirn. »Ich kapiere das nicht. Haben wir es hier mit einem Ehemann zu tun, der einmal zu viel zugeschlagen hat, woraufhin seine Frau durchdreht? Würde erklären, warum die Leiche in der Küche liegt und sie vom Notarzt behandelt wird. Aber was ist mit dem Kind? Wo ist das Mädchen?«

»Vielleicht fing der Streit schon in der Nacht an. Der Stiefvater lässt die Fäuste fliegen, und das Kind nimmt Reißaus.«

Sie blickten auf den Schnee, in dem kleine Fußabdrücke nicht mehr zu erkennen gewesen wären, wenn es sie denn gegeben hätte.

»Sind die hiesigen Krankenhäuser verständigt?«, fragte D. D. »Hören sich Kollegen in der Nachbarschaft um?«

»Natürlich. Die Fahndung ist eingeleitet. Für wie blöd hältst du uns?«

Sie starrte demonstrativ auf den Schnee. Bobby hielt sich zurück.

»Was ist mit dem leiblichen Vater?«, fragte D. D. »Wenn Brian Darby der Stiefvater war, wo ist dann Sophies leiblicher Vater, und was hat er zu sagen?«

»Den gibt es nicht«, antwortete Bobby.

»Ich schätze, das ist biologisch unmöglich.«

»Auf der Geburtsurkunde ist jedenfalls kein Vater eingetragen. Außerdem war in der Kaserne nie davon die Rede, und es gibt auch keinen Mann, der sich jedes zweite Wochenende hätte blicken lassen.« Bobby zuckte mit den Achseln. »Leiblicher Vater, Fehlanzeige.«

D. D. runzelte die Stirn. »Weil Tessa Leoni ihn nicht mehr in ihrem Leben haben wollte? Oder war das seine Entscheidung? Kann es vielleicht sein, dass sich das Beziehungsgleichgewicht in unserer Kleinfamilie plötzlich verändert hat?«

Wieder zuckte Bobby mit den Achseln.

D. D. ließ sich weitere Möglichkeiten durch den Kopf gehen. Ein leiblicher Vater reklamierte das Sorgerecht. Ein gestresstes Paar, das zwei Berufe und ein kleines Kind unter einen Hut zu bringen versuchte. In Fall A hätte der leibliche Vater womöglich sein Kind entführt. In Fall B wäre nicht auszuschließen, dass das Kind vom Stiefvater oder von der leiblichen Mutter getötet worden war.

»Glaubst du, das Mädchen könnte tot sein?«, fragte Bobby.

»Wenn ich das wüsste.« D. D. mochte gar nicht an die Kleine denken. Eine Frau, die ihren Mann erschießt, schön und gut. Aber ein vermisstes Kind war noch mal eine ganz andere Sache.

»Jedenfalls kann es nicht auf die Schnelle verscharrt worden sein«, dachte D. D. laut. »Nicht im gefrorenen Boden. Wenn das Mädchen also tot wäre, müsste es irgendwo im Haus versteckt sein. Garage? Dachboden? Belüftungsschächte? Alte Kühltruhen?«

Bobby schüttelte den Kopf.

D. D. hatte bislang nur einen Blick in die Küche und den Wintergarten geworfen, konnte aber davon ausgehen, dass die zahllosen Kollegen, die gegenwärtig das Haus auf den Kopf stellten, sämtliche hundert Quadratmeter Bodendielen aufgedeckt hatten.

»Ich glaube nicht, dass der leibliche Vater in die Sache verwickelt ist«, meinte Bobby. »Wenn er wieder aufgekreuzt wäre, hätten wir das als Erstes von Tessa Leoni zu hören bekommen. *Wenden Sie sich an meinen beschissenen Ex, der mir meine Tochter wegnehmen will.* Sie hat nichts in der Art gesagt –«

»Weil ihr der Gewerkschaftsvertreter eingeschärft hat, den Mund zu halten.«

»Er will nicht, dass sie sich selbst belastet. Aber jemand anderes zu belasten wäre doch prima.«

Da ist was dran, dachte D. D. »Gut, vergessen wir den leiblichen Vater für einen Moment. Es scheint jedenfalls, der Haussegen hing schief. Leonis Gesicht nach zu urteilen hat Brian Darby sie nicht zum ersten Mal geschlagen. Vielleicht hat er auch seine Stieftochter misshandelt. Ein paar Schläge zu viel, Trooper Leoni kommt nach Hause, findet die Leiche, und beide geraten in Panik. Der Stiefvater hat etwas Schreckliches getan, woran Trooper Leoni nicht ganz unschuldig ist, weil sie zu lange tatenlos zugesehen hat. Gemeinsam schaffen sie die Leiche fort. Sie kehren nach Hause zurück, fangen an zu streiten, und Tessa dreht durch.«

»Trooper Tessa hilft, die Leiche zu beseitigen, und knallt anschließend ihren Mann ab?« Bobby brauchte nicht zu sagen, dass er das für absurd hielt.

D. D. schaute ihm ins Gesicht. »Möglich ist alles. Das müsstest gerade du am besten wissen.«

Er schwieg, hielt aber ihrem Blick stand.

»Ich möchte mir Leonis Streifenwagen ansehen«, sagte D. D.

»Den nimmt sich schon einer von unseren Leuten vor.«

»Und seinen Wagen?«

»Ein GMC Denali, Baujahr 07. Darum kümmert sich einer deiner Leute.«

D. D. zog eine Braue in die Stirn. »Hübsches Auto. Macht man bei der Handelsmarine so viel Geld?«

»Er war Ingenieur. Ingenieure machen immer viel Geld. Und ich glaube nicht, dass sich Leoni an ihrem eigenen Kind vergriffen hat«, sagte Bobby.

»Nein?«

»Ich habe mit Kollegen gesprochen, die mit ihr zusammengearbeitet haben. Sie konnten nur Gutes berichten. Liebevolle Mom, sehr fürsorglich mit der Tochter und so weiter und so weiter.«

»Ach ja? Wussten sie auch, dass ihr Mann sie als Boxsack missbraucht?«

Bobby sagte nichts, was auch eine Antwort war. Er kehrte der Szene den Rücken. »Sie könnte auch entführt worden sein«, sagte er schließlich.

»Frei zugängliches Grundstück, mitten in einem dicht bewohnten Stadtteil.« D. D. zuckte mit den Achseln. »Wäre nur ein sechsjähriges Mädchen verschwunden, würde ich mir alle einschlägig bekannten Kinderschänder vorknöpfen. Aber wie stehen die Chancen, dass sich ein Fremder ins Haus schleicht, während die Eltern gerade Zoff haben?«

»Möglich ist alles«, zitierte Bobby, klang aber ebenso wenig überzeugt wie sie.

D. D. ließ den Blick über die plattgetrampelte Schneedecke wandern, auf der es womöglich einmal Spuren gegeben hatte, die ihnen weitergeholfen hätten. Sie seufzte.

»Die Meldung kam als Hilferuf einer Kollegin«, murmelte Bobby. »Darauf haben die Trooper reagiert. Keiner hat mit einem Tötungsdelikt gerechnet.«

»Von wem kam der Anruf?«

»Von ihr, schätze ich –«

»Trooper Leoni.«

»Vermutlich. Vielleicht hat sie einen Kollegen in der Kaserne angerufen, der dann die Kavallerie zusammengetrommelt hat. Irgendjemand wird wohl auch die Einsatzleitung verständigt haben. Jedenfalls rückte auch der Chef mit an. Und als Lieutenant Colonel Hamilton hier eintraf –«

»Stellte er fest, dass jede Hilfe zu spät kam«, beendete D. D. den Satz.

»Vernünftigerweise hat Hamilton sofort die zuständigen Bostoner Kollegen verständigt.«

»Und warum lässt er auch seine eigenen Detectives kommen?«

»Eigeninteresse. Was weiß ich?«

»Ich will eine Mitschrift der Anrufe haben.«

»Als Verbindungsmann der State Police könnte ich dir den Gefallen tun.«

»Apropos, damit das klar ist: Du bist der Verbindungsmann, ich leite die Ermittlungen. Mit anderen Worten, ich habe das Sagen. Du führst aus.«

»War es jemals anders?«

»Da fragst du noch? Also, erster Auftrag für dich. Finde das Mädchen.«

»Wenn das nur so einfach wäre ...«

»Gut. Zweiter Auftrag. Sorg dafür, dass ich mit Trooper Leoni reden kann.«

»Ich tue mein Bestes, aber versprechen kann ich nichts.«

»Ach, ich dachte, du bist der Verbindungsmann der State Police. Mit dir wird sie doch sprechen.«

»Ihr Gewerkschaftsvertreter rät ihr, den Mund zu halten. Und wenn ihr Anwalt erst mal da ist, wird er ihr dasselbe raten. Willkommen vor der blauen Wand aus Uniformen.«

»Trage ich nicht selbst eine?«

Bobby musterte ihr schweres Einsatzjackett mit dem Kürzel *BPD* für Boston Police Departments. »Nicht in der Welt von Trooper Leoni.«

4. KAPITEL

Ich fuhr zum ersten Mal alleine Streife und war gerade an die zwei Stunden unterwegs, als mich ein Ruf wegen Lärmbelästigung erreichte, mein Debüt in solchen Sachen. In der Meldung hieß es, die Bewohner von Apartment 25 B würden so laut miteinander streiten, dass die Nachbarn nicht schlafen konnten und die Cops gerufen hatten.

Oberflächlich betrachtet, nichts Aufregendes. Ein Trooper soll für Ruhe sorgen. Wahrscheinlich würde am nächsten Morgen eine Tüte Hundescheiße vor der Tür des Nachbarn liegen.

Aber in der Polizeiakademie war uns eingeschärft worden: Jede Meldung ist ernst zu nehmen. Aufmerksam, auf alles vorbereitet sein und auf Nummer sicher gehen.

Meine dunkelblaue Uniform war nass geschwitzt, als ich das Apartment 25 B erreichte.

Junge Trooper arbeiten die ersten zwölf Wochen unter der Aufsicht eines älteren Kollegen. Danach patrouillieren sie allein. Ohne Partner, der einem den Rücken freihält. Wir müssen uns auf die Einsatzleitung verlassen und bei den Kollegen melden, sobald wir einen Streifenwagen besteigen oder verlassen, wenn wir kurz Pause machen, um eine Tasse Kaffee zu trinken oder um zu pinkeln. Die Einsatzleitung ist unsere Lebensversicherung. Wenn Gefahr droht, schickt sie die Kavallerie, unsere Kollegen, zur Rettung.

Theoretisch alles wunderbar, aber als ich um ein Uhr nachts aus meinem Wagen stieg und auf ein mir unbekanntes Haus zuging, um einen Streit zwischen Leuten zu schlichten, die ich nicht kannte, kamen mir Bedenken. Denn obwohl es an die tausendsiebenhundert State Trooper gibt, sind immer nur rund sechshundert im Einsatz. Und diese sechshundert sind über ganz Massachusetts verteilt. Mit anderen Worten, wenn was schiefgeht, kann man nicht selten lange darauf warten, dass ein Kollege zu Hilfe kommt.

In den meisten Fällen ist die Lage, die man checken soll, unbekannt. Deshalb hat man uns in der Akademie darauf eingeschworen, immer Vorsicht walten zu lassen. Gefahr lauert überall. Misstrauen ist immer angebracht. Alle Verdächtigen lügen.

So läuft der Hase. Und wir von der Polizei laufen hinterher.

Ich stieg drei Stufen hinauf zu einer winzigen Veranda und hielt kurz inne, um tief Luft zu holen. Haltung annehmen. Ich war dreiundzwanzig Jahre alt, durchschnittlich groß und unvorteilhaft hübsch. Es war zu befürchten, dass mir jemand öffnete, der älter, größer und skrupelloser war als ich. Trotzdem musste ich mich behaupten. Füße auseinander stellen, Schultern straffen, Kinn hoch. Und nie erkennen lassen, dass man schwitzt.

Ich stellte mich neben die Tür, klopfte an und steckte schnell meine Daumen hinter den Bund meiner dunkelblauen Hose, damit man nicht sehen konnte, dass meine Hände zitterten.

Streit war keiner zu hören. Nicht einmal Schritte. Die Lichter aber brannten. Die Bewohner von 25 B schliefen nicht.

Ich klopfte wieder. Energischer diesmal.

Nichts regte sich.

Ich fummelte am Einsatzkoppel und ließ mir meine Möglichkeiten durch den Kopf gehen. Ich hatte einen Einsatzbefehl entgegengenommen und würde einen Bericht vorlegen müssen, musste also Kontakt aufnehmen. Ich riss mich zusammen und klopfte ein drittes Mal an. Mit der Faust. Die billige Tür bebte. Ich war Trooper, verdammt noch mal, jemand, der sich nicht abwimmeln ließ.

Endlich waren Schritte zu hören.

Dreißig Sekunden später ging leise die Tür auf.

Die Bewohnerin von Apartment 25 B schaute mich nicht an. Sie starrte auf den Boden. Ihr Gesicht war blutverschmiert.

In dieser Nacht – und in vielen darauffolgenden Nächten – lernte ich, wie in Sachen häuslicher Unfrieden zu verfahren ist.

Zuerst schaut man sich rasch am Tatort um, gefasst auf potenzielle Gefahren, die es sofort in den Griff zu bekommen gilt.

Wer ist sonst noch in der Wohnung? Darf ich mich mal im Haus umsehen? Ist das Ihre Waffe, Trooper? Haben Sie noch andere Waffen hier im Haus? Ich muss Sie auch um Ihr Dienstkoppel bitten. Langsam ablegen ... Danke. Ich nehme den Gürtel jetzt an mich. Gehen Sie bitte in den Wintergarten. Nehmen Sie doch Platz und bewegen Sie sich nicht vom Fleck. Bin gleich wieder bei Ihnen.

Ist der Tatort gesichert, untersucht man die Tatbeteiligte, wenn sie verletzt ist. Unterstellt wird zu diesem Zeitpunkt nichts, weder Täter- noch Opferschaft. Vor einem steht lediglich eine verletzte Person, die entsprechend behandelt werden muss.

Weibliche Person hat aufgeplatzte Lippen, ein blaues Auge, Druckstellen am Hals und eine blutende Platzwunde rechts oben an der Stirn.

Viele Frauen, die geschlagen werden, behaupten, es sei nichts. Sie bräuchten keinen Krankenwagen. Sie wollten jetzt bitte allein gelassen werden und kämen ohne Hilfe zurecht.

Ein gut ausgebildeter Polizist ignoriert solche Aussagen. Die Hinweise auf eine Straftat sprechen für sich und setzen das Räderwerk der Justiz in Gang. Mag sein, dass die verletzte Frau Opfer einer Gewalttat ist und trotzdem auf eine Anzeige verzichtet. Aber vielleicht ist sie Täter und hat sich die Verletzungen zugezogen, als sie über die noch unbekannte Person hergefallen ist, das heißt, sie wäre zur Rechenschaft zu ziehen. Ihre Verletzungen und alles, was sie sagt, müssten dokumentiert werden, denn es könnte ja sein, dass die noch unbekannte Person rechtliche Schritte einleitet. Unterstellt wird immer noch nichts. Der Trooper informiert die Einsatzleitung, fordert Verstärkung an und lässt einen Notarzt kommen.

Kollegen in Uniform treffen ein. Sanitäter. Sirenen heulen, und Streifenwagen rasen durch den engen Trichter der Innenstadt, während neugierige Nachbarn vor dem Haus zusammenlaufen.

Bald geht der Trubel los. Umso wichtiger ist es für die erste Einsatzkraft vor Ort, dass sie alles festhält. Sie muss dokumentieren, dokumentieren und nochmals dokumentieren. Sie sieht sich jetzt am Tatort gründlicher um und macht erste Fotos.

Männliche Leiche, Ende dreißig schätzungsweise eins achtzig, um die hundert Kilo. Drei Einschusswunden im Brustbereich. Circa einen halben Meter links neben dem Küchentisch auf dem Rücken liegend.

Zwei umgekippte Holzstühle. Darunter grüne Glasscherben. Eine zerbrochene grüne Flasche mit Heineken-Etikett liegt fünfzehn Zentimeter links vom Küchentisch am Boden.

Eine Sig-Sauer-Halbautomatik auf rundem Holztisch, Durchmesser circa ein Meter. Sichergestellt. Magazin entnommen, Schusskammer geleert, eingetütet, beschriftet.

Uniformierte Kollegen werden mir assistieren, Nachbarn befragen und das Grundstück sichern. Um die Verletzte, die im Wintergarten Platz genommen hat, kümmert sich ein Notarzt.

Eine Ärztin fühlt meinen Puls, strahlt mir mit einer Taschenlampe in die Augen und tastet den Kopf nach eventuellen Knochenbrüchen ab. Sie bittet mich, die Haare zurückzustreichen, damit sie meine Stirn behandeln kann. Mit einer Pinzette entfernt sie einen grünen Glassplitter aus der Wunde, der, wie sich später zeigen wird, von der Bierflasche stammt.

»Wie fühlen Sie sich, Ma'am?«

»Der Kopf tut weh.«

»Erinnern Sie sich, ohnmächtig geworden zu sein?«

»Der Kopf tut weh.«

»Ist Ihnen übel?«

»Ja.« Der Magen rebelliert. Ich versuche, an mich zu halten, die Schmerzen zu ertragen, will nicht wahrhaben, was geschehen ist …

Die Ärztin bemerkt die wachsende Beule am Hinterkopf.

»Was ist da passiert, Ma'am?«

»Was meinen Sie?«

»Sie haben da eine Schwellung. Kann es doch sein, dass Sie das Bewusstsein verloren haben? Sind Sie gestürzt?«

Ich schaue die Ärztin an. »Wen liebst du?«, flüstere ich.

Sie antwortet nicht.

Als Nächstes kommt es zu einer ersten Vernehmung. Ein guter Trooper wird notieren, was die vernommene Person sagt und *wie* sie es sagt. Menschen unter Schock reden oft wirr und ohne Zusammenhang.

Manche Opfer zeigen dissoziative Symptome. Sie sprechen emotionslos und abgehackt über ein Ereignis, das für sie schon gar nicht mehr stattgefunden hat. Es gibt aber auch die eingefleischten Lügner, die nur so tun, als plapperten sie dissoziativ drauflos.

Jeder Lügner treibt es früher oder später zu weit. Nennt das eine oder andere Detail zu viel. Wirkt ein bisschen zu beherrscht. Ein erfahrener Ermittler lässt ihn auffliegen.

»Können Sie uns sagen, was passiert ist, Trooper Leoni?« Ein Detective der Bostoner Polizei unternimmt einen ersten Versuch. Er ist schon älter, grau an den Schläfen. Klingt freundlich, macht auf kollegial.

Ich will nicht antworten. Ich muss antworten. Lieber einem hiesigen Detective als dem Vertreter der übergeordneten Stelle, der später am Zug sein wird. Mein Schädel dröhnt, die Schläfen pochen, meine Wangen glühen.

Ich muss mich übergeben, kämpfe aber gegen den Würgereiz an.

»Mein Mann ...«, flüstere ich. Mein Blick richtet sich unwillkürlich zu Boden. Ein Fehler, wie ich weiß. Ich schaue meinem Gegenüber wieder ins Gesicht. »Manchmal ... wenn ich spät arbeite. Mein Mann war wütend und hat die Beherrschung verloren.« Pause. Meine Stimme wird kräftiger, artikulierter. »Er hat mich geschlagen.«

»Wohin hat er geschlagen, Officer?«

»Ins Gesicht. Aufs Auge.« Ich drücke mit den Fingern auf die Stellen, was den Schmerz ein wenig nimmt. Im Geiste sehe ich, wie er mich bedroht. Ich kauere am Boden, völlig verängstigt.

»Ich bin gestürzt«, sage ich. »Mein Mann griff nach einem Stuhl.«

Stille. Der Detective wartet darauf, dass ich fortfahre. Dass ich lüge oder die Wahrheit sage.

»Ich habe nicht zurückgeschlagen«, flüstere ich. Mir reicht's. Ich weiß, wie diese Geschichte ausgeht. Wir alle wissen es. »Ich dachte mir, wenn ich mich nicht wehre, beruhigt er sich wieder und hört auf«, murmele ich mechanisch. »Wenn doch, wird alles nur noch schlimmer.«

»Wo waren Sie, Trooper Leoni, als Ihr Mann zum Stuhl griff?«

»Auf dem Boden.«

»Wo im Haus?«

»In der Küche.«

»Was haben Sie getan, als Ihr Mann zum Stuhl griff?«

»Nichts.«

»Und was hat er getan?«

»Ihn geworfen.«

»Wonach?«

»Auf mich.«

»Sind Sie getroffen worden?«

»Ich … ich weiß nicht mehr.«

»Was ist dann passiert, Trooper Leoni?« Der Detective beugt sich herab und mustert mich von nahem. Er macht einen besorgten Eindruck. Stimmt mit meinem Augenkontakt irgendetwas nicht? Ist meine Story zu detailliert? Nicht detailliert genug?

All I want for Christmas is my two front teeth, my two front teeth, my two front teeth.

Mein Leben rauscht mir durch den Kopf. Es fehlt nicht viel, und ich fange zu kichern an. Ich tu's nicht.

Ich liebe dich, Mommy. Ich liebe dich.

»Ich habe den Stuhl zurückgeschmissen«, sage ich.

»Sie haben mit dem Stuhl nach ihm geworfen?«

»Er wurde … noch wütender. Also muss ich irgendwas getan haben, was ihn noch wütender gemacht hat.«

»Trugen Sie zu diesem Zeitpunkt noch Ihre Uniform, Trooper Leoni?«

Ich schaue ihm in die Augen. »Ja.«

»Mitsamt dem Koppel und der Weste?«

»Ja.«

»Haben Sie irgendwas aus dem Koppel gezogen, um sich zu verteidigen?«

Ich schaue ihm immer noch in die Augen. »Nein.«

Der Detective beäugt mich neugierig. »Was passierte dann, Trooper Leoni?«

»Er griff zur Bierflasche. Schlug auf mich ein. Ich … ich wehrte mich. Er taumelte zurück und stieß gegen den Tisch. Ich stürzte. Wieder vor die Wand. Mit dem Rücken. Ich wollte nur noch weg.«

Stille.

»Trooper Leoni?«

»Er hat die Flasche zerbrochen«, murmele ich. »Ich musste mich irgendwie in Sicherheit bringen. Kam aber nicht mehr auf die Beine. Ich hockte am Boden. Vor der Wand. Und sah ihn auf mich zukommen.«

»Trooper Leoni?«

»Ich hatte Todesangst«, flüstere ich. »Da griff ich zu meiner Waffe. Und als er über mich herfiel ... ich hatte Todesangst.«

»Trooper Leoni, was ist passiert?«

»Ich habe auf meinen Mann geschossen.«

»Trooper Leoni –«

Ich begegne seinem Blick ein letztes Mal. »Dann bin ich los, um nach meiner Tochter zu suchen.«

5. KAPITEL

Als D. D. und Bobby den Garten verließen und wieder vor dem Haus standen, holten gerade Sanitäter eine Trage aus dem Krankenwagen. Daneben sah D. D. einen uniformierten Kollegen der Bostoner Zentrale hinter dem Absperrband. Sie ging auf ihn zu.

»Hey, Officer Fiske. Haben Sie alle eingetragen, die ins Haus gegangen sind?« Sie deutete auf den Ordner, den er in der Hand hielt.

»Natürlich. Insgesamt sind's zweiundvierzig.«

»Nicht zu fassen. Fährt denn auch noch jemand Streife?«

»Wohl eher nicht«, bemerkte Officer Fiske, ein junger Mann mit ernster Miene. Täuschte sich D. D., oder wurden die Kollegen tatsächlich von Jahr zu Jahr jünger und ernster?

»Nun, damit habe ich ein Problem, Officer Fiske. Während Sie hier Namen sammeln, geht es in dem Haus zu wie in einem Taubenschlag. Das stinkt mir.«

Officer Fiske schaute leicht betreten drein.

»Haben Sie einen Partner?«, fuhr D. D. fort. »Funken Sie ihn her. Er soll hinterm Haus Stellung beziehen und aufschreiben, wer rein- und rausgeht. Name, Dienstrang, Ausweisnummer. Und geben Sie allen Bescheid: Jeder State Trooper, der sich hier blicken lässt, hat sich bis zum Abend in der Bostoner Zentrale zu melden und einen Schuhabdruck zu hinterlassen. Wer dieser Aufforderung nicht nachkommt, wird an den Schreibtisch versetzt. Er hier –«, sie deutete mit dem Daumen auf Bobby, der neben ihr stand und die Augen verdrehte, »fungiert als Verbindungsmann der State Police und kann bestätigen, was ich Ihnen gerade gesagt habe.«

»D. D. …«, begann Bobby.

»Sie haben meinen Tatort zertrampelt. So was vergesse ich nicht. Nie.«

Bobby hielt die Klappe, was sie ihm hoch anrechnete.

Nachdem das geregelt war, wandte sie sich den Sanitätern zu, die mit der Trage auf die steilen Eingangsstufen zugingen.

»Augenblick mal«, rief sie ihnen nach.

Die beiden, ein Mann und eine Frau, blieben stehen.

»Sergeant Detective D. D. Warren«, stellte sie sich vor. »Ich leite diesen Zirkus. Bringen Sie Trooper Leoni jetzt ins Krankenhaus?«

Die stämmige Frau am Kopfende der Trage nickte und wollte schon weitergehen, aber D. D. hielt sie zurück.

»Warten Sie fünf Minuten«, sagte sie. »Ich muss der Verletzten vorher noch ein paar Fragen stellen.«

»Trooper Leoni hat eine schwere Kopfverletzung«, erwiderte die Frau unbeirrt. »Sie muss dringend in die Röhre für eine CT. Sie machen Ihren Job, wir unseren.«

Die Sanitäterin ging weiter. D. D. stellte sich ihr in die Quere.

»Besteht Gefahr, dass Trooper Leoni verblutet?«, fragte sie. Sie warf einen Blick auf das Namensschild und fügte verspätet hinzu: »Marla.«

Marla wirkte wenig beeindruckt. »Nein.«

»Schwebt sie in unmittelbarer Lebensgefahr?«

»Wir können nicht ausschließen, dass sie ein Blutgerinnsel im Gehirn ...«

»Dann halten wir sie wach und lassen uns von ihr sagen, wie sie heißt, wo sie sich befindet und welches Datum wir heute haben. So was macht man doch in solchen Fällen, oder? Bis fünf zählen, vor und zurück, Name, Rang und so weiter.«

Bobby, der zu ihr aufgeschlossen war, seufzte. D. D. machte offenbar ernst. Sie hielt ihren Blick auf Marla gerichtet, die auf Bobby einen noch entschlosseneren Eindruck machte.

»Detective –« Weiter kam sie nicht.

D. D. fiel ihr ins Wort. »Ein Kind wird vermisst, ein sechsjähriges Mädchen. Der Himmel weiß, wo es sich gerade aufhält und wie es ihr geht. Ich brauche fünf Minuten, Marla. Vielleicht ist das aus Ihrer Sicht oder der von Trooper Leoni ein bisschen viel verlangt, aber mit Sicherheit nicht annähernd genug aus der Sicht eines sechsjährigen Kindes.«

D. D. war in Form, wie immer. Marla, die Mitte vierzig zu sein schien und wahrscheinlich mindestens ein oder zwei Kinder zu Hause hatte, von einer Unmenge an Nichten und Neffen abgesehen, knickte ein.

»Fünf Minuten«, sagte sie und warf einen Blick auf ihren Partner. »Dann holen wir sie, ob Sie fertig sind oder nicht.«

»Hast du heute Morgen deine Wheaties gegessen?«, murmelte Bobby, der hinter ihr her die Treppe hinauflief.

»Neidisch?«

»Warum sollte ich neidisch sein?«

»Weil ich mich mit solchen blöden Sprüchen immer durchsetze.«

»Hochmut kommt vor dem Fall«, konterte Bobby.

D. D. stieß die Haustür auf. »Hoffen wir für die sechsjährige Sophie, dass dem nicht so ist.«

Trooper Leoni saß immer noch im Wintergarten. D. D. und Bobby mussten durch die Küche, um zu ihr zu gelangen. Brian Darbys Leiche war fortgeschafft worden. Zurückgeblieben waren Blutflecken auf dem Holzboden, jede Menge Beweistäfelchen und Reste von Kohlenstoffpulver. Die üblichen Hinterlassenschaften der Spurensicherung. D. D. deckte mit der Hand Mund und Nase ab und ging voran, immer zwei Schritte vor Bobby. Sie hoffte, dass er davon keine Notiz nahm.

Tessa Leoni blickte auf, als sie die beiden sah. Sie hielt ein Eiskissen an die eine Gesichtshälfte gepresst, was aber die geplatzte Unterlippe und die blutende Wunde an der Stirn nicht verdecken konnte. Als D. D. den Wintergarten betrat, ließ die Kollegin das Eiskissen sinken und enthüllte ein Auge, das auberginefarben angelaufen war.

D. D. erschrak. Unabhängig davon, ob Leoni in ihrer ersten Aussage die Wahrheit gesagt hatte oder nicht, fest stand, dass sie schwere Prügel bezogen hatte. D. D. betrachtete ihre Hände und suchte nach Abwehrspuren. Trooper Leoni bemerkte es und legte das Eiskissen auf die Knöchel.

Die beiden Frauen musterten einander. Trooper Leoni machte

auf D. D. einen sehr jungen Eindruck, zu jung, um Uniform zu tragen. Lange dunkle Haare, blaue Augen und ein ovales Gesicht. Ein hübsches Mädchen, trotz der entstellenden Verletzungen. D. D. fühlte sich provoziert. Hübsch und verwundbar war eine Kombination, die sie nicht leiden konnte.

Sie warf einen Blick auf die anderen Personen im Wintergarten.

Neben Leoni stand ein riesiger State Trooper, der sich in die Brust warf und anscheinend besonders taff aussehen wollte. Ihnen gegenüber saß ein kleiner älterer Herr im grauen Anzug mit einem Notizblock auf den Knien. Die Riege ist komplett, dachte D. D. Der Gewerkschaftsvertreter der State Police stand, der von der Gewerkschaft beauftragte Anwalt saß.

Das Wort ergriff der Hüne.

»Trooper Leoni wird auf keine Ihrer Fragen antworten«, sagte er und hob das Kinn.

D. D. warf einen Blick auf sein Abzeichen. »Trooper Lyons –«

»Sie hat bereits eine Aussage gemacht«, fuhr Trooper Lyons fort. »Alles Weitere muss warten, bis sie medizinisch versorgt wurde.« Er blickte an D. D. vorbei zur Tür. »Wo sind die Sanitäter?«

»Die holen ihre Sachen«, antwortete D. D. ruhig und gelassen. »Kommen gleich. Natürlich haben die Verletzungen von Trooper Leoni Vorrang. Jede Kollegin hat Anspruch auf beste Pflege.«

Sie rückte einen Schritt nach rechts, um Bobby an ihre Seite vortreten zu lassen und mit ihm Front zu machen, was Trooper Lyons aber kaum zu beeindrucken schien.

Der Anwalt stand auf und streckte die Hand aus. »Ken Cargill«, stellte er sich vor. »Ich vertrete Trooper Leoni.«

»Sergeant Detective D. D. Warren«, sagte D. D. und machte den Anwalt auch mit Bobby bekannt.

»Meine Mandantin wird vorläufig keine Fragen beantworten«, bekräftigte Cargill. »Wenn man sie im Krankenhaus untersucht hat und das volle Ausmaß ihrer Verletzungen bekannt ist, werde ich mich bei Ihnen melden.«

»Verstehe. Ich will nicht drängen. Die Sanitäter lassen ausrichten, dass sie noch ein paar Minuten brauchen, um die Trage auseinanderzuklappen und Verbandsmaterial einzupacken. Ich dachte, wir könnten die Zeit nutzen und ein paar wichtige Dinge regeln. Die Fahndung nach der kleinen Sophie läuft, aber ich will ehrlich sein.« D. D. hob die Hände zu einer hilflosen Geste. »Es gibt keinerlei Anhaltspunkte. Trooper Leoni wird bestimmt wissen, dass es in solchen Fällen auf jede Minute ankommt.«

Als sie den Namen ihrer Tochter hörte, richtete sich Trooper Leoni auf dem Sofa auf. Sie schaute weder D. D. noch einen der anderen im Raum an. Ihr Blick war auf eine Stelle im abgenutzten grünen Teppich gerichtet. Die Hände lagen unter dem Eiskissen.

»Ich habe überall nach ihr gesucht«, sagte sie plötzlich. »Im ganzen Haus, auf dem Dachboden, in der Garage, in seinem Wagen –«

»Tessa«, fiel ihr Trooper Lyons ins Wort. »Schweigen Sie bitte.«

»Wann haben Sie Ihre Tochter das letzte Mal gesehen?«, hakte D. D. sofort nach.

»Um Viertel vor elf vergangene Nacht«, antwortete sie wie auswendig gelernt. »Ich schaue immer noch einmal nach ihr, bevor ich meinen Dienst antrete.«

D. D. legte die Stirn in Falten. »Sie brechen erst um Viertel vor elf auf, wenn Sie um elf Ihren Dienst antreten müssen?«

Trooper Leoni schüttelte den Kopf. »Ich brauche ja nicht erst zur Kaserne zu fahren. Der Streifenwagen steht vor der Tür. Sobald ich mich ans Steuer setze, beginnt mein Dienst. Ich rufe dann die Einsatzleitung an und lasse mir sagen, wo ich Streife fahren soll.«

D. D. nickte. Sie kannte sich nicht aus mit den Routinen der State Police, versuchte aber, mit Trooper Leoni ein Spiel zu spielen. Das Spiel hieß: feststellen, inwieweit die verdächtige Person zurechnungsfähig ist. Der Einspruch ihres Anwalts und sein Hinweis darauf, dass seine Mandantin aufgrund einer schweren Gehirnerschütterung nicht vernehmungsfähig sei, konnten so nicht gelten, weil Trooper Leoni durchaus in der Lage war, vernünftig zu antworten. Und wenn sie angeben konnte, zu welchem Zeitpunkt sie ihre Einsatzleitung angerufen hatte, dürfte sie sich auch noch daran erinnern können, wie es zu den Schüssen auf ihren Mann gekommen war.

Vielleicht hätte D. D. vor zwei Stunden noch darauf verzichtet und die arme, geprügelte Kollegin geschont. Aber da hatte die Meute der State Police auch noch nicht den ganzen Garten plattgetreten und Front gegen sie gemacht.

D. D. vergaß so etwas nicht. Nie.

Und es schmeckte ihr ganz und gar nicht, dass ein kleines Kind in diesen Fall verwickelt war.

»Sie haben also um Viertel vor elf nach Ihrer Tochter gesehen ...«, stocherte D. D. weiter.

»Sophie schlief. Ich habe ihr einen Kuss auf die Wange gegeben. Sie hat sich zur Seite gerollt und die Decke bis zum Kinn gezogen.«

»Und Ihr Mann?«

»Saß unten vorm Fernseher.«

»Was hat er sich angesehen?«

»Keine Ahnung. Er trank Bier. Das hat mir nicht gepasst. Es wäre mir lieber gewesen, wenn er nicht getrunken hätte.«

»Wie viel hat er getrunken?«

»Drei Flaschen.«

»Sie haben mitgezählt?«

»Das Leergut stand neben der Spüle.«

»Hatte Ihr Mann ein Alkoholproblem?«, fragte D. D. geradeheraus.

Leoni blickte endlich mit dem heilen Auge zu ihr auf. Die andere Gesichtshälfte war dick geschwollen. »Brian war sechzig Tage am Stück zu Hause und hatte nichts zu tun. Ich muss arbeiten, Sophie geht zur Schule. Aber er hatte nichts zu tun. Manchmal hat er getrunken. Und manchmal ... es tat ihm nicht gut.«

»Obwohl Sie es nicht gern sehen, hat Ihr Mann drei Flaschen Bier getrunken. Trotzdem haben Sie ihn mit Ihrer Tochter allein gelassen.«

»Hey –«, versuchte Trooper Lyons einzugreifen.

Aber Tessa Leoni antwortete: »Ja, Ma'am. Ich habe meine Tochter mit ihrem betrunkenen Stiefvater allein gelassen. Und hätte ich gewusst ... ich hätte ihn schon gestern Abend erschossen.«

Der Anwalt hüstelte warnend. D. D. und Leoni achteten nicht auf ihn.

»Was hat Ihr Mann Ihrer Tochter angetan?«, wollte D. D. wissen.

Leoni zuckte bereits mit den Schultern. »Das wollte er mir nicht sagen. Ich bin nach Hause zurückgekommen und gleich nach oben gegangen. Sie hätte in ihrem Bett sein sollen. Oder zumindest auf ihrem Zimmer. Aber da war sie nicht. Ich habe sie gesucht und gesucht. Sophie war verschwunden.«

»Hat er Ihre Tochter jemals geschlagen?«, fragte D. D.

»Nicht vor meinen Augen.«

»Hat er sich einsam gefühlt? Sie waren nachts immer weg. Er war allein mit ihr.«

»Nein. Da liegen Sie falsch. So etwas wäre mir nicht entgangen. Sie hätte es mir gesagt.«

»Dann sagen Sie mir, was mit Ihrer Tochter geschehen ist?«

»Ich weiß es nicht, verdammt noch mal. Sie ist ein kleines Mädchen. Wer vergreift sich an einem Kind? Was für ein Mann würde so etwas tun?«

Trooper Lyons legte ihr beide Hände auf die Schultern, um sie zu beruhigen. Doch sie schüttelte sie ab und stand auf, merklich erregt. Die plötzliche Bewegung aber war offenbar zu viel für sie, denn sie kippte gleich darauf zur Seite weg.

Trooper Lyons fing sie auf, setzte sie vorsichtig auf dem Sofa ab und warf D. D. einen bitterbösen Blick zu.

»Nicht aufregen«, sagte er zu Tessa Leoni, behielt aber D. D. und Bobby dabei im Auge.

»Sie verstehen nicht, verstehen einfach nicht«, murmelte Leoni. Sie wirkte jetzt weder hübsch noch verwundbar. Ihr Gesicht hatte eine ungesunde Farbe angenommen. Es schien, als müsste sie sich gleich übergeben. Sie klopfte mit der Hand auf die leere Stelle neben sich und sagte: »Sophie ist ein mutiges und abenteuerlustiges Mädchen, hat aber Angst im Dunkeln. Große Angst. Einmal, sie war noch nicht ganz drei, ist sie in den Kofferraum eines Streifenwagens geklettert. Der Deckel klappte zu, und sie schrie sich die Seele aus dem Leib. Wenn Sie sie einmal so schreien gehört hätten, dann würden Sie verstehen ...«

Leoni wandte sich an Trooper Lyons. Sie ergriff seine fleischigen Hände und blickte verzweifelt zu ihm auf. »Sie ist doch in Sicherheit, nicht wahr? Sie passen gut auf sie auf, ja, Shane? Kümmern sich um sie. Bringen sie nach Hause zurück, bevor es dunkel wird. Bevor es dunkel wird. Bitte, ich flehe Sie an.«

Lyons schien nicht zu wissen, wie er auf diesen Ausbruch reagieren sollte. Er legte wieder seine Hände auf ihre Schultern und überließ es D. D., einen Eimer zu holen. Gerade rechtzeitig hielt sie ihn vor das aschfahle Gesicht, als sich Tessa Leoni würgend erbrach.

»Mein Kopf«, jammerte sie und ließ sich auf dem Sofa zurückfallen.

»Hey, was soll das? Gehen Sie bitte nach draußen. Alle, sofort.« Marla und ihr Partner waren mit der Trage zur Stelle. D. D. und Bobby gehorchten und wandten sich zur Küche. Doch ausgerechnet Leoni hielt D. D. am Handgelenk zurück, überraschend energisch, wie D. D. fand.

»Meine Tochter braucht Sie«, hauchte Tessa Leoni, als Marla ihre andere Hand ergriff und eine Kanüle in den Unterarm steckte.

»Natürlich«, sagte D. D.

»Sie müssen sie finden. Versprechen Sie mir das.«

»Wir tun unser Bestes –«

»*Versprechen Sie's mir!*«

»Okay, okay«, hörte sich D. D. sagen. »Wir finden sie. Natürlich. Sie kommen jetzt erst einmal ins Krankenhaus. Erholen Sie sich gut.«

Marla und ihr Partner halfen Leoni zur Trage. Doch sie wehrte sich, versuchte die beiden abzuschütteln und D. D. näher an sich heranzuziehen. Die Sanitäter aber hatten sie innerhalb von Sekunden hingelegt und festgeschnallt. Trooper Lyons folgte ihnen nach draußen.

Der Anwalt schloss sich D. D. an, als sie den Wintergarten in Richtung Küche verließ, und steckte ihr seine Visitenkarte zu. »Ich bin sicher, Sie wissen, dass die soeben gemachten Aussagen vor Gericht keinen Bestand haben werden. Meine Mandantin ist erstens nicht von ihren Rechten zurückgetreten und leidet zweitens an einer schweren Gehirnerschütterung.«

Nachdem er dies gesagt hatte, ging auch der Anwalt und ließ D. D. und Bobby allein in der Küche zurück. D. D. brauchte sich nicht mehr die Nase zuzuhalten. Sie war noch so in Gedanken an das Gespräch mit Officer Leoni, dass sie den Geruch gar nicht bemerkte.

»Kommt es mir nur so vor«, sagte sie, »oder hat tatsächlich jemand Tessa Leonis Gesicht mit einem Fleischklopfer behandelt?«

»Und trotzdem hat sie keine einzige Schramme an ihren Händen«, bemerkte Bobby. »Nicht einmal abgebrochene Fingernägel oder geprellte Knöchel.«

»Sie wurde zusammengeschlagen und hat sich nicht gewehrt?«, fragte D. D. skeptisch.

»Scheint so, jedenfalls nicht bis zur Schussabgabe.«

D. D. verdrehte die Augen. Sie war perplex, und das gefiel ihr nicht. Tessa Leonis Gesichtsverletzungen waren echt, wie auch ihre Sorge um die verschwundene Tochter. Alles andere aber ... die fehlenden Spuren einer versuchten Verteidigung oder die Tatsache, dass sie als ausgebildete Polizistin zur Schusswaffe gegriffen hatte, obwohl ihr Einsatzkoppel auch andere Möglichkeiten der Selbstverteidigung bereithielt, dass sie eine sehr emotionale Erklärung abgelegt, gleichzeitig aber jeden Augenkontakt vermieden hatte ...

D. D. behagte das alles überhaupt nicht. Am meisten störte sie, von einer Kollegin am Arm festgehalten und angefleht worden zu sein, ihr vermisstes Kind ausfindig zu machen.

Eine Sechsjährige, die schreckliche Angst vorm Dunkeln hatte.

O Gott. Dieser Fall ging an die Nieren.

»Die Eheleute hatten also Krach«, resümierte Bobby. »Er hat sie überwältigt und zu Boden gestoßen, worauf sie die Waffe gezogen hat.

Erst danach fällt ihr auf, dass ihre Tochter verschwunden ist. Und dass sie gerade die einzige Person erschossen hat, die ihr womöglich hätte sagen können, wo sie steckt.«

D. D. nickte nachdenklich. »Frage: Wie handelt ein Trooper spontan? Schützt er sich oder andere?«

»Andere.«

»Und was steht für eine Mutter an erster Stelle? Ihr eigener Schutz oder der ihres Kindes?«

»Der ihres Kindes.«

»Trooper Leonis Tochter ist verschwunden. Und was macht sie zuerst? Sie ruft ihren Gewerkschaftsvertreter an und lässt einen Anwalt kommen.«

»Vielleicht ist sie keine gute Polizistin«, sagte Bobby.

»Vielleicht ist sie keine gute Mutter«, erwiderte D. D.

6. KAPITEL

Ich verliebte mich, als ich acht Jahre alt war. Nicht so, wie Sie denken. Ich war auf den Baum im Vorgarten geklettert, hockte auf dem untersten Ast und starrte auf den kleinen Flecken verbrannten Rasens unter mir. Mein Vater war vermutlich arbeiten. Er hatte seine eigene Werkstatt, die er morgens meist schon um sechs aufschloss und abends erst nach fünf verließ. Meine Mutter schlief wahrscheinlich. Sie verbrachte ihre Tage im abgedunkelten Schlafzimmer. Manchmal rief sie mich und wollte, dass ich ihr etwas bringe – ein Glas Wasser, ein paar Kekse. Aber meistens wartete sie auf die Rückkehr meines Vaters.

Er machte dann für uns das Abendessen. Wenn es fertig war, schlurfte meine Mutter endlich aus ihrer dunklen Höhle und setzte sich zu uns an den kleinen runden Tisch. Sie lächelte, wenn er ihr die Kartoffeln reichte, und kaute mechanisch, während er von der Arbeit erzählte.

Hatten wir zu Ende gegessen, kehrte sie in ihr Schattenreich zurück; ihr tägliches Kontingent an Energie war erschöpft. Ich machte den Abwasch. Mein Vater schaute fern. Um neun gingen die Lichter aus. Für Familie Leoni war der Tag zu Ende.

Ich lernte früh, darauf zu verzichten, Klassenkameraden zu mir einzuladen. Und ich lernte, mich still zu verhalten.

Es war heiß an jenem Tag im Juli, und ich hatte einen weiteren endlosen Tag vor mir. Andere Kinder vergnügten sich wahrscheinlich in irgendeinem Sommerlager oder planschten im Stadtbad. Die besonders glücklichen waren mit gut gelaunten Eltern vielleicht an den Strand gefahren.

Ich hockte im Baum.

Ein Mädchen kam auf einem schicken pinkfarbenen Tretroller vorbei. Blonde Zöpfe flatterten unter ihrem dunkelvioletten Helm. Sie blickte zu mir auf, sah meine dünnen Beine und bremste ab.

»Ich heiße Juliana Sophia Howe«, sagte sie. »Ich wohne jetzt auch hier in der Straße. Besuch mich doch mal. Wir könnten dann zusammen spielen.«

Ich besuchte sie.

Juliana Sophia Howe war wie ich acht Jahre alt. Ihre Eltern waren vor kurzem von Harvard nach Framingham umgezogen. Ihr Vater arbeitete als Buchhalter, ihre Mutter kümmerte sich um den Haushalt und schmierte Butterbrote.

Wir waren uns schnell einig und spielten immer bei Juliana zu Hause. Sie hatte einen größeren Garten mit einer Sprinkleranlage für den Rasen. Es gab da sogar eine Wasserrutsche. Wir konnten stundenlang miteinander spielen. Ihre Mutter machte uns Limonade, die wir mit rosaroten Strohhalmen tranken, oder schnitt eine große, grüne Wassermelone für uns auf.

Juliana hatte einen elfjährigen Bruder, Thomas, eine schreckliche Nervensäge. Außerdem hatte sie fünfzehn Vettern und Cousinen und jede Menge Tanten und Onkel. An besonders heißen Tagen traf sich die ganze Familie bei der Großmutter in South Shore, wo dann alle am Strand lagen. Manchmal fuhren wir auch Karussell.

Ich hatte weder Vettern noch Cousinen, Tanten, Onkel oder eine Großmutter, die in der Nähe von South Shore wohnten. Ich hatte nur ein kleines Geschwisterchen, vier Jahre jünger als ich. Aber es war ganz blau angelaufen, als es zur Welt kam, und die Ärzte mussten es begraben. Meine Mutter verzog sich daraufhin in ihr Schlafzimmer. Manchmal weinte sie am helllichten Tag, manchmal mitten in der Nacht.

Mein Vater meinte, ich sollte nicht darüber reden. Eines Tages entdeckte ich im Dielenschrank hinter der Bowlingkugel meines Vaters einen Schuhkarton, in dem ein blaues Mützchen, eine kleine blaue Decke und zwei kleine blaue Schuhe lagen. Außerdem war da ein Foto von einem Neugeborenen mit weißem Gesicht und roten Lippen. An den unteren Rand hatte jemand den Namen *Joseph Andrew Leoni* geschrieben.

Ich hatte also vermutlich einen kleinen Bruder namens Joey, aber der war gestorben. Seit seinem Tod weinte meine Mutter, und mein Vater arbeitete nur noch.

Juliana machte sich ihre Gedanken und fand, dass für den kleinen Joey eine anständige Messe gefeiert werden müsse. Sie holte ihren Rosenkranz und zeigte mir, wie man den kleinen grünen Perlenstrang um den Finger wickelt und ein Gebet dazu spricht. Dann sangen wir das Lied »Away in the Manger«, denn es handelte von einem Baby, und wir kannten immerhin die erste Strophe. Schließlich musste auch noch eine kleine Ansprache gehalten werden.

Juliana hatte eine solche Rede schon einmal gehört, nämlich bei der Trauerfeier für ihren Großvater. Sie dankte Gott, dass er den kleinen Joey zu sich genommen hatte, und sagte, es sei gut so, denn er müsse nicht leiden. Er habe es bestimmt toll im Himmel; da könnte er Poker spielen und auf uns herabblicken.

Dann fasste sie mich bei den Händen und sagte, dass sie mit mir den Verlust betrauern würde.

Ich fing zu weinen an und schluchzte so laut, dass ich mich selbst erschreckte. Aber Juliana tätschelte mir den Rücken. Ist ja gut, sagte sie. Dann weinte sie mit mir. Schließlich kam ihre Mutter, um zu sehen, warum wir so viel Lärm machten. Ich dachte schon, Juliana würde alles verraten, aber stattdessen meinte sie nur, dass wir Notfall-Schokoladen-Chips haben müssten. Ihre Mutter ging daraufhin nach unten und holte uns welche.

So eine Freundin war Juliana Sophia Howe für mich. Man konnte sich bei ihr ausheulen und darauf vertrauen, dass sie es nicht weitersagte. Man konnte mit ihr im Garten spielen und sich darauf verlassen, dass sie das beste Spielzeug mit einem teilte. Man konnte bei ihr zu Hause sein und hatte Anschluss an die Familie.

Später als ich in den Wehen lag und ganz allein war, stellte ich mir vor, Juliana würde meine Hand halten. Und als ich meine Tochter schließlich in den Armen wiegte, gab ich ihr den Namen meiner Kindheitsfreundin.

Von alldem weiß Juliana leider nichts.

Sie hat seit über zehn Jahren kein Wort mehr mit mir gesprochen.

Während mir nichts Besseres hätte passieren können als ihre Freundschaft, war ich für sie ein Reinfall.

Auch das kann eine große Liebe manchmal sein.

Im Krankenwagen wurde ich an den Tropf gehängt. Die Ärztin hatte eine Pfanne parat, für den Fall, dass ich mich übergeben musste.

Meine Wangen brannten. Die Nebenhöhlen hatten sich mit Blut gefüllt. Ich musste mich zusammenreißen. Dabei wollte ich nur die Augen schließen und alles ausblenden. Grelles Licht stach mir in die Augen. Schreckensbilder flirrten durch meinen Kopf.

»Nennen Sie mir Ihren Namen«, sagte die Sanitäterin und zwang mich zur Aufmerksamkeit.

Ich öffnete den Mund, brachte aber keinen Laut hervor.

Sie gab mir einen Schluck Wasser, um die aufgeplatzten Lippen zu spülen.

»Tessa Leoni«, gelang es mir schließlich zu sagen.

»Welchen Tag haben wir heute, Tessa?«

Weil ich auf Anhieb keine Antwort wusste, geriet ich in Panik. Ich sah nur Sophies leeres Bett vor mir.

»Dreizehnter März«, flüsterte ich schließlich.

»Zwei plus zwei?«

»Vier«, antwortete ich verzögert.

Marla gab ein Knurren von sich und richtete den Infusionsschlauch, der in meinen Handrücken mündete. »Ein hübsches Veilchen haben Sie da«, meinte sie.

Ich antwortete nicht.

»Fast so hübsch wie der blaue Fleck auf Ihrer Pobacke. Trägt Ihr Mann Stiefel mit Stahlkappen?«

Ich schwieg.

Der Krankenwagen bremste ab. Vielleicht hatte er sein Ziel erreicht. Ich konnte es nur hoffen.

Marla musterte mich. »Ich begreife das nicht«, sagte sie unvermittelt. »Sie sind Polizistin, haben ein spezielles Training absolviert und bestimmt schon manche Krise miterlebt. Sie hätten doch am ehesten wissen müssen ...« Sie schien sich zu besinnen. »Nun ja, häusliche Gewalt kommt wohl in allen Berufsgruppen vor. Selbst bei denen, die es besser wissen müssten.«

Der Krankenwagen hielt an. Dreißig Sekunden später öffneten sich die Hecktüren, und ich wurde nach draußen befördert.

Ich schaute Marla nicht mehr an, sondern richtete meinen Blick auf den grauen Märzhimmel über mir.

Im Krankenhaus ging es sofort sehr geschäftig zu. Eine Krankenschwester von der Notaufnahme kam herbeigelaufen und führte uns in ein Behandlungszimmer. Formulare wurden ausgefüllt, unter anderem die obligatorische Aufklärung über meine Persönlichkeitsrechte. Die Krankenschwester versicherte mir, dass die behandelnden Ärzte an die Schweigepflicht gebunden seien und nicht einmal von den Strafverfolgungsbehörden zur Aussage gezwungen werden könnten. Dass meine Krankenakte als neutral erachtet wurde und als solche von der Staatsanwaltschaft eingesehen werden konnte, verschwieg sie. Doch das wusste ich ohnehin. Mit anderen Worten: Alles, was ich den Ärzten gegenüber äußerte, würde in diese Akte eingehen ...

Schlupflöcher gab es überall. Man frage nur einen Cop.

Als der Schreibkram erledigt war, machte sich die Krankenschwester an mir zu schaffen.

Es dauert immer mindestens eine Viertelstunde, bis ich mich für meinen Dienst eingekleidet habe. So auch gestern Abend. Zuerst die Grundausstattung – schwarzes Höschen, schwarzer Sport-BH. Dann ein seidenes Unterhemd, damit die nächste Schicht, der schwere Körperpanzer, nicht auf der Haut kratzt. Wenn ich die schwarzen Socken übergestreift habe, steige ich in meine dunkelblaue Hose mit den neonblauen Streifen an der Seite. Als Nächstes schnüre ich mir die Schuhe zu, denn wenn ich die Weste angelegt habe, komme ich mit den Händen mich mehr an die Füße. Nach den Socken, der Hose und den Schuhen widme ich mich der oberen Hälfte und ziehe die klobige Weste über, die ich dann, egal, wie das Wetter ist, unter einem Rollkragenpullover verstecke. Darüber kommt das hellblaue Uniformhemd. Alle drei Schichten – das seidene Leibchen, der Rollkragenpullover und das blaue Hemd – werden dann unter den Hosenbund gestopft und mit einem breiten schwarzen Gürtel daran gehindert, dass sie herausrutschen. Schließlich lege ich mein Geschirr an.

Das schwarze Einsatzkoppel wiegt knapp zehn Kilo und wird mit Klettbändern befestigt. Dann hole ich meine Sig Sauer aus dem kleinen Safe im Schlafzimmer und stecke sie in den Holster, der an der rechten Hüfte hängt. Vorn am Koppel wird mein Mobiltelefon eingehakt. Der Polizei-Pager kommt an eine Klemme an der rechten Schulter. Das Funkgerät habe ich links an der Hüfte. Ich überzeuge mich immer davon, ob es funktioniert und ob auch die anderen Sachen in Ordnung sind: die beiden Extramagazine, der Schlagstock, das Pfefferspray, die Handschellen und der Taser. Dann stecke ich noch drei Kugelschreiber in die eingenähten Taschen am linken Hemdärmel.

Zum Schluss setze ich meinen Hut auf, das Schmuckstück der State Trooper.

Gewohnheitsmäßig werfe ich einen Blick in den Spiegel. Wenn ich meine Uniform trage, nehme ich automatisch Haltung an. Das Dienstkoppel hängt schwer an meiner Taille, die kugelsichere Weste plättet meine Brust und strafft die Schultern. Der Hut sitzt mir tief in der Stirn und überschattet meine Augen.

Respekt verkörpern. Lass niemanden sehen, dass du schwitzt, Baby.

Die Krankenschwester befreite mich aus meiner Uniform. Sie zog mir das Hemd aus, den Rollkragenpullover, die Weste, das Leibchen, den BH. Sie schnürte die Schuhe auf, streifte die Socken ab, löste das Koppel und half mir aus der Hose. Auch der Schlüpfer musste runter.

Jedes einzelne Teil wurde entfernt, in eine Tüte gesteckt und beschriftet als Beweismittel in einem Fall, den die Bostoner Polizei aufzurollen hatte.

Die Krankenschwester nahm mir sogar die goldenen Ohrstecker ab, meine Armbanduhr und den Ehering. Die störten nur bei der Computertomographie, sagte sie.

Sie gab mir ein Krankenhaushemd und verzog sich mit den Beweismitteltüten und meinen persönlichen Sachen. Ich rührte mich nicht. Lag einfach nur da, verloren ohne meine Uniform und voller Scham, weil ich nackt war.

Irgendwo draußen im Gang war ein Fernseher eingeschaltet, und ich hörte den Namen meiner Tochter. Wahrscheinlich würde nun das im vergangenen Oktober aufgenommene Schülerporträt von ihr ausgestrahlt werden. Sophie in ihrem gelben Lieblingshemdchen mit gerüschtem Halsausschnitt, die Schultern leicht versetzt und aufgeregt in die Kamera lächelnd. Es gefiel ihr, fotografiert zu werden. Besonders gespannt war sie auf dieses Foto gewesen, weil darauf ihre Zahnlücke zu sehen sein würde und die Zahnfee ihr einen Dollar hatte zukommen lassen, den sie so schnell wie möglich ausgeben wollte.

Meine Augen brannten. Mir war elend zumute. Wegen all der Worte, die ich nicht aussprechen konnte. Wegen all der Bilder, die sich in meinem Kopf festgesetzt hatten.

Die Schwester kehrte zurück. Sie half mir in das Nachthemd und drehte mich auf die Seite, damit sie es hinten zubinden konnte.

Zwei Krankenpfleger kamen und brachten mich zur CT. Ich sah die Fliesen unter der Decke über mir weggleiten.

»Schwanger?«, fragte einer.

»Was?«

»Sind Sie schwanger?«

»Nein.«

»Leiden Sie unter Klaustrophobie?«

»Nein.«

»Dann haben Sie nichts zu befürchten.«

Man rollte mich in einen sterilen Raum, beherrscht von einer Maschine, die wie ein riesiger Donut aussah. Die Krankenpfleger hievten mich von der Rolltrage auf einen Tisch.

Ich solle mich nicht rühren, sagten sie und klärten mich darüber auf, dass der Donut meinen Kopf umkreisen und Schnittbilder von meinem Gehirn machen würde. In einer halben Stunde wäre es überstanden, und der Arzt hätte ein dreidimensionales Bild von meinem Kopf, das erkennen lassen würde, ob ich irgendwelche inneren Schwellungen, Läsionen oder Blutgerinnsel davongetragen hatte.

Die Pfleger klangen so, als wäre das alles ganz einfach.

Allein auf dem Tisch fragte ich mich, wie tief die Maschine in mich hineinblicken konnte, ob sie all das sehen würde, was ich mit geschlossenen Augen sah. Das Blut auf der Wand hinter meinem Mann und wie es langsam daran heruntersickerte. Seine aufgerissenen Augen, aus denen er auf die roten Flecken starrte, die sich auf seiner muskulösen Brust ausbreiteten.

Brian, wie er zu Boden sackte, während ich vor ihm stand und zusah, wie das Licht aus seinen Augen schwand.

»Ich liebe dich«, hatte ich geflüstert, kurz bevor die Augen brachen. »Es tut mir leid, es tut mir leid. Ich liebe dich ...«

Mir ist jetzt elend zumute, und mir war auch zu diesem Zeitpunkt elend zumute.

Die Maschine fing zu rotieren an. Ich schloss die Augen und gestattete mir eine letzte Erinnerung an meinen Mann. An seine letzten Worte, als er auf dem Küchenboden liegend starb.

»Verzeih«, hatte er geröchelt. Drei Kugeln steckten in seiner Brust. »Tessa ... ich liebe dich ... noch mehr ...«

7. KAPITEL

Als die Leiche abtransportiert und Tessa Leoni ins Krankenhaus gebracht worden war, wurden die praktischen Ermittlungen am Tatort heruntergefahren, während die Suche nach der sechsjährigen Sophie Leoni auf vollen Touren lief.

D. D. rief die am Einsatz beteiligten Kollegen in der Kommandozentrale des weißen Transporters zusammen.

Zeugen. D. D. verlangte eine Liste von allen Nachbarn, die bereits vernommen worden waren und bei denen es sich eventuell lohnte, ein zweites Mal vorbeizuschauen. Dann benannte sie sechs Detectives des Morddezernats, die so schnell wie möglich diese Vernehmungen durchführen sollten. Falls ein glaubwürdiger Zeuge oder eventuell Verdachtsmomente auftauchten, wollte sie unverzüglich darüber informiert werden.

Kameras. Boston war voll davon. Die Stadt installierte sie zur Verkehrsüberwachung, Gewerbe und Handel schützten sich damit. D. D. stellte ein dreiköpfiges Team zusammen, das sämtliche Kameras im Radius von zwei Meilen lokalisieren und alles Videomaterial der vergangenen zwölf Stunden auswerten sollte, beginnend mit den Kameras in der näheren Umgebung des Hauses.

Bekannte Kontaktpersonen. Freunde, Familienangehörige, Nachbarn, Lehrer, Babysitter, Arbeitgeber. Von allen, die jemals das Grundstück betreten hatten, wollte D. D. Name und Adresse innerhalb der nächsten fünfundvierzig Minuten auf ihrem Schreibtisch liegen haben, insbesondere die Kontaktdaten von Sophies Lehrern, Spielkameraden und Tagesmüttern. Nach Möglichkeit sollten deren Wohnungen durchsucht werden. Aber auch die von Freund und Feind, und zwar pronto.

Wer kannte die Familie sonst noch? Kollegen des Mannes, Straftäter, die sich Trooper Leoni auf Streife vorgenommen hatte, vielleicht Partner einer heimlichen Affäre oder langjährige Vertraute. Brian Darby und Tessa Leoni verkehrten bestimmt auch mit anderen. Einer von denen wusste vielleicht, was dem sechsjährigen Mädchen zugestoßen war, das man zuletzt schlafend in seinem Bett gesehen hatte.

Die Zeit spielte gegen sie. Raus auf die Straße, und legt euch ins Zeug, befahl D. D. ihrem Team.

Die Detectives und ihre Vorgesetzten nickten. D. D. und Bobby kehrten ins Haus zurück.

Sie baute darauf, dass die Kollegen ihr Bestes gaben und den gesamten Hintergrund der Familie in kürzester Zeit ausgeleuchtet hatten. Sie selbst interessierte sich vor allem für die letzten Minuten des Mordopfers. Sie wollte den Tatort in ihre DNA absorbieren, wollte sich überfluten lassen von der Fülle häuslicher Details, und seien sie noch so belanglos, angefangen mit der Farbwahl bis hin zum dekorativen Schnickschnack. Sie wollte sich ein genaues Bild machen, möglichst mit Blindfleck oder Leerstelle, und es sollte belebt werden von einem kleinen Mädchen, einem Vater, der zur See fuhr, und einer Mutter, die für die State Police arbeitete. Dieses eine Haus, diese drei Leben, die vergangenen zehn Stunden. Darauf reduzierte sich alles. Ein Zuhause, eine Familie, ein wie auch immer motivierter Zusammenstoß mit tragischen Konsequenzen.

D. D. musste das alles sehen, spüren, in sich leben lassen. Nur dann würde sie die dunkelsten Geheimnisse der Familie aufdecken und Sophie ausfindig machen können.

D. D. versuchte, die aufsteigende Übelkeit zu ignorieren, als sie mit Bobby wieder an der blutverschmierten Küche vorbeikam. Sie hatten sich darauf geeinigt, mit ihrer Hausdurchsuchung im Obergeschoss zu beginnen, das aus zwei Schlafzimmern und einem großen Badezimmer bestand. Das zur Straße hin gelegene Schlafzimmer war offensichtlich das der Eltern. Darin stand ein großes Doppelbett mit einem Kopfteil aus schlichtem Holz und einer dunkelblauen Tagesdecke. Es war, wie D. D. auf den ersten Blick bemerkte, wohl eher seines als ihres. Alles andere im Zimmer bestätigte diesen Eindruck.

Die große, ramponierte Eichenkommode war offenbar ein Relikt aus Junggesellenzeiten. Ein alter Fernseher stand darauf, eingestellt auf den Sportsender ESPN. Die kahlen, weiß gestrichenen Wände und der nackte Holzboden hatten die Behaglichkeit einer Durchgangsstation, in der man schlief und die Klamotten wechselte, aber keine Entspannung oder Zuflucht suchte.

D. D. öffnete den Kleiderschrank. Gebügelte Herrenhemden, nach Farben sortiert, nahmen drei Viertel des Platzes in Anspruch. An Kleiderbügeln hingen sechs Jeans, ebenfalls gebügelt. Auf den Rest verteilte sich ein Durcheinander aus Baumwollhosen und Tops, zwei State-Police-Uniformen, eine Galauniform und ein orangefarbenes Sommerkleid mit Blumenmuster.

»Er hat hier im Schrank sehr viel mehr Platz belegt als sie«, unterrichtete sie Bobby, der die Kommode durchsuchte.

»Männer sind schon aus geringerem Anlass umgebracht worden«, meinte er.

»Im Ernst. Sieh dir das an. Nach Farben sortierte Hemden, *gebügelte* Jeans. Brian Darby war anscheinend analfixiert oder schlichtweg neben der Spur.«

»Und er hat sich offenbar ganz schön aufgepumpt. Schau mal.« Bobby hielt mit seinen in Latex gehüllten Händen ein gerahmtes, zwanzig mal fünfundzwanzig Zentimeter großes Foto in die Höhe. D. D. hatte gerade den Waffensafe in der linken Schrankecke entdeckt, aber nichts gefunden, und ging auf Bobby zu.

Das Foto zeigte Tessa Leoni in dem orangefarbenen Sommerkleid, einer weißen Strickjacke und mit einem kleinen Strauß Feuerlilien im Arm. Brian Darby stand neben ihr. Am Revers seines braunen Jacketts steckte eine Feuerlilienblüte. Ein kleines Mädchen, vermutlich Sophie Leoni, stand vor den beiden. Sie trug ein dunkelgrünes Samtkleidchen und hatte einen Kranz aus Lilienblüten im Haar. Alle strahlten in die Kamera, eine glückliche Familie an einem glücklichen Tag.

»Das Hochzeitsfoto«, murmelte D. D.

»Würde ich auch sagen. Und jetzt sieh mal genauer hin. Fällt dir an ihm nichts auf?«

Gehorsam musterte D. D. den Bräutigam von einst und inzwischen toten Ehemann. Ein gutaussehender Kerl, dachte sie. Der Bürstenschnitt seiner blonden Haare, das gemeißelte Kinn und die eckigen Schultern wirkten ein wenig martialisch, was aber von den warmen braunen Augen und Lachfältchen angenehm gemildert wurde. Er sah glücklich aus, entspannt. Nicht wie jemand, dem man zugetraut hätte, dass er seine Frau schlug – oder seine Jeans bügelte.

D. D. gab Bobby das Foto zurück. »Ich weiß nicht, was du meinst. Er war glücklich an seinem Hochzeitstag. Na und?«

»Und sehr viel weniger stabil. An seinem Hochzeitstag trug er allenfalls Größe fünfzig. Unser toter Brian Darby jedoch ...«

D. D. erinnerte sich an Bobbys Beschreibung. »Ein stämmiger Typ, sagtest du. An die hundert Kilo. Vielleicht ein Gewichtheber. Du meinst, er hat sich Muskeln antrainiert?«

Bobby nickte.

D. D. ließ sich das Foto noch einmal durch den Kopf gehen. »Ist wahrscheinlich für einen Mann nicht leicht, wenn seine Frau eine Waffe trägt«, murmelte sie.

Bobby ließ ihren Spruch unkommentiert, wofür sie ihm dankbar war.

»Wir sollten seinem Fitnessclub einen Besuch abstatten«, sagte er. »Fragen, wie oft er trainiert und ob er mit Medikamenten nachgeholfen hat.«

»Du meinst, er könnte Anabolika geschluckt haben?«

»Möglich.«

Sie verließen das Schlafzimmer und gingen ins angrenzende Bad. Dieser Raum hatte immerhin den Hauch einer persönlichen Note. Vor der alten Wanne, die auf Klauenfüßen stand, hing ein gestreifter Duschvorhang in hellen Farben. Auf dem gefliesten Boden lag ein Teppich mit aufgedruckten gelben Entchen. Blaue und gelbe Handtücher wurden an einem Holzgestell vor dem Heizkörper vorgewärmt.

Es gab noch andere Lebenszeichen. Am Rand des Waschbeckens lag eine Barbie-Zahnbürste, in einem Korb über dem Klo sammelten sich violette Haargummis, und auf einem Becher aus Plastik stand zu lesen »Daddy's Little Princess«.

D. D. warf einen Blick in den Arzneischrank und fand darin drei Rezeptfläschchen. Eines – es enthielt Ambien, ein Schlafmittel – war ausgestellt auf den Namen Brian Darby, ein anderes auf den Namen Sophie Leoni, bei der offenbar eine Augenentzündung hatte behandelt werden müssen. Auf Tessa Leoni war das dritte Fläschchen ausgestellt, das Schmerzmittel Hydrocodone.

D. D. wies Bobby darauf hin, der sich sofort Notizen machte.

»Wir werden uns auch mit dem Hausarzt unterhalten müssen, nachfragen, ob sie verletzt war, vielleicht einen Arbeitsunfall hatte.«

D. D. nickte. In dem Schrank befanden sich außerdem diverse Lotionen, Rasierschaum, Ersatzklingen und Duftwässerchen. Interessant fand D. D. den umfangreichen Vorrat an Verbandsmaterial und Heftpflastern in allen Größen. Hatte da eine chronisch misshandelte Frau Vorsorge getroffen, oder wollte man nur im Fall der Fälle darauf zurückgreifen können? Sie schaute unterm Waschbecken nach und fand dort das übliche Sammelsurium an Seife, Toilettenpapier, Tampons und Waschmittel.

Die beiden zogen weiter.

Das nächste Zimmer war offenbar das von Sophie. Hellrosa gestrichene Wände, mit Schablonen aufgemalte Blumen in blassem Grün und Babyblau. Ein Teppich in Form einer Blüte. Ein weißes Regal stand voller Puppen, Spielsachen, Kinderbüchern und glitzernden Ballettschühchen. Tessa und Brian hatten in einem Durchgangslager gehaust, die kleine Sophie aber bewohnte einen magischen Garten mit Häschen, die über die Dielenbretter hoppelten, und aufs Fenster gemalten Schmetterlingen.

Pervers, dachte D. D., mitten im Zimmer stehend und auf der Suche nach Blutspuren.

Sie presste ihre Hand auf den Bauch, was ihr aber selbst gar nicht auffiel, als sie begann, das Bett in Augenschein zu nehmen.

»Sind die Bezüge mit Luminol besprüht worden?«, murmelte sie.

»Ja. Fehlanzeige.«

Sophie Leoni war also nicht sexuell missbraucht worden, jedenfalls nicht in diesem Bett. Um Missbrauch auszuschließen, würden die Kollegen der Spurensicherung allerdings noch die gesamte Wäsche zu überprüfen haben und gegebenenfalls auch die Waschmaschine ausräumen müssen. Es war erstaunlich, was sich auf scheinbar sauberen Laken mit Hilfe von Luminol sichtbar machen ließ, es sei denn, jemand hatte vorher mit geeigneten Bleichmitteln umzugehen gewusst.

D. D. fragte sich unwillkürlich, wer das Zimmer gestrichen hatte. Tessa? Nein? Vielleicht auch alle drei gemeinsam, zu einer Zeit, als sie noch glücklich miteinander gewesen waren.

Und sie fragte sich, wann wohl Sophie zum ersten Mal Schläge und Schreie gehört hatte. Ob sie womöglich eines Nachts davon aufgeweckt worden war oder in einer Ecke gesessen und mit ihren Puppen gespielt hatte.

Vielleicht war sie das erste Mal ihrer Mutter zu Hilfe geeilt. Vielleicht ...

D. D. hatte schon jetzt die Schnauze gestrichen voll von diesem Fall.

Die Hände zu Fäusten geballt, trat sie ans Fenster und versuchte, sich mit einem Blick auf den Garten im fahlen Licht der Märzsonne abzulenken.

Bobby stand abseits und beobachtete sie, sagte aber kein Wort.

Auch dafür war sie ihm dankbar.

»Wir sollten feststellen, ob das Mädchen irgendwas zum Kuscheln hatte«, sagte sie schließlich.

»Eine Stoffpuppe mit grünem Kleid, blauen Knopfaugen und Haaren aus braunen Wollfäden. Sie heißt Gertrude.«

D. D. nickte und richtete ihren Blick zurück ins Zimmer. Sie sah eine Lampe – *Sophie hat Angst im Dunkeln* –, aber keine Stoffpuppe. »Wo ist sie?«

»Scheint ebenfalls verschwunden zu sein.«

»Und ihr Schlafanzug?«

»Laut Aussage ihrer Mutter hat sie einen pinkfarbenen Schlafanzug mit aufgedruckten gelben Pferden getragen. Aber auch der ist nirgends zu finden.«

»Mantel, Mütze, Winterstiefel?«

»Bisher nichts in der Art«, antwortete Bobby.

Zum ersten Mal schöpfte D. D. ein wenig Hoffnung. »Wenn Mantel und Mütze fehlen, wurde sie wahrscheinlich mitten in der Nacht aus dem Bett geholt. Zum Anziehen blieb keine Zeit. Ihr wurde vielleicht einfach nur der Mantel umgelegt.«

»Einer Leiche muss man jedenfalls keinen Mantel anziehen«, bemerkte Bobby.

Sie verließen das Zimmer und gingen wieder nach unten, wo sie die Garderobe und den Schuhschrank inspizierten. Da war kein Kindermäntelchen, keine Mütze, keine Stiefel.

»Sophie wurde auf die Schnelle eingepackt«, schlussfolgerte D. D. erleichtert.

»Sie verließ lebend das Haus.«

»Prima. Dann müssen wir sie jetzt nur noch finden, bevor es Nacht wird.«

Sie kehrten ins Obergeschoss zurück und suchten an den Fenstern nach Spuren gewaltsamen Eindringens. Es gab keine, auch im Parterre nicht, wovon sie sich rasch überzeugt hatten. An den Beschlägen und Schlössern beider Türen war allem Anschein nach nicht herumgepfuscht worden. Die Fenster im Wintergarten waren so alt und verzogen, dass sie nicht mehr aufgingen.

Das Haus schien insgesamt gut abgesichert zu sein. Bobby hatte offenbar nichts anderes erwartet, wie man seiner Miene ansehen konnte, genauso wenig wie D. D. In Fällen vermisster Kinder musste leider davon ausgegangen werden, dass das Verschwinden meist auf innerfamiliäre Probleme zurückzuführen war.

Der Wohnbereich erinnerte D. D. an das Schlafzimmer. Kahle

Wände, beigefarbene Auslegware. Das schwarze, L-förmige Ledersofa schien von ihm ausgesucht worden zu sein, nicht von ihr. Am Rand des Sofas lag ein recht neu aussehender Laptop. Ein großer Flachbildschirm thronte protzig auf einem Möbel, in dem sich eine moderne Hi-Fi-Anlage, ein Blu-ray-DVD-Player und eine Wii-Spielekonsole befanden.

»Jungs und ihr Spielzeug«, bemerkte D. D.

»Ingenieure«, korrigierte Bobby.

D. D. musterte einen kleinen Zeichentisch, der in der Ecke stand. Auf der einen Seite lag ein Stoß weißen Papiers, in der Mitte eine mit Buntstiften gefüllte Blechdose. Mehr nicht. Kein Bild in Arbeit. Auch fertige Malversuche waren nirgends zu sehen. Sehr organisiert und ordentlich für eine Sechsjährige, dachte sie.

Die Tristesse der Umgebung schlug ihr zusätzlich aufs Gemüt. So wohnte man einfach nicht, schon gar nicht mit Kindern.

Sie gingen in die Küche, wo sich D. D. möglichst fernhielt von der mit Kreide gezogenen Silhouette, die die Lage der Leiche markierte. Von den Blutflecken, der zerschlagenen Flasche und dem umgekippten Stuhl abgesehen, wirkte die Küche genauso aufgeräumt wie der Rest des Hauses. Aber auch veraltet und abgenutzt. Die Einbauschränke aus dunklem Holz, die mit Resopal beschichtete, fleckige Arbeitsplatte und die weißen Geräte mochten an die dreißig Jahre alt sein. Alex würde als Erstes die Küche sanieren, wenn er in dieses Haus einzöge, dachte D. D.

Brian Darby hatte jedoch sein Geld offenbar lieber in Unterhaltungselektronik, ein Ledersofa und in sein Auto investiert als ins Haus.

»Sie haben sich vielleicht angestrengt, der Tochter gerecht zu werden«, dachte D. D. laut. »Aber füreinander hatten sie anscheinend nicht viel übrig.«

Bobby warf ihr einen fragenden Blick zu.

»Schau dich doch um«, erklärte sie. »Das Haus ist zwar alt, aber in der Substanz nach wie vor ein Schmuckstück. Er war Ingenieur und wird mit Sicherheit handwerklich geschickt gewesen sein. Das

Einkommen der beiden dürfte sich im Jahr auf rund zweihundert Riesen summiert haben. Außerdem hatte Brian sechzig Tage Urlaub am Stück. Mit anderen Worten, er hatte Erfahrung, Zeit und Ressourcen, die aber nicht dem Haus zugutegekommen sind, nur Sophies Zimmer. Das ist frisch gestrichen und hübsch eingerichtet. Die Eltern haben sich für die Kleine stark engagiert, nicht für ihr Wohnumfeld. Fragt sich, an welchen Stellen ihrer Beziehung sie sonst noch geknausert haben.«

»Die meisten Eltern sind auf ihre Kinder fokussiert«, gab Bobby zu bedenken.

»Aber hier hängt nicht einmal ein Bild an der Wand.«

»Trooper Leoni arbeitet viel. Brian Darby war monatelang auf hoher See. Vielleicht hatten die beiden andere Prioritäten, wenn sie zu Hause waren.«

D. D. zuckte mit den Achseln. »Zum Beispiel?«

Bobby nickte. »Komm mit. Ich zeige dir die Garage.«

D. D. kam aus dem Staunen nicht heraus. Die große, für zwei Fahrzeuge angelegte Garage war auf drei Seiten mit dem raffiniertesten Lochwandsystem verkleidet, das sie je gesehen hatte. Die Paneele reichten vom Boden bis zur Decke und waren voller Regalböden, Haken und Halterungen für Fahrräder und Sportgeräte, unter anderem einer kompletten Golfausrüstung.

D. D. schaute sich um und stellte zweierlei fest. Brian Darby hatte offenbar mehrere Outdoor-Hobbys und einen dermaßen ausgeprägten Ordnungszwang, dass professionelle Hilfe angeraten gewesen wäre.

»Vom Boden könnte man essen«, sagte D. D. »Wir haben März, es schneit, überall auf den Straßen liegt fingerdick Streugut. Wie kann da dieser Boden so sauber sein?«

»Er hat seinen Wagen am Straßenrand abgestellt.«

»Er parkt seinen Sechzigtausend-Dollar-SUV an einer der belebtesten Straßen Bostons, um seine Garage nicht schmutzig zu machen?«

»Da steht auch der Streifenwagen. Das will die Dienststelle so. Präsenz zeigen.«

»Blödsinn«, murmelte D. D. Sie trat vor eine der Lochwände, wo ein Besen und ein Handfeger samt Kehrblech an Haken hingen. In einem Abfalleimer für recycelbaren Müll steckten sechs grüne Bierflaschen. Die Mülltonnen waren anscheinend von der Spurensicherung geleert worden. D. D. ging an der Wand entlang und strich mit der Hand über die Mountainbikes von Brian und Tessa sowie über ein kleines Modell in Rosa, das offenbar Sophie gehörte. Außerdem fand sie mehrere Rucksäcke und ein Regal voller Wanderstiefel in verschiedenen Größen, darunter auch ein pinkfarbenes Paar für Sophie. Wandern, Fahrradfahren, Golfspielen, resümierte D. D.

Auf der anderen Seite der Garage sah sie die Ausrüstung für ein weiteres Hobby: sechs Paar Skier für Langlauf und Abfahrt. Und Schneeschuhe.

»Brian Darby hatte anscheinend einen ausgeprägten Bewegungsdrang, wenn er zu Hause war«, meinte D. D.

»Und er wollte die Familie dabeihaben«, fügte Bobby hinzu. Tatsächlich waren alle Sportgeräte in dreifacher Ausführung vorhanden.

»Aber Tessa musste meist arbeiten, und Sophie hatte Schule«, erinnerte D. D. »Mit anderen Worten, Brian war meist allein, ohne weibliche Begleitung, die seine sportlichen Fähigkeiten hätte bestaunen können.«

»Das sind doch Klischees«, warnte Bobby.

D. D. deutete mit der Hand im Kreis. »Ich bitte dich. Das ist kein Klischee. Hier herrschte ein zwangsneurotischer Ingenieur. Wenn ich nicht sofort hier rauskomme, kriege ich Kopfschmerzen.«

»Bügelst du deine Jeans etwa nicht?«, fragte er.

»Jedenfalls beschrifte ich nicht mein Werkzeug. Im Ernst, schau dir das an.« Tatsächlich hatte Brian Darby sämtliche Elektrogeräte, die in einem Regal über der Werkbank lagen, etikettiert.

»Stattliche Ausrüstung. Insgesamt locker tausend Dollar, würde ich sagen.«

»Aber am Haus macht er nichts. In der Hinsicht würde ich mich auf Tessas Seite schlagen.«

»Vielleicht ging es ihm weniger ums Handwerkern als ums Kaufen. Brian liebte Spielzeug, was nicht heißt, dass er auch gern damit spielte.«

D. D. dachte darüber nach und fand die Erklärung plausibel. Es war nicht schwer, eine Garage sauber zu halten, wenn man nie darin parkte oder arbeitete.

Doch dann schüttelte sie den Kopf. »Nein, er hat nicht fünfzehn Kilo an Muskelmasse zugelegt, indem er zu Hause abhing. Apropos, wo sind die Hanteln?«

Sie schauten sich um, aber zwischen all dem Spielzeug waren nirgends Gewichte zu sehen, geschweige denn Kraftmaschinen.

»Er hat wahrscheinlich ausschließlich im Fitnessstudio trainiert«, sagte Bobby.

»Das steht ja schon auf unserer Liste«, erwiderte D. D. »Halten wir fest: Brian war ziemlich umtriebig. Frau und Tochter hatten zu tun. Er musste sich die Zeit allein vertreiben, und wenn er nach Hause zurückkehrte, fand er es leer vor, was ihn zappelig machte. Also schwingt er den Putzlappen ...«

»Und kippt ein paar Biere«, ergänzte Bobby.

D. D. stutzte und ging auf eine Ecke zu, wo der Estrich dunkler zu sein schien als der restliche Boden. Sie bückte sich und fühlte mit dem Finger. Er war feucht.

»Leckt es hier irgendwo?«, fragte sie und suchte nach undichten Stellen im Mauerwerk, das aber von den Lochwänden abgedeckt war.

»Möglich.« Bobby stellte sich neben sie. »Das Haus liegt an einem Hang. Könnte sein, dass es Probleme mit der Drainage gibt. Oder oben ist irgendwo ein Wasser- oder Abflussrohr undicht.«

»Das sollten wir im Auge behalten, sehen, ob die feuchte Stelle größer wird.«

»Machst du dir Sorgen um das Haus?«

Sie blickte zu ihm auf. »Nein, ich fürchte, die feuchte Stelle könnte eine andere Ursache haben.«

Bobby schmunzelte. »Trooper Leoni kann von Glück sagen, dass du die Ermittlungen leitest.«

»Papperlapapp.« Mit Komplimenten konnte sie weniger gut umgehen als mit Kritik. Sie stand auf. »Komm mit. Wir gehen nach draußen.«

»Hat dir die feuchte Stelle verraten, wo Sophie ist?«

»Nein. Und da uns Tessa Leonis Anwalt wahrscheinlich noch eine Weile hinhalten wird, werden wir uns so lange auf Brian Darby konzentrieren. Ich möchte mich mit seinem Vorgesetzten unterhalten. Und ich will in Erfahrung bringen, was das für ein Typ ist, der seine Kleider nach Farben sortiert und sein Werkzeug beschriftet.«

»Ein Kontrollfreak.«

»Scheint so. Und wenn er sich durch irgendwen oder irgendetwas in seinem Kontrollwahn angegriffen fühlt ...«

»Könnte er womöglich gewalttätig werden«, beendete Bobby den Satz.

»Ich glaube nicht, dass ein Fremder Sophie entführt hat«, sagte D. D. leise.

»Ich auch nicht.«

»Dann war's entweder er oder sie.«

»Er ist tot.«

»Dann müsste Trooper Leoni Bescheid wissen.«

8. KAPITEL

Den ersten gewalttätigen Übergriff vergisst eine Frau nicht.

Mit meinen Eltern hatte ich in der Hinsicht Glück. Sie schlugen mich nie. Vielleicht weil ich ihnen keinen Anlass dazu gab. Vielleicht lag es aber auch einfach daran, dass mein Vater, wenn er von der Arbeit kam, zu müde war, um mich zu maßregeln. Seit dem Tod meines Bruders waren meine Eltern nicht mehr dieselben; sie brauchten all ihre Energie, um durch den Tag zu kommen.

Im Alter von zwölf Jahren hatte ich mich mit meinem morbiden kleinen Zuhause abgefunden. Ich stürzte mich in Sportaktivitäten – Fußball, Softball, Leichtathletik –, tat alles, um meine Stunden an der Heimatfront zu minimieren. Juliana stand auch auf Sport. Wir waren unzertrennlich und rannten von einem Training zum anderen.

Auf dem Spielfeld musste ich so manches einstecken. Einmal traf mich ein Hammer von Baseball voll auf die Brust, dass es mich von den Beinen riss. Mir blieb die Luft weg, und ich schlug mit dem Hinterkopf auf. Seitdem weiß ich, dass man tatsächlich Sternchen sehen kann.

Auch beim Fußball ging es voll zur Sache. Dass Köpfe zusammenrasselten, Fußtritte auf dem Knie oder Ellbogen in der Magengrube landeten, war keine Seltenheit. Glauben Sie mir, auch Mädchen sind hart im Nehmen. Wir können austeilen und einstecken wie die Jungs, besonders wenn es um Punkte geht.

Aber all diese Verletzungen waren zu ertragen, Kollateralschäden gewissermaßen, die auftraten, wenn sich zwei Spielerinnen um den Ball stritten. Nach dem Spiel gab man sich die Hand oder der Gegnerin einen Klaps auf den Po, und alles war gut.

Das erste Mal richtig kämpfen musste ich in der Polizeiakademie. Mir war klar, dass die Ausbildung hart sein würde, vor allem das

Training im Nahkampf. Aber darauf freute ich mich. Als alleinstehende Frau in Boston war ich scharf darauf zu lernen, wie ich mich selbst behaupten konnte, egal, ob ich nun Trooper werden würde oder nicht.

Zwei Wochen dauerte das Training, das uns die Grundlagen der Selbstverteidigung beibrachte, wie wir unser Gesicht schützen, die Nieren und natürlich auch unsere Waffen. Nie die Waffe vergessen, wurde uns eingeschärft. Die meisten Cops, die darauf nicht achteten und ihre Waffe im Handgemenge verloren, wurden mit ebendieser Waffe getötet. Am besten war es, den Gegner auf Abstand zu halten. Aber wenn es tatsächlich einmal zu Handgreiflichkeiten kommen sollte, war man gut beraten, die Waffe zu schützen und bei der ersten Gelegenheit kräftig zuzuschlagen.

Es stellte sich heraus, dass ich nicht wusste, wie man mit der Faust richtig zuschlägt. Das ist nämlich gar nicht so einfach, wie man glaubt. Erstens ballte ich meine Hand falsch und legte zweitens immer meinen ganzen Körper in den Schlag mit dem Ergebnis, dass ich mich in der Hüfte verdrehte. Kurzum, wir alle mussten fleißig lernen, auch die starken Jungs.

Nach sechs Wochen fanden unsere Ausbilder, dass die Vorbereitung jetzt ausreichte und wir das Erlernte praktisch anwenden müssten.

Sie teilten uns in zwei Gruppen auf. Wir legten Schutzkleidung an und bewaffneten uns mit Knüppeln, die mit Schaumstoff umwickelt waren und von unseren Ausbildern liebevoll Pogo-Sticks genannt wurden. Damit ließen sie uns aufeinander los.

Glauben Sie bloß nicht, man hätte mich gegen eine Frau meiner Größe und meines Gewichts antreten lassen. Das wäre zu einfach gewesen. Man erwartete von mir, mit jedem Gegner fertigzuwerden. Wie's der Zufall wollte, hatte ich einen anderen Rekruten namens Chuck vor mir – ein Ex-Footballspieler um die eins neunzig, der sicherlich hundertzwanzig Kilo auf die Waage brachte.

Er versuchte nicht einmal, mich zu schlagen, sondern rannte auf mich los und warf mich einfach um. Ich ging zu Boden wie ein nasser Sack. Wie damals auf dem Baseballplatz blieb mir die Luft weg.

Der Ausbilder stieß in seine Trillerpfeife. Chuck half mir auf, und wir versuchten es ein weiteres Mal.

Ich spürte die Blicke der Kollegen und sah der Miene meines Ausbilders an, dass er ziemlich unzufrieden mit mir war. Um mich zu motivieren, konzentrierte ich mich auf meinen Entschluss, ein neues Leben zu beginnen. Wenn ich das hier nicht schaffte, wäre es vorbei mit der Aussicht auf eine Anstellung als Trooper. Was sollte ich dann machen? Womit meinen Unterhalt bestreiten? Wie würde ich für meine Tochter sorgen können? Was würde dann aus uns werden?

Chuck griff an. Diesmal wich ich ihm rechtzeitig aus und rammte ihm meinen Pogo-Stick in den Bauch. Mir blieb ungefähr eine halbe Sekunde, mich darüber zu freuen. Die hundertzwanzig Kilo richteten sich sofort wieder auf. Chuck lachte und attackierte mich erneut.

Ab jetzt wurde es hässlich. Bis heute erinnere ich mich nicht mehr an Einzelheiten, aber ich weiß noch, dass ich in Panik geriet. Dass ich seine Schläge parierte, hin und her sprang und bei meinen Faustschlägen vorschriftsmäßig die Schulter ins Spiel brachte. Aber Chuck kam immer wieder. Hundertzwanzig Kilo Footballer-Fleisch rannten auf meine junge, verzweifelte Mutterschaft ein.

Der wattierte Knüppel traf auf mein Gesicht. Mein Kopf flog zurück. Wasser schoss mir in die Augen. Ich konnte kaum mehr sehen und hätte mich am liebsten fallen lassen. Doch das kam nicht in Frage. Er will mich töten. So fühlte es sich an. Wenn ich nicht auf den Beinen bliebe, wäre es um mich geschehen.

Doch dann ging ich tatsächlich zu Boden, wälzte mich aber blitzschnell zur Seite und trat ihm in die Kniekehlen, worauf er wie ein gefällter Mammutbaum der Länge nach hinschlug.

Der Ausbilder stieß in die Trillerpfeife. Meine Klassenkameraden jubelten.

Ich mühte mich auf und befingerte meine Nase.

»Davon bleibt was zurück«, grinste mein Ausbilder.

Ich half Chuck auf die Beine.

Er bedankte sich und sagte: »Tut mir leid für dein Gesicht.« Armer großer Kerl, der sich auf einen Zweikampf mit einem Mädchen hatte einlassen müssen – entsprechend dämlich blickte er drein.

Alles in Ordnung, versicherte ich ihm. Wir täten ja alle nur unsere Pflicht. Dann wurden wir auf andere Partner angesetzt und mussten weitermachen.

Am späten Abend, eingerollt auf meiner Pritsche, legte ich meine Hand auf die schmerzende Nase und weinte. Weil ich nicht wusste, ob ich diese Tortur weiter durchstehen würde. Weil ich nicht sicher war, ob ich wirklich vorbereitet war auf ein neues Leben, in dem es dermaßen rau zuging. Um das ich buchstäblich zu kämpfen haben würde.

Ich war drauf und dran, meine Ausbildung abzubrechen. Ich wollte nur noch nach Hause zu meinem kleinen Mädchen, wollte sie im Arm halten und den Duft ihrer gewaschenen Haare inhalieren, wollte ihre kleinen runden Hände an meinem Hals spüren. Ich wollte die bedingungslose Liebe meiner zehn Monate alten Tochter genießen.

Stattdessen ließ ich mich am nächsten Tag und in den Tagen danach wieder verprügeln. Ich ertrug Rippenquetschungen, Tritte vors Schienbein und schmerzende Handgelenke, teilte aber auch selbst ordentlich aus. Nach den fünfundzwanzig harten Trainingswochen hatte ich mich mit den besten gemessen. Ich war voller blauer Flecken, aber auch voller Tatendrang.

Klein, schnell und zäh.

Meine Kollegen nannten mich Riesentöter, worauf ich stolz war.

Die damaligen Tage gingen mir durch den Kopf, jetzt, da der Arzt meine CT-Aufnahmen studierte und das geschwollene, schwarzblaue Gewebe an meinem Auge betastete.

»Zygomaticusfraktur«, diagnostizierte er und übersetzte für mich: »Ihr Jochbein ist gebrochen.«

Nach einem weiteren Blick auf die Aufnahmen untersuchte er

meinen Schädel. »Das Gehirn scheint keine Schäden davongetragen zu haben. Ist Ihnen übel? Haben Sie Kopfschmerzen?«

Ich murmelte zweimal ja.

»Nennen Sie mir Ihren Namen und das heutige Datum.«

Meinen Namen konnte ich nennen, beim Datum musste ich passen.

Der Arzt nickte. »Nach der CT sieht es so aus, dass Sie eine Gehirnerschütterung haben und, wie gesagt, ein gebrochenes Jochbein. Und was ist hier passiert?« Er meinte die fast verblichenen Blutergüsse an meinem Rippenbogen.

Ich antwortete nicht und starrte unter die Zimmerdecke.

Er drückte mir auf den Bauch. »Tut das weh?«

»Nein.«

Er bewegte meinen rechten Arm, den linken und suchte nach weiteren Verletzungen. An der linken Hüftseite entdeckte er einen blauen Fleck in der Form eines Halbmonds, verursacht von der Stahlkappe eines Arbeitsschuhs.

Ich hatte schon jede Menge blaue Flecken gesehen, zum Beispiel solche, bei denen sich Eheringe oder Armbanduhren eingeprägt hatten, einmal sogar den Abdruck einer Vierteldollarmünze, und zwar im Gesicht einer Frau, die von ihrem Freund mit einer Rolle Münzen verprügelt worden war. Der Miene des Arztes nach zu urteilen, hatte auch er schon einiges gesehen.

Dr. Raj zog mir wieder das Nachthemd herunter, nahm meine Krankenakte zur Hand und schrieb etwas auf.

»Das Jochbein heilt von allein«, erklärte er. »Die Gehirnerschütterung behalten wir im Blick. Wenn der Brechreiz und die Kopfschmerzen morgen verschwunden sein sollten, könnten Sie wieder nach Hause gehen.«

Ich sagte nichts dazu.

Der Arzt räusperte sich.

»Sie hatten da, wie mir scheint, linksseitig eine Rippenfraktur, die nicht richtig verheilt ist.«

Er wartete darauf, dass ich etwas sagte, eine Erklärung, die er dann in meiner Krankenakte schriftlich festgehalten hätte: *Patientin behauptet, von ihrem Ehemann niedergeschlagen und getreten worden zu sein. Patientin verweist auf einen Baseballschläger im Besitz ihres Mannes.*

Ich sagte nichts, weil aus einer Aussage ein Protokoll wird und aus einem Protokoll ein Beweismittel, das gegen einen verwendet werden könnte.

»Haben Sie sich den Brustkasten selbst verbunden?«, fragte der Arzt.

»Ja.«

Der Arzt gab einen Grunzlaut von sich und schrieb etwas in meine Akte.

Wie die Sanitäter sah er in mir ein Opfer. Da lagen sie falsch. Ich war eine Überlebende, die gerade über ein Drahtseil balancierte und sich einen Fehltritt absolut nicht leisten konnte.

Dr. Raj musterte mich ein letztes Mal. »Sie brauchen jetzt Ruhe. Das wäre für Sie die beste Medizin«, meinte er. »Wegen der Gehirnerschütterung kann ich Ihnen kein stärkeres Schmerzmittel verschreiben. Aber die Schwester bringt Ihnen gleich Ibuprofen.«

»Danke.«

»Falls Ihnen noch einmal etwas zustoßen sollte, kommen Sie bitte sofort zu uns. Wir können gebrochene Rippen besser bandagieren.«

Der Doktor ging.

Meine Wangen brannten. Mein Schädel dröhnte. Aber ich war zufrieden.

Ich war wach und klar im Kopf. Und endlich allein.

Ich hatte Zeit zum Nachdenken.

Die Finger ins Oberbett gekrallt, betrachtete ich aus meinem gesunden Auge die Deckenverkleidung und verwandelte meine Schmerzen in Entschlossenheit.

Den ersten gewalttätigen Übergriff vergisst eine Frau nicht, ebenso wenig den Moment, da sie sich zum ersten Mal gewehrt und durchgesetzt hat.

Man nennt mich nicht zu Unrecht Riesentöter.

Ich musste nachdenken. Mir einen Plan zurechtlegen. Einen Schritt vor den anderen setzen.

All I want for Christmas is my two front teeth, my two front teeth, my two front teeth.

Ich drehte mich zur Seite, zog die Beine an und weinte.

9. KAPITEL

Wenn D. D. nicht gerade ein dezernatübergreifendes Sonderkommando zur Lösung eines Mordfalles und Rettung eines Kindes leitete, führte sie im Bostoner Morddezernat ein dreiköpfiges Team. Ihre rechte Hand war Phil, ein Familienmann durch und durch, der mit seiner Highschoolliebe verheiratet war und mit ihr vier Kinder großzog. Der andere, Neil, war ein schlaksiger Rotschopf, der als Sanitäter gearbeitet hatte, bevor er zur Polizeizentrale von Boston wechselte. Er hatte ein Faible für Autopsien und verbrachte so viel Zeit in der Pathologie, dass er gewissermaßen mit dem Gerichtsmediziner Ben Whitley liiert war.

Obwohl ihr nun eine große Mannschaft zur Verfügung stand, arbeitete D. D. lieber mit den ihr vertrauten Kollegen zusammen. Sie beauftragte Neil, der Autopsie von Brian Darby beizuwohnen, die für Montagnachmittag angesetzt war. In der Zwischenzeit sollte er sich unter dem medizinischen Personal umhören, das Tessa Leoni pflegte, um in Erfahrung zu bringen, welche Verletzungen sie davongetragen hatte und ob es Krankenberichte früherer »Unfälle« gab. Phil, ihr IT-Spezialist, bekam die Aufgabe, in den einschlägigen Datenbanken nach Informationen über Brian Darby und Tessa Leoni zu suchen. Nicht zuletzt auch über Brian Darbys Arbeitgeber.

Es stellte sich heraus, dass Brian für Alaska South Slope Crude arbeitete, kurz ASSC. Die Zentrale des Unternehmens befand sich in Seattle, Washington, und war sonntags nicht zu erreichen. Das schmeckte D. D. nicht. Sie saß mit einer Flasche Wasser in dem Kommandotransporter und kaute auf der Innenseite ihrer Wange. Der Ansturm von Kollegen hatte sich gelegt. Auflösungstendenzen zeigte auch die Schar der Neugierigen, von denen nur das übliche »Hab nichts gesehen, weiß von nichts« zu hören war. Nur die Medienvertreter hielten die Stellung auf der anderen Straßenseite und verlangten lauthals nach einer Pressekonferenz.

D. D. würde darauf reagieren müssen, war aber noch nicht bereit dazu, nicht bevor sie etwas in der Hand hatte, das sie der hungrigen Meute vorwerfen konnte, irgendeine Information, die die Presse im Sinne der Ermittlungen verbreiten konnte. Irgendetwas.

Sie war hundemüde. Am liebsten hätte sie sich auf dem Boden des Transporters eingerollt und geschlafen, so müde war sie. Nach den Brechreizattacken fühlte sie sich nur noch erschöpft. In der fünften Woche erst, und schon hatte sie den Eindruck, in einem fremden Körper zu stecken.

Was sollte sie tun? Wie sollte sie es Alex sagen, wo ihr doch selbst noch nicht klar war, wie sie zu alldem stand?

Was sollte sie tun?

Bobby, der sich eine Weile mit seinem Lieutenant Colonel unterhalten hatte, nahm jetzt neben ihr Platz und streckte die Beine aus.

»Hunger?«, fragte er.

»Was?«

»Es ist schon nach zwei, D. D. Wir haben noch nicht zu Mittag gegessen.«

Sie blickte ihn entgeistert an und schien nicht fassen zu können, dass es schon so spät war, und ans Essen mochte sie gar nicht erst denken.

»Alles okay mit dir?«, fragte er ruhig.

»Na klar. Ich bin nur ... beschäftigt. Falls es noch nicht bei dir angekommen sein sollte, wir vermissen ein sechsjähriges Mädchen.«

»Ich habe ein Geschenk für dich.« Bobby reichte ihr ein Stück Papier. »Mein Chef hat soeben dieses Fax erhalten. Es ist ein Auszug aus Tessa Leonis Personalakte und enthält die Namen von Personen, die im Notfall zu verständigen sind.«

»Wie bitte?«

»Neben ihrem Mann ist das eine gewisse Brandi Ennis. Ich glaube, es ist die Tagesmutter, die auf Sophie aufpasst, wenn Trooper Leoni Streife fährt und Brian Darby unterwegs ist.«

»Verdammt.« D. D. riss das Fax an sich, las und klappte ihr Handy auf.

Brandi Ennis ging gleich nach dem ersten Rufton ans Telefon. Ja, sie habe es in den Nachrichten gehört. Ja, sie sei bereit, mit ihr zu reden. Sofort. Gern auch bei ihr zu Hause. Sie nannte ihre Adresse.

»Ich bin in einer Viertelstunde bei Ihnen«, versicherte D. D. der Frau, die schon älter zu sein schien. Und schon waren sie auf dem Weg.

Zwölf Minuten später hielten sie vor einem klobigen Ziegelbau. Von den weißgestrichenen Leibungen der kleinen Fenster blättert die Farbe ab; die Betonstufen vor der Eingangstür bröckelten.

Ein Arme-Leute-Haus, dachte D. D., und wahrscheinlich trotzdem noch zu teuer für seine Mieter.

Draußen spielten ein paar Kinder und versuchten, einen Schneemann zu bauen. Auch der wirkte armselig. Als sie die beiden Cops aus dem Wagen steigen sahen, rannten sie schnell ins Haus. D. D. verzog das Gesicht. Trotz zahlloser Stunden wohlgemeinter Aufklärungsarbeit in diesem Milieu nahmen die meisten Jugendlichen immer noch Reißaus vor der Polizei. Leichter wurde es D. D. und ihren Kollegen dadurch nicht.

Mrs. Ennis wohnte im ersten Stock, Apartment 2 C. D. D. eilte die Treppe hinauf und klopfte leise an eine ramponierte Holztür. Mrs. Ennis öffnete, noch bevor D. D. ihre Hand gesenkt hatte. Die Dame hatte offenbar gleich hinter der Tür auf sie gewartet.

Sie führte sie in ein kleines, aufgeräumtes Einzimmerapartment mit einer Kochnische auf der linken Seite, einem Küchentisch rechts und einem Schlafsofa an der Rückwand. Der Fernseher lief. Er stand auf einem billigen Regal, in dem auch die Mikrowelle untergebracht war. Mrs. Ennis schaltete ihn aus und fragte höflich, ob sie den Herrschaften Tee anbieten könne.

D. D. und Bobby nahmen das Angebot dankend an, worauf Mrs. Ennis eine Kanne Wasser aufsetzte und ein Paket Kekse aus dem Schrank holte.

Sie war, wie vermutet, Ende sechzig, Anfang siebzig. Kurz geschnittene graue Haare. Der kleine, etwas bucklige Körper steckte in einem blauen Trainingsanzug. Die knotigen Hände zitterten ein wenig, als sie die Teedose öffnete, doch insgesamt bewegte sie sich forsch und zielstrebig.

D. D. schaute sich in der kleinen Wohnung um. Es hätte ja sein können, dass Sophie Leoni wundersamerweise auf dem Sofa saß und lächelnd ihre Zahnlücke zeigte oder vielleicht mit Quietschenten im Bad spielte oder sich im Kleiderschrank vor ihren prügelwütigen Eltern versteckte.

»Setzen Sie sich doch bitte, Detective«, sagte Mrs. Ennis. »Nein, die Kleine ist nicht hier bei mir. Ich hätte doch nie im Leben der armen Mutter Grund zur Sorge gegeben.«

In Verlegenheit gebracht, zog D. D. ihren schweren Wintermantel aus und nahm Platz. Bobby ließ es sich bereits schmecken. D. D. musterte die Kekse. Weil ihr Magen ruhig blieb, bediente sie sich. Leichte Kost wie Cracker und trockene Cornflakes hatte sie bislang gut vertragen. Sie probierte einen Keks und glaubte hoffen zu dürfen, dass sie ihn bei sich behielt, denn sie hatte tatsächlich einen Bärenhunger.

»Wie lange kennen Sie Tessa Leoni?«, fragte D. D.

Mrs. Ennis hatte sich gesetzt und hielt ihre Teetasse mit beiden Händen. Ihre geröteten Augen ließen darauf schließen, dass sie geweint hatte. Aber jetzt schien sie gefasst zu sein. Bereit zu reden.

»Kennengelernt haben wir uns vor sieben Jahren, als sie in das Apartment 2 D auf der anderen Seite des Flures eingezogen ist. Sie hat da auch noch nach Sophies Geburt gewohnt, obwohl es so klein ist wie meins.«

»Sie kannten sie schon vor Sophies Geburt?«, fragte D. D.

»Ja. Sie war im dritten oder vierten Monat schwanger, als sie meine Nachbarin wurde. Eine kleine Person mit einem kleinen Bäuchlein. Ich hörte Gepolter im Flur und ging nach draußen. Tessa hatte einen Karton voller Töpfe und Pfannen die Treppe hochgetragen, der dann auseinanderging. Sie wollte sich nicht helfen lassen, aber ich habe es trotzdem getan, und so lernten wir uns kennen.«

»Sie haben sich angefreundet?«

»Ich lud sie öfter zum Essen ein, und sie half mir mit den Einkäufen. Zwei einsame Frauen in diesem Mietshaus. Ein bisschen Gesellschaft tat uns beiden gut.«

»Und zu diesem Zeitpunkt war sie schon schwanger?«

»Ja, Ma'am.«

»Hat sie gesagt, wer der Vater ist?«

»Nein, den hat sie nie erwähnt.«

»Mit wem hatte sie sonst noch Kontakt? Freunde oder Angehörige, die sie besuchten?«

»Sie hatte keine Familie, auch keine Verehrer. Sie arbeitete in einem Café und versuchte zu sparen. Eine alleinstehende Frau, die ein Kind erwartet, hat es nicht leicht.«

»Gab es wirklich keine Männerbekanntschaften? Sie ist doch bestimmt manchmal abends ausgegangen, um sich mit Freunden zu treffen, oder?«

»Nein, da war niemand«, antwortete Mrs. Ennis entschieden.

»Wirklich nicht?«

»Es wäre nicht ihre Art«, erwiderte Mrs. Ennis.

D. D. warf Bobby einen flüchtigen Blick zu. Er schien ebenfalls verblüfft zu sein.

»Wie ist denn ihre Art?«, fragte D. D. schließlich.

»Tessa ist unabhängig, zurückgezogen. Für sie dreht sich alles nur um ihr Kind. Sie kennt nur dieses eine Thema. Sophie ist ihr Lebensmittelpunkt. Tessa wusste von Anfang an, dass es eine alleinerziehende Mutter schwer haben würde. Sie saß hier an diesem Tisch, als sie eines Abends davon sprach, Polizistin werden zu wollen.«

»Warum Polizistin?«, fragte Bobby.

»Sie dachte an die Zukunft und wollte eine sichere Anstellung. Als Kellnerin verdient man nicht viel. Wir unterhielten uns über ihre Möglichkeiten. Sie hatte eine Abendschule besucht und die

Hochschulreife erworben. Ein Bürojob kam für sie nicht in Frage, weil sie nicht den ganzen Tag an einem Schreibtisch sitzen wollte. Mein Sohn ist bei der Feuerwehr. Ich sagte, das sei doch vielleicht auch etwas für sie, aber Tessa wollte lieber zur Polizei. Sie informierte sich und ließ sich Bewerbungsunterlagen schicken. Die Voraussetzungen hatte sie, und die Verdienstmöglichkeiten sagten ihr zu. Aber dann erfuhr sie, dass sie die Polizeiakademie würde besuchen müssen, und das ließ sie ein wenig unsicher werden. Ich erklärte mich daraufhin bereit, während der Zeit ihrer Ausbildung für das Kind zu sorgen.«

D. D. wandte sich an Bobby. »Wie lange dauert die Ausbildung?«

»Ein halbes Jahr«, antwortete er. »Die Rekruten sind kaserniert und dürfen nur an den Wochenenden nach Hause. Für eine alleinstehende Mutter alles andere als praktisch.«

»Aber nehmen Sie bitte zur Kenntnis, dass wir alle gut mit diesen Umständen zurechtgekommen sind«, sagte Mrs. Ennis etwas steif. »Tessa bewarb sich noch vor ihrer Niederkunft und fing ihre Ausbildung an, als Sophie neun Monate alt war. Natürlich hatte Tessa Bedenken, aber sie freute sich auch.« Die alte Dame musterte D. D. mit wachem Blick. »Sind Sie alleinstehend? Haben Sie Kinder? Wer ein neues Kapitel im Leben aufschlägt, schöpft daraus enorm viel Energie und Risikobereitschaft.

Tessa war immer schon eine gewissenhafte Person«, fuhr sie fort. »Aber mit diesem neuen Ziel vor Augen entwickelte sie noch mehr Tatkraft und Engagement. Sie war ungemein fleißig und wusste, was als ledige Mutter, die in den Polizeidienst eintreten wollte, auf sie zukommen würde. Gleichzeitig war sie überzeugt davon, dass dieser Schritt für sie und ihre Tochter das Beste wäre. Sie zweifelte keinen Augenblick daran. Und wenn sich eine Frau wie sie erst einmal für eine Sache entschieden hat …«

»Alleinstehend, fleißig, engagierte Mutter«, fasste D. D. zusammen.

»Allerdings.«

»Liebevoll?«

»Immer«, betonte Mrs. Ennis.

»Was war nach Abschluss der Ausbildung?«, wollte Bobby wissen. »Haben Sie ihr gratuliert?«

»Ich habe ihr sogar ein neues Kleid geschenkt«, antwortete Mrs. Ennis.

»Ist noch jemand zum Feiern gekommen?«

»Nein, wir waren zu dritt. Nur wir Frauen.«

»Sie wird anschließend sofort ihren Dienst aufgenommen haben«, fuhr Bobby fort. »Nachtschichten. Das heißt, sie hatte nicht viel Zeit für ihr Kind.«

»Sie dachte daran, Sophie in einen Kinderhort zu geben, aber davon wollte ich nichts hören. Als sie in der Akademie war, sind Sophie und ich schließlich auch schon bestens miteinander zurechtgekommen. Es machte mir doch überhaupt nichts aus, über den Flur zu gehen und auf Tessas Sofa zu schlafen statt in meinem Bett. Und wenn Sophie wach wurde, nahm ich sie mit in mein Apartment, damit Tessa sich ausruhen konnte. Mich um Sophie zu kümmern war die reinste Freude. Ach, dieses Kind ... wie es strahlte, kicherte und mit mir schmuste. Jeder kann sich glücklich schätzen, ein solches Kind zu haben.«

»Ein glückliches Kind?«, fragte D. D.

»Und ob. Lebhaft und heiter, ganz davon abgesehen, dass sie bezaubernd hübsch ist. Es hat mir fast das Herz gebrochen, als die beiden ausgezogen sind.«

»Wann war das?«

»Nachdem sie Brian kennengelernt hatte. Sie und Sophie waren hin und weg. Ein richtiger Märchenprinz, dieser Brian. Aber einen solchen Mann hatte Tessa, die so schwer arbeitete, wirklich verdient. Und auch für Sophie freute ich mich. Jedes Mädchen sollte die Chance haben, Daddys kleine Prinzessin zu sein.«

»Wie fanden Sie denn Brian Darby?«, fragte D. D.

»Sympathisch«, antwortete Mrs. Ennis, klang aber merklich reservierter.

»Wie haben sich die beiden kennengelernt?«

»Über die Arbeit, glaube ich. Brian war mit einem Trooper befreundet.«

D. D. schaute Bobby an. Der nickte und machte sich Notizen.

»Hat er sich oft bei Ihrer Nachbarin aufgehalten?«

Mrs. Ennis schüttelte den Kopf. »Da war es doch viel zu beengt. Da hatten es die beiden bei ihm besser, in seinem Haus. Für mich war es schrecklich, sie nur selten zu sehen, aber natürlich habe ich mich auch für sie gefreut, das ist gar keine Frage.« Mrs. Ennis seufzte. »Leider habe ich keine eigenen Enkel. Sophie ist für mich wie ein Enkelkind. Ich vermisse sie sehr.«

»Und nachdem sie ausgezogen waren? Wie oft haben Sie dann noch ausgeholfen?«

»Meist wenn Brian zur See fuhr. Dann habe ich mich nachts um Sophie gekümmert, wie früher. Morgens schicke ich sie zur Schule. Mich ruft man auch an, wenn etwas ist, denn Tessa kann nicht immer spontan reagieren. Zum Beispiel wenn der Unterricht ausfällt oder Sophie sich nicht wohl fühlt. Dann springe ich ein. Kein Problem. Wie gesagt, Sophie ist für mich so etwas wie ein Enkelkind.«

D. D. musterte die alte Dame mit kritischem Blick.

»Wie würden Sie Trooper Leoni als Mutter beschreiben?«, fragte sie.

»Sie ist eine gute Mutter, die für ihr Kind alles tut«, antwortete Mrs. Ennis, ohne zu zögern.

»Trinkt Trooper Leoni manchmal?«

»Nie.«

»Ihr Job ist bestimmt stressig. Und wenn sie nach Hause kommt, muss sie sich um ein Kind kümmern. Anscheinend hat sie kaum einen Moment für sich«, tastete D. D. sich weiter vor.

»Trotzdem habe ich sie noch nie klagen hören«, erwiderte Mrs. Ennis entschieden.

»Hat sie Sie noch nie um Entlastung gebeten, wenn sie einen schlechten Tag hatte?«

»Nein, Ma'am. Wenn sie nicht arbeitet, möchte sie bei ihrer Tochter sein. Sie ist ihr Ein und Alles.«

»Aber sie hat doch auch einen Mann.«

Mrs. Ennis schwieg eine Weile. »Soll ich ehrlich sein?«

»Ja, bitte«, sagte D. D.

»Ich glaube, Tessa liebte Brian vor allem deshalb, weil Sophie einen Narren an ihm gefressen hatte. Zumindest war das anfangs so; Brian und Sophie verstanden sich auf Anhieb.«

»Anfangs«, hakte D. D. nach.

Die alte Dame seufzte und blickte in ihren Tee. »Ich schätze, wenn sich zwei zusammentun und heiraten, haben sie anfangs immer eine gute Zeit miteinander.« Sie seufzte wieder. »Ich weiß natürlich nicht, was hinter geschlossenen Türen vor sich geht ...«

»Aber?«

»In der Anfangszeit machten Brian, Tessa und Sophie einen glücklichen Eindruck. Tessa erzählte mir immer ganz beseelt von Spaziergängen, Fahrradausflügen und Picknicks im Freien. Die drei haben viel unternommen.

Aber eine Ehe ist nicht bloß das reine Vergnügen. Wenn Brian unterwegs war, musste sich Tessa neben all ihrer Arbeit auch noch um Haus und Garten kümmern. Mal war der Rasenmäher kaputt, mal der Laubbläser, und sie musste allein damit fertig werden. Sie war manchmal richtig verzweifelt. Wenn Brian Urlaub hatte und ihr einen Teil der Hausarbeit abnehmen konnte, lief alles rund, aber ohne ihn schaffte sie es kaum noch, alles unter einen Hut zu kriegen. In der kleinen Wohnung nebenan haben es die beiden sehr viel besser gehabt.«

D. D. nickte.

»Und wie war's für Brian?«

»Mir hat er sich natürlich nicht anvertraut«, antwortete Mrs. Ennis.

»Natürlich nicht.«

»Von Tessa weiß ich nur, dass er, wenn er auf seinem Tanker unterwegs war, rund um die Uhr arbeiten musste. Wenn er dann nach wochenlangem Einsatz nach Hause zurückkam, hatte er nicht immer Lust, sich um den Haushalt zu kümmern, den Rasen zu mähen oder auf Sophie aufzupassen.«

»Er wollte wohl lieber spielen«, frotzelte D. D.

»Ein Mann muss sich auch mal entspannen dürfen. Auf Tessas Wunsch bin ich deshalb immer in der ersten Woche nach seiner Rückkehr morgens hingefahren, um Sophie zu versorgen. Aber damit war Brian auch nicht einverstanden; er sagte, er könne nicht entspannen, wenn ich im Haus bin. Also kehrten wir wieder zur alten Routine zurück. Sie haben sich mächtig ins Zeug gelegt«, kommentierte Mrs. Ennis ernst. »Aber es reichte nicht. Tessa musste zum Dienst, der auch manchmal länger dauerte. Und dann verschwand Brian wieder für drei Monate. Es war wirklich nicht einfach für die beiden.«

»Hat es Streit gegeben?«, fragte D. D. Mrs. Ennis studierte ihren Tee. »Streit nicht ... aber es gab wohl Spannungen. Sophie war manchmal ... Wenn Brian nach Hause kam, war sie in den ersten zwei, drei Tagen immer ungewöhnlich still. Wenn er ging, war sie dagegen putzmunter. Es ist für ein kleines Kind nicht leicht zu verstehen, dass der Vater ständig kommt und geht. Und Kinder spüren auch, wenn es Schwierigkeiten gibt.«

»Hat er sie geschlagen?«

»Bewahre! Wenn es dazu gekommen wäre, hätte ich ihn persönlich angezeigt.«

»Bei wem?«, fragte D. D.

»Bei Tessa natürlich.«

»Hat er *sie* geschlagen?«

Mrs. Ennis zögerte. D. D. musterte sie mit neu erwachtem Interesse.

»Keine Ahnung.«

»Wirklich nicht?«

»Manchmal habe ich blaue Flecken an ihr gesehen. Vor nicht allzu langer Zeit ist mir aufgefallen, dass sie hinkte. Aber als ich sie fragte, was gewesen sei, behauptete sie, auf vereisten Stufen ausgerutscht zu sein oder beim Schneewandern einen kleinen Unfall gehabt zu haben. Die Familie ist sehr sportlich, und da kommt es manchmal zu Unfällen.«

»Sophie hat sich nie verletzt?«

»Nie«, betonte Mrs. Ennis.

»Anderenfalls hätten Sie eingegriffen, nicht wahr?«

Der Frau zitterte plötzlich der Mund. Sie wandte ihr Gesicht ab, doch D. D. sah, dass sie sich schämte.

»Sie ahnten, dass er sie schlägt«, stellte D. D. unumwunden fest. »Sie haben sich um Tessa Sorgen gemacht, aber nichts unternommen.«

»Ungefähr vor acht Wochen, vielleicht ist es auch nur sechs Wochen her ... da schien etwas passiert zu sein, denn sie bewegte sich seltsam, schien aber nicht weiter darauf zu achten. Als ich sie daraufhin ansprach ...«

»Was sagte sie?«

»Dass sie die Eingangsstufen hinuntergestürzt sei. Sie habe vergessen, Salz zu streuen, und es sei ihre eigene Schuld.« Mrs. Ennis presste die Lippen aufeinander. Nach einer Weile fuhr sie fort: »Ich wusste nicht, was ich davon halten sollte. Tessa ist Polizistin, gut ausgebildet, und sie trägt eine Waffe. Ich sagte mir, wenn sie wirklich Hilfe braucht, lässt sie's mich wissen. Oder einen Kollegen. Sie ist ja ständig mit Kollegen zusammen. Warum hätte sie nicht einen von denen um Hilfe bitten sollen?«

Preisfrage, dachte D. D. Bobbys Miene ließ erkennen, dass er das Gleiche dachte. Er beugte sich vor und machte Mrs. Ennis auf sich aufmerksam.

»Hat Tessa jemals den Namen von Sophies leiblichem Vater erwähnt? Ist er vielleicht vor kurzem mit ihr in Kontakt getreten? Hat er womöglich Interesse an seinem Kind gezeigt?«

Mrs. Ennis schüttelte den Kopf. »Tessa hat nie von ihm gesprochen, und ich dachte immer, dieser Mann will einfach kein Vater sein. Er hätte was Besseres gefunden, sagte sie, und dabei beließ sie es.«

»Hat Tessa in letzter Zeit Probleme im Dienst gehabt? Gab es da vielleicht eine Festnahme, die ihr Kopfzerbrechen bereitet hat?«

Wieder schüttelte Mrs. Ennis den Kopf.

»Probleme mit Kollegen? Als einzige Frau in der Kaserne von Framingham wird sie es nicht immer leicht gehabt haben.«

»Über ihre Arbeit hat sie nie gesprochen. Jedenfalls nicht mit mir. Tessa war stolz auf ihren Beruf, das weiß ich. Man konnte es ihr ansehen, wenn sie abends ihren Dienst antrat. Mag sein, dass sie in erster Linie an ihr Kind dachte, als sie sich für die Polizei entschied, aber sie hat auch selbst Gefallen an der Arbeit. Ein harter Job für eine harte Frau.«

»Trauen Sie ihr einen Mord zu?«, fragte D. D. geradeheraus.

Mrs. Ennis antwortete nicht.

»Was, wenn er sich an ihrem Kind vergriffen hätte?«

Mrs. Ennis blickte wütend auf. »Gütiger Himmel, Sie wollen doch nicht ...« Sie hielt sich die Hand vor den Mund. »Glauben Sie, Brian hat Sophie umgebracht? Glauben Sie, Sophie ist tot? Aber es wird doch nach ihr gesucht. Ich dachte, sie wäre weggelaufen, aus Angst ...«

»Wovor hätte sie Angst haben sollen?«

»In den Nachrichten hieß es doch, es habe einen Zwischenfall gegeben. Mit einem Toten. Ich dachte, es sei jemand eingebrochen, es wäre zum Kampf gekommen und Sophie wäre weggelaufen, um sich in Sicherheit zu bringen.«

»Wie kommen Sie auf Einbruch?«, fragte D. D.

»Ich weiß nicht. Aber wir leben schließlich in Boston. Solche Dinge passieren.«

»Es gibt keine Hinweise auf einen Einbruch«, erwiderte D. D. ruhig, um Mrs. Ennis Zeit zu lassen, sich zu besinnen. »Tessa hat gestanden, auf ihren Mann geschossen zu haben. Wir versuchen jetzt, den Tathergang zu klären und herauszufinden, wo die Kleine ist.«

»O mein Gott, o ...« Mrs. Ennis hob die Hand vom Mund über die Augen. Sie weinte. »Ich hätte nie gedacht ... So aufbrausend Brian manchmal auch war, ich hätte nie gedacht, dass so etwas passieren könnte. Er war doch oft auf See. Wenn es so schlimm um die beiden gestanden hätte, warum haben Tessa und Sophie ihn nicht verlassen, als er wieder einmal unterwegs war? Ich hätte ihnen geholfen. Darauf konnte sich Tessa verlassen.«

»Gute Frage«, sagte D. D. sanft. »Warum haben die beiden ihn nicht verlassen, als sie Gelegenheit dazu hatten?«

»Hat Sophie von der Schule erzählt?«, meldete sich Bobby zurück. »Gefällt es ihr dort, oder gibt's Probleme?«

»Sie geht richtig gern zur Schule. Erste Klasse. Bei Mrs. DiPace. Mit ein bisschen Unterstützung kann Sophie schon Junie-B.-Jones-Geschichten lesen. Sie ist blitzgescheit. Und ein gutes Mädchen ... Wenn Sie die Namen des Rektors und der Lehrer wissen wollen – ich habe eine vollständige Liste, weil ich Sophie oft zur Schule bringe. Alle können über sie nur Gutes berichten und ... ach, wie schrecklich das alles ist ...«

Mrs. Ennis war aufgestanden und tappte ziellos umher, bis sie sich zu erinnern schien, was sie eigentlich hatte tun wollen. Sie trat vor einen kleinen Tisch neben dem Sofa, öffnete die Schublade und holte etwas daraus hervor.

»Bietet die Schule noch weitere Aktivitäten an?«, fragte D. D.

»Es gibt da diese Kunstwerkstatt. Jeden Montagnachmittag. Sophie ist ganz begeistert davon.«

»Nehmen auch Eltern daran teil?«, wollte Bobby wissen.

D. D. hatte diese Frage selbst anschließen wollen und nickte. Über andere Eltern ließen sich vielleicht aufschlussreiche Informationen einholen.

Mrs. Ennis wandte sich ihnen wieder zu und hielt mehrere Papiere in der Hand – einen Schulkalender, Kontaktadressen und eine Telefonkette, über die sich die Elternschaft kurzschließen konnte.

»Kennen Sie vielleicht jemanden, der nicht gut auf Sophie zu sprechen war?«, fragte D. D. so schonend wie möglich.

Mrs. Ennis schüttelte den Kopf. Sie war merklich angegriffen.

»Falls sie wirklich weggelaufen ist, wissen Sie, wo sie sich versteckt haben könnte?«

»Im Baum«, antwortete Mrs. Ennis prompt. »Wenn sie für sich

sein will, klettert sie in die große Eiche hinterm Haus. Tessa sagt, dass sie als Kind dieselbe Vorliebe hatte.«

Bobby und D. D. nickten. Sie hatten den kahlen Baum bereits in Augenschein genommen.

»Wenn Sie zum Haus von Tessa und Brian fahren, nehmen Sie dann den Bus?«, fragte D. D. Sie und Bobby waren vom Sofa aufgestanden.

»Ja.«

»Hat Sophie Sie schon einmal begleitet? Kommt sie mit öffentlichen Verkehrsmitteln eventuell allein zurecht?«

»Wir sind zusammen Bus gefahren. Aber ich glaube nicht, dass sie ...« Mrs. Ennis stockte. Ihre dunklen Augen leuchteten auf. »Was ein Ticket kostet, weiß sie schon. Als wir das letzte Mal gefahren sind, hat sie das Geld abgezählt. Und sie ist sehr abenteuerlustig. Ich kann mir durchaus vorstellen, dass sie auf eigene Faust in einen Bus steigt.«

»Danke, Mrs. Ennis. Wenn Ihnen noch irgendetwas einfällt ...« D. D. reichte ihr ihre Visitenkarte.

Bobby öffnete die Tür. Als D. D. in den Flur hinaustrat, drehte er sich noch einmal um.

»Sie sagten, Tessa und Brian hätten sich über einen Officer kennengelernt. Wissen Sie, wer das sein könnte?«

»Wenn ich mich recht erinnere, war es während einer Picknickparty.« Die alte Dame dachte nach. »Shane. Das war der Name, den Tessa genannt hat. Bei ihm hat die Party stattgefunden.«

Bobby bedankte sich und folgte D. D. ins Treppenhaus.

»Wer ist Shane?« fragte D. D., als sie in die frostige Luft hinaustraten.

»Ich tippe mal auf Trooper Shane Lyons«, antwortete Bobby. »Er hat auch in der Framingham-Kaserne gewohnt.«

D. D. streifte ihre Handschuhe über. »Das ist doch der Gewerkschaftsvertreter.«

»Genau. Und der Officer, der als Erster zum Tatort gerufen wurde.«

»Dann werden wir uns den als Nächsten vorknöpfen.« D. D. schaute zum Horizont und stellte bestürzt fest, dass es bereits zu dämmern begann. »O nein, Bobby ... Es wird gleich dunkel.«

»Dann sollten wir uns sputen.«

10. KAPITEL

Ich träumte. Verworrenes Zeug. Gleichzeitig war mir irgendwie bewusst, dass ich träumte. Trotzdem wachte ich nicht auf, denn ich wollte die goldenen Erinnerungsfetzen an den Nachmittag im Herbst nicht preisgeben. Wir waren zusammen, mein Mann, meine Tochter und ich, und wir waren glücklich.

In meinem Traum oder meiner Erinnerung ist Sophie fünf Jahre alt. Sie fährt auf ihrem rosaroten Rädchen mit den beiden weißen Stützrädern durch den Park in der Nachbarschaft, und ihr widerspenstiger Pferdeschwanz, der unter dem Helmrand hervorlugt, fliegt im Wind. Brian und ich folgen ihr Hand in Hand. Seine Miene ist entspannt, seine Haltung locker. Es ist ein herrlicher Herbsttag in Boston, die Sonne strahlt, die Blätter leuchten kupfern, und das Leben meint es gut mit uns.

Sophie erreicht den Scheitel einer Anhöhe und wartet auf uns. Sie will Publikum. Dann stößt sie sich ab und rollt kreischend den leicht abschüssigen Weg hinter und tritt wie verrückt in die Pedale, um an Tempo zuzulegen.

Was für ein wildes Mädchen, denke ich und schüttele den Kopf. Dass mir flau wird, lasse ich mir nicht anmerken. Sie würde es nur umso wilder treiben. Sie und Brian spielen liebend gern »Mommy Angst machen«.

Unten angekommen, ruft Sophie: »Ich will, dass es noch schneller geht.«

»Such dir einen steileren Hügel«, schlägt Brian vor.

Ich verdrehe die Augen. »Ich finde, das war schnell genug. Vielen Dank.«

»Kann mir nicht einer die Stützräder abmachen?«

Ich glaube nicht richtig zu hören. »Du willst ohne Stützräder fahren?«

»Ja«, antwortet Sophie entschieden. »Bin doch kein kleines Mädchen mehr. Ich will wie die Großen nur auf zwei Rädern fahren. Das geht schneller.«

Ich weiß nicht, was ich davon halten soll. In welchem Alter bin ich zum ersten Mal ohne Stützräder gefahren? Mit fünf, sechs? Ich kann mich nicht erinnern. Eher früher als später. Auch ich war eine Draufgängerin. Kann ich Sophie einen Vorwurf daraus machen, dass sie nach mir kommt?

Brian kauert schon neben ihr und begutachtet das Rädchen.

»Ich brauche Werkzeug«, erklärt er und eilt nach Hause, um einen Schraubenschlüssel zu holen. Sophie springt durch den Park und verkündet allen, die in Hörweite sind – darunter mehrere Eichhörnchen –, dass sie schon ohne Stützräder fahren kann. Alle sind beeindruckt, besonders die Eichhörnchen, die keckernd die Bäume hinaufhuschen.

Nach einer Viertelstunde ist Brian wieder da. Er muss die ganze Strecke gerannt sein. Ich bin erfüllt von Dankbarkeit. Dass er Sophie so sehr liebt. Dass er sich auf eine temperamentvolle Fünfjährige so fürsorglich einlässt.

Die Stützräder abzunehmen ist ein Kinderspiel. Schon nach wenigen Minuten hat Brian die überflüssigen Räder ins Gras geworfen. Sophie sitzt schon wieder im Sattel. Sie stützt sich mit beiden Beinen ab, zieht den Helmgurt enger und schaut uns mit ernster Miene an.

»Ich bin so weit«, erklärt sie.

Ich nicht, denke ich und presse mir die Hand vor den Bauch. Ich bin noch nicht so weit. War es nicht erst gestern, dass ich den kleinen Wurm im Arm hielt, dass sie, gerade zehn Monate alt, ihre ersten wackeligen Schritte machte? Wie kann sie schon so groß sein? Wo sind all die Jahre hin? Wie finde ich sie zurück?

Sophie ist mein Ein und Alles. Was, wenn sie stürzt?

Brian erklärt ihr, worauf sie achten muss. Er hält das Rad mit beiden Händen fest, die eine am Lenkrad, die andere am Sattel.

Sophie stemmt die Füße in die Pedale. Man sieht ihr an, dass sie wild entschlossen ist. Sie wird es wagen. Fraglich nur, wie oft sie stürzen wird, bis sie es wirklich schafft, sich auf dem Rädchen zu halten.

Brian sagt ihr etwas, was ich nicht verstehe, weil ich mich ein paar Schritte zurückgezogen habe. Mütter wollen immer festhalten, Väter können eher loslassen. Vielleicht will es die Natur so.

Ich versuche, mich an meine früheren Erfahrungen auf einem Fahrrad ohne Stützräder zu erinnern. Hat mir mein Vater geholfen? Ist meine Mutter nach draußen gekommen, um mir zuzusehen? Ich weiß es nicht mehr, würde mich aber gern daran erinnern, dass er mir Ratschläge gab, meine Eltern mir Aufmerksamkeit schenkten.

Aber mein Gedächtnis gibt nichts her. Meine Mutter ist tot, und mein Vater hat vor zehn Jahren deutlich gemacht, dass er mich nicht mehr sehen will.

Er weiß nicht, dass er eine Enkeltochter namens Sophie hat. Er weiß nicht, dass seine eigene Tochter Officer der State Police geworden ist. Sein Sohn starb. Seine Tochter hat er verstoßen.

Brian hält Sophie und das Fahrrädchen im Gleichgewicht. Es wackelt ein wenig. Vielleicht überträgt es ihre Nervosität. Oder seine. Sie sind beide hochgespannt. Ich halte Abstand und bin stumm.

Sophie tritt in die Pedale. Brian läuft neben ihr her und assistiert, damit Sophie in Schwung kommen kann. Sie wird schneller und schneller.

Ich halte die Luft an und balle die Hände zu Fäusten. Nur gut, dass sie einen Helm trägt. Ich habe nur diesen einen Gedanken. Gott sei Dank, sie trägt einen Helm. Und warum habe ich sie nicht in Watte gepackt, bevor ich sie aufs Fahrrad ließ?

Brian lässt los.

Sophie radelte weiter. Ein Meter, zwei, drei. Sie schaut zur Seite und scheint erst jetzt zu bemerken, dass Brian nicht mehr neben ihr herläuft. Sie fährt tatsächlich allein. Im nächsten Augenblick schlägt der Lenker um. Sie schreit auf und kippt mitsamt dem Fahrrad um.

Brian ist sofort zur Stelle. Ehe ich reagieren kann, hilft er ihr auf die Beine und schaut nach, ob sie sich verletzt hat.

Sophie weint nicht. Sie sieht mich kommen und ruft: »Hast du mich gesehen, Mommy? Hast du's gesehen?«

»Ja, ja«, versichere ich und überzeuge mich davon, dass sie wirklich nicht verletzt ist. Sie hat nichts. Aber ich bin um Jahre gealtert.

»Noch mal!«, verlangt mein wildes Kind.

Lachend richtet Brian das Fahrrad auf und hilft ihr auf den Sattel.

»Du bist verrückt«, sage ich an ihre Adresse und schüttele den Kopf.

Sophie strahlt übers ganze Gesicht.

Es dauert nicht lange, und sie strampelt tatsächlich allein und ohne Hilfe durch den Park. Die Stützräder sind vergessen. Brian und ich kommen nicht mehr mit; sie ist zu schnell für uns. Stattdessen steigen wir auf einen Picknicktisch, um sie im Auge behalten zu können.

Wir haben uns wieder an die Hände genommen und lehnen im lauen Abendwind aneinander. Mein Kopf ruht auf seiner Schulter, während Sophie an uns vorbeisaust.

»Danke«, sage ich.

»Sie ist ganz aus dem Häuschen«, erwidert er.

»Ich hätte wohl nicht den Nerv dazu gehabt.«

»Mir klopft das Herz immer noch im Hals.«

Überrascht schaue ich zu ihm auf. »War dir auch nicht wohl dabei?«

»Machst du Witze? Dieser erste Fehlstart hat mir einen Mordsschrecken eingejagt.« Er schüttelt den Kopf. »Mir hat niemand gesagt, welche Ängste man als Vater ausstehen muss. Dabei geht es jetzt erst richtig los mit ihr. Demnächst will sie womöglich ein BMX-Rad haben, auf dem sie dann Treppen runterfährt und auf dem Lenker Handstand macht. Ich werde mir wohl dieses Haarmittel für Männer besorgen müssen, das graue Haare kaschiert.«

»Nur für Männer?«

»Ja. Sobald wir zu Hause sind, bestelle ich mir einen ganzen Vorrat davon.«

Ich lache. Er legt mir den Arm um die Schultern.

»Es ist wirklich erstaunlich«, sagt er. Ich lächelte und nickte. Er ist das Beste, was Sophie und mir passieren konnte.

»Tut mir leid wegen dieser Geschichte am Wochenende«, sagt Brian zwei Minuten später.

Ich akzeptiere seine Entschuldigung, ohne ihn anzusehen.

»Ich weiß selbst nicht, was in mich gefahren ist«, fährt er fort. »Es soll nicht wieder vorkommen.«

»Ist schon gut«, sage ich und meine es so. Zu diesem Zeitpunkt unserer Ehe glaube ich ihm noch.

»Ich glaube, ich werde ein bisschen Sport treiben«, sagt Brian. »Zeit dazu habe ich ja. Und es kann nicht schaden, wieder in Form zu kommen.«

»Du bist doch in Form.«

»Ja. Aber ich würde wieder gern Gewichte heben wie damals im College. Und machen wir uns nichts vor ...« Sophie saust am Picknicktisch vorbei. »Schnell, wie sie jetzt schon ist, werden wir bald all unsere Kraft brauchen, um mit ihr Schritt halten zu können.«

»Wie du meinst«, sage ich.

»Hey, Tessa.«

»Ja?«

»Ich liebe dich.«

Im Traum oder in meiner Erinnerung schlinge ich lächelnd beide Arme um die Taille meines Mannes. »Hey, Brian. Ich liebe dich auch.«

Ich schreckte auf. Ein unbestimmtes Geräusch holte mich unsanft aus der goldenen Vergangenheit zurück in die sterile Gegenwart. Geborgen in den Armen meines Mannes zu liegen und Sophies übermütiges Lachen zu hören war an jenem Nachmittag im Herbst nur die Ruhe vor dem Sturm, was ich damals aber natürlich nicht wissen konnte.

Mit einem völlig erschöpften Kind waren wir nach Hause zurückgekehrt. Wir brachten sie früh zu Bett. Dann, nach einem gemütlichen Essen, liebten wir uns. Später schlief ich ein mit dem Gedanken, die glücklichste Frau der Welt zu sein.

Es sollte ein ganzes Jahr vergehen, bevor ich meinem Mann wieder sagen konnte, dass ich ihn liebe. Aber da lag er sterbend vor mir auf dem frisch geschrubbten Küchenboden, mit drei Kugeln in der Brust, abgefeuert aus meiner Dienstwaffe, sein Gesicht ein trauriger Spiegel meiner eigenen Reue.

Sekunden später rannte ich durchs Haus und stellte alles auf den Kopf, suchte meine Tochter, die nirgends zu finden war.

Weitere Geräusche drangen an mein Ohr. Fernes Piepen, eilende Schritte, Rufe. Krankenhausgeräusche. Laut und drängend. Sie zerrten mich brutal in die Gegenwart zurück, eine Gegenwart ohne Ehemann, ohne Sophie. Ich war allein in einem Krankenzimmer und wischte mir Tränen von der unversehrten Gesichtshälfte.

Zum ersten Mal bemerkte ich, dass ich etwas in der linken Hand verschlossen hielt. Ich hob sie vor mein gesundes Auge und öffnete sie.

Es war ein Knopf. Vielleicht anderthalb Zentimeter im Durchmesser. In den beiden Löchern steckten noch Reste eines dunkelblauen Fadens. Der Knopf mochte von einer Hose sein, einer Bluse oder vielleicht von einer Uniform.

Doch dem war nicht so. Ich erkannte ihn sofort, sah im Geiste auch das dazugehörige Pendant, das andere blaue Auge, eingenäht in das Stoffgesicht der Lieblingspuppe meiner Tochter.

Mich überkam plötzlich eine rasende Wut. Mir schnürte sich die Kehle zu, und ich krallte die Hand so fest zusammen, dass die Knöchel weiß wurden.

Dann warf ich den Knopf quer durchs Zimmer. Er traf auf den Paravent. Im selben Augenblick bereute ich schon, dass ich mich dazu hatte hinreißen lassen. Ich wollte den Knopf zurückhaben. Ich musste ihn zurückhaben. Er war meine einzige Verbindung zu Sophie.

Bei dem Versuch, mich aufzurichten, fuhr mir ein unsäglicher Schmerz durch den Schädel. Die Wangen flammten wieder auf. Vor meinen Augen drehte sich alles, mir wurde übel, und mein Herz fing zu rasen an.

Verdammt, verdammt, verdammt.

Ich legte mich wieder zurück und atmete kontrolliert. Der Schwindel ließ nach, und ich konnte wieder schlucken, ohne zu würgen. Reglos lag ich da, meiner Verwundbarkeit bewusst, der Schwäche, die ich mir nicht leisten konnte.

Deswegen schlugen Männer Frauen. Um ihnen körperliche Überlegenheit zu demonstrieren. Um zu zeigen, dass sie größer und stärker waren als wir, auch wenn unsereins ein Spezialtraining absolviert hat. Sie waren das dominante Geschlecht. Wir hatten uns zu unterwerfen und mussten uns geschlagen geben.

Aber man musste mir keine Bierflasche über den Schädel ziehen, um mich in meine physischen Grenzen zu verweisen. Ich brauchte keine behaarte Faust im Gesicht, um zu erkennen, dass manche Schlachten einfach nicht gewonnen werden konnten. Ich hatte mich längst damit abgefunden, kleiner und verletzlicher zu sein als andere. Trotzdem habe ich die Polizeiakademie überlebt. Trotzdem fuhr ich schon als eine der wenigen weiblichen Trooper seit vier Jahren Streife.

Ich hatte eine bezaubernde Tochter zur Welt gebracht, ganz allein.

O nein, ich habe mich nicht unterkriegen lassen. Nie würde ich mich geschlagen geben.

Wieder fing ich zu weinen an. Ich schämte mich für meine Tränen, wischte sie wieder von der heilen Wange und achtete darauf, mein blaues Auge zu schonen.

Vergesst das verdammte Einsatzkoppel, hatten uns die Ausbilder am ersten Tag unserer Ausbildung eingeschärft. Die beiden wichtigsten Waffen eines Polizisten seien sein Kopf und der Mund. Es komme darauf an, strategisch zu denken und mit Bedacht zu reden. So wäre jede Situation zu meistern.

Vor einer schwierigen Situation, die es zu meistern galt, stand ich auch jetzt, denn bald würden die Cops wieder aufkreuzen und mich in die Mangel nehmen.

Strategisch denken. Okay. Wie spät?

Vier, fünf Uhr?

Es würde bald dunkel werden, die Nacht hereinbrechen.

Sophie ...

Meine Hände zitterten, ich drohte schwach zu werden.

Strategisch denken.

Du hängst fest in einem Krankenhaus. Kannst nicht weglaufen, dich nicht verstecken, nicht angreifen, dich nicht wehren. Aber Worte mit Bedacht wählen.

Mit Bedacht Opfer bringen.

Ich erinnerte mich wieder an Brian, an den wunderschönen Nachmittag im Herbst, daran, dass man einen Mann lieben und gleichzeitig verfluchen kann. Ich wusste, was zu tun war.

Auf der Konsole neben dem Bett stand ein Telefon. Ich wählte.

»Ken Cargill, bitte. Ich bin seine Mandantin, Tessa Leoni. Sagen Sie bitte, dass ich mir Gedanken um die Beisetzung meines Mannes machen muss. Es eilt.«

11. KAPITEL

Trooper Shane Lyons war einverstanden, mit Bobby und D. D. zu reden. Er verabredete sich mit ihnen für sechs Uhr in der Polizeizentrale von Roxbury. Damit hatten die beiden noch Zeit, vorher zu essen. Bobby bestellte sich ein Riesensandwich mit allem Drum und Dran. D. D. begnügte sich mit einem Teller Hühnernudelsuppe, über die sie ein paar Salzcracker zerkrümelte.

In einer Ecke des Diners flimmerte ein Fernseher mit den Fünf-Uhr-Nachrichten. Gleich zu Beginn kam die Meldung von der Schießerei in Allston-Brighton und der Suche nach dem vermissten Mädchen Sophie Marissa Leoni, deren Foto eingeblendet wurde. Ihr Gesicht mit den hellblauen Augen und der auffälligen Zahnlücke füllte den gesamten Bildschirm. Die Rufnummer einer Hotline wanderte am unteren Rand von rechts nach links, gefolgt von der Auslobung einer Belohnung von fünfundzwanzigtausend Dollar für Hinweise, die zum Auffinden des Mädchens führten.

D. D. schaute weg. Die Sache deprimierte sie zu sehr.

Acht Stunden nach dem Notruf waren sie kaum einen Schritt vorangekommen. Ein Nachbar hatte angegeben, kurz nach vier am Nachmittag Brian Darby in seinem weißen GMC Denali wegfahren gesehen zu haben. Danach nicht mehr. Telefonanrufe waren keine verzeichnet, weder auf dem Festnetzanschluss noch auf seinem Handy. Wo Brian Darby hingefahren war, was er getan hatte, wen er gesehen haben mochte, wusste niemand.

Offen blieben auch die Fragen im Hinblick auf die sechsjährige Sophie. Gestern war Samstag gewesen. Keine Schule, keine Kontakte mit Spielkameraden, im Garten war sie nicht gesehen und auch von keiner Überwachungskamera aufgenommen worden. Die für sie eingerichtete Hotline hatte niemand angerufen. Am Tag zuvor war sie um drei von der Schule abgeholt worden. Für den Zeitraum danach gab es keinerlei Hinweise.

Tessa Leoni hatte am Samstagabend um elf ihre Nachtschicht angetreten. Dass sie in ihrem Streifenwagen losgefahren war, konnten drei Nachbarn bezeugen; einer hatte sie am nächsten Morgen gegen neun zurückkommen sehen. Die Einsatzzentrale bestätigte, dass Trooper Leoni Streife gefahren war und sich Sonntagmorgen kurz nach acht zum Rapport gemeldet hatte.

Danach war die gesamte Familie von der Bildfläche verschwunden. Nachbarn hatten nichts von ihr gesehen oder gehört, keinen Streit, keine Schreie, keine Schüsse. Was D. D. kaum glauben konnte, da drei Schüsse aus einer Neun-Millimeter-Pistole eigentlich nicht zu überhören waren. Erklären ließ sich das für sie nur damit, dass manche Leute einfach nicht zur Kenntnis nahmen, was sie nicht zur Kenntnis nehmen wollten.

Sophie Leoni wurde nun seit zehn Uhr an diesem Morgen vermisst. Inzwischen war die Sonne untergegangen, die Temperaturen gingen zurück, und der Wetterbericht stellte bis zu fünfzehn Zentimeter Neuschnee in Aussicht.

Der Tag war schon schlimm gewesen, die Nacht würde noch schlimmer werden.

»Ich muss anrufen«, sagte Bobby. Er hatte sein Sandwich gegessen und knüllte das Einwickelpapier zu einer Kugel zusammen.

»Willst du Annabelle sagen, dass es spät wird?«

Er zeigte durch das Fenster nach draußen, wo zu sehen war, dass erste Flocken fielen. »Ist doch so, oder?«

»Kommt sie klar mit deinen Dienstzeiten?«, fragte D. D. Er zuckte mit den Achseln. »Was bleibt ihr anderes übrig? Das bringt der Job so mit sich.«

»Und Carina? Ihr wird bald auffallen, dass Daddy die meiste Zeit weg ist, anstatt mit ihr zu spielen. Später wird sie sich darüber beklagen, dass er zu Theateraufführungen, zu Schulveranstaltungen oder Fußballspielen nicht erscheint. *Ich habe ein Tor geschossen, Dad! Aber du warst nicht dabei.*«

Bobby verzog den Mund. »Das bringt der Job so mit sich«, wiederholte er. »Stinkt mir selbst, aber das kennen wir doch.«

D. D. runzelte die Stirn und blickte auf ihre Suppe. Die Cracker waren zu einer breiigen Masse aufgeweicht. Sie hatte keinen Appetit mehr. Sie war müde. Entmutigt. Sie dachte an ein kleines Mädchen, das womöglich nicht mehr lebend auftauchen würde. Sie dachte an die Worte der ältlichen Mrs. Ennis, wie schwer es für Trooper Leoni sei, Job, Haushalt und Familie unter einen Hut zu kriegen.

Vielleicht war es Frauen einer Strafverfolgungsbehörde nicht vergönnt, häusliches Glück zu erfahren. Wenn Trooper Leoni auf den Garten und ein hübsches Zuhause verzichtet hätte, würde D. D. jetzt wahrscheinlich nicht nach einem vermissten Mädchen suchen müssen.

Gütiger Gott, was sollte sie nur Alex sagen? Wie stand sie eigentlich dazu, sie, der bekennende Workaholic mit Aufstiegsambitionen?

Sie rührte ein letztes Mal in ihrer Suppe und schob den Teller beiseite. Bobby schien darauf zu warten, dass sie etwas sagte.

»Kannst du dir mich als Mutter vorstellen?«, fragte sie.

»Nein.«

»Die Antwort kam schnell.«

»Wenn sie dir nicht gefällt, hättest du nicht fragen sollen.«

Sie schüttelte den Kopf. »Ich habe mich selbst nie als Mom gesehen. Moms ... singen Wiegenlieder, machen Fläschchen warm und schneiden drollige Grimassen, um ihre Babys zum Lachen zu bringen. Ich weiß nur, womit ich meine Kollegen aufmuntern kann – zum Beispiel mit frisch gebrühtem Kaffee und gezuckerten Donuts.«

»Carina hat es besonders gern, wenn ich Kuckuck mit ihr spiele«, verriet Bobby.

»Wirklich?«

»Ja. Ich halte eine Hand vor die Augen, zieh sie dann plötzlich weg und rufe ›*Kuckuck!*‹. Davon kann sie gar nicht genug bekommen. Und stell dir vor, mir wird selbst nicht langweilig dabei.«

D. D. führte ihre Hand vor die Augen. Bobby verschwand. Sie zog sie weg, und Bobby war wieder da. Nicht besonders aufregend, wie sie fand.

»Ich bin nicht dein Baby«, sagte Bobby wie zur Erklärung. »Wir sind genetisch darauf programmiert, unsere Kinder glücklich zu machen. Carina strahlt ... unbeschreiblich. Und wenn sie strahlt, hat sich für mich die ganze Plackerei gelohnt. Dafür mache ich mich auch gern zum Hampelmann. Was soll ich sagen? Vater zu sein ist schöner als alles andere.«

»Ich glaube, Brian Darby hat seine Stieftochter getötet. Ich glaube, er hat Sophie umgebracht und wurde deshalb von Tessa Leoni erschossen.«

»Den Verdacht habe ich auch.«

»Wenn wir genetisch darauf programmiert sind, unsere Kinder glücklich zu machen, wie kommt es dann, dass so viele Eltern die eigenen Kinder misshandeln?«

»Es gibt einfach zu viele Arschlöcher auf der Welt«, antwortete Bobby.

»Bleibst du mit dieser Einsicht lieber nicht gleich im Bett?«

»Ich kann mir diese Arschlöcher vom Leib halten. Ich habe Annabelle, Carina und meine Freunde. Das reicht.«

»Wird's für euch ein zweites Kind geben?«

»Das hoffe ich.«

»Du bist ein Optimist, Bobby Dodge.«

»Wie man's nimmt. Liege ich richtig in der Annahme, dass es zwischen dir und Alex ernst wird?«

»Das ist die Frage.«

»Macht er dich glücklich?«

»Mir kommt's nicht so sehr darauf an, glücklich zu sein.«

»Stellt er dich wenigstens zufrieden?«

Sie dachte zurück an den Morgen, als sie Alex' Hemd getragen und an seinem Tisch gesessen hatte. »Ich hätte nichts dagegen, mehr Zeit mit ihm zu verbringen.«

»Das ist doch schon was für den Anfang. Wenn du mich jetzt

bitte entschuldigen würdest. Ich muss meine Frau anrufen und meine Tochter mit ein paar lustigen Geräuschen zum Lachen bringen.«

Bobby entfernte sich. »Kann ich mithören?«, rief ihm D. D. nach.

»Auf keinen Fall.«

Dazu hatte sie im Grunde auch keine Lust, denn ihr Magen fing wieder zu krampfen an. Sie dachte an das kleine Bündel in Blau oder vielleicht auch in Rosa und fragte sich, wie ein kleiner Alex oder eine kleine D. D. aussehen würde, ob sie ihr Kind so lieben könnte, wie Bobby Carina allem Anschein nach liebte, und ob das reichte.

Bei Polizistinnen stellte sich häusliches Glück nur selten ein. Tessa Leoni konnte das wohl bestätigen.

Die Straßen waren voller Schneematsch. Sie schalteten Blaulicht und Sirene ein, brauchten bis Roxbury aber trotzdem mehr als vierzig Minuten. Die Suche nach einem Parkplatz kostete sie weitere fünf Minuten, und als sie endlich die Vorhalle der Polizeizentrale betraten, hatte Trooper Shane Lyons schon über eine Viertelstunde auf sie gewartet. Der stämmige Officer kam ihnen entgegen. Er trug immer noch Uniform und hatte den Hut tief in die Stirn gezogen. Die Hände steckten in schwarzen Lederhandschuhen.

Zuerst wurde er von Bobby begrüßt, dann von D. D. Weil ein Gespräch im Vernehmungszimmer unpassend gewesen wäre, zogen sie sich in einen unbesetzten Konferenzraum zurück. Lyons setzte sich und nahm seinen Hut ab, behielt aber Mantel und Handschuhe an. Er schien sich nicht auf eine längere Unterredung einzustellen.

Bobby bot ihm eine Cola an, die er dankend annahm. D. D. entschied sich für Mineralwasser, Bobby für eine Tasse schwarzen Kaffee. Als für alle gesorgt war, konnten sie nun zur Sache kommen.

»Es hat Sie anscheinend nicht sonderlich überrascht, von uns zu hören«, fing D. D. an.

Lyons zuckte mit den Achseln und drehte die Coladose zwischen den behandschuhten Fingern. »Mir war klar, dass mein Name ins

Spiel kommt, auch unabhängig davon, dass ich als Gewerkschaftsvertreter verpflichtet bin, Tessa beizustehen. Weshalb ich am Tatort war.«

»Wie lange kennen Sie Trooper Leoni?«, wollte Bobby wissen.

»Seit vier Jahren, als sie in die Kaserne gekommen ist. Ich bin ihr als Mentor zugeteilt worden, der sie während der ersten zwölf Wochen auf Streife zu begleiten hatte.« Lyons nahm einen Schluck aus der Dose. Es war deutlich, dass er sich unwohl in seiner Haut fühlte.

»Haben Sie mit Trooper Leoni eng zusammengearbeitet?«, fragte D. D.

»Die ersten zwölf Wochen ja, danach nicht mehr. Trooper fahren für gewöhnlich allein Streife.«

»Haben Sie sonst miteinander zu tun?«

»Wir frühstücken manchmal zusammen oder trinken einen Kaffee. Das ist bei uns unter Kollegen so üblich.« Er schaute D. D. an. »Manchmal gesellt sich auch einer Ihrer Kollegen aus Boston zu uns.«

»Tatsächlich?« D. D. gab sich überrascht.

Lyons lächelte. »Man muss schließlich seine Kontakte pflegen. Wie gesagt, unsereins ist normalerweise allein unterwegs, und das kann ziemlich öde sein, vor allem nachts. Da hat man nur sich selbst, seine Radarpistole und einen Highway voller Schnapsnasen.«

»Und in der Kaserne?«, fragte D. D. »Treffen Sie sich da öfter mit Tessa? Zu den Mahlzeiten, in den Pausen?«

Lyons schüttelte den Kopf. »Der Streifenwagen eines Troopers ist sein – oder ihr – Büro. Wir fahren nur dann in die Kaserne, wenn wir jemanden aus dem Verkehr rausgefischt haben und einen Bluttest mit ihm machen müssen. Wie ich schon sagte, die meiste Zeit sind wir auf der Straße.«

»Aber Sie unterstützen sich doch gegenseitig«, sagte Bobby. »Zum Beispiel, wenn es einen Unfall gegeben hat.«

»Klar. Erst letzte Woche hat Trooper Leoni einen alkoholisierten Fahrer vom Pike geholt. Ich bin hin, um auf seinen Wagen aufzupassen, während sie ihn zur Blutabnahme in die Kaserne brachte. Das machen wir immer so. Aber dass wir über unsere Ehepartner oder Kinder reden, kommt eigentlich nicht vor.« Lyons schaute Bobby an. »Oder war das damals bei Ihnen anders?«

»Erzählen Sie uns von Brian Darby«, sagte D. D., um Lyons' Blick wieder auf sich zu lenken.

Der State Trooper ließ sich mit der Antwort Zeit, aber an seinen aufeinandergepressten Lippen war zu erkennen, dass er mit sich kämpfte.

»Von mir erfahren Sie nichts«, knurrte er plötzlich.

»Wieso nicht?«, fragte Bobby.

»Hören Sie.« Lyons setzte die Coladose ab. »Ich mache mir selbst genug Vorwürfe. Normalerweise kann ich Menschen ganz gut einschätzen. Das lernt man in unserem Job. Aber was Tessa und Brian angeht, habe ich wohl voll danebengelegen. Dass sie Probleme mit den Nerven hat und er sich an Frauen vergreift, hat man ihnen echt nicht angesehen. Ehrlich, wenn ich gewusst hätte ...«

»Fangen wir mit Brian Darby an«, schlug D. D. vor. »Wie gut kannten Sie ihn?«

»Wir sind uns vor acht Jahren zum ersten Mal begegnet. Haben in derselben Hockeymannschaft gespielt, immer freitags abends, wenn es denn der Job erlaubte. Er fuhr damals schon zur See, und ich hatte natürlich auch nicht immer Zeit. Jedenfalls fand ich ihn sympathisch und habe ihn ein paarmal auf ein Bier oder zum Essen zu mir eingeladen. Weil wir uns gut verstanden, haben wir immer mehr miteinander unternommen. Wir haben, wie gesagt, Hockey gespielt, sind aber auch Ski gelaufen und waren oft auch mit dem Fahrrad unterwegs.«

»Brian hat also viel Sport getrieben«, fasste Bobby zusammen.

»Ja. Bewegung war ihm wichtig, genauso wie Tessa. Ich dachte, die beiden würden gut zusammenpassen. Und hab das mit dem Kennenlernen arrangiert. Ich dachte, selbst wenn sie kein Paar werden, könnten sie bestimmt Freunde sein.«

»Sie haben die beiden verkuppelt?«, fragte D. D. erstaunt.

»Ich habe sie zu einem Picknick eingeladen und ihnen alles Weitere selbst überlassen. Mehr kam von meiner Seite nicht.«

»Haben sie die Party gemeinsam verlassen?«, fragte Bobby.

Lyons dachte nach. »Nein. Aber ich glaube, sie haben sich zu einem Drink verabredet. So oder ähnlich muss es für sie angefangen haben. Ich wusste davon nichts, erfuhr dann aber irgendwann, dass Tessa und ihre Tochter bei ihm eingezogen sind. Es hatte also offenbar zwischen ihnen gefunkt.«

»Waren Sie bei der Hochzeit?«

»Nein. Davon habe ich erst später gehört. Wenn ich mich richtig erinnere, ist mir der Ehering an Tessas Hand aufgefallen, und als ich sie fragte, sagte sie, ja, wir haben geheiratet. Ich war ein bisschen überrascht, weil es so schnell ging und dass sie mich nicht eingeladen hatten. Na ja ...« Lyons zuckte mit den Achseln. »So nahe standen wir uns nicht, und im Grunde war es mir egal.«

Auf diese Feststellung schien er besonders viel Wert zu legen.

»Hat Tessa jemals von der Hochzeit gesprochen?«, fragte D. D.

»Nicht mit mir.«

»Mit anderen denn?«

»Ich kann nur für mich sprechen.«

»Nicht einmal das tun Sie«, warf ihm D. D. vor.

»Hey, ich versuche, mich an die Wahrheit zu halten. Die beiden haben mich genauso wenig zum Sonntagsbrunch eingeladen wie ich sie zu einem Drink nach der Kirche. Klar, wir sind Freunde. Aber wir führen unser eigenes Leben. Brian war ja die Hälfte des Jahres nicht einmal in der Stadt.«

»Na schön«, hob D. D. an. »Ihr Hockeykumpel Brian Darby fährt drei Monate am Stück zur See und lässt Ihre Kollegin mit Haushalt, Garten und Kind allein. Sie, Lyons, führen, wie Sie sagen, Ihr eigenes Leben und haben wahrscheinlich keine Lust, sich mit anderer Leute Probleme zu belasten. Richtig?«

Trooper Lyons wurde rot. Er richtete den Blick auf seine Coladose und biss die Zähne aufeinander, wie man deutlich sehen konnte.

Hübscher Kerl, dachte D. D. Sogar wenn er rot angelaufen war. Sie fragte sich, ob Brian mit dem Pumpen angefangen hatte, weil seine Frau bewaffnet war oder weil sie einen stattlichen Kollegen hatte, der ihr zur Hand ging, wenn ihr Liebster zur See fuhr.

»Zugegeben, ich habe ihr mal den Rasenmäher repariert«, murmelte Lyons.

D. D. und Bobby warteten gespannt.

»Und dann hat mal der Wasserhahn in der Küche geleckt. Weil ich mich damit nicht auskenne, habe ich ihr einen guten Klempner empfohlen.«

»Wo waren Sie vergangene Nacht?«, fragte Bobby ruhig.

»Auf Streife.« Lyons blickte mürrisch auf. »Verdammt, ich bin seit elf gestern Nacht auf den Beinen und noch nicht zu Hause gewesen. Ich habe drei Kinder, was glauben Sie, wie mir zumute ist, wenn ich Sophies Foto in den Nachrichten sehe? Hundsmiserabel! Sophie ist ein Kind. Ich erinnere mich noch, wie sie in meinem Garten Purzelbäume geschlagen hat. Wie sie letztes Jahr auf die alte Eiche geklettert ist. Das schaffte so schnell nicht mal mein achtjähriger Sohn. Ein halbes Äffchen. Und dieses Lachen ... verdammt.«

Trooper Lyons deckte das Gesicht mit der Hand ab. Es schien, dass ihm die Stimme versagte. D. D. und Bobby nahmen Rücksicht darauf.

Als er sich wieder beruhigt hatte und die Hand vom Gesicht nahm, meinte er unvermittelt: »Soll ich Ihnen sagen, wie wir Brian genannt haben? Wie sein Spitzname in der Hockeymannschaft lautete?«

»Ich höre.«

»Sensibelchen. Sein Lieblingsfilm war *Pretty Woman*. Als sein Hund Duke starb, schrieb er ein Gedicht, das er im Stadtanzeiger veröffentlichen ließ. So einer war er. Ich hatte deshalb keinen Augenblick lang gezögert, ihn meiner Kollegin und ledigen Mutter Tessa vorzustellen. Ich glaubte, ihr einen Gefallen damit zu tun.«

»Haben Sie und Brian auch in letzter Zeit noch zusammen Hockey gespielt?«, fragte Bobby nach.

»Eher selten. Mein Dienstplan hatte sich verändert. Ich musste freitagnachts meist arbeiten.«

»Wie's aussieht, ist Brian nach der Hochzeit kräftiger geworden. Er hat richtig viel Muskelmasse zugelegt.«

»Ich glaube, er ging in ein Fitnessstudio. Er sprach davon, dass er Spaß am Gewichtheben habe.«

»Haben Sie manchmal mit ihm trainiert?«

Lyons schüttelte den Kopf.

Plötzlich fing D. D.'s Pager zu piepen an. Sie schaute aufs Display, sah die Nummer des Labors und entschuldigte sich. Als sie den Konferenzraum verließ, hörte sie Bobby fragen, ob Brian Darby für den Muskelaufbau mit Medikamenten nachgeholfen habe.

Sie holte ihr Handy aus der Tasche, wählte die Nummer des Labors und erfuhr, dass die Kollegen an Brians weißem GMC Denali interessante Spuren sichergestellt hatten. Sie hörte zu, nickte und rannte, kaum dass sie den Anruf beendet hatte, in die Damentoilette. Dass sie die Suppe schließlich doch bei sich behielt, verdankte sie einer Menge kalten Wassers, das sie sich ins Gesicht spritzte.

Sie spülte den Mund aus und ließ noch eine Weile kaltes Wasser über die Handrücken laufen. Dann musterte sie ihr bleiches Spiegelbild und fasste den Entschluss, die Sache durchzustehen.

Sie würde diesen Abend überleben. Sie würde Sophie Leoni finden.

Und wenn das geschafft war, würde sie nach Hause zu Alex gehen, denn es gab da ein paar Dinge zu besprechen.

D. D. marschierte zurück in den Konferenzraum. Seit dem Telefonat war ihr die Lust an behutsamer Konversation vergangen. Trooper Lyons versuchte offenbar, sie hinzuhalten, und das musste jetzt ein Ende haben.

»Der vorläufige Bericht der Spurensicherung an Brians Fahrzeug liegt vor«, sagte sie in scharfem Tonfall.

Mit beiden Händen auf der Tischplatte abgestützt, beugte sie sich so tief über Trooper Lyons, dass ihre Nasen nur noch wenige Zentimeter voneinander entfernt waren.

»In einer Ablage wurde ein Klappspaten gefunden, an dem Dreck und Laub klebten.«

Lyons sagte nichts.

»Außerdem wurde ein nagelneuer Raumbedufter gefunden, so ein Gerät, das man in die Steckdose steckt. Duftnote Melone. Die Jungs von der Spurensicherung fanden das seltsam und haben das Ding eingepackt.«

Lyons sagte immer noch nichts.

»Sie sagen, in weniger als fünfzehn Minuten verbreitet sich ein sehr intensiver Duft. Aber unsere Jungs sind clever. Sie haben einen Spürhund zum Einsatz gebracht.«

Der Officer wurde bleich.

»Da stinkt was zum Himmel, Trooper Lyons, finden Sie nicht auch? Die Kollegen sind sich ziemlich sicher, dass in den vergangenen vierundzwanzig Stunden in Brian Darbys Wagen eine Leiche transportiert wurde. Der Klappspaten lässt vermuten, dass sie an einen unbekannten Ort geschafft und vergraben wurde. Hatte Brian eine zweite Adresse? Ein Häuschen am See, eine Jagdhütte, eine kleine Skistation? Wenn Sie endlich mit der Sprache rausrücken, könnten wir vielleicht zumindest Sophies Leiche bergen.«

»Nein, soweit ich weiß nicht ...« Lyons wurde noch bleicher.

»Wo hat Brian seine Stieftochter hingebracht?«

»Ich weiß nicht! Er hatte keine zweite Adresse, jedenfalls hat er mir nichts davon gesagt.«

»Tessa liegt zusammengeschlagen im Krankenhaus, und die kleine Sophie ist aller Wahrscheinlichkeit nach tot. Sie haben die beiden mit Brian bekannt gemacht und damit zumindest indirekt die Räder zum Laufen gebracht. Geben Sie sich endlich einen Ruck und helfen Sie uns, Sophies Leiche zu finden. Wo könnte er sie verscharrt haben? Verraten Sie uns, was Sie über Brian Darbys Geheimnisse wissen.«

»Er hatte keine Geheimnisse. Ich schwöre ... Brian war ein anständiger Kerl. Er fuhr zur See und freute sich immer, zu Frau und Stieftochter zurückkehren zu können. Ich habe nie gehört, dass er den beiden gegenüber laut geworden wäre. Und um sich geschlagen hat er mit Sicherheit auch nicht.«

»Was ist denn dann passiert?«

Lyons holte zitternd Luft.

»Es könnte sein ...« Er stockte und ließ den Blick zwischen D. D. und Bobby hin- und herwandern, während seine Hände die Coladose kneteten. »Ich will keine dreckige Wäsche waschen«, brabbelte er. »Aber früher oder später werden Sie's von Lieutenant Colonel Hamilton ja ohnehin erfahren. Von ihm weiß ich es. Außerdem steht es in den Akten.«

»Trooper Lyons! Rücken Sie endlich raus damit«, brüllte D. D.

»Was heute Morgen passiert ist ... nun, lassen Sie es mich so sagen: Es ist nicht das erste Mal, dass Trooper Leoni einen Mann getötet hat.«

12. KAPITEL

Das Erste, was ich als Polizistin lernte, war, meine Furcht vor Männern zu verlieren.

Ein Haufen betrunkener Proleten in einer Bar? Wenn mein Kollege Trooper Lyons aus dem Streifenwagen stieg, spielten sie sich sofort auf und wurden aggressiv. Wenn ich hingegen die Szene betrat, senkten sie die Köpfe und betrachteten ihre Schuhspitzen wie kleine Jungs, die von ihrer Mom bei etwas Unanständigem erwischt wurden. Raubeinige Trucker? Schneller kann man gar nicht *Ja, Ma'am* oder *Nein, Ma'am* sagen, wenn ich neben ihnen stehe und mein Protokollheft in der Hand halte. Adrette Collegestudenten, die ein bisschen zu viel getrunken haben? Sie fangen an zu stottern, drucksen herum und wollen sich am Ende immer mit mir verabreden.

Die meisten Männer sind darauf dressiert, einer Frau mit Respekt zu begegnen. Sie sehen in jemandem wie mir entweder die Mutter, der artig zu gehorchen ist, oder vielleicht, falls sie so jung und hübsch ist wie ich, eine attraktive Frau, der man schmeichelt. Wie auch immer, ich bin für sie keine unmittelbare Gefahr. Deshalb können es sich selbst die härtesten Typen leisten, klein beizugeben, ohne vor ihren Kumpels an Ansehen zu verlieren. Wenn es zu Konfrontationen kommt, in denen allzu viel Testosteron im Spiel ist, rufen mich meine männlichen Kollegen oft zu Hilfe, weil sie darauf vertrauen können, dass ich als Frau beschwichtigend wirke.

Männer flirten ein bisschen, oder sie machen sich in die Hose. Am Ende tun sie das, was ich sage.

Frauen dagegen ...

Winken Sie mal eine Mom in ihrer Familienkutsche rechts ran, weil sie zu schnell gefahren ist – sie wird Ihnen sofort mit hysterischer Stimme erklären, warum ihre zwei-Komma-zwei Kinder nicht zu spät zum Ballett- oder Flötenunterricht kommen dürfen. Haben

Sie einen Typen per Haftbefehl hoppgenommen, dem Sie noch einmal Gelegenheit geben, ein paar Sachen zusammenzupacken, kommt Ihnen garantiert seine misshandelte Freundin in die Quere und will wissen, warum Sie ihn seine Unterhosen allein packen lassen; Sie können Gift darauf nehmen, dass sie *Ihnen* die Schuld an ihrem ganzen Elend gibt.

Männer sind für einen weiblichen Trooper kein Problem.

In Acht nehmen muss man sich vor Frauen.

Mein Anwalt hatte an meinem Bett gesessen und zwanzig Minuten auf mich eingeredet, als Sergeant Detective D. D. Warren plötzlich den Paravent zur Seite zerrte. Gleich hinter ihr stand ihr Verbindungsmann zur State Police, Detective Bobby Dodge. Seiner Miene war nichts anzumerken. Sie hingegen hatte den hungrigen Blick einer Dschungelkatze.

Mein Anwalt verstummte. Er schien nicht überrascht zu sein, die beiden zu sehen, reagierte aber merklich verärgert. Er hatte mir gerade zu erklären versucht, in welcher Lage ich mich befand. Die war alles andere als rosig, und die Tatsache, dass ich noch kein Geständnis abgelegt hatte, machte seiner Meinung nach alles noch schlimmer.

Ob es zu einer Mordanklage kommen würde, war noch fraglich. Die Entscheidung darüber traf die Staatsanwaltschaft von Suffolk County in Zusammenarbeit mit der Bostoner Polizei. Falls ich glaubhaft würde darlegen können, Opfer von Misshandlungen gewesen zu sein – was ja meine wiederholten Behandlungen in der Notaufnahme hinlänglich beweisen sollten –, könnte es sein, dass meine Tat als Notwehr gewertet werden würde.

Brian war mit einer zerschlagenen Flasche auf mich losgegangen, und ich hatte mich mit meiner Dienstwaffe gewehrt. Der Staatsanwalt würde mir vorhalten können, dass zu meiner Selbstverteidigung Pfefferspray, Schlagstock oder Taser völlig ausgereicht hätten, die mir mit meinem Einsatzkoppel zur Verfügung standen. Womöglich würde deshalb die Anklage auf schwere Körperverletzung mit Todesfolge lauten.

Oder aber man würde mir nicht abnehmen, dass ich Angst um mein Leben hatte. Vielleicht unterstellte man mir, im Streit mit meinem Mann die Nerven verloren zu haben. In dem Fall würde man mir Totschlag vorwerfen.

All das wären eher glimpfliche Ausgänge. Aber es gab natürlich Schlimmeres zu befürchten. Vielleicht sah die Polizei nicht in Brian, sondern in mir den eigentlichen Gewalttäter, der mit Vorsatz gehandelt hatte. In dem Fall würde man mir Mord zur Last legen.

Das hieße, ich würde den Rest meines Lebens hinter Gittern verbringen. Vorhang zu.

Mit diesen Überlegungen hatte sich mein Anwalt zu mir ans Bett gesetzt. Er wollte nicht, dass ich mich mit der Polizei anlegte, und empfahl mir stattdessen, eine Presseerklärung abzugeben: Misshandelte Ehefrau plädiert auf unschuldig und hofft verzweifelt auf die Rückkehr der vermissten Tochter. Außerdem riet er mir, dass ich mich den ermittelnden Detectives gegenüber kooperativ und entgegenkommend zeigte. Es sei, so erklärte er, symptomatisch für eine misshandelte Frau, dass sie die Schuld auf sich nehme.

Die Quintessenz einer Ehe reduzierte sich letztlich auf die Frage, was hat er beziehungsweise sie gesagt – selbst wenn einer der Partner längst gestorben ist.

Jetzt waren die ermittelnden Detectives tatsächlich zur Stelle, und mein Anwalt stand schwerfällig auf, um ihnen Platz zu machen.

»Wie Sie sehen«, sagte er, »ist meine Mandantin noch sehr geschwächt. Der behandelnde Arzt hat ihr Ruhe verordnet und entschieden, dass sie zur Beobachtung über Nacht hier im Krankenhaus bleibt.«

»Sophie?«, fragte ich mit gequälter Stimme. Detective Warren machte nicht den Eindruck, dass sie einer Mutter schlechte Nachrichten zu überbringen hatte. Trotzdem …

»Es gibt noch keine Spur«, antwortete sie kurz.

»Wie spät ist es?«

»Halb acht.«

»Schon dunkel«, murmelte ich.

Die blonde Polizistin starrte mich an. Mitleidlos, ohne Sympathie. Es überraschte mich nicht. Da es unter Kollegen in Uniform nur wenig Frauen gab, hätte man meinen sollen, dass diese wenigen zusammenhalten. Aber Frauen sind seltsam in dieser Hinsicht. Sie beharken sich gegenseitig, und wenn sich eine Frau wie ich von ihrem Mann als Boxsack missbrauchen lässt, ist sie völlig untendurch.

Ich konnte mir nicht vorstellen, dass Detective Warren einen gewalttätigen Mann in ihrer Nähe geduldet hätte. Wahrscheinlich würde sie, wenn sie geschlagen wurde, doppelt so hart zurückschlagen. Oder ihm mit dem Taser die Eier grillen.

Detective Dodge hatte zwei Stühle ans Bett gerückt. Die beiden nahmen Platz. Auch Cargill setzte sich wieder. Er wirkte verunsichert.

»Meine Mandantin kann auf manche Fragen nicht antworten – noch nicht«, sagte er. »Aber natürlich wird sie nach Kräften helfen, dass ihre Tochter gefunden wird. Wie könnte sie dazu beitragen?«

»Wer ist Sophies leiblicher Vater?«, fragte Detective Warren. »Und wo hält er sich auf?«

Ich schüttelte den Kopf und winselte vor Schmerzen.

»Nennen Sie mir seinen Namen«, insistierte sie.

Ich leckte meine Lippen und versuchte es noch einmal. »Sie hat keinen Vater.«

»Unmöglich.«

»Nicht für eine Schlampe und Alkoholikerin«, entgegnete ich.

Cargill glotzte mich entgeistert an. Die beiden Detectives aber schienen aufzumerken.

»Sind Sie Alkoholikerin?«, fragte Bobby Dodge ruhig.

»Ja.«

»Wer weiß davon?«

»Lieutenant Colonel Hamilton und einige Kollegen.« Ich zuckte mit den Schultern und versuchte, meine lädierte Gesichtshälfte unbewegt zu lassen. »War vor sieben Jahren auf Entzug, bevor ich zur Polizei ging, und bin seitdem trocken.«

»Vor sieben Jahren?«, wollte D. D. bestätigt wissen. »Zu dem Zeitpunkt waren Sie schwanger, stimmt's?«

»Ja.«

»Wie alt waren Sie da?«

»Zwanzig. Jung und naiv. Immer auf Partys und ständig betrunken. Plötzlich war ich schwanger und musste feststellen, dass ich keine wirklichen Freunde hatte. Seit ich aus dem Zirkus ausgestiegen bin, habe ich keinen aus meiner Clique mehr wiedergesehen.«

»Männerbekanntschaften?«, fragte D. D.

»Die werden Ihnen nicht weiterhelfen. Ich habe nur mit Männern geschlafen, die ich nicht kannte, meist mit älteren Kerlen, die ihren Spaß daran hatten, einem jungen dummen Mädchen Drinks zu spendieren. Ich trank, ließ mich flachlegen, und danach ging jeder seiner Wege.«

»Tessa«, mahnte mein Anwalt.

Ich hob eine Hand. »Das sind alte Geschichten, die keine Bedeutung haben. Ich kenne Sophies Vater nicht. Ich hätte ihn vielleicht ausfindig machen können, aber das wollte ich nicht. Ich war schwanger und wurde endlich erwachsen. Nur das zählte für mich.«

»Hat Sophie nie gefragt?«, wollte Bobby wissen.

»Nein. Sie war drei, als ich Brian traf, und hat ihn schon nach kurzer Zeit Daddy genannt. Ich glaube, sie kann sich an die Zeit vor ihm gar nicht mehr erinnern.«

»Wann wurden Sie zum ersten Mal von ihm geschlagen?«, fragte D. D. »Schon zu Anfang der Ehe oder erst nach einem Jahr?«

Ich starrte unter die Decke und schwieg. Meine rechte Hand hielt unter dem dünnen grünen Laken den blauen Knopf umklammert, den eine Schwester für mich vom Boden aufgehoben hatte.

»Wir müssen Einblick in Ihre Krankenakten nehmen«, sagte D. D. an die Adresse meines Anwalts.

»Ich bin die Treppe runtergefallen«, sagte ich und verzog die Lippen zu einem Lächeln, denn es war die Wahrheit, die sie natürlich für eine Lüge halten mussten. Ironie des Schicksals. Gott bewahre mich vor solchen Ironien.

»Wie bitte?«

»Die geprellten Rippen ... Ich hätte das Eis von den Stufen kratzen sollen. Pech gehabt.«

Detective Warren musterte mich mit kritischem Blick. »Verstehe. Sie sind ausgerutscht. Dreimal, viermal?«

»Nur zweimal, wenn ich mich richtig erinnere.«

Sie fand mich nicht lustig. »Haben Sie Übergriffe Ihres Mannes jemals angezeigt?«

Ich schüttelte den Kopf, was ich wieder mit unerträglichen Schmerzen bezahlte.

»Haben Sie mit Kollegen darüber gesprochen? Zum Beispiel mit Trooper Lyons? Der hat Ihnen doch häufiger im Haus geholfen, nicht wahr?«

Ich antwortete nicht.

»Haben Sie sich Freundinnen anvertraut?«, fragte Bobby. »Einem Pfarrer oder einer Hotline? Wir stellen diese Fragen, um Ihnen zu helfen, Tessa.«

Ich hatte Tränen in den Augen, der Schmerzen wegen.

»Es war halb so schlimm«, sagte ich schließlich, den Blick immer noch unter die Deckenverkleidung gerichtet. »Jedenfalls am Anfang. Ich dachte ... ich glaubte, ihn bremsen und zur Besinnung bringen zu können.«

»Wann hat Ihr Mann mit dem Gewichtheben angefangen?«, fragte Bobby.

»Vor neun Monaten.«

»Er hat kräftig zugelegt. Rund fünfzehn Kilo in neun Monaten. Hat er Anabolika genommen?«

»Nicht dass ich wüsste.«

»Aber es wird Ihnen doch aufgefallen sein, dass seine Muskeln immer dicker wurden.«

Ich nickte vorsichtig. Wie oft hatte ich ihm gesagt, er solle es nicht übertreiben, seine Figur sei optimal. Wie dumm von mir, dass ich mir eingebildet hatte, Einfluss auf ihn ausüben zu können, nicht zuletzt auf seinen zwanghaften Ordnungssinn, der so weit ging, dass er sogar die Suppendosen in Reih und Glied aufstellte. Ich hätte die Zeichen deuten müssen. Aber wie heißt es so richtig: Eine Ehefrau ist immer die Letzte, die Bescheid weiß.

»Wann hat er Sophie das erste Mal geschlagen?«, fragte D. D.

»Das hat er nicht!«, platzte es aus mir heraus.

»Wirklich nicht? Wollen Sie mir allen Ernstes weismachen, dass dieser brutale Schläger von Ehemann, dem Sie dieses geschundene Gesicht verdanken, nur Sie verprügelt hat?«

»Er liebte Sophie.«

»Seine Frau aber nicht. Das war das Problem.«

»Kann sein, dass er Anabolika genommen hat.« Ich schaute Bobby an.

»Die Nebenwirkungen sind bekannt«, sagte D. D. »Das Zeug macht aggressiv, und blinde Wut unterscheidet nicht. Er hat Sie wahrscheinlich beide geschlagen.«

»Ich wollte doch bloß sagen ... Er war nach seiner letzten Reise gerade mal zwei Wochen zu Hause, als mir bewusst wurde, dass sich definitiv irgendwas verändert hat.« Was ich da sagte, war nicht aus den Fingern gesaugt, und ich hoffte, sie würden den Faden aufgreifen. Konnte schließlich nicht schaden, zwei Detectives auf meiner Seite zu haben. Sophie hatte es verdient, dass gescheite Ermittler nach ihr suchten.

»Er ist aggressiver geworden«, mutmaßte Bobby.

»Er war ständig wütend. Ich habe versucht, Verständnis aufzubringen und ihn zu beschwichtigen, aber das half nicht.« Ich zerrte mit der freien Hand an der Bettdecke und hielt die andere mit dem Knopf darunter versteckt. »Ich ... ich wusste mir keinen Rat, ehrlich. Wir liebten uns doch. Er war ein guter Mann und ein guter Vater. Doch plötzlich ...« Mir kullerten jetzt echte Tränen übers Gesicht. »Ich weiß nicht, wie es dazu kommen konnte.«

Die Detectives wurden still. Mein Anwalt entspannte sich. Ich glaube, es gefiel ihm, dass ich weinte und dass der Missbrauch von Steroiden im Raum stand. Damit ließ sich wohl was anfangen.

»Wo ist Sophie?«, fragte D. D. besorgt und gar nicht mehr feindselig.

»Ich weiß es nicht.« Auch das entsprach der Wahrheit.

»Ihre Winterstiefel und der Mantel sind nicht mehr da. Jemand hat Ihrer Tochter die Sachen angezogen und sie dann mit sich genommen.«

»Mrs. Ennis?«, sagte ich hoffnungsvoll. »Sie ist Sophies Tagesmutter –«

»Wir wissen, wer Mrs. Ennis ist«, unterbrach mich D. D. »Bei ihr ist Sophie nicht.«

»Oh.«

»Hatte Brian ein Wochenendhäuschen oder etwas in der Art?«, wollte Bobby wissen.

Ich schüttelte den Kopf und fühlte mich durch und durch erschöpft. Ich brauchte Kraft für die Tage und Nächte, die vor mir lagen.

D. D. ließ nicht locker. »Wer könnte Sophie entführt haben?«

»Ich weiß nicht –«

»Angehörige von Brian?«

»Er hat eine Mutter und vier Schwestern. Die Schwestern leben über das ganze Land verstreut, seine Mutter wohnt in New Hampshire. Wir haben nicht viel von ihnen gesehen, was nicht zuletzt an seinen Dienstzeiten lag.«

»Und Ihre Familie?«

»Die gibt's nicht«, antwortete ich spontan.

»In Ihrer Polizeiakte steht etwas anderes.«

»Was?«

»Was?«, echote mein Anwalt.

Die beiden Detectives nahmen keine Notiz von ihm. »Vor zehn Jahren wurden Sie von der Polizei vernommen. Es ging um den Tod eines neunzehnjährigen jungen Mannes namens Thomas Howe. Aus den Unterlagen geht hervor, dass Ihr Vater die Waffe besorgt hatte.«

Ich starrte D. D. an, starrte und starrte.

»Diese Unterlagen sind doch unter Verschluss«, flüsterte ich schließlich.

»Tessa ...« Mein Anwalt zeigte eine gequälte Miene.

»Lieutenant Colonel Hamilton weiß von der Sache. Ich habe mich ihm anvertraut, und zwar noch vor meiner Einstellung«, fuhr ich fort. »Ich wollte verhindern, dass es zu Missverständnissen kommt.«

»Verstehe, es hätte ja durchaus sein können, ein Kollege wäre dahintergekommen, dass Sie auf einen jungen Schnösel geschossen und ihn getötet haben.«

»Auf einen jungen Schnösel geschossen?«, äffte ich sie nach. »Ich war sechzehn Jahre alt. *Ich* war der junge Schnösel! Was glauben Sie, warum die Akte unter Verschluss ist? Der Fall kam nicht zur Anklage. Thomas hatte mich angefallen. Ich wollte mich nur schützen.«

»Mit einer Zweiundzwanziger«, fuhr D. D. fort, als hätte ich nichts gesagt. »Die Sie ganz zufällig bei sich trugen. Und dass er Sie angefallen hat, konnte dummerweise nicht nachgewiesen werden.«

»Sie haben mit meinem Vater gesprochen«, sagte ich in bitterem Ton. Ich konnte mir nicht helfen.

D. D. neigte den Kopf ein wenig zur Seite und beäugte mich kühl. »Er hat Ihnen kein Wort geglaubt.«

Ich sagte dazu nichts. Was als Antwort ausgelegt werden mochte.

»Was ist damals passiert, Tessa? Helfen Sie uns zu verstehen, denn es sieht nicht gut für Sie aus.«

Ich hielt den Knopf noch fester umklammert. Zehn Jahre waren eine lange Zeit, aber trotzdem nicht lang genug.

»Ich habe die Nacht im Haus meiner besten Freundin verbracht«, sagte ich schließlich. »Juliana Howe. Thomas war ihr älterer Bruder. Er hatte vorher schon mehrere Male Andeutungen gemacht. Wenn wir allein waren, rückte er mir auf die Pelle. Ich war erst sechzehn. Jungs, vor allem ältere Jungs, machten mir Angst.«

»Warum sind Sie dann über Nacht geblieben?«, fragte D. D.

»Juliana war meine beste Freundin«, antwortete ich ruhig und erinnerte mich in diesem Moment wieder ganz genau. An den Schrecken, ihre Tränen, meinen Verlust.

»Sie hatten eine Waffe dabei«, legte sie nach.

»Die hat mir mein Vater gegeben«, erklärte ich. »Ich jobbte damals in einem Lebensmittelladen, musste oft bis elf arbeiten und dann im Dunkeln nach Hause fahren. Er wollte, dass ich mich im Notfall schützen kann.«

»Mit einer Pistole?« D. D. schien mir nicht zu glauben.

Ich lächelte. »Sie kennen meinen Vater nicht. Selbst hätte er keinen Finger für mich krummgemacht, geschweige denn mich von der Arbeit abgeholt. Stattdessen gab er mir eine Zweiundzwanziger, obwohl ich keine Ahnung hatte, wie man damit umgeht. Aber er war seine Verantwortung los.«

»Schildern Sie, was in der Nacht geschah«, forderte mich Bobby auf.

»Ich bin zu Juliana nach Hause. Ihr Bruder war nicht da. Ein Glück, dachte ich. Wir haben Popcorn gemacht und uns Molly-Ringwald-Filme angesehen, zuerst *Das darf man nur als Erwachsener*, dann *Der Frühstücksclub*. Ich bin auf dem Sofa eingeschlafen. Als ich aufwachte, waren alle Lichter ausgeschaltet. Jemand hatte mich zugedeckt. Ich dachte, Juliana wäre nach oben ins Bett gegangen. Ich wollte zu ihr hoch, als ihr Bruder gerade zur Haustür hereinkam. Er war betrunken. Er sah mich. Er …«

Beide Detectives und mein Anwalt warteten.

»Ich versuchte, an ihm vorbeizukommen«, erklärte ich. »Er stieß mich aufs Sofa. Er war größer und kräftiger. Ich war sechzehn, er neunzehn. Was hätte ich gegen ihn ausrichten können?«

Mir versagte die Stimme. Ich schluckte.

»Könnte ich einen Schluck Wasser bekommen?«, fragte ich.

Mein Anwalt schenkte mir aus einer Karaffe ein Glas Wasser ein. Meine Hand zitterte, als ich es entgegennahm. Ich dachte, dass ich Gefühle zeigte, dürften sie mir eigentlich nicht verübeln. Ich trank das Glas leer und setzte es ab. Mein letztes Verhör in dieser Sache lag schon so lange zurück, dass ich nachdenken musste. Übereinstimmung war alles, ich durfte mir keinen Fehler erlauben.

Drei Augenpaare waren erwartungsvoll auf mich gerichtet.

Ich holte tief Luft, spürte den Knopf in der Hand und dachte über das Leben nach, über die Muster, die uns prägen, und die Laufräder, aus denen wir nicht herauskommen.

Mit Bedacht Opfer bringen.

»Als Thomas mir dann ... als er mir dann an die Wäsche ging, spürte ich meine Handtasche an der Hüfte. Er drückte mich mit der einen Hand auf die Matratze und zog mit der anderen den Reißverschluss seiner Jeans auf. Es gelang mir, nach meiner Handtasche zu greifen und die Pistole rauszuholen. Und weil er nicht aufhören wollte, drückte ich ab.«

»Im Wohnzimmer des Hauses Ihrer besten Freundin?«, fragte D. D.

»Ja.«

»Muss ja furchtbar ausgesehen haben danach.«

»Eine Zweiundzwanziger ist nicht so groß«, sagte ich.

»Und Ihre Freundin? Wie hat sie reagiert?«

Ich starrte weiter unter die Decke. »Er war ihr Bruder, den sie natürlich geliebt hat.«

»Nun ... der Staatsanwalt hat Sie laufen lassen. Die Akte wurde geschlossen. Aber Ihr Vater und Ihre beste Freundin – die haben Ihnen nie verziehen, nicht wahr?«

Es war keine Frage, also antwortete ich nicht.

»Haben Sie deshalb zu trinken angefangen?«, fragte Detective Dodge.

Ich nickte stumm.

»Sie sind von zu Hause ausgezogen, haben die Schule geschmissen ...«, fuhr er fort.

»Ich bin wohl kaum die erste Polizistin mit einer scheiß Vorgeschichte«, entgegnete ich bitter.

»Sie wurden schwanger«, sagte Detective Warren. »Und sind dann trocken und erwachsen geworden. Sie haben viel opfern müssen für ein Kind«, kommentierte sie.

»Nein. Es geschah aus Liebe zu meiner Tochter.«

»Das Beste, was Ihnen je widerfahren ist. Das, was Ihnen als Familie geblieben ist.«

D. D. schien zu zweifeln, was ich als Warnung auffasste.

»Schon mal von DOA gehört? Analyse von Verwesungsgerüchen?«, fuhr sie fort. »Der Chemiker und forensische Anthropologe Arpad Vass hat ein Verfahren entwickelt, mit dem sich über vierhundert Gerüche unterscheiden lassen, die ein Leichnam ausdünstet. Solche Gerüche setzen sich fest – im Boden, in Textilien oder, sagen wir, im Teppich, der im Kofferraum eines Fahrzeugs liegt. Mit Hilfe eines elektronischen Leichenschnüfflers kann nun Dr. Vass die molekulare Signatur lesen, die ein verwesender Körper zurücklässt. Es scannt zum Beispiel einen Teppich, der aus einem Fahrzeug entfernt wurde, und sieht gewissermaßen, wie die davon ausgehenden Gerüche die Gestalt eines toten Kindes annehmen.«

Ich gab ein Geräusch von mir. Vielleicht war es ein Ächzen und Stöhnen. Unter der Decke verkrampfte sich meine Hand.

»Wir haben Dr. Vass den Teppich aus dem Wagen Ihres Mannes zukommen lassen. Was wird er darauf finden, Tessa? Sind es die letzten Spuren Ihrer Tochter?«

»Hören Sie auf! Sie sind rücksichtslos und ohne Mitgefühl!« Mein Anwalt war aufgesprungen.

Ich hörte nicht mehr zu und erinnerte mich, die Decke zurückgeschlagen und zu meinem Entsetzen gesehen zu haben, dass Sophies Bett leer war.

All I want for Christmas is my two front teeth …

»Was ist mit Ihrer Tochter geschehen?«, fragte Detective Warren hartnäckig.

»Er wollte es mir nicht sagen.«

»War sie schon verschwunden, als Sie nach Hause zurückkehrten?«

»Ich habe das ganze Haus nach ihr durchsucht«, flüsterte ich. »Die Garage, den Wintergarten, Dachboden, Garten. Ich habe gesucht und gesucht und von ihm verlangt, dass er mir sagt, was er getan hat.«

»Was ist passiert, Tessa? Was hat er mit Sophie gemacht?«

»Ich weiß es nicht. Sie war weg. Verschwunden. Ich hatte Dienst, und als ich zurückkam ...« Ich schaute die beiden Detectives an und spürte, wie mein Herz raste. Sophie. Verschwunden. Einfach so.

All I want for Christmas is my two front teeth ...

»Was hat er getan, Trooper Leoni? Sagen Sie uns, was Brian getan hat.«

»Er hat unsere Familie ruiniert. Er hat mich belogen. Uns verraten. Er hat alles kaputt gemacht.«

Ich holte wieder tief Luft, sah den beiden ins Gesicht und sagte: »Und da war mir klar, dass er sterben muss.«

13. KAPITEL

»Was hältst du von Tessa Leoni?«, fragte Bobby fünf Minuten später, als sie zur Zentrale zurückfuhren.

»Sie lügt und hat die Hosen voll«, antwortete D. D. ungehalten.

»Mir scheint, sie taktiert.«

»Wenn ich's nicht besser wüsste, würde ich sagen, dass sie Cops nicht über den Weg traut.«

»Dabei muss man die doch gern haben, wenn man mal absieht von Alkoholmissbrauch, Anfälligkeit für Selbstmord und Gewalt in der Familie.«

D. D. verzog das Gesicht. Er hatte natürlich recht. Angehörige der Strafverfolgungen waren nicht gerade vorbildlich. Viele Cops hatten sich auf der Straße ihr Handwerkszeug erworben, und die meisten von ihnen waren überzeugt davon, dass das die beste Ausbildung überhaupt sei.

»Sie hat ihre Geschichte geändert«, sagte D. D.

»Ist mir auch aufgefallen.«

»Wir haben jetzt zwei Versionen: Einmal erschießt sie zuerst ihren Mann und entdeckt danach, dass die Tochter verschwunden ist, und dann wird die Reihenfolge vertauscht.«

»Das Resultat bleibt gleich. Trooper Leoni wird zusammengeschlagen und Sophie verschwindet.«

D. D. schüttelte den Kopf. »Wenn Aussagen in einem Punkt inkonsistent sind, stimmt die ganze Geschichte nicht. Wenn sie gelogen hat, was die Zeitabfolge angeht, ist insgesamt Skepsis angebracht.«

»Wer einmal lügt ...«, zitierte Bobby.

Sie warf ihm einen flüchtigen Blick zu und klammerte die Hände fester um das Lenkrad. Tessas Rührgeschichte war ihm offenbar unter die Haut gegangen. Bobby hatte schon immer eine Schwäche für Prinzessinnen in Not gehabt. D. D. hingegen sah ihren ersten Eindruck von Tessa Leoni bestätigt: hübsch und verwundbar. Und das ging ihr auf die Nerven.

D. D. war müde. Es war elf, und ihr pflegebedürftiger Körper bettelte um Schlaf. Stattdessen kehrte sie mit Bobby nach Roxbury zum ersten Treffen der Sonderkommission zurück. Die Uhr lief. Die Presse wartete auf eine Erklärung. Der Staatsanwalt wollte auf den neusten Stand der Ermittlungen gebracht werden. Und die Chefriege drängte darauf, dass das Mädchen gefunden wurde.

Früher hätte sich D. D. unter solchem Druck sechs Kannen Kaffee gekocht und ein halbes Dutzend Donuts in sich hineingestopft. Jetzt musste sie sich mit einer Flasche Wasser und Salzcrackern begnügen. Ein mieser Tausch.

Nach dem Krankenhausbesuch hatte sie Alex eine SMS geschickt: *Bin heute Nacht beschäftigt, und morgen wird das wohl auch nichts, schade.* Er schrieb zurück: *Hab's in den Nachrichten gesehen. Viel Erfolg.*

Keine Vorwürfe, kein Jammern, keine Drohungen. Ausschließlich echte Unterstützung.

Ihr war zum Heulen zumute, was sie auf ihre Verfassung zurückführte, denn in den vergangenen zwanzig Jahren hatte sie kein einziges Mal ein Mann zum Weinen gebracht, und so etwas würde sie auch jetzt nicht einreißen lassen.

Bobby schaute auf die Wasserflasche, ihre ständige Begleiterin, dann kurz auf sie und wieder auf die Flasche. Sie war drauf und dran, sie über seinem Kopf auszuschütten. Allein der Gedanke daran erheiterte sie, und sie war fast wieder entspannt, als sie in den Parkplatz einbogen.

Bobby besorgte sich sofort eine Tasse Kaffee und ging mit ihr nach oben ins Morddezernat. D. D. und ihre Kollegen hatten Glück. Die Bostoner Polizeizentrale war vor fünfzehn Jahren gebaut worden; über ihre Lage wurde zwar immer noch geklagt, aber das Gebäude selbst war modern und gut in Schuss. Die Räumlichkeiten des Morddezernats erinnerten weniger an die Kulisse von *NYPD*

Blue als an die Bürolandschaft der MetLife Insurance Company. Sinnvoll gesetzte Trennwände sorgten für helle Arbeitsbereiche. Auf den graumetallenen Aktenschrankreihen standen Zimmerpflanzen, Familienfotos und persönlicher Schnickschnack. Auf der einen Seite winkte eine Red-Sox-Riesenhand aus Schaumstoff, auf der anderen hing ein Wimpel, auf dem *Go Pads!* stand.

Die Sekretärin hatte ein Faible für Duftsträußchen aus Zimtstangen, während sämtliche Detectives ununterbrochen Kaffee tranken, weshalb es immer angenehm roch – nach Zimt und Kaffee. Auf den Vorschlag eines jüngeren Kollegen hin hieß der ganze Laden nunmehr Starbucks. Und weil sich dieser Spitzname schnell durchgesetzt hatte, hielt die Sekretärin auf ihrem Schreibtisch seit einiger Zeit Servietten und Plastikbecher mit Starbucks-Aufdruck bereit, was so manchen Besucher, der zur Vernehmung vorgeladen war, einigermaßen verunsicherte.

Im Konferenzzimmer hatten sich D. D.'s Team und die Leiter anderer Ermittlungsteams versammelt. Sie stellte sich vor das Kopfende des langen Tisches, neben eine große weiße Tafel, auf der in der Folgezeit der Fall Leoni veranschaulicht werden sollte. Sie stellte ihre Wasserflasche ab, nahm einen schwarzen Marker und kam zur Sache.

Die Suche nach Sophie Leoni hatte oberste Priorität. Die Hotline klingelte inzwischen nonstop und hatte zwei Dutzend Hinweise entgegengenommen, denen Kollegen bereits nachgingen. Bislang ohne greifbare Ergebnisse. Gleichzeitig wurden Nachbarn, Geschäftsinhaber und das Personal kommunaler Gesundheitszentren befragt. Aber auch in der Hinsicht war noch nicht viel erreicht worden.

Phil hatte Informationen über Sophies Tagesmutter Brandi Ennis eingeholt. Die Frau schien sauber zu sein, was sich mit D. D.'s und Bobbys Eindruck von ihr deckte. Die ersten Nachforschungen in Sophies Schule hatten ebenfalls noch keine interessante Spur aufgetan. Als Nächstes sollten Schüler und Eltern befragt werden.

Das Videoteam hatte bereits fünfundsiebzig Prozent der Aufnahmen sämtlicher Überwachungskameras im Umkreis von zwei Meilen ausgewertet. Weder Sophie noch Brian Darby oder Tessa Leoni waren darauf zu entdecken gewesen, worauf man den Suchumkreis erweitert hatte und auch nach Brian Darbys weißem GMC Denali Ausschau hielt.

Davon versprach man sich am meisten, nachdem im Labor festgestellt worden war, dass in Darbys Fahrzeug während der vergangenen vierundzwanzig Stunden eine Leiche gelegen haben musste. D. D. beauftragte zwei Detectives damit, über Darbys Kreditkarte in Erfahrung zu bringen, wann der Denali das letzte Mal vollgetankt worden war. Datum und Restfüllmenge würden eventuell Aufschluss darüber geben, welche Strecke er mit der Leiche zurückgelegt hatte. Dieselben Detectives sollten auch feststellen, ob in der Nacht von Freitag auf Samstag ein Denali beim Falschparken oder bei einer Geschwindigkeitsüberschreitung ertappt worden war oder die Mautstelle passiert hatte.

Zuletzt veranlasste D. D., dass die Presse auf den Denali angesetzt wurde, um Zeugen ausfindig zu machen, die das Fahrzeug gesehen hatten.

Phil wollte sich erkundigen, ob Brian Darby oder Familienangehörige außer ihren Häusern irgendwo Grundbesitz unterhielten. Seine ersten Ermittlungen im familiären Umfeld hatten nichts ergeben. Brian Darby war polizeilich nie auffällig geworden. Abgesehen von einigen wenigen Strafmandaten während der vergangenen fünfzehn Jahre, hatte er sich offenbar nie etwas zuschulden kommen lassen. Er hatte fünfzehn Jahre lang für dasselbe Unternehmen ASSC gearbeitet, sein Haus mit einer Hypothek von zweihunderttausend Dollar belastet, für seinen Denali einen Kredit von vierunddreißigtausend Dollar aufgenommen, einen Dispo von viertausend Dollar überzogen und ein Guthaben von über fünfzig Riesen auf der Bank – kein schlechter Finanzstatus.

Außerdem hatte sich Phil mit Brian Darbys Vorgesetztem in Verbindung gesetzt und mit ihm eine fernmündliche Vernehmung für morgen um elf vereinbart. Scott Hale, so der Name des Mannes, war schockiert gewesen, als er von Darbys Tod erfuhr, und konnte kaum glauben, dass er seine Frau geschlagen haben sollte. Entsetzt war Hale auch über das Verschwinden von Sophie; er wollte sich dafür einsetzen, dass ASSC die ausgelobte Belohnung für Hinweise auf ihren Aufenthalt aufstockte.

D. D. hatte auf die weiße Tafel unter der Überschrift *Schlug Brian Darby seine Frau?* eine Ja-nein-Tabelle eingetragen und setzte nun ein Häkchen in die Nein-Spalte.

Neil, das andere Teammitglied, hob die Hand und plädierte für Ja. Er hatte den Tag im Krankenhaus verbracht und Tessa Leonis Krankenakte studiert. Aus der Vergangenheit waren zwar keine »Vorfälle« aktenkundig, doch ließen die laufenden Untersuchungen keinen Zweifel daran, dass die Patientin schon früher misshandelt worden war, und zwar mehrfach. Erst vor ungefähr einer Woche hatte sie sich schwere Rippenprellungen zugezogen (angeblich durch den Treppensturz, worüber D. D. nur den Kopf hatte schütteln können). Außerdem machte sich der Arzt Sorgen um einen »infolge unangemessener Behandlung« schlecht verheilten Rippenbruch, was Tessas Aussage bestätigte, wonach sie keine fremde Hilfe gesucht und sich stets selbst versorgt habe.

Neben der Gehirnerschütterung und der Jochbeinfraktur listete ihre Krankenakte mehrere Prellungen auf sowie ein Hämatom, offenbar infolge eines Fußtritts.

»Hat Brian Darby Arbeitsschuhe mit Stahlkappen?«, fragte D. D. aufgeregt.

»Ich habe im Haus ein Paar sichergestellt«, antwortete Neil. »Als ich den Anwalt fragte, ob ich den Schuh mit Leonis blauem Fleck an der Hüfte abgleichen könne, sagte der, das käme einer Verletzung der Privatsphäre gleich, und wir bräuchten dafür einen richterlichen Beschluss.«

»Verletzung der Privatsphäre!«, schnaubte D. D. »Will er damit seine Mandantin verteidigen? In dem Punkt müsste er uns doch entgegenkommen. Wenn wir Misshandlungen nachweisen können, bleiben ihr vielleicht zwanzig Jahre Knast erspart.«

»Das bestreitet er auch nicht. Er meint nur, der Arzt habe seiner Mandantin Ruhe verordnet. Sie müsse sich erst von der Gehirnerschütterung erholen.«

»Was soll das? In ein paar Tagen ist der blaue Fleck verschwunden. Uns geht ein Indiz verloren und ihr ein stichhaltiges Argument. Besorg dir den Beschluss, wenn's denn unbedingt sein muss.«

Neil versprach, sich zu beeilen, meinte aber, sich damit erst morgen am späten Vormittag befassen zu können, da er vorher in der Gerichtsmedizin sei, um der Autopsie von Brian Darby beizuwohnen. Sie sei auf sieben Uhr vorverlegt worden, weil Tessa Leoni darum gebeten hatte, dass die Leiche ihres Mannes so früh wie möglich freigegeben werde, damit sie die Beisetzung planen könne.

»Wie bitte?«, platzte es aus D. D. heraus.

»Kein Scherz«, erwiderte Neil. »Ihr Anwalt hat der Pathologie Druck gemacht. Mit ebendieser Begründung.«

D. D. starrte den schlaksigen Rotschopf fassungslos an. »Wir ermitteln in einem Fall, der möglicherweise auf eine Mordanklage hinausläuft. Also muss die Leiche von Brian Darby obduziert werden. Das dürfte auch Tessa klar sein.« Sie richtete ihren Blick auf Bobby. »Oder lernen angehende State Trooper so was nicht?«

Bobby kratzte sich demonstrativ am Kopf. »Ich bitte dich. Die Ausbildung an der Akademie dauert fünfundzwanzig Wochen. Und in der kurzen Zeit soll unsereins über alle Ermittlungsschritte informiert werden?«

»Trotzdem frage ich mich, warum sie auf eine schnelle Freigabe des Leichnams drängt«, sagte D. D. Bobby zuckte mit den Achseln. »Vielleicht glaubt sie, die Obduktion sei schon vorgenommen worden.«

Neil hatte eine andere mögliche Erklärung: »Vielleicht glaubt sie, als Mitglied einer Strafverfolgungsbehörde Sonderwünsche anmelden zu dürfen, nach dem Motto: Liebe Freunde der Gerichtsmedizin, haltet euch bitte nicht allzu lange mit der Leiche meines Mannes auf.«

D. D. knabberte an ihrer Unterlippe. Tessa Leoni war zwar

hübsch und verletzlich, gleichzeitig aber ziemlich abgebrüht und erstaunlich helle, wenn es drauf ankam. Dass sie die Gerichtsmedizin zur Eile drängte, musste einen Grund haben.

Den Blick auf Neil gerichtet, fragte D. D.: »Was hat dein Freund ihr gesagt?«

»Er hat nur mit ihrem Anwalt gesprochen und ihn an seine Pflichten als Pathologe erinnert, wofür Cargill natürlich Verständnis hatte. Wenn ich richtig verstanden habe, haben sie sich auf einen Kompromiss geeinigt. Die Obduktion wird vorgezogen, damit die Leiche möglichst schnell freigegeben werden kann.«

»Wann könnte das frühestens der Fall sein?«, fragte D. D.

Neil zuckte mit den Achseln. »Nach der Obduktion muss die Leiche zugenäht und sauber gemacht werden, und das kann sich hinziehen. Die Freigabe ist nicht vor Montagabend zu erwarten, eher später. Vielleicht Dienstagnachmittag.«

D. D. nickte, grübelte aber weiter. Aus irgendeinem Grund wollte Tessa den Leichnam ihres Mannes lieber früher als später zurückhaben. Warum sie es damit so eilig hatte, war vielleicht eine Frage, der sich nachzugehen lohnte.

D. D. wandte sich wieder ihrer Taskforce zu und fragte nach bisherigen Ergebnissen. Aber damit konnte niemand aufwarten. Sie verlangte nach neuen Spuren. Ebenfalls Fehlanzeige.

Sie und Bobby referierten nun, was sie über Tessa Leonis unglückliche Jugend in Erfahrung gebracht hatten. Dass sie sich einmal mit einer Schusswaffe zur Wehr gesetzt hatte, mochte man ihr verzeihen. Die Wiederholungstat kam schon einem Muster gefährlich nahe, das die Rechtsprechung allerdings erst beim dritten Mal begründet sah.

D. D. wollte sich den Fall Thomas Howe näher ansehen und am nächsten Tag gleich als Erstes in den Akten nachschauen, welcher Kollege damals die Ermittlungen geleitet hatte. Wenn möglich würden sie und Bobby mit der Familie Howe und mit Tessas Vater Kontakt aufnehmen. Außerdem musste Brian Darbys Fitnessstudio ausfindig gemacht und festgestellt werden, wie oft er trainiert und ob er

Anabolika genommen hatte. Aus dem Sensibelchen war in kürzester Zeit ein Temperamentsbolzen geworden. Diesem Wandel auf den Grund zu gehen, würde sich wahrscheinlich lohnen.

D. D. schrieb die nächsten Schritte auf und verteilte Hausaufgaben. Das Videoteam sollte seinen Sichtungsmarathon auf sämtliche Überwachungskameras Bostons ausweiten. Phil sollte die Hintergrundrecherchen komplettieren, eventuellen Grundbesitz lokalisieren und den Vorgesetzten von Brian Darby vernehmen. Neil sollte seinen Posten in der Gerichtsmedizin einnehmen und einen richterlichen Beschluss für einen Abgleich von Brians Arbeitsschuhen mit dem blauen Fleck auf Tessa Leonis Hüfte besorgen.

Die Kollegen der Sonderkommission setzte D. D. darauf an, sich mit dem Spritverbrauch und Streckenprofil des Denali zu beschäftigen und die Suche nach Sophie Leoni zu intensivieren, während die Kollegen der Hotline eingehenden Hinweisen folgen sollten.

D. D. wollte in spätestens einer Stunde die Berichte sämtlicher Vernehmungen dieses Tages auf ihrem Schreibtisch haben. Das Team forderte sie auf, mit der Dokumentation zu beginnen und eine halbe Stunde vor Sonnenaufgang den Dienst wiederaufzunehmen. Solange Sophie Leoni vermisst blieb, gab es für Müdigkeit kein Verständnis.

Die Detectives machten sich auf den Weg.

D. D. und Bobby blieben zurück. Sie mussten den Leiter des Morddezernats auf Stand bringen und sich dann noch mit dem Staatsanwalt von Suffolk County beraten. Beide Männer waren an Einzelheiten nicht interessiert, nur an Resultaten, womit D. D. aber noch nicht dienen konnte – obwohl zurzeit fast jeder Cop in Boston an dem Fall arbeitete. Wehe, wenn ihr Team nicht bald erste Ergebnisse lieferte.

Der Staatsanwalt machte große Augen, als er erfuhr, dass Tessa Leoni schon einmal auf Notwehr plädiert hatte, und ließ sich von D. D. überzeugen, dass es angeraten war, mit einer förmlichen Anklage noch eine Weile zu warten. Es machte natürlich einen erheblichen Unterschied aus, ob sie auf Totschlag oder Mord hinauslief, weshalb eingehende Recherchen in ihrer traurigen Vergangenheit unerlässlich waren.

Die Medien sollten dahingehend bearbeitet werden, dass sie die Suche nach Sophie intensivierten und von den Umständen der Tötung Brian Darbys ablenkten.

Eine halbe Stunde nach Mitternacht kehrte D. D. in ihr Büro zurück. Sie hatte ihren Chef zufriedengestellt, den Staatsanwalt überzeugt und ihre Taskforce auf Trab gebracht. Die Ermittlungen liefen auf Hochtouren.

Bobby nahm vor ihrem Schreibtisch Platz. Wortlos hob er den ersten Bericht von dem darauf abgelegten Stapel und fing zu lesen an.

Kurz darauf setzte sich D. D. dazu und begann ebenfalls zu lesen.

14. KAPITEL

Im Alter von drei Jahren schloss sich Sophie einmal selbst im Kofferraum meines Streifenwagens ein. Ich hatte zu diesem Zeitpunkt Brian noch nicht kennengelernt, konnte also nur mir selbst die Schuld geben.

Wir wohnten damals noch in der kleinen Wohnung gegenüber von Mrs. Ennis. Es war Spätherbst, die Sonne ging schon früh unter, und es wurde nachts sehr kalt. Sophie und ich waren im Park spazieren gegangen. Als wir wieder zu Hause waren, bereitete ich das Abendessen vor, während sie im Wohnzimmer spielte. Im Fernseher lief *Curious George*.

Ich machte einen kleinen Salat, denn ich hatte mir vorgenommen, mein Kind zunehmend an vegetarische Kost zu gewöhnen. Um ihr die Sache schmackhafter zu machen, backte ich auch ein paar Pommes für sie auf.

Das Ganze dauerte zwanzig, vielleicht fünfundzwanzig Minuten. Aber es waren konzentrierte fünfundzwanzig Minuten, und ich war so sehr mit meiner Arbeit beschäftigt, dass ich auf meine Kleine nicht geachtet hatte. Als ich das Essen auf den Tisch stellte, war sie fort.

Anfangs hielten sich meine Sorgen noch in Grenzen. Ich kannte schließlich mein Kind. Sophie hatte schon mit dreizehn Monaten laufen gelernt und seitdem gewissermaßen ständig einen Zahn zugelegt. Es kam nicht selten vor, dass sie sich auf dem Spielplatz oder in Supermärkten selbständig machte und mir durch die Lappen ging, aber normalerweise fanden wir uns innerhalb weniger Minuten wieder.

Ich suchte nun jeden Winkel unseres winzigen Einzimmerapartments nach ihr ab, rief ihren Namen, schaute, um auf Nummer sicher zu gehen, in allen Schränken nach und warf einen Blick unters Bett. Sie war nicht da.

Ich eilte durchs Treppenhaus nach unten und musste feststellen, dass ich die Eingangstür nicht verriegelt hatte. Auf dem Weg zurück nach oben verfluchte ich mich im Stillen und spürte den ganzen Frust einer überforderten alleinstehenden Mutter in mir aufsteigen, die immer für alles verantwortlich ist.

Ich klopfte an Mrs. Ennis' Tür. Nein, Sophie sei nicht bei ihr, aber sie habe sie eben noch unten auf der Straße spielen sehen.

Also rannte ich wieder nach draußen. Die Sonne war untergegangen. Die Straßenlaternen brannten, so auch die Außenbeleuchtung des Hauses. Wirklich dunkel ist es nie in einer Stadt wie Boston. Aus diesem Umstand schöpfte ich ein wenig Mut, als ich um den Block herumhastete und immer wieder den Namen meiner Tochter rief. Aber weil mir kein Kinderlachen hinter der nächsten Ecke oder schrilles Kichern aus den Hecken entgegenschallte, bekam ich es rasch mit der Angst zu tun.

Ich fing an zu zittern. Es war kalt. Ich hatte mir keine Jacke übergeworfen und erinnerte mich, Sophies himbeerroten Fleecepullover an der Garderobe hängen gesehen zu haben. Auch sie war nicht warm genug angezogen.

Mein Herz raste. Ich atmete tief durch, um mich zu beruhigen. Schon während der Schwangerschaft hatte ich ständig in Furcht gelebt. Anstatt mich auf mein Kind zu freuen, hatte ich immer das Bild meines toten Bruders vor Augen, der kreideweiß und mit hellroten Lippen zur Welt gekommen war.

Als die Wehen einsetzten, schnürte sich mir vor Angst der Hals zu. Ich war überzeugt davon, dass ich hoffnungslos scheitern und mein Kind sterben würde.

Aber dann war Sophie da. Ein völlig gesundes, rot geflecktes, schreiendes Kind. Warm, zappelig und wunderschön an meiner Brust.

Meine Tochter war zäh. Furchtlos und impulsiv.

So leicht geriet man nicht in Panik mit einem Kind wie Sophie. Man überlegte: Was könnte sie ausgeheckt haben?

Ich ging ins Haus zurück und klopfte bei sämtlichen Nachbarn.

Die meisten waren noch nicht von der Arbeit zurück; die wenigen, die ich antraf, hatten Sophie nicht gesehen. Ich überlegte fieberhaft weiter.

Sophie liebte den Park. Vielleicht war sie wieder bei den Schaukeln, obwohl sie den ganzen Nachmittag dort gespielt hatte, bis sie es selbst leid gewesen war und nach Hause wollte. Besonders gern war sie auch im Geschäft an der Ecke oder im Laundromat – wegen der rotierenden Wäschetrommeln, die sie offenbar faszinierend fand.

Ich ging zurück in die Wohnung, um nachzusehen, ob irgendetwas fehlte, Spielzeug etwa oder ihr Lieblingstäschchen. Als ich kurzerhand beschloss, mit dem Wagen nach ihr zu suchen und um den Block zu fahren, sah ich, was fehlte: Die Schlüssel zu meinem Streifenwagen hingen nicht mehr am Bord.

Alarmiert rannte ich die Treppe herunter. Kleinkinder und Streifenwagen passten nicht zueinander. Funkgerät, Sirene, Blaulicht ... ganz zu schweigen von der Schusswaffe im Kofferraum.

Am Wagen angekommen, spähte ich durch das Fenster auf der Beifahrerseite. Das Innere schien leer zu sein. Ich versuchte, die Tür zu öffnen, doch sie war verriegelt. Mit pochendem Herzen ging ich langsam um den Wagen herum, schaute durch alle Fenster, probierte jede Tür. Nichts, verriegelt, verriegelt, verriegelt.

Aber sie hatte doch die Schlüssel mitgenommen. Was mochte sie damit angestellt haben? Welchen Knopf hatte sie gedrückt?

Und plötzlich hörte ich sie. Ganz hinten im Wagen. Sie klopfte gegen den Kofferraumdeckel.

»Sophie?«, rief ich.

Das Klopfen verstummte.

»Mommy?«

»Ja, Sophie, Mommy ist hier. Schätzchen ...« Obwohl ich mich zu beherrschen versuchte, schraubte sich meine Stimme in schrille Höhen. »Alles in Ordnung mit dir?«

»Mommy«, antwortete mein Kind ruhig und gelassen. »Bin eingeschlossen, Mommy, eingeschlossen.«

Ich schloss die Augen und ließ einen Schwall Luft ab. »Sophie, Schätzchen«, sagte ich schließlich. »Du musst mir jetzt gut zuhören. Du darfst nichts anfassen.«

»Okay.«

»Hast du noch die Schlüssel?«

»Mmm-hmm.«

»In der Hand?«

»Nichts anfassen.«

»Nun, die Schlüssel darfst du anfassen, Schätzchen. Aber nichts anderes.«

»Bin eingeschlossen, Mommy.«

»Ich weiß, Schätzchen. Soll ich dich da rausholen?«

»Ja.«

»Okay. Auf einem der Schlüssel ist ein Knopf. Drück mit dem Daumen darauf.«

Ich hörte ein Klicken und eilte zur Fahrertür. Sophie hatte natürlich den falschen Knopf erwischt.

»Sophie, Schätzchen«, rief ich. »Gleich daneben ist ein anderer Knopf. Den musst du drücken.«

Die Verriegelung der Fahrertür öffnete sich. Ich riss sie auf und klappte den Hebel für den Kofferraumdeckel um. Sekunden später stand ich vor meiner Tochter, ein eingerolltes Bündel in Rosa. Sie hielt meine Ersatzwaffe in der Hand und hatte den schwarzen Beutel neben sich, in dem ich meine Munition und weitere Ausrüstung aufbewahrte.

»Alles in Ordnung?«, fragte ich.

Sophie gähnte und streckte die Arme nach mir aus. »Hab Hunger.«

Ich hob sie aus dem Kofferraum und stellte sie auf dem Gehweg ab. Sie zitterte vor Kälte.

»Mommy ...«

»Sophie!«, herrschte ich sie an, wütend jetzt, da ich sie in Sicherheit wusste. »Hör mir zu.« Ich nahm ihr die Schlüssel aus der Hand und ließ sie vor ihrem Gesicht klappern. »Die gehören nicht dir.

Nimm diese Schlüssel nie wieder vom Bord. Verstehst du? Nie wieder!«

Sophie schmollte. »Nie wieder«, maulte sie. Ihr schien bewusst zu werden, was sie angestellt hatte. Sie starrte vor sich aufs Pflaster.

»Und du verlässt nie mehr die Wohnung, ohne mir vorher Bescheid zu geben. Schau mich an. Wiederhole, was ich gesagt habe.«

Sie blickte aus feuchten blauen Augen zu mir auf. »Bescheid geben«, flüsterte sie.

Nach dem fälligen Rüffel konnte ich sie nun über den Schrecken der vergangenen zehn Minuten hinwegtrösten und nahm sie in die Arme. »Du darfst deiner Mommy nicht noch einmal solche Angst einjagen«, flüsterte ich ihr ins Ohr. »Im Ernst, Sophie. Ich liebe dich und will dich nicht verlieren. Du bist doch meine Sophie.«

Sie grub mir ihre kleinen Finger in die Schultern und drückte sich an mich.

Nach einer Weile ließ ich sie los. Ich hätte die Wohnungstür verriegeln sollen, ermahnte ich mich und nahm mir vor, die Autoschlüssel demnächst oben auf dem Schrank zu deponieren oder besser noch: im Schließfach. Noch mehr, woran ich denken musste.

Meine Augen brannten ein wenig, aber ich weinte nicht. Sie war meine Sophie. Und ich liebte sie.

»Hast du keine Angst gehabt?«, fragte ich, als ich sie an der Hand nach oben führte. Das Abendessen war inzwischen kalt geworden.

»Nein, Mommy.«

»Obwohl du im Dunkeln eingesperrt warst?«

»Nein, Mommy.«

»Wirklich nicht? Du bist ein tapferes Mädchen, Sophie Leoni.«

Sie drückte meine Hand. »Ich wusste doch, Mommy kommt«, sagte sie einfach.

Ich erinnerte mich an diesen Abend, als ich bewegungsunfähig auf dem Krankenhausbett lag, umgeben von piependen Monitoren und den Geräuschen der Station. Sophie war zäh. Sophie war tapfer. Meine Tochter fürchtete sich nicht im Dunkeln, obwohl ich die Detectives etwas anderes hatte glauben machen. Ich wollte, dass sie sich um meine Tochter Sorgen machten und sich umso mehr ins Zeug legten.

Ich brauchte die beiden, Bobby und D. D., ob sie mir glaubten oder nicht. Meine Tochter brauchte sie, vor allem jetzt, da sich ihr Superheld, die eigene Mutter, nicht auf den Beinen halten konnte.

Meine Tochter war in Gefahr, und ich konnte ihr nicht helfen.

Ein Uhr in der Nacht.

Ich hielt den blauen Knopf fest in der Hand.

»Sei tapfer, Sophie«, flüsterte ich ins Halbdunkel des Krankenzimmers und versuchte alle Willenskraft darauf zu richten, schneller gesund zu werden. »Mommy kommt, das weißt du.«

Ich konzentrierte mich auf die vergangenen sechsunddreißig Stunden, versuchte, das ganze Ausmaß der Tragödie einzuschätzen. Und ich dachte über die Gefahren nach, die mich erwarteten.

Perspektivisch, vorausschauend, systematisch.

Brians Obduktion sollte gleich morgen in aller Früh vorgenommen werden. Ein Teilerfolg für mich, wenngleich teuer erkauft. Ich hatte meinen Kopf in die Schlinge gesteckt.

Aber die Zeit arbeitete für mich, und ich hatte ein Stück Kontrolle zurückgewonnen.

Neun Stunden, so rechnete ich mir aus. Neun Stunden, um mich zu erholen. Dann, egal in was für einem Zustand, würde ich in Aktion treten.

Ich dachte an Brian, an seinen Tod auf dem Küchenboden. Ich dachte an Sophie, daran, dass sie entführt worden war.

Schließlich erlaubte ich mir einen kurzen Moment der Trauer um meinen Mann. Es hatte ja doch glückliche Zeiten mit ihm gegeben.

Wir waren einmal eine Familie gewesen.

15. KAPITEL

D. D. schaffte es um halb drei in ihr Apartment in North End zurück. Komplett angezogen ließ sie sich aufs Bett fallen und stellte den Wecker auf halb sieben. Als sie sechs Stunden später aufwachte, geriet sie sofort in Panik.

Schon halb neun? Nicht zu fassen. Sie hatte noch nie verschlafen.

Sie sprang auf, griff nach ihrem Handy und wählte. Bobby antwortete Sekunden nach dem ersten Rufzeichen. »Bin schon auf dem Weg«, rief sie gehetzt in die Sprechmuschel. »Ich brauche noch vierzig Minuten.«

»Okay.«

»Scheiße! Dieser Verkehr!«

»D. D.«, erwiderte Bobby entschieden. »Ich sagte okay.«

»Wir haben schon halb neun«, rief sie und bemerkte zu ihrem Schrecken, dass sie kurz davor stand, in Tränen auszubrechen. Sie ließ sich auf die Bettkante fallen. Gütiger Himmel, was war nur mit ihr los?

»Ich bin noch zu Hause«, sagte Bobby. »Annabelle schläft, und ich füttere gerade das Baby. Übrigens, ich werde gleich den Kollegen anrufen, der damals in dem Fall Thomas Howe ermittelt hat. Wenn wir Glück haben, könnten wir ihn in zwei Stunden im Framingham aufsuchen. Wär doch gut, oder?«

»Okay.« D. D. klang kläglich.

»Ich melde mich in spätestens einer halben Stunde. Genieß die Dusche.«

D. D. hätte normalerweise einen Kommentar dazu abgegeben. Aber stattdessen legte sie wortlos auf. Sie saß auf der Bettkante und fühlte sich wie ein Ballon, dem plötzlich die Luft ausgegangen war.

Nach einer Weile schleppte sie sich ins weiß geflieste Bad, wo sie die Kleider vom Vortag ablegte und ihren nackten Körper im Spiegel betrachtete.

Mit beiden Händen fuhr sie sich über den Bauch und versuchte zu erspüren, was sich darin tat. Erst in der fünften Woche. Sie fühlte keinerlei Veränderung. Statt angeschwollen, schien ihr Bauch sogar noch flacher geworden zu sein. Insgesamt glaubte sie, abgenommen zu haben, was aber kaum verwundern konnte, da sie sich in letzter Zeit fast ausschließlich von Brühe und Crackers ernährte, während sie früher bei jeder sich bietenden Gelegenheit voll zugeschlagen hatte.

Sie musterte ihr von struppigen blonden Locken eingefasstes Gesicht, die eingefallenen Wangen und dunkel geränderten Augen. Einen Schwangerschaftstest hatte sie bislang nicht gemacht. Aber die ausgebliebene Periode, der permanente Erschöpfungszustand und die Brechreizattacken waren ziemlich klare Signale. Sich nach drei Jahren sexueller Abstinenz gleich beim ersten Mal schwängern zu lassen – so viel Pech konnte nur sie haben.

Plötzlich ging ihr durch den Kopf, dass sie womöglich gar nicht schwanger war, sondern todkrank.

»Wunschdenken«, murmelte sie düster.

Das Wort brachte sie wieder zurück auf den Teppich. Das konnte sie nicht wirklich gemeint haben. Unmöglich.

Sie inspizierte wieder den Bauch. War da nicht doch etwas zu spüren? Ihre Fingerspitzen drückten auf eine Stelle, die ihr nicht ganz geheuer schien. Sie malte sich das Bild eines Embryos mit aufgedunsenem Gesicht, Schlitzen statt Augen und einem winzigen Mündchen aus. Junge? Mädchen? Egal. Jedenfalls war es wohl ein Kind.

»Keine Angst«, flüsterte sie in die Stille des Badezimmers. »Ich ziehe das durch und werde dir nicht weh tun. Ganz bestimmt nicht.«

Sie seufzte schwer und registrierte, dass sie einen ersten vorsichtigen Schritt in Richtung Mutterschaft getan hatte.

»Aber du musst mithelfen. Verstanden? Du hast mit mir nicht den Jackpot geknackt. Ohne Kompromisse auf beiden Seiten geht's nicht.

Vielleicht fangen wir damit an, dass du mich wieder essen lässt, und ich versuche, früher ins Bett zu gehen. Mehr ist bei mir nicht drin. Wenn dir das nicht reicht, solltest du in den großen Teich zurückkehren und noch mal von vorn anfangen.

Deine Mommy versucht, ein kleines Mädchen zu finden. Ist für dich vielleicht nicht so wichtig, aber für mich – so wie mein Job insgesamt.«

Sie seufzte wieder und streichelte sich über den Bauch. »Ich werde also tun, was ich tun muss«, fuhr sie flüsternd fort. »In der Welt geht's drunter und drüber, und wenn man nicht ab und zu für ein bisschen Ordnung sorgt, haben kleine Mädchen wie Sophie Leoni keine Chance. Und auch du wärst bedroht. Lass uns beide für ein besseres Umfeld sorgen. Ich steige jetzt unter die Dusche und werde danach etwas essen. Wie wär's mit Cornflakes?«

Ihr wurde plötzlich wieder übel, was sie als Zustimmung deutete. »Also Cornflakes. Und dann geht's an die Arbeit. Sobald ich Sophie gefunden habe, stelle ich dich deinem Vater vor. Er hat mal gesagt, dass er sich Kinder wünscht. Hoffentlich stimmt das auch. Herrje. Wir bräuchten alle ein bisschen mehr Vertrauen. Okay, packen wir's an.«

D. D. drehte den Hahn der Dusche auf.

Wenig später aß sie eine Schale Cheerios und machte sich dann auf den Weg zur Arbeit – ganz ohne sich übergeben zu haben.

Immerhin, dachte sie. Immerhin.

Mit seinem fleischigen Gesicht und der robusten Statur eines ehemaligen Football-Spielers machte Detective Butch Walthers seinem Namen alle Ehre. Er war mit Bobby und D. D. in einem kleinen Frühstücks-Diner unweit seiner Wohnung verabredet, und weil er seinen freien Tag hatte, wollte er dafür wenigstens eine Mahlzeit spendiert haben.

Als D. D. zur Tür hereinkam, schlug ihr eine Wolke aus Küchendünsten entgegen, die sie fast rückwärts wieder nach draußen geschoben hätte. Eigentlich liebte sie solche Diners. Sie liebte

Rührei und Speck. Aber das Einzige, was sie jetzt fühlte, war ein ziemlich penetranter Brechreiz. Grausam, dachte sie. Verdammt grausam.

Sie atmete ein paarmal tief durch den Mund und fischte sich ein Kaugummi mit Pfefferminzgeschmack aus der Schultertasche. Der in zahllosen Einsätzen an Tatorten mit Leichengeruch erprobte Trick mochte auch hier funktionieren. Sie stopfte drei auf einmal in den Mund, spürte, wie sich scharfer Pfefferminzgeschmack darin ausbreitete, und schaffte es bis zum hinteren Teil der Bar, wo Bobby und Detective Walthers bereits in einer Nische saßen.

Beide standen auf, um sie zu begrüßen. Sie stellte sich Walthers vor, nickte Bobby zu und rutschte in die Sitzbank, möglichst nah ans Fenster heran. Sie hatte Glück. Das Schiebefenster ließ sich öffnen.

»Ein bisschen heiß hier«, sagte sie. »Ich hoffe, ihr habt nichts dagegen.«

Beide Männer schauten sie verwundert an, sagten aber nichts. Es war tatsächlich heiß in diesem Diner, verteidigte sich D. D. im Stillen. Die von draußen hereinströmende kalte Märzluft roch nach Schnee, sonst nach nichts. Sie lehnte sich näher an das offene Fenster.

»Kaffee?«, fragte Bobby.

»Wasser«, antwortete D. D.

Er zog eine Braue in die Stirn.

»Kaffee hatte ich schon«, log sie. »Wenn ich noch mehr trinke, krieg ich das Flattern.«

Sie ahnte, dass Bobby ihr nicht glaubte, und wandte sich an Walthers, bevor ihr Partner fragen konnte, was sie frühstücken wollte. Ein weiterer Korb in Sachen Essen hätte ihn wahrscheinlich fürchten lassen, dass die Welt unterging.

»Schön, dass Sie gekommen sind«, sagte D. D. »Und das an Ihrem freien Tag. Ist nicht selbstverständlich.«

Walthers nickte behäbig. Seine Knollennase war voll geplatzter Äderchen. Trinker, folgerte D. D., einer, der das Ende seiner Laufbahn bei der Polizei erreicht hatte. Was ihm bevorstand, würde vielleicht sogar noch härter sein als der Dienst, dachte sie mit einem Anflug von Mitleid. So viele leere Stunden, in denen es nichts anderes zu tun gab, als sich an gute alte Tage zu erinnern und zu bedauern, dass es endgültig damit vorbei war.

»Hat mich überrascht, wegen dieser Howe-Sache angerufen zu werden«, sagte Walthers. »Ich habe in vielen Fällen ermittelt, und der war wahrhaftig nicht besonders interessant.«

»Weil eindeutig?«

Walthers zuckte mit den massigen Schultern. »Ja und nein. Die Spurenlage war zwar beschissen, aber alles andere stimmte. Tessa Leoni war nicht das erste Mädchen, über das er sich hergemacht hatte, wohl aber das erste, das ihm die Stirn bot.«

Die Kellnerin kam mit erwartungsvollem Blick. Walthers bestellte einen Trailblazer Special mit vierfachem Wurstbelag, zwei Spiegeleiern und Pommes. Bobby verlangte dasselbe. D. D. war mutig. Sie ließ sich einen Orangensaft kommen.

Kein Zweifel, Bobby starrte sie an.

»Na, dann schildern Sie uns mal den Fall«, sagte D. D. zu Walthers, kaum dass die Kellnerin abgezogen war.

»Der Notruf kam über 911. Die Mutter war, wenn ich mich richtig erinnere, ziemlich hysterisch. Der erste Kollege vor Ort fand Tommy Howe im Wohnzimmer, von einem einzigen Schuss tödlich getroffen. Eltern und Schwester hatten Bademäntel an. Muttern schluchzte, der Vater versuchte, sie zu trösten, und die Schwester stand unter Schock. Die Eltern konnten nicht viel sagen. Der Vater war vom Knall aufgewacht und nach unten gegangen, wo er seinen Sohn tot am Boden liegen sah. Das war's.

Nur die Schwester, Juliana, wusste mehr, musste aber dazu gedrängt werden, auszupacken. Sie hatte eine Freundin über Nacht zu Besuch –«

»Tessa Leoni«, sagte D. D.

»Genau. Die beiden hatten sich irgendwas im Fernsehen angesehen. Darüber war Tessa auf dem Sofa eingeschlafen. Juliana ging auf ihr Zimmer und legte sich ins Bett. Kurz nach eins hörte sie Geräusche, ging nach unten und entdeckte ihren Bruder und Tessa auf dem Sofa. Was dann passierte, wusste sie nicht zu erklären. Jedenfalls fiel ein Schuss, Tommy ging zu Boden, und Tessa sprang vom Sofa auf, die Waffe in der Hand.«

»Juliana hat mit angesehen, wie Tessa ihren Bruder erschoss?«, fragte D. D.

»Offenbar. Das Mädchen war völlig fertig, sagte, Tessa hätte behauptet, Tommy sei über sie hergefallen. Juliana wusste nicht, was sie machen sollte. Der Bruder drohte zu verbluten. Dann hörte sie ihren Vater herunterkommen. Sie geriet in Panik und sagte ihrer Freundin, sie solle nach Hause gehen, was Tessa auch tat.«

»Sie ging mitten in der Nacht nach Hause zurück?«, fragte Bobby und runzelte die Stirn.

»Tessa wohnte in derselben Straße, nur fünf Häuser weiter unten. Als der Vater im Wohnzimmer war, sagte er seiner Tochter, sie solle ihre Mom aus dem Bett holen und dafür sorgen, dass sie die Polizei ruft. Wenig später war ich zur Stelle. Jede Menge Blut im Wohnzimmer, ein toter Teenager, aber keine Schusswaffe.«

»Wo wurde Tommy getroffen?«

»Innenseite linker Oberschenkel. Die Kugel hat die Schlagader zerfetzt. Der Junge ist verblutet. Pech, wenn man bedenkt, dass nur ein Schuss abgefeuert wurde.«

»Ein einziger Schuss?«

»Ja, mit fatalen Folgen.«

Interessant, dachte D. D. Brian Darby hatte drei Schüsse in den Oberkörper kassiert. Was fünfundzwanzig Wochen Ausbildung ausmachen konnten!

»Und wo war Tessa?«, fragte D. D.

»Auf Julianas Aussage hin bin ich sofort zur Wohnung der Leonis gelaufen. Ich brauchte nur einmal anzuklopfen. Tessa öffnete; sie hatte geduscht –«

»Nicht zu fassen.«

»Wie gesagt, die Spurenlage war beschissen.« Er zuckte wieder mit den Schultern. »Aber sie, gerade sechzehn Jahre alt, redete nicht lange um den heißen Brei herum und gab zu, geschossen zu haben, weil Tommy sie attackiert hatte. Verständlich irgendwie, dass sie gleich darauf unter die Dusche gestiegen ist.«

D. D. verzog das Gesicht. »Welche Spuren haben Sie sicherstellen können?«

»Eine Zweiundzwanziger. Tessa rückte damit heraus. Auf dem Griff waren ihre Fingerabdrücke, und die Ballistik konnte nachweisen, dass die auf Tommy abgefeuerte Kugel aus dieser Waffe stammte. Die Suche nach Spermaspuren an ihrer Unterwäsche blieb ergebnislos. Tessa erklärte, er sei nicht, ehm, so weit gekommen. Auf ihren Sachen war allerdings Blut von Tommy Howe.«

»Schmauchspuren an ihren Händen?«

»Fehlanzeige – wie gesagt, sie hatte geduscht.«

»Gynäkologischer Befund?«

»Sie wollte nicht untersucht werden.«

»Sie wollte nicht?«

»Hat sich geweigert. Ich habe sie zu überreden versucht, ihr erklärt, dass eine solche Untersuchung in ihrem Interesse sein müsste. Aber das Mädchen zitterte wie Espenlaub, war total fertig mit den Nerven.«

»Wo war ihr Vater?«, wollte Bobby wissen.

»Er kam aus dem Bett und wunderte sich, dass seine Tochter schon wieder zu Hause war. Hatte anscheinend noch ... ein paar Lampen an. Stand da in Boxershorts und Unterhemd in der Küche, die Arme vor der Brust verschränkt, und sagte kein Wort. Man stelle sich vor, die sechzehnjährige Tochter wurde gerade von einem Jungen angefallen, und der Vater steht einfach nur rum wie ein Ölgötze. Donnie ...« Walthers schnippte mit den Fingern, als ihn der Name wieder einfiel. »Donnie Leoni. Er hatte eine Kfz-Werkstatt und allem Anschein nach ein Alkoholproblem. Viel mehr habe ich über ihn nicht herausgefunden.«

»Und die Mutter?«, fragte D. D.

»Tot. Sie war sechs Monate vorher gestorben. Herzversagen.

Keine besonders glückliche Familie, aber ...« Wieder zuckte Walthers mit den Achseln. »Das sind ja die wenigsten.«

»Also«, fasste D. D. zusammen. »Tommy Howe wird im Wohnzimmer seiner Familie von einem einzigen Schuss getötet. Tessa gesteht die Tat, duscht und verweigert eine gynäkologische Untersuchung. Ich verstehe das nicht. Die Staatsanwaltschaft hat sie einfach so beim Wort genommen? Ein armes traumatisiertes Mädchen von sechzehn Jahren muss nicht unbedingt die Wahrheit sagen?«

Walthers schüttelte den Kopf. »Bleibt das jetzt unter uns?«

»Gewiss«, erwiderte D. D. »Unter Freunden.«

»Ich habe mir auf diese Tessa keinen Reim machen können. Einerseits saß sie da in der Küche und zitterte wie verrückt, andererseits ... war sie sehr wohl in der Lage, den Tathergang im Detail zu schildern. So was ist mir in all meinen Jahren als Detective nicht untergekommen, schon gar nicht bei einem Opfer sexueller Gewalt. Das schmeckte mir nicht. Aber was hätte ich sagen sollen? *Herzchen, du erinnerst dich zu gut, als dass ich dich ernst nehmen könnte?*« Walthers schüttelte den Kopf. »Mit einer solchen Bemerkung hätte ein Detective damals seine Degradierung riskiert. Glauben Sie mir, ich habe zwei Exfrauen zu alimentieren und brauche meine Pension.«

»Trotzdem, warum haben Sie das Mädchen laufen lassen und nicht auf eine Anklage gedrängt?«, fragte Bobby, der offenbar ebenso perplex war wie D. D.

»Tessa Leoni war vielleicht ein unglaubwürdiges Opfer, aber auf der anderen Seite zeigte Tommy Howe ein perfektes Täterprofil. Innerhalb von vierundzwanzig Stunden meldeten sich drei verschiedene Mädchen per Telefon, die von ihm sexuell belästigt worden waren. Leider wollte keine von ihnen eine formelle Aussage machen, aber je tiefer wir bohrten, desto mehr erfuhren wir über Tommys Ruf unter Frauen: Er akzeptierte kein Nein. Für ihn sprach lediglich, dass er anscheinend nur selten Gewalt anwendete. Deshalb sträubten sich wohl auch die Mädchen, gegen ihn auszusagen. Seine Masche war es offenbar, sie betrunken zu machen oder ihnen auch was in die Drinks zu mixen. Zwei Mädchen erinnerten sich, in seinem Bett aufgewacht zu sein, obwohl sie gar nicht an ihm interessiert gewesen wären.«

»Rohypnol«, mutmaßte D. D.

»Wahrscheinlich. Wir haben allerdings nichts in der Art bei ihm gefunden, und von seinen Kumpels war zu hören, dass Tommy immer das bekam, was er wollte, egal, was die Mädchen davon hielten.«

»Reizender Bengel«, bemerkte Bobby.

»Seine Eltern hielten jedenfalls große Stücke auf ihn«, entgegnete Walthers. »Als der Staatsanwalt für Tessa Leoni mildernde Umstände gelten und die Anklage fallen ließ ... na, da hätten Sie mal den Vater – James, James Howe – erleben sollen. Der ging unter die Decke, brüllte den Staatsanwalt an und beklagte sich bei meinem Lieutenant über meine angeblich schlampige Polizeiarbeit, der zu verdanken wäre, dass eine kaltblütige Mörderin ungeschoren davonkäme. Er drohte sogar mit Konsequenzen und behauptete, einflussreiche Freunde zu haben.«

»Hat er seine Drohung wahrgemacht?«, fragte D. D. neugierig.

Walthers verdrehte die Augen. »Ach was, er war ein mittlerer Angestellter bei Polaroid. Einflussreiche Freunde? Dummes Zeug. Er hatte sein Auskommen, und ich kann mir auch vorstellen, dass seine Untergebenen vor ihm buckelten. Aber König war er allenfalls in seinem kleinen Büro und auf den hundertzwanzig Quadratmetern seines Hauses. Eltern ...«, sagte Walthers und schaute hilfesuchend unter die Decke.

»Wollten Mr. und Mrs. Howe nicht wahrhaben, dass Tessa von ihrem Sohn attackiert wurde?«

»So ist es. Sie gaben ihrem Sohn keinerlei Schuld, was recht interessant ist, denn auf der anderen Seite hielt Donnie Leoni seine Tochter tatsächlich für schuldig. Ich hörte später, dass er sie aus dem Haus geworfen hat. Offenbar gehört er zu denjenigen, die meinen, dass es Frauen ja nur darauf anlegen.« Walthers schüttelte den Kopf. »Was soll man da machen?«

Die Kellnerin kam mit dem Essen, setzte vor Walthers und Bobby riesige Teller ab und reichte D. D. ihren Orangensaft.

»Sonst noch etwas?«, fragte sie.

Sie schüttelten ihre Köpfe, worauf sie sich verzog.

Die Männer langten zu. D. D. rückte näher ans halbgeöffnete Fenster, um sich nicht den Fettgeruch um die Nase wehen lassen zu müssen. Sie nahm das Kaugummi aus dem Mund und probierte ihren Saft.

Tessa Leoni hatte also Tommy Howe ins Bein geschossen. D. D. stellte sich die Szene vor und fand die Choreographie durchaus plausibel. Tessa, sechzehn Jahre alt, von einem größeren, kräftigeren Jungen in die Sitzpolster gedrückt; sie spürt ihre Handtasche an der Seite, greift in ihrer Bedrängnis nach der Zweiundzwanziger ihres Vaters und bringt die Waffe zwischen sich und den Jungen.

Walthers hatte recht: dumm, dass Tommy an einem einzigen Schuss gestorben war. Dumm auch für Tessa, dass sie darüber ihren Vater und die beste Freundin verloren hatte.

Dass Tommys Neigung zu sexuellen Übergriffen von anderen Mädchen bestätigt worden war, entlastete Tessa und rechtfertigte das Plädoyer auf Notwehr. Doch nun schlugen zwei Taten zu Buche – der Versuch, sich einen aggressiven Teenager vom Hals zu halten und die gezielten Schüsse auf ihren übergriffigen Ehemann.

Zweimal hatte sie zur Waffe gegriffen, in Notwehr, wie es schien. Pech, oder war da nicht doch Vorsatz zu unterstellen?

Walthers und Bobby hatten ihre Teller geleert. Bobby zahlte, Walthers dankte. Nachdem sie draußen vor der Tür ihre Visitenkarten ausgetauscht hatten, verabschiedete sich Walthers und ging. Bobby und D. D. blieben auf dem Gehweg zurück. Walthers war gerade hinter der nächsten Ecke verschwunden, als Bobby fragte: »Willst du mir vielleicht was sagen, D. D.?«

»Nein.«

Er presste die Lippen aufeinander, verzichtete aber auf weitere Fragen. Stattdessen wandte er sich ab und studierte die Markise der Bar. Man hätte meinen können, er sei beleidigt, aber D. D. kannte ihn besser.

»Auch ich habe eine Frage an dich«, sagte sie, um das Thema zu wechseln. »Tessa Leoni hat sich zweimal mit Waffengewalt gegen männliche Übergriffe zur Wehr gesetzt. Hatte sie einfach Pech, oder ist sie vielleicht durchtriebener, als man auf den ersten Blick glauben möchte?«

Bobby merkte auf und schaute ihr mit wacher Miene ins Gesicht.

»Denk mal darüber nach«, fuhr D. D. fort. »Tessa war schon mit sechzehn auf sich allein gestellt und wurde mit zwanzig schwanger. Dann ist sie nach eigener Auskunft vernünftig geworden und hat sich ein neues Leben aufgebaut. Sie bringt ein hübsches Mädchen zur Welt, tritt in den Polizeidienst ein und hat sogar das Glück, einen tollen Mann kennenzulernen. Aber der fängt an zu trinken und zu prügeln. Und was macht sie?«

»Sie hält den Mund. Aber das kennt man ja: Cops vertrauen sich ihren Kollegen nicht an«, antwortete Bobby.

»Genau«, pflichtete ihm D. D. bei. »Einem ungeschriebenen Polizeigesetz zufolge hat ein Officer auf Streife in jeder Situation allein zurechtzukommen. Tessa hätte ihren Mann verlassen können. Er war ja drei Monate am Stück auf See. Ein schönes Zeitfenster, um sich mit der Tochter aus dem Staub zu machen. Aber ein so hübsches Haus zu räumen, um wieder in ein winziges Apartment zurückzuziehen – mit dem Gedanken konnte sie sich womöglich nicht so recht anfreunden. Wahrscheinlich gefielen ihr das Haus, der Garten, der teure SUV und die fünfzig Riesen auf der Bank einfach gut.«

»Kann aber auch sein, dass sie glaubte, mit einer räumlichen Trennung sei es nicht getan«, gab Bobby zu bedenken. »Nicht alle gewalttätigen Männer geben sich mit einer solchen Lösung zufrieden.«

»Das stimmt«, räumte D. D. ein. »Tessa suchte wahrscheinlich eine dauerhafte Lösung, eine, in der Brian Darby nicht mehr vorkommt, wohl aber sein Eigentum in bester Wohnlage.«

Bobby starrte sie an. »Willst du damit sagen, Tessa hat sich an ihren Erfahrungen mit Tommy Howe ein Beispiel genommen und dafür gesorgt, ihren Mann in Notwehr erschießen zu können?«

»Ich kann mir vorstellen, dass sie so ein Gedanke zumindest gestreift hat.«

»Ja, aber ihre Verletzungen sind echt. Die Gehirnerschütterung, Jochbeinfraktur, zahllose Prellungen. Die Frau kann nicht einmal mehr auf den eigenen Beinen stehen.«

»Vielleicht hat sie ihren Mann provoziert. Wäre nicht allzu schwer gewesen. Sie wusste, dass er trinkt. Sie braucht ihn also nur ein bisschen zu reizen, bis er die Kontrolle über sich verliert und ihr den Vorwand liefert, auf ihn zu schießen. Brian lässt seinen inneren Dämon von der Leine, und Tessa zieht ihren Vorteil daraus.«

Bobby runzelte die Stirn. »Das wäre ziemlich kaltblütig und passt einfach nicht.«

»Wieso nicht?«

»Wegen Sophie. Angenommen, Tessa reizt ihren Mann zur Weißglut und knallt ihn ab. Na schön, das würde immerhin erklären, warum er in der Küche lag und sie im Wintergarten verhaftet werden musste. Aber was ist mit Sophie? Wo ist sie?«

D. D. verzog das Gesicht und hielt den Unterarm vor ihren Bauch. »Vielleicht wollte sie Sophie aus dem Haus haben, damit sie von der Tat nichts mitbekommt.«

»Dann hätte es nahegelegen, dass sie die Kleine von Mrs. Ennis abholen lässt.«

»Stimmt. Herrje, womöglich hat Sophie am Ende zu viel gesehen, und Tessa musste sie fortschaffen, damit wir sie nicht befragen können.«

»Tessa hält ihre Tochter versteckt?«

D. D. dachte nach. »Das würde erklären, warum sie sich so lange geziert hat, mit uns zu kooperieren. Um ihr Kind macht sie sich gar keine Sorgen – sie weiß Sophie in Sicherheit.«

Noch während sie dies sagte, schüttelte Bobby den Kopf. »Ach was, Tessa ist eine gut ausgebildete Polizistin. Sie weiß genau, was passiert, wenn sie ihre Tochter als vermisst meldet. Wie stehen die Chancen, ein Kind versteckt zu halten, wenn sein Foto durch sämtliche Medien geht? Außerdem wäre das ohne eine dritte Person gar nicht möglich. Was hätte sie der sagen sollen? *He, ich habe soeben meinen Mann erschossen. Würdest du bitte für eine Weile auf meine Tochter aufpassen?* Wir wissen doch, dass sie weder Angehörige noch enge Freunde hat. Es käme also nur Mrs. Ennis in Frage, und bei der ist Sophie nicht.

Nein, das wäre viel zu kurz gedacht«, fuhr Bobby fort. »Früher oder später werden wir Sophie finden und befragen können. Wenn sie den Streit zwischen ihren Eltern mitbekommen hat, wird sie sich daran auch noch nach Tagen erinnern. Es wäre nicht damit getan, sie eine Zeitlang zu verstecken.«

D. D. biss sich auf die Lippen. »Mag sein«, murmelte sie.

»Was hast du eigentlich?«, fragte Bobby plötzlich. »Eine Polizistin liegt im Krankenhaus. Ihre kleine Tochter ist verschwunden. Die meisten Kollegen wären glücklich, ihr helfen zu können, aber du scheinst entschlossen zu sein, ihr einen Strick zu drehen.«

»Ist doch gar nicht wahr –«

»Nur weil sie jung und hübsch ist? Bist du wirklich so engstirnig?«

»Jetzt bleib mal auf dem Teppich!«, fuhr sie ihn an.

»Wir müssen Sophie Leoni finden!«, entgegnete Bobby nicht weniger laut. In all den Jahren ihrer Zusammenarbeit hatte sie ihn noch nie schreien hören. Es störte sie nicht, schließlich schrie sie auch.

»Wem sagst du das?«

»Sie ist seit mittlerweile vierundzwanzig Stunden verschwunden. Meine Tochter hat heute Nacht um drei geweint, und ich konnte nur daran denken, dass die kleine Sophie irgendwo vielleicht ebenfalls weint.«

»Wem sagst du das?«

»Dieser Fall hängt mir zum Hals heraus!«

»Mir auch!«

Bobby beruhigte sich. Er atmete schwer. D. D. ließ einen Schwall Luft ab. Bobby fuhr sich mit der Hand durch die kurzen Haare. D. D. strich ein paar blonde Locken hinter die Ohren.

»Wir müssen mit Brian Darbys Chef reden«, sagte Bobby eine Schweigeminute später. »Wir müssen eine Liste aufstellen von allen Freunden und Bekannten, die wissen könnten, was vorgefallen ist.«

D. D. schaute auf ihre Uhr. Es war zehn. Phil hatte mit Scott Hale ein Telefongespräch für elf Uhr verabredet. »Uns bleibt noch eine Stunde.«

»Okay. Nutzen wir die Zeit, um Brians Fitnessstudio ausfindig zu machen. Vielleicht hat er einen Personal Trainer gehabt. Der ist für manche so was wie ein Beichtvater. Ein Geständnis wäre jetzt nicht schlecht.«

»Dann schlag mal das Branchenverzeichnis unter Fitnessstudios auf und häng dich ans Telefon«, sagtc D. D. Bobby musterte sie mit kritischem Blick. »Und was machst du?«

»Ich versuche, Juliana Howe zu lokalisieren.«

»D. D. –«

»Teile und herrsche«, unterbrach sie schroff. »So kommen wir schneller voran.«

»Du bist ein Kracher, echt.«

»Das hat dir mal gefallen.«

D. D. steuerte auf ihren Wagen zu. Bobby folgte ihr nicht.

16. KAPITEL

Brian und ich hatten unseren ersten großen Streit vier Monate nach der Trauung. In der zweiten Aprilwoche. Über Neuengland war völlig unerwartet ein Schneesturm hereingebrochen. Ich hatte Nachtdienst. Gegen sieben herrschte Chaos auf dem Mass Pike – zahllose Kollisionen, im Stich gelassene Fahrzeuge und Fußgänger in Panik. Wir steckten bis zum Kragen drin und mussten noch eine Schicht dranhängen, um unsere Ablösung zu verstärken. Wenn der Nordostwind weht, hat unsereins nichts zu lachen.

Gegen elf – ich hätte normalerweise schon vor vier Stunden meine Schicht beendet – schaffte ich es endlich, zu Hause anzurufen. Dass niemand ranging, irritierte mich nicht weiter. Ich dachte, Brian und Sophie wären vielleicht draußen spielen. Vielleicht fuhren sie Schlitten, bauten einen Schneemann oder buddelten die großen violetten Krokusse unterm Schnee frei.

Gegen eins hatten wir halbwegs für Ordnung gesorgt, drei Dutzend Fahrzeuge wieder flottgemacht und für die meisten auch die dazugehörigen Fahrer zurückgeholt. Endlich konnten Schneepflüge und Streudienste zum Einsatz gebracht werden, um den Pike wieder befahrbar zu machen, was unseren Job erleichterte.

Zurück im Streifenwagen gönnte ich mir einen Schluck kalten Kaffee und warf einen Blick auf mein Handy, das an meinem Gürtel hing und mehrere Male vibriert hatte. Ich ging gerade die lange Liste der Anrufversuche von Mrs. Ennis durch, als mein Pager an der Schulter piepte. Die Einsatzzentrale verlangte nach mir. Bei ihr war ein Notruf eingegangen, den sie nun an mich weiterzuleiten versuchte.

Mein Puls verdoppelte sich von jetzt auf gleich. Spontan griff ich mit beiden Händen ans Lenkrad, um mich irgendwo festzuhalten, als ich Mrs. Ennis' Stimme über Funk hörte. Sie war schrecklich aufgebracht und sagte, sie warte nun schon seit über fünf Stunden. Wo Sophie sei, wollte sie wissen, wo Brian.

Ich verstand nicht sofort, aber dann stellte sich heraus: Brian hatte Mrs. Ennis um sechs in der Früh angerufen und darum gebeten, auf Sophie aufzupassen. Der Hort sei wegen der Schneefälle geschlossen, und er wolle mit den Skiern raus.

Mrs. Ennis erklärte sich bereit, gab aber zu bedenken, dass sie mindestens eine oder zwei Stunden brauchen würde, um zu unserem Haus zu gelangen. Brian meinte, die Straßenverhältnisse würden sich stündlich verschlechtern, und schlug vor, Sophie bei ihr abzusetzen und dann weiter in die Berge zu fahren. Mrs. Ennis war einverstanden und froh, sich nicht in den Bus setzen zu müssen. Brian versprach, spätestens um acht bei ihr zu sein. Also wartete sie mit dem Frühstück auf Sophie.

Aber inzwischen sei es halb zwei, und die beiden hätten sich immer noch nicht blicken lassen. Zu Hause würde niemand den Hörer abnehmen. Was wohl geschehen sein könne?

Ich wusste es nicht. Konnte es nicht wissen. Und ich weigerte mich, mir die möglichen Antworten auszumalen, die sich als erste aufdrängten – die Vorstellung, wie sich ein kleiner Körper, aus einem Fahrzeug geschleudert, um einen Telegraphenmast wickelte oder wie das Lenkrad eines Autos, das noch keine Airbags hatte, die Brust des Fahrers eindrückte, der dann reglos auf seinem Sitz hockte, scheinbar schlafend für den, der ihn sah, bis einem das Blutgerinnsel im Mundwinkel auffiel. Oder das Bild dieses achtjährigen Mädchens vor drei Monaten, das aus einem eingedrückten Viertürer hatte herausgeschnitten werden müssen, während die fast unverletzte Mutter dabeistand und schreiend zu erklären versuchte, dass sie sich nur kurz nach ihrer weinenden Tochter umgeschaut habe ...

Ich kenne all das. Und daran erinnerte ich mich, als ich im stockenden Verkehr mit Blaulicht und Sirene so schnell wie möglich nach Hause zu kommen versuchte.

Eine halbe Stunde später hielt ich vor unserer Garage an. Dass mein Wagen den Gehweg blockierte und mit dem Heck in die

Straße hinausragte, kümmerte mich nicht weiter. Ohne das Blaulicht auszuschalten, sprang ich nach draußen, rannte die dick mit Schnee bepackten Stufen zur Eingangsveranda hoch und rutschte auf eisigem Untergrund aus. Hätte ich mich nicht im letzten Augenblick am Geländer festhalten können, wäre ich runter auf die Straße gestürzt. Meine Hände zitterten, als ich mit der einen nach den Schlüsseln suchte, mit der anderen gegen die Tür hämmerte, obwohl mir die dunklen Fenster verrieten, was ich nicht wissen wollte.

Endlich fand der Schlüssel das Loch. Ich sperrte auf und warf mich gegen die Tür.

In der Küche war niemand, im Wohnzimmer auch nicht. Ich rannte nach oben. Nichts.

Mein Einsatzkoppel klapperte an meiner Taille, als ich die Treppe wieder hinunterhastete. In der Küche angekommen, blieb ich stehen, atmete tief durch und erinnerte mich, eine ausgebildete Polizistin zu sein. Weniger Adrenalin, mehr Intelligenz. So löste man Probleme. So bewahrte man Kontrolle.

»Mommy? Mommy, da bist du ja!«

Mein Herz setzte kurz aus. Ich drehte mich um und sah Sophie auf mich zufliegen. Sie warf sich mir in die Arme und schwärmte ohne Punkt und Komma vom vielen Schnee.

Es dauerte eine Weile, bis mir auffiel, dass Sophie nicht allein war. Ein Mädchen aus der Nachbarschaft stand in der Tür und hob grüßend eine Hand.

»Mrs. Leoni?« Sie errötete. »Verzeihung, Officer Leoni.«

Von ihr erfuhr ich, dass Brian tatsächlich in die Berge gefahren war. Aber anstatt Sophie bei Mrs. Ennis abzusetzen, hatte er sie der fünfzehnjährigen Sarah Clemons anvertraut, die mit ihrer Familie nebenan wohnte und vor der Tür Schnee schippte, als er seine Skier auf dem Dachgepäckträger befestigte. Um Zeit zu sparen, hatte er kurzerhand sie gebeten, auf unsere Tochter aufzupassen.

Sophie war Feuer und Flamme für das Mädchen von nebenan und natürlich sofort einverstanden gewesen. Sie und Sarah hatten, wie sich herausstellte, den Vormittag im Freien verbracht, waren

Schlitten gefahren und hatten eine Schneeballschlacht gemacht und sich dann ein paar Folgen *Gossip Girl* angesehen, die Sarah auf der Festplatte hatte.

Von Brian wusste Sarah nur, dass ich früher oder später nach Hause zurückkommen würde, und als Sophie meinen Streifenwagen gesehen hatte, war für die beiden alles klar gewesen.

Ich war zu Hause, Sophie war glücklich, und Sarah hatte ihren Job getan, wofür ich ihr einen Fünfziger zusteckte. Danach rief ich Mrs. Ennis an, meldete mich bei der Einsatzleitung ab und schickte meine immer noch total aufgekratzte Tochter nach draußen, um einen Schneemann zu bauen. Ich stand – nach wie vor in Uniform – hinten auf der Veranda und behielt sie im Auge, während ich ein erstes Mal versuchte, Brian über sein Handy zu erreichen.

Er antwortete nicht.

Ich erinnere mich, mein Dienstkoppel im Schlafzimmer weggeschlossen zu haben. Ich erinnere mich auch noch an anderes.

Sophie und ich machten es uns am Abend gemütlich. Ich stellte für mich fest, dass man selbst dann eine gute Mutter sein kann, wenn einem in Bezug auf den Ehemann Mordgedanken durch den Kopf gehen. Wir aßen Käsemakkaroni und spielten ein paar Spiele. Dann steckte ich Sophie in die Wanne.

Um halb neun lag sie im Bett und schlief. Ich marschierte ungeduldig durch die Küche, das Wohnzimmer und den eiskalten Wintergarten. Schließlich ging ich nach draußen und schippte Schnee in der Hoffnung, mich in meiner Wut abreagieren zu können.

Um zehn nahm ich ein heißes Bad und zog eine frische Uniform an. Das Dienstkoppel mit meiner Sig Sauer ließ ich im Schließfach. Ich traute mir selbst nicht.

Um Viertel nach zehn kam mein Mann endlich zur Tür hereinspaziert mit einem großen Rucksack und seinen Skiern auf den Schultern. Er pfiff ein Liedchen und bewegte sich mit der lässigen Müdigkeit, die ein Tag intensiven Sports mit sich bringt.

Er lehnte die Ski an die Wand und stellte den Rucksack ab, warf die Schlüssel auf den Küchentisch und setzte sich, um seine Stiefel auszuziehen. In diesem Moment sah er mich. Als Erstes schien er zu bemerken, dass ich Uniform trug, denn er blickte unwillkürlich von mir zur Wanduhr.

»Schon so spät? Mist, tut mir leid. Hab wohl die Zeit aus den Augen verloren.«

Ich starrte ihn an, die Hände in die Hüften gestemmt – Inbegriff der nörgelnden Hausfrau. Egal.

»Wo. Warst. Du.«

Die Worte kamen gestoßen und hart. Brian blickte auf. Seine Überraschung war nicht gespielt. »Ich war Ski fahren. Hat dir Sarah das nicht gesagt? Das Mädchen von nebenan? Sie hat doch Sophie zurückgebracht, oder?«

»Das fragst du?«

Er zögerte, war jetzt richtig verunsichert. »Ist Sophie etwa nicht zu Hause?«

»Doch.«

»Sarah hat hoffentlich gut auf sie aufgepasst? Sophie ist doch okay, oder?«

»Sieht ganz danach aus.«

Brian nickte und schien nachzudenken. »Und warum ... warum bist du dann so genervt?«

»Mrs. Ennis –«, hob ich an.

»Scheiße!«, platzte es aus ihm heraus. Er sprang auf. »Ich wollte sie doch anrufen. Während der Fahrt. Aber die Straßen waren so schlecht, dass ich beide Hände am Steuer halten musste, und als ich dann auf der Autobahn war, wo es besser voranging ... Mensch ...« Er stöhnte und ließ sich auf den Stuhl zurückfallen. »Tut mir echt leid.«

»Du hast mein Kind einem fremden Mädchen überlassen! Um deinen Spaß zu haben, obwohl ich dich hier im Haus brauchte. Und nebenbei versetzt du auch noch eine liebe alte Dame in Panik, die in der nächsten Woche wahrscheinlich die doppelte Dosis ihrer Herzmedizin schlucken muss!«

»Ja«, murmelte mein Mann. »Ich hab's vermasselt. Ich hätte sie anrufen müssen.«

»Wie konntest du nur?«, hörte ich mich brüllen.

Er schnürte seine Stiefel auf. »Ich habe nicht mehr daran gedacht. Ich wollte Sophie bei Mrs. Ennis absetzen, sah aber dann Sarah von nebenan auf der Straße –«

»Ein fremdes Mädchen, und dem hast du Sophie anvertraut.«

»Ja, ja. Es war fast acht, und ich dachte, du wärst bald wieder zu Hause.«

»Ich habe bis kurz nach eins gearbeitet und hätte eigentlich noch ein paar Stunden dranhängen müssen, bin aber dann Hals über Kopf zurück, weil sich Mrs. Ennis in der Einsatzzentrale gemeldet hat.«

Brian wurde bleich und ließ von seinen Stiefeln ab. »Oh.«

»Es ist mir ernst!«

»Okay, okay. Ja. Natürlich. Dass ich sie nicht angerufen habe, war Mist. Tut mir leid, Tessa. Ich werde mich gleich morgen entschuldigen.«

»Du kannst dir nicht vorstellen, wie verängstigt sie war«, setzte ich nach.

Er schwieg.

»Hast du schon mal den Schädel eines Säuglings in den Händen gehalten, Brian?«

Er schwieg.

»Es ist, als würde man Rosenblätter wiegen. Die noch nicht zusammengewachsenen Knochenplatten sind so dünn, dass man fast hindurchsehen kann, so leicht, dass man glaubt, sie könnten wegfliegen, wenn man draufpustet. Solche Dinge vergisst man nicht, Brian.« Ich schwieg einen Moment und sagte dann kühl: »Ich lasse es nicht zu, dass du mein Kind bei Fremden parkst, damit du deinen Spaß haben kannst. Entweder du kümmerst dich um Sophie, oder wir sind getrennte Leute. Hast du mich verstanden?«

»Verstanden«, antwortete er ruhig. »Ist mit Sophie alles in Ordnung?«

»Ja –«

»Ist sie gern mit Sarah zusammen?«

»Scheint so.«

»Und du hast Mrs. Ennis angerufen?«

»Natürlich.«

»Dann ist doch alles gutgegangen.« Er widmete sich wieder seinen Stiefeln.

Ich stürmte auf ihn zu. »Du hast mich geheiratet«, schrie ich ihn an. »Du hast dich für mich und Sophie entschieden. Wie bringst du es fertig, uns so im Stich zu lassen?«

»Ich habe es versäumt anzurufen, Tessa. Es soll nicht wieder vorkommen.«

»Ich habe dich und Sophie schon tot im Straßengraben gesehen.«

»Dann freu dich doch, dass wir noch leben.«

»Brian!«

»Ich weiß, ich habe einen Fehler gemacht.« Er warf beide Hände in die Höhe. »Es ist doch alles neu für mich, neu, eine Frau und eine Tochter zu haben, und dass ich euch beide von Herzen liebe, schließt nicht aus, dass ich auch manchmal Fehler mache. Um Himmels willen, Tessa ... ich muss bald wieder aufs Schiff und wollte nur ein bisschen Spaß haben. Die Gelegenheit nutzen, ein bisschen Ski zu fahren ...« Er atmete tief ein und aus. Stand auf.

»Tessa«, sagte er ruhig. »Ich würde dir und Sophie nie weh tun wollen. Ich liebe euch. Und ich verspreche, es soll nicht wieder vorkommen. Du glaubst mir doch, oder? In einer Familie zu leben ist für uns beide neu, und es läuft nicht immer glatt. Aber bitte, hab ein wenig Vertrauen.«

Ich ließ die Schultern hängen. Meine Wut legte sich, sodass ich endlich erleichtert darüber sein konnte, dass meine Tochter und mein Mann in Sicherheit waren.

Brian zog mich an seine Brust. Ich ließ mich von ihm umarmen, schlang sogar selbst meine Arme um seine Taille.

»Nimm dich in Acht, Brian«, flüsterte ich auf seine Schulter. »Denk daran, ich bin anders als andere Frauen.«

Er widersprach mir nicht.

Ich erinnerte mich an diesen und an andere Momente meiner Ehe, als die Krankenschwester von mir abrückte und mich aufforderte, ein paar erste Schritte zu gehen. Gegen sechs hatte ich eine Scheibe Toast gegessen und bei mir behalten. Um halb sieben hatte man mich in den Stuhl neben dem Bett gesetzt, um zu sehen, ob ich mich aufrecht halten konnte.

Während der ersten paar Minuten waren die Kopfschmerzen kaum zu ertragen gewesen, aber sie ließen dann ein wenig nach. Die eine Gesichtshälfte war immer noch geschwollen, ich fühlte mich wacklig auf den Beinen, aber insgesamt hatte ich mich während der vergangenen zwölf Stunden einigermaßen erholt. Ich konnte stehen, sitzen und essen. Welt da draußen, sieh dich vor!

Ich stellte mir vor, aus dem Krankenhaus zu rennen, auf Sophie zu, die, wie durch ein Wunder herbeigezaubert, draußen auf mich wartete. Ich stellte mir vor, sie in die Arme zu nehmen und mich mit ihr im Kreis zu drehen. *Mommy*, würde sie glücklich rufen. Ich würde sie herzen und küssen, ihr sagen, wie leid mir alles täte, und sie nie mehr loslassen.

»Prima«, sagte die Krankenschwester. »Das klappt ja schon ganz gut.«

Sie reichte mir ihren Arm, damit ich mich darauf stützen konnte. Meine Knie zitterten, und ich war dankbar für ihre Hilfe.

Die ersten schlurfenden Schritte machten mich schwindlig. Ich schüttelte den Kopf, um den Schwindel zu vertreiben. Es funktionierte.

Langsam rückte ich auf dem grauen Linoleumsbelag weiter vor, setzte tapsend einen Fuß vor den anderen in Richtung Badezimmer. Dort angekommen, machte ich die Tür leise hinter mir zu. Die Krankenschwester hatte ein paar Sachen für mich zurechtgelegt. Zweiter Test an diesem Tag: sehen, ob ich selbständig pinkeln und duschen konnte. Danach stand mir eine weitere Untersuchung bevor.

Vielleicht würde man mich dann nach Hause entlassen. Aber nur vielleicht.

Sophie. In ihrem Zimmer auf dem Boden hockend, umgeben von gemalten Häschen und hellorangen Blumen, im Spiel mit ihrer struppigen Lieblingspuppe. *Mommy, da bist du ja wieder! Mommy, ich liebe dich!*

Ich stand am Waschbecken und starrte auf mein Spiegelbild.

Das eine Auge war dunkelviolett wie eine Aubergine und so geschwollen, dass die Nasenwurzel und der Brauenwulst als solche nicht zu erkennen waren. Ich dachte an die Szene eines frühen Rocky-Films, wo dem Helden die Schwellung mit einer Rasierklinge aufgeschnitten wird, damit er wieder sehen kann. Ob auch mir damit geholfen wäre?

Ich fuhr mit den Fingern über das Auge und bis zur Platzwunde darüber, die bis zum Haaransatz reichte und inzwischen verkrustet war. Dann griff ich mir an den Hinterkopf und betastete die Beule, die sich immer noch nicht zurückgebildet hatte. Sie fühlte sich heiß und prall an. Schließlich senkte ich den Arm wieder und hielt mich am Waschbeckenrand fest.

Sieben Uhr. Montagmorgen.

In einer Stunde würde mit der Obduktion begonnen werden, mit einem Y-Schnitt in die Brust meines Mannes, durch die Rippen hindurch. Man würde drei Kugeln, neun Millimeter, herausfischen, abgefeuert von der Sig Sauer, die meine Fingerabdrücke trug. Mit einer kreischenden Säge würde ihm dann der Schädel geöffnet werden.

Sieben Uhr. Montagmorgen ...

Ich dachte an all die Augenblicke, die ich gern noch mal durchleben würde. An Orte, wo ich ja, an Zeitpunkte an denen ich nein hätte sagen sollen. Brian wäre noch am Leben, vielleicht gerade dabei, seine Skier für ein neues Abenteuer zu wachsen. Und Sophie spielte in ihrem Zimmer, mit Gertrude an ihrer Seite, auf mich wartend.

Sieben Uhr. Montagmorgen ...

»D. D., Bobby, beeilt euch«, murmelte ich. »Meine Tochter braucht euch.«

17. KAPITEL

Dank der wundervollen Erfindung von Google Maps hatte Bobby das Fitnessstudio von Brian Darby schon im zweiten Anlauf gefunden. Er hatte Darbys Adresse einfach in sein Smartphone eingegeben und nach den nächsten Studios suchen lassen. Ein halbes Dutzend tauchten im Display auf. Das am nächsten gelegene war es nicht. Brian hatte sich in der Filiale einer landesweiten Kette angemeldet, eine halbe Autostunde entfernt. Seine Trainerin ließ Bobby nicht lange auf sich warten.

»Ich habe in den Nachrichten davon gehört«, sagte die kleine, dunkelhaarige Frau und gab sich zerknirscht. Bobby taxierte sie. Keine eins sechzig groß und an die vierzig Kilo schwer. Sie sah eher wie eine Turnerin aus. Die Frau rang die Hände und ließ dabei auf den Unterarmen Dutzende sehniger Muskelzüge spielen.

Bobby revidierte seinen ersten Eindruck. Jessica Ryan, so ihr Name, war winzig, aber gefährlich. Ein Mini-Hulk in engem rosarotem Trikot und mit violett lackierten Fingernägeln.

Als Bobby angekommen war, hatte sie einen mittelalten Mann mit hundert Dollar teurem Shirt und vierhundert Dollar teurem Haarschnitt in der Mangel gehabt und ihm, Bobby, demonstrativ die kalte Schulter gezeigt, um sich voll und ganz ihrem offenbar zahlungskräftigen Kunden widmen zu können. Bobby musste ihr seinen Ausweis unter die Nase halten.

Ihr enttäuschter Kunde, dessen Nacken dicker war als Bobbys Oberschenkel, wollte seine Übung an einem Gerät noch beenden, weshalb sich Bobby und Jessica in einen Aufenthaltsraum für das Personal zurückzogen. Jessica beeilte sich, die Tür hinter sich zu schließen.

»Ist er wirklich tot?«, fragte sie und knabberte an der Unterlippe.

»Deshalb bin ich hier«, antwortete Bobby.

»Und seine kleine Tochter? Ich habe ihr Foto in den Nachrichten gesehen. Sophie, nicht wahr? Haben Sie sie schon gefunden?«

»Nein, Ma'am.«

Jessicas große braune Augen füllten sich mit Tränen. Schon zum zweiten Mal seit einer Stunde war Bobby froh, dass er D. D. nicht bei sich hatte. Beim ersten Mal hätte er sie, wenn er nicht gegangen wäre, vermutlich erwürgt. Jetzt war er froh, weil D. D. mit der rehäugigen Trainerin, die zu Tränen neigte und auch noch pinkfarbene Micro-Shorts trug, wahrscheinlich Schlitten gefahren wäre.

Als glücklich verheirateter Mann war er taktvoll genug, die Shorts und das Trikot außer Acht zu lassen. Stattdessen starrte er auf den sehr auffällig definierten Bizeps der Trainerin.

»Wie viel schaffen Sie im Bankdrücken?«, hörte er sich fragen.

»Sechzig«, antwortete Jessica und tupfte sich die Augenwinkel trocken.

»Was? Doppelt so viel, wie Sie wiegen?«

Sie errötete.

Er musste sich eingestehen, ein wenig geflirtet zu haben, und hielt den Mund. Vielleicht hätte er lieber doch nicht ohne D. D. herkommen sollen. Vielleicht war es für keinen Mann, ob verheiratet oder nicht, ratsam, mit einer Frau wie Jessica Ryan allein zu sein. Was für ihn die Frage aufwarf, ob Tessa Leoni die Trainerin ihres Mannes kannte. Oder wie Brian Darby die erste Trainingswoche hatte überstehen können.

Bobby räusperte sich und zog seinen Spiralblock sowie ein Diktiergerät aus der Tasche. Das Diktiergerät legte er eingeschaltet neben die Mikrowelle auf der Anrichte.

»Kennen Sie Sophie?«, begann er das Gespräch.

»Ich habe sie einmal gesehen. Brian brachte sie mit, weil sie schulfrei hatte. Ein süßes Mädchen. Mit zwei kleinen Hanteln hat sie ihrem Daddy alles nachgemacht.«

»Waren Sie Brians einzige Trainerin?«

»Ja«, antwortete Jessica ein wenig stolz. »Ich hatte nur hin und wieder eine Vertretung, wenn es Terminprobleme gab.«

»Wie lange war er bei Ihnen?«

»Fast ein Jahr. Na, vielleicht doch eher neun Monate.«

»Neun Monate?« Bobby machte sich eine Notiz.

»Er war sehr gut«, schwärmte Jessica. »Einer meiner besten Kunden. Er wollte Muskelmasse aufbauen. Darum habe ich ihm für die ersten drei Monate eine strenge Diät empfohlen. Kein Fett, wenig Salz, keine Kohlenhydrate. Dabei aß er so gerne Pommes, schon zum Frühstück, Riesensandwiches zu Mittag, abends Stampfkartoffeln und danach noch eine Tüte Chips. Hätte nicht gedacht, dass er das durchhält. Aber er hat es geschafft, und als er seine Ernährung erfolgreich umgestellt hatte, gingen wir zu Phase zwei über: Sechs Monate lang folgte er dem Programm, das ich mir für meine Wettbewerbe zurechtgelegt habe –«

»Wettbewerbe?«

»Ja. Seit vier Jahren nehme ich an Miss Fit New England teil.« Jessica warf ihm ein Lächeln mit strahlend weißen Zähnen zu. »Meine große Leidenschaft.«

Bobby riss seinen Blick von ihren gebräunten Schultern los und schaute auf seinen Block.

»Wie gesagt, ich setzte Brian auf Diät. Sechs proteinreiche Mahlzeiten am Tag«, fuhr Jessica munter fort. »Dreißig Gramm Protein pro Mahlzeit im Abstand von zwei bis drei Stunden. Wer das durchziehen will, braucht viel Zeit und Disziplin, aber die hatte er. Das Trainingsprogramm bestand aus einer Stunde Herz-Kreislauf-Training, gefolgt von einer Stunde Gewichtheben.«

»Täglich?« Bobby joggte, genauer: Er hatte gejoggt – bis zu Carinas Geburt. Er hielt sich den Notizblock vor den Bauch und meinte spüren zu können, dass der Hosenbund ein bisschen spannte.

»Fünf- bis siebenmal in der Woche Herz-Kreislauf und fünfmal Krafttraining. Ich habe ihn auf die Hunderter angesetzt. Ist ganz toll bei ihm angesprungen.«

»Hunderter?«

»Mit kleinen Gewichten arbeiten und zusehen, dass man bis zu hundert Wiederholungen schafft. Das klappt natürlich nicht auf Anhieb, aber wenn man dranbleibt, ist es in rund vier Wochen zu schaffen. Nach zwei Monaten wollte Brian sogar, dass ich ihm mehr Gewicht auflege. Erstaunlich. Ich meine, die meisten Kunden hier geben gern an, aber Brian hatte wirklich was drauf.«

»Er scheint im vergangenen Jahr tatsächlich mächtig zugelegt zu haben«, meinte Bobby.

»An Muskeln, ja«, präzisierte Jessica. »Am Oberarm sage und schreibe sieben Zentimeter Umfang. Wir haben alle zwei Wochen nachgemessen, ausgenommen natürlich die Zeit, in der er nicht kommen konnte.«

»Sie meinen, wenn er auf See war?«

»Ja. Nur ungefähr zwei Monate am Stück. Nach dem ersten Mal kam er ziemlich erschöpft zurück, und es war fast alles weg, was er aufgepackt hatte. Vor der zweiten Reise habe ich ihm ein spezielles Programm zusammengestellt, mit allem Drum und Dran – Diät, Herz-Kreislauf, Gewichte. Auf dem Schiff hatte er die Möglichkeit zum Trainieren, es gab also keine Ausrede. Und er wurde besser.«

»Brian arbeitete also offenbar hart an sich, nicht nur hier mit Ihnen, sondern auch auf dem Schiff, wenn er unterwegs war. Können Sie mir sagen, was ihn dazu angetrieben hat?«

Jessica zuckte mit den Achseln. »Um besser auszusehen. Sich besser zu fühlen. Er war ein sportlicher Typ. Als er hier anfing, sagte er, er wolle fitter werden, um besser Ski und Fahrrad fahren zu können. Ich schätze, er war ziemlich ehrgeizig.«

Bobby legte den Notizblock ab und betrachtete die junge Frau. »Und was hat er sich diesen Ehrgeiz hier bei Ihnen kosten lassen?«, fragte er und deutete mit kreisender Handbewegung auf den schick eingerichteten Raum in dem offenbar bestens ausgestatteten Fitnessstudio. »Wie hoch ist der Wochenbeitrag?«

»Zweihundert«, antwortete sie lässig. »Aber das dürfte einem die eigene Gesundheit wert sein.«

»Zweihundert pro Woche. Und was kommt durchschnittlich an Kosten für Einzelstunden, Nahrungsergänzungsmittel und den zusätzlichen Kram hinzu?«

»Wer Resultate will, muss sich dafür ins Zeug legen«, erwiderte Jessica.

»Brian hat sich ins Zeug gelegt. Und Resultate erzielt. Warum hat er sich weiter geschunden, obwohl er doch schon achtzehn Kilo Muskelmasse zugelegt hatte? Was fehlte ihm noch?«

Jessica musterte ihn neugierig. »Es ging ihm nicht nur um die Muskeln. Nun ja, Brian war von Natur aus eher klein gebaut. Und kleinere Männer ... nun ja ...«

Bobby verzog das Gesicht, stellvertretend beschämt für alle Männer.

»Wenn ein kleinerer Mann seine großen Resultate nicht wieder verlieren will, muss er weiter an sich arbeiten. Tag für Tag. Trainieren und sich entsprechend ernähren. Sonst bilden sich die Muskeln wieder zurück. Brian wäre bald von hundert auf achtzig Kilo zurückgefallen.«

Bobby, selbst ein eher kleiner Mann, hörte nicht gern, was sie da sagte. »Scheint mit viel Arbeit verbunden zu sein. Insbesondere für einen Vater, der auch noch einen Job hat. Ich kann mir vorstellen, dass ihm manchmal die Zeit knapp wurde. Hat er vielleicht auch ... zu anderen Mitteln gegriffen?«

Jessica krauste die Stirn. »Wie meinen Sie das?«

»Es gibt doch Medikamente, die den Muskelaufbau beschleunigen.«

Die Stirnfalten vertieften sich. »Sie meinen Steroide.«

»Ich frage nur.«

Sie schüttelte den Kopf. »Davon halte ich nichts. Wenn mir aufgefallen wäre, dass er sich dopt, hätte ich ihn vor die Tür gesetzt und auf die zweihundert in der Woche verzichtet. Ich war mal mit einem Typen zusammen, der auf die Weise nachgeholfen hat. Diese eine Erfahrung reicht mir.«

»Waren Sie Brians Geliebte?«

»Nein. Sie haben mich missverstanden. Ich meinte, der Umgang mit solchen Typen kommt für mich nicht in Frage. Das Zeug, das sie nehmen, macht verrückt. Was man in den Zeitungen darüber liest, stimmt absolut.«

Bobby betrachtete sie gleichmütig. »Und wie halten Sie Ihre Figur?«

Sie verzog keine Miene. »Mit Schweiß und Tränen, Schätzchen. Schweiß und Tränen.«

Bobby nickte. »Verstehe, Sie sind also kein Befürworter von Zusatzmitteln –«

»Nein!«

»Und Ihre Kollegen hier im Studio? Oder anderenorts? Brian hat sehr schnell große Resultate erzielt. Sind Sie sicher, dass es nur Schweiß und Tränen waren, die ihm dazu verholfen haben?«

Jessica zögerte. Sie kaute wieder an ihrer Unterlippe und verschränkte die Arme vor der Brust.

»Sicher nicht«, sagte sie schließlich. »Tatsächlich kam er mir irgendwie verändert vor, als er vor drei Wochen wiederauftauchte. Er war in schlechter Stimmung, irgendwie schwermütig und angefressen. Ich glaube, er hatte Probleme.«

»Haben Sie jemals seine Frau getroffen?«

»Die Polizistin? Nein.«

»Hat er von ihr gesprochen?«

Jessica zuckte mit den Achseln. »Das tun sie alle.«

»Sie?«

»Unsere Kunden. Bei uns geht's zu wie beim Friseur. Oder wie in der Eheberatung. Die Leute reden, und wir hören zu. Gehört mit zu unserem Job.«

»Was hat Brian gesagt?«

Jessica zuckte wieder mit den Achseln. Das Thema behagte ihr offenbar nicht.

»Er ist tot, Jessica. Er wurde in seinen eigenen vier Wänden erschossen. Helfen Sie mir zu verstehen, warum sich Brian so sehr ins Zeug gelegt hat, um kräftiger zu werden, und warum der ganze Einsatz am Ende nicht gereicht hat.«

»Er hat sie geliebt«, flüsterte Jessica.

»Wer? Wen?«

»Brian. Seine Frau. Voll und ganz. So sehr würde ich auch gern einmal von einem Mann geliebt werden.«

»Brian liebte Tessa.«

»Ja. Und er wollte stark sein, für sie und Sophie. Er machte manchmal seine Witzchen darüber und sagte, zwei Frauen zu beschützen hieße, vierfach auf der Hut sein.«

»Auf der Hut?«, fragte Bobby mit skeptischer Miene.

»Ja, das waren seine Worte. Ich glaube, er hatte deswegen mal Streit mit Tessa. Es ging um Sophie. Er nahm die Verpflichtung, auf die Kleine aufzupassen, sehr ernst.«

»Haben Sie mit Brian geschlafen?«, fragte Bobby plötzlich.

»Nein. Ich lasse mich nicht mit Kunden ein.« Sie warf ihm einen vernichtenden Blick zu und murmelte: »Arschloch.«

Bobby zeigte ihr wieder seinen Ausweis. »*Detective* Arschloch, wenn ich bitten darf.«

Jessica zuckte nur mit den Achseln.

»Ist Tessa fremdgegangen? Hat er womöglich Wind davon bekommen und deshalb beschlossen, sich aufzupumpen?«

»Wäre mir neu. Aber ...« Sie stockte. »Welcher Kerl würde einer Frau gegenüber schon zugeben, dass ihm Hörner aufgesetzt werden? Doch schon mal gar nicht einer Frau gegenüber, die attraktiv ist. Das wäre ja, als würde er sagen: *Ich bin ein erbärmlicher Waschlappen*. Nein, das herauszufinden überlassen sie uns.«

»Hat denn Brian an der Liebe seiner Frau gezweifelt?«

Sie zögerte wieder. »Ich weiß nicht. Könnte aber sein. Tessa ist Trooper, nicht wahr? Sie fährt Streife. Mit ihr ist wahrscheinlich nicht gut Kirschen essen. Auf dem Highway tanzt alles nach ihrer Pfeife. Und es scheint, dass sie auch zu Hause die Hosen anhat. Nicht dass sie von Brian erwartet hätte, ein Supermann zu sein, aber ich glaube, er musste nach ihrer Pfeife tanzen, vor allem, wenn es um Sophie ging.«

»Hat er Ihnen irgendwas darüber erzählt, wie das zu Hause lief?«

»Brian schuftete schwer. Wenn er Urlaub hatte, wollte er sich vergnügen. Aber Tessa ließ ihn babysitten. Ich kann mir vorstellen, dass er mit dieser Rolle nicht immer zufrieden war. Aber er hat nie ein schlechtes Wort über Tessa verloren«, fügte Jessica hastig hinzu. »So einer war er nicht.«

»Wie ist das zu verstehen?«

»Er gehörte nicht zu den Männern, die über ihre Frauen herziehen. Glauben Sie mir«, sie verdrehte die Augen, »von der Sorte gibt's hier jede Menge.«

Bobby kam auf eine noch offene Frage zurück. »Wie erklären Sie sich Brians bedrückte Stimmung? Hat es auf seiner letzten Dienstreise irgendeinen Zwischenfall gegeben?«

»Keine Ahnung. Gesagt hat er nichts. Aber er war irgendwie ... niedergeschlagen.«

»Können Sie sich vorstellen, dass er seine Frau geschlagen hat?«

»Nein!« Jessica schien entsetzt.

»Aber es ist zu Misshandlungen gekommen. Das geht klar aus ihrer Krankenakte hervor.«

Jessica ließ sich nicht beirren. »Unmöglich.«

»Sind Sie sicher?«

»Absolut.«

»Wie können Sie so sicher sein?«

»Er war sanft, und sanfte Männer schlagen keine Frauen.«

»Ich muss noch einmal fragen: Wie können Sie das wissen?«

Sie starrte ihn an. »Weil ich mich mit Typen, die Frauen schlagen, auskenne. Ich war mit einem fünf Jahre lang verheiratet. Aber dann bin ich aufgewacht, habe mir Muskeln zugelegt und ihm einen Tritt in den Arsch gegeben.«

Miss Fit New England zeigte Bobby ihren beeindruckenden Bizeps. »Brian hat seine Frau geliebt. Er hat sie nie geschlagen und einen so frühen Tod nicht verdient. Sind wir fertig?«

Bobby zog eine Visitenkarte aus der Tasche. »Vielleicht fällt Ihnen noch eine Erklärung dafür ein, warum Bobby nach seiner letzten Dienstreise so niedergeschlagen war. Es wäre schön, wenn Sie mich dann anrufen.«

Jessica nahm die Karte entgegen und betrachtete seinen ausgestreckten Arm, der nicht annähernd so muskulös war wie der ihre.

»Da könnte man was dran machen«, sagte sie.

»Nein.«

»Warum nicht? Zu teuer? Sie sind Detective. Wir könnten über einen Preisnachlass reden.«

»Sie kennen meine Frau nicht«, entgegnete Bobby.

»Ist sie auch Polizistin?«

»Nein. Aber sie weiß sehr gut mit einer Waffe umzugehen.«

Bobby steckte Diktiergerät und Notizblock ein und ging.

18. KAPITEL

D. D. hatte Tessas Jugendfreundin schnell ausfindig gemacht. Juliana MacDougall, geborene Howe, seit drei Jahren verheiratet und Mutter eines Kindes, wohnte in einem Haus im neuenglischen Stil auf einem anderthalb Hektar großen Grundstück in Arlington. D. D. hatte ein bisschen getrickst. Sie gab vor, von der Highschool zu kommen und für die bevorstehende Jahresfeier ehemalige Schüler und Schülerinnen einzuladen.

Anrufe von Detectives wurden leider, wenn überhaupt, nur widerwillig entgegengenommen, und die wenigsten hatten große Lust, auf Fragen im Zusammenhang mit einem zehn Jahre zurückliegenden Tötungsdelikt zu antworten, dem der eigene Bruder zum Opfer gefallen war.

D. D. ermittelte Julianas Adresse, vergewisserte sich, dass sie zu Hause war, und machte sich auf den Weg. Auf der Fahrt dorthin hörte sie ihre Mailbox ab, unter anderem einen heiteren Morgengruß von Alex, der ihr alles Gute für die Suche nach dem vermissten Mädchen wünschte und den Vorschlag machte, Penne Alfredo zu kochen – vorausgesetzt, sie sei in Stimmung dafür.

Ihr Magen grummelte, verkrampfte sich und grummelte weiter die Melodie einer nicht mehr zu leugnenden Schwangerschaft.

Es wäre angebracht gewesen, Alex anzurufen und ihn um ein Gespräch zu bitten. Dafür musste Zeit sein, und sei es nur eine halbe Stunde. Sie versuchte, sich ein solches Gespräch vorzustellen, kam aber nicht weit damit.

SIE: Erinnerst du dich, mir gesagt zu haben, dass du und deine erste Frau vor Jahren ein Kind haben wolltet, aber keins bekommen konntet? Nun, es lag nicht an dir.

ER:

SIE:
ER:
SIE:

Ein Dialog war das nicht. Vielleicht mangelte es ihr an Phantasie oder Erfahrung mit solchen Themen. Sie persönlich hielt es lieber mit Gesprächen nach dem Motto »Ruf bitte nicht an, ich melde mich bei dir«.

Würde er um ihre Hand anhalten? Wenn ja, sollte sie auf das Angebot eingehen, wenn auch nicht im eigenen Interesse, so zumindest im Interesse des Kindes? Waren Arrangements dieser Art überhaupt noch zeitgemäß? Ging sie womöglich davon aus, dass er ihr nur helfen wollte? Oder ging er davon aus, dass sie sich nicht binden mochte?

Sie hatte wieder Magenschmerzen. Nie wieder schwanger, dachte sie. Dieser Zustand war viel zu verwirrend, und mit den großen Fragen des Lebens hatte sie eh nicht viel am Hut. Konkrete Fragen waren ihr lieber, zum Beispiel diejenige, warum Tessa Leoni ihren Mann erschossen und inwiefern der Tod von Thomas Howe eventuell damit zu tun hatte.

Wenn das mal keine interessanteren Fragen waren ...

D. D. folgte ihrem Navigationssystem durch ein Labyrinth kleiner Seitenstraßen. Die nächste links, dann zweimal rechts, und sie erreichte ein Haus mit heiter rotem Anstrich, weiß abgesetzten Fensterleibungen und einem schneebedeckten Vorgarten, der nicht größer war als ihr Auto. Sie parkte am Straßenrand, schnappte sich ihren schweren Mantel und steuerte auf den Eingang zu.

Juliana MacDougall ließ sie nicht lange vor der Tür stehen. Sie hatte lange blassblonde Haare, die zu einem struppigen Pferdeschwanz zusammengefasst waren, und trug ein sabberndes Baby auf dem Bund ihrer Jeans. Ihr Blick war neugierig, doch als D. D. ihren Ausweis zückte, versteinerte sich ihr Gesicht.

»Sergeant Detective D. D. Warren. Ich bin von der Bostoner Polizei. Darf ich reinkommen?«

»Um was geht es?«

»Bitte.« D. D. deutete ins Haus, wo zahllose Spielsachen auf dem Boden verstreut lagen. »Es ist kalt. Ich glaube, es wäre für uns beide angenehmer, wenn wir uns drinnen unterhalten.«

Juliana presste die Lippen aufeinander, hielt aber dann die Tür auf, um D. D. eintreten zu lassen. Der schmale, geflieste Flur führte in ein kleines Wohnzimmer mit schmucken Fenstern und einem offenbar erst vor kurzem gelegten Holzfußboden. Es roch nach frischer Farbe und Babypuder, kurz, nach einer jungen kleinen Familie, die sich häuslich einzurichten versuchte.

Das dunkelgrüne Sofa wurde von einem vollen Wäschekorb in Beschlag genommen. Juliana errötete und stellte ihn auf den Boden, ohne den Säugling vom Arm zu lassen. Dann nahm sie auf der vorderen Polsterkante Platz und hob das Kind wie zum eigenen Schutz vor sich auf den Schoß.

D. D. setzte sich unaufgefordert auf die andere Sofaseite und betrachtete den sabbernden Säugling, der seinerseits sie anstarrte, sein Fäustchen in den Mund steckte und ein Geräusch von sich gab, das wie »Gaa« klang.

»Niedlich«, sagte D. D. mit unpassender Mimik. »Wie alt?«

»Neun Monate.«

»Junge oder Mädchen?«

»Junge. Nataniel heißt er.«

»Kann er schon laufen?«

»Er lernt gerade zu krabbeln«, erklärte Juliana stolz.

»Na, mein Kleiner?« Mehr wusste D. D. dem Winzling nicht zu sagen. Himmel, wie sollte sie in die Rolle einer Mutter schlüpfen, wenn es ihr nicht einmal gelang, mit einem Kleinkind zu reden?

»Gehen Sie arbeiten?«

»Ich habe mit meinem Kind und dem Haushalt genug zu tun.«

D. D. ließ die Antwort gelten und kam zur Sache. »Sie haben bestimmt die Nachrichten verfolgt. In Allston-Brighton wird ein Kind vermisst.«

Julianas Miene blieb ausdruckslos. »Wie bitte?«

»Die Polizei sucht nach einem sechsjährigen Mädchen namens Sophie Leoni.«

Juliana schaute sie fragend an und drückte ihr Kind enger an sich. »Was hat das mit mir zu tun? Ich kenne niemanden in Allston-Brighton.«

»Wann haben Sie Tessa Leoni das letzte Mal gesehen?«, fragte D. D.

Juliana reagierte sofort. Sie versteifte sich und richtete die blauen Augen auf den Boden. Vor ihren Füßen, die in Pantoffeln steckten, lag ein quadratisches Holztäfelchen, auf dem ein großes »E« und ein gezeichneter Elefant zu sehen waren. Sie hob das Täfelchen auf und reichte es dem Baby, das es sofort in den Mund zu stopfen versuchte.

»Er bekommt Zähne«, murmelte sie geistesabwesend und streichelte seine mit rötlichem Flaum überzogenen Wangen. »Der Ärmste kann kaum noch schlafen und will nur noch im Arm gehalten werden. Ich weiß, alle Kinder müssen da durch, hätte aber nicht gedacht, dass das so schwer ist. Das eigene Kind so leiden zu sehen und nichts dagegen tun zu können.«

D. D. sagte nichts.

»Wenn er nachts weint, wiege ich ihn hin und her und weine mit. Auch wenn's seltsam klingt: Das scheint ihm ein bisschen zu helfen. Offenbar möchte niemand allein weinen. Nicht einmal Babys.«

Auch dazu sagte D. D. nichts.

»O mein Gott«, rief Juliana MacDougall plötzlich. »Sophie Leoni. *Sophia* Leoni. Tessas Tochter. Tessa hat ein kleines Mädchen. O mein Gott.«

Ebenso plötzlich verstummte Juliana wieder. Sie saß reglos da mit dem kleinen Jungen auf dem Schoß, der auf dem Täfelchen herumkaute.

»Was haben Sie damals gesehen, in jener Nacht?«, fragte D. D. die junge Mutter. Deutlicher zu werden erübrigte sich. Wahrscheinlich kehrte Juliana in Gedanken immer wieder zu jener verhängnisvollen Nacht zurück.

»Nichts. Wirklich nichts. Ich war schon fast eingeschlafen, als ich ein Geräusch hörte und nach unten ging. Tessa und Tommy. Sie lag auf der Couch. Plötzlich krachte es. Tommy stand auf, machte ein paar Schritte und sackte dann zu Boden. Auch Tessa stand auf. Sie sah mich, fing an zu weinen und streckte eine Hand aus, die eine Pistole hielt. Das war das Erste, was mir auffiel. Tessa hatte eine Pistole. Alles Weitere wurde mir dann langsam klar.«

»Was haben Sie getan?«

»Das Ganze ist schon so lange her«, antwortete sie leise.

D. D. wartete.

»Ich verstehe nicht. Warum stellen Sie mir diese Fragen? Jetzt? Ich habe doch schon damals der Polizei alles gesagt, was ich weiß. Und dann hieß es, der Fall sei zu den Akten gelegt worden. Tommy hatte einen schlechten Ruf. Der Detective sagte, er habe auch andere Mädchen genötigt.«

»Was glauben Sie?«

Juliana zuckte mit den Achseln. »Er war mein Bruder«, flüsterte sie. »Um ehrlich zu sein, möchte ich daran eigentlich nicht mehr erinnert werden.«

»Haben Sie Ihrer Freundin abgenommen, dass sie sich nur zu schützen versuchte?«

»Ich weiß nicht.«

»Hatte sie irgendwann einmal Interesse an Tommy gezeigt? Sich nach ihm erkundigt oder ihm vielleicht sogar schöne Augen gemacht?«

Juliana schüttelte den Kopf, ohne D. D. anzusehen.

»Aber Sie haben sich danach nicht mehr getroffen, nicht wahr? Sie haben sich von ihr losgesagt, so wie ihr Vater.«

Juliana errötete. Sie drückte den Säugling so fest an sich, dass er zu wimmern anfing.

»Mit Tommy stimmte irgendetwas nicht«, meinte sie plötzlich.

D. D. wartete.

»Meinen Eltern ist das nicht aufgefallen. Er war ... gemein. Wenn er etwas wollte, dann nahm er's sich. Schon als wir noch klein waren. Hatte ich ein Spielzeug, wollte er es haben.« Sie zuckte wieder mit den Achseln. »Er hätte lieber alles kaputt gemacht, als mir was zu überlassen. Mein Vater sagte immer, so seien Jungen halt. Also ließ ich ihn gewähren und akzeptierte, dass Tommy sich immer durchsetzen musste.«

»Glauben Sie, dass er über Tessa hergefallen ist?«

»Ich war jedenfalls nicht überrascht, von Detective Walthers zu erfahren, dass sich andere Mädchen gemeldet hätten, denen angeblich Ähnliches passiert war. Meine Eltern waren entsetzt. Mein Vater ... er kann's immer noch nicht glauben. Ich schon. Tommy hat sich genommen, was er wollte, auch gegen Widerstand.«

»Haben Sie Tessa gesagt, wie Sie über die Sache denken?«

»Wir haben seit zehn Jahren kein Wort miteinander gewechselt.«

»Warum nicht?«

»Deswegen.« Wieder dieses Schulterzucken. »Tommy war nicht nur mein Bruder, er war auch der Sohn meiner Eltern. Und als er starb ... Für seine Beerdigung haben sie all ihr Erspartes ausgegeben. Als mein Vater nicht mehr arbeiten konnte, verloren wir unser Haus. Meine Eltern waren pleite. Dann ging auch die Ehe zu Bruch. Meine Mutter ist mit mir zur Tante gezogen. Mein Vater hatte einen Nervenzusammenbruch. Er lebt jetzt in einem Heim und blättert Tag für Tag in alten Alben. Er kommt nicht darüber hinweg und verachtet die Welt, in der, wie er sich ausdrückt, Kinder getötet werden und die Polizei nichts dagegen unternimmt.«

Juliana streichelte ihrem Jungen die Wange. »Komisch«, murmelte sie, »ich dachte immer, meine Familie sei perfekt. Tessa fand das auch – im Unterschied zu ihrer Familie. Und auf einen Schlag war alles anders. Meine Eltern verloren ihren Sohn und ich meinen Bruder.«

»Hat Tessa versucht, mit Ihnen Kontakt aufzunehmen?«

»Die letzten Worte, die ich ihr gesagt habe, waren: ›Du musst jetzt nach Hause gehen.‹ Und das tat sie auch. Sie nahm ihre Waffe und rannte davon.«

»Haben Sie sie auch draußen auf der Straße nicht mehr gesehen?«

»Ihr Vater hat sie doch davongejagt. In unserer Gegend ließ sie sich nicht mehr blicken.«

»Haben Sie sich keine Gedanken um sie gemacht? Sich nie gefragt, was aus der besten Freundin geworden ist, die sich Ihrem Bruder zur Wehr setzen musste? Sie hatten sie doch damals eingeladen, bei Ihnen zu übernachten. Tessa hat in ihrer ersten Vernehmung zu Protokoll gegeben, Sie gefragt zu haben, ob Tommy zu Hause sei.«

»Daran erinnere ich mich nicht.«

»Haben Sie Ihrem Bruder gesagt, dass Tessa bei Ihnen übernachtet?«

Juliana verzog das Gesicht. Sie setzte das Kind auf dem Boden ab und stand auf. »Sie sollten jetzt gehen, Detective. Tessa und ich haben seit zehn Jahren kein Wort mehr gewechselt. Ich wusste bis vorhin nicht, dass sie eine Tochter hat, und weiß nicht, wo sie wohnt.«

D. D. rührte sich nicht vom Fleck. Sie blieb auf dem Sofa sitzen und musterte Tessas ehemals beste Freundin.

»Warum haben Sie Tessa damals im Wohnzimmer allein zurückgelassen?«, fragte sie. »Geplant war doch so was wie eine Pyjamaparty, oder? Warum haben Sie Ihre beste Freundin nicht mit auf Ihr Zimmer genommen? Raus mit der Sprache, was hat Tommy von Ihnen verlangt?«

»Hören Sie auf damit!«

»Sie hatten einen Verdacht, stimmt's? Sie wussten, was er vorhatte. Deshalb sind Sie später in der Nacht nach unten gegangen. Sie fürchteten Ihren Bruder und hatten Angst um Ihre Freundin. Haben Sie sie gewarnt, Juliana? Hat Tessa deshalb eine Waffe mitgebracht?«

»Nein!«

»Sie wussten, dass Ihr Vater nichts unternehmen würde. ›So sind Jungs halt.‹ Davon hat er wahrscheinlich auch Ihre Mutter überzeugen können. Also waren Sie und Tessa auf sich allein gestellt. Zwei sechzehnjährige Mädchen gegen einen älteren Bruder, der sich nimmt, was er will. Glaubte Tessa, Ihrem Bruder mit der Waffe Angst einjagen und ihn sich so vom Hals halten zu können?«

Juliana antwortete nicht. Ihr Gesicht war jetzt aschfahl.

»Aber dann löste sich ein Schuss«, fuhr D. D. im Plauderton fort. »Tommy wurde getroffen und starb. Ihre Familie brach auseinander. Und das alles nur, weil Sie und Tessa nicht wirklich wussten, was Sie da eigentlich taten. Wessen Idee war es, die Pistole mitzubringen?«

»Gehen Sie jetzt.«

»War es Ihre Idee? Die von Tessa? Was hatten Sie sich dabei gedacht?«

»Raus!«

»Ich werde herausfinden, mit wem Sie telefoniert haben, Juliana. Für mich ist das nur ein Anruf. Falls sich herausstellt, dass Tessa mit Ihnen Verbindung aufgenommen hat und Sie, Juliana, mich hinters Licht zu führen versuchen, werde ich dafür sorgen, dass auch Ihre kleine Familie auseinanderbricht. Glauben Sie mir.«

»Raus mit Ihnen!«, schrie Juliana. Der Säugling am Boden reagierte auf den hysterischen Tonfall der Mutter und fing an zu weinen.

D. D. stand auf, ohne Juliana MacDougall, ihr kreidebleiches Gesicht und den verstörten Blick aus den Augen zu lassen. Sie sah aus wie ein Reh im Scheinwerferlicht. Sie sah aus wie eine Frau, die sich in eine zehn Jahre alte Lüge verstrickt hatte.

D. D. versuchte es ein letztes Mal: »Was ist damals passiert, Juliana? Was verschweigen Sie mir?«

»Ich habe sie geliebt«, sagte die junge Frau unvermittelt. »Tessa war meine beste Freundin, und ich liebte sie. Dann starb mein Bruder, die Familie zerbrach, und alles ging den Bach runter. Das mache ich nicht noch einmal durch, weder für Tessa noch für Sie. Für nichts und niemanden auf der Welt. Was aus Tessa geworden ist, weiß ich nicht und will es auch nicht wissen. Und jetzt verlassen Sie mein Haus, Detective. Belästigen Sie mich und meine Familie nicht länger.«

Juliana hielt ihr die Tür auf. Der Säugling lag immer noch schluchzend am Boden. D. D. räumte das Feld. Die Haustür fiel hinter ihr ins Schloss und wurde – sicher ist sicher – verriegelt.

Als sie sich noch einmal umdrehte, sah sie Juliana am Fenster stehen.

Sie hielt ihr Baby im Arm. Versuchte sie, das Kind zu trösten, oder ließ sie sich von ihm trösten?

Es war vielleicht einerlei.

Juliana MacDougall liebte ihren Sohn. Ihre Eltern hatten ihren Bruder geliebt. So wie Tessa Leoni ihre Tochter liebte.

Das ewig Gleiche, dachte D. D. Teile eines größeren Musters. Teile, die weder auseinanderzunehmen noch zusammenzusetzen waren.

Eltern liebten ihre Kinder. Manche Eltern taten alles, um sie zu schützen. Andere wiederum ...

D. D. hatte plötzlich ein ungutes Gefühl.

Dann klingelte ihr Handy.

19. KAPITEL

Sergeant Detective D. D. Warren und Detective Bobby Dodge kamen um 11:43 Uhr. Ich hörte ihre Schritte im Flur; sie waren schnell und zielstrebig. Die wenigen Sekunden, die mir blieben, nutzte ich, um den blauen Knopf in der Schublade der Bettkonsole verschwinden zu lassen.

Meine einzige Verbindung zu Sophie.

Meine letzte unnötige Mahnung, die Spielregeln einzuhalten.

Vielleicht würde ich den Knopf irgendwann einmal zurückholen können, vielleicht – hoffentlich – zusammen mit Sophie, deren leidenschaftsloser Stoffpuppe Gertrude ein Auge fehlte, das wir dann wieder annähen könnten.

Mit sehr viel Glück.

Ich hatte mich im Krankenhausbett aufgerichtet, als der Paravent beiseitegeschoben wurde und D. D. dahinter auftauchte. Ich ahnte, was nun kommen würde, und biss mir auf die Unterlippe, um meinen Protestschrei zurückzuhalten.

»All I want for Christmas is my two front teeth, my two front teeth, my ...«

Verspätet bemerkte ich, dass ich dieses Lied leise vor mich hin summte. Zum Glück hörten es die beiden Detectives nicht.

»Tessa Marie Leoni«, begann D. D., und ich straffte die Schultern. »Sie stehen unter dem Verdacht, Brian Anthony Darby ermordet zu haben, und sind festgenommen. Stehen Sie bitte auf.«

Im Flur waren weitere Schritte zu hören. Vielleicht wollten sich der Staatsanwalt und sein Assistent den großen Moment nicht entgehen lassen. Möglich auch, dass irgendwelche hohen Tiere der Polizeizentrale aufmarschierten, um sich mit ins Rampenlicht zu stellen, oder auch meine Chefs der State Police, die sich noch ein bisschen verantwortlich zeigen mussten für eine junge, misshandelte Kollegin. Mich einfach im Stich zu lassen wäre nicht gut für ihr Image.

Unten auf dem Parkplatz würde wahrscheinlich inzwischen die Presse lauern, dachte ich und war wohl selbst am meisten überrascht, dass mir all das überhaupt nichts ausmachte. Ich stand auf und hielt meiner Kollegin beide Handgelenke hin. Shane, mein Gewerkschaftsvertreter, und mein Anwalt würden wahrscheinlich auch in Kürze ihren Auftritt haben, spätestens vor Gericht, wenn man mich auch formell unter Mordanklage stellte.

Ich dachte an einen anderen Moment in der Vergangenheit, als ich am Küchentisch gesessen hatte, die Haare noch tropfnass vom Duschen, und von einem vierschrötigen Detective immer und immer wieder gefragt worden war: »*Wo hattest du die Waffe her, wieso hast du sie mitgenommen, warum hast du sie abgefeuert …*«

Mein Vater hatte teilnahmslos im Türrahmen gestanden, die Arme vor seinem schmutzigen weißen Unterhemd verschränkt. Mir war schon in diesem Moment klar gewesen, dass ich nicht mehr auf ihn bauen konnte, dass egal sein würde, was ich antwortete. Ich war schuldig und würde immer schuldig sein.

Manchmal ist das der Preis, den man für Liebe zahlen muss.

Detective Warren las mir meine Rechte vor. Ich schwieg. Was hätte ich sagen sollen? Sie legte mir Handschellen an und wollte mich abführen, als das erste Problem in die Quere kam. Ich hatte kaum was an. Meine Uniform war bei meiner Einlieferung als Beweismittel eingetütet und ins Labor geschickt worden. Mir blieb nur das Krankenhaushemd, und D. D. schien zu begreifen, dass es für eine Bostoner Polizistin nicht politisch korrekt war, eine verprügelte Kollegin der State Police im Nachthemd und in Handschellen abzuführen.

Sie und Detective Dodge berieten sich kurz miteinander in einer Ecke des Zimmers. Ich setzte mich zurück auf die Bettkante. Eine Krankenschwester trat durch die Tür, schaute sich besorgt um und kam auf mich zu.

»Was macht der Kopf?«, fragte sie.

»Tut weh.«

Sie fühlte mir den Puls, bewegte ihren ausgestreckten Zeigefinger von meinem Gesicht hin und her, damit ich ihm mit den Augen folgte, und nickte zufrieden. Anscheinend hatte ich nur Schmerzen, keine größeren Probleme. Überzeugt davon, dass ihre Patientin nicht in unmittelbarer Gefahr schwebte, zog sich die Schwester wieder zurück.

»Wir können sie nicht in einen Knast-Overall stecken«, hörte ich D. D. flüstern. »Ihr Anwalt würde es als Vorverurteilung deuten, wenn wir sie in Orange vorführten. In diesem Hemdchen kann sie auch nicht bleiben; wir stünden da wie unsensible Hornochsen. Wir brauchen unauffällige Klamotten, Jeans, einen Sweater, so was in der Art.«

»Dann muss einer der Officer zu ihr nach Hause fahren und ein paar Sachen holen«, antwortete Bobby.

D. D. musterte mich.

»Wir müssen Anziehsachen für Sie besorgen. Haben Sie einen besonderen Wunsch?«, fragte sie.

»Wal-Mart«, antwortete ich und stand auf.

»Wie bitte?«

»Ist nur ein paar Blocks entfernt. Ich trage Jeans Größe sechs und Sweater in M. Unterwäsche, ein Paar Socken und Schuhe wären auch nicht schlecht.«

»Wir wollen Ihnen keine Sachen kaufen«, entgegnete D. D. schroff, »sondern welche aus Ihrem Kleiderschrank holen.«

»Nein«, sagte ich und setzte mich wieder.

D. D. starrte mich an. Sollte sie ruhig. Aber was ärgerte sie so? Ich wollte keine eigenen Sachen, die man mir im Knast ja doch wieder abnehmen und für die Dauer meiner Inhaftierung wegschließen würde. Lieber ließe ich mich im Krankenhaushemd abführen. Warum eigentlich nicht? Ich hätte die Sympathien auf meiner Seite, was mir vielleicht ein bisschen helfen würde.

Aber das schien D. D. ebenfalls vorauszusehen. Sie rief einen uniformierten Kollegen von draußen herein. Der zuckte nicht einmal mit der Wimper, als ihm gesagt wurde, dass er Frauenkleider kaufen sollte. Er machte sich sofort auf den Weg und ließ mich mit D. D. und Bobby allein zurück.

Vermutlich lungerten draußen im Flur jede Menge Kollegen herum, die auf die große Show warteten.

Ich zählte im Stillen, ohne zu wissen, auf welches Ende zu.

»Mir ist in Ihrem Keller eine feuchte Stelle aufgefallen«, sagte D. D. plötzlich. »Können Sie mir erklären, wie die zustande gekommen ist? Eis oder Schnee?«

Ich sagte nichts.

Sie kam auf mich zu, die Augen halb zugekniffen, als studierte sie das Exemplar einer unbekannten Spezies. Ich sah, dass sie eine Hand auf den Bauch gedrückt hielt und die andere in die Hüfte gestemmt hatte. Außerdem bemerkte ich, dass sie bleich war und dunkle Ringe unter den Augen hatte. Anscheinend verdankte sie mir eine schlaflose Nacht. Eins zu null für mich.

Ich betrachtete sie mit meinem heilen Auge und bot ihr die Stirn samt der geschwollenen, dunkelviolett verfärbten Gesichtshälfte, damit sie sich ein Urteil machen konnte.

»Kennen Sie eigentlich den Gerichtsmediziner?«, fragte sie jetzt und schlug wieder einen beiläufigeren Ton an. Sie blieb vor mir stehen. Auf der Bettkante sitzend, musste ich zu ihr aufblicken.

Ich sagte nichts.

»Ein tüchtiger Mann, unser Ben. Einer der besten, den wir je hatten«, fuhr sie fort. »Einem anderen wär's wahrscheinlich gar nicht aufgefallen. Aber Ben ist detailversessen. Der menschliche Körper lässt sich wie jedes Stück Fleisch einfrieren und wieder auftauen. Doch dabei verändert sich seine – wie sagte er noch? – Konsistenz. Das Fleisch an den Extremitäten Ihres Mannes kam ihm merkwürdig vor. Also hat er ein paar Proben genommen und unters Mikroskop gelegt. Ich habe von Pathologie zwar keine Ahnung, aber immerhin verstanden, dass diese Proben im Zellgewebe Schäden aufweisen, die von tiefen Temperaturen herrühren. Sie haben Ihren Mann erschossen, Tessa. Und dann auf Eis gelegt.«

Ich sagte nichts.

D. D. rückte noch näher. »Wie darf ich mir das erklären? Wollten Sie Zeit gewinnen? Hatten Sie noch Dringendes zu erledigen? Zum Beispiel Sophie wegschaffen? Was haben Sie getan, als die tiefgefrorene Leiche Ihres Mannes im Keller lag?«

Ich schwieg und lauschte dem Ohrwurm in meinem Kopf. *All I want for Christmas is my two front teeth ...*

»Wo ist sie?«, flüsterte D. D., als hätte sie meine Gedanken gelesen. »Tessa, wo halten Sie Ihre Tochter versteckt?«

»Wann ist es so weit? Ich meine Ihre Niederkunft«, sagte ich. Wie von einem Schlag getroffen, zuckte D. D. zurück, während Bobby, vier Schritte entfernt, hörbar nach Luft schnappte.

Offenbar hatte er keine Ahnung. Oder aber er wusste Bescheid und wollte es wie so viele Männer nicht wahrhaben. Interessant, dachte ich.

»Ist er der Vater?«, fragte ich.

»Halten Sie den Mund«, herrschte sie mich an.

Ich erinnerte mich. »Nein«, sagte ich, den Blick auf Bobby gerichtet und ohne sie zu beachten. »Sie sind ja verheiratet, schon seit einigen Jahren, mit einer Frau von der psychiatrischen Klinik. Und Sie haben inzwischen eine Tochter, stimmt's? Noch gar nicht so lange. Ich habe davon gehört.«

Er starrte mich aus seinen kalten grauen Augen an, ohne ein Wort zu sagen. Glaubte er etwa, ich wollte seine Familie bedrohen? Hatte ich tatsächlich eine solche Absicht?

Vielleicht wollte ich einfach nur Konversation betreiben, denn sonst hätte ich mich womöglich noch verplappert. Und zum Beispiel zugegeben, Schnee verwendet zu haben, weil ich den ja einfach nur durchs Kellerfenster schaufeln musste. Dass ich meine liebe Mühe hatte, seine ungeahnt schwere Leiche inklusive der zwanzig Kilo zusätzlicher Muskelmasse die Kellertreppe hinunterzuschaffen in seine pedantisch aufgeräumte Garage, wo jedes Werkzeug an seinem Platz lag.

Heulend und mit zitternden Händen hatte ich meinen Mann mit

Schnee überhäuft, Schaufel um Schaufel. Insgesamt waren es dreiundzwanzig. Ich hatte mitgezählt, um konzentriert zu bleiben.

Dreiundzwanzig Schaufeln Schnee, um einen erwachsenen Mann zu begraben.

Ich hatte Brian gewarnt. Ich hatte ihm von Anfang an gesagt, was er von einer Frau wie mir zu erwarten hat. Dass ich eine Frau bin, die zu viel weiß, als dass man sie ungestraft zum Narren hält.

Drei Tampons in die Einschusslöcher. Dreiundzwanzig Schaufeln Schnee, um die Leiche zu verbergen.

Ich liebe dich noch mehr, waren seine letzten Worte gewesen.

Dummes, bedauernswertes Miststück.

Ich sagte kein Wort mehr. Auch D. D. und Bobby schwiegen, an die zehn bis fünfzehn Minuten lang. Drei Vertreter der Strafverfolgung, die einander nicht in die Augen schauten. Schließlich flog die Tür auf. Ken Cargill kam mit fliegendem schwarzem Wollmantel ins Zimmer gestürmt, die schütteren braunen Haare zerstrubbelt. Er sah die Handschellen an meinen Handgelenken und richtete die geballte Wut eines guten Strafverteidigers auf D. D.

»Was soll das!«, brüllte er.

»Wir mussten Ihre Mandantin festnehmen. Ihr wird vorgeworfen, ihren Ehemann Brian Anthony Darby getötet zu haben. Wir warten nur noch auf den Transport ins Gericht.«

»Wie lautet die Anklage?«, verlangte Cargill zu wissen und klang angemessen empört.

»Mord.«

Seine Augen weiteten sich. »Sie unterstellen ihr Vorsatz und Heimtücke? Das ist absurd. Wer hat diese Anklage autorisiert? Haben Sie sich meine Mandantin einmal angesehen? Dieses zerschlagene Gesicht, das blaue Auge, die zertrümmerten Knochen? Und ehe ich's vergesse, sie hat eine schwere Gehirnerschütterung davongetragen.«

D. D. verzog keine Miene und richtete ihren Blick zurück auf mich. »Eis oder Schnee, Tessa? Rücken Sie raus mit der Sprache. Wenn nicht uns, sollten Sie wenigstens Ihrem Anwalt den Gefallen tun und erzählen, wie Sie die Leiche Ihres Mannes gekühlt haben.«

»Wie bitte?«

Ich fragte mich, ob zur juristischen Ausbildung eines Anwalts eigentlich auch Schauspielunterricht gehört oder ob sich alle Anwälte von Haus aus so aufspielten, was sie dann übrigens mit Cops gemein hätten.

Der uniformierte Kollege kam mit einer Wal-Mart-Tüte zurück. Er war anscheinend den ganzen Weg hin- und zurückgerannt, denn er keuchte. Er warf die Tüte D. D. zu, die meinem Anwalt erklärte, weshalb der Kollege einkaufen war.

Sie nahm mir die Handschellen ab. Von den Sachen, die sie mir gab, waren alle Bügel und scharfen Gegenstände entfernt worden. Man erlaubte mir, mich im Bad umzuziehen. Der Bostoner Kollege hatte gute Arbeit geleistet und weit geschnittene Jeans für mich ausgewählt, die richtig steif waren. Dazu einen grünen Sweater mit Rundkragen. Einen Sport-BH, schlichte Unterwäsche, einfache Socken und weiße Tennisschuhe.

Ich beeilte mich, legte den BH um und zog dann den Sweater über meinen verbeulten Kopf. Die Jeans anzuziehen war leichter, aber als ich die Schuhe zuzuschnüren versuchte, zitterten meine Hände so sehr, dass ich aufgeben musste.

Wissen Sie, was bei der ganzen Vertuschungsprozedur das Widerlichste gewesen ist?

Abzuwarten, bis er ausgeblutet war. Darauf zu warten, dass endlich das Herz zu schlagen aufhörte und kein Blut mehr kam, denn es hätte Spuren hinterlassen, die auch mit scharfen Scheuermitteln nicht zu entfernen gewesen wären. Luminol macht selbst die kleinsten Mengen sichtbar.

Ich saß also auf dem harten Küchenstuhl, hielt Totenwache und fragte mich, was eigentlich schlimmer war. Einen Jungen zu erschießen und mit seinem frischen Blut an den Händen Reißaus zu nehmen oder einen Mann zu erschießen und neben ihm zu sitzen, bis das Blut geronnen war, damit man anschließend gründlich sauber machen konnte?

Zur Sicherheit steckte ich ihm drei Tampons in die Einschusslöcher.

»Was machst du da?«, wollte der Mann wissen.

»Es dürfen keine Spuren zurückbleiben«, antwortete ich seelenruhig.

»Oh«, sagte er und ließ von mir ab.

Drei blutige Tampons. Zwei Schneidezähne. So seltsam es scheint, Talismane können einem tatsächlich Kraft geben.

Ich summte das Liedchen vor mich hin und schaffte es endlich, die Schuhe zuzuschnüren. Dann stand ich auf und warf einen letzten Blick in den Spiegel. Ich erkannte mich nicht. Dieses verzerrte Gesicht, die hohlen Wangen, das strähnige braune Haar.

Gut so, dachte ich. Mir selbst fremd zu sein passte zu der Rolle, die ich nun würde spielen müssen.

»Sophie«, murmelte ich, um den Namen meiner Tochter zu hören. »Sophie, ich liebe dich noch mehr.«

Dann öffnete ich die Badezimmertür und streckte wieder beide Handgelenke aus.

Die Schellen waren kalt und machten klick.

Es war Zeit. D. D. und Bobby nahmen mich in ihre Mitte. Mein Anwalt folgte.

Wir gingen durch den hellerleuchteten Flur. Der Staatsanwalt stieß sich von der Wand ab, an der er gelehnt hatte, und führte den kleinen Triumphzug an. Ich ging an meinem Chef vorbei, dem Lieutenant Colonel, der mit ansehen musste, wie jemand aus seiner Truppe in Handschellen abgeführt wurde. Seine Miene war vollkommen ausdruckslos. Es waren noch andere Kollegen da, Leute, die ich kannte, denen ich schon die Hand geschüttelt hatte.

Sie schauten weg. Ich erwiderte ihnen den Gefallen und blickte stur vor mich hin.

Wir steuerten auf die große Glastür am Ende des Ganges zu. Auf der anderen Seite drängten sich Reporter und Fotografen.

Haltung bewahren. Nur nicht erkennen lassen, dass man schwitzt.

Kaum hatte sich die Glastür geöffnet, stürzte ein Blitzlichtgewitter auf mich ein.

20. KAPITEL

»Wir müssen von vorn anfangen«, sagte D. D. anderthalb Stunden später.

Sie hatten Tessa im Sheriffbüro am Gericht von Suffolk County abgeliefert. Der Staatsanwalt würde die Anklageschrift vorlegen, ihr Anwalt dagegen auf »nicht schuldig« plädieren und beantragen, sie auf Kaution freizulassen. Solange darüber verhandelt wurde, blieb Tessa in Haft. Da der Staatsanwalt wahrscheinlich Fluchtgefahr unterstellen und sich gegen eine Freilassung auf Kaution aussprechen würde, war davon auszugehen, dass Tessa, noch während die Taskforce um D. D. miteinander beriet, in das Frauengefängnis von Suffolk County überführt werden würde.

Doch damit beantwortete sich keine ihrer Fragen.

»Mit ihrer ersten Aussage hat Tessa uns in die Irre zu führen versucht«, sagte D. D., die, kaum dass sie in die Zentrale zurückgekehrt war, die Mitglieder der Sonderkommissionen zusammengetrommelt hatte. »Wir sollten annehmen, dass sie am Sonntagmorgen von ihrem Mann verprügelt wurde und in Notwehr auf ihn geschossen hat. Laut Auskunft der Gerichtsmedizin lag jedoch Brian Darbys Leiche vor diesem Zeitpunkt auf Eis. Tessa ließ ihn dann *auftauen*, um ihre Nummer vor uns abziehen zu können.«

»Lässt sich feststellen, wie lange er eingefroren war?«, fragte Phil aus der vordersten Reihe.

D. D. ließ Neil, ihren dritten Teamgefährten, antworten, da er bei der Obduktion anwesend gewesen war.

»Aller Wahrscheinlichkeit nach weniger als vierundzwanzig Stunden«, meinte der aus dem Pulk heraus. »Ben sagt, die für Frostbrand typischen Gewebeschäden seien nur an den Extremitäten, nicht aber an den inneren Organen festzustellen. Das heißt, die Leiche lag auf Eis, allerdings nicht lange genug, um durch und durch zu gefrieren.

Von den Schäden betroffen sind nur Finger und Zehen, das Gesicht sowie die oberen Gewebeschichten von Armen und Beinen. Ben schätzt, dass die Leiche zwischen zwölf und vierundzwanzig Stunden tiefgekühlt wurde. Genauer lässt sich das nicht bestimmen, weil wir nicht wissen, wie hoch die Umgebungstemperatur war. Zu berücksichtigen ist auch, dass es einige Stunden gedauert haben dürfte, bis die Leiche wieder Zimmertemperatur angenommen hat. Ben vermutet, Brian Darby wurde Freitagnacht oder Samstagmorgen getötet.«

»Nun denn«, sagte D. D., um wieder auf sich aufmerksam zu machen. »Wir müssen jetzt alle Nachbarn, Freunde und Angehörigen noch einmal befragen. Wann wurde Brian Darby das letzte Mal lebend gesehen?«

»Freitagabend hat er noch per Handy telefoniert«, sagte Detective Jake Owens. »Das geht aus den Anruflisten hervor.«

»Ein längeres Gespräch?«

»Knapp neun Minuten. Ich werde feststellen lassen, an wen der Anruf ging, und dem Empfänger einen Besuch abstatten.«

»Vergewissere dich auch, ob es tatsächlich Brian gewesen ist, der angerufen hat«, sagte D. D., »und nicht Tessa, die ja wahrscheinlich Zugriff auf sein Handy hatte.«

»Ich kapier das nicht.« Phil hatte die meisten Hintergrundrecherchen durchgeführt und kannte die Verhältnisse besser als jeder andere im Team. »Wir gehen davon aus, dass Tessa ihren Mann erschossen und seine Leiche auf Eis gelegt hat, um uns weiszumachen, dass er erst am Sonntagmorgen gestorben ist. Warum das Ganze?«

D. D. zuckte mit den Achseln. »Interessante Frage, aber von ihr werden wir die Antwort wohl nicht erfahren.«

»Liegt doch auf der Hand«, meinte Bobby, der an der Stirnwand lehnte. »Um Zeit zu gewinnen.«

»Wofür?«, fragte Phil.

»Wahrscheinlich, um ihre Tochter aus dem Weg schaffen zu können.«

Es wurde kurz still im Raum. D. D. gab Bobby mit ihrem Blick zu verstehen, dass ihr seine Vermutung gegen den Strich ging. Sei's drum. Auch ihm hatte es nicht gefallen, von einer Verdächtigen in einer Mordsache zu erfahren, dass seine Kollegin schwanger war. Mehr noch, er war stinksauer deswegen.

»Du glaubst, sie hat ihrer Tochter was angetan?«, fragte Phil, der vier Kinder zu Hause hatte.

»Ein Nachbar hat am Samstagnachmittag Brians Denali wegfahren sehen«, sagte Bobby. »Wir dachten, Brian habe am Steuer gesessen, und weil die Spurensicherung nachweisen konnte, dass eine Leiche im Heck gelegen hat, sind wir davon ausgegangen, dass Brian seine Stieftochter getötet und weggeschafft hat. Jetzt scheint es so, als sei Brian Darby Samstagnachmittag schon tot gewesen. Wenn das zutrifft, kann er die Leiche nicht transportiert haben.«

D. D. presste die Lippen aufeinander und nickte. »Ich fürchte, Tessa Leoni hat beide umgebracht, ihren Mann und ihre Tochter, entweder Freitagabend vor Dienstbeginn oder Samstagmorgen nach ihrer Rückkehr. Während Brian in der Kellergarage auf Eis lag, wurde Sophies Leiche weggeschafft und an einer noch unbekannten Stelle deponiert. Samstagabend meldete sich Tessa wieder zum Dienst. Und am Sonntagmorgen zog sie ihre Show ab.«

»Inszeniert für uns«, murmelte Phil. »Um uns glauben zu machen, dass sich ihr Mann an Sophie vergriffen hat und es deswegen zur handfesten Auseinandersetzung gekommen ist, in deren Verlauf sie ihn in Notwehr töten musste.«

D. D. und Bobby nickten zustimmend.

»Und ihre Verletzungen im Gesicht?«, meldete sich Neil wieder aus der hinteren Reihe. »Mit einer Gehirnerschütterung und dem gebrochenen Jochbein kann sie doch unmöglich in den Nächten auf Samstag und Sonntag Streife gefahren sein.«

»Guter Einwand«, sagte D. D. Sie trat vor die weiße Tafel und machte in der Rubrik *Tathergang* einen zusätzlichen Eintrag – *Tessa Leonis Verletzungen: Sonntagmorgen*. »Lässt sich feststellen, wie frisch die Verletzungen waren?«, fragte sie Neil, den ehemaligen Sanitäter und Experten in medizinischen Fragen.

»Dürfte schwer sein, was die Gehirnerschütterung angeht«, antwortete er. »Davon erholt sich der eine schneller als der andere. Aber angesichts der Schwere der Verletzungen ist wohl davon auszugehen, dass sie eher früher als später entstanden sind. Wer so harte Schläge auf den Kopf einsteckt, wird eine Weile brauchen, bis er wieder funktioniert.«

»Wer außer ihrem Mann könnte sie denn verprügelt haben?«, fragte ein anderer Officer.

»Ein Komplize«, meinte Phil.

D. D. nickte. »Wir müssen also nicht nur die zeitlichen Abläufe, sondern auch die Anzahl der möglichen Tatbeteiligten korrigieren. Wenn es nicht Brian Darby war, der seine Frau verprügelt hat, wer dann? Und warum?«

»Vielleicht ein Liebhaber«, sagte Bobby leise. »Das wäre die am nächsten liegende Erklärung. Warum hat Tessa Leoni Mann und Tochter getötet? Weil sie sich von ihnen befreien wollte. Warum wollte sie sich von ihnen befreien? Weil sie jemand anders kennengelernt hatte.«

»Hast du Andeutungen dieser Art gehört?«, fragte D. D. »Entsprechende Gerüchte in der Kaserne oder dergleichen?«

Bobby schüttelte den Kopf. »Nein, aber mit den Kollegen der State Police habe ich ja auch nur wenig zu tun. Wir sollten uns mit Lieutenant Colonel unterhalten.«

»Noch heute Nachmittag«, versicherte D. D.

»Übrigens«, ergänzte Phil, »unsere neue Theorie passt auch viel besser zu dem, was Darbys Chef Scott Hale berichtet hat. Ich habe um elf mit ihm gesprochen, und er schwört Stein und Bein darauf, dass Darby nicht im Geringsten gewalttätig war. Auf einem Tanker ist die Stimmung in der Mannschaft oft zum Zerreißen gespannt. Die Jungs arbeiten rund um die Uhr, sind entsprechend übermüdet, gestresst und haben Heimweh. Als Bordingenieur stand Brian immer wieder vor großen technischen Herausforderungen, denn auf einem großen Schiff kann einiges schiefgehen – Wasser im Tank, Kurzschlüsse, Fehler in der Steuerungssoftware. Laut Hale hat

Darby nie die Fassung verloren. Im Gegenteil, je größer das Problem, desto konzentrierter hat er an seiner Lösung gearbeitet. Hale hält es für ausgeschlossen, dass einer wie er nach Hause geht und seine Frau zusammenschlägt.«

»Offenbar ein Angestellter, wie ihn sich Arbeitgeber wünschen«, bemerkte D. D.

»Darby war bei allen beliebt. Und offenbar ein Crack an der Gitarre. Die haben da ein Tonstudio an Bord und Aufnahmen von ihm gemacht.«

D. D. seufzte. Sie schaute in Bobbys Richtung, die Arme vor der Brust verschränkt, ohne ihm in die Augen zu blicken. »Was hast du in seinem Fitnessstudio in Erfahrung gebracht?«

»Während der vergangenen neun Monate hat Brian ein hartes Programm absolviert mit dem Ziel, Muskelmasse zuzulegen. Seine Trainerin bestreitet vehement, dass er Anabolika genommen hat, und behauptet, seine Erfolge seien einzig und allein auf Blut, Schweiß und Tränen zurückzuführen. Sie hat ihn nur Gutes über seine Frau sagen hören, glaubt aber, dass es für niemanden einfach sein dürfte, mit einem State Trooper verheiratet zu sein. Oh, und noch was, nach seiner Rückkehr von der letzten Tour, also während der vergangenen drei Wochen, war Darby offenbar bedrückt, wollte aber nicht darüber reden.«

»Hat sich die Trainerin näher darüber ausgelassen?«

»Er hat irgendwie schwermütig und angefressen gewirkt, und sie vermutet, dass er Probleme zu Hause hatte. Aber reden wollte er darüber nicht, was ungewöhnlich ist. Die meisten Kunden, so die Trainerin, würden ihre Seele ausschütten und ein Studio mit einem Beichtstuhl verwechseln.«

D. D. merkte auf. »Ihm brannte also etwas unter den Nägeln, aber er ist nicht mit der Sprache herausgerückt.«

»Vielleicht ist er dahintergekommen, dass seine Frau fremdgeht«, bot Neil als mögliche Erklärung an. »Du sagst, dieser Stimmungsumschwung fällt mit seiner Rückkehr von seiner letzten Tour zusammen. Mit anderen Worten, seine Frau war drei Monate lang allein ...«

»Es gibt auf seinem Schiff nicht nur ein Tonstudio«, sagte Phil, »sondern auch einen Computerraum für die Mannschaft. Ich werde eine Genehmigung auf Einsicht in Darbys Mail-Konto beantragen. Vielleicht finden wir da was.«

»Stellen wir uns also vor, Tessa lernt einen anderen Mann kennen«, knüpfte D. D. an. »Sie beschließt, sich von ihrem Mann zu trennen. Warum tötet sie ihn dann, statt sich einfach scheiden zu lassen?«

Die Frage war an alle gestellt.

»Wegen der fälligen Lebensversicherung«, sagte ein Officer.

»Weil's die schnellere Lösung ist«, sagte ein anderer. »Vielleicht wollte er nicht in eine Scheidung einwilligen.«

»Vielleicht hatte Darby etwas gegen sie in der Hand, womit er Druck auf sie ausüben konnte.«

D. D. notierte sich jeden Kommentar und schien vor allem an Letzterem interessiert zu sein. »Nach ihrem eigenen Geständnis ist Tessa Leoni trockene Alkoholikerin, die bereits im Alter von sechzehn Jahren getötet hat. Wenn sie das zuzugeben bereit ist, was mag sie dann wohl verschweigen?«

Sie wandte sich wieder der Gruppe zu. »Okay, aber warum tötet sie ihre Tochter? Brian war nur deren Stiefvater, hätte also kaum das Sorgerecht für sie zugesprochen bekommen. Eine Ehe zu beenden ist das eine, aber warum das eigene Kind umbringen?«

Diesmal musste D. D. schon ein wenig länger auf eine Antwort warten. Schließlich meldete sich ausgerechnet Phil zu Wort. »Weil ihr neuer Partner kein Kind haben will. Soll ja vorkommen. Siehe Diane Downs et cetera. Eine Mutter tötet ihr Kind, wenn es ihr nicht mehr in den Kram passt. Tessa Leoni wollte neu durchstarten. Sophie stand ihr dabei im Weg, also musste sie sterben.«

Dem hatte niemand etwas hinzuzufügen.

»Wir müssen klären, ob sie einen Liebhaber hat, und wenn ja, wer das ist«, murmelte Bobby.

»Wir müssen Sophie finden, tot oder lebendig«, erwiderte D. D. seufzend. »Nachweisen, wozu Tessa Leoni tatsächlich fähig ist.«

Sie legte den Stift weg und schaute auf die Tafel.

»Also gut, wir haben folgenden Verdacht: Tessa Leoni hat ihren Mann und ihr Kind getötet, aller Wahrscheinlichkeit nach Freitagabend oder Samstagmorgen. Sie legte die Leiche des Mannes in der Garage auf Eis und schaffte das tote Kind fort. Dann meldete sie sich zum Dienst und zur Funkstreife. Währenddessen taute wahrscheinlich die Leiche des Mannes in der Küche auf. Zurück zu Hause, ließ sie sich von ihrem Liebhaber vermöbeln und meldete sich dann per Notruf bei ihrer Einsatzzentrale. Das also wären unsere Vermutungen, jetzt müssen wir Fakten sammeln. Zum Beispiel E-Mails oder SMS, die zwischen ihr und ihrem Liebhaber hin- und hergegangen sind. Hat ein Nachbar sie beim Schnee- oder Eisschaufeln beobachtet? Außerdem will ich wissen, welche Strecken Brians Denali Samstagnachmittag gefahren ist. Sophies Leiche muss gefunden werden. Die Fahndung nach ihr bleibt aktiv. Und wenn sich unsere Vermutungen bestätigen, möchte ich, das Tessa Leoni lebenslang hinter Gittern verschwindet. Noch irgendwelche Fragen?«

Es gab keine. Die Detectives verließen den Konferenzraum. Nur D. D. und Bobby blieben zurück.

Er stieß sich von der Wand ab und steuerte auf die Tür zu.

»Bobby.«

Ihre Stimme klang so unsicher, dass er Schlimmes befürchtete.

»Alex weiß nichts«, sagte sie. »Verstehst du? Nicht einmal ihm habe ich etwas gesagt.«

»Warum nicht?«

»Weil ...« Sie zuckte mit den Schultern. »Darum.«

»Wirst du das Kind behalten?«

Sie sperrte die Augen auf und deutete mit hektischen Bewegungen auf die geöffnete Tür. Er tat ihr den Gefallen und machte sie zu. »Genau deshalb habe ich nichts gesagt«, platzte es aus ihr heraus. »Ich will nicht, dass hinter meinem Rücken getuschelt wird.«

Er rührte sich nicht vom Fleck und schaute sie an. Sie hatte eine Hand schützend auf den Unterleib gelegt. Wie konnte er da noch so dumm fragen? Die Antwort lag ja gewissermaßen unter der Hand. Sie wollte das Kind behalten. Und das versetzte sie in Angst.

Sergeant Detective D. D. Warren wurde Mutter.

»Das wird schon«, sagte er.

»O Gott!«

»Du hast immer alles geschafft, was du dir vorgenommen hast. Warum sollte sich daran etwas ändern?«

»O Gott!«, wiederholte sie mit Panik im Blick.

»Kann ich was für dich tun? Willst du ein Glas Wasser? Saure Gurken? Wie wär's mit Ingwer-Drops? Annabelle schwört auf Ingwer-Drops. Die beruhigen den Magen.«

»Wirklich?«, fragte D. D. neugierig.

Bobby lächelte. Er ging auf sie zu und nahm sie in den Arm. »Gratuliere«, flüsterte er ihr ins Ohr. »Ernsthaft, D. D. Ich freue mich für dich.«

Überrascht und gerührt von seiner Geste, erwiderte sie die Umarmung. »Danke, Bobby.«

Er tätschelte ihre Schulter. Sie lehnte ihren Kopf an seine Brust. Dann lösten sie sich wieder voneinander, richteten den Blick auf die Tafel und machten sich an die Arbeit.

21. KAPITEL

Ich stand mit gefesselten Händen vor dem Staatsanwalt und ließ mir die Anklageschrift vorlesen. Er warf mir vor, meinen Mann vorsätzlich erschossen zu haben, und äußerte den Verdacht, ich hätte auch meine Tochter umgebracht. Kurzum, er plädierte auf Mord und beantragte, mich in Haft zu nehmen und eine Freilassung auf Kaution wegen der Schwere des Falles auszuschließen.

Cargill, mein Anwalt, protestierte vehement. Ich sei eine rechtschaffene Polizistin im Staatsdienst und hätte mir in all den Jahren (vier?) nichts zuschulden kommen lassen. Es lägen keine hinreichenden Beweise gegen mich vor, und einer so zuverlässigen Beamtin und hingebungsvollen Mutter zu unterstellen, Mann und Tochter getötet zu haben, sei aberwitzig.

Der Staatsanwalt verwies auf die ballistischen Untersuchungen, wonach die Geschosse in der Brust meines Mannes ohne jeden Zweifel aus meiner Dienstwaffe abgefeuert worden seien.

Cargill erinnerte an meine Gesichtsverletzungen und Gehirnerschütterung. Ich sei offenbar zu der Tat genötigt worden.

Der Staatsanwalt meinte, gegen Notwehr spräche der Umstand, dass die Leiche meines Mannes auf Eis gelegt worden sei.

Der Richter staunte nicht schlecht, als er das hörte, und warf mir einen verwunderten Blick zu.

Willkommen in meiner Welt, hätte ich ihm am liebsten zugerufen. Doch ich sagte nichts und ließ mir nichts anmerken, denn jede Regung wäre auf ein und dieselbe Unterstellung hinausgelaufen: Hysterie.

Sophie, Sophie, Sophie.

All I want for Christmas is my two front teeth, my two front teeth, my two front teeth.

Fast hätte ich zu singen angefangen. Aber es wäre wahrscheinlich nur ein Geschrei gewesen, das Geschrei einer Mutter, die die Bettdecke zurückschlägt und das Bett ihrer Tochter leer vorfindet. Ich hatte tatsächlich schreien wollen, war aber nicht dazu gekommen.

Denn unten waren plötzlich Geräusche zu hören gewesen. Sophie, dachte ich und rannte die Treppe hinunter, geradewegs in die Küche. Und dort stand jemand, der meinem Mann eine Pistole an die Schläfe hielt.

»Wen liebst du?«, fragte er und stellte mich vor die Wahl. Entweder ich tat, was er von mir verlangte, und meine Tochter wäre gerettet. Oder ich setzte mich zur Wehr und riskierte, meine ganze Familie zu verlieren.

Brian starrte mich an, und sein Blick sagte mir, wie ich mich entscheiden sollte. Er war vielleicht ein elendes Miststück, aber immer noch mein Mann und, wichtiger noch, Sophies Vater. Der Einzige, den sie je Daddy genannt hatte.

Er liebte sie. Bei all seinen Fehlern liebte er uns beide.

Seltsam, dass man manches erst zu schätzen weiß, wenn es zu spät ist.

Ich legte mein Dienstkoppel auf den Küchentisch.

Der Mann riss meine Sig Sauer aus dem Holster und feuerte dreimal auf Brian.

Bumm, bumm, bumm.

Mein Mann starb. Meine Tochter war verschwunden. Und ich, eine ausgebildete Polizistin, hatte einfach nur dagestanden, vom Schock gelähmt und mit einem Schrei im Hals, der darin stecken geblieben war.

Der Hammer fiel.

Der Aufprall brachte mich wieder zur Besinnung. Unwillkürlich schaute ich auf die Uhr. Viertel vor drei. Hatte das überhaupt noch eine Bedeutung? Ich hoffte ja.

»Die Kaution beläuft sich auf eine Million Dollar«, erklärte der Richter kurz und bündig.

Der Staatsanwalt lächelte. Cargill verzog das Gesicht.

»Ruhig Blut«, murmelte Shane hinter mir. »Es wird alles gut. Ruhig Blut.«

Ich verzichtete darauf, seine hohlen Phrasen mit einer Erwiderung zu adeln. Die Polizeigewerkschaft hatte natürlich Geld, mit dem Mitglieder unterstützt wurden, die einen Anwalt brauchten und für Gerichtskosten aufkommen mussten. Aber eine Million sprengte die Kasse. Es würde gesammelt werden müssen, und das dauerte seine Zeit, ganz davon abgesehen, dass ich mir im Hinblick auf die erforderliche Abstimmung keine Hoffnungen zu machen brauchte.

Kaum anzunehmen, dass sich meine Gewerkschaft lange mit einer Kollegin aufhalten würde, der vorgeworfen wurde, ihren Mann und ihre Tochter getötet zu haben. Meine tausendsechshundert Kollegen würden mit Sicherheit gegen mich stimmen.

Ich sagte nichts und ließ mir auch nichts anmerken, denn der Schrei, der nicht herauswollte, drohte mich zu zerreißen. Ich wünschte mir den blauen Knopf herbei, denn ihn in der Hand zu halten hätte mir paradoxerweise geholfen. Der Knopf stand für Sophie, dafür, dass sie irgendwo da draußen war und nur gefunden werden musste.

Der Gerichtsdiener kam auf mich zu, legte mir seine Hand um den Ellbogen und zerrte mich nach vorn. Ich setzte mich in Bewegung, Schritt für Schritt. Was blieb mir anderes übrig?

Cargill ging neben mir her. »Familie?«, fragte er leise.

Ich wusste, was er meinte. Ob mich meine Familie freikaufen könne? Ich dachte an meinen Vater und spürte, wie der unterdrückte Schrei noch stärker anschwoll. Ich schüttelte den Kopf.

»Reden Sie mit Shane. Präsentieren Sie Ihren Fall der Gewerkschaft«, sagte er, ohne seine Skepsis verhehlen zu können.

Ich erinnerte mich an meine älteren Kollegen, die meinem Blick ausgewichen waren, als ich durch den Flur des Krankenhauses geführt wurde. An diesen Spießrutenlauf. Es würde wohl nicht der letzte gewesen sein.

»Ich könnte darauf drängen, dass Ihnen im Gefängnis Vorzüge

gewährt werden«, sagte Cargill schnell, denn wir näherten uns dem Gitterkäfig, in den man mich einschließen würde. »Sie sind Polizistin. Ihnen steht eine Einzelzelle zu, wenn Sie darauf bestehen.«

Ich schüttelte den Kopf. Ich kannte das Gefängnis von Suffolk County. Der schlimmste Teil war der Trakt für Sonderverwahrung. Dort würde man mich für vierundzwanzig Stunden in einer Einzelzelle einsperren, ohne die Möglichkeit, die Bibliothek aufzusuchen, mit den anderen fernzusehen oder mir auf dem ältesten Heimtrainer der Welt die Zeit zu vertreiben. Interessant, welche Dinge mir demnächst wie Luxus vorkommen würden.

»Gesundheitscheck«, sagte er und spielte damit auf die Möglichkeit an, mich auf die Krankenstation des Gefängnisses verlegen zu lassen.

»Nein danke«, entgegnete ich in Erinnerung an meinen letzten Besuch im Gefängnis, bei dem ich an der Krankenstation vorbeigekommen war und all die Psychos hatte brüllen hören, ununterbrochen, wahrscheinlich nur, um gegen die Stimmen in ihren Köpfen anzuschreien.

Vor dem Gitterkäfig angekommen, warf der Gefängnisdiener Cargill einen vielsagenden Blick zu. Mein Anwalt zögerte unschlüssig. Er schaute mich mitleidig an, was mir nicht gefiel, denn es hätte fast den Schrei gelöst, der mir in der Kehle steckte. Ich musste Zähne und Lippen aufeinanderpressen, um ihn zurückzuhalten.

Ich war stark, ich war zäh. Was ich sah, hatte ich aus dieser Perspektive noch nie wahrgenommen. Normalerweise stand ich auf der anderen Seite, doch das waren nur formale Details, nichts als Details.

Cargill ergriff meine gefesselten Hände und drückte sie.

»Lassen Sie mich rufen, wenn was ist, Tessa«, murmelte er. »Sie haben das Recht, sich jederzeit mit Ihrem Anwalt zu beraten. Lassen Sie mich rufen, und ich komme.«

Dann war er verschwunden. Die Tür zum Käfig öffnete sich. Ich taumelte hinein, zu fünf anderen Frauen, die so bleichgesichtig und weggetreten waren wie ich. Eine zog vor meinen Augen ihren knallengen schwarzen Lackrock hoch und setzte sich auf eine Kloschüssel aus Edelstahl.

»Was guckst du, Schlampe?«, fragte sie gähnend.

Hinter mir fiel die Gittertür ins Schloss.

Unter »South Bay Shuffle« versteht man bei uns den Transport ins Gefängnis. Die Häftlinge nehmen Platz auf den Bänken zu beiden Seiten des Busses und werden dort miteinander »verbrezelt«, das heißt, sie müssen sich beim jeweiligen Nebenmann unterhaken und Handschellen anlegen lassen. In gemischter Gesellschaft sitzen die Frauen auf der einen, die Männer auf der anderen Bank.

Ich saß also mit den fünf Frauen auf der einen Seite, getrennt von den Männern durch eine klare Plexiglasscheibe. Die Wasserstoffblonde neben mir machte während der ganzen Fahrt anzügliche Bewegungen mit der Zunge. Der schwarze Koloss gegenüber, an die hundertfünfzig Kilo schwer und über und über tätowiert, feuerte sie mit unmissverständlichen Gesten an.

Es hätte nicht viel gefehlt, und sie wären übereinander hergefallen. Dumm für sie, dass wir schon nach wenigen Minuten den Knast erreichten.

Der Bus bog in die Verladestation ein. Hinter uns senkte sich ein schweres Metallrollo. Gleich darauf gingen die Fahrzeugtüren auf.

Zuerst stiegen die Männer aus und watschelten aneinandergekettet im Gänsemarsch auf die Schleuse zu. Wenig später waren wir an der Reihe.

Den Bus zu verlassen war gar nicht so leicht im Verbund mit den anderen Frauen. Ein falscher Tritt, und es hätte womöglich alle von den Beinen gerissen. Ich war die einzige Weiße, die zudem neue Kleider trug, und fiel entsprechend auf in der Kette, deren Glieder allesamt aus der Prostitutions- und Drogenszene zu stammen schienen. Die gepflegteren von ihnen arbeiteten wahrscheinlich für Geld, die weniger gepflegten für Stoff.

Man konnte nicht nur sehen, sondern auch riechen, dass sie die ganze Nacht über kein Auge zugemacht hatten.

Interessanterweise nahm die Frau rechts von mir – sie hatte orangefarbene Haare – Anstoß an meiner Duftnote und rümpfte die Nase. Wahrscheinlich roch ich noch nach Krankenhaus. Das Mädchen zu meiner Linken (achtzehn, neunzehn Jahre alt?) kommentierte meinen Anblick mit den Worten: »Süße, wie wär's, wenn du ihm das nächste Mal einfach die Kohle gibst? Vielleicht nimmt er dich dann weniger hart ran.«

Die Schleuse ging hinter uns zu. Links öffnete sich klappernd eine andere Tür.

Dahinter lag die Zentrale, besetzt von zwei uniformierten Beamten. Ich senkte den Kopf aus Angst, erkannt zu werden.

Schulter an Schulter, Hüfte an Hüfte ging es weiter durch einen langen Korridor, vorbei an schmutzig gelben Mauern aus Gasbetonsteinen. Es roch wie in allen Behörden: nach Schweiß, Putzmitteln und Phlegma.

Schließlich erreichten wir die Sammelstelle, bekannt auch als »dirty hold«, einen länglichen Käfig ähnlich dem im Gericht, darin eine harte Bank, eine metallene Kloschüssel und ein Waschbecken. Zwei Telefone. Es könnten nur R-Gespräche geführt werden, sagte man uns. Der Empfänger würde automatisch darauf hingewiesen, dass der Anruf aus dem Gefängnis von Suffolk County komme.

Man nahm uns die Handschellen ab. Der Chef-Schließer ging. Die Metalltür fiel ins Schloss, und das war es fürs Erste.

Ich massierte meine Handgelenke und bemerkte, dass ich die Einzige war, die das tat. Die anderen standen vor den Telefonen Schlange, um irgendjemanden anzurufen, der sie vielleicht herausboxen konnte.

Ich stellte mich nicht an. Ich saß auf der harten Bank und beobachtete die Nutten und Junkies, die im Unterschied zu mir draußen offenbar noch Menschen hatten, auf die sie sich verlassen konnten.

Mein Name wurde gerufen. Ich hatte damit gerechnet, bekam es aber trotzdem kurz mit der Angst zu tun. Meine Hände klammerten sich um die Sitzkante. Ich war nicht sicher, ob ich mich davon losreißen konnte.

Bis hierher hatte ich es geschafft. Aber jetzt sollte ich in ein Räderwerk geraten, dass die Polizistin Tessa Leoni in einen Häftling Nummer 55 669 021 verwandeln würde.

Ich sträubte mich dagegen. Ich wollte das nicht zulassen.

Der Chef-Schließer rief mich ein zweites Mal. Er stand auf der anderen Seite der Metalltür und starrte mir durch den Fensterausschnitt entgegen. Er wusste wahrscheinlich Bescheid über mich als diejenige, die ihren Mann erschossen und vermutlich auch ihre sechsjährige Tochter aus dem Weg geräumt hatte. Für ihn und seine Kollegen war ich ein willkommenes Hassobjekt.

Ich zwang mich, aufzustehen und den Kopf zu heben.

Haltung bewahren, dachte ich verzweifelt. Nur nicht erkennen lassen, dass man schwitzt.

In der Tür legte mir der Chef-Schließer wieder Handschellen an. Er packte mich beim Ellbogen. Sein Griff war fest, sein Gesicht ohne jeden Ausdruck.

»Hier lang«, sagte er und führte mich nach links.

Wir gingen in die Zentrale zurück, wo ich eine Reihe von Standardfragen beantworten musste: Größe, Gewicht, Geburtsdatum, nächste Angehörige, Kontaktadressen, Telefonnummern, besondere Merkmale und so weiter. Dann wurden vor der Wand aus Gasbetonsteinen Fotos von mir gemacht mit einem Schild, auf dem meine neue Identität als Nummer notiert war. Ein kleiner Abzug davon kam auf meinen neuen Ausweis, den ich jederzeit bei mir tragen müsse, wie man mir sagte.

Zurück in den Korridor. Dann ging es in einen Raum, wo ich mich splitternackt ausziehen musste. Eine Bedienstete leuchtete mir mit einer Taschenlampe sämtliche Körperöffnungen aus. Ich bekam meine Knastkluft – eine braune Hose, ein Hemd gleicher Farbe und weiße Turnschuhe, die in Erinnerung an den ersten weiblichen Sheriff von Suffolk County »Air Cabral« genannt wurden. Außerdem erhielt ich einen durchsichtigen Kulturbeutel, darin eine winzige Zahnbürste, ein Deodorant, Shampoo und Zahnpasta, alles in kleinen durchsichtigen Verpackungen, um zu verhindern, dass Drogen darin versteckt wurden. Die Zahnbürste war so klein, dass sie nicht als Stoßwaffe zweckentfremdet werden konnte.

Alles andere – Schaumfestiger etwa, eine Handcreme oder Lippenbalsam – müsse ich im hauseigenen Shop kaufen, sagte man mir. Labello koste ein Dollar zehn. Die Handcreme zwei einundzwanzig. Dort gebe es auch bessere Schuhe zwischen achtundzwanzig und siebenundvierzig Dollar.

Anschließend ging es in die medizinische Station. Eine Krankenschwester begutachtete mein blaues Auge, die geschwollene Wange und die Platzwunde auf der Stirn. Während sie mir die obligatorische Impfung zur Vorbeugung gegen TB verabreichte, stellte sie mir allgemeine Fragen zu meiner gesundheitlichen Verfassung. Besonders interessiert war sie an meinem Geisteszustand. Wahrscheinlich wollte sie herausfinden, ob ich zu Überreaktionen neige und mich womöglich am Bettlaken aufknüpfen könnte.

Die Krankenschwester unterzeichnete ihr Protokoll. Dann führte mich der Chef-Schließer durch den langen Gang auf einen Fahrstuhl zu. Es ging in den neunten Stock, den Trakt für weibliche Untersuchungsgefangene. Ich hatte die Wahl: Flügel 1-9-1 oder Flügel 1-9-2. Ich entschied mich für 1-9-1.

In beiden Flügeln, bestehend aus insgesamt sechzehn Zellen, saßen sechzig bis achtzig Frauen ein. Zwei bis drei Frauen pro Zelle.

Ich teilte meine mit nur einer Frau namens Erica Reed. Sie schlief oben im Doppelbett und hatte ihre Habseligkeiten auf der unteren Matratze deponiert. Ich durfte mich auf einem Brett häuslich einrichten, das auch als Tisch diente.

Wieder fiel eine Metalltür hinter mir ins Schloss. Erica kaute an ihren Fingernägeln und entblößte eine Reihe fauler Zähne. Sie war offenbar drogensüchtig, was auch ihr ausgemergeltes, bleiches Gesicht und die strähnigen braunen Haare erklärte.

»Bist du der Cop?«, fragte sie neugierig zur Begrüßung. »Hat sich rumgesprochen, dass wir einen Cop kriegen. Das bist du doch, oder?«

Mir schwante, in noch größeren Schwierigkeiten zu stecken als gedacht.

22. KAPITEL

Lieutenant Colonel Gerard Hamilton war ganz und gar nicht begeistert davon, mit D. D. und Bobby sprechen zu müssen, fügte sich aber in sein Schicksal. Einer seiner Trooper war in einen »unerfreulichen Vorfall« verwickelt, was natürlich unvermeidliche Ermittlungen nach sich zog.

Der Höflichkeit halber suchten D. D. und Bobby ihn in seinem Büro auf. Er schüttelte ihr die Hand und begrüßte Bobby mit einem freundschaftlichen Klaps auf die Schulter. Die beiden kannten sich offenbar, und D. D. war froh, Bobby an ihrer Seite zu haben. Hamilton wäre ihr allein gegenüber wahrscheinlich weniger kollegial.

Sie ließ Bobby den Vortritt und musterte, als er das Wort an Hamilton richtete, dessen Büro. Die Massachusetts State Police war bekannt für ihre geradezu militärische Rangordnung. Im Unterschied zu D. D.'s recht bescheiden eingerichtetem Büro erinnerte Hamiltons Arbeitsplatz an die Schaltzentrale eines aufstrebenden Politikers. An den holzvertäfelten Wänden hingen schwarz gerahmte Fotos, die ihn an der Seite fast aller politischen Größen des Landes zeigten, darunter ein besonders großes Foto, auf dem er und Scott Brown, der republikanische Senator Massachusetts', in ungezwungener Haltung zu sehen waren. D. D. entdeckte ein Diplom der Universität Amherst sowie ein Zertifikat der FBI-Academy. An der Wand hinter dem Schreibtisch zeugten gewaltige Hirschgeweihe von Hamiltons Jagderfolgen, und wen das noch nicht überzeugte, brauchte bloß einen Blick auf ein Foto zu werfen, auf dem er sich in waidmannsgrüner Hose und mit orangefarbener Weste vor einem gerade erlegten Wildschwein präsentierte.

D. D. hielt sich nicht lange mit den Fotos auf und beschloss, Baby Warren vegetarisch zu erziehen. Fleisch – bäh! Sehr viel freundlicher klang das Wort »Müsli«.

»Natürlich kenne ich Trooper Leoni«, sagte Hamilton, ein sehr adrett aussehender älterer Officer. Schlank, athletisch, dunkles Haar, an den Schläfen grau meliert, das Gesicht von vielen Jahren im Außendienst gegerbt. Anzunehmen, dass er von männlichen Kollegen bewundert und von weiblichen im Stillen angehimmelt wurde. Auch von Tessa Leoni? Und wenn ja, hatte er ihre Gefühle womöglich erwidert?

»Eine gute Frau«, fuhr er gleichmütig fort. »Jung, aber schon sehr kompetent. Wir hatten nie Probleme mit ihr.«

Hamilton hatte Tessas Personalakte geöffnet vor sich liegen und bestätigte, dass sie in den Nächten auf Samstag und Sonntag im Einsatz gewesen war. Er zeigte Bobby ihre Schichtprotokolle, Details, mit denen D. D. nichts anfangen konnte. Ein Detective führte Buch über offene Fälle, abgeschlossene Fälle, die Vollstreckung richterlicher Beschlüsse, Vernehmungen und so weiter. Ein Trooper notierte vorgenommene Verkehrskontrollen auf den Highways, vollzogene Haftbefehle, die Beschlagnahmung von Eigentum, Einsätze zur Unterstützung anderer Polizeidienststellen und dergleichen. Wie es schien, bestand die Hauptaufgabe eines Troopers darin, entweder Notrufe abzusetzen oder Notrufen zu folgen.

Wie auch immer, Tessa hatte offenbar viel zu tun gehabt. Allein in der Nachtschicht auf Samstag waren ihr zwei alkoholisierte Fahrer ins Netz gegangen, das heißt, sie hatte zwei Fahrer zur Blutkontrolle abführen und veranlassen müssen, dass deren Fahrzeuge abgeschleppt wurden.

Bobby verzog das Gesicht. »Jede Menge Papierkram. Haben Sie die Berichte schon gelesen?«, sagte er und tippte auf die beiden Anzeigen wegen Fahrens unter dem Einfluss von Drogen beziehungsweise Alkohol.

»Ja, daran ist nichts zu beanstanden. Der Captain hat sie mir vor zwei Stunden zur Unterschrift reingereicht.«

Bobby warf einen Blick auf D. D. »Sie hat also definitiv in der Nacht auf Samstag keine Gehirnerschütterung gehabt. Ich könnte diese Formulare nicht einmal bei klarem Verstand ausfüllen.«

»Hat sie Samstagnacht persönliche Anrufe entgegengenommen?«, fragte D. D. den Lieutenant Colonel.

Hamilton zuckte mit den Achseln. »Möglich. Es hat doch inzwischen jeder sein eigenes Handy bei sich. Private Gespräche entziehen sich natürlich unserer Kontrolle.«

D. D. nickte, überrascht, dass Trooper ihre Handys bei sich tragen durften. In vielen Behörden der Strafverfolgung war das verboten, denn es kam nicht selten vor, dass uniformierte Officer, die an einen Tatort gerufen wurden, mit ihren Handys Fotos machten, vielleicht, weil sie fanden, dass der Typ, der sich in den Kopf geschossen hatte, besonders komisch aussah oder sie Kollegen anderer Dienststellen mit ungewöhnlichen Blutspurmustern beeindrucken wollten. Aber solche Fotos waren aus juristischer Sicht natürlich Beweismittel und durften deshalb nicht in falsche Hände geraten. Taten sie es doch, wäre ein ordentliches Gerichtsverfahren in Frage gestellt.

Der Staatsanwalt ließ deutlich erkennen, wie er zu diesem Thema stand. Das Mitführen privater Handys schmeckte ihm ganz und gar nicht.

»Gab es jemals dienstliche Probleme mit Leoni?«, fragte D. D.

Hamilton schüttelte den Kopf.

»Kurzfristige Ausfälle etwa? Sie ist eine junge Mutter, die monatelang allein für ihr Kind sorgen musste.«

Hamilton blätterte durch die Akte und schüttelte wieder den Kopf. »Bewundernswert«, kommentierte er. »Es ist nicht einfach, sowohl dem Job als auch der Familie gerecht zu werden.«

»Amen«, murmelte Bobby.

D. D. kaute an ihrer Unterlippe. »Wie gut kennen Sie sie?«, fragte sie den Lieutenant plötzlich. »Sind Sie sich bei Feiern unter Kollegen, bei einem Umtrunk in der Bar oder dergleichen auch persönlich nähergekommen?«

Hamilton zögerte auffällig. »Ich kenne sie kaum«, sagte er schließlich. »Trooper Leoni ist bekannt für ihre zurückgezogene Art. Darauf wird auch in ihrer Beurteilung Bezug genommen. Als Officer ist sie ausgesprochen zuverlässig, sie beweist Fingerspitzengefühl.

Aber im kollegialen Umgang zeigt sie sich sehr distanziert, was manche mit Sorge betrachtet haben. Selbst Trooper, die für gewöhnlich allein auf Streife sind, brauchen ein Gefühl von Zusammengehörigkeit, die Versicherung, dass Kollegen zu einem stehen. Trooper Leoni wird von ihren Kollegen geachtet, aber keiner fühlt sich persönlich mit ihr verbunden. Und wer einen Job ausübt, in dem sich die Grenzen zwischen Beruf und Privatleben häufig überschneiden …«

Hamilton unterbrach sich. Aber auch ohne dass er den Gedanken zu Ende führte, verstand D. D., was er meinte. State Trooper machten keinen gewöhnlichen Job. Sie steckten nicht einfach nur ihre Karte in die Stechuhr, schoben ihren Dienst und ließen sich dann von einem Kollegen ablösen. Ihr Beruf war eine Art Berufung und erforderte Engagement, nicht zuletzt in der Gruppe, mit der sie den größten Teil ihrer Zeit verbrachten.

D. D. hatte sich schon gefragt, ob Tessa engere Kontakte zu Kollegen unterhielt, womöglich sogar zu einem Vorgesetzten wie dem Lieutenant. Aber offenbar war dem nicht so.

»Darf ich Ihnen eine Frage stellen?«, sagte Hamilton plötzlich.

»Mir?« D. D. war sichtlich verwundert, nickte dann aber.

»Verkehren Sie privat mit Kollegen? Bei einem Glas Bier, einer kalten Pizza oder vorm Fernseher?«

»Klar. Aber ich habe keine Familie«, antwortete D. D. »Und ich bin älter. Tessa Leoni ist eine junge, hübsche Mutter, die es mit einer Kaserne voll männlicher Kollegen zu tun hat. Als einzige Frau, ist das richtig?«

»In Framingham, ja.«

D. D. zuckte mit den Achseln. »Es gibt insgesamt nur wenige Frauen in Blau. Wenn es Trooper Leoni an Korpsgeist gemangelt hat, kann ich das durchaus nachempfinden, aber …«

»Wir hatten nie Beschwerden wegen sexueller Übergriffe, wenn Sie das meinen«, beeilte sich Hamilton zu sagen.

»Betroffene hätten in einem solchen Fall auch jede Menge Papierkram am Hals, und das ist nicht jeder Frau Sache.«

Hamilton mochte nicht, was er da hörte. Seine Miene verfinsterte sich. Er wirkte nun geradezu aggressiv.

»In der Kaserne haben wir Leonis Vorgesetzte angehalten, dafür zu sorgen, dass die Kollegin das Gefühl haben kann, dazuzugehören. Man hat es versucht, aber die Ergebnisse lassen zu wünschen übrig. Eine alleinstehende Frau hat es in reiner Männergesellschaft zugegebenermaßen nicht besonders leicht. Andererseits aber scheint Trooper Leoni an besseren Beziehungen auch nicht sonderlich interessiert zu sein. Sie gilt, um ehrlich zu sein, als Einzelgängerin. Selbst diejenigen Kollegen, die sich um ihre Freundschaft bemüht haben …«

»Wie zum Beispiel Trooper Lyons?«, unterbrach D. D.

»Wie zum Beispiel Trooper Lyons«, bestätigte Hamilton. »Selbst diese Kollegen sind mit ihr nicht warmgeworden. Dabei gehört zum guten Teamwork eben auch ein freundschaftliches, um nicht zu sagen herzliches Miteinander. In der Hinsicht hapert es bei Trooper Leoni.«

»Apropos herzliches Miteinander«, schaltete sich Bobby ein. »Ist Ihnen zu Ohren gekommen, dass Leoni eine Affäre mit einem ihrer Kollegen hatte oder hat? Oder ob einer der Kollegen mit ihr angebandelt hat und vielleicht sogar bei ihr landen konnte?« Bobby schien bewusst zu sein, dass er Hamilton mit seiner Frage in die Verlegenheit brachte, auf Klatschgeschichten einzugehen, und klang so, als wollte er sich im Vorhinein dafür entschuldigen.

»Ich habe mich erkundigt. Wie es aussieht, steht ihr von allen Kollegen Trooper Shane Lyons am nächsten, und das wahrscheinlich auch nur deshalb, weil er und ihr Mann befreundet waren.«

»Kannten Sie ihn?«, fragte D. D. »Ich meine, ihren Mann Brian Darby. Oder ihre Tochter Sophie?«

»Ja, ich kannte beide«, antwortete Hamilton feierlich, was D. D. überraschte. »Über die Jahre sind wir uns auf diversen Gartenpartys oder Familientreffen begegnet. Sophie ist ein bezauberndes kleines Mädchen. Ziemlich forsch, wenn ich mich recht erinnere.« Er runzelte die Stirn und schien einen inneren Kampf auszutragen. »Es kann kein Zweifel daran bestehen, dass Trooper Leoni ihre Tochter sehr liebt«, sagte er plötzlich. »Das ist mir jedenfalls immer aufgefallen, wenn ich die beiden gesehen habe – an der Art, wie Tessa mit ihr umgeht. Kaum vorstellbar, dass …«

Hamilton senkte seinen Blick. Er räusperte sich und legte die gefalteten Hände auf den Schreibtisch. »Traurige Geschichte«, murmelte er vor sich hin.

»Und Brian Darby?«, fragte Bobby.

»Ihn habe ich sogar schon vor Tessa Leoni kennengelernt. Brian war ein guter Freund von Trooper Lyons. Ungefähr vor acht oder neun Jahren tauchte er das erste Mal als Gast einer Gartenparty auf. Danach war er ein paarmal mit uns bei den Boston Bruins, und gelegentlich sah ich ihn auch in unserer Pokerrunde.«

»Ich wusste gar nicht, das Sie und Trooper Lyons sich so nahestehen«, bemerkte D. D.

Hamilton bedachte sie mit strengem Blick. »Wenn ich von meinen Leuten eingeladen werde, komme ich der Einladung nach. Kameradschaft ist wichtig, und die wird nicht nur im Dienst gepflegt, sondern auch im Rahmen privater Zusammenkünfte. Sie sind unerlässlich, wenn man miteinander im Austausch bleiben will. Kurz: Im Jahr bin ich vielleicht ein- oder zweimal bei Trooper Lyons zu Besuch, wenn er zu seinen sogenannten Polizeiaufgeboten einlädt.«

»Was hat Brian für einen Eindruck auf Sie gemacht?«, wollte Bobby wissen.

»Er hat sich für Hockey interessiert und sich auch gern Spiele der Red Sox angesehen. Schon allein das hat mir an ihm gefallen.«

»Haben Sie sich mit ihm unterhalten?«

»Nur selten. Ein typischer Männerabend erschöpft sich darin, dass man sich zusammen ein Spiel ansieht, selber spielt oder Sportwetten abgibt.« Er wandte sich wieder an D. D. und kam ihrer Frage zuvor, als er sagte: »Ja, möglich das sich Trooper Leoni von solchen Treffen ausgeschlossen fühlte. Aber soweit ich weiß, ist sie selbst Red-Sox-Fan und war häufiger mit der Familie im Stadion, um sich ein Spiel anzusehen.«

D. D. legte ihre Stirn in Falten. Es gefiel ihr nicht, so leicht durchschaut zu werden.

»Trooper Leoni hatte Alkoholprobleme«, sagte Bobby leise. »Ist das jemals thematisiert worden?«

»Ich wusste davon«, antwortete Hamilton ebenso ruhig. »Aber wenn ich meinen Informationen glauben kann, hat sie sich erfolgreich einer Entziehungskur unterzogen. Auch in der Hinsicht gab es nie irgendwelche Beschwerden.«

»Sie wussten auch, dass sie im Alter von sechzehn Jahren einen jungen Mann getötet hat«, sagte D. D.

»Tja«, seufzte Hamilton schwer. »Dafür werden wir wohl büßen müssen.«

Es dauerte ein paar Sekunden, ehe D. D. verstand. Die Presse würde die Vergangenheit der jüngsten *femme fatale* Bostons umgraben und von der State Police wissen wollen, wie sie eine Person in ihren Dienst stellen konnte, gegen die bereits wegen eines Tötungsdeliktes ermittelt worden war.

Der Lieutenant würde in der Tat einiges zu erklären haben.

»Schauen Sie«, sagte er. »Es ist nie zu einer Anklage gekommen. Tessa Leoni hat all unsere Anforderungen an eine zukünftige Polizistin erfüllt. Ihre Bewerbung abzulehnen wäre einer Diskriminierung gleichgekommen. Und nur zur Information: Sie hat ihre Ausbildung mit Bravour absolviert und ihre dienstlichen Aufgaben beispielhaft erfüllt. Wer hätte ahnen können …?«

»Glauben Sie, dass sie es getan hat?«, fragte D. D. »Sie kannten ihren Mann und ihre Tochter. Trauen Sie Tessa zu, die beiden getötet zu haben?«

»Ich bin schon so lange in diesem Job, dass ich mich über nichts mehr wundere.«

»Gab es Probleme in der Ehe von Tessa und Brian?«, fragte Bobby.

»Wenn dem so wäre, hätte ich als Letzter davon erfahren«, antwortete Hamilton.

»Ist Ihnen aufgefallen, dass sich an Tessas Verhalten etwas verändert hat, sagen wir: in den vergangenen drei Wochen?«

Hamilton neigte den Kopf ein wenig zur Seite. »In den vergangenen drei Wochen?«

Bobby wartete und musterte seinen Chef, der sich zu fragen schien, wieso gerade dieser Zeitraum angesprochen wurde. D. D. wusste es. Brian Darby war vor drei Wochen von seiner letzten Dienstreise zurückgekehrt und hatte nach Auskunft seiner Trainerin keinen besonders glücklichen Eindruck gemacht.

D. D. und Bobby tauschten Blicke.

»Ich erinnere mich an einen Vorfall, der allerdings ungefähr sechs Monate zurückliegt«, sagte Hamilton schließlich, ohne einen der beiden anzuschauen. »Augenblick ... ja, im November war's. Trooper Lyons hatte einen Ausflug zum Foxwoods-Kasino organisiert. Viele fuhren mit, auch Brian Darby. Ich habe mir eine Show angesehen, fünfzig Dollar verspielt und mich dann ausgeklinkt. Brian aber ... nun, er konnte sich nicht vom Spieltisch losreißen. Noch eine Runde und noch eine, von der er sich endlich Glück versprach. Er und Shane gerieten aneinander. Am Ende hat Shane ihn mit Gewalt vom Tisch weggezogen. Die anderen lachten nur. Aber für mich stand fest, dass wir nicht noch einmal mit Brian Darby nach Foxwoods fahren würden.«

»Weil er beim Zocken kein Ende kannte?«, fragte Bobby.

»Ich würde sagen, seine Anfälligkeit fürs Glücksspiel war überdurchschnittlich groß. Wenn Shane nicht eingeschritten wäre, würde Brian womöglich immer noch am Roulettetisch sitzen.«

D. D. und Bobby tauschten wieder Blicke. Beide dachten an die fünfzig Riesen, die Brian auf der Bank hatte und zu dieser Geschichte nicht so recht zu passen schienen. Suchtspieler besaßen in der Regel nicht so viel Bargeld.

»Waren Shane und Brian später noch einmal in Foxwoods?«, hakte Bobby nach.

»Das müssten Sie Trooper Lyons fragen.«

»Hat Trooper Leoni jemals über finanzielle Sorgen geklagt? Vielleicht darum gebeten, eine zusätzliche Schicht fahren oder Überstunden machen zu dürfen?«

»Wie aus den Dienstprotokollen hervorgeht«, antwortete Hamilton zögernd, »hat sie in letzter Zeit tatsächlich mehr gearbeitet.«

Fünfzig Riesen auf der hohen Kante, dachte D. D. Wozu dann noch Überstunden?

»Da ist noch etwas anderes, das Sie wissen sollten«, sagte Hamilton leise. »Aber das bleibt bitte unter uns. Es hat vielleicht auch gar nichts mit Trooper Leoni zu tun. Ich komme nur darauf zu sprechen, weil Sie sich für die vergangenen drei Wochen interessieren. Wir hatten vor zwei Wochen eine interne Revision. Dabei sind einem externen Prüfer Unstimmigkeiten in der Führung der Gewerkschaftskonten aufgefallen. Es scheint, dass Gelder unterschlagen wurden, und zwar von einem Insider. Wir gehen der Sache nach.«

D. D. sperrte die Augen auf. »Wie schön, dass Sie von sich aus darauf zu sprechen kommen.«

Bobby warf ihr einen warnenden Blick zu.

»Von welcher Größenordnung sprechen wir?«, fragte er in angemessenem Tonfall.

»Zweihundertfünfzigtausend.«

»Und vor zwei Wochen ist das aufgefallen?«

»Ja. Aber die illegalen Transaktionen reichen ein halbes Jahr zurück. Es wurden wiederholt kleinere Beträge auf das Konto eines Versicherungsunternehmens überwiesen, das gar nicht existiert.«

»Über Barschecks?«

»So ist es«, antwortete Hamilton.

»Wer hat sie unterschrieben?«

»Das lässt sich nicht feststellen. Jedenfalls sind all diese Barschecks bei ein und derselben Bank in Connecticut einem Konto gutgeschrieben worden, das vor vier Wochen aufgelöst wurde.«

»Aber darüber gibt's ja wohl noch Unterlagen«, meinte Bobby.

»Die Bank hat voll kooperiert. Von ihr haben wir auch Videoaufnahmen der Überwachungskameras. Die Person, die das Konto aufgelöst hat, war eine Frau mit roter Baseballkappe und Sonnenbrille. Wir suchen also eine Frau mit engen Beziehungen zur Polizeigewerkschaft.«

»Eine Frau wie Tessa Leoni«, murmelte D. D.

Der Lieutenant widersprach nicht.

23. KAPITEL

Wenn man jemanden um die Ecke bringen will, ist ein Gefängnis der ideale Ort dafür. Dass für den Knast von Suffolk County die niedrigste Sicherheitsstufe gilt, bedeutet nicht, dass hier nur harmlose Straftäter einsitzen. Unter den Häftlingen befinden sich auch einige Schwerverbrecher, die zwanzig Jahre in einem Hochsicherheitsgefängnis eingesperrt waren und dann hierher verlegt worden sind, um eine weitere Strafe abzubüßen, die ihnen wegen eines Bagatelldeliktes im hiesigen County aufgebrummt wurde.

Meine Zellenmitbewohnerin Erica mochte wegen eines Verstoßes gegen das Betäubungsmittelgesetz, wegen Betruges oder Diebstahls hier sein. Es war aber auch möglich, dass sie jemanden umgebracht hatte, der ihr bei der Beschaffung von Meth in die Quere gekommen war.

Als ich ihr eine entsprechende Frage stellte, grinste sie nur und zeigte mir ihre vergammelten Zähne.

Im Flügel 1-9-1 waren vierunddreißig Frauen ihres Kalibers untergebracht.

Untersuchungshäftlinge wurden von der übrigen Belegschaft abgesondert. Wir aßen getrennt, duschten getrennt und hatten unseren eigenen Aufenthaltsraum, in dem wir vor dem Fernseher hockten. Im Flügel selbst aber mischte sich alles, und es gab jede Menge Gelegenheiten für Übergriffe.

Erica machte mich mit dem Tagesablauf vertraut. Sieben Uhr aufstehen. Gleich darauf zählte der Schließer seine Schäfchen. Danach gab's Frühstück in der Zelle, gefolgt von ein paar Stunden Umschluss, das heißt, wir konnten unsere Zelle verlassen und uns im Flügel frei bewegen, fernsehen, duschen (die drei Duschen ließen sich vom Aufenthaltsraum einsehen und gehörten gewissermaßen mit zum allgemeinen Unterhaltungsprogramm) oder auf dem quietschenden Trimmgerät rumstrampeln (wenn man sich denn nicht weiter störte an den abfälligen Bemerkungen der anderen Frauen).

Die meisten Frauen spielten Karten oder saßen an den runden Metalltischen mitten im Gang und redeten miteinander. Von dort nahmen auch die Gerüchte ihren Ausgang, die sich ruck, zuck auf sämtliche Zellen ausbreiteten. Die ganze Atmosphäre erinnerte mich an ein Sommerlager für Mädchen, die alle die gleichen Sachen trugen, in Hochbetten schliefen und fast ausschließlich Jungs im Kopf hatten.

Um elf kehrte dann jede wieder in ihre Zelle zurück. Es wurde noch mal durchgezählt, dass auch alle da waren, und dann gab's Mittagessen. Anschließend Umschluss bis zum Abendessen um fünf. Um elf in der Nacht wurde ein letztes Mal durchgezählt und das Licht ausgemacht. Ruhezeit war aber noch lange nicht. So etwas gibt es nicht in Gefängnissen, schon gar nicht in solchen, die Männer und Frauen beherbergen.

Wir, die weiblichen Insassen, belegten die oberen Stockwerke im sogenannten *Tower* von Suffolk County. Irgendeine einfallsreiche Frau (oder vielleicht war es auch ein Mann) hatte herausgefunden, dass die Abflussrohre von den oberen Stockwerken bis ganz nach unten führten. Wenn jemand – zum Beispiel meine Zellengenossin Erica – den Kopf in die Kloschlüssel steckte, konnte sie mit irgendeinem Mann im Parterre »Konversation« betreiben. Aber Konversation ist nicht das, worauf ein Mann scharf ist. Bei uns lief ungefähr das ab, was man als sexten bezeichnet, wenn es per SMS läuft.

Erica hatte harte Sprüche auf Lager, und neun Etagen unter uns fing irgendein Anonymus zu stöhnen an, was Erica zur Höchstform auflaufen ließ. *Fester, schneller, nimm mich ran, Alter. Ich begrabsche meine Titten für dich. Fühlst du, wie ich meine Titten für dich begrabsche?* (Erica hatte keine Titten mehr. Die waren von den Methamphetaminen, die sämtliche Fettpolster zersetzen, weggefressen worden: faule Zähne, schwarze Fingernägel und keine Brüste. Erica hätte sich gut als abschreckendes Beispiel für eine Anti-Dope-Kampagne gemacht.)

Aber davon wusste der Alte unter uns natürlich nichts. Er stellte sich Erica wahrscheinlich als vollbusige Blondine vor oder vielleicht so wie die scharfe Chica aus der medizinischen Abteilung. Jedenfalls holte er sich munter einen runter, und als er fertig war, widmete sich Erica einem anderen Leidensgenossen.

Nicht anders die Frauen in der nächsten und übernächsten Zelle, und das Nacht für Nacht bis in die frühen Morgenstunden.

Gefängnisse sind Orte der Geselligkeit.

Der Knast von Suffolk County besteht aus mehreren Gebäuden. Leider konnten nur die Männer in den unteren Etagen des Towers per Abflussrohr mit den Frauen der drei obersten Stockwerke kommunizieren, was den Männern in den anderen Gebäuden natürlich nicht gefiel.

Aber auch im Haus 3 gab es einfallsreiche Typen, die spitzgekriegt hatten, dass wir von unseren Zellen aus in ihre vergitterten Fenster blicken konnten. Erica erklärte mir gleich zu Anfang, dass wir morgens nach dem Aufstehen als Erstes nachschauen mussten, ob in den Fenstern von Haus 3 Nachrichten für uns ausgehängt waren – in Form von Buchstaben oder Ziffern, kunstvoll zusammengesetzt aus Socken, Unterwäsche und T-Shirts. Weil sich mit Socken und dergleichen nicht viel Text schreiben ließ, hatte man einen Geheimcode entwickelt, der uns Frauen von 1-9-1 verschlüsselt mitteilte, in welchen Büchern der Bibliothek Zettel mit ausführlicheren Inhalten zu finden waren *(Fick mich, fick mich, lass mich ran, oh, du bist so geil, wenn ich dich nur sehe, kriege ich einen Ständer).*

Knastpoesie, meinte Erica seufzend. Rechtschreibung sei nicht ihr Ding, gestand sie mir. Trotzdem gab sie sich Mühe mit ihren Antworten, die sie in denselben Romanen versteckte *(ja, ja, JA).*

Mit anderen Worten: Wir, die weiblichen Untersuchungshäftlinge, konnten uns mit den männlichen Knackis sehr wohl austauschen. Und weil wahrscheinlich inzwischen die gesamte Belegschaft von meiner Anwesenheit wusste, musste ich damit rechnen, dass man mir früher oder später in einer konzertierten Aktion den Garaus zu machen versuchte.

Ich fragte mich, wie.

Gelegenheiten böten sich insbesondere immer dann, wenn wir im Pulk zur Bücherei oder in die Sporthalle geführt wurden. Oder zur Besuchszeit, wenn im Besucherraum Hochbetrieb herrschte und jeder mit jedem zusammentreffen konnte.

Für einen Mithäftling wäre es ein Leichtes, neben mir aufzutauchen, mir ein selbstgebasteltes Messer durch die Rippen zu stoßen und unbemerkt zu verschwinden.

So was kann passieren, oder? In einem Knast allemal.

Ich versuchte, in Gedanken alle Möglichkeiten durchzuspielen. Wie würde ich als ein weiblicher Häftling vorgehen, wenn ich eine ausgebildete Polizistin um die Ecke bringen wollte? Wahrscheinlich nicht im offenen Angriff. Zum einen würde sich eine Polizistin zu verteidigen wissen, zum anderen waren immer Schließer zur Stelle, wenn sich unser Flügel auf den Weg in die Bücherei, die Sporthalle oder den Besucherraum machte.

Nein, ich würde Gift benutzen. Seit Menschengedenken die bewährte Vorzugswaffe einer Frau.

Gift in den Knast zu schmuggeln war nicht schwer. Jedem Häftling standen in der Woche fünfzig Dollar für Kantineneinkäufe zu. Die meisten gaben sie für asiatische Nudeln, Turnschuhe oder Toilettenartikel aus. Mit Hilfe von draußen war es kein Problem, in der Würzpackung für die Nudeln oder im Schraubverschluss der Handlotion eine Prise Rattengift unterzubringen.

Erica würde mich ablenken und das Zeug unter mein Essen mischen. Oder es könnte auch sein, dass mir Sheera im Aufenthaltsraum einen mit Erdnussbutter beschmierten Toast anbot.

Arsen ließe sich allen möglichen Cremes, Haarwässerchen oder Zahnpasten beimengen. Jedes Mal, wenn ich mir die Haut eincremen, die Haare waschen oder die Zähne putzen würde ...

Sind das die ersten Anzeichen dafür, dass man verrückt wird? Dass einem klarwird, auf wie viele Arten man abtreten kann?

Und dass kein Hahn danach kräht?

Acht-dreiundzwanzig am Abend. Allein auf meiner Matratze unter dem vergitterten Fenster. Die Sonne war längst untergegangen.

Unerbittlich helles Neonlicht, und ich starrte durch das Glas nach draußen in die kalte Dunkelheit.

Und wünschte einen Moment lang, die dicken Stäbe auseinanderbiegen, durchs hohe Fenster steigen und vom neunten Stockwerk aus in die frische Märznacht über der brodelnden Innenstadt Bostons hinausfliegen zu können.

Mich einfach fallen zu lassen.

Ich presste eine Hand ans Glas und starrte in die pechschwarze Nacht. Und stellte mir vor, dass Sophie irgendwo da draußen in dasselbe Dunkel blickte, vielleicht sogar spüren würde, dass ich sie zu erreichen versuchte, dass ich sie liebte und alles daran setzte, sie zu finden. Meine Sophie, ich würde sie retten und befreien wie damals aus dem Kofferraum.

Aber bis es dazu kommen würde, mussten wir beide tapfer sein.

Brian müsse sterben, hatte mir der Mann Samstagmorgen in meiner Küche gesagt. Brian sei ein schlechter Kerl und habe den Tod verdient. Wir aber, Sophie und ich, könnten leben. Ich müsse nur das tun, was er von mir verlangte.

Sie hatten Sophie in ihrer Gewalt. Zurückgewinnen konnte ich sie nur, wenn ich mich selbst bezichtigte, meinen Mann getötet zu haben. Sie hatten sich alles genau ausgedacht. Ich könnte behaupten, in Notwehr gehandelt zu haben, und entsprechende Indizien bereithalten. Damit käme ich wahrscheinlich durch, und dann würde Sophie auf wundersame Weise wieder auftauchen und zu mir zurückkehren. Meinen Dienst müsste ich wohl quittieren, aber, was soll's?, ich hätte ja schließlich meine Tochter wieder.

Ich hatte dem nichts entgegenzuhalten gehabt, als ich in der Küche stand, betäubt von der Detonation und angeekelt vom Schießpulver- und Blutgestank, der meine Nasenflügel blähte. Ich hatte zu allem ja gesagt.

Ich wollte einfach nur Sophie.

»Bitte«, hatte ich gefleht, gebettelt in meinem eigenen Haus. »Tu ihr nichts. Ich mache alles, was ihr wollt. Aber schone meine Tochter.«

Inzwischen war mir natürlich klar, wie töricht ich mich verhalten hatte. Brian stirbt, und ein anderer übernimmt die Schuld an seinem Tod? Wenn er denn sterben musste, warum nicht die Bremsen an seinem Wagen manipulieren oder einen »Unfall« inszenieren, wenn er das nächste Mal Ski fuhr? Brian war die meiste Zeit über allein und hätte dem Mann in Schwarz zahllose Möglichkeiten geboten, ihn kalt zu erwischen. Warum ihn in unserer Küche erschießen und seine Frau zwingen, die Schuld auf sich zu nehmen?

Sophie würde auf wundersame Weise wiederauftauchen? In einem Supermarkt etwa, zwischen Regalen umherirrend oder an einer Autobahnraststätte? Die Polizei würde sie natürlich befragen, und Kinder waren, wie jeder wusste, unzuverlässige Zeugen. Vielleicht hatte ihr der Mann eingeschärft, nichts zu sagen. Aber wieso ging er ein solches Risiko ein?

Ganz zu schweigen von dem Risiko, das ich darstellte, wenn meine Tochter wieder bei mir wäre. Was hielt mich davon ab, zur Polizei zu gehen und die Wahrheit zu sagen?

Ich konnte mir einfach nicht vorstellen, dass jemand, der so kaltblütig war, einem Mann dreimal in die Brust zu schießen, solche Risiken auf sich nehmen würde.

So jemand musste eine Menge in der Hinterhand haben.

Was hatte Brian getan? Warum hatte er sterben müssen?

War ihm zumindest in den letzten Sekunden seines Lebens bewusst geworden, in welche Gefahr er auch mich und Sophie gebracht hatte?

Ich spürte die Gitterstreben an der Hand, keine runden Stäbe, wie ich geglaubt hatte, sondern dicke Metallstreifen.

Der Mann wollte mich hinter Gitter bringen, das war mir jetzt klar. Er und die Leute, für die er wohl arbeitete, wollten mich aus dem Weg haben.

Zum ersten Mal seit drei Tagen lächelte ich.

Sie durften sich auf eine kleine Überraschung gefasst machen. Denn nach der blutigen Tat, noch betäubt von dem Schuss und die Augen schreckgeweitet, war mir ein Gedanke durch den Kopf gegangen.

Ich müsste nur ein wenig Zeit gewinnen, um den Gang der Dinge abbremsen zu können.

Fünfzigtausend Dollar hatte ich dem Mörder meines Mannes geboten, fünfzigtausend Dollar, wenn er vierundzwanzig Stunden für mich herausschinden würde, Zeit, die ich brauchte, um »meine Angelegenheiten in Ordnung zu bringen«. Fünfzigtausend Dollar dafür, dass ich die Schuld am Tod meines Mannes auf mich nahm und ins Gefängnis ging. So hatte ich dem Mann mein Angebot verkauft.

Wahrscheinlich traute er mir nicht, aber fünfzig Riesen waren nicht schlecht, und als ich ihm vorschlug, Brians Leiche auf Eis zu legen ...

Er war schwer beeindruckt gewesen. Nicht schockiert. Beeindruckt. Was für eine Frau, die den Nerv hatte, so etwas zu tun!

Am Ende hatte der anonyme Killer mein Angebot angenommen und mir im Gegenzug vierundzwanzig Stunden gewährt, um meine Sachen zu regeln.

In vierundzwanzig Stunden lässt sich einiges regeln. Insbesondere für jemanden wie mich, der den Nerv hat, den eigenen Mann mit Schnee zuzuschaufeln. Den Mann, der mir Liebe geschworen hatte, sich um meine Tochter kümmerte und uns nie verlassen wollte.

Aber an Brian dachte ich jetzt nicht. Das konnte ich mir an diesem Ort nicht leisten. Ich konzentrierte mich vielmehr auf das, worauf es nun ankam.

Wen liebst du?

Der Killer hatte recht. Auf diese Frage lief am Ende alles hinaus. Wen liebst du?

Sophie. Sie war irgendwo da draußen, von derselben Dunkelheit gefangen. Sechs Jahre alt, ein herzförmiges Gesicht mit großen blauen Augen und einem Lächeln, das die Sonne heller strahlen ließ. Sophie.

Brian war für sie gestorben. Ich musste nun für sie überleben.

Alles tun, um meine Tochter zurückzuholen.

»Ich komme«, flüsterte ich. »Sei tapfer, mein Schatz, sei tapfer.«

»Was?«, fragte Erica, die oben in ihrem Bett lag und mit Karten spielte.

»Nichts.«

»Das Fenster hält. Da kommst du nicht durch«, krächzte sie und hielt offenbar für witzig, was sie sagte.

Ich wandte mich ihr zu. »Erica, im Aufenthaltsraum ist doch ein Telefon. Kann jeder damit telefonieren?«

Sie legte die Karten weg.

»Wen willst du denn anrufen?«, fragte sie unverhohlen neugierig.

»Die Ghostbusters«, antwortete ich, ohne mit der Wimper zu zucken.

Erica krächzte wieder vor Lachen und verriet mir, was ich wissen wollte.

24. KAPITEL

Bobby wollte noch in einem Restaurant zu Abend essen. D. D. stand nicht der Sinn danach.

»Du solltest besser für dich sorgen«, meinte Bobby.

»Hör auf, mich zu bemuttern«, fuhr sie ihn an. »Das habe ich noch nie leiden können, jetzt schon gar nicht.«

»Von wegen.«

»Wie bitte?«

»Ich sagte, von wegen. Du kannst mir nichts vormachen.«

D. D. drehte sich auf dem Beifahrersitz zur Seite, um ihm die Stirn zu bieten. »Ist dir bewusst, dass schwangere Frauen Probleme mit ihrem Hormonhaushalt haben? Ich könnte dir jetzt den Hals umdrehen und käme damit durch, wenn unter den Geschworenen nur eine einzige Mutter ist. Garantiert.«

Bobby lächelte. »Du klingst wie Annabelle.«

»Verdammt, sieh dich vor ...«

»Du bist schwanger«, fiel er ihr ins Wort. »Schwangere Frauen zu bemuttern ist für uns Männer ein schöner Job. Gibt uns was zu tun. Und insgeheim haben wir es auch gern, Babys zu bemuttern. Ich wette, wenn dein Baby da ist und du es mit zum Dienst bringst, wird Phil ihm Schühchen stricken, und ich könnte mir vorstellen, von Neil bekommt es Kinderpflaster mit Bugs-Bunny-Motiven drauf und später dann einen Helm fürs Fahrrädchen.«

D. D. starrte ihn an. An Schühchen, Kinderpflaster oder daran, das Kind zum Dienst mitzunehmen, hatte sie noch keinen einzigen Gedanken verschwendet. Ihr war bis vor kurzem ja nicht einmal klar gewesen, ob sie überhaupt ein Kind haben wollte.

Alex hatte ihr eine SMS geschickt: *Habe von der Verhaftung gehört. Wie geht's weiter an der Front?*

Eine Antwort blieb sie schuldig. Ihr fiel nichts ein, was sie hätte schreiben können. Nun ja, Tessa Leoni saß in Haft, aber ihre Tochter war nach wie vor verschwunden. Falls Sophie noch lebte, brach nun die zweite Nacht für sie an. Seit dem Notruf waren sechsunddreißig Stunden verstrichen. Aber das zählte wahrscheinlich nicht. Alles sprach dafür, dass Tessa Leoni nicht nur ihren Mann, sondern auch die Tochter getötet hatte.

D. D. recherchierte nicht in einem Vermisstenfall; sie leitete eine Sonderkommission mit dem Auftrag, eine Kinderleiche zu bergen.

Doch daran wollte sie vorerst nicht denken. Sie war noch nicht bereit, auf Alex' nett gemeinte Frage zu antworten. Sie wusste auch nicht, wie sie von diesem Thema auf das andere zu sprechen kommen sollte. *Oh, übrigens, was ich noch sagen wollte: Ich bin schwanger. Tut mir leid, dass du es erst jetzt erfährt. Bobby Dodge weiß schon Bescheid. Er wurde von einer Tatverdächtigen darauf hingewiesen.*

Es waren genau solche Situationen, die aus D. D. einen Workaholic machen. Erst wenn sie Sophie gefunden und Tessa überführt hätte, würde sie sich besser fühlen. Wenn sie jetzt mit Alex über die neue Weltordnung spräche, würde sie nur in ein noch tieferes Loch fallen.

»Eine Portion Falafel würde dir guttun«, sagt Bobby. »Annabelle konnte gar nicht genug davon bekommen, als sie schwanger war. Kannst du in deinem Zustand auch keinen Fleischgeruch ertragen?«

D. D. nickte. »Den von Eiern ebenso wenig.«

»Deshalb empfehle ich mediterrane Küche mit viel Gemüse.«

»Magst du Falafel?«, fragte D. D. ungläubig.

»Nein, ich stehe mehr auf Big Macs, aber das wäre für dich jetzt nicht das Richtigc.«

D. D. schüttelte den Kopf.

»Falafel aber schon.«

Bobby kannte einen Imbiss, den Annabelle offenbar häufig angesteuert hatte. Während er bestellte, blieb D. D. im Wagen sitzen, weil sie sich nicht die Küchengerüche zumuten und ihre Anrufe auf der Mailbox beantworten wollte. Als Erstes meldete sie sich bei Phil und bat ihn, Brian Darbys Finanzen noch einmal durchzugehen mit dem Blick auf andere Konten und fragwürdige Transaktionen, womöglich unter Pseudonym. Wenn Darby auf Glücksspiele versessen gewesen war, müsste auf seinen Kontoauszügen zu sehen sein, ob er von dem Bankautomaten im Kasino von Foxwoods oder in anderen Kasinos Geld abgehoben hatte.

Danach rief sie Neil an, der im Krankenhaus war und Tessas Krankenakte studierte. D. D. wollte wissen, ob sie dort womöglich auch eine von Brian Darby führten. Vielleicht hatte er sich im Laufe der vergangenen zwölf Monate behandeln lassen müssen, eine Skiverletzung zum Beispiel oder die Folgen eines Treppensturzes. Neil sprang sofort darauf an und versprach, sich an die Arbeit zu machen.

Auf der Hotline meldeten sich immer weniger Anrufer, die Sophie gesehen haben wollten. Dafür gab es etliche Hinweise auf den weißen Denali. Die Stadt war offenbar voll von solchen Fahrzeugen. Die Sonderkommission brauchte also zusätzliches Personal, um all den Hinweisen nachzugehen. Die sollten unverzüglich an das dreiköpfige Team weitergeleitet werden, das Informationen über die letzten Fahrten des SUV zusammentrug. Den dreien trug sie auf, wenn nötig, rund um die Uhr zu arbeiten und gegebenenfalls Unterstützung anzufordern.

Die letzten Fahrten von Brian Darbys SUV zu ermitteln hatte absolute Priorität, denn sie waren die einzigen Spuren, die zu Sophie führten.

Deprimiert von diesem Gedanken, schaute D. D. zum Fenster hinaus.

Eine kühle Nacht. Die Fußgänger auf den Gehwegen hatten die Kragen hochgeschlagen und die Hände tief in die Manteltaschen gesteckt. Noch schneite es nicht, aber damit war zu rechnen. Eine kalte, raue Nacht, die zu D. D.'s Stimmung passte.

Sie hatte kein gutes Gefühl, was Tessa Leonis Inhaftierung betraf. Die Frau ging ihr nicht aus dem Kopf. Sie war zu jung und zu beherrscht. Zu hübsch und zu verwundbar. D. D. fand jede dieser Kombinationen anstößig.

Tessa hatte sie belogen, was ihren Mann und ihre Tochter anging, und wenn Hamiltons Verdacht zutraf, waren vom Konto der Polizeigewerkschaft zweihundertfünfzigtausend Dollar verschwunden. Hatte Tessa das Geld gestohlen? War es das Startkapital für ein »neues Leben«? War sie jetzt nicht nur jung, hübsch, sondern auch reich und unabhängig?

Oder steckte ihr Mann dahinter? Hatte er Spielschulden angehäuft, die sich mit dem Lohn aus ehrlicher Arbeit nicht mehr begleichen ließen? Vielleicht war es seine Idee gewesen, Gelder der State Police zu veruntreuen und seine Frau unter Druck zu setzen nach dem Motto: Du musst zu mir halten, ich bin schließlich dein Mann. Doch als das Geld gestohlen war, hatte sie vielleicht die Tragweite ihrer Tat ermessen und kurzerhand beschlossen, den Verlockungen der Freiheit nachzugeben ... Warum den faulen Gewinn abtreten, wenn man doch alles selbst behalten konnte?

Auch sie hatte sich einen Plan zurechtgelegt: den eigenen Mann als Kindsmörder und Frauenmisshandler anschwärzen, um ihn dann in Notwehr um die Ecke zu bringen. Hätte sich der Staub gelegt, würde sie den Polizeidienst quittieren, um, ausgestattet mit zweihundertfünfzigtausend Dollar, fernab von Boston das Leben einer lustigen Witwe zu führen.

Der Plan wäre womöglich aufgegangen, dachte D. D., wenn nicht der Gerichtsmediziner die durch Erfrierungen verursachten Gewebeschäden festgestellt hätte.

Wahrscheinlich hatte Tessa deshalb darauf gedrängt, dass die Leiche ihres Mannes freigegeben wurde. An einer gründlichen Obduktion konnte ihr nicht gelegen gewesen sein, und wenn sie schon nicht zu verhindern war, sollte sie hopplahopp über die Bühne gebracht werden, möglichst ohne Befund.

Gut gemacht, Ben, dachte D. D., die nun bemerkte, wie erschöpft sie war. Sie hatte den ganzen Tag noch nichts gegessen und in der vergangenen Nacht kaum geschlafen. Ihr Körper machte nicht mehr mit. Sie musste sich ausruhen. Sie musste mit Alex reden.

Gütiger Himmel, wie sollte sie es ihm beibringen?

Die Fahrertür öffnete sich. Bobby stieg ein. Er hielt eine braune Papiertüte in der Hand, die ein Durcheinander an Gerüchen verströmte. D. D. nahm vorsichtig Witterung auf und stellte zu ihrer Erleichterung fest, dass der Magen ausnahmsweise nicht rebellierte.

»Na, dann mal her mit den Dingern«, sagte sie hungrig.

Bobby tätschelte ihre Hand und griff in die Tüte. »Ist also doch ganz schön, bemuttert zu werden, oder?«

»Her damit!«

»Manierlich, wenn ich bitten darf.«

Sie aßen. Die frittierten Kichererbsenbällchen waren gut. Kräftigend und belebend.

D. D. wischte sich Mund und Hände ab und steckte die Serviette in die braune Papiertüte.

»Ich habe einen Plan«, sagte sie.

»Sieht er auch vor, dass ich Frau und Kind habe und irgendwann nach Hause zurückmuss?«

»Nein. Wir fahren jetzt zum Haus von Trooper Lyons und vernehmen ihn im Beisein seiner Frau und Kinder.«

»Einverstanden.«

Jetzt tätschelte sie seine Hand. »Du bist ein Schatz, Bobby.«

Lyons lebte auf einer bescheidenen Ranch aus den fünfziger Jahren, nur sieben Blocks entfernt von Brian Darbys Adresse. Von der Straße aus gesehen, wirkte das Wohnhaus zwar alt, aber gut in Schuss. In dem kleinen Vorgarten standen Schneeschieber und mehrere Schlitten herum. Neben der Auffahrt, in der Lyons' Streifenwagen parkte, sah man die Reste eines Schneemanns und das, was eine Schneeburg gewesen sein mochte.

Auf der Suche nach einem Parkplatz fuhr Bobby zweimal um den Block herum. Weil keiner zu finden war, stellte er den Wagen verkehrswidrig hinter Lyons' Fahrzeug ab. Welchen Zweck hatte es, ein Cop zu sein, wenn man nicht gelegentlich auch mal was Unerlaubtes tat?

Als D. D. und Bobby ausstiegen, stand Lyons schon vor der Haustür. Er trug Jeans, ein dickes Flanellhemd und blickte mürrisch drein.

»Was ist?«, fragte er anstelle eines Grußes.

»Wir haben ein paar Fragen«, antwortete D. D.

»Nicht in meinem Haus.«

D. D. hielt sich zurück und überließ Bobby den Vortritt, nicht nur weil er wie Lyons der State Police angehörte, sondern auch überzeugender war in der Rolle des guten Cops.

»Keine Sorge, wir stören nicht lange«, sagte er beschwichtigend. »Wir waren in Darbys Wohnung«, log er. »Und wo wir schon einmal in der Nähe sind …«

»Ich lasse meine Arbeit für gewöhnlich in der Dienststelle zurück.« Lyons war auf der Hut, aber nicht unbedingt feindselig. »Schließlich habe ich drei Kinder. Ich will nicht, dass sie von Sophie hören. Sie haben ohnehin schon genug davon mitbekommen.«

»Wissen sie, dass das Kind verschwunden ist?«, fragte D. D. und fing sich einen schroffen Blick ein.

»Sie haben's im Autoradio gehört, als meine Frau sie zur Schule gebracht hat.« Er zuckte mit den breiten Schultern. »War nicht zu vermeiden. Das Schlimme ist, sie kennen Sophie und verstehen nicht, wie so etwas passieren konnte.« Er wurde ungehaltener. »Sie verstehen nicht, wieso ihr Vater, der Super-Cop, Sophie noch nicht nach Hause zurückgebracht hat.«

»Das haben wir uns ebenfalls vorzuwerfen«, sagte Bobby. Er und D. D. hatten die Stufen zur Eingangsveranda erreicht. »Und wir wollen uns nicht auch noch vorwerfen müssen, Zeit zu vergeuden. Das Mädchen muss so schnell wie möglich gefunden werden.«

Lyons zögerte und schaute sie an. Dann öffnete er die Haustür und winkte die beiden durch.

Sie betraten eine winzige Diele – holzvertäfelte Wände voller Mäntel und ein Fliesenboden voller Schuhe. D. D. sah auf den ersten Blick, wer in dem kleinen Haus das Regiment führte. Die drei Söhne im Alter zwischen fünf und neun Jahren kamen herbeigerannt, um die Besucher zu begrüßen, einer aufgeregter und lauter als der andere. Die Mutter, eine hübsche Frau Mitte dreißig mit schulterlangen braunen Locken, machte einen erschöpften Eindruck und versuchte, sie in Schach zu halten.

»Ins Bett mit euch!«, rief sie. »Geht auf eure Zimmer. Und wenn ich gleich nach euch sehe, habt ihr die Zähne geputzt und Schlafanzüge an.«

Die drei Kleinen schauten sie an und rührten sich nicht vom Fleck.

»Wer als Letzter oben ist, ist ein faules Ei«, brüllte der älteste plötzlich, worauf alle drei die Treppe hinaufstürmten und sich gegenseitig Beinchen stellten.

Die Mutter seufzte.

Shane schüttelte den Kopf.

»Meine Frau Tina«, stellte er sie vor. Tina gab den beiden die Hand und lächelte freundlich. Doch ihrer Miene war Anspannung anzumerken, und es entging D. D. nicht, dass sie ihrem Mann einen unsicheren Blick zuwarf.

»Sind Sie wegen Sophie hier?«, flüsterte sie kaum hörbar. »Hat man die Kleine endlich gefunden?«

»Nein«, antwortete Shane leise und legte seiner Frau zur Beruhigung eine Hand auf die Schulter. D. D. war gerührt von dieser Geste. »Ich weiß, ich habe versprochen, die Jungs ins Bett zu bringen, aber ich muss mich mit meinen Kollegen unterhalten.«

»In Ordnung«, erwiderte Tina automatisch.

»Wir sind im Anbau.«

Tina nickte. D. D. spürte ihren Blick im Rücken, als sie hinter Bobby dem Hausherrn durch die Küche in den Anbau folgte.

Der kleine Raum schien früher eine Art Loggia gewesen zu sein, die nachträglich mit einer Fensterfront geschlossen worden war. Ein kleiner Gasofen sorgte für Wärme. Die Einrichtung entsprach einem robust maskulinen Geschmack: ein großer Flachbildschirm, zwei überdimensionierte Lehnsessel und zahlreiche Sporttrophäen. Hierhin zog sich der Höhlenmann nach seinem aufreibenden Dienst als State Trooper zurück, wie D. D. vermutete.

Sie fragte sich, ob seine Frau auch ein Handarbeitszimmer oder einen Wellnessbereich hatte, schließlich war die Arbeit im Haus und die Erziehung von drei Söhnen mit Sicherheit nicht weniger aufreibend als acht Stunden Streife.

Da abgesehen von den Sitzsäcken in der Ecke nicht genügend Sitzmöglichkeiten zur Verfügung standen, blieben die drei stehen.

»Hübsches Haus«, sagte Bobby, der gute Cop.

Lyons zuckte mit den Achseln. »Wir haben es wegen der Lage gekauft. Das Grundstück grenzt an einen Park. Die Jungs können viel raus, und der Garten eignet sich ganz prima für Grillpartys.«

»Für Ihre Grillpartys sind Sie ja bekannt. Bei einer haben sich auch Tessa und Brian kennengelernt, nicht wahr?«

Lyons nickte, sagte aber nichts. Er hatte die Arme vor der Brust verschränkt und brachte damit eine defensive Haltung zum Ausdruck. D. D. fand sie sogar ein wenig aggressiv angesichts der hervortretenden Brust- und Schultermuskeln.

»Wir haben mit Lieutenant Colonel Hamilton gesprochen«, sagte Bobby.

Bildete sich D. D. nur ein, dass Lyon in Habtachtstellung überging, oder war dem tatsächlich so?

»Er erwähnte unter anderem, dass Sie manchmal Ausflüge organisieren, zu Footballspielen oder ins Spielkasino.«

Lyons nickte wieder.

»Brian Darby soll häufiger mit von der Partie gewesen sein.«

»Wenn er in der Stadt war, ja«, erwiderte Lyons und zuckte wieder unverbindlich mit den Schultern.

»Erzählen Sie uns von Foxwoods«, sagte D. D.

Lyons starrte sie an, richtete dann aber seinen Blick auf Bobby. »Sie wollen doch was Bestimmtes wissen. Warum fragen Sie nicht direkt?«

»Na schön. Hatte Brian Darby Ihrer Meinung nach ein Suchtproblem?«

»Meiner Meinung nach ...« Der Trooper seufzte und ließ die Arme hängen. »Ach, verdammt«, sagte er.

D. D. verstand die Äußerung als ein Ja.

»Wie groß?«, fragte sie.

»Ich weiß nicht. Er wollte nicht darüber reden. Er wusste, was ich davon halte. Aber vor ungefähr sechs Monaten rief mich Tessa an. Sie wollte, dass ich ihr einen Handwerker empfehle, weil bei ihr ein paar Rohre ausgewechselt und eine Trockenwand eingezogen werden musste. Die Arbeiten wurden gemacht und kosteten am Ende achthundert oder neunhundert Dollar. Als sie Geld von ihrem Sparbuch abheben wollte, war nichts mehr da.«

»Nichts mehr da?«, wiederholte D. D.

Lyons zuckte mit den Achseln. »Laut Tessa hätten dreißig Riesen auf dem Konto sein müssen, aber es war leer. Am Ende musste sie sich Geld leihen, um den Handwerker zu bezahlen. Als dann Brian von seiner Dienstreise zurückkehrte ...«

»Na? Was passierte da?«

»Wir haben ihn zur Rede gestellt. Wir beide, Tessa und ich. Sie wollte, dass ich dabei bin. Sie sagte, wenn sie allein mit ihm spräche, würde es für ihn vielleicht so klingen, als wollte sie nur rumzicken. Mir, seinem besten Freund, würde er eher zuhören.«

»Sie haben ihm also wegen seiner Sucht ins Gewissen geredet«, sagte Bobby. »Mit Erfolg?«

»Von wegen«, empörte sich Lyons noch nachträglich. »Nicht nur, dass er schlichtweg leugnete, ein Problem zu haben. Er drehte den Spieß einfach um und unterstellte uns ein Verhältnis. Wir würden unter einer Decke stecken und versuchen, ihn auszumanövrieren. Die ganze Welt hätte sich gegen ihn verschworen.« Lyons schüttelte den Kopf. »Und ich dachte, ich würde ihn kennen. Wir waren bis dahin die besten Freunde, doch dann plötzlich nicht mehr. Für ihn war es offenbar leichter zu glauben, dass sein bester Freund mit seiner Frau schläft, als sich selbst ein Suchtproblem einzugestehen und zuzugeben, alle Ersparnisse flüssig gemacht zu haben, um irgendeinen Geldeintreiber glücklich zu machen.«

»Hat er sich von irgendwelchen Kredithaien Geld geliehen?«, fragte D. D.

Lyons schaute sie von der Seite an. »Angeblich nicht. Er sagte, er hätte das Geld für den Denali gebraucht. Daraufhin griff Tessa seelenruhig zum Telefonhörer und rief die Bank an. Automatisierte Kontenauskunft. Wie vermutet, stand er mit dem Denali nach wie vor mit fünfunddreißigtausend Dollar in der Kreide. Genau an der Stelle drehte er dann durch. Er schrie uns an und behauptete, wir würden miteinander schlafen.«

»Wie hat Tessa reagiert?«

»Sie hat ihn angefleht, er solle sich helfen lassen, bevor er noch tiefer in den Schlamassel rutschte. Aber davon wollte er nichts wissen. Am Ende sagte sie, wenn er kein Suchtproblem hätte, müsste es ihm ja leichtfallen, nicht mehr zu spielen. Überhaupt nicht mehr. Damit war er einverstanden. Aber vorher musste sie ihm versprechen, mich nie wiederzusehen.«

D. D. zog eine Braue in die Stirn und sah ihn an. »Es scheint, er war wirklich überzeugt davon, dass Sie und Tessa eine Affäre hatten.«

»Suchtkranke machen immer andere für ihre Probleme verantwortlich«, erwiderte Lyons ruhig. »Fragen Sie meine Frau. Ich habe ihr alles gesagt. Außerdem weiß sie immer ganz genau, mit wem ich mich wo treffe, wenn ich ohne sie unterwegs bin. Wir haben keine Geheimnisse voreinander.«

»Tatsächlich? Warum haben Sie uns diese Geschichte nicht schon früher erzählt?«, wollte D. D. wissen. »Ich erinnere mich nur, dass Sie meinten, die Hochzeit von Tessa und Brian wäre Ihnen nicht besonders wichtig gewesen. Vierundzwanzig Stunden später geben Sie zu, sich als Brians persönlicher Suchtberater versucht zu haben.«

Lyons wurde rot und ballte seine Fäuste an der Seite. D. D. richtete ihren Blick darauf und …

»Ja, was haben wir denn da?«, rief sie und griff nach seiner Rechten, um sie ins Licht zu heben. Lyons versuchte, sie mit der Linken zurückzustoßen, spürte aber plötzlich eine geladene Sig Sauer an der Schläfe.

»Eine falsche Bewegung, und Sie sind tot«, sagte Bobby, ebenso heftig keuchend wie Lyons.

D. D. war zwischen beiden eingekeilt.

Der State Trooper brachte gut zwanzig Kilo mehr auf die Waage als Bobby. Er war sehr viel kräftiger und hatte als Streifenbeamter mehr Erfahrung im Zweikampf. Ein anderer Officer seiner Statur hätte Bobbys Drohung womöglich nicht ernst genommen, doch Lyons wusste offenbar, mit wem er es zu tun hatte.

Er wich zurück und wehrte sich nicht, als D. D. seine Faust ins Licht der Deckenlampe hielt. Die Knöchel waren dunkelviolett und geschwollen, die Haut an mehreren Stellen abgeschürft.

Als Bobby langsam die Waffe sinken ließ, richtete D. D. ihren Blick auf Lyons' Füße, die in schweren, eisenbeschlagenen Arbeitsschuhen steckten. Vielleicht erklärten sie, warum Tessas Anwalt nicht zulassen wollte, dass die Prellung an ihrer Hüfte untersucht wurde.

»Mistkerl«, sagte D. D. »Sie haben sie geschlagen. Sie waren es, der Tessa Leoni krankenhausreif geprügelt hat.«

»Auf eigenes Verlangen«, entgegnete Lyons kleinlaut.

»Wie bitte?«

»Tessa wollte es so.«

Der neuen, korrigierten Geschichte Lyons' zufolge hatte Tessa ihn am Sonntagmorgen gegen neun angerufen. Sie habe hysterisch geklungen und gesagt, Sophie sei verschwunden und Brian tot, erschossen von einem Dritten. Sie brauche Hilfe. Er solle kommen, allein, sofort, schnell.

Er habe sich im Laufschritt auf den Weg gemacht und den Streifenwagen stehen lassen, weil der zu auffällig gewesen wäre.

Vor Ort habe er Brian tot in der Küche vorgefunden, Tessa, immer noch in ihrer Uniform, weinend neben der Leiche.

Tessa habe ihm eine bizarre Geschichte erzählt. Sie sei nach ihrer Rückkehr von der Schicht und nachdem sie das Dienstkoppel auf dem Küchentisch abgelegt hatte, sofort nach oben gegangen, um nach Sophie zu sehen, habe sie aber nicht vorgefunden. Sie sei nervös geworden, habe Geräusche in der Küche gehört und dort einen

Mann in schwarzem Wollmantel angetroffen, der Brian mit ihrer Dienstpistole bedrohte.

Er habe gesagt, dass Sophie in seiner Gewalt sei und sie, Tessa, tun müsse, was er verlangte, wenn sie ihre Tochter lebend wiedersehen wolle. Er habe dann drei Schüsse auf Brian abgegeben, die Waffe auf den Tisch zurückgelegt und das Weite gesucht.

»Und Sie haben ihr diese Geschichte abgenommen?«, fragte D. D. Sie und Bobby hatten schließlich doch auf den Sitzsäcken Platz genommen. Man hätte die Runde als vertraulich bezeichnen können, wenn da nicht die Sig Sauer gewesen wäre, die auf Bobbys Oberschenkel lag.

»Anfangs nicht«, gestand Lyons. »Das war dann auch Tessas Argument. Wenn ich ihr schon nicht glaubte, wer dann?«

»Könnte dieser Mann ein Vollstrecker gewesen sein?«, fragte Bobby stirnrunzelnd. »Jemand, der Brians Spielschulden einzutreiben versuchte?«

Lyons seufzte. »Brian hat Bodybuilding gemacht«, sagte er. »Sie wollten gestern wissen, warum er sich dermaßen aufgepumpt hat.«

Bobby nickte.

»Brian fing vor einem Jahr mit dem Zocken an. Drei Monate später kam es zu einem ersten Zwischenfall. Er hatte viel verloren und wurde dann von Schlägern des Kasinos in die Mangel genommen, bis er einem Ratenplan zustimmte. Eine Woche später meldete er sich bei diesem Fitnessstudio an. Ich glaube, das gehörte zu seinem Selbstverteidigungsplan. Übrigens ging er weiter ins Studio, auch nachdem Tessa und ich ihn mit seinem Problem konfrontiert hatten.«

»Er spielte also weiter«, schlussfolgerte Bobby.

»Das nehme ich an. Möglich, dass er noch mehr Schulden machte und dieser Typ gekommen ist, um zu kassieren.«

D. D. musterte ihn mit kritischem Blick. »Und dann knallt er ihn ab? Den Schuldner, der dann nie mehr zahlen kann?«

»Ich glaube, Brian hatte endgültig verspielt. Wie es scheint, hat er die falschen Leute gegen sich aufgebracht. Die wollten nicht sein Geld, sondern seinen Tod, standen aber vor dem Problem, dass er mit einer Polizistin verheiratet war. Ihn zu töten hätte unerwünschte Aufmerksamkeit auf diese Leute gelenkt. Also inszenierten sie es so, dass Tessa als Mörderin in Verdacht gerät. Damit waren sie raus aus dem Schneider.«

»Brian hat Dreck am Stecken«, resümierte D. D. »Er muss sterben, und damit Tessa spurt, wird Sophie entführt.«

»Genau.«

»So hat sie Ihnen ihre Geschichte verkauft.«

»Wie gesagt –«

D. D. hob die Hand, um ihn zum Schweigen zu bringen. Sie hatte gehört, was er gesagt hatte, glaubte aber kein Wort davon, zumal Lyons sie bereits einmal belogen hatte.

»Tessa gerät in Panik«, fasste D. D. weiter zusammen. »Ihr Mann liegt, von ihrer Dienstwaffe tödlich getroffen, auf dem Küchenboden, ihre Tochter wurde gekidnappt, und wenn sie ihre Tochter jemals lebend wiedersehen will, muss sie sich schuldig für den Mord an ihrem Mann bekennen.«

»Ja.« Lyons nickte nachdrücklich.

»Tessa entwirft einen Plan: Sie lässt sich von Ihnen zusammenschlagen und behauptet dann, Brian sei über sie hergefallen und sie habe ihn in Notwehr erschossen. So kann sie die Tat auf sich nehmen, wie von den Kidnappern ihrer Tochter verlangt, ohne fürchten zu müssen, über Jahre in den Knast zu wandern.« Immerhin ergab dieser Teil der Geschichte Sinn. Tessa Leoni war eine erfahrene Polizistin und hatte ihre Stärken ausgespielt. Clevere Frau.

Bobby hatte allerdings noch eine Frage an Lyons. »Jetzt mal ehrlich – haben Sie Tessa wirklich zusammengeschlagen?«

Der Trooper wurde wieder rot und starrte auf seine lädierte Faust. »Das hätte ich nicht fertiggebracht«, murmelte er kaum hörbar.

»Und wie erklären Sie sich dann das gebrochene Jochbein?«, hakte D. D. nach.

»Sie ist ein Mädchen. Ich schlage keine Mädchen. Das weiß sie. Darum hat sie … In der Polizeiakademie mussten wir gegeneinander antreten. Es ging dabei um Selbstverteidigung. Die Kräftigeren wie ich haben nie auf Anhieb richtig zugelangt. Wir wollten schließlich Cops werden, weil es uns um Fairness geht, weil wir so was wie Ehrgefühl haben. Wir vergreifen uns weder an Frauen noch an Schwächeren.« Er schaute Bobby an. »Aber während der Ausbildung wurde von uns verlangt, dass wir keinen Unterschied machen.«

Bobby nickte verständnisvoll.

»Also haben wir uns gegenseitig Gemeinheiten um die Ohren gehauen und uns provoziert, damit auch die kräftigeren Typen ernst machten und die Schwächeren lernten, sich zu verteidigen.«

Wieder nickte Bobby.

»Tessa konnte besonders gut provozieren. Es müsse überzeugend sein, sagte sie. Vom Ehemann misshandelt zu werden wäre ein positiver Verteidigungseinwand, den man allerdings beweisen müsse. Sie verlangte deshalb von mir, dass ich mit voller Wucht zuschlage. Und um das zu erreichen, hat sie mich bis zur Weißglut gereizt ... verdammt.« Lyons richtete seinen Blick auf einen Punkt, den nur er sehen konnte. »Ich habe tatsächlich die Beherrschung verloren und bin auf sie losgegangen.«

»Aber Sie konnten sich dann bremsen«, meinte Bobby ruhig.

Lyons hob den Kopf. »Ja.«

»Gut gemacht«, kommentierte D. D. trocken, worauf der Trooper wieder errötete.

»Und das geschah am Sonntagmorgen?«, fragte Bobby.

»Um neun. Sie hat mich angerufen, ihre Nummer sehen Sie noch auf meinem Handy. Ich bin sofort rüber ... Zu Hause muss ich dann wieder so gegen halb elf gewesen sein. Den Rest kennen Sie ja. Tessa hat ihren Notruf abgesetzt, und wenig später waren die Kollegen zur Stelle, einschließlich der Lieutenant Colonel. Tessa und ich hatten gehofft, dass sofort die Fahndung nach Sophie anläuft und alle Welt nach ihr sucht. Brian war tot. Tessa wurde festgenommen. Jetzt kann dieser Mann das Kind doch freilassen, oder? Sie einfach an einer Bushaltestelle aussetzen oder so. Tessa hat getan, was von ihr verlangt wurde. Warum ist die Kleine nicht schon aufgetaucht?«

Lyons klang ein wenig verzweifelt. D. D. konnte ihm das durchaus nachempfinden. Seine Geschichte ergab keinen Sinn, was er allmählich selbst zu begreifen schien.

»Hey, Lyons«, sagte sie. »Wenn Sie am Sonntagmorgen bei Tessa waren, wie kommt's, dass Brians Leiche vorher auf Eis gelegt war?«

»Wie bitte?«

»Brians Leiche. Die Obduktion hat ergeben, dass er nicht erst Sonntagmorgen getötet wurde, sondern schon vorher. Er ist gekühlt worden.«

»Der Staatsanwalt ... hat so etwas angedeutet ...« Lyons stoppte und schaute die beiden fragend an. »Ich verstehe das alles nicht.«

»Tessa hat Sie hinters Licht geführt.«

»Nein ...«

»Es gibt diesen mysteriösen Dritten nicht, der Sonntagmorgen in ihrem Haus gewesen sein soll. Brian starb aller Wahrscheinlichkeit nach in der Nacht auf Samstag. Und was Sophie betrifft ...«

Der stämmige Trooper schloss die Augen und schien einen Kloß in der Kehle zu haben, weil er vergeblich zu schlucken versuchte. »Aber sie sagte ... Es sei für Sophie. Wir müssten es tun, um sie zu retten. Ihretwegen müsste ich sie zusammenschlagen.«

»Wissen Sie, wo Sophie ist?«, fragte Bobby behutsam. »Haben Sie eine Ahnung, wo Tessa sie versteckt halten könnte?«

Lyons schüttelte den Kopf. »Nein. Ich weiß nur, dass sie ihrer Tochter nie etwas zuleide tun könnte. Sie liebt sie. Es ist einfach ... unmöglich.«

D. D. musterte ihn mit ernster Miene. »Sie sind dümmer, als wir glaubten. Sophie ist verschwunden, und Sie stehen jetzt im Verdacht der Beihilfe zum Mord. Wie es aussieht, hat Sie Tessa gründlich gelinkt.«

25. KAPITEL

Bobby und D. D. nahmen Lyons nicht fest. Bobby hielt es für angemessener, dass sich die Innere Abteilung der State Police mit seinem Fall befasste. Die hatten bessere Druckmittel als die Bostoner Polizei, zumal es für sie noch eine andere Sache zu klären galt, nämlich Lyons' Rolle im Zusammenhang mit den veruntreuten Gewerkschaftsgeldern.

Die beiden kehrten in die Zentrale zurück, wo sich um elf Uhr die Sonderkommission treffen wollte.

Die Falafel hatten D. D. gutgetan. Ihre Augen leuchteten, und mit schwungvollen Schritten stieg sie die Treppe hinauf in ihre Abteilung.

Die Ermittlungen liefen auf Hochtouren. Das Ende war abzusehen. Alles sprach dafür, dass Tessa Leoni ihren Mann und ihre Tochter ermordet hatte.

Blieben nur noch ein paar Puzzlestücke, die ins Bild gerückt werden mussten, so etwa die Frage nach dem Verbleib von Sophies Leiche.

Die Kollegen der Sonderkommission saßen schon am Tisch, als die beiden den Konferenzraum betraten. Phil wirkte genauso aufgedreht wie D. D. und kam auch gleich zur Sache.

»Du hattest recht«, sagte er mit Blick auf D. D. »Das Konto existiert nicht mehr. Am Samstagmorgen wurde die gesamte Barschaft von fünfzigtausend Riesen abgehoben. Bei meiner ersten Anfrage war die Auszahlung noch nicht verbucht worden. Und jetzt kommt's: Dieselbe Summe wurde bereits zwölf Tage vorher abgezogen und dann sechs Tage später wieder eingezahlt. Seltsam, oder?«

»Wie wurde das Geld am Samstagmorgen abgehoben?«, fragte D. D.

»Per Barscheck, also cash.«

Bobby stieß einen Pfiff aus. »Wäre in kleinen Scheinen ein ganz schön dickes Päckchen.«

»Wer hat das Konto aufgelöst, ein Mann oder eine Frau?«, wollte D. D. wissen.

»Tessa Leoni«, antwortete Phil. »Der Kassierer hat sie erkannt. Sie hatte sogar noch ihre Uniform an.«

»Geld für einen Neustart«, meinte D. D. »Unter Anklage gestellt, wäre sie wahrscheinlich nicht mehr darangekommen. Also musste sie zuerst das Konto leerräumen und das Geld in Sicherheit bringen. Ich gehe jede Wette ein, dass sich da, wo es jetzt liegt, auch noch die Viertelmillion befindet.«

Phil konnte nicht wissen, was sie damit meinte. Bobby klärte ihn über die veruntreuten Gelder der Gewerkschaft auf, die sich eine Frau mit roter Baseballkappe und Sonnenbrille unter den Nagel gerissen hatte.

»Das Geld hatten sie offenbar bitter nötig«, erwiderte Phil. »Ich habe noch ein bisschen recherchiert und festgestellt, dass Brian Darby und Tessa Leoni, obwohl sie auf dem Papier ganz gut dastanden, ziemlich tief in den Miesen steckten. Es gibt da nämlich mehrere hochbelastete Kreditkarten, die auf das Töchterchen Sophie ausgestellt sind.«

»Wie bitte?«, fragte D. D.

»Du hast richtig gehört. Es scheint, dass Brian Darby auf den Namen seiner Stieftochter etliche Kreditkarten beantragt und den Schriftverkehr über ein Postschließfach geführt hat. In den vergangenen neun Monaten hat sich eine Schuldlast von über zweiundvierzigtausend Dollar angesammelt. Kleinere und größere Beträge sind per Bargeldanweisung unter anderem an Foxwoods geflossen.«

»Brian Darby hatte definitiv ein großes Spielproblem, meine Herren.«

Phil schmunzelte. »Ganz nebenbei habe ich mir erlaubt, die besagten Anweisungen mit Brians Dienstplänen abzugleichen, und tatsächlich: Sophie hat immer nur dann größere Summen abgezweigt, wenn Brian im Land war. Sieht so aus, als hätte Brian die Zukunft seiner Stieftochter verzockt.«

»Wann erfolgte die letzte Anweisung?«, fragte Bobby.

»Vor sechs Tagen. Die Kreditkartenkonten waren vorher wieder aufgefüllt worden, wahrscheinlich mit den ersparten fünfzigtausend. Damit ist er wohl geradewegs ins Kasino gegangen, wo er anscheinend eine große Summe gewonnen hat, denn sechs Tage später konnte er die fünfzigtausend dem Sparbuch wieder gutschreiben lassen. Oder aber ...« Phil runzelte die Stirn. »Tja«, fuhr er fort. »Wahrscheinlicher ist wohl, dass er sich Geld geliehen hat, denn die jüngsten Kreditkartenauszüge belegen größere Bargeldanweisungen, mit anderen Worten, in den vergangenen sechs Tagen ist Brian noch tiefer in die Kreide gerutscht. Trotzdem konnte er das Sparguthaben wieder auffüllen. Er muss sich das Geld also geliehen haben.«

»Könnte also doch sein, dass er Besuch von einem Eintreiber hatte«, sagte Bobby an D. D. gerichtet.

Die zuckte mit den Achseln und klärte die Kollegen über Trooper Lyons' revidierte Aussage auf, wonach ein mysteriöser Killer am Sonntagmorgen aufgetaucht sei, Sophie entführt und Brian Darby erschossen habe; um ihre Tochter auszulösen, habe Tessa die Schuld am Tod ihres Mannes auf sich genommen, und um auf Notwehr plädieren zu können, sei sie auf eigenes Verlangen von Shane Lyons zusammengeschlagen worden.

Alle Kollegen am Tisch zeigten ähnliche Stirnfalten.

»Moment mal«, meldete sich Neil. »Sie will Lyons Sonntagmorgen zu sich gerufen haben? Brian ist doch schon mindestens vierundzwanzig Stunden vorher getötet worden.«

»Das hat Tessa ihrem Freund Shane natürlich nicht auf die Nase gebunden, verlogen, wie sie ist.«

»Darby hat Freitagabend von seinem Handy aus telefoniert«, sagte Detective Jake Owens. »Leider ging der Anruf an eine Prepaid-Nummer, deren Besitzer nicht zu identifizieren ist. Passt durchaus zu einem Kredithai.«

»Und wie sich herausgestellt hat, hatte Brian in jüngerer Vergangenheit zwei ›Unfälle‹«, ergänzte Neil. »Im August musste er mehrere Prellungen im Gesicht verarzten lassen, die er damit erklärte, dass er beim Wandern gestürzt sei. Und dann ...« Er blätterte durch seine Aufzeichnungen. »Im September und Oktober war er auf See. Am dritten November kam er wieder zurück und musste bereits am sechzehnten wieder in die Ambulanz wegen gebrochener Rippen. Angeblich ein Sturz von der Leiter. Er habe ein Loch im Dach zu flicken versucht.«

»Der Vollständigkeit halber«, ergänzte Phil. »Sophie Leonis Kreditrahmen war bereits im November ausgereizt. Wenn Brian also weitere Schulden gemacht hat, konnte er sie nicht mehr auf diese Weise begleichen.«

»Ist von den Gehaltskonten Geld abgehoben worden?«, fragte D. D.

»Ja, ein größerer Betrag im Juli. Zweiundvierzigtausend. Aber genauso viel wurde wieder eingezahlt, bevor Brian seine Reise im September antrat. Die nächste größere Transaktion fand erst vor zwei Wochen statt.«

»Infolge der Intervention«, bemerkte Bobby. »Vor sechs Wochen wurde Brian von Tessa und Shane wegen seiner Zockerei zur Rede gestellt. Es ging unter anderem um das plötzliche Verschwinden von dreißig Riesen. Die hat er offenbar wieder eingezahlt.«

»Wo kam das Geld her? Hatte er es gewonnen oder weitere Schulden gemacht?«, murmelte D. D.

Bobby zuckte mit den Achseln. »Jedenfalls machte er von da an im Verborgenen weiter, und zwar mit Hilfe falscher Kreditkarten, deren Abrechnungen an ein Postschließfach geschickt wurden, damit sie Tessa nicht in die Hände fielen. Vor rund zwei Wochen flog der Schwindel jedoch auf, als sich Brian gezwungen sah, fünfzig Riesen vom Sparguthaben abzuzweigen. Das hat Tessa offenbar mitbekommen, was erklären würde, warum das Geld sechs Tage später wieder auf dem Konto lag.«

»Doch das räumt sie am Samstagmorgen leer«, gab Phil zu bedenken. »Nicht für einen Neustart. Ich glaube, Tessa Leoni ging es darum, ihr altes Leben wieder ins Lot zu bringen.«

»Ein Grund mehr, ihren Gatten aus dem Weg zu räumen«, stellte D. D. fest und trat vor die weiße Tafel. »Na schön. Wer ist der Meinung, dass Brian Darby ein pathologischer Zocker war?«

Alle Mitglieder der Sonderkommission einschließlich D. D. hoben die Hand. Sie vermerkte den Befund auf der Tafel.

»Brian hatte offenbar kein Glück im Spiel. Er machte so viel Schulden, dass er sich zu Betrügereien genötigt sah, und musste wahrscheinlich Prügel einstecken. Was dann?«

Ihre Kollegen starrten sie fragend an. Sie starrte zurück.

»Hey, lasst mich nicht in der Luft hängen. Wir sind davon ausgegangen, dass Tessa Leoni von ihrem Liebhaber verprügelt wurde. Jetzt stellt sich raus, dass Kollege Lyons ihr nur einen Gefallen getan hat. Damit wäre ein Großteil der Geschichte bestätigt. Brian Darby hat so viel Spielschulden angehäuft, dass ihm ein Geldeintreiber einen Hausbesuch abstattet. Was machen wir jetzt daraus?«

D. D. öffnete eine neue Rubrik unter der Überschrift: *Motiv*.

»Wäre ich an Tessas Stelle«, sagte sie, »und ich fände heraus, dass mein Mann seine Spielsucht nicht in den Griff bekommt und auf den Namen meiner Tochter Zehntausende verzockt hat, würde mir das reichen, um zur Waffe zu greifen. Ein Arschloch zum Ehemann zu haben ist aber kein positiver Verteidigungseinwand. Deshalb steht Tessa besser da, wenn sie Notwehr vortäuscht und sich von Lyons zusammenschlagen lässt.«

Mehrere Kollegen nickten zustimmend. Bobby aber sah natürlich gleich einen Haken.

»Sie liebt ihre Tochter so sehr, dass sie ihn wegen seines Betrugs an ihr brutal abstraft. Aber warum hätte sie auch noch Sophie töten sollen?«

D. D. spitzte die Lippen. »Einspruch stattgegeben.« Sie blickte in die Runde. »Weitere Kommentare?«

»Vielleicht war's ein Unfall«, ließ Phil verlauten. »Vielleicht hat es die Kleine aus Versehen erwischt, als sich Tessa und Brian in den Haaren lagen. Oder vielleicht war Sophies Tod ein Grund mehr für Tessa, ihren Mann zu töten. Mit ihrer Dienstpistole. Sie weiß, dass schon allein deshalb sehr gründlich ermittelt wird«, fügte er hinzu. »Sie gerät in Panik und erfindet einen halbwegs plausibles Szenario –«

»Mit Notwehr hat sie sich schon einmal herausreden können«, erinnerte Bobby. »Im Fall Tommy Howe.«

»Um Zeit zu gewinnen, legt sie Brians Leiche auf Eis, lässt die Tochter verschwinden und zitiert am nächsten Morgen Shane Lyons zu sich«, sagte D. D. »Dem tischt sie eine Geschichte auf, die auch wir glauben sollen. Am Sonntagmorgen hat sie ihren großen Auftritt.«

»Was, wenn sie Samstagmorgen die fünfzig Riesen abgehoben hat, weil sie Brian auf die Schliche gekommen ist«, gab ein anderer Officer zu bedenken. »Brian war sauer, kann auch sein, dass sie ihn zur Rede gestellt hat. Jedenfalls eskalierte der Streit.«

D. D. nickte und notierte auf der Tafel: *$$$?*

»Dürfte nicht leicht sein herauszufinden, wo die gebunkert sind«, meinte Phil. »Sie hat sich einen Barscheck aushändigen lassen. Das Geld könnte inzwischen unter falschem Namen auf jeder x-beliebigen Bank liegen. Vielleicht hat sie sich den Scheck auch irgendwo auszahlen lassen.«

»Für die meisten Wechselstuben ein bisschen viel Kohle auf einmal«, zweifelte Bobby.

»Wenn genug Provision abfällt«, konterte Phil. »Und womöglich hat sie ja den Umtausch vorangemeldet. Auf dem freien Markt ist ein Barscheck so gut wie Gold.«

»Und wenn Tessa das Geld dringend brauchte?«, fragte D. D. »Was, wenn sie fällige Zahlungen zu leisten hatte?«

Dreißig Augenpaare richteten sich auf sie.

»Wie wär's mit folgendem Szenario?«, dachte sie laut. »Brian Darby war ein zwanghafter Spieler, der Frau und Tochter mit in den Abgrund zu reißen drohte. Tessa ist eine Frau, die schon mal ganz unten war, und da will sie nie wieder hin. Sie hat sich mit viel Mühe ein neues Leben aufgebaut, vor allem ihrer Tochter zuliebe. Was also soll sie tun? Eine Scheidung kann lange dauern, und bevor die durch ist, könnte Brian die Familie finanziell ruiniert haben.

Vielleicht«, fuhr D. D. fort, »hatte er tatsächlich Besuch von einem Geldeintreiber. Möglich sogar, dass er von Tessa angeheuert wurde, ein Killer mit dem Auftrag, ihren Mann von seinem Elend zu erlösen. Der Mann im schwarzen Mantel aber will sich versichern und kidnappt Sophie, um zu verhindern, dass Tessa die Seiten wechselt und ihn festnehmen lässt.«

Bobby schaute sie an. »Ich dachte, du wärst davon überzeugt, dass sie die Mörderin ihrer Tochter ist.«

D. D. hielt sich unwillkürlich den Bauch. »Was soll ich sagen? Kann sein, dass ich auf meine alten Tage weich werde. Ich denke an die Geschworenen, die Mitleid mit einer Frau haben werden, deren Mann das ganze Familienvermögen verzockt hat. Eine Mutter dagegen, die ihr Kind getötet hat, ist sofort untendurch.«

Sie schaute zu Phil. »Wir müssen der Geldspur folgen«, sagte sie nach kurzem Schweigen. »Wir brauchen stichhaltige Beweise dafür, dass Tessa hinter den Transaktionen steht. Vielleicht findest du in dem Zusammenhang noch weitere aufschlussreiche Finanzdetails. Morgen werden wir Tessas Anwalt anrufen und seine Mandantin zu einer weiteren Plauderstunde einladen. Nach vierundzwanzig Stunden im Knast sind die meisten gesprächig.

Gibt's eigentlich Neuigkeiten von der Hotline?«, fragte sie.

Negativ, bescheinigte ihr die Sonderkommission.

»Wissen wir inzwischen mehr über die letzte Fahrt des weißen Denali?«, fragte sie hoffnungsvoll.

»Der Restmenge im Tank nach zu urteilen, hat er höchstens eine Strecke von insgesamt einhundert Meilen zurückgelegt«, antwortete einer der Detectives.

»Prima. Damit können wir ja unsere Suche eingrenzen. Auf ein Viertel von Massachusetts?«

»So ungefähr.«

D. D. verdrehte die Augen und legte den Marker ab. »Müssen wir sonst noch was wissen?«

»Die Waffe«, meldete sich eine Stimme aus den hinteren Reihen. Die von Detective John Little.

»Was ist damit?«, fragte D. D. »Mit der befassen sich unsere Spezialisten.«

»Ich meine nicht die von Tessa«, erwiderte Little. »Sondern die von Brian.«

»Brian hatte eine Waffe?« D. D. war sichtlich überrascht.

»Scheint so. Jedenfalls hat er vor zwei Wochen einen Waffenschein beantragt. Für eine Glock vierzig. Allerdings haben unsere Leute das Ding nicht sicherstellen können. Weder im Haus noch in seinem Wagen.«

Der Detective schaute D. D. erwartungsvoll an. Sie erwiderte seinen Blick.

»Brian Darby hatte eine Pistole?«, fragte sie noch einmal.

»Ja. Und sie wurde vor zwei Wochen registriert.«

»Er hat sich offenbar nicht länger allein auf seine Muskeln verlassen wollen«, meinte Bobby.

D. D. winkte ihm zu. »Es wird immer unübersichtlicher. Brian Darby hatte eine Glock vierzig, *und wir wissen nicht, wo sie steckt.* Das ist ein Hammer, Leute.«

»Die Registrierung ist doch gerade erst durch«, verteidigte sich Detective Little. »Und extrem ungewöhnlich ist das auch nicht. Ihr kennt doch die Nachrichten. Wenn man denen glaubt, steht der Weltuntergang kurz bevor. Jeder Zweite in der Stadt ist dabei, sich zu bewaffnen.«

»Wir brauchen die Pistole«, schnappte D. D. »Was, wenn Sophie damit getötet wurde?«

Es wurde still im Raum.

»Ja«, sagte sie. »Ich finde auch, wir haben genug geredet und spekuliert. Fakt ist, wir haben den toten Mann einer Polizistin und eine vermisste Sechsjährige. Ich will, dass wir sie finden. Und Brians Waffe. Wenn sich unser Verdacht bestätigt, werden wir eine so wasserdichte Anklage vorbereiten, dass Tessa Leoni für den Rest ihres Lebens hinter Gittern verschwindet. Los, an die Arbeit!«

Es war eine halbe Stunde vor Mitternacht, als die Detectives den Konferenzraum verließen.

26. KAPITEL

Fast jede Frau wird sich irgendwann einmal in einen Nichtsnutz verliebt haben.

Bei mir dauerte es knapp drei Jahre, bis mir mein Irrtum bewusst wurde. Mag sein, dass es von Anfang an Hinweise gab, denen ich mehr Beachtung hätte schenken müssen, aber ich war so glücklich, einen Mann kennengelernt zu haben, der mich und meine Tochter offenbar wirklich liebte, dass ich sie schlichtweg ignorierte. Zum Beispiel seine Pedanterie. Als wir zum ihm zogen, bekamen Sophie und ich tagtäglich Lektionen in Sachen Ordnung zu hören. Schmutziges Geschirr gehörte nicht auf die Anrichte, Zahnbürsten seien gefälligst in ihre Halter zu stecken, und Buntstifte auf dem Esstisch herumliegen zu lassen komme überhaupt nicht in Frage.

Brian liebte Ordnung und Präzision über alles.

»Ich bin Ingenieur«, sagte er. »Du würdest schließlich auch nicht wollen, dass die Brücke, über die du täglich zur Arbeit fahren musst, von einem schlampigen Ingenieur gebaut wurde.«

Ich war kompromissbereit und einverstanden damit, gewisse Dinge und Gewohnheiten zum Wohl der Familie aufzugeben. Außerdem musste Brian ja immer wieder auf See, und dann konnten Sophie und ich acht Wochen lang hemmungslos unsere Sachen herumfliegen lassen. Ja, wenn Brian unterwegs war, spielten wir »Girls Gone Wild«.

Als ich dann eines Tages den Handwerker bezahlen wollte, musste ich feststellen, dass unsere Ersparnisse verschwunden waren.

Es ist hart, wenn man sich mit den Folgen der eigenen Gleichgültigkeit konfrontiert sieht. Ich wusste, dass Brian im Foxwoods verkehrte. Oder genauer gesagt: Mir fiel auf, wenn er nach Hause kam und nach Alkohol und Zigaretten stank, aber behauptete, eine Wanderung unternommen zu haben. Er belog mich mehrfach, doch ich ließ es mir gefallen. Hätte ich nachgebohrt, wären mir womöglich Dinge zu Ohren gekommen, die ich nicht hören wollte. Ich beließ es dabei.

Mein Mann aber gab offenbar seinem inneren Dämon nach und verzockte unsere Ersparnisse.

Shane und ich stellten ihn zur Rede. Er stritt alles ab, allerdings waren seine Ausflüchte nicht besonders plausibel. Irgendwann wusste ich nicht mehr, was ich dazu sagen sollte. Das Geld kehrte auf rätselhafte Weise immer wieder zurück, und ich kümmerte mich nicht weiter darum aus Angst zu erfahren, was ich eigentlich nicht wissen wollte.

Mein Mann war für mich von da an eine Art Doppelwesen. Es gab den guten Brian, den geliebten Mann, der Sophie von der Schule abholte und mit ihr Schlitten fuhr, bis beide vom Lachen rote Wangen hatten. Der mir Pfannkuchen mit Ahornsirup machte, mir den verspannten Nacken massierte, wenn ich von der Nachtschicht zurückkam, und mich in den Armen hielt, wenn ich schlief.

Und es gab den bösen Brian. Der böse Brian schrie mich an, wenn ich vergessen hatte, die Anrichte abzuwischen. Er war kurz angebunden und distanziert, diktierte das Fernsehprogramm und drehte die Lautstärke auf, wenn wir uns beklagten.

Der böse Brian roch nach Zigaretten, Suff und Schweiß. Er trainierte zwanghaft und rang mit den Dämonen eines Mannes, der vor irgendetwas Angst hatte. Manchmal verschwand er für mehrere Tage. Er nehme sich eine Auszeit mit Freunden, erklärte er dann, obwohl klar war, dass er allein loszog, denn seine Freunde hatten sich von ihm abgewendet.

Aber so war der böse Brian. Er konnte seiner Frau, einer erfahrenen Polizistin, ins Gesicht blicken und sie anlügen, ohne mit der Wimper zu zucken.

Ich fragte mich immer: Würde er ein anderer Ehemann sein, wenn ich als Ehefrau anders wäre?

Der böse Brian brach mir das Herz. Der gute Brian schaffte es immer wieder gerade noch rechtzeitig, die Bruchstücke zusammenzuflicken.

Und so ging es weiter, hoch und runter auf der Achterbahn unserer Ehe.

Doch irgendwann geht jede Fahrt zu Ende.

Unsere Fahrt endete auf dem blitzblanken Küchenfußboden.

Mir und Sophie kann der böse Brian nicht mehr weh tun.

Dass ich von dem guten Brian ablassen kann, wird noch eine Weile dauern.

Dienstagmorgen, sieben Uhr.

Unser Flügel erwachte; die Schließerin zählte ihre gefangenen Schäfchen. Erica war schon eine Stunde wach. Sie lag in Fötushaltung auf ihrer Matratze, schaukelte leise brabbelnd hin und her, den Blick ins Unendliche gerichtet.

Ich glaube, es war kurz nach Mitternacht, als sie schlafen ging. Weil es in unserer Zelle keine Uhr gibt, musste ich mich auf mein Zeitgefühl verlassen. Das gab mir nachts etwas zu tun: Ich glaube es ist ... zwei, drei, vier Uhr einundzwanzig ...

In dieser Nacht bin ich allerdings sofort eingeschlafen. Ich träumte von Sophie. Wir trieben in einem weiten, aufgewühlten Ozean und paddelten um unser Leben von einer Welle zur anderen.

»Bleib bei mir«, brüllte ich. »Bleib bei mir, und es wird dir nichts geschehen.«

Aber sie ging unter und verschwand im dunklen Wasser. Ich tauchte und tauchte, aber ich konnte sie nicht mehr finden.

Als ich erwachte, schmeckte ich Salz auf meinen Lippen. An Schlaf war nicht mehr zu denken.

Auch nachts rissen die Geräusche im *Tower* nicht ab. Irgendwelche Frauen machten irgendwelche Männer an, die dann zu stöhnen anfingen. Rohre klackerten, Gebläse summten. Mir war, als steckte ich im Inneren eines riesigen Tieres, das mich mit Haut und Haaren verschluckt hatte. Immer wieder fuhr ich mit der Hand über die Wand, vielleicht in der Hoffnung, mich zu erden. Das einzig Gute an der Nacht war der Umstand, dass die Dunkelheit mir ein bisschen Intimsphäre schenkte und ich halbwegs unbeobachtet pinkeln konnte.

Die Schließerin hatte unsere Zelle erreicht. Sie sah Erica schaukeln, ließ, als sie den Blick auf mich richtete, vage durchblicken, dass sie mich erkannte, und verschwand wieder.

Kim Watters. Sie hatte ein Verhältnis gehabt mit einem meiner Kollegen aus der Kaserne, war auch manchmal aufgetaucht, wenn wir zusammen essen waren. Natürlich. Die Schließerin vom Suffolk-County-Gefängnis. Ich erinnerte mich an sie.

Sie ging zur nächsten Zelle. Erica schaukelte heftiger. Ich schaute durch das vergitterte Fenster und versuchte mir einzureden, dass sich meine Lage dadurch, dass ich eine der Schließerinnen persönlich kannte, nicht verschlechterte.

Halb acht. Frühstück.

Erica war aufgestanden. Sie brummelte aufgeregt vor sich hin, ohne mich anzusehen. Ihr Gehirn war vom Meth zerfressen. Sie hätte auf Entzug gehört, nicht ins Gefängnis. Aber das traf wohl auf die meisten hier zu.

Wir bekamen schlaffe Pfannkuchen, Apfelkompott und Milch. Erica strich das Kompott auf ihren Fladen, rollte ihn auf und verschlang ihn mit drei Bissen. Ein Schluck, und der Milchbecher war leer. Dann beäugte sie mein Tablett.

Ich hatte keinen Appetit. Der Pfannkuchen schmeckte wie ein feuchtes Papiertaschentuch. Trotzdem aß ich ihn vor ihren Augen.

Erica saß auf dem Klo. Ich wandte mich diskret ab.

Sie lachte.

Später putzte ich mir die Zähne und sprühte Deodorant unter die Achseln. Danach ... Danach hatte ich nichts mehr zu tun. Mein erster voller Tag im Knast.

Umschluss. Unsere Tür wurde geöffnet. Draußen schlenderten Frauen vorbei. Manche blieben in der Zelle. Ich musste raus. Nicht dass es mir zu eng darin wurde – die drei Meter hohe Decke und der Fensterausschnitt ließen immerhin so etwas wie Raumgefühl zu. Schlimmer war die ständige Neonlichtbestrahlung. Ich sehnte mich nach Sonnenlicht.

Im Aufenthaltsraum ging ich auf die Sitzecke zu, wo sechs Frauen vor dem Fernseher hockten. Es lief *Good Morning America.* Die Show war mir zu fröhlich. Ich versuchte mein Glück an einem der vier runden Metalltische, wo zwei Frauen Karten spielten. Eine dritte riss Witze, über die nur sie selbst lachen konnte.

Nebenan wurde eine Dusche aufgedreht. Ich schaute nicht hin. Ich wollte nichts davon sehen.

Plötzlich hörte ich ein seltsames Geräusch. Es klang, als wollte jemand nach Luft schnappen und gleichzeitig ausatmen.

Ich drehte mich um. Kim Watters, die Schließerin, führte einen seltsamen Tanz auf. Sie hing in der Luft und strampelte mit den Beinen, vergeblich bemüht, Boden zu gewinnen. Unmittelbar hinter ihr stand eine riesige schwarze Frau mit langen dunklen Haaren. Sie hatte einen Arm um Kims Kehle gelegt und drückte ihr die Luft ab. Kim wehrte sich nach Kräften, hatte aber keine Chance.

Ich trat auf sie zu. Doch plötzlich brüllte Erica: »Schnappt sie euch!«, und gleich darauf hatte mich ein halbes Dutzend Frauen in der Mangel.

Ich spürte einen Schlag im Magen, spannte reflexhaft die Bauchmuskeln an und stieß mit der Faust in etwas Weiches, das »Umpf« sagte. Von einem zweiten Hieb getroffen, duckte ich mich weg und folgte nur noch meinen in der Ausbildung geschärften Instinkten. Wer das Unmögliche nur oft genug wagt, macht es schließlich möglich. Es wird nach Monaten und Jahren ausdauernden Trainings im günstigen Fall sogar zur Routine und kann einem irgendwann einmal tatsächlich das Leben retten.

Es traf mich an der Schulter. Die Schläge zielten auf mein Gesicht, auf das geschwollene Auge und gebrochene Jochbein. Ich hob beide Fäuste in klassischer Boxermanier und rückte auf die mir nächste Angreiferin zu, der ich blitzschnell ein Bein stellte und einen Stoß versetzte, sodass sie in die wild gewordene Horde stürzte, die von hinten aufgeschlossen war.

Schreie. Schmerzen und Wut. Alles war in Bewegung. Ich musste mich auf den Beinen halten und die Attacken abwehren, um nicht von der schieren Übermacht zertrampelt zu werden.

Ein scharfer Gegenstand fuhr über meinen Unterarm, gleichzeitig erwischte eine Faust meine Schulter. Ich sprang zur Seite, rammte meinen Ellbogen in den Bauch einer Frau und drosch mit der Handkante auf ihren Hals ein. Sie ging zu Boden und blieb dort liegen.

Noch hatte ich es mit vier Gegnerinnen zu tun. Ich hielt sie auf Abstand und versuchte, zahllose Gedanken auf einmal zu verarbeiten. Wo waren die anderen Mithäftlinge? Zurück in ihren Zellen? Hatten sie sich verzogen aus Angst vor Repressalien?

Und Kim? Schnaufendes Handgemenge hinter mir. Officer in Gefahr, Officer in Gefahr.

Es musste doch irgendwo einen Alarmknopf geben – Wieder erwischte mich eine Klinge am Unterarm. Ich schlug danach, trat aus und traf auf ein Knie.

Ich schrie laut auf, schrie und schrie wie am Spieß. Seit Tagen aufgestaute Wut, Hilflosigkeit und Frustration machten sich endlich Luft, denn der Schließerin Kim ging es an den Kragen und meine Tochter – wer weiß, ob sie noch lebte; mein Mann war tot, und mit ihm der gute Brian gestorben, vor meinen Augen erschossen von einem Mann in Schwarz, der meine Tochter entführt und nur den blauen Knopf, das Auge ihrer Lieblingspuppe zurückgelassen hatte. Ich musste ihn finden und würde ihn büßen lassen.

Wahrscheinlich schrie ich immer noch, als ich mich wieder in Bewegung setzte. Ich glaube, es waren wahnsinnige Schreie, die ich von mir gab, denn meine Widersacherinnen wichen vor mir zurück. Jetzt war ich es, die mit gefletschten Zähnen attackierte.

Ich trat und ließ die Fäuste fliegen. Ich war wieder dreiundzwanzig Jahre alt. Eine unbändige Kampfmaschine. Seht, wozu ich in der Lage bin, wenn mich nichts mehr hält!

Mir tropfte der Schweiß vom Gesicht, meine Fäuste waren blutverschmiert. Eine weitere Frau ging zu Boden, dann noch eine, die nächste nahm Reißaus, um sich in ihrer Zelle in Sicherheit zu bringen. Die letzte hatte eine selbstgebastelte Stichwaffe in der Hand und glaubte offenbar, sich damit schützen zu können. Sie glaubte wohl, es mit irgendeinem aggressiven Freier oder frustrierten Zuhälter zu tun zu haben. Oder ich war für sie womöglich nur eine kleine weiße Zicke, keine wirkliche Herausforderung für eine hartgesottene Schlampe wie sie.

Von dort, wo die Aufseherin normalerweise an ihrem Pult saß, waren röchelnde Geräusche zu hören. Eine Frau lag im Sterben.

»Na los!«, knurrte ich. »Zeig mir, was du drauf hast, Schlampe!«

Sie war so blöd und griff an. Nach links ausweichend, stieß ich ihr eine gerade Rechte vor die Gurgel. Sie ließ die Waffe fallen und packte sich mit beiden Händen an den Hals. Mit der Klinge bewaffnet, stieß ich sie zu Boden und ließ keinen Zweifel mehr daran aufkommen, wer hier das Sagen hatte.

Kims Beine hatten zu zappeln aufgehört. Sie hing immer noch in der Luft, gehalten von dem schwarzen Arm, der ihr die Kehle zudrückte. Ihre Augen waren glasig.

Ich ging um die beiden herum.

Ich musterte die Riesenfrau, die, wie sich zeigte, gar keine Frau war, sondern ein langhaariger Mann, der sich, wie auch immer, in unseren Flügel eingeschmuggelt hatte.

Er schien überrascht, mich zu sehen.

Ich lächelte ihm zu und stieß ihm die Klinge zwischen die Rippen.

Kims Körper fiel zu Boden. Der Mann taumelte zurück, eine Hand in die Seite gepresst. Ich folgte, worauf er sich wegdrehte und zur Tür zu rennen versuchte. Von einem gezielten Tritt in der rechten Kniekehle getroffen, geriet er ins Wanken. Ein zweiter Tritt, der auf die andere Kniekehle traf, brachte ihn zu Fall. Er wälzte sich auf den Rücken und hob die Arme.

Ich stand über ihm, die blutige Klinge in der Hand. Mein Anblick – das zerschlagene Gesicht und die rot verschmierten Hände – war für diesen großen schwarzen Mann offenbar zu viel. Er machte sich in seinen orangefarbenen Overall.

Ich holte mit der Klinge aus.

»Nein«, krächzte er heiser.

Ich pflanzte ihm den Blechzinken in den Oberschenkel. Er schrie. Ich bohrte nach.

Und dann sang ich, für alle hörbar: *»All I want for Christmas is my two front teeth, my two front teeth, my two front teeth …«*

Der Kerl flennte, als ich mich über ihn beugte, ihm die langen dunklen Haare vom Gesicht streifte und ihm, wie dem Liebsten, ins Ohr flüsterte: »Sag dem Mann in Schwarz, dass ich ihn aufspüren werde. Er ist als Nächster dran.«

Ich drehte den Blechzinken ein letztes Mal in der Wunde.

Dann stand ich auf, wischte die Klinge am Hosenbein ab und drückte den Alarmknopf.

Trauert man, wenn einem die Welt, in der man lebt, verlorengeht? Wenn der Endpunkt erreicht ist, von dem es kein Zurück mehr gibt?

Die Wärter waren Sekunden später zur Stelle. Über den gesamten Trakt wurde der Notstand verhängt. Man legte mir Handschellen an. Ich stand auf wackeligen Beinen da, die Arme zerschnitten und mit frischen Prellungen an der Seite und auf dem Rücken.

Kim wurde auf einer Trage weggebracht. Sie war ohnmächtig, atmete aber noch.

Die Frau, die das selbstgebastelte Messer gezückt hatte, verschwand in einem Leichensack. Ich sah, wie der Reißverschluss zugezogen wurde, und empfand nichts dabei.

Erica schrie und kreischte so hysterisch, dass man sie zur Beruhigung in die Krankenstation schaffte. Die anderen Frauen wurden verhört und stellten sich dumm.

»Ich war die ganze Zeit auf der Zelle …«

»Hab nichts gesehen …«

»Gehört, ja, aber …«

»Klang so, als wären die Fetzen geflogen …«

»Ich habe die ganze Zeit geschlafen, Officer. Ehrlich.«

Der schwarze Kerl hingegen erzählte jedem, der ihm zuhörte, dass ich der leibhaftige Todesengel wäre, den man ihm bitte, bitte vom Leib halten möge.

Schließlich baute sich der stellvertretende Gefängnisdirektor vor mir auf. Er musterte mich sekundenlang und ließ an seiner Miene deutlich erkennen, was er von mir hielt.

Sein Urteil bestand aus einem einzigen Wort. »Einzelhaft.«

»Ich will meinen Anwalt sprechen.«

»Wer hat Officer Watters attackiert?«, fragte er.

»Mrs. Doubtfire.«

»*Sir*, wenn ich bitten darf. Und aus welchem Grund wurde sie attackiert?«

»Keine Ahnung, *Sir*.«

»Sie sind noch keine vierundzwanzig Stunden hinter Schloss und Riegel. Woher haben Sie diese Stichwaffe?«

»Von einer der Frauen, die mich kaltmachen wollten.« Ich stockte. *»Sir.«*

»Sie haben es mit sechs Frauen aufgenommen?«

»Eine Polizistin lässt sich nichts gefallen. *Sir*.«

Fast hätte er gelächelt. Stattdessen aber zeigte er mit dem Daumen unter die Decke, wo mehrere Überwachungskameras hingen. »Big Brother hat zugesehen. Ich frage ein letztes Mal. Haben Sie mir irgendetwas zu sagen?«

»Officer Watters schuldet mir ein Dankeschön.«

Er wusste offenbar bereits mehr, als er zugab. »Sie müssen zum Arzt«, sagte er und zeigte auf meine zerschnittenen Unterarme.

»Ich will meinen Anwalt sprechen«, wiederholte ich.

»Stellen Sie einen Antrag in der vorgeschriebenen Form.«

»Dazu habe ich keine Zeit.« Ich schaute dem stellvertretenden Gefängnisdirektor in die Augen. »Ich bin bereit, mit der Bostoner Polizei zu kooperieren«, erklärte ich für alle hörbar. »Rufen Sie Detective D. D. Warren. Sagen Sie ihr, dass ich sie zur Leiche meiner Tochter führe.«

27. KAPITEL

»Unverschämtheit!«, explodierte D. D. zwei Stunden später. Sie befand sich mit Bobby, ihrem Chef und Tessa Leonis Anwalt Ken Cargill in einem Konferenzzimmer der Polizeizentrale. Der hatte auf ein Gespräch gedrängt, ausdrücklich im Beisein des Vorgesetzten. Es ging offenbar um Verhandlungen, die D. D.'s Soldstufe überstiegen. Mit anderen Worten, kein anderer als Cal Horgan, der stellvertretende Leiter des Morddezernats, sollte auf seine unverschämten Forderungen antworten.

D. D. konnte sich nicht zurückhalten.

»Wir veranstalten keine Ausflüge«, fuhr sie erbost fort. »Tessa Leoni will endlich auspacken? Schön. Bobby und ich könnten in zwanzig Minuten in ihrer Zelle sein und uns einen Lageplan von ihr zeichnen lassen.«

Horgan sagte nichts, was als Zustimmung aufgefasst werden mochte.

»So geht das nicht«, entgegnete Cargill. »Sie ist für eine Weile mit dem Wagen herumgeirrt und kann sich nicht mehr genau erinnern, wo sie angehalten hat. Aber wenn sie wieder in der Nähe ist, und die ein oder andere markante Stelle wiedererkennt, wird sie an den Ort zurückfinden.«

»Sie weiß nicht mehr, wo genau?«, fragte Bobby skeptisch.

»Sie könnten eine Hundestaffel mobilisieren«, schlug Cargill vor.

»Ein Kadaverteam meinen Sie wohl«, erwiderte D. D. bitter. Sie ließ sich auf ihren Stuhl zurückfallen und verschränkte die Arme über dem Bauch. Sie hatte von Anfang an geahnt, dass für die kleine Sophie mit den braunen Locken und den blauen Augen keine Hoffnung auf Rettung mehr bestand. Trotzdem – jetzt und ausgerechnet von Tessas Anwalt dazu aufgefordert zu werden, ihren Leichnam zu bergen ...

Manchmal konnte dieser Job verdammt hart sein.

»Hat Ihre Mandantin erwähnt, wie die Kleine ums Leben gekommen ist?«, fragte Bobby.

Cargill warf ihm nur einen flüchtigen Blick zu. »Nein.«

»Sie gesteht also immer noch nicht«, fuhr Bobby fort. »Stattdessen will sie, dass wir sie aus dem Gefängnis abholen und zu einer Fahrt ins Blaue mitnehmen. Ganz schön frech.«

»Sie wäre heute Vormittag fast getötet worden«, erklärte Cargill. »Sechs Frauen sind über sie hergefallen, während ein als Frau verkleideter Mann die Aufseherin in Schach hielt. Hätte sich Trooper Leoni nicht erfolgreich zur Wehr gesetzt, wäre Officer Watters jetzt wahrscheinlich tot. Und Tessa ebenfalls.«

»Schutzbehauptung«, kommentierte Bobby.

»Noch eine ihrer haarsträubenden Geschichten«, fügte D. D. hinzu.

Cargill schaute sie an. »Haarsträubend, in der Tat. Und unbestreitbar. Ich habe mir die Aufzeichnungen der Überwachungskameras angesehen. Zuerst attackierte dieser als Frau verkleidete Mann die Aufseherin, dann fielen sechs Frauen über Tessa her. Sie kann von Glück sagen, dass sie noch am Leben ist. Und Sie, meine Herrschaften, sollten sich freuen, dass meine Mandantin trotz des Schocks, den sie erlitten hat, zur Kooperation bereit ist.«

»Kooperation«, bemerkte D. D. »Habe ich richtig verstanden? Für mich heißt Kooperation gegenseitige Unterstützung. Uns wäre geholfen, wenn sie eine Karte zeichnet, ausgehend von Landmarken, an die sie sich erinnert. Und sie könnte uns sagen, wie ihre Tochter ums Leben gekommen ist. Besser noch, sie könnte gleich reinen Tisch machen. *Das* wäre Kooperation. Aber darum geht es ihr gar nicht, wie es scheint.«

Cargill zuckte mit den Achseln und wandte sich an den stellvertretenden Departmentleiter. »Ich weiß wirklich nicht, wie lange meine Mandantin noch bereit ist zu *kooperieren*. Der Vorfall von heute Morgen hat sie traumatisiert. Ob sie auch heute Abend noch zu ihrer Mithilfe steht, kann ich nicht sagen. Vielleicht verstummt sie wieder. Und das wäre doch schade, denn ich könnte mir vorstellen, dass die Bergung der Leiche von Sophie Leoni einen Großteil Ihrer Fragen beantwortet. In Form von Spuren und Hinweisen, meine ich. Es mangelt doch vermutlich immer noch an Beweisen gegen meine Mandantin, nicht wahr?«

»Sie geht zurück ins Gefängnis«, sagte Horgan.

»Wie bitte?« D. D. stieß einen Schwall Luft aus.

Cargill ignorierte sie. »Selbstverständlich«, sagte er mit Blick auf Horgan.

»Und sie trägt Handschellen, die ganze Zeit.«

»Auch das versteht sich von selbst.« Nach einer kurzen Pause schlug Cargill vor: »Vielleicht sollten Sie sich mit dem Sheriffbüro von Suffolk County absprechen. Es ist nach wie vor für ihren Fall zuständig und wird wohl einen eigenen Begleitschutz stellen wollen.«

Horgan verdrehte die Augen. Ein Streit um Zuständigkeiten war genau das, was sie jetzt noch brauchten.

»Wie weit ist es bis zum Fundort?«, fragte er.

»Eine knappe Autostunde.«

D. D. warf einen Blick auf die Wanduhr. Es war halb zwölf. In sechs Stunden würde die Sonne untergehen. Die Zeit drängte. Sie starrte ihren Chef an und wusste nicht mehr, was sie wollte. Den Forderungen einer Verdächtigen nachzukommen widerstrebte ihr, aber ... Sie wollte Sophie nach Hause bringen und sehnte sich danach, zumindest diesen Fall abzuschließen in der Hoffnung, den Druck lindern zu können, der auf ihrem Herzen lastete.

»Holen Sie sie ab«, sagte Horgan kurz entschlossen. »Und nehmen Sie eine Hundestaffel mit. Auf geht's!«

»Jawohl, Sir.«

Horgan wandte sich an Cargill. »Falls Ihre Mandantin nicht kooperiert, werden ihr alle Privilegien, die sie im Gefängnis zurzeit noch genießt, entzogen. Verstanden?«

Cargill lächelte matt. »Meine Mandantin ist ein dekoriertes Mitglied der Strafverfolgung. Sie versteht sehr wohl. Ich beglückwünsche Sie zu Ihrem Entschluss. Denn noch ist meine Mandantin in der Lage, Sie in Ihren Bemühungen zu unterstützen.«

Wie die meisten Hundeführer waren auch die, die sich der Polizei von Massachusetts zur Verfügung stellten, ausnahmslos Freiwillige. Die Gruppe bestand aus elf Mitgliedern, darunter Nelson Bradley und sein Deutscher Schäferhund Quizo, einer der nur wenigen hundert ausgebildeten Leichenspürhunde, die es weltweit gab.

D. D. brauchte Nelson und Quizo, und sie brauchte die beiden sofort. Umso erfreulicher deshalb, dass Cassondra Murray, die Präsidentin des Vereins, versprach, ihre gesamte Crew innerhalb von neunzig Minuten zur Verfügung zu stellen. Sie wollte sich mit Nelson vor der Zentrale treffen und dann im Konvoi mit der Polizei losfahren. Sobald sie vor Ort wären, sollten die anderen Gruppenmitglieder folgen, denn manche von ihnen wohnten so weit außerhalb, dass sie auf die Schnelle nicht in die Stadt kommen konnten.

D. D. war einverstanden.

»Was brauchen Sie?«, fragte sie telefonisch. Es war schon Jahre her, dass sie das letzte Mal mit Hunden gearbeitet hatte, und zwar im Zuge einer Rettungsaktion, also nicht, um eine Leiche zu bergen. »Soll ich ein Kleidungsstück des Kindes besorgen?«

»Nicht nötig.«

»Weil wir nach einer Leiche suchen?«

»Das spielt keine Rolle. Die Hunde sind darauf trainiert, den Geruch von Menschen aufzuspüren, egal ob tot oder lebendig. Es würde uns allerdings helfen, wenn Sie mit Ihren Leuten Distanz hielten.«

»Okay«, erwiderte D. D. ein wenig gereizt.

»Ein einziger Spürhund ist so gut wie ein Suchtrupp von hundertfünfzig Mann«, erklärte Murray.

»Ist der Schnee ein Problem für Sie?«

»Nein. Wenn es heiß ist, steigen die Gerüche auf, bei Kälte bleiben sie am Boden. Wir richten uns danach. Aus der Perspektive eines Hundes sind Gerüche Gerüche.«

»Welche Zeit veranschlagen Sie?«

»Je nach Gelände und Witterungsverhältnissen lassen wir die Hunde maximal zwei Stunden arbeiten, dann brauchen sie eine Pause von zwanzig Minuten.«

»Wie viele Tiere bringen Sie mit?«

»Drei, alles ausgebildete Spürhunde. Aber Quizo ist der beste.«

»Ich dachte, Quizo sei der einzige Leichenspürhund.«

»Seit zwei Jahren richten wir alle unsere Hunde zur Rettung von Menschenleben und zur Suche nach Leichen ab, sowohl an Land als auch im Wasser. Wir fangen mit der Suche nach lebenden Personen an, denn das kann man Welpen am einfachsten beibringen. Wenn sie das beherrschen, lassen wir sie Kadaver an Land aufspüren, später dann auch im Wasser.«

»Will ich wissen, wie man einem Hund beibringt, Leichen aufzuspüren?«, fragte D. D. Murray lachte. »Wir haben das Glück, den Pathologen Ben –«

»Ich kenne Ben.«

»Er ist uns eine große Hilfe. Wir geben ihm Tennisbälle, die er in Leichensäcke steckt. Sobald sie Verwesungsgeruch angenommen haben, versiegelt er sie für uns in luftdichten Behältern. Mit diesen Bällen trainieren wir unsere Hunde. Was anderes bleibt uns nicht übrig, denn unser lieber Staat hält den Daumen auf alles, was tot ist, und von synthetisch hergestelltem Kadavergeruch halte ich nicht viel. Jeder, der sich auskennt, kann Ihnen bestätigen, dass der Geruch von Toten das Komplexeste ist, was es an Gerüchen gibt. Weiß der Himmel, worauf die Hunde anspringen. Jedenfalls würde ich dringend davon abraten, ihnen was vormachen zu wollen.«

»Okay«, sagte D. D.

»Gehen Sie davon aus, dass auch in Gewässern gesucht werden muss?«, fragte Murray. »Wenn ja, sollten wir einige Vorkehrungen treffen. Wir führen die Hunde zwar in Booten, aber mit Blick auf die Temperaturen würde ich ihnen lieber Neopren anlegen, falls sie ins Wasser fallen.«

»Ausschließen kann ich das nicht«, antwortete D. D.

»Dann kommen wir mit unserer gesamten Ausrüstung. Habe ich richtig verstanden, dass das Suchgebiet ungefähr eine Autostunde von der Innenstadt entfernt ist?«

»Ja. Davon gehen wir aus.«

»Dann werde ich auch eine topographische Karte mitbringen. Die wäre gegebenenfalls unverzichtbar.«

»Okay«, wiederholte sich D. D.

»Wird der Pathologe oder ein Forensiker mit vor Ort sein?«

»Warum fragen Sie?«

»Weil unsere Hunde womöglich auf andere Überreste stoßen könnten, und dann wäre es gut, einen Fachmann dabeizuhaben.«

»Die Überreste, nach denen wir suchen, sind weniger als achtundvierzig Stunden alt«, sagte D. D. »Und da draußen ist es unter null.«

Es blieb eine Weile still in der Leitung. »Nun ja, dann können wir wohl auf den Pathologen verzichten«, sagte Murray. »Wir sehen uns in neunzig Minuten.«

Murray legte auf. D. D. trommelte den Rest der Mannschaft zusammen.

28. KAPITEL

Dienstag, zwölf Uhr. Ich stand, mit Handschellen gefesselt, in der Gefängnisschleuse. Der Bus des Sheriffs stand diesmal nicht an der Rampe. Stattdessen rollte ein Crown Vic der Bostoner Polizei in die Garage, was mich überraschte, denn ich hatte geglaubt, das Sheriffbüro sei zuständig für den Transport. Ich fragte mich, was wohl hinter den Kulissen passiert sein mochte, dass man mich der Obhut von Detective D. D. Warren anvertraute.

Sie stieg als Erste aus dem Wagen, warf mir einen verächtlichen Blick zu und trat vor den Schalter, um dem wachhabenden Officer Papiere auszuhändigen. Gleich darauf öffnete Detective Bobby Dodge die Beifahrertür. Er ging um den Wagen herum und kam auf mich zu. Seine Miene verriet nicht das Geringste. Stille Wasser sind tief.

Zivile Kleider waren nicht für mich vorgesehen, nicht einmal die auf die Schnelle für mich eingekauften Sachen. Mir blieb nur der orangefarbene Gefängnisoverall, der mich vor aller Welt bloßstellte. Nicht einmal Mantel, Mütze und Handschuhe, um die ich gebeten hatte, war mir zugebilligt worden. Dass ich mir womöglich Frostbeulen zuziehen würde, schien dem Sheriffbüro egal zu sein. Einer Fluchtgefahr vorzubeugen war ihm offenbar wichtiger. Ich würde während des gesamten Ausflugs die Handschellen anbehalten müssen und ständig unter strenger Aufsicht stehen.

Ich beklagte mich nicht, denn ich war allzu gespannt auf das, was mir an diesem Nachmittag bevorstand, und außerdem steckte mir noch der morgendliche Zwischenfall in den Knochen. Ich hielt den Kopf gesenkt und starrte vor mich hin.

Jeder halbwegs gescheite Spieler weiß, dass man das Blatt auf der Hand nicht überreizen sollte.

Bobby trat an meine Seite. Die Schließerin, die mich aus der

Zelle geholt hatte, gab meinen Arm frei. Er führte mich zum Wagen.

D. D. hatte die Formalitäten erledigt und kam auf uns zu. Sie musterte mich mit unheilvollem Blick, als Bobby mir die Tür öffnete. Gefesselt an Händen und Füßen, versuchte ich, auf die Rückbank zu rutschen, kippte aber hintenüber und lag hilflos wie ein Käfer auf dem Rücken. Bobby half mir auf und rückte mich zurecht.

D. D. schüttelte den Kopf und nahm am Steuer Platz.

Gleich darauf ging kreischend das große Metalltor auf. Wir setzten zurück und waren wenig später draußen auf den Straßen Bostons.

D. D. fuhr auf den Parkplatz des nahe gelegenen Krankenhauses, wo ein halbes Dutzend weiterer Fahrzeuge – weiße SUVs und schwarz-weiße Streifenwagen – auf uns warteten. D. D. warf mir einen Blick über den Rückspiegel zu.

»Was haben Sie uns zu sagen?«, fragte sie.

»Ich hätte gern einen Kaffee.«

»Werden Sie nicht frech.«

Ich konnte mir bei dem Gedanken ein Lächeln nicht verkneifen, dass ich wie mein verblichener Gatte eine gute und eine böse Person verkörperte. Die gute Tessa hatte den Angriff ihrer Mithäftlinge abgewehrt und war stolz, Polizistin zu sein.

Die böse Tessa trug einen Gefängnisoverall und saß auf der Rückbank eines Streifenwagens. Ihr stand an diesem Tag noch einiges bevor.

»Spürhunde?«, fragte ich.

»Kadaverschnüffler«, korrigierte D. D.

Ich lächelte wieder, ein bisschen traurig diesmal. Es fiel mir schwer, Fassung zu bewahren. In meinem Inneren machte sich eine schreckliche Leere breit. Ich hatte schon so viel verloren und würde wohl noch mehr einbüßen müssen.

»Sie hätten sie finden sollen«, murmelte ich. »Ich habe darauf vertraut, dass Sie meine Tochter finden.«

»*Wo?*«, blaffte sie mich an.

»Fahren Sie über die Route 2 nach Westen, Richtung Lexington.«

D. D. fuhr.

»Wir wissen über Trooper Lyons Bescheid«, sagte D. D. Wir hatten die Innenstadt hinter uns zurückgelassen und passierten Arlington mit seinen biederen Einfamilienhäusern. Lexington und Concord, wo der alte Geldadel residierte, lagen vor uns. Dahinter erwartete uns Harvard mit seinem altmodischen, ländlichen Charme.

»Was wissen Sie?«, fragte ich neugierig.

»Dass er Sie verdroschen hat, damit Sie sich mit Notwehr herausreden können.«

»Haben Sie schon einmal eine Frau geschlagen?«, wollte ich von Detective Dodge wissen.

Er drehte sich zu mir um. »Erzählen Sie mir von dem Keller, Tessa. Mal sehen, wie viel ich Ihnen glaube.«

»Ich kann nicht.«

»Sie können nicht?«

Ich lehnte mich weit nach vorn. »Ich werde ihn töten«, erklärte ich ernst. »Und über Tote soll man nichts Schlechtes sagen.«

»Was soll der Unsinn?«, fuhr mich D. D. an. »Sie klingen wie ein durchgeknallter Comicgangster.«

»Könnte an den Schlägen liegen, die ich kassiert habe«, antwortete ich. »Das geht auf die Dauer auf den Verstand.«

Sie verzog das Gesicht. »Sie sind so wenig verrückt wie ich ein Sensibelchen. Wir wissen alles über Sie, Tessa. Von dem spielsüchtigen Ehemann, der Ihre Ersparnisse verzockt hat. Von dem geilen Bruder Ihrer besten Freundin, der eine schnelle Nummer schieben wollte. Sie scheinen die falschen Männer anzuziehen und dann abzuknallen.«

Ich sagte nichts. Die gute Frau hatte keinen blassen Schimmer.

»Aber warum Ihre Tochter?«, bohrte sie. »Glauben Sie mir, ich habe durchaus Verständnis dafür, dass Sie sich Ihren Mann vorgeknöpft haben. Aber was, um alles in der Welt, hat Sie geritten, auch noch Ihre Tochter zu töten?«

»Was hat Shane dazu gesagt?«, fragte ich.

D. D. runzelte die Stirn. »Er hatte gleich zwei Versionen. Welche wollen Sie hören?«

»Haben Sie sich mit Brian gestritten?«, schaltete sich Bobby ein. »Kann es sein, dass der Streit eskaliert ist? Und plötzlich Sophie in die Quere kam?«

»Ich habe mich Freitagabend zum Dienst gemeldet«, sagte ich und schaute aus dem Fenster. Weniger Häuser, mehr Wald. Wir näherten uns dem Ziel. »Seitdem habe ich meine Tochter nicht mehr gesehen.«

»Dann hat es Brian getan, oder? Warum sagen Sie das nicht? Warum decken Sie ihn und tischen uns Märchen auf?«

»Shane hat mir nicht geglaubt, und wenn selbst er nicht, wer dann?«

Wir passierten zu unserer Linken einen rot bemalten Kiosk, wo man im Herbst den leckersten Cider bekommen konnte. Jetzt stand er leer. Ziemlich genau vor sieben Monaten waren wir hier vorbeigekommen, hatten ein paar Gläser getrunken und dann einen Kürbisacker besichtigt. War ich deshalb Samstagnachmittag hierhergefahren, tottraurig, bei abnehmendem Tageslicht? Ich hatte mich tatsächlich wie eine durchgeknallte Comicfigur gefühlt, verrückt vor Kummer, Verzweiflung und Panik, so gehetzt und getrieben, dass ich keinen klaren Gedanken mehr fassen konnte.

Ich war hierhergekommen, an den Ort unseres letzten Familienausflugs, bevor Brian wieder zur See hatte fahren müssen. Eine meiner letzten glücklichen Erinnerungen.

Sophie hatte gleich drei Gläser Kinder-Cider getrunken und war dann, vollkommen aufgedreht vom Zucker, im Zickzack über das Feld gerannt, bis sie nicht nur einen, sondern drei Kürbisse ausgesucht hatte, einen Daddy-Kürbis, einen Mommy-Kürbis und einen Mädchen-Kürbis, wie sie sagte. Eine ganze Kürbisfamilie.

»Können wir, Mommy? Bitte, bitte, bitte.«

»Natürlich, mein Schatz. Du hast ganz recht, es wäre eine Schande, sie zu trennen. Wir halten die kleine Familie beisammen.«

»Yipee! Daddy, Daddy, wir kaufen eine Kürbisfamilie! Yipee!«

»Rechts abbiegen«, murmelte ich.

»Gleich hier?« D. D. trat auf die Bremse und riss das Steuer nach rechts.

»Vierhundert Meter geradeaus, dann geht's links in einen Feldweg ...«

»Drei Kürbisse?« Brian sah mich an und schüttelte den Kopf. »Ein bisschen viel, findest du nicht?«

»Du hast ihr doch auch die Donuts zum Cider gekauft.«

»Demnach entsprächen drei Donuts drei Kürbissen.«

»Scheint so.«

»Okay, aber dann darf ich den Daddy-Kürbis aushöhlen.«

»Da, der Baum! Links jetzt. Und in dreißig Metern nach rechts.«

»Aber eine Karte hätten Sie nicht zeichnen können?«, giftete mich D. D. an.

»Doch, sicher.«

D. D. bog rechts ab. Die Räder drehten auf dem plattgefahrenen Schnee durch. Drei, vier Fahrzeuge folgten uns, dahinter zwei weiße SUVs und etliche Streifenwagen.

Ich war mir sicher: Es würde bestimmt gleich wieder zu schneien anfangen.

Doch darauf legte ich gar keinen Wert mehr. Wir hatten die Zivilisation weit hinter uns zurückgelassen und befanden uns im Land der skelettierten Bäume, zugefrorenen Tümpel und weißen, brachliegenden Felder. An einem Ort, wo so manches passieren konnte, ohne dass die Öffentlichkeit Notiz davon nahm. Geeignet als Schauplatz für das letzte Aufbegehren einer verzweifelten Frau.

Die böse Tessa erwachte.

»Wir sind da«, sagte ich.

Und Detective D. D. Warren – gnade ihr Gott – hielt an.

»Steigen Sie aus«, sagte sie barsch.

Ich lächelte. Ich konnte nicht anders. Ich schaute ihr in die Augen und sagte: »Darauf habe ich schon den ganzen Tag gewartet.«

29. KAPITEL

»Ich will nicht, dass sie mit in den Wald geht«, beschwerte sich D. D. zehn Minuten später bei Bobby. »Sie hat uns hierhergeführt und damit ihren Job erledigt. Jetzt sind wir dran.«

»Die Hundeführer möchten, dass sie ihnen hilft«, erwiderte Bobby. »Es ist windstill, das heißt, die Hunde haben es schwer, den Duftkegel zu finden.«

D. D. starrte ihn mit ausdrucksloser Miene an.

Bobby legte seine Hände zu einem Dreieck aneinander und erklärte: »Der Duft strahlt vom Zielobjekt kegelförmig aus. Damit der Hund Witterung aufnehmen kann, muss ein Wind gehen, der den Kegel vor sich hertreibt. Wenn nicht, kann es sein, dass ein Hund keine zwei Meter vom Ziel entfernt ist und es trotzdem nicht wahrnimmt.«

»Woher weißt du das?«, wunderte sich D. D.

»Von Nelson und Cassondra. Sie machen sich Sorgen wegen des Wetters. Das offene Gelände erschwert die ganze Sache noch.«

»Warum?«

»Düfte konzentrieren sich, wenn sie mit der bewegten Luft auf Widerstände treffen, auf einen Zaun etwa oder eine Buschreihe. Aber davon ist hier weit und breit nichts zu sehen.«

Bobby deutete mit der Hand in die Runde. D. D. seufzte schwer.

Tessa Leoni hatte sie in eine der letzten Einöden von Massachusetts geführt, zu einem Landstrich, der aus Wäldern und Feldern bestand. Nach den Schneefällen von Sonntagnacht sah man nichts als weiße Weiten, gänzlich ohne Fuß- oder Reifenspuren, befleckt nur von einigen dunklen kahlen Bäumen und schütteren Büschen.

Dass sie bis hierher hatten fahren können, war schon Glückssache gewesen, und ob sie wieder herausfinden würden, fraglich. Schneeschuhe wären jetzt nicht schlecht, dachte D. D., ein paar freie Tage noch besser.

»Die Hunde werden im tiefen Schnee schnell ermüden«, meinte Bobby. »Damit sie nicht allzu lange suchen müssen, sollte uns Tessa so nah wie möglich ans Ziel bringen.«

»Es würde reichen, wenn sie uns die Richtung zeigt«, sagte D. D.

Bobby verdrehte die Augen. »Sie ist gefesselt und wird kaum weglaufen, schon gar nicht durch fünfzehn Zentimeter dicken Pulverschnee.«

»Sie hat keine Jacke.«

»Irgendjemand wird ihr eine ausleihen können.«

»Sie spielt mit uns« warnte D. D.

»Ich weiß.«

»Ist dir eigentlich aufgefallen, dass sie auf keine unserer Fragen geantwortet hat?«

»Ja.«

»Stattdessen versucht sie, uns auszuhorchen.«

»Auch das ist mir aufgefallen.«

»Hast du gehört, wie sie mit dem Typen umgesprungen ist, der die Aufseherin angefallen hat? Sie hat ihm eine Klinge in den Oberschenkel gestoßen und in der Wunde herumgedreht. Zweimal. Das war nicht professionell, sondern Sadismus pur.«

»Sie ist ... überreizt«, entschuldigte sie Bobby. »Verständlich, wenn man bedenkt, was sie in den vergangenen beiden Tagen durchgemacht hat.«

»Umso weniger gefällt mir, dass wir hier nach ihrer Pfeife tanzen«, erwiderte D. D.

»Vielleicht solltest du im Wagen bleiben«, schlug Bobby vor. »Wäre besser ...«

D. D. steckte die Hände unter die Achseln, um nicht wild um sich zu schlagen. Dann seufzte sie und massierte sich die Stirn. Sie hatte letzte Nacht kaum geschlafen und am Morgen nichts gegessen. Kurzum, sie war schon vor Tessas Angebot, sie zum Leichnam ihrer Tochter zu fahren, übermüdet und schlecht gelaunt gewesen.

Der Ausflug passte ihr ganz und gar nicht. Sie hatte keine Lust, durch den Schnee zu stapfen, um irgendwo unter einem knochenhart gefrorenen Erdhügel die Überreste einer Sechsjährigen freizubuddeln. Würde sie aussehen, als schliefe sie? Eingewickelt in ihrem pinkfarbenen Wintermantel, die Lieblingspuppe im Arm?

Oder wären Einschusslöcher mit verkrustetem Blut als Zeugnis eines letzten Augenblicks der Gewalt an ihr zu sehen?

D. D. war ein Profi, der von seiner Professionalität nicht mehr überzeugt war. Am liebsten wäre sie über die Rückbank gestiegen und Tessa Leoni an die Gurgel gegangen. Sie wollte sie würgen und schütteln und schreien: *»Wie konnten Sie so etwas tun? Das kleine Mädchen hat Sie geliebt!«*

Vielleicht sollte sie wirklich im Wagen bleiben. Doch das kam für sie natürlich nicht in Frage.

»Der Suchtrupp fordert Unterstützung an«, erklärte Bobby ruhig. »In spätestens vier Stunden wird es dunkel, und wir haben schon jetzt alles andere als optimale Bedingungen. An der Leine geführt, kommen die Hunde nicht schnell voran. Was meinst du?«

»Scheiße«, grummelte D. D.

»Ganz meiner Meinung.«

»Wenn sie uns verarscht, bringe ich sie um«, sagte sie wenig später.

Bobby zuckte mit den Achseln. »Damit kämst du vielleicht sogar durch.«

»Bobby ... wenn wir die Leiche finden ... Ich fürchte, ich halte das nicht aus.«

»Ich pass auf dich auf.«

Sie nickte. Versuchte, ihm zu danken, aber ihr steckte ein Kloß im Hals. Sie nickte ein zweites Mal. Er legte kurz die Hand auf ihre Schulter.

Dann wandten sie sich Tessa Leoni zu.

Tessa hatte den Crown Vic verlassen. Ohne Mantel und an Händen und Füßen gefesselt, stapfte sie auf einen der Transporter zu und beobachtete Nelson, der gerade die Hunde daraus hervorholte: zuerst zwei Container, in denen kleinere Tiere herumsprangen und hektisch bellten.

»Das sollen Spürhunde sein?«, fragte sie, als sich Bobby und D. D. näherten.

»Nein«, antwortete Nelson, der nun aus einem größeren Kasten einen Deutschen Schäferhund entließ. »Das ist nur die Belohnung.«

»Wie bitte?«

Während der Schäferhund in engen Kreisen um sein Herrchen herumhechelte, öffnete Nelson die beiden anderen Container. Zwei kleine, zottelige Hunde, offenbar ein Zwillingspärchen, sprangen daraus hervor und rannten grüßend auf Tessa, Bobby, D. D. und alle anderen zu, die sich im näheren Umkreis befanden.

»Kelli und Skyler«, stellte Nelson vor. »Soft Coated Wheaten Terrier. Blitzgescheit, aber leider ein bisschen zu aufgedreht, als dass man ernsthaft mit ihnen arbeiten könnte. Für Quizo sind sie allerdings die besten Spielgefährten der Welt, und wehe, wenn sie ihm als Belohnung vorenthalten bleiben.«

»Aber er frisst sie doch nicht, oder?«, fragte Tessa. Sie zitterte vor Kälte in ihrem orangefarbenen Overall, der von der weißen Umgebung leuchtend abstach.

Nelson grinste sichtlich amüsiert. Mit einer Mordverdächtigen zu plaudern schien ihn nicht im Geringsten zu stören. »Bei der Dressur eines Hundes kommt es darauf an, herauszufinden, was ihn motiviert«, sagte er und lud weiteres Material aus dem Transporter aus. »Jeder Welpe ist anders. Manche wollen eher Futter, manche eher Zuwendung. Die meisten sind auf ein bestimmtes Spielzeug scharf. Und genau das eignet sich dann als Belohnung nach einem erfolgreichen Einsatz. So werden unsere Hunde ausgebildet: Wenn sie spuren, werden sie belohnt.

Unser Quizo hier«, sagte er und streichelte den Kopf des Schäferhundes, »war nicht leicht zu knacken. Intelligent ist er wie kein Zweiter. Aber darauf kommt es nicht an. Ich brauche einen Hund, der auf Kommando sucht und nicht, wenn ihm danach ist. Zum Glück tauchten dann die beiden auf.« Er zeigte auf die zwei kläffenden Terrier. »Ein Freund musste sie abgeben, und ich habe sie zu mir genommen. Es war Liebe auf den ersten Blick. Miss Kelli und Mr. Skyler nahmen Quizo sofort in Beschlag. Ihm gefiel das ganz offensichtlich, und da dachte ich, vielleicht sind die beiden für ihn die richtige Belohnung. Es hat tatsächlich sofort geklappt. Quizo gibt gern an, und wenn er Publikum hat, arbeitet er umso lieber.

Deshalb bringe ich immer alle drei mit und lasse ihnen ein bisschen Zeit miteinander, bevor die Arbeit anfängt. Dann packe ich Kelli und Skyler wieder weg – sie würden nur stören. Quizo bekommt seinen Einsatzbefehl und macht sich auf die Suche. Er weiß, je eher er Erfolg hat, desto schneller ist er zurück bei seinen Freunden.«

Nelson schaute Tessa ins Gesicht. »Skyler und Kelli muntern ihn auch wieder auf«, sagte er. »Und das ist nötig, denn es deprimiert selbst Spürhunde, wenn sie Leichen finden.«

Zuckte Tessa tatsächlich zusammen, oder bildete sich D. D. das nur ein? Hinter der gleichgültigen Fassade schien sich jedenfalls etwas geregt zu haben.

D. D. trat vor und fragte: »Sind Sie so weit?«

Nelson schaute sich nach dem Rest der Mannschaft um, die ihre Fahrzeuge entlud. »Ein Viertelstündchen noch.«

»Brauchen Sie etwas von uns?«

Nelson grinste. »Ein X vielleicht, das die Stelle markiert?«

»Woher wissen Sie, ob die Hunde etwas gefunden haben?«, fragte D. D. neugierig. »Bellt Quizo dann ... lauter?«

»Drei Minuten, ununterbrochen«, antwortete Nelson. »Im Ernst, je nach Ausbildung macht der eine Hund, wenn er fündig wurde, Platz, der andere gibt einen bestimmten Laut von sich. Unsere Hunde, die vor allem zur Rettung eingesetzt werden, sind tatsächlich darauf abgerichtet, drei Minuten lang zu bellen, denn sie laufen häufig weit voraus und sind dann nicht mehr zu sehen.«

»Nun, mit einem X kann ich leider nicht dienen«, sagte D. D. »Aber wir können vielleicht die Richtung vorgeben.«

Und an Tessa gewandt: »Dann erinnern Sie sich mal. Sie sind bis hierher gefahren?«

Tessas Miene war wie versteinert. Sie nickte.

»Haben Sie hier geparkt?«

»Das weiß ich nicht mehr. Der Weg war in einem besseren Zustand, nicht so tief verschneit. Ich bin bis ans Ende gefahren.«

D. D. deutete in die Runde. »Kommen Ihnen einzelne Bäume oder Sträucher bekannt vor?«

Tessa zögerte und begann wieder zu zittern. »Dahinten das Wäldchen vielleicht«, antwortete sie schließlich und zeigte mit beiden gefesselten Händen darauf. »Ich bin mir allerdings nicht sicher. Der frische Schnee ... es ist, als hätte man eine Tafel blankgewischt. Alles sieht irgendwie gleich und trotzdem anders aus.«

»Wir haben vier Stunden Zeit«, sagte D. D. unwirsch. »Danach sind Sie wieder hinter Gittern, so oder so. Ich schlage vor, Sie schauen sich aufmerksam um, denn wenn Sie Ihre Tochter wirklich zurückholen wollen, haben Sie nur diese eine Chance.«

Endlich zeigte Tessa eine Regung im Gesicht, eine Art Nervenkampf, der schwer zu deuten war. Vielleicht empfand sie so etwas wie Reue. D. D. konnte ihren Anblick nicht länger ertragen und wandte sich ab, die Arme um die Brust geschlungen.

»Besorg ihr einen Mantel«, flüsterte sie Bobby zu.

Er hatte schon eine Jacke zur Hand und reichte sie der Gefangenen. D. D. hätte fast laut aufgelacht. Es war eine schwarze Daunenjacke mit einem Abzeichen der Bostoner Polizei, wahrscheinlich aus dem Kofferraum eines Streifenbeamten. Weil Tessa mit den gefesselten Händen nicht in die Ärmel kam, legte er sie ihr über die Schulter und zog vorn den Reißverschluss zu.

»Ein Häftling und ehemaliger State Trooper in einer Jacke der Bostoner Polizei«, kommentierte D. D. »Passt wie die Faust aufs Auge.«

D. D. kehrte zu ihrem Wagen zurück. Wie zum Ausdruck ihrer bösen Vorahnungen zogen dunkelgraue Wolken am Horizont auf.

Es wird schneien, dachte sie und wünschte sich an einen anderen, freundlicheren Ort.

Zwölf Minuten später setzte sich die Gruppe in Bewegung. Tessa ging vorneweg, rechts und links von ihr Bobby und D. D. Das Hundeteam folgte, und der Pulk der Officer bildete die Nachhut. Die Hunde blieben vorerst angeleint. Sie hatten ihren Einsatzbefehl noch nicht erhalten, zogen aber schon eifrig an den Leinen.

Schon nach zwanzig Metern mussten sie das erste Mal anhalten. Im tiefen Schnee und mit gefesselten Füßen war es für Tessa kaum möglich, einen Schritt vor den anderen zu setzen. Auch wenn es D. D. nicht passte, führte kein Weg daran vorbei, der Gefangenen die Fußfesseln abzunehmen.

Tessa steuerte auf eine Baumgruppe zu. Sie ging darum herum und schaute sich um, die Stirn gerunzelt. Dann betrat sie den Hain, schüttelte aber nach wenigen Schritten den Kopf und kehrte zurück. Nach drei weiteren Fehlversuchen war eine Stelle erreicht, an die sich Tessa zu erinnern schien.

Es war wiederum ein kleine Baumgruppe, darin ein großer grauer Felsblock. Zielsicher, wie es schien, schritt sie darauf zu und deutete ein Kopfnicken an. Die anderen schlossen auf und verteilten sich um den Fels. Quizo gab ein tiefes Knurren von sich, als hätte er bereits Witterung aufgenommen.

Niemand sagte ein Wort. Zu hören war nur der unter den Schuhen knirschende Schnee und das Hecheln der Hunde.

Tessa ging weiter und trat wieder aus dem Hain hinaus ins Freie, gefolgt von den anderen. Es ging nun an einem kleinen Wasserlauf entlang, erkennbar nur als lange schmale Senke im Schnee, und weiter in Richtung auf ein Wäldchen.

»Eine ziemliche Strecke mit einer Leiche im Gepäck«, murmelte D. D.

Bobby warf ihr einen Blick zu; er schien dasselbe gedacht zu haben.

Tessa aber hatte einen Schritt zugelegt. Ihre Miene verriet düstere Entschlossenheit und Verzweiflung.

Nahm sie die Hundemeute und ihre Entourage überhaupt noch

wahr? Oder war sie in Gedanken ganz woanders, zurückversetzt an einen kalten Samstagnachmittag? Nachbarn hatten den Denali gegen vier Uhr abfahren sehen, kurz vor Einbruch der Dämmerung.

An was hatte Tessa Leoni in der letzten halben Stunde, bevor es dunkel geworden war, gedacht? Als sie mit der Last ihrer toten Tochter im Arm über das flache, weiße Feld, durch diesen Wald und immer tiefer ins Gehölz gestapft war?

Ihr Kind zu begraben – war es für sie die Preisgabe ihres größten Schatzes gewesen, dessen Rückführung in die Heiligkeit der Natur? Oder hatte sie ihre größte Sünde im dunklen Schoß des Waldes zu verbergen versucht?

Sie kamen an moosbedeckten Felsbrocken vorbei, die von Menschenhand aufgeschichtet zu sein schienen und wie ein altes Fundament oder die Reste eines Walls aussahen. In einem so lange bewohnten Staat wie Massachusetts waren auch Wälder nicht ohne Spuren menschlicher Besiedlung.

Als sich eine kleine Lichtung vor ihnen auftat, blieb Tessa plötzlich wie angewurzelt stehen.

Ihr Kehlkopf ging auf und ab. Es dauerte eine Weile, bis sie den Mund aufmachte. »Hier«, flüsterte sie.

»Wo?«, fragte D. D.

»Dort, in der Schneewehe vor dem gestürzten Baum. Da war es leicht zu graben.«

D. D. musterte schweigend die langgezogene Anhebung, unter der ein Baumstamm versteckt liegen mochte. Nicht weit davon entfernt zeigten sich allerdings zwei weitere solcher Schneebänke. Die Lichtung war nur an die dreihundert Quadratmeter groß. Es würde eine leichte Übung für die Spürhunde sein, falls hier denn tatsächlich ein Leichnam verscharrt worden war.

Auch Bobby schaute sich aufmerksam um. Er ließ seinen Scharfschützenblick über die drei Schneewehen schweifen und nickte D. D. zu.

Es war an der Zeit, die Hunde freizulassen.

»Sie gehen jetzt zum Wagen zurück«, sagte D. D., ohne Tessa anzusehen.

»Aber –«

»Sie gehen jetzt!«

Tessa presste die Lippen aufeinander. D. D. wandte sich dem Suchtrupp zu und entdeckte einen Officer, den sie auch schon am Tatort angetroffen hatte. Sie winkte ihn zu sich. »Officer Fiske?«

»Ja, Ma'am.«

»Sie werden Mrs. Leoni zu Ihrem Wagen bringen und auf sie aufpassen, bis wir wieder zurück sind.«

Dem jungen Kollegen war deutlich anzusehen, dass es ihm nicht passte, zum Kindermädchen degradiert zu werden. »Ja, Ma'am.«

»Sie tragen eine große Verantwortung. Enttäuschen Sie mich nicht.«

Er warf sich in die Brust, trat an Tessas Seite und legte eine Hand auf seinen Holster.

Tessa sagte nichts. Sie blickte wieder ausdruckslos vor sich hin. Das Gesicht eines Cops, dachte D. D. unwillkürlich und spürte ein Frösteln im Rücken.

»Danke«, sagte sie.

»Wofür?«, fragte Tessa.

»Dafür, dass Sie uns hierhergeführt haben. Kinder sollten nicht allein im Wald zurückbleiben. Jetzt können wir Ihre Tochter heimholen.«

Tessa schien die Fassung zu verlieren. Sie riss die Augen weit auf und geriet ins Wanken. Es hätte nicht viel gefehlt, und sie wäre gestürzt.

»Ich liebe meine Tochter.«

»Dann behandeln Sie sie mit Respekt«, erwiderte D. D. Sie hatte ihren Blick bereits auf den Suchtrupp gerichtet, der sich nun in Bewegung setzte und auf die Lichtung vorrückte.

»Ich liebe meine Tochter«, wiederholte Tessa mit Nachdruck. »Sie glauben zu verstehen, dabei stehen Sie erst am Anfang. Noch neun Monate, und dann werden Sie sich wundern, wie wenig Sie für andere empfunden haben im Vergleich zur Liebe zu Ihrem Kind, die von Jahr zu Jahr noch größer wird. Sechs Jahre einer solchen Liebe ...«

D. D. schaute sie an. »Hat am Ende wohl nicht ausgereicht, oder?«

Sie wandte sich von Tessa Leoni ab und folgte dem Trupp.

30. KAPITEL

Wen liebst du?

Das war *die* Frage. Sie war es von Anfang an gewesen. Aber das wusste Detective D. D. natürlich nicht. Sie glaubte, einen typischen Fall von Kindesmisshandlung und Totschlag zu bearbeiten, was man ihr nicht einmal übel nehmen konnte. Der Himmel weiß, wie häufig ich in Haushalte gerufen wurde, wo bleichgesichtige Kinder ihre toten Mütter beweinten. Ich habe eine Mutter ihren Sohn prügeln sehen, das Gesicht dabei so teilnahmslos, als zerquetsche sie irgendeine Schmeißfliege. Ich habe Kinder gesehen, die verletzt waren und sich selbst verarzten mussten, weil die Mutter keinen Finger für sie rührte.

Jedenfalls hatte ich D. D. zu warnen versucht. Sophie war nicht nur meine Tochter, sondern die Liebe, die mich schließlich rettete, der ich verdankte, dass ich mein Leben wieder in den Griff bekommen hatte. Ihre Freude und Begeisterungsfähigkeit war ansteckend. Sie war alles für mich, mein Dreh- und Angelpunkt.

Wen liebst du?

Sophie. Von ganzem Herzen.

D. D. traute mir das Schlimmste zu, wozu eine Mutter fähig sein konnte. In Wirklichkeit zeigte ich ihr, wie weit eine Mutter für das geliebte Kind zu gehen bereit war.

Was soll ich sagen? Fehler kommen einem in unserem Gewerbe teuer zu stehen.

Ich kehrte mit Officer Fiske zu dessen Wagen zurück, gefesselt an den Händen, aber die Beine frei. Dieses kleine Detail schien er vergessen zu haben, und ich sah keine Veranlassung, ihn daran zu erinnern. Duldsam wie ein Lamm nahm ich auf der Rückbank Platz.

Beide Türen standen offen. Ich bräuchte Luft, hatte ich ihm gesagt; mir sei schrecklich übel. Officer Fiske hatte mich misstrauisch angeschaut, dann aber genickt und mir sogar geholfen, die schwere Jacke zu öffnen, unter der ich meine Arme kaum rühren konnte.

Daraufhin setzte er sich ans Steuer, offenbar frustriert und gelangweilt. Man wurde Polizist, um am Ball zu sein, nicht, um als Reservist auf der Bank zu sitzen. Doch nun saß er hier, dazu verdonnert, die Hunde nur aus der Ferne jaulen zu hören.

»Sie haben wohl die Arschkarte gezogen«, sagte ich.

Officer Fiske blickte stur nach vorn.

»Schon mal an einer Leichenbergung teilgenommen?«

Er weigerte sich, den Mund aufzumachen. Nur ja kein Wort an den Feind.

»Ich war ein paarmal dabei«, fuhr ich fort. »Furchtbar penible Arbeit. Das Suchfeld wird gerastert, und man geht Abschnitt für Abschnitt vor. Interessanter sind Rettungsaktionen. Ich bin einmal gerufen worden, um einen dreijährigen Jungen aus einem Tümpel zu ziehen. Er war schon untergegangen und nicht mehr zu sehen. Zwei Freiwillige fanden ihn schließlich. Ein unglaublicher Moment. Alles ringsum heulte, nur der Junge nicht. Er wollte bloß ein Stück Schokolade.«

Officer Fiske sagte immer noch nichts.

Ich rutschte auf der harten Kunststoffbank hin und her und lauschte angestrengt nach draußen. War da schon etwas zu hören? Nein, noch nicht.

»Haben Sie Kinder?«, fragte ich.

»Seien Sie endlich still«, knurrte Officer Fiske.

»Falsche Strategie, der Sie da folgen«, belehrte ich ihn. »Wäre besser, Sie unterhalten sich mit mir. Wer weiß? Vielleicht sind Sie der Glückliche, der mein Vertrauen gewinnt und mir ein Geständnis entlockt. Sie wären der Held des Tages. Denken Sie mal darüber nach.«

Officer Fiske drehte sich zu mir um.

»Ich wäre dafür, dass die Todesstrafe wieder eingeführt wird, und sei es nur für Sie«, sagte er.

Ich lächelte ihn an. »Sie sind ein Idiot. So wie die Dinge zur Zeit stehen, wäre der Tod doch wohl der leichteste Ausweg.«

Er kehrte mir wieder den Rücken und schwieg.

Ich summte vor mich hin. Die böse Tessa in mir erwachte.

»All I want for Christmas is my two front teeth, my two front teeth, my two front teeth.«

»Hören Sie auf damit!«, blaffte Officer Fiske.

Und plötzlich war es zu hören: Ein Hund hatte Witterung aufgenommen und fing aufgeregt zu bellen an. Sein Führer rief die anderen zu sich. Officer Fiske richtete sich auf und spähte nach vorn.

Ich konnte seine Anspannung spüren, sein Verlangen, den Wagen zu verlassen und sich ins Getümmel zu werfen.

»Sie sollten mir danken«, sagte ich.

»Maul halten.«

Das Gebell wurde lauter. Ich stellte mir vor, wie Quizo um den gestürzten Baum herumrannte, hinter dem sich eine hohe Wehe aus feinem Pulverschnee gebildet hatte. Ich hatte mich, als ich diese Stelle endlich fand, kaum mehr auf den Beinen halten können und wäre unter der Last, die ich schleppte, fast zusammengebrochen.

Ich hatte den toten Balg abgelegt und den Klappspaten unter dem Gurt an der Hüfte hervorgezogen. Trotz der dicken Handschuhe waren mir die Finger fast erfroren, und ich schaffte es kaum, das Ding auseinanderzuklappen. Mein Rücken schmerzte, als ich mich vorbeugte und daranmachte, die dünne äußere Eiskruste zu durchstoßen und den lockeren Schnee darunter wegzuschaufeln. Keuchend wühlte ich ein Loch frei. Die heißen Tränen gefroren noch auf den Wangen zu Eis.

Vorsichtig legte ich schließlich die Leiche in das Loch und füllte es wieder mit Schnee, wozu ich mir nun ein wenig mehr Zeit lassen konnte.

Mit dreiundzwanzig Schaufeln Schnee hatte ich einen erwachsenen Mann zugeschüttet. Längst nicht so viele Schaufeln brauchte ich für diese kostbare Last.

»Sie sollten mir danken«, wiederholte ich und erhob mich langsam. Die böse Tessa wurde lebendig.

Quizo war dran. Er hatte seine Aufgabe erfüllt und machte seinen Führer mit andauerndem Gebell auf sich aufmerksam.

Lasst ihn jetzt mit seinen Freunden spielen, dachte ich angespannt, obwohl ich gelassen zu bleiben versuchte. Der Hund hat seine Belohnung verdient; bringt ihn zu Kelli und Skyler. Bitte.

Officer Fiske warf mir nun doch einen Blick zu.

»Was haben Sie für ein Problem?«, pflaumte er mich an.

»Was haben *Sie* für ein Problem? Sie sollten mir danken, dass Sie noch am Leben sind.«

»Bitte?«

Officer Fiske starrte mich an, sah mein ungerührtes Gesicht und schien allmählich auf den Trichter zu kommen.

Officer Fiske sprang nach draußen. Officer Fiske griff nach dem Funkgerät, das an seinem Dienstkoppel hing. Officer Fiske kehrte mir den Rücken.

Was soll ich sagen? Fehler kommen einem in unserem Gewerbe teuer zu stehen.

Ich setzte ihm nach, ballte die gefesselten Hände zu Fäusten und wuchtete sie auf seinen Schädel nieder. Officer Fiske taumelte nach vorn. Ich lege ihm von hinten den rechten Arm um die Gurgel und drückte zu.

Officer Fiske rang nach Luft und gab seltsame Geräusche von sich. So wie Aufseherin Kim Watters. Oder vielleicht Brian, sterbend auf dem blitzblank geputzten Küchenboden.

Ich bin nicht bei Verstand, dachte ich. *Ich kann unmöglich bei Verstand sein.*

Officer Fiske knickte in den Knien ein. Wir beide stürzten zu Boden, während vierhundert Meter weiter weg Schnee aufwirbelte, Rufe laut wurden und der erste Hund zu heulen anfing.

Als Officer Fiske mit den Beinen zu strampeln aufhörte, schnappte ich endlich wieder nach Luft. Die eiskalte Luft in den Lungen brachte mich wieder zur Besinnung. Ich hatte noch so viel zu erledigen, aber so wenig Zeit.

Nicht denken, nicht denken, nicht denken.

Ich löste mich von Fiske, suchte an seinem Koppel nach den Schlüsseln und vergaß nicht, sein Handy einzustecken. Ich hatte einen sehr wichtigen Anruf zu erledigen.

In der Ferne waren immer noch Rufe und Hundegebell zu hören. Vier Fahrzeuge weiter hinten schlugen auch Kelli und Skyler auf den Alarm ihrer Artgenossen an.

Nicht denken, nicht denken, nicht denken.

Ich blickte zum Himmel auf und versuchte einzuschätzen, wie lange es noch hell sein würde.

Sieht nach Schnee aus, dachte ich wieder.

Befreit von den Handschellen, machte ich mich mit dem Handy davon.

31. KAPITEL

D. D. war mitten auf der Lichtung, als der Schneewulst, vor dem Quizo stand und kläffte, krachend in die Luft flog. Die Welt wurde weiß.

Schnee spritzte in einer riesigen Fontäne auf. Beide Arme vors Gesicht gerissen, wähnte D. D. sich wie von tausend Nadelstichen traktiert. Quizo jaulte nur noch. Jemand schrie.

Eine zweite Explosion krachte und warf D. D., die Arme immer noch schützend vor dem Gesicht, zu Boden.

»Quizo, Quizo!«, brüllte jemand. Wahrscheinlich Nelson.

»D. D.!« Wahrscheinlich war es Bobby, der nach ihr rief.

Sie öffnete die Augen und sah Bobby händeringend auf sich zurennen. »Alles in Ordnung mit dir? Sag was, D. D.! Gib einen Ton von dir, verdammt!«

»Was ist los?«, stammelte sie blinzelnd und schüttelte Schneekristalle aus den Haaren. Ein unerträglicher Druck lastete auf ihren Ohren, von dem sie sich zu befreien versuchte, indem sie die Kieferknochen hin- und herbewegte.

Bobby hatte sie erreicht und ergriff sie bei den Schultern.

»Alles in Ordnung mit dir?«, sagten seine Lippen, und es dauerte eine Weile, bis sie seine Worte auch hörte.

Sie nickte und stieß ihn zurück, um von ihren Armen, Beinen und vor allem ihrem Oberkörper Bestand aufnehmen zu können. Alles schien an seinem Platz zu sein. Sie war weit genug von den Explosionen entfernt gewesen, und der Schnee hatte ihren Sturz abgefedert. Sie war unverletzt, aber benommen und verwirrt.

D. D. ließ sich von Bobby aufhelfen und begutachtete den angerichteten Schaden.

Der von Quizo angesteuerte Schneewulst hatte sich aufgelöst. Darunter klaffte nun ein braunes Erdloch, übersät mit Laub, Holzsplittern und – Himmel hilf – pinkfarbenen Textilfetzen.

Quizo lag wenige Meter daneben und wimmerte hechelnd, die Schnauze im Schnee vergraben. Nelson kauerte über ihm, hielt behutsam die Ohren seines Hundes gefasst und flüsterte ihm beruhigende Worte zu.

Die anderen Spürhunde rührten sich nicht vom Fleck. Sie hatten die Hälse himmelwärts gereckt und heulten wölfisch, als wollten sie der ganzen Welt den Schrecken mitteilen, dem sie hier ausgesetzt waren. D. D. hätte am liebsten mit eingestimmt, um sich ihre Wut und Hilflosigkeit von der Seele zu schreien.

Cassondra Murray, die Anführerin des Hundeteams, rief bereits über ihr Handy einen Tierarzt. Kollegen der Bostoner Polizei schwärmten aus und suchten, die Hände an ihren Holstern, nach weiteren Gefahrenhinweisen.

»Zurück!«, brüllte Bobby.

Die Polizisten blieben stehen, ebenso wie die Hundehalter.

Bobby schaute sich um. D. D., die immer noch ihren Unterkiefer hin- und herbewegte, tat es ihm gleich.

Sie sah pinkfarbene Stoffreste, Teile einer Jeans und das, was der Turnschuh eines Kindes gewesen sein mochte. Sie sah rot und braun und grün. Sie sah ... Fetzen. Ein anderes Wort gab es dafür nicht. Wo bis soeben noch die Überreste eines Menschen verscharrt gewesen waren, klaffte nun ein Krater mit einem weiten Saum aus Fetzen.

Die gesamte Lichtung musste sofort abgesperrt werden. Alle, die sich darauf befanden, mussten verschwinden, um nicht noch mehr Spuren zu verwischen. Außerdem mussten schleunigst die Gerichtsmedizin verständigt und die Spurensicherung angefordert werden. Es waren menschliche Überreste sicherzustellen, Haare, Gewebeproben, es gab ... es gab so viel zu tun.

Gütiger Himmel, dachte D. D. Es summte ihr noch in den Ohren, die Arme prickelten, und die Hunde heulten, heulten und heulten.

Sie konnte doch nicht ... es war doch nicht möglich, dass ...

Sie schaute an sich herab und sah ein pinkfarbenes Etwas an den

Stiefeln kleben. Den Teil eines Mäntelchens vielleicht oder einer Decke.

Sophie Leoni mit dem herzförmigen Gesicht und großen blauen Augen. Sophie Leoni mit braunen Haaren und einem Lachen, das eine Zahnlücke zeigte, das Mädchen, das so gern auf Bäume kletterte und Angst hatte, im Dunkeln zu schlafen.

Sophie Leoni.

Ich liebe meine Tochter, hatte Tessa vorhin noch dort auf der Lichtung gesagt. *Ich liebe meine Tochter.*

Was für eine Mutter war zu einer solchen Tat imstande?

Plötzlich setzte D. D.'s Gehirn wieder ein.

»Officer Fiske«, rief sie und zerrte an Bobbys Arm. »Er ist in Gefahr. Wir müssen ihn sofort kontaktieren.«

Bobby hatte sein Funkgerät bereits in der Hand und drückte auf die Ruftaste. »Officer Fiske. Officer Fiske, melden Sie sich.«

Die Antwort blieb aus. Natürlich blieb sie aus. Warum hätte Tessa Leoni auch sonst darauf bestehen sollen, bei der Leichenbergung anwesend zu sein? Warum hätte sie auch sonst eine Sprengfalle am eigenen Kind anbringen sollen?

D. D. wandte sich den Kollegen zu.

»Officer down!«, brüllte sie und rannte allen voraus in Richtung der abgestellten Fahrzeuge.

Im Nachhinein schien alles so sonnenklar, dass D. D. kaum glauben mochte, das Ende nicht vorhergesehen zu haben. Tessa Leoni hatte ihren Mann für mindestens vierundzwanzig Stunden auf Eis gelegt. Warum so lange? Wozu ein solch ausgeklügelter Plan, mit dem sie die Bergung ihrer Tochter hinausgezögert hatte?

Tessa Leoni hatte nicht nur einen Leichnam verscharrt, sondern gleichzeitig ihre Flucht aus dem Gefängnis vorbereitet.

Und D. D. war ihr dabei auch noch behilflich gewesen.

Sie hatte Tessa Leoni persönlich im Gefängnis von Suffolk County abgeholt und die mutmaßliche Doppelmörderin an einen entlegenen Ort mitten in Massachusetts chauffiert, eine Spürhundestaffel in eine Sprengstofffalle tappen und sich Tessa Leoni durch die Lappen gehen lassen.

»Ich bin ein verfluchter Idiot«, wütete sie zwei Stunden später. Die Fahrzeugschlange in der Nähe des Tatortes war auf gut dreihundert Meter angewachsen, da sich nun auch Vertreter des Sheriffbüros eingefunden hatten.

Zuerst war die Ambulanz zur Stelle gewesen. Die Sanitäter hatten sich um Officer Fiske zu kümmern versucht, der sie aber, weil eigentlich nur in seiner Eitelkeit verletzt, nicht an sich heranlassen wollte. Stattdessen wurde Quizo verarztet. Der arme Hund, der der Explosion am nächsten gekommen war, hatte eine versengte Schnauze und gerissene Trommelfelle, die aber, wie seinen Halter Nelson versicherte, wie bei Menschen wieder zusammenwachsen würden.

Um auf Nummer sicher zu gehen, sollte Quizo zum Tierarzt gebracht werden. Nelson war so verstört, dass er sich von den Teamkollegen helfen lassen musste, Quizo in den Wagen zu tragen und Kelli und Skyler zu beruhigen. Cassondra erklärte sich bereit, mit dem Team am nächsten Morgen zur Nachbesprechung in der Zentrale zu erscheinen. Fürs Erste aber musste sich die Gruppe neu sortieren und vom Schock erholen. Sie war an Einsätze gewöhnt, die mit verwertbaren Ergebnissen endeten, nicht mit Sprengstoffanschlägen.

Als die Hundestaffel abgezogen war, setzte sich D. D. mit Ben, dem Gerichtsmediziner, in Verbindung, der am Tatort einiges zu tun haben würde.

Und so nahm alles seinen gewohnten Gang. Die Polizei am Einsatzort rückte ab und machte den Kollegen der Spurensicherung Platz. Aus der Haft entflohen, wurde Trooper Leoni zur Fahndung ausgeschrieben.

Fiske gab zu Protokoll, vergessen zu haben, der Gefangenen die Fußfesseln anzulegen (was ihn so beschämte, dass er sich anschließend wahrscheinlich an einer Whiskyflasche wieder aufzurichten versuchen würde). Tessa hatte ihm nicht nur sein Handy abgenommen, sondern auch die Schlüssel, sich also inzwischen mit Sicherheit der Handschellen entledigt.

Seine Dienstwaffe hatte sie stecken lassen – eine gute Nachricht für die Fahnder und Glück für Fiske (der mit einer zweiten Flasche würde feiern können, noch am Leben zu sein). Er erklärte, gesehen zu haben, wie sich Tessa eine schwarze Polizeijacke über den orangefarbenen Overall zog. Zu Fuß, ohne Verpflegung, ohne Mütze oder Handschuhe würde sie wahrscheinlich nicht weit kommen.

Von Adrenalin angetrieben, mochte sie es zwei, drei Meilen weit schaffen, weiter wohl kaum durch den tiefen Schnee, in dem sie eine Spur hinterließ, der selbst ein Blinder würde folgen können.

Der Fahndungstrupp war bald zur Stelle und nahm die Verfolgung auf. Noch eine Stunde bis zum Anbruch der Dunkelheit. Das sollte reichen. Für alle Fälle waren die Leute mit Suchscheinwerfern ausgerüstet. Zwanzig Beamte gegen eine verzweifelte Frau auf der Flucht.

Der Einsatzleiter hatte D. D. versprochen, Tessa Leoni zu stellen. Er würde eine Kindsmörderin nicht entkommen lassen.

Nicht nur Fiske hatte sich blamiert, sondern auch D. D., die jedoch auf den Trost der Flasche verzichten musste. Für sie gab es einen weiteren Tatort zu untersuchen. Außerdem mussten die Taskforce und ihr Chef unterrichtet werden, der im Übrigen alles andere als zufrieden mit ihr sein würde, was aber nicht weiter zählte. Schließlich war sie selbst alles andere als zufrieden mit sich.

Sie tat, was sie immer tat, und kehrte zum Tatort zurück. Bobby begleitete sie.

Der Gerichtsmediziner war mit seinen Leuten eingetroffen. Vorsichtig sammelten sie die Leichenteile ein und steckten sie in rot markierte Plastiktüten. Ihnen folgten die Kollegen der Spurensicherung, die sich vor allem für die Einzelteile der Bombe interessierten. Sprengstoffe zu identifizieren war für sie ein Klacks. Zehn Minuten Internetrecherche und ein Besuch im Baumarkt reichten dafür in der Regel aus. Tessa war eine clevere Frau. Wahrscheinlich hatte sie Zünder zusammengebastelt, die auf Druck reagierten, dann die Sprengsätze mit der Leiche vergraben.

Ben blickte auf, als D. D. und Bobby sich näherten. Er reichte einem seiner Assistenten die Tüte, die er in der Hand hielt, und kam ihnen entgegen.

»Und?«, fragte D. D. ungeduldig.

Der Gerichtsmediziner – Mitte vierzig, untersetzt, die stahlgrauen Haare in Bürstenfasson – zögerte und verschränkte die Arme vor der massigen Brust. »Wir haben Gewebeteile und Knochenfragmente gefunden, wahrscheinlich von einem Menschen«, erklärte er.

»Sophie Leoni?«

Der Gerichtsmediziner öffnete die mit Latex umspannte Hand. Darauf lag ein dünnes weißes Knochenstück, ungefähr fünf Zentimeter lang und mit Erde verschmiert. »Gehört zu einer Rippe, deren Gesamtlänge zum Körperbau einer Sechsjährigen passen könnte.«

D. D. schluckte und nickte widerwillig. Was sie sah, ließ sie schaudern.

»Außerdem haben wir das Etikett eines Kleidungsstücks gefunden, Größe 6T«, fuhr Ben fort. »Wahrscheinlich pinkfarben. Auch das würde zu einem Kind weiblichen Geschlechts passen.«

Wieder nickte D. D., die immer noch den Rippenknochen im Blick hatte.

Ben schob ihn auf der Handfläche zur Seite. Darunter kam etwas zum Vorschein, das wie ein winziger Kiesel aussah. »Ein Milchzahn. Wiederum passend zu einem kleinen Mädchen. Allerdings ... fehlt die Wurzel.« Der Gerichtsmediziner schien zu rätseln. »Das ist ungewöhnlich, es sei denn, der Zahn war bereits lose und kurz davor, auszufallen«, sagte er, als redete er mit sich selbst. »Wie bei einem Erstklässler. Ein loser Zahn, dann diese Explosion ... ja, könnte hinhauen.«

»Der Zahn stammt also von Sophie Leoni?«, drängte D. D. zu erfahren.

»Von einem etwa sechsjährigen Kind«, antwortete Ben. »Genaueres wird die Laboruntersuchung ergeben. Hilfreich wäre es, wenn wir hier noch weitere Schädel- oder Kieferteile fänden.«

Mit anderen Worten, die Sprengsätze hatten die Leiche regelrecht zerfetzt, dachte D. D. Eine Schneeflocke trudelte herab, gefolgt von einer zweiten, einer dritten.

Alle schauten zum Himmel hinauf, an dem dunkelgraue Wolken aufgezogen waren.

»Mist«, platzte es aus Ben heraus. »Schafft Planen her«, rief er seinen Mitarbeitern zu. »Wir müssen alles abdecken, schnell.«

Er eilte davon. D. D. zog sich von der Lichtung zurück. Sie lehnte sich an einen Baumstamm und begann zu würgen.

Was hatte Tessa gesagt? Das, was sie, D. D., für ihr noch ungeborenes Kind empfinden würde, sei nichts im Vergleich zu den Gefühlen in einem Jahr und im Jahr darauf. Sechs Jahre einer solchen Liebe. Sechs Jahre ...

Wie konnte eine Frau ... eine Mutter ...

Wie war es möglich, dass sie ihr Kind zu Bett brachte und im nächsten Augenblick nach einer Stelle suchte, an der sie es würde verscharren können? Wie war es möglich, der sechsjährigen Tochter einen Gutenachtkuss zu geben und kurz darauf Sprengsätze an ihrem Körper anzubringen?

Ich liebe meine Tochter, hatte Tessa gesagt. *Ich liebe meine Tochter.*

D. D. würgte. Bobby war bei ihr. Sie spürte, wie er ihr die Haare von den Wangen strich. Er reichte ihr eine Wasserflasche. Sie spülte den Mund aus und hob das heiße Gesicht, um es von den fallenden Flocken kühlen zu lassen.

»Komm«, sagte er leise. »Wir gehen zum Wagen zurück. Du musst dich jetzt ausruhen, D. D. Es kommt alles wieder in Ordnung. Keine Sorge.«

Er nahm sie bei der Hand und führte sie durch den Wald. Lügner, dachte sie und trottete entmutigt neben ihm her. Als könne nach einer solchen Katastrophe wie der soeben erlebten jemals alles wieder in Ordnung kommen.

Sie mussten sich beeilen, um die Stadt zu erreichen, ehe die Landstraßen unpassierbar waren. Und in die Zentrale zurückgekehrt, würden sie sich wahrscheinlich einer Pressekonferenz stellen müssen. Also höchste Zeit, sich ein paar Gedanken zu machen.

Gute Nachricht: Wir haben, wie es scheint, den Leichnam von Sophie Leoni gefunden. Schlechte Nachricht: Die Mutter – Polizistin und mutmaßliche Mörderin ihres Gatten und ihrer Tochter – ist uns entwischt.

Bobby öffnete seiner Kollegin die Beifahrertür. D. D. rutschte auf den Sitz und fühlte sich so elend, dass sie am liebsten auf der Stelle ihren Job quittiert hätte. Sergeant Detective D. D. Warren war auf ganzer Linie gescheitert. Sergeant Detective D. D. Warren, selbst bald Mutter, hatte das Kind nicht retten können. Was bedeutete dieser Fall einer allseits wertgeschätzten Streifenpolizistin, die ihr eigenes Kind getötet, verscharrt und in die Luft hatte fliegen lassen, für eine werdende Mutter, die für die Strafverfolgung arbeitete? Wie zum Teufel sollte sich D. D. dazu verhalten?

Sie hätte nicht schwanger werden dürfen. Sie war nicht stark genug dafür. Ihre Fassade bröckelte, und darunter zeigte sich nichts als Verzweiflung. All die Mordopfer, die ihr im Laufe der Jahre zu Gesicht gekommen waren. Die Kinder, die es nicht nach Hause zurückgeschafft hatten. Die gleichgültigen Mienen von Eltern, Verwandten oder Nachbarn, die sich an ihnen vergangen hatten.

Was für eine entsetzliche Welt, in der man lebte. D. D. versuchte, Morde aufzuklären, nur um sich anschließend mit dem nächsten Verbrechen zu befassen. Kinderschänder wegzuschließen oder ertragen zu müssen, dass ein Mann, der seine Frau schlug, wieder auf freien Fuß gesetzt wurde. D. D. war dazu verurteilt, Opfer aufzuspüren, die Überreste ungeliebter oder von Anfang an ungewollter Kinder.

Sie hatte Sophie zu retten versucht, hatte es diesmal schaffen wollen, aber dann ...

»Pssst.« Bobby streichelte ihr Haar.

Weinte sie? Vielleicht, jedenfalls nicht genug. Sie drückte die tränennasse Wange auf seine Schulter, spürte, wie er zusammenzuckte, als sie mit den Lippen seine Haut berührte und Salz schmeckte. Dann schien es das Natürlichste auf der Welt zu sein, den Kopf zu heben und mit den Lippen nach seinem Mund zu suchen.

Er wich nicht zurück. Stattdessen spürte sie, wie er ihre Schultern ergriff. Und so küsste sie ihn, den Mann, der einmal ihr Liebhaber gewesen war, einen der wenigen Menschen, in denen sie eine Stütze fand.

Für einen Moment war die Zeit außer Kraft gesetzt, eine Pause eingetreten, in der sie nicht denken musste, sondern nur fühlen.

Dann hob Bobby sie behutsam auf ihren Sitz zurück, bis sie wieder aufrecht neben ihm saß, einen halben Meter von ihm entfernt.

»Nein«, sagte er.

D. D., selbst am meisten erschrocken über das, was sie gerade getan hatte, bekam kein Wort heraus. Sie schaute sich in dem kleinen Innenraum des Wagens nach einer Fluchtmöglichkeit um.

»Es war so ein Moment«, fuhr Bobby fort. Seine Stimme klang belegt. Er räusperte sich und wiederholte: »So ein Moment. Aber ich habe Annabelle, und du hast Alex. Wir werden doch nicht aufs Spiel setzen, was gut für uns ist.«

D. D. nickte.

»D. D. –«

Sie schüttelte den Kopf. Sie wollte nichts mehr hören. Wie gesagt, es war nur so ein Moment gewesen. Dem war nichts mehr hinzuzufügen.

Außer vielleicht, dass sie immer schon eine Schwäche für Bobby Dodge gehabt hatte. Und ihr die Trennung, obwohl es ihre Entscheidung gewesen war, immer noch zu schaffen machte. Wenn sie jetzt zu sprechen versuchte, würde sie wahrscheinlich in Tränen ausbrechen, und das wäre dumm. Bobby hatte Besseres verdient. Genauso wie Alex.

Plötzlich dachte sie wieder an Tessa Leoni. Scheinbar zwangsläufig drängte sich ihr diese Verbindung wieder auf. Zwei Frauen, tüchtig in ihrem Beruf, und doch, was ihr Privatleben anging, offenbar völlig hilflos.

Das Funkgerät im Armaturenbrett fing zu knistern an. D. D. griff danach in der Hoffnung auf gute Nachrichten.

Es war der Suchtrupp. Officer Landley meldete sich. Sie hatten auf der Landstraße, gut zweieinhalb Meilen jenseits des Tatorts, Tessas Spur neben frischen Reifenspuren verloren.

Vermutlich war sie nicht mehr allein und nicht mehr zu Fuß unterwegs.

Sie hatte einen Komplizen und einen fahrbaren Untersatz.

Sie war verschwunden.

32. KAPITEL

Im Alter von zwölf Jahren hatten wir, Juliana und ich, uns häufig die Frage gestellt, wozu Freunde eigentlich gut seien. Sie wurde für uns zu einer Art Geheimformel, und wir verständigten uns darauf, die Frage mit einem Ja zu beantworten, wenn einer von uns in einer peinlichen oder auch verzweifelten Situation die Hilfe des anderen benötigte.

Hatte Juliana ihre Matheaufgaben vergessen, fragte sie: »Wozu sind Freunde gut?«, und ich ließ sie schnell aus meinem Heft abschreiben. Wenn mein Vater, dieses Arschloch, wieder einmal auf stur schaltete und mir den Sport nach der Schule verbot, fragte ich: »Wozu sind Freunde gut?« Dann rief Juliana ihre Mutter an und verabredete mit ihr, dass sie mich anschließend nach Hause brachte und meinen Vater darüber informierte, denn mein Vater hätte sich nie mit Julianas Mom angelegt. Juliana war in den süßen Jungen aus der Biologieklasse verknallt. »Wozu sind Freunde gut?« Ich setzte mich in der Mittagspause neben ihn und lotete ihre Chancen bei ihm aus.

In Haft genommen unter dem dringenden Tatverdacht, den eigenen Ehemann umgebracht zu haben – »Wozu sind Freunde gut?«

Ich hatte bereits am Samstagnachmittag, als meine Welt implodiert und mir bewusst geworden war, dass ich Hilfe nötig haben würde, Julianas Telefonnummer rausgesucht. Auch nach zehn Jahren war sie immer noch der einzige Mensch, dem ich vertrauen konnte. Als sich der Kerl in Schwarz endlich verzogen und mich mit meinem toten Mann allein in der Garage zurückgelassen hatte, schippte ich Schnee und suchte dann im Telefonbuch nach meiner ehemals besten Freundin. Ich fand sie, ihre Adresse und Telefonnummer unter neuem Namen, denn sie hatte ja geheiratet.

Kurz danach bastelte ich zwei kleine Sprengsätze und fuhr mit dem Denali los.

Meine letzten Handlungen als freie Frau. Das wusste ich. Brian hatte etwas Schlimmes getan, und wir, Sophie und ich, sollten dafür büßen. Und so zahlte ich dem Mörder meines Mannes fünfzig Riesen. Die gewonnene Zeit nutzte ich, um zwei Schritte Vorsprung zu erzielen.

Sonntagmorgen kam Shane, und es konnte losgehen. Eine Stunde später, windelweich geschlagen, mit Gehirnerschütterung und gebrochenem Jochbein, wandelte ich mich von der brillanten Strategin zur überzeugend misshandelten Frau, die nicht mehr wusste, wo ihr der Kopf stand. Gleichzeitig war da noch dieser Funke Hoffnung, dass ich nur schlecht geträumt hatte, dass Brian nicht vor meinen Augen gestorben und Sophie nicht aus ihrem Bett geholt worden war. Dass womöglich, wenn ich das nächste Mal aufwachte, meine Welt auf magische Weise wieder in Ordnung gebracht sein würde und mein Mann und meine Tochter neben mir stünden und meine Hände hielten.

Aber dieses Glück war mir nicht beschieden.

Stattdessen verbrachte ich eine Nacht im Krankenhaus. Montagmorgen nahm mich die Polizei fest und setzte Plan B in Gang.

Bei allen R-Gesprächen, die vom Gefängnis ausgehen, wird der Empfänger per Automatenstimme darauf hingewiesen, woher der Anruf kommt, und gefragt, ob er die Kosten dafür zu zahlen bereit ist.

Das war auch für mich am Montagabend die Frage aller Fragen, als ich im Aufenthaltsraum mit zitternder Hand Julianas Nummer wählte. Dass sie sich für Ja entschied, überraschte, glaube ich, nicht nur mich, sondern auch sie selbst. Wahrscheinlich bereute sie es schon Sekunden später.

Weil alle Anrufe aufgezeichnet wurden, hütete ich mich, ein falsches Wort zu sagen.

»Wozu sind Freunde gut?«, fragte ich mit gebrochenem Herzen und hörte, wie Juliana nach Luft schnappte.

»Ich hätte eine Freundin nötig«, fuhr ich eilig fort, bevor Juliana das einzig Vernünftige tun konnte, nämlich auflegen. »Morgen Nachmittag. Ich rufe wieder an. Wozu sind Freunde gut?«

Dann legte ich auf, denn der Klang ihrer Stimme trieb mir Tränen in die Augen, und ich konnte es mir im Gefängnis nicht leisten zu weinen.

Nachdem ich Officer Fiske ausgeschaltet und mir sein Handy genommen hatte, rannte ich gut hundert Meter über den festgefahrenen Schnee bis zu einer großen Fichte. Im Schutz der weit ausladenden grünen Zweige wählte ich hastig Julianas Nummer und holte den kleinen wasserdichten Beutel aus dem Geäst, den ich dort deponiert hatte.

»Hallo?«

Ich sprach schnell. Nannte GPS-Koordinaten und listete auf, was ich brauchte. Ich hatte die vierundzwanzig Stunden Gefängnis genutzt, um meine Flucht zu planen, und an alles gedacht.

Juliana widersprach kein einziges Mal. Wozu sind Freunde gut?

Es bestand natürlich die Möglichkeit, dass sie gleich nach meinem Anruf die Cops verständigen würde. Aber damit rechnete ich nicht wirklich. Denn das letzte Mal war unser Losungswort von ihr ausgegangen, nachdem sie auf ihren Bruder geschossen und mir die Waffe zugesteckt hatte.

Ich legte Officer Fiskes Handy weg und öffnete den Beutel. Darin war Brians Glock, Kaliber .40, die ich aus unserem Schließfach genommen hatte.

Er brauchte sie nicht mehr. Ich schon.

Als der silberne SUV auf der Hauptstraße neben mir anhielt, lagen meine Nerven blank. Die Pistole in der Tasche meiner schwarzen Jacke und die Arme um die Brust geschlungen, hatte ich immer wieder zurückgeblickt, gefasst darauf, mich in Deckung bringen zu müssen, falls einer der Kollegen am Waldrand auftauchte oder ein Streifenwagen vorbeikam, womit jederzeit zu rechnen war. Wenn ich nicht rechtzeitig in Deckung ginge und entdeckte würde, wäre es in null Komma nichts um mich geschehen.

Ich musste höllisch aufpassen, mich beeilen, mich verstecken.

Aus der zunehmenden Dunkelheit tauchte ein Fahrzeug mit aufgeblendeten Scheinwerfern auf. Es kam langsam näher, zögernd, als suchte der Fahrer etwas. Immerhin schien es kein Streifenwagen zu sein, denn es war kein Aufbau mit Blaulichtern darauf zu erkennen.

Ich holte tief Luft und trat auf die Straße hinaus. Die Scheinwerfer fielen auf mein Gesicht. Der SUV bremste scharf ab.

Juliana war gekommen.

Ich kletterte schnell auf die Rückbank und hatte kaum die Tür hinter mir zugezogen, als sie schon durchstartete, so schnell, dass es mich auf den Boden warf. Dort blieb ich sicherheitshalber liegen.

Ein Kindersitz, leer bis auf eine Babydecke, vor kurzem noch in Gebrauch. Ich weiß nicht, warum mich das so überraschte. Ich hatte ein Kind. Warum nicht auch Juliana?

Als Mädchen hatten wir uns vorgenommen, Zwillingsbrüder zu heiraten, Haus an Haus zu wohnen und unsere Kinder gemeinsam großzuziehen. Juliana wünschte sich drei Kinder, zwei Jungen und ein Mädchen, für die sie wie ihre Mom den ganzen Tag im Haus sein wollte. Ich wollte zwei Kinder, einen Jungen und ein Mädchen. Außerdem wollte ich einen Spielzeugladen aufmachen, in dem ihre Kinder natürlich Familienrabatt bekommen würden.

Neben dem Kindersitz lag ein dunkelgrüner Matchbeutel. Ich richtete mich auf den Knien auf, hielt aber den Kopf geduckt, damit man mich nicht durchs Fenster sehen konnte, und öffnete den Beutel. Er enthielt all das, worum ich gebeten hatte – Anziehsachen, allesamt schwarz. Frische Unterwäsche und zwei zusätzliche Tops. Eine Schere, Make-up, eine Kappe und Handschuhe.

Hundertfünfzig Dollar in kleinen Scheinen. Mehr hatte sie auf die Schnelle anscheinend nicht zusammenkratzen können.

Ich fragte mich, ob diese Summe für Juliana viel Geld war. Über ihre derzeitigen Verhältnisse wusste ich schließlich nichts.

Ich zog die Klamotten aus dem Beutel und legte sie auf die Rückbank. Es waren ein paar akrobatische Verrenkungen nötig, bis ich den orangefarbenen Overall abgestreift und stattdessen eine

Jeans und einen Rollkragenpullover angezogen hatte. Dann drehte ich meine Haare auf und ließ sie unter der Baseballkappe verschwinden.

Unwillkürlich warf ich einen Blick in den Rückspiegel.

Juliana betrachtete mich. Ihre Lippen waren ein Strich, fest aufeinandergepresst, und die Hände am Lenkrad zeigten weiße Knöchel.

Wöchnerin, dachte ich sofort, denn Juliana sah so aus wie eine aufgelöste junge Mutter, die nachts nicht schlafen konnte und überrascht war, festzustellen, dass die ersten Wochen härter waren als gedacht. Sie schaute weg und richtete den Blick auf die Straße.

Ich setzte mich auf die Rückbank.

»Danke«, sagte ich endlich.

Sie antwortete nicht.

Das Schweigen hielt gut vierzig Minuten an. Es hatte zu schneien begonnen, leicht zuerst, dann so heftig, dass Juliana mit dem Tempo heruntergehen musste.

Auf meine Bitte hin schaltete sie das Radio ein und suchte einen Nachrichtensender. Meine Flucht blieb unerwähnt. D. D. Warren und ihr Team mussten sich von meiner kleinen Überraschung wohl noch erholen und hielten den Deckel drauf.

Verständlich. Welcher Cop mochte schon zugeben, dass ihm ein Häftling durch die Lappen gegangen war, zumal wenn er davon ausgehen konnte, ihn bald wieder eingefangen zu haben. Für Detective Warren war ich allein und zu Fuß unterwegs; sie glaubte wohl, mich spätestens in einer Stunde stellen zu können.

Ich musste sie enttäuschen und war stolz auf mich, die Sprengsätze mit den druckempfindlichen Zündern so clever angebracht zu haben, dass sie im Schutz des umgekippten Baums dem Suchtrupp nicht gefährlich werden konnten. So hoffe ich zumindest. Wie die Sache ausgegangen war, wusste ich natürlich nicht.

Ich hatte hinter Officer Fiske gesessen und mir fast vor Angst in die Hose gemacht.

Der SUV bremste ab. Juliana hatte den Blinker gesetzt, um vom Highway in die Route 9 einzubiegen. Sie war die ganze Strecke langsamer gefahren als nötig, mit beiden Händen am Steuerrad und immer den Blick konzentriert nach vorn. Die perfekte Fluchthilfe.

Unser Abenteuer war fast überstanden, und ich sah, dass ihre Unterlippe zitterte. Sie hatte Angst.

Ich fragte mich, ob sie mich tatsächlich für die Mörderin meines Mannes und meines eigenen Kindes hielt. Vielleicht hätte ich einen solchen Verdacht empört von mir weisen sollen, doch das tat ich nicht.

Ich dachte, sie müsse es doch eigentlich besser wissen.

Zwölf Minuten noch. Mehr brauchte es nicht, um die Zeit zurückzudrehen und in meine alte Nachbarschaft zurückzukehren. Wir fuhren an ihrem alten Haus vorbei, gleich darauf an der schäbigen Hütte meiner Eltern.

Juliana schaute nicht hin. Sie seufzte nicht einmal nostalgisch und sagte kein einziges Wort.

Nach zwei weiteren Kurven waren wir vor der Werkstatt meines Vaters angekommen.

Sie fuhr rechts ran und schaltete die Scheinwerfer aus.

Es schneite in dicken Flocken. Die dunkle Welt war weiß.

Ich sammelte meine Sachen zusammen und steckte sie zurück in den Matchbeutel, den ich mitnehmen wollte. Nur keine Beweismittel zurücklassen.

»Wenn du wieder zu Hause bist«, sagte ich, überrascht, wie laut meine Stimme in der Stille klang, »dann mach im Wagen bitte gründlich sauber. Gib ein bisschen Ammoniak ins warme Wasser. Das lässt die Fingerabdrücke verschwinden.«

Juliana schaute mich über den Rückspiegel an ohne ein Wort zu sagen.

»Die Polizei wird dich finden«, fuhr ich fort. »Wahrscheinlich über meinen Anruf von gestern Abend aus dem Gefängnis. Eine andere Spur gibt es nicht, also werden sie ihr folgen. Erzähl ihnen einfach die Wahrheit. Den Wortlaut unseres Gesprächs. Das ist sowieso aufgezeichnet worden. Du sagst ihnen also nur, was sie ohnehin schon wissen. Und verfänglich ist das ja auch nicht.«

Juliana sah mich immer noch wortlos an.

»Der Anruf von heute wird ihnen nicht weiterhelfen«, versicherte ich ihr. »Er lässt sich allenfalls auf ein Handy zurückverfolgen, das jemand anderem gehört. Ich werde es mit einem Schweißbrenner bearbeiten, damit es nichts mehr hergibt. Du bist heute Nachmittag einfach ein bisschen spazieren gefahren. Über freie Straßen, ohne eine Mautstelle passieren zu müssen. Du könntest überall gewesen sein. Daran werden sie sich die Zähne ausbeißen.«

Es verstand sich von selbst, dass Juliana resistent war gegen Verhöre seitens der Polizei. Den Beweis hatte sie schon vor Jahren erbracht.

»Wir sind jetzt quitt«, sagte sie schließlich mit flacher Stimme. »Ruf nie wieder an.«

Ich lächelte betrübt, aber ohne Bedauern. Wir hatten zehn Jahre lang Abstand voneinander gehalten. Und dabei wäre es geblieben, wenn es diesen unseligen Samstagmorgen nicht gegeben hätte.

Blut ist dicker als Wasser. Aber wir waren ganze dicke Freundinnen gewesen, und ich hatte mich für Juliana hergegeben, ohne mir selbst einen Gefallen damit zu tun.

»Ich würde es wieder genauso machen wie damals«, murmelte ich mit Blick in ihre Augen im Rückspiegel. »Du warst meine beste Freundin. Ich habe dich geliebt und würde mich heute nicht anders entscheiden.«

»Hast du sie wirklich Sophie genannt?«

»Ja.«

Juliana Sophia MacDougall, geborene Howe, hielt sich die Hand vor den Mund. Sie fing zu weinen an.

Ich warf den Matchbeutel über die Schulter und trat hinaus in die Schneenacht. Wenig später sprang der Motor an. Die Scheinwerfer leuchteten auf, und Juliana fuhr davon.

Ich steuerte auf die Werkstatt meines Vater zu. Es brannte Licht. Er wartete auf mich.

33. KAPITEL

Bobby und D. D. kehrten schweigend in die Zentrale zurück. Bobby fuhr, D. D. saß auf dem Beifahrersitz. Ihre geballten Hände lagen auf dem Schoß. Obwohl sie ihre Gedanken abzuschalten versuchte, schwirrte ihr der Kopf.

Sie hatte den ganzen Tag noch nichts gegessen und in der vergangenen Nacht kaum ein Auge zugemacht. Wenn man dazu auch noch die letzten Stunden hinzurechnete, die die beschissensten ihrer bisherigen beruflichen Laufbahn waren, konnte es im Grunde nicht wundern, dass sie den Verstand verloren und einen verheirateten Mann geküsst hatte, der für ihre Schwangerschaft nicht verantwortlich war.

Sie lehnte die Stirn ans kalte Fenster und starrte ins dichte Schneetreiben hinaus, das Tessa Leonis Spuren verwischte, den Verkehr behinderte und die Ermittlungen weiter verkomplizierte.

Noch vom Tatort aus hatte sie ihren Vorgesetzten angerufen. Besser, dass Horgan von ihr hörte, was vorgefallen war, als von den Medien, die jederzeit mit der Nachricht herausrücken mochten. D. D. hatte eine mutmaßliche Doppelmörderin entwischen lassen, irgendwo draußen in der Wildnis, wo ihr gesamtes Team einer stümperhaft gebauten Sprengfalle auf den Leim gegangen war.

Die Bostoner Polizei würde dastehen wie ein Haufen Volltrottel. Schlimmer noch, es war damit zu rechnen, dass die für die Ergreifung flüchtiger Gewaltverbrecher zuständige Fahndungstruppe – eine der Strafvollzugsbehörde von Massachusetts unterstellte Einheit – den Fall an sich reißen würde, da sich die Suche nun über das ganze Land erstreckte. Die Bostoner Polizei wäre blamiert und hätte nicht einmal die Möglichkeit, sich zu rehabilitieren. Ein Schlamassel auf ganzer Linie. Und wer den Schaden hatte, durfte sich auf den Spott der Presse freuen mit Aufmachern wie: *Mutmaßliche Doppel-*

mörderin Tessa Leoni aus dem Gewahrsam der Bostoner Polizei geflohen ...

D. D. hoffte inzwischen inständig, schwanger zu sein. Statt gefeuert zu werden, würde sie Mutterschutz beantragen können.

Sie hatte Schmerzen.

Der Kopf tat ihr weh, auch das Herz. Vor Trauer um Sophie Leoni, dieses süße Mädchen, das Besseres verdiente. Hatte es jeden Morgen sehnsüchtig die Rückkehr seiner Mommy erwartet, sie umarmt und geküsst und sich an sie geschmiegt, wenn sie ihm eine Geschichte vorlas oder sich die Hausaufgaben zeigen ließ? Wahrscheinlich, dachte D. D. So waren Kinder. Sie liebten und liebten und liebten. Aus vollem Herzen. Mit jeder Faser ihres Seins.

Doch die Erwachsenen ließen sie im Stich.

So auch die Polizei.

Ich liebe meine Tochter.

»Ich werde da vorn anhalten«, sagte Bobby und setzte den rechten Blinker. »Wir brauchen was zu essen. Hast du einen besonderen Wunsch?«

D. D. schüttelte den Kopf.

»Wie wär's mit trockenen Cornflakes? Du musst irgendwas zu dir nehmen, unterzuckert wie du bist.«

»Warum tust du das?«

»Was?«

»Dich um mich kümmern.«

Bobby warf ihr einen flüchtigen Blick zu. »Würde Alex doch auch, oder? Wenn du es denn zulassen würdest.«

Sie verzog das Gesicht. Bobby konzentrierte sich wieder auf die verschneite Straße und bog vorsichtig in die Ausfahrt ein, die zu einer kleinen Shopping Plaza mit großem Parkplatz führte.

Bobby steuerte auf einen Supermarkt zu und konnte unmittelbar davor anhalten, da wegen der schlechten Straßenverhältnisse kaum Autos unterwegs waren. Als D. D. ausstieg, wunderte sie sich, wie viel Schnee schon gefallen war. Bobby kam um den Wagen herum und bot ihr wortlos seinen Arm als Stütze.

Sie hakte sich bei ihm unter, stakte durch den tiefen Schnee auf dem Gehweg und betrat den hell erleuchteten Laden. Bobby ging mit ihr geradewegs zur Feinkostabteilung, vor der sie es genau fünf Sekunden lang aushielt, bis ihr der Gestank gegrillter Hähnchen zu viel wurde. Auf eigene Faust schlenderte sie weiter, wählte an der Obst- und Gemüsetheke einen Apfel und vom Frühstücksregal eine Packung Cheerios. Vielleicht wäre auch einer dieser frisch gepressten Fruchtsäfte das Richtige, dachte sie, oder ein Protein-Cocktail. Ausschließlich von eiweißreicher, hochkalorischer und ballaststofffreier Trinknahrung zu leben konnte sie sich durchaus vorstellen.

Plötzlich fand sie sich in einer kleinen Apothekenabteilung mit einem reichhaltigen Angebot an Artikeln zur Familienplanung wieder. Da gab es natürlich Kondome in allen Farben, aber auch solche Dinge, die nützlich waren, wenn ein Kondom platzte: Schwangerschaftstests. Sie versicherte sich, dass Bobby gerade nicht hinschaute, und schnappte sich schnell ein Päckchen davon.

Weil er sie spätestens an der Kasse überführt hätte, eilte sie, den Apfel, die Cheerios und das Päckchen an die Brust gedrückt, zur Damentoilette.

Vor dem Eingang hing ein grünes Schild mit dem Hinweis, dass keine Ware auf die Toilette mitgenommen werden durfte.

Sei's drum, dachte sie und stieß die Tür auf.

Sie schloss sich in der Kabine für Rollstuhlfahrer ein, die dankenswerterweise mit einer behindertengerechten Kleiderstange ausgestattet war. Ein an die Wand montiertes Klapptischchen aus Kunststoff eignete sich bestens als Werkbank. Apfel, Cheerios und Teststreifen.

Ihre Hände zitterten. Heftig. Sie konnte kaum das Päckchen halten und lesen, was unter der Rubrik Anwendung stand. Also legte sie es mit der Beschriftung nach oben auf den Tisch und las, während sie ihre Hose aufknöpfte und bis zu den Knien herunterzog.

Wahrscheinlich führten die meisten Frauen einen solchen Test bei sich zu Hause durch, umgeben von pfirsichfarbenen Wänden, vielleicht auch von hübschen Blumengestecken, wo sie ihre Lieblingshandtücher in Griffweite hatten. D. D. dagegen hockte in einer industriegrau gefliesten Supermarkttoilette und versuchte, auf Kommando einen Streifen mit Urin zu benetzen.

Nachdem es im dritten Anlauf endlich geklappt hatte, legte sie den Streifen auf den Tisch und weigerte sich, einen Blick darauf zu werfen. Sie pinkelte zu Ende, zog die Hose wieder hoch und spülte ihre Hände draußen an einem der Waschbecken.

Kaum war sie wieder in ihrer Kabine verschwunden, hörte sie die Außentür aufgehen, Schritte, die auf die Kabine nebenan zusteuerten. D. D. schloss die Augen und hielt die Luft an.

Sie kam sich vor wie ein ungezogenes Schulmädchen, das auf dem Klo beim Rauchen erwischt wurde.

Dabei war es hier fast ausgeschlossen, dass man sie sah oder gar ertappte. Trotzdem, zur Begutachtung des Streifens brauchte sie absolute Abgeschiedenheit.

Die Spülung rauschte. Die Kabinentür ging auf. An den Waschbecken plätscherte Wasser. Dann brauste der Handtrockner.

Außentür auf, Außentür zu.

D. D. war wieder allein.

Vorsichtig riskierte sie einen Blick und starrte auf den Streifen.

Pink plus.

Sergeant Detective D. D. Warren war definitiv schwanger.

Sie nahm auf der Brille Platz, legte den Kopf in die Hände und weinte.

Später, immer noch auf dem Rand der Kloschüssel hockend, aß sie den Apfel. Als der Fruchtzucker im Blut ankam, überfiel sie plötzlich ein Bärenhunger. Nachdem sie die Hälfte der Cheerios in sich hineingestopft hatte, verließ sie die Toilette, um sich mit Müsliriegeln, Nüssen, Kartoffelchips, Joghurt und Bananen einzudecken.

Bobby fand sie in der Schlange vor der Kasse mit einem abgenagten Kerngehäuse, einem geöffneten Karton Cheerios, einem ebenfalls geöffneten Päckchen Schwangerschaftstests und diversen anderen Einkäufen. Die junge Frau an der Kasse, die drei Piercings und eine Konstellation tätowierter Sterne im Gesicht trug, musterte sie missbilligend.

»Wo warst du?«, fragte Bobby und krauste die Stirn. »Ich dachte schon, du hättest dich aus dem Staub gemacht.«

Dann fiel sein Blick auf das Päckchen mit dem Schwangerschaftstest, und er hielt den Mund.

D. D. bezahlte mit ihrer Kreditkarte und nahm ihre Einkaufstüte in Empfang. Auch sie sagte nichts.

Sie hatten gerade den Supermarkt verlassen, als ihr Handy klingelte. Auf dem Display stand Phils Name.

Arbeit. Genau das, was ihr noch fehlte.

Sie nahm den Anruf entgegen und hörte sich an, was Phil zu sagen hatte. Vielleicht lag es an seinen Nachrichten oder aber an ihrer Fressattacke, auf jeden Fall fühlte sie sich schlagartig wohler.

Sie steckte das Handy weg und wandte sich Bobby zu, der schon am Wagen stand.

»Rate mal, was ich soeben erfahren habe. Tessa Leoni hat gestern Abend um neun vom Gefängnis aus ihre alte Jugendfreundin Juliana Sophia Howe angerufen.«

»Die Schwester des Typen, den sie abgeknallt hat?«

»Genau die. Und lass dir mal durch den Kopf gehen, wie groß die Wahrscheinlichkeit ist, dass eine Frau, die wegen Mordes an ihrem Mann in Untersuchungshaft sitzt, ausgerechnet mit einer Angehörigen ihres vorletzten Opfers Kontakt aufnimmt.«

Bobby runzelte die Stirn. »Gefällt mir nicht.«

»Mir auch nicht.« Aber im Unterschied zu Bobby strahlte D. D. »Komm, knöpfen wir sie uns vor!«

»Einverstanden.« Bobby öffnete die Fahrertür und hielt inne. »D. D. …« Er richtete seinen Blick auf die Einkaufstüten. »Glücklich?«

Sie nickte. »Ich glaube, ja.«

Als sie nach einer anstrengenden Fahrt auf tückisch glatten Straßen endlich am Ziel waren, fanden sie Julianas Haus hell erleuchtet vor. In der Einfahrt standen ein silberner SUV und eine dunklere Limousine.

Noch ehe Bobby und D. D. die Tür erreichten, wurde sie von einem Mann geöffnet, der Anzug trug und ein Kleinkind in den Armen hielt. Er hatte die beiden offenbar erwartet.

»Ich habe meiner Frau bereits geraten, mit einem Anwalt Kontakt aufzunehmen«, sagte er.

Wie treu sorgend, dachte D. D. »Braucht sie einen?«

»Sie ist ein guter Mensch und eine noch bessere Mutter. Wenn Sie unbedingt jemanden strafrechtlich verfolgen müssen, sollten Sie in der Zeit zurückgehen und ihren Bruder noch einmal erschießen. Er hätte es verdient. Nicht sie.«

Nachdem er das gesagt hatte, ging Julianas Mann an den beiden vorbei auf die dunkelblaue Limousine zu. Er setzte das Kind in den Kindersitz, und wenig später war Julianas Familie verschwunden.

»Was war das denn für ein Auftritt?«, murmelte Bobby.

»Mal sehen, was seine Frau dazu sagt.«

Der treu sorgende Gatte hatte die Haustür für sie offen gelassen, sodass die beiden ungehindert eintreten konnten. Juliana hatte es sich im Wohnzimmer auf einer Couch bequem gemacht und empfing den späten Besuch im Sitzen.

D. D. zeigte ihren Ausweis und stellte Bobby vor. Juliana stand immer noch nicht auf. Bobby und D. D. verzichteten darauf, Platz zu nehmen. Es knisterte bereits vor Spannung im Raum, weshalb D. D. gleich zur Sache kam.

»Sie waren mit ihr zusammen, stimmt's? Sie haben heute Nachmittag Tessa Leoni mit Ihrem Auto abgeholt, und zwar nahe der Stelle, wo sie ihre Tochter verscharrt hat. So etwas nennt man Fluchthilfe und Strafvereitelung. Warum? Ich frage in vollem Ernst.« D. D. deutete mit kreisender Handbewegung auf das hübsche, frisch gestrichene Wohnzimmer und die Spielzeugsammlung am Boden. »Warum riskieren Sie das alles?«

»Sie war es nicht«, sagte Juliana.

D. D. zog eine Braue in die Stirn. »Sind Sie nicht ganz bei Trost?«

Juliana hob ihr Kinn. »Das sollten Sie sich lieber selbst mal fragen.«

»Warum?«

»Weil Sie blind sind und viele Fragen stellen, ohne zuzuhören. Typisch Cop. Schon vor zehn Jahren haben Leute wie Sie alles vermasselt. Warum sollte es heute anders sein?«

D. D. starrte die junge Mutter an, aufgeschreckt von deren Wutausbruch. Plötzlich verstand sie, was ihr Mann in der Tür gemeint hatte. Die Familientragödie von damals war alles andere als überwunden und Juliana immer noch voller Wut auf die Polizei.

D. D. trat zwei Schritte auf sie zu und ging in die Hocke, um ihr auf gleicher Höhe in die Augen zu schauen. Juliana weinte.

»Erzählen Sie uns, was passiert ist, Juliana. Wer hat auf Ihren Bruder geschossen? Es ist Zeit, reinen Tisch zu machen. Reden Sie, und ich verspreche, dass wir zuhören.«

»Die Pistole war nicht von Tessa«, flüsterte Juliana Howe. »Sie hat sie nur für mich besorgt, weil ich sie darum gebeten hatte.«

»Wer hat auf Tommy geschossen, Juliana?«

»Ich. Ich habe meinen Bruder getötet. Es tut mir leid, aber ich muss sagen, ich würde es wieder tun.«

Der Damm war gebrochen. Schluchzend gestand Juliana nun auch den Rest der Geschichte. Von der ersten Nacht, in der ihr Bruder sie missbrauchte, wie er danach geweint und sie um Verzeihung gebeten hatte, dass er betrunken und nicht mehr zurechnungsfähig gewesen sei. Natürlich würde er das nie wieder tun ... sie solle nur ja nichts Mom und Dad sagen.

Und sie hatte ihm versprochen, das Geheimnis zu hüten, doch er vergewaltigte sie immer und immer wieder, ohne betrunken zu sein und ohne sich anschließend zu entschuldigen. Stattdessen gab er ihr die Schuld. Wenn sie sich nicht so aufreizend anziehen würde ...

Daraufhin trug sie nur noch weite, hochgeschlossene Kleider, ließ die Haare unfrisiert und verzichtete auf Makeup. Vielleicht war das der Grund, warum er sie nicht mehr belästigte, doch womöglich lag es eher daran, dass er sein Studium begonnen hatte und am College jede Menge Mädchen kennenlernte. Er ließ seine Schwester in Frieden. Nur an den Wochenenden nicht.

Sie konnte sich nicht mehr auf die Schule konzentrieren und hatte immer dunkle Ränder unter den Augen, denn immer freitags, wenn Tommy nach Hause kommen würde, musste sie sich in Acht nehmen. Sie hatte ein Schloss an ihrer Zimmertür angebracht. Zwei Wochen später fand sie die Tür aufgebrochen vor.

»Tut mir schrecklich leid«, hatte er später beim Abendessen gesagt. »Du hättest nicht über den Flur laufen dürfen.« Und ihre Eltern strahlten übers ganze Gesicht, weil er ihr Sohn war, der Stammhalter, den sie regelrecht anbeteten.

Eines Montags fing Juliana in der Schule an zu weinen und hörte nicht mehr auf. Tessa zog sich mit ihr in die Mädchentoilette zurück und nahm sie in den Arm, bis sie sich beruhigt hatte und zu sprechen anfing.

Die beiden legten sich einen Plan zurecht. Tessas Vater hatte eine Pistole, die sie mitzubringen versprach.

»Wird ihm gar nicht auffallen«, hatte Tessa schulterzuckend gesagt. »Dürfte also ziemlich einfach sein.«

Sie verabredeten sich für Freitagabend. Tessa wollte die Nacht über bleiben und aufpassen. Wenn Tommy käme, würde Juliana die Waffe ziehen, auf ihn zielen und damit drohen, ihm die Eier wegzuschießen, falls er es noch einmal wagte, sie zu berühren.

Die beiden Mädchen probten den Showdown mehrere Male. Sie hatten ihren Spaß daran.

Arm in Arm in der Toilettenkabine kamen sie sich stark vor. Sie waren entschlossen, Tommy die Zähne zu zeigen. Er würde klein beigeben, und Juliana wäre in Sicherheit.

Ihr Vorhaben ergab Sinn.

Schon am Dienstag hatte Tessa die Waffe an sich genommen. Freitagabend ging sie damit zu Juliana.

Sie saßen auf dem Sofa, waren ein wenig nervös und starteten ihren Filmmarathon.

Irgendwann schliefen die beiden ein, Tessa auf dem Boden, Juliana auf dem Sofa. Aber dann kam Tommy nach Hause, und sie wachten auf.

Allerdings hatte er es diesmal nicht auf seine Schwester abgesehen, sondern auf Tessa, der er auf die Brüste starrte.

»Sind ja schon reif, deine Äpfelchen«, sagte er und grapschte danach. Juliana zog die Pistole.

Sie richtete sie auf ihren Bruder und schrie ihn an, er solle verschwinden. Er solle sie in Ruhe lassen, *sonst …*

Aber Tommy lachte nur. »Was *sonst*? Willst du etwa mit dem Ding da schießen? Vielleicht solltest du mal nachsehen, ob es überhaupt entsichert ist.«

Juliana ließ sich tatsächlich ablenken und schaute nach. Im selben Moment fiel Tommy über sie her. Er versuchte, ihr die Waffe zu entreißen.

Tessa schrie. Juliana schrie. Tommy knurrte, zog seiner Schwester an den Haaren und grapschte und grapschte.

Die Waffe geriet zwischen sie. Es krachte plötzlich.

Tommy taumelte zurück und starrte auf sein Bein.

»Schlampe«, brüllte er. Das war das letzte Wort, das er sagte. »Schlampe«, hatte er gesagt und verblutete langsam.

Juliana war in Panik geraten. Sie hatte das nicht gewollt. … Ihre Eltern, um Himmels willen, ihre Eltern …

Sie steckte der Freundin die Pistole zu. »Verschwinde damit«, flehte sie. *Weg, weg, weg.*

Und das waren die letzten Worte gewesen, die Juliana an sie gerichtet hatte. *Weg, weg, weg.*

Als Tessa bei sich zu Hause ankam, war die Polizei schon bei den Howes eingetroffen. Juliana brachte es nicht fertig zuzugeben, was sie getan hatte. Sie verschwieg auch die Übergriffe ihres Bruders, denn ihre Mutter schrie wie am Spieß und ihr Vater stand unter Schock. Sie schaffte es einfach nicht.

Der Polizei nannte sie flüsternd Tessas Namen, und so wurde aus einer Lüge schnell eine Tatsachenbehauptung. Tessa hatte ihren Bruder erschossen.

Was Tessa nie bestritten hatte.

»Wenn es zur Anklage gekommen wäre«, sagte Juliana nun, »hätte ich alles gestanden. Ja, das hätte ich. Aber als dann die anderen Mädchen gegen meinen Bruder aussagten, war klar, dass Tessa ein Prozess erspart bleiben würde, zumal sogar der Staatsanwalt zu dem Ergebnis kam, dass sie in Notwehr gehandelt hatte.

Ich dachte, sie wäre aus dem Schneider. Und mein Vater ... tja, er war nur noch ein Wrack. Er wollte nicht wahrhaben, dass sein Sohn Frauen belästigte, geschweige denn seine eigene Schwester. Ich hielt es für besser, den Mund zu halten. Aber je länger man schweigt, desto schwerer wird es, irgendwann doch noch mit der Wahrheit herauszurücken. Ich wollte Tessa sehen, wusste aber nicht, was ich sagen sollte. Ich wollte meinen Eltern erklären, was tatsächlich geschehen war, aber auch dazu fehlten mir die Worte.

Ich verstummte. Ein ganzes Jahr lang. Was meinen Eltern überhaupt nicht auffiel. Sie waren so sehr mit sich und ihrem Kummer beschäftigt, dass sie mich kaum noch zur Kenntnis nahmen. Irgendwann war Tessa verschwunden. Ich hörte nur, dass ihr Vater sie vor die Tür gesetzt hatte. Sie war gegangen, ohne sich von mir zu verabschieden. Vielleicht sprach sie auch nicht mehr. Wer weiß? Und dann meldete sie sich plötzlich gestern Abend. Ich wusste nicht, dass sie Polizistin geworden und verheiratet ist oder dass sie eine kleine Tochter namens Sophie hat. Sophia ist mein zweiter Vorname. Sie hat ihre Tochter nach mir benannt. Nach allem, was ich ihr angetan habe ...«

»Ihre Tochter ist tot«, sagte D. D. geradeheraus.

»Sie irren sich!« Juliana schüttelte den Kopf. »Das stimmt nicht.«

»O doch. Wir haben ihre Leiche gesehen. Oder sagen wir besser das, was die Sprengsätze davon übrig gelassen haben.«

Juliana wurde kreidebleich, schüttelte aber immer noch den Kopf. »Sie irren sich«, wiederholte die junge Frau hartnäckig.

»Für eine Frau, deren Familie sich besonders gut darauf versteht, unliebsame Wahrheiten zu leugnen …«

»Sie kennen Tessa nicht.«

»Sie offenbar auch nicht. Schließlich hatten Sie zehn Jahre keinen Kontakt mit ihr.«

»Sie ist verdammt clever und unabhängig. Aber einem Kind würde sie nie etwas zuleide tun, nicht nach ihren Erfahrungen im Zusammenhang mit ihrem Bruder.«

Bobby und D. D. tauschten Blicke. »Bruder?«, fragte D. D.

»Er kam tot zur Welt. Daran ist die Familie zerbrochen, schon Jahre bevor wir uns kennenlernten. Ihre Mutter wurde depressiv und hätte eigentlich in eine Klinik gemusst. Aber welcher Arzt hätte sie damals eingewiesen? Sie hielt sich nur noch im Schlafzimmer auf und ignorierte ihre Tochter. Ihr Vater gab sein Bestes, was aber nicht reichte. Trotzdem liebte Tessa ihre Eltern. Sie kümmerte sich um sie, auf ihre Weise. Und sie liebte auch ihren toten Bruder. Eines Tages haben wir eine Trauerfeier für ihn abgehalten. Sie hat geweint, hemmungslos geweint, was sonst bei ihr zu Hause nicht erlaubt war.«

D. D. starrte Juliana an. »Hätten Sie mir das alles nicht schon früher sagen können?«

»Warum hat die Polizei nicht gründlicher gearbeitet? Müssen ihr die Opfer von Gewaltverbrechen alles auf die Nase binden?«

D. D. sträubten sich die Nackenhaare. Bobby legte ihr beruhigend die Hand auf den Arm.

»Wo haben Sie Tessa abgesetzt?«, fragte er leise.

»Ich weiß nicht, wovon Sie sprechen«, antwortete Juliana schnippisch.

»Tessa wurde von Ihnen abgeholt. Das haben Sie bereits zugegeben.«

»Nein. Habe ich nicht. Das hat Ihre Partnerin behauptet.«

D. D. funkelte sie böse an. »Wollen Sie mit uns herumalbern? Wir können Sie auch mit aufs Präsidium nehmen. Ihr Wagen würde derweil von der Spurensicherung auf den Kopf gestellt. Wie alt ist

Ihr Kind? Ich frage, weil ich nicht weiß, ob Säuglinge ihre Mütter im Gefängnis besuchen dürfen.«

»Tessa hat mich Montagabend kurz nach neun angerufen«, sagte Juliana trotzig. »Sie fragte, wozu Freunde gut seien. Ich sagte: ›Tessa?‹ Sie können sich wohl vorstellen, wie überrascht ich war, sie nach all den Jahren zu hören. Sie sagte, sie würde sich wieder bei mir melden, und legte dann auf. Mehr war nicht. Wenn Sie wissen wollen, warum sie mich angerufen hat und was sie mit dieser Frage meinte oder ob sie demnächst wieder Kontakt mit mir aufnehmen will, müssen Sie sie schon selbst fragen.«

D. D. war baff, regelrecht baff. Tessas Busenfreundin von damals hatte tatsächlich Chuzpe.

»Finden wir auch nur ein Haar von ihr in Ihrem Wagen, sind Sie dran«, sagte sie.

Juliana schlug sich auf die Wange und höhnte: »Oh my God, wie bedauerlich. Zu dumm, dass ich gestaubsaugt habe. Und zufällig fiel mir kürzlich ein Artikel in die Hände mit Ratschlägen, wie man sein Auto gründlich sauber macht. Wussten Sie, dass ein Spritzer Ammoniak Wunder wirkt?«

D. D. schäumte vor Wut. »Allein dafür könnten wir Sie auf der Stelle festnehmen«, sagte sie.

»Dann tun Sie's doch.«

»Tessa hat ihren Ehemann erschossen, seine Leiche in die Kellergarage geschleppt und mit Schnee zugeschaufelt«, erklärte D. D. aufgebracht. »Tessa hat ihre Tochter getötet, die Leiche mit Sprengsätzen versehen und verscharrt. Sie hat in Kauf genommen, dass wir alle in die Luft fliegen. Und diese Frau versuchen Sie zu schützen.«

»Dieser Frau wurde unterstellt, meinen Bruder getötet zu haben«, korrigierte Juliana. »Fälschlicherweise. Es dürfte nicht allzu schwerfallen, in Betracht zu ziehen, dass ihr vielleicht auch die Morde an Mann und Kind fälschlicherweise angelastet werden.«

»Von wegen –«, hob D. D. an, unterbrach sich aber sofort. Sie krauste die Stirn in Erinnerung an einen nagenden Zweifel, der sie schon Stunden zuvor im Wald befallen hatte.

»Ich muss mal kurz telefonieren«, sagte sie plötzlich. »Sie rühren sich so lange nicht vom Fleck.«

Sie nickte Bobby zu und führte ihn vor die Haustür, wo sie ihr Handy aus der Tasche holte.

»Was –«, wollte er fragen, doch sie schnitt ihm mit einer Handbewegung das Wort ab.

»Verbinden Sie mich mit Ben«, sprach sie ins Handy. »Ich weiß, dass er arbeitet. Was glauben Sie, weshalb ich anrufe? Sagen Sie ihm, Sergeant Warren wettet hundert Mäuse darauf, dass er gerade über ein Mikroskop gebeugt ist und denkt: *Oh, Scheiße.*«

34. KAPITEL

Die Werkstatt meines Vaters war so mickrig wie eh und je: ein gedrungenes Gebäude aus Schlackenbeton, dessen nikotinfarbener Außenanstrich großflächig abblätterte. Die Heizung war meist kaputt, sodass mein Vater im Winter dick angezogen unter die Autos kriechen musste. Ein funktionierendes Klo gab es zwar, aber er und seine Freunde pinkelten lieber draußen an den Zaun.

Trotzdem gab es hier etwas, was ich gut gebrauchen konnte: Die Garage stand voller Autos, die repariert oder weiterverkauft werden sollten; und es gab einen Schweißbrenner, der sich wunderbar zur Handy-Entsorgung eignete.

Das schwere Hallentor war verriegelt, aber die Hintertür ließ sich öffnen. Ich folgte dem Schein einer nackten Glühbirne und fand meinen Vater im hinteren Teil der Garage. Er saß rauchend auf einem Stuhl.

Auf der Werkbank neben ihm stand eine halb leere Flasche Whisky. Wie viel mein Vater trank, war mir als junges Mädchen nie bewusst gewesen. Dass wir abends immer schon um neun zu Bett gingen, hatte ich mir damit erklärt, dass mein Vater früh rausmusste. Tatsächlich aber war er um diese Zeit bereits so betrunken, dass er sich nicht länger auf den Beinen halten konnte.

Als Sophie zur Welt kam, hatte ich gehofft, meine Eltern in ihrem endlosen Kummer besser zu verstehen. Aber das war nicht der Fall. Hätten sie nicht trotz oder gerade wegen ihres großen Verlustes das ihnen verbliebene Kind umso mehr lieben müssen? Wie war es möglich, dass sie mich schlichtweg übersehen hatten?

Mein Vater zog noch einmal an der Zigarette und drückte sie dann auf der Werkbank aus.

»Hab mir gedacht, dass du kommst«, sagte er mit seiner rauen Stimme. »Die Nachrichten sind voll von deiner Flucht.«

Sergeant Warren hatte ihre Blamage also zugegeben. Gut für sie.

Ohne auf meinen Vater weiter zu achten, ging ich auf das Schweißgerät zu.

Mein Vater trug seinen ölverschmierten Overall. Auch von weitem war zu erkennen, dass er immer noch breite Schultern und einen muskulösen Oberkörper hatte. Bei jemandem, der den ganzen Tag mit den Armen über dem Kopf arbeitete, blieb das nicht aus.

Wenn er mich aufhalten wollte, hätte ich keine Chance gegen ihn.

Meine Hände zitterten, als ich vor den beiden Gasflaschen des Schweißgeräts stand. Ich nahm die Schutzbrille vom Haken an der Wand und setzte sie auf. Die dunklen Handschuhe, die Juliana mir besorgt hatte, musste ich ausziehen, um das Handy auseinanderzunehmen und den Akku herauszuholen.

Anschließend zog ich sie wieder an und streifte noch schwere Arbeitshandschuhe darüber. Den Matchbeutel lehnte ich an die Wand und legte dann das Handy auf den Estrich, der sich als Unterlage für Schweißarbeiten besonders gut eignet.

Im Alter von vierzehn Jahren hatte ich einen ganzen Sommer lang in der Werkstatt meines Vaters gearbeitet, Ölwechsel vorgenommen, Zündkerzen ersetzt und Reifen ausgewuchtet. Ich hatte mir irrigerweise eingebildet, dass wenn mein Vater schon nicht an meiner, ich doch immerhin an seiner Welt teilhaben könnte.

Wir arbeiteten damals Seite an Seite, das heißt, er raunzte mit seiner kaputten Stimme, was ich tun sollte, und ich strengte mich an, alles richtig zu machen. In den Pausen verzog er sich in sein verstaubtes Büro und ließ mich allein mit meinem Sandwich zurück. Jene friedlichen Momente stillschweigender Übereinkunft zwischen Vater und Tochter gab es zwischen uns nicht, geschweige denn freundliche Worte. Ich tat, was er sagte, und damit hatte es sich.

Zum Ende des Sommers hin hatte ich endlich begriffen, dass mein Vater nicht nur mundfaul war, sondern mich wahrscheinlich auch nicht liebte.

Nur gut, dass ich Juliana hatte.

Mein Vater blieb sitzen. Die Zigarette war aufgeraucht. Er widmete sich jetzt seinem Jack Daniel's und trank aus einem uralten Plastikbecher.

Ich setzte die Schutzbrille auf, brachte das Schweißgerät zum Brennen und verwandelte Officer Fiskes Handy in einen kleinen, schwarzen Klumpen Kunststoff.

Es tat mir leid um das Ding, zumal ich es womöglich demnächst dringend brauchen würde. Aber ich musste auf Nummer sicher gehen. Manche Handys hatten GPS eingebaut und ließen sich orten. Wenn ich anrufen würde, hätte man mich schnell an Haken. Das Ding einfach wegzuwerfen kam aber genauso wenig in Frage, denn falls es der Polizei in die Hände fiele, würde sie dahinterkommen, dass ich Juliana noch einmal angerufen hatte.

Deshalb die Behandlung mit dem Schweißbrenner, und ich muss sagen, ich hatte ganze Arbeit geleistet.

Ich löschte die Flamme, drehte die Flaschen zu, wickelte die Schläuche ein und hängte die Schutzbrille wieder an den Haken.

Den inzwischen abgekühlten Plastikklumpen steckte ich in meinen Matchbeutel, um bei meinem Vater keine Spuren zu hinterlassen. Die Polizei würde bald hier sein, denn wer einen entflohenen Häftling jagt, sucht alle möglichen Verstecke und Kontakte auf, also auch die Werkstatt meines Vaters.

Nachdem ich den ersten Punkt auf meiner Liste abgehakt hatte, wandte ich mich endlich meinem Vater zu.

Die Jahre waren nicht spurlos an ihm vorübergegangen. Das konnte ich nun sehen an den hohlen Wangen und den tiefen Stirnfalten. Er sah aus wie ein geschlagener Mann. Das Leben und die Träume, die nie wahr geworden waren, hatten ihm alle Kraft genommen.

Ich wollte ihn hassen, konnte es aber nicht. Männer zu lieben, die mich nicht verdienen, und trotzdem an ihnen festhalten zu wollen zieht sich wie ein roter Faden durch mein Leben.

»Es heißt, du hast deinen Mann getötet«, sagte mein Vater und fing trocken zu husten an.

»Habe ich auch schon gehört.«

»Und meine Enkeltochter.« Diesmal klang seine Stimme entschieden anklagend.

Ich lächelte. »Du hast eine Enkeltochter? Seltsam, denn ich kann mich nicht erinnern, dass meine Tochter jemals von ihrem Großvater besucht worden wäre. Oder ein Geschenk zum Geburtstag bekommen hätte. Oder zu Weihnachten. Erzähl mir also nichts von Enkeln, alter Mann. Du erntest, was du gesät hast.«

»Kotzbrocken«, sagte er.

»Komme wohl ganz nach dir.«

Er stellte den Becher so wuchtig auf der Werkbank ab, dass eine bernsteinfarbene Fontäne daraus hervorspritzte. Der Whiskygestank brannte mir in den Augen. Mir war bewusst, dass ein Streitgespräch mit meinem Vater nichts brachte. Ich hätte mich also auch zu ihm setzen und mit ihm anstoßen können. Vielleicht wäre das auch damals im Sommer die Lösung gewesen. Vielleicht hatte er nie eine Tochter gebraucht, die für ihn arbeitete, sondern eine, die mit ihm trank.

Zwei Alkoholiker, Seite an Seite im Funzellicht einer heruntergekommenen Autowerkstatt.

Dann hätten wir uns beide an unseren Kindern versündigt.

»Ich nehme mir einen Wagen«, sagte ich.

»Ich werde dich verpfeifen.«

»Tu, was du nicht lassen kannst.«

Ich ging zum Schlüsselbord, das rechts über der Werkbank hing und voller Autoschlüssel war. Mein Vater stand auf und baute sich in voller Größe vor mir auf.

Taffer Brocken mit einer von Whisky inspirierten Drohgebärde. Mein Vater hatte mich noch nie geschlagen. Ich wartete darauf, dass er es jetzt tun würde, empfand aber keine Angst, sondern nur Müdigkeit. Ich kannte diesen Mann, sowohl als meinen Vater wie auch als einen jener Kerle, wie sie mir Nacht für Nacht auf Streife über den Weg liefen.

»Dad«, hörte ich mich leise sagen. »Ich bin kein kleines Mädchen mehr. Ich bin eine gut ausgebildete Polizistin, und wenn du mich aufhalten willst, musst du dich schon ein bisschen mehr ins Zeug legen.«

»Ich habe keine Kindsmörderin aufgezogen«, knurrte er.

»Nein, das hast du nicht.«

Er runzelte die Stirn. Betrunken, wie er war, hatte er offenbar Probleme zu verstehen.

»Willst du, dass ich meine Unschuld beteuere?«, fuhr ich fort. »Das habe ich schon einmal versucht. Es hat nichts genutzt.«

»Du hast diesen jungen Howe getötet.«

»Nein.«

»Die Polizei ist anderer Meinung.«

»Polizisten machen Fehler, auch wenn es mir schwerfällt, das zuzugeben.«

»Warum bist du dann zur Polizei gegangen?«

»Weil ...« Ich zuckte mit den Achseln. »Ich bin gut in meinem Job.«

»Vielleicht warst du das. Aber dann hast du deinen Mann und deine Tochter umgebracht.«

»Nein.«

»Die Polizei ist anderer Meinung.«

»Wir drehen uns wieder einmal im Kreis.«

Wieder runzelte er die Stirn.

»Ich nehme mir jetzt einen Wagen«, wiederholte ich. »Damit werde ich den Mann zur Strecke bringen, der meine Tochter in seiner Gewalt hat. Entweder du stellst dich quer, oder du verrätst mir, welche deiner Schrottkarren noch halbwegs in Schuss ist. Oh, und ein bisschen Sprit wäre auch nicht schlecht. Ich möchte zurzeit nämlich nicht an einer Tankstelle haltmachen müssen.«

»Ich habe eine Enkeltochter«, räusperte er sich.

»Ja. Sie ist sechs Jahre alt, heißt Sophie und rechnet damit, dass ich sie rette. Also hilf mir, Dad. Hilf mir, sie zu retten.«

»Ist sie so zäh wie ihre Mom?«

»Das hoffe ich doch sehr.«

»Wer hat sie?«

»Das werde ich herausfinden.«

»Wie?«

Ich schmunzelte. »Sagen wir so: Der Staat Massachusetts hat eine Menge in meine Ausbildung investiert, und das soll nicht umsonst gewesen sein. Gib mir ein Fahrzeug, Dad. Wir haben keine Zeit zu verlieren und Sophie schon gar nicht.«

Er bewegte sich nicht vom Fleck, verschränkte die Arme vor der Brust und blickte auf mich herab. »Du belügst mich, oder?«

Ich hatte keine Lust mehr, mich mit ihm auseinanderzusetzen, schlang ihm die Arme um die Taille und presste mein Gesicht an seine massige Brust. Er roch nach Zigaretten, Motoröl und Whisky. Er roch nach meiner Kindheit, nach meinem Zuhause und der Mutter, die ich immer noch vermisste.

»Ich liebe dich, Dad. War schon immer so. Und wird immer so sein.«

Es schüttelte ihn. Ein kleines Beben, das ich so deuten wollte, als sei es seine Art, mir zu sagen, dass auch er mich liebte, zumal es allzu schmerzhaft wäre, etwas anderes zu glauben.

Ich trat zurück. Er nahm einen Schlüssel vom Haken.

»Der blaue Ford-Pick-up draußen. Hat schon einiges an Meilen runter, läuft aber noch wie am Schnürchen. Vierradgetriebe. Das wirst du brauchen.«

Um durch den Schnee zu kommen. Perfekt.

»Draußen stehen auch mehrere gefüllte Benzinkanister. Bedien dich.«

»Danke.«

»Bring sie zurück«, sagte er plötzlich. »Wenn du sie findest, wenn du ... Bring sie zurück. Ich möchte meine Enkelin kennenlernen.«

»Vielleicht«, erwiderte ich.

Mein Zögern verunsicherte ihn. Er starrte mich an.

Ich nahm den Schlüssel und begegnete seinem Blick. »Unter uns Alkoholikern, Dad – du musst aufhören zu trinken. Dann sehen wir weiter.«

»Kotzbrocken«, murmelte er.

Ich lächelte ein letztes Mal und gab ihm einen Kuss auf die ledrige Wange. »Nach dir geraten«, flüsterte ich.

Ich warf mir den Matchbeutel über die Schulter und ging.

35. KAPITEL

»Was hat die Szene im Wald so entsetzlich gemacht?«, fragte D. D. und gab gleich selbst eine Antwort: »Dass es unvorstellbar ist, dass eine Mutter ihr eigenes Kind tötet und dann auch noch die Leiche von Sprengsätzen zerfetzen lässt. Was für eine Mutter würde so etwas tun?«

Bobby stand neben ihr auf der Veranda von Juliana Howes Haus und nickte. »Ein Ablenkungsmanöver. Um fliehen zu können.«

D. D. zuckte mit den Schultern. »Nicht wirklich. Sie war doch schon mit Officer Fiske allein, weit entfernt vom Rest des Suchtrupps. Wozu ablenken? Sie hätte Officer Fiske sofort ausschalten können und wäre uns eine halbe Stunde voraus gewesen. Diesen Horror zu inszenieren, war völlig überflüssig.«

»Klingt plausibel. Warum also dann?«

»Sie wollte, dass das Skelett zersplitterte. Sie konnte es sich nicht leisten, dass wir die Leiche vor Ort begutachten. Dann wäre uns nämlich sofort aufgefallen, dass es sich dabei nicht um Sophie handelt.«

Bobby starrte sie an. »Wie bitte? Die pinkfarbenen Stofffetzen, die Jeans, der Rippenknochen, der Zahn ...«

»Wurden absichtlich mit der Leiche deponiert. Der Rippenknochen hat für eine Sechsjährige die richtige Größe, stammt aber, wie ich gerade von Ben erfahren musste, von einem großen Hund. Was vor unseren Augen in die Luft geflogen ist, war keine Kinderleiche, sondern ein Tierkadaver.«

Bobby zündete ein bisschen spät. »Ach, du Scheiße; der Schäferhund. Brian Darbys altersschwacher Köter, der eingegangen ist ...«

»Sieht ganz danach aus. Das erklärt auch den Verwesungsgestank in dem weißen Denali. Laut Ben gleichen viele Knochen eines großen Hundes der Länge und Größe nach denen eines sechsjährigen Kindes, vom Schädel und so weiter natürlich abgesehen. Ein komplettes Hundeskelett wäre mit dem eines Menschen nicht zu verwechseln gewesen. Zersplitterte Einzelteile aber ... Nun, Ben lässt sich für seinen Irrtum entschuldigen. Es ist ihm regelrecht peinlich. Aber so was hat er auch nicht erlebt.«

»Augenblick.« Bobby hob eine Hand. »Aber die Spürhunde, die schlagen doch nur auf menschliche Überreste an. Erinnerst du dich? Darauf sind sie trainiert, so gut, dass sie sich eigentlich nicht irren können.«

D. D. schmunzelte. »Verdammt clever«, murmelte sie. »Waren das nicht Julianas Worte? Tessa Leoni ist in der Tat sehr clever. Das muss man ihr lassen.

Zwei Schneidezähne«, fuhr sie fort. »Und nach unserem Abzug sind von der Spurensicherung noch drei blutige Tampons sichergestellt worden. Tessa hat den Hundekadaver verscharrt und gleichzeitig ein paar Humanspuren gelegt.«

»Das ist eklig«, sagte Bobby.

»Das ist genial«, widersprach D. D.

»Aber ich verstehe immer noch nicht, warum sie das getan hat.«

D. D. dachte laut nach. »Sie wusste, dass sie unsere Hauptverdächtige sein würde. Auf dem Gebiet war sie ja gewissermaßen Profi. Ihr wurde schon vor zehn Jahren zur Last gelegt, jemanden getötet zu haben. Wir hatten durchaus recht mit der Annahme, dass die Sache von damals mit dem jetzigen Fall in Verbindung zu setzen ist. Sie steckt wieder in der Klemme, weil alles gegen sie spricht. Und ihr war klar, dass sie diesmal um den Knast nicht herumkommen würde. Also legte sie sich einen raffinierten Fluchtplan zurecht.«

»Aber warum?«, fragte Bobby wieder. »Warum sagt sie nicht einfach die Wahrheit? Wozu eine dermaßen komplizierte Finte? Sie ist Polizistin. Man könnte doch erwarten, dass sie mehr Vertrauen in unsere Arbeit hat.«

D. D. zog eine Braue in die Stirn.

Er seufzte. »Zugegeben, wir sind die geborenen Zyniker.«

»Warum hat sie uns belogen?«, fuhr D. D. fort. »Denken wir mal darüber nach. Wir haben angenommen, dass Tommy Howe vor zehn Jahren von ihr getötet wurde. Irrtum. Wir haben angenommen, dass sie am Samstagmorgen auch ihren Mann getötet hat. Womöglich irren wir in dieser Hinsicht genauso. In dem Fall gäbe es einen anderen Täter, jemanden, der Brian erschossen und Sophie entführt hat.«

»Warum den Mann töten und das Kind entführen?«, fragte Bobby.

»Es geht wahrscheinlich um Spielschulden und Erpressung«, antwortete D. D. »Brian stand tief in der Kreide. Und weil von ihm nichts mehr zu holen war, haben sich seine Gläubiger das schwächste Glied in der Familie vorgeknöpft und versuchen, Tessa damit unter Druck zu setzen. Wenn sie zahlt, bekommt sie ihre Tochter zurück. Also geht Tessa zur Bank, hebt fünfzig Riesen ab –«

»Anscheinend reichte das nicht«, kommentierte Bobby.

»Stimmt. Sie braucht mehr Geld, hat aber gleichzeitig einen toten Ehemann am Hals, der nachweislich mit ihrer Dienstwaffe erschossen wurde.«

»Das heißt, sie muss zu Hause gewesen sein«, sagte Bobby. »Nur wenn sie zu Hause war, konnte Brian mit ihrer Waffe erschossen werden. Jemand anders hatte zu dem Zeitpunkt wahrscheinlich schon ihr Kind in seiner Gewalt. Was hätte sie tun sollen? Der Mann verlangt, dass sie ihm ihre Sig Sauer aushändigt und dann …«

»Feuert er sie auf Brian ab«, ergänzte D. D.

»Sie sitzt in der Tinte«, fuhr Bobby ruhig fort. »Das weiß sie. Mann tot, Kind entführt, und sie ist aktenkundig als ein Mädchen, das den Bruder ihrer Freundin auf dem Gewissen hat. Mit anderen Worten, sie weiß, dass ihr niemand glauben wird, wenn sie sagt: *Hey, irgendein Mafiakiller hat meinen Mann wegen dessen Spielschulden mit meiner Dienstwaffe kaltgemacht, und jetzt brauche ich eure Hilfe, um ein Kind zu retten …*«

»Hätte ich ihr tatsächlich nicht abgenommen«, gab D. D. unumwunden zu.

»Cops sind die geborenen Zyniker«, wiederholte Bobby.

»Sie ist also gezwungen, sich ein paar Gedanken zu machen«, fuhr D. D. fort. »Sophie bekommt sie nur dann zurück, wenn sie Geld beschafft, was aber im Gefängnis nicht möglich ist.«

»Sie musste weit vorausplanen«, meinte Bobby.

»Und vor dem Hintergrund der Tragödie um Tommy bleiben ihr nur zwei Möglichkeiten. A – sie plädiert auf Notwehr. Ein gewalttätiger Ehepartner wäre in der Tat ein positiver Verteidigungseinwand. Aber weil das zu riskant ist, knüpft sie ein Sicherheitsnetz. Plan B tritt in Kraft: Sie versteckt die Knochen des Hundes im Wald und lässt uns glauben, es seien die Überreste ihrer Tochter. Denn wenn man ihr die Notwehr nicht abkauft und sie ins Gefängnis steckt, muss sie irgendwie zu fliehen versuchen.«

»Clever«, kommentierte Bobby. »Wie Juliana sagte, clever und unabhängig.«

»Aber sie macht es sich auch verflixt kompliziert«, entgegnete D. D. mit finsterer Miene. »Auf der Flucht an Geld ranzukommen, ohne entdeckt zu werden, dürfte ziemlich schwierig sein. Würdest du an ihrer Stelle ein solches Risiko eingehen? Wäre es nicht besser, sie gibt auf und bittet uns um Hilfe? Wir hätten doch die sehr viel größeren Chancen, den Killer zur Strecke zu bringen und Sophie zu retten.«

Bobby zuckte mit den Achseln. »Vielleicht hält sie nicht viel von anderen Cops.«

D. D. hatte einen Einfall. »Vielleicht ist ein anderer Cop Teil ihres Problems.«

Bobby brauchte eine Weile, verstand aber dann, was sie meinte.

»Wer hat sie zusammengeschlagen?«, erinnerte D. D. »Und zwar so gründlich, dass sie zwanzig Stunden flachlag? Wer war am Sonntagmorgen da, um ihr seine Hand auf die Schulter zu legen? Was wie kollegialer Beistand aussah, könnte auch eine Drohung gewesen sein.«

»Trooper Lyons.«

»Der hilfreiche Freund, der ihren Mann an den Spieltisch gebracht hat. Könnte durchaus sein, dass Lyons damals schon Dauergast in Foxwoods war.«

»Vielleicht ist er nicht nur Teil des Problems«, murmelte Bobby.

»Schnappen wir ihn uns!«, sagte D. D. Sie hatte sich schon in Bewegung gesetzt und stieg die Verandastufen hinunter. Bobby hielt sie am Arm zurück.

»Ist dir klar, was das bedeuten würde?«

»Na, was schon? Wir setzen ihn fest.«

»Nein. Wenn wir richtigliegen und er steckt wirklich hinter der Sache, weiß er auch, wo Sophie ist.«

D. D. blieb stehen. Sie war sichtlich aufgebracht. »Hör zu, Bobby. Wir dürfen keine Fehler machen. Ich habe einen Plan.«

36. KAPITEL

Das Getriebe und die Bremsen des alten Ford hatten ihre Macken. Nach der Wetterwarnung und der späten Stunde wegen waren die Straßen zum Glück leer. Ich passierte mehrere Schneepflüge, Abschlepp- und Streifenwagen. Um nicht aufzufallen, hielt ich mich peinlich genau an das Tempolimit. Trotzdem hatte ich das Gefühl, in meiner schwarzen Kluft und mit der tief in die Stirn gezogenen Baseballkappe von allen misstrauisch gemustert zu werden auf dem Weg nach Boston.

Langsam näherte ich mich meinem Haus. Die Scheinwerfer trafen auf das schwarz-gelbe Absperrungsband, das sich gespenstisch grell vom Schnee abhob und alle Welt wissen ließ: Achtung, hier ist was Schlimmes passiert.

Ich fuhr weiter und stellte den Wagen auf dem leeren Parkplatz beim Supermarkt ab.

Mit dem Matchbeutel über der Schulter lief ich zum Haus. Ich ging schnell, denn es gibt nur wenig Deckung in einer Großstadt, die ihre Straßen so großzügig beleuchtet. An der nächsten Ecke rechts, einen Block weiter unten links.

Shanes Streifenwagen stand vor seinem Haus. Es war fünf vor elf. Er würde also jeden Moment vor die Tür treten, um seinen Dienst zu beginnen.

Ich tauchte im Schatten des Hecks unter. Trotz der Handschuhe hatte ich kalte Finger. Ich versuchte, sie mit meinem warmen Atem beweglich zu halten, denn eine Ungeschicklichkeit konnte ich mir nicht leisten. Ich würde nur einen einzigen Schuss abgeben und entweder Erfolg haben oder scheitern.

Mein Herz hämmerte. Mir war ein wenig schwindlig. Ich hatte, wie mir klar wurde, seit zwölf Stunden nichts gegessen. Aber für einen Imbiss war es jetzt zu spät. Die Tür öffnete sich, unter dem Vordach ging eine Lampe an. Shane tauchte auf. Tina, seine Frau, stand hinter ihm in einem flauschigen rosafarbenen Bademantel. Sie gab ihrem Mann zum Abschied einen Kuss auf die Wange. Ich spürte einen Stich in der Brust, achtete aber nicht weiter darauf.

Shane setzte sich in Bewegung. Tina machte die Tür hinter ihm zu.

Ich hielt die Luft an, und startete im Stillen meinen Countdown.

Shane sprang die Stufen hinunter und kam näher. Die Wagenschlüssel klimperten in seiner Hand. Er erreichte seinen Crown Vic und schloss die Fahrertür auf.

Ich schlich um das Heck herum und drückte ihm den Lauf meiner Glock an den Hals.

»Ein Mucks, und du bist tot.«

Shane gab keinen Laut von sich.

Ich nahm ihm die Dienstwaffe ab. Dann stiegen wir beide in seinen Streifenwagen.

Ich ließ ihn auf der Rückbank Platz nehmen, wo er nicht an das Funkgerät herankam. Ich setzte mich auf den Fahrersitz und richtete meine Pistole durch das kleine Schiebefenster in der kugelsicheren Trennwand auf ihn. Normalerweise zielt ein Polizist immer auf die Brust – die größte Masse. Aber weil ich davon ausgehen musste, dass Shane bereits seine Schutzweste angezogen hatte, zielte ich auf seinen Kopf.

Auf meine Aufforderung hin reichte er mir Handy, Dienstkoppel und Pager. Ich legte alles auf den Beifahrersitz und verlangte dann, dass er seine Handschellen anlegte.

Als ich mich von ihm wegdrehte, um den Motor zu starten, spürte ich, wie er sich aufzurichten versuchte.

»Keine Dummheiten«, sagte ich scharf. »Ich schulde dir was, erinnerst du dich?« Ich deutete auf mein geschundenes Gesicht. Er sackte in sich zusammen und ließ die gefesselten Hände in den Schoß fallen.

Der Motor sprang an. Wenn Tina jetzt aus dem Fenster blickte, würde sie annehmen, dass ihr Mann den Motor warm laufen ließ und mit der Einsatzleitung Kontakt aufnahm.

Eine Verzögerung von fünf bis zehn Minuten wäre nicht ungewöhnlich. Aber danach würde sie sich Gedanken machen, vielleicht sogar nach draußen kommen. Ich hatte also nicht viel Zeit für unser Gespräch.

Trotzdem musste ich ein bisschen ausholen.

»Du hättest härter zuschlagen sollen«, sagte ich und drehte mich wieder zu ihm um. »Dachtest du wirklich, eine Gehirnerschütterung könnte mich außer Gefecht setzen?«

Shane schwieg. Sein Blick war auf die Glock gerichtet, nicht auf mein Gesicht.

Ich spürte Wut in mir aufsteigen. Am liebsten wäre ich durch die Luke gekrochen, um ihm zuerst mit der Waffe, dann mit bloßen Fäusten die Fresse zu polieren.

Ich hatte ihm, meinem Kollegen, vertraut. Brian hatte ihm, seinem besten Freund, vertraut. Doch er hatte uns beide verraten.

Ich hatte ihn Samstagnachmittag, gleich nachdem ich den Killer ausgezahlt hatte, angerufen und meine letzte Hoffnung auf ihn gesetzt. Klar, mir war eingeschärft worden, nur ja keinen Kontakt zur Polizei aufzunehmen und den Mund zu halten. Sonst ... Aber Shane war nicht nur ein Kollege, sondern ein Freund, Brians bester Freund. Er würde mir doch helfen, Sophie zu retten.

Aber dann hatte er mir mit völlig ungerührter Stimme am Telefon gesagt: »Du lässt dir wohl überhaupt nichts sagen, Tessa, oder? Wenn diese Typen von dir verlangen, dass du die Klappe hältst, dann halt sie gefälligst. Oder willst du, dass wir am Ende alle draufgehen?«

Es stellte sich heraus, dass Shane bereits gewusst hatte, was vorgefallen war. Er wiederholte, Brian sei übergriffig gewesen und zu weit gegangen. Ich hätte in Notwehr auf ihn geschossen. Keine Spuren körperlicher Gewalt? Keine Sorge, er werde Abhilfe schaffen. Ich hatte ihm am Telefon gesagt, dass mir vierundzwanzig Stunden blieben, um Sophie zu retten. Okay, meinte er darauf. Er werde gleich morgen zu mir kommen, mich ein bisschen vermöbeln, und dann würden wir die Polizei rufen. Er versprach, bei mir zu bleiben und mir den Rücken zu stärken.

Natürlich – es fiel mir wie Schuppen von den Augen. Shane war nicht nur Brians Freund, sondern auch sein Komplize gewesen. Und jetzt musste er seine Haut retten, um jeden Preis, und sei es, indem er Brian, mich und Sophie opferte.

Ich war angeschmiert, und das Leben meiner Tochter hing am seidenen Faden. Erstaunlich, wie klar man plötzlich sieht, wenn einen das eigene Kind braucht. Wenn es um Leben oder Tod geht. Ich zögerte keinen Moment, die Leiche meines Mannes mit Schnee zuzuschaufeln und Dukes Kadaver unter der Veranda hinterm Haus hervorzuholen, wo Brian ihn abgelegt hatte, um ihn später, wenn es wieder taute, im Garten zu begraben. Gleich darauf recherchierte ich im Internet, wie man Bomben baute.

Ich leugnete nicht länger und gab mich stattdessen dem Chaos hin. Und ich erfuhr über mich, dass ich skrupelloser war als gedacht.

»Ich weiß von dem Geld«, erklärte ich nun. Obwohl ich mir fest vorgenommen hatte, ruhig zu bleiben, spürte ich wieder heillose Wut in mir aufwallen. Ich erinnerte mich an Shanes ersten Fausthieb, der mein Auge traf, wie ich auf den blutverschmierten Küchenboden stürzte, an die endlose Minute, als ich dachte, dass er mich umbringen würde und damit auch Sophie verloren wäre. Ich hatte geheult, ihn angefleht. So weit hatte mich mein »Freund« gebracht.

Jetzt schaute ich in sein verblüfftes Gesicht.

»Dachtest du wirklich, ich käme nicht dahinter?«, fragte ich. »Dass mir selbst nicht klarwerden würde, warum ich behaupten sollte, meinen Mann getötet zu haben? Die Antwort liegt doch auf der Hand. Du und deine Partner wolltet mich aus dem Weg haben. Ihr wolltet, dass man mir kein Wort mehr glaubt und nur euren Betrug anlastet. Deinen Mafiafreunden kommt es gar nicht auf mein Geld an. Ihr braucht mich, um eure Spuren zu verwischen. Ich soll auch noch dafür büßen, dass ihr die Gewerkschaft beklaut habt.«

Er sagte nichts.

»Du bist ein elendes Stück Dreck!«, platzte es aus mir heraus. »Was soll aus Sophie werden, wenn ich im Knast stecke? Du hast ihr Todesurteil unterzeichnet, du Schwein.«

Shane erstarrte. »Ich ... das ... so weit hätte ich es nicht kommen lassen«, stammelte er.

»Wie weit denn? Du hast die Gewerkschaft betrogen, deine Freunde, deine Karriere und deine Familie aufs Spiel gesetzt. Bist du nicht schon viel zu weit gegangen?«

»Es war Brians Idee«, sagte Shane. »Er brauchte das Geld. Er hatte jede Menge verloren. Sie würden ihn umbringen, sagte er. Ich habe nur versucht zu helfen. Ehrlich, Tessa. Du weißt doch, wie schlimm es um ihn stand. Ich habe nur versucht zu helfen.«

Ich griff mit der Linken nach seinem Dienstkoppel, nahm den Taser und hielt ihn in die Höhe.

»Noch so eine Lüge, und du wirst tanzen. Verstehen wir uns, Shane? Ich lasse mich nicht länger von dir an der Nase herumführen.«

Er schluckte und fuhr nervös mit der Zunge über die Lippen.

»Ich belüge dich nicht ... ach, verflucht«, jammerte er. »Es tut mir so leid, Tessa. Ich weiß selbst nicht, wie es dazu kommen konnte. Anfangs bin ich mit Brian ins Kasino gegangen, um ihn unter Kontrolle zu halten. Dabei habe ich natürlich auch ein paarmal gespielt. Und gewonnen. Richtig viel gewonnen. Fünf Riesen, einfach so. Ich habe Tina einen Ring geschenkt, und sie hat vor Freude geweint. Das war toll. Ich habe mich großartig gefühlt, wie Superman. Klar, ich musste dann wieder spielen, hatte aber Pech. Und wenn man in den Miesen ist, erhöht man den Einsatz. Ein gutes Blatt, und man ist wieder obenauf.

Das haben wir uns im Laufe der vergangenen Wochen immer wieder eingeredet. Einmal wieder Glück haben, und sei es nur für eine Stunde. Dann wäre alles wieder gut.«

»Du hast Gewerkschaftsgelder veruntreut und dich der Mafia ausgeliefert.«

Shane sah mich an. »Ich brauchte Geld, um Geld zu machen«, sagte er, als sei dies die logischste Erklärung der Welt.

Für einen Spieler war sie das vielleicht auch.

»Von wem hattest du das Geld? Wer hat Brian erschossen? Wer hat meine Tochter gekidnappt?«

Schulterzucken.

»Scheißkerl! Sie haben mein Kind. Du wirst jetzt reden, oder ich jage dir eine Kugel in den Kopf.«

»Ich muss sowieso dran glauben«, schnauzte er mich an, sichtlich aufgebracht. »Mit diesen Typen ist nicht zu spaßen. Sie haben mir Fotos geschickt – von Tina in einem Supermarkt, auf dem Weg zum Yoga, vor der Schule, wo sie auf unsere Jungs wartet. Es tut mir leid wegen Brian und Sophie. Aber ich muss meine eigene Familie schützen. Ich bin vielleicht ein Scheißkerl, aber kein Totalversager.«

»Shane«, sagte ich scharf. »Du hast es immer noch nicht begriffen. Ich werde dich töten und dir das Wort Verräter in die Brust ritzen. Und dann sind Tina und deine Jungs dran. Sie haben maximal noch achtundvierzig Stunden, wahrscheinlich weniger.«

Er blinzelte. »Du würdest doch nicht …«

»Denk daran, wie weit du für deine Söhne gehen würdest. So weit gehe ich auch.«

Shane ließ einen Schwall Luft ab. Er starrte mich an, und ich sah in seinem Blick, dass er endlich begriffen hatte, was Sache war. Vielleicht hatte er wie ich während der letzten Tage erkennen müssen, dass es viele Höllen gab und dass es, egal wie tief man schon gesunken war, immer noch tiefer ging.

»Ich nenne dir einen Namen«, sagte er plötzlich. »An den musst du dich halten. Bring den Kerl um, heute Nacht noch. Schwör's mir, Tessa. Bring ihn um, bevor er sich an meiner Familie vergreift.«

»Versprochen.«

»Ich liebe meine Frau und meine Kinder«, flüsterte Shane. »Ich bin ein Scheißkerl, liebe aber meine Familie. Ich will, dass es ihnen gutgeht.«

Jetzt war ich es, die nichts sagte.

»Tut mir leid wegen Brian, Tessa. Wirklich. Es war nicht abzusehen, dass sie zu solchen Mitteln greifen, dass sie ihn töten und Sophie verschleppen. Ich hätte mit dem Spielen nie anfangen dürfen ...«

»Ich höre, Shane. Wie lautet der Name? Wer hat Brian erschossen? Wer hat meine Tochter gekidnappt?«

Er musterte mein zerschlagenes Gesicht und schien innerlich zu verkrampfen. Dann nickte er, richtete sich auf und straffte die Schultern. Er war einmal ein guter Polizist gewesen, ein guter Freund. Vielleicht versuchte er dahin zurückzufinden.

»John Stephen Purcell«, sagte er. »Ein Geldeintreiber. Er hat Sophie oder weiß zumindest, wo sie ist.«

»Seine Adresse?«

Er zögerte kurz. »Nimm mir die Handschellen ab, und ich besorge sie dir.«

Seine kurze Pause hatte mich gewarnt. Ich schüttelte den Kopf und hob die Glock.

»Tessa, bitte. Ich habe dir gesagt, was du wissen wolltest.« Er ließ die Handschellen rasseln. »Himmelherrgott, lass mich gehen. Ich helfe dir, deine Tochter zurückzuholen. Wir werden Purcell zusammen aufsuchen. Komm ...«

Ich lächelte traurig. Shane hätte mir all dies auch schon Samstag sagen können, hatte mich aber stattdessen aufgefordert, den Mund zu halten, und, o ja, versprochen, am nächsten Morgen zu kommen und mich windelweich zu schlagen.

Guter Brian, böser Brian.

Guter Shane, böser Shane.

Gute Tessa, böse Tessa.

Vielleicht war für uns drei die Grenze zwischen Gut und Böse schmaler, als sie hätte sein sollen. Wir hatten sie überschritten, und nun gab es kein Zurück mehr. Wir waren, was wir waren, und sind nun, was wir sind.

»Shane«, flüsterte ich. »Denk an deine Söhne.«

Er wirkte kurz verwirrt, doch dann sah ich, dass ihm ein Licht aufging.

Er wusste, für Familien von Cops, die im Dienst umkamen, wurde gesorgt, nicht aber für solche, die in kriminelle Machenschaften verwickelt waren.

Shane war nach eigenen Worten ein Scheißkerl, aber kein Totalversager.

Der gute Shane dachte an seine drei Söhne und zog die logische Schlussfolgerung daraus. Das sah ich, denn er ließ die Schultern hängen, und seine Miene entspannte sich.

Shane Lyons schaute mich ein letztes Mal an.

»Tut mir leid«, hauchte er.

»Mir auch«, erwiderte ich.

Dann drückte ich ab.

Anschließend setzte ich den Streifenwagen von der Einfahrt auf die Straße zurück und fuhr zu einer Industriebrache, die bekannt war für zwielichtige Umtriebe. Ich hielt hinter einer leeren Lagerhalle an und machte mich an Shanes Leiche zu schaffen, die noch warm und beweglich war.

Ich durchsuchte seine Taschen und entdeckte neben seinem Handy einen Papierschnipsel mit Ziffern, die wie GPS-Koordinaten aussahen. Das Navigationsgerät am Armaturenbrett spuckte mir eine Adresse aus.

Ich kehrte zur Rückbank zurück, nahm Shane die Handschellen ab und legte ihm sein Dienstkoppel an. Es war eine Gefälligkeit von mir gewesen, ihn mit Brians Glock zu erschießen. Ich hätte es auch mit seiner eigenen Sig Sauer tun und einen Selbstmord vortäuschen können. Doch dann wären Tina und die Jungs leer ausgegangen.

So rücksichtslos bin ich dann doch wieder nicht, dachte ich. Nicht ganz so kalt.

Mein Gesicht fühlte sich seltsam taub an.

Ich konzentrierte mich auf meine nächsten Schritte. Die Nacht war noch jung, und ich hatte einiges zu tun.

Ich ging um den Streifenwagen herum und öffnete den Kofferraum. State Trooper sorgten immer vor, und Shane enttäuschte mich nicht.

Er hatte einen Kasten Wasser dabei, ein halbes Dutzend Müsliriegel und sogar ein paar Fertiggerichte. Ich packte das Zeugs in meinen Matchbeutel, stopfte mir einen Riegel in den Mund und schloss mit Shanes Schlüssel die Abdeckung des Waffenkastens auf.

Darin steckten eine Remington-Flinte, ein M4-Karabiner, etliche Schachteln Munition und ein KA-BAR-Messer.

All das nahm ich mit.

37. KAPITEL

Bobby und D. D. waren auf dem Weg zum Haus von Trooper Lyons, als sie den Funkspruch hörten: *Officer down, Officer down, alle Polizeikräfte in der Einsatzzentrale melden ...*

Es wurde eine Adresse durchgegeben. D. D. tippte sie in ihren Navigator ein und wurde bleich, als sie auf den eingeblendeten Kartenausschnitt mit dem Zielpunkt blickte.

»Das ist ganz in der Nähe von Tessas Haus«, murmelte sie.

»Und da, wo Trooper Lyons wohnt«, sagte Bobby.

Sie starrten einander an.

»Scheiße.«

Bobby schaltete das Blaulicht ein und trat aufs Gas.

Ambulanz und Streifenwagen versperrten bereits die Zufahrt, als sie die Unglücksstelle erreichten. Es wimmelte von Polizisten, von denen aber keiner wirklich zu wissen schien, was er zu tun hatte. Was nur eines bedeuten konnte.

Bobby und D. D. verließen den Wagen. Der erste Polizist, der ihnen über den Weg lief, war ein State Trooper. Bobby sprach ihn an.

»Wie sieht's aus?«

»Trooper Shane Lyons ist tot. Kopfschuss.« Der junge Kollege schluckte. »Da war nichts mehr zu machen.«

Bobby nickte und warf einen Blick auf D. D.

»War er im Dienst?«, fragte sie.

»Nein. Er hatte sich noch nicht gemeldet. Detective Parker« – er zeigte auf einen Mann in grauem Wollmantel, der innerhalb des Riegels stand – »leitet die Ermittlungen. Vielleicht wollen Sie mit ihm reden.«

Sie nickten, bedanken sich und gingen weiter.

Bobby kannte Al Parker. Nachdem sie einem Kollegen in Zivil, der sie aufzuhalten versuchte, ihre Ausweise gezeigt hatten, duckten sie sich unter das Absperrband weg und traten auf den leitenden Detective zu.

Parker, ein dünner, schlaksiger Mann nahm Haltung an, als er sie kommen sah. Er schüttelte Bobby die Hand, ohne seine Lederhandschuhe vorher auszuziehen. Bobby machte ihn mit D. D. bekannt.

Es schneite nur noch leicht. Die Einsatzkräfte hatten die frische, knöcheltiefe Schneeschicht plattgetrampelt. Allerdings waren noch Reifenspuren zu sehen, von nur einem Auto, wie D. D. erkannte.

Detective Parker nickte, als sie ihn darauf aufmerksam machte.

»Es scheint, Trooper Lyon ist hinter diese Halle gefahren«, sagte er. »Er hatte seinen Dienst offiziell noch nicht angetreten und hat die Einsatzleitung auch nicht darüber informiert, was er hier wollte.«

Detective Parker ließ sich über seine Erklärung nicht weiter aus.

Streifenpolizisten traten ständig mit der Einsatzleitung in Kontakt, ganz automatisch. Diese Routine war ihnen in Fleisch und Blut übergegangen. Wenn sie eine Kaffeepause einlegten, pinkeln mussten oder etwas Verdächtiges bemerkten, meldeten sie sich. Trooper Lyons hatte dieses entlegene Ziel also nicht im Rahmen seines Dienstes angesteuert, sondern aus persönlichen Gründen.

»Ein einziger Schuss«, erklärte Detective Parker. »Vom Fahrersitz aus abgefeuert. In die linke Schläfe. Trooper Lyons saß auf der Rückbank.«

Detective Parker führte sie zu Lyons' Streifenwagen. Alle vier Türen standen offen. Er zeigte auf die blutbesudelte Rückbank und versuchte von der Fahrerseite aus, den Schusswinkel anzudeuten.

»Trug er sein Dienstkoppel?«, fragte Bobby stirnrunzelnd.

Parker nickte. »Ja. Er scheint allerdings gefesselt gewesen zu sein; Spuren an den Handgelenken lassen eindeutig darauf schließen. Der erste Kollege am Tatort hat aber keine Handschellen vorgefunden.«

D. D. machte sich ein Bild, und das gefiel ihr nicht – ein gefesselter Officer auf der Rückbank seines Streifenwagens, auf den eine

Waffe gerichtet ist. Sie verkroch sich tiefer in ihren Wintermantel und spürte kalte Schneeflocken an den Wimpern vorbeistreifen.

»Und seine Dienstwaffe?«, fragte sie.

»Steckt noch im Holster. Eine Sig Sauer. Aber schauen Sie sich das an –«

Parker führte sie vor das Heck und klappte den Kofferraumdeckel auf. Der Kofferraum war leer. D. D. verstand sofort. Es gab keinen Streifenwagen mit leerem Kofferraum. Zumindest die Grundausstattung eines jeden Streifenbeamten hätte vorhanden sein müssen, unter anderem das obligatorische Schnellfeuergewehr.

Bobby bestätigte: »Zur Standardausrüstung gehören eine Remington und eine M4. Wahrscheinlich hatte es der Täter darauf abgesehen.«

Parker musterte die beiden, doch sie schwiegen. Für sie verstand sich von selbst, wer dahintersteckte, nämlich jemand, der Trooper Lyons gut kannte, ihn hierhergelockt hatte und dringend Schusswaffen brauchte.

»Ist seine Familie schon verständigt worden?«, fragte Bobby.

»Der Colonel ist auf dem Weg.«

»Mist«, murrte Bobby.

»Drei Jungs, ich weiß«, sagte Parker.

D. D.'s Handy klingelte. Die Nummer im Display war ihr nicht bekannt, hatte aber die Vorwahl von Boston. Sie entschuldigte sich und trat ein paar Schritte zur Seite, um den Anruf entgegenzunehmen.

Eine Minute später kehrte sie zurück.

»Wir müssen gehen«, sagte sie und zupfte Bobby am Ärmel.

Er stellte keine Frage, nicht in Anwesenheit des anderen Detectives, schüttelte diesem nur noch einmal die Hand und folgte D. D.

»Wer war's?«, fragte er, als sie außer Hörweite waren.

»Du wirst es kaum glauben – Shanes Witwe. Sie hat etwas für uns.«

Bobby kniff die Brauen zusammen.

»Einen Umschlag«, erklärte D. D. »Sie sagt, Shane habe ihn ihr

Sonntagabend gegeben für den Fall, dass ihm etwas zustoßen sollte. Sie solle sich mit mir in Verbindung setzen, mit niemand anderem. Der Colonel ist soeben wieder abgezogen. Und nun will die Witwe dem letzten Wunsch ihres Mannes nachkommen.«

Alle Lichter im Haus von Shane Lyons brannten. Am Straßenrand parkten ein halbes Dutzend Fahrzeuge, darunter zwei, die verkehrswidrig abgestellt waren. Familie, vermutete D. D. Frauen von Trooper-Kollegen. Das Unterstützungssystem schien zu greifen.

Sie fragte sich, ob Shanes Söhne aufgewacht waren, ob ihre Mutter ihnen schon mitgeteilt hatte, dass ihr Vater nie mehr nach Hause kommen würde.

Sie und Bobby standen Seite an Seite und mit einstudierter Mimik vor der Eingangstür. So gehörte es sich. Sie trauerten um einen toten Kollegen, bekundeten seiner Familie ihr Beileid, verrichteten aber weiter ihren Dienst. Trooper Shane Lyons war Opfer und zugleich tatverdächtig, was die Ermittlungen nicht leichter machte.

Eine ältere Frau öffnete. Der äußeren Erscheinung nach mochte sie Tina Lyons' Mutter sein. D. D. zeigte ihr ihren Ausweis.

Die Frau schien verwirrt. »Sie wollen doch wohl nicht jetzt mit Tina sprechen«, sagte sie leise. »Geben Sie meiner Tochter doch wenigstens ein, zwei Tage –«

»Sie hat uns angerufen, Ma'am«, erwiderte D. D.

»Was?«

»Wir sind hier, weil sie uns darum gebeten hat zu kommen«, erklärte D. D. »Sagen Sie ihr doch bitte, dass Sergeant Detective D. D. Warren da ist. Wir warten so lange vor der Tür.«

Draußen zu bleiben war ihr und Bobby ohnehin lieber. Was Tina ihnen mitzuteilen hatte, war wahrscheinlich nicht für andere Ohren bestimmt.

Es verstrichen Minuten. D. D. glaubte schon, Tina habe es sich anders überlegt, als sie dann schließlich doch auftauchte. Sie sah schlimm aus. Ihre Augen waren rot gerändert vom Weinen. Sie trug einen flauschigen pinkfarbenen Bademantel, dessen Kragenaufschläge sie mit einer Hand gerafft hielt. In der anderen steckte ein weißer Briefumschlag.

»Wissen Sie schon, wer meinen Mann umgebracht hat?«, fragte sie.

»Nein, Ma'am.«

Tina Lyons reichte D. D. den Umschlag. »Mehr will ich nicht wissen. Ich betone, *mehr* nicht. Finden Sie's heraus. Dann sprechen wir uns wieder.«

Ohne ein weiteres Wort zu verlieren, machte sie auf dem Absatz kehrt, um sich wieder in den Schutz ihrer Angehörigen und Freunde zu begeben. D. D. und Bobby blieben allein zurück.

»Sie weiß was«, sagte Bobby.

»Sie hat eine Ahnung«, korrigierte D. D., »will aber nicht Bescheid wissen. So habe ich sie verstanden.«

Sie hielt den Umschlag fest in den behandschuhten Händen und blickte über die Straße, die auch nach Mitternacht noch hell erleuchtet war. Trotzdem lauerten überall tiefe Schatten.

Sie fühlte sich exponiert und verunsichert.

»Gehen wir«, murmelte sie.

Vorsichtig steuerten sie auf ihren geparkten Wagen zu. D. D. hatte den Umschlag in der Hand, Bobby seine Pistole.

Zehn Minuten später fuhren sie auf Umwegen durch das Labyrinth der Straßen von Allston-Brighton. Bobby war froh, dass niemand folgte. D. D. brannte darauf zu erfahren, was in dem Umschlag steckte.

Sie fanden ein Geschäft, das rund um die Uhr geöffnet hatte und voller Studenten war, die trotz des Wetters und der späten Stunde Gesellschaft und Abwechslung suchten. Die Vielzahl der parkenden Fahrzeuge ließ den Streifenwagen weniger auffällig erscheinen, und das unter den Augen der Studenten irgendjemand einen Anschlag auf sie riskierte, war eher unwahrscheinlich.

Halbwegs beruhigt, wechselte D. D. ihre Winterhandschuhe gegen ein Paar Latexhandschuhe und öffnete vorsichtig den Umschlag, um keine Spuren zu verwischen.

Darin fand sie ein Dutzend Farbfotos in der Größe von zehn mal vierzehn, die anscheinend samt und sonders Shanes Familie zeigten: Tina im Supermarkt, Tina mit einer Yogamatte unterm Arm, Tina, wie sie ihre Söhne von der Schule abholt, die Jungs auf dem Schulhof.

Man musste kein Genie sein, um zu verstehen, was dahintersteckte. Jemand stellte der Familie nach und wollte, dass sich Shane darüber im Klaren war.

Dann blätterte D. D. das letzte Foto auf. Sie schnappte unwillkürlich nach Luft, während Bobby verhalten fluchte.

Sophie Leoni.

Sie blickte direkt in die Kamera und hielt eine Stoffpuppe umklammert, der ein Auge fehlte. Sie hatte ihre Lippen aufeinandergepresst wie ein Kind, das versuchte, nicht zu weinen. Das Kinn war trotzig angehoben, aber auf den Wangen zeigten sich Spuren von Schmutz und Tränen. Die hübschen braunen Haare sahen aus wie ein Rattennest.

Vom Hintergrund war nur der kleine Ausschnitt einer Holzvertäfelung zu erkennen. Vielleicht von einem Einbauschrank oder einer kleinen, fensterlosen Kammer, dachte D. D. Ein Kinderverlies.

Ihre Hände fingen an zu zittern.

Sie drehte das Foto herum, um nach weiteren Hinweisen zu suchen.

Auf der Rückseite stand ein mit schwarzem Marker geschriebener Satz: *Das könnte auch euren Kindern blühen.*

D. D. betrachtete wieder das herzförmige Gesicht des Mädchens, und ihre Hände zitterten jetzt so sehr, dass sie das Foto in den Schoß legte.

»Sie ist gekidnappt worden, jemand hat sie tatsächlich ...« Ein neuer Gedanke schoss ihr durch den Kopf. »Und es ist schon über drei Tage her, *drei verfluchte Tage*.«

Sie schlug aufs Armaturenbrett, aber dass die Hand schmerzhaft brannte, konnte ihre Wut nicht im Geringsten dämpfen.

Sie wirbelte im Sitz herum und schaute ihren Partner an. »Wer zum Teufel kidnappt das Kind einer Polizistin und bedroht die Familie eines Kollegen? Ich meine, wer verdammt noch mal tut so was?«

Bobby antwortete nicht sofort. Er hatte die Hände um das Steuerrad gekrallt.

»Was hat Tina am Telefon gesagt?«, fragte er plötzlich. »Welche Instruktionen hatte sie von Shane?«

»Dass sie mir diesen Umschlag geben soll, wenn ihm etwas zustößt.«

»Warum dir, D. D.? Du gehörst zur Bostoner Polizei. Warum hat sich Shane nicht an seine unmittelbaren Kollegen gewandt?«

D. D. starrte ihn an. Sie erinnerte sich an den ersten Tag der Ermittlungen in diesem Fall, daran, wie die gesamte Riege der State Police Front gegen sie, die Cops der Stadt, gemacht hatte. Und plötzlich gingen ihr die Augen auf.

»Du glaubst doch nicht etwa ...«, hob sie an.

»Es gibt nur wenige, die die Dreistigkeit besitzen, sich nicht nur mit einem, sondern gleich mit zwei Vertretern der State Police anzulegen. So etwas würde ich höchstens einem anderen Cop zutrauen.«

»Wieso?«

»Wie viel Geld ist aus der Kasse der Trooper-Gewerkschaft verschwunden?«

»Eine Viertelmillion.«

Bobby nickte.

»Das wären dann mit anderen Worten zweihundertfünfzigtausend Gründe, den uniformierten Kollegen in den Rücken zu fallen, Brian Darby zu töten, Sophie Leoni zu kidnappen und Shane Lyons zu bedrohen.«

D. D. dachte darüber nach. »Tessa Leoni hat Trooper Lyons erschossen. Er ist seinen Kollegen in den Rücken gefallen und hat nicht zuletzt seine eigene Familie verraten. Stellt sich die Frage: Hat sie von ihm erfahren, was sie wissen wollte?«

»Name und Adresse desjenigen, der ihre Tochter in seiner Gewalt hat«, ergänzte Bobby.

»Lyons war nur ein Handlanger. Dasselbe gilt vielleicht auch für Brian Darby. Sie haben die Gewerkschaftskasse geplündert, um ihrer Spielleidenschaft frönen zu können. Und dabei hat ihnen irgendjemand geholfen, jemand, der am längeren Hebel sitzt.«

Bobby blickte noch einmal auf das Foto und dachte laut nach: »Wenn Tessa Leoni Trooper Lyons erschossen hat und bis hierher gekommen ist, wird sie ein Fahrzeug haben.«

»Und ein kleines Waffenarsenal.«

»Könnte also gut sein, dass sie einen Namen und eine Adresse hat«, fügte Bobby hinzu.

»Sie holt sich ihre Tochter zurück.«

Bobby lächelte. »Dann sollten ihre Entführer beten, dass wir früher als Tessa zur Stelle sind.«

38. KAPITEL

Über manche Dinge denkt man lieber nicht nach. Und genau das versuchte ich zu tun. Ich fuhr. Auf dem Mass Pike zur Route 128 und dann in südlicher Richtung auf Dedham zu. Nach weiteren acht Meilen und einem halben Dutzend Abzweigungen erreichte ich ein dicht bewaldetes Wohnviertel. Ältere Gebäude größeren Zuschnitts. Wo in Vorgärten Trampoline standen und in den Gärten hinterm Haus Wäscheleinen hingen.

Hübsch, wenn man Kinder hat, dachte ich, hörte aber gleich wieder zu denken auf.

Weil ich vor lauter Schneegeriesel die Hausnummern nicht erkennen konnte, fuhr ich an der Zieladresse vorbei und trat dann so heftig in die Bremse, dass mein Wagen ins Schlingern geriet. Mit der Handbremse nachhelfend, drehte ich den Karren um hundertachtzig Grad. Ein Reflexmanöver, das meine Nerven beruhigte.

Training. Darauf kam es letztlich an.

Ganoven trainierten nicht.

Ich sehr wohl.

Ich parkte meinen Pick-up am Straßenrand. Dort fiel er zwar sofort ins Auge, war aber so leichter erreichbar für einen schnellen Abflug. Brians Glock steckte in meinem Hosenbund. Die Scheide mit dem KA-BAR-Messer schnallte ich um den Unterschenkel.

Dann lud ich die Flinte. Wenn man jung, weiblich und nicht besonders groß ist, kann einem so ein Ding wertvolle Dienste leisten. Damit erlegt man einen Wasserbüffel, auch ohne besonders genau gezielt zu haben.

Ich zupfte an den schwarzen Handschuhen, zog die schwarze Kappe tiefer in die Stirn. Mir war kalt, doch kam ich mir irgendwie taub und entrückt vor. Ich hörte ein Rauschen in den Ohren, mein eigenes Blut, wie ich annahm, in Wallung gebracht von einem Zuviel an Adrenalin.

Kein Licht. Meine Augen gewöhnten sich an die Dunkelheit, die es so nur auf abgelegenen Landstraßen gibt. Dann eilte ich durch das Wäldchen.

Die Bewegung tat mir gut nach den vierundzwanzig Stunden im Krankenhausbett, gefolgt von vierundzwanzig Stunden Haft. Endlich wieder im Freien und mit einem klaren Ziel vor Augen.

Irgendwo da draußen war meine Tochter, die von mir gerettet werden musste. Ich würde den Mann, der sie entführt hatte, töten und Sophie nach Hause bringen.

Es sei denn ...

Ich dachte nicht weiter.

Das Wäldchen wurde lichter. Ich erreichte einen tief verschneiten Vorgarten, blieb stehen und betrachtete das flache, weit ausladende Ranchgebäude. Alle Fenster waren dunkel, kein einziges Licht brannte. Es war weit nach Mitternacht. Anständige Leute schliefen jetzt.

Aber meine Zielperson war ja alles andere als anständig, oder?

Bewegungsmelder. Damit musste ich rechnen. Womöglich würden schon bei meinem nächsten Schritt Scheinwerfer aufflammen. Wahrscheinlich waren auch Fenster und Türen auf die eine oder andere Art gesichert.

Killer lebten ständig in der Angst, dass ihnen ein anderer Killer nachstellte.

Unbemerkt ins Haus einzudringen würde wahrscheinlich nicht möglich sein.

Okay, ich musste ihn also nach draußen locken.

In der Einfahrt stand ein Wagen, ein schwarzer Cadillac Esplanade mit allem Drum und Dran. Natürlich. Mit dem größten Vergnügen rammte ich den Flintenschaft durch das Fenster auf der Fahrerseite.

Sofort schrillte Alarm. Ich sprang um die Hausecke herum. Strahler leuchteten auf und verwandelten die Fassade und den Vorgarten in ein blendend weißes Relief. Mit dem Rücken zur Wand näherte ich mich vorsichtig der Rückseite des Hauses, hinter der, wie ich annahm, Purcell auftauchen würde. Ich hielt die Luft an.

Ein Killer wie Purcell war mit Sicherheit nicht so töricht, in Unterwäsche nach draußen in den Schnee zu rennen. Aber er würde es gewiss auch nicht zulassen, dass ihm jemand das Auto klaute. Er würde kommen. Bewaffnet. Und auf alles gefasst.

Es dauerte eine volle Minute. Dann hörte ich ein leichtes Quietschen, vermutlich vom Fliegengitter der Hintertür.

Der Flintenschaft lag locker in meiner linken Armbeuge. Mit der Rechten zog ich das Messer.

Es wäre das erste Mal für mich, mit solchen Mitteln, so nah am Mann und aus persönlichen Beweggründen zu Werke zu gehen.

Ich hörte wieder auf zu denken.

Trotz des heulenden Alarms hörte ich alles: das Knirschen von Schnee unter seinem ersten Schritt, dem zweiten. Ich warf einen Blick auf die andere Seite für den Fall, dass noch jemand nach draußen kam. Dass man mich in die Zange zu nehmen versuchte.

Doch es waren nur die Schritte von hinten zu hören, nur darauf musste ich achten.

Ich atmete tief durch die Nase ein, um meinen Puls zu drosseln. Was nun passieren sollte, war nicht mehr aufzuhalten. Es würde geschehen, so oder so.

Ich ging in die Hocke, das Messer in der Hand.

Ein Bein tauchte auf. Ich sah schwarze Winterstiefel, eine dicke Jeans, den Saum eines roten Flanellhemdes.

Ich sah eine Pistole vor dem Schenkel des Mannes.

»John Stephen Purcell?«, fragte ich leise.

Er fuhr mit dem Kopf herum, die dunklen Augen weit aufgerissen, den Mund geöffnet.

Ich blickte zu dem Mann auf, der meinen Mann getötet und mein Kind entführt hatte.

Ich stach mit dem Messer zu.

Im selben Augenblick drückte er ab.

Wenn es zur Schießerei kommt, taugt ein Messer nicht viel.

Aber manchmal doch. Die Kugel traf auf meine rechte Schulter. Meine Klinge bohrte sich in seinen linken Oberschenkel. Er ging zu Boden, drückte ein zweites Mal ab und schoss in den Schnee. Ich trat ihm die Waffe aus der Hand und legte die Flinte an. Er wand sich vor Schmerzen, machte aber keine Anstalten, sich zu wehren.

Ich schätzte Purcell auf Mitte vierzig bis Anfang fünfzig. Als Killer also wahrscheinlich erfahren. Mit etlichen Kerben im Schlagring. Vermutlich war er sogar stolz darauf, denn obwohl ihm jede Menge Blut aus dem Bein spritzte, presste er die Lippen aufeinander und sagte kein Wort.

»Du erinnerst dich an mich?«, fragte ich.

Er nickte zögernd.

»Ist das Geld schon verzockt?«

Er schüttelte den Kopf.

»Zu dumm, denn dazu wirst du keine Gelegenheit mehr haben. Ich will meine Tochter.«

Er sagte immer noch nichts.

Ich drückte die Flintenmündung auf seine rechte Kniescheibe. »Verabschiede dich von deinem Bein«, sagte ich.

Er sperrte die Augen auf. Seine Nasenflügel blähten sich. Wie die meisten schweren Jungs, war wohl auch Purcell besser im Austeilen als im Einstecken.

»Ich habe sie nicht«, stöhnte er. »Nicht hier.«

»Dann wollen wir doch mal nachsehen.«

Ich befahl ihm, sich auf den Bauch zu drehen und die Hände in den Rücken zu legen. Ich hatte mich mit Kabelbindern aus Shanes Vorräten eingedeckt. Zuerst fesselte ich Purcell an den Händen, dann an den Füßen. Er winselte vor Schmerzen, als ich mich an seinem Bein zu schaffen machte.

Mir ging durch den Kopf, dass ich doch eigentlich etwas empfinden müsste. Triumph, Bedauern, irgendetwas. Aber da war nichts.

Besser das Denken ausschalten.

Purcell war verletzt und gefesselt. In seinen Taschen fand ich ein

Taschenmesser, einen Pager und ein Dutzend lose Patronen für den Fall, dass er hätte nachladen müssen. Ich steckte alles ein.

Unbeeindruckt von seinen Schmerzgrimassen packte ich mit der linken Hand zu und schleifte ihn durch den Schnee zur hinteren Veranda zurück, wo ich ihn mit einem weiteren Kabelbinder an einen Wasserhahn fesselte. Mir war klar, dass er sich aus eigener Kraft davon würde befreien können, aber dazu hätte er Zeit gebraucht, und die wollte ich ihm nicht geben. Außerdem würde er, an Händen und Füßen gefesselt, nicht weit kommen, jedenfalls nicht weit genug.

Meine Schulter brannte. Ich spürte Blut über den Arm sickern, eine unangenehme Empfindung. Mich streifte der flüchtige Gedanke, dass es vielleicht angebracht wäre, die Verletzung ernst zu nehmen, dass Blut zu verlieren womöglich schlimmer war als eine unangenehme Empfindung.

Ich fühlte mich seltsam hohl, ungerührt und über jeden Schmerz erhaben.

Besser gar nicht darüber nachdenken.

Vorsichtig betrat ich das Haus, steckte das Messer in die Scheide zurück und senkte die Flinte. Den Schaft musste ich in die linke Armbeuge legen. Richtig zielen würde ich in meiner Verfassung wohl kaum. Aber das war mit dieser Flinte auch nicht wirklich nötig.

Purcell hatte kein Licht angemacht. Verständlich. Aus dem Hellen eilt man nicht ins Dunkle, wenn man etwas sehen will.

In der Küche roch es nach Knoblauch, Basilikum und Olivenöl. Purcell war offenbar ein Feinschmecker. Ich gelangte in ein Wohnzimmer mit zwei massigen Ohrensesseln und einem riesigen Fernseher, von dort aus in einen kleineren Raum voller Regale und einem Schreibtisch. Dann ein kleines Badezimmer. Dann ein langer Flur mit drei geöffneten Türen.

Ich konzentrierte mich darauf, ruhig zu atmen, und schlich so leise wie möglich auf die erste Tür zu. Als ich sie ein wenig weiter aufstieß, piepte es in meiner Hose. Unwillkürlich duckte ich mich und hob die Flinte, gefasst auf eine plötzliche Bewegung, einen Schatten, der auf mich zustürzte.

Doch da war nichts. Hektisch griff ich mit der Rechten in die Hosentasche, zog Purcells Pager daraus hervor und drückte auf den Ausschalter.

Im letzten Augenblick aber sah ich noch, was auf dem Display stand. *Lyons tot. Fahndung nach Leoni läuft.*

»Zu spät, zu spät«, murmelte ich, steckte den Pager in die Tasche zurück und setzte meine Hausdurchsuchung fort.

Nichts, nichts, überall nichts.

Anscheinend lebte Purcell allein, als Junggeselle mit einem großen Fernseher, einem extra Schlafzimmer und einer Höhle, in die er sich verkriechen konnte. Dann entdeckte ich die Kellertür.

Mein Herz fing zu rasen an. Mir drehte sich alles vor Augen, als ich auf die Tür zuging.

Blutverlust. Schwächeanfall. Ich hätte mich um meine Verletzung kümmern sollen.

Meine Hand lag auf dem Knauf. Ich drehte ihn.

Sophie. Nach all den Tagen, all den zurückgelegten Meilen.

Ich zog die Tür auf und starrte ins Dunkle.

39. KAPITEL

Als D. D. und Bobby die Werkstatt von Tessa Leonis Vater erreichten, stand die Hintertür offen. Mr. Leoni hing über einer stark ramponierten Werkbank. D. D. ging geradewegs auf ihn zu, während Bobby ihr den Rücken freihielt.

D. D. hob den Kopf des Mannes an, suchte flüchtig nach möglichen Verletzungen und ließ dann, vom Whiskygestank angeekelt, den Kopf auf die Werkbank zurückfallen.

»Igitt!«

Bobby sprang hinzu, als die Schnapsleiche vom Hocker zu rutschen drohte. Er legte ihn auf dem Boden ab und brachte ihn vorschriftsmäßig in die stabile Seitenlage, um zu verhindern, dass er an seinem Erbrochenen erstickte.

»Nimm seine Wagenschlüssel«, sagte D. D. »Wir rufen einen Kollegen von der Streife. Er soll kommen und ihn ins Bett schaffen.«

Bobby durchstöberte die Taschen. Er fand ein Portemonnaie, aber keine Schlüssel. D. D. hatte das Schlüsselbord entdeckt.

»Da hängen anscheinend die Schüssel der Fahrzeuge von Kunden«, sagte sie.

Bobby kam, um sich das näher anzuschauen. »Hinten im Hof parken mehrere Schrottkarren«, murmelte er. »Wahrscheinlich will er die wieder aufpolieren und verkaufen.«

»Wenn Tessa schnell verschwinden wollte, hatte sie hier die freie Auswahl.«

»Clever«, meinte Bobby.

D. D. betrachtete Tessas sturzbetrunkenen Vater und schüttelte wieder den Kopf. »Er hätte sich wenigstens wehren können, verdammt noch mal.«

»Vielleicht hat sie ihm das Zeug mitgebracht«, sagte Bobby schulterzuckend und zeigte auf die leere Flasche. Er hatte selbst ein Problem mit Alkohol, kannte sich also aus.

»Wir können davon ausgehen, dass sie motorisiert ist. Wär schön zu wissen, was für einen Wagen sie hat. Aber das wird wohl von Vater Leoni so bald nicht zu erfahren sein.«

»Wenn er nicht ausschließlich schwarzarbeitet, müssten hier doch Papiere zu finden sein. Schauen wir nach.«

Bobby zeigte durch eine geöffnete Tür auf ein kleines Büro. Darin standen ein winziger Schreibtisch und ein grauer Aktenschrank aus verbeultem Blech. Auf dem Schreibtisch lag ein Stapel Akten, zuoberst ein brauner Hefter mit der Aufschrift »In Arbeit«.

D. D. nahm ihn und verließ die Werkstatt, gefolgt von Bobby. Leoni blieb schnarchend am Boden zurück. Hinter einem Kettenzaun im Hof identifizierten sie anhand der gefundenen Unterlagen nur drei der vier angegebenen Fahrzeuge. Eines schien zu fehlen, nämlich ein dunkelblauer Ford Pick-up, Baujahr 1993. Den Papieren nach hatte er 280 000 Meilen auf dem Buckel.

»Alt, aber robust«, bemerkte Bobby. D. D. hatte bereits ihr Funkgerät in der Hand.

»Kennzeichen?«, fragte sie.

Bobby schüttelte den Kopf. »Das hat keine der Karren hier.«

»Sieh mal draußen auf der Straße nach«, sagte sie.

Er verstand, was sie meinte, und lief auf die Straße. Tatsächlich, an der nächsten Ecke stand auf der gegenüberliegenden Straßenseite ein Auto ohne Kennzeichen. Die hatte sich Tessa offenbar unter den Nagel gerissen.

Clever, dachte er wieder, aber auch ein bisschen nachlässig. Sie stand unter Zeitdruck und hatte sich darum an dem nächstbesten Wagen bedient, anstatt an einem weiter weg geparkten Fahrzeug, was sicherer gewesen wäre.

Eine Spur, der sich folgen ließ.

Bobby hätte sich darüber freuen können, empfand aber nichts als Müdigkeit. Außerdem ging ihm ständig die Frage durch den Kopf, wie es wohl sein musste, vom Dienst nach Hause zurückzukehren und zu sehen, dass jemand die eigene Tochter als Geisel in seiner Gewalt hatte. *Her mit der Knarre, und keine Angst, es passiert schon nichts.*

Und dann hatte dieser jemand dreimal auf Brian Darby geschossen, um gleich darauf mit dem kleinen Mädchen zu verschwinden.

Wäre ihm jemand zu Gesicht gekommen, der Annabelle und sein Kind mit einer Waffe bedrohte …

Tessa war wahrscheinlich außer sich gewesen vor Verzweiflung und Angst und hatte allen Forderungen nachgegeben, wohl wissend, dass damit nichts gewonnen war.

Allenfalls ein wenig Aufschub, Zeit, die sie nutzte, um ihren toten Mann auf Eis zu legen und einen Hundekadaver mit Sprengsätzen zu versehen, dazu ein paar Milchzähne für ein makaberes Schauspiel, das ihr die Flucht ermöglichen sollte.

Shane hatte ausgesagt, am Sonntagmorgen von Tessa angerufen worden zu sein mit der Bitte, sie zusammenzuschlagen. Doch inzwischen stand so gut wie fest, dass er viel tiefer in die Sache verwickelt gewesen war. Ein »Freund«, der einer Freundin wirklich helfen wollte, hätte ihr allenfalls ein paar blaue Flecken verpasst, sie aber mit Sicherheit nicht krankenhausreif geschlagen.

Doch genau das war seine Absicht gewesen. Wie hatte er es angestellt? *Komm, schaffen wir die Leiche nach oben, damit sie auftaut. Ich werde dich dann nach Strich und Faden vermöbeln. Anschließend rufst du die Polizei und erklärst, den Scheißkerl von Ehemann abgeknallt zu haben, weil er dich fertigmachen wollte …*

Beide hatten wohl gewusst, dass es zur Verhaftung kommen würde. Zumindest musste sich Shane darüber im Klaren gewesen sein, dass ihr niemand diese Geschichte abkaufen würde, zumal sie nicht erklärte, warum die Tochter verschwunden und Brians Leiche auf Eis gelegt worden war.

Er und seine Hintermänner hatten es darauf angelegt, dass sie hinter Schloss und Riegel kam.

Es ging natürlich um Geld. Um eine Viertelmillion aus der Gewerkschaftskasse. Wer hatte sie gestohlen? Shane Lyons? Oder jemand am oberen Ende der Nahrungskette?

Jemand, der schlau genug war einzusehen, dass, bevor es eng werden würde, ein Sündenbock präsentiert werden musste.

Jemand, der wusste, dass sich Tessa Leoni für diese Rolle bestens eignete, war sie doch einschlägig bekannt als schnell mit der Waffe und darüber hinaus auf Videos der Überwachungskameras in der Bank zu sehen. Mehr noch, sie hatte einen Mann, der dem Glücksspiel verfallen war. Eine bessere Kandidatin gab es nicht.

Brian hatte sterben müssen, weil er, außer Kontrolle geraten in seiner Sucht, zur Gefahr geworden war. Und Tessa sollte als Geschenk, mit Schleifchen verpackt, den Behörden übergeben werden. Man würde sagen, der Diebstahl ginge auf ihre Kappe, ihr Mann habe es verzockt, und damit wäre alles geklärt. Ende der Ermittlungen, und die abgebrühten Schurken würden, eine Viertelmillion reicher, gemütlich in Richtung Sonnenuntergang davonfahren.

Brian tot, Tessa hinter Gittern, und Sophie ...

An sie mochte Bobby gar nicht erst denken. Sie schwebte in Lebensgefahr und würde wahrscheinlich sterben müssen, wenn Tessa nicht tat, was von ihr verlangt wurde. Womöglich war sie ohnehin verloren.

Verständlich, dass sich Tessa auf dem Kriegspfad befand. Sie hatte bereits zwei Tage verloren, einen im Krankenhaus, den anderen im Gefängnis. Die Zeit wurde knapp. Die nächsten Stunden entschieden darüber, ob sie ihre Tochter retten oder beim Versuch sterben würde.

Eine Polizistin, allein gegen Schwerverbrecher, die es fertiggebracht hatten, in ihr Haus einzubrechen und ihren Mann zu erschießen.

Wer besaß diese Dreistigkeit? Und den Zugang?

Der Russenmafia war es gelungen, Boston großflächig zu unterwandern. Sie galt als sechsmal brutaler als die italienische Konkurrenz und entwickelte sich rasend schnell zur Nummer eins in Sachen Korruption, Drogenhandel und Geldwäsche. Eine Viertelmillion war für sie, wie Bobby spekulierte, im Grunde nur ein Trinkgeld, für das sich niemand die Finger schmutzig machte.

Die Russen setzten vielmehr auf hohes Risiko und entsprechend hohe Gewinne. Ein Griff in die Kasse der Gewerkschaft, der die ganze Polizei in Aufruhr brächte – nein, das lohnte sich nicht.

Die Sache war persönlich motiviert. Mafiosi hatten kein Interesse an kleinen Betrügereien, wohl aber an Insidern, die, unter Druck gesetzt, Zugang zu den großen Geldquellen schaffen und eigene Spuren verwischen konnten.

Plötzlich ging Bobby ein Licht auf. Natürlich, es konnte gar nicht anders sein.

Er holte mit dem Ellbogen aus und rammte ihn durch das Seitenfenster. Die Scheibe zersprang. Alarm schrillte. Ohne sich davon abhalten zu lassen, griff Bobby ins Handschuhfach nach der Zulassung, auf der das Kennzeichen vermerkt war, mit dem Tessa Leoni ihren Pick-up bestückt hatte.

Mit neuer Zielrichtung eilte er zur Werkstatt zurück, wo D. D. auf ihn wartete.

40. KAPITEL

Hier wurde gestorben.

Das verriet schon der Geruch, der rostige Geschmack von Blut, der so tief in den Estrich einsickert, dass weder Bleichmittel noch Kalk ausreichen, ihn zu tilgen. Manche Leute basteln in ihrem Keller. John Stephen Purcell schien hier zu foltern.

Ich stand auf der obersten Stufe, hatte die Hand auf dem Lichtschalter links an der Wand und zögerte, denn ich wusste nicht, ob ich den Keller wirklich erleuchtet sehen wollte.

Nach Stunden gesegneter Betäubtheit drohte ich die Fassung zu verlieren. Der Gestank. Meine Tochter. Der Gestank. Sophie.

Ein kleines Mädchen würde doch wohl niemand foltern. Was hätten sie davon? Was wäre von Sophie Wichtiges zu erfahren?

Ich schloss die Augen, schaltete das Licht ein und lauschte angestrengt in die Stille auf ein erstes Wimmern meiner Tochter oder die Schritte eines Angreifers.

Zu hören war nichts.

Das rechte Auge halb geöffnet, zählte ich bis fünf und öffnete dann auch das linke. Das Licht der nackten Glühbirne schmerzte weniger als befürchtet. Langsam stieg ich die Treppe hinunter, die Flinte im Arm. Von meiner rechten Schulter tropfte Blut.

Der Keller war frei von Gerümpel. Ein Mann wie Purcell brauchte keine Gartenmöbel, Weihnachtsschmuck oder Plunder.

Mitten im Raum standen eine Waschmaschine, ein Wäschetrockner und ein Tisch aus Edelstahl von der Art, wie man sie in der Gerichtsmedizin fand. Die Abflussrinnen an den Rändern führten in ein Auffangbecken am Kopfende, das sich über einen Schlauch ins Spülbecken an der Wand entleeren ließ.

Wenn er Kniescheiben zertrümmert und Fingerspitzen abgeschnitten hatte, legte Purcell offenbar Wert auf Sauberkeit. Der bräunlich verfärbte Boden ringsum aber ließ erkennen, dass es bei solchen Tätigkeiten unmöglich war, Spritzer zu vermeiden.

Neben dem Tisch stand eine ausrangierte Fernseherkonsole, die zu einer Art Besteckkasten umfunktioniert worden war. Die Instrumente darin waren blitzblank geputzt und funkelten im Licht der Glühbirne.

Purcell widmete der Pflege seines Werkzeugs viel Zeit, wie es schien. Und es war ihm offenbar eine Lust, sie seinen Opfern zu präsentieren, die sich voller Entsetzen ausmalten, was sie erwartete, und ihm damit die halbe Arbeit abnahmen. Dann würde er sie auf den Tisch schnallen.

Ich konnte mir gut vorstellen, dass sie schon zu reden anfingen, bevor er nach der ersten Zange griff, was ihnen aber wohl nichts nützen würde.

Ich ging an dem Tisch vorbei, dem Spülbecken, der Waschmaschine und dem Trockner. Unter der Treppe war eine Tür, die zu einem Verschlag führte. Rücklings an die Bretterwand gepresst, langte ich nach dem Knauf und öffnete die Tür.

Niemand huschte daraus hervor. Da war auch kein Kind zu hören, das mich weinend begrüßte.

Meine Nerven lagen blank. Erschöpft und voller Angst ging ich in die Hocke, brachte die Flinte in Anschlag und sprang vor die Türöffnung.

Ich blickte auf einen Öltank, einen Warmwasserbereiter, den Stromzählerkasten und ein Kunststoffregal, in dem Putzmittel, Kabelbinder und ein aufgerolltes Seil lagen. Und ein dicker Schlauch, der sich bestens zur Endreinigung eignete.

Langsam richtete ich mich auf, überrascht, wie wacklig ich auf den Beinen stand. Es hätte wohl nicht viel gefehlt, und ich wäre ohnmächtig geworden.

Der Boden war feucht. Ich schaute hin und sah mein eigenes Blut, zu einer Pfütze zusammengelaufen. Es tropfte und tropfte.

Hilfe, dachte ich. Ambulanz. Sollte ich ...

Was, etwa die Polizei rufen?

Der absurde Gedanke brachte mich zur Besinnung. Ich verließ den Keller, ging nach oben und schaltete alle Lichter ein.

Wie vermutet, fand ich im Badezimmer Verbandsmaterial. Ein Mann wie Purcell musste schließlich damit rechnen, dass er sich Verletzungen einhandelte, mit denen er nicht zum Arzt rennen konnte. Sein Arzneischrank war entsprechend gut ausgestattet.

Es gelang mir nicht, den schwarzen Rollkragenpullover über den Kopf zu streifen. Also nahm ich eine Chirurgenschere und schnitt ihn auf. Über das Waschbecken gebeugt, schüttete ich Wasserstoffperoxid über die blutende Einschusswunde.

Es tat so weh, dass ich unwillkürlich nach Luft schnappte. Dann biss ich mir fest auf die Unterlippe.

Wäre ich ein wirklich harter Typ – sagen wir, Rambo –, würde ich die Kugeln mit Essstäbchen herauspulen und die Wunde mit Zahnseide vernähen. Aber weil ich nicht wusste, wie das gehen sollte, stopfte ich Mull in die Wunde und klebte ein Pflaster darüber.

Anschließend schluckte ich drei Ibuprofen und zog mir ein dunkelblaues Flanellhemd aus Purcells Kleiderschrank an. Es war zwei Nummern zu groß und roch nach Weichspüler und Männerdeodorant. Der Saum reichte bis in die Kniekehlen, und ich musste die Ärmel hochkrempeln, um meine Hände frei zu haben.

Es war Premiere für mich, das Hemd eines Mannes zu tragen, den ich vorhatte zu töten. Irgendwie seltsam intim kam mir das vor, fast so, als wenn man in den Halbschuhen des Geliebten steckte und nach dem ersten Mal neben ihm im Bett läge.

Du bist zu weit gegangen, dachte ich, *hast schon einen Teil von dir eingebüßt.* Ich suchte meine Tochter und entdeckte Abgründe in mir, von denen ich nichts gewusst hatte. Würde es meine Schmerzen lindern, wenn ich Sophie fände? Würde ihre Liebe wieder Licht in diese Dunkelheit bringen?

Aber was zählte das? Für mein Kind würde ich mein Leben geben. Was zählte da der Wunsch, bei Verstand zu bleiben?

Mit der Flinte bewaffnet, ging ich wieder nach draußen, wo Purcell mit geschlossenen Augen am Boden kauerte. Ich dachte, er wäre bewusstlos, doch als er den Schnee unter meinen Füßen knirschen hörte, öffnete er die Augen.

Er war kreidebleich im Gesicht. Trotz der eisigen Temperaturen hatten sich Schweißperlen auf seiner Oberlippe gebildet. Er blutete immer noch und wusste wahrscheinlich, dass es bald vorbei sein würde mit ihm, worauf er bemerkenswert gelassen reagierte.

Purcell war alte Schule. Mit dem Schwert leben, durch das Schwert sterben.

Das machte es mir nicht leichter.

Ich ging neben ihm in die Hocke.

»Soll ich dich runter in den Keller bringen?«, fragte ich.

Er zuckte mit den Achseln.

»Wir könnten mal die Rollen tauschen. Du auf dem Tisch, ich davor.«

Wieder nur Schulterzucken.

»Du hast recht. Ich werde das Besteck lieber hochholen. Dich elenden Sack nach unten zu schleppen ist mir zu anstrengend.«

Ich wünschte plötzlich, Purcell hätte Frau und Kind. Wie würde ich mich dann verhalten? Ich wusste es nicht, wollte ihn aber in vollem Umfang spüren lassen, was er mir angetan hatte.

Ich legte die Flinte ab, außer Reichweite für Purcell. Dann zog ich mit der Linken das KA-BAR-Messer.

Purcell starrte auf die Klinge, sagte aber immer noch nichts.

»Du wirst sterben, durch die Hand einer Frau«, sagte ich und sah endlich zu meiner Genugtuung, dass seine Nasenflügel bebten. Sein Ego. Natürlich. Nichts konnte einen Mann schwerer demütigen, als einer Frau zu unterliegen.

»Erinnerst du dich, was du mir in meiner Küche gesagt hast?«, flüsterte ich. »Du sagtest, wenn ich kooperiere, würde niemandem ein Haar gekrümmt. Du sagtest, wenn ich dir meine Dienstwaffe aushändigte, bliebe meine Familie verschont. Aber gleich darauf musste mein Mann dran glauben.«

Ich fuhr mit dem Messer über sein Hemd und schnitt einen

Knopf nach dem anderen ab. Darunter trug Purcell ein schwarzes Unterhemd und das passende Goldkettchen.

Ich pflanzte die Messerspitze in die dünne Baumwolle.

Fasziniert starrte Purcell auf die Klinge. Ich sah förmlich, wie seine Vorstellung in Schwung kam, wie er sich ausmalte, was ein so großes, scharf geschliffenes Messer anzurichten vermochte. Während er, an einen Wasserhahn gefesselt, vor der Außenwand seines Hauses lehnte. Hilflos. Verletzlich.

»Ich werde dich nicht töten«, sagte ich und schlitzte ihm das schwarze T-Shirt auf.

Purcell starrte mich verwundert an.

»Den Gefallen werde ich dir nicht tun, dass du während der Ausübung deiner Pflicht abtrittst, wie es sich für einen ehrenwerten Gangster gehört.«

Der letzte Hemdknopf war abgetrennt, das T-Shirt aufgeschnitten.

Mit der Klinge schob ich die Stofflagen beiseite. Sein Bauch war überraschend fahl, ein bisschen breiter als die Hüfte, aber durchaus gut definiert. Ein Boxerrumpf. Fitness war in seinem Gewerbe unerlässlich. Ein paar Muskeln brauchte man schon, um bewusstlose Opfer in den Keller zu schaffen und auf den Tisch zu schnallen.

Ohne ein gewisses Quantum an Kraft ließ sich nicht einmal ein sechsjähriges Mädchen, das sich wehrte, bezwingen.

Ich legte seine Schulter frei. Gänsehaut hatte sich darauf gebildet. Seine Brustwarzen waren hart.

»Du hast meinen Mann genau hier erwischt«, murmelte ich und markierte die Stelle mit der Klingenspitze. Blut quoll aus dem x-förmigen Einschnitt, den so präzise nur eine sehr scharfe Klinge zustande brachte. Shane hatte sein Werkzeug gut gepflegt.

»Der zweite Schuss landete hier.« Wieder ritzte ich ein X ein, vielleicht ein bisschen tiefer, denn Purcell zischte durch seine zusammengebissenen Zähne und fing zu zittern an.

»Der dritte – hier.« Diesmal war der Einschnitt deutlich zu tief. Als ich das Messer hob, rann das Blut in Strömen über Purcells Bauch.

Es sickerte in den gleißend weißen Schnee.

Brian starb auf einem blitzblank geputzten Küchenboden.

Der Killer bebte jetzt am ganzen Körper. Ich schaute ihm ins Gesicht und gab ihm in meinen Augen den Tod zu erkennen. Er sah mir die Mordlust an, die er heraufbeschworen hatte.

»Ich schlage dir ein Geschäft vor«, sagte ich. »Du verrätst mir, wo meine Tochter ist, und ich nehme dir die Fesseln ab. Dann kannst du versuchen, mich fertigzumachen. Wenn es dir gelingt – mein Pech. Aber vielleicht gelingt es dir ja auch nicht, aber dann stirbst du wenigstens im Kampf und nicht wie ein an deine Hauswand gefesseltes Schwein. Ich zähle jetzt bis fünf. So lange hast du Zeit, dich zu entschieden. *Eins.*«

»Von mir erfährst du nichts«, knurrte Purcell. Diesmal zuckte ich mit den Achseln, und weil mir einfach so danach war, rasierte ich ihm ein großes Stück aus seiner dichten braunen Wolle auf dem Kopf. *»Zwei.«*

Er zuckte zusammen, ließ sich aber anscheinend nicht beirren. »Du machst mich doch sowieso kalt.«

Von seinem Haarschopf ging ein weiterer Teil verloren, vielleicht auch ein Stück vom Ohr. *»Drei.«*

»Fotze.«

»Stock und Steine brechen Beine ...« Sein Haaransatz rutschte drei Fingerbreit zurück. Ich kam immer mehr in Fahrt und lupfte seinen Skalp an. *»Vier.«*

»Ich habe deine Tochter nicht!«, brüllte Purcell. »Ich vergreife mich nicht an Kindern. Das habe ich denen von Anfang an klargemacht. Keine Kinder.«

»Wo ist sie dann?«

»Du bist doch der verfickte Cop. Müsstest du das nicht selbst wissen?«

Zack, und wieder war ein Büschel Haare weg, wahrscheinlich auch ein bisschen Schwarte. Blut rann und tropfte in den Schnee, den es rosa verfärbte.

Ich fürchtete, nie wieder frisch gefallenen Schnee sehen zu können, ohne dass der Anblick Brechreiz in mir auslösen würde.

Purcell jammerte und zerrte an den Fesseln. »Du hast den falschen Leuten vertraut. Und jetzt quälst du ausgerechnet mich? Ich habe dir doch einen Gefallen getan. Dein Mann war ein Versager. Dein Freund von der Polizei hat dich noch mehr beschissen. Hast du dich mal gefragt, wie ich in dein Haus kommen konnte, du blöde Fotze? Glaubst du, dein Mann hätte mich so ohne weiteres reingelassen?«

Ich hielt inne und starrte ihn an. Plötzlich fand sich auch das letzte große Puzzlestück. Der Vorfall am Samstagmorgen hatte mich so traumatisiert, dass ich zu keinem logischen Gedanken imstande gewesen war. Ich hatte es versäumt, den Tathergang zu analysieren.

Brian hatte längst gewusst, dass ihm Ärger ins Haus stand, und sich mit seiner Gewichtstemmerei und dem Kauf einer Glock, Kaliber .40, darauf einzustellen versucht. Er war hypernervös und reizbarer gewesen. Ja, er wusste, dass er viel zu weit gegangen war. Normalerweise hätte er einem Mann wie John Stephen Purcell nie und nimmer die Tür geöffnet, schon gar nicht in Anbetracht der Tatsache, dass Sophie im Haus war.

Aber Sophie war doch gar nicht im Haus, als ich zurückkehrte.

Sie war bereits verschwunden. Purcell hatte allein in der Küche gestanden und mit der Waffe auf Brian gezielt. Sophie war nicht mehr da, verschleppt von einer zweiten Person, die mit Purcell gekommen sein musste. Von jemandem, dem Brian sorglos die Tür geöffnet hatte. Von jemandem, der Zugriff auf die Gewerkschaftsgelder hatte und Shane gut kannte. Der sich so stark fühlte, dass er darauf baute, alle involvierten Parteien kontrollieren zu können.

Anscheinend war ich bleich geworden, denn Purcell fing auf einmal an zu lachen. Es rasselte dabei in seinen Bronchien.

»Na, endlich begriffen«, schnarrte er. »Ich bin nicht das Problem. Das sind die Männer in deiner näheren Umgebung.«

Er lachte wieder, was mit all dem Blut, das ihm durchs Gesicht rann, zum Fürchten aussah. So verrückt, wie ich mich fühlte. Wir waren beide die Verlierer. Soldaten an der Front, missbraucht, verheizt und betrogen von Generälen.

Die Entscheidungen trafen andere. Wir zahlten nur den Preis.

Ich legte das Messer weg, gleich neben die Flinte. Die Schmerzen im rechten Arm pulsierten. Ich hatte auf die Schusswunde keine Rücksicht genommen; sie blutete wieder. Ich spürte, wie es nass über den Arm rann. Noch mehr pinkfarbene Flecken im Schnee.

Lange würde ich es nicht mehr machen, das wusste ich, hatte aber wie Purcell keine Angst. Ich hatte mich in mein Schicksal ergeben.

»Trooper Lyons ist tot«, sagte ich.

Purcell hörte zu lachen auf.

»Wie sich herausstellen wird, hast du ihn vor zwei Stunden erschossen.«

Purcell presste die Lippen aufeinander. Er war kein Narr.

Ich zog eine zweiundzwanziger Halbautomatik aus dem Hosenbund, die ich in Purcells Badezimmer hinter dem Spülkasten gefunden hatte. Zweifellos nur eine Ersatzwaffe für einen Kerl wie ihn, aber für das, was ich vorhatte, durchaus zu gebrauchen.

»Ich schätze, die hast du vom Schwarzmarkt«, sagte ich. »Seriennummer weggefeilt. Unidentifizierbar.«

»Du hast einen fairen Kampf versprochen«, erinnerte Purcell.

»Und du hast mir versprochen, meinen Mann am Leben zu lassen. Wir nehmen's wohl beide nicht so genau mit der Wahrheit.«

Ich beugte mich tiefer herab. »Wen liebst *du*?«, flüsterte ich in den blutdurchtränkten Schnee.

»Niemanden«, antwortete er müde. »Hab noch nie jemanden geliebt.«

Ich war nicht überrascht und nickte. Dann drückte ich ab. Zweimal auf die linke Schläfe, klassisch nach Killerart. Mit dem Mehrzweckmesser KA-BAR ritzte ich ihm das Wort »Verräter« in die Haut, zumal ich die drei X auf der Brust unkenntlich machen musste, denn die hätten D. D. Warren, clever wie sie war, schnurstracks zu meiner Tür geführt.

Mein Gesicht fühlte sich seltsam an. Hart. Sogar für mich viel zu finster. Ich dachte an den aufgeräumten Keller, in dem es nach Bleichmittel und Blut stank, an die Schmerzen, die mir Purcell liebend gern zugefügt hätte, wenn ich weich geworden wäre. Es half nicht. Ich war ein Cop, kein Killer, und jeder Gewaltakt nahm etwas weg von mir, das sich nicht mehr ersetzen ließ.

Aber ich machte trotzdem weiter, denn wie jede Frau war ich gut darin, selbstverschuldete Schmerzen auszuhalten.

Letzte Details: Ich kehrte kurz ins Haus zurück, um mich an Purcells Putzzeug zu bedienen. Mit Handtüchern und Bleichmittel entfernte ich all meine Blutspuren im Haus, tauschte dann mit dem Toten die Schuhe und stapfte damit im Schnee herum, bis alle meine Abdrücke verschwunden waren und nur noch die von Purcell übrigblieben.

Schließlich kramte ich Brians Glock aus dem Matchbeutel und drückte Purcells rechte Hand um den Kolben, um ihn mit seinen Fingerabdrücken zu präparieren. Seine Zweiundzwanziger wanderte in meinen Matchbeutel und würde im nächstbesten Fluss verschwinden. Die Glock brachte ich ins Badezimmer und klebte sie an die Stelle, wo er seine Ersatzwaffe aufbewahrt hatte.

Irgendwann nach Sonnenaufgang würde die Polizei Purcells Leiche finden, gefesselt an einen Wasserhahn, offenkundig gefoltert. Man würde sein Haus durchsuchen, den Keller entdecken und die Hälfte der Fragen beantwortet sehen. Ein Typ, der solche Drecksarbeit leistete, musste früher oder später dreckig enden.

Man würde auch Brians Glock finden und von der Ballistik bestätigt bekommen, dass Officer Shane Lyons mit ebendieser Waffe getötet worden war, was wiederum den Schluss nahelegte, dass Purcell, in mein Haus eingedrungen, meinen Mann erschossen und dessen Waffe mitgenommen hatte, um sie später auf einen hochdekorierten State Trooper anzulegen.

Der Mord an Purcell würde zu den Akten gelegt werden, zu all den anderen unaufgeklärten Fällen aus der Unterwelt. Shane würde in Ehren beigesetzt, seine Familie entschädigt.

Natürlich würde man nach der Waffe suchen, aus der auf Purcell gefeuert worden war, sich fragen, wer sein Mörder sein mochte. Aber manche Fragen bleiben halt offen.

So wie man manchen Leuten einfach nicht trauen konnte.

Siebzehn Minuten nach eins. Auf schwankenden Beinen schleppte ich mich zum Pick-up, trank zwei Flaschen Wasser und stopfte zwei Energieriegel in mich hinein. Meine rechte Schulter brannte. Meine Finger prickelten. Die Magengrube fühlte sich an wie ausgeräumt. Meine Lippen waren merkwürdig taub.

Dann gleich wieder auf der Straße, die Flinte auf dem Schoß und die blutigen Hände am Steuer.

Sophie, ich komme.

41. KAPITEL

»Es ist Hamilton«, sagte Bobby. Er zog D. D. aus Leonis Werkstatt und steuerte rasch auf den Wagen zu.

»Hamilton?« D. D. kniff die Brauen zusammen. »Lieutenant Colonel der State Police?«

»Genau. Er hat Zugriff, Gelegenheit und kennt alle Beteiligten. Mag sein, dass Brians Glücksspielproblem den Stein ins Rollen brachte, aber Hamilton hatte die Fäden in der Hand. *Ihr Jungs braucht Geld? Hey, ich weiß zufällig, wo jede Menge abzuräumen ist, hier bei uns ...*«

»Zwischen ihm und Shane ...«, murmelte D. D. Sie nickte und spürte einen ersten Kitzel der Erregung. Ein Name, eine Verdachtsperson, ein Ziel. Sie sprang auf den Beifahrersitz. Bobby drückte aufs Gas und raste los.

»Tja«, sagte er. »Dürfte nicht allzu schwer sein, eine Scheinfirma zu installieren, wenn Hamilton am Drücker sitzt und seinen Komplizen den Rücken freihält. Aber wie das so ist, alles Schöne hat ein Ende.«

»Wenn die Revision auf den Plan tritt ...«

»Ist der Spaß vorbei«, ergänzte Bobby. »Weil dann nämlich unabhängige Prüfer rumschnüffeln. Außerdem sitzen Shane und Brian wegen ihrer Zockerei diverse Gangster im Nacken, die ein Stück vom Kuchen für sich haben wollen. Das stört Hamilton natürlich. Brian und Shane sind nicht mehr nur Komplizen, sondern eine Gefahr.«

»Hamilton lässt Brian erschießen und Sophie entführen, um dann Tessa den Mord an ihrem Gatten und die Veruntreuung von Gewerkschaftsgeldern anzuhängen?« D. D. runzelte die Stirn. »Und die Drecksarbeit erledigt ein Geldeintreiber. Einer aus der Bande, mit der sich Brian angelegt hat, jemand, der vor nichts zurückschreckt, um an ihr Geld zu kommen.«

»Jemand, der Fotos von Shanes Familie als letzte Drohung verschickt«, fügte Bobby hinzu.

»Das haben hohe Tiere so an sich«, sagte D. D. kopfschüttelnd. »Sie lassen sich groß was einfallen, wollen sich aber bei der Ausführung ihrer Ideen die Hände nicht schmutzig machen.« Sie zögerte. »Aber wo ist Sophie? Hamilton würde es doch nie riskieren, ein sechsjähriges Mädchen versteckt zu halten, oder?«

»Keine Ahnung«, erwiderte Bobby. »Aber ich wette, wenn wir ihn in die Mangel nehmen, spuckt er's aus. Jetzt wo Lyons erschossen wurde, wird er mit Sicherheit in der Stadt sein.«

D. D. nickte, packte Bobby aber plötzlich am Arm. »Nein, er ist nicht in der Stadt. Jede Wette.«

»Warum nicht?«

»Weil Tessa frei herumläuft und er das weiß. Außerdem wird er inzwischen erfahren haben, dass Lyons' Ausrüstung verschwunden ist. Und das bedeutet, Tessa ist verzweifelt auf der Suche nach ihrer Tochter – und bis an die Zähne bewaffnet.«

»Er ist auf der Flucht«, spekulierte Bobby. »Vor seiner Untergebenen.« Doch dann schüttelte er den Kopf. »Nein, das kann ich mir nicht vorstellen. Ein Mann wie Hamilton haut nicht einfach ab, sondern geht in die Offensive. Sofern Sophie noch lebt, wird er sie in seine Gewalt bringen – als letztes Faustpfand.«

»Also, wo ist sie?«, fragte D. D. wieder. »Seit drei Tagen wird nach ihr gefahndet. Ihr Foto ist auf allen Nachrichtenkanälen zu sehen. Es müsste doch irgendeine Spur geben.«

»Das Versteck ist offenbar gut gewählt«, meinte Bobby. »Irgendwo auf dem Land, in einem freistehenden Haus. Mit einem Babysitter, der ständig ein Auge auf sie hat. Also an einem unzugänglichen Ort, der aber mit allem, was man so braucht, ausgestattet ist. In einem Versteck, von dem Hamilton sicher sein kann, dass es geschützt bleibt.«

»Sein eigenes Haus kommt nicht in Frage«, sagte D. D. »Aber vielleicht das eines Bekannten. Oder hat er ein Wochenendhaus? Wir haben doch diese Bilder von ihm als Jäger gesehen. Vielleicht eine Jagdhütte im Wald.«

Bobby lächelte auf einmal. »Bingo. Hamilton hat tatsächlich eine Jagdhütte, und zwar in der Nähe von Mount Greylock, zweieinhalb Stunden von hier im Westen, an den Ausläufern der Berkshires. Abgelegen, gut zu bewachen und so weit raus, dass er glaubhaft versichern kann, in den letzten Tagen oder Wochen kein einziges Mal dort gewesen zu sein. Er hatte ja jede Menge in Boston zu tun.«

»Findest du den Weg dahin?«, fragte D. D. Bobby zögerte. »Ich bin schon mal da gewesen, aber das liegt Jahre zurück. Manchmal lädt er Kollegen zu einem Jagdwochenende ein. Phil kann uns die Adresse mit Sicherheit durchgeben.«

»Gut«, sagte D. D. und zog ihr Handy raus. »Ich ruf ihn an. Fahr du schon mal auf den Pike.«

Bobby schaltete das Blaulicht ein und raste auf den Mass Pike zu, die schnellste Verbindung quer durch Massachusetts. D. D. wählte die Nummer der Zentrale. Es war nach Mitternacht, doch niemand der Polizeikräfte der Stadt oder des Staates lag im Bett. Phil antwortete nach dem ersten Rufzeichen.

»Schon von Trooper Lyons gehört?«, fragte Phil sofort.

»Ja. Hör zu, ich habe eine heikle Bitte. Wir wollen uns Gerard Hamilton unter die Lupe nehmen und brauchen Informationen. Angehörige, Immobilien, finanzielle Situation. Gib mir alles, was du rausbekommen kannst.«

Es entstand eine kurze Pause. »Sprechen wir von dem Lieutenant Colonel?«, fragte Phil vorsichtig.

»Wie gesagt, die Sache ist heikel.«

D. D. hörte es klappern. Phils Finger flogen über die Tasten.

»Hmmmm, willst du wissen, was mir zu Ohren gekommen ist? Und das nicht etwa in der Gerüchteküche, sondern am Pissoir«, fragte Phil, während er tippte.

»Lass hören«, drängte D. D.

»Hamilton soll eine Affäre haben. Eine italienische Rakete.«

»Name?«

»Weiß ich nicht. Der Typ, von dem ich es weiß, sprach nur von ihrem ... Hintern.«

»Männer sind Schweine. Sei's drum. Mach dich an die Arbeit, Phil. Sag mir, was ich wissen muss, denn wir glauben, er hat Sophie Leoni.«

D. D. steckte ihr Handy wieder weg. Bobby hatte die Auffahrt erreicht und ging mit so viel Tempo in die Kurve, dass die Reifen quietschen. Die Straßen waren inzwischen geräumt, und es herrschte nur wenig Verkehr. Bobby beschleunigte in Richtung Westen. Sie hatten, wie D. D. überschlug, rund hundertdreißig Meilen zurückzulegen und würden wohl nicht immer mit Höchstgeschwindigkeit fahren können. Zwei Stunden vielleicht. In zwei Stunden konnte Sophie Leoni vielleicht gerettet sein.

»Hältst du sie für eine gute Polizistin?«, fragte Bobby unvermittelt.

Es war klar, von wem er sprach. »Ich weiß nicht«, antwortete D. D. Bobby warf ihr einen Blick zu. »Wie weit würdest du gehen?«, fragte er leise. »Wenn es dein Kind wäre, wie weit würdest du gehen?«

»Das werde ich hoffentlich nie beantworten müssen.«

»Ich würde Amok laufen«, gestand Bobby und krallte die Hände ums Steuerrad. »Wenn jemand Annabelle bedrohen und Carina entführen würde ... ja, ich würde Amok laufen.«

D. D. zweifelte keinen Augenblick an seinen Worten und schüttelte den Kopf. »Es wäre falsch, Bobby«, sagte sie ruhig. »Wir sind Cops. Blinde Rache scheidet für uns aus. Wenn wir uns selbst nicht unter Kontrolle haben ...«

Sie fuhren schweigend weiter, hörten nur noch den gequälten Motor und sahen die Lichter der Stadt wie Sternschnuppen vorbeifliegen.

Sophie, dachte D. D., *wir kommen.*

42. KAPITEL

Lieutenant Colonel Gerard Hamilton war mein Chef, aber dass ich ihn kennen würde, wäre zu viel gesagt. Zum einen rangierte er in der Nahrungskette zu weit über mir, zum anderen verkehrte er hauptsächlich mit Männern. Unter den Kollegen hatte er eigentlich nur Kontakt zu Shane und dessen Komplizen, meinem Mann Brian.

Sie gingen manchmal zu den Red Sox ins Stadion, fuhren übers Wochenende weg, um zu jagen, oder machten einen Ausflug nach Foxwoods.

Im Rückblick passte alles zusammen. Shanes kleine Trips in Begleitung meines Mannes und Hamiltons.

Wenn sich Brian verzockte – wer wusste am besten, wie dringend er Geld brauchte? Wer kannte andere Möglichkeiten, schnell liquide zu werden? Wer war in der Lage, die Schwächen meines Mannes auszunutzen?

Shane hatte nicht allzu viel Grips gehabt. Lieutenant Colonel Hamilton dagegen ... er verstand sich darauf, andere zu manipulieren und mal hier, mal da ein bisschen was für sich abzuzweigen. Erstaunlich, wie leicht es ist, die ersten kleinen krummen Dinger, die man dreht, vor dem eigenen Gewissen zu rechtfertigen.

Vielleicht hatten sich Brian und Shane eingeredet, das Geld nur »leihen« zu wollen. Als Gewerkschaftsvertreter kannte Shane den Kontostand der Pensionskasse. Hamilton hatte Zugriff darauf und kam auf den Gedanken, eine Scheinfirma als Empfängerin der veruntreuten Gelder einzurichten. Er, der alte Netzwerker, hatte wahrscheinlich schon mit einem einzigen Telefonanruf alles Nötige in die Wege geleitet.

Sie konnten nach Lust und Laune zocken und Schulden machen, die von der Pensionskasse gedeckt sein würden.

Aber wie lange? Einen Monat? Ein halbes Jahr? Ein Jahr? Vielleicht hatten sie nicht so weit im Voraus geplant oder einfach nicht darüber nachdenken wollen, dass irgendwann im Zuge einer Revision der Schwindel auffliegen würde. Dumm für Brian und Shane, dass es genau dazu kam und eine Sonderkommission eingerichtet wurde, um offene Fragen zu klären.

War es Hamiltons Idee gewesen, mich als Sündenbock ans Messer zu liefern? Oder hatten sich Brian und Shane, weil sie aus den Spielschulden nicht herauskamen, auf die falschen Leute eingelassen, sodass ihnen am Ende nicht nur die Kassenprüfer, sondern auch Mafia-Geldeintreiber im Nacken saßen?

Hamilton musste sich darüber im Klaren gewesen sein, dass Shane und Brian dem Druck auf Dauer nicht standhalten, irgendwann auspacken und ihn mit ins Verderben reißen würden.

Von den beiden war Brian mit Sicherheit das größere Problem. Vielleicht hatte Hamilton mit den Gangstern einen letzten Deal vereinbart: *Ich komme für die Spielschulden auf; dafür müsst ihr Brian aus dem Weg räumen und dafür sorgen, dass mir nichts angehängt werden kann.*

Shane würde, von dem Mord an Brian abgeschreckt, den Mund halten, und Hamilton und wer immer sonst noch dahinterstecken mochte, hätten ihre ergaunerten Schäfchen im Trockenen.

Brian tot, ich im Gefängnis und Sophie … tja, für sie gäbe es dann wohl keine Verwendung mehr, wenn ich getan hätte, was von mir verlangt worden war, oder?

Meine Familie hatte also geopfert werden müssen, damit Shane ungeschoren davonkommen und Hamilton seine Gier befriedigen konnte.

Meine Wut half mir, wach zu bleiben während der dreistündigen Fahrt nach Adams, wo, wie ich wusste, Hamiltons Zuflucht lag. Ich war einmal dort gewesen, zu einer Grillparty im Herbst, vor Jahren.

Ich konnte mich an die entlegene Jagdhütte gut erinnern. Sie war perfekt geeignet, nicht nur als Ausgangspunkt für Wanderungen und Jagdausflüge, sondern auch als Versteck für eine Geisel.

Die Finger meiner rechten Hand waren leblos. Ich blutete zwar nicht mehr, vermutete aber, dass die Kugel irgendwelche Sehnen oder Nerven verletzt hatte. Erschwerend hinzu kam jetzt wohl auch noch eine Entzündung der Wunde. Ich konnte keine Faust mehr ballen, geschweige denn den Abzug drücken.

Ich würde mit der linken Hand klarkommen müssen. Hoffentlich war Hamilton nicht da. Einer seiner Officer war im Dienst getötet worden, das heißt, er würde in Allston-Brighton gefragt sein.

Ich nahm mir vor, den Pick-up vor der langen Einfahrt abzustellen, die zur Hütte führte. Die Flinte würde ich aus der Hüfte auch mit links abdrücken können. Das war ja das Gute an einer solchen Waffe: Sie streute so sehr, dass man nicht genau zielen musste.

In meinem Planspiel war die Hütte unbewacht. Ich würde durch ein Fenster einsteigen und meine Tochter schlafend in einem abgedunkelten Raum vorfinden.

Zusammen würden wir uns aus dem Staub machen, vielleicht nach Mexiko fliehen, obwohl es gescheiter wäre, auf direktem Weg zur Zentrale zurückzufahren. Sophie würde aussagen können, von Hamilton verschleppt worden zu sein. Der müsste dann erklären, woher das viele Geld kam, das auf seinem Konto lag. Er käme in Untersuchungshaft. Sophie und ich wären vor ihm sicher.

Wir nähmen unser gemeinsames Leben wieder auf und müssten keine Angst mehr haben. Irgendwann würde sie nicht mehr nach Brian fragen. Und ich würde irgendwann nicht mehr um ihn trauern.

Ich musste einfach daran glauben, dass alles so einfach sein würde.

Ich konnte einfach nicht anders.

Vier Uhr zweiunddreißig. Ich war an der Schotterpiste angelangt, die zur Hütte führte. Vier Uhr einundvierzig. Ich stellte den Wagen hinter einem tief verschneiten Busch ab.

Ich stieg aus dem Wagen.

Glaubte, Rauchgeruch wahrzunehmen.

Ich griff nach der Flinte.

Und hörte meine Tochter schreien.

43. KAPITEL

Bobby und D. D. waren gerade vom Mass Pike auf eine dunkle Landstraße abgebogen, als das Handy klingelte. D. D. schreckte aus erschöpftem Dämmerzustand auf und ging ran. Es war Phil.

»D. D., seid ihr noch in Richtung Westen unterwegs?«

»Ja.«

»Okay, Hamilton hat zwei Anwesen. Eins in Framingham, in der Nähe seines Amtssitzes, im Grundbuch eingetragen unter den Namen Gerard und Judy Hamilton. Da scheint er sich auch die meiste Zeit über aufzuhalten. Das andere liegt bei Adams, Massachusetts, und ist nur unter seinem Namen eingetragen.«

»Adresse?«, fragte D. D. schroff.

Phil las sie vor. »Und noch was: Soeben trudelte die Meldung ein, dass bei Adams am Rand des Naturschutzparks Mount Greylock ein Haus in Flammen steht. Könnte durchaus Hamiltons Jagdhütte sein.«

»Scheiße!« D. D. war wieder hellwach. »Setz dich mit der Polizei vor Ort in Verbindung, Phil. Vielleicht brauchen wir Verstärkung. Aber die State Police bleibt aus dem Spiel.« Bobby warf ihr einen Blick zu, blieb aber still. »Schnell«, drängte sie und beendete das Gespräch. Gleich darauf gab sie Hamiltons Adresse ins Navigationsgerät ein.

»Phil erwähnte einen Hausbrand. Unser Ziel könnte ganz in der Nähe sein.«

»Verdammt!« Bobby schlug mit der Hand auf den Lenker. »Hamilton ist schon zur Stelle und verwischt seine Spuren.«

»Das wollen wir doch mal sehen.«

44. KAPITEL

Der zweite Schrei löste mich aus meiner Erstarrung. Ich packte beide Gewehre, die Flinte und das Sturmgewehr, und stopfte die Hosentaschen voll mit Schrotpatronen und mehreren Magazinen, wobei ein Großteil davon im Schnee landete, weil mir die Finger der rechten Hand nicht gehorchen wollten. Ich hatte nicht die Zeit, sie wieder aufzuheben, und hastete los, von Adrenalin und Verzweiflung angetrieben.

Schwer beladen mit meinem kleinen Waffenarsenal, schleppte ich mich durch das verschneite Gehölz auf die Richtung zu, aus der Rauch wehte und die Schreie meiner Tochter kamen.

Ich hörte eine tiefe Stimme fluchen und das Zischen und Knacken feuchten Holzes, das Feuer gefangen hatte.

Rasch bewegte ich mich von Baum zu Baum über den glatten, frisch verschneiten Boden. Mein Atem ging flach. Ich wusste nicht, auf wie viele Personen ich treffen würde, und musste den Vorteil des Überraschungsmomentes nutzen, wenn ich Sophie und mich heil aus dieser Sache herausholen wollte. Durfte mich also nicht zu erkennen geben.

Der Rauch wurde dichter. Ich musst husten, und meine Augen brannten, als ich eine kleine Anhöhe auf der linken Seite des Grundstücks überquerte. Jetzt sah ich, dass Hamiltons Jagdhütte in Flammen stand und eine Frau in dickem, schwarzem Parka mit meiner Tochter rang. Sie versuchte, Sophie in einen Geländewagen zu zerren, der auf dem Weg parkte. Meine Tochter trug nur den dünnen, rosaroten Pyjama, den sie vor vier Tagen zum Schlafengehen angezogen hatte. Sie hatte ihre Lieblingspuppe Gertrude im Arm und wehrte sich nach Kräften.

Sophie biss der Frau ins Handgelenk. Die Frau riss sich los und schlug sie so fest, dass der Kopf meiner Tochter zur Seite flog. Sie stürzte in den Schnee und hustete krampfhaft.

»Nein, nein, nein«, schrie meine Tochter. »Lass mich. Ich will zu Mommy. *Ich will zu Mommy.*«

Ich ließ die Flinte fallen. Mit ihr zu schießen war viel zu riskant, solange sich mein Kind im Schussfeld befand. Stattdessen kramte ich ein Magazin für die M4 aus der linken Tasche. Um zu vermeiden, dass es hakte, war es ratsam, das Ding nicht ganz vollzustopfen und zwei Kammern freizulassen. So hatte ich es gelernt.

Ich steckte das Magazin ein und legte das Gewehr an.

Frisches Blut sickerte aus meiner Schulter. Der taube Zeigefinger suchte den Abzug.

Die Frau baute sich über Sophie auf. »In den Wagen mit dir, du kleines Miststück«, kreischte sie.

»Lass mich, ich will nicht!«

Wieder ein Schrei. Schläge ins Gesicht.

Ich stemmte den Schaft des Sturmgewehrs auf die blutende Schulter und nahm die dunkelhaarige Frau ins Visier.

Sophie weinte und hatte beide Arme um den Kopf geschlungen, um die Schläge abzuwehren.

Ich trat aus der Deckung und zielte.

»Sophie!«, brüllte ich über den Aufruhr der Flammen hinweg. »Sophie. *Lauf weg!*«

Mein unerwarteter Auftritt zeitigte den gewünschten Effekt. Sophie wälzte sich zur Seite weg. Die Frau wirbelte herum.

Sie hatte mich sofort entdeckt. »Was zum Teufel ...«

Ich drückte ab.

Zum Glück schaute Sophie nicht zurück. Es blieb ihr erspart, mit ansehen zu müssen, wie der Kopf der Frau, von einem .223-Geschoss getroffen, explodierte und eine rote Lache auf den Schnee warf.

Sophie drehte sich nicht um. Sie hörte meine Stimme und lief auf mich zu.

Und plötzlich spürte ich Metall am Ohr. »Böses Mädchen«, sagte Gerard Hamilton.

D. D. und Bobby folgten dem Navi über kurvenreiche Landstraßen bis zu einer von Löschfahrzeugen und Feuerwehrmännern gesäumten Zufahrt. Bobby schaltete die Scheinwerfer aus. Er und D. D. sprangen aus dem Wagen und zückten ihre Ausweise.

Man informierte sie kurz und bündig. Schlechte Nachrichten.

Die Feuerwehrleute hatten gleich nach ihrem Eintreffen Schreie gehört, gefolgt von Schüssen. Die Jagdhütte lag zweihundert Meter entfernt im Wald. Dem Rauch und der Hitze nach zu urteilen, brannte sie lichterloh. Mit dem Löschen wartete man noch auf die Polizei und die Sicherstellung des Tatortes. Aber weder Bobby noch D. D. wollten warten, zumal von den Schreien eines Kindes berichtet worden war.

Bobby forderte D. D. auf, im Wagen zurückzubleiben.

Doch sie holte sich ihre Kevlar-Weste aus dem Kofferraum und reichte Bobby das Gewehr. Schließlich war er der ehemalige Scharfschütze.

Er schaute ihr mit strengem Blick ins Gesicht. »Ich gehe vor und sondiere die Lage«, sagte er.

»Fünf Minuten«, erwiderte sie ebenso entschieden. »Dann komme ich nach.«

Bobby zog seine Weste an, lud die M4 und marschierte los. Dreißig Sekunden später war er zwischen den Bäumen verschwunden. Nach weiteren drei Minuten setzte sich auch D. D. in Bewegung.

Im Hintergrund wurde Sirenengeheul laut.

Die hiesige Polizei rollte an.

D. D. folgte Bobbys Spuren.

Rauch, Hitze, Schnee. Ein winterliches Inferno.

Höchste Zeit, Sophie zu finden.

Hamilton riss mir die Waffe aus den kraftlosen Händen. Sie fiel in den Schnee. Er befahl mir, sie aufzuheben und ihm zu geben.

Von der kleinen Anhöhe aus, auf der ich stand, sah ich Sophie zwischen weiß bepuderten Bäumen und vor einem Hintergrund aus hellroten Flammen auf mich zurennen.

Hamilton presste mir von hinten die Mündung seiner Pistole in die weiche Stelle unterm Ohr.

Ich ging in die Knie, warf mich mit dem Rücken gegen Hamilton und brüllte: »Lauf in den Wald, Sophie! Lauf weg, weg, weg!«

»Mommy!«, schrie sie, im Abstand noch von hundert Metern.

Hamilton hämmerte mir seine Sig Sauer gegen die Schläfe. Ich stürzte zu Boden und prallte mit der verletzten Schulter auf. Mir schien, als spürte ich etwas darin zerreißen. Hamilton beugte sich über mich und schlug ein zweites, ein drittes Mal zu, riss mir die Wange auf, die Stirn. Mit Blut in den Augen rollte ich mich wie ein Fötus im Schnee zusammen.

»Sie hätten parieren sollen!«, schnauzte er mich an. Er trug seine Uniform, darüber einen schwarzen Wollmantel, der bis zu den Knien reichte. Der breitkrempige Hut saß tief in der Stirn. Wahrscheinlich hatte er sich dieses Outfit angelegt, als ihm der Tod eines seiner Officer zu Ohren gekommen war. Und als er dann gehört hatte, dass es Shane erwischt hatte und ich entkommen war ...

Er hatte sich sofort auf den Weg gemacht, zu meiner Tochter. In der vollen Montur eines Lieutenant Colonel der State Police von Massachusetts war er gekommen, um meine Tochter zu töten.

»Hätten Sie, wie es sich für eine Polizistin gehört, getan, was man von Ihnen verlangt, wäre niemand zu Schaden gekommen«, blaffte er, über mich gebeugt, die Bäume, das Feuer und den Nachthimmel ausblendend.

»Ausgenommen Brian«, stöhnte ich. »Er musste sterben. Das haben Sie so entschieden.«

»Er hatte sein Spielproblem nicht mehr unter Kontrolle. Ich habe Ihnen einen Gefallen getan.«

»Sie haben meine Tochter gekidnappt und mich in den Knast gebracht. Und das alles nur für ein bisschen mehr Geld.«

Zur Antwort trat er mir in die Nieren, so wuchtig, dass ich vermutlich Blut pinkeln würde – sofern ich die Sache überlebte.

»Mommy, Mommy!«, schrie Sophie. Von nahem, wie ich mit Schrecken feststellte. Sie kam herbeigelaufen.

Nein, wollte ich rufen. *Bring dich in Sicherheit, verschwinde.*

Aber ich bekam keinen Ton mehr heraus. Hamilton hatte mir mit seinen Tritten die Luft genommen. Meine Augen brannten, Tränen liefen mir übers Gesicht, die Schulter schmerzte höllisch, und mein Magen verkrampfte sich.

Schwarze Flecken tanzten vor meinen Augen.

Ich musste mich aufraffen, um Sophie kämpfen.

Hamilton holte wieder mit dem Fuß aus. Er zielte auf meine Brust. Ich langte mit der linken Hand zu, erwischte sein Hosenbein und wälzte mich zur Seite. Hamilton trat ins Leere, geriet aus dem Gleichgewicht und fiel auf die Knie.

Statt mich mit seiner Pistole zu schlagen, spannte er den Bolzen.

Die Detonation betäubte meine Ohren. Ich spürte einen heißen Luftstoß, unmittelbar gefolgt von einem stechenden Schmerz. Meine Hand fuhr unwillkürlich an die linke Seite. Ich blickte auf, sah meinen Chef, den Mann, dem zu vertrauen Teil meiner Ausbildung gewesen war.

Hamilton wirkte benommen, vielleicht sogar ein wenig erschüttert, doch er erholte sich schnell und hatte den Finger wieder am Abzug.

In diesem Moment erreichte Sophie die Anhöhe und starrte uns entgegen.

Ich phantasierte, sah das bleiche, süße Gesicht meiner Tochter, die Haare wild durcheinander, die blauen Augen, strahlend hell auf mich gerichtet. Sie rannte, wie nur eine Sechsjährige rennen konnte, und Hamilton, der Wald und das Feuer existierten für sie überhaupt nicht, ebenso wenig wie die gespenstische Nacht und der Schrecken, der sie seit Tagen quälte.

Sie war ein kleines Mädchen, das endlich zu seiner Mutter zurückgefunden hatte und auf mich zulief, Gertrude an die Brust gepresst und den freien Arm weit ausgebreitet, um sich über mich zu werfen, die ich ächzend am Boden lag, vor Schmerzen und Freude außer mir.

»Ich liebe dich, ich liebe dich, ich liebe dich«, hauchte ich.

»Mommy …«

Ich spürte ihre heißen Tränen auf meinem Gesicht. Trotz der Schmerzen hob ich meine Hand und hielt sie schützend an ihren Hinterkopf. Mit Blick auf Hamilton drückte ich ihr Gesicht an mich. »Sophie«, flüsterte ich, ohne den Blick von ihm abzuwenden. »Mach die Augen zu.«

Meine Tochter hing an mir fest. Die beiden Hälften des Ganzen waren wieder zusammen.

Sie schloss die Augen.

Ich sagte so klar und deutlich, wie es eben möglich war: »Nur zu.«

Hinter Hamilton tauchten plötzlich die Umrisse eines Mannes auf, genau in dem Augenblick, als der die Waffe hob und mir die Mündung an die linke Schläfe drückte.

Ich konzentrierte mich auf das Gefühl, meine Tochter im Arm zu halten, auf ihren Körper und die Unschuld ihrer Liebe als das, was mich in den Abgrund begleiten würde.

»Sie hätten auf mich hören sollen«, zischte Hamilton.

Einen Herzschlag später drückte Bobby Dodge ab.

45. KAPITEL

Als D. D. die Anhöhe erreichte, lag Hamilton am Boden. Bobby stand vor der Leiche des Lieutenant Colonel. Er sah ihr entgegen und schüttelte einmal kurz mit dem Kopf.

Dann hörte sie ein Weinen.

Sophie Leoni. Es dauerte einen Moment, ehe D. D. das Kind im rosafarbenen Pyjama erkannte. Sie lag auf einer dunkel gekleideten Gestalt, hatte ihr die dünnen Arme um den Hals geschlungen und schluchzte bitterlich.

Bobby ließ sich neben den beiden auf die Knie fallen und legte Sophie eine Hand auf die Schulter.

»Sophie«, sagte er leise. »Schau mich an. Ich bin Polizist, wie deine Mutter. Ich bin hier, um zu helfen. Schau mich bitte an.«

Sophie hob schließlich das tränennasse Gesicht. Als sie D. D. erblickte, sperrte sie den Mund auf, als wollte sie schreien. D. D. schüttelte den Kopf.

»Alles in Ordnung, keine Angst. Mein Name ist D. D. Ich bin eine Freundin deiner Mutter. Sie hat uns hierhergeführt, damit wir euch helfen.«

»Mommys Boss hat mich hierhergebracht«, sagte Sophie laut und deutlich. »Er hat die böse Frau auf mich aufpassen lassen. Ich wollte nicht. Ich wollte nach Hause zurück. Zurück zu meiner Mommy.«

Sie verzog das Gesicht und fing wieder zu weinen an, lautlos jetzt, aber immer noch an die reglose Gestalt der Mutter gepresst.

»Natürlich«, sagte D. D. Sie kauerte sich neben die Kleine und legte ihr vorsichtig eine Hand auf den Kopf. »Der Boss deiner Mutter und die böse Frau können dir nicht mehr weh tun. Glaub mir. Wir sind hier, und du bist in Sicherheit.«

Sophie schien ihr trotzdem zu misstrauen, was ihr D. D. nicht verübeln konnte.

»Bist du verletzt?«, fragte Bobby.

Das Mädchen schüttelte den Kopf.

»Und wie geht es deiner Mommy?«, fragte D. D. »Komm, lass uns nachsehen und sicherstellen, dass alles in Ordnung mit ihr ist.«

Sophie rückte ein Stück zur Seite. D. D. erblickte den dunklen Fleck auf dem Flanellhemd, das rote Blut im Schnee. Auch Sophie sah es. Ihre Unterlippe fing zu zittern an, aber sie sagte kein Wort. Stattdessen legte sie sich neben die bewusstlose Mutter in den Schnee und hielt ihre Hand.

»Komm zurück, Mommy«, klagte das Kind. »Ich liebe dich. Komm zurück.«

Bobby eilte den Sanitätern entgegen, die auf dem Weg waren.

D. D. zog ihren Mantel aus und deckte damit Mutter und Kind zu.

Tessa erwachte aus ihrer Bewusstlosigkeit, als die Sanitäter sie auf die Trage legten. Sie schlug die Augen auf, schnappte nach Luft und gestikulierte wild. Einer der Sanitäter versuchte, sie festzuhalten. Kurz entschlossen hob D. D. Sophie vom Boden auf und hielt sie vor den Augen der Mutter in die Höhe.

Tessa griff nach ihrer Hand. Wegen der Tränen, die D. D. in den Augen hatte, konnte sie den Ausdruck im Gesicht der Frau nicht erkennen.

»Ich liebe dich«, flüsterte Tessa ihrer Tochter zu.

»Ich dich auch, Mommy. Ich dich auch und noch mehr.«

Die Sanitäter drängten zur Eile. Tessa musste sofort medizinisch versorgt werden. Sie erklärten sich bereit, Sophie vorn im Krankenwagen mitfahren zu lassen. Bevor sie das Kind von der Mutter von der Trage wegführen konnten, steckte es ihr etwas zu.

Eine Stoffpuppe, der ein Auge fehlte, wie D. D. bemerkte.

Wenig später hatte man die Verletzte in den Wagen geschafft, der sich gleich darauf entfernte.

Es dämmerte schon. D. D. hielt sich die Hand auf den Bauch. Der Rauchgestank brannte in der Kehle. Sie schmeckte Tränen.

Sie blickte auf eine abgebrannte Fichte nahe der rauchenden Ruine. Der letzte Versuch, seine Spuren zu verwischen, hatten Hamilton und seine Begleiterin das Leben gekostet.

D. D. suchte in sich nach einer Empfindung wie Triumph oder Freude. Bobby und sie hatten das Mädchen gerettet und den Täter zur Strecke gebracht. Es galt nur noch, einen Bericht zu verfassen, was vielleicht zwei Tage in Anspruch nehmen würde, aber dann wäre es geschafft.

Doch all das reichte nicht.

Zum ersten Mal in ihrer beruflichen Laufbahn hatte D. D. Warren einen Fall erfolgreich abgeschlossen, ohne Genugtuung zu empfinden. Sie war auch nicht in der Stimmung, ihren Vorgesetzten die guten Nachrichten zu melden, geschweige denn sich der Presse zu stellen oder mit den Mitgliedern der Sonderkommission anzustoßen.

Sie wollte nur nach Hause, sich an Alex schmiegen, sein Aftershave riechen und in seinen Armen Trost finden. Und an seiner Seite wollte sie sein, wenn sich das Kind zum ersten Mal regte, ihm in die Augen schauen, wenn die Wehen einsetzten, und seine Hand halten, wenn das gemeinsame Kind zur Welt kam.

Sie wünschte sich ein Mädchen oder einen Jungen, das oder der sie so liebte, wie Sophie Leoni ihre Mutter offenbar liebte. Diese Liebe würde sie zehnfach zurückgeben und mit jedem Jahr noch tiefer empfinden, gerade so, wie es Tessa vorhergesagt hatte.

Sie musste sich zehn Stunden gedulden. Bobby hatte tödliche Gewalt angewendet und war deshalb gezwungen, auf die Ankunft einer Spezialeinheit zu warten, die Ermittlungen aufnehmen würde. D. D. stand darum allein vor der Aufgabe, den Chef von den jüngsten Entwicklungen zu unterrichten, den Tatort abzusichern, die letzten Löscharbeiten zu beaufsichtigen und mit der Spurensuche zu beginnen. Weitere Kollegen trafen ein. Fragen mussten beantwortet, Einsätze koordiniert werden.

Sie arbeitete, ohne an Frühstück zu denken. Bobby besorgte ihr zu Mittag einen Joghurt und ein Erdnussbuttersandwich. Sie arbeitete weiter. Sie roch nach Rauch und Schweiß, nach Blut und Asche.

Es wurde Abend, die Sonne ging unter. Ein Tag im Leben eines Detectives der Mordkommission.

Sie tat, was zu tun war, kümmerte sich um alles.

Und dann hatte sie es endlich geschafft.

Die Ermittlungen am Tatort waren abgeschlossen, Tessa und ihre Tochter wurden im Krankenhaus versorgt, wohin man sie mit dem Hubschrauber gebracht hatte.

D. D. stieg in ihren Wagen und fuhr über den Mass Pike in die Stadt zurück.

Als sie an Springfield vorbeikam, rief sie Alex an. Er war in der Küche, bereitete einen Auflauf mit Hühnerfleisch und Käse vor und freute sich zu hören, dass sie kommen wollte.

Sie fragte, ob er statt Fleisch Aubergine nehmen könne.

Er wollte wissen, warum.

Sie musste lachen, dann weinen. Und mit einem Kloß im Hals gestand sie, dass sie ihn vermisst habe, worauf er ihr alle Auberginen der Welt versprach. Das, fand D. D., war Liebe. Seine Liebe. Ihre Liebe. Liebe, die sie füreinander empfanden.

»Alex«, platzte es schließlich aus ihr heraus. »Hey, Alex. Ich muss dir etwas sagen ...«

Ich war fast zwei Wochen im Krankenhaus. Ich hatte Glück. Die von Hamilton abgefeuerte Kugel war auf der anderen Seite wieder ausgetreten und hatte keine lebenswichtigen Organe verletzt. Purcell dagegen war ein Profi bis zum bitteren Ende gewesen. Er hatte mir die Rotatorenmanschette zerschmettert, was mehrere Eingriffe nötig machte und mich monatelang außer Gefecht setzen würde. Man sagte mir, dass ich das rechte Schultergelenk wohl nie wieder beschwerdefrei würde bewegen können. Doch wenn die Schwellung zurückgegangen sei, würde das Gefühl in die Finger zurückkehren.

Wir werden sehen.

Sophie blieb bei mir im Krankenhaus, was eigentlich gegen die Besuchszeitregelung verstieß. Wenige Stunden nach meiner Einlieferung war Mrs. Ennis benachrichtigt worden und herbeigeeilt. Sophie hatte sich aber so gesträubt, mit ihr zu gehen, dass die Oberschwester am Ende klein beigab.

Sophie brauchte jetzt ihre Mutter. Ich brauchte sie.

Also ließ man uns zusammen sein, zwei Mädchen im Einzelzimmer, ein unglaublicher Luxus. Wir schliefen in einem Bett, aßen gemeinsam und schauten uns SpongeBob *im Fernseher an.*

Ich glaube, es war am neunten Tag, als wir einen kleinen Spaziergang in mein ehemaliges Krankenhauszimmer unternahmen, wo wir – wer hätte das gedacht? – in der untersten Kommodenschublade Gertrudes fehlendes Auge fanden.

Ich nähte es mit einem Nylonfaden aus der Chirurgie an, und Sophie richtete ihrer Puppe ein eigenes Bettchen ein, wo sie gesund werden konnte.

Gertrude habe das Ärgste hinter sich, informierte sie mich. Sie habe sich sehr tapfer geschlagen.

Wir schauten wieder eine Folge SpongeBob*. Ich hielt sie im Arm, und sie hatte ihren Kopf auf meine Schulter gelegt, was mir noch ziemlich weh tat.*

Das Krankenhaus schickte einen Kinderpsychologen, denn Sophie sprach kein Wort über ihre Entführung und hatte auch Brian noch nicht einmal erwähnt. Der Psychologe riet mir, Gesprächsbereitschaft zu signalisieren, ohne sie zu bedrängen. Wenn sie so weit sei, sagte er, würde sie von sich aus darauf zu sprechen kommen. Und wenn sie es täte, sollte ich eine neutrale Miene aufsetzen und wertende Urteile vermeiden.

Ich fand diesen Rat ziemlich komisch, weil er einer Frau gegeben wurde, die drei Menschen getötet hatte, um ihre Tochter zu retten. Diesen Gedanken behielt ich jedoch für mich.

Ich hielt Sophie in meinen Armen. Wir hatten uns darauf geeinigt, bei eingeschaltetem Licht zu schlafen, und wenn sie Bilder malte von schwarzen Nächten, roten Flammen und feuerspuckenden Waffen, lobte ich ihre Kunst und versprach, ihr beizubringen, wie man schießt, sobald mein Arm geheilt wäre.

Sophie hielt das für eine tolle Idee.

Die Detectives D. D. Warren und Bobby Dodge kehrten zurück. Sie kamen mit Mrs. Ennis, die mit Sophie in die Cafeteria ging, damit wir uns ungestört unterhalten konnten.

Nein, sagte ich, von Brian sei ich nie geschlagen worden. Die Prellungen an der Brust hätte ich mir durch einen Sturz auf vereisten Stufen zugezogen und selbst verarztet, weil ich zum Dienst musste. Shane habe mich allerdings tatsächlich geschlagen, an jenem Sonntagmorgen, damit es so aussah, als hätte ich Brian in Notwehr erschossen.

Nein, der Tod von Trooper Lyons gehe nicht auf mein Konto. Was für eine schreckliche Tragödie für seine Familie! Ob man schon eine Spur verfolge?

Sie zeigten mir Fotos eines Mannes mit schmalem Gesicht, dunklen Augen und dichten braunen Haaren. Ja, sagte ich, es sei derjenige, den ich am Samstagmorgen in meiner Küche angetroffen hätte. Er habe meinen Mann mit einer Waffe bedroht und gesagt, wenn ich kooperierte, würde niemandem etwas geschehen. Auf seine Forderung hin hätte ich mein Dienstkoppel abgelegt, worauf er meine Sig Sauer gezogen und meinem Mann dreimal in die Brust geschossen habe.

Purcell habe dann erklärt, dass ich, wenn ich meine Tochter lebend wiedersehen wolle, tun müsse, was er sagte.

Nein, diesen Purcell hätte ich vorher nie gesehen, geschweige denn von seinem Ruf als professionellem Killer gehört oder gewusst, warum er meinen Mann bedrohte und wo Sophie abgeblieben sei. Ja, dass mein Mann ein Glücksspielproblem gehabt habe, sei mir bewusst gewesen, aber ich hätte nie vermutet, dass ihm bereits ein Geldeintreiber auf den Fersen war.

Ich gestand, Purcell nach dessen Mord an Brian fünfzigtausend Dollar angeboten zu haben, der dann damit einverstanden gewesen war, dass ich Brians Leiche auf Eis legte und die Polizei erst Sonntagmorgen verständigte. Ich hatte ihm gesagt, dass ich alles tun würde, was er verlangte, aber vierundzwanzig Stunden Zeit bräuchte, um für Sophies Rückkehr sorgen zu können, bevor mich die Polizei festnehmen würde.

Purcell hatte sich darauf eingelassen. Und so nutzte ich die Zeit, um Brians Leiche mit Schnee zuzuschaufeln, den toten Hund unter der Ve-

randa hervorzuholen und Sprengsätze und eine Zündvorrichtung zu basteln, bei der möglichst niemand zu Schaden kommen würde.

Ja, meine Flucht war geplant, und, ja, ich hatte es nicht gewagt, mich irgendjemandem anzuvertrauen, auch nicht der Bostoner Polizei. Ich hatte Angst um Sophie und ahnte, dass zumindest einer meiner Kollegen, nämlich Trooper Lyons, involviert war. Es war davon auszugehen, dass dieser Mistkerl Kontakte zu den Bostoner Cops unterhielt.

Zu diesem Zeitpunkt folgte ich nur noch meinen Instinkten. Ich hielt mich an die Anweisungen, war mir aber gleichzeitig darüber im Klaren, dass, wenn es mir nicht gelänge, der Haft zu entfliehen und meine Tochter zu finden, sie wahrscheinlich verloren wäre.

D. D. wollte wissen, wer mir zur Flucht verholfen hatte. Ich erklärte, ohne mit der Wimper zu zucken, getrampt zu sein. Sie verlangte eine Beschreibung von Fahrzeug und Fahrer, woran ich mich aber leider, leider nicht erinnern konnte.

Dass ich meinen Vater in seiner Werkstatt aufgesucht und mir dort einen Wagen besorgt hatte, gab ich zu, betonte aber, um meinen Vater zu schützen, dass er volltrunken gewesen sei und weder zustimmen noch protestieren konnte.

Mit dem Pick-up sei ich dann auf geradem Weg nach Westen gefahren, um Sophie zu retten.

Ich leugnete zu wissen, was mit Shane in dieser Nacht passiert war. Auf die Frage, wie ich mir erklären würde, dass er mit Brians Glock getötet wurde, musste ich passen. Ob denn nicht Purcell dahinterstecke, fragte ich unschuldig, man habe doch schließlich die Tatwaffe in seinem Haus gefunden. Vielleicht sei Shane eine Schwachstelle gewesen, derer man sich entledigt habe. Armer Kerl. Ich äußerte die Hoffnung, dass seine Frau und die Kinder über den Verlust hinwegkommen würden.

D. D. musterte mich mit kritischem Blick. Bobby hielt sich bedeckt. Er wusste genau, was ich getan hatte, und ich glaube, er verstand, dass eine Frau, die schon drei Menschen getötet hatte, nicht plötzlich weich werden und gestehen würde, auch dann nicht, wenn seine Partnerin einen schärferen Ton anschlug.

Ich gestand, Hamiltons Geliebte Bonita Marcoso erschossen zu haben. Mein Kind war von ihr bedroht worden, und ich hatte handeln müssen.

Und was den Lieutenant Colonel anging ... Ich verdankte Bobby Dodge mein Leben, weil er ihn getötet hatte. An D. D. gewandt, sagte ich, dass ich gern bereit sei, all dies zu Protokoll zu geben. Ohne den Einsatz von Detective Bobby Dodge wären Sophie und ich jetzt wahrscheinlich tot.

»Das ist bereits so ermittelt und festgestellt worden«, erwiderte Bobby.

»Umso besser. Ich danke Ihnen.«

Er wurde ein wenig rot und schien ein Problem damit zu haben, im Mittelpunkt der Aufmerksamkeit zu stehen. Oder es gefiel ihm einfach nicht, dass ihm dafür gedankt wurde, einem Menschen das Leben genommen zu haben.

Es hätte mir genauso wenig gefallen.

Für D. D. fasste ich zusammen: Mein Mann war kein Schläger; er hatte weder mich noch Sophie misshandelt. Er war nur leider dem Glücksspiel verfallen. Vielleicht hätte ich früher etwas dagegen unternehmen, ihm womöglich in letzter Konsequenz den Laufpass geben sollen.

Von den auf Sophie ausgestellten Kreditkarten hatte ich nichts gewusst, auch nichts von seiner Mittäterschaft an der Veruntreuung von Gewerkschaftsgeldern. Es gab vieles, wovon ich keine Ahnung hatte, aber das konnte man mir doch nicht zur Last legen, allenfalls die naive Hoffnung, dass er zu zocken aufhörte und sich verantwortlich für seine Frau und sein Kind zeigte.

»Tut mir leid«, hatte er noch im Sterben gesagt. »Ich liebe dich, Tessa ... noch mehr.«

Ich träume von ihm, doch das möchte ich lieber für mich behalten. Ich träume von dem guten Brian, der meine Hand hält, während Sophie auf ihrem Fahrrädchen vor uns herfährt. Wir gehen spazieren, reden miteinander und sind glücklich.

Schluchzend wache ich auf, was mir aber nichts ausmacht, weil ich ohnehin kaum schlafen kann.

Wollen Sie wissen, wie viel Hamilton eingesackt hatte? D. D. Warren sagte, er habe laut Auskunft der Revision hunderttausend Dollar auf seinem Konto gehabt. Lächerlich, denn seine Pensionsbezüge wären ein Vielfaches gewesen, wenn er seinen Dienst bis zur Altersgrenze gewissenhaft fortgesetzt hätte.

Er hatte den Mord an meinem Mann in Auftrag gegeben und jede Menge Geld dabei verloren.

Der Rest der veruntreuten Summe ist nicht wiederaufgetaucht, weder auf Shanes Kontoauszügen noch auf denen meines Mannes. Die Prüfer gingen davon aus, dass es im Kasino geblieben ist, über das Hamilton seine schützende Hand gehalten und Provisionen dafür eingestrichen hatte. Ironie des Schicksals: Während Shane und Brian für ihre Vergehen nicht mehr zur Rechenschaft gezogen werden konnten, mussten Hamilton und seine Freundin Bonita – die zweifelsfrei als diejenige Frau identifiziert werden konnte, die das Konto der Scheinfirma aufgelöst hatte – die ganze Schuld posthum allein tragen.

Eine gute Nachricht für Shanes Witwe, dachte ich, eine gute Nachricht für mich.

Später erfuhr ich, dass Shane in Ehren beigesetzt worden war. Die Polizei kam in ihren Ermittlungen zu dem Ergebnis, dass er sich mit Purcell hinter dem Lager getroffen hatte und von ihm erschossen worden war.

Der Mord an Purcell blieb unaufgeklärt. Nicht einmal die Tatwaffe konnte gefunden werden.

Detective D. D. Warren bekam von mir zu hören, dass ich keinen blassen Schimmer hätte; sie solle sich von anderen bloß nichts einreden lassen.

Sophie und ich wohnen jetzt in einem Zweizimmerapartment, ganz in der Nähe von Mrs. Ennis. In unser Haus sind wir nicht zurückgekehrt. Ich habe es innerhalb von nur drei Stunden verkauft, denn es hat eine unvergleichlich gute Lage, weshalb sich der Käufer nicht davon abschrecken ließ, dass es Schauplatz eines Verbrechens war.

Sophie vermeidet es nach wie vor, von Brian zu reden. Sie verliert auch kein Wort über ihre Entführung. Ich glaube, sie will mich schützen.

Was soll ich sagen? Sie ist aus meinem Holz geschnitzt. Einmal in der Woche geht sie zur Therapie. Der Therapeut hat mir geraten, Geduld zu haben. Meine wichtigste Aufgabe besteht von nun an darin, meiner Tochter den Rückhalt zu bieten, den sie braucht. Eines Tages wird sie das Thema von sich aus ansprechen. Sie wird sich fallen lassen dürfen, denn ich werde sie auffangen.

Das Begräbnis meines Mannes organisierte ich ohne fremde Hilfe. Er liegt unter einem schlichten Granitstein, der seinen Namen und sein Geburts- und Todesdatum trägt. Vielleicht war es einem schwachen Moment meinerseits geschuldet, aber weil er für Sophie starb und, in unserer Küche stehend, verstand, welche Entscheidung ich zu treffen hatte, ließ ich ein Wort hinzufügen. Das höchste Lob, das einem Mann zuteil werden kann. Unter seinem Namen steht der Ehrentitel »Daddy«.

Vielleicht wird Sophie eines Tages sein Grab besuchen. Vielleicht wird sie dann dieses Wort sehen, sich an seine Liebe erinnern und ihm seine Fehler verzeihen. Eltern sind weiß Gott nicht perfekt. Aber wir versuchen unser Bestes.

Meinen Job bei der State Police musste ich natürlich aufgeben. Abgesehen davon, dass D. D. und Bobby mich noch immer im Verdacht haben, für den Tod von Shane Lyons und John Stephen Purcell verantwortlich zu sein, legt man mir Widerstand gegen die Staatsgewalt und Strafvereitelung zur Last, weil ich der Haft entflohen bin und einen Officer attackiert habe. Mein Anwalt verteidigt mich mit dem Hinweis darauf, dass ich unter größtem emotionalem Stress gehandelt hätte, da mein Kind von meinem Vorgesetzten entführt worden sei, und plädiert auf Freispruch. Cargill ist nach wie vor optimistisch, dass der Staatsanwalt mir allenfalls eine Bewährungsstrafe oder Hausarrest aufbrummen wird, allein schon deshalb, weil niemand Interesse daran haben kann, dass die State Police negative Schlagzeilen macht.

So oder so, meine Tage als Polizistin sind vorüber. Offen gesagt, bin ich einverstanden damit, dass eine Frau, die getan hat, was ich getan habe, nicht länger als bewaffnete Hüterin des Gesetzes auftritt. Ich weiß nicht, vielleicht stimmt irgendetwas nicht mit mir, vielleicht ist meine Hemmschwelle ein bisschen zu niedrig. Andere Mütter hätten in ver-

gleichbarer Lage die Hände gerungen und geweint; ich habe mich bis zu den Zähnen bewaffnet und die Entführer meiner Tochter zur Strecke gebracht.

Manchmal bekomme ich es mit der Angst zu tun, wenn ich in den Spiegel blicke. Mein Gesicht ist so hart, und selbst mir fällt auf, dass ich schon lange nicht mehr gelächelt habe. Männer meiden meine Gesellschaft. Auf der Straße oder in der U-Bahn kommt niemand auf die Idee, ein Gespräch mit mir anzufangen.

Bobby Dodge hat recht – einen Menschen zu töten verdient keinen Dank. Es ist allenfalls ein notwendiges Übel, teuer bezahlt, weil man seine Unschuld ein für alle Mal verliert und man zu einem Außenseiter der menschlichen Gesellschaft wird.

Aber Sie müssen kein Mitleid mit mir haben.

Ich arbeite inzwischen für eine Sicherheitsfirma und verdiene bei günstigeren Arbeitszeiten mehr Geld als auf Streife. Mein Boss hatte meine Geschichte in der Zeitung gelesen und mir ein Angebot gemacht. Er meint, meine strategischen Fähigkeiten seien beeindruckend. Für jemanden wie mich hätte er Verwendung. Ich wurde schon zweimal befördert.

Ich kann Sophie nun jeden Morgen zur Schule bringen, bevor ich meinen Dienst beginne. Mrs. Ennis holt sie um drei ab und passt auf sie auf, bis ich gegen sechs von der Arbeit komme. Wir essen gemeinsam zu Abend, und dann gehe ich mit Sophie nach Hause.

Gemeinsam erledigen wir den Haushalt und machen Schulaufgaben. Um neun gehen wir zu Bett. Wir teilen uns ein Zimmer. Selbst nach drei Monaten fällt es uns schwer, friedlich und entspannt einzuschlafen, schon gar nicht im Dunkeln.

Wir schmiegen uns aneinander, Gertrude zwischen uns.

Sophie legt gern ihren Kopf auf meine Schulter und spreizt ihre kleinen Finger auf meiner Handfläche.

»Ich liebe dich, Mommy«, sagt sie mir jede Nacht.

Und ich gebe ihr einen Kuss aufs Haar und sage: »Ich dich noch mehr, mein Schatz. Ich liebe dich noch mehr.«

ANMERKUNGEN UND DANKSAGUNGEN

Bei allem fälligen Respekt für Detective D. D. Warren muss ich gestehen, dass es mir, wenn ich einen neuen Roman beginne, weniger darum geht, vertrauten Figuren wiederzubegegnen und Zeit mit ihnen zu verbringen, als vielmehr um die Möglichkeit, auf neue, einfallsreiche Weise töten und Unheil stiften zu können. Glücklicherweise verbringe ich viel nützliche Zeit mit Experten der Strafverfolgung, die mich daran erinnern, dass sich Verbrechen nicht lohnt.

Für *Wer stirbt, entscheidest du* habe ich mir einen langgehegten Traum erfüllt und am anthropologischen Forschungsinstitut der Universität von Tennessee, bekannt als Body Farm, Recherchen vornehmen können. Dafür bin ich Dr. Lee Jantz von Herzen dankbar. Sie ist einer der klügsten Köpfe, die ich kenne, und hat einen der beeindruckendsten Jobs auf unserem Planeten. Legt man ihr einen Haufen verkohlter Knochen vor, hat sie innerhalb kürzester Zeit alle grundlegenden Daten der betreffenden Person ermittelt: Geschlecht, Alter, chronische Beschwerden bis hin zur Marke der verwendeten Zahnseide. Ich würde gern manche ihrer Fälle zu Krimis verarbeiten, fürchte aber, dass niemand ihre Geschichten glauben wird.

Lesern, die an so morbiden Dingen wie Verwesung, Überresten von Skeletten oder der Insektentätigkeit an Leichen interessiert sind, empfehle ich *Death's Acre* von Dr. Bill Bass, dem Gründer von Body Farm, und seinem Co-Autor Jon Jefferson. Auf meiner Facebook-Seite sind Fotos von meiner äußerst aufschlussreichen Forschungsreise zu sehen.

Oh, vielleicht sollte ich an dieser Stelle hinzufügen, dass Anthropologen studierte Fachleute sind, während ich mir nur Geschichten ausdenke, soll heißen: Alle Fehler in diesem Roman sind einzig und allein mir zuzuschreiben und nicht etwa Dr. Jantz. Ich bin schließlich nicht lebensmüde. Sie trägt nämlich ein T-Shirt mit der Aufschrift: *Don't piss me off – I'm running out of place to hide the bodies.*

Bedanken möchte ich mich auch bei Cassondra Murray von der Hundestaffel der Spezialeinheit für Rettung und Bergung in Kentucky für ihre Auskünfte über das Training von Leichenspürhunden und ihre ehrenamtliche Arbeit. Ich wusste bis dato nicht, dass die meisten Hundestaffeln, die zum Polizeieinsatz kommen, von gemeinnützigen Vereinen unterhalten werden. Diese Vereine und ihre Hunde leisten Erstaunliches; wir schulden ihnen für ihr außergewöhnliches Engagement unseren Dank.

Sollten mir in diesem Zusammenhang Fehler unterlaufen sein, muss wiederum allein ich dafür geradestehen.

Und nun zu Officer Penny Frechette sowie mehreren anderen Polizistinnen, die aber lieber ungenannt bleiben wollen. Ich bin diesen Frauen sehr dankbar für die Zeit, die sie mir geschenkt haben, für ihre Auskunftsbereitschaft und dafür, dass ich zum ersten Mal in einem Streifenwagen mitfahren durfte. War ich nervös! Penny überhaupt nicht. Für alle, die im Detail über unser Polizeiwesen Bescheid wissen, sei gesagt: Die Erfahrungen meiner Tessa Leoni sind nicht unbedingt repräsentativ für das Leben eines State Troopers. Unsere State Police ist eine sehr respektable Organisation, und ich danke ihr für die Geduld einer Krimiautorin gegenüber, die sich für ihre Geschichten viel Freiheiten herausnimmt.

Nervenaufreibend und von nachhaltiger Wirkung waren meine Erlebnisse an der Seite von Departmentsleiter Gerard Horgan Esquire und seinem Stellvertreter im Sheriffbüro von Suffolk County, mit denen ich einen spannenden Tag im Gefängnis von Suffolk County verbrachte. Ausgesprochen lehrreich (ich hätte keinen weiteren Tag hinter Gittern ausgehalten und werde auch in Zukunft krumme Dinger allenfalls auf Papier durchziehen).

Mein ganz besonderer Dank gilt Wayne Rock Esquire für seinen juristischen Rat und Einblicke in das BPD, die Polizei von Boston. Als Detective im Ruhestand hat mir Wayne auf alle meine Fragen geduldig geantwortet und schien am Ende auch nicht mehr entsetzt zu sein, wenn ich ein Anliegen vortrug mit Worten wie: *Ich will also diesen Kerl umbringen, ohne dass man mich dafür belangen könnte. Wie mache ich das am besten?* Vielen Dank, Wayne!

Dank schulde ich auch Scott Hale, einem Matrosen der Handelsmarine in dritter Generation, der mir ausführlich aus seinem Leben berichtet hat. Er half mir, obwohl er wusste, dass es einem seiner Leute an den Kragen geht. Vielen Dank, Scott!

C. J. Lyons, Ärztin und selbst Krimiautorin, verdanke ich medizinische Expertise. Mal ehrlich, wer würde auf eine E-Mail antworten, in deren Betreff steht: »Erbitte Rat in Sachen schwerer Körperverletzung.« Sie tat es. Vielen Dank, C. J.!

Mit Exkursionen in Gefängnisse oder unterhaltsamen Gesprächen mit Cops ist es natürlich nicht getan, wenn man einen Roman schreiben will. Darum möchte ich David J. Hallett und Scott C. Ferrari herzlich danken, die mit großzügigen Spenden an das Bostoner Tierheim das exklusive Recht erworben haben, die beiden Soft Coated Wheaten Terrier Skyler und Kelli in meinem Roman vorkommen zu lassen. Ich hoffe, Sie haben Spaß an deren Durchbruch als Stars. Und vielen Dank auch, dass Sie unser Tierheim unterstützen.

Apropos Stars. Glückwunsch an Heather Blood, der Gewinnerin des sechsten »Kill a Friend, Maim a Buddy Sweepstakes«-Wettbewerbs. Die Kanadierin Donna Watters siegte in der internationalen Ausgabe von »Kill a Friend, Maim a Mate«. Sie opferte ihre Schwester Kim Watters für einen großen Showdown. Ich hoffe, ihr erfreut euch an eurer literarischen Unsterblichkeit. Und wer an den Wettbewerben auch einmal teilnehmen möchte, sei eingeladen auf meiner Website www.LisaGardner.com.

Ohne meine Familie hätte ich all dies nicht zuwege gebracht. Mein kleiner Schatz wollte täglich wissen, ob das Mädchen schon gerettet sei, und mein ungemein geduldiger Mann hat sich schon so daran gewöhnt, dass ich mir eine Auszeit fürs Gefängnis nehme, dass er gar nicht mehr fragt, ob ich zu Hause sein werde. Das ist Liebe, glauben Sie mir.

Zum Schluss noch ein herzlicher Dank an das Team Gardner: meine hilfreiche Agentin Meg Ruley, meine hervorragende Lektorin Kate Miciak und das gesamte Verlagsteam von Random House. Wer weiß schon, wie viele talentierte und fleißige Mitarbeiter nötig sind, um einen Roman herzustellen? Allen und jedem einzelnen bin ich zu tiefem Dank verpflichtet. Sie haben mir den Rücken gestärkt und einen Traum möglich gemacht.

Ich widme das Buch dem liebenden Andenken an Onkel Darrell und Tante Donna Holloway, von denen ich zu lachen, zu lieben und Cribbage zu spielen gelernt habe.

Lisa Gardner

Der Tag, an dem du stirbst

Thriller

Aus dem Englischen von
Michael Windgassen

Weltbild

PROLOG

Das kleine Mädchen wachte auf, wie es ihm beigebracht worden war: schnell und leise. Es schnappte stumm nach Luft, weil es noch Nacht war, und richtete die Augen auf das angespannte Gesicht seiner Mutter.

»Pssst«, flüsterte die Mutter und legte einen Finger an die Lippen. »Sie kommen. Es ist Zeit, mein Kind. Steh auf.«

Die Kleine warf die Decke zur Seite und richtete sich auf. Die Winternacht war kalt. Im Mondschein sah sie ihren Atem Wölkchen bilden. Die Kleine war bereit. Sie und ihre Schwester schliefen immer vollständig angezogen mit mehreren Lagen T-Shirts, Pullovern und Mänteln, zu welcher Jahreszeit auch immer. Man konnte schließlich nicht wissen, wann *sie* kamen, um ihre Beute aus der warmen Geborgenheit ins Ungewisse zu entführen. Unvorbereitete Kinder würden vor Kälte und Angst vergehen.

Nicht so das kleine Mädchen und die Schwester. Sie hatten vorgesorgt. Seit sie gehen konnten, waren sie von ihrer Mutter darauf gedrillt worden zu überleben.

Das kleine Mädchen griff nach seinem Rucksack, der am Fußende des Bettes lag, schlang ihn sich über die Schultern und glitt mit den kleinen Füßen in die locker gebundenen Turnschuhe. Dann folgte es seiner Mutter auf den düsteren Flur. Vor dem Treppenabsatz blieb die Mutter stehen. Sie legte wieder den Finger auf die Lippen und spähte nach unten ins Dunkel.

Das kleine Mädchen war einen Schritt hinter der Mutter stehen geblieben und schaute zurück in den hinteren Teil des Flurs, wo die Schwester für gewöhnlich schlief. In der winzigen Mietwohnung hatte sie kein eigenes Bett, geschweige denn ein Zimmer für sich. Darum schlief sie auf dem Boden mit ihrem Mantel als Matratze und einem Rucksack als Kissen. Das gehöre sich so für einen guten Soldaten, sagte die Mutter.

Aber die Stelle vor der hinteren Wand war leer – keine Schwester, kein Mantel, kein ramponierter roter Rucksack. Das kleine Mädchen war jetzt hellwach. Es spürte einen ersten Anflug von Furcht und musste sich zusammenreißen, um nicht laut nach seiner Schwester zu rufen.

Die Mutter hatte sie darauf eingeschworen: Sie sollten sich umeinander keine Sorgen machen, sie sollten nicht aufeinander warten, sondern das Haus verlassen und in den Wald gehen. Auf dem schnellsten Weg. Und wenn sie in Sicherheit wären, würden sie am vereinbarten Treffpunkt wieder zusammenfinden. Vor allem aber käme es darauf an, das Haus zu verlassen und der Gefangennahme zu entgehen.

Aber wenn es nicht ...

Die Mutter hatte es immer wieder gesagt, mit verkniffenem Gesicht, das älter wirkte, als sie in Wirklichkeit war: Seid brav. Irgendwann muss jeder sterben.

Die Mutter des kleinen Mädchens schlich am äußersten Rand die Treppe hinunter, wo die Stufen nicht so laut knarrten. Der Saum des übergroßen Wollmantels strich ihr wie eine schwarze Katze um die Fußgelenke.

Das kleine Mädchen folgte der Mutter dichtauf, setzte seine Füße ebenso sorgfältig und lauschte ins Dunkel des tiefen Flurs. Das kleine, zweigeschossige Haus gehörte zu einem ehemaligen Bauernhof. Es lag weit außerhalb der Stadt an einer staubigen Schotterpiste auf einem braunen Fleckchen Land, an das sich ein dichter Wald anschloss. Mit den Nachbarn hatten sie keinen Kontakt, geschweige denn mit der Gemeinde.

Alles, was die Kleine besaß, trug sie nun auf dem Rücken. Ein paar Kleider, eine Flasche Wasser, Trockenfrüchte, Mandeln und ein abgegriffenes Kinderbuch mit einer Mädchen-Detektivgeschichte, das sie vor zwei Jahren in einer anderen Stadt am Straßenrand gefunden hatte, nachdem sie und ihre Schwester schon einmal mitten in der Nacht geweckt worden waren, um Hals über Kopf zu verschwinden.

Andere Kinder hatten wahrscheinlich Spielzeug. Puppen, Fernseher, Computer. Freunde. Schulkameraden.

Das kleine Mädchen hatte nur seinen Rucksack, die ältere Schwester und seine Mutter.

Unten im Parterre angekommen, hob die Mutter ihre Hand. Das kleine Mädchen blieb stehen. Es war still. Um die Stiefel der Mutter wirbelten silbrige Staubflöckchen.

Jetzt konnte die Kleine etwas hören, ein Rasseln, gefolgt von zwei Schlägen. Der alte Heizbrenner hatte die Kälte endlich registriert und war zum Leben erwacht. Wenig später kehrte die mitternächtliche Stille zurück. Das Mädchen spähte in die Dunkelheit. Es lauschte angestrengt. Dann, weil es keinen Hinweis auf Gefahr erkennen konnte, blickte es fragend zum bleichen Gesicht der Mutter auf.

Manchmal, so wusste die Kleine, flohen sie nicht vor den schrecklichen Übeltätern, der namenlosen Gefahr, die im nächtlichen Schatten lauerte.

Manchmal flohen sie, um nicht aus der Übung zu kommen, und weil dann die Zeit zum Arbeiten fehlte, kam kein Geld herein für Miete, Heizung oder Lebensmittel. Sie, die Übeltäter, kannten viele Wege, die Familie des kleinen Mädchens hungern und frieren zu lassen. Und dass sie sie nicht zur Ruhe kommen ließen, war das Schlimmste überhaupt.

Inzwischen konnte sich die Kleine so lautlos wie ein Schatten bewegen und im Dunkeln so scharf und deutlich sehen wie eine Katze. Es sei denn, ihr knurrte der Magen oder sie zitterte am ganzen Körper. Womöglich würde sie am Ende so hungrig sein, so durchgefroren oder so müde, dass sie ihre Familie im Stich lassen müsste.

Ihre Mutter schien zu ahnen, was sie dachte. Sie drehte sich halb zu ihr um und nahm sie an die Hand.

»Sei brav«, flüsterte die Mutter. »Kind ...«

Ihre Stimme brach ab. Dass sie Gefühle zeigte, was selten genug der Fall war, erschreckte die Kleine mehr als Dunkelheit, Kälte oder Stille. Sie klammerte sich an ihre Hand und spürte, dass sie nicht aus Übungszwecken das Haus verließen. Irgendetwas war geschehen.

Man hatte sie aufgestöbert. Es wurde ernst.

Die Mutter setzte sich wieder in Bewegung. Sie zog das kleine Mädchen durch die enge Küche. Der Mond schien durch die Fenster, deren Sprossen fingerdünne Schatten auf den schimmernden Boden warfen.

Die Kleine sträubte sich. Am liebsten hätte sie dem Irrsinn ein Ende gemacht. Sie wollte zurück nach oben laufen, sich unter der Bettdecke vergraben.

Oder zur Tür hinausstürmen. Dem Zuhause entfliehen, der ewigen Anspannung, den harten Gesichtszügen ihrer Mutter. Sie könnte zu dem alten weißen Haus auf der anderen Seite des Waldes rennen. Dort wohnte ein Junge. Manchmal beobachtete sie ihn heimlich, versteckt hinter einem dicken Eichenstamm. Zweimal hatte sie ihn dabei ertappt, dass er ihr mit nachdenklicher Miene nachschaute. Aber sie hatte nie ein Wort mit ihm gewechselt. Anständige Mädchen unterhielten sich nicht mit Jungen. Soldaten verkehrten nicht mit dem Feind.

SisSis. Sie konnte ohne ihre ältere Schwester nicht sein. Wo war sie?

»Irgendwann muss jeder sterben«, murmelte ihre Mutter. Mitten in der Küche war sie abrupt stehen geblieben. Sie schien das Mondlicht zu betrachten. Aber vielleicht lauschte sie auch nur.

Zum ersten Mal gab das kleine Mädchen einen Laut von sich. »Mommy ...«

»Still, Kind! Sie könnten vorm Haus sein. Hast du daran gedacht? Gleich dort. Draußen, neben dem Fenster. Mit dem Rücken zur Wand. Vielleicht hören sie jeden unserer Schritte. Sie malen sich wahrscheinlich aus, was sie mit uns anstellen werden, und sind schon ganz wild darauf.«

»Mommy ...«

»Wir sollten ihnen Feuer unterm Arsch machen. Die Wand abfackeln. Und hören, wie sie vor Wut schreien, wie aufgescheuchte Hühner umeinandertanzen.«

Die Mutter wandte sich plötzlich der Fensterfront zu. Der Mond schien ihr ins Gesicht und zeigte ihre großen dunklen Augen. Sie lächelte.

Das Mädchen wich zurück und zerrte sich von ihrer Hand los. Die Mutter aber packte wieder zu. Sie hatte etwas vor. Etwas Fürchterliches. Etwas Entsetzliches.

Etwas, das *denen* schaden sollte, in Wirklichkeit aber, wie das kleine Mädchen aus Erfahrung wusste, nur ihm und seiner großen Schwester weh tun würde.

Die Kleine wimmerte. »Mommy«, flehte sie und suchte in den großen dunklen Augen nach einem vertrauten Schimmer.

»Streichhölzer!«, sagte die Mutter, mit lauter Stimme jetzt. Sie klang fast ausgelassen, wie bei einer Geburtstagsparty, wenn es darum ging, die Kerzen auf dem Kuchen anzuzünden. Wie lustig! Wie schön.

Das kleine Mädchen wimmerte wieder. Es versuchte, sich von der Mutter zu lösen, und zerrte mit aller Kraft an ihrer Hand.

Aber es nützte nichts. Die Finger der Mutter waren in solchen Momenten wie Krallen. Der ganze Körper strahlte eine Kraft aus, gegen die nicht anzukommen war. Man musste ihr nachgeben.

Die Mutter riss die oberste Schublade des Küchenschranks auf. Mit der Linken hielt sie die Tochter am Arm gepackt, während sie mit der Rechten in der Schublade herumwühlte. Leuchtend weißes Plastikbesteck fiel auf den ausgetretenen Linoleumboden. Ihm folgten Ketchup-, Senf- und Croutontütchen, die sie im Schnellimbiss hatten mitgehen lassen und von denen das kleine Mädchen manchmal heimlich naschte, obwohl die Mutter glaubte, dass man von Hunger stärker werde. Das Mädchen spürte davon allerdings bloß Magenschmerzen, und so knabberte es Croutons, lutschte an den Ketchuptüten und stopfte sich die Taschen voll mit Senfbeutelchen für die Schwester, von der es wusste, dass sie ebenso hungrig war, aber nicht annähernd so leise durchs Haus schleichen konnte.

Sojasoße. Essstäbchen. Papierservietten. Feuchttücher. Die Mutter durchwühlte Schublade um Schublade und zerrte das kleine Mädchen hinter sich her.

»Mommy. Bitte, Mommy.«

»Aha!«

»Mommy!«

»Die Scheißkerle werden ihr blaues Wunder erleben!« Sie hielt ein Streichholzheftchen in der Hand. Silbern und mit frischer schwarzer Reibfläche.

»Mommy!«, jammerte das Mädchen verzweifelt. »Die Haustür. Gehen wir nach draußen. In den Wald. Wir sind schnell, wir können es schaffen.«

»Nein!«, erklärte seine Mutter entschieden. »Genau damit rechnen sie ja. Es sind bestimmt drei, sechs, ein Dutzend Männer, die draußen auf uns warten. So machen wir's. Wir stecken die Vorhänge in Brand. Wenn die Wand in Flammen aufgeht, nehmen sie Reißaus, die feigen Schweine.«

»Christine!«, schimpfte die Kleine und versuchte es mit einer anderen Taktik. Sie stellte die Füße auseinander und richtete sich zur vollen Größe ihres sechsjährigen Körpers auf. »Christine! Hör auf! Mit Streichhölzern spielt man nicht!«

Für einen Moment schien es, als zeigten ihre Worte Wirkung. Die Mutter zwinkerte mit den Augen, deren grelles Stechen ein wenig stumpfer wurde. Sie starrte ihre Tochter an und ließ den rechten Arm zur Seite herabfallen.

»Die Heizung ist ausgegangen«, erklärte die Kleine beherzt. »Ich kümmere mich darum. Geh du wieder ins Bett. Es ist alles in Ordnung. Geh ins Bett.«

Ihre Mutter starrte immer noch auf sie herab. Sie wirkte verwirrt, was besser war als verrückt. Die Kleine hielt die Luft an, hob das Kinn und warf sich in die Brust.

Von *denen* wusste sie nichts. Aber sie und ihre ältere Schwester hatten sich vorbereitet und strategisch geplant, wie sie sich selber schützen konnten. Manchmal ließen sie ihre Mutter gewähren. Aber es gab auch Zeiten, in denen es unumgänglich war, die Kontrolle zu übernehmen. Ehe die Mutter allzu weit ging. Ehe sie tatsächlich genötigt wären, um ihr Leben zu rennen, weil ihre Mutter im Widerstreit mit den Stimmen in ihrem Kopf das Unaussprechliche getan hätte.

Vor Jahren hatte die Kleine unter Albträumen gelitten. Sie hatte ein Baby schreien hören, unerträglich laut und quälend. Ihre Mutter, ruhiger damals, weicher und runder, war dann zu ihr gekommen, um sie zu trösten. Sie hatte dem kleinen Mädchen übers Haar gestrichen und mit ihrer traurigen, schönen Stimme von grünen Wiesen und sonnigen Himmeln und fernen Orten gesungen, an denen kleine Mädchen in großen, weichen Betten und mit vollen Bäuchen ruhig schliefen.

In solchen Momenten hatte das kleine Mädchen seine Mutter geliebt. Manchmal wünschte es sich, wie damals von Albträumen geplagt zu werden, nur um die Mutter wieder singen zu hören, um die sanften Fingerspitzen über seine Wangen streichen zu spüren.

Doch das kleine Mädchen und die ältere Schwester hatten keine Albträume mehr. Sie durchlebten sie stattdessen.

Der Junge aus den Wäldern. Vielleicht, wenn es sich von der Mutter losrisse und schnell genug liefe …

Die Kleine straffte die Schultern. Sie glaubte nicht wirklich daran, dass ein Junge sie retten könnte. So etwas hatte es noch nie gegeben. Und es würde auch nie geschehen.

»Christine, geh ins Bett«, befahl das kleine Mädchen.

Die Mutter rührte sich nicht vom Fleck. Sie gab den Arm des kleinen Mädchens zwar frei, behielt aber das Streichholzheftchen in der Hand. »Tut mir leid, Abby«, sagte sie.

Mit sanfter Stimme wiederholte das kleine Mädchen: »Geh ins Bett. Keine Sorge. Ich helfe dir.«

»Zu spät.« Die Mutter blieb unbewegt. Ihre Stimme war ruhig, traurig. »Du weißt nicht, was ich getan habe.«

»Mommy …«

»Ich musste es tun. Irgendwann wirst du es verstehen, mein Kind. Mir blieb keine andere Wahl.«

»Mommy …«

Das kleine Mädchen streckte eine Hand aus. Aber es war zu spät. Die Mutter hatte sich schon in Bewegung gesetzt. Sie sprang auf die gelben Gardinen zu. Das Streichholzheftchen flappte auf. Das erste Streichholz löste sich aus seinem Pappgefängnis.

»Nein, nein, nein!« Das kleine Mädchen zerrte am übergroßen Mantel der Mutter und versuchte, sie zurückzuhalten. Sie wirbelten durch das Mondlicht und durch lange, zitternde Schatten. Die Mutter aber war größer, schneller und stärker, angefeuert von ihrem Wahn, während sich das kleine Mädchen nur auf den Mut der Verzweiflung stützen konnte.

Das erste Streichholz loderte auf. Die Flamme leuchtete im Dunkeln wunderschön orangefarben.

Die Mutter hielt einen Moment inne, um zu bewundern, was sie zustande gebracht hatte.

»Großartig, nicht wahr?«, flüsterte sie.

Dann warf sie das brennende Streichholz in die wallende Gardine. In diesem Augenblick trat die ältere Schwester des kleinen Mädchens aus dem Schatten des Wohnzimmers und schlug der Mutter eine Tischleuchte aus Messing auf den Hinterkopf.

Die Mutter taumelte. Blickte auf. SisSis schlug ein zweites Mal zu und traf die linke Schläfe. Die Mutter stürzte wie ein Baum.

Die alte Lampe fiel klappernd neben ihr auf den Boden, während der Gardinensaum leise fauchend Feuer fing.

Das kleine Mädchen war gleich zur Stelle. Es schlug mit bloßen Händen auf die Flammen ein, verschmierte Ruß auf der dreckigen Wand, bis das Feuer gelöscht war und ihre Hände verbrannt.

Keuchend wandte es sich der Schwester zu. Sie standen sich zu beiden Seiten der am Boden liegenden Mutter gegenüber. Die ältere Schwester blickte auf das kleine Mädchen herab.

»Wo warst du?«, fragte das kleine Mädchen.

Die Schwester antwortete nicht. Stattdessen blickte sie seitlich an sich herab. Erst jetzt bemerkte das kleine Mädchen, dass sich auf dem grauen Nylon des Wintermantels der Schwester ein dunkler Fleck ausbreitete.

»SisSis?«

Das kleine Mädchen legte der Schwester seine Hand auf die Seite und spreizte die Finger über dem dunklen Nass, das aus dem Grau hervorquoll und das Mondlicht aus dem Zimmer stahl.

Das kleine Mädchen wusste jetzt, warum es die Schwester nicht oben im Flur angetroffen hatte. Sie war als Erste von der Mutter geweckt und nach unten gebracht worden, auf Geheiß der Stimmen, die ihr zugeflüstert hatten, was sie mit der älteren Tochter tun sollte.

Das kleine Mädchen sagte nichts mehr. Es streckte die Hand aus. Die Schwester ergriff sie, wankte und knickte in den Knien ein. Das kleine Mädchen sackte mit ihr auf den klebrigen Küchenboden. Sie hielten sich, die Arme über der Mutter ausgestreckt, bei der Hand. Wie oft waren sie schon gemeinsam in diese Küche geschlichen, um zu naschen, was sie vor ihrer Mutter geheim gehalten hatten, oder um einfach nur zusammen zu sein, weil in einem Krieg jeder einen Verbündeten braucht.

Das kleine Mädchen war nicht dumm. Es wusste, dass seine Mutter der älteren Schwester noch häufiger und schlimmer weh tat. Es wusste, dass SisSis solche Strafen erduldete, weil irgendjemand dafür büßen musste, wenn die Mutter in eine ihrer Stimmungen verfiel. Und so war SisSis der brave, tapfere Soldat, der sich schützend vor die kleine Schwester stellte.

»Tut mir leid«, flüsterte SisSis jetzt. Eine kurze Formel der Entschuldigung.

»Bitte, SisSis, bitte«, bettelte das kleine Mädchen. »Lass mich nicht allein. Ich rufe die Nummer neun-eins-eins. Es wird Hilfe kommen. Warte. Warte auf mich.«

Die ältere Schwester drückte ihre Hand noch fester. »Ist schon okay.« Sie schnappte in kleinen hastigen Zügen nach Luft. »Irgendwann muss jeder sterben, oder? Sei brav. Ich liebe dich. Sei tapfer ...«

Die Hand der älteren Schwester wurde schwach und fiel zu Boden. Das kleine Mädchen sprang auf und eilte zum Telefon, um neun-eins-eins zu wählen, wie es ihm die ältere Schwester beigebracht hatte für den Fall, von dem sie wussten, dass er eines Tages eintreffen würde. Aber dass es schon so bald sein würde, hatten sie nicht geahnt.

Die Kleine gab den Namen der Mutter und die Adresse durch. Sie bat darum, einen Krankenwagen zu schicken. Sie sprach deutlich und unaufgeregt. Auch das war so eingeübt worden. Gemeinsam mit der älteren Schwester hatte sie sich vorbereitet und strategisch geplant.

Ihre Mutter hatte auch ihre hellen Momente gehabt. Irgendwann musste jeder sterben, und es war durchaus ratsam, tapfer und brav zu sein.

Die Kleine legte den Hörer auf die Gabel zurück und eilte zur Schwester. Aber als sie bei ihr war, brauchte SisSis sie nicht mehr. Ihre Augen waren geschlossen, und nichts, was das kleine Mädchen auch anstellte, öffnete sie wieder.

Ihre Mutter rührte sich.

Die Kleine bemerkte es und richtete den Blick auf die alte Tischleuchte aus Messing.

Sie hob sie vom Boden auf und sah das silberne Mondlicht auf der stumpfen Oberfläche schimmern.

Ihre Mutter stöhnte und kam langsam zur Besinnung.

Das kleine Mädchen dachte an Wiegenlieder und Streichhölzer. Es erinnerte sich an zarte Umarmungen und Nächte voller Hunger, an die ältere Schwester, die es von ganzem Herzen geliebt hatte. Das kleine Mädchen hob die dünnen Arme mit der schirmlosen Lampe hoch über den Kopf, stellte sich vor die Mutter und holte aus zu einem letzten Schlag.

1. KAPITEL

Mein Name ist Charlene Rosalind Carter Grant.

Ich wohne in Boston, arbeite in Boston und werde aller Wahrscheinlichkeit nach in vier Tagen in dieser Stadt sterben.

Ich bin achtundzwanzig Jahre alt.

Zum Sterben eigentlich viel zu jung.

Es fing an vor zwei Jahren mit dem Mord an Randi Menke, meiner besten Freundin aus Providence. Sie wurde in ihrem Wohnzimmer erdrosselt. Hinweise auf Kampfhandlungen oder Spuren gewaltsamen Eindringens gab es nicht. Die Polizei von Rhode Island hatte für eine Weile ihren Ex in Verdacht, von dem es hieß, dass er zu gewalttätigen Übergriffen neigte. Darüber aber hatte Randi nie ein Wort verloren, weder mir noch unserer gemeinsamen Freundin Jackie gegenüber. Jackie und ich hatten uns damit zu trösten versucht, als wir heulend auf Randis Beerdigung standen. Wir hatten keine Ahnung gehabt. Hätten wir etwas gewusst, hätten wir auch etwas getan. Irgendetwas.

Das redeten wir uns ein.

Schnellvorlauf um ein Jahr. 21. Januar. Der Todestag. Ich bin zu Hause bei Tante Nancy in den Bergen im Norden von New Hampshire. Jackie sitzt wieder auf ihrem Chefsessel bei Coca-Cola in Atlanta. Sie will an Randis Ermordung nicht erinnert werden. Zu morbide, sagt sie. Später, im Sommer, wollen wir uns treffen und Randis Geburtstag feiern. Wir wollen den Mount Washington mit einer Flasche Single Malt im Rucksack besteigen, auf unsere Freundin anstoßen, ein paar Tränen vergießen und die Nacht in einer AMC-Hütte am Lake of the Clouds verbringen.

Trotzdem rufe ich Jackie am Einundzwanzigsten an. Daran führt kein Weg vorbei. Aber sie antwortet nicht, weder zu Hause noch im Büro oder über ihr Mobiltelefon.

Als sie am Morgen nicht an ihrem Arbeitsplatz erscheint, gibt die Polizei meinen Bitten nach und schaut bei ihr vorbei.

Keine Hinweise auf Kampfhandlungen, wird es später im Polizeibericht heißen. Keine Spuren gewaltsamen Eindringens. Nur eine weibliche Person, am 21. Januar in ihrem Haus stranguliert.

Zwei beste Freundinnen, beides Mordopfer, getötet am selben Tag im Abstand eines Jahres, rund tausend Meilen voneinander entfernt.

Die Polizei vor Ort ermittelte. Sogar das FBI schaltete sich kurz ein. Sie konnten keine Verbindung zwischen den beiden Mordfällen herstellen, ja, sie konnten überhaupt nichts finden, was zur Aufklärung beigetragen hätte.

Pech, sagte mir einer der ermittelnden Beamten. Einfach Pech.

Heute ist der 17. Januar des zweiten Jahres.

Welches Pech erwartet mich wohl am Einundzwanzigsten? Was würden Sie an meiner Stelle tun?

Ich lernte Randi und Jackie im Alter von acht Jahren kennen. Nach jenem letzten Vorfall mit meiner Mutter lebte ich bei meiner Tante Nancy im Hinterland von New Hampshire. Sie hatte mich aus einem Krankenhaus im Norden von New York geholt. Zwei Verwandte, zwei Fremde, die sich zum ersten Mal begegneten. Tante Nancy schaute mir ins Gesicht und fing an zu weinen.

»Ich wusste von nichts«, sagte sie mir an diesem ersten Tag. »Glaub mir, Kind, ich hatte keine Ahnung. Sonst hätte ich dich schon vor Jahren zu mir genommen.«

Ich weinte nicht. Sah keinen Grund für Tränen und war mir auch nicht im Klaren darüber, ob ich ihr glauben konnte. Wenn ich mit dieser Frau leben sollte, würde ich eben mit dieser Frau leben. Wo sonst hätte ich unterkommen können?

Tante Nancy führte ein Bed & Breakfast in einer kleinen Ortschaft im Mount Washington Valley, wo reiche Bostoner und privilegierte New Yorker im Winter Ski fuhren, im Sommer wandern gingen und im Herbst die bunten Wälder bewunderten. Sie hatte eine Aushilfskraft, die stundenweise einsprang, machte aber fast alles allein: Gäste in Empfang nehmen, Zimmer putzen, Tee aufsetzen, Frühstück vorbereiten, Auskünfte erteilen und all die vielen anderen kleinen Dienstleistungen, die mit der Gastwirtschaft einhergingen. Als ich zu ihr zog, wischte ich Staub und saugte Teppiche. Ich verbrachte Stunden damit und liebte den Geruch der Reinigungsmittel. Ich liebte es, frisch poliertes Holz zu berühren. Es gefiel mir, den Boden zu schrubben, immer und immer wieder, sodass er jedes Mal hübsch, frisch und wie neu aussah.

Saubermachen bedeutete Kontrolle ausüben. Saubermachen hielt die Schatten auf Abstand.

Am ersten Schultag begleitete mich Tante Nancy auf dem Weg zur Schule. Ich trug brandneue Sachen einschließlich der schwarzen Mary-Janes-Schuhe, die ich ein halbes Jahr lang fast zwanghaft polierte. Ich kam mir sehr auffällig vor. Viel zu neu. Wie gerade erst ausgepackt.

An das Dorfleben musste ich mich noch gewöhnen. Nachbarn, wohin ich schaute. Leute, die Blickkontakt aufnahmen und lächelten.

»Dein Teeservice ist angelaufen«, informierte ich meine Tante, kurz bevor wir das Schulgebäude erreichten. »Ich gehe nach Hause und mache es wieder richtig sauber.«

»Du bist ein seltsames Kind, Charlene.«

Ich blieb stehen und fuhr mir mit der Hand über die Narbe, die manchmal noch juckte. Ich hatte mehrere Narben: eine, fein wie ein Spinnennetz, auf dem linken Handrücken, ganz zu schweigen von der hässlichen Operationsnarbe am rechten Ellbogen und den Brandnarben am rechten Oberschenkel. Ich war mir ziemlich sicher, dass andere Kinder keine solchen Makel hatten. Ich war mir ziemlich sicher, andere Mütter »liebten« ihre Kinder nicht annähernd so sehr, wie es meine Mutter zu tun geschworen hatte. »Ich will nicht dahin.«

Auch meine Tante war stehen geblieben. »Charlie, es ist Zeit. Ich will, dass du jetzt durch diese Tür gehst. Mit hoch erhobenem Kopf.

Du bist das tapferste, zäheste kleine Mädchen, das ich kenne, und ich will, dass du das weißt. Hörst du? Keines der anderen Kinder wird etwas gegen dich haben.«

Ich gehorchte meiner Tante und betrat das Schulgebäude. Mit hoch erhobenem Kopf. Im Klassenzimmer nahm ich auf der hintersten Bank Platz. Links saß ein kleines Mädchen; es wandte sich mir zu und sagte: »Hi, ich bin Jackie.« Und das Mädchen auf der rechten sagte: »Hi, ich bin Randi.«

Und plötzlich hatte ich zwei Freundinnen.

Trotzdem habe ich ihnen nie etwas gesagt.

Sie wissen, was ich meine, oder?

Dass man selbst den besten und allerliebsten Freundinnen, mit denen man lacht und weint, denen man sonst jeden Quatsch anvertraut, sei es die erste Schwärmerei oder den finalen Herzschmerz – dass man selbst denen nicht wirklich *alles* sagt.

Selbst den besten Freundinnen gegenüber hat man Geheimnisse.

Lassen Sie sich das von mir gesagt sein, von mir, die während der vergangenen zwei Jahre das meiste über unsere Geheimnisse am eigenen Leib erfahren hat und immer noch lebt.

Wir entwuchsen unserer Kindheit gemeinsam. Stromerten im Sommer durch die Wälder, wo wir aus abgefallenen Ästen Baumbuden bauten und kleine Gelage mit Eichelsuppe und Kiefernzapfenparfait feierten. An Bächen ließen wir Bötchen aus Laub um die Wette treiben. Wir entdeckten versteckte Wasserlöcher, in denen wir schwimmen konnten. Mobiltelefone gab es nicht, also knüpften wir Konservendosen mit Schnüren aneinander.

Abends und morgens half ich Tante Nancy im Haushalt. Aber die Nachmittage hatte ich für mich. Ich verbrachte jede freie Minute mit meinen beiden besten Freundinnen. Schon damals war Jackie diejenige, die unsere Unternehmungen organisierte. Sie wollte immer alles planen und hätte wohl auch Marketingstrategien entworfen oder auf zukünftige Spieloptionen spekuliert, wenn wir sie gelassen hätten. Randi war ruhiger. Sie hatte wunderschöne weizenblonde Haare, die sie hinter die Ohren strich. Am liebsten spielte sie in der Baumbude, die sie unermüdlich aufräumte und mit Beeren und Blättern so hübsch dekorierte, dass man sich darin wie zu Hause fühlen konnte.

Ich machte Tante Nancy auf die Fähigkeiten meiner Freundin aufmerksam, und während unserer High-School-Jahre half Randi an den Wochenenden in der Pension, wo sie für Dekoration und Blumenschmuck sorgte. Jackie kam auch manchmal. Sie richtete der Tante den ersten Computer ein und machte sie, als die Zeit gekommen war, mit dem Internet vertraut.

Ich hatte weder Jackies Temperament noch Randis Kunstsinn, verstand mich selbst als Bindeglied und tat, was sie wollten. Wenn sie ein neues Hobby für sich entdeckten, nahm auch ich es an. Ich hatte schon früh gelernt zu parieren und parierte, so gut es ging.

Aber wie gesagt, ich liebte sie. Meine ersten Jahre hatte ich im Dunkeln verbracht; dann kam ich in die Berge von New Hampshire und ans Licht. Randi und Jackie lachten. Sie fragten mich nach meiner Meinung, lobten mich, wenn mir etwas gelang, und lächelten mir zu, wenn ich ihnen entgegenkam.

Mir gefiel, was wir taten. Ich wollte einfach nur mit ihnen zusammen sein.

Kinder einer kleinen Ortschaft hegen irgendwann unweigerlich Großstadtträume. Jackie zählte die Tage bis zum Schulabschluss. Sie hatte genug von neugierigen Nachbarn, dem Volkstheater und einer Poststelle, die vor allem als Umschlagplatz für die neuesten Klatschgeschichten diente. Sie wollte in Boston studieren, die Großstadt auf den Kopf stellen und ein glamouröses Leben führen.

Auf ihre stille Art stellte Randi unsere Freundin noch in den Schatten. An einem verschneiten Wochenende im Januar lernte sie auf der Skipiste einen Medizinstudenten von der Brown University kennen. Sie heirateten am 1. Juli, zwei Wochen nach unserer Schulabschlussfeier. Randi packte ihre Kindheit in vier Pappkartons und fuhr nach Providence, um sich für den Rest ihrer Tage als Arztgattin zu bescheiden.

Jackie bekam ein Stipendium. Sie verließ unseren Ort im September, und nach zehn gemeinsamen Jahren wusste ich zum ersten Mal nichts mit mir anzufangen. Ich zog Tante Nancys Parkettboden ab und lackierte ihn neu. Dampfbügelte die Vorhänge. Shampoonierte das gesamte Mobiliar. Ordnete die Bücher in den Regalen.

Ende September nahm mich Tante Nancy beiseite.

»Geh«, sagte sie sanft und bestimmt. »Breite deine Flügel aus, und dann, wenn du bereit bist, komm zu mir zurück.«

Ich landete in Arvada, Colorado. An der Seite eines Typen, dem ich nie hätte folgen sollen. Ich tat Dinge, von denen Tante Nancy besser nie etwas erfährt, und machte die kummervolle Erfahrung, dass man nicht immer nur parieren sollte. Früher oder später muss man eigene Wege finden, unabhängig von der geliebten Tante und den beiden besten Freundinnen.

Nachdem die Beziehung in die Brüche gegangen war, beschloss ich, nicht mit eingezogenem Schwanz nach Hause zurückzukehren, und bewarb mich als Telefonistin in der Notrufzentrale. Was mich am meisten daran reizte, war die Tatsache, dass ich dafür keinen Collegeabschluss brauchte, nur flinke Finger und ein schnelles Reaktionsvermögen. Weil das so ziemlich die einzigen Fähigkeiten waren, die ich besaß, ließ ich es auf einen Versuch ankommen. Für dreißigtausend Dollar im Jahr machte ich jede Menge Überstunden, gab die Hoffnung auf ein Privatleben auf und fand tatsächlich zu einer Art Berufung.

Ich arbeitete in einer Leitstelle mit zweiundzwanzig Telefonanschlüssen, vier Funkgeräten und fast zweihunderttausend Anrufen pro Jahr. Wer nach Polizei, Feuerwehr, Notärzten oder Tierfängern verlangte, meldete sich bei uns. Wir leiteten die Hilferufe an einen Notarzt, die Feuerwehr oder an eine übergeordnete Leitstelle weiter, kümmerten uns aber selbst um die Sache, wenn Hundefänger oder Polizei gefragt waren, wenn man uns verarschen wollte, wenn man aus dem, was gesagt wurde, nicht schlau werden konnte oder wenn jemand tatsächlich in Panik und hysterisch war. Und die Palette der Anrufe war ziemlich breit.

Ich hatte einmal Dienst, als meine Kollegin einer Frau das Leben rettete, indem sie ihr riet, so laut zu schreien, wie sie nur konnte. Und sie schrie tatsächlich, bis die Einbrecher in ihrem Haus die Nerven verloren und Reißaus nahmen. Ein anderes Mal ließ sich meine Kollegin von einem Mädchen das Auto beschreiben, von dem es angefahren worden war. Die junge Frau starb am Unfallort, ehe die Polizei zur Stelle war, aber dank ihrer aufgezeichneten Aussage konnte der flüchtige Fahrer ermittelt und eingelocht werden. Manchmal weinte ich mit denen, die anriefen; manchmal schrie ich mit ihnen. Einem fünfjährigen Jungen, der sich in einem Wandschrank versteckt hielt, während seine Eltern Porzellan zerschlugen und sich Beleidigungen an den Kopf warfen, sang ich einmal ein Wiegenlied.

Was aus der Sache geworden ist, weiß ich nicht. Aber an den Jungen denke ich manchmal immer noch. Häufiger, als mir lieb ist.

Nach sechs Jahren verließ ich Arvada und kehrte in die Berge zurück. Ich hatte, glaube ich, ziemlich abgenommen. Ich glaube, ich sah nicht gerade gut aus.

»Oh, Charlene Rosalind Carter Grant«, murmelte Tante Nancy, als sie mich in der Ankunftshalle in Empfang nahm.

Sie drückte mich an ihren Busen, und ich fing an zu weinen.

Meine Tante hatte recht gehabt: Ich musste weggehen, um zurückkehren zu können. Und ich fühlte mich willkommen unter den Menschen am Ort, die mir offen ins Gesicht schauten und mir zulächelten. Tante Nancy war meine Familie, und diese kleine Stadt war endlich auch mein Zuhause.

Ich hatte nicht vor, wieder wegzugehen. Aber ich fürchte, irgendjemand hat andere Pläne mit mir.

Bei Randis Beerdigung spürte ich nichts von Gefahr. Meine Freundin aus der Kindheit war tot, und je mehr Jackie und ich über ihren widerlichen Ex erfuhren, desto überzeugter waren wir zu wissen, wer sie auf dem Gewissen hatte. Dass keine Anklage gegen ihn erhoben wurde, änderte nichts daran, dass wir ihn für den Täter hielten. Er war schließlich Arzt. Und Ärzte hatten zumindest Grundkenntnisse in Pathologie und waren schlau genug, keine Spuren zu hinterlassen. Außerdem war Randi ein weichherziger Mensch gewesen. Wir konnten uns nur allzu gut vorstellen, dass sie ihrem Ex freiwillig die Tür aufgemacht hatte, obwohl sie es eigentlich besser wusste.

Ich führte ein paar Gespräche mit der Polizei von Providence und versuchte, unsere Sichtweise zu erläutern. Jackie beauftragte einen Privatdetektiv aus Oregon, einen ehemaligen FBI-Agenten, den Tatort zu analysieren. Aber alle unsere Bemühungen gingen ins Leere.

Dann, ein Jahr später, Jackie ... Sie wohnte im Zentrum Atlantas, war großstadterfahren, als Topmanagerin mit allen Wassern gewaschen und in gewisser Weise vorgewarnt. Wen hatte sie so spät zu sich ins Haus gelassen? Wer hatte Gelegenheit gehabt, sie in ihrem eigenen Wohnzimmer still und heimlich zu erwürgen, ohne auf Gegenwehr zu stoßen?

Mit Sicherheit nicht Randis Exgatte.

Der gewalttätige Arzt mochte es am Ende also doch nicht gewesen sein. Vielleicht war es jemand anders.

Jemand, der auch mich kannte. Denn Randi und Jackie waren nicht einzeln zu haben. Seit zehn Jahren wurden in unserer Stadt Randi, Jackie und Charlie in einem Atemzug genannt. Wir waren eine Einheit. Ein Dreierpack. Alle für eine, eine für alle.

Bedeuteten die Morde an meinen Freundinnen, dass es jetzt auch mir als der Letzten der drei an den Kragen gehen sollte?

Anders als bei Randis Beerdigung stand ich stumm vor Jackies Sarg aus Kirschholz, konnte nicht eine Träne weinen und schaute mich unter den Trauergästen in der kleinen, geschmackvoll im viktorianischen Stil eingerichteten Aufbewahrungshalle um. Ich blickte in die Gesichter meiner trauernden Nachbarn, Gemeindemitglieder und Freunde.

Ich fragte mich, ob sich gerade jemand hier im Saal aufhielt, der die Tage bis zum 21. Januar zählte. Und wenn ja, warum und wozu?

Wer mochte es sein? So viele Fragen. Für die Antworten blieben mir 362 Tage Zeit.

Um 21:00 Uhr war die Trauerfeier beendet. Eine Viertelstunde später saß ich in meinem Auto. Im Kofferraum lag mein Gepäck, und auf der Wange spürte ich noch Tante Nancys trockenen Abschiedskuss.

Ich fuhr nach Boston. Ich kehrte meiner Tante, meinem Zuhause, den Bergen und den einzig schönen Tagen meines Lebens den Rücken, ließ den Wagen irgendwo stehen und warf mein Handy weg. Ich hoffte, wie man so sagt, auf das Beste und machte mich auf das Schlimmste gefasst.

Das ist also, was ich in dieser Sache unternehme. Ich hoffe, die Polizei tut ihre Pflicht und schnappt das Monster, das meine besten Freundinnen getötet hat. Gleichzeitig bereite ich mich auf den 21. Januar vor, wenn abends gegen acht, wie es die Polizei in den beiden anderen Fällen rekonstruiert hat, irgendjemand bei mir anklopft. Denn da von den dreien erst die eine, dann die andere sterben musste, wird jetzt wohl die dritte an der Reihe sein.

Ich habe keine Freunde mehr. Bekanntschaften pflege ich nicht. Ich wohne in Cambridge, wo ich bei einer alleinstehenden Witwe, die Geld braucht, ein Zimmer angemietet habe. Mein Geld verdiene ich als Telefonistin einer dreißigköpfigen Polizeidienststelle außerhalb Bostons. Ich arbeite nachts und schlafe vormittags.

Viermal in der Woche laufe ich zehn Meilen. Ich nehme an Schießübungen teil. Ich boxe, stemme Gewichte. Ich bereite mich vor und plane strategisch.

In vier Tagen, so muss ich fürchten, wird mich jemand zu töten versuchen.

Aber so leicht werde ich es diesem Dreckskerl nicht machen.

2. KAPITEL

Sergeant Detective D. D. Warren von der Bostoner Polizei wurde mit dem Fall betraut und war darüber nicht sonderlich glücklich.

Aber das kannte sie längst. Als geborener Workaholic lebte D. D. für ihren Job. Nichts gefiel ihr besser als ein hochkarätiger Mordfall, der endlose Nächte kalter Pizzas mit sich brachte, während sie und ihr Team rund um die Uhr den Täter jagten.

Außerdem war sie seit kurzem Mutter, und Baby Jack erwies sich als ebenso schlafgestört wie seine Mutter. Ob er schon zahnte? Mit zehn Wochen wahrscheinlich noch nicht. Koliken? Vielleicht. Babys kamen leider nicht mit einer Bedienungsanleitung zur Welt. Vergangene Nacht hatte D. D. ihn in den Schlaf zu singen versucht. Er weinte umso heftiger. Sie wiegte ihn und weinte mit. Gegen vier schliefen sie beide gemeinsam ein. Um sechs ging der Wecker. Doch an den zwei Stunden Schlaf lag es nicht, dass D. D. so schlecht gelaunt war.

Zugegeben, ihr Leben hatte eine schroffe Wendung genommen. Nach dem Schock der unerwarteten Schwangerschaft mit vierzig hatte sie sich für die vage Aussicht auf ein häusliches Glück an der Seite des Kindsvaters entschieden. Sie hatte ihre Eigentumswohnung in North End verkauft, sich von den wenigen, über Jahre zusammengekauften Möbeln getrennt und war in Alex' winzig kleine Vorstadtranch umgezogen. Er hatte ihr großzügigerweise den Wandschrank freigeräumt. Sie gab sich Mühe, ihm im Bett nicht immer die Decke streitig zu machen. Beide liebten die Arbeit im Garten.

Alex war hilfsbereit, fürsorglich und als Tatortanalyst, der an der Polizeiakademie unterrichtete, klug genug, ihr für ihren Job genügend Freiraum zu lassen. In der vorvergangenen Nacht hatte er sich stundenlang um den Kleinen gekümmert. Alex war definitiv nicht der Grund für ihre schlechte Laune.

Nach dem achtwöchigen Mutterschaftsurlaub und zwei Wochen langweiliger Büroarbeit war dies der erste größere Fall, den man ihr zugewiesen hatte, und endlich wieder im Außendienst arbeiten zu können war verlockend, also auch kein Grund.

Wie auch immer, sie wollte nicht darüber reden. Sie wollte einfach nur, dass anderen ihre miese Stimmung nicht verborgen blieb.

D. D. drängte sich durch die Menge der Gaffer am Straßenrand und zeigte dem uniformierten Kollegen, der vor dem Absperrband postiert war, ihre Marke. Routiniert trug er ihren Namen und ihre Kennnummer in seine Kladde ein. Daraufhin duckte sie sich unter dem gelben Band hindurch, schlüpfte mit den Schuhen in Plastikgamaschen, streifte sich ein Haarnetz über und stieg über abgetretene Holzstufen in das graue Mietshaus.

Der Tatort befand sich im ersten Obergeschoss: eine Einzimmerwohnung der untersten Kategorie. Das Opfer war eine männliche Person um die vierzig und, wie D. D. vermutete, der einzige Weiße im Umkreis mehrerer Blocks. Anscheinend hatte er allein gelebt. Nachbarn hatten die Polizei alarmiert und sich über den Gestank beschwert, der aus der Wohnung drang.

D. D. verabscheute solche Mietshäuser. Vier feuchte Wände, Lecks an der Decke und zugige Fenster – so sah für sie Verzweiflung aus. Sie verabscheute die schmierigen Typen, die ihr frivole Blicke zuwarfen und so fertig mit der Welt waren, dass sich selbst ein Bostoner Cop angewidert von ihnen abwandte. Leid taten ihr die eingefallenen achtzigjährigen Großmütter, die mit schweren Einkaufstaschen drei Etagen hochklettern mussten in Verschläge, die im Winter bitterkalt und im Sommer unerträglich heiß waren. Und das nackte Grauen packte sie bei den verwahrlosten Kindern, die im Alter von vier, fünf, sechs Jahren schon gelernt hatten, allen anderen, vor allem Polizisten, zu misstrauen.

Prekariat. Abgeschriebene Randgruppen. Egal, wie man solche Schichten nannte – solange es sie gab, sah sich D. D. daran erinnert, dass ihre Arbeit in vielerlei Hinsicht zu kurz griff.

Im vorliegenden Fall handelte es sich eindeutig um vorsätzliche

Tötung. D. D. und ihr Team würden Ermittlungen aufnehmen müssen. Und für alle anderen in diesem Haus würde das Leben morgen genauso beschissen sein wie heute.

Sergeant Detective D. D. Warren hatte schlechte Laune. Aber über das Warum wollte sie nicht reden.

Ihr Teamkollege Neil erwartete sie auf dem Treppenabsatz. Er war gerade zweiunddreißig, schlaksig und hatte einen roten Haarschopf. Neil hatte als Sanitäter gearbeitet, bevor er beim Bostoner Police Department landete, und war deshalb der Mann für alle blutigen Fälle. Er hielt sich gerade ein Taschentuch vor Mund und Nase, was nichts Gutes verhieß.

Als er ihre Miene registrierte, zuckte er ein wenig zusammen.

»Das Baby?«, fragte er vorsichtig.

»Hat nichts mit meiner Laune zu tun«, schnappte sie.

Er stutzte. »Ist es wegen Alex?«

»Herrje ...« Sie liebte ihr Team, und ihr Team liebte sie. Aber die Kollegen glaubten wohl, Alex müsse ein Heiliger sein, wenn er es aushielt, mit ihr zusammenzuleben. »Hat nichts mit meiner Laune zu tun.«

»Geh da nicht rein«, sagte Neil unvermittelt. »Ich meine, der Geruch und – und so weiter ...« Er stockte. Ihr warnender Blick verschloss ihm den Mund.

»Meine Eltern kommen!«, platzte es aus D. D. heraus.

»Du hast Eltern?«

Sie verdrehte die Augen. »Florida«, murmelte sie. »Sie leben in Florida. Spielen Golf und Bridge, eben das, was ältere Herrschaften so tun. Sie sind gern in Florida. Und ich bin verdammt froh, dass sie da wohnen. Denn dass ich jetzt ein Kind habe, ist kein Grund, alles durcheinanderzubringen.«

Neil nickte und wartete. Da sie offenbar nichts mehr sagen wollte, beugte er sich ein wenig vor. »Haben deine Eltern Namen?«

»Patsy und Roy.«

»Oh. Gratuliere. Können wir uns jetzt dem Mordopfer zuwenden?«

»Endlich. Was liegt an?«

»Zwei Kopfschüsse. Tatzeit wahrscheinlich vor drei oder vier Tagen.«

D. D. zog eine Braue in die Stirn. »Aufgedunsen, voller Luft?«, fragte sie.

»Bei der Kälte?«, erwiderte Neil.

Natürlich. Eine Leiche, die vier Tage lang schwüler Augustwitterung ausgesetzt gewesen wäre, hätte D. D. schon von weitem gerochen. Nun aber stand sie drei Schritte von der Wohnungstür entfernt und nahm nur die dumpfen Untertöne einer ranzigen Note wahr. Mitte Januar war es in Boston zum Glück bitterkalt.

»Was ist mit der Heizung?«, fragte sie und zog die Stirn kraus.

»Ausgeschaltet.«

Sie kniff die Brauen zusammen. »Vom Opfer oder vom Täter?«

Neil zuckte mit den Achseln. Die Frage hatte er sich wohl schon selbst gestellt, wusste aber natürlich keine Antwort darauf. D. D. dachte oft laut nach, was ihre Teamkollegen aus reiner Selbsterhaltung nicht persönlich nahmen.

»Wen haben wir hier?«, wollte sie wissen und meinte damit die anderen Ermittler vor Ort.

Neil spulte mehrere Namen ab. Da war der dritte Teamkollege namens Phil, ein Familienmensch. Zwei Kollegen von der Spurensicherung, ein Fotograf und jemand von der Rechtsmedizin. Keine besonders große Party, aber das konnte D. D. nur recht sein. Auf engem Raum trat man sich allzu schnell auf die Füße, und selbst die sogenannten Experten hatten in Windeseile ein Chaos angerichtet. D. D. legte Wert auf saubere Arbeit und einen übersichtlichen Tatort. Schließlich trug sie die Verantwortung.

»Was muss ich sonst noch wissen?«, fragte sie Neil.

»Sag ich nicht«, blockte er ab.

Sie schaute ihn überrascht an. Von Phil, dem anderen Teamkollegen, war sie gewohnt, dass er manchmal auf stur schaltete. Aber nicht von Neil.

»Wenn ich's dir sagen würde, und ich irre mich, wärst du sauer«, murmelte Neil, ohne sie anzusehen. »Verrate ich's dir nicht, und du kommst selbst drauf, kannst du stolz auf dich sein – und die Lorbeeren ernten.«

D. D. schüttelte den Kopf. Wenn er sich nicht so häufig hinter ihr und Phil verstecken würde, wäre Neil ein sehr tüchtiger Detective. Aber es schien, dass er ihnen lieber den Vortritt ließ und sich damit begnügte, dem Pathologen in der Rechtsmedizin über die Schulter zu schauen.

Sie fragte sich, ob Ben Whitley zur Stelle war. Der Rechtsmediziner und Neil hatten seit etwas über einem Jahr ein Verhältnis miteinander. Nicht bloß eine Affäre, sondern anscheinend etwas Ernstes, weshalb sich D. D. Sorgen darüber machte, was wohl passieren würde, wenn es in die Brüche ginge. Allerdings war sie als ledige vierzigjährige Mutter eines zehn Wochen alten Säuglings nicht gerade geeignet, persönliche Ratschläge zu geben.

Wie das Leben auch spielte – man konnte nur mitspielen.

Sie seufzte, zwickte sich in die Nasenwurzel und spürte, wie die Müdigkeit anfing, ihr zu schaffen zu machen. Jack hatte hübsch eingepackt in seiner Babytragetasche gelegen, als sie am Morgen von zu Hause aufgebrochen war. Mit weit geöffneten blauen Augen und seinen dicken roten Wangen. Als sie ihm einen Kuss auf die Stirn gedrückt hatte, hatte er mit den pummeligen kleinen Fäusten gewinkt.

Ob ein zehnwöchiger Säugling seine Mommy schon vermisste? Umgekehrt war es durchaus der Fall.

D. D. seufzte ein letztes Mal, straffte die Schultern und machte sich an die Arbeit.

Der erste Reiz, dem sie sich aussetzte, war ein überwältigender Ammoniakgestank. Sie prallte davon zurück wie von einer Wand. Die Augen fingen zu tränen an, während sie sich instinktiv Luft zuzufächeln versuchte, was natürlich nichts nutzte.

Der erste Blick verriet, was den Gestank hervorrief: Tierkot, Haufen um Haufen, inmitten von zahllosen Urinpfützen.

»Was zum Teufel ...?«

»Ein kleiner Hund«, erklärte Neil. »Niedlicher Labradorwelpe mit Schlappohren. Seit Tagen mit der Leiche eingesperrt. Offenbar kein guter Wachhund. Hat das Wasser aus der Kloschüssel geschlappt und sich durch einen Karton voller Kekse gebissen. Der Hundefänger hat ihn schon abgeholt. Wenn du deinem kleinen Jack ein Hündchen schenken willst …«

»Jack schläft, nuckelt und macht Bäuerchen. Was könnte er mit einem Hund anfangen?«

»Hmm«, meinte Neil und nickte weise. »Ist wahrscheinlich nur eine Phase, die er durchmacht.«

Vorsichtig trat D. D. über die Fäkalien hinweg und folgte Neil durch einen winzigen Wohnbereich in eine noch winzigere Kochnische. Sie winkte den Kollegen von der Spurensicherung zu und quetschte sich an ihnen vorbei. Die beiden grüßten, ohne ihre Arbeit zu unterbrechen. Dass sie so schnell wie möglich damit fertig sein wollten, war bei diesem Gestank mehr als verständlich.

Ein offener Türausschnitt führte von der Küche in eine Kammer, die offenbar als Schlafzimmer genutzt worden war. D. D. entdeckte Phil darin, den anderen Teamkollegen, der vor einem kleinen Schreibtisch saß und ihr den Rücken zugekehrt hatte. Er trug Handschuhe, und seine Finger flogen über die Tasten eines Laptops aus dem Besitz des Opfers. Für vorläufige Datensicherung war er der Bestqualifizierte im Team. Später würden sich natürlich die eigentlichen Experten den Laptop vornehmen, aber weil in jedem Ermittlungsfall jede Minute zählte, mochte Phil deren Ergebnisse nicht abwarten, zumal damit frühestens in sechs Wochen zu rechnen war.

»Hey, Phil«, rief sie dem älteren Kollegen zu.

Er warf einen flüchtigen Blick über die Schulter, hob grüßend den Arm – und sprang auf, als er ein zweites Mal hinschaute.

»Ist was mit Jack?«, fragte er. Phil hatte vier Kinder.

»Nein«, knurrte sie.

»Alex …«

»Nein.«

»Ihre Eltern kommen«, erklärte Neil, der hinter ihr stand.

»Du hast Eltern?«

D. D. musterte Phil mit kritischem Blick, der sich schnell wieder dem Laptop des Opfers widmete und ihr damit Gelegenheit gab, die Aufmerksamkeit auf die Kochnische zu richten. Vor einem kleinen, an die Wand gerückten Tisch standen zwei wacklige Holzstühle. Auf einem hing die Leiche.

Ben Whitley, der Rechtsmediziner, beugte sich über sie. Er hatte ihr, D. D., das Gesicht zugewandt, und ihr fiel auf, dass er es tunlichst vermied, Neil anzuschauen.

Hmmm, dachte sie. *Ist wahrscheinlich nur eine Phase.*

Sie musterte das Opfer, ein entweder überaus feister oder überaus aufgedunsener weißer Mann mit fettigen braunen Haaren und zwei Einschusslöchern auf der linken Stirnseite.

»Hat jemand Schüsse gehört?«, fragte sie. Ihre Augen brannten immer noch vom Uringestank. Erst jetzt verstand sie, warum sich Neil ein Taschentuch vor die Nase drückte. Sie fing zu würgen an.

»In dieser Nachbarschaft?«, entgegnete Neil.

D. D. presste die Lippen aufeinander. Sie wusste, was er damit sagen wollte.

Der massige Körper des Toten schien aus den engen Jeans und dem zugeknöpften roten Flanellhemd platzen zu wollen. Die Schüsse hatten ihm den Kopf in den Nacken geworfen, und die Gesichtszüge waren während der ersten zwei bis sechs Stunden der Leichenstarre eingefroren. Nach zwei oder drei Tagen hatte sie sich jedoch wieder gelöst; die Muskulatur war erschlafft, und das Fleisch schien wie schmelzendes Wachs von den Kieferknochen zu rutschen. Der nächste Verwesungsschritt: einsetzende Fäulnis. Bakterien produzieren Gase, die den Körper aufblähen und einen ganz eigenen Geruch entwickeln, an den sich auch Ermittler in Mordfällen und Rechtsmediziner nur schwer gewöhnen können. Die Haut des Unterleibes verfärbt sich blaugrün, während aus Mund, Nase und Anus Körperflüssigkeit austritt.

An Verwesung war nichts Schönes. Aber dass der Körper des Toten, von den Schussverletzungen abgesehen, noch intakt war, erleichterte D. D. ein wenig. Die bakterielle Zersetzung hatte gerade erst eingesetzt und betraf nur die Innereien. Das machte die Sache erträglich. Trotzdem mochte D. D. dem Leichnam nicht so nahe kommen wie der Rechtsmediziner.

»Der Todeszeitpunkt könnte also drei bis vier Tage zurückliegen?«, fragte sie Ben.

Er schürzte die Lippen und dachte nach. »Kalte Temperaturen hemmen den Verwesungsprozess. So auch hier. Genaueres kann ich Ihnen erst nach der Obduktion sagen.«

»Was vermuten Sie denn?«

»Todesursache werden die beiden Einschüsse in der Stirn gewesen sein«, antwortete er. »Die Waffe wurde aus nächster Nähe abgefeuert, zweimal kurz hintereinander. Die Wunden liegen nur etwa einen Zentimeter weit auseinander, und an ihren Rändern sind Schmauchspuren zu erkennen.«

»Wie bei einer Hinrichtung?« D. D. krauste die Stirn und riskierte einen näheren Blick. »Gibt es Verletzungen, die auf Gegenwehr schließen lassen?«

»Ich sehe keine.«

Auf Ben war Verlass. Er zählte zu den besten Rechtsmedizinern der Stadt. Trotzdem musterte D. D. die Hände des Opfers, denn sie konnte kaum glauben, dass es sich nicht gewehrt hatte. Wer würde denn ruhig an seinem Küchentisch sitzen und sich erschießen lassen?

»Selbstmord kommt nicht in Betracht?«

»Die Waffe fehlt. Und er hat auch keine Schmauchspuren an den Händen«, antwortete Ben, und ein wenig verärgert über ihre Nachfragen fügte er hinzu: »Es sei denn, er trug Handschuhe, zog sie nach den tödlichen Schüssen freundlicherweise aus und versteckte sie mitsamt der Tatwaffe.«

D. D. warf einen Blick auf Neil. »Irgendwelche Hinweise auf gewaltsames Eindringen?«

Der schlaksige Rotschopf schüttelte den Kopf und setzte ein selbstgefälliges Grinsen auf. »Die ersten Kollegen vor Ort wurden vom Hausmeister reingelassen. Am Türschloss wurde jedenfalls nicht rumgefummelt. Und die Fenster sind so verzogen, dass sie sich gar nicht öffnen lassen.«

D. D. beäugte ihren Kollegen mit skeptischer Miene. »Du weißt was, was ich nicht weiß.«

»Kann sein.«

»Und du wirst es mir nicht verraten.«

»So ist es.«

»Na schön«, sagte sie. »Dann wollen wir mal sehen.«

Die Einschusslöcher waren klein und rund, und da es keine Austrittswunden gab, war darauf zu schließen, dass es sich um eine kleinkalibrige Tatwaffe handelte, etwa eine 22er. Ein solches Ding konnte man bis zum letzten Moment leicht versteckt halten, besonders zu dieser Jahreszeit, in der alle dick vermummt herumliefen. Als Mordwaffe eignete es sich allerdings weniger gut. Die Feuerkraft einer 22er war eher bescheiden. Mit so was schoss man auf Dosen oder Eichhörnchen, aber wenn man damit jemandem wirklich weh tun wollte, warf man sie ihm an den Kopf. Es war natürlich auch schon oft mit einer 22er auf Menschen geschossen worden, doch von denen hatten vermutlich die meisten überlebt. Kurzum, für einen Mord im Stil einer Hinrichtung war diese Waffe die falsche Wahl.

D. D. setzte ihre Analyse fort: Aller Wahrscheinlichkeit nach kannten sich Täter und Opfer. Es hatte ihm die Tür geöffnet, ihn hereingebeten und mit ihm, wie es schien, am Tisch gesessen. Auf einen Drink vielleicht.

D. D. schaute in der Spüle nach. Tatsächlich, in der schmierigen Stahlwanne standen zwei blaue, angemackte Becher. D. D. streifte Latex-Handschuhe über und hob einen der Becher hoch. Vom Inhalt waren keine Reste zu erkennen. Der Becher hatte also entweder eine klare Flüssigkeit enthalten, oder er war ausgewaschen worden.

Sie stellte ihn zurück in die Spüle. Die Spurensicherung würde ihn eintüten und im Labor genauer untersuchen.

Seltsam, dass die Becher, anscheinend ausgespült, in der Spüle standen, denn in der ganzen Wohnung schien kein einziger Gegenstand vergleichbar pfleglich behandelt worden zu sein, jedenfalls nicht während der vergangenen sechs Monate. Sämtliche Oberflächen waren völlig verdreckt und klebten, auch der vollgepinkelte Bodenbelag, die Dielenbretter und die fleckigen Wände.

Sie musterte den Holztisch, der ebenfalls überraschend sauber war, und fuhr mit dem behandschuhten Finger darüber. Alt, ja, und ziemlich ramponiert, aber blitzblank. Zwei Becher waren gespült und der Tisch gewischt worden.

Neil grinste noch breiter, als sie ihn anschaute.

»Der Täter hat hinter sich sauber gemacht«, murmelte sie.

Er schwieg, verriet sich aber über seine misslungene Pokermiene.

Als Nächstes öffnete D. D. den Kühlschrank und entdeckte darin eine geöffnete Dose Hundefutter, von der ein noch schlimmerer Gestank ausging als vom Rest der Wohnung, einen Sechserpack Bier, einen leeren Weinkühler, Twinkies von Hostess, Reste einer Mahlzeit vom Chinesen, ein halbes Dutzend Gewürzzutaten und ein eingeschweißtes Brathähnchen, dessen Verfallsdatum um zehn Tage überschritten war.

Das Opfer hatte also auf Fastfood und Süßigkeiten gestanden.

D. D. schaute in die Schränke. Papp- statt Porzellanteller, dazu Plastikbesteck und ein stattlicher Vorrat Chips, Cracker und Kekse. Der letzte Schrank enthielt ausschließlich Leckereien für den Hund, Trocken- und Dosenfutter.

D. D. versuchte sich an einem vorläufigen Profil des Opfers. Männliche Person weißer Hautfarbe und mittleren Alters, alleinlebend in einer heruntergekommenen Mietwohnung.

Was hatte ihn in diese Gegend verschlagen? Als Weißer musste man hier unangenehm auffallen. War er so einsam gewesen, dass er sich deshalb ein Hündchen zugelegt hatte? Er hatte aber doch anscheinend Gesellschaft gehabt, jemanden eingeladen, auf einen Drink vielleicht oder um ihm den neuen Welpen zu zeigen. Hereinspaziert, was willst du trinken, zum Knabbern hätte ich auch was da –

D. D. hatte wieder dieses Gefühl, ein Prickeln, das bei einem guten Detective vom Steißbein ausging und sich über die Wirbelsäule bis in den Nacken fortsetzte, wo es die kleinen Härchen aufrichtete und ein leichtes Schaudern auslöste.

Sie warf einen Blick auf Neil, der sie immer noch angrinste.

»Ich komm nicht drauf«, sagte sie.

»Schade.«

»Was hat Phil herausgefunden?«

»Unter dem Bett waren zwei Schuhkartons voller Fotos.«

»Ist das Opfer aktenkundig?«

»Bei uns nicht, aber sein Name und seine Fingerabdrücke laufen gerade durch die nationale Datenbank.«

»Und was ist mit den Fotos?«

»Da sind Jungs drauf zu sehen, alle unter zwölf, die meisten schwarz, aber manche auch anderer ethnischer Herkunft. Ich würde sagen, er hat sie nicht nach ihrem Aussehen ausgesucht, sondern einfach Gelegenheiten ergriffen.«

»Schwein!«, platzte es aus D. D. heraus. »Er stand also auf kleine Jungs – und hat mitten unter seiner Zielgruppe Quartier bezogen, unter ungeliebten, unbeaufsichtigten und verwundbaren Kindern. Ging mit seinem süßen kleinen Welpen spazieren und lud den einen oder anderen Jungen auf eine Cola und ein paar Chips zu sich nach Hause ein. Verdammtes Schwein!«

»D. D.«

Sie musterte den Toten, die beiden Löcher in der Stirn, das wächserne Gesicht. »Da hat wohl jemand zurückgeschlagen«, murmelte sie und dachte an die sorgfältig abgewischte Tischplatte. »Vielleicht ein Elternteil, ein älterer Bruder oder Freund. Man ist ihm auf die Schliche gekommen, und jetzt ist er tot. Gut.«

»D. D.«

»Was?«

»Es kommt noch besser.«

»Was könnte es Besseres geben als einen Perversen weniger in unserer Stadt?«

Phil kam aus dem Schlafzimmer und ließ die Handschuhe von den Fingern schnappen. »Hast du's ihr schon gesagt?«, fragte er Neil.

»Was?«

»Du warst im Mutterschaftsurlaub«, antwortete Phil, als erklärte das alles.

»Was könnte er mir gesagt haben?«

»Es gibt nicht nur einen Perversen weniger in der Stadt«, antwortete Neil lächelnd. »Mr. Willst-du-mal-mein-Hündchen-streicheln ist einer von zweien.«

Phil und Neil klärten sie auf. Die Sache lag vier Wochen zurück. Da war Jack gerade sechs Wochen alt gewesen, ein kleiner Kloß, der eingekringelt an ihrer Brust gelegen und sich wie eine Wärmflasche angefühlt hatte, aber viel anspruchsvoller war, weshalb sie ihn stundenlang schaukeln musste, seine Finger und Zehen zählte und ihm über den unfassbar weichen Flaum strich, der seinen Kopf bedeckte. Mit anderen Worten, sie hatte definitiv keine Nachrichten gesehen oder gehört, denn sie war von ihrem Baby voll in Anspruch genommen worden wie nie von jemandem zuvor. Total. Ausnahmslos. Und ohne einen Gedanken an etwas anderes zu verlieren. Wenn Alex abends von der Arbeit nach Hause gekommen war und sie und Jack im Schaukelstuhl sah, hatte er sie angelächelt, wie sie noch nie von einem Mann angelächelt worden war. Und dann hatte sie dieses seltsame Gefühl in der Brust. Ein Gefühl von Zugehörigkeit. Von Dasein. Von Zufriedenheit vielleicht.

Sie hatte die acht Wochen Mutterschaftsurlaub tatsächlich genossen.

Vor vier Wochen also, als sie sich um ihr Baby in Waltham gekümmert hatte, war ein Sexualstraftäter in seinem Apartment nahe dem Suffolk County Krankenhaus erschossen worden. Nicht in der Küche, wie Phil hinzufügte, sondern im Flur. Niedergestreckt von zwei präzise platzierten Schüssen aus einer 22er. Anscheinend hatte er unmittelbar zuvor die Wohnungstür geöffnet.

Keine Zeugen. Allerdings hatten zwei Nachbarn einen jungen Mann, einen Teenager vielleicht, in der Nähe herumlungern sehen.

Bei der Durchsuchung der Wohnung des Opfers waren Videos mit pornographischem Inhalt gefunden worden sowie Unmengen von Fotos auf Festplatten, die ausnahmslos Jungen und Mädchen zwischen sechs und zwölf Jahren in eindeutigen Posen zeigten.

Das Opfer – Douglas Antiholde – war einschlägig vorbestraft gewesen und auf Bewährung, wogegen er allein schon durch den Besitz eines Computers verstoßen hatte. Die Ermittler gingen davon aus, dass er rückfällig geworden war und seine Übergriffe auf Kinder fortgesetzt hatte.

»Irgendwelche Spuren?«, wollte D. D. wissen.

Phil zuckte mit den Achseln. »Gesucht wird eine weiße männliche Person zwischen sechzehn und fünfundzwanzig in dunklem Wintermantel mit dunkelblauer Strickmütze.«

»Bei der Beschreibung werden die Hotlines zu glühen anfangen.«

»Ach was, die Nachbarschaft freut sich, dass der Kerl tot ist. Er war auch schon vorher unten durch, *bevor* bekannt wurde, was er in seinem Computer speichert.«

D. D. tippte sich mit dem Zeigefinger an den Mund. »Hatte er einen Hund?«

Phil schüttelte den Kopf.

»Wir sollten die Fotos der Opfer abgleichen«, dachte sie wieder laut und spürte, wie sich ihr die Kehle zuschnürte bei dem Gedanken an Jack und diese Bilder.

Sie zögerte. Phil, dem Vater von vier Kindern, schien es ähnlich zu gehen wie ihr.

»Darum kümmere ich mich«, bot Neil an.

Phil und D. D. schauten ihn an.

»Nicht, dass ich mich darum reiße«, sagte er und zog die Schultern hoch. »Aber ich habe keine Kinder. Im Unterschied zu euch ... Vielleicht fällt's mir nicht so schwer, die Fotos zu sichten. Ich hab ja ohnehin ständig mit Leichen zu tun. Was könnte unangenehmer sein?«

»Täusch dich nicht«, entgegnete Phil. »Tote haben das Schlimmste hinter sich. Aber diese Kinder ...«

Neil zuckte wieder mit den Achseln. »Jemand muss es schließlich tun, oder?«

Phil nickte. »Ich glaube, der Junge macht sich«, sagte er zu D. D.

»Wir haben ihn ja auch gut erzogen«, meinte sie.

Neil verdrehte die Augen. »Ich mache das zum ersten Mal. Irgendwelche Ratschläge?«

»Du vergleichst nicht nur die Gesichter, sondern schaust dir auf den Fotos sämtliche Details an«, erklärte D. D. »Den Hintergrund, Gardinen, Teppiche, was an Mobiliar zu erkennen ist. Übereinstimmungen findet man manchmal gerade auch dort. Gesichter oder Hintergrunddetails können einen Hinweis darauf liefern, ob es eine Verbindung zwischen unseren toten Perverslingen gegeben hat. Wenn du fertig bist, schicken wir die Fotos an das National Center for Missing and Exploited Children. Die haben dort Experten, die die ganze Prozedur wiederholen, und zwar mit Hilfe einer Gesichtserkennungssoftware, die ziemlich gut funktionieren soll.«

Neil schaute sie an.

»Übrigens, es wäre nicht schlecht, wenn du einen Aufbaukurs an der Polizeiakademie belegen würdest«, schlug sie ihrem jüngeren Partner vor. Sie selbst besuchte so was jedes halbe Jahr. Er dauerte zehn Wochen, fand in Quantico statt und galt als Pflichtveranstaltung für alle aufstrebenden Polizeibeamten. Bei ihrer letzten Teilnahme hatte D. D. einen ganzen Tag mit den Leuten vom National Center for Missing and Exploited Children zugebracht und erfahren, mit welchen Möglichkeiten und Mitteln sie Strafverfolgungsbehörden wie dem BPD unter die Arme greifen konnten. Nebenbei war sie überaus dankbar dafür, dass ihr Hauptjob nicht darin bestand, sexuell misshandelte Kinder zu retten, was einem Kampf gegen Windmühlenflügel gleichkam.

Sie schaute Neil ins Gesicht. Er wich ihrem Blick aus, wie immer, wenn von der Polizeiakademie die Rede war.

»Der Täter ist Rechtshänder«, wechselte er das Thema. »Darauf lässt der Einschusswinkel schließen.«

»Grenzt den Kreis der Verdächtigen nur unwesentlich ein«, entgegnete D. D. schulterzuckend.

»Geschossen wurde am helllichten Tag«, stellte Neil als Nächstes fest.

»Wie kommst du darauf?«

»Nach Einbruch der Dunkelheit würde hier in dieser Gegend niemand seine Tür öffnen.«

»Aber Zeugen gibt's keine, wenn ich richtig verstanden habe«, sagte D. D.

»Weil hier in der Nachbarschaft per se niemand etwas sieht«, entgegnete Neil. »Und wenn jemand etwas gesehen hat, wird er's uns nicht sagen.«

»Ist wohl leider so.« D. D. wandte sich an Phil. »Während Neil die Fotos sichtet, könntest du dir die beiden Computer des Opfers näher ansehen. Päderasten sind vernetzt. Sie nehmen über Chatrooms oder Blogs Kontakt untereinander auf. Auch wenn sich unsere beiden Opfer nicht persönlich gekannt haben, könnten sie sich online begegnet sein. Such nach einem gemeinsamen Nenner, vielleicht bringt das was.«

»Der Computer von Antiholde ist bereits untersucht worden«, sagte Phil. »Das heißt, wir brauchen nur noch den hier auseinanderzunehmen. Darauf freue ich mich schon.«

»Und dann nehmen wir uns die Aufzeichnungen der Überwachungskameras vor«, schlug D. D. vor. Über die ganze Innenstadt Bostons waren Hunderte solcher Kameras verteilt, von der Stadtverwaltung, Unternehmen oder sogar von Privatpersonen installiert, die sich vor Kriminalität zu schützen versuchten. »Man kann nie wissen, vielleicht entdecken wir darauf einen sechzehn- bis fünfundzwanzigjährigen weißen Mann mit schwarzem Wintermantel und dunkelblauer Strickmütze.«

Phil und Neil belächelten ihren Vorschlag. »Im Ernst«, setzte sie nach. »Vergesst Garderobe und Altersgruppe. Wir suchen einen weißen Typen. Wie viele seht ihr da draußen? Hier, in dieser Nachbarschaft? Ein Weißer sticht hervor. Nutzen wir diesen Vorteil.«

»Sollten wir die Medien einschalten?«, fragte Phil.

Darüber musste sie erst einmal nachdenken. »Vielleicht, wenn wir ein genaueres Profil des Täters haben. Vorher hat's keinen Zweck.«

Neil wirkte überrascht. »Aber es geht hier um zwei Morde, und der zweite liegt schon eine Weile zurück. Das heißt, wir suchen einen Täter, der wahrscheinlich schon sein drittes Opfer im Visier hat.«

»Du meinst, einen dritten Kinderschänder«, murmelte Phil.

D. D. dachte weiter. »Was macht euch überhaupt so sicher, dass es sich um ein und denselben Täter handelt? Habt ihr Zeugen dafür? Hat die Ballistik schon ihren Bericht vorgelegt mit dem Ergebnis, dass die hier sichergestellten Kugeln aus derselben Waffe abgefeuert wurden wie die am Tatort Antiholde?«

Neil schüttelte den Kopf.

»Na also. Keine Hektik bitte. Ich will die guten Bürger Bostons nicht unnötig in Panik versetzen. Und ... vielleicht möchte ich auch nicht, dass die Perversenszene unserer Stadt alarmiert wird.«

Neils Augen rundeten sich ein wenig. Er hatte verstanden, worauf die Kollegin anspielte, und warf einen Blick auf Phil, dessen Gesicht so versteinert war wie ihres.

»Wow«, flüsterte Neil. »Und ich dachte, Mutter zu sein hätte sie ein bisschen sanfter ...«

Seine Stimme riss ab. Das jüngste Teammitglied schien bemerkt zu haben, dass er diesen Gedanken besser nicht ausgesprochen hätte.

Doch D. D. gab ihm nur einen Klaps auf den Rücken. »Ja, du hast mir auch gefehlt«, lachte sie. »Also dann, ich muss um fünf zu Hause sein. Uns bleiben also noch ...« Sie schaute auf ihre Armbanduhr. »Ungefähr sechs Stunden, um den Killer zu schnappen. Legen wir los.«

3. KAPITEL

Ein paar Stunden später war die Analyse des Tatorts unter D. D.s Aufsicht abgeschlossen. Den Ammoniakgestank hatte sie nach einer Weile gar nicht mehr zur Kenntnis genommen, geschweige denn den Geruch des Hundekots. Sie ging anschließend nach unten vor die Tür und dachte nach. Über mehrere Dinge gleichzeitig: Sie sollte bald nach Hause gehen; sie sollte Kontakt aufnehmen mit dem Chefermittler des vorausgegangenen Mordfalles. Gab es Chancen für die Bewilligung einer zusätzlichen Kraft zur Sichtung der Videoaufzeichnungen, oder würde man sie damit allein lassen? Phil wäre wahrscheinlich mehrere Tage mit den Computerdaten beschäftigt. Und was Neil anging, befürchtete sie, dass ihn die vielen Fotos überfordern könnten. Durchaus möglich, dass sie und Phil ihm die Arbeit würden abnehmen müssen. Solche Aufnahmen waren nur schwer auszuhalten, egal wie nüchtern man an eine solche Aufgabe auch heranging. Sie würde also auf Neil aufpassen und sehen müssen, wie er mit seiner Aufgabe fertigwurde. Womöglich brauchte er eine Seelenmassage. Vielleicht sogar einen therapeutischen Kneipenbesuch? Für einen Sergeant war die Rücksicht auf Mitarbeiter ebenso wichtig wie die Arbeit an einem Fall, und D. D. nahm das ernst.

Sie stieg die Eingangsstufen hinab, traf auf frische Luft und atmete tief durch. Kamerablitze blieben aus; eine Schießerei in diesem Viertel war uninteressant. Sobald die Medien allerdings Wind davon bekamen, welche Art Fotos das Opfer gehortet hatte, brächten sie ruck, zuck den Mord mit jenem Vorfall vor vier Wochen in Verbindung. Und dann ...

Aber fürs Erste war alles ruhig, und D. D. genoss die Ruhe, so lange sie vorhielt.

Sie ließ die Gaffer hinter sich zurück, von denen die meisten gelangweilt aussahen, zumal polizeiliche Ermittlungen längst nicht so aufregend waren, wie es das Fernsehen vorgaukelte. D. D. vergrub die Hände in den Taschen, duckte sich in die bittere Januarkälte und steuerte auf ihren Wagen zu, den sie einen Block entfernt geparkt hatte.

Schon auf fünfzig Schritt Entfernung sah sie etwas Weißes am unteren Rand der Windschutzscheibe, einen Schneefleck, wie es schien. Doch als er, von einer Windböe gestreift, zu flattern anfing, erkannte sie, dass es sich um ein Stück Papier handelte, das jemand unter den linken Scheibenwischer geklemmt hatte.

Vielleicht Werbung oder ein Flugblatt. Wohlig warm eingemummt in ihren Dienstmantel ging sie weiter, ohne sich zu beeilen.

Sie hatte ihren Wagen fast erreicht, als ihr auffiel, dass es sich nicht um ein Flugblatt handelte – der Zettel war nicht bedruckt, sondern von Hand beschrieben. Sie zögerte. Die Hände immer noch in den Taschen, beugte sie sich vor und schaute näher hin.

Die Schrift war mit dünnem Stift geschrieben und ungewöhnlich gerade am unteren Rand, als wären mit einem Lineal Hilfslinien gezogen worden. Eine Anrede oder Unterschrift fehlte. Die Nachricht bestand aus zwei Sätzen.

Irgendwann muss jeder sterben.

Sei tapfer.

D. D. blickte auf und schaute sich um. Da – eine Gestalt in schwarzer Daunenjacke verschwand gerade um die Ecke.

D. D. rannte los.

Als sie über die Straße sprintete, ging ihr zweierlei durch den Kopf: Schnell zu laufen war nicht gesund für eine Frau, die vor zehn Wochen ein Kind zur Welt gebracht hatte; das Etwas, was da unangenehm auf und ab wippte, hatte ihr vor einem Jahr noch keine Probleme gemacht. Für eine junge Mutter, die in spätestens drei Stunden ihrem Säugling einen Kuss auf die Wange geben wollte, war es außerdem keine gute Idee, einem potenziellen Mörder hinterherzulaufen.

Dumm auch, dass Detectives im Unterschied zu uniformierten

Kollegen nicht mit mobilen Funkgeräten ausgestattet waren. Das hieß, sie hätte kurz in ihren Wagen springen und Verstärkung anfordern müssen.

Egal. D. D. rannte um die Ecke, sah, wie die Gestalt gerade die nächste Straße überquerte, und schrie: »Polizei! Stehen bleiben, oder ich schieße.«

Die Warnung war im Grunde lächerlich, aber hier in der Gegend glaubten fast alle an Dirty Harry, und wer hätte dessen Worte angezweifelt? Die Gestalt in Schwarz blieb gehorsam stehen und drehte sich um.

»Lassen Sie die Hände da, wo ich sie sehen kann!«, brüllte D. D. und bremste ab. Ihre rechte Hand lag auf dem Knauf ihrer Waffe, die im Schulterholster unter dem Mantelaufschlag steckte.

Die gestellte Person hielt die Arme seitlich ausgestreckt und spreizte die Finger in den schwarzen Handschuhen, als wollte sie sagen: Ich war's nicht.

D. D. ging vorsichtig auf sie zu und blickte in ein ovales bleiches Gesicht zwischen dem aufgestellten Kragen einer Daunenjacke und einer schwarzen Wollmütze mit tief heruntergezogenem Saum. Die Gesichtszüge waren, wie sie aus der Nähe bemerkte, viel zu zart für die eines Mannes. Die Jacke hatte sie getäuscht: Diese Person war nicht größer als eins sechzig und wog höchstens fünfzig Kilo.

Eine Frau. Jung, vielleicht Mitte zwanzig. Heller Teint, dunkle Haare und tiefliegende blaue Augen, die in diesem Moment Argwohn, Angst und Trotz zum Ausdruck brachten. Eine nicht untypische Reaktion auf die Konfrontation mit der Polizei. Das ursprüngliche *Ich-war's-nicht* lag im Widerstreit mit der tieferen Erkenntnis *Aber-so-ganz-unschuldig-bin-ich-auch-wieder-nicht.*

Drei Schritte vor der jungen Frau blieb D. D. stehen. Ihre rechte Hand lag immer noch auf dem Revolverknauf.

»Name?«, fragte sie in scharfem Ton.

»Warum?«

D. D. zog die Augen zusammen. »Werden Sie Polizisten gegenüber immer frech?«

»Ich möchte Ihre Marke sehen«, sagte die Frau entschieden, doch zum Ende hin zitterte ihre Stimme ein wenig. Taff, aber nicht taff genug.

D. D. schwieg und rührte sich nicht. Den anderen zappeln zu lassen war nach wie vor die beste Offensive.

Die junge Frau seufzte und schien sich mit der Situation abzufinden. Eine Frau mit Erfahrung.

D. D. ließ sich Zeit. Dann hakte sie mit der linken Hand betont langsam die Marke vom Gürtel ihrer Jeans und zeigte sie ihr. »Sergeant Detective D. D. Warren, Boston PD. Und jetzt will ich Ihren Namen wissen.«

»Charlene Rosalind Carter Grant.«

»He?« D. D. glaubte, nicht richtig gehört zu haben, und zwinkerte verblüfft mit den Augen. »Rosalynn Carter ... die frühere First Lady?«

»*Rosalind* Carter. Charlene. Rosalind. Carter. Grant. Aber Sie können mich auch Charlie nennen.«

D. D. starrte sie an. »Aus dieser Gegend sind Sie nicht, Charlie, oder?«

»Nein, bin ich nicht.«

»Was machen Sie dann hier an meinem Tatort?«

Die junge Frau hielt ihrem Blick stand. Sie wirkte unsicher, schien sich aber allmählich zu beruhigen. »Ich beobachte Sie.«

»Wie bitte?«

»Ich rechne damit, in vier Tagen ermordet zu werden. Es heißt, Sie seien die beste Ermittlerin der Stadt, also möchte ich, dass Sie sich um meinen Fall kümmern. Sie sind wohl meine einzige Hoffnung auf Gerechtigkeit.«

D. D. beschloss, Charlie in die Polizeizentrale zu bringen, denn zum einen fand sie deren Geschichte – eine verrücktere war ihr noch nie zu Ohren gekommen – äußerst verdächtig, zum anderen entsprach Charlie der vagen Beschreibung des Tatverdächtigen im ersten Mordfall. Ganz zu schweigen von der Tatsache, dass sie davongelaufen war, als D. D. den seltsamen Zettel unter dem Scheibenwischer ihres Wagens entdeckt hatte. Und schließlich war sie, die Frau in der unförmigen schwarzen Winterjacke, die einzige Spur, der sie folgen konnte.

D. D. filzte die junge Frau, forderte sie auf, ihre Mütze abzunehmen, und ließ sie auf der Rückbank ihres Crown Vic Platz nehmen. Polizeihandbuch, erstes Kapitel: Blickkontakt halten, Gesichtsausdruck registrieren. D. D. duldete nicht, dass sich eine verdächtige Person oder ein Zeuge mit Kopfbedeckungen oder Schals vermummte.

Sie steckte den Zettel mit der Botschaft in eine Tüte, legte sie neben sich auf den Beifahrersitz, fuhr los und nahm mit der Zentrale Funkkontakt auf. Schon nach wenigen Minuten hatte sie in Erfahrung gebracht, dass Charlene Rosalind Carter Grant als Telefonistin für die Polizeidienststelle in Grovesnor arbeitete und dass gegen sie nichts vorlag. Beides sprach wohl eher für die junge Frau.

Als Nächstes hörte sie auf ihrem Handy die eingegangenen Mailboxnachrichten ab. Eine war von Alex, der ihr nur einen guten Tag wünschte. Die zweite – von ihrer Mutter – schlug ihr auf den Magen. Die Eltern hatten ihren Besuch für Donnerstagabend, also in zwei Tagen, angekündigt. Ihre Mutter wollte wissen, ob D. D. sie vom Flughafen abholte oder ob sie den Weg zu Alex' Haus allein würden finden müssen. Die Stimme machte deutlich, was sie von letzterer Option hielt. Auch die Formulierung »Alex' Haus« sprach Bände.

D. D. löschte die Nachrichten und verzichtete auf einen sofortigen Rückruf.

Für Panik blieb immer noch Zeit. Vielleicht sollten sie, Alex und Baby Jack, einfach abhauen und sich einem Wanderzirkus anschließen. Alex würde sich bestimmt gut in Clownsstreifen machen, Jack wäre allerliebst im gepunkteten Strampler. Und sie selbst, vor die Wahl gestellt, einer Großmutter zu begegnen, die am unehelichen Status ihres Enkels Anstoß nehmen würde, oder für den Rest ihres

Lebens eine rote Nase aufzusetzen ... nun, die Wahl würde ihr nicht allzu schwerfallen.

D. D. seufzte. Für ihre Eltern war es eine Überwindung, in den Norden zu reisen. Sie hatten mit Sicherheit erwartet, dass ihre einzige Tochter mit dem Enkel nach Florida kommen würde. Aber Jack war vier Wochen zu früh zur Welt gekommen, Mitte November statt Mitte Dezember. Die erste Woche seines Lebens hatte er in einem Brutkasten zugebracht – zum Garen, wie die Geburtshelferin gemeint hatte. D. D. war zu dieser Zeit gar nicht in der Lage gewesen, sich mit ihren Eltern zu beschäftigen. Sie hatte sie erst zehn Tage nach der Geburt ihres Sohnes telefonisch informiert. Eine unverzeihliche Sünde, wie ihr später vorgehalten worden war. Aber während der ersten Tage ...

Gemeldet hatte sie sich bei ihrer Mutter erst nach den Tagen der ersten Aufregung zu Thanksgiving. Eine Reise wäre jetzt zu anstrengend, hatte ihre Mutter gemeint und unverhohlen Missmut anklingen lassen. D. D.s Eigensinn habe sie bereits zwei Wochen der Anteilnahme am Leben ihres Enkels gekostet, und nun seien sie gezwungen, eine erste Begegnung noch länger aufzuschieben ...

Weitere Telefonate, weiteres Gezerre um Termine, noch mehr Schuldgefühle. Und jetzt stand der Besuch ihrer Eltern unmittelbar bevor; sie würden am 19. Januar in Boston landen.

Dann würden sie alle in einem Raum beieinandersitzen – ihre Eltern, die nie geplant hatten, Kinder zu bekommen, aber dann, spät in ihrem Leben, von ihr überrascht worden waren, und sie selbst, die ebenfalls nie eine Familie geplant hatte und jetzt, spät in ihrem Leben, Jack bekommen hatte.

Wenn Alex noch bei Verstand war, würde er jetzt schleunigst das Weite suchen.

D. D. näherte sich der Zentrale und hielt nach einem Parkplatz Ausschau. Die Zentrale des BPD lag mitten in Roxbury, wo Parkplätze ebenso schwer zu finden waren wie drogenfreie Wohnviertel. Sie fuhr die übliche Runde, einmal, zweimal. Beim dritten Mal hatte sie endlich Glück.

Sie stellte den Wagen ab, stieg aus und öffnete der jungen Frau die Tür.

Charlene Rosalind Carter Grant schwang die Beine nach draußen und richtete sich auf.

»Sie reden offenbar nicht viel«, stellte D. D. fest.

»Sie glauben mir ja eh nicht. Was soll ich da noch sagen?«

D. D. nickte. »Verstehe. Wollen Sie einen Kaffee?« Seite an Seite überquerten die beiden die Straße.

»Ja, gerne. Und? Legen Sie mir irgendetwas zur Last?«

»Sollte ich das?«

Die junge Frau seufzte. »Haben Sie sich schon in der Leitstelle in Grovesnor über mich informiert?«

»Yep.«

»Dann wissen Sie ja hoffentlich, dass ich nicht plemplem bin.«

»Warum haben Sie mir diesen Zettel unter den Scheibenwischer geklemmt?«, fragte D. D.

»Was für einen Zettel?«

»Den, der jetzt in dieser Tüte steckt.«

»Der ist nicht von mir«, sagte sie. »Hab ich nie vorher gesehen. Ich wusste ja nicht einmal, dass das Ihr Wagen ist. Glauben Sie mir, für mich sehen alle Crown Vics gleich aus.«

D. D. sagte nichts, fand den Kommentar aber durchaus plausibel. In einer Straße voller Streifenwagen und Crown Vics musste der Autor der Botschaft, wenn er sie denn gezielt hinterlegt hatte, D. D.s Wagen gekannt haben. Darüber würde sie sich bei Gelegenheit noch ein paar Gedanken machen müssen.

Sie eskortierte Charlie in die Zentrale und ging mit ihr hinauf ins Morddezernat, das, wie D. D. fand, so gar nicht dem Klischee schmuddeliger Diensträume von Cops entsprach, sondern vielmehr wie die elegante Vorstandsetage eines Unternehmens wirkte. Als Teamleiterin hatte D. D. ihr eigenes Büro, komplett mit laminiertem Holzschreibtisch und schwarzem Ledersessel. Nicht besonders behördlich.

Aber nicht dorthin führte sie Charlie, sondern in eines der kleinen Vernehmungszimmer, wo sie ihr die Daunenjacke abnahm und einen Stuhl vor dem Tisch zurechtrückte. Dann ging sie wieder hinaus, um Kaffee zu besorgen. Der verführerische Duft von gerösteten Bohnen hätte sie fast rückfällig gemacht, aber nein, sie war jetzt schon so lange ohne Koffein ausgekommen und würde auch weiterhin darauf verzichten können.

Während der Schwangerschaft hatte sie ihren täglichen Kaffeekonsum eingestellt, weil Jack gegen die schwarze Brühe rebelliert hatte. Auch während der sechs Wochen des Stillens war sie enthaltsam geblieben, selbst überrascht darüber, wie gern sie dem Kleinen die Brust gab. Entwöhnt hatte sie ihn nur deshalb, weil sie wieder arbeiten musste und keine Zeit für das aufwendige Abpumpen, Kühlstellen und Wiederaufwärmen hatte, dem sich andere arbeitende Mütter so heroisch hingaben.

Das Stillen fehlte ihr. Aber darüber verlor sie kein Wort, nicht einmal Alex gegenüber, denn was hätte sie auch sagen sollen? Sie musste wieder arbeiten. Also trank der Kleine aus der Flasche und wurde acht Stunden am Tag von einer Tagesmutter beaufsichtigt. So war das Leben. Wer wie D. D. einen Tatort begehen konnte, hatte auch das Zeug zur Mutterschaft.

D. D. schenkte für Charlie einen Kaffee ein und begnügte sich selbst mit einer Flasche Wasser.

Noch dreiundneunzig Minuten, bis sie wieder zu Hause sein würde.

Sie kehrte in das Vernehmungszimmer zurück, nahm auf der anderen Seite des Tisches Platz und kam zur Sache.

»Wo sind Sie geboren, Charlie?«

»In J-Town, New Hampshire.«

»Nie gehört.«

»Liegt drei Stunden nördlich, in der Nähe von Mount Washington. Kleine Ortschaft. Da kennt jeder jeden beim Namen.«

»Warum sind Sie weggezogen?«

»Weil ich glaube, dass die Person, die mich am 21. Januar töten will, jemand ist, den ich kenne. Also gehe ich allen Bekannten aus dem Weg.«

Die junge Frau verzog das Gesicht. Sie hatte den Kaffee von D. D. entgegengenommen, trank aber nicht. Stattdessen wärmte sie sich an der Tasse die Hände.

Nach ihren ersten Erkundigungen wusste D. D., dass Charlene Rosalind Carter Grant achtundzwanzig Jahre alt war. Mit den langen, straff nach hinten gekämmten und zu einem Pferdeschwanz zusammengefassten, braunen Haaren sah sie jünger aus. Sie war zierlich gebaut und abgemagert. Vermutlich der Stress. Die bleichen Wangen waren eingefallen, die blauen Augen dunkel umrandet von schlaflosen Nächten. Sie trug ein übergroßes, unförmiges schwarzes Sweatshirt, dazu eine löchrige Jeans und billige Snow-Boots. Ein Outfit, das sich in jede urbane Landschaft unauffällig einfügte.

Ein hübsches Ensemble, dachte D. D., geeignet für Täter und Opfer gleichermaßen.

»Wie kommen Sie ausgerechnet auf den 21. Januar? Und warum glauben Sie, den Killer zu kennen?«

Die Antwort der jungen Frau war wirklich beeindruckend. Sie berichtete, dass ihre beste Freundin aus der Kindheit vor zwei Jahren am 21. getötet worden sei, ein Jahr später, exakt am gleichen Tag, auch die zweitbeste Freundin. Von den unzertrennlichen drei sei jetzt nur noch sie übrig geblieben. Charlie nannte die Namen von Detectives und verwies auf den Bericht eines inzwischen pensionierten FBI-Profilers namens Pierce Quincy, der die Tatumstände analysiert hatte.

»Mit welchem Ergebnis?«, fragte D. D., die Feds noch nie über den Weg getraut hatte. Aber, nun ja ... Sie machte sich Notizen. Einen der Ermittler, Detective Roan Griffith von der Rhode Island State Police, kannte sie aus Fortbildungskursen. Vielleicht würde sie demnächst bei ihm anklingeln.

»Es gab keinerlei Spuren«, erklärte die junge Frau. »Die Türen waren nicht aufgebrochen, es kam allem Anschein nach nicht zu Kampfhandlungen. Deshalb glaubt Quincy, dass der Mörder überdurchschnittlich intelligent und methodisch vorgegangen ist. Wahrscheinlich jemand, der seine Opfer kannte oder zumindest keine Bedrohung für sie darstellte. Vermutlich kann er sich sehr gewandt ausdrücken. Er hat sich Zugang verschafft und es offenbar bis zum letzten Moment verstanden, die Reaktionen seiner Opfer zu kontrollieren.«

Charlie zitierte aus dem Bericht mit flacher Stimme. Sie hatte ihn anscheinend so oft gelesen, dass sich für sie die Worte nicht mehr auf Personen bezogen, die sie persönlich gekannt und geliebt hatte, sondern zu nüchternen Standardphrasen reihten. D. D. hatte schon häufiger mit Angehörigen aus anderen ungelösten Fällen gesprochen und kannte dieses sonderbare Phänomen. Aus trauernden Hinterbliebenen wurden nicht selten knallharte Anwälte. Manche wussten über kriminaltechnische Details am Ende besser Bescheid als die mit dem Fall betrauten Experten.

»Gab es Hinweise auf sexuelle Übergriffe?«, fragte D. D.

»Nein.«

Seltsam. Die meisten Mörder neigten zu sexuellen Übergriffen, vor allem solche, die ihren Opfern heimlich auflauerten und schließlich einen Schritt weiter gingen. Nur in Fällen von Auftragsmorden oder Totschlag aus Habsucht war es meist anders.

»Hinweise auf Raub?«, fragte sie jetzt.

»Nein.«

»Hat überhaupt nichts gefehlt? Kein besonderer Gegenstand, nichts, was für das Opfer von Bedeutung gewesen sein könnte?«

Charlie schüttelte den Kopf. »Schwer zu sagen«, räumte sie ein. »Meine Freundinnen lebten allein. Das Inventar ihres Haushalts kannte sonst niemand. Wenn überhaupt, ist etwas mitgenommen worden, das man leicht übersieht.«

»Was ist mit ihrem Nachlass?«, wollte D. D. wissen. »Hat jemand von ihrem Tod profitiert?«

»Nicht, dass ich wüsste. Ich glaube, Randi besaß nicht viel. Sie hatte sich kurz vorher scheiden lassen. Vermutlich ist alles, was sie zu vererben hatte, an ihre Eltern gegangen. Bei Jackie war's nicht groß anders.

Sie hatte zwar einen guten Posten bei Coca-Cola, aber reich ist was anderes. Ich nehme an, sie hatte einige Wertgegenstände in ihrem Haus, ein teures Auto und ein Sparkonto mit mehreren zehntausend Dollar drauf. Mehr als hunderttausend waren's aber bestimmt nicht.«

»Haben Sie einen Teil davon bekommen?«, fragte D. D. geradeheraus.

Die junge Frau schüttelte den Kopf.

»Lebensversicherung?«

»Nicht, dass ich wüsste. Aber ...« Charlie stockte. »Es würde mich wundern, wenn Jackie nicht versichert war. Aber wenn sie so was hatte, wird es an ihre Eltern oder ihren Bruder übertragen worden sein.«

»Kein Ehepartner?«

»Sie hatte nicht einmal einen Freund«, sagte Charlie.

»Lesbisch?«

»Ja.«

D. D. starrte sie an. »Hatten Sie ein Verhältnis mit ihr?«

»Wir waren eng befreundet«, antwortete Charlie ruhig. »Auch Lesben haben Freundinnen, mit denen sie nicht gleich ins Bett wollen.«

»Ich muss solche Fragen stellen«, erklärte D. D. »Gehört zu meinem Job.« Sie spitzte die Lippen und dachte nach. Zwei Mordfälle im Abstand von tausend Meilen. Die Opfer hatten in Beziehung zueinander gestanden und waren jeweils am 21. Januar getötet worden, unter ähnlichen Umständen und ohne dass der oder die Täter Spuren am Tatort zurückgelassen hätten. Eine verrückte Geschichte, dachte D. D. Aber interessant, faszinierend, wie sie sich eingestehen musste. Genau die Art von Verbrechen, die einen arbeitssüchtigen Detective neugierig machte.

»Was wollen Sie?«, fragte D. D. schließlich.

Charlie blinzelte. Sie starrte ihr Gegenüber an und hob die Tasse wieder. »Wie meinen Sie das?«

»Sie sind zu mir gekommen. Waren draußen in der Nähe eines Tatortes. Warum?«

Die junge Frau zögerte. Sie senkte den Blick.

D. D. nahm einen Schluck Wasser. Es machte ihr Spaß, Lügner zu überführen. Erleichterte ihre Arbeit.

»Ich wollte Sie sehen«, antwortete Charlie schließlich.

»Wie haben Sie mich gefunden?«

»Über den Scanner. Ich arbeite doch für die Polizei. Ich höre sämtliche Funksprüche mit. Und als eine Schießerei gemeldet wurde, dachte ich, dass man Sie wahrscheinlich an den Tatort ruft.«

»Wieso dachten Sie das?«

»Ich habe gegoogelt und Sie gefunden.«

»Wie bitte?«

»Ich bin über Google auf Sie gestoßen. Auf den Seiten der Bostoner Kriminalpolizei taucht Ihr Name immer wieder auf. Sie haben das kleine Mädchen einer Beamtin der State Trooper gerettet, einen Serientäter überführt und eine vermisste Frau aus South Boston ausfindig gemacht. Ich habe ein bisschen recherchiert und ...« Sie schob die Kaffeetasse beiseite, blickte D. D. ins Gesicht und zuckte mit den Achseln. »Ich weiß nicht, was in vier Tagen geschehen wird. Mich interessiert wohl einfach nur die Person, die möglicherweise den Mord an mir aufzuklären hat. Dass ich Sie aufgesucht habe, wird Ihnen vielleicht dabei helfen. Vielleicht geben Sie sich entsprechend mehr Mühe. Ich will, dass Sie den Täter fassen. Irgendjemand muss es tun.«

»Ich werde es nicht sein«, sagte D. D.

»Warum nicht?«

»Sie wohnen in Cambridge, nicht wahr? Gehört nicht zu meinem Zuständigkeitsbereich.«

»Oh.« Daran hatte Charlie offenbar nicht gedacht. »Möglich, dass ich gar nicht in meiner Wohnung ermordet werde.«

»Ihre Freundinnen wurden aber in ihren Wohnungen ermordet, oder?«

»Das Haus, in dem ich wohne, gehört mir nicht«, erwiderte die junge Frau. »Ich habe dort nur ein Zimmer gemietet.«

»Na und? Ihr Profiler behauptet doch, bei den vorausgegangenen

Mordfällen handele es sich um eine Beziehungstat. Nicht um ein Verbrechen gegen Unbekannt. Der Täter kennt seine Opfer.«

»Ja.«

»Der wird da zuschlagen, wo Sie sich wohl fühlen. Das gehört offenbar zu seinem Plan, zu seiner Methode. Ihnen in der U-Bahn aufzulauern, würde ihm nicht genügen. Sie sollen ihn kommen sehen. Sie sollen ihn lächelnd willkommen heißen. Darauf ist er aus.«

»Dann sollte ich am Einundzwanzigsten wohl besser nicht zu Hause sein.«

Verdammt, D. D. war einfach neugierig. »Sie haben also Ihre Heimatstadt verlassen und sind in die Großstadt gezogen«, fragte sie. »Weil man hier besser untertauchen kann?«

Die junge Frau nickte. »Ich laufe, stemme Gewichte, boxe und übe schießen. Ganz schutzlos bin ich nicht.«

»Haben Sie eine Lizenz?«, wollte D. D. wissen.

»Ja.«

»Wie sind Sie daran gekommen?« Im Unterschied zu anderen Staaten, in denen es erlaubt war, eine Feuerwaffe im Fahrzeug, zu Hause oder im Büro aufzubewahren, verlangte Massachusetts eine Lizenz allein für den Besitz. Sie bei sich zu tragen bedurfte einer zusätzlichen Genehmigung, die nur Personen erteilt wurde, die im Sicherheitsgewerbe arbeiteten oder regelmäßig größere Mengen Bargeld zur Bank tragen mussten. Jung und paranoid war wahrscheinlich kein anzukreuzendes Kästchen auf dem Fragebogen.

»Ganz legal«, sagte die junge Frau trotzig und faltete ihre Hände auf der Tischplatte.

D. D. schaute ihr in die Augen. »Na schön. Sie dürfen also eine Waffe tragen und können sich selbst verteidigen. Warum nennen Sie sich eigentlich nach wie vor Charlene Rosalind Carter Grant? Warum unternehmen Sie all diese Schritte und ändern Ihren Namen nicht, was doch das Naheliegendste wäre?«

Charlie wich ihrem Blick aus. »Ich muss Geld verdienen und war bislang immer nur als Telefonistin für die Polizei tätig. Wenn ich mich bewerbe, zieht man Erkundigungen über mich ein. Der Polizei würde auffallen, wenn ich mir eine neue Identität zugelegt hätte.«

»Nein.«

Die junge Frau blickte erschrocken auf.

»Sie stehlen mir mit Ihren Lügen die Zeit.« D. D. schaute auf die Uhr. »Ich gebe Ihnen noch drei Minuten.«

»Drei Minuten?«

»Ja. Also, machen Sie mir nichts vor. Sie werden mir jetzt in die Augen sehen und verraten, warum Sie Ihren Namen beibehalten haben.«

»Ich will nach Hause«, sagte sie, und wie sie es sagte, machte deutlich, dass sie nicht ihr gemietetes Zimmer in Cambridge meinte, sondern ihren Herkunftsort und die Menschen, die dort wohnten. Sie meinte den Ort, dem sie angehört hatte, bevor ihre Freundinnen zu sterben anfingen.

Sie meinte einen Ort, nach dem D. D. noch suchte, und das verunsicherte sie ein wenig. Schlimmer noch, Charlie ließ in ihrer Stimme eine Sehnsucht anklingen, die D. D. sehr wohl nachvollziehen konnte. Und von den drei Minuten waren schon etliche Sekunden verstrichen.

»Sie wollen, dass der Killer Sie findet.«

»Nach Hause kann ich erst zurück, wenn er mich gefunden hat.«

»Hat er Kontakt aufzunehmen versucht? Durch eine Nachricht, einen Anruf, mit irgendeiner Warnung oder Drohung?«

Die junge Frau schüttelte den Kopf. »Verstehe«, sagte sie mit der Andeutung eines Lächelns, »Sie können nichts für mich tun. Keine Tätlichkeit, nicht einmal eine Drohung, also keine strafbare Handlung, auf die die Polizei reagieren könnte. Ich bin nur Teil eines Märchens, das Sie sich heute angehört haben.«

»Sie sollten sich einen anderen Namen zulegen«, riet D. D. »Oder vertrauen Sie sich Ihren Kollegen in Grovesnor an. Die werden sich bestimmt um Sie kümmern.«

»Wie gesagt, derjenige, der es auf mich abgesehen hat, ist jemand, den ich kenne, dem ich vertraue.« Charlie schüttelte den Kopf.

»Aber Ihre Kollegen kannten Ihre Freundinnen nicht. Das heißt doch, Sie dürfen ihnen vertrauen.«

Aus irgendwelchen Gründen schien Charlie daran zu zweifeln. Aber dass sie womöglich paranoid war, schloss nicht aus, dass es tatsächlich jemand auf sie abgesehen hatte.

Sie schaute wieder auf ihre Uhr. Die drei Minuten waren abgelaufen. Es wurde Zeit, dass sich D. D. Warren zum Einsatz in den eigenen vier Wänden meldete. Sie stand auf.

»Charlene Rosalind Carter Grant, was für eine Feuerwaffe tragen Sie bei sich?«

Die junge Frau musterte sie stumm.

D. D. hielt ihrem Blick stand.

»Eine 22er Taurus LR«, antwortete Charlie kurz und bündig. »Damit zu schießen hat mir J. T. Dillon von der Massachusetts Rifle Association in Woburn beigebracht.«

»Ach ja? Wie gut schießen Sie denn?«

»Ich treffe aus fünfzig Schritt ins Schwarze.«

»Dann schaffen Sie bestimmt auch einen Doppelklick auf die Stirn.«

»Riskantes Ziel«, antwortete Charlie unberührt. »Besser, man drückt auf den Massenmittelpunkt ab.«

D. D. schluckte. Sie wusste immer noch nicht, was sie von der jungen Frau halten sollte, die sich vor einem aktiven Tatort herumgedrückt hatte und Antworten von sich gab, die ihr nicht gefielen. Aber da Gaffen an Tatorten kein strafwürdiges Delikt war …

D. D. stieß sich vom Tisch ab. »Na schön. Wir sind fertig.« Und nach kurzer Pause: »Fürs Erste.«

Die junge Frau blinzelte. »Soll heißen?«

»Gehen Sie nach Hause. Passen Sie auf sich auf. Halten Sie sich in Zukunft von Tatorten fern.«

»Auch von meinem eigenen?« Charlie lächelte bitter und stand auf. »Sie können mir nicht helfen.«

»Da haben Sie recht. Keine Straftat, keine polizeilichen Ermittlungen.«

»Ich werde mein Zimmer blitzblank hinterlassen, die Wände und den Boden scheuern und in der Nacht zuvor die Bettwäsche wechseln. Wenn es am Einundzwanzigsten zu einer Straftat kommt, werden Sie ermitteln müssen oder einer Ihrer Kollegen, dem Sie dann ein paar Hinweise geben können. Alles, was am Tatort gefunden wird, stammt vom Täter. Und der Rechtsmediziner soll sich meine Fingernägel ansehen. Ich lasse sie wachsen. Glauben Sie mir, Blut, Haare, Hautpartikel – ich werde so viel DNA wie möglich zusammenkratzen. Ich werde bis zum Letzten kämpfen. Denken Sie daran, am Einundzwanzigsten. Ich bereite mich vor und plane strategisch. Wenn er mich erwischt, sterbe ich nicht kampflos.«

D. D. starrte der jungen Frau ins Gesicht. Sie glaubte ihr aufs Wort.

»Ich werde nichts unversucht lassen«, bekräftigte Charlene Rosalind Carter Grant. »Denken Sie daran, Detective Warren. Wenn es geschieht, liegt alles Weitere bei Ihnen.«

4. KAPITEL

»Mommy, ich bin wieder da!« Der Junge stürmte zur Tür herein, warf seinen Red-Sox-Rucksack nach links und trat die Snow-Boots nach rechts. Die dunkelblaue Winterjacke landete vor ihm auf dem Boden. Er sprang auf Socken über sie hinweg und gab sich Mühe, möglichst geräuschvoll aufzusetzen. Dann schleuderte er seine Kappe durch die Luft, ohne darauf zu achten, wohin sie segelte, und rannte in die Küche, um zu naschen.

»Jesse«, schimpfte seine Mutter durch den Flur. »Nicht so laut. Ich telefoniere.«

Jesse sagte nichts; er wusste, dass seine Mutter keine Antwort von ihm erwartete. Sein polternder Auftritt und ihre Reaktion gehörten zum Ritual seiner Rückkehr von der Schule wie der Griff nach den Twinkies, die er in sich hineinstopfte.

Jesses Mutter arbeitete am Telefon. Sie verkaufte Sachen. Es sei ein Glück, dass sie diesen Job habe, das hatte sie ihm schon tausendmal gesagt. Ein Glück, zu Hause arbeiten zu können; so bleibe ihm die lieblose Versorgung nach der Schule erspart, mit der sich andere Kinder begnügen müssten, die mit Haferflocken abgespeist würden, und nicht einmal mit den weichen, sondern den kernigen, die jedes vernünftige Kind verachtete; und dann kauften die Eltern immer nur die billigen in der Familienpackung.

Jesse kletterte auf die Anrichte, öffnete den Hängeschrank und griff nach einer blauen Plastiktasse. Damit sprang er auf den Boden zurück, was wieder herrlich laut polterte. Diesmal polterte es sogar auch von unten.

Mrs. Flowers, die uralte Lady, die eine Etage tiefer wohnte, mochte es nicht, wenn Jesse durch die Wohnung sprang. »Es hört sich an, als zögen Sie einen Elefanten groß«, hatte sie sich schon unzählige Male bei seiner Mutter beschwert. »Ach, Jungs sind nun einmal so«, sagte seine Ma dann immer und warf ihrem Sohn einen Blick zu, der ihn wissen ließ: Du benimmst dich jetzt, *sonst* –

Jesse seufzte. Er schlich auf den Kühlschrank zu und riss die Tür auf. So war es abgemacht: Er durfte Twinkies essen, aber nur, wenn er auch ein Glas Milch dazu trank.

Damit war er einverstanden. Er schüttete sich ein Glas Milch ein und lutschte die cremige Füllung aus seinen Twinkies.

Der erste Akt des mittäglichen Rituals war damit abgeschlossen. Er ging jetzt ins Wohnzimmer. Nach der Schule fernsehen oder an der Spielekonsole spielen durfte er nicht. Die Glotze mache dumm, meinte seine Mutter, und Jesse müsse seinen Kopf gebrauchen, wenn er später einmal ein *besseres Leben* führen wollte. Außerdem seien TV und Videospiele laut, was sie bei ihrer Arbeit störe.

Aber er durfte an den Laptop, der auf dem Esstisch im Wohnzimmer stand. An den Tisch passten vier Personen, aber weil er und seine Mutter allein lebten, blieben zwei Plätze frei. Einen davon nahm der Laptop in Anspruch. An dem anderen legte er seine Schulsachen ab, auf die seine Mutter nach dem Abendessen einen Blick werfen würde.

Sie beide machten hier ihre Hausaufgaben, denn auch sie ging zur Schule. Um sich zur Krankenschwester ausbilden zu lassen. Ein Jahr noch, dann würde sie einen besseren Job haben, versprach sie. Einen besser bezahlten, der außerdem einige zusätzliche Vorteile mit sich brachte. Vielleicht würden sie in eine schönere Wohnung umziehen, in ein Viertel mit Spielplatz, wo Jungs herumspringen und Jungs sein könnten, ohne dass eine alte Mrs. Flowers mit dem Besenstiel gegen die Decke klopfte.

Jesse setzte sich. Er bootete den Laptop, ein altes Gerät, das seine Mutter von ihrem letzten Freund geschenkt bekommen hatte. Ein ganz netter Typ übrigens, der ebenfalls Fan der Red Sox war und manchmal mit ihm im Park als Catcher gespielt hatte. Von ihm war auch Jesses erster Teddybär, mit Ball und Schläger zwischen den Tatzen, den er auf der Website von AthleteAnimalz hatte eintragen lassen –

unter dem Namen Homerun-Bear. Jesse wollte auch einmal Baseballspieler werden.

Seine Mutter war mit diesem Typen ziemlich genau ein Jahr zusammen gewesen. Dann hatte er anscheinend jemand anders gefunden. Seine Mutter hatte geweint, und bei Jesse war Mitchell unten durch. Er hasste ihn regelrecht. Eines Abends hatte er Homerun-Bear mit einer Schere bearbeitet und nach allen Regeln der Kunst zerfetzt. Was ihm am nächsten Morgen leidtat. Der Bär konnte schließlich nichts dafür. Und Jesse hatte so wenig Spielzeug, dass er sich »schlechte Haushaltung«, wie sich seine Mutter ausdrückte, eigentlich nicht leisten konnte.

Jesse hatte seinem Teddy die abgeschnittenen Gliedmaßen wieder angeflickt, so gut er konnte, auch den Schläger, den Ball und die Ohren. Homerun-Bear sah am Ende ziemlich cool aus, wie er fand. Er nannte ihn jetzt Zombie-Bear. Sein von den Toten auferstandener Schlagmann.

Zombie-Bear hockte jetzt neben dem Laptop und wartete darauf, dass sich Jesse ein neues Abenteuer einfallen ließ. Unter seinem starren Blick rief Jesse die Website von AthleteAnimalz auf.

Jesse durfte nur drei Websites besuchen. Seine Mutter hatte sie genau unter die Lupe genommen und erst dann ihre Erlaubnis erteilt. Von dieser Liste abzuweichen kam grundsätzlich nicht in Frage. Als er einmal eine falsche Adresse eingetippt hatte, war sie dahintergekommen und hatte sich ihn am nächsten Morgen zur Brust genommen.

Jesse liebte AthleteAnimalz. Er liebte die Spiele, vor allem Baseball. In der Welt von AthleteAnimalz war er natürlich nicht unter seinem wirklichen Namen online, sondern als Homerun- alias Zombie-Bear. So wurde er auf magische Weise sein Bär. Als Homerun-Bear konnte er sich auf der Site umtun – Freundschaften schließen, an Wettkämpfen teilnehmen und Punkte sammeln.

Jesse wollte eine Million Punkte machen. Aber er war erst sieben, und einige der Spiele verwirrten ihn. Bislang hatte er nur 121 Punkte. Nicht schlecht, fand er. Für 150 Punkte würde er eine Trophäe erhalten. Die wollte er haben. Also loggte er sich tagtäglich bei AthleteAnimalz.com ein und spielte Baseball. In dem Team, dem er beigetreten war, spielte unter anderem auch Pink Poodle, der beste Schlagmann überhaupt. Eigentlich zweifelte Jesse daran, dass pinkfarbene Pudel überhaupt Baseball spielen konnten, geschweige denn so gut. Aber so war eben die Welt von AthleteAnimalz.

Als er sich an diesem Tag einloggte, war das Spiel schon im Gange. Die Teams waren komplett, aber man konnte sich »auf die Bank setzen« und darauf warten, ins Spiel gerufen zu werden. Normalerweise entschieden darüber die gesammelten Punkte. Die Tiere mit den meisten Punkten kamen ganz schnell an die Reihe. Wer weniger Punkte hatte, also noch ein »Anfänger« war, musste warten.

Jesse schaute nach, wer alles spielte. Auf dem Aufstellungsplan standen jede Menge Affen, Hunde, Katzen, Häschen, zwei Schlangen und ein Flusspferd, die alle unterschiedlich viele Punkte hatten. Gut für ihn. Bestimmt würde er bald gezogen werden. Und wenn sein Team gewann, würden alle Spieler zehn Bonuspunkte einheimsen, dazu noch einen Extrapunkt für jede Viertelstunde online. In zwei Stunden würde Jesse mit etwas Glück auf 150 Punkte kommen.

Eine Box öffnete sich auf dem Bildschirm. Ein Flusspferd mit dem Helm eines Schlagmanns fragte an, ob Jesse seinem Team beitreten wolle. Jesse starrte mit weit aufgerissenen Augen auf den Schirm. Helmet Hippo hatte wahnsinnig viele Punkte. Er war so etwas wie der Großmeister bei AthleteAnimalz. Jesse hatte schon ein paar Mal die Ehre gehabt, mit ihm zu spielen. Helmet Hippo kannte alle Tricks. Helmet Hippo verlor nie.

Jesse konnte sein Glück kaum fassen.

Er klickte hektisch auf »Einladung annehmen«, und auf dem Baseballfeld erschien ein kleines Icon in Bärengestalt. Sein Team nahm Aufstellung. Homerun-Bear wurde als Center Fielder eingesetzt. Jesse konnte den Ball per Mausklick »fangen« und mit Hilfe der Pfeiltasten gezielt werfen. Das Werfen war sehr viel schwerer als den Ball zu fangen. Jesse kam mit den Pfeiltasten manchmal durcheinander. Aber für Helmet Hippo wollte er sich ganz besonders anstrengen. Er war fest entschlossen, das Spiel zu gewinnen. Für Helmet Hippo.

Irgendwann nach vier hörte Jesses Mutter auf zu telefonieren. Sie kam ins Zimmer, doch er nahm kaum Notiz von ihr. Pink Poodle hatte sich eingeloggt und war vom gegnerischen Team sofort aufgenommen worden. Er schaffte zwei Homeruns hintereinander, sodass Jesses Team jetzt, im letzten Inning, zurücklag. Sechs zu sieben. Aber es war nun in der Offensive mit dem eigenen Schlagmann. Dank seiner Punkte führte Helmet Hippo das Team an. Er machte seinen Mitspielern Mut. Sie würden es schaffen.

Jesses Mutter stand hinter ihrem Sohn. »AthleteAnimalz?«, fragte sie.

Jesse nickte stumm, die Augen auf den Bildschirm geheftet. Es dauerte nicht mehr lange, und er würde schlagen müssen. Er war nervös. Er wollte sein Team nicht enttäuschen.

Seine Mutter war zufrieden, dass er eine erlaubte Website aufgerufen hatte, und ging in die Küche. »In einer Viertelstunde wird gegessen, Jesse.«

Er nickte wieder, mit seinen Gedanken ganz woanders. Er war jetzt an der Reihe. Ein Mitspieler war ausgeschieden, Helmet Hippo stand an der zweiten Base. Jesse hatte die Chance auf einen Run zum Ausgleich; wenn er den Ball besonders gut träfe und nicht nur er, sondern auch Helmet Hippo punkten könnte, würden sie in Führung gehen.

Um den Ball zu schlagen, musste er ihn genau beobachten und im richtigen Moment die linke Maustaste drücken. Manchmal flog er schneller, manchmal langsamer; es kam auch vor, dass er seitlich abdriftete. Ganz wie im richtigen Baseballspiel kam alles auf ein scharfes Auge und genaues Timing an.

Erster Pitch. Jesse drückte zu früh. Strike.

Zweiter Pitch. Der Ball ging vorbei, und Jesse hatte bereits geklickt. Strike Nummer zwei.

Über Helmet Hippos Kopf öffnete sich ein Dialogfeld. Die Spieler konnten nicht schreiben, was sie wollten – das erlaubte die Website nicht. Dass sie solche Kontrollen eingebaut hatte, gefiel seiner Mutter. Man konnte nur aus einer Liste von Wortbausteinen auswählen, Begriffen aus dem Sport und gängigen Formulierungen. Beschimpfungen waren nicht möglich. Das wusste Jesse von seiner Mutter. Er konnte sich ohnehin nicht vorstellen, wie es möglich sein sollte, mit den angebotenen Phrasen wie *Strengt euch an, Jungs* jemanden zu beschimpfen. Aber vielleicht gab es Wege daran vorbei. Die anderen, erfahrenen Mitspieler wussten vielleicht Bescheid. Jesse dagegen musste noch richtig schreiben lernen. Er war schon froh, wenn er für seinen Bären passende Wortbausteine fand und sie per Mausklick darstellen konnte.

»Augen auf den Ball«, sagte Helmet Hippo. »Du schaffst es. Ich weiß, du schaffst es.«

Jesse holte tief Luft. Es musste gelingen. Für sein Team. Für Helmet Hippo.

Der Ball kam angeflogen, ein winziger schwarzer Fleck auf dem Bildschirm, zuerst langsam, dann ganz schnell und immer schneller.

Jesse klickte. Auf dem Bildschirm schwang sein Bär den Schläger. In den Lautsprechern machte es Klack!, und plötzlich setzte sich der schwarze Fleck wieder in Bewegung, in eine andere Richtung diesmal, über Helmet Hippo hinweg in Richtung Outfield. Er flog und flog ...

Auf dem Bildschirm leuchtete das Wort »GONE« auf. Es regnete virtuelles Konfetti. Eine Fanfare schmetterte. Homerun. Jesse hatte es geschafft. Homerun!

Nach der graphischen Explosion zeigte sich wieder das Spielfeld. Jesse konnte seinen Bären und Helmet Hippo von Base zu Base rennen sehen. Sie punkteten und gingen acht zu sieben in Führung.

»Jesse, noch fünf Minuten«, rief seine Mutter aus der Küche.

»Okay!«

Jesse starrte unverwandt auf den Schirm. Er klammerte sich mit der linken Hand an seinen Zombie-Bear. Alle Teamgefährten redeten durcheinander und gratulierten ihm mit ihren Sprechblasen.

Aber Jesse hatte nur einen von ihnen im Auge: Helmet Hippo.

»Gut gemacht! Du bist ein Champion!«

Jesse lächelte immer noch, ja, er strahlte übers ganze Gesicht, als am unteren Rand des Bildschirms ein neues Icon aufleuchtete. Die Mailbox. Sein Bär hatte eine Nachricht erhalten!

Jesse klickte das Icon an. Normalerweise kamen Mails von der Website: Hinweise auf Bonuspunkte, Geschenke, wenn Zombie-Bear Geburtstag hatte, oder Werbung für wöchentliche Specials – Spiel dieses Spiel, verdiene so und so viele Bonuspunkte!

Aber die Nachricht war nicht vom Administrator der Website. Sie war von Helmet Hippo persönlich. Die Spieler konnten einander Mails schicken. Das hatte Jesse bislang nicht gewusst, jetzt wusste er es.

»Glückwunsch zu deinem Siegesschlag. Ich wusste, dass du es schaffst. Willst du wieder einmal spielen? Morgen, um 13:30 Uhr bin ich wieder hier. Ich trage immer meine Red-Sox-Kappe; sie bringt mir Glück. Und du?«

Es gab einen Antwort-Button.

Jesse klickte ihn an und sah, wie sich ein neues Fenster öffnete. Darin erschien Helmet Hippos Name, sonst nichts. Keine Satzbausteine, aus denen er hätte auswählen können. Er musste ohne Hilfe auskommen, selbst etwas tippen. Aber vielleicht konnte er ein bisschen pfuschen und ein paar Worte aus der Nachricht abschreiben.

Jesses Mutter kramte in der Küche.

Mit ausgestreckter Zunge mühte sich Jesse an den Tasten. »Ja. Ich bin hier. Ich bin auch ein Fan von den Red Sox.«

Später – nach dem Essen, nach den Hausaufgaben, nach dem Bad und der Gutenachtgeschichte –, als er unter seiner Star-Wars-Bettdecke lag und Zombie-Bear im Arm hielt, ging ihm noch einmal der tolle Homerun-Schlag durch den Kopf. Er dachte an Helmet Hippo.

Und ihm war wohlig warm. Er fühlte sich als etwas Besonderes.

Morgen um 13:30 Uhr. Jesse konnte es kaum abwarten.

5. KAPITEL

»Dieser Hund, der nicht Ihr Hund ist, wartet draußen auf der Eingangsveranda«, rief meine Vermieterin durch die geschlossene Zimmertür. Es war neun Uhr am Abend, Zeit, mich für die Arbeit fertig zu machen.

Mein Schlafzimmer lag im Parterre eines hundertzwanzig Jahre alten, dreigeschossigen Hauses, was mich anfangs gestört hatte. Ich wäre lieber in den zweiten oder dritten Stock gezogen, aber die größeren Wohnungen dort hätte ich mir einfach nicht leisten können. Wie sich herausstellte, war Frances Beals, meine Vermieterin, außerordentlich streng auf Sicherheit bedacht. Sie sei in diesem Haus zur Welt gekommen, hatte sie mir am Tag unserer ersten Begegnung anvertraut. Gute irisch-katholische Familie mit elf Kindern. Die Hälfte ihrer Geschwister lebte über die Staaten verstreut, die andere Hälfte war schon tot.

Frances hatte ihr ganzes Leben in Cambridge verbracht und kannte die Nachteile der Universitätsstadt mit ihrem seltsamen Mix aus superteuren Palais und schäbigen Wohnbunkern genau. Es gab weite Grünflächen und gediegene Restaurants für junge Familien mit guten Jobs direkt neben Waschsalons, Pizzerien und Trendläden für die Studenten. Manche Bewohner wie Frances kamen aus Familien, die seit Generationen in der Stadt lebten. Die meisten anderen blieben für den Sommer, ein Semester oder für ein vierjähriges Studium. Mit anderen Worten: Es war ein Nebeneinander von gediegener Sicherheit, Kleinkriminalität, unstetem Leben und Ausschweifung.

Bevor ich mein Zimmer beziehen konnte, hatte mir Frances in einem zweistündigen Gespräch auf den Zahn gefühlt, um festzustellen, welcher Kategorie ich angehörte. Keine Haustiere, keine Freier, augenscheinlich auch keine Body-Piercings: Test bestanden. Ich machte ein Doppelschloss zur einzigen Bedingung meiner Anmietung und bat darum, alle Türen und Fenster im Parterre inspizieren zu dürfen.

Meine Bitte schien Frances zu beruhigen, sie interpretierte sie offenbar als Zeugnis des gesunden Menschenverstands. Mir war das nur recht.

So gesprächig wie während meines Vorstellungsgesprächs war Frances im Anschluss nie wieder. Ein Hochzeitsfoto auf dem Kaminsims legte den Schluss nahe, dass sie einmal verheiratet gewesen war. Daneben stand das Bild eines Säuglings, doch Frances erwähnte es mit keinem Wort, und zu Weihnachten kam auch keine Familie zu Besuch. Vielleicht erzählt das eine eigene Geschichte. Ich machte mir so meine Gedanken, fragte aber nie nach.

In gegenseitigem Einverständnis nutzte Frances den Hauseingang, während ich mein Zimmer über das Gartentor und die Hintertür betrat. Ich ging ihr nach Möglichkeit aus dem Weg, was nicht allzu schwer war, da ich viermal in der Woche Nachtschicht hatte und bis mittags schlief.

Mein Zimmer war klein, aber mir gefielen der ausgetretene Holzfußboden, die drei Meter hohe Decke und die Butzenscheiben. Meine Vorgängerin, eine Professorin, hatte mir ein Ikea-Regal voller Romane hinterlassen, und so verschlang ich in meiner Freizeit rührselige Liebesgeschichten von Nora Roberts. Mit Blick auf das, was mich erwartete, war ich der Meinung, dass mir zumindest ein paar Stunden am Tag Geschichten mit Happy End zustanden.

Ich zog meinen weiten grauen Kapuzensweater an und holte meine 22er unter dem Kopfkissen hervor. Bis vor einem Jahr hatte ich eine solche Waffe noch nie in der Hand gehalten. Ich hatte nicht einmal den Unterschied zwischen einer Pistole und einem Revolver gekannt, geschweige denn der zwischen Zentral- und Randfeuermunition oder zwischen einer 22er und einer .357 Magnum. Das hat sich geändert.

Es gibt bessere Waffen zur Selbstverteidigung als eine 22er. Sie wird vor allem deshalb geschätzt, weil sie klein und leicht ist und sich gut verbergen lässt – in der Tasche, hinterm Gürtel oder, wie man mir sagte, an einer Kette um den Hals nach dem Vorbild echter Gangster.

Draußen auf der Straße trug ich meine Pistole in einem Lederbeutel, da es die Bewohner von Massachusetts nicht gern sehen, wenn man offen bewaffnet herumläuft. Zu Hause aber steckte meine Halbautomatik im Holster an meiner linken Hüfte. Sie blitzschnell zu ziehen und in Anschlag zu bringen hatte ich unzählige Male geübt. Ich trainierte zweimal die Woche für mindestens dreißig Minuten.

Meine Taurus war vernickelt und hatte einen Griff aus Rosenholz. Sie wog 340 Gramm, passte schön auf meinen Handteller, und das warme Holz zwischen den Fingern zu spüren, gefiel mir zunehmend. Eine hübsche Waffe, wenn man das so sagen kann. Außerdem war sie nicht allzu teuer gewesen und recht preiswert zu munitionieren.

Auch daran hätte ich vor einem Jahr noch keinen Gedanken verschwendet. Aber Waffen und Munition können schwer ins Geld gehen, und dass ich um mein Leben fürchtete, änderte nichts an der Tatsache meiner begrenzten Mittel.

Inzwischen war ich so etwas wie eine wandelnde Reklame für Sicherheit und Schutzvorkehrungen, zugeschnitten auf das Budget von armer Leute Mädchen. Es war der eigentliche Grund für die Anschaffung einer 200-Dollar-Waffe, die natürlich sehr viel weniger hermachte als eine 45er Glock für das Zehnfache. Mein Lehrer J. T. Dillon hatte mich einmal mit seiner Glock schießen lassen. Ich dachte, der Rückstoß würde mir den Arm abreißen, aber das Loch im Ziel war sehenswert. Mitglieder von Sondereinsatzkommandos wie der SWAT oder den Special Forces tragen in der Regel 45er. Ich fragte mich manchmal, wie es sich anfühlen musste, vor einer unbekannten Bedrohung zu stehen, während die eigenen Leute einem mit einer solchen Knarre den Rücken freihielten.

Während der vergangenen zwei Wochen hatte ich mir immer

wieder den 21. Januar auszumalen versucht, dazu aufgefordert von J. T., der diese Art der Visualisierung als Teil meiner Ausbildung betrachtete.

Ich stand mitten in meinem schmucken kleinen Schlafzimmer, mit dem Rücken zum Ikea-Regal, vor mir das an die linke Wand geschobene Doppelbett. Neben der Tür stand auf einer alten Mikrowelle ein noch älterer 20-Zoll-Fernseher. Zur Verteidigung oder zum Kampf blieb genügend Raum. Ich konnte die Arme voll ausstrecken, und meine Taurus fühlte sich an wie eine natürliche Verlängerung meines Körpers. Im Magazin steckten Patronen des Kalibers .22 lfB. Die Geschosse waren vielleicht nicht die durchschlagskräftigsten, aber ich hatte ja neun Schuss, um mich zu behaupten.

Während meines Trainings zweimal die Woche ließ mich J. T. immer wieder das Magazin leer schießen. Erst gar nicht anfangen zu zögern, sagte er. Gefahr einschätzen. Entscheidung treffen. Entschlossene Verteidigungsbereitschaft.

Trotzdem konnte ich mir den 21. Januar nicht wirklich vorstellen. Ich erinnerte mich nur an die Polizeiberichte: keine Hinweise auf Kampfhandlungen oder Spuren gewaltsamen Eindringens.

Sie sollen ihn kommen sehen, hatte mir Detective D. D. Warren am Nachmittag gesagt. *Sie sollen ihn lächelnd willkommen heißen.*

Ich steckte meine Taurus in den Holster, zog meine dicke schwarze Jacke an und ging zur Arbeit.

Der Hund, der mir nicht gehörte, erwartete mich tatsächlich auf der Eingangsveranda. Die Rückseite von Frances' schmalem Grundstück wurde von einem schulterhohen Holzzaun abgeschirmt. Anderenfalls hätte mich der Hund – eine Hündin – wohl am Hintereingang abgepasst. Sie war clever.

Ich nannte sie Tulip. Sie trieb sich schon seit sechs Monaten in meiner Nähe herum. Ohne Halsband, ohne Hundemarke. Anfangs folgte sie mir, wenn ich nachmittags laufen ging. Ich dachte, sie sei hungrig und hoffe auf einen Leckerbissen. Doch damals gab ich ihr nichts.

Ich fühlte mich für sie nicht zuständig und wollte nur mein Fitnessprogramm durchziehen.

Tulip, die schlanke weiß-braun gescheckte Hündin, lief also die ganzen fünf Meilen mit und ließ die Zunge baumeln. Danach wäre es mir grausam vorgekommen, ihr nicht zumindest eine Schale mit frischem Wasser vorzusetzen. Sie schlappte aus der Schale, ich trank aus der Flasche. Anschließend hockte sie sich hin und legte mir ihren Kopf in den Schoß. Ich kraulte ihr die Ohren und den ergrauten Schnauzbart.

Sie sah ein bisschen aus wie ein Jagdhund. Frances tippte auf einen Harrier. Als ich am Computer der Bibliothek die Rasse zu bestimmen versuchte, erfuhr ich, dass es sich um einen kleinen bis mittelgroßen englischen Bluthund handeln könnte. Tulip zeigte viele entsprechende Merkmale – kurzes hellbraunes Fell mit breitem weißem Kragen, einen dünnen Schwanz, Schlappohren und ein breites, hübsches Gesicht. Tulip war offensichtlich schon recht betagt. Eine Grande Dame, die schon so manches erlebt hatte. Was für Geschichten sie wohl zu erzählen hatte? Ich glaubte ziemlich genau zu wissen, wie sie sich fühlte.

An diesem Abend saß Tulip auf der überdachten Veranda, die immerhin schneefrei war. Sie hatte viel Geduld. Von Frances wusste ich, dass sie manchmal stundenlang auf mich wartete.

Ich hatte sie seit Tagen nicht gesehen – das ist das Problem mit einem Hund, der einem nicht gehört. Ich wusste nicht, wo sie abgeblieben war oder ob sie womöglich ein anderes Zuhause gefunden hatte. Manchmal sah ich sie täglich, normalerweise zwei- bis dreimal in der Woche. Vermutlich sollte auch ich mich in Geduld üben.

Sie zitterte am ganzen Leib, als ich ums Haus herumkam, und ich bekam sofort ein schlechtes Gewissen.

»Das geht so nicht«, sagte ich, worauf sie aufstand und mit dem Schwanz wedelte. »Im Januar sollte ein Bostoner Hund ein Zuhause haben.«

Tulip schaute mich an und winselte ein wenig.

Weil sie so dünn war, hatte ich vor fünf Monaten damit begonnen,

Hundefutter zu kaufen. Zwei Wochen später war ich zum ersten Mal mit ihr beim Tierarzt. Flöhe, Zecken oder Würmer hatte sie nicht. Der Tierarzt gab ihr ein paar Spritzen, mir eine Packung Frontline und schrieb dann eine Rechnung, die meine 22er Halbautomatik vergleichsweise billig aussehen ließ.

Ich zahlte. Machte Überstunden. Joggte mit einem Hund, der mir nicht gehörte. Und gab ihm Futter.

Als Frances meinte, dass Tulip draußen auf mich wartete, hatte ich eine Tüte Trockenfutter eingesteckt, die ich nun auf der Veranda ausschüttete. Die Hündin machte sich dankbar darüber her. Es schien, als hätte sie noch mehr abgenommen. Am Hinterteil fiel mir eine frische Wunde auf; auch am rechten Ohr war ein Kratzer zu sehen.

Im Herbst hatte ich Zettel aufgehängt in der Hoffnung, dass sich ihr Herrchen meldete. Ich gab sogar Geld aus für eine Anzeige in der Zeitung. Als ich einmal im Tierheim anrief und mir plötzlich eine Unmenge Fragen gestellt wurde, geriet ich in Panik. Ich hatte schließlich nur wissen wollen, ob Tulip ein Zuhause hatte, eine Familie, die sie liebte und vermisste. So etwas konnte ich mitfühlen.

Jedenfalls wollte ich nicht, dass man sie fortschaffte und umbrachte, denn irgendwann in ihrer jüngeren Geschichte hatte sie sich zu einem eigenständigen Lebewesen gemausert, das niemandes Besitz war.

»Du brauchst einen Mantel«, murmelte ich und knetete ihre dicken Hautfalten am Hals. Als sie sich an meine Beine lehnte, spürte ich, dass sie immer noch zitterte. Minus sieben mit fallender Tendenz. Sie mit ins Haus zu nehmen kam nicht in Frage. Meine Vermieterin hätte uns beide kurzerhand vor die Tür gesetzt. Aber draußen in der Kälte lassen mochte ich sie auch nicht.

Ich schaute nach, wie viel Geld ich noch im Portemonnaie hatte. Es reichte.

Dann blickte ich wieder auf den Hund, der mir nicht gehörte und immer noch an meinen Beinen lehnte, die Augen geschlossen, sichtlich erschöpft und irgendwie sorgenvoll.

»Was wir jetzt tun, muss unser Geheimnis bleiben«, sagte ich ernst.

Ich winkte ein Taxi herbei und fuhr mit ihr zur Arbeit.

»Neun-eins-eins. Was ist der Grund Ihres Anrufs?«

Keine Antwort.

Ich blickte auf den ANI/ALI-Monitor, der die Nummer des Anrufs ortete, und wiederholte, auf meinem Drehsessel leicht hin und her schwingend: »Neun-eins-eins. Was ist der Grund Ihres Anrufs?«

»Ich hab einen dicken Hintern«, ließ eine Männerstimme verlauten.

Ich seufzte. Nicht dass mir solche Mätzchen fremd gewesen wären. »Verstehe. Und dieser vergrößerte Gesäßmuskel residiert in der West Carrington Street Nummer fünfundneunzig?«

»He, Alte!«, knarzte die Stimme. Im Hintergrund Gelächter, eigentlich nur ein Kichern. Ein während der Nachtschicht nicht seltenes Hintergrundgeräusch.

Ganz professionell fuhr ich fort: »Gehe ich richtig in der Annahme, dass dieses Gesäß einem gewissen Mr. Edward Keicht gehört?«

»Eh, woher wissen Sie das?«

»Sir, wussten Sie nicht, dass Ihr Name und Ihre Adresse automatisch auf unseren Monitoren erscheinen, wenn Sie uns von Ihrem Festnetzanschluss anrufen?«

Am anderen Ende der Leitung blieb es für eine Weile still. »Oh, Mann.« Mr. Keicht hatte an diesem Abend offenbar mehr zu sich genommen als bloß Bier.

»Ist Ihnen bewusst, dass solche Scherzanrufe eine strafbare Handlung sind, die mit Gefängnishaft geahndet werden kann?«

»Cool!«

»Seien Sie nett zu dem freundlichen Polizisten, der gleich vor Ihrer Haustür steht, Mr. Keicht.«

»Schon gut.«

»Und denken Sie dran, was Sie da mit Drogen volldröhnen, ist Ihr Gehirn.«

Ich unterbrach die Verbindung und meldete den Zwischenfall einem meiner Vorgesetzten. Auf alle bei uns eingehenden Anrufe musste eine offizielle Reaktion erfolgen. Und weil hier ein Straftatbestand vorlag, würde Mr. Ich-hab-einen-dicken-Hintern in spätestens fünf Minuten das Lachen vergangen sein.

1:20 Uhr. Meine beiden Monitore blieben leer, die Telefonleitungen stumm. Nicht schlecht, aber es war ja auch erst Mittwoch. Erfahrungsgemäß nahm die Zahl der Notrufe zum Wochenende hin zu. Freitags und samstags war bei uns Hochbetrieb; dann überstürzten sich die Meldungen häuslicher Gewalt, von Ruhestörung und Vergehen unter Einfluss von Alkohol. Am zweitschlimmsten war es sonntags nach siebzehn Uhr, während der sogenannten Hexenstunde. Zu dieser Zeit mussten nicht-fürsorgeberechtigte Elternteile ihre zwei-Komma-zwei Kinder dem fürsorgeberechtigten Expartner zurückbringen. Schon die Stimmlautstärke der Anrufenden ließ darauf schließen, dass sich zerstrittene Eltern lieber gegenseitig in die Pfanne hauten als ihrer Verantwortung für die Sprösslinge nachzukommen. Pünktlich um 17:01 Uhr kam der erste Anruf, und die Dialoge waren immer ähnlich: »Nein, Ma'am, Sie dürfen ihm nicht in die Eier treten, wenn er sich um zwei Minuten verspätet«, gefolgt von der Entgegnung: »Aber das Gericht hat die Besuchszeiten klipp und klar geregelt. Ich hab's schriftlich.«

Um die Sonntage versuchte ich mich zu drücken. Solche Streitereien gingen allen auf die Nerven – den Anrufenden, meinen Vorgesetzten und mir.

Im großen Ganzen aber war Grovesnor mit seinen fünfundzwanzigtausend Einwohnern geradezu zahm, verglichen mit meiner Zeit in Arvada. Dort hatte ich in einem größeren Callcenter gearbeitet und Hunderte von Anrufen pro Stunde entgegennehmen müssen. Jetzt saß ich in einem abgedunkelten Raum, allein mit einem Hund, der mir nicht gehörte, und antwortete auf zehn bis vierzig Anrufe pro Schicht. Zehn in einer Nacht wie der heutigen, vierzig am Wochenende.

Mindestens ein Anruf kam von jemandem, der sich verwählt hatte. Ein dicker Hintern oder Spaßvögel, die bei uns eine Pizza oder was auch immer bestellen wollten, meldeten sich mit Sicherheit ebenfalls. Zu denen schickte ich dann einen uniformierten Beamten. Tut mir leid, ich habe die Regeln nicht gemacht.

Ungefähr jeder dritte Anrufer hatte tatsächlich ein ernsthafteres Anliegen, sei es wegen einer Verkehrswidrigkeit, eines toten oder verletzten Tiers auf der Straße oder wegen ruhestörender Nachbarn. Auf meinem ANI/ALI-Schirm standen alle nötigen Informationen: die Nummer des Anrufers sowie dessen Name und Adresse, vorausgesetzt, man versuchte, uns über das Festnetz zu erreichen. Anrufe von Mobiltelefonen oder Computern wurden zur Feststellung der Herkunft automatisch an die State Police weitergeleitet, denn wir konnten nicht erkennen, woher sie kamen, geschweige denn einen Beamten dorthin schicken.

Neben meinem ANI/ALI-Monitor hatte ich noch ein zweites System, die sogenannte Dispatcher-Ereignismaske. In die schrieb ich alle mir durchgegebenen Informationen – Unfalldetails, Täterbeschreibungen und dergleichen. Diese Informationen gingen von hier sofort an den mobilen Computer eines Beamten in dessen Streifenwagen. Per Mausklick waren wir gewissermaßen alle auf derselben virtuellen Seite.

Vorausgesetzt, das System stürzte nicht ab. Vorausgesetzt, mir gelang es, meine beiden Monitore im Auge zu behalten und gleichzeitig einen aufgeregten Anrufer zu beruhigen, ihm sachbezogene Fragen zu stellen und alle wichtigen Antworten einzutippen.

Ansonsten war alles ein Kinderspiel.

Mein ANI/ALI-Monitor erwachte zum Leben. Name, Telefonnummer und Adresse erschienen auf dem Schirm. Ich setzte mein Headset auf und drückte die Annahmetaste.

»Neun-eins-eins. Was ist der Grund Ihres Anrufs?«

»Ich ... ich weiß nicht.« Eine Frauenstimme diesmal. Bebend.

»Ma'am? Brauchen Sie Hilfe?«

»Mein Mann ist wütend.«

»Verstehe. Sind Sie zu Hause, Ma'am?« Ich las die Adresse von meinem Schirm ab. Sie bestätigte mir, dass sie dort wohnte. »Und wie ist Ihr Name, Ma'am?«

»Dawn.« Einen Nachnamen nannte sie nicht. Laut Auskunft meines Monitors gehörte die Telefonnummer einem gewissen Vincent Heinen. Ich wollte fürs Erste nicht weiter in sie dringen.

»Dawn, gut, dass Sie anrufen. Ich heiße Charlie. Ist Ihr Mann zu Hause?«

»Ja.« Sie flüsterte nur noch. Vermutlich war er in der Nähe.

»Haben Sie Kinder, die bei Ihnen wohnen?«

»Nein.«

»Haustiere? Einen Hund vielleicht?« Über die Haltung von Hunden wollten unsere Beamten gern im Voraus informiert werden.

»Nein.«

Ich ging aufs Ganze. »Hat er getrunken?«

»Ja«, antwortete sie fast sanft.

»Dawn, ist er mit Ihnen im Zimmer?« Als sie nicht antwortete, senkte auch ich meine Stimme: »Halten Sie sich vor ihm versteckt? Drücken Sie zur Antwort auf eine Taste Ihres Telefons. Einmal bedeutet ja, zweimal nein.«

Ich hörte nur einen Piepton und hielt die Luft an. Es handelte sich also um einen ernstzunehmenden Anruf. Tulip, die vor meinen Füßen lag, rührte sich. Sie schien zu spüren, dass ich nervös wurde, und stand auf.

»Dawn, haben Sie Angst vor ihm?«

Piep.

Ich rückte das Mikro des Funkgeräts vor mich hin und sagte: »Vier-einundsechzig an Neun-sechsundzwanzig.«

Neun-sechsundzwanzig alias Tom Mackereth meldete sich: »Neun-sechsundzwanzig an Vier-einundsechzig.«

»Vier-einundsechzig an Neun-sechsundzwanzig. Ich habe hier eine Frau in der Leitung«, erklärte ich. »Behauptet, ihr Ehemann sei wütend und habe getrunken. Behauptet, sie habe Angst vor ihm.«

»Neun-sechsundzwanzig an Vier-einundsechzig. Wohnhaft wo?«

»Vier-einundsechzig an Neun-sechsundzwanzig. Adresse wird durchgegeben.« Ich schrieb die wenigen Daten, die mir vorlagen, in die Dispatcher-Ereignismaske und schickte sie auf den Pager von Officer Mackereth. »Vier-einundsechzig an Neun-sechsundzwanzig. Anruferin behauptet, mit ihrem Mann allein in der Wohnung zu sein. Keine Kinder oder Haustiere.«

»Neun-sechsundzwanzig an Vier-einundsechzig. Keine zusätzlichen Informationen? Personenbeschreibung? Ist der Ehemann bewaffnet? Drogen im Spiel?«

Ja, was glaubst du denn, Hornochse?, hätte ich am liebsten gesagt. Aber nicht nur der Notruf, sondern auch unser Funkdialog blieb der Nachwelt erhalten. Also hielt ich mich an die Etikette.

»Vier-einundsechzig an Neun-sechsundzwanzig. Wahrscheinlich.«

Die Anruferin war derweil beunruhigend still geblieben.

»Dawn, sind Sie noch dran?«

Piep.

Der Kontakt war wiederhergestellt. Ich beugte mich zum Monitor herüber und richtete den Sitz meines Headsets. Die Frau war jetzt besser zu hören. Ihr Atem kam stockend, und es schien, dass sie verzweifelt darum bemüht war, keine Geräusche von sich zu geben.

»Dawn, sind Sie in Ihrem Schlafzimmer?«, fragte ich leise, um ihr eine Reaktion zu entlocken.

Es piepte wieder.

»Haben Sie sich im Badezimmer eingeschlossen?«

Es piepte zweimal.

Zwei Pieptöne bedeuteten nein. Ich stellte mir ein Schlafzimmer vor. »Im Schrank?«

Ein Piepton.

Ich tippte auf eine Architektur im neuenglischen Kolonialstil. »Befindet sich Ihr Schlafzimmer im Obergeschoss?«

Piep.

Ich ergänzte das Profil um die angegebenen Details und fuhr fort: »Dawn, ist Ihr Mann bewaffnet?«

Stille. Weder ja noch nein. Sollte das heißen, vielleicht?

Ich drängte auf Klärung. »Dawn, Mrs. Heinen, wissen Sie nicht, ob Ihr Mann bewaffnet ist?«

Piep.

»Das wird Officer Mackereth nicht gefallen«, murmelte ich an Tulip gewandt, die mit hoch erhobenem Kopf auf den Hinterläufen hockte und mich anstarrte. Lage ungewiss – die für Einsatzkräfte typische und gefährlichste Ausgangssituation.

Ich meldete mich wieder über Funk bei 926 und brachte ihn auf den neuesten Stand: Anruferin im Schlafzimmer, Obergeschoss. Ehemann in Hörweite, könnte bewaffnet sein.

»Sind Drogen im Spiel?«, fragte Officer Mackereth zum wiederholten Mal. Noch schlimmer als betrunkene Ehemänner waren Kokser oder Speed-Freaks, weil sich denen weder mit gutem Zureden noch mit Gewaltandrohung beikommen ließ. Auf so was reagierten Polizisten allergisch.

Ich wandte mich wieder an Dawn Heinen.

»Dawn, nimmt Ihr Mann Drogen?«

Piep.

Die Antwort überraschte mich nicht. Ich ergänzte das Profil entsprechend.

»Hat er heute Abend welche genommen, Dawn?«

Stille.

»Sie wissen nicht, ob er heute Abend welche genommen hat?«

Piep.

Die Finger auf der Tastatur, schloss ich die Augen und spürte, wie ich unter Druck geriet. Meine Aufgabe bestand darin, Informationen für die Einsatzkräfte vor Ort zu sammeln. Wenn ich meinen Job gut machte, war Officer Mackereth auf alle Eventualitäten vorbereitet – wenn nicht, würde er um halb zwei in der Nacht auf ein dunkles Haus zutappen und womöglich sein blaues Wunder erleben.

Ich funkte: »Vier-einundsechzig an Neun-sechsundzwanzig. Anruferin weiß nicht, ob ihr Mann bewaffnet ist. Sie weiß auch nicht, ob er heute Abend Drogen genommen hat, behauptet aber, dass er manchmal Drogen nimmt.«

»Neun-sechsundzwanzig an Vier-einundsechzig. Verstanden«, erwiderte Officer Mackereth leicht ungehalten und gab durch, dass er nur noch einen Block von der Adresse entfernt sei. Er hatte Sirene und Blaulicht ausgeschaltet und gab mir damit zu verstehen, dass er sich für nicht ausreichend informiert hielt. Mit anderen Worten: Er würde sich leise nähern und die Situation vor Ort selbst einschätzen müssen.

»Hören Sie, Dawn«, murmelte ich. »Ich muss mehr wissen. Es wäre besser für alle Beteiligten ...«

Am anderen Ende der Leitung war nur flacher Atem zu hören. Ich lauschte auf Geräusche im Hintergrund. Rief da ein Mann seine Frau beim Namen? Splitterte Glas, zerschlagen in blinder Wut? Oder klopfte vielleicht schon Officer Mackereth an die Tür? Ich hörte nichts.

»Dawn, ist Ihr Mann immer noch im Schlafzimmer?«, fragte ich jetzt.

Piep.

»Gleich kommt ein Officer, Dawn. Er ist schon fast bei Ihnen und wird helfen.« Ich zögerte. Es war höchste Zeit, der Frau eine Beschreibung ihres Mannes zu entlocken, damit Officer Mackereth die Verfolgung aufnehmen konnte, wenn er türmte. Aber wie sollte ich in einem Piepton-Dialog nützliche Hinweise erfragen?

»Dawn, ist Ihr Mann immer noch wütend?«

Piep.

Was tut er denn?, wollte ich ausrufen. Wie war es möglich, dass ein vor Wut tobender Mann keinen Laut von sich gab?

Und plötzlich sprang mich die Antwort an. Ich hatte genau die Art von Mann vor Augen, die so still und ruhig vor der Tür des Wandschranks stehen konnte.

Ich schnappte mir das Funkmikro. »Vier-einundsechzig an Neun-sechsundzwanzig«, brüllte ich fast. »Nicht an der Tür klingeln! Bleiben Sie auf Abstand!«

Dawn war nicht mehr zu hören, nur mein eigener stockender Atem.

»Neun-sechsundzwanzig an Vier-einundsechzig«, meldete sich Officer Mackereth über Funk. Seine Stimme klang so trocken wie meine aufgeregt. »Neun-sieben-drei-sieben?«

Neun-sieben-drei-sieben war ein Ausdruck aus unserem Privatcode. Die Zahlen entsprachen den Buchstaben auf einer Telefontastatur in der Reihung WSDS. Kurz für: *Was soll der Scheiß?* Nun ja, unser Job verlangte einen gewissen Sinn für Humor.

Ich holte tief Luft.

»Vier-einundsechzig an Neun-sechsundzwanzig«, sagte ich. »Halten Sie sich bitte zurück.«

»Dawn«, flüsterte ich in mein Headset, »isst Ihr Mann gern Pizza?«

Stille. Dann ein Piepton und das erste Geräusch seit langem: Dawn schluchzte. »Sie haben gleich das Schlimmste hinter sich«, versprach ich. »Bleiben Sie in der Leitung. Eine Minute noch.«

Ich schickte Heinens Namen durchs System, das mir eine zweite Telefonnummer ausspuckte, eine auf seinen Namen registrierte Handynummer. Mit einem stummen Stoßgebet griff ich nach meinem eigenen Handy und wählte. Was ich vorhatte, stand nicht im Regelwerk meiner Dienstanordnung. Aber es gehörte zu den Dingen in meinem Job, von denen man einfach wusste, dass sie getan werden mussten.

Für einen kurzen, irrwitzigen Moment hörte ich mein Anläuten in Stereo, im Handy an meinem Ohr und gleichzeitig vor der Schranktür im Schlafzimmer der Heinens. Einmal, zweimal, dreimal.

Ich hielt mein Handy fest umklammert.

Der Funklautsprecher knisterte. »Neun-sechsundzwanzig an Vier-einundsechzig –«

»Schnauze!«, zischte ich. Im selben Moment nahm Dawns Mann meinen Anruf entgegen.

»Was ist?«, fragte er mit einer Stimme voller Drohung und jener eiskalten Wut, die seine Frau im Wandschrank stumm schluchzen ließ.

»Eh, Mann«, pflaumte ich ihn an. »Was ist jetzt mit deiner Pizza? Ich warte nicht mehr länger. Klingel seit fünf Minuten Sturm, und keiner macht mir auf. Wir belasten deine Kreditkarte, ob du deine verdammte Pizza nimmst oder nicht. Wenn nicht, stopfe ich sie mir selbst rein!«

Ich schaltete mein Handy aus und das Headset wieder ein.

»Arschloch«, hörte ich Dawns Mann vor der Schranktür fluchen. Er schien sich in Bewegung zu setzen. Schritte wurden laut. Eine Tür flog auf.

Verspätet griff ich zum Funkgerät.

»Vier-einundsechzig an Neun-sechsundzwanzig. Sie liefern eine Pizza. Ich wiederhole. Sie liefern eine Pizza. Unsere Zielperson ist wahrscheinlich bewaffnet und kommt an die Tür. In fünf, vier, drei, zwei ...«

»Verdammt!«, explodierte eine Männerstimme im Funklautsprecher.

»Polizei!«, rief Officer Mackereth. »Hände bleiben da, wo ich sie sehen kann. Haben Sie mich verstanden?«

Was folgte, klang nach einem Handgemenge, nach Schlägen. Wieder wurden Rufe laut.

Ich sprang auf, riss mir das Headset vom Kopf und kniff die Augen zu, als würde das meinem Kollegen irgendwie helfen oder einen Vorteil verschaffen. Tulip fing an zu winseln. Ich biss mir auf die Unterlippe.

Dann: »Neun-sechsundzwanzig an Vier-einundsechzig.« Officer Mackereth war außer Atem. »Zielperson überwältigt und entwaffnet.« Und abweichend von der Etikette: »Er trug eine Glock neun. Woher wussten Sie eigentlich, dass er bewaffnet ist? Das war knapp, Charlie, verdammt knapp.«

Ich hatte es gewusst, mir genau so vorgestellt. Dass Dawns Mann auf der anderen Seite der Schrankwandtür stand und mit einer geladenen Pistole auf seine Frau wartete. Wäre ein Streifenwagen mit eingeschalteter Sirene gekommen und hätte ein uniformierter Beamter an der Tür geklingelt ...

Genau darauf hatte es der gute alte Vincent abgesehen. Er hatte auf eine letzte Provokation spekuliert, um sich einreden zu können, dass es gerechtfertigt sei, die Waffe auf seine Frau abzudrücken.

»Neun-sechsundzwanzig an Vier-einundsechzig. Kann ich riskieren, das Haus zu betreten?«, fragte Officer Mackereth wieder ganz nach Vorschrift.

Ich nahm mir ein Beispiel daran und setzte die Kopfhörer wieder auf. »Dawn, ich bin's, Charlie. Vor Ihrer Haustür steht ein uniformierter Polizeibeamter. Er hat Ihren Mann überwältigt und entwaffnet. Sie können jetzt aus dem Schrank kommen, Dawn.«

Und nun hörte ich zum ersten Mal den vollen Klang ihrer Stimme. »Ist er ... ist mit ihm alles in Ordnung?«

»Meinen Sie den Officer oder Ihren Mann?«, fragte ich, obwohl ich die Antwort schon ahnte.

»Meinen Mann«, sagte sie zittrig.

»Gehen Sie doch einfach nach unten und überzeugen Sie sich selbst.«

»Okay, okay. Ich glaube, das mach ich. Charlie ...«

Ich wartete, doch sie bedankte sich nicht. Das tun die wenigsten.

Dawn beendete die Verbindung. Sie ging nach unten, um sich um ihren betrunkenen Mann zu kümmern, der noch vor fünf Minuten entschlossen gewesen war, sie zu töten.

Ich setzte mich wieder und streichelte Tulips seidene Ohren.

»Schön, dass du hier bist, mein Mädchen«, flüsterte ich. »Schön, dich bei mir zu haben.«

Sie legte mir ihre ergraute Schnauze auf den Schoß. Ich streichelte ihr weiter den Kopf, bis meine Hände zu zittern aufhörten und wir beide nur noch schweigend im dunklen Raum saßen.

Man sollte meinen, der Vorfall hätte für eine Nacht gereicht. Aber dem war nicht so. Um 2:33 Uhr kam der zweite dringende Notruf.

Als ich die Info auf dem ANI/ALI-Schirm sah, war ich sofort wieder hellwach. Ich straffte meine Schultern, holte tief Luft und antwortete.

»Hey«, sagte ich, ein wenig überrascht darüber, dass sich der Anrufer in der Zentrale meldete und nicht auf meinem Prepaid-Handy.

Es blieb so lange still in der Leitung, dass ich glaubte, der Anrufer könne nicht antworten. Dann aber hörte ich schließlich eine kleine, zitternde, ängstliche Stimme. Das Mädchen also, nicht der Junge. Es war zu jung, um sich an meine Handynummer zu erinnern, und rief darum wieder über die 911 an, über die sie den ersten Kontakt mit mir aufgenommen hatte.

Sie weinte und brauchte mir nicht zu erklären, warum. Wir von der Notrufzentrale sind mehr als nur die Verteiler schlimmer Nachrichten an unsere Kollegen in Uniform. Wir sind ein telefonischer Sozialdienst, der erste Ansprechpartner für misshandelte Ehefrauen, betrunkene Teenager und verängstigte Kinder. Wir bekommen einiges zu hören.

Aber für gewöhnlich leiten wir den Anruf einfach nur weiter und gut. Nicht unser Problem. Als Botschafter überbringen wir die Nachricht, dass die Welt da draußen, tja, ziemlich beschissen ist.

Frage: Was würden Sie tun, wenn Sie nur noch vier Tage zu leben hätten?

An der Seitenlinie bleiben? Oder ins Spiel eingreifen?

Oder würden Sie eine andere Entscheidung treffen, wenn Sie, sagen wir, ein Jahr lang hart trainiert hätten – Ausdauer, Kampfkraft, Zielsicherheit – und, statt einfach nur rumzusitzen, in die Gänge gekommen wären? Oder wenn Sie, sagen wir, Insiderinformationen über die Art von Verbrechen hätten, gegen die unsere Strafverfolgung nichts ausrichten kann, Verbrechen, in denen der Täter immer gewinnt und das Opfer immer verliert?

Ich habe mich monatelang mit diesen Fragen beschäftigt. Und schließlich einen Entschluss gefasst.

Der half mir, als ich nun die Hände auf die Tastatur legte und tippte.

Bewusst und vorsätzlich setzte ich mich über alle Regeln hinweg, schaltete das Gerät aus, das alle Notrufe aufzeichnete, und setzte das Gespräch auf meinem bei Wal-Mart gekauften Prepaid-Handy fort.

»Hey«, sagte ich wieder. »Alles in Ordnung. Ich bin's, Charlie. Ich helfe dir. Ein Tag noch, Sweetheart, danach wird dir niemand mehr weh tun.«

6. KAPITEL

»Schlechte Nachrichten«, informierte D. D. Alex beim Essen. »Im Kampf um eine zivile Stadt gewinnen die Verrückten die Oberhand.«

Sie hatte Jack um Viertel vor sechs von der Tagesmutter abgeholt. Gegen sechs war Alex nach Hause gekommen, der schon am Morgen sein Pollo Cacciatore im Crock-Pot vorbereitet und nur noch letzte Hand hatte anlegen müssen. Kochen war sein Leben.

Jetzt saßen sie am Küchentisch einander gegenüber. Alex trank Rotwein, sie Wasser. Alex hatte beide Hände frei, sie hielt Jack mit einer Hand vor der Schulter und in der anderen eine Gabel.

Der Kleine schlief. Er hatte seine Pausbacken in ihre Halsbeuge geschmiegt und gab herzallerliebste Schnarchlaute von sich. Die Szene am Tisch entsprach wahrscheinlich der größten Annäherung an häusliches Glück, die für sie erreichbar war, dachte D. D. Das Baby an der Brust, während sich Alex sein italienisches Gericht schmecken ließ und mit ihr fachsimpelte.

»Zuerst musste ich mich um ein Tötungsdelikt kümmern, das womöglich im Zusammenhang steht mit einem größeren Fall von Selbstjustiz«, erklärte sie nun. »Wenig später ist mir eine verdächtige Frau über den Weg gelaufen, die behauptet, in vier Tagen ermordet zu werden. Sie will, dass ich dann die Ermittlungen übernehme.«

Alex hielt inne, eine Gabel Hühnerfleisch auf dem Weg zum Mund. »Sehr vorausschauend. Ich kann mich nicht erinnern, dass es auf den Formularen der Nachlassregelung ein Kästchen gibt, in dem man einen Detective für den Fall der eigenen Ermordung einträgt.«

»Oh doch, das gibt's. Aber umsichtige Ehefrauen halten die Hand drauf, wenn der Gatte unterschreibt.«

Er dachte darüber nach. »Ergibt Sinn.« Er aß weiter, stockte aber dann wieder. »Im Ernst, diese Frau rechnet tatsächlich mit ihrer Ermordung und plant entsprechend?«

»Ihre beiden besten Freundinnen wurden jeweils am 21. Januar getötet; die eine vor zwei Jahren, die andere letztes Jahr. Das heißt, dieses Jahr ...«

Alex war sichtlich perplex und starrte sie an.

D. D. seufzte. Sie legte ihre Gabel hin und streichelte Jacks Wangen. »Das ist ja das Verrückte – ich habe, als ich mit Jack nach Hause gekommen bin, im Internet recherchiert. Sie hat recht. Randi Menke wurde am Einundzwanzigsten vor zwei Jahren in ihrer Wohnung in Providence ermordet, Jacqueline Knowles ein Jahr später am selben Tag in ihrer Wohnung in Atlanta. Wie unheimlich ist das?«

»Verdammt unheimlich«, stimmte Alex zu und legte ebenfalls seine Gabel hin. Er unterrichtete Tatortanalyse an der Polizeiakademie und verfolgte einen streng wissenschaftlichen neurobiologischen Ansatz, was D. D. zu schätzen wusste, denn seine Methoden wirkten ausgleichend zu ihrer eher intuitiven Herangehensweise an Mordfälle.

»Aber du bist nicht zuständig«, stellte er fest, analytisch wie immer.

»So ist es. Ich habe sie gefragt, ob es Drohbriefe gibt, Anrufe oder irgendwelche Kontaktaufnahmen. Fehlanzeige. Sie scheint zurückgezogen zu leben und geht so gut wie nie aus, wenn man von den jährlichen Trauerfeierbesuchen absieht. Dass die beiden Morde in zwei verschiedenen Staaten verübt wurden, macht die Sache auch nicht einfacher. Sie sagt, das FBI habe nur einen flüchtigen Blick darauf geworfen und keinen Zusammenhang feststellen können. Aber aller guten Dinge sind drei, nicht wahr? Das heißt, nach dem Einundzwanzigsten dieses Jahres ...«

Alex nickte. Als ehemaliger Ermittler wusste er, dass Verbrechensaufklärung viel mit Zahlenspielen zu tun hatte. Zwei Morde in Folge waren Zufall, und für Zufälle gab man kein Geld aus. Erst der dritte Mord ergab ein Muster und ließ Ermittler aufmerken.

»Die junge Frau hat einen pensionierten FBI-Profiler engagiert und sich einen Bericht von ihm erstellen lassen«, fuhr D. D. fort und verlagerte das Gewicht des schnarchenden Säuglings. »Ich würde ganz gern mit ihm Kontakt aufnehmen, vielleicht auch mit dem Kollegen von Rhode Island, der mit dem ersten Mordfall befasst war.«

Alex nickte. »Das würde ich an deiner Stelle auch tun.«

»Glaubst du, sie ist in Gefahr?«

»Wer weiß«, erwiderte er. »Aber dass es eine Verbindung zwischen beiden Morden gibt, liegt doch auf der Hand. Die junge Frau selbst. Sie kannte beide Opfer.«

»Anzunehmen, dass das den Kollegen selbst aufgefallen ist«, sagte D. D.

Alex schüttelte den Kopf. »Da täuscht man sich leicht. Aber du meintest, sie hätte in der Nähe eines Tatorts herumgelungert. Das ist ... merkwürdig. Entweder hat sie Angst und möchte beschützt werden – in dem Fall wäre es nur verständlich, wenn sie die Nähe der Polizei sucht –, oder sie hat, wie behauptet, eingesehen, dass die Polizei für sie nichts tun kann, und findet sich damit ab. Aber dass sie dir vor diesem Tatort aufgelauert hat ... Was bringt ihr das?«

»Einen persönlichen Kontakt«, glaubte D. D. »Vielleicht hofft sie, dass ich mich nach dieser Begegnung entschlossen auf die Suche nach dem Mörder mache.«

Alex kniff die Brauen zusammen. »Eine Networkerin?«

»Wie gesagt, ich hatte heute nur mit Verrückten zu tun.«

»Was war das mit dem Zettel unter deinem Scheibenwischer?«, fragte er jetzt.

D. D. riss die Augen weit auf. »Herrje, der Zettel! Er liegt noch in meinem Wagen. Hab ganz vergessen, ihn im Labor abzugeben. Mein Gott! Wie konnte ich das vergessen ...«

Sie stockte. Das Versäumnis war ihr unerklärlich. »Mist! So was darf noch nicht einmal einem Anfänger passieren. Ich gehe in Mutterschaftsurlaub und komme als Volltrottel zurück in den Dienst.«

»Sei nicht so hart zu dir«, sagte Alex sanft. »Du warst einfach übernächtigt.«

»Aber der Zettel ist Beweismaterial. Dass ich ihn nicht abgeliefert habe, ist unentschuldbar.« Ihre wütende Reaktion war nicht gespielt. Sie konnte sich den Fehler nicht verzeihen. Sergeant Detective D. D. Warren machte keine Fehler. Undenkbar, dass Sergeant Detective D. D. Warren das A und O der Beweismittelsicherung vergaß.

Die Mutterschaft schien sie völlig durcheinandergebracht zu haben.

»D. D.«, sagte Alex ruhig und gelassen.

»Ich sollte meinen Dienst quittieren.«

»D. D.«

»Vielleicht kann Phil meine Stelle übernehmen. Er hat vier Kinder, aber so etwas wäre ihm nicht passiert.«

»D. D.«

»Erholen sich Gehirnzellen wieder?«, fragte sie. »Ich meine, man weiß doch, irgendwann schlafen Kleinkinder nachts durch. Wenn Jack so weit ist, werden mir solche Fehler hoffentlich nicht mehr ...«

»Jetzt hör endlich auf«, unterbrach sie Alex. »Der Vater deines Kindes ist schließlich Experte in Sachen Tatortanalyse. Wer könnte dir besser helfen? Übrigens, ich habe einen Kollegen an der Akademie, der ist auf Handschriften spezialisiert.«

D. D. musterte ihn. »Wirklich?«

»Wirklich.«

»Oh.« Sie blickte auf ihren Teller, sah, dass sie kaum etwas gegessen hatte, und griff wieder zur Gabel. »Und kochen kannst du auch noch.«

Alex lächelte. Er stand auf und räumte seinen Teller weg. »Sieh dich vor«, sagte er auf dem Weg zur Spüle. »Andere Frauen könnten so beeindruckt von mir sein, dass sie mich heiraten wollen.«

D. D. schaute ihm nach. Genauso gelassen wie er entgegnete sie: »Ja, aber haben wir nicht gerade festgestellt, dass andere Frauen cleverer sind als ich?«

Alex antwortete nicht. Er ging raus, um den Zettel aus ihrem Wagen zu holen.

D. D. blieb am Küchentisch sitzen und drückte Jack einen Kuss auf die Stirn. »Entschuldige«, murmelte sie, obwohl sie weder ihm noch sich selbst hätte erklären können, wofür.

Alex kehrte mit dem Zettel zurück. Nachdem er sich Latex-Handschuhe übergestreift hatte, holte er ihn aus der Plastiktüte und machte davon mehrere Fotos mit seiner Digitalkamera. Gleich darauf rief er seinen Kollegen an. Sie tauschten ein paar Nettigkeiten aus und verabredeten dann, dass er ihm ein Foto des Zettels zwecks vorläufiger Analyse per Mail zuschickte.

»Er wird in zwanzig bis dreißig Minuten zurückrufen«, erklärte Alex und steckte den Zettel zurück in die Plastikhülle. »Natürlich musst du den Zettel noch im Labor einreichen. Die suchen dann nach Fingerabdrücken und analysieren Papier und Tinte.«

»Danke«, sagte sie.

Jack war inzwischen aufgewacht. D. D. saß mit ihm auf dem Sofa. Er schaute mit seinen großen blauen Augen zu ihr auf. Als sich Alex den beiden näherte, richtete der Kleine den Blick auf seinen Vater und bewegte die winzige Faust.

»Sieh dir das an«, freute sich D. D. »Er kann schon winken. Wusste ich doch, dass er hochbegabt ist.«

»Das hat er von mir«, meinte Alex. Er setzte sich zu den beiden aufs Sofa und legte ihr den Arm über die Schulter. »Grüßen konnte ich immer schon supergut. Winke, winke.« Mit der Linken wedelte er wie Miss Amerika in der Luft herum. Jack antwortete mit seinen Füßchen.

»Er wird mal Fußballspieler«, meinte D. D. »Sieh nur, diese Muskeln!«

»Fußball? Mmm, kommt er wohl nach dir. Bei meinen Koordinationsfähigkeiten hüte ich mich davor, gleichzeitig zu rennen und Kaugummi zu kauen.«

»Meine Eltern waren Lehrer«, sagte D. D. versonnen. »Profs am College, als sie pensioniert wurden.«

»Tja, dann sollte wohl auch Jack die Nummer mit dem Laufen und Kaugummikauen besser vergessen.« Alex berührte ihre Wange. »Sind sie immer noch entschlossen, uns am Wochenende zu besuchen?«

Sie blickte zu ihm auf. »Noch hätten wir Zeit abzuhauen«, antwortete sie ernst. »Oder ich könnte sagen, dass deine Leiche im Hinterhof verscharrt wurde. Sie würden mir glauben.«

Er grinste. Trotzdem sah sie die Freundlichkeit in seinen Augen. Es störte sie, dass er zu glauben schien, sie habe solche Blicke nötig. Noch mehr störte es sie, dass er wahrscheinlich recht damit hatte, dass aus ihr eine Frau geworden war, die so etwas manchmal tatsächlich gebrauchen konnte. Es lag wohl am Schlafmangel, redete sie sich ein. Oder hatte es vielleicht doch mit jenen Veränderungen zu tun, die Mutterschaft mit sich brachte, was bedeuten würde, dass sie auf ewig eine leicht reizbare, häusliche und weniger taugliche Version ihrer selbst bliebe?

»Es ist ja gar nicht so, dass ich sie komplett ablehnen würde«, hörte sie sich sagen. »Ich habe ein anderes Verhältnis zu ihnen als du zu deinen. Wirklich.«

Alex wickelte eine Locke ihrer kurzen blonden Haare um seinen Finger. »Und wie würdest du das beschreiben?«

Sie zuckte mit den Achseln und spielte an Jacks winzigen Fingern wie Alex an ihren Haaren. »Ich respektiere sie. Es sind zwei intelligente, gutherzige Leute, die ihr eigenes Leben führen. Sie haben ihre Sorgen, ich habe meine. Wir sind glücklich.«

»Du warst dagegen, dass deine Mom bei der Geburt dabei ist«, erinnerte er sie.

Entschieden schüttelte D. D. den Kopf. »Um Himmels willen. Das wäre ja schrecklich gewesen.«

»Warum?«

»Darum.« Wieder zuckte sie mit den Achseln und betrachtete ihren pummeligen Säugling, der mit einem breiten, zahnlosen Lächeln zu ihr aufblickte. Er hatte ihre blauen Augen, wie sie fand, würde aber wahrscheinlich wie sein Vater dunkle Haare bekommen.

»Ich liebe ihn«, sagte sie plötzlich. »Ich liebe … alles an ihm. Seinen Duft, wie er sich anfühlt, wie er lächelt. Er ist das vollkommenste Baby auf der ganzen Welt. Und ich behaupte, meine Mutter hat nie so empfunden, was mich betrifft.

Ich war nur ein spätes Versehen, das zwei sehr kopflastigen Menschen unterlaufen ist, die eigentlich nie Kinder haben wollten. Und zu allem Übel war ich nicht einmal ein stiller, braver Bücherwurm, sondern ein Teufelsbraten, der auf Bäume kletterte, Fahrräder zu Schrott fuhr und so fest zuschlug, dass der arme Mikey Davis einmal einen Zahn verlor.«

»Du hast dich mit einem Jungen angelegt?«, fragte Alex.

»Ich war sieben«, antwortete D. D., als erklärte das alles. »Hab mir selbst eine Platzwunde an den Knöcheln zugezogen. Mein erster Gedanke danach war, dass ich unbedingt boxen lernen muss. Der erste Gedanke meiner Mutter war, mich für den Rest meines Lebens unter Hausarrest zu stellen. Unsere Positionen sind seitdem ungefähr dieselben geblieben.«

»Deinen Eltern gefällt nicht, dass du Detective bist?«, fragte Alex.

»Gegen den Job an sich haben sie nichts«, erwiderte D. D. »Selbst im Universum meiner Eltern verdienen Detectives einen gewissen Respekt. Aber als ich Cop wurde … ich glaube, meine Mutter war einfach nur erleichtert, dass ich mit diesem Job auf der richtigen Seite unseres Rechtssystems stehe.«

Alex lächelte. »Das denke ich auch manchmal mit Blick auf viele meiner Kollegen in Uniform. Nervös?«

Sie sah ihn an. »Meine Mutter schafft es wie niemand sonst, dass ich mir hässlich und dumm vorkomme«, gestand sie.

»Dann werden wir dafür sorgen, dass sie nicht lange bleiben und sich, solange sie hier sind, auf Jack konzentrieren. Auch wenn deine Mutter deinen rechten Haken nie zu würdigen verstanden hat, wird es ihr kaum möglich sein, an dem Kleinen etwas auszusetzen.« Alex deutete auf ihr strampelndes, sabberndes Kind. »Wie könnte man mit ihm in Streit geraten?«

Zehn Minuten später klingelte das Telefon. D. D. legte Jack in seinen Korbwagen und hoffte, dass er vor seiner nächsten Mahlzeit ein wenig schlafen würde. Dann kramte sie ihren Spiralblock und das kleine Diktiergerät hervor und schaltete den Außenlautsprecher ein, bevor sie den Anruf von Alex' Kollegen entgegennahm.

»Professor Dembowski? Hier ist Sergeant Detective D.D. Warren. Danke, dass Sie anrufen.«

»Ray. Nennen Sie mich bitte Ray.«

Dembowski hatte eine angenehme Stimme. Tiefe Basslage, sonor, dem Klang nach fünfzig bis sechzig Jahre alt, schätzte D. D. Sie setzte sich an den Küchentisch, auf dem der Zettel in seiner Plastiktüte lag.

Irgendwann muss jeder sterben.

Sei tapfer.

Alex saß ihr mit einem gefüllten Weinglas gegenüber.

»Meine erste Frage«, begann der Experte. »Gibt es weitere Schriftproben, mit denen ich das Beweisstück vergleichen kann?«

»Schriftproben?«, fragte D. D. leicht erstaunt.

»Ja, und zwar derjenigen Person, die Sie in Verdacht haben.«

»Tja ... ich habe niemanden in Verdacht. Ich dachte, es ginge vielleicht auch andersherum. Sie analysieren die Handschrift und helfen mir, den Verfasser ausfindig zu machen.«

»Verstehe. Sie hätten gern, dass ich der Schrift ablese, wie alt und welchen Geschlechts der Verfasser ist, möglichst auch noch, welchen Beruf er oder sie ausübt.«

»Das würde helfen.«

Es blieb lange still in der Leitung. Sie glaubte schon, einen Fehler gemacht zu haben. »Hmmm ... vorausgesetzt natürlich, eine solche Analyse ist überhaupt möglich«, fügte sie verspätet hinzu.

»Leider nicht«, erwiderte Dembowski.

»Nein?«

»Was Ihnen vorschwebt, ist wohl ein graphologisches Gutachten. Aber für mich ist Graphologie keine Wissenschaft. Ihre Vertreter behaupten, aus Handschriften unbewusste Botschaften herauslesen zu können. Mein Fachgebiet ist die forensische Handschriftenanalyse, das heißt, ich vergleiche Dokumente, um zu bestimmen, ob sie vom selben Verfasser stammen oder nicht.«

D. D. war enttäuscht, und auch Alex zuckte nur mit den Schultern.

»Dann entschuldigen Sie bitte, Ray«, sagte sie schließlich. »Leider bin ich mit meinen Ermittlungen noch nicht so weit, dass ich Ihnen mehrere Schriftproben vorlegen könnte. Derzeit habe ich nur eine Leiche und diesen Zettel anzubieten, der in der Nähe des Tatorts unter meinem Scheibenwischer klemmte. Es ist zu befürchten, dass der Täter noch andere Verbrechen plant. Darum wäre ich für jeden Hinweis äußerst dankbar.«

Dembowski seufzte schwer. »Ist Ihnen bewusst, dass wir das Feld der Wissenschaft verlassen und lediglich vage Vermutungen anstellen?«

»Was wir hier am Telefon miteinander besprechen, wird in keiner Akte auftauchen.«

»Ich bitte darum. Wie gesagt, ich bin Forensiker und kein Graphologe, das heißt, selbst wenn sich ein Gericht auf ein graphologisches Gutachten einlassen würde, hätte meine Analyse keinen Bestand.«

»In Ordnung.« D. D. nickte und verstand endlich, worauf ihr Experte hinauswollte. »Nennen wir's eine Plauderei unter Kollegen. Mir ist da dieser seltsame Zettel in die Hände gefallen. Was halten Sie davon?«

Wieder entstand eine längere Pause. Dembowski holte tief Luft und kam zur Sache. »An der Handschrift sind mir einige Dinge aufgefallen. Erstens, der Text wurde ausgeschrieben und nicht, wie üblich, in Druckbuchstaben verfasst. Zweitens, die Buchstaben sind recht groß, oberhalb der Mittellinie schwungvoll und rund, aber an der Grundlinie wie abgeschnitten, als hätte der Verfasser ein Hilfsmittel benutzt. Eine Grundlinie gezogen oder sogar ein Lineal beim Schreiben angelegt.«

»Das ist mir auch aufgefallen«, bestätigte D. D. Alex reckte den Hals, um noch einmal auf den Zettel zu schauen. *Irgendwann muss jeder sterben. Sei tapfer.*

»Da wären noch ein paar andere Anomalien. Die meisten Menschen schreiben unterschiedlich große Buchstaben. Zum Beispiel geraten häufig gebrauchte Buchstaben, besonders Vokale, ein wenig kleiner; auf sie wird weniger Sorgfalt verwendet. In Ihrem Beweisstück jedoch sind alle Buchstaben ziemlich genau gleich groß. Schauen Sie sich die Querstriche an den beiden Ts an. Auch sie haben exakt dieselbe Länge. Daraus könnte man auf einen Verfasser schließen, der sehr viel Wert auf Details und Präzision legt. Dafür spricht auch die Grundlinie, für die offenbar ein Hilfsmittel verwendet wurde. Aus graphologischer Sicht scheint der Verfasser jemand zu sein, der von sehr starken Kontrollwünschen geprägt ist, eine Typ-A-Persönlichkeit, also extrem ordnungsbedürftig. Wie meine geschiedene Frau«, lachte Dembowski hohl. »Et cetera et cetera.«

D. D. spitzte die Lippen und machte sich Notizen. Der vorgefundene Zustand des Tatorts passte zu diesem Befund: die sorgfältig geputzte Küche, die in der Spüle abgestellten Becher. Sogar der Mord war sauber ausgeführt worden: zwei Schüsse in die Stirn, präzise platziert und absolut tödlich. Der Mörder war also ein Ordnungsfreak mit ungewöhnlich stark ausgeprägtem Sinn für Details. Interessant.

Auch das notierte sich D. D.

»Schauen wir uns jetzt einmal die offenen Buchstaben wie e, m, n und so weiter an. Häufig werden solche Zeichen so eng gesetzt, dass sich die Öffnungen schließen. Nicht so bei Ihrem Schreiber. Er oder sie produziert offene, sehr elegante Bögen. Interessant erscheinen mir auch M und N. Die Buckel sind perfekt gerundet, während im Gegensatz dazu das W in *Irgendwann* spitz gewinkelt ist. Diese Präzision und Akkuratesse spricht nicht nur für einen ausgeprägten Kontrollwunsch, sondern auch für ein gehöriges Maß an Praxis. Der Verfasser schreibt viel.«

»Glauben Sie, er oder sie ist gebildet? Überdurchschnittlich intelligent?«, fragte D. D.

»Ich tippe auf jemanden, der eine katholische Schule absolviert hat«, spekulierte Dembowski ungeniert. »So schön schreiben lernt man nur, wenn man eine Schuluniform getragen hat und von Nonnen gemaßregelt wurde.«

»Verstehe«, sagte D. D., selbst das Produkt einer öffentlichen Schule mit einer Sauklaue. Alex grinste breit, denn er hatte tatsächlich eine private katholische Schule besucht und sie, D. D., ihrer Handschrift wegen immer wieder aufgezogen.

»Ja«, fuhr Dembowski fort, »es scheint sich um eine gebildete und durchaus intelligente Person zu handeln. Orthographie und Grammatik sind auch korrekt, aber bei einer so kurzen Nachricht sagt das nicht viel.«

»Okay«, wiederholte D. D., die allmählich Gefallen an seinen Bemerkungen fand. Trotz aller Vorbehalte gegen Dembowskis pseudowissenschaftlichen Ansatz zeichneten sich in ihrer Vorstellung erste Konturen des Mörders ab. Die Nachricht passte zum Tatort. Und umgekehrt. Gar nicht so schlecht fürs Erste.

»Zu guter Letzt möchte ich noch auf den Abstrich des Buchstaben J und die kleinen Häkchen am Ende eines jeden Worts aufmerksam machen«, sagte Dembowski. »Diese Arabesken sind ein stilistisches Merkmal und sagen uns vielleicht etwas über die Psyche des Verfassers, von dem wir nun wissen, dass er ein geübter Schreiber ist und großen Wert auf Akkuratesse legt. Das kleine J hat einen markanten Abstrich, der länger ist als nötig, und auch die nach oben geschwungenen Wortenden geben dem Schriftbild einen eleganten Touch.«

»Würden Sie sagen, wir haben es mit einer kultivierten Person zu tun?«, fragte D. D. »Sollten wir in den oberen Gesellschaftsschichten nach ihr suchen, in vermögenderen Kreisen?«

»Nun ja, das legt auch schon der mutmaßliche Besuch einer Privatschule nahe. Vergessen Sie nicht, wir bewegen uns im Bereich der Spekulation, aber ich würde sagen, unsere Zielperson ist Rechtshänder, sehr gepflegt, detailversessen, gut ausgebildet, vielleicht katholisch und natürlich ...«

Er legte eine Pause ein, als wollte er D. D. Gelegenheit geben, die Lücke zu schließen.

»Gerundete Buchstaben«, half er nach. »Schwungvolle Wortenden.«

D. D. kam endlich auf den Trichter. Ihre Augen gingen weit auf. »Ich glaub's nicht.«

»Ich bin mir fast sicher. Studien haben gezeigt, dass selbst Laien am Schriftbild erkennen können, welchen Geschlechts der Verfasser ist. Die Trefferquote liegt bei fast siebzig Prozent. Frauen schreiben anders als Männer. Wenn wir also davon ausgehen, dass Ihr Mörder und der Verfasser dieser Nachricht ein und dieselbe Person ist, suchen Sie ...«

»Eine Frau!«, platzte es aus D. D. heraus.

»Ja, und ich würde sagen, eine, die zutiefst verletzt wurde.«

7. KAPITEL

»Sind Hunde hier in der Zentrale erlaubt?«

Ich stand in der winzigen Kochnische und blickte von einer Anrichte auf, die voller Kaffeeflecken war. In der Tür stand Officer Mackereth. Er musterte mich und Tulip, die artig neben mir hockte.

7:42 Uhr. Sarah Duffy, meine Ablösung, war dankenswerterweise pünktlich zur Arbeit erschienen. Sie hatte vor einer halben Stunde eingecheckt und sich von mir über den Verlauf der Nachtschicht informieren lassen. Wir machen das immer so, denn es ist hilfreich, wenn es wiederholt zu Störungen oder Streitigkeiten kommt. Dann weiß die Nachfolge, was Sache ist, und kann veranlassen, dass drastischere Maßnahmen getroffen werden, damit endlich Ruhe einkehrt.

Ich hatte ausgecheckt mit dem Gefühl, jeden Penny meines Stundenlohns von 14,50 Dollar sauer verdient zu haben. Ich war erschöpft und gleichzeitig aufgedreht, was für jeden gefährlich ist, besonders für mich.

Ein Tag weniger; bis zum Einundzwanzigsten waren es nur noch drei. Randi und Jackie waren abends getötet worden. Nur um den Gedanken noch einmal durchzuspielen, datierte ich meine Deadline auf zwanzig Uhr am 21. Januar, also in rund vierundachtzig Stunden. Angenommen, ich würde vormittags sechs Stunden schlafen, blieben mir noch sechzig Stunden im Wachzustand.

Tom stieß sich vom Türrahmen ab und kam auf mich zu. Er hielt Tulip eine Hand hin.

»Hat er einen Namen?«

»Ihr Name ist Tulip.«

»Bringen Sie sie häufiger mit?«

»Es ist zu kalt, um sie draußen zu lassen«, sagte ich, als wäre damit alles erklärt.

Er nickte, schien sich also mit meiner Antwort zufriedenzugeben. Ich wischte die Anrichte mit einem Clorox-Tuch ab und begann anschließend, die verhunzte Edelstahlspüle mit einem Scheuerschwamm zu bearbeiten. Vor neun Monaten hatte ich damit angefangen, neue Reinigungsmittel für unseren kleinen Aufenthaltsraum zu besorgen. Irgendjemand musste es ja tun.

Officer Mackereth kraulte Tulip hinter den Ohren und beäugte mich. Ich wich seinem Blick aus. Ich scheuerte die Spüle, die voller Kaffee- und Wasserflecken war. So etwas machte mich verrückt.

»Schwieriger Anruf vorhin, was?«, meinte er plötzlich.

Ich hielt kurz inne und machte mich dann über einen Rostfleck her, der nicht weggehen wollte.

»Tut mir leid, dass ich mit den Details so langsam war«, erwiderte ich. »Die Anruferin hatte sich vor ihrem Ehemann versteckt und konnte nicht reden.«

»Wie sind Sie dann an die Informationen herangekommen?«

»Über Tastentöne.«

»Wie bitte?«

Die Spüle war jetzt sauber. Ich warf ihm einen Blick zu und drehte den Wasserhahn auf, um den Schwamm auszuwaschen. Officer Mackereth war schätzungsweise Mitte dreißig; er hatte blaue Augen und kurzgeschnittene braune Haare. Ein bisschen untersetzt war er, was ihm aber ganz gut stand. Es verlieh ihm jene Aura, die Ganoven gar nicht erst auf den Gedanken brachte, sich mit ihm anzulegen.

Es war mir unangenehm, dass er so dicht vor mir stand. Ich mochte es nicht, dass er mich aus seinen Cop-Augen musterte, die darauf trainiert waren, Geheimnisse zu lüften und Lügen zu durchschauen.

Er hatte mich nach meiner Schicht noch nie aufgesucht. Das hatten die wenigsten Uniformierten. Wir arbeiteten zwar eng zusammen, aber weil das Personal der Leitstelle ständig wechselte – viele warfen mit Burnout-Symptomen das Handtuch –, ließen sich die meisten Officer Zeit mit dem Versuch einer persönlichen Kontaktaufnahme.

Auch was mich betraf, warteten sie wohl mein Einjähriges ab, um zu sehen, ob ich noch auf meinem Posten sein würde.

Ich war so etwas wie ein Statist in einem Kriegsfilm. Der Neuling, dessen Name man sich nicht zu merken brauchte.

Aber Officer Mackereth war gekommen und schenkte mir seine Aufmerksamkeit. Nach der Dramaturgie alter Kriegsfilme hatte er mich somit dazu verdammt, in Szene Zwei das Zeitliche zu segnen.

Der Gedanke ließ mich grinsen. Fast hätte ich gelacht, obwohl mir eigentlich zum Heulen zumute war.

Wie gesagt, ich war erschöpft und aufgedreht zugleich. Eine gefährliche Kombination, vor allem für jemanden, dem nur noch vierundachtzig Stunden blieben.

»Was meinen Sie mit Tastentönen?«, wollte Officer Mackereth wissen.

Ich packte die Clorox-Tücher weg und griff nach meiner Umhängetasche. »Ich habe Fragen gestellt und die Anruferin aufgefordert, mit Tastentönen zu antworten: ein Piep für ja, zwei für nein. Es hat funktioniert.«

Ich streifte die schwarze Umhängetasche, in der meine geladene Taurus steckte, über die Schulter und zog die Hundeleine daraus hervor.

Officer Mackereth legte mir eine Hand auf den Arm.

Ich wurde stocksteif. Vielleicht schnappte ich auch nach Luft. Mir war nicht klar, was ich davon halten und wie ich darauf reagieren sollte. Seit einem Jahr trainierte ich zuzuschlagen, nachzutreten und mich zu verteidigen. Ich hätte die Fäuste vors Gesicht heben und mich in Boxposition bringen können. *Machen Sie ein Foto*, brüllte mein Coach immer. Ich hätte mich auf einen Jab mit der Führhand vorbereiten sollen, gefolgt von einem Punch, einem linken Haken und einem Uppercut.

Seit einem Jahr hatte mich niemand berührt, jedenfalls nicht bewusst oder freundlich, geschweige denn liebevoll.

Plötzlich drohte mich das Vakuum meiner Isolation aufzusaugen. Isolation, Erschöpfung, Adrenalin.

Ich wollte lachen. Ich wollte weinen.

Am liebsten hätte ich mich Mackereth in die Arme geworfen, um wieder einmal zu spüren, wie es ist, gehalten zu werden.

»Lernt man das in der Ausbildung?«, fragte er.

»Nein.«

»Woher wussten Sie, dass er bewaffnet war?«

Seine Hand lag immer noch auf meinem Arm, die blauen Augen waren auf mein Gesicht gerichtet. Ich hob das Kinn und setzte eine neutrale Miene auf. »Ich wusste es einfach.«

Er ließ seinen Arm fallen. Tulip winselte leise. Es schien, als spürte sie mein Unbehagen.

»Gute Arbeit«, sagte er. »Ich finde ... Vielen Dank, Charlie.«

»Ich bin nur froh, dass Ihnen nichts passiert ist«, erwiderte ich. »Und entschuldigen Sie noch mal, dass es so lange gedauert hat, bis ich die Lage gepeilt habe. Wird nicht wieder vorkommen.«

Noch zwei Nachtschichten. Mehr fiel mir dazu nicht ein. Noch zwei Nachtschichten.

Officer Mackereth richtete seinen Blick auf Tulip, die sich an meine Beine drückte. Ich schaute auf seine Hände, die zur Seite herabhingen. Dass er keinen Ehering trug, hatte nichts zu bedeuten. Von den verheirateten Beamten trugen nur die wenigsten ihren Ring; sie wollten im Dienst nichts Persönliches von sich preisgeben.

»Ich bring Sie nach Hause«, sagte er plötzlich.

»Das ist nicht ...«

Er fiel mir ins Wort. »Mit ihr lässt man Sie nicht in die U-Bahn«, sagte er und zeigte auf Tulip. »Wir hier sehen das nicht so eng«, fügte er schmunzelnd hinzu und schien mich necken zu wollen. »Aber die Bostoner Verkehrsbetriebe stellen sich ziemlich an.«

Ein unschlagbares Argument. Die Hinfahrt im Taxi hatte mich dreißig Scheine gekostet, fast ein Drittel meines Lohns. Wenn ich noch einmal so viel für den Rückweg zahlen würde, bliebe mir nach den Steuern nicht mehr viel übrig, und ich hätte mir die Arbeit schenken können.

Trotzdem zögerte ich. Alte Instinkte lassen sich nicht ohne weiteres abstellen. Aber Detective D. D. Warren hatte mir geraten, mich meinen Kollegen anzuvertrauen, die in keinerlei Verbindung zu Randi oder Jackie gestanden hatten. Und weil sie nicht Teil des Problems sein konnten, sollte ich sie zur Lösung mit einbeziehen.

Außer ... Dass Officer Mackereth mich beim Namen nannte, bedeutete nach der Logik eines Kriegsfilms meinen unmittelbar bevorstehenden Untergang. Im Drehbuch meines Lebens aber war er als Nächstes dran, wenn ich seinen Namen nannte. Nicht, weil ich den Kreis derer, die mir gefährlich werden konnten, nach Möglichkeit dezimieren wollte, sondern weil ich versuchen musste, mich selbst zu bändigen.

»Kommen Sie, Charlie«, sagte Officer Mackereth fast ruppig. »Sie haben mir heute Nacht wahrscheinlich das Leben gerettet. Im Gegenzug möchte ich Ihnen wenigstens das Taxi ersparen.«

Er wandte sich der Tür zu. Tulip und ich folgten – Tulip hüpfte sogar, sichtlich erfreut über so viel unerwartete Aufmerksamkeit.

Ich fragte mich, was Jackie zu dieser Zeit vor einem Jahr getan hatte, was ihr durch den Kopf gegangen sein mochte und mit wem sie kurz zuvor zusammen gewesen war. Und ich fragte mich, ob sie, die Organisatorin unseres Trios, ihren Tod vorhergesehen hatte und, wenn ja, wie sie auf eine vergleichbare Situation reagiert hätte.

Hätte sie nein gesagt oder ja?

Das ist die zentrale Frage überhaupt, oder? Was bereut man am Ende mehr: etwas getan oder etwas unterlassen zu haben?

Mir blieben noch vierundachtzig Stunden abzuzählen, und ich folgte Officer Mackereth zu seinem Streifenwagen.

Ich bat ihn, mich in Cambridge am Harvard Square rauszulassen. Das war nahe meiner Wohnung, und ich würde mit Tulip noch ein wenig laufen können.

Er hatte mir erzählt, dass er in Grovesnor wohnte. Officer Mackereth würde also meinetwegen einen Riesenumweg machen, und das zur morgendlichen Rushhour. Wieder protestierte ich. Trotzdem führte er mich zu seinem Streifenwagen, den er wie alle Uniformierten auch privat nutzte.

Ich stieg vorn ein und nahm auf dem Beifahrersitz aus echtem schwarzem Leder Platz, der sehr bequem war. Tulip musste mit der harten vinylbezogenen Rückbank vorliebnehmen, die man notfalls mit dem Wasserschlauch abspritzen konnte. Für meine Hündin war sie leider viel zu glatt. Als sie das zweite Mal heruntergerutscht war, blieb sie lieber gleich unten auf dem Boden liegen.

»Woher stammen Sie«, fragte Officer Mackereth, als wir auf die I-93 einbogen.

»Aus New Hampshire.«

»Concord?«

»Weiter nördlich. In den Bergen.«

»Fahren Sie Ski?«

»Ein bisschen. Langlauf.«

»Als ich noch im College war, bin ich viel Abfahrt gefahren«, erzählte er. »Bis mir einmal die Achillessehne gerissen ist. Langlauf wäre vielleicht auch für mich besser. Haben Sie Familie?«

Ich rutschte auf meinem Platz hin und her und blickte zum Fenster hinaus. »Unverheiratet. Und Sie?«

»Ebenfalls. Haben Sie einen Freund?«

»Tulip ist ziemlich eigen«, antwortete ich.

Er kicherte. »Seit wann haben Sie sie?«

»Wir feiern demnächst unser sechsmonatiges Jubiläum. Ich hoffe, sie bringt mir Blumen mit. Haben Sie Haustiere?«

»Keine Freundin, keine Kinder, keine Haustiere. Aber noch beide Elternteile, eine nervige ältere Schwester und nette Neffen und Nichten. Das reicht mir.« Jetzt war er wieder mit Fragen an der Reihe: »Hobbys oder irgendwelche besonderen Interessen?«

»Putzen und sauber machen.«

Er warf mir einen Blick zu. »Im Ernst?«

Ich zuckte mit den Achseln. »Ich arbeite nachts und verschlafe den ganzen Tag. Für alles andere bleibt nicht viel Zeit.«

»Klar.« Er bemerkte meine Hände, die zu Fäusten geballt auf meinem Schoß lagen. »Ich wette, diese Knöchel haben Sie nicht vom Putzen.«

Ich bedauerte, meine Handschuhe nicht angezogen zu haben. Zumindest hätte ich die Hände unter den Schenkeln verstecken sollen. Die Knöchel sahen schrecklich aus. Zwischen dem kleinen und dem Ringfinger waren beide Hände geschwollen und violett angelaufen. An allen übrigen Knöcheln hatte ich Schürfwunden und mehrere alte und neuere Verletzungen. Preisboxerhände. Nicht besonders feminin, geschweige denn hübsch, aber mir gefiel es so, denn es hatte abschreckende Wirkung.

»Ich boxe«, erklärte ich.

Officer Mackereth zog die Brauen in die Stirn. »Dann haben Sie also doch ein Hobby. Und wie es scheint, schlagen Sie ziemlich fest zu, so fest, dass die Knöchel drunter leiden, obwohl Sie doch, wie ich annehme, Boxhandschuhe tragen, oder?«

Ich korrigierte ihn nicht. Natürlich kämpfte ich mit bloßen Fäusten. Was sollte ich am Einundzwanzigsten mit Boxhandschuhen anfangen?

»Sie schieben häufig Nachtschicht?«, sagte ich, um das Thema auf ihn zu lenken.

Er nickte. »Meistens.«

»Warum? Sie sind doch lange genug im Dienst, um günstigere Arbeitszeiten einfordern zu können.«

Mackereth zuckte mit den Achseln. »Mit den Nachtdiensten habe ich angefangen, weil die allen Neulingen aufgebrummt werden. Aber irgendwie hat's zu mir gepasst. Ich bin wohl ein Nachtmensch. Mir macht's nichts aus, während viele Kollegen Familie haben, Kinder und Hunde und weiß Gott, was sonst noch. Für die wären Nachtdienste eine Strafe. Also springe ich ein.«

»Sehr kollegial«, sagte ich.

»Das sind wir alle«, erwiderte er. »Und wie steht's damit bei Ihnen in der Leitstelle?«

»Da arbeiten nur Einzelgänger.« Das entsprach zwar nicht ganz der Wahrheit, aber mir war nach impulsiven Antworten zumute. »In einem abgedunkelten Raum mit vielen Monitoren und einer Kanne

Kaffee zu arbeiten ist das, was wir uns unter einer guten Zeit vorstellen. Wissen Sie, was herauskommt, wenn man einen Fluglotsen mit einem Drahtseilakrobaten kreuzt? Ein Neun-eins-eins-Operator.«

Er lachte herzhaft, was mir mehr schmeichelte, als mir lieb war.

»Wie sind Sie an diesen Job geraten?«, fragte er.

»Ich war in Colorado, brauchte einen Job, hatte aber keinen Collegeabschluss. Callcenter nehmen so gut wie jeden.«

Als Studentin hatte ich unter chronischen Erinnerungsstörungen gelitten, ganz zu schweigen von meiner Unfähigkeit, mich zu konzentrieren. Keine günstigen Voraussetzungen für eine akademische Karriere. Jackie schüttelte immer nur den Kopf, wenn ich wieder einmal durch eine Prüfung gerasselt war. Aber auch für mich stellte sich heraus, dass Krisenzeiten Chancen bergen. Als Teammitglied im Wettkampf um irgendeinen Quiz-Pokal mochte ich zwar denkbar ungeeignet sein, aber ich war jemand, den man anrief, um einen Hauseinbruch zu melden. Jetzt hoffte ich, dass mir der Adrenalinstoß auch am Einundzwanzigsten ein Freund sein würde.

»Nicht viele schaffen die Ausbildung zum Notruf-Operator«, bemerkte Mackereth.

Diesmal zuckte ich mit den Achseln. »Mir gefällt der Job. Jede Schicht ist anders, man muss viel improvisieren. Ich hab wahrscheinlich ADS, aber gerade das kommt mir bei meiner Arbeit entgegen. Wie sind Sie zur Polizei gekommen?«

»Schon mein Vater war Cop. Da haben wir's wieder mal; das kennt man ja. Aber auch mir gefällt es so. Der Dienst ist sehr abwechslungsreich. Man muss viel improvisieren.«

Mackereth verließ die I-93 an der Ausfahrt Storrow Drive. Wir hatten unser Ziel fast erreicht. Hinter der Glasscheibe, die die Kabine vom Heckraum trennte, sah ich, dass Tulip wieder auf der Rückbank saß und den Kopf gehoben hatte.

»Sie können uns am Harvard Square rausschmeißen«, wiederholte ich.

»Aber da wohnen Sie doch nicht.«

Ich schaute ihn an. »Woher wissen Sie, wo ich wohne?«

»Ich bin Cop«, antwortete er gelassen. »Ich habe mich informiert.«

Meine Hände lagen immer noch im Schoß. Ich dachte an meine geladene Taurus, die in der Tasche steckte, weil man mich nicht mit einer geholsterten Waffe an meinen Arbeitsplatz lassen würde. »Officer Mackereth ...«, begann ich.

»Tom.«

»Officer Mackereth.«

»Tom«, wiederholte er stur.

»Setzen Sie uns bitte am Harvard Square ab«, sagte ich spitz. »Tulip und ich gehen den Rest zu Fuß.«

»Nur wenn Sie mir eine Frage beantworten.«

Ich musterte ihn stumm.

»Bin nur ich es, dem Sie nicht trauen?«, fuhr er ruhig fort. »Oder misstrauen Sie allen Männern? Soweit ich weiß, habe ich mich Ihnen gegenüber nie anstößig verhalten. Wenn es aber doch einmal der Fall war, möchte ich wissen, inwiefern, denn dann könnte ich mich das nächste Mal vorsehen.«

Er hatte den Harvard Square fast erreicht, schien aber nicht abbremsen zu wollen. Er kannte meine Adresse und hatte es sich offenbar in den Kopf gesetzt, mir und Tulip einen Gefallen zu tun. Vielleicht wollte er auch austesten, wie weit er gehen konnte.

Er war schließlich ein Mann und ich eine Frau, und wir hatten in der Nacht ein paar ziemlich intensive Minuten miteinander erlebt. Ich war erschöpft und aufgedreht, er war erschöpft und aufgedreht, und er hatte dieses tiefe Lachen und diese breite Brust, und ich hätte tatsächlich nichts dagegen gehabt, ihn zu berühren.

Ich erinnerte mich an das Gefühl warmer, fester Männerhaut unter meiner Hand. An kratzige Stoppeln und dem hungrigen Geschmack eines Mannes, der mich so sehr begehrte wie ich ihn. Der Gedanke stieg mir zu Kopf, machte mich ein wenig wild.

Ich glaube, was wir Menschen am meisten fürchten, ist nicht der Tod, sondern das Alleinsein. Die fehlende Nähe eines anderen und der Mangel an Berührung. Die Erde bewohnt zu haben, ohne einen Eindruck zu hinterlassen.

Was mir da durch den Kopf ging, verwirbelte auch meine Müdigkeit und meine Rastlosigkeit bis hin zu dem Wunsch, mit einem Fremden ins Bett zu gehen. Ich wollte in diesem Moment einfach empfinden können, dass ich etwas zählte.

Am Harvard Square angekommen, bremste Mackereth ein wenig ab, weil ihn der Verkehr und die zur Uni strömenden Studenten dazu zwangen. Er folgte der Straße entlang der Ziegelbauten, passierte die Unterführung und bog hinter dem Grünstreifen links ab in den Weg, der zu meinem Haus führte.

Tulip roch den Stall und fing an zu winseln. Noch vier Blocks. Noch drei, zwei, einer. Mackereth trat auf die Bremse, bog rechts in die Gasse ein und hielt direkt vor dem grauen Haus meiner Vermieterin an. Ich hatte schon die Hand am Türgriff. Nur gut, dass sich in einem Streifenwagen die Beifahrertür nach Belieben öffnen ließ. »Vielen Dank«, sagte ich.

»Essen wir zusammen?«, fragte er geradeheraus. »Heute Abend. Bevor unser Dienst anfängt. Ich könnte Sie abholen. Wir fahren zu mir, und ich koche was. Tulip kommt natürlich mit. Aber wenn es Ihnen lieber ist, führe ich Sie aus in ein Restaurant.«

»Danke, dass Sie mich nach Hause gebracht haben«, wiederholte ich.

Er seufzte. »Sie sind eine harte Nuss, Charlie.«

Ich widersprach ihm nicht, sondern stieg aus und befreite Tulip aus dem Heckraum. Sie sprang dankbar heraus und rannte auf dem schneebedeckten Gehweg im Kreis.

Mackereth sagte nichts mehr. Er musterte mich durchs Fenster, als ich die Beifahrertür ins Schloss warf. Gleich darauf setzte er den Streifenwagen in Bewegung und fuhr weiter.

Tulip und ich standen am Straßenrand und schauten ihm nach.

Wir warteten, bis er nicht mehr zu sehen war. Dann endlich fiel mir auf, dass ich die Luft angehalten hatte, atmete tief durch und wandte mich dem Haus meiner Vermieterin zu. Von einer Bewegung am Blickfeldrand aufmerksam gemacht, blickte ich nach oben und sah, wie sich hinter dem Fenster im Obergeschoss des Nachbarhauses ein Schatten löste.

Da hatte jemand gestanden, der in dem Moment, als ich hochschaute, zurückgewichen war. Gleich darauf wurde ein Rollo heruntergelassen. Tulip und ich standen allein auf dem Gehweg. Mir richteten sich die Nackenhaare auf.

8. KAPITEL

»Ich will mit einbezogen werden.«

»Was?« Mit verschwommenen Augen blickte D. D. von einem Stapel Vernehmungsprotokolle auf, die sie durchgeblättert hatte. Ihr schwirrte der Kopf, was sie aber nicht weiter verwunderte. Jack, der während des Abendessens noch friedlich und guter Dinge gewesen war, hatte wieder die ganze Nacht durchgeweint. Sie hatte die erste Schicht übernommen und ihn in den Schlaf zu wiegen versucht. Alex hatte sie dann abgelöst. Am Morgen waren beide fix und fertig gewesen.

Eine Kollegin stand vor ihrem Schreibtisch. Ellen O. Sie hatte auch einen richtigen Nachnamen, aber der war allzu lang und enthielt jede Menge Konsonanten. Als sie vor zwei Jahren frisch von der Akademie zu ihnen gestoßen war, hatte jemand ihren Namen abgekürzt, und meist verzichtete man auch auf Ellen. Fast alle nannten sie schlicht und einfach Detective O.

O war fünfzehn Jahre jünger als D. D. und ungefähr fünfzehn Pfund schwerer, die sich aber auf die richtigen Stellen verteilten. Sie hatte dunkle, exotische Augen und glänzende Haare in der Farbe von Zimt. Anfangs hatte sich die Männerriege sehr dafür interessiert, der jungen Kollegin von der Sitte als Mentor zur Seite zu stehen. Weil sie aber für deren Aufmerksamkeit unempfänglich zu sein schien, hieß es bald, sie sei lesbisch.

D. D. bezweifelte das. Ihrer Einschätzung nach lebte und atmete Detective O ihren Job. Sie war vielleicht noch engagierter als D. D., was vielen nicht besonders schmeckte. Auch D. D. hatte vor dem Neuling ein bisschen Angst, hätte das aber niemandem gegenüber zugegeben, niemals.

»Ihr toter Sittenstrolch«, half O nach. »Der eine von möglicherweise zweien. Ich will in den Fall mit einbezogen werden.«

»Sie sind von der Sitte, und wir ermitteln hier in Mordfällen«, sagte D. D. nüchtern.

»Aber es sind Päderasten involviert, und darauf bin ich spezialisiert. Glauben Sie mir, Sie brauchen mich.«

D. D. musterte sie mit kritischem Blick. Sie waren beide lange genug bei der Polizei, um zu wissen, dass sich ein Vertrauensappell als Argument denkbar schlecht eignete.

O ließ einen Papierstoß auf den Schreibtisch fallen. »Ein Bericht der Kriminaltechnik über das, was der erste Perversling auf seinem Computer hatte. Sie haben drei Minuten Zeit, einen Blick darauf zu werfen und mir zu sagen, welche relevanten Informationen für Sie dabei herausspringen. Ich habe den Bericht bereits gelesen.«

»Drei Minuten?« D. D. runzelte die Stirn. Sie hatte noch keine Gelegenheit gehabt, den »ersten« Fall zu bearbeiten, und beschäftigte sich ausschließlich mit dem Mord, der während ihrer Dienstzeit verübt worden war.

»Ich habe nur drei Minuten gebraucht«, erklärte O und verschränkte die Arme vor der Brust. Sie trug eine weiße Bluse über einem blauen, ärmellosen T-Shirt. Daran war nichts zu bemängeln. Trotzdem musste D. D. sich zusammenreißen, um ihr nicht den obersten Knopf zuzuknöpfen.

D. D. seufzte und gab auf. Sie schob den Bericht in Richtung O von sich weg. »Schön, Sie sind die Expertin, und zugegeben, wenn die beiden Mordfälle miteinander zu tun haben, könnten wir Hilfe gebrauchen. Was haben Sie mir anzubieten?«

O schien überrascht. Auch D. D. wunderte sich. Normalerweise gab sie nicht so schnell klein bei. *Ha*, hätte sie am liebsten gesagt, *Sie sind vielleicht jünger und hübscher, aber ich habe mehr Erfahrung*. Doch eine solche Bemerkung hätte wohl nicht wirklich gepasst, also verzichtete sie darauf.

»Nun denn«, sagte O. Sie senkte die Arme, baute sich vor dem Schreibtisch auf und kam zur Sache. »Douglas Antiholde, Sexualstraftäter der dritten Kategorie, wurde vor vier Wochen in der Tür zu seiner Wohnung getötet. Mit zwei Schüssen in die linke Stirnhälfte.«

»Ja, das ist mir bekannt.« D. D. forderte Detective O mit einer Handbewegung auf, sich zu beeilen.

»Okay. Die meisten Päderasten sind spezialisiert, insbesondere in Bezug auf ihre Vorgehensweise. Manche üben Zwang aus, andere Gewalt, wiederum andere nutzen günstige Gelegenheiten. Wie auch immer, sie alle beginnen damit, sich ein Opfer auszusuchen und zu umwerben. In jüngster Zeit nutzen sie zunehmend das Internet.«

»Das ist bekannt«, sagte D. D. und winkte wieder mit der Hand. Es war nicht ihr erstes Rodeo.

»Wissen Sie, welche Zielgruppe Online-Täter bevorzugen?«, fragte O.

»Vierzehnjährige Mädchen«, riet D. D.

»Falsch. Fünf- bis neunjährige Jungen.«

»Tatsächlich?« D. D. richtete sich ein wenig auf. Na schön, das hatte sie nicht gewusst.

»Douglas Antiholdes Online-Protokolle sind wie aus dem Lehrbuch«, sagte O. »Er war auf fast allen einschlägigen Websites registriert, auch bei Facebook, Spokeo und Chatroulette. Sie müssen wissen, diese Typen sind regelrechte Day-Trader und rund um die Uhr im Einsatz. Sie surfen im Internet, suchen sich ein Opfer aus, bändeln mit ihm an und buhlen, buhlen, buhlen. Wie Börsenhändlern ist ihnen bewusst, dass sich nicht jeder Einsatz für sie auszahlt. Darum legen sie sich eine Art Portfolio an, bestehend aus zehn, fünfzehn, vielleicht zwanzig potenziellen Opfern, denen sie nachstellen. Dass ihnen alle auf den Leim gehen, erwarten sie nicht. Sie brauchen nur eines, das sie für ihre Bemühungen entschädigt.«

D. D. verstand die Welt nicht mehr. Der Vergleich mit Börsenhändlern machte sie für einen Moment sprachlos. »Hmmm, gibt es keine Sicherheitsprotokolle oder Software, die Kinder vor solchen Typen im Netz schützen?«

»Gibt es, aber sie taugen nichts. Die meisten Fünfjährigen besuchen Websites, die Spiele anbieten. Die Betreiber versprechen den Eltern natürlich größtmögliche Sicherheit. Sie unterhalten sogar einen Stab von Mitarbeitern, die darauf aufpassen, dass keiner ihrer Nutzer gehänselt oder gemobbt wird. Die Möglichkeiten, miteinander zu kommunizieren, sind außerdem begrenzt und beschränken sich auf Sofortnachrichten in Form von Sprechblasen mit vorformulierten Aussagen. Fragen wie *He, sollen wir uns heute nach der Schule treffen?* lassen sich nicht formulieren.

Leider übersehen die Eltern Entscheidendes. Wer sich auf so einer Site registrieren lässt, wird Mitglied einer virtuellen Community, die dazu auffordert, virtuelle Freundschaften zu schließen und möglichst lange am Ball zu bleiben. Im Grunde beginnt damit schon die Anmache. Ein Fünfjähriger ist schnell davon überzeugt, dass es gut ist, online und Mitglied einer Internet-Community zu sein. Er findet es toll und wünschenswert, mit völlig Fremden Freundschaft zu schließen. Online-Täter haben leichtes Spiel auf solchen Websites und kommen mit ihren Opfern schnell in Kontakt.«

»Aber wie?«, fragte D. D. »Wenn sie doch, wie Sie sagen, nur mit vorformulierten Aussagen kommunizieren können?«

»Auf diesen Sites. Sie dienen ja auch nur der ersten Annäherung. Schauen Sie, ein Typ wie Antiholde besucht eine beliebte Plattform für Kinder, sagen wir AthleteAnimalz.com. Er loggt sich ein, gibt sich einen Tiernamen und wird Mitglied. In den ersten Wochen tut er das, was jeder andere Nutzer auch tut – er spielt wie verrückt. Er sammelt Punkte und gewinnt, was zu gewinnen ist. Jungen sind ganz besonders ehrgeizig und statusbewusst. Schon von klein auf wollen sie gewinnen oder zumindest Freunde von Gewinnern sein. Unser Mann legt es also darauf an, das erfolgreichste und populärste Mitglied der Site zu sein, ein Quarterback, von dem jeder andere Junge abgeklatscht werden möchte. Dann macht er sich an die Arbeit.

Er nimmt Bestand von den anderen Mitspielern auf und sucht dann nach jenen, die regelmäßig spielen. Denken Sie daran, er ist Day-Trader. Er muss die Aktienkurse im Auge behalten. Zufällige Besucher der Website interessieren ihn nicht, sondern nur diejenigen, die zu vorhersehbaren Zeiten aufkreuzen, also Kinder, die täglich eingeloggt sind, nach der Schule etwa oder nach dem Abendessen. Kinder, die er immer wieder antreffen kann.

An den einen oder anderen macht er sich nun heran. Er lädt dazu ein, Freundschaft mit ihm zu schließen, schlägt vor, mit ihm zu spielen. Und wieder arbeitet die Website für ihn und seine Zwecke. Man muss sich das wie in einem virtuellen Kriegsspiel vorstellen. Antiholdes Avatar wird einer sein, der sich als Beschützer anbietet und auf magische Art immer zur Stelle ist, wenn Not am Mann ist. Er rettet einen von Mal zu Mal. Umso beliebter wird er. Man ist schließlich richtig glücklich, ihn eingeloggt zu sehen, ihn in seinem Team zu haben. Und der Knaller überhaupt ist, wenn er dazu einlädt, mit ihm zu spielen. Dann ist man dick befreundet.«

»Verstehe«, unterbrach D. D. »Aber das bewegt sich noch alles im virtuellen Bereich, so faszinierend er für Kinder auch sein mag. Und überhaupt, wie stehen die Chancen, dass das Kind in derselben Stadt wohnt wie der Täter? Es soll zwar schon vorgekommen sein, dass sich eine Sechzehnjährige hat beschwatzen lassen, in einen Flieger zu steigen, um ihren Chatfreund zu treffen – aber ein Fünfjähriger?«

»Wir haben doch die Teams«, erwiderte O.

»Teams?«

»Ist doch klar: Sag mir, welches Team du magst, und ich sag dir, wo du wohnst. Ein Päderast aus Boston wird gezielt nach Fans der Red Sox, der Celtics, Bruins oder Pats Ausschau halten. In neun von zehn Fällen findet er so ein Opfer aus seiner Gegend. Und Jungs lieben es, über Sport zu reden. Sie öffnen sich und geben ganz nebenbei persönliche Informationen preis.«

D. D. rutschte nervös auf ihrem Stuhl hin und her. »Leuchtet ein.«

Detective O fuhr fort: »In der Regel sind die Täter nicht auf den Kopf gefallen. Computer sind Werkzeuge. Wir nutzen sie zur Recherche und um unsere Berichte zu verfassen. Internettäter nutzen sie, um aus ihrem erbärmlichen Alltag ausbrechen, das gemütliche Wohnzimmer anderer aufsuchen und mit Kindern fremder Leute

Kontakt aufnehmen zu können. Manche richten sich sogar ihre eigenen Sites ein. So was wie Hamsters-play-Hockey.com. Auf der anderen Website, über die sie mit potenziellen Opfern Kontakt aufgenommen haben, ermitteln sie anhand des Nutzernamens die E-Mail-Adressen der Jungen, schicken ihnen eine Mail und laden sie ein, die hockeyspielenden Hamster zu besuchen. Daran ist nichts Alarmierendes, vor allem dann nicht, wenn die Mail von dem niedlichen Tier A kommt, mit dem man schon wochenlang gespielt hat. Das Kind klickt auf den Link, und schon ist es auf der Website, die vom Täter kontrolliert wird und sehr viel fragwürdigere Möglichkeiten der Kommunikation bereithält. Der Täter schleimt sich weiter ein und schickt gleich eine Mail mit den Worten: *Hey, Kumpel, wie wär's, wir treffen uns nach der Schule und spielen Fangen im Park?*«

»Oder: *Hast du Lust, mein neues Hündchen kennenzulernen*«, murmelte D. D.

»Sie spielen auf das zweite Opfer an, nicht wahr?«, erwiderte O. »Stephen Laurent. Ja, so funktioniert's natürlich auch. Die meisten Kinder sind gut manipulierbar. Sie bekommen eine E-Mail von einem vermeintlichen Freund und sagen ja. Sie besuchen die angegebene Adresse und finden dort ein Hündchen vor, das aber nicht, wie erwartet, einem Gleichaltrigen gehört, sondern einem erwachsenen Mann. Auch wenn ihnen unwohl dabei ist, auch wenn sie ahnen, dass es besser wäre zu verschwinden, spielen sie mit.« Sie zuckte mit den Achseln. »Sie sollen ja schließlich artig sein. Das haben wir unseren Kindern schließlich beigebracht.«

D. D. wurde übel. Nüchterne Analysen von kriminellen Handlungen entsprachen durchaus ihrer professionellen Einstellung, aber jetzt hatte sie Jack vor Augen, ihren Jungen in fünf Jahren, liebevoll umsorgt und großgezogen in guter, sicherer Nachbarschaft, Schüler einer guten Schule. Doch sobald er online ginge ... Er würde in einen virtuellen Rattenbau voller dunkler Winkel und zwielichtiger Gestalten eintauchen, nur dass sich diese dunklen Winkel als bunte, helle Spielwiesen darstellten und die zwielichtigen Gestalten sich als lustige Häschen tarnten. Gütiger Himmel!

»Haben Sie Kinder?«, fragte sie Ellen O.

Die Kollegin verzog keine Miene. »Soll das ein Witz sein? Von mir kann man jede Menge hässlicher Fakten hören, so zum Beispiel, dass vierzig Prozent aller Mädchen zwischen zwölf und siebzehn Jahren von Fremden im Internet zu sexuellen Dienstleistungen aufgefordert werden. Glauben Sie, das wäre ein Gesprächsthema für romantische Rendezvous? Oder auf Cocktailpartys? Nun ja, immerhin halten es meine Katzen mit mir aus.«

D. D. wusste genau, was sie meinte. O hatte den Kopf voll von abscheulichen Geschichten, und nicht mal D. D. war sich sicher, ob sie mehr davon hören wollte. Als Mutter und Cop würde sie sich nur hilflos fühlen.

»Habe ich richtig verstanden«, fragte sie, »dass Antiholdes Computerprotokolle ihn als Päderasten überführen?«

»Ja.«

»Und Stephen Laurent?«

»Ich würde mir gern auch seinen Computer vornehmen, aber nur mit Ihrer Erlaubnis.«

»Die haben Sie«, sagte D. D. »Zurzeit suchen wir noch nach einer Beziehung zwischen den beiden Mordopfern.«

»Sie waren beide pädophil.«

»Und wurden ermordet. Wenn sich beide auf diesen Websites herumgetrieben haben, von denen Sie sprachen ...«

»Stellt sich die Frage, weshalb sie aufgeflogen sind«, führte O den Gedanken zu Ende. »Online unterscheiden sie sich nicht von anderen Nutzern. Trotzdem ist ihnen jemand auf die Schliche gekommen.«

»Ein gemeinsames Opfer vielleicht«, meinte D. D. »Oder jemand, der ein Opfer der beiden kennt.«

Sie dachte an den Handschriftenexperten der Kriminaltechnik, mit dem sie am Abend zuvor gesprochen hatte. Dembowski glaubte an eine weibliche Verfasserin der ominösen Nachricht. Aber das ließ sie jetzt unerwähnt. Graphologischen Gutachten war laut Dembowski ohnehin nicht zu trauen, und vage Vermutungen hätten die laufenden Ermittlungen nur behindert. Den Verfasser oder die Verfasserin der Nachricht mit dem Mörder Stephen Laurents gleichzusetzen war reine Spekulation. Dennoch warf sie für D. D. eine weitere Frage auf. Sie schaute Detective O ins Gesicht.

»Haben Sie den Bericht in der Mordsache Antiholde gelesen?«

»Ja, gestern, noch am späten Abend.«

Na bitte, wie in guten alten Zeiten, als der Arbeitsplatz noch nicht Punkt fünf geräumt wurde.

»War da von einer vorausgegangenen Nachricht des Täters die Rede?«

»Wie meinen Sie das?«

»Als ich die Wohnung von Stephen Laurent, also den Tatort, verlassen habe, fand ich eine Nachricht an meiner Windschutzscheibe. Ich frage mich, ob sie vom Täter stammen könnte.«

Ellen O krauste die Stirn. »Was stand darin?«

»Irgendwann muss jeder sterben. Sei tapfer.«

»Oh, oh, oh, *oh*. Augenblick. Warten Sie bitte.«

Sie rannte davon. D. D. blieb verdutzt zurück. Eine halbe Minute später kehrte O mit mehreren Fotos zurück. Eines zeigte das Mordopfer Douglas Antiholde. Ein anderes war die Nahaufnahme der Gegenstände, die in seinen Taschen gefunden worden waren: ein paar Münzen, eine Büroklammer und ein Blatt gelben Papiers, das offenbar zerknüllt gewesen und für das Foto geglättet worden war. Darauf stand zu lesen: *Irgendwann muss jeder sterben. Sei tapfer.*

Die Nachricht war handschriftlich verfasst, jeder Buchstabe sorgfältig und wie über einem Lineal ausgeschrieben.

»Nicht zu fassen«, murmelte D. D.

»Ein Serientäter, der's auf Päderasten abgesehen hat«, erklärte Detective O triumphierend. »Ich bin dabei.«

»Einverstanden«, sagte D. D. »Viel Glück. Uns allen.«

9. KAPITEL

Ich träumte von meiner Mutter.

Sie stand in einer winzigen braun-goldenen Küche an der Anrichte. Ein Vorhang dunkler Haare verdeckte ihr ausgemergeltes Gesicht, als sie den Kinderreim »Aus Kettchen und Ringen und zierlichen Dingen, ja, daraus sind junge Mädchen gemacht« leise vor sich hin sang.

In meinem Traum war ich drei Jahre alt. Ich hockte auf einem Hochstuhl für Kleinkinder. Mein Rücken klebte an der mit Vinyl bezogenen Rückenlehne, während mir ein weißer, mit Eigelb und Haferschleim bekleckerter Plastikgurt den Bauch einschnürte.

Ich wollte herunter von dem Stuhl, wimmerte, weinte und zappelte. Wenn ich nur mit meinen schnellen kleinen Händen an die Schnallen käme, könnte ich fliehen. Das war mir, wie ich mich erinnerte, schon einmal gelungen. Daraufhin hatte meine Mutter einen neuen Gurt eingezogen, und nun waren die Schnallen hinter der klebrigen Rückenlehne. Ich kam nicht an sie ran. Ich war gefangen, mir war unwohl, und obwohl ich Hunger hatte, wollte ich unbedingt von dem Stuhl runter.

Meine Mutter hielt eine Glühbirne in der Hand. Sie hatte sie aus der angeschlagenen weißen Lampe im Wohnzimmer herausgeschraubt und dabei leise vor sich hin gesungen: »Aus Kettchen und Ringen und zierlichen Dingen, ja, daraus sind junge Mädchen gemacht.«

Meine Mutter legte die Glühbirne in eine blaue Plastikschale, nahm dann einen großen Metalllöffel in die Hand und schlug fest zu. Es klirrte kaum hörbar. Mein älteres Ich – nicht mehr das im Stuhl gefangene Kind von drei Jahren, sondern die erwachsene Frau von heute – schloss aus dem Geräusch, dass die Glühbirne zu Bruch gegangen war.

Mein drei Jahre altes gefangenes Ich hatte seine großen blauen Augen weit aufgerissen und betrachtete die Mutter, die die Glühbirne zerschlug und weiter vor sich hin sang.

Dann schaute es mich an und lächelte.

Neben der Plastikschale stand ein Glas Erdnussbutter. Meine Mutter schraubte den Deckel ab. Sie tauchte den Löffel hinein und verrührte einen Teil der Butter mit den Glasscherben in der Plastikschale.

»Aus Kettchen und Ringen und zierlichen Dingen«, erklärte sie. »Ja, daraus sind junge Mädchen gemacht.«

Sie kam auf den Hochstuhl zu und stellte die Schale auf dem viel zu kleinen weißen Tablett ab, das von Eiglibber überzogen war. Ich hörte, wie die Schale schmatzend aufsetzte.

Meine Mutter hatte sich schick gemacht. Die Lippen glänzten, auf den Wangen war Farbe. Die braunen Haare waren frisch gewaschen. Sie hatte sich Zeit genommen, sie zu bürsten, bis sie schimmernd und wie braunrote Seide weit über den Rücken fielen.

Ich wollte das Haar berühren, mit der Faust hineingreifen. Diesen weicheren, glanzvollen Teil meiner Mutter spüren.

Meine Mutter sah hübsch aus. Sie faszinierte mich und machte mir gleichzeitig Angst.

»Aus Kettchen und Ringen und zierlichen Dingen«, trällerte sie. »Tja, Charlie, mein Schatz, aber Nettsein lohnt sich nicht. Die Welt will tapfere, brave kleine Mädchen, kleine Mädchen, die stark sind. Aus Kettchen und Ringen und zierlichen Dingen sollten sie nicht sein.«

Sie reichte mir einen ersten Löffel voll Erdnussbutter. »Hier kommt das Flugzeug. Na los, Charlie, sei ein gutes Mädchen. Mach den Mund auf. Hier kommt das Flugzeug, es fliegt geradewegs in den Hangar, brumm, brumm, brumm ...«

Später erbrach ich Blut. Wir fuhren ins Krankenhaus zur Notaufnahme. Schwestern hantierten an mir herum. Der Arzt leuchtete mir mit einer Taschenlampe in die Augen. Ich hielt meinen Bauch gedrückt und wimmerte. Aber ich weinte nicht. Gute Mädchen waren schließlich tapfer. Gute Mädchen waren stark.

Schmerz. Schreckliche Krämpfe, Durchfall, mein Gesicht schweißnass, aber ich schwöre, schwöre, schwöre, nicht eine Träne rollte mir über die Wangen.

»Ich weiß mir einfach nicht mehr zu helfen«, sagte meine hübsche, strahlende Mommy zu dem Arzt. »Kaum habe ich ihr den Rücken zugekehrt, steckt sie sich eine Glühbirne in den Mund. Ich frage Sie, was ist das für ein Kind, das Glühbirnen zerbeißt?«

Gute Mädchen sind tapfer. Gute Mädchen sind stark.

»Alleinerziehende Mutter zu sein ist manchmal verflixt schwer. Also wirklich, ich bin in die Küche und wollte ihr ein Erdnussbutter-Sandwich schmieren, was sie so gern isst. Vorher hatte ich Wäsche gemacht, im Wohnzimmer das ganze Spielzeug aufgesammelt und dann das Badezimmer geputzt. Und ja, eine Glühbirne war kaputtgegangen. Ich hatte sie herausgedreht, um sie zu ersetzen, wäre aber nicht im Traum darauf gekommen, dass ... Es tut mir so leid, verzeihen Sie, ich wollte nicht weinen. Seit Tagen komme ich kaum zur Ruhe. Sie haben ja keine Vorstellung, wie quirlig sie ist, wie impulsiv ... Und jetzt das. Wir sind nicht versichert, und, und ... Verzeihen Sie, könnte ich mich eine Weile setzen?«

Gute Mädchen sind tapfer. Gute Mädchen sind stark.

Der Arzt tätschelte meiner Mutter die Schulter. Er sagte ihr, es käme schon alles wieder in Ordnung. Er habe vollstes Verständnis und sei sicher, dass sie ihr Bestes gebe.

Ich hielt meinen Bauch, drehte mich zur Seite und erbrach noch mehr Blut.

Wollte etwas sagen, mich zu Wort melden, aber meine Zunge war geschwollen, mein Gaumen schmerzte, und die Kehle brannte.

Eine Schwester wischte mir den Mund mit einem kühlen Tuch und berührte mit sanften Fingern meine Stirn. Ich starrte zu ihr auf. Dunkle Augen, dunkle Haare. Freundliches Gesicht. Ich wollte etwas sagen. Ich versuchte, meinen Mund zu öffnen. Ich musste reden. Ich musste einfach ...

Nicht über die Glühbirne, nicht über die Erdnussbutter.

Ich hatte etwas anderes zu sagen. Wenn ich doch bloß kurz zu Wort käme ...

Gute Mädchen sind tapfer. Gute Mädchen sind stark.

Ich öffnete den Mund.

Die Schwester wandte sich ab. Meine Mutter schien zu spüren, was mir auf dem Herzen lag. Sie blickte über die Schulter des Arztes hinweg auf mich, begegnete meinem Blick und lächelte triumphierend.

Ich erwachte im abgedunkelten Zimmer meiner Mietwohnung in Cambridge. Mein Herz raste. Die Haare waren feucht. Das graue T-Shirt klebte mir am schweißnassen Leib.

Auf der Zungenspitze lagen immer noch die Worte, die mir im Traum nicht über die Lippen gekommen waren, Worte, an die ich mich erst nach Jahren wieder erinnerte.

Das Baby weint.

Das hatte ich sagen wollen. Das waren die Worte, die so schwer auf meiner Seele lasteten, dass ich sie unbedingt dem Arzt, der Schwester oder wem auch immer anvertrauen wollte. Dabei fehlte mir jede Erinnerung an dieses Baby. Meine Mutter hatte doch nur mich.

Das Baby weint.

Hinten im Flur, dachte ich jetzt. Und für einen kurzen Moment war mir fast, als schmeckte ich einen Namen. Er war ein Hauch in der Luft, das Gespenst eines Gespenstes einer Erinnerung. Ein kleines Mädchen. Hinten im Flur. Weinend.

Ich drückte die Augen zu und presste meine Handballen auf die geschlossenen Lider, als könnte das helfen. Zu erinnern. Zu vergessen?

Ich hatte es nicht gewusst. Über all die Jahre war ich völlig ahnungslos gewesen.

Meine Mutter tat mir weh. Das wusste ich. Es ging ihr nicht gut. Tatsächlich war sie so krank, dass sie nach jenem letzten Vorfall weggebracht wurde. In eine psychiatrische Klinik, glaube ich. Ins Gefängnis wohl nicht, denn daran hätte ich mich erinnert.

Meine Mutter war jedenfalls verschwunden. Noch im Krankenhaus ließ mich Tante Nancy wissen, dass sie fort sei. Ich kam nie mehr darauf zu sprechen. Sie zu erwähnen hätte böse Geister heraufbeschworen. Darum fragte ich nie nach, und Tante Nancy schwieg sich aus.

Irgendetwas Schlimmes war passiert. Etwas unfassbar Schlimmes. Und ich wusste Bescheid. Tief im Inneren erinnerte ich mich an *alles*. Aber ich wollte mich nicht einmal an diese Erinnerung erinnern. Also tat ich es auch nicht. Bewusst oder unbewusst packte ich die Vergangenheit in eine Kiste und versteckte sie auf Nimmerwiedersehen.

Vielleicht war das nicht die beste Art der Bewältigung. Denn sie musste Folgen haben. Weggesperrte Gedanken entziehen sich nämlich der Kontrolle, und das Gedächtnis leidet insgesamt. Zeitabläufe gerieten durcheinander, mir fehlten Tage, ja Wochen. Ich konnte mich an Gespräche mit meinen besten Freundinnen nicht mehr erinnern und vergaß vor dem Abschlussexamen den Stoff der letzten entscheidenden Unterrichtsstunde.

Jackie und Randi machten sich über mich lustig und meinten, wenn mir der Kopf nicht angewachsen wäre, würde ich auch den noch irgendwo liegen lassen. Ich lachte mit ihnen, fühlte mich aber nicht wohl dabei. Konnte es tatsächlich sein, dass ich am Vortag zwei Stunden mit Jackie telefoniert hatte und davon nichts mehr wusste? Dass ich komplett vergessen hatte, was mir Randi über ihr erstes Rendezvous mit Tom Eastman, dem Schwarm aller Mädchen, erzählt hatte?

Kleine Störungen in der Software, hatte ich mir einzureden versucht. Kein Wunder in Anbetracht der Anstrengungen, die es mich gekostet hatte, acht Jahre meines Lebens zu löschen. Außerdem waren mir Gedächtnislücken und ein paar wirre Gedanken sehr viel lieber als gewisse Erinnerungen.

Solche Erinnerungen kamen manchmal hoch, wenn ich voller

Angst und Beklemmungen war. Wie Schnipsel einer alten Filmrolle flackerte dann die Vergangenheit in meinen Träumen auf: Bilder meiner abgemagerten, verrückten Mutter in einer schäbigen, verwahrlosten Wohnung zusammen mit der dünnen, einsamen Tochter, der sie Glasscherben zu essen gab, deren Finger sie in Schubladen quetschte und die sie die Treppe hinunterstieß, weil kleine Mädchen tapfer und stark sein mussten.

Bis eines Tages das kleine Mädchen so tapfer war und so stark, dass es den Krieg für sich entschied.

Meine Mutter hatte etwas getan. Aber ich hatte den Krieg gewonnen.

Und ich fragte nicht mehr nach meiner Mutter. Denn tief im Inneren ahnte ich, dass ich immer noch nicht auf das vorbereitet war, was ich auf meine Fragen zu hören bekäme.

Das Baby weint.

Kleines Mädchen. Ein Teddybär. Weiße Halskrause, rosa gepunktet. Aus Kettchen und Ringen und zierlichen Dingen ...

Nicht erinnern. Ausblenden. Beiseitedrängen. Aus der Vergangenheit kommt nichts Gutes, schon gar nicht aus meiner. Und überhaupt, was würde es zum jetzigen Zeitpunkt bringen?

Eine gejagte Frau geht nicht in Deckung. Eine gejagte Frau muss kämpfen können.

Abrupt stand ich auf, schaute im dunklen Zimmer nach der Uhr und rechnete die verbleibende Zeit bis zum 21. Januar 20:00 Uhr aus. Bis zur Nullstunde, da mein Mörder schließlich kommen würde.

Noch achtundsiebzig Stunden.

Ich zog meinen Trainingsanzug an, schnappte mir Tulips Halsband und ging laufen.

Mein Vater wohnt in Boston. Bei dem einzigen Streit, den ich mit Tante Nancy jemals hatte, ging es um ihn. Ein weiteres Thema, das kaum zur Sprache kam und mich immer weniger beschäftigte. Ja doch, ich habe einen Vater. Er hat viel Geld und war, als ich das letzte Mal von ihm hörte, zum fünften oder sechsten Mal verheiratet. Ich habe auch Geschwister, genauer gesagt, Halbgeschwister. Allerdings habe ich noch keines von ihnen kennengelernt, und ich kann mir kaum vorstellen, dass sich unser gemeinsamer Vater ihnen mehr widmet als mir.

Für ihn endet die Verantwortung als Vater mit der Samenspende. Er lernt eine Frau kennen und legt sie flach. Ist sie jung genug und hübsch genug, heiratet er sie vielleicht. Aber was soll er machen? Schließlich ist er ein Kerl. Wenn ihm eine neue junge, hübsche Frau über den Weg läuft, lässt er sich wieder scheiden. Er kann gar nicht anders.

Ich vermute, er hat meine Mutter kennengelernt, als er im Mount-Washington-Hotel von Bretton Woods Urlaub machte. Sie war siebzehn und arbeitete als Haushälterin. Er war dreißig und suchte Abwechslung. Laut Tante Nancy teilte ihm meine Mutter später mit, dass sie schwanger sei. Statt sie zu heiraten, schickte er ihr Geld. Samenspender, Scheckheftdiplomat. Ein toller Hecht.

Nach mir fragte er nie. So heißt es zumindest. Auch zu meiner Mutter riss der Kontakt ab, was mich ein wenig wundert. Nicht, dass er sie hat sitzenlassen, sondern dass *sie* ihn gehen ließ. Vielleicht hat sie ihn zu halten versucht. Aber sie war ja nur ein Mäuschen aus den Bergen und er ein Finanzjongleur aus der großen Stadt, Spross einer reichen Familie, der schon viel geerbt hatte und noch viel mehr dazuverdiente, jemand, der seinen Wert kannte und voller Selbstherrlichkeit war. Sie hatte wahrscheinlich nicht die geringste Chance bei ihm.

Ich schätze, die Cops von New York State haben sich nach dem Vorfall zuerst an ihn gewandt. In den Ausweispapieren meiner Mutter stand unter der Rubrik »Im Notfall zu kontaktieren« sein Name, allerdings ohne Telefonnummer. Die Polizei ist aber natürlich ein bisschen gescheiter als eine geistesgestörte junge Frau von fünfundzwanzig Jahren und hatte es innerhalb weniger Tage geschafft, ihn ausfindig zu machen. Er hielt sich gerade in Paris, London oder Amsterdam auf. Ich weiß es nicht mehr.

Jedenfalls verwies er die Polizei an Tante Nancy, die die Güte hatte, Verantwortung für eine Nichte zu übernehmen, der sie bislang kein einziges Mal begegnet war. Sie führte damals ein Geschäft und konnte, als die Polizei anrief, nicht einfach alles stehen und liegen lassen, und so dauerte es noch ein paar weitere Tage, bis sie die Reise aus der Wildnis von New Hampshire in die noch tiefere Wildnis im Norden des Staates New York antreten konnte.

Die Tage damals sind mir nur diffus in Erinnerung. Ich weiß noch, im Krankenhaus aufgewacht zu sein und mich gewundert zu haben, dass ich noch lebte. Und ich erinnere mich an ein Gefühl grenzenloser Enttäuschung.

Neben dem Bett saß eine Sozialarbeiterin. Sie hatte mittellange schwarze Haare, zu einer Pagenfrisur geschnitten, die ihr scharfes, kantiges Gesicht betonte. Freundlich sah sie nicht aus, geschweige denn mütterlich. Sie wirkte hart und fasste sich kurz.

Die Ärzte hatten mir den Blinddarm entfernt, vielleicht auch noch anderes. Dass ich jahrelang kleine Dosen Glas und Rattengift zu mir genommen hatte, war manchen Organen offenbar schlecht bekommen. Aber ich würde mich schnell erholen, versicherte mir die Sozialarbeiterin. Es komme alles wieder ins Lot.

Und wieder war ich tief enttäuscht.

Ich sprach mit ihr kein Wort. Auch nicht mit den Schwestern oder Ärzten. Sie hatten mich verraten. Sie zwangen mich, am Leben zu bleiben. Dafür verachtete ich sie.

Dann kam endlich meine Tante. Sie nahm mich bei der Hand, und im Nu wurde aus dem Kind meiner Mutter die Nichte meiner Tante.

Etwas Besseres ist mir nie passiert.

Tante Nancy war die sechs Jahre ältere Schwester meiner Mutter. Sie hatte kurze silbergraue Haare. Früh zu ergrauen sei typisch für unsere Familie, sagte man mir. So wie die blauen Augen und ausgeprägten Kieferknochen. Meiner Tante war es egal. So versessen meine Mutter darauf aus war, Männern zu gefallen, so versessen setzte meine Tante alles daran, sie auf Abstand zu halten.

Als ihre Eltern, also meine Großeltern, bei einem Autounfall ums Leben gekommen waren – in New Hampshire empfehlen zahllose Verkehrsschilder, für Elche zu bremsen; man sollte sich wirklich daran halten –, übernahm meine Tante die Rolle der Mutter. Meine Mom war schon damals ein wildes Mädchen. Unnötig zu sagen, dass das Verhältnis der beiden zueinander schon arg strapaziert war, als meine Mom von einem reichen Bostoner Finanzier geschwängert wurde.

Die Schwestern gingen daraufhin getrennte Wege, bis eines Tages meine Tante einen Anruf erhielt und von jenem Unglück in der Familie erfuhr, von dem auch eine ihr bis dato unbekannte Nichte betroffen war.

Wie jedes Kind hatte ich für die aufopferungsvolle Leistung meiner Tante lange kein Gespür gehabt. Viele Jahre später bekam ich dann nachts selbst einen Anruf mit der Nachricht einer entsetzlichen Katastrophe und eines schrecklichen Verlustes. Und ich wandte mich ratsuchend an meine Tante, denn vor die Wahl gestellt, ob ich lieber die Tochter meiner Mutter oder die Nichte meiner Tante sein wollte, musste ich nie lange nachdenken.

Meine Tante ist tapfer. Meine Tante ist stark.

Auch ohne dass sie jemals verfluchte Glasscherben hatte fressen müssen.

Sie führte ein kleines Bed & Breakfast in den Bergen von New Hampshire, wo im Januar die Durchschnittstemperaturen bei minus sieben Grad liegen, die Mehrzahl der Gäste aus Boston aber vergessen hat, Mützen, Schals und Handschuhe einzupacken, und anderen die Schuld daran gibt.

An meine Tante dachte ich auch jetzt, als Tulip und ich an der Kreuzung vor einer roten Ampel anhielten und, als sie auf Grün sprang, über den Zebrastreifen joggten. Ich dachte, dass ich ihr am 21. Januar einen weiteren Unglücksanruf ersparen sollte.

Nach den sechs Meilen, die wir zurückgelegt hatten, war mein Puls auf hundertachtzig, der Schweiß rann mir übers Gesicht. In meiner Hüfttasche steckte griffbereit die Pistole, und ich war froh, dass mich meine Tante jetzt nicht sehen konnte.

Denn sie hätte auf den ersten Blick erkannt, dass, selbst wenn ich die Schlacht gewinnen würde, der Krieg für mich verloren war: Ich sah meiner Mutter zum Verwechseln ähnlich, bis hin zu den dunkel unterlaufenen Augen, den hohlen Wangen und den harten Gesichtszügen.

Die Berge hatten mich verlassen. Meine Tante hatte mich verlassen. In meiner Isolation und vor lauter Verfolgungsangst in dieser großen Stadt hatte ich mir alles zu eigen gemacht, wovon ich wusste, dass es letztlich schadet.

Ich war wieder die Tochter meiner Mutter.

Nur dass ich keine Glasscherben mehr schluckte.

Ich trug eine 22er Halbautomatik bei mir. Und noch an diesem Abend, irgendwann nach sieben, würde ich wieder einmal beweisen, dass ich damit umgehen konnte.

10. KAPITEL

Hallo. Mein Name ist Abigail.

Kennen wir uns?

Keine Sorge, wir werden uns noch kennenlernen.

Hallo. Mein Name ist Abigail.

11. KAPITEL

Detective Sergeant Roan Griffin von der Rhode Island State Police hatte die Stimme eines Bären und die Gestalt eines Hünen. Ein riesiger Kerl, der wahrscheinlich auf der Hantelbank Kleinwagen stemmte, wenn er nicht gerade Sumo-Ringer auf die Matte schickte oder Linebackers in die Kniekehlen sprang. Gut sah er auch noch aus. Das *Providence Journal* hatte ihn *Officer Blueeye* genannt, nachdem er bei Dave Letterman aufgetreten war, als Dressman für die neue, preisgekrönte Uniform der State Police.

Tatsächlich stand die Rhode Island State Police in dem Ruf, die bestaussehenden Cops New Englands in ihren Reihen zu haben. Kein Mensch wusste, wie ihr das gelang. Vielleicht beauftragte sie eine Spezialwerkstatt, die breitschultrige und fassleibige Männer mit kantigem Kinn aus Felsblöcken herausmeißelte. Wie dem auch sei, sooft ein Trainingsprogramm mit den Kollegen von Rhode Island angeboten wurde, hatten die weiblichen Cops von Massachusetts – und zwar alle drei – nichts Eiligeres zu tun, als sich dafür einzutragen.

D. D. hatte diesen Griffin gerade an der Strippe. Eine Schande eigentlich, denn seine Zentrale war nur eine Autostunde entfernt, und in Providence gab es eine Menge nette Restaurants ... D. D. seufzte bei dem Gedanken, dass ihr kleine Ausflüge dieser Art und nicht zuletzt die italienische Küche spürbar fehlten. So viel zu ihrem neuen Lebensstil.

Griffin war verheiratet. Genau genommen zum zweiten Mal, denn seine erste Frau war an Krebs gestorben. Seine zweite hieß Jillian und arbeitete in der Werbebranche. D. D. kannte sie nur aus Zeitungsberichten. Jillian hatte vor acht Jahren eine Begegnung mit dem berüchtigten College-Hill-Vergewaltiger überlebt. Ihre jüngere Schwester hatte nicht so viel Glück gehabt. Nach der Festnahme eines dringend Tatverdächtigen hatte Jillian eine Selbsthilfegruppe mit dem Namen Survivors Club gegründet, deren Mitglieder sich während der Gerichtsverhandlung gegenseitig unterstützen wollten. Doch zu einer Gerichtsverhandlung kam es nicht. Der Angeklagte wurde vor dem Gerichtsgebäude niedergeschossen, und die leidgeprüften Opfer um Jillian standen plötzlich unter Verdacht.

D. D. hatte diesen Fall mit großer Aufmerksamkeit verfolgt, insbesondere da wenige Tage nach dem Mord an dem mutmaßlichen Vergewaltiger eine andere Frau attackiert worden war. Auch in diesem Zusammenhang drängte sich ihr wieder einmal der Gedanke auf, dass die Wirklichkeit noch viel bizarrer war als jeder Krimi.

Griffin und Jillian hatten zwei Söhne im Alter von vier und sechs, wie D. D. erfuhr. Dylan, der jüngere, kam offenbar nach seinem Vater und hatte nur Football im Sinn. Der sechsjährige Sean interessierte sich seit kurzem fürs Kochen. Am Vorabend hatte er für die Familie einen Lammrücken vorbereitet.

»Mit einer Marinade aus Granatapfelsirup«, erklärte Griffin stolz. »Vermute allerdings, dass seine Mom ihm dabei ein bisschen geholfen hat.«

»Und er ist erst sechs? Wie schafft es ein solcher Knirps überhaupt, den Bräter in den Ofen zu schieben?«, fragte D. D.

»Tja, das hat er wohl von mir«, meinte Griffin.

»Und der heiße Ofen ... ist das kein Problem?«

»Jillian hat den Braten begossen und schließlich auch rausgeholt. Aber das Rezept hat er gefunden ...«

»Wo? Auf der Rückseite eines Comic-Heftchens?«

»Er hat sich ein Kochbuch in der Bibliothek ausgeliehen. Es interessiert sich ausschließlich für Fachbücher: Ratgeber für den Garten, Bauanleitungen für Roboter oder Handbücher für den Bootsbau. Zurzeit ist es eben das Kochen.«

»Lammrücken. Erstaunlich.«

»Und er war lecker. Vielleicht sollte ich schon mal anfangen, für sein Studium an der Johnson and Wales zu sparen.«

»Ob Kochen auch was für Jack sein könnte, weiß ich noch nicht«, sagte D. D. »Aber was er gestern Abend auf sein Lätzchen gespuckt hat, wäre vielleicht als Marinade zu gebrauchen gewesen.«

Griffin lachte. Das war das Schöne an Eltern und Cops – es gab nichts Ekelerregendes für sie. Sie konnten sich stundenlang über Windeln unterhalten und fanden das auch noch reizend. D. D. wusste schon nicht mehr, wie normale Leute ihren Alltag verbrachten.

»Schläft er schon durch?«, erkundigte sich Griffin.

»Nein.«

»Schon mal versucht, mit ihm im Auto um den Block zu fahren?«

»Keine Chance. Beeindruckt ihn null.«

»Schläft er tagsüber?«

»Ein bisschen. Wenn man ihn auf dem Arm oder im Tragbeutel durch die Wohnung schaukelt.«

»Das gleiche Problem hatten wir mit Dylan«, erwiderte Griffin forsch. »Aber er war sofort weg, wenn er im Kindersitz saß und ich den Motor anwarf. Anschließend habe ich ihn samt Kindersitz ins Haus geholt. Das ging so wochenlang, bis er schließlich auch in seinem Bettchen einschlafen konnte. Vielleicht hat er sich über den Kindersitz erst an sein Bett gewöhnen müssen. Wer weiß? Jedenfalls hat's so funktioniert.«

D. D. lachte. »Vielleicht sollte ich noch mal einen Versuch wagen. Und wenn alle Stricke reißen, gehe ich freiwillig in die Klapse.«

Zu spät fiel ihr ein, dass sie das lieber nicht gesagt hätte, denn Griffin hatte nach dem Candy-Man-Desaster einen Nervenzusammenbruch erlitten und sich in psychiatrische Behandlung begeben müssen.

Aber auch Griffin lachte und schien ihr die Bemerkung nicht weiter krummzunehmen. D. D. sah darin ein Zeichen dafür, dass ihm die Familie guttat. Sie hoffte es jedenfalls. Griffin war ein prima Kerl und ein toller Detective. Wenn er glücklich geworden war, ließ das hoffen.

»Nun«, wechselte D. D. das Thema, »so herzig unsere Kinder auch sind – ich rufe aus einem anderen Grund an. Vor zwei Jahren wurde in Providence eine gewisse Randi Menke getötet. Ich schätze, die State Police hatte mit dem Fall zu tun, denn gegen den Tatverdächtigen wurde von eurer Seite bereits wegen Betrugs ermittelt.«

»Ron Menke«, erinnerte sich Griffin sofort. »Ein windiger Hund.«

»Glaubst du, er war's?«

»Damals wäre ich jede Wette eingegangen. Doch die hätte ich wohl verloren. Ein Jahr später gab's ja einen ähnlichen Fall.«

»Jackie Knowles«, meinte D. D. »Davon hast du also auch gehört.«

»Ungefähr vier Dutzend Mal. Das Mordopfer hatte nämlich eine Freundin ... Charice, Chartreuse ...«

»Charlene. Kurz: Charlie.«

»Ja.« Griffin schnippte mit den Fingern, wie D. D. hörte. »Charlie soundso Grant. Sie tauchte mehrmals bei uns auf und versuchte, Druck zu machen.«

»Was hältst du von ihr?«

Er seufzte. »Herrje, heute ist der Achtzehnte. In drei Tagen jährt sich die Geschichte«, murmelte er wie zu sich selbst. Dann schien er sich zu besinnen und sagte: »Also, ich kann nur über den Fall in Providence etwas sagen, und das ist auch nicht viel. Die ersten Kollegen am Tatort fanden ein stilles Haus vor. Die Eingangstür war geschlossen, aber unverriegelt. Im Wohnzimmer lag eine tote Frau. Sie sah so unversehrt aus, dass sich einer unserer Männer sofort auf die Knie fallen ließ, um einen Wiederbelebungsversuch zu starten. Aber dann fielen ihm die Würgemale auf.«

»War sie vollständig angezogen?«

»Ja, sie trug einen ziemlich teuren dunkelgrünen Trainingsanzug – Hose, Jacke und darunter ein weißes Longsleeve. Weiße Frottésocken und Slipper. Kuschelige Sachen, wie einer der Detectives meinte. Sie hatte sich offenbar auf einen gemütlichen Abend eingestellt, als es an der Tür klingelte.«

D. D. dachte nach. Für gewöhnlich trug eine Frau keinen Trainingsanzug und Frottésocken, wenn sie männlichen Besuch erwartete.

Wahrscheinlich hatten die Kollegen von Providence recht mit der Annahme, dass Randi hatte zu Bett gehen wollen.

»Lief der Fernseher, brannte Licht?«

»Nein, alles ausgeschaltet.«

»Wurde auf den Schaltern nach Fingerabdrücken gesucht?«

»Ja, was denn sonst?«, antwortete Griffin. »Aber da war nichts. Der Besucher hat mit Sicherheit Handschuhe getragen. Außerdem glaube ich, dass er sich im Haus auskannte. Es scheint, er tauchte auf, verübte seine Tat und verwischte anschließend seine Spuren. Schaltete sämtliche Lichter aus, ging mit dem Mopp durchs Wohnzimmer und wischte die Küche. Der Tatort war sauber. Abgesehen natürlich von der Leiche.«

»Es könnte also vorher zum Kampf gekommen sein«, meinte D. D. »Möglich, dass sich Randi gewehrt hat. Denn wieso hätte der Täter sonst die Wohnung aufgeräumt?«

»Mag sein. An der Leiche waren aber keine Verletzungen festzustellen. Keine Kratzer, keine blauen Flecken. Wie gesagt, offenbar ist jemand hereinspaziert, hat ihr die Hände um den Hals gelegt und zugedrückt. Das war's.«

»Du sprichst von einem Besucher. Verstehe ich richtig, dass du von einem männlichen Täter ausgehst?«

»Das vermutet jedenfalls der Rechtsmediziner. Einen Menschen zu erwürgen ist nicht einfach. Dafür braucht man kräftige Hände. Randi war für eine Frau durchschnittlich gebaut, eins achtundsechzig groß und fünfundfünfzig Kilo schwer. Hat viermal in der Woche Pilates-Unterricht genommen. Überwältigen konnte sie nur jemand, der beträchtlich größer und stärker war als sie.«

»Und Ron Menke?«

»Ein Widerling«, murmelte Griffin. »Knapp über eins achtzig, sechsundachtzig Kilo und ziemlich fit. Geht vier- bis fünfmal in der Woche ins Studio. Angeblich eine sehr attraktive Erscheinung. Bei Frauen kommt er jedenfalls gut an.«

»Ein Womanizer?«

»Ein treuer Gatte war er definitiv nicht.«

»Wusste Randi Bescheid?«

»Deshalb reichte sie die Scheidung ein, abgesehen davon, dass er sie angeblich gern verprügelt hat.«

»Gibt's Beweise dafür?«, fragte D. D.

»Oh ja. Das muss man ihr lassen, diese Randi hat, bevor sie ihn verließ, ihre Hausaufgaben gemacht. Sie hat sich über den Notruf an die Polizei gewandt, Rat eingeholt und in einem Schließfach bei der Bank Fotos und Klinikberichte deponiert, bevor sie einen Anwalt engagierte. Ich kann mir vorstellen, dass dieser Menke deswegen stinksauer war. Nicht nur, dass ihn seine Frau verließ; sie warf ihm auch noch vor, sie geprügelt zu haben, und verlangte jede Menge Unterhalt. Ja, Menke hatte allen Grund, ihr an den Hals zu wollen. Und zu dem Mord wäre er durchaus fähig gewesen.«

»Aber ...?«

»Er hatte ein Alibi«, antwortete Griffin. »Das lieferte ihm die Bedienung einer Cocktailbar, ein junges hübsches Ding, das wahrscheinlich seine Brustmuskeln, die dicke Brieftasche und seinen Porsche toll fand und darüber glatt vergaß, dass er zu Gewalt neigt. Laut ihrer Aussage war er zur Tatzeit in der Cocktailbar, was auch einige andere Gäste bezeugten. Wir mussten ihnen glauben.«

D. D. überlegte kurz. »War eigentlich erwiesen, dass er seine Frau verprügelte?«

»Ja. Die Klinikberichte, in denen von aufgeplatzten Lippen, Brillenhämatomen und einem kaputten Knie die Rede ist, lassen keinen Zweifel.«

»Scheint ein ziemlich unbeherrschter Kerl zu sein.«

»Kann man so sagen.«

»Aber der Tatort ...«

»Sah aus wie geleckt«, bestätigte Griffin. »Wer das durchgezogen hat, kann sich sehr wohl beherrschen. Deshalb haben wir Menke ausgeklammert. Wir hätten ihm liebend gern irgendetwas angehängt, aber dieser Mord passte nicht zu ihm. Er hätte die Wohnung auf den Kopf gestellt. Außerdem wissen wir von unseren Kriminologen, dass Männer, die ihre Frauen schlagen und schließlich umbringen, sie in der Regel bis zur Unkenntlichkeit bearbeiten. Sie schießen ihnen ins Gesicht oder stechen wie wild mit dem Messer auf sie ein. Solche Täter sind außer sich vor Wut und legen es darauf an, ihr Opfer zu entstellen und zu entwürdigen. Aber Randi Menke wurde kaltblütig ermordet. Deshalb ermittelten wir auch in Richtung Auftragsmord.«

»Aha.« D. D. wurde aufmerksam. »Menke könnte dafür bezahlt haben, dass jemand anders seine Frau für ihn aus dem Weg räumt?«

»Ja. Das ist meine Theorie. Sie war damals die plausibelste und scheint immer noch die beste zu sein. Allerdings konnten wir keine Geldspur aufnehmen. Menke hatte zu dieser Zeit noch ein anderes Ermittlungsverfahren am Hals. Die Feds glaubten, dass er unter der Hand mit verschreibungspflichtigen Medikamenten handelte. Wenn das der Fall war, hätte er das nötige Kleingeld und auch Kontakt zu gewissen Leuten gehabt, was wir ihm aber nicht nachweisen konnten. Trotzdem ist und bleibt ein Auftragsmord für mich das wahrscheinlichste Szenario.«

»Habt ihr ihn wegen der Pharma-Sache drangekriegt?«

»Wir nicht, aber die Feds. War für die allerdings nur eine kleine Sache, die Spitze eines Eisbergs. Immerhin wurde ihm seine Approbation entzogen; außerdem sitzt er jetzt in irgendeinem Bevorzugtenknast seine Zweidrittel-Strafe ab.«

»Wie war seine Reaktion, als ihr ihm den Mord an seiner Frau unterstellt habt?«, fragte D. D. »Wurde er wütend oder süffisant?«

»Er machte einen auf entrüstet. Wie wir es wagen könnten, ihn einer solchen Tat zu bezichtigen, wo er sie doch so sehr geliebt hätte.«

»Ich kann's mir lebhaft vorstellen.«

»Du weißt, dass er Arzt war, oder?«

Zwischen D. D. und Griffin wurde es für eine Weile still. »Am Tatort gab es keinerlei verwertbare Spuren?«, fragte sie schließlich noch einmal.

»Irgendwie verwertbar ist allenfalls der Umstand, dass es keine Spuren gab«, antwortete Griffin.

»Was meinst du damit?«

»In jedem Haushalt gibt es Fingerabdrücke. Ist doch mehr als ungewöhnlich, dass in Randis Wohnung überhaupt keine gefunden wurden.«

»Nach der Tat wurde offenbar *sehr* gründlich sauber gemacht.«

»Eiskalt und nüchtern-pragmatisch mit einem Schwamm. Wie gesagt, ich tippe auf Auftragsmord und glaube, dass der Beauftragte einschlägige Referenzen hatte.«

»Was ist mit dem zweiten Mord?«, fragte D. D. »Dem in Atlanta?«

»Einzelheiten kenne ich nicht. Was ich darüber weiß, habe ich von dieser Charlie und einer FBI-Frau namens Kimberly Quincy aus Atlanta, die mich angerufen hat. Sie sagte, sie hätte davon gehört, dass der Mord an Jackie Knowles möglicherweise in Zusammenhang stünde mit einem ähnlich gelagerten Fall in Providence. Neugierig gemacht habe sie vor allem die Tatsache, dass beide Tatorte blitzsauber hinterlassen wurden. Von der Leiche abgesehen, versteht sich.«

D. D. kniff die Brauen zusammen. »Ich bin mir sicher, dass beide Fälle miteinander in Zusammenhang stehen«, murmelte sie. »Wie viele blitzsaubere Tatorte sind dir in deiner Laufbahn schon begegnet?«

»Wenn ich Randis Wohnung dazurechne? Einer.«

»Na bitte. Sie müssen also miteinander zu tun haben. Aber wie?«

»Die Frage ist wohl eher: Wer hat diesen Zusammenhang hergestellt?«, korrigierte Griffin. »Wir wissen, Randi hatte wenigstens einen Feind – ihren Ex. Was ist mit Jackie Knowles? Wer hatte Grund, ihren Tod zu wollen?«

»Bei Auftragsmorden geht es meist um Geld«, stellte D. D. fest. »Unsere beiden Opfer aber stammen aus unterschiedlichen Familien, weshalb eine größere Erbschaft als Tatmotiv ausgeschlossen werden kann.«

»Und um das, was Randi an Unterhalt bekommen hat, wird es auch nicht gegangen sein.« Griffin holte Luft. »Ich muss gleich los, aber eins will ich noch sagen. Als ich von dem Mord in Atlanta hörte, habe ich mir noch einmal die Hotels der Umgebung vorgenommen, um zu sehen, ob ein gemeinsamer Bekannter von Randi und Jackie zur Tatzeit in der Stadt war. Die beiden sind schließlich zusammen aufgewachsen. Ich habe also nach Nachbarn gesucht, Klassenkameraden oder Freunden.«

»Insbesondere nach Charlie soundso Grant«, tippte D. D.

»Ich kann's nicht beweisen. Vielleicht hat sie ihr Zimmer bar bezahlt. Du weißt ja, wie das läuft.«

D. D. nickte. Ja, das wusste sie. »Sie hat mich kontaktiert.«

»Charlie soundso Grant?«

»Ja. Sie lebt zurzeit in Boston, möglichst weit weg von Nachbarn, Klassenkameraden und Freunden.«

»Noch drei Tage bis zum Einundzwanzigsten«, meinte Griffin leise.

»So ist es. Sie wollte mich persönlich sprechen. Sie hofft, dass, wenn sie den Einundzwanzigsten nicht überlebt, die Polizei endlich davon überzeugt ist, dass die Morde in Zusammenhang miteinander stehen.«

»Scheiße«, fluchte Griffin.

»Hab ich mir auch gedacht.«

Griffin sagte: »Du solltest dich mit dieser FBI-Frau in Atlanta in Verbindung setzen. Die scheint in Ordnung zu sein. Ich würde dir auch gern weiterhelfen, die Zeit wird langsam knapp ...«

Da hatte er recht. Noch drei Tage, um zwei Mordfälle zu lösen, die aus Mangel an Beweisen auf Eis gelegt worden waren. »Wenn du an meiner Stelle wärst, worauf würdest du dich konzentrieren?«, fragte D. D.

»Auf Personen, die physisch und mental stark sind, geschickt mit Worten und noch besser mit ihren Händen umzugehen verstehen und absolut keine Skrupel haben. Vielleicht sollten sie auch überdurchschnittlich gut mit dem Computer umgehen können – das Internet ist der neue beste Freund aller Stalker. Übrigens würde ich dieser Charlie raten, sich, solange sie auf der Flucht ist, vom Netz fernzuhalten. Sich einzuloggen ist so gut wie ein Rauchzeichen mit der Botschaft *Hier bin ich*. An deiner Stelle würde ich außerdem versuchen, die Kontakte der Frauen ausfindig zu machen. Wer kennt alle drei? Da fällt mir was ein. Hast du schon einen Blick in Facebook geworfen? Hatten die Frauen Accounts? Manchmal werden da Beileidsbekundungen gepostet – ›in Erinnerung an Randi Menke und/oder Jackie Knowles‹. Wenn dem so ist, könntest du den oder die Verfasser ermitteln.«

»Da kommen etliche Arbeitsstunden zusammen, und das für einen Fall, der offiziell keiner ist«, sagte D. D., die gleich darauf an Detective O und an anmachende Internettäter dachte. Und plötzlich meldete sich ihr Jagdinstinkt zurück. Trotz zehnwöchigen Schlafmangels hatte sie ihn offenbar immer noch. »Danke, Griffin«, sagte sie eilig. »Du hast mich auf eine Idee gebracht.«

12. KAPITEL

Jesse sprang aus dem Schulbus. Er warf sich seinen Red-Sox-Rucksack über die linke Schulter und rannte die verschneite Straße entlang. Er hatte keine Uhr bei sich, ahnte aber, dass er zu spät kam. War es nicht typisch, dass der Bus ausgerechnet heute Verspätung hatte? Er musste sich beeilen.

Er sprang die Eingangsstufen hinauf und schlug mit der flachen Hand auf den Klingelknopf. Seine Mutter, die auf ihn wartete, drückte oben den Summer. Er riss die schwere Tür auf, rannte auf die Treppe zu und stolperte über den Rand der dritten Stufe, hatte sich aber schnell wieder gefangen und hastete bis in den dritten Stock hinauf. Schon suchte er in der Jackentasche nach dem Wohnungsschlüssel. Schwitzend und zitternd erreichte er die Tür. Ihm war ein bisschen schlecht.

Er durfte auf keinen Fall zu spät kommen.

Helmet Hippo baute auf ihn.

Jesse stieß den Schlüssel ins Schlüsselloch, sperrte auf und stürmte in die Wohnung. Stiefel, Rucksack, Handschuhe, Jacke und Mütze fielen hinter ihm zu Boden. Für einen Snack hatte er keine Zeit mehr. Schnell, schnell.

Er sprang zum Tisch und startete gerade den Laptop, als seine Mutter durch den Flur rief: »Jesse, alles in Ordnung?«

»Ja, Mom. Ich muss nur schnell an diesem Spiel teilnehmen.«

»Jesse?«

»AthleteAnimalz ... alles in Ordnung, verdammt.« Kaum hatte er die Worte ausgesprochen, biss sich Jesse auf die Unterlippe, denn er hätte sich in Acht nehmen sollen, was er sagte. Wenn er frech wurde, erteilte ihm seine Mutter manchmal Computerverbot. Er hielt inne. Seine Hand schwebte immer noch über der Tastatur, die Augen waren starr auf den Bildschirm des alten Laptops gerichtet, der langsam zum Leben erwachte.

Seine Mutter aber blieb, wo sie war, sagte auch nichts mehr. Vielleicht telefonierte sie wieder. Jesse hatte ein schlechtes Gewissen, war aber gleichzeitig froh. Während der Rechner hochfuhr, rannte er los, um sich Zombie-Bear und ein Glas Milch zu holen. Die Herduhr verriet ihm, wie spät es war. 13:42 Uhr.

Ja, er war spät dran. Viel zu spät.

Er rannte an den Tisch zurück, verschüttete einen Schluck Milch und musste in die Küche zurück, um einen Lappen zu holen. Das Herz schlug ihm bis zum Hals. Ihm war heiß. Er zitterte und drohte in Tränen auszubrechen, wobei ihm gar nicht klar war, warum.

Er kam zu spät, und Helmet Hippo würde sauer auf ihn sein. Außerdem hatte er auf die Frage seiner Mutter frech geantwortet. Wahrscheinlich war auch sie jetzt sauer. Dabei wollte er doch nur einem Freund gefallen. Er wollte alles richtig machen und gemocht werden, wollte, dass seine Mutter nicht so viel arbeiten musste und dass Mrs. Flowers aus der Wohnung unter ihnen nicht immer mit dem Besenstiel gegen die Decke hämmerte, wenn er leise aufzutreten versuchte und dann doch nicht so leise war.

Jesse ließ sich vor dem Computer auf den Stuhl fallen, rief AthleteAnimalz auf und versuchte, seine Tränen zurückzuhalten. Mist, ja, er kam zu spät, aber er wollte nicht flennen wie ein Baby.

Homerun-Bear hatte Post. Jesses Arm zitterte so sehr, dass er dreimal das Mailbox-Icon mit dem Mauszeiger verfehlte. Der Brief war von Helmet Hippo. Er enthielt ein Smiley und das Bild eines Baseballhandschuhs.

»Hey, Kumpel. Ich bin online und könnte gleich loslegen. Gib mir Bescheid, wenn du so weit bist. Dein Freund, Helmet Hippo.«

Jetzt schossen Jesse doch Tränen in die Augen. Er war so erleichtert! Helmet Hippo war nicht sauer auf ihn. Er wollte mit ihm spielen.

Helmet Hippo war immer noch sein Freund.

13. KAPITEL

Genau eine Minute nach halb fünf legte ich mit Phase eins meiner Mission los. Als Erstes musste ich mich passend ausstaffieren. Ich entschied mich für schwarze Jeans, einen schwarzen Rollkragenpullover, feste Laufschuhe und eine schwarze Wolljacke – alles aus dem Laden der Heilsarmee.

Um die Schuhe tat's mir leid. In Phase vier würde ich mich von allen Sachen trennen und sie in den Müll werfen müssen. Auch wenn die Polizei sie dort fände, hätte sie nichts davon. Die Sachen waren aus zweiter Hand und würden nicht mit mir in Verbindung gebracht werden können. Eine Vorsichtsmaßnahme, eingebaut in eine aus Vorsichtsmaßnahmen zusammengesetzte Vorsichtsmaßnahme.

Diese Strategie war bis jetzt aufgegangen.

Als ich das Haus verließ, trug ich einen leuchtend türkisen Schal, eine dazu passende Mütze und übergroße Handschuhe. Ich hatte einmal gelesen, dass die beste Verkleidung auffällige Merkmale zur Schau stellt. Zeugen würden mich später mit einem knalligen Schal und verrückten Handschuhen in Verbindung bringen, nicht mit einer ganz in Schwarz gekleideten Verdachtsperson. Ich hatte schließlich Türkis getragen.

In meiner Schultertasche steckte zusammengeknülltes Zeitungspapier, damit es aussah, als sei sie gefüllt. Später würde ich das Papier herausnehmen und stattdessen Schal, Mütze und Handschuhe hineinpacken. Fürs Erste verbarg die Ledertasche ein anderes, verräterisches Requisit – meine 22er Taurus, die an einem Holstergurt hing, der von meinem Trainer J. T. Dillon entworfen worden war und sechsundzwanzig Ersatzpatronen enthielt.

Morgen würde ich J. T. das letzte Mal sehen. Ich hatte das Gefühl, dass er ahnte, was in der kommenden Nacht steigen sollte.

Aber er hatte es sich verkniffen, Fragen zu stellen, also war ich ihm auch keine Antwort schuldig geblieben. Unser Gespräch vor zwei Wochen verlief ungefähr wie folgt:

»Wenn ich mir – rein hypothetisch – eine neue Identität zulegen müsste ... also angenommen, ich bräuchte neue Papiere. Wüsstest du, an wen ich mich wenden könnte?«

J. T. lud seine 45er durch. »Wie kommt's eigentlich, dass mir diese Frage auffällig häufig gestellt wird?«

»Ist es dir lieber, wenn man dich nach deinem Sternzeichen fragt?«

J. T. schaute mich endlich an. Ich gab mein Bestes, um seinem Blick standzuhalten. Bevor J. T. einen Serienkiller zur Strecke gebracht, in halb Massachusetts mächtig herumgeballert und schließlich eine Frau gefunden hatte, war er mit einer für Fernaufklärung zuständigen Marineeinheit zur See gefahren. Mit seinen graumelierten Haaren, dem ledrig braunen Gesicht und den tiefen Falten rechts und links der Augen erinnerte er mich an einen alten Revolverhelden, der die meiste Zeit seines Lebens auf den Horizont gestarrt und sich nie über das, was er dort sah, gewundert hatte.

»Ich wüsste da eine Adresse, aber die ist nicht billig«, antwortete er schließlich.

»Ich habe eine Rücklage für Regentage. Hey, es regnet.«

»Meine Frau mag dich«, sagte er, als wäre damit die Sache für ihn entschieden. Vielleicht war sie das auch. Seine Frau und ich waren uns bisher nur einmal begegnet. Sie hatte mich eine halbe Sekunde lang gemustert und dann plötzlich in den Arm genommen. Vermutlich war Tess ebenso stark wie ihr Mann, und wir hätten uns wohl eine Menge zu sagen gehabt, wenn ich jemals ihrer Einladung zum Abendessen gefolgt wäre.

J. T. nannte mir einen Namen und sagte, ich solle vierundzwanzig Stunden warten, damit er vorher ein Wort für mich einlegen könne. Das hatte er offenbar getan, denn als ich zwei Tage später anrief, antwortete eine Frau, die meinen Anruf anscheinend schon erwartet hatte. Sie stellte Fragen mit scharfer Stimme. Ich antwortete. Drei Tage später erstand ich für den absoluten Dumpingpreis von tausend Dollar brandneue, blütenreine Ausweispapiere in dreifacher Ausfertigung: drei Geburtsurkunden, drei Sozialversicherungskarten und einen Führerschein.

Das war im Grunde schon alles, was eine Frau brauchte, die für den Rest ihres Lebens auf der Flucht sein würde.

Wenn ich ehrlich bin, konnte ich mir eine solche Zukunft gar nicht wirklich vorstellen. So seltsam es klingt, aber mein Box-, Schieß- und Lauftraining hatte etwas in mir geweckt, nämlich einen gewalttätigen Zug, der mir achtundzwanzig Jahre lang gar nicht bewusst gewesen war. Jetzt aber legte ich es darauf an, verlorene Zeit gutzumachen.

Ich trat durch die Hintertür ins Freie, ging ums Haus herum und war froh, dass Tulip nicht auf der Eingangsveranda auf mich wartete. Ich hätte sie ohnehin nicht mit auf meine nächtliche Mission nehmen können.

Ich schlang die Jacke fester um mich und steckte das Kinn in den Kragenausschnitt, um mich vor der beißenden Kälte zu schützen. Zehn Minuten später erreichte ich die U-Bahn-Station am Harvard Square. Auf den Zug musste ich weitere acht Minuten warten, aber dann ging es endlich weiter.

Rushhour. Die U-Bahn war zum Bersten voll. Ich stand, die Hand an der metallenen Haltestange im Gang, schwankte im Rhythmus des Wagens und inhalierte die unterirdischen Düfte von Schweiß und Urin und feuchter Wolle. Ein namenloser Fahrgast unter vielen.

Leise summte ich vor mich hin; es war das einzige Zugeständnis an meine zunehmende Nervosität.

Ich hatte noch fünfundsiebzig Stunden zu leben.

Wie hätten Sie sich an meiner Stelle verhalten?

Der Himmel war pechschwarz, als ich an die Oberfläche zurückkehrte und das quietschende Drehkreuz passierte. Die Stufen führten hinauf in einen noch dunkleren, stilleren Teil Bostons. Die Straßenlaternen hatten es schwer, gegen die erbarmungslose Winternacht anzukommen, zumal sie allzu weit voneinander entfernt standen und auf dem gefrorenen Gehweg nur kleine Lichtpfützen aufschimmern ließen. Die Schatten dazwischen schreckten jede Frau ab, die allein unterwegs war. Ich steckte den türkisen Schal, Mütze und Handschuhe in die Umhängetasche und schob sie in den Rücken. Das Holster und die Pistole darin brauchte ich nicht mehr zu verstecken. In dieser Gegend trug fast jeder eine Waffe. Anpassung war das Gebot der Stunde.

Sogar der Schnee war hier hässlich. Die Berge meiner Heimat und der Harvard Square, wo ich nun lebte, waren von einer dicken Schneeschicht überzogen, wie von Norman Rockwell gemalt. In diesem Viertel der Stadt war der Schnee nur eine Art von Müll, grau und rußig, voller Hundepisse, weggeworfener Strohhalme, Bierdosenlaschen und Zigarettenkippen. Da dachte man nicht an Weihnachtslichter, wohlige Kaminfeuer oder heiße Schokolade, sondern daran, dass Mutter Natur in Wirklichkeit eine echte Schlampe war.

Ich folgte einer Wegbeschreibung, die ich im Gedächtnis abgespeichert hatte, zu einer mir unbekannten Adresse, die nirgends von mir notiert worden war. Wiederum aus Vorsichtsgründen.

Die Gehwege waren nicht leer. In einem innerstädtischen Bezirk sind sie das nie. Ich kam an herumlungernden schwarzen Jugendlichen vorbei, die ihre Baseballkappen verkehrt herum auf dem Kopf hatten, in gesteppten Nylonjacken steckten, die vier Nummern zu groß waren, und Goldkettchen trugen. Manche lachten, manche rauchten. Manche rempelten sich gegenseitig an, vielleicht aus Spaß, vielleicht auch nicht.

Sie alle blickten verdutzt auf. Eine weiße Tante in ihrer Straße!

Ich lächelte, legte einen Finger auf die Lippen und hauchte ein leichtes Pssst.

Sie verstummten schlagartig und wichen vor mir aus.

Vielleicht lag es an meinem Blick. Jeder von ihnen kannte diesen Blick, denn sie studierten ihn tagtäglich vor dem Spiegel ein, mehr oder weniger erfolgreich.

Wissen Sie eigentlich, wie es sich anfühlt, wenn man nichts mehr zu verlieren hat?

Befreiend.

Rauschhaft.

Gefährlich.

Um genau 18:02 Uhr erreichte ich mein Ziel.

Noch vierundsiebzig Stunden.

Was hätten Sie an meiner Stelle getan?

Tomika wartete im Foyer auf mich. Sie hatte die Kinder so dick eingepackt, dass nur die Augen zu sehen waren. Michael, der ältere Junge, trug einen roten Rucksack. Mica, das vierjährige Mädchen, hielt eine Decke und einen Teddybär an sich gedrückt. Tomika war mit dem Rest beladen. Sie hatte sich zwei Matchbeutel über die Schultern gehängt. Sechsundzwanzig Lebensjahre und acht Jahre Ehe steckten in diesen beiden Beuteln.

Ich geriet ins Wanken, stolperte über die Schwelle und konnte mich noch gerade eben am Türrahmen festhalten.

Dann tat ich etwas, das selbst ich merkwürdig fand. Ich atmete aus, um zu sehen, wie mein Atem in der eiskalten Luft kleine Nebelwolken hervorbrachte.

Es befriedigte mich. Gab mir das Gefühl, genau am richtigen Platz zu sein.

»Hat er angerufen?«, fragte ich leise.

»Vor fünf Minuten.«

Ich warf einen Blick auf meine Uhr und setzte mir eine Frist. »Gehen wir«, sagte ich und streckte den Arm aus. Für den neunjährigen Michael schien es das Selbstverständlichste von der Welt zu sein, sich bei mir unterzuhaken. Ich lächelte ihm zu. Er blickte mit ernster Miene zu mir auf, und auch das verlieh mir ein gutes Gefühl.

Tomika hatte sich vor sechs Monaten zum ersten Mal bei uns in der Leitstelle gemeldet. Die übliche Geschichte. Der Ehemann hatte im Suff Randale gemacht. Die Polizei kam und konnte ihn beruhigen. Sie verzichtete auf weitere Maßnahmen.

Doch dann, vor sechs Wochen, hatte ich Michael in der Leitung. Seine Mutter war ausgegangen und hatte ihn und seine kleine Schwester mit dem Vater allein gelassen. Diesmal hielten sie sich im Wandschrank versteckt, um weder gehört noch gesehen zu werden. Andere Männer waren zu Besuch in der Wohnung. Es war zum Streit gekommen, und als einer der Männer plötzlich eine Waffe gezogen hatte, war Michael mit seiner Schwester ins Schlafzimmer geflohen, denn er wusste nicht, wohin er sich sonst hätte verziehen können.

Ich tat, was mir beigebracht worden war. Ich stellte Fragen, schickte mehrere Beamte auf den Weg und behielt Michael am Apparat. Fünfundvierzig Minuten lang. Wir sangen alberne Liedchen, erzählten uns gegenseitig Witze. Ich lernte von Michael und Mica sogar ein paar Ghettoslang-Phrasen, bereits in der Absicht, meine Credibility zu steigern.

Als der erste Streifenbeamte eintraf, war der Besuch verschwunden und Stan stinksauer darüber, dass ein Uniformierter vor seiner Tür stand. Officer Tom Mackereth hatte in dieser Nacht Dienst, und er machte seinen Job gut. Über Michael und Mica, die verängstigt mit dem Telefon im Schrank saßen, verlor er kein Wort. Er behauptete, dass sich Nachbarn über ruhestörenden Lärm beschwert hätten. Ob Stan auch etwas gehört habe?

In den Tagen und Wochen danach rief Michael wiederholt an. Manchmal einfach nur, um zu reden. Denn die Nächte in seinem Zuhause waren lang, und wen kümmerten schon Gespenster unterm Bett, wenn der größte Schrecken besoffen auf dem Sofa im Wohnzimmer lag? Michael sorgte sich um seine Mutter. Er hatte Angst um seine Schwester.

Nach dem letzten mitgeschnittenen Anruf vor drei Wochen hatte sich das Jugendamt eingeschaltet. Wie mir Michael Tage später erklärte, hatte Stan die Familie um sich geschart und aufgefordert, dem Sozialarbeiter Rede und Antwort zu stehen. Er selbst hörte nur zu und starrte sie an.

Kaum hatte der Sozialarbeiter die Wohnung verlassen, holte Stan seinen Hammer. Er brach Tomika sämtliche Finger und vergriff sich auch an Michael und Mica. Damit keiner, wie er sagte, jemals wieder zum Telefon griffe. Wenn doch, würde er das nächste Mal nicht mit dem Hammer kommen, sondern mit einer Axt.

Michael hatte nicht weniger als vierundzwanzig Stunden gebraucht, um genug Mut aufzubringen und mit dem kleinen Finger 911 zu wählen. Weil ich keinen Dienst hatte, versuchte er es zwei Tage später wieder. Natürlich wurde auch dieser Anruf aufgezeichnet. Auf dem Band aber würde nichts anderes zu hören sein als ein kleiner Junge auf der einen Seite, der mit dem Telefon spielte und seine Mutter zu erreichen versuchte, und auf der anderen eine genervte Telefonistin, die ihm schließlich eine Nummer nannte, um ihn abzuwimmeln.

Eine Nummer, unter der ich auf meinem Prepaid-Handy zu erreichen war. Die hatte er sich merken sollen.

Michael und ich setzten unsere Gespräche heimlich fort. Auch Tomika, seine Mutter, beteiligte sich daran. Dann löste ich mein Sparkonto auf, strich viertausendzweihundert Dollar ein und besorgte einer Frau und ihren zwei Kindern neue Ausweise. Außerdem mietete ich eine Wohnung an, zahlte die Kaution und kaufte drei Bustickets für die Fahrt dorthin.

Mir blieben noch dreiundsiebzig Stunden und dreißig Minuten.

Was hätten Sie an meiner Stelle getan?

Ich begleitete Tomika, Michael und Mica zur Bushaltestelle. Sie würden noch dreimal umsteigen müssen, ehe sie in Portsmouth, New Hampshire, ankämen. Dort wohnte eine alte Freundin Tomikas, die ihr schon einen Job besorgt hatte. Neue Namen, ein neues Leben, neue Möglichkeiten.

Tomika weinte.

»Ich liebe ihn«, sagte sie und rang die Hände, die voller Stahlstifte und dick bandagiert waren.

»Er wird Sie umbringen.«

»Ich weiß.«

»Er wird auch Ihre Kinder umbringen.«

»Ich weiß.«

Michael hatte seiner kleinen Schwester den Arm über die Schulter gelegt. Er schaute seine Mutter an und sah niedergeschlagen aus.

»Mommy?« Es war Mica.

Tomika blickte auf sie herab und schluchzte noch heftiger. »Ich gehe nicht zurück, versprochen. Ich werde stark sein. Ich passe von jetzt an besser auf uns auf. Du kannst mir glauben, Schatz.«

Weil sie ihre Hände noch nicht richtig gebrauchen konnte, half ich ihr mit den neuen Ausweisen. Ich öffnete ihre Brieftasche und tauschte den alten Führerschein gegen den neuen aus, den J.T.s Kontaktmann mit einem ihrer Facebook-Fotos versehen hatte. In dreißig Sekunden wurde aus Tomika Miller Tonya Davis. Ich schlang meinen türkisfarbenen Schal um ihren Hals, setzte ihr eine dunkle Sonnenbrille auf und ließ ihr hochgestecktes Haar unter einer hellen Mütze verschwinden.

Für Michael und Mica hatten wir uns etwas Einfacheres ausgedacht. Michael trug eine Perücke, die ihn zu seiner siebenjährigen Schwester machte, während Mica zum vierjährigen Bruder wurde, indem ihr der Pferdeschwanz abgeschnitten worden war.

Falls Stan Miller später am Busbahnhof Fragen stellte, würde sich niemand an eine Frau mit älterem Sohn und jüngerer Tochter erinnern, allenfalls an zwei Frauen in Begleitung eines älteren Mädchens und jüngeren Jungen. Ich kümmerte mich auch um die Tickets, damit Tomika ihre bandagierten Hände in der Tasche behalten konnte. Auch wenn sich Stan danach erkundigte, würde ihm niemand weiterhelfen können.

Unter dem Vorwand, etwas vergessen zu haben, verließ ich im letzten Moment den Bus, steckte aber Michael schnell noch ein kurz zuvor bei Wal-Mart gekauftes Prepaid-Telefon in die Tasche. Es war nur eine einzige Nummer eingespeichert – meine eigene. »Ruf mich an. Jederzeit«, flüsterte ich ihm ins Ohr. »Ich werde da sein, Michael. Verlass dich auf mich.«

Dann war ich draußen. Gleich darauf fuhr der Bus los. Für Tomika Miller und ihre beiden Kinder fing ein neues Leben an.

Bis sich ihnen die ersten Schwierigkeiten in den Weg stellen und Tomika den dringenden Wunsch verspüren würde, ihren Mann anzurufen. Möglich auch, dass sie sich in einem verzweifelten Moment einer Freundin anvertraute, über die eine dritte Person von ihrer Geschichte erführe und so weiter, bis schließlich Stan Miller Bescheid wüsste – wenn er ihr nicht von allein auf die Spur kam.

Dann würde er vielleicht tatsächlich eine Axt mitbringen.

Und vielleicht würde mich auch diesmal Michael anrufen, mich anflehen und verzweifelt nach Hilfe schreien.

Vielleicht wäre es am 21. Januar nach zwanzig Uhr.

Mein Handy würde klingeln und klingeln und klingeln. Und da wäre niemand, der antwortete.

Mir blieben noch genau zweiundsiebzig Stunden und fünfzehn Minuten.

Was hätten Sie an meiner Stelle getan?

Ich fuhr zurück zu Tomikas alter Wohnung. Zurück zu Stan Miller.

Es gibt Seiten an mir, von denen ich bis vor einem Jahr selbst nichts wusste. Ich habe oder hatte schreckliche Hemmungen zuzuschlagen. Als mich mein Boxtrainer das erste Mal aufforderte, mit ihm in den Ring zu steigen, war ich nicht in der Lage, mich zu wehren. Schattenboxen? Kein Problem. Arbeit am schweren Sandsack? Klar, immer. Am Punchingball machte sie sogar Spaß. Aber jemanden zu schlagen, mit dem Arm auszuholen, das ganze Gewicht in die Faust zu legen und sie dem Gegner mit voller Wucht in den Bauch, aufs Kinn, die Nase oder das rechte Auge zu rammen – das brachte ich einfach nicht über mich.

Ich tanzte durch den Ring. Ich wich aus, duckte mich, hob die Deckung, sprang zur Seite. Alles, was man machen musste, tat ich, nur schlagen nicht.

Nach all den Jahren, in denen ich mich tapfer zu behaupten versucht hatte, schaffte ich es nicht zurückzuschlagen.

Meine Mutter hatte mich perfekt dressiert.

Mein Trainer Dick, früher dreimaliger Weltmeister, pflanzte mir am Ende der sechsten Trainingsstunde aus reinem Frust eine rechte Gerade aufs Auge. Ich hatte den Eindruck, das Jochbein würde zerspringen. Das Auge füllte sich mit Tränen. Ich wich zurück, starrte ihn fassungslos an und konnte nicht glauben, dass er mich tatsächlich geschlagen hatte.

Doch er drosch weiter auf mich ein, traf das andere Auge, Schulter, Kinn und Solarplexus. Er hörte gar nicht mehr auf.

Und ich nahm alles hin. Den Kopf geduckt, die Fäuste vorm Gesicht, die Ellbogen an den Rippenkasten gepresst, ließ ich mich von ihm verprügeln.

Tapferes kleines Mädchen. Gutes kleines Mädchen.

Mutter konnte stolz auf mich sein.

Dick gab schließlich auf. Voller Abscheu kletterte er aus dem Ring, beschimpfte mich, weil ich mich nicht gewehrt, und beschimpfte sich selbst, weil er ein wehrloses Mädchen geschlagen hatte.

Das reichte mir. Ich nahm endlich Notiz von meinen Schmerzen. Und dass mich jemand als *wehrloses Mädchen* bezeichnet hatte, änderte alles.

Ich attackierte meinen fünfundfünfzigjährigen, graustoppeligen, kampfgestählten Boxchampion und versuchte, ihn zu töten. Ich piesackte ihn mit meiner Führhand, platzierte rechte Haken, Uppercuts, linke Haken, saftige Geraden und Nierenjabs. Ich jagte ihn durch den Ring, von Ecke zu Ecke, und verspürte etwas, das ich noch nicht an mir kannte – rasende, unwiderstehliche Wut. Es war nicht bloß die gute, achtundzwanzig Jahre alte Wut auf meine Mutter, sondern eine viel bessere, schärfere – die auf mich selbst. Weil ich immer alles eingesteckt hatte. Weil ich über all die Jahre ein so gutes und so braves Mädchen gewesen war. Weiß Gott, ich hatte mich immer zurückgenommen. Damit war jetzt endgültig Schluss.

Am Ende unserer Trainingsstunde hatte mein Trainer ein blaues Auge und eine geschwollene Nase. Ich hatte zwei blaue Augen und eine schwere Rippenprellung. Und wir waren beide aus dem Häuschen.

»Genau so!«, meinte er immer wieder und bekleckerte den Ring mit seinem Blut. »Ich wusste, du hast es drauf. Ich wusste es. Das nenne ich Boxen, Charlie. Das ist echte Hingabe an den Punch!«

Ja, ich wollte nicht sein wie Tomika Miller, auf der Flucht und ständig in Angst vor Verfolgung.

Ich wollte, dass der Einundzwanzigste vor der Tür stand. Ich wollte die Tür öffnen und meinem Killer in die Augen sehen.

Und ich wollte ihm die Fresse polieren, bevor er sich drei Kugeln von mir einfing: eine für Randi, eine für Jackie und eine für mich.

Ein gutes Mädchen war ich einmal.

Jetzt hatte ich den Entschluss gefasst, nie mehr ein gutes Mädchen zu sein.

Um 20:26 Uhr erreichte ich Tomikas Apartment im sozialen Brennpunkt der Stadt. Man hatte mir gesagt, dass Stans Schicht bei seinem Wach- und Schließdienstunternehmer um sieben endete. Normalerweise kippte er dann noch ein paar Drinks mit seinen Spezis, bevor er gegen neun nach Hause kam, um seine Familie zu tyrannisieren.

Ein Bär von Mann. Eins neunzig, knapp hundertdreißig Kilo. Untrainiert. In seinem Job hockte er in der Pförtnerloge irgendeiner größeren Fabrik und kontrollierte Ausweise. Seinen Lohn von zwölf Dollar in der Stunde bekam er im Grunde nur für sein bedrohliches Aussehen. Was ihm offenbar so stank, dass er sich nach Feierabend austoben musste.

Laut Tomika besaß er eine stattliche Sammlung von Feuerwaffen und lief oft bewaffnet herum. Woher er seine Knarren hatte, wusste sie nicht; sie hatte auch nie gefragt. Jedenfalls ballerten er und seine Spezis damit gern spätabends an der Feuertreppe hinterm Haus auf leere Bierdosen. Keiner von ihnen schien Probleme zu haben, an Schusswaffen heranzukommen.

Mir blieb also noch ungefähr eine halbe Stunde zur mentalen

Vorbereitung auf einen Koloss, der möglicherweise schwer bewaffnet war.

Meine Handteller schwitzten. Mein Herz hämmerte in der Brust.

Ich teilte meinen Plan in kurze Schritte auf. Zuerst schaute ich mich in der Wohnung um und drehte sämtliche Glühbirnen aus der Fassung. Dunkelheit war meine Freundin, Überraschung mein größter Vorteil.

Wenn Stan in der Tür stand, würde ihn die Flurbeleuchtung von hinten anstrahlen. Diese ersten zwei Sekunden musste ich für mich nutzen: er, nichts ahnend und von Licht umkränzt, und ich ein Schatten im dunklen Hintergrund des Wohnzimmers.

Mein Countdown bis zum 21. Januar würde weiterlaufen, seiner wäre zu Ende.

Im nächsten Schritt durchwühlte ich auf die Schnelle sämtliche Schubladen in Küche und Schlafzimmer. Ich fand eine 22er und eine winzige Pistole samt Holster fürs Fußgelenk. Letztere steckte ich ein, die 22er warf ich ins Klo. Dann entdeckte ich Stans Werkzeugkasten und machte mich an die Arbeit. Eine Vorsichtsmaßnahme griff in die andere.

Im Schlafzimmer öffnete ich das Fenster vor der wackligen Feuertreppe. Es empfiehlt sich immer, für einen alternativen Ausstieg zu sorgen, vor allem dann, wenn sich Nachbarn, von Schüssen alarmiert, im Flur drängen.

Eine Minute nach neun. Ich wurde flattrig und ärgerte mich darüber. Nerven? Verflucht, ich hatte ein Jahr lang hart trainiert. Wozu da noch Nerven? Tut mir leid, guter Mann, aber wäre es recht, wenn wir unsere Konfrontation für eine Weile aussetzen, damit ich mich beruhigen kann? Ein Drink vielleicht? Eine Xanax?

Hier, nehmen Sie zwei.

Verfluchte Nerven.

Ich war eine miese, bösartige Tötungsmaschine.

Verdammt.

Schritte. Draußen im Flur. Stolpernd, polternd. *Wumm. Wumm. Bumm.*

Mein Puls raste. Der Rollkragen schnürte meinen Hals zusammen. Ich musste die Taurus aus meiner zittrigen linken Hand legen, um an den Jeans den Schweiß von der Handfläche zu wischen.

Ich hatte die Wohnungstür hinter mir abgeschlossen. Das tat jeder im Haus. Jetzt war das Klirren von Schlüsseln zu hören. Der Bart ratschte ins Zylinderschloss. Eine Umdrehung, dann noch eine. Die Tür flog auf.

Hundertdreißig Kilo Stan Miller füllten den Türausschnitt.

»Was gibt's zu essen, Alte?«, blökte er durch die Wohnung.

Er schien gut gelaunt zu sein und klang fast jovial.

Ich drückte ab.

Der Schuss ging zu weit nach links. Fragen Sie mich nicht, warum. Ich hatte die Waffe verrissen. Der Türpfosten explodierte. Stan ging schreiend zu Boden und robbte auf die Küche zu. Ich fluchte vor mich hin, und obwohl ich vor Entsetzen und Wut nicht mehr ganz bei mir war, ahnte ich, dass es mir jetzt dreckig gehen würde. Und ich dachte, wenn meinem Trainer J. T. dieser Flop zu Ohren käme, würde er mich eigenhändig umbringen und mir das Elend am Einundzwanzigsten ersparen.

»Verdammter Mist, was ist hier los? Scheiße, Mann! Wo ist Tomika? Was hast du mit ihr gemacht?«

»Ich hab sie umgebracht!«, brüllte ich zurück. »Das kommt davon, wenn man seine Schulden nicht bezahlt.«

(Ich improvisierte. Reine Vorsichtsmaßnahme einer Vorsichtsmaßnahme, Sie verstehen. Man muss immer Plan B in petto haben, und der sah nun vor, dass, wenn ich Stan nicht umbringen konnte, er doch zumindest seine Frau für tot halten würde. Ein Mann wie Stan brauchte jemanden oder irgendetwas, worüber er ganz nach Belieben verfügte. Glaubte ich zumindest.)

»Du bist 'ne Frau«, sagte Stan und stand ganz unbekümmert vom Küchenboden auf. Von einer Frau angefallen zu werden erschreckte ihn offenbar nicht.

Ich drückte ein zweites Mal auf ihn ab.

Diesmal traf ich seine Schulter. Er brüllte auf und kippte wieder auf den Boden.

Mir war nun schon sehr viel wohler zumute.

Aber Stan ließ sich nicht lumpen. Er zog seine Waffe und feuerte vier Schüsse in meine Richtung. Ich tauchte ab und verfluchte mich wieder. Die ersten zwei Sekunden. In den ersten zwei Sekunden wurde eine Schlacht gewonnen oder verloren. Er hatte vor mir gestanden, in optimaler Beleuchtung, ein Ziel von hundertdreißig Kilo. Wie hatte ich dieses Ziel verfehlen können?

Verdammt!

»Dafür bezahlst du«, brüllte Stan. »Ich mach dich fertig. Mit einem Messer. Und das tut weh.«

Ich kroch hinter den mit Kissen vollgepfropften Lehnstuhl, blinzelte mit angelegter Waffe um die Ecke herum in die dunkle Küche. Sehen konnte ich nichts.

Mist.

Es dauerte eine Sekunde, bis ich mich orientiert hatte. Auch Stan schien die Lage zu peilen. Es wurde mucksmäuschenstill. Ich lauschte auf andere Geräusche im Haus. Auf Nachbarn, die die Schüsse gehört hatten und gegen die Decke pochten, um sich Ruhe auszubitten. Auf Polizeisirenen, die in die Straße einbogen.

Nichts.

Möglich, dass um kurz nach neun die meisten Bewohner noch außer Haus waren. Oder vielleicht hatten sich alle an die Ballerei auf Bierdosen hinter der Feuerleiter längst gewöhnt.

Es rauschte mir in den Ohren. Mein Herz hämmerte, und meine Hände zitterten vor Angst und einer Überdosis Adrenalin. Selbst mein Magen rumorte. Anscheinend stand ich unter Schock.

Ich versuchte, mich auf meine Wut zu konzentrieren. Der Angst nachzugeben wäre mein Todesurteil. Die einzige Hoffnung, die mir blieb, lag in meiner Wut.

»Wo steckst du?«, brüllte Stan. »Ich schulde niemandem was. Also, wer zum Teufel bist du?«

Ich antwortete nicht, konnte aber am Weg der Stimme zurückverfolgen, wo er war: im Flur links von der Küche. Jetzt sah ich ihn auch. Er kauerte am Boden, wo ein schwacher Lichtschein sein graues Sweatshirt erkennen ließ. Er hatte sich zurückgezogen, um mir aufzulauern und notfalls abhauen zu können. Die winzige Kochküche taugte für uns beide nicht. Das Wohnzimmer bot mehr Spielraum. Am besten eignete sich das Schlafzimmer mit seinem offenen Fenster zur Feuertreppe hin.

Aber wenn ich dorthin gelangen wollte, musste Stan zuerst den Flur freigeben.

Ich ließ es ein drittes Mal krachen.

Für einen so massigen Kerl war Stan ziemlich schnell. Er sprang auf die Beine und verschwand im Kinderzimmer. Ob ich ihn erwischt hatte oder nicht, blieb fraglich. Ich wartete auch nicht, um mich zu vergewissern, sondern rannte durch den Flur aufs Schlafzimmer zu. Er ballerte hinter mir her. Vor meinen Füßen wirbelten Teppichfetzen auf. Rigips regnete von oben auf mich herab.

Er schoss noch schlechter als ich. Nur gut, dass er die letzten Stunden in einer Bar zugebracht hatte und nicht mehr zielen konnte.

Ich schlug ein paar Haken und stürmte ins Schlafzimmer. Ein weiterer Schuss krachte, als ich mich über den Fenstersims wälzte. Der Aufprall auf der Metallplattform der Feuertreppe tat höllisch weh. Sie geriet unter mir ins Wanken. Benommen lag ich auf dem umgitterten Ausstieg. Wenn ich jetzt hinterm Fenster aufgetaucht wäre, hätte er leichtes Spiel mit mir gehabt.

Ohne einen weiteren Gedanken daran zu verschwenden, setzte ich mich in Bewegung und suchte nach der ersten Sprosse treppab, wobei ich mir an dem ersten nach oben führenden Tritt den Kopf stieß. Im Zurücktaumeln spürte ich, wie sich mir eine riesige Pranke in die Schulter krallte.

Stan lehnte aus dem Fenster und hielt mich fest.

»Hab ich dich! Das wird dir leidtun, Mädchen. Ich hole jetzt meine Axt, und dann rechnen wir ab.«

Ziemlich dumm, was er da sagte, denn ich hatte ja meine Waffe in der Hand. Ein kurzer Schlenker, und die Mündung meiner 22er klebte an seiner Schläfe.

Stan rührte sich nicht. Seine Augen gingen auf. Sein Mund formulierte ein stummes Oh, durch das er heftig einatmete, als ich Druck auf die Waffe gab. Er hielt mich mit der linken Hand gepackt, während die rechte, in der seine Waffe steckte, nutzlos im Schlafzimmer zurückblieb, weil sein massiver Rumpf den Fensterausschnitt blockierte.

Schlachten entschieden sich in den ersten zwei Sekunden oder aber in den letzten zwei Minuten.

Die Feuerleiter wackelte hin und her. Mir war, als surfte ich durch die Luft. Ich lächelte Stan an, stieß einen Schwall Luft aus und sah, wie sie in der kalten Nachtluft verdampfte.

Die Szenerie war wie geschaffen für das, was ich mir vorgenommen hatte.

Drück ab, dachte ich. Für Tomika und Michael und Mica.

Für Stans Hammer und jeden Finger, den er damit zerschlagen hatte, für jede unerträgliche Nacht in seinem Beisein.

Ich wollte es so. Ich brauchte es so.

Für den kleinen Jungen aus Colorado, der mir immer noch nicht aus dem Kopf gegangen war. Für all die weinenden Kinder, all die entsetzten Frauen, die die 911 anriefen und Probleme hatten, die keiner meiner Kollegen und auch kein Uniformierter lösen konnte.

Drück ab, dachte ich.

Das Baby, weinend im Flur. Ich konnte es wieder hören, von nahem, ganz nah. Das Baby, im Haus meiner Mutter, weinend hinten im Flur.

Aus Kettchen und Ringen und zierlichen Dingen, ja, daraus sind junge Mädchen gemacht.

Das hätte ich der Krankenschwester sagen sollen. Wenn ich es ihr doch nur gesagt hätte! Warum hatte ich das der netten Schwester nicht gesagt?

DRÜCK AB!

Drück endlich ab, verdammt!

Ich schaffte es nicht. Ich starrte auf das Weiße in Stans Augen und presste die vernickelte Halbautomatik fester und fester gegen seine Schläfe. Meine Hand zitterte wie wild.

Statt zu schießen, holte ich zum Schlag aus und hämmerte ihm die Waffe vor den Schädel.

Stan heulte auf. Er ließ von mir ab und taumelte zurück ins Schlafzimmer.

Ohne mich noch einmal umzublicken, hastete ich die uralte Feuerleiter hinab. Die rostigen Stufen zitterten, die ganze Konstruktion bebte, während ich mich halb schlitternd, halb springend von einer Plattform zur nächsten hangelte, verzweifelt darauf aus, die Straße fünf Etagen tiefer zu erreichen.

Stan streckte schon seinen rechten Arm zum Fenster hinaus, entschlossen, mich zur Strecke zu bringen. Ihm war absolut zuzutrauen, dass er kaltblütig auf eine Frau abdrückte.

Ich spürte, wie die Feuerleiter unter seinem Gewicht ächzte, hörte, wie er seine Massen über die Plattform im fünften Stock wuchtete.

Schneller, schneller. Mir blieb nicht viel Zeit.

Die Feuerleiter bebte und knarrte bedrohlich.

»Gleich hab ich dich«, bellte Stan von oben herab. »Ich mach dich fertig. Was hast du mit meiner Familie zu schaffen? Wo ist meine Tomika? Rede, Mädchen. Rede, oder ich puste dir dein verdammtes Hirn weg.«

Im fünften Stock sprang eine Schraube aus der Verstrebung zwischen Leiter und Ziegelwand. Pling. Dann noch eine, eine dritte, vierte.

Über mir schwang die Feuerleiter hin und her. Ich rannte gerade um den Absatz zwei Stockwerke tiefer herum und wusste, dass auch Stan in diesem Moment spürte, was Sache war, denn er ließ seine Waffe fallen. Sie flog dicht an meinem Kopf vorbei. Stan brauchte seine Pistole nicht mehr. Er klammerte sich mit beiden Händen am Geländer fest.

Was ihm aber auch nichts nützte. Ich wusste es, denn ich war es, die die Schrauben gelöst hatte, mit denen die klapprige Feuerleiter an der maroden Hauswand festgehalten wurde.

Eine Vorsichtsmaßnahme, vorsorglich in andere Vorsichtsmaßnahmen eingebaut.

Ich wog nur knapp fünfzig Kilo und war viel zu klein, um mich mit einem Riesen wie Stan anzulegen. Auf einer Feuerleiter aber, die in sich zusammenzubrechen drohte, war ich schneller unterwegs.

Plötzlich hörte ich über mir ein schreckliches Kreischen von Metall. Die Plattform im fünften Stock hatte sich von der Hauswand gelöst und neigte sich mitsamt den oberen Stiegen und Streben über die Straße. Mauerwerk und Eisenkonstruktion gingen wie ein riesiger Reißverschluss auseinander. *Ping. Ping. Ping.*

Stan schrie.

Metall knirschte. Andere Mieter waren aufgeschreckt und brüllten durcheinander. Die Leiter, auf der ich mich gerade befand, rückte krachend von der Wand. Ein Stockwerk über Straßenniveau. Zu Fuß würde ich es nicht mehr schaffen.

Ich sprang, kam auf und wälzte mich zur Seite weg, um nicht unter den einstürzenden Massen begraben zu werden.

Schreie. Noch mehr Rufe. Weiteres Kreischen.

Stan Miller stürzte aus dem fünften Stock auf die vereiste Straße hinab.

Die Schreie rissen plötzlich ab. Sand und dreckiger Schnee wirbelten kurz auf und legten sich wieder.

Ich kam auf die Beine, wischte mir die Augen und verspürte einen Schmerz im Sprunggelenk. Keine Zeit, sich jetzt darum zu kümmern. Leute eilten herbei. Bewohner des Hauses, die an Schreie und Schießereien gewöhnt waren, nicht aber an einstürzende Feuerleitern. Sie versammelten sich auf der Straße, kletterten aufgeregt durcheinander, fummelten an Handys herum und schüttelten die Köpfe. Wenig später fing eine Frau zu kreischen an, und bald kreischten auch all diejenigen, die Stans verrenkte Gestalt am Boden liegen sahen, mehrfach aufgespießt von spitzen Metallteilen.

Ich starrte auf den Trümmerhaufen, Stans Leichnam und die Blutlache, in der er lag.

Dann rannte ich los.

Ich schaute nicht zurück. Nicht der schreienden Frauen wegen, nicht der anschwellenden Rufe wegen. Und ich achtete auch nicht auf den Jungen, der mich fliehen sah und Alarm schlug.

Ich rannte und rannte und rannte, sosehr mein Körper auch zitterte.

Hinter der nächsten Straßenecke blieb ich kurz stehen, um meinen Beutel zu holen, den ich unter einem verschneiten Busch versteckt hatte. Gleich darauf rannte ich weiter.

21:56 Uhr.

Mir blieben noch siebzig Stunden.

Was hätten Sie an meiner Stelle getan?

14. KAPITEL

Baby Jack weinte wieder. Er fühlte sich nicht wohl und wollte, dass alle anderen an seinem Unbehagen teilhatten.

»Das hat er von mir«, sagte D. D. Es war neun Uhr am Abend. Seit sie ihn von der Tagesmutter abgeholt hatte, wo er anscheinend auch schon den ganzen Tag über grantig gewesen war, maulte er, mal mehr, mal weniger. Fieber hatte er nicht. Er spuckte auch nichts aus. Trotzdem verzog er das Gesicht, ballte die kleinen Hände und strampelte mit den Beinen, als liefe er einen Marathon.

Sie hatten ihm Tropfen gegen Blähungen gegeben. Keine besonders wirksamen, wie D. D. feststellte.

»Sollen wir den Kinderarzt rufen?«, fragte Alex. Er saß auf der Couch, während sie Jack im Schaukelstuhl zu beruhigen versuchte.

»Und zugeben, dass wir nicht wissen, was wir tun sollen?«, entgegnete D. D.

Alex musterte sie mit seltsamem Blick. »Aber so ist es doch. Außerdem wären wir nicht die ersten jungen Eltern, die ihren Arzt aus dem Bett klingeln und mit überflüssigen Fragen behelligen. Dafür ist er doch da.«

Dass er Gefühle zeigte, war nicht oft der Fall und ließ D. D. aufmerken. Sie betrachtete seine graumelierten Haare, die er sich soeben noch gerauft hatte. Unter den Augen zeichneten sich dunkle Ringe ab. Er machte einen schrecklich abgespannten Eindruck, wie jemand, der seit Jahren nicht geschlafen hatte.

Sah sie auch so schlimm aus? Ihr fiel ein, dass Phil ihr an diesem Tag nicht weniger als viermal mitleidvoll die Schulter getätschelt hatte. Jetzt begriff sie endlich, warum.

»Das Baby macht uns fertig!«, platzte es plötzlich aus ihr heraus.

»Kann man so sagen«, pflichtete ihr Alex bei.

»Dabei ist er erst zehn Wochen alt. Wie schafft es ein so kleiner Wurm, uns in die Knie zu zwingen?«

Alex fixierte seinen schreienden Sohn. »Es war schon immer so, dass die Jugend dem Alter überlegen ist. Sie hat mehr Ausdauer und erholt sich schneller.«

»Aber wir sind doch selbst starke, intelligente, einfallsreiche Menschen. Wir können uns von einem Säugling doch nicht unterbuttern lassen. Ich war mir sicher, dass wir uns behaupten können, zumindest bis er siebzehn ist und sein eigenes Auto fordert. Apropos. Wenn er in drei Jahren sein eigenes Handy verlangt, lautet die Antwort nein. Und wenn er fünf ist und sich in Facebook anmelden will, heißt die Antwort ebenfalls nein.«

Alex starrte sie aus glasigen Augen an. »Einverstanden.«

»Wusstest du, dass fünfjährige Jungs dem Beuteschema bestimmter Internettäter entsprechen?«

Alex schaute sie entgeistert an. »Nein.«

»Tja, große böse Welt da draußen. Und nicht nur da, sondern auch in dem schicken, schlanken Laptop auf dem Tisch.«

Alex fuhr sich mit einer Hand durch die Haare. »Naja, hätte heute Nacht wohl sowieso nicht schlafen können. Sprichst du von deinem neuen Fall?«

»Ja. Ellen O von der Sitte assistiert mir. Sie ist spezialisiert auf Internettäter. Sie und Phil haben heute den ganzen Tag die Computerprotokolle zweier Opfer beziehungsweise Täter ausgewertet.«

»Hängen die beiden Fälle zusammen?«, fragte Alex.

»Wahrscheinlich«, antwortete D. D. »Aber dummerweise gibt es so viele Websites, auf denen sich beide Täter getummelt haben, dass es schwer ist, den Spuren zu folgen. Die Frage ist nicht, ob sie sich online begegnet sind, sondern auf wie vielen verschiedenen Websites, in wie vielen Nutzergruppen und Chatrooms. Das rauszukriegen wird dauern.«

»Ist Neil immer noch dabei, die Fotos zu sichten?«

»Ja. Der arme Kerl. Hat gerade erst den ersten von sechs Kartons geschafft und sieht schon aus wie ein Zombie. Eigentlich bräuchte er eine Auszeit. Ich habe heute mit ihm zu reden versucht, aber er lässt nicht locker.« D. D. seufzte in Gedanken an ihren jungen Teamkollegen. »Seine Naivität ist geradezu bewundernswert.«

Sie legte sich Jack auf die andere Schulter und schaukelte ihn weiter. Seinem Wimmern nach zu urteilen mochte er die linke Schulter ebenso wenig wie die rechte.

Alex stand auf. »Soll ich dich mal ablösen?« Er deutete auf Jack, der mit beiden Beinen heftig austrat.

D. D. massierte den Rücken ihres Sohnes, frustriert darüber, dass sie ihn nicht beruhigen konnte. Sie wusste sich nicht zu helfen und sah sich darin bestätigt, keine gute Mutter zu sein und zu dem Kleinen ein ebenso distanziertes Verhältnis zu haben wie ihre Eltern zu ihr. Sie konnte es nicht ertragen, dass ihr Baby unzufrieden war, obwohl sie sich doch so sehr bemühte, das Richtige zu tun, das Richtige zu sagen, damit er Ruhe gab. Sie hatte ihm frische Windeln angelegt, den Bauch massiert, Liedchen vorgesungen, ihn gewiegt, durch die Wohnung getragen und um den Block chauffiert. Vergeblich.

Das Baby weinte. Und seine Eltern waren alt.

»Okay«, sagte sie widerwillig.

Alex kam auf sie zu. »Was steht im Bericht der Ballistik?«, fragte er und hob Jack an seine Brust. »Deutet sonst noch irgendetwas darauf hin, dass die beiden Fälle zusammenhängen?«

»In der Tasche des ersten Opfers steckte eine Nachricht«, antwortete D. D. »Dieselbe, die unter meinem Scheibenwischer klemmte. *Irgendwann muss jeder sterben. Sei tapfer*. Geschrieben in derselben akkuraten Handschrift.«

Alex war beeindruckt. Jack nicht.

»Vielleicht sollten wir noch eine Runde mit ihm im Auto fahren«, schlug D. D. vor.

»In unserem Zustand wär's wohl weniger ratsam, sich ans Steuer zu setzen.«

D. D. nickte müde. Alex hatte recht. Verkehrstauglich waren sie beide nicht mehr. Darum sprachen sie über Berufliches. Es war das einzige selbstverständliche Thema, das sie hatten.

»Die Ballistik will morgen ihren Bericht einreichen«, murmelte sie.

»Vor oder nach der Ankunft deiner Eltern?«

»Verflucht!«

Alex blieb stehen. »Hätte ich dich daran besser nicht erinnern sollen?«

»Wir sollten einfach abhauen«, sagte D. D. Ihr wurde alles zu viel. Sie war müde, und ihr Baby hasste sie. Die Aussicht auf ihre Mutter gab ihr den Rest.

»Und wenn *ich* mich mit deinen Eltern treffe?«, schlug Alex vor. »Ich könnte Jack von der Tagesmutter abholen und sie dann ein bisschen bespaßen. Wenn du dich von der Arbeit nicht freimachen kannst, werden sie Verständnis dafür aufbringen müssen. Du isst dann mit uns zu Abend.«

»Das würden sie mir nie verzeihen.«

»Ach was. Du bist die Mutter ihres Enkelkindes. Und wenn er nicht gerade heult wie ein Brüllaffe, ist er das süßeste, anbetungswürdigste Geschöpf überhaupt. Bist du doch, oder?« Alex hob den Kleinen in die Höhe, warf ihn ein Stück in die Luft und fing ihn wieder auf.

Jack hörte zu weinen auf. Alex ließ ihn ein zweites Mal fliegen.

Jack landete in den Armen seines Vaters, hickste und befreite sich dann mit einem mächtigen Bäuerchen von der Luft, die ihm Magenkrämpfe beschert hatte. Dazu landete auf der Brust seines Vaters die gesamte Flüssigmahlzeit des Abends.

Alex rührte sich nicht.

»Na, immerhin weint er nicht mehr«, sagte er schließlich.

D. D. eilte los, um ein Handtuch zu besorgen.

»Du bist der beste Vater der Welt«, sagte sie, so sanft sie konnte. »Zum nächsten Vatertag wird dir Jack nicht nur eine, sondern zwei Krawatten schenken. Darauf kannst du dich verlassen.«

D. D. hatte Jack gerade wieder sauber gemacht und in sein Körbchen gelegt, als ihr Handy klingelte. Das Display verriet keine Nummer. Wer mochte sich so spät noch melden? Aus reiner Neugier nahm sie den Anruf entgegen.

»Detective D. D. Warren? Hier Special Agent Kimberly Quincy. Verzeihen Sie die späte Störung.«

»Oh«, sagte D. D. »Kein Problem.«

»War den ganzen Tag unterwegs«, sagte Kimberly knapp. »Hab Ihre Nachricht erhalten und wollte eigentlich erst morgen zurückrufen. Aber dann hat mich das Datum stutzig gemacht.«

»Nur noch zweieinhalb Tage bis zum Einundzwanzigsten«, sprang D. D. ein.

»Genau. Es drängt also. Gibt's was Neues?«

»Ich habe die dritte Freundin«, antwortete D. D. »Charlene Rosalind Carter Grant. Ich glaube, Sie kennen die Frau.«

»Und ob.«

»Nun, ich habe sie jetzt auch kennengelernt. Wie gesagt, der Einundzwanzigste steht vor der Tür, und Charlie macht sich auf das Schlimmste gefasst. Sie will, dass ich die Ermittlungen leite, falls sie getötet wird.«

»Huch.«

»Nichts für ungut, Special Agent, aber ich habe seit zehn Wochen nicht mehr richtig durchgeschlafen. Ich hatte gehofft, vom FBI mehr zu hören als ›Huch‹.«

»Schwerer Fall?«, fragte Kimberly.

»Neues Baby.«

»Junge oder Mädchen?« Ihre Stimme wurde wärmer.

»Junge. Laut, quengelig, aufgedreht und verdammt niedlich.«

»Ich habe zwei Mädchen«, meinte Kimberly verständnisvoll. »Die Siebenjährige will jetzt unbedingt ein Handy haben. Die Vierjährige ein kleines Hündchen. Sind Sie sicher, dass Sie keine Hilfe brauchen? Ich könnte ganz kurzfristig nach Boston fliegen.«

D. D. lächelte. »Sie müssten mich eigentlich trösten mit den Worten, dass die ersten Wochen die schwersten sind. Dass Elternschaft von Tag zu Tag einfacher wird. Belügen Sie mich. Täte mir im Augenblick ganz gut.«

»Das Beste haben Sie definitiv noch vor sich. Ganz nebenbei: Lassen Sie zwei Stöpsel nie unbeaufsichtigt mit einem Springseil spielen, und wenn Ihr Mann so viel arbeiten muss wie meiner, sollten Sie sich ein extrabreites Bett kaufen, denn Ihr Alltag wird hauptsächlich in Ihrem Schlafzimmer stattfinden.«

»Normale Bostoner Wohnungen sind zu klein für extrabreite Betten. Und was hat es mit dem Springseil auf sich?«

»Meine Jüngste wurde, als sie zwei Jahre alt war, von ihrer älteren Schwester gefesselt, konnte sich aber zum Glück nach gut zehn Minuten selbst befreien. Daran trägt mein Mann die Schuld. Er ist begeisterter Pfadfinder und bringt den Mädchen Tricks bei, die unweigerlich dazu führen, dass Babysitter nie wiederkommen.«

»Was arbeitet Ihr Mann?«

»Mac ist bei der State Police.«

»Aha«, sagte D. D. und zählte eins und eins zusammen. »Dann sind Ihre Töchter also Doppelagenten – fürs FBI und das Georgia Bureau of Investigation.«

»Das könnte vieles erklären«, pflichtete ihr Kimberly bei.

»Mein Partner war früher auch Detective. Jetzt unterrichtet er Tatortanalyse an der Polizeiakademie. Ich schätze, wenn sich unser Jack das erste Mal die Knie aufschürft, wird er als Erstes an der Unfallstelle verdächtige Spuren sichern und erst dann zum Pflaster greifen.«

»Mac nimmt Eliza, unsere Älteste, mit auf den Schießplatz. Er behauptet felsenfest, sie habe bei ihren ersten Versuchen dreimal ins Schwarze getroffen. Manche Fähigkeiten sind offenbar tatsächlich erblich.«

»Ihre Siebenjährige kann schon schießen?«

»Wir leben im Süden, Herzchen. Wir lieben unsere Waffen.«

»Ihre Tochter gefällt mir«, sagte D. D.

»Mir auch. Was also kann ich Ihnen über den Mord an Jackie Knowles verraten? Ich nehme an, Sie haben den Bericht meines Vaters gelesen.«

»Ihres Vaters …« D. D. brauchte einen Moment, doch dann ging ihr ein Licht auf. »Der pensionierte FBI-Agent Pierce Quincy ist Ihr Vater?«

»So ist es. Er ist auch der Grund dafür, warum ich involviert bin. Normalerweise interessiert sich das FBI für hiesige Mordfälle nicht, aber mein Vater hatte den Tatort von Rhode Island untersucht und mehrere Überschneidungen zwischen den Fällen in Providence und Atlanta festgestellt. Ein Täter, der in verschiedenen Staaten sein Unwesen treibt, ist unser Bier.«

»Sie gehen demnach davon aus, dass es einen Zusammenhang zwischen den Morden gibt.«

»Liegt auf der Hand«, meinte Kimberly. »Die Opfer kannten einander und wurden exakt im Abstand eines Jahres auf dieselbe Art und Weise getötet. Natürlich gibt es da einen Zusammenhang. Wenn das ein Zufall ist, fresse ich einen Besen.«

»Was halten Sie von der dritten Freundin, dieser Charlene soundso Grant?«

»Ich habe sie nur ein paar Mal gesehen. Sie war mit unseren Ermittlungen nicht einverstanden. Meinem Vater traut sie offenbar mehr. Er mag sie, hält aber Abstand. Charlene scheint ernsthaft daran interessiert zu sein, dass die Morde an ihren Freundinnen aufgeklärt werden, aber …«

»Sie ist die Hauptverdächtige«, ergänzte D. D.

»So ist es.«

»Hat sie ein Alibi für die Tatzeit im Fall Knowles?«

»Ihre Tante behauptet, sie sei am Abend des Einundzwanzigsten in New Hampshire gewesen. Am Tag darauf, als Charlene vom Tod ihrer Freundin Jackie erfuhr, flog sie gegen Mittag von Portland nach Atlanta. Ihr Name steht auf der Passagierliste. Ich würde sagen, ein ziemlich wasserdichtes Alibi.«

»Ich höre da trotzdem ein Aber«, sagte D. D.

Kimberly seufzte. »Wir haben bisher nur eine einzige Spur – Jackies Nachbar behauptet, sie sei am Einundzwanzigsten kurz nach 21:00 Uhr nach Hause gekommen, und zwar nicht allein. Eine Freundin war bei ihr: lange braune Haare, zierliche Figur.«

»Könnte auf Charlene Grant zutreffen«, dachte D. D. laut.

»Die aber tausend Meilen entfernt bei ihrer Tante war. Leider sah der Nachbar die Frau nur von hinten und konnte keine bessere Beschreibung bieten.«

»Und der Tatort?«

»Sauber. Auffällig sauber. Lichtschalter abgewischt, Fußboden geputzt, jedes Kissen an seinem Platz. Küche, Flur, Wohnzimmer – tadellos. Der Killer hat sich Zeit gelassen, fühlte sich in der Wohnung offenbar wohl. Detailversessen, gründlich, intelligent.«

»Wohl auch kräftig«, fügte D. D. hinzu. »Das Opfer wurde erwürgt. Mit bloßen Händen.«

»Offizielle Todesursache: manuell herbeigeführter Erstickungstod, ja. Müssen starke Hände gewesen sein. Ich bin allerdings, was dieses Thema angeht, anderer Meinung als die Kollegen von Rhode Island. Sie gehen von einem männlichen Täter aus. Vielleicht liegt es daran, dass ich aus dem Süden bin. Jedenfalls sind mir schon öfter ältere Ladies zu Gesicht gekommen, die Hühnern den Kopf abdrehen, um Dampf abzulassen. Bei uns sind viele Frauen enorm kräftig. Jemanden von hinten erwürgen kann auch eine Frau.«

»Also könnte auch die angebliche Freundin, die Jackie mit nach Hause gebracht hat, die Tat begangen haben. Haben Sie sich in den Bars der Umgebung umgehört?«

»Klar. Über ihre Kreditkarte konnten wir in Erfahrung bringen, wo Jackie den Abend verbracht hat. In einer Bar in der Innenstadt, die erst kürzlich aufgemacht hatte. Als wir der Bedienung ein Foto von Jackie zeigten, erinnerte man sich an sie nur flüchtig. Es war brechend voll.«

»E-Mails? SMS? Anruflisten?«, fragte D. D.

»Keinerlei Kontakte mit jüngeren Bekanntschaften, auch keine Kalendernotizen für Verabredungen. Es scheint, dass das Treffen mit der Freundin an diesem Abend nicht geplant war. Ich schätze, die Frau hat Jackie überraschend aufgesucht.«

»Oder ihr nachgestellt?«

»Gute Frage.«

»Und diese Frau hat Jackie dann überredet, sie mit nach Hause zu nehmen.«

»Könnte man vermuten.«

»Nach dem Mord an ihrer Freundin Randi hatte Jackie wahrscheinlich einen Mann in Verdacht. Einer fremden Frau gegenüber war sie vermutlich kaum misstrauisch.«

»Laut Auskunft von Freunden und Angehörigen glaubte Jackie, dass Randi von ihrem Ehemann getötet wurde. Ob Jackie alarmiert war, ist fraglich. Allerdings war es der Jahrestag des Mordes an ihrer besten Freundin. Möglich, dass Jackie sich an diesem Abend einsam und traurig gefühlt hat und deshalb in diese Bar gegangen ist.«

»Und dort angesprochen wurde. *Hey, einen tollen Sweater haben Sie da an. Was dagegen, wenn ich mich zu Ihnen setze …*«

»Ein freundlicher Wortwechsel, ein paar Drinks«, spann Kimberly den Faden weiter.

»Jackie war ein leichtes Opfer. Vorausgesetzt, unser Killer ist weiblich und sozialtechnisch versiert.«

»Nach Auswertung beider Tatorte suchen wir jemanden, der über eine hohe soziale Kompetenz verfügt. Aber seien wir ehrlich, das trifft auf die meisten Killer zu.«

D. D. nickte nachdenklich. Dieser Fall, der offiziell gar keiner war, machte ihr immer mehr zu schaffen. Rätsel über Rätsel.

»Wir haben noch zwei Tage bis zum Einundzwanzigsten«, sagte sie. »Charlene Rosalind Carter Grant, die letzte des Trios, hält sich hier in Boston auf. Sie ist definitiv auf der Hut. Trägt eine 22er, hält sich durch Laufen fit, macht Kampfsport, lauert unserer Kriminaltechnik an einem Tatort auf und nimmt mit dem hiesigen Morddezernat, sprich: mit mir, Kontakt auf. Ich kann mir nicht vorstellen, dass sie am Einundzwanzigsten eine neue Bekanntschaft, ob Mann oder Frau, mit nach Hause nimmt.«

»Wahrscheinlich nicht«, stimmte Kimberly zu.

»Unser Killer müsste sich eine andere Nummer einfallen lassen«, murmelte D. D.

»Was wünscht sich Charlene am meisten?«, fragte Kimberly.

»Wie meinen Sie das?«

»Wenn Sie ein Killer wären und die Aufmerksamkeit einer Person auf sich lenken wollten, die einen Grund hat, wachsam zu sein, würden Sie ihr etwas so zwingend Verlockendes anbieten müssen, dass selbst jemand, der so paranoid wie Charlene ist, alle Vorsicht in den Wind schlägt, um in diesen Genuss zu gelangen.«

»Ich glaube, sie wünscht sich vor allem, dass die Morde an ihren Freundinnen aufgeklärt werden«, antwortete D. D.

»Dann könnte es der Täter diesmal noch leichter haben. Er oder sie muss sich nicht verstellen und kann ganz er oder sie selbst sein. Angenommen, es handelt sich um eine Sie. Sie wäre also diejenige, die Charlene überführt wissen will. Sie kennt alle Antworten bezüglich der Morde an Randi und Jackie. Wer wie Charlie zwei Menschen verloren hat, die einem Verbrechen zum Opfer gefallen sind, wünscht sich nichts sehnlicher als diese Antworten. Er wird wider besseres Wissen dem Bedürfnis nachgeben zu erfahren, was geschehen ist. Es würde mich nicht wundern, wenn Charlie dieser Versuchung erliegen würde.«

»Wen haben Sie verloren?«, fragte D. D. leise.

»Mutter und Schwester.«

»Und wenn deren Mörder sich morgen bei Ihnen melden würde?«

»Er würde gebührenfrei von einer geschlossenen Psycho-Abteilung anrufen«, antwortete Kimberly geradeheraus.

»Und Ihre Siebenjährige trifft dreimal ins Schwarze.«

»Jawohl.«

»Klingt gut.«

»Charlene bereitet sich fast ausschließlich körperlich auf eine Konfrontation mit dem Mörder vor«, stellte Kimberly fest. »Der aber geht psychologisch vor. Er schleicht sich in ihr Vertrauen. Was nützt es, durchtrainiert zu sein und eine Meile in sechs Minuten laufen zu können, wenn man einem Mörder freiwillig die Tür öffnet? Charlene braucht nicht wirklich fit zu sein. Sie muss sich nur für fit halten, um den Einundzwanzigsten überstehen zu können.«

»Ich würde gern Öl ins Feuer kippen«, sagte D. D.

»Wie?«

»Facebook, soziale Netzwerke. Ich arbeite mit einem Kollegen zusammen, der sich in diesen Sachen besonders gut auskennt. Wir wollen mit einer eigenen Website an Randi und Jackie erinnern. Mal sehen, wer darauf reagiert.«

Kimberly schien darüber nachzudenken. »Man könnte vielleicht auch ein paar interessante Informationen einflechten.«

»Sie meinen, Details vom Tatort?«

»Getürkte Details. Angeblich aus Polizeiberichten. Irgendetwas wenig Schmeichelhaftes. Nein, besser wäre ... eine Schlamperei. Unser Killer ist doch ein Kontrollfreak. Sauber, ordentlich, gründlich. Wie wär's, Sie verraten etwas über den Tatort im Fall Knowles, ein Detail, das der Mörder übersehen hat und eine neue Spur auftut? Versuchen Sie, den Killer in die Defensive zu zwingen, zum Nachdenken zu bewegen.«

»Ich müsste mir also seinen oder ihren Kopf zerbrechen«, murmelte D. D.

»Warum nicht?«

»Haben Sie einen Vorschlag?«

Kimberly zögerte. »Ich würde an Ihrer Stelle meinen Vater fragen. Er kennt beide Tatorte. Er war Profiler und weiß am besten, wie Verbrecher ticken. Es würde ihm gefallen. Rufen Sie ihn an.«

»Danke.«

»Keine Ursache. Halten Sie mich auf dem Laufenden. Vor allem am Einundzwanzigsten.«

»Wird gemacht. Alles Gute für Sie und Ihre Mädchen.«

»Alles Gute für Sie und Ihren kleinen Jungen.«

Beide Frauen seufzten und beendeten das Gespräch.

15. KAPITEL

Ich kam zu spät zu meiner Schicht. Das erste Mal überhaupt. Es ging nicht anders.

Den ganzen Weg zur U-Bahn-Station war ich gerannt, hatte dann aber trotzdem lange auf den Zug nach Cambridge warten müssen. Nach einem weiteren Sprint von sieben Minuten war ich mit triefender Nase und tränenden Augen in meiner Wohnung angekommen. Mrs. Beals war nicht zu Hause. Stattdessen hockte Tulip auf der Veranda.

Spontan hob ich den warmen, festen Körper der Hündin, die nicht meine war, vom Boden auf und vergrub mein Gesicht in ihren Nackenfalten. Tulip lehnte den Kopf an meine Schulter. Ich spürte, wie sie seufzte, erleichtert, wie es schien. So standen wir für eine Weile auf der Veranda: sie in meinen Armen, den Kopf an meine Schulter gelehnt.

Vielleicht habe ich ein bisschen geweint. Vielleicht hat sie mir die Tränen von den Wangen geleckt. Vielleicht habe ich ihr gesagt, dass ich sie liebe. Und vielleicht hat sie mir mit wedelndem Schwanz zu verstehen gegeben, dass auch sie mich liebt.

Ich trug Tulip in mein Schlafzimmer. Dass mich Frances, wenn sie dahinterkäme, vor die Tür setzen könnte, kümmerte mich nicht weiter. Mir blieb ja ohnehin nur noch wenig Zeit.

Stan Miller. Aufgespießt von Metallstangen. Blut, das ihm aus den Mundwinkeln sickerte. Gebrochene Augen, für immer und ewig auf mich gerichtet.

Ich stellte Tulip einen gefüllten Futternapf in mein Zimmer und ging über den Flur ins Badezimmer, um heiß und ausgiebig zu duschen. Ich schrubbte mich vom Kopf bis zu den Füßen, shampoonierte die Haare, spülte sie aus, behandelte sie mit Conditioner und fing mit der ganzen Prozedur noch einmal von vorn an.

Bildete ich mir nur ein, die Schmauchspuren an den Fingerspitzen riechen zu können, oder roch ich sie tatsächlich? Ich suchte den ganzen Körper nach anderen Überbleibseln meiner nächtlichen Aktion ab. Blut, Prellungen, was auch immer. Mir war, als hätte ich mich innerlich verändert, was sich dann ja wohl auch äußerlich zeigen müsste.

Aber ... da war nichts. Meine Lederhandschuhe hatten meine vom Boxen lädierten Hände geschützt, als ich die Feuerleiter hinuntergestürmt war. Und dank der dicken Wintersachen war auch der Aufprall am Boden ohne Blessuren geblieben. Sogar mein Sprunggelenk schien wieder in Ordnung zu sein, eine kleinere Verrenkung, von der ich mich bald erholt haben würde.

Nachdem ich aus der Duschwanne gestiegen war, wischte ich den beschlagenen Spiegel blank, um mir bestätigen zu lassen, was ich ohnehin wusste.

Ich hatte einen Mann getötet, sah aber nicht anders aus als vorher.

Charlene Rosalind Carter Grant traf auf Charlene Rosalind Carter Grant.

Geliebte Nichte, loyale Freundin, respektierte Telefonistin der Notrufzentrale und eiskalte Mörderin.

Ich fing wieder zu zittern an, ging unter die Dusche zurück und drehte den Heißwasserhahn so weit auf, wie ich es gerade noch ertragen konnte. Kalt blieb mir trotzdem.

23:14 Uhr. Tulip und ich winkten uns ein Taxi herbei.

Vorletzte Schicht.

Noch achtundsechzig Stunden und fünfundvierzig Minuten.

Ich hielt die Hündin, die gar nicht meine war, umschlungen und ließ nicht von ihr ab.

»Das Baby weint.«

»W-w-was?«

»Das Baby weint. Hinten im Flur. Es weint und weint und weint.

Es lässt sich nicht beruhigen. Ich weiß mir nicht zu helfen …« Bebendes Seufzen. »Bitte, Ma'am, sagen Sie mir, was ich machen kann.«

Allein im schummrigen Licht der vielen Monitore und eines auf stumm geschalteten Fernsehers rieb ich mir die Augen und versuchte, mich zu konzentrieren. Weinendes Baby. Überforderte junge Mutter. Solche Anrufe gehörten zu den Top Ten der Leitstelle. Das Protokoll verlangte, dass mit gezielten Fragen Auskunft darüber eingeholt werden musste, ob die Gesundheit des Kindes gefährdet oder ein Elternteil in einem seelisch kritischen Zustand war. Wenn nicht, blieb nur, den Anrufer darauf hinzuweisen, dass 911 keine Tipps für junge Eltern bereithalte und ausschließlich für Notfälle in Anspruch genommen werden dürfe.

Ich behielt die Anruferin trotzdem in der Leitung. Meine Schicht war bislang ruhig verlaufen. Die Polizei hatte es, wie ich über Funk mitverfolgen konnte, mit einer schwereren Straftat zu tun, und es gingen keine weiteren Notrufe ein. Wie bei allen meinen Kollegen, die gegen zwei Uhr nachts in der abgedunkelten Zentrale saßen, kam es den meisten Hilfesuchenden hauptsächlich darauf an, mit jemandem zu reden.

Dazu gab ich der Anruferin jetzt Gelegenheit. Ich erfuhr den Namen ihrer neunmonatigen Tochter – Moesha. Ich erfuhr, dass ihr Freund nachts für eine Gebäudereinigungsfirma arbeitete und dass sie, neunzehn Jahre und mit Namen Simone, Tierärztin werden wollte, vorher aber noch ihren Schulabschluss nachholen musste. Es hatte ihr gefallen, schwanger zu werden, und sie hoffte nach wie vor darauf, dass der Vater ihres Kindes sie heiratete. Die Kleine aber weinte immerzu, und deren Vater sei, wie sie sagte, ein Vollidiot. Sie, Simone, habe mit Freundinnen shoppen wollen, aber kein Geld gehabt, und ihr Freund habe gesagt, sie sei viel zu fett für neue Kleider, warum sie nicht warte, bis sie wieder abgespeckt hätte, auch wenn damit wohl kaum mehr zu rechnen wäre.

Simone redete und weinte.

Ich hörte ihr zu und streichelte Tulips Kopf.

Simone beruhigte sich allmählich. Wir beendeten das Gespräch. Der Bildschirm wurde grau.

Ich saß im Dunkeln und strich über Tulips Ohren.

»Das Baby weint«, flüsterte ich ihr zu.

Sie blickte zu mir auf.

»Hinten im Flur.«

Tulip legte mir ihre Schnauze in den Schoß.

»Ich hab's vermasselt, Tulip. Alle Jahre, im Haus meiner Mutter ... Ich hätte diesem Baby helfen müssen. Es ist auch der Grund dafür, dass ich an meine Mutter keinen Gedanken mehr verschwende. Ich möchte mich nicht erinnern. Aber was soll's? Jetzt ist es ohnehin zu spät.«

Tulip stupste meine Hand mit der Nase an.

Ich lächelte und streichelte sie wieder. »Komisch, seit einem Jahr bereite ich mich vor, plane strategisch für meinen letzten Akt von Widerstand. Und jetzt werde ich wahrscheinlich genauso sterben wie die anderen auch – mit einer Liste voll von unerledigten Aufgaben.«

Tulip winselte leise. Ich beugte mich vor und schlang ihr meine Arme um den Hals.

»Ich schicke dich in den Norden«, versprach ich. »Du wirst bei meiner Tante Nancy wohnen und ein Bed-&-Breakfast-Hund werden. Es ist wunderschön in den Bergen. Da kannst du durch die Wälder laufen, Eichhörnchen jagen und in Flüssen baden. Es wird dir gefallen. Mir hat es jedenfalls sehr gefallen.«

Ich drückte ihren Kopf an meine Brust. »Denk an mich«, flüsterte ich.

Ich wusste genau, wie sie sich fühlte.

Kurz darauf öffnete sich die Tür. Eine dunkle Gestalt trat in Erscheinung, von hinten beleuchtet. Ich zuckte zusammen, sprang aus meinem Sessel und ging ganz automatisch in Kampfposition, während der Schreibtischsessel krachend zu Boden ging.

Officer Mackereth machte Licht.

»Arbeiten Sie immer im Dunkeln?«, fragte er mürrisch. Er trug Uniform und hatte sich sein Koppel um die Hüfte geschnallt. Ich hatte zu Schichtbeginn einen Blick auf den Dienstplan geworfen und wusste, dass er im Dienst war. Ich wusste auch, dass er und ein Dutzend anderer Kollegen nach Red Groves gerufen worden waren, um eine Unfallstelle zu sichern. Ein Mann war vor einem Mietshaus von einer einstürzenden Feuerleiter erschlagen worden. Ziemlich übel das Ganze, hieß es über Funk. Die Einsatzkräfte vor Ort hatten mit Schneidbrennern zu Werke gehen müssen, um die Leiche eines gewissen Stan Miller aus dem Schrott zu bergen. Durchbohrt von Metallteilen, war sie zur Rechtsmedizin gebracht worden, in einem Krankentransporter, den sich die Stadt kürzlich für die Beförderung übergroßer Patienten zugelegt hatte.

Ich ließ meine Arme sinken und krümmte die Finger. Ich wollte zurückweichen, wurde aber von meinem Schreibtisch daran gehindert. Die für nur eine Person ausgelegte Notrufzentrale ließ nur wenig Platz. Sie war etwas über zwei Meter breit und ebenso tief. Im Polizeipräsidium waren sogar die Behindertentoiletten größer.

Tulip trottete auf Officer Mackereth zu, hockte sich vor ihn hin und hob den Kopf.

Er beugte sich über sie und kraulte ihr den Nacken. Und plötzlich, einem Impuls nachgebend, über den er sich wahrscheinlich ebenso wunderte wie ich, ging er vor ihr in die Hocke und umarmte sie. Tulip fuhr ihm mit der Zunge durchs Gesicht.

»Wenigstens eine, die mich gernhat«, sagte er.

Im Licht der Neonröhren waren die tiefen Falten in seinem Gesicht noch deutlicher zu sehen. Das war der Preis für Einsätze an Schreckensorten. Würde er morgen früh von Stan Millers Leichnam träumen? Wie sehr würde es ihn überraschen zu erfahren, dass auch mich genau dieser Albtraum quälte?

»Schlimme Nacht«, sagte ich, meine Konsole im Rücken.

»Immerhin keine sonstigen Notrufe«, entgegnete Officer Mackereth.

»War ziemlich ruhig.«

»Gut so. Wir hatten alle Einsatzkräfte in Red Groves.«

»Wie sieht's aus in Red Groves?« Ich starrte jetzt wieder auf meinen Monitor, als erwartete ich eine Nachricht.

Tom zuckte mit den Achseln. »Die Unfallstelle ist abgesichert. Die Leiche wurde weggeschafft. Die Nachbarn sind wütend und haben Angst. Das Übliche halt.«

»Gibt es Augenzeugen?«, fragte ich. Beiläufig.

»Nur drei oder vier Dutzend ...«

»Im Ernst?«

Officer Mackereth stieß einen Schwall Luft aus und richtete sich auf. »Wir hatten so viele Gaffer, von denen jeder was anderes sagt, wer soll da noch durchblicken? Manche behaupten, das Opfer habe seine Frau beschimpft und sei auf die Feuertreppe rausgetrampelt, die dann unter ihm zusammenbrach. Andere wollen eine Schießerei gehört haben, vielleicht zwischen Dealern oder russischen Mafiosi ...«

»Russischen Mafiosi?«

»Unwahrscheinlich. Aber in der Wohnung des Opfers ist tatsächlich geschossen worden. Einschusslöcher überall. Wir suchen noch nach dem Rest der Familie. Nach einer Frau und zwei Kindern. Ein Nachbar sah sie am frühen Abend das Haus verlassen. Wollen wir für die drei hoffen, dass das stimmt.«

»Oh.« Etwas anderes fiel mir nicht ein.

»Nicht schön, so zu sterben.« Tom wippte auf seinen Hacken. »So was habe ich noch nicht gesehen. Stürzt fünf Stockwerke tief und landet in einem Bett aus Eisenstangen.«

Er schien mir etwas anzusehen und fügte hastig hinzu: »Tut mir leid. Ich wollte nicht ... Berufskrankheit. Cops vergessen manchmal, dass es auch Leute gibt, die zarter besaitet sind.«

»Schon gut«, murmelte ich. »Mir kommt auch so manches zu Ohren.«

»Das ist was anderes. Hören ist leichter zu verpacken als sehen.«

»Wirklich? Lässt es der Phantasie nicht viel mehr Raum? Vor allem dann, wenn man wie ich das Ende der Geschichte nie erfährt.

Ich höre Schreierei, Gebrüll und Schluchzen, und gleich darauf ist der Nächste in der Leitung. Tja.«

Officer Mackereth wiegte den Kopf, als dächte er zum ersten Mal über die Arbeit einer Telefonistin in der Notrufzentrale nach. »Haben Sie heute schon jemandem weiterhelfen können?«, fragte er unvermittelt.

»Noch nicht.«

»Einen Streit geschlichtet?«

»Noch nicht.«

»Charlene Grant lässt es zur Abwechslung mal langsam angehen, oder?«

»Charlene Rosalind Carter Grant«, korrigierte ich automatisch.

»Auf Ihrem Führerschein steht was anderes.«

Mein Kinn ging in die Höhe. Ich musterte ihn. »Im Antragsformular war kein Platz für zwei Mittelnamen.«

»Warum haben Sie die?«

»Keine Ahnung.«

»Familiennamen?«

»Vielleicht.«

»Haben Sie Ihre Eltern nie gefragt?«

»Wenn ich wüsste, wo sie sind, hätte ich sie vielleicht gefragt«, erwiderte ich steif.

Er stutzte, nickte wieder und betrachtete mich noch intensiver. Wir tanzten miteinander. Immer im Kreis herum. Allerdings konnte ich nicht unterscheiden: Waren wir Partner auf einer Tanzfläche oder Gegner im Ring?

»Ich habe Ihren Namen zu googeln versucht«, sagte er jetzt.

»Was gefunden?«

»Es gibt jede Menge Charlene Grants.«

»Vielleicht habe ich deshalb zwei Mittelnamen.«

»Sie haben keine zwei Mittelnamen.«

»Doch, habe ich.«

»Nicht laut Ihrer Geburtsurkunde.«

»Sie haben sich für meine Geburtsurkunde interessiert?«

»Wo hätte ich mich sonst erkundigen sollen, wenn googeln nicht weiterhilft?«

Mir fehlten die Worte. Ich blinzelte. Tulip, die zwischen uns saß, winselte leise.

»Was wollen Sie?«, fragte ich endlich. Der Rand des Schreibtischs drückte von hinten auf meine Oberschenkel, was mich plötzlich störte. Ich zwang mich zu einem Schritt nach vorn. Kein Zurückweichen mehr. Den eigenen Raum behaupten. Kontrolle über die Situation gewinnen.

»Ihre E-Mail-Adresse«, antwortete Officer Mackereth.

»Ich habe keine.«

»Bei Facebook angemeldet? Twittern Sie? MySpace?«

»Ich habe nicht mal einen Computer.«

»Smartphone?«

»Weder das noch iPad, iPod, E-Reader oder DVD-Player.«

»Also nicht von dieser Welt«, bemerkte Officer Mackereth.

»Wenn ich online sein will, gehe ich in die Bibliothek. Ein gutes Buch finde ich bei der Gelegenheit dann auch.«

»Was machen Sie am Einundzwanzigsten?«, wollte er plötzlich wissen.

»Wie bitte?«

»Am Einundzwanzigsten, Samstag. Haben Sie dann schon was vor?«

»Warum?« Meine Stimme hatte einen etwas zu schrillen Klang. Die Hände an meinen Seiten waren geballt. Ich wusste nicht, ob er es bemerkte, aber Tulip kam auf mich zu und schmiegte sich an meine Beine.

»Sie wollen nicht mit mir Kaffee trinken und auch nicht zu Abend essen. Bliebe noch der Brunch.«

»Brunch?«

»Samstag, am Einundzwanzigsten. Um eins im Café Fleuri, Hotel Langhan. Die haben dort ein All-you-can-eat-Buffet. Große Auswahl. Was sagen Sie?«

Ich ... ich wusste nicht, was ich darauf sagen sollte. Eine Antwort erübrigte sich auch, denn in diesem Moment leuchtete neben mir der Monitor auf. Der Kopfhörer gab Geräusche von sich. Rettung in letzter Sekunde.

Ich streifte das Headset über und wandte mich dem ANI/ALI-Schirm zu.

»Sie können mir nicht immer davonlaufen«, murmelte Tom hinter mir.

Ich fuhr herum, doch er war schon im Gehen begriffen, schaltete das Licht wieder aus und ließ mich im Dunkeln zurück.

16. KAPITEL

Um halb sechs in der Frühe stahl sich Jesse aus dem Bett. So leise wie möglich schlich er über den dunklen Flur in Richtung Esstisch. Die Tür zum Schlafzimmer seiner Mutter war geschlossen. Trotzdem hielt er kurz inne und lauschte angestrengt. Auf der anderen Seite war kein Laut zu hören. Seine Mutter schlief. Gut.

Er bewegte sich weiter auf sein Ziel zu: den alten Laptop, der auf dem Esstisch lag und ihn unwiderstehlich anzog. Auf ihm thronte wartend Homerun-/Zombie-Bear.

Jesses Mutter liebte Regeln. Eine lautete: morgens vor der Schule kein Fernsehen, kein Computer. Wochentags standen sie immer um halb sieben auf. Sie frühstückten gemeinsam. Dann packte sie ihm sein Lunchpaket, während er sich anzog, die Zähne putzte und die Haare kämmte. Um zwanzig nach sieben polterte er durch das Treppenhaus hinunter auf die Straße, wo er um halb acht in den Bus stieg.

So begann ihr Tag. Jesse ging zur Schule, seine Mutter zur Arbeit.

Von Montag bis Freitag folgte Jesse dieser Routine, hielt sich an die Regeln. Damit machte er seine Mutter glücklich, und es gefiel Jesse, wenn seine Mutter glücklich war. Dann lächelte sie, zauste ihm die Haare und kaufte ihm Süßigkeiten, von denen sie eigentlich nichts hielt, zum Beispiel Twinkies. Und sie sagte dann, dass sie ein Team seien, Jenny und Jesse gegen den Rest der Welt. Abends kuschelten sie immer auf dem Sofa; sie las ihm eine Gruselgeschichte für Kinder vor, während er mit seinem Kopf an ihrer Brust lehnte, wie ein Baby, aber das war okay, denn sie waren ja unter sich, Jesse und Jennifer gegen den Rest der Welt.

Jesse liebte seine Mutter.

Er hatte in dieser Nacht nicht schlafen können und die ganze Zeit an das Spiel mit Helmet Hippo denken müssen. Jesse mochte diese

Website. Auf ihr gab es immer was zu tun. Aber gestern … das mit Helmet Hippo gestern Nachmittag war einfach super gewesen. Er hatte einen echten Freund gefunden, der an ihn glaubte und große Stücke auf ihn hielt. Da war tatsächlich ein älterer Junge, der ihn gut fand.

Jesse wollte unbedingt wieder zurück ins Spiel.

Heute war zwar Schultag, aber darauf konnte er keine Rücksicht nehmen.

Er hatte sich schon am Abend einen Plan zurechtgelegt und den Wecker gestellt, um eine Stunde früher wach zu sein als seine Mutter. Noch im Dunkeln – die Sonne würde erst später aufgehen – war er aus dem Bett gekrochen und in seinen Vliesbademantel geschlüpft. Das schummrige Nachtlicht im Flur hatte ihn in seinen dicken Puschen lautlos vom Schlafzimmer zum Wohnzimmer geführt, bis er schließlich vor dem Laptop stand. Er knabberte an der Unterlippe und betrachtete Zombie-Bear.

Schnell schob er den Teddy beiseite, klappte den Laptop auf und drückte den Netzschalter. Leise summend fuhr der Rechner hoch. Alt, wie er war, brauchte er eine Weile.

Die Wartezeit nutzte Jesse für Phase zwei seines Plans. Er machte sich Frühstück. Danach wollte er sein Schulbrot selbst schmieren und die Schultasche packen, um seiner Mutter zu gefallen. Wenn sie ihn vor dem Computer erwischte, was wohl nicht ausbleiben würde, konnte sie ihm so nicht wirklich böse sein. Schon gefrühstückt? Schon fertig für die Schule? Ja, und das Schulbrot brauchte sie ihm auch nicht zu machen.

Regeln ließen sich manchmal ein bisschen beugen. Letztlich zählte nur die Frage: Wie sag ich's meiner Mom.

Auf Zehenspitzen schlich Jesse zum Kühlschrank, öffnete die Tür, um Licht zu machen, und kletterte auf die Anrichte, um eine Schale vom Regal zu holen. Er fand seine Cheerios und übergoss sie mit Milch. Zu frühstücken dauerte ungefähr fünf Minuten. Er widerstand dem Verlangen nachzusehen, wie weit der Computer war, denn der Esstisch stand vor der Wand von Mutters Schlafzimmer.

Um nicht zu riskieren, dass sie aufwachte, musste er jede überflüssige Bewegung vermeiden. Darum blieb er in der Küche und tat, was zu tun war.

Als Nächstes also das Schulbrot vorbereiten. Er stand auf Salami mit Mayonnaise und einer Käsescheibe auf Weißbrot, obwohl seine Mutter immer nur Vollkorn mitbrachte. Weißbrot sei so nahrhaft wie ein Stück Zucker, sagte sie, was ihm Weißbrot umso lieber machte.

Er packte zwei Scheiben aus und quälte sich mit der Mayonnaiseflasche herum, die er in beide Hände nehmen musste. Es kam anfangs nichts heraus, aber dann doch, und zwar mehr, als ihm lieb war. Mit einem Messer verteilte er den riesigen Klecks, so gut er konnte, und als er die Scheiben mit Käse und Salami belegt und aufeinandergeschichtet hatte, quoll überall Mayo heraus.

Jesse steckte das Ganze in eine Tüte und dann in die Lunchbox. Dazu noch ein Apfel und eine kleine Laugenstange. In der Schule würde er sich eine Tüte Milch kaufen.

Er klappte seine Transformers-Lunchbox zu, packte sie in die Schultasche und war mit sich zufrieden. Er hatte es geschafft. Frühstück und Schulbrot in weniger als zehn Minuten. War gar nicht so schwer gewesen.

Doch dann bemerkte er die Schmiere an seinen Händen. Auch die Anrichte war voll Mayonnaise, Cornflakes und Brotkrümeln. Wenn das seine Mutter sähe, würde sie ausflippen.

Er kletterte zurück auf die Anrichte, drehte den Wasserhahn über der Spüle ein wenig auf und befeuchtete den Schwamm, mit dem er Mayonnaise und Krümel zusammenwischte. Nachdem er den Schwamm ausgespült hatte, sprang er von der Anrichte, landete auf leisen Sohlen und schloss die Kühlschranktür. Jetzt endlich verließ er die winzige Küche. Seine Hände mochten ein bisschen fettig sein. Halb so schlimm, dachte er.

Aufgeklappt und hochgefahren wartete der Laptop auf ihn.

Jesse setzte sich. Er spürte sein Herz erwartungsvoll schlagen. Um sich ein letztes Mal zu vergewissern, dass seine Mutter noch schlief, spitzte er die Ohren und lauschte. Stille.

Jesse tippte *www.AthleteAnimalz.com* und drückte die Eingabetaste.

Er hatte Post. Und das nicht etwa von Helmet Hippo, was ihn überraschte. Wie man mit einem anderen Spieler per E-Mail in Kontakt treten konnte, hatte er noch nicht herausgefunden. Mit anderen Tieren während des Spiels zu »sprechen« war dagegen ganz einfach. Man wählte Bausteine aus einer Liste aus, die dann in einer Sprechblase über dem Kopf des Tieres erschienen. Aber eine E-Mail zu schreiben ... Wow. Am liebsten hätte Jesse eine von Helmet Hippo. Auf die würde er dann mit einer richtigen Mail antworten. Diese jüngste Mail aber war nicht von Helmet Hippo. Jemand anders hatte ihm geschrieben: Pink Poodle.

Neugierig öffnete Jesse den Brief:

Toll gespielt! Du wirst immer besser, besonders in Baseball. Das ist mein Lieblingsspiel. Deins auch?
Ich spiele jeden Tag nach der Schule, und zwar an den Computern in der Stadtbibliothek. Wie ich sehe, bist du ein Fan der Red Sox. Wohnst du etwa auch in Boston?
Du solltest mal vorbeikommen. Wir könnten zusammen spielen. Ich würde dir ein paar Tricks zeigen, zum Beispiel, wie man den Ball anschneidet. Nichts Großes.
Wenn du Lust hast, komm doch mal rüber in die Stadtbibliothek.
Ich bin der Pink Poodle. Nicht zu übersehen.
Ich freue mich auf unser nächstes Spiel.
Pinky Poo

Jesse las den Brief noch ein zweites, ein drittes Mal. Manches verstand er nur ungefähr. Pink Poodle mochte ihn offenbar. Er wohnte in Boston. Er würde ihm ein paar Tricks zeigen, wenn er in die Stadtbibliothek käme.

Das Herz klopfte Jesse bis zum Hals, und er wusste nicht, warum. Unwillkürlich rieb er sich die Hände an der Pyjamahose. Wie gebannt starrte er auf die E-Mail.

Vorsicht vor Fremden, schärfte ihm seine Mutter immer wieder ein. Nicht nur im wirklichen Leben, sondern auch am Computer. Auf eine Nachricht dürfe er niemals antworten, ohne sie vorher gefragt zu haben. Und schon gar nicht dürfe er eine eventuell angehängte Datei öffnen. Es könnte ein Virus sein. Schlimmer noch, die Datei könnte etwas enthalten, was für kleine Kinder ungeeignet war.

Etwas Gruseliges?, hatte er seine Mutter gefragt. Er mochte keine gruseligen Filme, was er aber seinen Klassenkameraden gegenüber niemals zugeben würde. Von solchen Filmen bekam er immer Albträume.

So etwas in der Art, hatte seine Mutter geantwortet.

Darum hütete er sich, mit Fremden online zu »reden« oder angehängte Dateien zu öffnen. Aber Helmet Hippo und Pink Poodle waren keine Fremden. Sie waren andere Kinder, die sich bei AthleteAnimalz trafen. Und statt ihm gruselige Videos zu schicken, verrieten sie ihm Tricks, wie er mehr Punkte gewinnen konnte.

Jesse wollte mehr Punkte gewinnen. Deshalb war ihm jeder neue Trick willkommen.

Und seine Mutter erlaubte ihm, in die Stadtbibliothek zu gehen. Sie mochte sie schließlich selbst und ging öfter mal mit ihm hin, wenn sie Bücher für ihre Ausbildung brauchte. Wenn er sie darum bat, nach der Schule hingehen zu dürfen, würde sie es bestimmt erlauben. Natürlich würde er nie zu einem Fremden ins Auto steigen oder ihm in dessen Haus folgen. Das war klar. Aber mit einem anderen Kind in der Stadtbibliothek am Computer zu spielen ... dagegen war doch nichts einzuwenden.

Jesse las die Nachricht noch einmal.

Pinky Poo. Ein Mädchen. Allerdings eines, das richtig gut Baseball spielen konnte. Supergut mit dem Schläger. Sogar noch besser als Helmet Hippo. Und würde es ihm nicht gefallen, wenn er sich später einloggte und noch mehr Punkte für sein Team einheimsen könnte ...?

Jesse fasste einen Entschluss. Mit dem Zeigefinger tippte er eine

Antwort ein, was ziemlich mühsam war. Immerhin half ihm Pink Poodles Brief, einzelne Wörter richtig zu buchstabieren.

Baseball ist auch mein Lieblingsspiel. Ich komme. Nach der Schule. Kein Ding, fügte er hinzu, weil er das cool fand. So sprachen ältere Kinder, Schüler ab der Sechsten.

Er lehnte sich zurück und las seine Antwort ein letztes Mal durch.

Jesse war zufrieden. Er berührte den Bildschirm, auf dem seine sorgfältig verfasste E-Mail stand, mit der Hand und bewunderte, was er zustande gebracht hatte. Das konnte sich sehen lassen und war wie ein Text eines Schülers aus der Sechsten, wie er fand.

Jesse drückte auf Senden.

Gleichzeitig klingelte jenseits der dünnen Wand der Wecker seiner Mutter.

17. KAPITEL

Hallo. Mein Name ist Abigail.

Kennen wir uns?

Keine Sorge. Wir werden uns noch kennenlernen.

Hallo. Mein Name ist Abigail.

18. KAPITEL

D. D. entschied sich für Schwarz. Und verliebte sich aufs Neue.

Kaffee. Heiß. Aromatisch. Ohne Milch und Zucker. Fast zärtlich umschloss sie die Tasse mit beiden Händen und spürte, wie sich die Wärme des Getränks von den Fingern bis in die Handgelenke ausbreitete. Dieser erste Dufthauch, den sie genüsslich einatmete. Sich Zeit dafür nahm. Einen lange vermissten Freund willkommen hieß.

»Verdammt, nun trink doch endlich!«, blaffte Phil.

Sie betrachtete ihn mild. Er saß zwischen Detective O und Neil. O trug an diesem Morgen einen eng anliegenden dunkelroten Pullover, in dem sie fast wie ein Victoria's-Secret-Model aussah. Im Unterschied dazu wirkte Neil, als hätte er die Nacht im Leichenschauhaus verbracht. Als Leiche.

»Seit wann fluchst du?«, fragte D. D. über den Tassenrand hinweg und durch den aromatischen Duft hindurch, der ihren Sinnen schmeichelte.

»Und seit wann machst du Werbung für Folgers? O und ich sind schon die ganze Nacht auf den Beinen, Neil die halbe Nacht. Wir wollen endlich ins Bett.«

Seine Klage wirkte. D. D. fühlte sich schlecht und musterte ihr erschöpftes Team, die überanstrengten Augen und müden Gesichter. Sie selbst sah bestimmt nicht besser aus, hatte sie doch auch die ganze Nacht kein Auge zugemacht. Nur war der Grund dafür kleiner und hartnäckiger.

»Na schön«, sagte sie. »Fangen wir an. Du zuerst.«

Sie nahm den ersten Schluck, und sofort legte ihr Herz einen Schlag zu. Sie schmeckte das Koffein und spürte es in den Blutkreislauf springen und ihn so herrlich in Wallung bringen, dass sie am liebsten geseufzt und das ganze Ritual wiederholt hätte. Was sie dann auch tat.

»Um Himmels willen!«, rief Phil.

»Möchtest du auch einen Schluck?«

»Ja.«

Phil eilte nach draußen, um sich auf die Suche nach frischem Kaffee zu machen. O schüttelte den Kopf. Neil verschränkte die Arme auf dem Tisch und ließ seinen Kopf darauffallen.

Ein neuer Tag im Paradies, dachte D. D. und nippte an ihrer wundervollen Wie-habe-ich-jemals-ohne-sie-lebenkönnen-Tasse des Glücks.

Phil kehrte mit einer eigenen Tasse zurück. Die Manöverkritik konnte beginnen.

»Wir haben einen Chatroom ausfindig gemacht«, verkündete O.

»Genauer gesagt, Kopien von Chatroom-Gesprächen«, präzisierte Phil und schaute seine Partnerin an.

»Von außen kommt man da nicht ran«, erklärte O. »Man muss eingeladen werden, um mitreden zu können.«

»Wie es aussieht, nehmen Mitglieder aus aller Welt daran teil. Die jeweiligen Server ausfindig zu machen, dürfte ziemlich langwierig sein«, sagte Phil.

»Aber es ist definitiv eine Testseite«, betonte O.

»Was wird denn da getestet?«, fragte D. D. mit krauser Stirn und hielt ihre Tasse schützend vor sich. Computerchinesisch war in Stereo nicht einfacher zu verstehen als in Mono.

»Pädophile Neigungen«, erklärte O. »Dort treffen sich Gleichgesinnte und tauschen Erfahrungen aus.«

D. D. stellte ihre Tasse ab. »Wie bitte?«

»Wir beobachten diesen Trend schon seit ein paar Jahren«, antwortete O mit wegwerfender Handbewegung, um deutlich zu machen, dass es sich für sie um olle Kamellen handelte. »Die Kinderschänder werden selbst immer jünger. Wir glauben, dass dieser Umstand unmittelbar auf die Nutzung einschlägiger Chatrooms zurückzuführen ist. Unser Fund ist ein weiterer Beleg dafür.«

Neil hob seinen Kopf von den Armen und starrte die dunkelhaarige Kollegin von der Sitte an. »Noch mal«, sagte er. »Und bitte etwas langsamer.«

O verdrehte die Augen. »Okay. Zum Mitschreiben. Unsere Gesellschaft hat Normen, unter anderem die, dass Kinder nicht als Sexobjekte zu betrachten sind. Aber genau das tun Päderasten. Verallgemeinert gesprochen, kämpft ein Päderast in der Regel jahrelang gegen seine abnormen Phantasien an. Er weiß, dass sie inakzeptabel sind, und versucht, seinem Drang zu widerstehen. Manchen gelingt es auf Dauer, anderen leider nicht. Sie geben irgendwann nach und geraten auf die schiefe Bahn.

Die meisten Sexualstraftäter sind Mitte zwanzig bis Mitte dreißig, also voll straffähig. Es gibt da gewisse Ausnahmen – minderjährige Babysitter, die sich an den kleinen Kindern vergreifen, auf die sie aufpassen sollen. Aber das sind meist spontane Übergriffe ohne Vorsatz. Das ›klassische‹ Profil eines pädophilen Straftäters ist die ältere Person männlichen Geschlechts. In jüngster Zeit aber verzeichnen wir zunehmend Straftaten von Jugendlichen an Kindern. Die jugendlichen Straftäter gehen ganz ähnlich vor, was Opferauswahl und Anmache betrifft. Die Website, auf die wir gestoßen sind, bestätigt unsere Vermutung, dass diese Teenager ihre abweichenden Phantasien nicht mehr unterdrücken, sondern im Internet nach Gleichgesinnten suchen, um sich bestätigen und beraten zu lassen. Wir beobachten, dass Hardcore-Päderasten solche Chatrooms nicht zuletzt auch dazu nutzen, die nächste Generation von Kinderschändern heranzuziehen, was zu einem sprunghaften Anstieg von Übergriffen führt.«

»Ich schalte meinen Computer nie mehr ein«, sagte D. D.

»Bitte«, flehte Phil müde. »Wir haben die ganze Nacht Protokolle solcher Chatrooms gelesen. Ich will jetzt nach Hause und meine Augäpfel bleichen.«

»Ihr sprecht immer von Kopien«, sagte D. D. »Was habe ich darunter zu verstehen?«

»Opfer Nummer zwei«, antwortete Phil. »Stephen Laurent hatte etliche Chatroom-Gespräche auf seiner Festplatte gespeichert, darunter eines, in dem dazu geraten wird, sich mit kleinen Hunden an Kinder heranzumachen. In einem anderen Gespräch geht es um verschiedene Websites für Kinder und die Empfehlung, dort nach potenziellen Opfern zu suchen. Die Möglichkeiten einer Kontaktaufnahme sind sehr detailliert beschrieben. Zum Beispiel wird erklärt, wie sich in Erfahrung bringen lässt, wo das potenzielle Opfer wohnt.«

»Dieser Stephen Laurent hat eine Art Handbuch verfasst«, meinte Neil angewidert. »Eine verdammte Anleitung mit Fotos und allem drum und dran.«

Detective O streckte den Arm aus und tätschelte Neils Handrücken. Der Rotschopf zuckte zusammen und richtete sich auf.

»Brauchen Sie Hilfe?«, fragte O freundlich. »Wenn Sie wollen, schaue ich mir diese Fotos mit Ihnen zusammen an.«

»Ich kann sie nicht mehr sehen. Es ist ... Ich nehme die Opfer nicht mehr als Kinder wahr, und das ist falsch. Völlig daneben. Ich kann das nicht mehr.« Neil wandte sich an D. D. »Mir reicht's.«

Sie nickte. »Ich verstehe, und du hast recht, Neil. Es sind Kinder. Sie haben es verdient, als Kinder angesehen zu werden. Und wenn du feststellst, dass deine Grenzen erreicht sind, ist das gut. Danke.«

»Ich glaube nicht, dass er sich an ihnen vergriffen hat«, sagte Neil.

Phil schaute ihn an. »Was soll das heißen?«

»Ich habe vier von sechs Kartons gesichtet. Die Fotos sind sehr unterschiedlich. Polaroids aus den Achtzigern, vergilbte Bilder aus den Siebzigern. Von Jungen, Mädchen, aber auch Teenagern, schwarzen wie weißen, auf der Straße, in irgendeinem Haus oder einem Hotel. Ich glaube, Laurent hat diese Fotos gesammelt. Könnte sein, dass er sie aus dem Netz heruntergeladen oder sie von anderen Sammlern bezogen hat ...« Er warf Detective O einen Blick zu.

Sie nickte. »Ja, dass in solchen Kreisen mit Fotos und Videos gehandelt wird, ist üblich. Manche begnügen sich damit. Sie ahnen gar nicht, wie viele stinknormale Familienväter wir dabei erwischen, dass sie kinderpornographisches Material horten. Sie behaupten, das sei harmlos; es halte sie davon ab, tatsächlich übergriffig zu werden.«

»Ich finde diesen Fall echt zum Kotzen«, meinte Neil.

D. D. konnte ihm das nachempfinden, wurde aber etwas ungeduldig. »Es könnte also sein, dass Stephen Laurent kein Kinderschänder war, sondern nur pornographisches Material gesammelt hat?«

»Solche eher harmlosen Sammler gibt's in der Tat«, erwiderte Detective O. »Ich bezweifle allerdings, dass Laurent nur ein passiver Päderast war. Er hat diese Kopien von Chatroom-Gesprächen, in denen von Straftaten die Rede ist, und vergessen Sie nicht, er hatte einen kleinen Hund.«

»Vielleicht hat er mit Kinderpornographie angefangen und ist erst allmählich dazu übergegangen, Kinder zu missbrauchen«, meinte D. D.

»Auch das wäre nicht untypisch. Die einschlägigen Chatrooms tragen zu dieser Form von Eskalation maßgeblich bei, denn sie bieten den Tätern – und das sind durchweg schwache Personen mit geringem Selbstwertgefühl – Rückhalt und Unterstützung. Sie fordern mehr oder weniger direkt dazu auf, den sexuellen Phantasien freien Lauf zu lassen und Ausdruck zu verleihen. Übrigens gibt es solche Chatrooms auch für Vergewaltiger. Vielleicht auch für Serienkiller, wer weiß.«

»Zum Kotzen«, wiederholte Neil.

D. D. kam auf eine Idee. »Was können wir nach Lage der Dinge über Stephen Laurent sagen? War er Meister oder Lehrling?«

»Lehrling«, antwortete O, ohne zu zögern. Sie richtete den Blick wieder auf Phil. »Das geht doch aus seinem Computer eindeutig hervor, oder? Er sammelte Informationen für seinen Auftritt in der Starrolle.«

Phil stimmte ihr mit einem Kopfnicken zu.

»Und das erste Mordopfer?«, fragte D. D. »Antiholde. Besuchte der auch diese Chatrooms?«

»Sogar denselben«, antwortete Phil.

»Als Meister oder als Lehrling?«

»Trainer«, beschied Phil. »Dafür spricht allein schon seine Strafakte. Laurent war noch nicht auffällig geworden, aber Antiholde. Er wurde gefasst und bekam eine Bewährungsstrafe. Ich wette, er hat diesen Chatroom aus zwei Gründen besucht – um mit seinen Erfolgen zu prahlen und um seine Strategien für zukünftige Übergriffe zu verbessern. Er war mit Sicherheit erfahrener als Laurent.«

»Suchte aber trotzdem nach weiteren Informationen und Ratschlägen«, sagte D. D.

»Das ist in Pädophilenkreisen üblich«, erklärte O. »Wer sich von seinen eigenen Trieben unterjocht fühlt, lebt ständig mit der Gefahr, erwischt zu werden. Deshalb loggt er sich immer wieder ein.«

»Wie viele Nutzer hat dieser Chatroom?«, wollte D. D. wissen.

»Das lässt sich nicht genau sagen. In den Kopien tauchen ein paar Dutzend aktive Teilnehmer auf.«

»Die sollten wir ausfindig machen.«

»Das versuchen wir bereits«, entgegnete Detective O. »Leider sind Pädophile ziemlich geschickt, wenn es darum geht, elektronische Spuren zu verwischen.«

»Aber unsere Mordopfer haben eine Gemeinsamkeit, nämlich diesen Chatroom. Identifizieren wir die Nutzer, und wir finden den Killer ... oder das nächste Opfer.«

»Noch einmal«, erinnerte Phil, »wir haben nur Kopien und keinen Zutritt zum Chatroom. In den Abschriften finden sich rund zwei Dutzend Teilnehmer, und das ist wahrscheinlich nur die Spitze des Eisbergs. Die meisten Mitglieder lauern im Hintergrund solcher Foren. Es gibt wahrscheinlich Hunderte, wenn nicht Tausende anderer Nutzer, die selbst nicht in Erscheinung treten beziehungsweise für uns unsichtbar bleiben. Wir versuchen, an die Nutzernamen derjenigen heranzukommen, die in den Abschriften auftauchen. Aber vermutlich läuft es darauf hinaus, dass wir die sprichwörtliche Stecknadel im Heuhaufen suchen.«

»Habe ich richtig verstanden, dass eine Einladung Voraussetzung für den Zugang zu diesem Chatroom ist?«, fragte D. D. nach. »Wie also schaffen wir es, eingeladen zu werden?«

»Keine Ahnung«, antwortete O. »Wahrscheinlich über den Freund eines Freundes oder so. Man trifft sich in anderen Foren, tauscht Pornos aus, und wenn dann der eine dem anderen vertraut, wird er ihm vielleicht den besagten Chatroom empfehlen und eine Einladung aussprechen.«

»Aber es besteht doch offenbar Bedarf an geeignetem Nachwuchs.«

»Ja. Es wäre vielleicht möglich, dass wir uns als Teenager ausgeben und undercover operieren. Wir legen uns eine virtuelle Identität zu, die im Netz die einschlägigen Adressen besucht und einem Pädophilen früher oder später ins Auge fällt. Solche verdeckten Ermittlungen im Netz sind übrigens längst üblich. Aber es dauert oft Monate, bis das fruchtet. Dazu lässt uns unser Killer keine Zeit.«

»Wir brauchen einen Hacker«, meinte D. D.

»Richtig.«

»Oder ...« D. D. dachte kurz nach. »Ich frage mich, ob sich der Mord an ihren beiden Mitgliedern im Chatroom rumgesprochen hat. Wenn nicht, könnten wir uns doch unter deren Nutzernamen und Passwörtern einloggen. Wir treten als Stephen Laurent und/oder Douglas Antiholde auf.«

»Die Nutzernamen und Passwörter müssen wir erst identifizieren«, sagte Phil.

»Das dürfte für unsere Experten doch wohl kein Problem sein, oder?«

Phil und Detective O nickten.

»Ja«, sagte Phil. »Dauert vielleicht ein paar Tage, aber möglich ist's.«

»Also gut, wir geben uns als Stephen Laurent aus und loggen uns mit Hilfe seiner Zugangsdaten ein. Wir beobachten, lernen einiges dazu und finden, wenn wir Glück haben, unseren Mann ... oder unsere Frau, was auch immer.«

»Frau?«

D. D. hatte den Kollegen noch nichts von ihrem Gespräch mit dem Handschriftenexperten gesagt und fand, dass es dazu jetzt wahrscheinlich an der Zeit war. »An den Tatorten wurde jeweils eine Nachricht sichergestellt. Darauf stand: *Irgendwann muss jeder sterben. Sei tapfer*. Der Handschrift nach wurde sie sehr wahrscheinlich von einer Frau verfasst, offenbar einer ziemlich pedantischen Person aus gebildeten Kreisen. Ich schätze, sie trägt Faltenröcke. Apropos, lassen sich aus den Chatroom-Gesprächen Rückschlüsse auf die Persönlichkeit der Nutzer ziehen? Kann zum Beispiel zwischen Mann und Frau unterschieden werden?«

Phil und O schüttelten den Kopf. Beide schienen nachzudenken. D. D. spürte zwischen ihren Schulterblättern jenes Gefühl, das ihr als Ermittlerin guttat. Sie sah sich auf der richtigen Spur. Endlich kam sie voran.

Bald wäre die Nuss geknackt. Sie würden ihren Mann stellen ... oder ihre Frau.

»Muss ich sonst noch etwas wissen?«, fragte sie. Ihre Kollegen schüttelten die müden Köpfe. »O«, sagte D. D., »Sie helfen Neil noch bei den Fotos, oder?«

O nickte. Neil fand es sichtlich peinlich, Hilfe in Anspruch zu nehmen, widersprach aber nicht.

»Neil«, fuhr D. D. fort, »wir sehen uns um zehn in meinem Büro. Phil, du hast um zwölf Feierabend. Geh nach Hause und ruh dich aus. O, Sie haben jetzt schon frei; ich will Sie vor morgen Mittag hier nicht sehen. Denken Sie daran, wir haben einen Marathon vor uns, keinen Sprint.«

Phil runzelte die Stirn. »Uns hast du noch nie vorzeitig nach Hause geschickt.«

»Willst du dich beklagen?«

Er schwieg.

D. D. beendete die Sitzung und kehrte in ihr Büro zurück, wo sie den jüngsten Bericht der Spurensicherung aufschlug und sich innerlich auf ihren zweiten Fall an diesem Tag vorbereitete: den angeblich kurz bevorstehenden Mord an Charlene Rosalind Carter Grant.

D. D. griff zum Telefonhörer und wählte.

19. KAPITEL

Wer trainiert, versetzt sich in Bereitschaft. Man übt bestimmte Bewegungsabläufe immer wieder ein, um nicht in Schockstarre zu verfallen, wenn der kritische Moment kommt, sondern um automatisch richtig zu reagieren und den Angriff abzuwehren.

So funktioniert es zumindest theoretisch.

Tulip und ich verließen die Polizeidienststelle von Grovesnor um kurz nach acht. Officer Mackereth fuhr uns diesmal nicht nach Hause. Die schwache Morgensonne kam gegen den dichten Hochnebel kaum an. Am Horizont zogen Schneewolken auf; ich konnte sie schmecken. Die Kälte kroch mir durch Mantel, Mütze und Handschuhe.

Auch Tulip fror in ihrem kurzen braun-weißen Fell. Sie zitterte.

Ich versuchte es fünf Minuten lang, ein Taxi zu kriegen, hatte aber kein Glück, und Tulip zitterte immer heftiger.

Endlich kam ein Bus. Die Richtung stimmte. Also stieg ich ein, gefolgt von Tulip.

Am Steuer saß eine schwergewichtige schwarze Frau mit krausen grauen Haaren und einem Gesicht, das schon alles gesehen zu haben schien. Sie schüttelte den Kopf. »Hier kommen, wenn überhaupt, nur Behindertenbegleithunde rein.«

»Sie ist ein Behindertenbegleithund. Irgendein Idiot hat ihr das Halsband abgenommen, direkt vor der Polizeistation. Man fasst es nicht. Schauen Sie sie an. Sie friert sich zu Tode.«

Tulip half nach und schenkte der Busfahrerin einen besonders wehleidigen Blick.

Hinter mir wollten noch vier weitere Fahrgäste an Bord. Sie wurden ungeduldig, auch ihnen war kalt.

Die Fahrerin achtete nicht auf sie und starrte mich an.

»Was für eine Behinderung haben Sie?«, wollte sie wissen.

»Erdnussallergie.«

»Dafür braucht man keinen Hund.«

»Und ob.«

»Braucht man nicht.«

»Braucht man doch«, mischte sich der Mann hinter mir ein. »Was ist jetzt? Entweder Sie lassen sie einsteigen, oder Sie schmeißen sie raus. Es ist verdammt kalt draußen.«

Ich warf ihm einen drohenden Blick zu und schaute dann auf die Sitzreihen, die sich mit Fahrgästen füllten. »Hat jemand heute Erdnussbutter zum Frühstück gegessen?«, rief ich in den Bus. »Oder hat jemand zufällig Erdnüsse im Portemonnaie?«

Ich hielt meine Monatskarte vor den Scanner und setzte Tulip im Mittelgang ab. Als wäre damit die Sache entschieden, ging ich, von Tulip dicht gefolgt, durch den Bus nach hinten. Die Busfahrerin glaubte mir vermutlich immer noch nicht. Aber es war schweinekalt draußen, und sie hatte wohl keine Lust, einen Aufstand zu machen, der jede Menge Papierkram nach sich ziehen würde.

Ich hatte gelogen und kam damit durch. In meinem Übermut war ich ein bisschen frech geworden. Mein zweiter Fehler an diesem Morgen.

Es war tatsächlich alles nur eine Frage der Zeit.

Ich musste stehen und griff mit der rechten Hand nach der Haltestange über meinem Kopf. Mit der linken, um deren Handgelenk ich Tulips Leine gewickelt hatte, hielt ich die Umhängetasche an mich gedrückt, um ihren Inhalt zu schützen.

Eine Regel des öffentlichen Nahverkehrs besagt: Je niedriger die Außentemperaturen, desto heißer der Fahrgastraum.

Das Heizungsgebläse lief auf Hochtouren. Die Wollmäntel und vliesgefütterten Mützen wurden hier im Inneren zur Qual. Tulip fing an zu hecheln. Mir brach der Schweiß aus. Immer mehr Passagiere drängten nach. Der Bus verwandelte sich in eine Sauna.

Nach zwanzig Minuten – die Fahrt würde ungefähr fünfundfünfzig dauern – wurde mir schlecht vom Hin und Her in den Kurven und der harten Federung des Fahrwerks. Schweißperlen rollten mir am Haaransatz entlang und sammelten sich im heißen Nacken. Die vielen dicht gedrängten Leiber, von denen offenbar nur ein kleiner Teil in letzter Zeit mal mit Wasser und Seife in Berührung gekommen war, müffelten vor sich hin.

Nach weiteren fünf Minuten musste ich die Hand von meiner Tasche nehmen, um mir den Schal zu lösen und die Mütze vom Kopf zu ziehen. Die damit geschaffene Erleichterung war marginal, zumal der Bus nun noch heftiger ins Schaukeln geriet. Von allen Seiten eingeklemmt, warf es mich hin und her. Die Fensterscheiben beschlugen.

Irgendwie gelang es mir, meine Mütze in die Tasche zu stopfen. Mit der freien Hand knöpfte ich mir nun die Jacke auf. Den oberen Knopf, den zweiten, dritten.

Unter der Jacke trug ich einen viel zu großen dunkelblauen Vliespullover, das perfekte Kleidungsstück für einen gemütlichen Sonntagnachmittag mit guter Lektüre. Jetzt aber erstickte ich fast darin. Der Kragen war schweißnass, die von der Jacke zusammengedrückten Ärmel quetschten meine Arme.

Dreißig Minuten, und noch fünfundzwanzig lagen vor mir.

Der Bus hielt an. Fahrgäste stiegen aus, neue ein. Tulip winselte und hechelte. Ich nahm die Hand von der glitschigen Haltestange und wischte mir mit dem Unterarm die Stirn.

Ruckartig fuhr der Bus wieder an. Mein Magen rebellierte.

Hatte ich immer noch meine Tasche bei mir? Vielleicht. Vielleicht nicht. Mir war heiß und elend. Ich kämpfte gegen Übelkeit an.

In Städten, müssen Sie wissen, herrschen Dschungelverhältnisse: Schwache und Behinderte werden vom Rudel ausgestoßen.

Haltestelle um Haltestelle. Straßenzug um Straßenzug. Ich keuchte fast so zwanghaft wie Tulip. Von den anderen Fahrgästen nahm ich keine Notiz, auch nicht von der Umgebung. Ich zählte bloß die Haltestellen mit und wünschte mir verzweifelt, diesen verfluchten Bus verlassen zu können.

Endlich, nachdem mein vermutlich zuerst rot glühendes Gesicht bleich und dann alarmierend grün geworden war, erreichte ich mein Ziel. Die Türen öffneten sich. Ich versuchte, mir Platz zu verschaffen. Vor mir versuchte Tulip, sich durch einen Wald aus dicken Stiefeln und flappenden Mantelsäumen zu winden.

»Entschuldigung, Entschuldigung, ich muss hier raus.« Von der frischen Luft unwiderstehlich angezogen, drängte, schob und zwängte ich mich auf den Ausgang zu. Wir schafften es schließlich. Die Busfahrerin und ich tauschten letzte wütende Blicke. Dann sprangen wir die Stufen hinunter auf hart gefrorenen, festen Grund und entfernten uns im Laufschritt von der metallenen Sauna.

Am Rande nahm ich wahr, wie sich die Türen hinter mir schlossen und der Bus langsam anfuhr. Ich schnappte gierig nach Luft und öffnete den Mantel über meinem schweißnassen Vlies.

Die Ledertasche baumelte an meiner Hüfte. Der Jackensaum flappte um meine Oberschenkel.

Endlich raus aus dem Bus, endlich wieder in Bewegung. In anderthalb Meilen würden wir, Tulip und ich, unser Ziel erreicht haben, eine sanft geschwungene Landschaft jenseits der dicht verbauten Stadt.

Ich fühlte mich sicher. Erleichtert. Ich war sogar ein bisschen optimistisch.

Bis ich plötzlich von hinten attackiert wurde.

Er packte mich am Kragen und zerrte mir die Jacke über die Schultern nach unten. In weniger als einer Sekunde war mein linker Arm, von Ärmel und Kragen gefesselt, außer Kraft gesetzt. Der rechte Kragenaufschlag aber blieb unter dem Gurt meiner Umhängetasche hängen, den ich diagonal über den Oberkörper gestreift hatte. Seine Hand verfing sich darin.

Ich rührte mich nicht und stand für eine Weile mit offenem Mund da, während mir der (unsinnige) Gedanke durch den Kopf schoss: *Aber wir haben doch erst den Zwanzigsten!*

Mein Angreifer zerrte am Taschengurt und riss ihn mir, die ich wie angewurzelt dastand, über den Kopf. Er verfing sich in Tulips Leine, die meiner Hand entglitt. Die Tasche fiel zu Boden und wurde von meinem Angreifer beiseitegetreten.

Dann schlossen sich seine Hände um meinen Hals.

Verspätet meldeten sich meine Instinkte zurück. Ich dachte nicht mehr darüber nach, was geschehen war, sondern reagierte darauf. Zuerst kämpfte ich mit meiner eigenen Jacke.

Während mein Angreifer immer fester zudrückte und mir den Atemweg abschnürte, rammte ich ihm den im Ärmel verhedderten Ellbogen in die Seite. Als er nach links auswich, schlüpfte ich blitzschnell aus der Jacke und befreite Hände und Arme.

Er hielt mich immer noch an der Gurgel gepackt. Mit weit aufgerissenem Mund rang ich nach Luft. Aufgebläht vom Druck wachsender Panik drohten mir die Lungen zu platzen.

Aber wir haben doch erst den Zwanzigsten!

Kämpfen, ich musste kämpfen, hatte aber nur gelernt, nach vorn auszuteilen. Den Kopf zu ducken, abzublocken, zuzuschlagen. Jetzt blieb mir nichts anderes übrig, als nach hinten auszutreten, meinem Angreifer den Absatz auf die Kniescheibe zu rammen. Ihm weh zu tun, ihn mattzusetzen. Ich musste irgendwie dafür sorgen, dass er von mir abließ.

Gebell. Tulip rannte um unsere Füße herum und zog die Leine hinter sich her.

Weiße Funken flimmerten mir vor den Augen.

Auszutreten und mich zu winden nutzte nichts. Es hatte auch keinen Zweck, an den Fingern zu zerren, die mir den Hals zudrückten.

Das also hatten auch Randi und Jackie am eigenen Leib erfahren.

Diesen unerträglichen Druck auf der Brust. Diesen so elementaren Hunger nach Atemluft, der, wenn er nicht gestillt wird, einen ganz eigenartigen Schmerz hervorruft. Ich glaubte, spüren zu können, wie eine Körperzelle nach der anderen abstarb und einen letzten Schrei ausstieß.

Das Baby hinten im Flur, es weint.

Ich weiß, ich weiß. Ich hätte es dir sagen sollen.

Ich weinte. Er brachte mich um, und statt mich zu wehren, ließ ich mich von alten Schuldgefühlen niederdrücken. Ich hatte dem Baby nicht geholfen und mich von meiner Mutter quälen lassen. Ich hatte meine besten Freundinnen verloren.

Tulip bellte und jaulte plötzlich vor Schmerzen. Er trat nach meiner Hündin. Mein Angreifer vergriff sich an ihr.

Das konnte ich unmöglich hinnehmen.

Ich ließ mich fallen. In dunkler Erinnerung an ein in zahllosen Trainingsstunden eingeübtes Manöver knickte ich in den Knien ein und machte mich schwer. Mein Angreifer verlor für einen kurzen Moment die Balance. Als er einen Ausgleichsschritt zu setzen versuchte, nutzte ich seine nach vorn bewegte träge Masse und schleuderte ihn über den Kopf.

Dann machte ich mich über ihn her. Ich trat ihm in die Rippen und drosch auf seinen ungeschützten Kopf ein. Mit Boxen hatte das nichts zu tun. Es war ein Straßenkampf der übelsten Sorte. Ich rang nach Luft, füllte meine brennenden Lungen und ließ die Fäuste fliegen.

Mein Angreifer hob beide Arme vors Gesicht und wälzte sich durch den Schnee zur Seite weg. Er wollte wohl so schnell wie möglich wieder auf die Beine kommen, doch das konnte ich nicht zulassen, denn er war größer und stärker als ich. Und womöglich würde er ein Messer oder eine Pistole oder einen anderen Trick aus dem Ärmel ziehen. Also musste ich dafür sorgen, dass er am Boden blieb, damit *ich* ihn unter Kontrolle hatte, damit *ich* das mieseste Schwein der Stadt sein konnte.

Ich blieb an ihm dran. Er wich immer wieder aus und schaffte es einmal fast, auf allen vieren zu kriechen, aber für seine Bemühungen erntete er einen so wuchtigen Tritt in die Rippen, dass er sich mehrfach überschlug.

Er hielt seinen Kopf in Deckung und schützte sein Gesicht, sodass ich an seiner Miene auch nicht ablesen konnte, was er vorhatte. So überraschte er mich, als er blitzschnell seinen linken Arm ausfuhr und mich am Fußgelenk erwischte.

Ich kippte nach hinten weg und landete unsanft auf der Hüfte. Obwohl mir der Schmerz den Atem verschlug, war ich so geistesgegenwärtig, meinen Fuß aus seiner Hand zu winden. Wir kauerten jetzt beide auf allen vieren im Schnee und krochen untereinander.

Tulip setzte uns nach. Sie bellte nicht mehr, sondern winselte nur noch. Ich konnte es nicht riskieren, einen Blick auf sie zu werfen, geschweige denn, mich umzusehen. Vielleicht hätte ich um Hilfe rufen sollen, aber es war kurz nach neun am Morgen und die ganze Gegend wie ausgestorben.

Außerdem brachte ich keinen Laut heraus. Meine Stimmbänder waren wie eingefroren. Das Blut rauschte mir in den Ohren, und ich hörte nur mein eigenes Schnaufen.

In Horror-Filmen schreit sich das mutige Opfer immer die Seele aus dem Leib. In Wirklichkeit aber sterben wir wahrscheinlich stumm.

Fast gleichzeitig sprangen wir auf die Beine. Ich hob sofort die Fäuste vors Gesicht und spreizte die Beine, um sicher zu stehen, während sich mein Angreifer vor mir aufbaute.

Ich starrte in das wettergegerbte Gesicht meines Schießtrainers J. T. Dillon.

»Das war allenfalls befriedigend«, sagte er und ließ die Hände fallen.

Noch unsicher, was ich von der ganzen Sache halten sollte, zielte ich mit einem rechten Schwinger auf seine Schläfe. Doch J. T. blockte mit dem linken Arm ab und ließ ihn gleich darauf wieder zur Seite sinken.

»Vielleicht auch nur eine Vier«, verbesserte er sich, ebenso heftig keuchend wie ich. »Immerhin leben Sie noch.«

Langsam richtete ich mich auf. »Soll das eine Lektion gewesen sein?«

»Sagen wir, es war Ihre Reifeprüfung.« Er befingerte seine Seite, in die ich ihm einen kräftigen Tritt versetzt hatte, und stöhnte leise. »Aber alt, wie ich bin, werde ich demnächst nur noch schriftliche Zeugnisse ausstellen.«

Ich hatte meine Fäuste immer noch vorm Gesicht. Ich konnte sie nicht senken. Noch nicht. Mein Atem war zu flach. Mein Hals brannte. Er würde in Kürze blau angelaufen sein.

»Arschloch!«, sagte ich.

Er musterte mich mit kühlem Blick und ließ sich nicht anmerken, was er dachte.

Ich schlug ein weiteres Mal zu. Als er mich wieder lässig abwehrte, ging ich aufs Ganze und zwang ihn, die Fäuste schwingend, in die Defensive, von einer Wut angestachelt, die ich so noch nicht an mir kannte. Er hatte mir weh getan, und dafür musste ich mich rächen.

Er hätte mich fast umgebracht.

Und ich hätte es fast zugelassen.

Ich tobte und jagte ihn im Kreis. Mein Hals, meine Brust, mein Stolz brannten lichterloh. Trotz meines ganzen Trainings hätte ich mich benahe einem sechzigjährigen Exmarine geschlagen geben müssen.

Tulip jagte hinter uns her. Sie bellte nicht und winselte auch nicht mehr. Sie hatte mich schon früher boxen sehen und wusste die Situation womöglich besser einzuschätzen als ich selbst. Ich jagte meinen Trainer vor mir her, und er ließ mich gewähren, duckte sich weg, blockte meine Hiebe ab und schlug auch manchmal zurück. Dass sich ein grauhaariger Veteran noch so schnell bewegen konnte, verblüffte mich nicht wenig.

Das Problem war: Mit jeder wuchtigen Attacke ging jede Menge Energie verloren. Selbst Schwergewichtschampions können die dafür notwendige Power nur maximal drei Minuten aufrechterhalten.

Meine Fäuste wurden immer schwerer. Mein Herz raste am Limit. Mir wurde schlecht vor Anstrengung. Ich jagte ihn nicht mehr, sondern taumelte ihm nur noch hinterher, einzig und allein von meinem Willen getrieben. Der Rest von mir war platt.

J. T. machte dem bösen Spiel ein Ende, indem er sich vor einem dürren Baum auf den Boden fallen ließ. Ich kollabierte unmittelbar neben ihm. Der Schnee tat mir gut; er war wie Balsam auf meinen überhitzten Wangen.

Tulip hockte sich neben mich und wimmerte nervös. Ich streichelte ihr den Kopf. Sie fuhr mit der Zunge über meine Wange und ging dann auf J. T. zu, um auch ihn abzulecken. Erleichtert darüber, dass nun alles in Ordnung schien, nahm sie zwischen uns Platz und schmiegte sich an mich. Eine Weile später stand J. T. auf, sammelte meine Umhängetasche ein, die ein paar Schritte abseits im Schnee lag, und gab sie mir zurück.

Er setzte sich wieder vor den Baum und schaute mich schweigend an.

»Warum verdrischt mich ausgerechnet mein Schießtrainer?«, fragte ich schließlich.

Er verzog keine Miene. »Mit einer Schusswaffe zu trainieren ist schön und gut«, entgegnete er nüchtern. »Im Ernstfall werden Sie aber wahrscheinlich nicht abdrücken. Oder wenn doch, stehen Sie so unter Stress, dass Sie ziellos drauflosballern, bis die Munition alle ist. Und dann heißt es wieder: Nahkampf, Mann gegen Mann.«

Ich erinnerte mich an meine Begegnung mit Stan Miller. J. T. hatte sie mit seinen Worten hübsch zusammengefasst. Nach unserer wilden Schießerei war es zum nicht weniger wilden Handgemenge gekommen.

»Haben Sie schon mal jemanden getötet?«, fragte ich.

»Ich habe genug Schaden angerichtet.«

»Wie hat sich das angefühlt?«

»Nie so gut, wie ich es mir gewünscht hatte.«

Wir schwiegen wieder eine Weile. Ich streichelte Tulips Kopf.

»Werde ich am Einundzwanzigsten sterben?«, fragte ich schließlich. Eine dumme Frage, aber darauf läuft letztlich alles hinaus: auf dumme Fragen in schwindender Zeit, wenn wir auf dem Schienenstrang stehen, die Lokomotive auf uns zurasen sehen und uns Gedanken darüber machen, ob der Aufprall wohl weh tut.

»Vielleicht«, antwortete J. T. Er schaute mich wieder an. »Wer hat Sie geschlagen? Mutter, Vater, Freund?«

Ich antwortete nicht sofort und streichelte stattdessen Tulips seidige braune Ohren. »Mutter«, sagte ich nach einer Weile.

Zum ersten Mal sprach ich es aus. Tante Nancy und ich haben nie darüber gesprochen. Auch Randi und Jackie wussten nichts von meiner leiblichen Mutter oder von meiner Kindheit an ihrer Seite.

Aber J. T. Dillon erzählte ich alles. Dazu bewegte mich unsere brutale Auseinandersetzung. Denn so etwas verbindet. Sex, Gewalt, Tod. Sie alle sind auf ihre Art sehr intim. Auch das war mir bis vor einem Jahr nicht bewusst gewesen.

»Sie haben sich nicht zur Wehr gesetzt«, resümierte J. T. unsere Schlägerei. »Sie haben nicht für sich gekämpft.«

»Am Ende doch.«

»Nein. Ich habe Ihren Hund getreten. Sie haben sich für Ihren Hund eingesetzt.«

»Sie ist ein gutes Tier.«

Er starrte mich an. »Schlagen Sie sich Ihren Hund aus dem Kopf«, sagte er plötzlich.

Ich zuckte innerlich zusammen und zog unwillkürlich meine Hand von Tulip weg.

»Im Ernst«, fuhr J. T. fort. »Sie müssen für sich eintreten, all Ihre Wut, Ihre Scham und Ihr Stillschweigen in eine Waffe ummünzen. Und Sie sollten wissen, Charlie, wirklich begreifen, dass es ganz und gar nicht okay ist, wenn man Ihnen Leid zufügt. Das haben Sie nicht verdient. Wenn man Sie angreift, nehmen Sie es nicht hin, sondern schlagen Sie zurück.«

»Ich versuch's.«

»Bullshit! Sie zögern. Sie sind darauf gedrillt, Misshandlungen auszuhalten und darauf zu warten, dass sie von allein aufhören. Hören Sie, ich kann Ihnen beibringen, wie man schießt. Andere können Ihnen beibringen, wie man mit den Fäusten zuschlägt. Aber niemand schafft es, Ihnen die Opferrolle auszutreiben, die Sie für sich gewählt haben. Das müssen *Sie* tun. Sie müssen sich selbst um sich kümmern.«

Ich wurde rot und kam mir vor wie ein zurechtgewiesenes Mädchen, das seine Hausaufgaben nicht gemacht hat. Ich wollte nicht mehr passiv bleiben. Ich wollte tatsächlich ein mieses Schwein sein.

Und doch, als er mich von hinten angegriffen und mir die Hände um den Hals gelegt hatte …

Mir war, als hätte ich nichts anderes verdient. Weil ich schlecht war, musste ich bestraft werden. Eine solche Reaktion ist allen misshandelten Kindern eingeimpft. Wir werden erwachsen, doch von dieser Konditionierung kann man sich kaum befreien.

»Sich für andere aufzuopfern ist vergleichsweise einfach«, murmelte J. T., und mir schien, als hätte er meine Gedanken gelesen. »Viel schwerer ist es, für sich selbst zu leben. Aber daran führt kein Weg vorbei, Charlie. Geben Sie sich selbst die Ehre. Verteidigen Sie sich. Kämpfen Sie für sich.«

Ich nickte und drückte Tulip enger an mich, damit sie es warm hatte.

»Schießen wir jetzt eine Runde?«, fragte ich.

»Gleich.«

Er öffnete meine Tasche und zog die Taurus hervor. Auf seiner großen, schwieligen Handfläche wirkte die 22er geradezu winzig; die langen Finger eigneten sich viel eher für seine schwere 45er als für meine Spielzeugpistole. Er roch an der Mündung und schaute mich an.

»Sie sollen eine Waffe doch immer putzen, nach jedem Gebrauch.«

»Dazu bleibt noch Zeit nach unserer Schießübung.«

»Immer.«

»Okay.«

»Wollen Sie darüber reden?«

»Nein.«

»Gut, denn ich will es auch gar nicht wissen.«

Er reichte mir die Taurus. Wir standen beide auf.

»Was ist mit ihr?« Er zeigte auf Tulip. »Sie friert.«

»Wir müssen sie in Bewegung halten. Vielleicht sollte ich ihr später einen Mantel besorgen.«

»Tun Sie das. Ein Hund, für den es sich zu kämpfen lohnt, hat einen Mantel verdient.«

J. T. ging los. Tulip und ich hielten Schritt. Bis zu seinem Haus waren es anderthalb Meilen. Es lag abseits auf einem Grundstück von fast zwei Hektar Größe. Perfekt für einen Mann, der einen Schießplatz brauchte und – wie seine Frau – auf Gesellschaft nicht viel Wert legte.

»Lebt sie noch?«, fragte er.

Genauer brauchte er nicht zu werden, ich wusste auch so, wen er meinte. »Nein«, hörte ich mich antworten: auch das eine seltene Auskunft, zumal ich mein Gedächtnis, was dieses Kapitel anging, ausgeschaltet hatte. Aber wenn ich es recht bedachte ... ja, meine Mutter war höchstwahrscheinlich tot. Denn wenn sie noch lebte, hätte sie bestimmt längst Kontakt mit mir aufzunehmen versucht. Mir einen Brief aus dem Gefängnis oder irgendeiner Heilanstalt geschrieben. Oder bei mir angeklopft, wenn sie frei herumlief. Das ist das Problem mit Patienten, die unter einem Münchhausen-Syndrom leiden: Sie betrachten sich als Opfer. So auch meine Mutter. Sie glaubte, einen Anspruch auf Mitgefühl, Unterstützung und Verständnis zu haben. Ich hatte jedenfalls, nachdem ich im Krankenhaus aufgewacht war, nie mehr etwas von ihr gehört. Weder mündlich noch schriftlich.

Es hatte eine letzte Konfrontation gegeben. Ich war am Leben geblieben, meine Mutter ...

»Hat sie getrunken?«, fragte J. T.

»Nein.«

»Drogen genommen?«

»Sie war einfach nur verrückt.«

»Dann ist es gut, dass sie nicht mehr lebt«, meinte er. »Ziehen Sie einen Schlussstrich.«

»Klar«, versprach ich. »Warum auch nicht?« Ich schaute auf meine Uhr. »Noch achtundfünfzig Stunden«, murmelte ich. Wir legten beide einen Schritt zu.

20. KAPITEL

»Quincy.«

»Hier ist Sergeant Detective D. D. Warren von der Bostoner Polizei. Ich rufe an wegen Charlene Grant. Sie haben auf ihren Wunsch hin Ermittlungen durchgeführt. Es ging um zwei Morde, die jeweils am 21. Januar begangen wurden. Könnte sein, dass es demnächst zu einem dritten kommt, und das möchte ich nach Möglichkeit verhindern. Die Mordrate in Boston ist hoch genug.«

»Detective«, grüßte der pensionierte FBI-Profiler Pierce Quincy in scharfem Ton. »Ich habe gestern Abend mit meiner Tochter gesprochen und weiß von ihr, dass Sie an dem Fall dran sind. Es scheint, Sie haben einen Plan und wollen versuchen, die Sozialen Medien einzubeziehen.«

»Könnte sich lohnen. Stimmt es, dass Sie beide Tatorte untersucht haben?«

»Ich habe zwei Berichte verfasst, den ersten für Jackie Knowles und den zweiten für Charlene, nach dem Mord an Jackie.«

Daran hatte D. D. nicht gedacht. »Entschuldigung«, murmelte sie verlegen und wusste nicht, was sie sagen sollte.

»Solche Analysen sind einfacher, wenn man das Opfer nicht kennt«, fuhr Quincy fort. »Deshalb muss ich, was den zweiten Bericht angeht, Vorbehalte anmelden. Er ist wahrscheinlich weniger objektiv als der erste.«

»Fangen wir mit dem ersten Fall an, dem Tatort in Providence«, entschied D. D. »Aus Ihrem Bericht und den Ergebnissen der von Roan Griffin geleiteten Ermittlungen geht hervor, dass der Täter anscheinend sehr beherrscht und kontrolliert vorgegangen ist, sehr gut zu kommunizieren versteht, überdurchschnittlich intelligent ist und kräftig zupacken kann.«

»Stimmt.«

»Mann oder Frau?«

»Einschlägigen Statistiken zufolge spricht alles für einen Mann. Aber dass es nicht zu sexuellen Übergriffen gekommen ist, verkompliziert die Sache.«

»Was sagt Ihr Bauchgefühl?«

»Für den ersten Mord habe ich keins. Aber was den Fall in Atlanta angeht, tippe ich auf einen weiblichen Täter, zumal das Opfer zuletzt in Begleitung einer Frau gesehen wurde. Das würde auch erklären, warum beide Opfer ihrem Mörder die Tür geöffnet haben und warum an beiden Tatorten gründlich sauber gemacht wurde. Für Serienmörder ist es zwar nicht untypisch, dass sie klar Schiff machen, aber die wenigsten denken daran, auch die Sofakissen zu richten.«

»Die Sofakissen zu richten?«, fragte D. D. nach.

»Ja, es scheint, dass sie in beiden Fällen aufgeschüttelt wurden. So etwas machen eigentlich nur Frauen.«

»Woran lässt sich erkennen, dass ein Kissen aufgeschüttelt wurde?«

»Am Kissen selbst eher nicht. Aber laut Auskunft einer Nachbarin hatte Miss Knowles die Angewohnheit, die Zierkissen ihres Sofas beiseitezuschieben, wenn sie sich setzte. Als die Polizei am Tatort eintraf, waren die Kissen aber sorgfältig arrangiert. Außerdem waren sie vorher offenbar ausgeschüttelt und glatt gestrichen worden. Einer der Detectives vor Ort meinte, das Sofa hätte völlig unbenutzt ausgesehen.«

»Aber es könnte doch sein, dass Jackie die Kissen selbst aufgeschüttelt hat«, gab D. D. zu bedenken. »Vielleicht hat sie aufgeräumt, weil sie einen Gast erwartete.«

»Natürlich. Ich biete Ihnen ja auch nur eine Theorie an und behaupte nicht, Tatsachen zu liefern.«

»Nun, immerhin sind Sie ehrlich«, erwiderte D. D.

Sie hatte gehofft, den Profiler mit ihrer Bemerkung zum Lachen zu bringen, wovon aber nichts zu hören war.

»Wir bleiben jedenfalls dran«, sagte sie. »Nur noch zwei Tage bis zum Einundzwanzigsten. Charlene Grant läuft durch Boston und hält sich vor allen, die sie kennt, versteckt. Sie trägt eine 22er Halbautomatik bei sich.«

»Sie hat eine Pistole?«

»Ganz legal. Sie ist registriert.«

»Aber die wird ihr nicht helfen.«

»Vermuten Sie.«

»Ich bin mir sicher. Es kam in keinem der beiden Fälle zur Gegenwehr. Dabei sollte man doch meinen, dass die Frauen ihrem Mörder, der sie würgte, ihre Fingernägel in die Hände gekrallt hätten. Wie kommt Charlene darauf zu glauben, sie könne sich mit einem Schuss retten?«

D. D. schluckte. Die Vorstellung missfiel ihr. »Vielleicht haben sich diese Frauen zur Wehr gesetzt. Vielleicht hat ihnen der Täter, nachdem er die Kissen aufgeschüttelt hat, auch die Fingernägel sauber gemacht.«

»Randi hatte perfekt manikürte Fingernägel von überdurchschnittlicher Länge. Und die waren völlig intakt. Ausgeschlossen, dass sie sich damit gewehrt hat.«

»Der toxikologische Befund?«

»Negativ. Drogen haben beide jedenfalls nicht genommen.«

»Kann es sein, dass sie im Schlaf überrascht wurden?«

»Möglich, aber sie müssten spätestens in dem Moment aufgewacht sein, als der Täter ihnen an die Gurgel ging, und zu fliehen oder zu kämpfen versucht haben. Allem Anschein nach wären dazu beide durchaus in der Lage gewesen.«

»Wie erklären Sie sich dann, dass es nicht zur Gegenwehr kam?«

»Ich kann's nicht erklären.«

D. D. seufzte. »Immerhin sind Sie ehrlich«, wiederholte sie.

»Leider hilft uns beiden das nicht weiter, am allerwenigsten Charlene Grant. Hat jemand Kontakt mit ihr aufgenommen?«, fragte Quincy plötzlich. »Telefonisch, per Brief?«

»Nicht, dass ich wüsste.«

»Sehr ungewöhnlich, dieser Fall«, meinte Quincy. »Wiederholungstäter gehen eigentlich nie exakt gleich vor. Die meisten Mörder beschreiben ihre Tat als einen rauschhaften Akt, vergleichbar mit dem Hochgefühl eines Marathonläufers. Der erste Mord ist noch mit Angst verbunden. Aber wenn sich diese Angst gelegt hat, bleibt nur die Erinnerung an den Rausch, den sich der Täter zurückwünscht. Bis zur nächsten Tat mag einige Zeit vergehen, aber das Verlangen nimmt nach jeder Wiederholungstat noch zu und wird übermächtig. Der Täter schlägt in immer kürzeren Zeitabständen zu, und er geht immer weniger organisiert und kontrolliert vor. Es kommt auch vor, dass er gegen diesen Drang anzugehen versucht und sich stattdessen an Alkohol oder Drogen berauscht. Aber das funktioniert in den wenigsten Fällen. Für die Strafverfolgung ist es natürlich leichter, wenn der Täter sich nicht mehr im Griff hat und Fehler macht.«

»Nach dieser Logik stünde unser Täter am Anfang der Gewaltspirale, da er oder sie zwischen beiden Morden ein Jahr verstreichen ließ«, entgegnete D. D.

»Technisch gesehen ist unser Mörder noch kein Serientäter. Davon sprechen wir erst nach drei Verbrechen. Wir haben es mit einem Wiederholungstäter zu tun, der offenbar sehr kontrolliert vorgeht, fast eine Art Ritual zelebriert.«

»Das würde vielleicht auch für einen weiblichen Täter sprechen. Sie treibt nicht Blutdurst, sondern irgendetwas anderes.«

»Ja, aber was könnte dieses Andere sein? Wenn wir darauf eine Antwort fänden, wären wir einen Schritt weiter.«

»Fragen wir: Warum Randi Menke? Warum Jackie Knowles? Was haben die beiden gemeinsam?«

»Dass sie ledige Frauen in städtischer Umgebung waren. Gleichaltrig. Beide wuchsen in den White Mountains von New Hampshire auf. Sie hatten denselben Freundes- und Bekanntenkreis. Und ihre beste Freundin war Charlene Grant.«

»Weshalb Letztere fürchtet, das nächste Opfer zu sein. Aber vielleicht irrt sie sich. Vielleicht hat dieses Andere nichts mit ihr zu tun, sondern ausschließlich mit Randi und Jackie.«

»Möglich«, meinte Quincy. »Aus den Daten, die uns vorliegen, lassen sich keine zwingenden Schlussfolgerungen ableiten. Dass sich Randi und Jackie kannten, könnte rein zufällig sein. Vielleicht hatte ihr Mörder davon gar keine Ahnung.«

»Zufälle schmecken mir nicht«, erwiderte D. D. »Ich weiß, so etwas soll vorkommen, aber ich kann nicht wirklich daran glauben.«

»Ich auch nicht«, pflichtete ihr Quincy bei. »Gehen wir also davon aus, dass Randi und Jackie etwas miteinander gemein hatten, das zu ihrem Tod führte. Das kann, von ihrer Kindheit abgesehen, nicht viel gewesen sein. Sie lebten in verschiedenen Staaten, fast tausend Meilen voneinander entfernt. Randi war geschieden von ihrem gewalttätigen Ehemann, arbeitete als Rezeptionistin in einem Wellness-Center und wohnte in einem schicken Viertel in Providence. Jackie, ledig, lesbisch und karrierebewusst, wohnte am Stadtrand von Atlanta. Ich sehe da keinerlei Überschneidungen.«

»Augenblick«, unterbrach D. D. »Was ist mit diesem gewalttätigen Ehemann? Wusste Jackie davon? Hat sie sich womöglich für ihre Freundin eingesetzt und den Zorn des Gatten auf sich gelenkt?«

»Das können wir ausschließen. Jackie wurde nach dem Mord an Randi vernommen und hat nach eigener Auskunft von den Eheproblemen ihrer Freundin nichts gewusst.«

»Sie hat sich also nicht einmal der ehemals besten Freundin anvertraut«, konstatierte D. D. und sah darin ein Muster, das vielen Missbrauchsopfern eigen war.

»Die drei Freundinnen hatten sich mit den Jahren voneinander entfernt, und das nicht nur geographisch«, stellte Quincy fest. »Um Gemeinsamkeiten zwischen Randi und Jackie zu finden, müssen wir rund zehn Jahre zurückgehen, in die Zeit, als sie noch in derselben Kleinstadt lebten und dieselbe Schule besuchten. Während dieser Zeit galten sie im Verein mit Charlene als unzertrennlich.«

»Die drei Musketiere«, sagte D. D.

»Ja. Darum lässt sich Charlenes Befürchtung auch nicht von der Hand weisen. Hoffen wir, dass sie am Zweiundzwanzigsten angenehm überrascht aufwacht. Im weniger glücklichen Fall ...«

»Wir sollten ihr alles Gute wünschen und uns auf das Schlimmste gefasst machen.«

»Genau.«

»Na schön«, sagte D. D. »Nehmen wir also an, das ganze Trio ist im Visier. Warum erst jetzt? Warum hat der Killer nicht schon zugeschlagen, als sie noch in derselben Stadt lebten? Und warum knöpft er sich eine nach der anderen vor, jeweils am 21. Januar?«

»Sie stellen gute Fragen, Detective. Lassen Sie mich die Antworten wissen, wenn Sie sie gefunden haben.«

»Vielleicht haben Sie recht mit der Einschätzung, dass es sich um Ritualmorde handelt«, fuhr sie fort. »Der Killer scheint einer sehr persönlichen Agenda zu folgen. Dafür sprechen Datum, Tathergang und Auswahl der Opfer. Falls der Killer wusste, dass die drei Freundinnen früher unzertrennlich waren, scheint er oder sie doch Wert darauf zu legen, dass sie unabhängig voneinander sterben.«

»Interessante Beobachtung, Detective.«

»Nehmen wir an, unser Täter hat was gegen unverbrüchliche Freundschaften. Der erste Mord erfolgte vor zwei Jahren, also fast acht Jahre nach der räumlichen Trennung der Freundinnen. Warum so lange warten? Und warum musste Randi als Erste dran glauben, ausgerechnet am Einundzwanzigsten?«

»Wir sollten Folgendes berücksichtigen«, meinte Quincy. »Erstens das Alter. Die Frauen haben sich getrennt, als sie achtzehn waren. Wenn der Killer sie seit ihrer Kindheit kannte, ist er vielleicht in ihrem Alter. Mit achtzehn wird man gerade erst erwachsen. Vielleicht brauchte der Killer noch ein paar Jahre, um Erfahrungen zu sammeln, bevor er sich imstande sah, seinen Impulsen nachgeben zu können ...«

»Anmache«, murmelte D. D. »Besuche in einschlägigen Chatrooms, wo man sich die nötigen Anleitungen abholt.«

»Wie bitte?«

»Nichts.«

»Achtzehn Jahre, das ist auch ein kritisches Alter im Hinblick auf die mentale Gesundheit. In dieser Zeit manifestieren sich unter anderem Schizophrenie oder bipolare Störungen.«

»Mit anderen Worten, unser Killer entwickelte erst als junger Erwachsener das abnorme Bedürfnis, unverbrüchliche Freundschaften zu zerstören.«

»Möglich. Zumindest sollten wir das in Betracht ziehen. Es würde zu den Tatorten passen, die so aussehen, als hätte der Täter im Vollbesitz seiner geistigen Kräfte gehandelt. Wie gesagt, wir haben es mit einem sehr strategisch vorgehenden Killer zu tun.«

»Es muss eine Vorgeschichte geben«, dachte D. D. laut. »Wenn der Täter von Anfang an alle drei Freundinnen im Visier hatte, muss etwas passiert sein, das den Täter veranlasst hat, seine rituellen Morde zu planen.«

»Etwas, das sich an einem 21. Januar ereignet hat«, sagte Quincy.

»Haben die Frauen vielleicht etwas gesehen? Waren sie Augenzeugen einer Straftat?«, überlegte D. D. »Die könnte auch später stattgefunden haben, als die drei in ihrer Heimatstadt zusammengekommen sind, um Urlaub zu machen.«

»Diese Frage wurde Charlene mehrmals gestellt. Sie hat sich an nichts dergleichen erinnern können.«

»Okay.« D. D. überlegte weiter. »Drei beste Freundinnen. Wer könnte daran Anstoß nehmen?« Plötzlich kam ihr eine Idee, die so naheliegend war, dass sie sich wunderte, nicht schon eher daran gedacht zu haben. »Die Vierte«, hauchte sie. »Eine vierte Möchtegern-Freundin, die abgewiesen wurde.«

»Die Hölle kennt keinen schlimmeren Zorn als den einer verschmähten Frau«, zitierte Quincy. »Könnte durchaus zutreffen. Leider habe ich diese Frage nie gestellt.«

»Sobald ich Gelegenheit habe, werde ich das bei Charlene nachholen.«

»Fragen Sie sie nicht nach anderen Freundinnen, sondern nach Mädchen, die ohne Freundschaften waren. Nach denen, die in der Schule immer abseits standen, die am Mittagstisch allein saßen.«

»Aber Sie sagten doch, der Killer hätte überdurchschnittliche Kommunikationsfähigkeiten. Wie passt das zum Mauerblümchen?«

»Vielleicht habe ich mich in der Hinsicht geirrt. Vielleicht haben Randi und Jackie ihre Türen aus Mitleid mit der ehemaligen Klassenkameradin geöffnet und nicht etwa einen charismatischen Fremden willkommen geheißen.«

»Okay, okay. Verstehe«, erwiderte D. D. »Aber selbst wenn sich Charlene an einen Namen erinnert, werden wir mindestens zwei Tage damit beschäftigt sein, diese Person ausfindig zu machen, und das in einem Fall, der offiziell noch gar nicht meiner ist. Der Zeit nach könnte dieses Mädchen bereits in Boston sein, auf der Jagd nach Charlene ...«

»Haben Sie eine Alternative?«

»Wir könnten auf den Busch klopfen und den Killer aus der Deckung locken. Konkret dachte ich daran, eine Seite bei Facebook einzurichten, eine Art Aufruf zum Gedenken an die beiden getöteten Freundinnen. Wie finden Sie das?«

Es blieb eine Weile still in der Leitung. Sie konnte spüren, wie Quincy über ihren Vorschlag nachdachte.

»Am liebsten würde ich selbst nach Boston kommen«, murmelte Quincy. »Mir wäre wohler, ich könnte Ihnen vor Ort zur Seite stehen.«

»Hey, nichts für ungut, aber wir vom Boston PD sind kein Haufen Volltrottel. Ab und zu gelingt uns auch mal was.«

»Ich mache mir einfach nur Sorgen um Charlene Grant.«

»Ihre Sorge ist begründet«, entgegnete D. D. frei heraus. »Ich habe eine Stunde mit der jungen Frau verbracht. Sie müsste mindestens zehn Kilo zulegen und zwanzig Tage schlafen. Davon abgesehen ...«

»Meine Frau und ich, wir haben vor kurzem ein Kind adoptiert«, erklärte Quincy unvermittelt.

»Ein Baby?« D. D. war schockiert. Sie wusste zwar nicht, wie alt Quincy war, konnte sich aber ausrechnen, dass ein pensionierter Fed, dessen Tochter ihn schon zum Großvater gemacht hatte, nicht mehr ganz jung sein konnte.

»Kein Baby. Dazu sind wir zu alt«, antwortete er trocken. »Ein zehnjähriges Mädchen, das schon eine Weile bei uns in Pflege ist. Wir lieben sie sehr und hoffen, dass sie unsere Liebe irgendwann einmal annehmen kann. Aber so weit ist es noch nicht.«

»Verstehe.«

»Meine Frau hat auch für die Strafverfolgung gearbeitet. Wir kennen beide Seiten der Gleichung. Wir wissen, was wir uns zumuten. Als ich von dem Mord an Jackie Knowles erfuhr ... Nun ja, es war gut, wieder ein Kind im Haus zu haben. Es war gut, an die Zukunft erinnert zu werden und nicht mehr nur verpasste Chancen zu bedauern.«

D. D. schwieg. Quincys Worte ließen sie daran denken, wie gern sie zu ihrem Kind nach Hause zurückkehrte. Anfangs hatte sie befürchtet, Mutter zu sein würde auf Kosten ihres Jobs gehen. Jack nahm zwar viel Zeit für sich in Anspruch, sorgte aber auch dafür, dass die von Quincy erwähnte Gleichung aufging. Kinder und die Hoffnung auf ein besseres Morgen – dafür setzen sich Cops der Mordkommission letztlich ein. Sie hielten den Kopf hin, um ihren Kindern den Weg zu ebnen. Sie rissen Überstunden wie ihr Team vergangene Nacht, damit sich andere Kinder sicher fühlen konnten.

»Die vierte Freundin«, sagte Quincy.

»Was?«

»Die brauchen Sie. Zu dem Schluss sind Sie doch selbst gekommen. Erfinden Sie eine vierte Freundin und lenken Sie den Killer damit ab.«

D. D. krauste die Stirn. »Aber wie? Wenn der Killer das Trio tatsächlich von früher kannte, wird er darauf nicht reinfallen.«

»Outen Sie sich als die vierte Freundin.«

»Wie bitte?«

»Sie richten diese Facebook-Seite zum ehrenvollen Gedenken an Randi und Jackie ein. Sie sind sich vielleicht im College begegnet, haben eine tolle Zeit in Boston miteinander verbracht. Sie lieben sie, trauern um sie und fühlen sich dazu aufgerufen, an sie zu erinnern. Wenn Ihre Theorie zutrifft und Jackie und Randi von einer Außenseiterin umgebracht wurden, wird diese Person damit ganz und gar nicht einverstanden sein. Schließlich hat sie von den Freundinnen Besitz ergriffen. Jetzt, da sie tot sind, reklamieren Sie diese Freundschaft für sich und bestimmen über das Andenken der beiden. Die Mörderin wird toben.«

»Gefällt mir«, sagte D. D.

»Mördern geht es um Macht. Sie müssen diesen Anspruch in Frage stellen und die Autorität unserer Mörderin anzweifeln. Sie sind die beste Freundin, die Jackie und Randi jemals gehabt haben; durch Sie werden die beiden unsterblich. Ihre Liebe und Ihre Macht sind stärker.«

»Und ich habe die schöneren Schuhe«, fügte D. D. hinzu. »So etwas bringt jede andere Frau auf die Palme.«

Quincy kicherte. »Ich glaube, Sie sind auf der richtigen Spur.«

»Vielen Dank. Sie haben mir sehr geholfen«, sagte D. D. »Darf ich Ihnen eine letzte Frage stellen?«

»Nur zu.«

»Halten Sie Charlene für die Mörderin? Sie präsentiert sich als das dritte Opfer. Aber was, wenn sie uns damit nur täuschen will? Was, wenn sie die Täterin ist und so den Verdacht von sich ablenkt?«

Es blieb wieder für eine Weile still in der Leitung. »Ich weiß nicht«, antwortete Quincy schließlich. »Es wäre jedenfalls ein ziemlich komplizierter Weg, um mit zwei Morden davonzukommen. Aber eines ist gewiss: Am Zweiundzwanzigsten werden Sie Bescheid wissen.«

21. KAPITEL

J. T. und ich übten eine Stunde lang auf seinem Schießplatz, zuerst über eine Distanz von fünf, dann fünfzehn und dreißig Metern. Weiter entfernte Ziele kamen für mich nicht in Betracht. Für mich würde es eng werden.

Als ich mein letztes Magazin verschossen hatte, setzte ich mich auf einen Strohballen nahe am Zaun und putzte meine Waffe. Es hatte zu schneien angefangen. Winzige Flocken puderten meine dunklen Haare, während ich die Taurus auseinandernahm.

Tulip war im Haus zurückgeblieben und ließ sich von J.T.s Frau verwöhnen. J. T. schoss immer noch. Er hatte im Abstand von hundertfünfzig Metern eines seiner selbstgebastelten Ziele aufgestellt. Er schoss auf Smileys, auf Sheriffsterne oder auf ein Herz, das er seiner Frau dann zum Valentinstag schenken würde. So hat wohl jeder von uns seine Spleens.

Als mein Handy klingelte, nahm ich zuerst keine Notiz davon. Aber dann erinnerte ich mich an Michael und das Prepaid-Handy, das ich ihm an der Bushaltestelle zugesteckt hatte, und warf einen Blick aufs Display.

Michael war es nicht, doch ich erkannte die Nummer sofort.

»Haben Sie letzte Nacht gearbeitet?«, fragte D. D. Warren.

»Ja.«

»Schon geschlafen?«

»Nein.«

»Dann geht es Ihnen wie uns. Kommen Sie in die Zentrale. Wir haben einen Plan.«

»Und der sieht wie aus?«

»Ich bin Ihre neue beste Freundin. Seien Sie in einer halben Stunde in meinem Büro. Ich möchte Ihnen etwas zeigen.«

Sergeant Detective D. D. Warren legte auf. Als ich den Kopf hob, sah ich, wie J. T. mich beobachtete.

»Müssen Sie gehen?«, fragte er.

»Ich glaube ja.«

»Okay«, sagte er.

»Okay.«

Ich holte meinen Hund. Als ich mit Tulip das Haus verließ, war J. T. verschwunden. In der Luft hing noch der Gestank von Schießpulver.

»Typisch«, murmelte seine Frau Tess, die mir nach draußen auf die Veranda gefolgt war und die Arme vor ihrem schwarz-grau karierten Kleid verschränkte, um sich zu wärmen. »Er geht, ohne sich zu verabschieden.« Sie war jünger als J. T., näher an fünfzig als an sechzig. Ihre aschblonden Haare fingen gerade erst an, grau zu werden. Sie waren zurückgekämmt und brachten ihr zartes Gesicht zur Geltung. Schön war sie nicht, aber sehr attraktiv. Ihr Blick erinnerte mich an ihren Mann. Beide betrachteten ihre Umgebung sehr aufmerksam und schienen darauf vertrauen zu können, dass sie mit dem, was sie sahen, zurechtkamen. Sie passten perfekt zueinander.

Ich schaute über den leeren Schießplatz. »Ich glaube, ich weiß, was in ihm vorgeht«, sagte ich.

Tess trat an meine Seite. »Ich habe ihn gebeten, bei Ihnen zu bleiben, am Einundzwanzigsten. Für alle Fälle.«

»Nein.«

»Er wusste, dass Sie das sagen würden.«

»Sind Sie schon einmal geschlagen worden?«, fragte ich spontan.

»Ja.«

»Haben Sie es hingenommen, oder haben Sie zurückgeschlagen?«

»Beides. Menschen ändern sich. Kinder werden erwachsen.«

»J. T. meinte, ich müsse mir meine Mutter aus dem Kopf schlagen.«

»Er gibt kluge Ratschläge.«

»Aber ich weiß nicht, wie.«

»Hassen Sie sie?« Tess klang tatsächlich neugierig.

Ich musste darüber nachdenken. »Ich weiß es nicht. Ich versuche, nicht an sie zu denken, mich nicht zu erinnern. So kommt das, was ich für sie empfinde, gar nicht erst hoch.«

»Dann ist genau das Ihr Problem.«

»Verdrängung? Aber darin sehe ich meine Stärke.«

»Wenn Sie wirklich fürchten, am Samstag um Ihr Leben kämpfen zu müssen, wäre wohl zu erwarten, dass das Gefühle in Ihnen auslöst.«

»Ich bin stinksauer«, entgegnete ich.

»Das ist doch mal ein Anfang. Eine richtige Antwort gibt es ohnehin nicht. Ich habe meinem Vater verziehen. Aber J. T. wird wohl nie aufhören, seinen Vater zu hassen.«

Was sie sagte, überraschte mich, aber ich ging darauf nicht ein.

»Ich will nicht hassen«, fuhr Tess fort. »Weder meinen Vater noch meinen Exmann. Ich habe ihre Wut über mich ergehen lassen, so lange, wie ich sie brauchte, um das zu tun, was ich tun musste. Bis ich endlich davon Abstand nehmen konnte. Ich habe meine Kinder vor Augen und spüre, wie sehr ich sie liebe. Ich spüre, wie sehr sie *mich* lieben. Und damit geht es mir sehr viel besser.«

»Ich liebe meinen Hund«, sagte ich und tätschelte Tulips Kopf. »Dabei ist es genau genommen gar nicht meiner.«

»Klingt wie die Zeile aus einem Country-Song. Übrigens, Charlie, Sie sind herzlich eingeladen, bei uns zu wohnen, so lange Sie wollen.«

Ich nickte und richtete mich auf, schlang mir die Umhängetasche über die Schulter und nahm Tulip an die Leine. »Auf Wiedersehen, Tess«, sagte ich.

Sie schien nicht überrascht zu sein. »Auf Wiedersehen, Charlie.«

Tulip winselte ein wenig, als wir von der Veranda herabstiegen, aber weder sie noch ich blickten zurück.

Wir marschierten fast zwanzig Minuten durch leichten Schneefall, bis wir eine Gegend erreicht hatten, wo so viel Verkehr herrschte, dass ich versuchen konnte, ein Taxi herbeizuwinken. Der Fahrer wollte Tulip nicht mitnehmen. Ich musste für sie einen zusätzlichen

Fünfer lockermachen, den letzten Schein, den ich hatte. Nun ja, nach zwanzig Minuten waren wir vor der Polizeizentrale in Roxbury.

Am Rande bemerkt: In einer Notrufzentrale arbeitet man nicht des Geldes wegen.

Ich dachte an Officer Mackereth, spürte, wie mir das Blut ins Gesicht schoss, und erinnerte mich schnell daran, dass auch das nicht der Grund war.

Um ins Gebäude zu kommen, musste ich durch die Sicherheitsschleuse. Der diensthabende Officer, ein schwarzer Kleiderschrank von Mann, wurde nervös, als er meine 22er sah. Er blieb auch skeptisch, nachdem er den dazugehörigen Waffenschein geprüft hatte. Glückliches Massachusetts, das rechtlich die strengsten Kontrollen festgeschrieben hatte und trotzdem niemandem über den Weg traute, der eine Waffe bei sich trug.

Zugegeben, mir war selbst nicht ganz klar, welche Kontrollen wirksam waren, als man mir meinen Waffenschein ausgestellt hatte. Das hatte J. T. für mich erledigt. Vielleicht war ihm jemand gefällig gewesen. Ich habe ihn nie gefragt, und im Grunde sind unbeantwortete Fragen schon immer maßgeblich für die Beziehungen gewesen, die ich eingegangen bin.

»Welchen Beruf üben Sie aus?«, fragte mich der Officer.

»Ich arbeite in der Notrufzentrale der Polizei von Grovesnor.«

»Aha.« Er ließ seine massigen Schultern fallen und zollte mir widerwillig ein Mindestmaß an Respekt. Mitarbeiter einer Notrufzentrale sind in Polizeikreisen durchaus angesehen. Es hat sich herumgesprochen, dass wir wertvolle Zuarbeit leisten.

Er nahm meine Waffe an sich und gab mir ein Pfand. »Auf dem Weg nach draußen bekommen Sie sie wieder zurück. Das Gleiche gilt für den Hund.«

»Sie können meinen Hund nicht hierbehalten.«

Der Koloss plusterte sich wieder auf. »Herzchen, das ist mein Haus, und hier gelten meine Regeln.« Er zeigte mit dem Daumen auf die Glastür. »Hunde bleiben draußen. Wenn Sie artig bitte, bitte sagen, behalte ich ihn im Auge.«

Ich hatte seit vierundzwanzig Stunden kein Auge zugemacht und war entsprechend gereizt.

»Hören Sie, ich bin von einer Kollegin von Ihnen eingeladen worden«, informierte ich ihn, ungeachtet der Tatsache, dass er doppelt so groß und viermal so schwer war wie ich. »Das ist mein Tier, und ich werde es bei diesem Wetter und in dieser Nachbarschaft nicht draußen anbinden. Wenn Sergeant Detective D. D. Warren mich sehen will, muss sie uns beide vorlassen. Darüber wird nicht verhandelt.«

»Sergeant Detective D. D. Warren?« Der Riese grinste breit. »Na, dann wünsche ich viel Vergnügen.« Er wandte sich an den Kollegen, der hinter einem Bildschirm am Schreibtisch saß. »Hier ist eine Besucherin mit Hund, für Detective Warren.«

»Mit Hund?«, fragte der Kollege nach.

»Sie kann Doughnuts erschnüffeln«, klärte ich den Sergeant auf. »Dauert zehn Jahre, bis man ein Tier so weit hat.«

»Dann ist das genau der richtige Hund für Detective Warren«, entgegnete der Sergeant.

Tulip und ich wurden endlich durchgelassen. Wir schlenderten durch das riesige Foyer aus Glas und Stahl und warteten darauf, abgeholt zu werden.

Städtische Polizeizentralen sollten eigentlich schäbig sein. Vergilbte abgehängte Decken und winzige, vergitterte Fenster, dachte ich mürrisch. Keine modernen Kunstmonstrositäten mit riesigen Hallen und haushohen Glaswänden vor grauem Winterhimmel, und schon gar nicht passten die verführerischen Aromen von Kaffee und Frischgebackenem zur Polizei. Hilflos, wie wir waren, folgten Tulip und ich der Duftspur durch geöffnete Türen in eine Cafeteria. Wir hatten seit zwölf Stunden nichts gegessen, und weil ich kein Geld mehr hatte, war daran auch nicht zu denken. Ich würde schwarzfahren müssen, um wieder nach Hause zu kommen.

D. D. Warren tauchte wenig später am anderen Ende des Foyers auf. Ich erkannte sie an ihren wippenden blonden Locken und den kristallblauen Augen, die mich an Laser erinnerten. Sie steuerte auf uns zu.

»Was ist passiert?«, fragte sie in Anspielung auf meine blauen Flecken.

»Kommt vom Boxtraining.«

»Trägt man beim Boxen keine Handschuhe?« Sie deutete auf meine geschwollenen und blau angelaufenen Knöchel der beiden kleinen Finger.

»Ich werde denjenigen, der mich am Einundzwanzigsten überfällt, daran erinnern«, versicherte ich ihr.

»Und die Quetschungen am Hals?«

»Sie sollten mal den anderen sehen.«

»Von Rechts wegen werden Sie das nicht wirklich wollen.«

»Stimmt.«

Sie musterte mich, als versuchte sie herauszufinden, mit welchen Verrücktheiten sie es heute zu tun hatte.

Dann überraschte sie mich. »Netter Hund.« Sie hielt Tulip ihre Hand vor die Schnauze. »Ich mag Hunde, die auf ihre Frauchen aufpassen. Sie bieten besseren Schutz als Waffen. Waffen können entrissen und gegen einen selbst gewendet werden. Mit einem guten Hund ist das nicht möglich.«

Ich schüttelte den Kopf, obwohl ich ihr eigentlich hätte beipflichten können.

»Tulip wird am Einundzwanzigsten nicht in meiner Nähe sein«, entgegnete ich. »Ich schicke sie zu meiner Tante.«

»Sie sind eine Idiotin.«

»Ich sehe mich eher als eine verantwortungsbewusste Person.«

»Märtyrerin.«

»Fürsorgliche Freundin.«

»Aufopferungsvoller Esel.«

»Kämpferin.«

»Idiotin«, wiederholte sich Detective Warren.

»Sind wir fertig?«

»Ich weiß nicht. Der Schlagabtausch mit Ihnen gefällt mir. Haben Sie Hunger?«

»Wer bezahlt?«

Sie musterte mich, dann warf sie einen Blick auf meinen Hund. Ich ordnete D. D. Warren in dieselbe Kategorie ein wie J. T. Dillon und seine Frau Tess. Wie sie schien D. D. nicht nur wahrzunehmen, sondern durchzublicken.

»Kommen Sie, die Rechnung geht auf mich.«

Tulip und ich folgten ihr in die Cafeteria. Ich entschied mich für ein geröstetes Chicken-Sandwich und Brot und Käse für Tulip. Außerdem packte ich zwei Hefeteilchen, eine Tüte Chips, eine Tasse Kaffee und eine Flasche Wasser auf das Tablett. D. D. zahlte kommentarlos.

Als wir auf dem Rückweg am Empfangsschalter vorbeikamen, winkte uns der junge Sergeant zu sich und zeigte ihr meine 22er, an der inzwischen ein beschrifteter Zettel hing. Mir warf er einen abschätzigen Blick zu.

»Die hatte sie in ihrer Tasche. Einen Schein dazu gibt's auch«, erklärte er.

»Petze«, hauchte ich ihm zu.

D. D. schaute mich an.

»Nichts«, sagte ich.

Sie roch an der Mündung. »Ist vor kurzem geputzt worden.«

Ich zuckte nur mit den Achseln.

»Warum helfe ich Ihnen eigentlich?«

»Ich zahle Steuern.«

»In dem Fall ...« D. D. reichte dem Sergeant meine prächtige, vernickelte Taurus mit Rosenholzgriff zurück. »Wenn sie wieder geht, kann sie sich das Ding bei Ihnen abholen.«

Der junge Sergeant nahm die Waffe entgegen und händigte mir einen Besucherschein aus. Ich schnitt ihm eine Grimasse.

Wie gesagt, ich hatte viel zu lange nicht geschlafen.

Wir fuhren nach oben ins Morddezernat. D. D. schaltete ihren Computer ein, und mir stockte zum zweiten Mal an diesem Tag der Atem.

Auf dem Bildschirm tauchte ein Foto von Randi auf. Ihre wunderschönen, weizenblonden Haare waren auf der einen Seite hinters Ohr zurückgestrichen, auf der anderen fielen sie in anmutigen Wellen auf die Schulter herab und lenkten den Blick auf ihre großen, rehbraunen Augen. Sie saß neben einem Blumenkasten voller pinkfarbener Petunien, vielleicht – der Hintergrund war nicht zu erkennen – auf ihrer Eingangsveranda in Providence. Ihr breites, sanftes Lächeln traf mich unmittelbar. Wie sie mit den Fingerspitzen über die Perlenkette im Ausschnitt ihres taubengrauen Kaschmirpullovers fuhr, war mir eine vertraute Geste.

Die Perlen stammten von ihrer Großmutter und waren ihr zu ihrem sechzehnten Geburtstag von den Eltern geschenkt worden. Jackie und ich hatten sie mit Ah- und Oh-Ausrufen bewundert. Wir standen zwar nicht auf Perlen, konnten aber nachvollziehen, dass Randi sehr an ihnen hing. Sie trug sie täglich, sogar bei der Gartenarbeit oder im Supermarkt, und sie sahen einfach perfekt an ihr aus. Falls Jackie eifersüchtig darauf war, dass ihre beste Freundin eine so extravagante Kette besaß, ließ sie sich davon nichts anmerken. Und falls ich auf das Erbstück einer Großmutter, die ihre Enkelin geliebt hatte, eifersüchtig war, ließ ich mir davon ebenfalls nichts anmerken. Wir freuten uns für sie.

Sie war überglücklich an diesem Tag, und als sie das kleine Schmuckkästchen geöffnet hatte, trat ein Strahlen in ihr ansonsten stilles Gesicht, das noch heller zu leuchten schien als die Perlen.

Unwillkürlich streckte ich die Hand aus und berührte das Bild auf dem flachen Monitor, als wäre auf ihm noch die warme Haut meiner Freundin oder das kleine Grübchen in der Wange zu spüren. Ich glaubte tatsächlich, sie wieder zu hören.

Charlie, Charlie, Charlie! Sieh dir das an! Ich fasse es nicht. Die Perlen meiner Großmutter. Oh, Charlie, sind sie nicht wunderschön?

Ehe ich mich besinnen konnte, platzte es aus mir heraus: »Ich habe sie im Stich gelassen.«

D. D. Warren betrachtete mich auf ihre intensive Art. »Warum sagen Sie das?«

»Ich war der Kitt. Darin bestand meine Rolle. Jackie organisierte alles, Randi inspirierte uns, und ich ... ich sorgte für den Zusammenhalt. Ich sorgte dafür, dass wir uns nicht zerstritten. Uns ging es besser im Team, und das gefiel mir so. Es war also mein Job, uns, wenn es nicht so gut lief, daran zu erinnern, dass wir zu dritt mehr voneinander hatten als zu zweit, allein ganz zu schweigen. Aber dann wurden wir achtzehn und trieben auseinander.«

»Warum?«, fragte D. D. geradeheraus. Sie schien zu ahnen, dass meine Antwort darauf erklärte, warum ich meine Freundinnen nicht vergessen konnte.

Ich löste den Blick vom Bildschirm, schaute sie an und fing an zu begreifen, was taff zu sein in Wirklichkeit bedeutet. Auch diese Eigenschaft hatte Detective Warren mit meinem Trainer J. T. und seiner Frau Tess gemeinsam.

Sie betrachteten das Leben ohne Scheuklappen. Sie duckten sich nicht weg, sondern hielten stand, voller Zuversicht, auch schwere Schläge einstecken zu können.

»Ich habe mich geschämt«, antwortete ich leise. »Ich ließ die Freundschaft auseinanderbrechen, weil ich davon überzeugt war, dass mich Jackie und Randi nicht so liebten wie ich sie. Deshalb habe ich ihnen nie von meiner Mutter erzählt. Ich hätte es tun und Randi damit Gelegenheit geben sollen, uns zu sagen, dass sie von ihrem Mann geschlagen wurde. Jackie und ich hätten ihr beistehen können. Aber stattdessen trieben wir voneinander weg. Ich liebte die beiden so sehr, fürchtete aber, dass sie sich von mir abwenden, wenn ich ihnen von meiner Mutter erzählen würde.«

Detective Warren beugte sich vor und musterte mich. »Was hätten Sie ihnen denn von Ihrer Mutter erzählen können, Charlene?«

Ich hob meine linke Hand. Die frischen Prellungen zeichneten sich violett auf dem Gewebe zwischen den Fingern ab. Außerdem waren da noch andere Blessuren zu sehen, ein Patchwork aus feinen weißen Narben auf dem Handrücken. Im Sommer, wenn ich gebräunt war, traten sie deutlicher hervor als jetzt im Winter auf der bleichen Haut. D. D. sah sie trotzdem sofort.

Ich murmelte: »In anderen Familien kommt es wohl eher selten vor, dass die Mutter auf den Händen kleiner Mädchen Flaschen zerschlägt, um sie zur Ambulanz bringen zu können, wo ein niedlicher junger Assistenzarzt die Splitter aus dem Fleisch zieht. Ich glaube, anderer Leute Mütter verbrennen auch nicht die Fingerspitzen ihrer Töchter am Bügeleisen, um sich in der Ambulanz zurückzumelden, wenn der Assistenzarzt wieder Dienst hat.«

»Wie alt waren Sie?«

»Noch so jung, dass ich es mir gefallen ließ, aber schon alt genug, um zu wissen, dass ich mich besser hätte wehren sollen.«

»Wohnten Sie damals schon in New Hampshire?«

»Nein, im New York State. Als meine Mutter dann gestorben war, machte der Sozialdienst meine Tante ausfindig und bat sie, mich aufzunehmen. Ich zog zu ihr und lernte Jackie und Randi kennen, gleich am ersten Schultag. Wir saßen nebeneinander und schlossen sofort Freundschaft. Wir haben alles gemeinsam gemacht – gespielt, gelernt, gearbeitet, rebelliert. Aber als wir achtzehn wurden, hingen die beiden anderen Träumen nach. Ich ließ sie gehen und verzichtete darauf, Kontakt zu halten oder das zu tun, was von besten Freundinnen zu erwarten gewesen wäre, denn ich wollte sie einfach nicht wissen lassen, wie sehr sie mir fehlten. Ich fand es selbst peinlich, dass ich sie nach vielen Jahren immer noch mehr liebte als sie mich. Und jetzt ... jetzt ...«

Die Worte blieben mir im Hals stecken. Ich saß da und betastete das Foto meiner besten Freundin, die ich nie mehr leibhaftig vor mir sehen würde.

Ich hätte ihr und auch Jackie alles erzählen sollen. Stattdessen hütete ich die Geheimnisse meiner Kindheit mit dem Ergebnis, dass Jackie und Randi später die Geheimnisse ihrer Erwachsenenzeit hüteten. Randi verschwieg, dass sie einen gewalttätigen Ehemann hatte, und Jackie verheimlichte uns ihre lesbische Neigung. Davon erfuhr ich erst von Pierce Quincy, dem von Jackie angeheuerten Profiler. Ich saß mit steinerner Miene vor ihm, als er es sagte, und wollte mir nicht anmerken lassen, dass ich als beste Freundin von alldem nichts wusste. Eine beste Freundin hätte sich doch anvertraut.

Die feinen weißen Narben auf meinem Handrücken kümmerten mich am allerwenigsten. Weh taten nur die Wunden im Innern. Meine Welt war immer schon allzu klein gewesen. Anfangs gab es darin nur mich und meine Mutter, dann mich und meine Tante, und dann bestand sie ausschließlich aus Randi Jackie Charlie. Ich hatte immer zu wenig. Ich liebte immer zu sehr. Und ich verlor immer zu viel.

Das Baby, es weint hinten im Flur.

Wahrscheinlich gehörte auch dieses Baby zu meiner Welt. Ich hätte es beschützen müssen, tat es aber nicht, und nun konnte ich mich nicht einmal an seinen Namen erinnern. So viel zu einem Leben mit beziehungsweise ohne Scheuklappen. Ich war inzwischen achtundzwanzig Jahre alt und versuchte immer noch zu leugnen.

Ich wollte raus aus der Polizeizentrale. Ich wollte in die Berge zurück, in mein Zuhause. Ich wollte wieder das Haus meiner Tante betreten, mich ihr in die Arme werfen und weinen wie ein Kind.

Es tut mir so leid, so leid. Ich habe sie geliebt und verloren, weil ich an mir gescheitert bin. Es ist so schrecklich schwer, allein durchs Leben zu gehen.

Es klopfte an der Tür. Wir blickten auf. Eine Frau trat ein. Sie trug einen zimtfarbenen Pullover, der ihre üppigen rotbraunen Locken und noch üppigeren Kurven betörend zur Geltung brachte. Ein Cop wie aus dem Fernsehen, dachte ich. Eine, die jeden Fall löste, ihre männlichen Kollegen übertrumpfte und sich mit einem neuen Paar Pumps von Jimmy Choo belohnte.

Ich blickte auf meine fast flache Brust hinab, fuhr mit der Hand über mein braunes Haar, das ich zu einem schlichten Pferdeschwanz zusammengebunden hatte, und fühlte mich plötzlich sehr unsicher.

»Haben Sie's ihr gezeigt?«, fragte die Frau.

»Bin gerade dabei. Kommen Sie rein. Detective O, das ist Charlene Grant. Charlene, Detective O. Sie ist unsere Facebook-Expertin und hat die Seite bestückt.«

Detective O schüttelte mir die Hand. Sie war ungefähr in meinem Alter, was mich überraschte. Aus ihren braunen Augen begegnete mir ein Blick, der so ausdruckslos und offen war wie der von D. D. Warren. Cop-Augen. Wahrscheinlich waren solche Augen Aufnahmebedingung für die Polizeiakademie.

»Netter Hund«, sagte sie mit flüchtigem Blick auf Tulip, die sich unter dem Schreibtisch eingerollt hatte.

»Ist nicht meiner«, entgegnete ich automatisch.

Sie starrte mich an, dann D. D.

»Meiner auch nicht«, sagte D. D.

»Verstehe.« O lehnte sich mit einer Hüfte an die Schreibtischkante. Das Büro war ziemlich klein. Wir drei füllten es aus, und ich fühlte mich eingekeilt von zwei hartgesottenen Bostoner Polizistinnen, die viel besser angezogen waren als ich und schwerere Waffen trugen. Das war wohl kein Zufall, wie ich fand.

»Was halten Sie davon?«, fragte die jüngere der beiden mit rauer Stimme und zeigte auf den Bildschirm.

»Wovon?«

Detective O wandte sich wieder hilfesuchend an D. D.

»Wir sind gerade erst reingekommen«, erklärte D. D. »Vielleicht sagen Sie ihr, was wir vorhaben. Es ist schließlich Ihre Idee.«

»Na schön«, hob Detective O an. »Samstag, am Einundzwanzigsten, jährt sich der Mord an Randi Menke zum zweiten Mal.«

Ich zuckte zusammen, sagte aber nichts.

»Der Mord an Jackie Knowles in Atlanta liegt dann genau ein Jahr zurück. Wir haben uns gedacht, wir richten eine Facebook-Seite ein, um an die beiden zu erinnern, und hoffen auf eine Reaktion, die uns bei unseren Ermittlungen weiterhilft.«

»Wie kommen Sie darauf?«

»Jackie und Randi hatten bestimmt andere Freundinnen und Bekannte, bevor Sie in die Stadt gezogen sind«, antwortete D. D. »Kann es sein, dass Ihre Ankunft andere Mädchen ins Abseits gestellt oder zu Rivalitäten geführt hat?«

Ich starrte sie an. »Keine Ahnung. Wir waren acht. Ich glaube nicht, dass mir in dem Alter Rivalitäten dieser Art aufgefallen wären.«

»Und später dann? Sie, Randi und Jackie waren unzertrennlich. Die drei Musketiere. Wie kam das bei den anderen Mädchen an?«

Ich verstand immer noch nicht. »Wir waren anderen gegenüber nie gemein. Jedenfalls nicht absichtlich. Wir haben niemanden gehänselt oder aufgezogen. Wir haben einfach nur ... miteinander gespielt und alles andere vergessen.«

»Und wenn andere Mädchen mitspielen wollten?«, hakte Detective O nach. »Hätten Sie das zugelassen?« Ihre Stimme klang fast anklagend. Unwillkürlich rückte ich von ihr ab. Vielleicht bluffte sie nur und probierte irgendeine Verhörstrategie an mir aus. Sie tat nämlich so, als wäre ich bereits überführt.

»Sie meinen, in der Schule?«, antwortete ich. »An die Zeit erinnere ich mich nur noch vage. Wir haben Seilspringen und Fangen gespielt wie alle anderen Kinder auch.«

»Sprechen wir von den späteren Jahren«, schlug Detective Warren vor. »Als die drei Musketiere in die High School kamen, wie sah es dort aus? Waren sie immer noch die Unzertrennlichen, oder gab es andere Freundschaften, andere Hobbys, Sportarten, Schulaktivitäten?«

»Wir waren nicht immer zusammen. Wir hatten unterschiedliche Stundenpläne und nahmen an unterschiedlichen Nachmittagskursen teil. Jackie war im Debattierteam, spielte Fußball und fuhr Ski. Randi machte Eiskunstlauf und malte. Ich trainierte im Winter Skilanglauf, half aber meist meiner Tante in der Pension.«

»Es gab also auch andere Freundinnen?«, fragte D. D.

»Bestimmt. In unserem Jahrgang waren über hundertfünfzig Kinder, und mit vielen von ihnen waren wir auch befreundet.«

»Beginnen wir mit Randi«, schaltete sich Detective O wieder ein, die braunen Augen mit bohrendem Blick auf mich gerichtet. »Mit wem war sie zusammen, wenn nicht mit Ihnen und Jackie?«

Ich musste nachdenken und versuchte, mich in die Zeit vor zehn Jahren zurückzuversetzen, und während ich mir redlich Mühe gab, glaubte ich tatsächlich Jackies Stimme zu hören, wie sie über mein schlechtes Gedächtnis lachte. Ausgerechnet von mir verlangten die beiden Cops, dass ich mich erinnerte. »Da war dieses Mädchen ... Sandra, Cynthia, Sandy ... nein, sie hieß Becca. Ich glaube, auch sie lief Schlittschuh. Und im Malkurs gab's eine Felicity, mit der Randi häufiger zu tun hatte.«

»Mochten Sie die beiden?«

Ich zuckte mit den Achseln. »Ich glaube schon.«

»Mochten die beiden auch Sie?«

Noch mal Schulterzucken. Ich fühlte mich unwohl. »Wir grüßten uns, wenn wir uns auf dem Schulhof begegneten.« Wahrscheinlich. »Warum fragen Sie eigentlich? Wonach suchen Sie?«

»Nach dem vierten Mädchen«, antwortete Detective Warren. »Einem Mädchen, das mit Ihnen befreundet sein wollte, aber nicht landen konnte. Wir glauben, dass es immer noch zutiefst gekränkt und wütend ist. Auf Sie.«

Es dauerte eine Weile. Wir kramten in meinen Erinnerungen an die High-School-Zeit, was alles andere als einfach war. Ich kenne Leute, die noch den Namen der Katze nennen können, die sie im Alter von vier Jahren hatten, doch zu denen zählte ich nicht. Mein Gedächtnis ist voller Lücken. Ich vergesse sowohl die schönen Dinge als auch die schlimmen. Nicht erst nach zwanzig Jahren, sondern schon nach zwanzig Tagen. Wäre das Erinnerungsvermögen ein Muskel, hätte sich meiner aus Mangel an Betätigung stark zurückgebildet.

Außerdem fühlte ich mich abgelenkt von Detective O. Sie machte mich nervös mit ihren Fragen und zweifelte alle meine Antworten an. Für sie schien festzustehen, dass ich etwas verheimlichte. Sie machte mir ein schlechtes Gewissen, indem sie mir zu verstehen gab, dass sie von mir enttäuscht war. Auch ihr wurde ich nicht gerecht. Ich hätte mich schneller erinnern, präziser antworten und alles gestehen sollen.

Plötzlich ging mir ein Licht auf. Die beiden Detectives spielten »Good Cop, bad Cop« und versuchten, mich in die Mangel zu nehmen.

Aber ich war hundemüde und völlig durch den Wind. Ich erinnerte mich tatsächlich nicht mehr an meine Schulzeit.

Schließlich gingen wir ins Internet und fanden über Google ein Archiv, in dem digitale Kopien unserer alten Jahrbücher gespeichert waren.

Es dauerte eine Weile, bis es mir gelang, ungefähr ein Dutzend Mädchen zu identifizieren, die unser Trio umkreist hatten. Manche waren mit Randi, andere mit Jackie befreundet. Keines mit mir. Selbst auf den Fotos meiner ehemaligen Langlaufstaffel erkannte ich nur die Hälfte meiner Sportkolleginnen, ohne dass ich ihre Namen hätte nennen können.

Meine Welt hatte tatsächlich fast ausschließlich aus Randi und Jackie bestanden. Ohne sie stand für mich die Zeit still. In ihrer Gesellschaft drehte sich die Welt wieder.

Ich fragte mich, ob es ihnen ähnlich ergangen war. Hatte es ihnen wirklich Spaß gemacht, an den Wochenenden meiner Tante in ihrer Pension zu helfen? Waren sie wirklich froh gewesen, wenn ich spätabends anrief, weil ich ihnen noch etwas zu sagen hatte?

Vielleicht war ich gar nicht der Kitt, der uns zusammengehalten hat. Es kann durchaus sein, dass ich nur eine Bürde für sie gewesen bin, der eigentliche Grund, warum wir mit achtzehn auseinandergingen. Vielleicht waren sie glücklich, mich endlich los zu sein.

Die beiden Detectives machten sich Notizen. Sie wollten mehr über Randi wissen und stellten Fragen zu Jackie, die nur wirklich gute Freunde beantworten konnten. Spitznamen, Lieblingsausdrücke, Songs, Filme, Fernsehshows, Schoßtiere.

Ich konnte alle ihre Fragen beantworten und versuchte mir einzureden, dass das von Bedeutung sei. Ich hatte meine Freundinnen nicht nur geliebt, sondern wirklich gekannt, ihnen zugehört, Verständnis für sie aufgebracht, mich um sie gekümmert.

Ja, an Jackie und Randi konnte ich mich erinnern.

Aber dann verließ mich der Mut, als die Detectives wieder auf meine Kindheit zu sprechen kamen und wissen wollten, mit wem ich sonst noch Kontakt gehabt hatte. Sie schienen nicht wahrhaben zu wollen, dass es für mich ausschließlich Randi Jackie Charlie gegeben hätte, dass ich als hilfebedürftiges Mädchen nicht noch eine andere, fragwürdige Freundschaft gepflegt hätte, um die zerstörerische Liebe meiner Mutter zu kompensieren.

Die Detectives berieten sich flüsternd, machten sich noch mehr Notizen, stellten weitere Fragen, öffneten andere Internetseiten und suchten über Google und Facebook nach Namen.

Ich stand auf und ging in dem kleinen Büro auf und ab.

An der Wand hingen eingerahmte Zeugnisse und Zertifikate. Detective D. D. Warren hatte offenbar Strafrecht studiert und sich in etlichen Fachseminaren weitergebildet. Manche Rahmen hingen schief, also rückte ich sie gerade. Und weil sie staubig waren, nahm ich ein Papiertaschentuch zur Hand und machte sie sauber.

Ich hätte Windex gebraucht, um auch das Glas zu polieren. Als ich danach fragte, schauten mich die beiden fassungslos an. Dann pendelte ihr Blick zwischen den geradegerückten Rahmen und mir hin und her.

»Pedantisch?«, fragte Detective Warren.

»Nur wenn ich nervös bin.«

»Wie oft sind Sie nervös?«

»Seit einem Jahr täglich.«

Die beiden Frauen tauschten Blicke.

»Waren Sie auf einer Privatschule?«

»Ja.«

»Wer hatte die schönere Handschrift? Sie, Jackie oder Randi?«

»Weiß ich nicht. Randi malte immer kleine Herzchen über ihre Is. Zählt das?«

»Wie war's mit der Druckschrift?«

»Hatte ich wahrscheinlich am besten drauf«, antwortete ich schulterzuckend. »Aber nur, weil Randis Buchstaben zur Seite wegkippten. Jackie hatte eine schreckliche Klaue; sie schrieb viel zu hektisch und flüchtig. Von ihr abzuschreiben war unmöglich. Man konnte einfach nicht lesen, was sie in ihr Heft schmierte.«

»Wie bei Ärzten«, meinte D. D.

»So ungefähr.«

»Hören Sie Polizeifunk, wenn Sie nicht im Dienst sind?«, fragte sie unvermittelt.

Der Themenwechsel verunsicherte mich. »Was? Manchmal. Warum?«

»Ich dachte gerade, wer Ihren Job macht, hat doch gern die Hand am Puls der Stadt. Als jemand, der Notrufe entgegennimmt, möchten Sie bestimmt auf dem Laufenden bleiben.«

»Sie arbeiten in der Notrufzentrale?« Detective O war sichtlich beeindruckt und musterte mich, als versuchte sie, ihr Bild von mir zu korrigieren. »Keine leichte Arbeit. Das weiß ich von einer Freundin. Anrufe von Kindern setzen ihr besonders zu. Und man könne im Grunde viel zu wenig tun, sagt sie.«

»Stimmt.«

»Macht Sie das nicht manchmal wütend?«, fuhr sie im Plauderton fort. »Ich muss Sexualdelikte aufklären, und das macht mich manchmal sehr wütend. Es gibt da draußen so viele Perverse, die mit ihren Abartigkeiten ungestraft davonkommen, und wir können nichts dagegen tun. Die meisten Opfer sind so verstört, dass sie keine Anzeige erstatten, und wenn sie es doch tun, geraten sie in die Mühlen der Justiz. Wie soll man das aushalten? Sie nehmen diese Anrufe entgegen und wissen im Voraus, dass es für die Leidtragenden schlecht ausgehen wird, auch dann, wenn Sie alles richtig machen. So ist es doch, oder?«

»Man darf sich nicht allzu sehr engagieren«, erwiderte ich. Ich hatte mich so weit wie möglich von den beiden entfernt, was ihnen aufgefallen war, wie es schien. Interessant fand ich, dass mich die Masche des bösen Cops nun nervte, während die des guten Cops mir regelrecht Angst machte.

»Schauen Sie«, sagte D. D. plötzlich und zeigte auf den Bildschirm und ihre Notizen. »Wir haben nicht viel Zeit, aber jede Menge Informationen zu beackern. Überlegen Sie bitte, ob noch weitere Personen in Betracht kommen – mehr oder weniger. Schreiben Sie die Namen auf. Wenn Sie damit fertig sind, können Sie gehen.«

Sie reichte mir Zettel und Stift. Um für mich Platz zu schaffen, räumte sie auf dem grauen, metallenen Aktenschrank einen Stoß Papiere beiseite. »Hier. Und wo Sie schon mal dabei sind, schreiben Sie bitte auch die Vor- und Zunamen Ihrer Eltern und die Ihrer Tante auf.«

»Wozu meine Eltern?«

»Der Vollständigkeit halber.«

»Meine Mutter ist tot. Mein Vater kommt für mich nicht vor. Er tut nichts zur Sache.«

Die Gute wollte sich mit meiner Auskunft nicht begnügen. »Sind Sie nicht gekommen, damit wir Ihnen helfen?«

Ich schaute sie an.

»Sie waren in der Nähe meines Tatorts«, fuhr sie fort, jetzt mit leicht gereizter Stimme. »Sie sagten, Sie seien über Google auf meinen Namen gestoßen. Nun, wenn ich mich richtig erinnere, haben Sie mich nicht gerade freiwillig angesprochen. Genau genommen sind Sie abgehauen. *Ich* bin *Ihnen* hinterhergelaufen.«

»Ich hatte auch gar nicht die Absicht, Sie anzusprechen.«

»Aber Sie sagten doch ...«

»Ich wollte Sie nur sehen. Das hier ...« Ich fuhr mit der Hand im Kreis. »Mit alldem habe ich nicht gerechnet. Sie sind für mich einfach nur eine zusätzliche Vorsichtsmaßnahme. Eigentlich wollte ich Ihnen einen Brief schreiben mit Details zu meinem Fall. Falls ich es am Einundzwanzigsten nicht schaffen sollte, könnten Sie vielleicht den Täter schneller schnappen, damit die Familien von Jackie und Randi endlich zur Ruhe kommen und auch meine Tante nicht im Ungewissen bleiben muss. Ich habe Sie nicht nur meinetwegen ausfindig gemacht, sondern auch in deren Interesse.«

D. D. zog die Brauen zusammen. »Ihre zwei besten Freundinnen sind ermordet worden«, sagte sie. »Und Sie glauben, es könnte auch Ihnen an den Kragen gehen.«

»Ja.«

»Deshalb sind Sie fortgezogen, weg von den Leuten, die Sie kennen. Sie verstecken sich in der Großstadt und sind nirgends registriert, nicht einmal mit einem Telefon oder als Stromverbraucher. Sie haben keinen Computer, können also auch im Internet keine Spuren hinterlassen. Ihren Namen aber haben Sie beibehalten.«

Ich hob mein Kinn. »Manches muss eben bleiben.«

»Sie trainieren hart, boxen, laufen, schießen. All das zur Vorbereitung auf den erwarteten Showdown. Trotzdem wollen Sie den Hund weggeben.«

»Ja.«

»Sie haben mich zwar ausfindig gemacht, hatten aber nicht vor, mich vor dem Einundzwanzigsten um Hilfe zu bitten. Obwohl Sie mit einem Fadenkreuz auf dem Rücken herumlaufen, haben Sie nicht einmal Ihre Kollegen von der Notrufzentrale um Hilfe gebeten.«

Ich sagte nichts, blickte ihr aber unverwandt in die stahlblauen Augen.

»Aus Ihnen werde ich nicht schlau, Charlene«, sagte sie schließlich. »Wollen Sie den Einundzwanzigsten überleben, oder haben Sie vielmehr vor, an diesem Tag zu sterben?«

»Ich habe nicht vor zu sterben.«

»Aber wollen Sie denn überleben?«

Ich schwieg. D. D. senkte ihren Blick auf meine Hand. Vermutlich las sie aus den Narben die Antwort.

Vor wenigen Stunden hatte Tess zu mir gesagt, dass Kinder zwangsläufig groß würden und sich auch im Erwachsenenalter noch ändern könnten. Aber manches im Leben verändert sich nicht oder nur schwer. Da wäre zum Beispiel dieses kleine Mädchen, das sich nicht gerührt hatte, als ihm die Mutter mit dem Bügeleisen die Fingerkuppen verbrannte, und später boxen lernte. Oder nehmen Sie dasselbe Mädchen, das gehorsam die Splitter einer Glühbirne schluckte und sich später beibringen ließ, wie man eine Pistole abfeuert.

Ich hatte voranzukommen versucht, was mir an manchen Tagen recht gut gelungen war, an anderen Tagen weniger. Aber insgesamt waren es nur dreihundertdreiundsechzig Tage, die ich in diesem

Sinne genutzt hatte. Sehr viel mehr Zeit hatte ich in der Opferrolle zugebracht, nämlich als das Kind, das immer tat, was die Mutter von ihm verlangte, denn es stand deren Liebe auf dem Spiel, und das Kind hatte ohnehin schon allzu viel verloren.

»Namen, bitte«, sagte Detective Warren und zeigte auf das leere Blatt Papier.

Ich ließ mir Zeit, vor allem deshalb, weil ich trotz zitternder Hände möglichst akkurat und lesbar schreiben wollte. Einer spontanen Eingebung folgend, die ich mir selbst nicht erklären konnte, notierte ich zwei Namen.

Zum Schluss ließ ich noch eine Weile verstreichen, um das Ergebnis meiner Bemühungen zu prüfen.

Danach sammelte ich meinen Hund und meine Pistole ein.

15:00 Uhr. Donnerstagnachmittag. Ich hatte noch dreiundfünfzig Stunden.

Tulip und ich machten uns auf den Weg in die kahle, verschneite Landschaft jenseits der Stadt.

22. KAPITEL

Als Charlene gegangen war, kehrte Detective O in D. D.s Büro zurück, schloss die Tür und ließ sich auf den Stuhl vor dem Schreibtisch fallen.

»Kann es sein, dass wir so viel Glück haben?«, fragte sie und schien selbst daran zu zweifeln. »Charlene Grant ist doch die perfekte Besetzung für unseren gesuchten Täter, oder bilde ich mir das nur ein?«

»Ich weiß nicht, ob man das unbedingt als Glück bezeichnen kann«, meinte D. D. mürrisch. »Wie gesagt, sie lief mir vor dem zweiten Tatort über den Weg und behauptete, sie wolle, dass ich in ihrem Fall ermittle. Kann natürlich sein, dass das nur eine Ausrede war. Vielleicht hat sie mich mit ihrer Geschichte davon abzulenken versucht, was sie in Wirklichkeit in der Nähe des Tatorts zu suchen hatte.«

»Was halten Sie von den Verletzungen an ihren Händen und am Hals? Sieht so aus, als sei sie überfallen worden.«

»Sie trainiert.«

»Dann scheint sie wirklich zu glauben, dass jemand versuchen wird, sie am Einundzwanzigsten umzubringen.«

»Randi Menke und Jackie Knowles sind wirklich tot.«

Detective O schien in Gedanken versunken. Plötzlich gingen ihre Augen weit auf. »Das Motiv! Charlene arbeitet in der Notrufzentrale. Bei ihr melden sich verstörte Kinder. Sie will ihnen helfen, weiß aber nicht, wie. In der Zwischenzeit geht sie zum Boxtraining und lernt schießen …«

»Sie rüstet auf.«

»Und zählt die Tage bis zu ihrem eigenen Tod. Irgendwann wird sie sich fragen: *Was habe ich eigentlich noch zu verlieren?*«

D. D. musterte ihr Gegenüber. »Charlene beschließt, die Zeit zu nutzen, die ihr noch bleibt. Um Missstände zu beseitigen? Sie ist als Kind selbst misshandelt worden.«

»Jetzt will sie andere Kinder retten«, ergänzte O. »Sie will das tun, was sie sich von anderen erhofft hat, als sie klein war und von der geliebten Mommy mit Insulin vollgepumpt wurde.«

»Insulin?«

»Ich dachte gerade an einen anderen Fall, der mir untergekommen ist. Böser Stiefvater. Diabetiker. Er kam auf die Idee, seinen hübschen Stieftöchtern, einem Zwillingspaar, Insulin zu spritzen, eine Dosis, die reichte, um sie vorübergehend außer Gefecht zu setzen. Wenn er sich an ihnen vergangen hatte, spritzte er ihnen aus Sprühflaschen Zuckerguss in den Hals, damit sie wieder aufwachen.«

D. D. starrte sie an. »Ihr Job ist echt beschissen.«

»Nein«, entgegnete Detective O ernst. »Beschissen sind die Fälle. Mein Job war es, diesen Stiefvater hinter Gitter zu bringen und dafür zu sorgen, dass er sich nie wieder an kleinen Mädchen vergreift. Das werden Sie doch sicher verstehen.«

»Touché. Zurück zu unserem Fall. Angenommen, wir liegen richtig, was das Motiv angeht. Gelegenheit zur Tat hätte sie gehabt. All das spricht für Charlene als mordende Rächerin.« D. D. faltete das Blatt Papier auseinander, das sie in den Händen hielt, und reichte es Detective O. »Die Handschrift passt leider nicht.«

»Nun ja, die Grundlinie ist nicht wie mit dem Lineal gezogen«, räumte O ein und nahm das Blatt entgegen. »Aber Charlene stand unter Beobachtung. Sie ist nicht dumm. Wenn sie diese anonymen Nachrichten verfasst hat, wird sie sich doch hüten, genauso zu schreiben.«

»Sie hat hier in Druckbuchstaben geschrieben und nicht in Schreibschrift wie auf dem Briefchen. Aber sehen Sie, die Buchstaben sind ebenso präzise und sauber ausgeschrieben.« D. D. wandte sich dem Aktenberg zu, der auf ihrem Schreibtisch lag, und schaute unwillkürlich auf die Uhr. Sie hatte noch jede Menge Arbeit vor sich, und schon in wenigen Stunden würden ihre Eltern eintreffen.

Schnell hatte sie gefunden, wonach sie suchte, und überflog die Kopien der beiden anonymen Nachrichten.

Irgendwann muss jeder sterben. Sei tapfer.

Sie nahm die Kopien aus dem Ordner und platzierte sie zwischen sich und Detective O auf den blaugrauen Teppichboden. O legte Charlenes Schriftprobe daneben.

»Rosalind Grant. Carter Grant«, las Detective O. »Wer mag das sein?«

»Charlene Rosalind Carter Grant«, ergänzte D. D. den vollen Namen Charlenes. »Die Mittelnamen trägt sie vielleicht zu Ehren ihrer Mutter und ihres Vaters.«

»Deren Namen wollte sie uns doch nicht nennen.«

»Sie war wohl meinem Charme erlegen.«

»Schauen Sie sich das kleine N an«, sagte Detective O plötzlich. »Einmal dort auf der Nachricht in dem Wort ›Irgendwann‹, und dann hier in dem gedruckten Namen ›Grant‹. Sieht ziemlich ähnlich aus, wie ich finde.«

D. D. zuckte mit den Achseln. »Sieht halt aus wie ein kleines N.«

»Der obere Bogen ist in beiden Fällen sehr ordentlich gerundet, und die Senkrechten sind exakt parallel. Schreiben Sie mal ein N. Schaffen Sie das auch?«

Um ihrer Kollegin einen Gefallen zu tun, machte D. D. die Probe aufs Exempel, einmal in Schreibschrift, das zweite Mal in Druckschrift. Das Ergebnis war in beiden Fällen scheußlich und nicht annähernd so elegant wie Charlenes Muster.

»*Sie* schreiben wie ein Arzt«, bemerkte Detective O.

»In meiner Familie ist das ein Kompliment.« Wieder warf D. D. einen verstohlenen Blick auf die Uhr. »Okay. Charlenes N ist definitiv näher am Original als meins. Doch das dürfte für eine Festnahme nicht reichen.«

»Sie könnten Ihren Handschriftenspezialisten um eine Analyse bitten ...«

»Die, wie er mir bereits sagte, vor Gericht keinen Bestand hat, weil Graphologie wissenschaftlichen Maßstäben nicht genügt.«

»Graphologie wäre, dem Schreiber der Nachricht zu unterstellen, er sei ein Ordnungsfetischist. Wir brauchen nur eine wissenschaftlich qualifizierte Schriftenanalyse, die Muster A mit Muster B vergleicht.«

»Na schön«, meinte D. D. »Ich mache eine Kopie von Charlenes Zettel und bitte ihn um einen Vergleich. Könnte ein paar Tage dauern. Wäre nicht schlecht, wenn wir in der Zwischenzeit etwas Konkreteres finden.«

»Einen rauchenden Colt zum Beispiel.«

»Dummerweise haben wir ihr ihre Pistole zurückgegeben.«

»Was?«

»Ihre 22er. Wir hatten sie unten an der Rezeption in Verwahrung.«

»Wirklich?«

»Wirklich. Ohne dringenden Tatverdacht hätte die Ballistik sowieso nichts unternommen. Ich sag's ja, unsere hochheiligen Rechte machen unsere Arbeit von Tag zu Tag schwerer.« D. D. starrte immer noch auf die Zettel am Boden.

Rosalind Grant. Carter Grant. Charlene Rosalind Carter Grant.

Warum diesen Namen? Was wollte Charlene damit sagen?

»Ich mag sie«, murmelte D. D. »Ja, mir gefällt diese junge Frau, und es wäre mir lieber, sie nicht wegen Mordes verhaften zu müssen.«

Detective O setzte sich zurück auf den Stuhl und legte die Fingerspitzen beider Hände zusammen. »Möchten Sie den Fall abgeben? Ich würde ihn übernehmen.«

D. D. hätte fast gelacht. »Wieso? Zuerst ging es Ihnen nur um Mitarbeit. Jetzt wollen Sie die Ermittlungen leiten?«

»Ich nehme meine Verantwortung ernst.«

»Ich etwa nicht? Bin ich Ihnen zu lasch?«

»Nun ... Sie haben seit neuestem andere Verpflichtungen.«

»Ist das die politisch korrekte Formulierung für die unterstellte Unvereinbarkeit von Beruf und Mutterschaft?«

»Tatsache ist, ein Baby muss abgeholt werden, wenn die Tagesmutter Feierabend macht.«

»Tatsache ist aber auch, dass unser Job nicht unbedingt Überstunden, sondern vor allem Köpfchen verlangt.«

»Wollen Sie mir damit politisch korrekt sagen, dass ich weniger erfahren bin als Sie?«

»Ja.«

Detective O ließ die Kinnlade herunterfallen. Detective O schloss ihren Mund wieder.

»Touché«, sagte sie schließlich.

»Fassen wir zusammen.« D. D. richtete den Blick von der Wanduhr zurück auf ihre aufstrebende neue Partnerin. »Charlene Rosalind Carter Grant. Sie wusste offenbar, wo das zweite Opfer, nämlich Stephen Laurent, wohnte, denn vor dessen Haus habe ich sie angetroffen. Sie hat eine zugelassene 22er, also dasselbe Kaliber wie die Mordwaffe, und behauptet, aus fünfzig Metern ins Schwarze zu treffen.«

»Außerdem ist sie physisch fit«, sagte O. »Dabei so klein und zierlich, dass sie auf den ersten Blick keine Gefahr darstellt. Wenn ein Päderast ihr die Tür öffnet, wird er nicht gleich mit dem Schlimmsten rechnen.«

»Und sie ist relativ jung«, ergänzte D. D. »Von einer fast kindlichen Statur. Für Päderasten ein weiterer Grund, ihr nicht die Tür vor der Nase zuzuknallen.«

»An ihrem Arbeitsplatz hat sie die Möglichkeit, eigene Ermittlungen anzustellen. Vielleicht sind ihr über Funk oder durch Notrufe Hinweise auf Kinderschänder zu Ohren gekommen. Sie kann wahrscheinlich auch auf einschlägige Datenbanken der Polizei zugreifen.«

»Ja, das dürfte kein Problem sein«, pflichtete ihr D. D. bei.

»Und in Übereinstimmung mit dem Gutachten dieses Graphologen ...«

»Unsere tägliche Dosis Quacksalberei darf nicht fehlen.«

»... hat sie eine ausgeprägte pedantische Ader.«

»Der ich immerhin jetzt geradegerückte Bilder verdanke.«

»Sie ist definitiv ein Kontrollfreak. Ihre Frisur sagt alles. Das ist kein Pferdeschwanz, sondern eine Vergewaltigung von Haaren, auf dass kein einziges Strähnchen eigene Wege gehe.«

»Aber ihre sonstige Aufmachung ist ziemlich nachlässig. Ihre Sachen sind viel zu groß. Ob sie damit vielleicht größer und taffer erscheinen möchte?«

»Sie hat schöne blaue Augen«, meinte O. »Wenn sie die Haare offen tragen und sich schicker anziehen würde, würden sich nicht bloß Päderasten freuen, wenn sie bei ihnen vor der Tür steht.«

»Aber würde sie auch ein Hündchen zurücklassen?«, fragte D. D.

»Wie bitte?«

»In Stephen Laurents Wohnung? Der Killer hat einen hilflosen Welpen darin zurückgelassen. Einen Kinderschänder zu töten ist eines; einen Welpen verhungern und verdursten zu lassen, etwas ganz anderes. Charlene hat offenbar ein Herz für Hunde. Würde sie sich nicht auch um einen Welpen gekümmert haben?«

»Vielleicht hat sie darauf spekuliert, dass die Leiche schnell entdeckt wird. Und damit auch der Hund.«

»Möglich«, meinte D. D., war aber unschlüssig.

»Sie wurde als Kind misshandelt«, erinnerte O. »Das heißt, es dürfte ihr nicht schwerfallen, sich mit den Opfern zu identifizieren.«

»Sie fühlt sich ebenso machtlos«, führte D. D. weiter aus. »Beide Freundinnen wurden ermordet, die Polizei tritt auf der Stelle, und sie ist überzeugt davon, als Nächste an der Reihe zu sein. Sie versucht, sich entsprechend vorzubereiten, hat aber letztlich keine Handhabe. Ihr bleibt nichts anderes übrig als abzuwarten.«

»Oder aber Krieg zu führen gegen Päderasten ...«

»Genau. Es verleiht ihr ein Gefühl von Macht. Sie übernimmt die Kontrolle und rückt gerade, was ihr schief erscheint. Ich wette, eine Pistole abzufeuern hilft besser gegen Angst als Xanax.«

»Es sei denn, sie hat ihre Freundinnen getötet.«

»Kann sein.«

Detective O musterte D. D. »Aber das glauben Sie wohl eher nicht, oder?«

Sie zuckte mit den Achseln und versuchte, ihre vagen Vorstellungen in Worte zu fassen. »Heute Morgen hat mir ein ehemaliger Profiler erklärt, dass sich aus zwei Morden noch keine eindeutigen Muster ableiten lassen. Wer weiß, ob Charlene Ziel eines geplanten Anschlags ist oder ob am Einundzwanzigsten nicht noch ein weiterer Mord verübt wird. Aber ich glaube, dass sie tatsächlich davon überzeugt ist. Die geschwollenen Knöchel und die Druckstellen am Hals sprechen für sich. Sie trainiert hart und lässt sich schlagen und würgen, um am Einundzwanzigsten entsprechend gewappnet zu sein.«

»Und wenn sie tatsächlich damit rechnet, am Einundzwanzigsten getötet zu werden ...«

»Wird sie alle rechtlichen Bedenken in den Wind schlagen.«

»Und sich vorher ausgiebig und stellvertretend für andere junge, unschuldige Opfer rächen.«

D. D. nickte. »Eines ist sicher.«

»Was?«

»Wenn Charlene Grant recht hat, bleiben ihr nur noch zwei Tage. Mit anderen Worten, in den nächsten vierundzwanzig Stunden ...«

»Wird ein weiterer Kinderschänder dran glauben müssen.«

»Erledigt mit der 22er, die wir ihr gerade zurückgegeben haben.«

23. KAPITEL

16:30 Uhr. Es wurde schon dunkel. Vor dem Fenster trudelten leichte Schneeflocken vom Himmel, und Jesse drehte fast durch.

Stundenlang hatte er seine Mutter bedrängt, in die Stadtbibliothek gehen zu dürfen. Er hatte eigentlich gleich nach der Schule den Bus nehmen wollen, aber seine Mutter hatte nein gesagt. Nicht bei *diesem* Wetter mit dem Bus. Als würden ein paar Schneeflocken auf den Straßen den ganzen Verkehr zum Erliegen bringen.

Er hatte sie angefleht, gebettelt und vor Frustration geheult. Mit Erfolg. Sie werde um vier, wenn sie ihr Telefonat beendet habe, mit ihm in die Bibliothek fahren, hatte sie versprochen. Wollte sich auch ein bisschen da umschauen. Er hatte behauptet, für die Schule drei Sätze über seine Lieblingsbibliothek schreiben zu müssen. Also wollten sie zusammen die U-Bahn nehmen und später vielleicht im Pru Center was essen gehen.

»Wir gehen fein aus«, hatte sie gesagt und dabei gelächelt. Sie schien sich wirklich zu freuen, weshalb sich Jesse wegen der Lüge ziemlich schlecht fühlte. Nun ja, ein wenig gelogen. Er nahm sich fest vor, die drei Sätze zu schreiben, und danach würden sie essen gehen. Aber vorher musste er Pink Poodle treffen und sich von ihr zeigen lassen, wie man einen Ball anschneidet. Unbedingt.

Um fünf vor vier zog er seine dicke Winterjacke an, frische Strümpfe, seine Boots, seine Mütze und Handschuhe. Eine Minute vor vier stand er mit Zombie-Bear im Arm im Flur, ausgehbereit.

Aber seine Mutter telefonierte noch.

Sie redete und redete und redete (»Eine Minute noch, Jesse!« – »Psst, still!« – »Unterbrichst du mich noch einmal, junger Mann, ist unser Ausflug gestrichen!«).

Ihm wurde heiß unter den dicken Sachen. Schweiß rann ihm in den Kragen, und er hüpfte von einem Fuß auf den anderen.

Komm endlich, komm, komm!

Irgendwann tauchte sie endlich im Flur auf und sagte: »Jesse? Können wir gehen?« Als hätte sie ihn nie warten lassen.

Jesse mochte die Stadt bei Nacht. Ihm gefiel es, wenn die zahllosen Lichter brannten und alles ganz anders aussah, besonders jetzt, da aus tiefhängenden Wolken dicke Flocken fielen, die man mit der Zunge auffangen konnte und die ein bisschen nach Rost schmeckten.

Jesses Mutter steuerte mit eiligen Schritten auf die drei Blocks entfernte U-Bahn-Station zu. Jesse sprang um sie herum und mimte ein von Schnee angetriebenes Frostmonster, das mit dem Mund nach Schneeflocken schnappte, bis ihn die Mutter in scharfem Ton aufforderte, endlich Ruhe zu geben.

Er trottete neben ihr her, ein wenig gedämpft, aber immer noch glücklich, denn bald würde er in der Bibliothek sein; die ganze Stadt war hell erleuchtet, es wimmelte von Menschen, und Pink Poodle würde wahrscheinlich schon zwischen den Bücherregalen vor einem Computer sitzen. Was für ein toller Abend!

Der bandagierte Kopf von Zombie-Bear, seinem untoten Baseballstar, lugte aus der Jackentasche.

Es dauerte *ewig*, bis die Boston Public Library in der Boylston Street endlich erreicht war. Sie bestand aus zwei Gebäuden, dem historischen McKim Building und dem nachträglich hinzugekommenen Johnson Building. Jesse fand das hundertsechzig Jahre alte Gebäude toll, besonders die riesigen Mauerbögen, die tollen Steinmetzarbeiten und die langen, dunklen Hallen, in denen man Gespenster und Spukgestalten vermutete. In diesem Haus aber waren fast ausschließlich langweilige Bücher untergebracht, Regierungsdokumente, historische Arbeiten und so was. Jesse und seine Mom gingen stattdessen auf das Johnson Building zu. Es war in den Siebzigern errichtet worden, was man ihm, wie seine Mom meinte, auch ansehe. Jesse scherte sich nicht um das Äußere; umso cooler fand er, was sich darin befand, nämlich unter anderem eine ganze Abteilung nur für Kinder und sogar ein Raum für Teenager.

Da würde er vielleicht hinmüssen, vielleicht saß Pinky Poo ja dort. Jesse hatte noch gar nicht daran gedacht.

Er befingerte Zombie-Bear und redete sich ein, kein bisschen nervös zu sein. An der Hand seiner Mom stieg er die Stufen hinauf.

In der Eingangshalle legte seine Mutter den Zeitplan fest. Sie würde für die Hausaufgaben ihrer Krankenschwesternausbildung in einigen Büchern nachschlagen müssen und wollte ihm zeigen, wo er sie später finden könne. Er dürfe dann in die Kinderabteilung gehen, die Bücher auswählen, die er sich ansehen wolle, und solle mit denen dann *sofort* zu ihr zurückkehren. Während sie für ihre Schule arbeitete, solle auch er seinen Mini-Aufsatz schreiben. Danach würden sie essen gehen.

Jesse nickte stumm. Er war nicht das erste Mal mit seiner Mutter in der Bibliothek und kannte den Ablauf.

Er gab ihr einen Kuss und drückte sie, vielleicht ein bisschen fester als sonst. Dann eilte er in die Kinderabteilung auf der ersten Etage.

Jesse fand sich in der Bibliothek gut zurecht. An Regentagen kam er mit seiner Mutter manchmal, um auf »Forschungsreise« zu gehen. Damit meinte sie, dass er sich in den Räumen frei bewegen durfte, ohne fürchten zu müssen, dass die alte Mrs. Flowers mit dem Stock anklopfte und sich über allzu großen Krach beschwerte.

Als er sechs war, hatte ihn seine Mutter das erste Mal allein losziehen lassen. Denn erstens hatte sie dann selbst etwas Freiraum, und zweitens wollte sie Jesse mit ihrer gluckenhaften Fürsorge nicht in Verlegenheit bringen, schließlich waren auch andere Jungs in seinem Alter nicht ständig in Begleitung ihrer Mütter. Anfangs hatte sie vor der Tür der Kinderabteilung auf ihn gewartet, war aber dazu übergegangen, ihn für eine Weile tatsächlich unbeaufsichtigt zu lassen.

In der Kinderabteilung hing ein Hinweisschild mit der Aufschrift »Unbeaufsichtigte Erwachsene haben keinen Zutritt«. Mit anderen

Worten, nur solche Erwachsene, die in Begleitung eines oder mehrerer Kinder waren, durften die Abteilung betreten. Man wolle die Kleinen so vor Gefahren durch Fremde schützen, hatte ihm seine Mutter erklärt, die ihn deshalb guten Gewissens dort alleinlassen konnte.

Auf die Kinder passte auch immer eine Bibliothekarin auf. Wenn Jesse ein Problem hatte oder sich bedroht fühlte, wusste er, an wen er sich wenden konnte. Aber Probleme gab es eigentlich für ihn nicht. Er liebte die Bibliothek, den großen Raum mit seinen hohen Regalen voller Bücher und all den Leuten, die darin schmökerten und ihn in Ruhe ließen, sodass er sich wirklich einbilden konnte, auf Entdeckungsreisen in der Wildnis des Kongo zu sein, wo jeden Moment ein Riesenaffe in den engen Gängen auf ihn zuspringen, ein Alligator zuschnappen oder sich eine Schlange von der Deckenlampe herunterringeln mochte.

Aber heute spielte Jesse nicht Entdeckungsreise. Er steuerte geradewegs auf die Computer zu, die in kleinen, offenen Nischen untergebracht und momentan alle belegt waren. Ein Mädchen fiel ihm ins Auge, das aber jünger zu sein schien als er und irgendein Spiel spielte, während sein Vater hinter ihm stand und auf sein Handy starrte.

Es gab nur wenige Computer in der Kinderabteilung. Daran hatte Jesse nicht gedacht. Vielleicht war Pink Poodle schon wirklich etwas älter und in dem Raum für Teenager eine Etage höher.

Er lief durch das Treppenhaus nach oben. Warum auch nicht? Wie jeder andere Jugendliche würde er die Tür aufstoßen und wie selbstverständlich hineinspazieren. Niemand hätte was dagegen.

Vor der Tür angekommen, traf er auf das erste Hindernis: ein Schild, das nur Jugendlichen zwischen zwölf und achtzehn Jahren Zutritt erlaubte. Nicht willkommen zu sein war kein Verbot, dachte Jesse. Er holte tief Luft und trat kurzerhand ein.

Der Raum war ziemlich voll. Beim Anblick der vielen Teenies und Laptops, der riesigen Fenster vor den Lichtern der Stadt und der knallbunten Einrichtung wurde Jesse etwas verlegen.

Er schaute sich hektisch um, einmal, zweimal, sah Mädchen und Jungen, aber keinen Pudel. Vor Schreck machte er sich aus dem Staub.

Das war's. Er konnte den Raum nicht betreten. Er schaffte es einfach nicht.

Was sollte er nun tun? Wie konnte er Pinky Poo ausfindig machen?

Zum Glück fiel ihm ein, dass es überall in der Bibliothek Computerstationen gab. Man konnte sich sogar Laptops ausleihen, was seine Mutter tat, wenn ihr alter Rechner in der Reparatur war. Pink Poodle hatte keinen bestimmten Treffpunkt genannt. Wahrscheinlich war sie auf der Suche nach einem freien Arbeitsplatz durch das ganze Haus gelaufen.

Jesse beschloss, sich ebenfalls auf die Suche zu begeben, zuerst im Erdgeschoss und dann von Etage zu Etage.

Er hatte Zombie-Bear aus der Tasche geholt und hielt ihn mit beiden Händen an die Brust gedrückt. Es war heiß und kalt in der Bibliothek, je nach Abteilung. Im Hochparterre hatte er der Hitze wegen den Reißverschluss der Jacke aufgezogen und die Mütze vom Kopf genommen; seine Schritte waren immer langsamer geworden, und noch immer suchte er nach dem fremden Mädchen, das womöglich irgendwo im Schatten hockte, ohne sich selbst umzuschauen.

Dann sah er es.

Auf einer der Computerkonsolen lag ein pinkfarbener Pudel.

Jesse blieb stehen. Er starrte auf die fremde Gestalt vor dem Computer, die plötzlich den Kopf drehte und ihn erblickte. Es war ein Junge.

Er fragte: »Homerun-Bear?«

»Pinky Poo?«, erwiderte Jesse, was ihm selbst so albern vorkam, dass er in Verlegenheit geriet und wünschte, nichts gesagt zu haben.

Aber der Junge lachte. »Ja, ich weiß.« Er grinste und sah selbst ein bisschen verlegen aus. Mit der Hand fuhr er sich durch zerzauste braune Haare. »Ich schwöre, der Pudel ist nicht meiner«, sagte er. »Er gehört meiner kleinen Schwester. Sie hat ihn vor einem Jahr zum Geburtstag bekommen und wollte, dass ich ihr ein paar Spiele am Computer beibringe. So ist sie auf diese Site gekommen und ...« Der Junge zuckte mit den Achseln. »Meine Schwester hat sich für den Pudel nicht mehr interessiert. Tja, jetzt bin ich hier und spiele dreimal am Tag Baseball.«

Jesse nickte. Er entspannte sich ein wenig und wollte einen Schritt näher heran. »Wär dir ein Homerun-Bear lieber?«, fragte er mit ernster Miene.

Der Junge lachte wieder. »Vielleicht, aber Pink Poodle steht so gut in der Statistik, dass ich ihn nicht mehr abgeben möchte.« Er streckte die Hand aus. »Ich heiße Barry. Und du?«

»Emmm. Jesse ... Jesse Germaine.«

»Ein netter Bär, den du da hast. Was ist mit ihm passiert?«

Befangen hob Jesse sein Stofftier in die Höhe. »Och, emmm ... jetzt ist er ein Zombie. Von den Toten auferstanden ...« Die Worte, die er sagte, kamen ihm selbst ziemlich langweilig vor, aber der Junge mit Namen Barry lachte.

»Super. Vielleicht sollte ich Pink Poodle auch zum Zombie machen. Wäre bestimmt cooler als so ein Köter. Schließlich bin ich schon sechzehn.«

»Spielst du gerade?«, fragte Jesse und rückte näher.

»Ja. Gerade war Helmet Hippo online. Er ist mein Erzfeind, musst du wissen. Er hat tausendfünfhundert Punkte mehr als ich. Aber ich werde immer besser. Im nächsten Monat ziehe ich an diesem Fucker vorbei, da bin ich mir sicher.«

Jesse erschrak, als er dieses schlimme Wort hörte. Er machte den Mund zu und zwang sich, wieder locker zu werden. Barry war sechzehn. Sechzehnjährige Jungs konnten sich solche Wörter erlauben. Er selbst benutzte sie, wenn seine Mutter nicht in der Nähe war. Er schaute sich um.

»Spielst du gerade Baseball?«, fragte er und schaute über Barrys Schulter hinweg auf den Bildschirm.

»Ja, siebtes Inning. Zwei von uns sind draußen. Wir sind jetzt am Schlagmal. Slimey Slug spielt mit in unserem Team.«

»Läuft wohl nicht so gut«, meinte Jesse.

»Ja, es müsste ein Wunder geschehen, wenn sich das noch rumreißen ließe.«

»Oh.« Jesse war enttäuscht. Er wollte doch lernen, wie man einen Ball anschneidet.

Barry hatte Verständnis, wie es schien. »Willst du spielen? Komm, nimm dir einen Stuhl. Wir melden deinen Bären an, und ich zeige dir ein paar Tricks.«

Jesse suchte nach einem freien Stuhl und rückte ihn neben Barry. Schulter an Schulter saßen sie nun vor dem Bildschirm. Vorsichtig setzte Jesse Zombie-Bear neben Pink Poodle auf den Tisch. Er fand, dass die beiden gut zueinanderpassten.

Jesse blickte auf seine Armbanduhr und stellte fest, dass schon über eine Viertelstunde verstrichen war. »Bin gleich wieder da«, sagte er. Bevor Barry etwas sagen konnte, war er losgelaufen, um seine Mutter zu suchen. Er fand sie an einem der Lesetische. Sie sah konzentriert aus und blätterte in einem großen Buch. »Hab mich ein bisschen verspätet«, sprudelte es aus ihm heraus. »Die Bibliothekarin hilft mir dabei, eine neue Buchreihe zu finden, die was für mich sein könnte. Gibst du mir noch eine Viertelstunde? Bitte.«

»Was?« Seine Mutter blickte zu ihm auf.

»Die Bibliothekarin. Sie hilft mir. Wir suchen nach einer neuen Buchreihe für mich.«

»Okay. Aber keine Minute länger. Wenn du die richtige gefunden hast, komm mit dem ersten Band hierher.«

»Mach ich.«

Jesse atmete tief durch und schaute auf die Uhr. So schnell er konnte, rannte er wieder nach unten, wo Barry seinen Pink Poodle schon aus dem Spiel genommen hatte und auf ihn wartete.

»Ich musste nur eben Bescheid geben«, sagte Jesse, ohne nachzudenken.

»Bescheid geben?«

Jesses Wangen wurden rot. »Meiner Mom«, murmelte er. »Sie ist oben und liest.«

»Okay«, sagte Barry, der damit offenbar kein Problem hatte. Er ließ sich von Jesse das Passwort nennen, loggte Zombie-Bear ein, und wenig später waren sie schon im Spiel. Der große Junge zeigte Jesse an den Pfeiltasten der Tastatur, was er machen musste. Dann versuchte sich Jesse daran. Manchmal konnte er den Spielzügen nicht folgen, weil sie zu schnell abliefen. Um zu helfen, führte Barry ihm die Hand – rechte Pfeiltaste, links, hoch, runter oder links, links, links, runter, rechts.

Wenn Jesse traf, jubelte Barry verhalten, um die anderen Besucher nicht zu stören. Wenn er danebenschlug, murmelte Barry Worte wie »Fucker«, »Scheiße« oder »Arschkarte«. Jesse musste kichern, weil er »Arschkarte« noch nie gehört hatte, und je mehr er darüber nachdachte, desto komischer fand er diesen Ausdruck.

Plötzlich klingelte es in Barrys Tasche. »Verdammt.«

Der Junge kramte in der Tasche und zog ein Handy daraus hervor. »Ich muss gehen«, sagte er.

»Oh«, maulte Jesse. »Du hast mir noch gar nicht gezeigt, wie man einen Ball anschneidet.«

»Stimmt.« Barry hatte sich schon ausgeloggt und stopfte Pink Poodle in die Tasche seiner übergroßen Skijacke. »Wenn du morgen wieder hier bist, zeig ich's dir.«

Jesse biss sich auf die Unterlippe. Wie gerne würde er das, aber es war ja heute schon fast unmöglich gewesen zu kommen. Außerdem hätte er sich schon längst bei seiner Mutter zurückmelden müssen. Sie war wahrscheinlich sauer auf ihn und würde bestimmt verbieten, dass er morgen wieder in die Bibliothek fuhr. »Ich … ich habe morgen schon was vor«, murmelte Jesse. »Nach der Schule.«

Barry stand bereits und schob den Stuhl unter den Tisch. »Dann eben übermorgen.«

»Aber … aber …«

»Hör zu, Kleiner, ich muss jetzt jedenfalls gehen.«

Jesse wusste nicht, was er sagen sollte. Er blickte zu dem großen Jungen auf.

»Okay, okay«, sagte Barry schließlich. »Komm mit. Ich will eine rauchen. Ich logg mich übers Smartphone ein und zeig dir, wie man einen Ball anschneidet. Aber dann muss ich wirklich gehen. Okay?«

Der ältere Junge machte sich schon auf den Weg. Jesse eilte ihm nach.

Draußen war es noch kälter geworden. Jesse sah Eiskristalle im Licht der Straßenlaternen tanzen und spürte sie wie Nadelstiche im Gesicht. Barry sprang die Stufen hinunter. Er war groß und schlaksig. Es sah cool aus, wie er sich bewegte, und genauso cool redete er auch. Jesse zweifelte keinen Augenblick daran, dass alle seine Mitschüler Barry toll fänden und so sein wollten wie er. Und jetzt war er mit ihm zusammen.

Vor der Treppe zur Bibliothek blieb der Junge stehen, zog eine Schachtel Zigaretten aus der Tasche und steckte sich eine an.

Er sah, dass Jesse staunend zu ihm aufblickte. »Fang gar nicht erst damit an«, sagte der Junge. »Die Scheißdinger bringen einen um.«

Jesse nickte.

Barry kramte sein Telefon hervor. »Hier, jetzt zeige ich dir, wie man's macht.«

Er loggte Jesse ein. Sie fanden ein Baseballspiel, bei dem sie mitmachen konnten, und Jesse wartete auf seinen Einsatz. Barry ging weiter, und Jesse musste sich beeilen, um Schritt zu halten. Er hatte nur noch Augen für das Smartphone und die Welt von AthleteAnimalz. Alles andere interessierte ihn nicht mehr.

»Ich muss mal pissen«, sagte Barry plötzlich.

Jesse blickte zu ihm auf. Sie hatten die Bibliothek weit hinter sich gelassen und waren nicht einmal mehr in der Boylston Street. »Was?« Er ließ das Telefon sinken. Zum ersten Mal hatte er ein ungutes Gefühl. Er durfte nicht allein durch die Stadt streifen und *wollte* es auch nicht.

»Ich muss mal pissen, 'ne Stange Wasser in die Ecke stellen.« Der große Junge nahm sein Handy wieder an sich und knöpfte seine Jeans auf.

Jesse schaute weg und wurde nervös. Sie befanden sich hinter irgendeinem Restaurant, neben Müllcontainern, von denen ein übler Gestank ausging. Jesse bekam es mit der Angst zu tun und wich zurück.

»Was ist? Wir sind doch unter uns. Hast du ein Problem damit?«

Jesse schüttelte den Kopf, blickte aber starr vor sich hin. Er schwitzte. Spürte plötzlich, wie ihm der Schweiß im Nacken ausbrach. Ihm war schlecht, was er sich selbst nicht erklären konnte.

Barry hatte die Hose runterrutschen lassen und hielt seinen Zipfel in der Hand.

»Mach dir nicht ins Hemd, Jesse. Ist nur ein Penis. Du hast doch auch einen, oder?«

»Ich will nach Hause«, flüsterte Jesse.

Dann sagte Barry mit völlig veränderter Stimme: »Das hätte dir vor 'ner halben Stunde einfallen sollen. Bevor du mit jemandem, den du überhaupt nicht kennst, die Bibliothek verlassen hast.«

Jesse blickte nun auf. Er schaute der fremden Gefahr in die Augen und verstand mit einem Mal, wovor ihn seine Mutter immer gewarnt hatte.

»He, was macht ihr da?«, war da plötzlich eine andere Stimme.

Jesse drehte sich um und sah eine Frau hinter sich stehen. Sie hatte braune, strack zurückgekämmte Haare, zu einem Pferdeschwanz zusammengebunden, und die gruseligsten blauen Augen, die er jemals gesehen hatte. Zweierlei an ihr fiel ihm gleichzeitig auf: Sie lächelte ihn auf eine Weise an, die er ebenso unheimlich fand wie diesen Barry, und sie trug eine Waffe.

Den Blick auf Jesse gerichtet, legte sie einen Zeigefinger an die Lippen. »Pssst.«

Dann wandte sie sich dem älteren Jungen zu.

»Was soll der Scheiß?«, platzte es aus ihm heraus.

»Pink Poodle, nehme ich an.«

»Und wer zum Teufel sind Sie?«

»Helmet Hippo. Ich beobachte dich seit einiger Zeit. Du bist ein böser Junge.«

Sie hob die Pistole. Barry sprang einen Schritt zurück.

Jesse drückte die Augen zu und presste seine Hände auf die Ohren.

Trotzdem hörte er:

»He, Augenblick. Ich bin doch noch keine achtzehn.«

»Irgendwann muss jeder sterben.«

»Ich hab doch gar nichts getan ...«

»Sei tapfer.«

»Augenblick! Ich hör auch auf damit. Es kommt nie wieder vor. Ich schwöre. *Warten Sie ...*«

Ein Geräusch, irgendwo zwischen *plopp* und *wumm*. Einmal, zweimal.

Dann war es still.

Jesse zählte bis fünf. Langsam öffnete er die Augen. Der Junge lag am Boden, die Frau beugte sich über ihn.

Wenig später richtete sie sich auf, ließ die Waffe unter ihrer Jacke verschwinden und wandte sich Jesse zu.

Wimmernd wich er vor ihr zurück.

Aber sie lächelte nur und streckte die Hand aus wie zum Gruß.

»Hallo«, sagte sie. »Kennen wir uns? Keine Sorge. Mein Name ist Abigail.«

24. KAPITEL

Ich weiß nicht mehr, wie ich es von der Polizeizentrale zurück in meine Wohnung geschafft habe. Wahrscheinlich sind wir mit der U-Bahn gefahren, Tulip und ich. In den Massen, die sich spätnachmittags in die Züge quetschen, fällt eine Frau mit Hund kaum auf.

Ich nehme an, wir sind mit der Orange Line von Roxbury nach Downtown Crossing gefahren und dann in die Red Line umgestiegen, die am Harvard Square hält. Der Bahnhof von Downtown Crossing wird stickig heiß und voller Menschen gewesen sein, die, müde vom Tag und wie ferngesteuert, möglichst schnell nach Hause wollten.

Vom Harvard Square sind wir dann wahrscheinlich über die Garden Street am verschneiten Park entlanggegangen, links ab in die Concord Avenue, am Parkplatz des Observatoriums vorbei und bis zur Madison. Vielleicht sind wir auch gelaufen.

Ich erinnere mich nicht; mein Gedächtnis lässt mich manchmal im Stich. Das ist der Preis des Vergessens, die laufenden Kosten meiner Kindheitsbewältigung, die mich eigentlich hätten bankrott gehen lassen müssen, was aber nicht der Fall war. Irgendwie muss ich zu Hause angekommen sein. Wo hätte ich schließlich sonst landen sollen? Was hätte ich nach meiner Stippvisite in der Polizeizentrale sonst tun können?

Ich schlief. So viel weiß ich noch. Irgendwann lag ich in meinem Bett, Tulip neben mir. Wir lagen Rücken an Rücken. Als ich aufwachte, war es acht. Ich hatte endlich wieder geschlafen, nach achtundvierzig Stunden auf den Beinen. Dankbar, dass ich nicht zur Arbeit musste, machte ich die Augen wieder zu und hatte einen verrückten Traum.

Meine Mutter war im Hinterhof. Mit einer Schaufel. Sie grub ein

Loch. Es war dunkel und gewittrig; es goss in Strömen, ein heftiger Wind fegte über den Hof. Am Boden neben meiner Mutter stand eine aufgerichtete Taschenlampe, die den herabstürzenden Regen und vom Wind aufgewirbeltes Laub beleuchtete. In regelmäßigen Abständen glänzte auch das Schaufelblatt im schwachen, gelblichen Lichtstrahl. Es ging auf und ab, auf und ab.

Ich stand am Fenster, das ein wenig zu hoch für mich war. Ich musste mich auf die Zehenspitzen stellen, um nach draußen blicken zu können. Die Waden taten mir weh, weil ich schon lange auf den Zehenspitzen stand, aber ich konnte nicht aufhören hinzusehen. Die blinkende Schaufel. Das Auf und Ab, Auf und Ab.

Meine Mutter trug ihr Lieblingsnachthemd. Es war blassgelb, mit winzigen blauen Blüten und grünen Blättern gemustert. Vom Regen durchnässt, klebte es ihr am mageren Leib, an den knochigen Beinen und dürren Armen, während sie, vornübergebeugt, das Loch aushob, Schaufel um Schaufel. Die langen braunen Haare hingen ihr klatschnass über die hohlen Wangen.

Auf und ab, auf und ab.

Das Loch wurde größer. Nicht zu groß, aber groß genug.

Dann weinte das Baby wieder, hinten im Flur.

Meine Mutter hörte es auch. Sie hob den Kopf. Die Schaufel schwebte in der Luft. Sie wandte sich dem Fenster zu und sah mich. Sie lächelte. Ihr geöffneter Mund war wie eine schwarze Höhle, und die Haare verwandelten sich plötzlich in zischende Schlangen.

Ich ließ von der Fensterbank ab und taumelte zurück. Schlug mit dem Kopf vor das Teetischchen, weinte aber nicht. Ich raffte mich auf und rannte los.

Hinten im Flur weinte das Baby.

Ich musste vor ihr bei ihm sein.

Unten knarrte die Hintertür. Meine Mutter betrat die kleine, schmutzige Küche mit ihren nackten, knochigen Füßen voller Lehm.

Hinten im Flur weinte das Baby.

Ich musste vor ihr bei ihm sein.

Meine geballten Fäuste flogen auf und ab wie meine kleinen Knie, viel schneller als die Schaufel meiner Mutter. Ich rannte und rannte, hörte mein Keuchen und spürte, wie mir das Herz bis zum Hals schlug. Ich rannte und rannte und rannte.

»Charlie«, trällerte meine Mutter hinter mir. »Komm raus, komm raus, wo immer du bist.«

Hinten im Flur weinte das Baby.

Ich musste vor ihr bei ihm sein.

»Komm zur Mommy, Charlie. Du weißt doch ... mach mich nicht böse.«

Dann war ich zur Stelle und riss die Tür des Wandschranks auf. Keine Wiege. Kein Korb. Nur eine Kommodenschublade, die auf dem Boden stand und mit Wolldecken ausgefüttert war.

Schritte. Gleichmäßig. Zielgerichtet. Immer näher.

»Komm raus, komm raus, wo immer du bist.«

Das blinkende Schaufelblatt, auf ab, auf ab, auf ab.

Ich hob das Baby mitsamt den Decken aus der Lade und rannte zur Eingangstür. Ich stürzte hinaus in die stürmische Nacht. Pfeifender Wind. Prasselnder Regen. Gewitterleuchten am Himmel. Aber darauf achtete ich nicht. Es kümmerte mich nicht.

»Charlie. Ich sehe dich. Charlie! Mach mich nicht böse ...«

Ich rannte geradewegs auf den Wald zu. Wusste genau, wohin. Das hatte ich so geübt. Denn ich wusste seit langem, dass ich irgendetwas tun musste. Mit meinen kleinen Händen und meinen kleinen Beinen. Aber mein Herz war stark; es zersprengte mir fast die Brust.

»Charlie ... mach mich nicht böse.«

Den breitblättrigen Baum hatte ich schon weit hinter mir gelassen. Ich konnte mir eine kleine Pause gönnen und band mir das Baby mit der Decke um den Bauch. Auch das hatte ich geübt. Manchmal trug ich das Baby auf diese Weise durchs Haus. Dann weinte es nicht, und wenn es nicht weinte, ging es uns allen besser.

Die Decke wurde nass. Das Baby wurde nass. Ich wurde nass.

Die Stimme meiner Mutter, die mir nachrief. »Charlie Grant, komm sofort zurück. Charlie Grant, mach mich nicht böse!«

Ich langte nach dem nächsten, tiefhängenden Zweig. Er war glitschig und nicht besonders dick. Mit beiden Händen packte ich zu und kletterte hinauf zum nächsthöheren Ast des Baums.

Schnell, schnell. Immer weiter nach oben. Der Baum war nicht sehr groß, aber das war ich ja auch nicht. Wenn ich nur wie ein Äffchen bis rauf in die Krone käme …

Meine Mutter hatte Höhenangst. Sie würde mir nicht nach oben folgen.

Sie kreischte plötzlich tief unter mir.

»Charlene Grant. Komm sofort runter. Auf der Stelle! Hörst du, junge Frau? Charlene Grant, tu, was dir deine Mutter sagt!«

Ich hangelte mich immer höher, ohne ein einziges Mal nach unten zu blicken. Ich wollte nicht sehen, wie tief ich hätte stürzen können mit dem Baby, das sich in der Decke vor meinem Bauch wand. Genauso wenig wollte ich meine Mutter sehen, die vermutlich, die Hände in die Hüften gestemmt, zu mir hochblickte mit ihren Schlangenhaaren und der klaffenden Mundhöhle und der Schaufel, die auf und ab ging, auf und ab. Ein Loch aushob, das nicht besonders groß war, aber groß genug.

Es ging nicht weiter. Da waren keine weiteren Äste mehr. Ich zitterte am ganzen Körper. Der Regen rann mir übers Gesicht. Mit der einen Hand hielt ich mich am Ast fest, mit der anderen das Baby umschlungen.

Meine Mutter schrie immer noch, aber der Wind trug ihre Worte davon. Von meiner Warte aus wirkte sie ganz klein. Ich konnte sie kaum mehr erkennen. So hoch oben im Baum brauchte ich keine Angst vor ihr zu haben.

Sie würde irgendwann aufgeben, ins Haus zurückkehren und sich, schmutzig wie sie war, auf die Couch fallen lassen und einschlafen. Dann würde ich mit dem Baby vorsichtig vom Baum klettern.

Ich würde ihm die Windeln wechseln und es in die frische Decke wickeln, die ich vor den Heizkörper gehängt hatte, damit sie warm wird.

Ich würde ihm ein kaltes Fläschchen geben und mit ihm im Schoß im Schneidersitz auf dem Boden hocken.

Wenn es eingeschlafen wäre, würde ich es in den Wandschrank hinten im Flur zurückbringen und in sein Nestchen legen, dann nach draußen in den Hinterhof gehen und im Licht der Taschenlampe das Loch zuschaufeln.

Wenn ich alles richtig machen würde, gäbe es morgen keine Spuren mehr von dem, was sich in der Nacht abgespielt hatte. Sie wäre ungeschehen gemacht und nichts weiter als ein schlimmer Traum. Meine Mutter würde fröhlich aufwachen, vielleicht ein Lied summen und mit mir durchs Haus tanzen, lustig und ausgelassen. Sie würde das Baby herzen und küssen, und alles wäre wieder in Ordnung. Sie würde uns lieben.

Für eine Weile wenigstens.

Ich rückte tiefer ins Geäst. Spürte die Wärme der kleinen Schwester an meiner Brust. Hoffte, dass auch sie meine Wärme spürte, als ich meinen freien Arm um sie legte und sie an mich drückte.

»Es ist alles gut«, flüsterte ich ihr zu. »Wir haben's bald geschafft. Wir sind fast in Sicherheit.«

Sie weinte nicht mehr. Stattdessen starrte sie mich aus ihren großen braunen Augen an.

Dann leuchtete ihr kleines Gesicht mit einem breiten, zahnlosen Lächeln auf.

Sie strahlte mich an, meine wunderschöne kleine Schwester Abigail.

25. KAPITEL

Gerade noch pünktlich schaffte es D. D. zum verabredeten Ort. Alex hatte sie ins Legal Seafood gleich neben dem Bostoner Aquarium bestellt. Es lag in der Nähe des Flughafens und war bekannt für sein Essen und die schöne Aussicht aufs Wasser. D. D. kannte das Lokal gut. Als sie noch in ihrem Apartment im North End wohnte, hatte sie häufiger hier gegessen – nach einem bequemen Fußweg. Eine Anfahrt mit dem Auto zur Stoßzeit war dagegen die Hölle.

Von der 93 kommend, hatte sie sich im dichten Verkehr von Ausfahrt zu Ausfahrt durchwursteln und vor jeder Ampel fast drei bis vier Grünphasen verstreichen lassen müssen.

Als sie schließlich ihr Ziel erreichte, war sie genervt und verspannt und außerdem ziemlich sicher, dass ihre blaue Seidenbluse, die sie vor einer Woche in Erwartung des elterlichen Besuchs gekauft hatte, ziemlich durchgeschwitzt war.

Sie fuhr ins Parkhaus und musste sich von Etage zu Etage winden, bis sie endlich das Glück hatte, einen freien Platz zu finden, im hinterletzten Winkel und so weit vom Treppenhaus entfernt wie nur möglich. Über dem Parkplatz hing ein Schild mit der Aufschrift NUR FÜR KLEINWAGEN. Vorsichtig zwängte sie ihren Crown Vic in die enge Lücke und öffnete die Tür.

Als sie den Wagen verließ, schlug ihr frostige Luft entgegen. Der abrupte Übergang von heiß zu kalt verschlug ihr fast den Atem.

Sie hätte sich beeilen und warm laufen sollen.

Stattdessen schleppte sie sich zögernd voran wie damals als kleines Mädchen, wenn sie mit einem Brief der Lehrerin in der Schultasche nach Hause zurückgekehrt war und sich auf den Ärger ihrer Mutter hatte gefasst machen müssen. Besonders schlimm war, dass ihre Mutter nie ein Wort sagte, die Lippen aufeinanderpresste und sie mit Blicken bedachte, die Bände sprachen.

Ich bin erwachsen, erinnerte sich D. D. jetzt. *Eine Top-Ermittlerin, respektiert von den Kollegen und in der Halbwelt gefürchtet.*

Aber es half nichts, sosehr sie sich das auch wünschte. Es half einfach nichts.

Stattdessen versuchte sie, an Alex und den kleinen Jack zu denken. Alex saß jetzt wohl ihren Eltern gegenüber, zweifellos geduldig und entgegenkommend. Sie stellte sich vor, wie er sie anschauen und lächeln würde, wenn sie das Restaurant beträte und sich zu ihnen an den Tisch setzte.

D. D. durchquerte das Parkhaus, stieg die Treppe hinunter und steuerte auf der verschneiten Straße das Restaurant an, in dem offenbar Hochbetrieb herrschte.

Vor der Tür atmete sie noch einmal tief durch und rief sich in Erinnerung, dass es einer Frau, die in Mordfällen ermittelte, nicht allzu schwerfallen dürfte, mit ihren Eltern zu Abend zu essen.

Ihre Hände zitterten.
Sie betrat das Lokal.

Alex und ihre Eltern saßen ganz hinten in einer Ecknische. Dort war es ein wenig ruhiger, aber immer noch recht laut, wie üblich an einem Donnerstagabend in einem gutbesuchten Bostoner Restaurant. Ein Kellner hatte den Stuhltrick vollführt – einen Kinderstuhl umgedreht, sodass Jacks Sitzschale fürs Auto zwischen die Holzbeine gehängt werden konnte. Alex saß auf der rechten Tischseite, ihre Eltern auf der linken.

Patsy, ihre Mutter, war floridagebräunt und hatte ihre wunderschönen silberblonden Haare hochgesteckt, was ihr elegant geschnittenes Gesicht besonders attraktiv zur Geltung brachte. Sie trug eine weite Leinenhose und einen meerschaumgrünen, ärmellosen Pullover über einer dünnen, weißen Bluse – ein Zugvögelchen, das sich zu akklimatisieren versuchte, aber anscheinend vergessen hatte, wie bitterkalt der Januar in Boston sein konnte. Roy, D. D.s Vater, war ebenso schlank und fit wie seine Frau und sah mit seinem marineblauen Sportjackett und dem weißblau gestreiften Poloshirt aus, als käme er gerade vom Golfplatz.

Wie erwartet war es Alex, der sie als Erster bemerkte. Er trug einen seiner Lieblingspullover, den dunkelroten aus Kaschmirwolle, darunter einen schwarzen Rollkragen. Als er sie sah, leuchteten seine blauen Augen auf und in seinen Augenwinkeln bildeten sich Lachfältchen.

Sie zögerte und geriet tatsächlich ins Stolpern, als ihr auf dem halben Weg durch den lauten, überfüllten Gastraum bewusst wurde, dass der bestaussehende Mann in der Menge zu ihr gehörte, ihr zulächelte und seelenruhig neben dem gemeinsamen Baby und ihren Eltern saß.

Sie erschrak regelrecht, denn sosehr sie ihn auch liebte, drängte sich ihr sofort der Gedanke auf, dass sie ihn gar nicht verdiente. Ein so gut aussehender, talentierter und kluger Mann passte besser in die Gesellschaft ihrer Eltern als zu ihr, wie sie fand.

Der Gedanke ärgerte sie. Nach all den Jahren machte sie sich immer noch klein. Möglich, dass sie nicht das Idealkind ihrer Eltern war, aber sie war der Mensch, der sie sein musste, und das sollte reichen.

D. D. hob das Kinn und ging mit festem Schritt weiter.

Sie trat vor den Tisch und öffnete den Mund, um ihre Eltern zu begrüßen.

Doch in diesem Moment piepte ihr Pager.

Alex fragte: »Alles in Ordnung?«

D. D. nahm den Pager vom Gürtel und las die Nachricht. Sie schloss die Augen. »Ich muss gleich wieder los.«

»Wie bitte?«, meinte ihre Mutter gereizt.

»Tut mir leid.« D. D. versuchte, Fassung zu bewahren. Sie beugte sich vor und gab ihrer Mutter einen Kuss auf die Wange, auch ihrem Vater. Dann aber wandte sie sich an Alex, denn seine Miene war leichter zu ertragen. »Es gab wieder eine Schießerei«, informierte sie ihn.

»In derselben Sache?«

»Scheint so. In der Nähe von Copley, nicht weit von hier. Immerhin.«

»Ich verstehe nicht recht«, beschwerte sich ihre Mutter.

»Wir haben eine Mordserie aufzuklären. Der Täter hat wieder zugeschlagen. Ich muss gehen.«

»Aber ... aber ... du bist doch gerade erst gekommen.«

»Wie's scheint, nimmt der Täter darauf keine Rücksicht.«

»D. D. Warren ...«

»Mutter.« D. D. hob eine Hand und bemühte sich um eine neutrale Tonlage. »Ich weiß zu schätzen, dass ihr den weiten Weg von Florida auf euch genommen habt, obwohl euch Boston nicht gerade gefällt, schon gar nicht zu dieser Jahreszeit. Aber ... ich habe einen Job. Ich bin nicht nur Detective, sondern Chefermittlerin, das heißt, ich trage Verantwortung.«

Roy ergriff die Hand seiner Frau, um sie zu beruhigen. »Kommst du zurück?«

Seine Stimme klang zittrig, was ihr früher nie aufgefallen war. Und als sie ihn jetzt von der Seite betrachtete, sah sie, dass seine Haut welk geworden und unter dem Kinn erschlafft war. Auf den Händen zeigten sich Altersflecken. Sie erinnerte sich an sein Alter. Achtundsiebzig. Ihre Eltern waren beide achtundsiebzig. Zwar noch keine Greise, aber wie oft würden sie noch imstande sein, von Florida nach Boston zu reisen? Wie viele Jahre blieben ihnen noch, um Tochter und Enkelsohn sehen zu können?

»Wahrscheinlich nicht mehr zum Abendessen«, flüsterte sie.

»Also sehen wir uns dann morgen.«

»Wir könnten zusammen frühstücken oder uns in meiner Mittagspause treffen, wenn ihr wollt.«

»Ich verstehe das nicht«, warf ihre Mutter schnippisch ein. »Es ist sieben Uhr, du kommst gerade von der Arbeit, musst wieder weg, und es fällt dir nichts Besseres ein, als uns zum Frühstück einzuladen.«

»Willkommen im Bostoner Morddezernat.«

»Was ist mit Jack? Du hast ein Kind. Wer kümmert sich darum?«

D. D. hatte ihren Sohn noch nicht begrüßt. Sie hatte ihren Eltern einen Kuss gegeben, ein paar Worte mit Alex gewechselt, aber ihr Baby …

Sie beugte sich über den Kindersitz. Jack schlief und bekam von dem Familiendrama nichts mit. Seine Lippen waren wie zu einer kleinen Rosenknospe gespitzt; die Händchen lagen zu Fäusten geballt auf dem blau gekleideten Bauch. Ihm war ein neues Lätzchen um den Hals gebunden worden, auf dem geschrieben stand: »Jemand in Florida liebt mich.«

D. D. schaute ihre Eltern an. »Das ist hübsch. Danke.«

Ihr Pager piepte wieder. Sie schloss die Augen und spürte, wie an ihr gezerrt wurde.

»Geh«, sagte Alex leise. »Und mach dir keine Sorgen. Ich vertrete dich.«

»Ich bin dir was schuldig«, hauchte sie ihm über das schlafende Kind hinweg zu.

Er nickte und verriet mit seiner etwas angestrengten Miene, dass er mit dem Charme ihrer Eltern bereits Bekanntschaft gemacht hatte.

D. D. drückte dem Säugling einen Kuss auf die Stirn, nahm den Duft von Babypuder wahr und spürte das seidene Haar. Eigentlich hat Ma recht, dachte sie. Wieso bleibe ich nicht einfach?

»Bis morgen«, hörte sie sich stattdessen sagen.

Sie eilte durchs Restaurant und wappnete sich sowohl gegen die Kälte als auch gegen ihr schlechtes Gewissen.

Der Copley Square lag nur ein paar Meter Luftlinie entfernt, doch im Bostoner Verkehr und auf den winterlichen Straßen, die ein Mix aus leichtem Schnee und Eis gefährlich glatt machte, brauchte D. D. für wenige Meilen fast eine Dreiviertelstunde. Endlich am Ziel, stellte sie ihren Crown Vic hinter mehreren Streifenwagen am Straßenrand ab, ohne sich um das Halteverbot zu scheren.

Detective O wartete bereits auf sie.

Auch sie schien für den Feierabend etwas anderes geplant zu haben. Sie hatte ihr dunkles Haar in Locken gelegt und hoch aufgetürmt, den exotischen Schnitt ihrer Augen mit Kajal nachgezogen und einen dunkelroten Lippenstift aufgelegt. Unter dem langen schwarzen Wollmantel trug sie ein knielanges Kleid, passend zu den schwarzen Lederstilettos. Sie wirkte weicher, runder, femininer. Für D. D. ein unmöglicher Look, doch irgendein Mann da draußen hatte sicher großen Gefallen an ihr gehabt.

Die junge Frau bemerkte ihre musternden Blicke und sagte: »Das beste Verhütungsmittel ist und bleibt der Polizei-Pager.«

»Da ist was dran«, sagte D. D. und lächelte.

Sie ließ die Wagentür ins Schloss fallen und streifte mit ihren vliesgefütterten schwarzen Lederhandschuhen die schwarze Wollmütze über den Kopf. »Also, was liegt an?«

»Ein toter junger Mann drüben in der Gasse und ein verängstigtes Kind da vorn im Streifenwagen.«

»Ich dachte, es hätte was mit unseren Pädophilen zu tun.«

»Der Tote war einer. Das verängstigte Kind ist sein Opfer.«

D. D. sperrte beide Augen auf. »Es hat doch wohl nicht geschossen, oder?«

»Nein. Aber der Junge hat gesehen, wer geschossen hat. Eine Frau.« O grinste finster. »Kleine Person, kleine Waffe. Die verrücktesten blauen Augen auf der ganzen Welt, sagt der Kleine. Braune Haare, straff zurückgekämmt und zu einem Pferdeschwanz gebunden.«

»Charlene Grant«, murmelte D. D.

»Alias Abigail.«

D. D. beging zuerst den Tatort. Aus verkehrstechnischen Gründen hatte die Rechtsmedizin die Leiche bereits abholen lassen. Neil war nicht zur Stelle. Vermutlich begleitete er den Transport in die Pathologie. Phil hatte dienstfrei, also waren nur D. D. und Detective O im Einsatz. Weil die junge Kollegin schon eine Weile vor Ort war, beeilte sich D. D., so gut sie konnte.

Sie duckte sich unter dem Absperrband hindurch und entdeckte einen vagen Abdruck der abtransportierten Leiche im Schnee, der an einen Schneeengel erinnerte. Das großgewachsene Opfer war mit gespreizten Beinen und einem ausgestreckten Arm rücklings zu Boden gegangen. Die Umrisse des anderen, rechten Arms waren nicht zu erkennen. Vielleicht hatte er auf der Brust des Opfers gelegen. Vielleicht hatte er ihn auch vors Gesicht gehoben, als die Schüsse gefallen waren. Die Vorstellung verstörte D. D., denn es schien, dass hier jemand kaltblütig ermordet worden war.

»Wie alt?«, fragte sie Detective O, die auf ihren zierlichen Pumps zitternd hinter ihr stand.

»Der kleine Zeuge meint, er sei sechzehn gewesen und habe Barry geheißen.«

»Und er hat sich an den Kleinen rangemacht?«

»Sieht so aus. Der Junge ist sieben. Er hat den Typen offenbar auf einer Spiele-Website kennengelernt und war mit ihm in der Stadtbibliothek verabredet. Dort hat er den Jungen nach draußen gelockt.«

D. D. schüttelte den Kopf. Auch nach Os Lektion über immer jünger werdende Sexualstraftäter konnte sie sich kaum vorstellen, dass sich ein Sechzehnjähriger an Kindern vergriff. »Konnte das Opfer schon identifiziert werden?«

»Noch nicht. Die Kollegen hören sich zurzeit in der näheren Umgebung um. Der junge Mann war zu Fuß unterwegs. Vielleicht erkennt ihn jemand aus der Nachbarschaft.«

»Das wird ja ein super Gespräch mit den Eltern«, murmelte D. D. »Guten Tag, wir müssen Ihnen leider mitteilen, dass Ihr Sohn tot ist. Er wurde übrigens höchstwahrscheinlich getötet, weil er versucht hat, ein anderes Kind sexuell zu missbrauchen. Scheiße.«

Detective O sagte nichts; vielleicht dachte sie ähnlich.

»Der ältere Junge lockte den jüngeren also nach draußen und führte ihn hierher.« D. D. schaute sich um. Vor einer hohen Ziegelmauer reihten sich Müllcontainer, die offenbar zu dem angrenzenden Restaurant gehörten und trotz der Kälte einen scharfen Gestank absonderten. Die Gasse war zwar entlegen, aber nicht abgeschieden.

Sie mündete in eine Nebenstraße und endete auf der anderen Seite vor einer schweren Metalltür, durch die, wie es schien, der Abfall aus dem Restaurant nach draußen gebracht wurde.

»Ich frage mich, ob der junge Mann diesen Ort vorher ausgewählt hat«, überlegte D. D. laut. »Oder war es für ihn eine mehr oder weniger zufällige Gelegenheit, seinem Impuls nachzugeben? Der Siebenjährige ist ihm gefolgt, also könnte unser Teenager spontan gehandelt haben, nach dem Motto: Mal sehen, was geht.«

Detective O zuckte mit den Achseln – zu Recht, denn der Einzige, der diese Frage beantworten konnte, war tot.

»Er hatte gerade die Hose heruntergelassen, als diese Frau auftauchte«, sagte O. »Der kleine Zeuge hat offenbar nicht bemerkt, dass sie ihnen gefolgt war. Aber sie scheint den Sechzehnjährigen gekannt und beschattet zu haben. Der Junge meinte, sie würde dieselbe Online-Game-Site nutzen wie er.«

D. D. richtete sich auf. »Wirklich? Das hieße, die Website wird genutzt, um Kinder aufzureißen und um Jagd auf Kinderschänder zu machen. Aber wie haben es der Pädophile und die Frau geschafft, ihre Opfer im wirklichen Leben zu stellen? Das kann doch nicht so einfach gewesen sein?«

»Wahrscheinlich hat der Kleine von den Red Sox geschwärmt und damit zu erkennen gegeben, dass er in Boston wohnt. Und dann wurde er per E-Mail von dem Anderen eingeladen, ihn in der Bibliothek zu treffen, an einem öffentlichen Ort, der unverdächtig ist.«

»Er hat ihn in die Falle gelockt.«

»Exakt. Und was unsere kleine Unbekannte angeht …« O zuckte wieder mit den Achseln. »… nun, ich schätze, ihr werden wohl mehrere Werkzeuge zur Verfügung gestanden haben. An ihrer Stelle würde ich den Benutzernamen meiner Zielperson zuerst einmal in Spokeo eingeben, um herauszufinden, welche Sites sie sonst noch besucht. Da Barry angeblich erst sechzehn war, wird er wahrscheinlich nur bei Facebook gemeldet gewesen sein. Ich würde also dort sein Profil aufrufen, mir sein Foto ansehen und erfahren, welche Freunde,

Hobbys und Interessen er hat. Ein nützliches Feature bei Facebook ist auch die Ortung. Wenn Barry sie nicht ausgestellt hatte, wird angezeigt, von welchem Ort etwas gepostet oder kommentiert wird. Vielleicht hat unsere Femme fatale so nachverfolgen können, wo Barry sich aufhält. Wenn sie ein Smartphone hat, ist sie zudem mobil. Sie trägt es in der einen Hand, in der anderen ihre Pistole und lässt sich von Barry sagen, wo er gerade ist und was er tut. Nie war Stalking einfacher.«

D. D. schüttelte den Kopf und starrte auf den Abdruck des toten Jungen im Schnee. »Aber wenn ich richtig verstanden habe, hat er sich über eine Spiele-Website an sein Opfer herangemacht und nicht, wie Sie und Phil meinten, in einem Chatroom.«

»So sieht's aus. AthleteAnimalz ist sehr beliebt bei Kindern. Ich wette, unsere beiden ersten Päderasten haben sich ebenfalls dort herumgetrieben.«

»Das wäre die Verbindung, nach der wir suchen.«

»Ja, zumindest eine. Die Pädophilenszene ist nicht besonders groß. Wahrscheinlich kreuzen sich die Pfade einzelner Straftäter auf mehreren verschiedenen Sites.«

D. D. richtete sich auf und versuchte zu ordnen, was ihr durch den Kopf ging. »Ein Sechzehnjähriger nimmt Kontakt mit einem Siebenjährigen auf, lockt ihn in einen dunklen Hinterhof, und plötzlich ... taucht diese Frau auf. Was ist dann passiert?«

»Laut Auskunft des Kleinen hatte sie schon die Pistole in der Hand und machte sich, ohne auf den Jungen zu achten, über Barry her. Der hatte zu diesem Zeitpunkt die Hose heruntergelassen und die Hand an seinem Penis, womit er sich unverkennbar zum Ziel machte.«

»Hat sie was gesagt?«

»Nicht viel. Sie nannte den älteren Jungen lediglich bei seinem Internetnamen – Pink Poodle.«

»Ein sechzehnjähriger *Junge*, der sich Pink Poodle nennt?«

»Willkommen im Internet. Dieser Name wird zu seiner Strategie gehört haben. Dass sich der Siebenjährige auf ein Treffen in der Bibliothek eingelassen hat, wird wohl daran gelegen haben, dass er Barry für ein Mädchen hielt. Und wer hat Angst vor Mädchen?«

»Scheiße«, fluchte D. D.

»Sie selbst gab sich daraufhin als Helmet Hippo zu erkennen, als eine Figur, die auf derselben Website angemeldet ist. Barry versuchte offenbar, sich zu rechtfertigen, sagte, er sei erst sechzehn, und versprach, sich zu bessern.«

D. D. blickte wieder auf den Schneeengel. »Hat wohl nichts gebracht.« Sie konnte es immer noch nicht fassen. Sechzehn Jahre. Kaltblütig erschossen. Was, wenn er sich tatsächlich gebessert hätte? Vor Gericht wäre er als Minderjähriger behandelt worden, doch für seine Mörderin war er in vollem Umfang straffähig gewesen. Sie hatte ihn in Sekundenschnelle verurteilt und hingerichtet.

»Die Frau sagte noch, er sei ein schlimmer Junge und solle tapfer sein. Dann drückte sie zweimal auf ihn ab.«

»Einfach so?«

»Einfach so. Unser Zeuge ist noch sehr jung und steht mit Sicherheit unter Schock, glaubt aber, dass der ganze Vorfall nicht länger als drei Minuten gedauert hat.«

»Sei tapfer«, erinnerte sich D. D. »Wurde eine Nachricht gefunden? Eine, in der es heißt: Irgendwann muss jeder sterben?«

»Ja, sie steckte in der Tasche des Opfers und wurde offenbar schon vorher geschrieben. Denn der Zeuge meint, zum Schreiben habe sie keine Zeit gehabt. Er sah nur, wie sie sich über den Toten beugte. Wahrscheinlich hat sie ihm dabei den Zettel untergeschoben.«

»Dann ist diese Frau definitiv auch die Täterin in den beiden vorausgegangenen Fällen. Der einzige Unterschied ist, dass sie diesmal nicht nur einen Päderasten zur Strecke gebracht, sondern auch dessen Opfer gerettet hat.«

»Sie wird mit sich zufrieden sein.«

»Was ist nach den Schüssen passiert?«

»Die Täterin hat sich dem Kleinen vorgestellt, ihm gesagt, er solle sich keine Sorgen machen, und ist dann gegangen.«

»Welchen Weg hat sie eingeschlagen?«

»Sie ist auf der Stichstraße dort hinten nach links abgebogen. Der Junge hat sich zuerst nicht vom Fleck gerührt und ist dann zur Bibliothek zurückgelaufen. Seine Mutter hatte bereits das Personal alarmiert, weil sie ihren Jungen nicht finden konnte. Man hatte schon längst schließen wollen. Die Polizei war gerade gerufen worden, als der Junge die Treppe hochgerannt kam. Er war ganz außer sich, und auch die Mutter wurde hysterisch. Es dauerte fünf bis zehn Minuten, bis geklärt werden konnte, was geschehen ist. Die Beamten vor Ort sind sofort hierher und haben die Fahndung nach der Frau eingeleitet. Aber die ist bisher ergebnislos.«

Kein Wunder, dachte D. D. In Boston unterzutauchen war nicht schwer. Deshalb hatte ja auch Charlene Grant ihren Wohnsitz hierher verlegt.

»Die Täterin müsste doch eigentlich überrascht gewesen sein, dass der Mann aus dem Internet erst sechzehn Jahre alt ist«, überlegte D. D. »Man sollte meinen, sie zögert, stellt Fragen, hat Bedenken. Aber nichts dergleichen. Ihre Theorie scheint also zuzutreffen. Sie hatte den jungen Mann über Facebook identifiziert und schon eine Weile im Visier. Vielleicht ist sie ihm auch schon auf anderen Streifzügen gefolgt. Weder sein Alter noch seine Vergehen haben sie überrascht. Sie hat mit beidem gerechnet.«

»Vorsatz«, kommentierte O. »Strategische Planung.«

»Sie ist intelligent, kann mit Computern umgehen und hat Geduld.«

»Und sie verliert nicht die Kontrolle«, fügte O dem Profil der Täterin hinzu. »Sie erschießt den Sechzehnjährigen und macht sich aus dem Staub. Keine Kollateralschäden, und um den Zeugen schert sie sich auch nicht. Sie taucht auf, schießt und verschwindet.«

»Wo ist der Zeuge jetzt?«

»Auf dem Rücksitz eines der Streifenwagen, zusammen mit seiner Mutter. Wir haben einen Spezialisten für die Vernehmung von Kindern ins Präsidium bestellt. Er müsste bald da sein.«

»Kann er schon Fragen beantworten?«

O zuckte mit den Achseln. »Als ich ihn vorhin sah, hatte er sich an seiner Mutter festgeklammert und sagte kein Wort.«

»Ich würde gern versuchen, mit ihm zu reden.«

O zögerte. D. D. schaute sie an. »Was ist?«

»Haben Sie Erfahrung mit Kindern?«

»Ich hatte einmal einen Fall mit einer vierjährigen Hauptzeugin.«

»Hören Sie, Sie sind vielleicht länger im Dienst und erfahrener als ich«, entgegnete O. »Aber ich habe mit Sexualdelikten zu tun, und in den meisten Fällen, die ich zu bearbeiten habe, müssen Kinder vernommen werden. Glauben Sie mir, bei solchen Vernehmungen kann einiges schiefgehen, und wenn etwas schiefgeht, steht das ganze Verfahren auf der Kippe. Es könnte am Ende passieren, dass wir unsere Hauptverdächtige Charlene soundso Grant laufen lassen müssen.«

»Ich werde mich vorsehen.«

Detective O hatte weiterhin Bedenken, wie es schien, wandte sich schließlich aber vom Tatort ab und steuerte auf die Streifenwagen zu, die mit blinkenden Alarmlichtern in der Stichstraße standen. Der kleine Junge und seine Mutter hockten auf der Rückbank des ersten Wagens. Die Tür stand offen, vielleicht weil man verhindern wollte, dass sich die beiden wie Festgenommene fühlten. Allerdings waren sie so auch der Kälte ausgesetzt; beide zitterten. Die Mutter hielt einen dampfenden Pappbecher, wahrscheinlich mit Kaffee, trank aber nicht. Vielleicht reichte es ihr, dass er ein wenig wärmte.

Der kleine Junge blickte nicht auf, als die beiden Frauen vor der offenen Tür auftauchten. Er lehnte an seiner Mutter, fast verloren in einem viel zu großen schwarzen Wintermantel, mit Mütze, Schal und Handschuhen. D. D. sah ein bleiches, verkniffenes Gesicht und dunkle Augen, dann drehte der Junge den Kopf weg.

Die Mutter hatte den linken Arm um ihren Sohn gelegt. Auch sie war bleich und wirkte mit ihren aufeinandergepressten Lippen genauso unzugänglich wie der Junge.

»Sergeant Detective D. D. Warren«, stellte sich D. D. vor. Sie ging davon aus, dass ihnen Detective O schon bekannt war.

»Jennifer Germaine.« Die Frau nickte nur, weil sie keine freie Hand hatte. Sie stupste ihren Sohn an, doch der blickte immer noch nicht auf. »Mein Sohn Jesse«, sagte sie einen Moment später.

»Wie geht es dir, Jesse?«, fragte D. D.

Der Junge antwortete nicht.

»Verstehe«, sagte sie. »Mir geht es auch nicht besonders.«

Er wandte sich ihr halb zu und beäugte sie misstrauisch.

»Ich wollte eigentlich mit meiner Mutter zu Abend essen. Sie ist von Florida gekommen, um mich zu sehen. Aber ich musste gehen. Das nimmt sie mir wohl übel, und es fühlt sich nicht gut an, wenn meine Mutter nicht zufrieden mit mir ist.«

Jesses Unterlippe zitterte.

»Aber ich weiß, dass sie Verständnis für mich hat«, fuhr D. D. fort. »Das ist das Schöne an Müttern. Sie haben uns immer lieb, nicht wahr?«

Jennifer drückte ihren Sohn fester an sich.

»Es tut mir leid«, flüsterte der Junge. Seine Stimme war rau, vielleicht vom Schreien.

»Was tut dir leid?«, fragte D. D. ruhig.

»Ich war ungezogen.«

»Warum sagst du das?« Das kleine Einmaleins der Vernehmung von Kindern: offene Fragen. Keine Unterstellungen, keine Suggestivfragen.

»Ich soll nicht mit Fremden online reden, soll mich schon gar nicht mit ihnen treffen. Das hat mir meine Mommy verboten. Es tut mir leid, Mommy, es tut mir wirklich leid.«

Der kleine Junge fing zu weinen an. Seine Mutter streichelte seinen Kopf und flüsterte ihm tröstende Worte ins Ohr.

»Gut, dass du sofort zur Bibliothek zurückgelaufen bist«, sagte D. D.

Der Junge blickte auf.

»Das war schlau, aber bestimmt gar nicht so einfach. Du musstest ja zurückfinden, was mir im Dunkeln sehr schwergefallen wäre. Aber du hast es geschafft. Du hast den Weg zurück zu deiner Mutter gefunden. Großes Kompliment. Bist du schon einmal allein in der Stadt unterwegs gewesen, Jesse?«

Der Junge schüttelte den Kopf.

»Respekt. Deine Mom kann stolz auf dich sein.«

Seine Mutter nickte wieder und tippte mit der Stirn auf die Mütze ihres Sohnes.

»Du könntest mir helfen, Jesse. Es dauert nicht lange. Bleib einfach im Arm deiner Mutter und denk ein bisschen für mich nach.«

Der Junge nickte kaum merklich.

»Kannst du uns erzählen, was am Abend passiert ist, Jesse? Mit deinen eigenen Worten. Lass dir Zeit.«

Jesse zögerte. Seine Mutter beugte sich über ihn. »Jenny und Jesse gegen den Rest der Welt«, flüsterte sie ihm zu, wie D. D. hörte. »Denk daran, Jenny und Jesse gegen den Rest der Welt. Halt meine Hand. Wir schaffen das.«

Der Junge nahm ihre Hand und fing an zu sprechen.

Es war eine einfache Geschichte. Ein sechzehnjähriger Junge namens Barry spielte nachmittags online und gab sich als Pink Poodle aus. Er sammelte ordentlich Punkte und machte auf sich aufmerksam. Er schickte E-Mails an andere Spieler und bot seine Freundschaft und Hilfe an.

Jesse war darauf eingegangen.

Er hatte sich mit Pink Poodle in der Bibliothek verabredet und erwartet, dort ein Mädchen anzutreffen. Auch als er sich darin getäuscht sah, war er nicht stutzig geworden. Erst als der Junge in diesem Hinterhof vor ihm stand, hatte er es mit der Angst zu tun bekommen und war so entsetzt gewesen, dass er keinen Mucks von sich geben und auch nicht weglaufen konnte.

Über die Frau wusste er nicht viel zu sagen. Sie war mit einem Mal dagewesen und hatte ihn mit ihrer Pistole erschreckt. Ansonsten konnte er sich nur an ihre Augen erinnern. An hellblaue Augen.

»Verrückt, wie die aussahen«, flüsterte Jesse. »Unheimlich, wie blaue Katzenaugen.« Er blickte wieder auf. »Ich glaube, sie ist ein

Alien oder Roboter oder Monster. Sie hat ihm weh getan. Und ich ... ich war froh darüber.«

Er senkte den Blick wieder und vergrub sich im Arm seiner Mutter.

»Tut mir leid«, schluchzte der Kleine, die Stimme gedämpft von ihrem Mantel. »Ich war ungezogen. Dann war da dieser Knall, und er ist umgefallen ... Es tut mir leid. Mommy, das kommt nie wieder vor. Versprochen.«

D. D. schaute weg. Sie wusste nicht, mit wem sie mehr Mitleid hatte, mit dem Jungen oder der Mutter, die ihn in ihrem Arm wiegte und zu trösten versuchte, obwohl ihr klar sein musste, dass das nicht reichte.

»Ich würde ihn jetzt gern nach Hause bringen«, sagte sie. »Es ist spät. Er muss morgen wieder zur Schule.«

Dann verzog sich ihr Gesicht, denn sie schien nun zu begreifen, dass sie und ihr Junge so bald nicht zur Normalität zurückkehren könnten. Sich von dem zu erholen, was an diesem Abend geschehen war, würde länger dauern als eine geruhsame Nacht.

Detective O trat vor und erklärte, dass der Junge so schnell wie möglich von einem Spezialisten vernommen werden müsse, um zu verhindern, dass wichtige Details in Vergessenheit gerieten.

Aber Jesses Mom schüttelte den Kopf, und es wurde klar, dass sie ebenso unter Schock stand wie ihr Sohn.

D. D. drückte ihr die Hand. »Es wird nicht mehr als eine Stunde dauern«, versuchte sie die Frau zu ermutigen. »Danach bringt ein Kollege Sie nach Hause. Morgen wird es Ihnen schon besser gehen als heute und von Tag zu Tag noch ein bisschen besser.«

Die Frau schaute ihr ins Gesicht. »Ich liebe ihn so sehr.«

»Ich weiß.«

»Ich würde alles für ihn tun. Ich würde für ihn sterben. Ich musste in der Bibliothek für meine Ausbildung etwas tun, und er war nur eine Viertelstunde ohne Aufsicht. Zum ersten Mal so lange, aber er ist doch eigentlich auch alt genug. Er will seine Mutter nicht ständig um sich haben, und ich will, dass er Selbstbewusstsein entwickelt. Ich will, dass er sich sicher fühlt.«

»Ich weiß.«

»Ich würde alles für ihn tun.«

»Die Vernehmung wird helfen«, versicherte ihr D. D. »Wenn Jesse seine Geschichte erzählt, kann er damit besser umgehen. Sie verliert dann für ihn den Charakter eines Verhängnisses und wird stattdessen zu einer Erzählung, die er unter Kontrolle hat. Wir kennen das aus der Erfahrung mit anderen Kindern. Reden hilft. Weniger gut ist es, alles für sich zu behalten.«

Jenny seufzte und legte ihre Wange auf den Kopf ihres Jungen. »Jenny und Jesse gegen den Rest der Welt«, murmelte sie wieder.

»Sie sind eine gute Mutter.«

»Ich hätte mehr tun müssen.«

»Welche Mutter würde das jetzt nicht denken?«

»Haben Sie Kinder?«

»Einen zehn Wochen alten Sohn, der schon jetzt meine große Liebe ist.«

»Was würden Sie an meiner Stelle tun?«

»Ich werde hoffentlich nie in eine vergleichbare Situation geraten.«

»Bitte ...«

D. D. zögerte und antwortete dann so ehrlich, wie es ihr möglich war: »Ich würde ihm helfen, Selbstbewusstsein zu entwickeln. Was geschehen ist, lässt sich nicht rückgängig machen. Es kommt darauf an, dass Jesse sich nicht mit der Opferrolle abgibt, sondern die Erfahrung macht, dass er über sein Leben bestimmt, dass er sich stark fühlt und in Sicherheit wähnen kann.«

Die Frau starrte D. D. an und schien ihr Gesicht zu studieren. »Wir fahren mit in die Polizeizentrale«, entschied sie. »Dort stellen wir uns dann den Fragen Ihres ... Experten.«

»Es wird auch ein Vertreter der Opferhilfe da sein«, sagte D. D. »Haben Sie keine Scheu, sie in Anspruch zu nehmen.«

D. D. reichte ihr ihre Visitenkarte, richtete sich dann auf und steckte die kalten Hände in die Taschen.

»Danke für deine Hilfe, Jesse«, sagte D. D. »Dass du auf meine Fragen geantwortet hast, weiß ich sehr zu schätzen.«

Der Junge schwieg.

Der Mutter sagte sie: »Kümmern Sie sich um ihn.«

»Oh, das werde ich, Detective. Darauf können Sie sich verlassen.«

D. D. trat von der Tür zurück und ging auf die Kollegin von der Sitte zu, als plötzlich ein erschrockener Ruf zu hören war. Die beiden Frauen drehten sich um und sahen, wie einer der uniformierten Beamten mit fuchtelnder Hand auf sich aufmerksam machte.

»Detectives!«, rief er. »Schnell! Das müssen Sie sehen.«

D. D. und O tauschten einen kurzen Blick und machten sich auf den tückischen Weg durch die vereiste Gasse. Der Officer hatte die Beifahrertür seines Streifenwagens geöffnet und gestikulierte hektisch.

»Da, auf dem Armaturenbrett«, sagte er. »Nicht anfassen. Ich habe den Zettel daraufgelegt, um ihn später den Kollegen von der Spurensicherung zu geben. Natürlich lief die Heizung, und als ich noch mal draufschaute ...«

Es handelte sich offenbar um die Nachricht der Täterin, nur steckte sie diesmal in einer klaren Plastikhülle. Ein Blatt Papier, beschrieben in der vertrauten Handschrift mit ihren präzisen, elegant gerundeten Buchstaben. Doch als D. D. näher hinsah, entdeckte sie noch weitere Schriftzeichen, die so klein und krumm waren, dass sie sie auf den ersten Blick für Flecken gehalten hatte.

Sie hob den Kopf und schaute den uniformierten Kollegen an. »Haben Sie irgendetwas damit angestellt?«

Sie trat zur Seite, um Detective O einen Blick auf den Zettel werfen zu lassen.

»Nein, nein«, versicherte ihr Officer Piotrow hastig. »Es ist wegen der Heizung. Ich hatte den Zettel nur kurz in der Hand und dachte, ich sehe nicht richtig. Denn plötzlich verschwanden diese Buchstaben. Und als ich ihn wieder auf das warme Armaturenbrett legte ...«

D. D. spürte, wie ihr Puls einen Schlag zulegte.

»Ich glaube, die sind mit Zitronensaft geschrieben«, sagte der Officer. »Mein Sohn hatte mal dieses Experiment in der Grundschule. Man kann geheime Nachrichten mit Zitronensaft schreiben. Die

Worte verschwinden, wenn der Saft trocknet, tauchen aber wieder auf, wenn man das Papier zum Beispiel vor eine heiße Glühbirne hält. Mit meinem Armaturenbrett funktioniert's offenbar auch.«

»Eine Nachricht in einer Nachricht«, murmelte Detective O und beugte sich über den Zettel. »Eine andere Handschrift.«

»Und ein anderer Gedanke«, erwiderte D. D. und knabberte an ihrer Unterlippe.

Die Sätze *Irgendwann muss jeder sterben. Sei tapfer* waren in der bekannten sorgfältigen Schrift aufgezeichnet.

Im Unterschied dazu waren die Buchstaben der versteckten Nachricht offenbar hastig zu Papier gebracht worden und so klein, dass sie von einem Zehncentstück hätten verdeckt werden können.

Eine Aufforderung. Eine Stichelei. Oder vielleicht sogar eine Bitte.

Zwei Wörter: *Schnappt mich.*

26. KAPITEL

Hallo. Mein Name ist Abigail.

Keine Sorge, wir sind uns schon begegnet.

Vertraue mir, ich werde auf dich aufpassen.

Vertraust du mir nicht?

Hallo. Mein Name ist Abigail.

27. KAPITEL

Ich hatte meinen Spaß daran zuzuschlagen.

Es fühlte sich gut an, wenn meine Boxhandschuhe klatschend auf den schweren Sandsack trafen, wenn ich mich auf das Spielbein fallen ließ, die Hüfte drehte und die Schulter nachzog, um mein ganzes Gewicht in den Stoß zu legen. Tupfer mit der Führhand, eins, zwei, drei, Uppercut, Schwinger, linker Haken nach unten, linker Haken nach oben, noch ein Schwinger, Ausfallschritt nach rechts, Führhand, rechte Gerade, Deckung, Uppercut und das Ganze noch einmal. Schlagen, bewegen, fester schlagen, schneller bewegen. Draufhauen.

Halb fünf morgens. Draußen war es stockdunkel. Brutal kalt. Definitiv Nacht, noch nicht Tag. Vernünftige, normale Menschen lagen jetzt in ihren Betten und schliefen.

Ich war allein in einer Sporthalle in Cambridge, die vierundzwanzig Stunden geöffnet hatte, und bearbeitete den Sandsack nach allen Regeln der Kunst. Schon eine ganze Weile. So lange, dass mir der Schweiß aus allen Poren troff und die langen, braunen Haare am Kopf klebten. Mein Kunststofftrikot war durchnässt, und wenn ich eine besonders harte Gerade landete, spritzte die Suppe von den Armen auf die blaue Matte.

Ich bin nicht hübsch – mein Körper ist zu dürr, mein Gesicht zu hager. Aber ich bin stark und stolz auf mich, wenn ich im Wandspiegel sehe, wie mein Bizeps schwillt und die Schultermuskeln hervorstehen. Mein Blick ist hart. Wären Männer mit mir in der Halle, würden sie sich wahrscheinlich über meine spillerige Figur lustig machen, den Kopf schütteln über meinen Hau-drauf-Stil und fragen, wer denn der Typ sei, der mich so wütend gemacht hat.

Nicht zuletzt deshalb komme ich schon morgens um vier. Außerdem tickt meine innere Uhr anders; ich bin es nicht gewohnt, nachts zu schlafen.

Wenn ich allein bin, kann ich so zuschlagen, wie es mir passt und so lange ich will.

Wenn ich allein bin, brauche ich mich für nichts zu rechtfertigen.

Mädchen sind echt im Nachteil. Wenn sich Jungs raufen und prügeln, heißt es, typisch Jungs. Lässt ein Mädchen die Fäuste fliegen, muss es sich anhören: »Hände sind zum Händchenhalten.«

Jungs wird empfohlen, sich zu stählen und im Spiegel zu überprüfen, wie weit der Muskelaufbau an ihren dünnen Armen und schmächtigen Oberkörpern gediehen ist. Mädchen fangen schon mit acht an, ihre Taille zu befühlen und haben Angst, Hüftspeck anzusetzen.

Mädchen ernten Komplimente für Schönheit, Geschmeidigkeit und Anmut. Aber wie steht's mit kräftigen Armen zum Klettern auf Bäume? In Parks oder auf Spielplätzen kann man überall auf der Welt bestätigt sehen, dass kleine Mädchen eine ganz natürliche Lust daran haben, ihre Kräfte zu messen. Aber die wenigsten Eltern bestärken sie darin. Also verwenden sie mehr und mehr Zeit darauf, sich hübsch zu machen, denn dafür werden sie gelobt.

Bis vor kurzem war es bei mir genauso.

Ich musste auf die harte Tour lernen, mit meinen Aggressionen umzugehen. Durch permanentes Training und schmerzhafte Abhärtung. Indem ich spürte, wie es im Hals reißt, wenn mir ein Aufwärtshaken unters Kinn fährt, oder wie nach einem Schlag auf die Nase die Augen tränen. Schmerzen sind flüchtig, das habe ich inzwischen gelernt. Aber das befriedigende Gefühl, das sich einstellt, wenn man auf den Beinen bleibt und zurückschlägt, hält einen ganzen Nachmittag vor.

Ich musste lernen, tief in mich zu gehen, an den winzigen Ort, der mich all die Jahre an der Seite meiner Mutter hatte überleben lassen, an dem ich mich für nichts zu entschuldigen brauchte und stattdessen die Bereitschaft fand, den Kampf aufzunehmen.

Es war ungefähr im vierten Monat meines Boxtrainings, als ich mich zufällig im Wandspiegel erblickte. Mir fiel auf, dass ich jede Menge Muskeln angesetzt hatte. Von fünfzig Liegestützen morgens und abends. Vom Seilchenspringen und von der Arbeit an Sandsack und Boxbirne. Und von meiner täglichen Zufuhr an Proteinen, die dem Dreifachen der üblichen Dosis entsprach, denn – auch wenn ich mich widerspreche – Mädchen sind schlichtweg anders gebaut als Jungs. Sie fangen mit weniger Muskelmasse an, legen weniger schnell zu und müssen mehr tun, um sie zu halten. Mit anderen Worten, um mich aufzupumpen, musste ich essen, essen und noch mal essen. Eiweiß und Geflügelwurst, hundertsiebzig Gramm Hühnerbrust, hundertsiebzig Gramm Fisch, Proteinshakes mit Erdnussbutter und griechischen Joghurt mit Proteinpulver.

Mein Boxtrainer setzte mich dann an die »Ermüdungsarbeit«. Ich knöpfte mir schwere Autoreifen vor, wuchtete sie von links nach rechts, von rechts nach links und sprang darauf herum. Nach sechs Monaten hatte ich abgespeckt und gleichzeitig zugelegt. Auf der Straße starrten Passanten auf meine Arme. Die Art, wie ich mich bewegte, veranlasste selbst Halbstarke, mir Platz zu machen. Männer schauten mir ein bisschen respektvoller in die Augen.

Und das gefiel mir. Körperliche Schmerzen sind ohne Belang, stellte ich fest. Entscheidend ist vielmehr, Angst zu überwinden, Wut zuzulassen und sich stark zu fühlen.

Es sei denn, man träumt von einem Säugling, den es gar nicht gegeben haben konnte, von der mörderischen Mutter, die es definitiv gab, oder von Stan Miller und dessen blutüberströmtem, von Eisenstangen durchbohrtem Oberkörper.

War ich jetzt, nachdem ich jemanden umgebracht hatte, ein knallharter Typ? Oder verlangte es nicht vielleicht doch mehr Mut, weiter auf den Sandsack einzudreschen und dabei mein eigenes ausgezehrtes Gesicht im Spiegel sehen zu müssen?

Ich arbeitete weitere dreißig Minuten am Sandsack. Anschließend stemmte ich Gewichte. Dann stieg ich auf den Stepper. Mit Seilspringen schloss ich mein letztes Training vor dem alles entscheidenden Event ab, das man nur ein Mal im Leben hat. Die nächsten achtunddreißig Stunden wollte ich mich erholen. Wie ein Profiathlet in den letzten beiden Tagen vor dem Marathonlauf würde ich ausruhen. Am Samstag um 20:00 Uhr musste ich fit sein.

Sechs Uhr. Die ersten Leute kamen, um ihr tägliches Trainingsritual zu absolvieren. Ich wankte in die Umkleide und stellte mich unter die Dusche.

Und während ich meine erschöpften Muskeln vom heißen, dampfenden Wasserstrahl massieren ließ, fragte ich mich, wie es sein konnte, dass ich nach einem Jahr harten Trainings, in dem ich doch beachtliche Fortschritte gemacht hatte, immer noch so große Angst hatte vor einem Säugling namens Abigail.

Von der Sporthalle ging ich zu Fuß nach Hause. Ich sah meinen Atem in der frostigen Luft verdampfen und die Sonne über den grauen Horizont kriechen. Mir kamen gähnende Collegestudenten und Pendler mit hochgezogenen Schultern entgegen, die auf den Harvard Square zustrebten, während ich mich davon entfernte.

Ich hatte die Hände tief in die Taschen gesteckt und einen schlichten braunen Schal um die Ohren geschlungen. Die Kälte machte mir nichts aus. Sie erfrischte mich nach dem Training. Ich war so ausgepowert, dass ich mich kaum auf den Beinen halten konnte und nur noch ins Bett wollte.

In solchen Momenten empfand ich so etwas wie Bewunderung für die Welt ringsumher. Ich spürte die Schneeflocken auf der Nasenspitze kribbeln und hatte ein Auge für die rosa- und orangefarbenen Streifen am Morgenhimmel, deren Licht die Ziegelbauten zum Glühen brachte.

Ich wollte nicht sterben.

Am Leben zu bleiben war mir ein nachdrücklicher Wunsch während des fünfzehnminütigen Fußwegs zurück in mein einsames Zimmer.

Ich empfand aber auch Reue und Trauer und fühlte mich klein. Ich hatte den Tod eines Menschen heraufbeschworen, der eigenen Mutter etwas Schreckliches zugefügt und beide beste Freundinnen verloren.

Vor diesem Hintergrund war es im Grunde ein Rätsel, weshalb ich mir überhaupt noch Gedanken machte über das, was am nächsten Tag gegen 20:00 Uhr geschehen mochte. Jedenfalls wollte ich mich nicht geschlagen geben. Vielleicht war mein Leben ein einziger Scheißdreck. Trotzdem fühlte ich ... Ich weiß nicht. Ich hatte den Eindruck, vor einer großen Entdeckung zu stehen. Mir war endlich bewusst, wie viel Kraft in meinen Armen und Beinen steckte. Endlich, nach achtundzwanzig Jahren, hatte ich gelernt, ich selbst zu sein.

Ich wollte noch viele solcher Morgenstunden erleben. Mehr Runden am Sandsack, mehr knackig kalte Wintertage. Ich wollte mit dem Hund, der gar nicht meiner war, spazieren gehen und ihm mit der Hand den hübschen Kopf streicheln. Ich wollte laufen und lachen und mich irgendwann auch einmal verlieben. Warum auch nicht? Vielleicht ein paar Kinder in die Welt setzen und sie in den Bergen aufziehen, wo zwar jeder jeden kannte, aber wo man auch aufeinander achtete und nicht selten in lächelnde Gesichter blickte.

Ich dachte an Officer Mackereth. An seine Einladung zum Brunch. Daran, dass ich meine letzte Schicht hinter mir hatte und ihn womöglich nie wieder sehen würde.

Noch siebenunddreißig Stunden.

Worauf wartete ich eigentlich? Ich war, wer ich war, hatte getan, was ich getan hatte, und in anderthalb Tagen würde geschehen, was geschehen musste.

Kein Training mehr. Keine Planung. Keine Vorbereitung.

Einfach nur leben. Etwas anderes blieb mir in den nächsten siebenunddreißig Stunden nicht zu tun übrig.

Das ließ ich mir jetzt durch den Kopf gehen. Ja, ich machte mir ernstlich Gedanken darüber.

Und dann, als ich um die Ecke in meine Straße einbog, sah ich Tante Nancy vor der Haustür stehen.

Ich kenne meine Tante seit nunmehr zwanzig Jahren. Sie ist eine praktische Frau, geht spät zu Bett, steht früh auf und arbeitet hart in der Zwischenzeit. Auch sie hat Probleme, aber keine, die als solche nicht zu erkennen und angemessen zu bewältigen wären. Ihr Patentrezept heißt Knochenschmalz. Wenn das nicht hilft, helfen frischgebackene Butterkekse.

In unseren gemeinsamen Jahren haben wir manchmal geweint, uns in den Arm genommen und meistens gelacht. Meine Tante hält Lachen für gesund; es ist für sie unverzichtbar, schließlich leitet sie eine Pension.

Es war darum doppelt seltsam für mich, sie völlig unerwartet auf der überdachten Veranda eines dreigeschossigen Hauses in Cambridge anzutreffen. Wir standen befangen einander gegenüber. Ich hatte die Hände immer noch in den Taschen und muss wohl ziemlich entsetzt ausgesehen haben.

»Charlene«, sagte sie schließlich und brach das Schweigen als Erste.

»Wie ...? Wann ...?«

»Es ist Zeit, Charlene. Komm nach Hause.«

Ich starrte sie noch eine Weile an und versuchte, klar zu denken. Meine Glut vom Training war erloschen. Stattdessen fühlte ich mich unwohl.

»Komm doch rein«, sagte ich endlich und zog den Haustürschlüssel aus der Tasche.

Sie nickte lebhaft. Erst jetzt fiel mir auf, dass sie weder Mütze noch Handschuhe trug. Ihre normalerweise blassen Wangen waren von der Kälte gerötet, und ihr zierlicher Körper zitterte unter dem langen Wintermantel.

Endlich umarmte ich sie und spürte, dass sie meine Geste dankbar erwiderte. Damit hätte das Eis gebrochen sein können, doch ich reagierte nur noch verwirrter. Natürlich wusste meine Tante, wo ich wohnte. Sie war die einzige Person, mit der ich noch Kontakt hielt. Ich hatte mir sogar für diesen Tag vorgenommen, sie anzurufen und zu bitten, sich um Tulip zu kümmern.

Aber sie hier bei mir anzutreffen, heute, unangemeldet, am Tag vor dem Einundzwanzigsten – das war mir so gruselig, dass ich sie vor mir her ins Haus meiner Vermieterin gehen ließ und fest im Auge behielt.

Meine Hauswirtin stand immer früh auf und saß am Küchentisch, als wir eintraten. Sie trug noch ihren rosa-violett gestreiften Morgenmantel, was sich aber für eine Frau in ihrem Alter durchaus schickte. Als sie meine Tante bemerkte, meinen ersten Gast überhaupt, zuckte sie vor Schreck zusammen.

Ich stellte die beiden vor. »Fran, das ist meine Tante Nancy; Tante Nancy, das ist Frances Beals, meine Vermieterin.«

Meine Tante trat auf sie zu und schüttelte ihr die Hand. Nun bemerkte auch Fran, dass sie zitterte.

»Waren Sie lange draußen, bei diesem Wetter? Gütiger Himmel, Sie sind ja völlig durchgefroren. Trinken Sie erst mal eine Tasse Kaffee. Wie hätten Sie ihn gern?«

»Schwarz, danke. Sie haben es sehr gemütlich hier.«

»Das Haus ist hundertdreiundfünfzig Jahre alt«, erklärte Fran. »Aber ich sage immer, das alte Mädchen sieht keinen Tag älter aus als hundert.«

»Ich kann mir gut vorstellen, wie man sich in diesem Alter fühlt«, erwiderte meine Tante.

Frances lachte und machte sich in der Küche zu schaffen. Ich nahm meiner Tante den Mantel ab, rückte ihr einen Stuhl zurecht und fragte, ob sie frühstücken wolle.

Tante Nancy schüttelte den Kopf, ließ aber erkennen, dass sie sehr wohl Hunger hatte. Ich hängte ihren Mantel auf, kehrte in die Küche zurück und schaute in der Vorratskammer auf dem Regalbord, das meinen Namen trug, nach, was ich ihr anbieten konnte. Es war nur Vollkorntoast.

Hinter mir unterhielten sich die beiden Damen über das Haus, Boston, New Hampshire und das Leben als Vermieterin beziehungsweise Pensionsbetreiberin. Mir war es sehr recht, dass sie mich kaum beachteten und nicht sahen, wie sehr meine Hände zitterten. Sie bemerkten auch nicht, wie ungeschickt ich mich mit dem Toaster anstellte.

Vor zwei Wochen hatten meine Tante und ich das letzte Mal miteinander telefoniert. Es war kein Wort davon die Rede gewesen, dass sie kommen wollte oder dass ich vorhätte, nach Hause zurückzukehren. Wir hatten unsere Regeln, und eine davon lautete: Der Einundzwanzigste blieb unerwähnt. Das war die Grundlage unserer Beziehung – gegenseitige Liebe und Unterstützung unter Ausklammerung unangenehmer Wahrheiten.

Meine frühe Kindheit war »belastet«, meine Mutter »fehlgeleitet« gewesen. Randis und Jackies Schicksal bezeichneten wir als »tragisch«.

Neu-Engländer muss man einfach gern haben. Wir kommen mit allem zurecht, und was man nicht zur Kenntnis nehmen will, wird so gründlich übertüncht, dass es gar nicht mehr zu sehen ist.

Ich schaffte es schließlich doch, zwei Brotscheiben aus der Packung zu ziehen und in den Toaster zu stecken. Während sie rösteten, verrührte ich ein Päckchen Eiklar, das ich noch gefunden hatte, in der Bratpfanne. Solange ich am Herd stand, sahen mich meine Tante und meine Vermieterin nur von hinten. Sie plauderten miteinander, doch ab und zu spürte ich den kritischen Blick meiner Tante auf mich gerichtet.

Als das Brot aus dem Toaster sprang, legte ich die Scheiben auf zwei Teller, verteilte das gebratene Eiweiß darauf und servierte.

Meine Tante blickte auf und stoppte mitten im Gespräch. Sie starrte auf meinen entblößten Hals, genauso wie Frances. Zu spät fiel mir ein, dass die gestrige Trainingseinheit mit J. T. Spuren hinterlassen hatte.

»Gütiger Himmel«, flüsterte meine Tante.

»Kommt vom Sparring«, entschuldigte ich mich.

»Dein Hals ... deine *Hände*!«

Mehrere Knöchel waren dunkelviolett angelaufen, die linke Hand aufgeschürft und das Handgelenk leicht geschwollen. Ich setzte die Teller ab und versteckte die Hände hinter dem Rücken. »Du solltest erst mal meinen Gegner sehen.«

Meine Tante und meine Vermieterin musterten mich immer noch mit ähnlich entsetzten Blicken.

»Ist alles in Ordnung«, sagte ich mit fester Stimme. »Ich habe angefangen zu boxen, das ist alles. Es gefällt mir. Und nun iss.«

Ich setzte mich zu ihnen und griff nach meinem Toast. Meine Tante betrachtete neugierig das mit gestocktem Eiweiß beschichtete Brot und probierte davon.

»Sehr lecker«, meinte sie, kaum dass sie den Bissen heruntergeschluckt hatte. »War zwar nie ein Fan von Eiweiß, aber mit diesem Brot schmeckt's richtig gut.«

»Ihre Nichte kann kräftig zulangen«, bemerkte Fran.

Ich schaute sie überrascht an. Mir war bislang noch nicht aufgefallen, dass sie sich für meine Essgewohnheiten interessierte.

»Und sie ist fleißig«, fuhr Fran fort, die sich offenbar in der Rolle meiner Fürsprecherin gefiel. »Sie arbeitet ja immer nachts, kommt dann nach Hause, um zu schlafen, und ist pünktlich zur nächsten Schicht wieder fit. Für Flausen hat sie keine Zeit.«

»Charlene ist ein tüchtiges Mädchen«, pflichtete meine Tante ihr bei. »Sie war mir in meiner Pension immer eine große Hilfe. Das ganze letzte Jahr habe ich sie sehr vermisst.«

Ich aß noch ein Stück von meinem Toast und kam mir langsam vor wie ein Außenseiter in meinem eigenen Leben.

»Der Mietvertrag ist bald abgelaufen«, bemerkte Fran und schaute mich an. »Haben Sie sich schon entschieden, ob Sie bleiben oder nicht?«

»Am Sonntag gebe ich Ihnen Bescheid.«

Meine Tante wusste genau, warum ich das sagte, und legte die Stirn in Falten.

»Falls Sie bleiben, wird dann auch der Hund einziehen, der gar nicht Ihrer ist?«, fragte Fran. »Ich meine das Tier, das eigentlich draußen sein sollte, sich aber stattdessen in Ihrem Zimmer aufhält?«

Ich errötete. Meine Tante zog eine Braue in die Stirn.

»Tja ... hmmm ... Genau darüber wollte ich mit meiner Tante reden, in der Hoffnung, dass sie weiß, wo Tulip unterkommen kann.«

»Hmmm ...«, erwiderte meine Vermieterin. »Sonntag also.«

»Ja, Sonntag gebe ich Ihnen Bescheid.«

»Dieser Hund pinkelt überallhin, knabbert alles an. So ein Tier können Sie sich gar nicht leisten.«

»Sie haben recht.«

»Sie gefällt mir«, sagte meine Tante und meinte damit Frances.

Ich lächelte. »War mir klar.«

Als ich meine Tante durch den Flur zu meinem Zimmer führte, wurde ich wieder nervös. Wie ein Teenager, der darauf hofft, seine Eltern mit der ersten Studentenbude beeindrucken zu können, nach dem Motto: Schaut mich an und das, was ich ganz allein zustande gebracht habe. Saubere Laken, gemachtes Bett, sorgfältig zusammengelegte Wäsche.

Tulip begrüßte uns an der Tür. Ihr war anzumerken, dass es ihr nicht gefallen hatte, von den vormittäglichen Abenteuern ausgeschlossen gewesen zu sein. Sie weigerte sich, mich zu begrüßen, verwandte aber all ihren Charme auf meine Tante, die die üblichen Fragen stellte. Wie ihr Name sei, welcher Rasse sie angehöre. Und was für ein hübsches Gesicht sie habe, meinte sie; wie artig.

Während sie den Hund hofierte, von dem ich hoffte, dass er ihrer würde, versuchte ich, meiner Rolle als Gastgeberin gerecht zu werden. Ich besorgte einen Stuhl für meine Tante, schenkte ihr Kaffee nach und schloss die Tür, damit wir uns ungestört unterhalten konnten. Ich setzte mich auf die Bettkante, sie nahm auf dem Holzstuhl Platz, und Tulip legte sich zwischen uns auf den Boden. Sofort kamen wir ins Gespräch.

»Du hast eine weite Reise auf dich genommen. Wäre doch nicht nötig gewesen«, sagte ich, ohne ihr in die Augen zu sehen.

Ich dachte an Detective Warrens Einschätzung der Morde an Randi und Jackie. Sie seien aus nächster Nähe erfolgt und wahrscheinlich persönlich motiviert gewesen; der Täter habe keine Gefahr dargestellt und sei wohl mit offenen Armen empfangen worden.

Vor meiner Tante konnte ich kaum Angst haben.

Oder?

»Hat die Polizei noch etwas herausfinden können?«, fragte sie.

»Über die Morde an Randi und Jackie?« Ich schüttelte den Kopf.

»Nein. Aber zwei Bostoner Detectives haben die Ermittlungen wieder aufgenommen.«

»Du fürchtest immer noch, die Nächste zu sein.« Eine Feststellung, keine Frage.

Ich nickte.

»Du hast abgenommen, Charlene. Siehst ganz verändert aus. Härter.«

»Kann sein.«

»Es bekommt dir nicht, Charlene. Das Leben hier, meine ich. Es ist nicht gut für dich.«

Ich schaute ihr nun ins Gesicht und überraschte mich selbst mit der Frage: »Was ist damals mit meiner Mutter geschehen?«

Die blauen Augen meiner Tante weiteten sich plötzlich. Ich glaube, sie wäre nicht annähernd so entsetzt gewesen, hätte ich ihr gestanden, ein Mann in Frauengestalt zu sein. Aber sie fing sich schnell wieder. Zupfte an den Haarspitzen im Nacken und klemmte sich eine Locke hinters Ohr.

Ihre Hände zitterten. Mag sein, dass sie mein Aussehen weniger hart in Erinnerung hatte, dafür nahm ich wahr, dass sie um Jahre gealtert war. Es schien, als habe ihr der lange Winter mächtig zugesetzt.

Oder hatte sie während der vergangenen Monate ihren eigenen Countdown auf den Einundzwanzigsten vollzogen? Was machte mehr Stress: die Angst um sich selbst oder um einen geliebten Menschen?

Sie antwortete schließlich mit einer Gegenfrage: »Was glaubst du denn?«

»Sie ist tot, und ich glaube, es ist meine Schuld«, erwiderte ich. »Ich habe irgendetwas gemacht ... mich gewehrt oder die Beherrschung verloren. Keine Ahnung. Jedenfalls habe ich sie wohl verletzt, so schlimm, dass ich mich nicht mehr erinnere. Ich glaube, ich will nicht wahrhaben, was ich getan habe.«

»Soweit ich weiß, ist sie nicht tot, Charlene.«

»Was?«

»Charlene Rosalind Carter Grant«, sagte meine Tante in verändertem Tonfall.

»Ich verstehe nicht.«

»Du willst nicht verstehen?«

»Wieso stellst du mir ständig solche Fragen?«

»Weil mir das schon damals die Ärzte im Krankenhaus geraten haben. Sie meinten, ich solle dir nicht sagen, was geschehen ist, sondern dir Liebe und Unterstützung angedeihen lassen. Irgendwann, wenn du dich sicher genug fühltest, würde deine Erinnerung von allein wieder einsetzen.

Ich habe zwanzig Jahre gewartet, Charlene, immer darauf gefasst, dass du dieses Thema anschneidest oder, schlimmer noch, dass deine Mutter plötzlich wieder aufkreuzt. Eine lange Zeit, die auch für mich nicht einfach war. Aber ich hab's ausgehalten, um dem Rat der Ärzte nachzukommen. Ich habe keine eigenen Kinder; ich wusste damals nicht, was für ein achtjähriges Mädchen richtig oder falsch ist. Meine einzigen Erfahrungen in Sachen Kindererziehung gingen auf den Versuch zurück, meine kleine Schwester zu bändigen. Wir beide wissen, mit welchem Erfolg.« Ich hörte der Stimme meiner Tante zum ersten Mal einen Ton von Bitterkeit an und sah, wie ihre Augen feucht wurden.

Ich hatte meiner Tante weh getan. Sie zum Weinen gebracht.

Es tat mir leid, das Thema angesprochen zu haben, und am liebsten hätte ich alles zurückgenommen. Ich bedauerte, New Hampshire verlassen zu haben, und wäre allzu gern wieder zurückgekehrt. Ich hätte alles getan, um meine Tante wieder glücklich zu sehen. Ich hatte doch nur sie und liebte sie von ganzem Herzen.

Und plötzlich wurde mir bewusst, wie verrückt das Ganze war. Wie schnell ich wieder in alte Muster zurückgefallen war.

Dabei erwartete meine Tante nicht einmal, dass ich mich ihr zum Gefallen verbog. Sie saß einfach nur da, die Schultern gestrafft und die Zähne aufeinandergebissen. Es schien, als machte sie sich auf meine nächste Frage gefasst.

»Wenn meine Mutter noch lebt«, sagte ich, »wieso versucht sie nicht, Kontakt mit mir aufzunehmen?«

»Ich weiß es nicht, Liebes.« Sie zögerte. »Eigentlich habe ich immer damit gerechnet, dass sie dir zumindest irgendwann einmal schreibt. Ich habe mir regelrecht Sorgen gemacht, als das Internet und solche Sachen wie E-Mails und Facebook aufkamen. Aber du hast auch nichts von ihr gehört, oder?«

»Kein einziges Wort«, antwortete ich und brauchte einen Moment, um das Gesagte zu verdauen.

»Charlene Rosalind Carter Grant«, wiederholte meine Tante.

»Habe ich sie verletzt?«, fragte ich und berührte unwillkürlich meine linke Seite, die Hüfte und meinen Handrücken. Ich konnte nicht anders.

»Als die Sanitäter eintrafen, fanden sie dich schwer verletzt am Boden. Anfangs hielten sie dich für tot.« Meine Tante sprach diese Worte ganz gelassen aus. Anscheinend waren sie ihr im Laufe der vergangenen zwanzig Jahre immer wieder durch den Kopf gegangen. »Aber von deiner Mutter fehlte jede Spur.«

»Ist sie weggelaufen?«

»Offenbar. Die Polizei hat sie zur Fahndung ausgeschrieben, vor allem auch wegen der anderen Entdeckung ...« Sie unterbrach sich und starrte mich an. Weil ich nichts sagte, fuhr sie fort. »Wie dem auch sei, man hat sie bis heute nicht ausfindig machen können. Charlene, ihr werden schwere Straftaten zur Last gelegt. Wahrscheinlich hält sie sich deshalb versteckt. Ich bin mir sicher, sie weiß, dass ich sie der Polizei ausliefere, sobald sie aufkreuzt.«

Ich blinzelte, erschrocken über die Heftigkeit, mit der meine Tante gesprochen hatte. Mir dämmerte, dass ich all die Jahre in der Furcht gelebt hatte, meiner verrückten Mutter wieder über den Weg zu laufen. Nur so war zu erklären, warum ich zu vergessen versuchte und mich der Gefahr nicht wirklich stellen mochte. Solange ich mich nicht erinnerte, empfand ich diese Angst auch nicht. Und solange mir diese Angst nicht zu schaffen machte, musste ich auch nicht befürchten, den Kopf zu verlieren. Ich fragte mich, ob die stoische, tapfere Haltung meiner Tante auf mich abgefärbt hatte. Das Wesen einer schwer geprüften Frau, die alles ertrug und am Leben festhielt.

So kurz vor dem entscheidenden Datum wollte auch ich am Leben festhalten.

»Kannst du dich noch an deine Fahrprüfung erinnern?«, fragte meine Tante.

Der abrupte Themenwechsel überraschte mich. Ich nickte.

»Du wolltest unbedingt, dass auf dem Führerschein ›Charlene Rosalind Carter Grant‹ steht. Als man dir sagte, der Name sei zu lang, warst du schrecklich wütend.«

»Ich fand es albern, dass nur ein Mittelname erlaubt war, und dachte, auf einem Rechtsdokument müsse doch der volle Name eingetragen sein.«

»Nein«, entgegnete meine Tante.

Ich senkte den Blick. Und dann sah ich mich plötzlich ins Straßenverkehrsamt von Tamworth zurückversetzt und meinen Führerschein entgegennehmen. Ich hätte mich eigentlich freuen müssen, war aber völlig neben der Spur, rot angelaufen und schweißnass. Ich spürte einen Druck auf mir lasten, den ich mir nicht erklären konnte. Meine Tante hatte mir etwas zugeflüstert, wahrscheinlich um mich zu beruhigen, doch ich hörte nicht, was sie sagte. Ich hatte den Eindruck, als würde mir der Schädel zerspringen, ich glaubte, weinen oder schreien zu müssen. Aber das durfte ich ja nicht, und so drückte ich mir die Fäuste vor die Augen, um den Schmerz unter Kontrolle zu halten. Als das nicht half, rammte ich meinen Kopf gegen die Wand in der irrigen Hoffnung, meine inneren Qualen durch äußerliche Gewalt zu vertreiben. Ich schlug so heftig mit dem Kopf vor die Wand, dass zwei State Trooper herbeigeeilt kamen, die Hände an den Waffen.

Charlene Rosalind Carter Grant. Ich wollte unbedingt, dass dieser Name in meinem Führerschein stand. Ein anderer Name kam für mich nicht in Betracht. Es hätte mir zu weh getan. Zu weh getan, jemand anderes zu sein.

»Mir ist damals schlecht geworden«, murmelte ich. »Ich musste gehen.«

»Ja, ich habe dich zum Wagen gebracht, nach Hause gefahren

und ins Bett gesteckt«, erinnerte mich meine Tante. »Ich saß die halbe Nacht an deinem Bett und wartete darauf, dass du dich wieder einkriegst und mit mir sprichst. Dass du mir sagst, woran du dich erinnert hast. Aber es kam kein Wort von dir. Am nächsten Morgen um sieben bist du dann in die Küche gekommen. Du sagtest, wenn es denn nicht der volle Name sein könne, würdest du dich auch mit Charlene Grant begnügen. Du hast später nie wieder davon gesprochen.«

»Die Kopfschmerzen waren plötzlich wieder weg«, erklärte ich. »Ich wachte auf und beschloss: Es ist ja nur ein Führerschein. Um meinen Namen ging es nicht wirklich. Also war es letztlich egal. Ich würde ... Damit war für mich die Sache erledigt.«

Meine Tante lächelte mich an, war aber sichtlich traurig. Sie streckte den Arm aus und berührte meinen Handrücken, auf dem trotz der Blutergüsse die feinen weißen Narben zu erkennen waren.

»Du bist ein starkes Mädchen, Charlene. Wenn du die Vergangenheit vergessen musst, um deine Zukunft zu finden, solltest du dich durch niemanden beirren lassen. Die Ärzte damals meinten sogar, wenn man dich zwänge, die Tatsachen anzuerkennen, würde man dir womöglich mehr schaden als helfen. Ich habe ihren Rat befolgt und mich damit begnügt, darauf zu warten, dass du dich von dir aus öffnest. Und das würde ich jederzeit wieder tun, Charlene. Denn ich habe dir nicht geholfen, als du mich am meisten brauchtest, und das kann ich mir nicht verzeihen. Aber es ist meine Schuld, die auf mir lastet, nicht deine.«

»Mein richtiger Name ist gar nicht Charlene Rosalind Carter Grant«, hörte ich mich sagen.

»Es ist nicht der Name, der auf deiner Geburtsurkunde steht.«

»Deshalb bin ich auf dem Straßenverkehrsamt ... Es hatte mit den zwei Mittelnamen nichts zu tun. Es war wegen der Geburtsurkunde. Du hast sie mir gezeigt, und ich bin wütend geworden. Weil auf ihr weder Rosalind noch Carter stand. Und weil mir der Kopf zu schmerzen anfing. Und mein Magen ...«

Meine Tante sagte nichts.

»Aber ich bin Charlene Rosalind Carter«, insistierte ich schwächlich, ohne wirklich überzeugt zu sein. »Ich ... ich *fühle* es.«

»Das ist der Name, den du dir selbst gegeben hast. Und das durftest du. Das war dein gutes Recht.«

Plötzlich fiel mir die Liste ein, die ich für Detective Warren aufgesetzt hatte. Ich hatte aus einem Impuls heraus zwei Namen geschrieben: Rosalind Grant und Carter Grant. Sie in einem Polizeibüro schwarz auf weiß zu sehen, hatte sich richtig angefühlt.

Was ich der Krankenschwester nicht hatte sagen können, hatte ich somit immerhin zu Papier gebracht.

Ich schaute meine Tante an. Und hatte den Eindruck, als öffnete sich tief in meinem Kopf eine Falltür. Darunter lauerten Gespenster und Monster, die jeden normalen Menschen in den Wahnsinn getrieben hätten.

Doch ich trat einen Schritt näher heran. Charlene Rosalind Carter Grant. Rosalind Grant. Carter Grant.

»Das Baby weinte«, flüsterte ich.

»Es tut mir leid, Charlene.«

»Ich wollte es der Krankenschwester sagen und habe es nicht getan.«

Noch ein Schritt näher heran.

»Ich war zu jung, viel zu jung.«

»Liebes.« Meine Tante erhob sich und legte mir beide Hände auf die Schultern. Tulip, die zu ihren Füßen lag, stand winselnd auf. »Es ist alles in Ordnung. Du hast dir nichts vorzuwerfen.«

»Ich war ja selbst noch ein Kind.«

»Ja, ich weiß, Liebling, ich weiß.«

»Das Baby weint!« Nur dass es sie, die Kleine, nicht mehr gab. Sie war still und bleich wie Marmor. Blaulippig, als ich ihre kalte Wange streichelte in der Hoffnung, sie würde die Augen öffnen und ihr strahlendes Lächeln zeigen.

Charlene Rosalind Carter Grant. Rosalind Grant. Carter Grant.

Meine Tante schlang mir ihre Arme um die Schultern. Mir war, als legten sich ihre Hände um meinen Hals. Es war mir egal. Ich ließ mich in ihre Arme fallen. Zu sterben fürchtete ich nicht mehr. Was mich sehr viel mehr schreckte, war die Erinnerung.

Das Baby weint, hinten im Flur.

Zuerst ein kleines Mädchen. Rosalind Grant.

Dann, später, ein kleiner Junge. Carter Grant.

Dann ...

Charlene Rosalind Carter Grant.

»Pssst«, ließ sich meine Tante vernehmen. »Hätte ich es gewusst, wäre ich gekommen. Glaub mir, Charlene. Hätte ich's nur gewusst. Ich wäre gekommen und hätte euch alle zu mir genommen.«

28. KAPITEL

»Wir hätten sie festnehmen sollen. Auf der Stelle. Sie wird uns noch durch die Lappen gehen.«

D. D. seufzte und massierte sich eine pulsierende Stelle im Nacken, die weniger auf Detective Os investigativen Übereifer zurückzuführen war als vielmehr auf die vielen Stunden Schlafmangel und das anstehende Frühstück mit ihren Eltern, zu dem sie gar nicht erst hätte einladen dürfen. Aber davon abgesehen ...

Sie schenkte sich eine vierte Tasse schwarzen Kaffee nach, überprüfte, wie ihre Hand mit der Überdosis Koffein zurechtkam, und nahm einen Schluck. »Mit welcher Begründung?«, fragte sie ihre ambitionierte Kollegin.

Phil schien ihre Skepsis zu teilen und nickte. Er saß neben Neil. Das ganze Team hatte sich zusammengefunden, um über die Tat der letzten Nacht und vorläufige Ergebnisse zu reden. Mordermittlungen hatten die Tendenz, auf und ab zu wogen. Dieser Fall aber schien gleichmäßig zu strömen. Verflixt, er wuchs sich zu einer wahren Springflut aus.

»Die Täterbeschreibung passt auf Charlene Grant«, antwortete O.

Phil schüttelte bereits den Kopf. »Sie bietet uns allenfalls Grund für eine Gegenüberstellung. Aber wir können doch nicht alle jungen Frauen Bostons festnehmen, die braune Haare und blaue Augen haben.«

»Sie besitzt eine 22er desselben Kalibers wie die Tatwaffe.«

»Wie vielleicht tausend andere Personen in diesem Stadtbezirk auch.«

»Und der Handschriftenvergleich?«, blaffte O und sah D. D. an. »Mit besonderem Augenmerk auf die Nachricht innerhalb der Nachricht?«

D. D. zuckte mit den Achseln. »Ich habe Charlies Zettel, auf den sie die zwei Namen geschrieben hat, zusammen mit den drei anonymen Nachrichten Ray Dembowski zukommen lassen. Er wird sie miteinander vergleichen und auch festzustellen versuchen, ob die beiden ersten Nachrichten ebenfalls diese geheime Botschaft enthalten. *Schnappt mich*. Ob sie von derselben Person geschrieben wurde, wird sich dann auch herausstellen. Aber seine Ergebnisse werden uns frühestens Montag vorliegen. Er fühlt sich ohnehin von uns allzu sehr unter Druck gesetzt.«

»Motiv, Gelegenheit, Tatwaffe!« Detective O warf die Hände in die Luft. »Ich kann hier doch nicht die Einzige sein, die Charlie für schuldig hält.«

Statt des eleganten schwarzen Kleidchens der vergangenen Nacht trug O jetzt eine etwas schlichtere hellblaue Bluse von Brooks Brothers. TV-tauglich, dachte D. D., falls eine Kamera zur Stelle wäre, wenn sie Charlie festnähme.

»Was wir denken, zählt nicht«, entgegnete D. D. leicht genervt. »Es zählt nur, was wir auch beweisen können.«

Neil meldete sich zu Wort. »Ich finde auch, dass wir sie festnehmen sollten.« Er schien schlecht gelaunt zu sein. Seine rote Mähne lag ungewöhnlich platt am Kopf, die knochigen Schultern fielen ab. Er hatte bislang kaum ein Wort gesagt und stattdessen einen Punkt auf dem Tisch fixiert.

O hatte endlich einen Verbündeten und trumpfte auf. »Es besteht Fluchtgefahr. Wenn wir mangels Beweisen nicht bald zugreifen, wird sie womöglich abtauchen.«

»Genau aus diesem Grund verzichten wir auch lieber darauf, unsere Hauptverdächtigen über unsere Vorgehensweise aufzuklären«, murmelte Phil.

»Wie wir vorgehen, kann sie sich doch selbst ausrechnen«, meinte O. Sie zeigte mit dem Finger auf D. D. und sagte: »Verraten wir uns etwa nicht, wenn wir sie zu einer Gegenüberstellung vorladen, wie Sie es verlangen?«

»Sie haben mich offenbar falsch verstanden«, korrigierte D. D.

»Ich sagte lediglich, dass Täterbeschreibungen allenfalls eine Gegenüberstellung rechtfertigen können. Und jetzt ziehen Sie bitte Ihren Finger wieder ein, bevor Sie jemandem damit weh tun.«

O starrte sie an und ließ die Hand fallen. »Gibt's Alternativen? Sollen wir sie zur Vernehmung vorladen oder einen Durchsuchungsbeschluss für ihre Wohnung anfordern? Beweise werden sich mit Sicherheit irgendwann finden lassen, aber bevor wir ihr Handschellen anlegen können, ist sie in Kanada.«

D. D. seufzte. Sie schaute auf O, dann auf Neil und wandte sich schließlich an Phil. »Mit deinen Kindern alles im Lot?«

Der vierfache Vater nickte. Er hatte in der vergangenen Nacht geschlafen und war somit die einzige ausgeruhte Person in der Runde. D. D. nahm noch einen kräftigen Schluck Kaffee und kam zur Sache.

»Neil«, sagte sie, »wann erzählst du uns endlich, dass mit Ben Schluss ist?« Ben war Rechtsmediziner, den Neil vergangene Nacht getroffen haben musste, da er den Transport des jüngsten Mordopfers in die Pathologie begleitet hatte.

»Das geht euch nichts an«, brummte der rothaarige Kollege.

»Oh doch. Das Tintenfässchen, in das du deine Feder tunkst, steht zwar nicht in der eigenen Firma, aber doch gewissermaßen in einem Schwesterunternehmen. Wir arbeiten mit der Rechtsmedizin eng zusammen. Das Ende eurer Beziehung könnte für uns alle Konsequenzen haben, und das weißt du. Also, raus damit. Was ist passiert?«

»Wir haben uns getrennt.«

Phil verdrehte die Augen. »Gütiger Himmel ...«

»Er sagt, ich sei zu jung«, platzte es aus Neil heraus. »Ich wäre noch grün hinter den Ohren und müsste mir erst ... die Hörner abstoßen und so weiter.«

»Ein Mann werden?«, tippte D. D.

»Leck mich!«

»Das würde dein Problem nicht lösen. Du *bist* jung, du *bist* noch grün hinter den Ohren. Du bist allerdings auch ein vielversprechender Detective, der sich allerdings noch zu oft hinter seinen Partnern versteckt. Willst du erwachsen werden?«

»Vielleicht.«

D. D. musterte ihn eindringlich.

Er richtete sich auf. »Ja.«

»Dann melde dich endlich an der Polizeiakademie an. Da kannst du einiges lernen. Es wird dir wahrscheinlich sogar gefallen, schließlich bist du ein cleverer Kerl.«

»Wann?«

»Erkundige dich. Aber tu's, bevor wir uns hier gezwungen sehen, dir einen Tritt in den Arsch zu verpassen.«

»Wird Horgan das abnicken?«

Cal Horgan war der stellvertretende Departmentleiter des Morddezernats. Er würde Neil für einen Lehrgang an der Akademie vorschlagen und das Geld dafür lockermachen müssen.

»Sprich mit ihm«, schlug D. D. vor.

Neil spitzte seine Lippen und tippte ein paar Mal mit der Hand auf den Tisch. »Okay.«

Jetzt war es D. D., die die Augen verdrehte. »Na bitte. Du könntest mit deinem Aufbaustudium gleich beginnen und mit Phil losziehen, um der Familie des Opfers ein paar Fragen zu stellen.«

Die Identität des sechzehnjährigen Opfers/Kinderschänders war inzwischen festgestellt worden. Barry Epsom. Geboren in Back Bay. Kind reicher Eltern, eines von vier Geschwistern. Der Vater war ein hohes Tier bei Hancock Insurance, die Mutter eine bekannte Kunstmäzenin. Barry hatte eine Privatschule besucht, sich zwar nicht gerade als guter Schüler hervorgetan, war aber auch nicht unangenehm aufgefallen. Interessanterweise stand er in dem Ruf, ein Ass am Computer zu sein.

Die Familie hatte sich bereits an einen Anwalt gewandt. Sie trauerte und wies alle Schuld von sich. Die bevorstehende Vernehmung würde sich zu einer dramatischen Affäre in die Länge ziehen und wahrscheinlich keine verwertbaren Informationen zutage fördern. Sollten sich Anfänger die Zähne daran ausbeißen.

»Versucht es mit Einfühlung«, riet sie vor allem Neil, denn Phil kannte sein Geschäft. »Vermeidet es, den Sohn schlechtzumachen, aber versucht, an sein elektronisches Spielzeug heranzukommen.« Sie richtete den Blick auf Phil, den Computerexperten ihres Teams. »Sein Smartphone haben wir schon am Tatort sichergestellt. Aber da wären noch Computer, iPad, iPod, Spielekonsolen – man kann sich ja nur wundern, wo diese Perversen heutzutage ihre elektronischen Daten verstecken. Der Durchsuchungsbeschluss ist umfassend, und ich will, dass ihr ihn gründlich umsetzt. Ich hoffe, unsere Kriminaltechnik wird feststellen können, wo sich Barry online herumgetrieben hat, und vor allem, wie unsere Täterin ihm auf die Schliche gekommen ist.«

»Er war erst sechzehn. Das heißt, als Sexualstraftäter wird er noch nicht registriert gewesen sein«, meinte Neil.

»Ja, gegen ihn liegt nichts vor«, bestätigte D. D. »Nicht einmal eine versiegelte Jugendamtsakte.«

»Woher wusste die Täterin dann …«

»Charlene Grant hatte bereits Notrufe seiner Opfer entgegengenommen«, fiel ihm Detective O ins Wort. »Auch das beweist, dass sie Insiderkenntnisse hatte, nämlich durch ihren Job in der Leitstelle eines Polizeireviers.«

»Es könnte aber auch sein, dass unsere Täterin online Köder ausgelegt hat«, gab Phil zu bedenken. »Auf dieser Spiele-Website etwa. Sie hat sich an registrierte Nutzer gewandt, und der erste, der ihr einen Porno zukommen ließ, wurde ihr nächstes Ziel.«

»Deshalb brauchen wir alle elektronischen Geräte«, sagte D. D. zu Neil und Phil. »Barry unterscheidet sich in mancher Hinsicht von unseren ersten beiden Opfern. Er war jung, ein unbeschriebenes Blatt und so weiter. Wenn es uns gelingt, eine Beziehung zu den ersten beiden Opfern herzustellen, beantworten sich manche Fragen von selbst.«

»Wir sollten uns sein Smartphone genauer anschauen«, meinte O. »Mich würde zum Beispiel interessieren, ob er schon einmal die 911 gewählt hat, und wenn ja, wann.«

D. D. verdrehte wieder die Augen, denn die Kollegin von der Sitte dachte immer nur an eines. »Das bringt mich auf unser eigentliches Thema. Wie könnten wir Charlene Grant überführen und den Fall zum Abschluss bringen?«

»Endlich!«

»Ich schlage Folgendes vor«, sagte D. D. und schaute dabei Neil und O an. »Zugegeben, wir haben es mit einer Verdächtigen zu tun, der zuzutrauen ist, dass sie die Flucht ergreift, sobald wir ihr auf den Pelz rücken. Darum ist Vorsicht geboten. Wir könnten ihr einen Beschluss vorlegen und die 22er konfiszieren mit der Begründung, dass sie der Personenbeschreibung der Täterin entspricht. Wir hätten dann zwar vielleicht die Tatwaffe, aber Charlene Grant würde uns wahrscheinlich durch die Lappen gehen. Oder wir warten, bis sie um 23:00 Uhr ihre Nachtschicht in der Leitstelle von Grovesnor antritt, und holen uns die Waffe einfach ohne Beschluss.«

Detective O versuchte, dieser Logik zu folgen. »Es scheint, dass sie ihre Waffe immer bei sich trägt«, meinte sie. »Wie gestern, als sie direkt von der Arbeit zu uns kam. Das bedeutet …«

»Sie verstößt damit gegen die Regeln einer jeden Polizeidienststelle«, führte D. D. aus. »Die Kollegen von Grovesnor hätten allen Grund, ihr die Waffe abzunehmen und ein paar Tests daran vorzunehmen. Die Ballistik könnte feststellen, ob die sechs Geschosse, die wir an drei verschiedenen Tatorten sichergestellt haben, aus Charlenes Taurus stammen.«

»Das wird sie nicht zulassen«, warnte O. »Sie ist überzeugt davon, sich am Einundzwanzigsten, also morgen, mit ihrer Waffe schützen zu müssen.«

D. D. zuckte mit den Achseln. »Dann sollte sie noch einmal nachlesen, was ihr Arbeitgeber dazu sagt. Ihr Fehler, unsere Chance.«

O nickte. »Clever«, kommentierte sie, was D. D. als Kompliment hätte auffassen können, wenn die schöne junge Kollegin nicht so überrascht geklungen hätte.

»Naja.« D. D. sammelte ihre Unterlagen ein, stauchte sie hochkant zu einem ordentlichen Stapel und stand auf. »Wenn wir heute

Nachmittag mit ihr sprechen, bleibt das, was wir vorhaben, unser kleines Geheimnis.«

»Wir sprechen mit ihr heute Nachmittag? Warum?«, fragte O. »Wir haben nicht einmal eine Rückmeldung von der Facebook-Seite. Die spricht sich gerade erst herum. So schnell das in der Regel auch geht, glaube ich trotzdem kaum, dass die Zeit reicht. Morgen um 20:00 Uhr ist es schließlich schon so weit.«

»Es geht nicht um die Facebook-Seite. Ich habe Neuigkeiten für Charlene, und die wird sie sich nicht entgehen lassen wollen.«

Neil war ebenfalls aufgestanden. »Weißt du etwa, wer ihre Freundinnen umgebracht hat?«, fragte er.

»Nein. Aber ich habe ihre Mutter ausfindig gemacht.«

Fürchteten alle Töchter ihre Mütter? Diese Frage beschäftigte D. D. nicht erst seit dem Frühstück mit ihren Eltern. Jetzt, drei Stunden später, konnte sie kaum noch entscheiden, welche Demütigung für sie die schlimmste gewesen war. Vielleicht war es der Moment, als sie im Foyer des Weston Hotels in Waltham aufgetaucht war und ihre Mutter sie gefragt hatte: »Ist das nicht dasselbe Outfit, das du schon gestern anhattest, Liebes?«

D. D. hatte gar nicht daran gedacht, die Garderobe zu wechseln. In ihrem Job musste sie so häufig die Nacht zum Tag machen, dass sie sich um solche Dinge nicht weiter kümmerte. Ihr Vater hatte immerhin Verständnis anklingen lassen, als sie das erklärte. Bei Tisch hatte sie dann ihrer Mutter mitteilen müssen, dass sich Alex entschuldigen lasse, weil er unterrichten müsse, und Jack bei der Tagesmutter sei.

Ihre Mutter hatte daraufhin wieder diese Miene aufgesetzt. Als würde sie an einer Zitrone lutschen. Was ihr, der Tochter, übel aufgestoßen war, denn wenn sie sich recht erinnerte, war ihre Mutter auch nicht gerade die fürsorglichste gewesen. Sie war kurz nach der Geburt ihres Kindes in den Lehrdienst zurückgekehrt und hatte D. D. ebenfalls einer Tagesmutter anvertraut. D. D. hatte schöne Erinnerungen daran. Sie hatte mit anderen Kindern herumtollen können, sich dreckig machen und lachen. Es war ein regelrechtes Paradies gewesen. Zu Hause hieß es immer nur: »Hör auf zu nörgeln. Um Himmels willen, kannst du nicht mal eine Minute still sitzen?«

Still sitzen konnte D. D. immer noch nicht. Sie hatte sich schon während der ersten zwei Minuten des gemeinsamen Frühstücks dabei ertappt, dass sie ihre Serviette zwanghaft auseinander- und wieder zusammengefaltet hatte. Sonst wäre sie hysterisch geworden.

Ihre Mutter hatte eine Schale Früchte bestellt, ihr Vater ein Toast, D. D. Eggs Benedikt mit einer Extraportion Soße béarnaise. Natürlich erntete sie einen entsprechenden Blick. Fett, Cholesterin – sollte sich D. D. in ihrem Alter nicht ein wenig gesünder ernähren?

Interessanterweise konnte ihre Mutter reden, ohne ihre Lippen zu bewegen. Sie sprach lautlos, schaffte es aber trotzdem, die volle Bandbreite ihrer Missbilligung zum Ausdruck zu bringen, und zwar allein mit Hilfe ihrer Augenbrauen.

Wäre D. D. nicht so wütend gewesen, hätten sie diese Fähigkeiten ihrer Mutter durchaus beeindruckt.

Während sie auf das Essen warteten, fiel kein einziges Wort. Sie saßen einfach nur da, Vater, Mutter, Tochter, die den Abstand zwischen ihnen auch nach all den Jahren nicht überbrücken konnten. D. D.s Verärgerung wich schließlich einer milden Depression. Es waren schließlich ihre Eltern, die sie auf ihre Weise liebte, wie auch umgekehrt. Schade nur, dass davon so wenig zu spüren war.

Das Essen kam. Sie aßen dankbar.

D. D. durfte sich schon Hoffnung darauf machen, mit heiler Haut davonzukommen, als ihre Mutter das letzte Stück Honigmelone geschluckt hatte, die Gabel ablegte und ihre Tochter fixierte. »Eines verstehe ich nicht so recht: Wenn dir Alex als Vater deines Kindes gut genug ist, warum ist er dir dann nicht auch als Ehepartner gut genug? Im Ernst, worauf wartest du eigentlich noch, D. D.?«

D. D. ließ ihre Gabel mit Frühstücksspeck auf halbem Weg zum Mund in der Luft verharren. Sie schaute ihre Mutter an. Etwas verspätet richtete sie den Blick auf ihren Vater, der das weiße Tischtuch musterte. Feigling.

»Es freut mich, dass dir Alex gefällt«, murmelte D. D. schließlich, legte dann die Gabel ab und stürmte zur Toilette. Als sie wieder zurückkehrte, starrte ihre Mutter mit verkniffenem Gesicht vor sich hin. Ihr Vater hatte ihr eine Hand auf den Arm gelegt. Ob er sie damit trösten und um Verzeihung bitten wollte, konnte D. D. nicht erkennen.

Die beiden waren ein attraktives älteres Paar, wie sie fand, als sie sich dem Tisch näherte. Von weitem betrachtet, passten sie ausgesprochen gut zusammen. Vielleicht lag darin das Problem. Sie bildeten eine Einheit, und sie, D. D., war immer schon nur ein Zaungast dieser Ehe gewesen.

Sie küsste ihre Mutter auf die Wange und spürte deren Versteifung im Rückgrat. Auch ihrem Vater gab sie einen Kuss, worauf er mit trockenen Lippen ihre Wange streifte. Sie zahlten die Rechnung und verließen das Restaurant.

Auch den eigenen Eltern musste man manchmal zustimmen, um ihnen zu widersprechen. Theoretisch konnte sie das akzeptieren. Aber es tat weh. Es würde immer weh tun.

Immerhin wusste sie tief in ihrem Inneren, dass ihre Mutter sie liebte.

Sie fragte sich, wie Charlene über ihre Mutter dachte, die sie so grausam misshandelt hatte. Aber immerhin war sie am Leben geblieben – im Unterschied zu ihren beiden Geschwistern. Das war den Polizeiberichten zu entnehmen gewesen, die D. D. an diesem Morgen gelesen hatte.

Eltern und Kinder. Mütter und Töchter.

Liebe und Vergebung.

Und Totschlag.

D. D. griff zum Telefon und rief an.

29. KAPITEL

Ich war ziemlich aufgewühlt, als ich Detective Warren am Apparat hatte. Aufgewühlter noch als nach meinem Besuch in der Bostoner Polizeizentrale. Ich hatte meine Tante allein gelassen und mich mit Tulip auf mein Zimmer zurückgezogen. Es war nicht schwer gewesen, meine Tante nach ihrer strapaziösen Reise nach Boston zu überreden, sich ein wenig auszuruhen. Ich hatte ihr gesagt, dass ich noch ein paar Dinge regeln müsse, bevor ich zur Arbeit ginge. Sie sollte mein Gespräch mit einer Ermittlerin des Morddezernats nicht mitbekommen, erst recht nicht, dass Detective Warren meine Mutter ausfindig gemacht hatte und inzwischen mehr über meine kleine Schwester und meinen kleinen Bruder wusste als ich selbst. Es gab auch keinen Grund, Tante Nancy darauf hinzuweisen, dass mich die Vergangenheit nun einholen würde. Dass ich mich gerade rechtzeitig zum Jüngsten Gericht an meine Unterlassungen erinnerte.

Drei Uhr, Freitagnachmittag. Neunundzwanzig Stunden vor 20:00 Uhr Samstagabend. Die Wolken hatten sich verzogen und einen so klaren, kristallblauen Himmel zurückgelassen, wie er typisch war für die bitterkalten Wintertage in Boston.

Die Sonne schien so hell, dass mir die Augen weh taten und mich zwangen, den Blick zu senken, obwohl es angebracht gewesen wäre, auf der Hut zu sein und meine Umgebung im Blick zu behalten. Die Bäume warfen bizarre Schatten auf den verschneiten Boden. An den Straßenecken türmten sich aufgeschaufelte Schneematschhaufen, hinter denen wer weiß was lauern mochte.

Was, wenn der Killer den 21. Januar nicht mehr abwarten konnte, um sich an einer jungen, wehrlosen Frau zu vergreifen? Vielleicht dachte er, dass sich der Zwanzigste besser eignete, weil sein drittes Opfer, nämlich ich, mit seinem Angriff noch nicht rechnete. Dass er um acht Uhr am Abend zuschlagen würde, war ohnehin nur eine grobe Schätzung auf Grundlage der ungefähren anderen Tatzeiten. Vielleicht passte dem Mörder in diesem Jahr der Vormittag besser ins Konzept. Oder der Samstagabend oder der Sonntagmorgen. In einem Jahr konnte viel geschehen. Womöglich hatte der Killer einen neuen Job oder eine neue Freundin, womöglich war er in eine andere Stadt gezogen oder Vater geworden.

Trotzdem musste ich damit rechnen, dass er oder sie mir auf den Fersen war. In diesem Augenblick. Vielleicht schon seit einer Woche, wenn nicht sogar das ganze vergangene Jahr über. Ich dachte an Officer Tom Mackereth, der seit einem Jahr ein Auge auf mich geworfen hatte, oder an meine Tante, die plötzlich, nach fast genau einem Jahr, vor meinem Haus aufgetaucht war. Oder vielleicht gab es eine alte Freundin, ein Mädchen aus der High School, an das ich mich nicht erinnerte und das ich kaum wiedererkennen würde, jemand, der erst gestern das alte Jahrbuch aufgeblättert hatte und den ich nie und nimmer als unmittelbare Bedrohung ansehen würde. Jemand, der clever und raffiniert genug war, mir zu begegnen, ohne dass ich alarmiert wäre.

Nach zwölf Monaten hatte ich immer noch mehr Fragen als Antworten. Außerdem setzten mir die vielen schlaflosen Nächte zu, das Ticken der Uhr, der Countdown auf eine sehr persönliche, sehr grausame Deadline zu.

Ich steuerte auf die U-Bahn-Station am Harvard Square zu, zuckte bei jedem unerwarteten Geräusch zusammen und beglückwünschte mich, die Taurus zu Hause zurückgelassen zu haben, da ich in meiner derzeitigen Verfassung eine echte Gefahr für mich und andere darstellte.

Ich wünschte, es wäre schon der 21. Januar. Offen gestanden sehnte ich mir den Kampf herbei.

Hinter mir knirschte es. Schritte auf überfrorenem Schnee. Ich sprang zur Seite und drehte mich um. Zwei Studenten mit dicken Schals vor den Gesichtern kamen auf mich zu. Der Junge warf mir wegen meiner akrobatischen Einlage einen verwunderten Blick zu, legte den Arm um die Taille des Mädchens und zog es im Vorbeigehen enger an sich.

Ich war nicht mehr weit von der U-Bahn-Station entfernt, und mein Puls hatte sich wieder halbwegs beruhigt, als plötzlich mein Handy in der Tasche zu vibrieren anfing.

Ich holte es hervor, teils neugierig, teils fatalistisch, und klappte es auf. »Hallo?«

Ich hörte die Stimme des neunjährigen Michael. »Sie hat ihn angerufen. Gestern Abend. Sie hat getrunken, dann zu weinen angefangen und ihn angerufen.«

Ich sagte nichts. Mir fehlten die Worte vor lauter Scham und Schuldgefühlen. Gegenüber Michael, seiner Schwester Mica und der Mutter Tomika. Ich hatte helfen wollen und ihnen den Vater genommen, der von der Feuerleiter in den Tod gestürzt war.

»Aber er war nicht zu erreichen«, fuhr Michael fort. Er sprach tonlos und schnell. »Aber unser Nachbar Tillie war zu erreichen, und er sagte, Stan wäre tot.«

»Verstehe.«

»Charlie ... ist Stan wirklich tot?«

»Ja.«

»Gut.«

Die Wucht der jungen Stimme erschreckte mich und ließ mich unwillkürlich zusammenzucken.

»Sie wollte zu ihm zurück. Mit uns. Wir haben es schwer, und sie glaubt, wir schaffen es nicht allein. Sie braucht ihn, auch wenn er uns die Finger bricht. Ich habe sie angeschrien und nein gesagt. Ich habe gesagt, dass sie uns versprochen hat, uns vor ihm zu beschützen. Da hat sie nur noch mehr geweint und zum Telefonhörer gegriffen. Warum ist sie so, Charlie? Warum liebt sie uns nicht mehr als ihn?«

Michael hielt inne und fing plötzlich heftig an zu schluchzen. Ich stand da, mit dem Rücken vor einem Schneeberg, und suchte nach Worten, die den Jungen zu trösten und meine Gewissensbisse zu lindern vermochten.

Ich war in die Rolle des rächenden Todesengels geschlüpft, um den Jungen zu retten. Im Namen der Hoffnung hatte ich mir die

Hände schmutzig gemacht mit dem Ergebnis, dass der Junge um seinen Vater trauerte und gleichzeitig froh über dessen Tod war.

»Es tut mir leid«, sagte ich schließlich.

»Wird alles wieder gut?«, fragte Michael, als er wieder reden konnte. Ich wusste, dass er sich vor allem um seine Mutter sorgte.

»Lass ihr ein bisschen Zeit, Michael. Für deine Mutter ist es ungewohnt, auf eigenen Beinen zu stehen. Dazu braucht man Übung.«

»Sie wird sich mit einem anderen Arschloch zusammentun«, sagte er voraus und hatte wahrscheinlich recht damit.

»Bleibt ihr, wo ihr seid, oder spricht sie davon zurückzukommen?« Ich hatte bisher nicht daran gedacht, dass die Nachricht von Stans Tod Tomika bewegen könnte, in die alte Wohnung zurückzukehren. Womöglich würde sie dann den Nachbarn mitteilen, was vorgefallen war und wie ich ihr geholfen hatte.

»Ja, sie hat davon gesprochen. Aber wir können nicht zurück. Das Haus wird geräumt und soll dann saniert werden.«

»Gefällt es dir in der neuen Wohnung?«

»Der Hof ist ganz schön. Da wachsen Bäume und so. Und die Sonne scheint in die Wohnung. Mica steht immer am Fenster und lächelt sogar manchmal.«

»Gut. Das freut mich.«

»Mom sagt, dass wir noch umsonst wohnen.«

»So ist es.« Ich hatte die ersten zwei Monatsmieten im Voraus bezahlt, für das Obergeschoss eines umgebauten Hauses in der Nähe eines Parks und einer anständigen Grundschule. Es war nicht einfach gewesen, eine erschwingliche Wohnung zu finden, in der man sich wohl fühlen konnte. Ich wollte, dass Tomika Zuversicht gewann und selbständig wurde, was aber vielleicht naiv von mir war. Denn ich erinnerte mich, als kleines Mädchen, von der eigenen Mutter schwer verletzt, in der großen Intensivstation aufgewacht zu sein und kein einziges Wort gesagt zu haben.

»Mom will an der Beerdigung teilnehmen. Sie sagt, dass wir vielleicht was erben.«

Ich schwieg dazu. Ich wusste nicht, ob sich Tomika berechtigte Hoffnungen machte.

»Ich würde lieber hierbleiben.«

»Vielleicht könntet ihr drei eine kleine Trauerfeier für euren Vater abhalten.«

»Nein«, erwiderte Michael entschieden, ein kleiner Junge, der so zornig klang wie ein Mann.

»Den Vater zu vermissen ist ganz normal, Michael. Er war nicht immer nur schlecht. Ich wette, er konnte auch nett sein. Und in solchen Momenten wirst du ihn gemocht haben.«

Er sagte nichts.

»Meine Mutter hat mich oft gestreichelt«, flüsterte ich. »Mitten in der Nacht, wenn ich schlimm geträumt habe. Sie hat meinen Kopf gestreichelt und mir etwas vorgesungen. Diese Mom vermisse ich immer noch.«

»Wirst du sie wiedersehen?«

»Nein.«

»Hast du ... hast du immer noch Angst vor ihr?«

Ich wollte verneinen und ihm sagen, dass ich jetzt erwachsen war, mit einer Pistole umgehen, zuschlagen und alle Schatten vertreiben konnte. Aber ich mochte Michael nicht belügen und gestand: »Ja. Immer.«

»Wie ist mein Daddy gestorben, Charlie?«

»Mach dir darüber keine Gedanken, Michael. Du bist ein starker Junge, und deine Mutter und deine Schwester können sich glücklich schätzen, dass sie dich haben.«

Der Boden unter meinen Füßen fing zu beben an. Die U-Bahn rollte in die Station. »Ich muss jetzt Schluss machen, Michael. Danke für deinen Anruf. Es kann sein, dass ich für eine Weile nicht zu erreichen bin. Wenn du anrufst, und ich melde mich nicht ... du sollst wissen, dass ich an dich denke, Michael. Du bist ein starker Junge, und es wird alles gut.«

»Charlie ... danke.«

Er legte auf. Ich steckte mein Handy in die Tasche und eilte zum Zug.

Ich schaute nach links und nach rechts, bevor ich in den Zug stieg. Ich setzte mich auf die hinterste Bank, um den ganzen Wagen im Blick zu haben und sehen zu können, wer ein- und ausstieg. Die schwarze Ledertasche lag auf meinem Schoß. Ich hielt sie mit beiden Händen gepackt.

Ich musterte Gesichter, sah Blicke auf mich gerichtet.

Bis ein Fahrgast nach dem anderen aufstand und auf Abstand zu mir ging.

Ich saß allein, fühlte mich aber trotzdem nicht sicher.

»Charlene Rosalind Carter Grant.«

Detective D. D. Warren betonte jede Silbe meines vollständigen Namens. Sie hatte mich in der Eingangshalle abgefangen, sich nach meinem Hund erkundigt und meine Waffe zu sehen verlangt. Es überraschte sie merklich zu erfahren, dass ich es gewagt hatte, die Fahrt nach Roxbury ohne Hund und Waffe anzutreten.

Statt in ihr kleines Büro führte sie mich in ein Besprechungszimmer mit einem langen Tisch, an dem acht Personen Platz fanden. Es war noch jemand da, nämlich Detective O. Sie trug ein hellblaues Herrenhemd und stand vor einer großen weißen Tafel.

Als Detective Warren neben sie trat, fiel mir auf, dass ihre Seidenbluse das gleiche Blau hatte wie deren Hemd. Dazu passte bei ihr eine schwarze Hose, bei Detective O eine dunkelgraue mit Nadelstreifen. D. D. trug ihre Locken offen, was die harten Gesichtszüge milderte; Detective O hatte ihr dichtes braunes Haar zu einem festen Nackenknoten zusammengefasst.

Zwei aufeinander eingespielte Polizistinnen unterschiedlicher Couleur. Die eine älter, die andere jünger. Eine athletisch, eine eher feminin. Eine mit blauen Augen, eine mit dunkelbraunen.

Beide sehr geschäftsmäßig.

Ich wünschte, ich hätte Tulip bei mir gehabt, als eine Freundin in diesem Raum.

»Charlene Rosalind Carter Grant«, wiederholte D. D. Mein Name schien ihr zu gefallen. »Warum haben Sie uns nichts gesagt?«

»Wie sich herausgestellt hat, ist meine Vergangenheit noch nicht abgeschlossen.«

Sie beäugte mich misstrauisch. »Sie haben zwei Namen auf die Liste geschrieben. Rosalind Grant und Carter Grant.«

Ich nickte.

Sie warf mir einen Schnellhefter zu. Er fiel klatschend auf den Tisch. »Die komplette Akte. Schwester. Bruder. Mutter. Haben Sie sie jemals gelesen?«

Ich schüttelte den Kopf und starrte auf den Ordner, ohne ihn zu berühren.

Laut Auskunft meiner Tante war ihr von den Ärzten empfohlen worden, dass ich mich von mir aus erinnern sollte. Dieses Thema von außen an mich heranzutragen könne womöglich einen noch größeren seelischen Schaden anrichten.

Einen noch größeren Schaden? Verglichen womit? Meinen Albträumen von einer Mutter mit Schlangenhaar, die nachts Gräber ausschaufelte, was, wie ich mittlerweile ahnte, gar nicht so weit von der Wirklichkeit entfernt war?

Ein kreideweißes, völlig regloses kleines Mädchen. Die fast marmorhafte Gestalt eines noch kleineren Jungen. Sie hatte ich in den vergangenen zwanzig Jahren zu vergessen versucht. Rosalind Grant. Carter Grant. Schwester und Bruder, die ich geliebt und an den Wahnsinn meiner Mutter verloren hatte. Babys, weinend hinten im Flur, und ich hatte, selbst noch ein kleines Mädchen, gewusst, dass sie meiner Hilfe bedurften. Dass ich mich einer Krankenschwester hätte anvertrauen oder mit ihnen davonrennen müssen.

Aber ich war klein und verwundbar gewesen, meiner Mutter hilflos unterlegen. Und weil ich nichts hatte ändern können, entschied ich mich fürs Vergessen.

Eine verrückte Mutter. Zwei getötete Geschwister.

Was Wunder, dass ich nicht richtig tickte.

Ich starrte auf den Ordner. Ich fand es unfair, dass das Leben meiner Schwester und meines Bruders auf diesen dünnen Ordner eingedampft war. Sie hatten Besseres verdient. Das haben wir alle.

»Warum sind Sie am Leben geblieben?«, fragte Detective O schnörkellos. »Ihre Geschwister starben. Bestimmt haben Sie sich darüber Gedanken gemacht. Waren Sie kooperativ, das gute kleine Mädchen, und die beiden anderen nervtötende Quälgeister …«

»Hören Sie auf!« Ich wollte energisch klingen, doch meine Stimme reichte nur zu einem Flüstern. Ich räusperte mich und setzte neu an. »Wenn Sie mich fertigmachen wollen, okay. Aber machen Sie die beiden nicht schlecht. Sie waren noch Babys. Noch ein böses Wort über sie, und ich verschwinde.«

Detective Warren warf ihrer Kollegin einen finsteren Blick zu. Sie hatte anscheinend Verständnis für mich. Oder auch nicht. Vielleicht spielten sie auch nur wieder good Cop/bad Cop. Plötzlich aber fiel mir noch etwas anderes auf: Es ging ihnen gar nicht um das Schicksal meiner Geschwister, auch nicht um den geplanten Facebook-Auftritt oder darum, was ich tun konnte, um meine Deadline zu überleben. Stattdessen legten sie mir einen Ordner vor, der Polizeiberichte aus meiner Kindheit enthielt.

Sie wollten etwas von mir. Aber was genau, fragte ich mich, und um welchen Preis?

»An was erinnern Sie sich?«, wollte Detective Warren wissen. »Aus Ihrer Kindheit?«

Ich zuckte mit den Achseln und starrte unverwandt auf den geschlossenen Ordner. »Nicht viel. Ich weiß nicht mehr … ich kann nicht.« Ich musste mich räuspern. »An den kleinen Bruder kann ich mich kaum erinnern. Nur an seinen Körper. Reglos am Boden, wie eine Putte aus Marmor.« Ich hielt inne, musste mich wieder räuspern. Was aber nichts half. Ich hielt den Blicken der Detectives nicht stand und starrte auf den Teppich. »Es tut mir leid.«

»Es kann durchaus sein, dass Sie ihn lebend nie zu Gesicht bekommen haben«, meinte D. D. »Die Rechtsmedizin kam zu dem Schluss, dass er zum Zeitpunkt seines Todes entweder gerade erst zur Welt gekommen oder ein Frühchen war, das nur wenige Wochen lebte. Möglich auch, dass er schon im Mutterleib starb.«

»Jungs sind eklig«, hörte ich mich sagen. »Sie werden groß und wollen, wenn sie Männer sind, nur eines von den Mädchen.«

Es waren nicht etwa meine Gedanken, sondern die erinnerten Worte einer Aufzeichnung. Ich schüttelte den Kopf, um die Worte aus meinem Gehirn zu löschen. »Wann ist er zur Welt gekommen?«

»Das wissen wir nicht. Es gibt keine Geburtsurkunde.«

»Sein Name war Carter. So viel weiß ich, aber ich kann nicht einmal sagen, woher ich es weiß.«

»Der Name stand auf einer Tupperdose.«

Ich schnappte unwillkürlich nach Luft. »Sie hat ihn umgebracht. Ihn geboren und getötet. Das glauben Sie doch, oder?«

Die ältere Frau zuckte mit den Achseln. »Angeklagt wurde Ihre Mutter wegen Leichenmissbrauchs und weil sie den Tod ihres Kindes verschwiegen hat. An den Überresten ließ sich nicht feststellen, ob es nach der Geburt getötet wurde oder schon tot zur Welt gekommen ist. Es liegt allerdings nahe ...«

»Was glauben *Sie*?«, fragte Detective O mit scharfer Stimme. »Sie haben mit dieser Frau zusammengelebt. Sagen Sie uns, was passiert sein könnte.«

»Wie gesagt, ich erinnere mich nur an seinen Namen. Vielleicht, weil sie ihn erwähnt hat. Vielleicht ist mir auch dieser Behälter in die Hände gefallen. Ich weiß es nicht. Und ich sah seinen toten Körper. Seinen Namen habe ich mir dann zu eigen gemacht. Es war meine Art, ihn zu ehren.«

»Aber Sie sagten doch, dass Sie sich nicht an ihn erinnern.«

Ich schaute Detective O an. »Wie Sie vielleicht wissen, kann man sich auch selbst belügen. Es ist möglich, dass man manches weiß und auch wieder nicht weiß. Das kommt immer wieder vor.«

»Erzählen Sie uns von Rosalind«, forderte mich die jüngere Frau auf.

»Ich habe sie geliebt. Sie hat viel geweint, und ich versuchte dann ... Ich habe sie geliebt.«

»War sie älter als Ihr Bruder?«, fragte D. D.

»Keine Ahnung. Jedenfalls hat sie länger gelebt. Richtig?«

»Ungefähr ein Jahr«, erwiderte sie ruhig.

Ich schaute immer noch zu Boden. Der blaugraue Berber verschwamm vor meinen Augen zu einem bewegten Meer.

»Ich war auf der Intensivstation«, hörte ich mich flüstern. »Meine Mutter hatte mich gezwungen, Glühbirnenscherben zu schlucken. Ich lag auf der Intensivstation und erbrach Blut. Da kam diese Schwester an mein Bett. Sie sah freundlich aus. Und ich weiß noch, dass ich den Drang verspürte, ihr alles zu erzählen. Von dem Baby. Aber ich konnte es nicht. Meine Mutter hatte mich im Griff.«

Die Detectives sagten nichts.

»Ich verstehe mich selbst nicht«, fuhr ich nach einer Weile fort. »Meine Tante ist eine liebe, ganz normale Frau. Ich habe kleine Hündchen und Kätzchen gern und war immer artig. Meine Mutter aber, meine eigene Mutter ... Sie tat mir Schreckliches an, nur um die Aufmerksamkeit auf sich zu lenken. Trotzdem hatte ich noch Glück im Vergleich zu meinen Geschwistern.«

»Ist das Ihr Ernst?«, blaffte mich Detective O an. »Das verstehen Sie unter Glück?«

Ich sah ihr ins Gesicht. »Was soll der Scheiß? So was muss ich mir echt nicht antun.«

Die junge Frau fuhr sichtlich zusammen. D. D. trat zwischen uns und legte ihrer Kollegin eine Hand auf die Schulter.

»Wir wollen nur versuchen zu begreifen, wie Sie eine so schreckliche Kindheit überleben konnten«, sagte D. D., die ihre Kollegin dabei im Auge behielt. »Und wie sich Ihre Vergangenheit auf Ihre jetzige Situation auswirkt.«

Ich konnte ihr nicht ganz folgen und schaute sie fragend an. »Woher soll ich wissen, wieso ich überlebt habe? Ich bin im Krankenhaus aufgewacht, meine Tante hat mich zu sich genommen, und ich habe versucht, die Vergangenheit zu vergessen. Die wenigen Dinge, an die ich mich erinnere, tauchen in meinen Träumen auf, das heißt, sie entsprechen womöglich gar nicht der Wirklichkeit. Keine Ahnung. Ich will es auch gar nicht wissen. Meine ersten acht Jahre sind praktisch aus meinem Gedächtnis gelöscht. Das hat seinen Grund. Und es konnte nicht ausbleiben, dass die zwanzig Jahre danach auch kein Zuckerschlecken würden. Klar, Sie werden sich wahrscheinlich an Ihren ersten Schultag erinnern, an den Hund, der Ihnen zum zehnten Geburtstag geschenkt worden ist, an das Kleid, das Sie zur Schulabschlussfeier getragen haben. Sei Ihnen gegönnt. Ich bin eben ein bisschen anders.«

Die beiden Detectives musterten mich skeptisch.

»Und das sollen wir Ihnen glauben?«, fragte der böse Cop Detective O. »Dass Sie Ihre gesamte Kindheit aus Ihrem Gedächtnis gelöscht haben?«

»Nicht nur die. Ich kann mich insgesamt nur schlecht erinnern. Wie soll ich Ihnen das erklären? Was geschehen ist, lasse ich mir im Nachhinein einfach nicht mehr durch den Kopf gehen. Vielleicht bin ich verrückt, aber so funktioniert das für mich. Ich stehe jeden Morgen auf. Aus der Zeit, bevor mich meine Tante zu sich genommen hat, weiß ich nur noch, dass ich mein Bett nicht mehr verlassen wollte. Ich lebte zwar, war aber alles andere als einverstanden damit.

Acht Jahre«, flüsterte ich. »Ich war acht Jahre alt und wünschte mir bereits, tot zu sein.«

»Erzählen Sie uns von Ihren Träumen«, sagte D. D.

»Manchmal träume ich von einem weinenden Baby. Das kommt mir dann sehr real vor. Letzte Nacht aber habe ich von meiner Mutter geträumt, die bei heftigem Regen ein Grab aushob. Anstelle der Haare ringelten sich Schlangen um ihren Kopf, die mich anzischten. Ich schnappte mir das kleine Mädchen, das hinten im Flur lag, und rannte mit ihm davon. Das mit den Schlangen ist natürlich Unsinn, und ein Kind kann unmöglich mit einem Säugling im Arm auf einen Baum klettern. Völlig daneben ist auch der Name der kleinen Schwester. Im Traum hieß sie Abigail, in Wirklichkeit aber Rosalind.«

»Abigail?«, hakte Detective O nach. Sie und Detective Warren tauschten Blicke. »Erzählen Sie uns von Abigail.«

Ich schüttelte den Kopf und massierte meine Schläfen, hinter denen es zu pochen anfing. »Erzählen Sie mir von ihr. Steht in Ihren

Berichten etwas über eine Abigail? Ich habe den Namen meiner Tante gegenüber erwähnt, doch er sagt ihr nichts. Es gab zwei Babys. Rosalind und Carter. Aber keine Abigail.«

»Wie gesagt, eine Geburtsurkunde liegt nicht vor.« D. D. musterte mich jetzt mit einem ähnlich harten Blick wie Detective O. »In Ihrem Traum, wie sah Abigail da aus?«

»Wie ein Baby. Sie lächelte mich an. Aus großen braunen Augen.«

»Sind Sie sicher?«, fragte Detective O. »Waren sie nicht vielleicht blau?«

»Keine Ahnung. Im Traum waren sie jedenfalls braun. Aber ... vielleicht. Haben nicht alle Neugeborenen blaue Augen?«

»Aber in Ihrer Erinnerung sind sie braun«, stellte D. D. fest. »Es kommt durchaus vor, dass die blauen Augen eines Säuglings nachdunkeln und braun werden. Aber kommt ein Kind mit braunen Augen zur Welt, werden sie später nicht blau.«

Ich schüttelte den Kopf. Die beiden verwirrten mich, nicht nur wegen der Heftigkeit, mit der sie mir zusetzten. »Meine Tante sprach von zwei Babys, und das entspricht ja auch den Erkenntnissen der Polizei.«

»Es ist möglich, dass es weitere Kinder gab«, sagte D. D. leise. »Den Berichten nach ist Ihre Mutter häufig umgezogen und hat selten länger als ein Jahr an einem Ort zugebracht. Vielleicht konnte sie so ihre Schwangerschaften geheim halten und verhindern, dass ihr allzu viele Fragen gestellt wurden. Von der Polizei wurden natürlich auch frühere Wohnungen durchsucht. Aber es ist nicht auszuschließen, dass sie die Überreste anderer Babys irgendwo im Wald vergraben hat.«

»Wer tut so etwas?«

»Jemand, der krank ist.« D. D. zuckte mit den Achseln. »Ihre Mutter litt an einem Münchhausen-Syndrom, einer schweren narzisstischen Störung. Sie hat ihre Kinder misshandelt, um Aufmerksamkeit und Zuwendung zu bekommen. Dafür nahm sie sogar den Tod ihrer Kinder in Kauf. Sie wird eine Schwangerschaft womöglich als Bedrohung empfunden und ein Kleinkind als Konkurrent um Aufmerksamkeit gefürchtet haben.«

»Was fällt Ihnen dazu ein, *Abigail*?«, mischte sich Detective O wieder ein.

»Wie bitte?«

Detective Warren warf einen abschätzigen Blick auf O und wandte sich wieder an mich. »Haben Sie jemals versucht, Ihre Mutter ausfindig zu machen?«

»Nein.« Ich zögerte und drückte meine Hand auf die Seite. »Ich, ehm, ich glaube, damals ist etwas Schreckliches passiert, weiß aber nur noch, dass ich im Krankenhaus aufgewacht und von meiner Tante abgeholt worden bin. Meine Mutter habe ich nie wieder gesehen. Weil auch meine Tante nicht mehr auf sie zu sprechen kam, habe ich angenommen ... angenommen, dass sie sich etwas angetan hat.«

»Bei der Polizei ist damals ein Notruf eingegangen. Man fand Sie in der Wohnung, blutüberströmt. Bei der Hausdurchsuchung wurden in einem Wandschrank auf dem Flur zwei Plastiktonnen mit menschlichen Überresten sichergestellt. Gegen Ihre Mutter wurde Haftbefehl erlassen, aber zu einer Festnahme kam es nie.«

»Aber sagten Sie nicht, sie sei gefunden worden?«

»Sie haben nach eigener Auskunft mit Ihrer Tante gesprochen«, unterbrach Detective O, um meine Aufmerksamkeit auf sich zu lenken. »Ist sie hier in der Stadt, oder haben Sie mit ihr telefoniert?«

»Sie ist hier ...«

»Wo?«

»In meinem Zimmer.«

»Wann ist sie gekommen?«

»Heute Morgen.«

»Und was war gestern Abend?«

»Gestern Abend?«

»Wo waren Sie nach unserem Gespräch? Haben Sie mit Ihrer Tante gesprochen, sich mit Freunden getroffen oder sind mit Ihrem Hund Gassi gegangen?«

»Ich bin nach Hause. Ich hatte in der Nacht zuvor gearbeitet und war müde.«

»War Ihre Vermieterin da?«, fragte D. D. und lenkte meine Aufmerksamkeit wieder auf sich. »Hat sie Sie kommen oder gehen sehen? Könnte sie das bezeugen?«

»Ich weiß nicht. Augenblick. Nein. Ich hatte Tulip bei mir, und sie darf nicht ins Haus. Aber es war so kalt draußen, dass ich sie heimlich durch die Hintertür in mein Zimmer geführt habe.«

»Das heißt, niemand sah Sie kommen.« Jetzt war Detective O wieder an der Reihe.

»Das ist Sinn und Zweck einer heimlichen Aktion.«

»Und heute Morgen?«, wollte Detective Warren wissen.

»Habe ich gegen vier das Haus verlassen.«

»So früh?«

»Ich konnte nicht schlafen. Das bleibt nicht aus, wenn man nachts arbeitet. Ich bin zum Training gegangen.«

»Gegen vier. Und dafür gibt's bestimmt auch keine Zeugen«, meinte Detective O. »Kann es vielleicht noch früher gewesen sein?«

»Ich weiß nicht.« Ich warf beide Hände in die Luft.

»Doch, das wissen Sie sehr wohl. Sie wollten nicht gesehen werden und hatten Erfolg damit«, sagte Detective Warren. »Also hat Sie niemand gesehen.«

»Sie sagten, Sie wüssten, wo sich meine Mutter aufhält!«

»Ja.«

»Wo?«

»Sind Sie von Ihrer Mutter jemals Abigail genannt worden?« Es war nun wieder Detective O, die fragte.

»Was? Nein. Ich heiße Charlene. Kurz: Charlie. Dass ich mir zwei Mittelnamen zugelegt habe, bedeutet nicht, dass ich meinen eigenen Namen nicht kenne.«

Detective Warren zog eine Braue in die Stirn. »Oh, mir scheint, es gibt da noch einiges, was Sie nicht wissen.«

»Ich will wissen, wo meine Mutter ist.«

»In Colorado«, sagte D. D.

»Haben Sie eine Adresse?«

D. D. musterte mich. »Ja.«

»Geben Sie sie mir.«

»Keine Sorge, Ihre Mutter macht sich nicht aus dem Staub.«

Ich hielt inne und beobachtete die beiden Detectives voller Argwohn. »Ist sie im Gefängnis? Hat man sie endlich geschnappt?« Dann, einen Herzschlag später: »Nein, wenn sie im Gefängnis säße, hätte es einen Prozess gegeben, und ich wäre als Zeugin vorgeladen worden.« Ich zögerte wieder. Mir schwirrte der Kopf. »In einer psychiatrischen Anstalt? Ist sie endgültig durchgedreht?«

»Sie halten Ihre Mutter für verrückt?«, fragte Detective O.

»Sie hat mich verletzt. Sie hat zwei Babys getötet. Natürlich ist sie verrückt.«

»Aber Sie erinnern sich doch an nichts. Finden Sie das normal?«

Ich hielt die Luft an und starrte der jüngeren Frau ins Gesicht. Und plötzlich ging mir ein Licht auf. Detective O war nicht entsetzt von der Geschichte meiner Mutter. Ich war es, die sie entsetzte.

Das Mädchen, das nur knapp mit dem Leben davongekommen war und sich an nichts erinnerte. Das Mädchen, das sich immerhin noch halbwegs frei bewegen konnte, während seine Geschwister in einem Wandschrank gehaust hatten und darin gestorben waren. Das Mädchen, das den Geschwistern dann auch noch die Namen genommen hatte.

Ich hatte zeit meines Lebens gefürchtet, mich an meiner Mutter vergriffen zu haben. Jetzt wünschte ich mir, ich könnte genau das nachholen. Hätte ich es schon früher getan, gäbe es wenigstens einen Moment, an den ich mich gern erinnern würde, eine Erinnerung, die mich trösten könnte.

»Sie ist tot«, erklärte Detective Warren. »Zuletzt war sie in Boulder gemeldet, unter falschem Namen. Es könnte sein, dass sie sich nach dem Angriff mit dem Messer auf Sie eine andere Identität zugelegt hat.«

»Nach dem was?«

Beide Frauen schauten mich verwundert an. Ich fuhr wieder mit der Hand an meine Seite, und es dämmerte mir.

Detective O sprach als Erste. »Sollen wir Ihnen wirklich glauben, dass Sie davon nichts mehr wissen?«

»Ich war im Krankenhaus. Man hat mir den Blinddarm entfernt, vielleicht auch mehr. Das weiß ich von den Ärzten.« Ich kam mir unsicher und beschränkt vor, gefangen in meiner selbstverschuldeten Ignoranz. »Ich wurde aufgeschnitten und wieder zusammengenäht. So viel weiß ich.« Ich zuckte mit den Achseln. »Für Details interessiert sich eine Achtjährige nicht.«

Detective O schüttelte den Kopf.

D. D. räusperte sich. »Laut Polizeibericht hatte es bei Ihnen zu Hause eine heftige Auseinandersetzung gegeben. Sie wurden niedergestochen. Es scheint, dass Sie die Neun-eins-eins angerufen haben. Jedenfalls hat Ihre Mutter daraufhin offenbar die Flucht ergriffen.«

Ausgerechnet ich landete später beim Notruf. Interessant. Aber wie gesagt, etwas zu wissen und gleichzeitig nicht zu wissen geht manchmal Hand in Hand.

»Die Ärzte konnten Sie zusammenflicken, aber Ihre Mutter wurde nie gefunden. Ich schätze, sie hat sich sofort aus dem Staub gemacht und sich einen anderen Namen zugelegt, denn nur so konnte sie untertauchen. Ich habe zuerst in den Nachbarstaaten nach ihr suchen lassen, nach einer ähnlich aussehenden Frau entsprechenden Alters, die zudem ein Muttermal in Form einer Ananasfrucht auf der rechten Pobacke hat. Dank einer Initiative des FBI werden sämtliche Merkmale von nicht identifizierten Leichen in einer nationalen Datenbank gespeichert. Ich fand Übereinstimmungen in Colorado. Um ganz sicherzugehen, müsste natürlich noch eine DNA-Analyse vorgenommen werden. Aber es gibt noch zwei weitere Hinweise, die ziemlich eindeutig sind: die über der linken Brust eintätowierten Namen Rosalind und Carter.«

»Ich hasse sie«, platzte es aus mir heraus, bevor ich mich zusammenreißen konnte. Aber da die Worte nun einmal ausgesprochen waren, wollte ich sie auch nicht mehr zurücknehmen. »Wie konnte sie es wagen? Zuerst tötet sie ihre Kinder, und dann lässt sie sich ihre Namen über dem Herzen eintätowieren. Als hätte sie sie geliebt. Als hätte sie es verdient, sie so nah bei sich zu haben.«

Ich war aufgesprungen und ging im Konferenzzimmer auf und ab. Ich hatte meine Hände zu Fäusten geballt und wünschte mir einen Sandsack. Es fehlte nicht viel, und ich hätte meine Faust durch die Gipswand gerammt. Und wäre ich dabei auf eine Holzverstrebung gestoßen, wäre ich dankbar gewesen für den Schmerz.

»Wie ist sie gestorben?«

»Das weiß man nicht. Sie war schon einige Zeit tot, als man ihre Leiche fand. Die Obduktion ergab, dass sie wahrscheinlich an einem Leberversagen infolge von Alkoholmissbrauch gestorben ist.«

»Hat sie wenigstens leiden müssen? Waren ihre letzten Momente qualvoll?«

Detective O starrte mich entgeistert an und beugte sich dann vor. »Sie sind wütend.«

»Das können Sie laut sagen.«

»Und fühlen sich hilflos?«

»Weil ich mich nicht an ihr rächen konnte.«

»Wenn Sie die Zeit zurückdrehen könnten – würden Sie Ihre Geschwister dann retten?«

»Ja!«

»Vielleicht hätten Sie die anderen Kinder retten können. Dafür sorgen, dass Ihnen und Ihren Geschwistern Leid erspart bliebe.«

»Es war schrecklich. Sie hat mich gequält und meine Geschwister erstickt, und niemand hat uns geholfen. Keiner hat einen Finger für uns gerührt.«

»Woher wissen Sie, dass sie erstickt wurden?«, fragte Detective Warren.

»Ich vermute es. Es wäre das, was man am ehesten von einer Frau erwartet, oder?«

Detective O griff den Faden auf. »Sie fühlten sich auch von der Polizei im Stich gelassen.«

»Ja.«

»Aber Sie arbeiten jetzt für die Polizei und werden wissen, dass ihr in manchen Fällen die Hände gebunden sind.«

»Ja.«

»Sie werden Nacht für Nacht angerufen und erfahren, dass Väter ihre jungen Söhne schlagen, dass kleine Mädchen misshandelt werden. Und was können Sie dagegen tun? Sie notieren sich Namen und Telefonnummern. He, meine Kleine, dein Leben ist die reinste Hölle. Aber lass dich nicht entmutigen, ich mache mir eine Aktennotiz. Ich wette, nach Dienstschluss sind Sie es leid, immer nur passiv zuzuhören, und brennen darauf, in Aktion zu treten. Im Unterschied zu den Cops sind Ihnen die Hände schließlich nicht gebunden. Sie können etwas tun.«

Zu spät bemerkte ich, dass sie mich in eine Falle gelockt hatte. Verzweifelt versuchte ich, gedanklich zurückzurudern und mich an den Wortlaut ihrer Fragen und an meine Antworten zu erinnern. Aber mein Gedächtnis ließ mich auch jetzt im Stich, und es war ohnehin zu spät.

Detective O stand anscheinend voll unter Dampf. »Wann haben Sie zum ersten Mal den Entschluss gefasst, dass wenigstens ein Miststück den Tod verdient hat? Wie haben Sie Ihr Ziel ausgesucht? Hat ein bestimmter Anruf das Fass zum Überlaufen gebracht? Oder hat Ihnen ein uniformierter Kollege von einem Vorfall berichtet, der ihm an die Nieren gegangen ist, weil wieder eines der Schweine davongekommen ist? Vielleicht wurden Sie durch einen solchen Vorfall an etwas erinnert, das Sie lieber ein für alle Mal vergessen hätten. Sie haben zwar Ihre Vergangenheit erfolgreich verdrängt, aber manches lässt sich offenbar wieder vergegenwärtigen ... wie die Wohnung Ihrer Kindheit, die Behälter im Wandschrank und dass Ihnen niemand geholfen hat.«

»Ich weiß nicht, worauf Sie hinauswollen.«

»Wie hat es sich angefühlt, als Sie *endlich* ein Kind retten konnten? Das muss doch großartig gewesen sein, oder? Nur keine Scheu, erzählen Sie uns davon. Für so etwas haben wir vollstes Verständnis. Es gibt einfach Dinge, die getan werden müssen.«

Ich rang um Beherrschung, hob das Kinn und straffte die Schultern. Detective O sondierte mich mit ihren Blicken. Ich zwang mich, ihr in die Augen zu schauen.

»Sie kennen mich nicht.«

»Ich glaube doch. Die Frage ist, wie gut kennen Sie sich selbst?«

»Es reicht, ich gehe jetzt.« Ich griff nach meiner Umhängetasche.

»Sie laufen wieder davon.«

»Liegt ein Haftbefehl gegen mich vor?«

»Ausweichen. Fliehen. Etwas Besseres fällt Ihnen nicht ein.«

»Ich war noch ein Kind!«

»Woher wissen Sie, dass die Kinder erstickt wurden?«

Ich war aufgestanden, hielt den Gurt meiner Umhängetasche umklammert und bemerkte plötzlich, dass Detective O ihre Frage nicht an mich, sondern an D. D. gerichtet hatte.

»Ich habe mich über das Münchhausen-Syndrom schlaugemacht. Fälle, in denen eine Mutter eines ihrer Kinder misshandelt und die anderen heimlich getötet hätte, sind mir nicht begegnet. Wohl aber solche, in denen eine Mutter, die, um Aufmerksamkeit zu erregen, einen Riesenwirbel um ihre Schwangerschaft gemacht hatte, das Neugeborene erstickte und dann behauptete, es sei den plötzlichen Kindstod gestorben. Anschließend großes Drama, eine Flut von Beileidsbekundungen, fürsorgliche Zuwendung aus der ganzen Nachbarschaft. Man kann in etwa nachvollziehen, wie so etwas auf eine Frau mit einer solchen Störung wirkt. Und dass sie sich ermutigt sieht, immer und immer wieder so zu handeln.

Aber wie gesagt, dass eine Mutter mit diesem Syndrom heimlich ihre Kinder tötet, ist untypisch. Wäre auch unlogisch. Wo bliebe die öffentliche Unterstützung, die emotionale Genugtuung? In dem Zusammenhang frage ich mich, an welcher entscheidenden Stelle Charlene sonst noch von ihrem Gedächtnis im Stich gelassen wird. Mir scheint, da ist noch etwas, das wir wissen sollten.«

»Ich hätte nie ...«

»Schauen Sie mich an, Charlene!« Detective O kam plötzlich um den Tisch herum und baute sich vor mir auf. »Schauen Sie mich an und sagen Sie mir, dass Sie kein Killer sind.«

Ich öffnete den Mund. Ich schloss ihn, machte ihn wieder auf. Ein Wort ging mir über die Zunge, doch es war keines, das ich hätte aussprechen wollen.

»Abigail«, flüsterte ich.

»Was ist mit ihr?«

»Abigail«, wiederholte ich betroffen. Ich hob meine Hand, als versuchte ich, nach jemandem zu greifen, der nicht da war.

»Charlene ...«, setzte Detective Warren neu an.

Aber ich hörte nicht mehr hin und sprang auf. Es lag kein Haftbefehl gegen mich vor. Sie konnten mich nicht festnehmen, mich nicht aufhalten.

Mir schwante, dass ich nur noch diese einzige Chance hatte.

Nach einem Jahr intensiven Trainings hatte ich leichtes Spiel mit meinen Gegnerinnen. Danach war ich auf und davon.

30. KAPITEL

»Na toll«, blaffte D. D. »Nach dieser Vernehmung wird sie nie darauf kommen, dass wir sie im Visier haben. Sehr subtil. Vertrauensbildend. Ich wette, Charlene wird anfangen, Freundschaftsbändchen für uns zu knüpfen, sobald sie zu Hause ist. Glauben Sie nicht auch?«

Detective O schmollte. Sie zog einen Stuhl unter dem Konferenztisch hervor und ließ sich darauffallen. »Sie ist schuldig, und das wissen Sie. Haben Sie ihr ins Gesicht gesehen? ›Sagen Sie mir, dass Sie kein Killer sind.‹ Sie brachte es nicht über die Lippen.«

»Unsinn. Wir müssen sie jetzt beschatten lassen. Dabei haben wir nichts gegen sie in der Hand, geschweige denn ausreichende Mittel für ihre Observation.« Auch D. D. rückte sich einen Stuhl zurecht. Der Schnellhefter lag vor ihr auf dem Tisch. Sie schlug ihn auf und betrachtete die darin enthaltenen Tatortfotos. Es war fünf Uhr. Ihre erste Nacht fern von Jack.

Der Anblick der winzigen Gerippe auf den Fotos machten ihr interessanterweise kaum zu schaffen. Die Fingerknöchelchen hatten die Größe von Reiskörnern. Der Schädel des kleinen Jungen war eingefallen; seine Einzelteile sahen aus wie gelbe Rosenblätter.

Das Skelett des Mädchens war noch von mumifiziertem Gewebe überzogen und intakt. Mit seinen langen dunklen Haaren sah es auf den ersten Blick aus wie eine makabre Puppe. Nur bei näherer Betrachtung erkannte man das achtzehn Monate alte Kleinkind, das wahrscheinlich schon einige Zeit hatte stehen und Schritte machen können.

Was ihr sehr viel mehr zu schaffen machte, waren die Decken: eine blassrosafarbene mit roten Punkten für das Mädchen und eine hellblaue mit dunkelblauen Teddybären für ihn. Christine Grant hatte ihre Kinder getötet und sie anschließend in ihre Decken eingewickelt. Eine im Grunde sehr mütterliche Geste.

Unbegreiflich.

Um ein Uhr am Mittag fühlte sich D. D. hundemüde. Sie wollte nur noch nach Hause zu Jack und ihr Baby an sich drücken.

Sie schob den Schnellhefter beiseite, zwickte sich in die Nasenwurzel und überlegte, was als Nächstes zu tun sei.

»Ich glaube, sie ist Abigail«, sagte Detective O.

D. D. öffnete die Augen und schaute ihre Kollegin von der Sitte fragend an. »Wie bitte?«

»Sybil. Erinnern Sie sich? An dieses Mädchen, das von der eigenen Mutter auf so grausame Weise misshandelt worden war, dass es, um sich zu schützen, eine multiple Persönlichkeit ausgebildet hatte?«

D. D. starrte sie an.

»Charlene wurde ebenfalls grausam misshandelt, vielleicht mit ähnlichem Ergebnis. Sie hat sich womöglich nicht nur die Namen ihrer toten Geschwister angeeignet, sondern auch für beide eine jeweils eigene Persönlichkeit entwickelt. Diese Abigail, von der sie sprach, könnte also ...«

»Das Baby mit den braunen Augen ...«

»Im wirklichen Leben, ja. Aber es wurde von Charlenes Mutter getötet, worauf Charlene eine Beschützerpersönlichkeit namens Abigail angenommen hat. Nicht Charlene bringt die Sexualstraftäter um. Das tut Abigail. Ein braunhaariger, blauäugiger Killer läuft durch Boston und gibt sich als Abigail aus. Herrje. Und wie passt das zu den Botschaften innerhalb der Botschaften? Wahrscheinlich schreibt die Beschützerpersönlichkeit Abigail in perfekter Handschrift *Irgendwann muss jeder sterben*, und Charlene, die vor Mord zurückschreckt, kritzelt eine zweite Nachricht dazu, nämlich *Schnappt mich*. Ein Hilferuf. Eine Nachricht mit zwei unterschiedlichen Botschaften, die auf zwei unterschiedliche Persönlichkeiten zurückgehen.«

D. D. starrte die jüngere Kollegin an. »Ich glaube, hier läuft ein schlechter Film.«

Detective O zuckte mit den Achseln. »Die Psychiatrie spricht in solchen Fällen von Konversionsstörungen. Oder haben Sie eine andere Erklärung für die Botschaften innerhalb der Botschaften oder dafür, dass ein Klon von Charlie Päderasten über den Haufen schießt und sich dann als Abigail vorstellt?«

Genau genommen … »Nein. Warum schlagen Sie Charlene nicht vor, zu uns zurückzukommen und sich einer psychiatrischen Begutachtung zu unterziehen? Ihnen wird sie diesen Wunsch bestimmt nicht abschlagen.«

»Freundlichkeit bringt bei ihr nichts«, erwiderte O.

»Ach ja? Wann haben Sie's denn damit versucht?«

»Ausgerechnet Sie als notorische Oberschnepfe machen mir Vorhaltungen.«

»Notorische Oberschnepfe?«

»Würde ich als Kompliment auffassen.«

»Tue ich auch. Zurück zum Wesentlichen: Wir hatten uns vorgenommen, unsere Verdachtsperson nicht zu verschrecken. Als Kolleginnen sollten wir uns unterstützen und nicht gegenseitig sabotieren.«

»Aber es hat doch funktioniert«, entgegnete Detective O kühl. »Sie verliert die Nerven. Und Sie haben es gehört, sie hat kein Alibi für letzte Nacht. Zum Teufel, ja, sie fühlt sich hilflos, will andere Kinder retten, und der Polizei sind die Hände gebunden. Bla, bla, bla. Das wollte sie uns mitteilen. Für uns kommt es jetzt darauf an, ihr begreiflich zu machen, dass es besser für sie ist zu gestehen.«

»Vielleicht«, murmelte D. D., aber überzeugt davon war sie nicht. Sie griff nach einem Stift und tippte mit dem Radiergummiende auf die Tischplatte aus poliertem Ahorn. »Wenn Charlie aufgrund ihrer Vergangenheit zur Mörderin wurde«, überlegte sie laut, »was könnte sie dann selbst zum Ziel eines Mordanschlags machen?«

»Wie meinen Sie das?«

»Wir haben zwei Ermittlungsverfahren, die uns auf ein Thema hinführen: Charlene Rosalind Carter Grant. Um die Sache noch ein bisschen zu verkomplizieren, taucht sie zum einen als Hauptverdächtige einer Mordserie auf, zum anderen als mögliches Opfer einer anderen Mordserie. Sie erschießt Päderasten und zählt die Tage bis zu dem befürchteten Mord an ihr selbst. Dahinter steckt irgendeine verrückte Logik, die sich mir einfach nicht erschließen will.«

»Dass ihre Freundinnen getötet wurden, hat mit Charlenes Vergangenheit womöglich gar nichts zu tun.«

D. D. zog eine Braue in die Stirn. »Glauben Sie etwa, sie zieht Psychopathen einfach so magnetisch an? Zuerst ihre Mutter, dann irgendeinen Fremden, der beschlossen hat zu töten, was ihr am Herzen liegt?«

O zuckte mit den Achseln. »Ist die Mutter wirklich tot?«

»Die beiden eintätowierten Namen Rosalind und Carter und der ananasförmige Leberfleck identifizieren ihre Leiche ziemlich eindeutig, oder?«

»Na schön, die Mutter ist also tot. Sie war psychisch schwer gestört, und Charlene behauptet, der Rest ihrer Familie sei völlig normal. Nur, durch Boston zu rennen und Päderasten abzuknallen kann beim besten Willen nicht als normal angesehen werden.«

»Sie meinen, vielleicht ist auch die Tante gestört?«, fragte D. D.

»Bei zwei eindeutig Verrückten in der Familie liegt die Vermutung nahe, dass auch noch ein drittes Mitglied nicht sauber ticken könnte.«

»Ich erinnere mich an eine Familie, in der zwei Brüder zu Serienmördern wurden. Übrigens begingen sie ihre Verbrechen völlig unabhängig voneinander.«

»Und es soll auch Fälle gegeben haben, in denen Familienangehörige im Team töteten.«

»Würden Sie sich die Tante vorknöpfen?«, fragte D. D. und rückte vom Tisch ab.

»Kann ich machen. Da sie in der Stadt ist, ließe sich ein Vieraugengespräch arrangieren. Was machen Sie währenddessen?«

»Nach Hause gehen und Schlaf nachholen.« An dem Gespräch mit der Tante hätte D. D. gern teilgenommen, aber sie konnte ihre Augen kaum offen halten und war so angeschlagen, dass ein sinnvoller Beitrag kaum möglich sein würde. Außerdem hatte sie ihr Team darauf hingewiesen, dass ihnen in diesem Fall ein Marathon bevorstünde, kein Sprint. Vielleicht war es an der Zeit, dass sie ihren eigenen Rat befolgte.

Ganz zu schweigen davon, dass morgen der Einundzwanzigste war. Endspieltag. Dafür musste sie frisch und ausgeruht sein.

»Ja, ich werde versuchen, ein paar Stunden zu schlafen, und dann Jack von der Tagesmutter abholen«, beschloss D. D.

»Kommen Sie danach zurück ins Büro?«, fragte O.

»Eventuell nach dem Abendessen. Vielleicht hat sich bis dahin unser Handschriftenexperte gemeldet. Und von Neil und Phil müsste der Bericht über ihren Besuch bei der Familie des dritten Opfers vorliegen. Oh, fast hätte ich's vergessen. Die Kollegen in der Leitstelle von Grovesnor sind anzuhalten, dass sie Charlenes Waffe sicherstellen. Eines ist gewiss ...« D. D. stand auf und schaute auf die Uhr. »... für Charlene Grant läuft die Zeit ab.«

31. KAPITEL

Neun Uhr Freitagabend. Noch dreiundzwanzig Stunden.

Sonne längst untergegangen. Temperaturen im Keller. Schwarzer Himmel.

Meine Tante hatte sich ein Hotelzimmer genommen. Tulip, der Hund, der nicht meiner war, streunte, wer weiß wo, herum. Ich lud meine Waffe und entlud sie wieder.

Ich dachte an meine Mom. Versuchte krampfhaft, mich an die zwei kleinen Geschwister zu erinnern, die Schwester und den Bruder, die nie eine Chance gehabt hatten. Das Gedächtnis ist ein Muskel, und in meinem Fall war er verkümmert, ich konnte ihn einfach nicht mehr bewegen. Ich versuchte, mir eine Wohnung vorzustellen, einen Hinterhof, ein Haustier. Gesichter, Gerüche, irgendetwas, das sich mit meiner Kindheit in Verbindung bringen ließ.

Ich schluckte schließlich zwei Aspirin und boxte Luftlöcher vor meinem Spiegel.

Die Frau, die mir entgegenblickte, war ausgemergelt. Hatte Blutergüsse am Hals. Streng zurückgekämmte braune Haare. Verrückte blaue Augen.

Ich sah aus wie meine Mutter vor zwanzig Jahren.

Abigail, hatte mich Detective O genannt. *Abigail …*

Ich drosch auf den Spiegel ein. Plötzlich. Blitzschnell. Ein-, zwei-, dreimal. Zerschlug ihn mit bloßen Händen. Sah dann die Scherben auf den Holzboden regnen, eine Kaskade aus Silber.

Und für einen Moment …

Die Küche. Silbriges Mondlicht. Flammen, die an den Wänden emporloderten.

Frances, meine Vermieterin, klopfte an die Tür. »Ist was passiert?«

»Verzeihung. Ich war ungeschickt. Ist aber nichts passiert. Alles in Ordnung.«

Ich betrachtete meine blutenden Knöchel. Im linken Handrücken steckte ein Glassplitter. Ich zog ihn heraus und leckte das Blut ab.

Dann, obwohl ich noch eine Stunde Zeit gehabt hätte, ging ich zur Arbeit.

Officer Mackereth begegnete mir auf dem Parkplatz. Er hatte gerade seinen Streifenwagen abgestellt, stieg aus und sah mich über den schlecht beleuchteten Gehweg von der U-Bahn-Station auf die Zentrale zukommen.

»Charlie«, sagte er in einer Tonlage, die mich sofort alarmierte.

Ich blieb stehen, genau in der Mitte zwischen zwei Straßenlaternen, stellte die Beine auseinander und legte meine behandschuhte Hand auf die Umhängetasche.

Er registrierte meine defensive Haltung und blieb im Abstand von wenigen Schritten so plötzlich stehen, dass er nach vorn wippte. Seine Hand senkte sich auf die geholsterte Waffe. Wir standen uns an die fünfzehn, zwanzig Sekunden reglos gegenüber. Ihn umkränzte das Licht der einen Laterne, mich das der anderen. Keiner von uns war im Vorteil, keiner im Nachteil.

»Sind Sie bewaffnet?«, wollte er wissen.

»Warum fragen Sie?«

»Ich weiß Bescheid. Heute kam ein Anruf. Shepherd wartet schon auf Sie. Er will Ihre 22er haben. Was haben Sie angestellt, Charlie?«

Ich antwortete nicht. In meinem Kopf arbeitete es auf Hochtouren. Kein Zweifel, die Bostoner Polizeizentrale brachte mich mit Stan Millers Tod in Verbindung. Detective O hatte das ja schon mehr oder weniger angedeutet und mir ein Geständnis zu entlocken versucht. Wie waren sie mir auf die Schliche gekommen? Vielleicht hatte sich Tomika der Freundin einer Freundin anvertraut. Vielleicht hatte mich jemand an diesem Abend ins Haus gehen sehen, und das nicht nur ein Mal, sondern gleich zwei Mal.

Wahrscheinlich waren sie längst überzeugt von meiner Schuld. Eine Biographie wie meine musste schließlich früher oder später zu Mord und Totschlag führen.

Woher wissen Sie, dass sie erstickt wurden, Charlie?

Ich wusste es einfach. Rosalinds kleiner bleicher Körper, eingewickelt in eine blassrosafarbene, gepunktete Decke. Sie liebte diese Decke. Hatte ihre winzigen Fäuste in den weichen Vlies gekrallt und am Saum aus Satin genuckelt.

Ich hatte sie darin eingewickelt. Danach.

Kümmere dich um die Kleine, Charlie. Sorg dafür, dass sie zu weinen aufhört. *Mommy dreht durch, wenn sie nicht aufhört zu weinen.*

Oh Gott, was hatte ich getan?

»Charlie?«

Officer Mackereth. Er hatte sich nicht vom Fleck gerührt; die rechte Hand schwebte immer noch über dem Holster an der Hüfte. Wir standen im Abstand von vier Schritten einander gegenüber. Meine Hand an der Umhängetasche zitterte, was ich mir selbst nicht erklären konnte.

»Ich werde morgen sterben«, hörte ich mich sagen. »Gegen acht am Abend. Man wird mich erdrosseln. Ohne dass ich mich wehren würde. Hinweise auf Kampfhandlungen oder Spuren gewaltsamen Eindringens wird es nicht geben. Ich werde meinen Tod willkommen heißen.«

Officer Mackereth starrte mich an.

»Ich bin ein guter Schütze, ordentlich durchtrainiert und kann meine Fäuste gebrauchen. Ich will nicht sterben wie meine Freundinnen. Mein Leben war ohnehin beschissen genug. Falls es mit mir morgen doch zu Ende gehen sollte, wird auch der Killer nicht überleben.«

»Charlie ...«

»Ich brauche meine Pistole. Ich weiß, Sie trauen mir nicht. Was wissen Sie schon von mir? Trotzdem, ich brauche meine Waffe. Noch dreiundzwanzig Stunden. Nein, sechsunddreißig. Wenn ich Sonntagmorgen noch lebe, kann die Polizei die Waffe haben. Ich händige sie dann Ihnen aus. Sie können das Ding persönlich abliefern. Was mich anschließend erwartet, ist mir egal. Versprochen.«

»Was haben Sie vor, Charlie?«

»Randi ist tot. Jackie ist tot. Keiner weiß warum, keiner weiß, wie es dazu kommen konnte, und wer dahintersteckt, weiß auch niemand. Aber es waren meine besten Freundinnen, Tom. Ich habe sie geliebt, allzu sehr, wie mir heute scheint. Sie haben immer zu mir gestanden. Darum bin ich es ihnen schuldig, ihren Mörder zur Strecke zu bringen. Morgen Abend gegen acht. Wenn er oder sie zu mir kommt, werde ich ihn oder sie büßen lassen. Was anderes bleibt mir nicht übrig, Tom. Nichts, was mich noch am Leben hielte.«

Officer Mackereth trat auf mich zu.

»Und wenn ich Sie jetzt bitte, mir Ihre Tasche zu geben?«, fragte er ruhig, die Hand am Holster.

»Bitte nicht.«

»Sie bluten.«

»Gibt Schlimmeres.«

»Wo ist Ihr Hund?«

»Sie hat mir keine Nachricht hinterlassen.«

Er seufzte und ließ die Schultern hängen. »Was soll ich bloß mit Ihnen anfangen?«

Ich sagte nichts und überließ es ihm, sich Gedanken zu machen.

»Schauen Sie mich an, Charlie. Schauen Sie mir in die Augen und versichern Sie mir, nicht getan zu haben, was Ihnen die Kollegen von der Zentrale unterstellen. Dann können Sie gehen. Sie können sich umdrehen, und ich habe Sie nie gesehen.«

Ich schaute ihm in die Augen und schwieg.

Er seufzte wieder, heftiger diesmal. Er schien tatsächlich bekümmert. »Ich habe Sie irgendwie gemocht, Charlie.«

»Ich Sie auch, irgendwie.«

»Typisch. Ich habe offenbar einen Hang zu angeknacksten Frauen. Helfersyndrom, sagt meine Schwester.«

Ich musste lächeln. »Und ich will immer mehr, als ich haben kann. Wir haben wohl beide einen Knacks weg.«

»Muss das so sein?«

»Wie könnte es sonst sein?«

Er rückte näher. Noch einen Schritt, und ich hätte ihm eine rechte Gerade ins Gesicht pflanzen können. Ich war versucht, die Tasche zu öffnen und die Pistole zu ziehen.

Ich dachte an Randi. An Jackie. Ich fragte mich, ob der letzte Moment für sie ähnlich gewesen war. Ob sie zur Gegenwehr bereit gewesen waren oder einfach nur darauf gewartet hatten, dass es bald vorüber sein würde.

Officer Mackereth stand mir inzwischen so dicht gegenüber, dass er meine Nasenspitze mit seiner hätte berühren können. Unser dampfender Atem vermischte sich in der frostigen Nachtluft. Seine Hand lag auf dem Knauf der Dienstwaffe; er schien sie nicht ziehen, sondern schützen zu wollen.

»Morgen Abend um fünf, Charlie?«

»Was ist dann?«

»Dann hole ich Sie ab. Morgen Abend. Ich weiß von Ihren Freundinnen. Habe mich kundig gemacht. Jemand hat es auch auf Sie abgesehen. Er wird es mit uns beiden zu tun bekommen.«

Ich schaute ihm wortlos in die blauen Augen. Sein Blick wirkte tatsächlich entschlossen.

»Und Sonntagmorgen«, fuhr er fort, »überlassen Sie mir dann Ihre 22er.«

Ich nickte.

»Danach kann ich Ihnen nicht weiterhelfen.«

Ich nickte wieder.

»Sie haben mir vor kurzem das Leben gerettet, Charlie. Schätze, ich bin Ihnen was schuldig. Aber am Sonntagmorgen sind wir dann quitt. Einverstanden?«

Er bewegte seine Hand. Ich dachte schon, er wollte meine Wange berühren. Vielleicht wünschte ich mir sogar ein bisschen, dass er mir mit seinen Fingern im Handschuh die eiskalte Wange streichelte. Oder mit seinem warmen Mund über meine Lippen strich. Oder mich an seinen kräftigen, festen Körper drückte.

Mir ist kalt, dachte ich und bemerkte im selben Moment, dass ich mich vor allem einsam fühlte.

Officer Mackereth drehte sich um. Er ging davon.

Ich blieb noch eine Weile im Dunkeln stehen und widerstand der Versuchung, ihn zurückzurufen.

Er verschwand in der Polizeistation. Hinter mir fuhr ein Auto vorbei. Ich wartete, bis niemand mehr in der Nähe war.

Dann öffnete ich meine Umhängetasche, holte die 22er daraus hervor, wickelte sie in meinen Schal und stopfte sie am Rand des Parkplatzes unter einem dornigen Strauch in den Schnee.

Dass ich in Stans Wohnung meine Waffe abgefeuert hatte, würde mich verraten. Wenn sie Detective Warren in die Hände fiele, wanderte ich in den Knast. Vielleicht wäre das die Lösung. Im Gefängnis wäre ich wohl sicherer.

Aber dann dachte ich an Tulip. Sie hatte sich am Morgen gegen das warme Schlafzimmer entschieden, um draußen herumstreunen zu können. Wir ließen uns offenbar beide nicht gern einschließen und zogen es vor, im Freien unsere Chance zu suchen.

Noch einundzwanzig Stunden.

Ich hängte mir die schwarze Ledertasche wieder über die Schulter und trat mit erhobenem Kopf meine letzte Schicht an.

32. KAPITEL

»Fehlanzeige.«

»Was soll das heißen? Tasche durchsuchen, Waffe konfiszieren, fertig.« Es war halb elf am späten Abend. D. D. hatte ihrem Sohn das Fläschchen vorm Zubettgehen gegeben. Er lag an ihrer Brust, ein warmes kleines Bündel, nicht viel größer als eine Wärmflasche. Die beiden schaukelten vor und zurück. Eine hübsche häusliche Szene. Klar, dass das Telefon hatte klingeln müssen.

»Ich habe Charlene Grant, kaum dass sie durch die Tür kam, zu mir zitiert und ihr mitgeteilt, dass mir zu Ohren gekommen sei, sie bringe eine Pistole mit zum Dienst. Das sei gegen die Vorschriften«, fuhr Lieutenant Dan Shepherd vom Polizeirevier in Grovesnor fort. »Sie sagte daraufhin, es müsse wohl ein Irrtum vorliegen. Sie habe einen *Hund* mit zur Arbeit gebracht. Aber das werde nicht wieder vorkommen.«

»Um Himmels willen!«

»Sie hat zugelassen, dass ich ihre Tasche durchsuche. Da war nichts, Detective. Jedenfalls keine Waffe. Fehlanzeige.«

»Das kommt davon, wenn man eine Vernehmung vermasselt«, murmelte D. D. mehr zu sich selbst als an Shepherd gerichtet. »Wenn man die Karten auf den Tisch legt und so die Zielperson alarmiert. Ich werde meiner Kollegin Detective O ›Ich hab dich gewarnt‹ rückwärts auf die Stirn tätowieren lassen und Sie auffordern, vor der nächsten Vernehmung einen Blick in den Spiegel zu werfen.«

»Wie bitte?«, fragte Shepherd.

»Habe nur laut gedacht. Zur Sache: Haben Sie sich Charlenes Dienstpläne angesehen?« Als D. D. den Lieutenant am Vormittag angerufen und darauf hingewiesen hatte, dass eine seiner zivilen Mitarbeiterinnen möglicherweise eine Waffe zur Arbeit mitbrachte, hatte sie ihn auch gebeten zu überprüfen, ob Charlene zur Tatzeit der ersten beiden Tötungsdelikte im Dienst erschienen war oder nicht. Douglas Antiholde war am 9. Januar erschossen worden. Der Todeszeitpunkt des zweiten Opfers Stephen Laurent hatte noch nicht genau ermittelt werden können, lag aber ungefähr zwei oder drei Tage später.

»Am Neunten hatte Charlene Nachtschicht«, berichtete Shepherd.

»Ab elf?«

»Ja. Von elf bis sieben in der Früh.«

D. D. nickte stumm und rückte Jack zurecht, damit er es in ihrer Armbeuge bequemer hatte. Antiholde war am frühen Abend erschossen worden. Charlene hätte also durchaus Zeit gehabt, nach der Tat pünktlich zum Dienst zu erscheinen.

»Am Elften hatte sie ebenfalls Nachtschicht und dann noch ein paar Überstunden bis Mittag.«

»Dreizehn Stunden am Stück?«

»Das Maximum sind sechzehn Stunden.«

»Meine Güte, ist ja fast so schlimm wie bei uns.«

»Wer in der Leitstelle arbeitet, darf nicht zimperlich sein«, sagte Shepherd. »In der Nacht zum Dreizehnten hatte Charlene frei. Wahrscheinlich hat sie deshalb vorher Überstunden gemacht.«

»Okay.« D. D. nahm sich vor, den Rechtsmediziner zu bitten, Laurents Todeszeitpunkt genauer einzugrenzen. Von ihrem Arbeitsplatz in Grovesnor bis zu Laurents Wohnadresse würde Charlene mindestens eine Stunde gebraucht haben.

Für die Tatzeit im ersten und im jüngsten Fall hatte Charlene definitiv kein Alibi, vielleicht auch keines im Fall Nummer zwei.

D. D. hatte schon viele Ermittlungsverfahren geleitet und gegen die jeweiligen Verdachtspersonen viel weniger in der Hand gehabt. »Ist Ihnen schon früher zu Ohren gekommen, dass Charlene mit einer Waffe zum Dienst erscheint?«

»Natürlich nicht. Ich wäre unverzüglich eingeschritten.«

»Hat sie von ihrer Vergangenheit erzählt, unter welchen Umständen sie aufgewachsen ist?«

»Detective, die Nachtschicht ist einzeln besetzt. Privatgespräche sind da ausgeschlossen.«

»Und wie steht's um Ihre diensthabenden Kollegen?«

»Die werden fürs Streifefahren bezahlt und nicht dafür, dass sie in der Station rumhängen.«

»Aber sie haben doch auch mal Pause, und seien es nur zehn Minuten.« D. D. ging im Geiste Charlenes Dienstplan durch und suchte nach Gelegenheiten für sie, heimlich ihren Arbeitsplatz zu verlassen, einen Mord zu begehen und zurückzukehren, ohne dass jemand Notiz davon genommen hätte.

»Es gibt eine halbstündige Essenspause. Die meisten kaufen sich was unterwegs und essen im Streifenwagen. Charlene isst vor ihrer Konsole.«

»Eine halbe Stunde, mehr nicht? In acht Stunden Dienst?«

»Außerdem zwei kleine Pausen von jeweils fünfzehn Minuten. Viele gehen dann eine rauchen. Charlene nicht. Sie ist Fitnessfanatikerin.«

»Und wenn sie mal austreten muss?«

»Dann gibt sie Code zehn-sechs ein und verschwindet kurz.«

»Aber wenn sie allein arbeitet, wer nimmt dann die Anrufe entgegen?«

»Der diensthabende Sergeant auf der Wache.«

»Also ist sie nachts doch nicht allein.«

»Wenn man's genau nimmt, ja. Aber sie sitzt in einem abgeschlossenen Raum, einer ehemaligen Abstellkammer, die jetzt vollgepackt ist mit Monitoren, Telefonapparaten und Funkgeräten.«

»Würde es auffallen, wenn sie ihren Arbeitsplatz verlässt? Angenommen, sie checkt ein und würde sich heimlich davonschleichen ...«

»Unmöglich.«

»Warum? Wenn ich Sie richtig verstanden habe, können sich der Sergeant und sie nicht sehen.«

»Aber sie können einander hören. Charlene steht ständig in Kontakt mit unseren Streifenbeamten. Sie melden sich in regelmäßigen

Abständen bei ihr, und sie meldet sich bei ihnen. Über Funk, versteht sich. Neun-sechsundzwanzig an Leitstelle – in der Art. Wie lang ist es eigentlich her, dass Sie Streife gefahren sind, Detective?«

»Eine Weile.«

»Wir haben regen Funkverkehr. Wie gesagt, Charlene steht ständig mit unseren Kollegen in Kontakt. Und weil sie immer am Ball bleiben muss, hat sie ein schnurloses Headset, mit dem sie auch aufs Klo gehen könnte. Sogar auf dem Parkplatz oder auf der Straße hätte sie damit Empfang.«

»Verstehe, wenn Charlene Dienst hat, hat sie Dienst.«

»Genau.«

D. D. dachte nach. Was Shepherd sagte, ergab Sinn, konnte Charlene aber weder be- noch entlasten.

»Kann ich Sie was fragen?«

»Nur zu.«

»Warum ermitteln Sie gegen Charlene? Ich arbeite zwar nicht mit ihr zusammen, weiß aber, dass sie eine verlässliche und vertrauenswürdige Kraft ist. Wir mögen sie.«

»Aus Ihren Worten schließe ich, dass von Ihren Kollegen sie niemand wirklich kennt.«

»Nachtschichten sind kein Kaffeekränzchen.«

»Haben Sie sich vor ihrer Einstellung über sie erkundigt?«

»Selbstverständlich.«

»Und da war nichts, was sie hat stutzig werden lassen?«

»Sie hatte ausgezeichnete Referenzen von ihrer vorherigen Arbeitsstelle in Colorado …«

»Was?«

»Sie hat vorher in Arvada, Colorado, gearbeitet. Es war ihr erster Job in einer Polizeileitstelle.«

D. D. spürte einen kalten Schauer im Rücken. »Wie weit liegt Arvada von Boulder entfernt?«

»Was weiß ich? Ich komme aus Revere.«

D. D. spitzte die Lippen. In ihrem Kopf überschlugen sich die Gedanken. In Boulder war eine Leiche aufgefunden worden, und alles deutete darauf hin, dass es sich um Charlenes tote Mutter handelte. Charlene hatte an diesem Tag davon erfahren und mit keiner Silbe erwähnt, dass sie im selben Staat gelebt hatte. Was sollte man davon halten?

Ganz zu schweigen davon, dass in den vergangenen zehn Jahren Charlenes Mutter und ihre beiden besten Freundinnen gestorben waren. Mit anderen Worten, eine Frau hatte eine Spur von drei Leichen in drei verschiedenen Staaten hinterlassen. D. D. fand, dass es ziemlich riskant war, in Charlene Grants Nähe zu geraten. Ein vorzeitiges Ende wäre nicht unwahrscheinlich, und schlimmer noch: Durch ihr lückenhaftes Gedächtnis würde sie sich später nicht einmal mehr an einen erinnern.

Man kann manches wissen und gleichzeitig nicht wissen, hatte sie gesagt. So bewältige man eine traumatische Kindheit.

Dissoziative Identitätsstörung. Unterschiedliche Persönlichkeiten erinnerten sich nur an Einzelteile des individuellen Puzzles, hatte Detective O gesagt. Es erklärte Charlenes Gedächtnislücken, die widersprüchlichen Botschaften der Nachrichten sowie die erstaunliche Fähigkeit der jungen Frau, die Morde an ihren Freundinnen zu beklagen und selbst zu töten.

D. D. wälzte Charlenes Aussagen und Os Theorie in ihrem Kopf. Beides missfiel ihr.

»Ich will diese Waffe haben«, murrte sie frustriert.

»Tut mir leid, Detective. Mehr kann ich für Sie nicht tun.«

»Ja, ja.« D. D. stellte noch ein paar Fragen, plauderte aus dem Nähkästchen, und als sich abzeichnete, dass aus Shepherd nicht mehr herauszuholen war, beendete sie das Gespräch.

Jack war eingeschlafen, das Fläschchen lag neben ihm. Sie stand aus dem Schaukelstuhl auf, stellte die leere Flasche auf den Teetisch und genoss es für einen Moment, ihren Sohn an sich zu drücken.

D. D. atmete tief durch und befreite sich von allen Gedanken an Charlene Rosalind Carter Grant, Kinderschänder und Mörder bester Freundinnen.

Sie hielt ihr Baby. Sie sog den Duft von Milch, Puder und neugeborener Unschuld ein. Sie sah die kleine Brust auf und ab gehen, bewunderte die eingedrückten Fältchen im Gesicht und die vollkommenen kleinen, zusammengerollten Finger.

Sie staunte über das winzige Wunder, das ihr Kind war.

Dann küsste sie es sanft auf die Stirn, legte es in seinen Korb und holte sich ein Glas Wasser aus der Küche. Prompt klingelte wieder das Telefon.

Sie warf einen Blick auf das Display. Detective O. Sie antwortete.

»So erfüllen sich Prophezeiungen von selbst«, bemerkte D. D. anstelle eines Grußes. »Gratuliere. Charlene ist ohne ihre 22er zum Dienst erschienen.«

»Irrtum«, sagte O triumphierend.

D. D. stockte. Sie nahm einen Schluck Wasser und schaute O fragend an. »Wie soll ich das verstehen?«

»Ich bin ihr gefolgt.«

»Sie sind Charlene Grant gefolgt?«

»Genauer gesagt, habe ich auf dem Parkplatz vor der Polizeistation von Grovesnor auf sie gewartet. Für den Fall, dass ihr dort die Waffe abgenommen worden wäre, hätte ich sie gleich mitnehmen und zur Kriminaltechnik bringen können.«

»Um elf in der Nacht?«

»Ich habe vorher Jon Cassir, den Spezialisten der Ballistik, angerufen und ihn gebeten, noch eine Weile zu bleiben.«

D. D. runzelte die Stirn. Sie nahm Anstoß an Os plumpdreister Art und fühlte sich versucht, die jüngere Kollegin zurechtzustutzen. Aber dann besann sie sich. O hatte Initiative gezeigt. Und an einer aggressiven Strategie war nichts auszusetzen, wenn es darum ging, einen Serientäter zu stellen. Es hatte Zeiten gegeben, in denen D. D. genauso vorgegangen wäre.

Statt zu ihrem Baby nach Hause zurückzukehren. Statt zu sagen, sie sei nach dem Abendessen wieder zur Stelle, obwohl Alex ebenfalls Entlastung brauchte, auch wenn sie nach ihren Nachteinsätzen selbst am Ende war, ganz zu schweigen vom Frühstück mit ihren Eltern. Im Übrigen war es viel angenehmer gewesen, sich um Jack zu kümmern als nach Roxbury zurückzufahren. Sie konnte ja auch von zu Hause aus arbeiten und nebenbei ihre Eltern anrufen, um die Wogen zu glätten. Sie hätte es gekonnt.

»Ich war also vor Ort«, fuhr O fort, »und sah Charlene von der U-Bahn-Station kommen. Auf dem Parkplatz wurde sie von einem Officer angesprochen. Zuerst dachte ich, er könnte ein Freund von ihr sein, aber sie wurde regelrecht aggressiv, und er legte die Hand auf seine Dienstwaffe. Es sah aus, als wollte er sie festnehmen, doch dann ließ er sie plötzlich stehen und verschwand. Worauf sie ihre Halbautomatik aus der Tasche nahm, sie in einen Schal wickelte und in einem Schneehaufen versteckte.«

»Sie scherzen.«

»Nein. Natürlich habe ich mir die Taurus geholt, kaum dass Charlene in die Station gegangen war, und die Waffe ins Labor gebracht. Da bin ich immer noch. Cassir will uns morgen früh das Ergebnis vorlegen.«

D. D. war sich nicht sicher, was sie von dieser jüngsten Wendung halten sollte. »Wir haben sechs Geschosse von drei Tatorten. In welchem Zustand sind sie? Geeignet für einen Abgleich?«

»Nicht alle. Die beiden Kugeln, die diesem Antiholde verpasst wurden, sind ziemlich platt und wahrscheinlich unbrauchbar. Aber Cassir meint, die von Tatort zwei und drei könnten was bringen.«

»Wir haben die anonymen Nachrichten von allen drei Schießereien. Sie stehen also zweifellos miteinander in Zusammenhang. Wenn auch nur an einem einzigen Geschoss nachzuweisen wäre, dass es aus Charlenes 22er abgefeuert wurde …« D. D. dachte laut nach.

»Bingo.«

D. D. nickte. O hatte gute Arbeit geleistet, und es war unfair, ihr den Erfolg zu verübeln. Als altgediente Ermittlerin, die eine neue Lebensphase angetreten hatte, bestand nun D. D.s Aufgabe vor allem darin, der weniger erfahrenen Kollegin unterstützend zur Seite zu stehen. Gewissermaßen den Staffelstab an sie weiterzugeben. Mit anderen Worten, sich selbst verzichtbar zu machen.

»Haben Sie ihre Tante vernommen?«, fragte D. D.

»Noch nicht. Ich war zu sehr damit beschäftigt, Charlie auszutricksen. Ich hoffe, Sie freuen sich darüber, dass mir das gelungen ist.«

Das Ergebnis ließ sich sehen. Aber die manische Art, mit der O zur Sache ging, irritierte sie ein wenig.

»Ich nehme an, Sie werden zur Polizeistation von Grovesnor zurückkehren?«, sagte D. D.

»Wozu?«

»Sie werden doch nicht auf halbem Weg haltmachen.«

O schwieg, was D. D. als Antwort reichte.

»Wollen Sie nicht sehen, wie Charlie nach Dienstschluss im Schnee herumwühlt und nach ihrer Waffe sucht?«

O sagte immer noch nichts.

»Ich glaube, sie wird die Waffe in wenigen Stunden zu ihrer Selbstverteidigung brauchen«, erinnerte D. D. »Wie wird sie reagieren, wenn sie feststellen muss, dass die Pistole verschwunden ist?«

»Wenn sie klug ist, stellt sie sich«, antwortete O zurückhaltend. »Wir können sie besser beschützen. Der Mörder ihrer beiden besten Freundinnen wird mit Sicherheit nicht im Gefängnis nach ihr suchen.«

»Wäre das Ihre erste Festnahme?«

»Wohl kaum.«

»Haben Sie keine Bedenken, eine Person hinter Gitter zu bringen, von der zu erwarten ist, dass sie Ihnen einen Teil Ihrer Arbeit abnimmt?«

»Ich verlasse mich lieber auf mein Dezernat. Wir machen unsere Arbeit recht gut.«

D. D. dachte an die vielen Sexualstraftäter, die sie im Laufe ihres Berufslebens nicht hatte überführen können, und war sich dessen nicht so sicher. Sie leerte ihr Wasserglas und kam wieder auf Aktuelles zu sprechen.

»Tut sich was auf Facebook?«, fragte sie.

»Bis jetzt schon über tausend Posts und Kommentare«, meinte O.

»Die meisten aus Atlanta und Providence. Von Angehörigen und Freunden der Opfer. Um alle Einträge zu lesen, bräuchten wir mindestens ein halbes Dutzend mehr Leute. Ich habe nur Ausschau nach solchen gehalten, die aus der Reihe fallen. Der einzig interessante Kommentar stammt von Randis Ex.«

»Sitzt der nicht in Haft?«

»Ja, aber offenbar hat er Zugang zum Internet. Er reagierte auf unsere Seite als einer der Ersten und schrieb: ›Ruhe in Frieden‹, dazu noch das Todesdatum.«

»Arschloch.«

»Wie wär's, wenn ich poste: ›Tröstlich nur, dass Randi von ihrem Scheiß-Ehemann befreit ist.‹ So was in der Art.«

»Tun Sie das. Bin gespannt, was er darauf antwortet. Gab es auch Einträge aus Colorado?«

O wollte wissen, warum, worauf D. D. erklärte, dass Charlie früher in Arvada gelebt hatte.

»Wann ist noch mal die Mutter gestorben?«, wollte O wissen.

»Vor acht Jahren. Zu der Zeit müsste Charlene in der Leitstelle von Arvada gearbeitet haben, was aber noch zu überprüfen wäre.«

»Wie ist die Mutter gestorben?«

»Laut Rechtsmedizin eines natürlichen Todes. Leberversagen nach jahrelangem Alkoholmissbrauch. Allerdings war sie schon eine Weile tot, als man ihre Leiche fand. Die Todesursache ließ sich nicht mehr eindeutig feststellen.«

»Ich hätte sie erstickt«, sagte O. »Mit einem Kissen auf Nase und Mund.«

»So wie sie ihre Kinder umgebracht hat? Aber im Fall einer Asphyxie wären dem Pathologen petechiale Blutungen aufgefallen.«

»Nicht an einem schon verwesenden Leichnam.«

»Sie glauben, Charlie hat ihre Mutter umgebracht?« D. D. meinte ihre Frage ernst. Dass die Mutter zu jener Zeit in Colorado gestorben war, als ihre Tochter dort gearbeitet hatte, machte ihr zu schaffen. Und doch ... »Charlie hat bei der Vernehmung die richtigen Fragen gestellt. Sie glaubte ihre Mutter im Gefängnis oder in einer psychiatrischen Anstalt. Dass sie tot sein könnte, schien ihr nicht in den Sinn gekommen zu sein. Sie wollte sogar wissen, unter welchen Umständen sie gestorben ist. Wenn Charlene tatsächlich ihre Mutter in Boulder aufgestöbert, sie besucht und ihr volle fünf Minuten lang ein Kissen aufs Gesicht gedrückt hat – tja, dann ist sie eine verteufelt gute Schauspielerin.«

Am anderen Ende der Leitung blieb es eine Weile still. »Sie mögen die Frau nach wie vor, stimmt's?«, fragte O.

»Mit Mögen hat das nichts zu tun. Ich denke nur laut nach. Kann ich Ihnen auch empfehlen. Macht Spaß.«

»Sie ist an der Seite einer Mörderin aufgewachsen. Vielleicht sah sie sogar mit eigenen Augen, wie die Mutter ihre Kinder erstickte. Könnte auch sein, dass sie es selbst tat ...«

»Eine gewagte Hypothese.«

»Feststeht, sie wurde selbst misshandelt. Denken Sie an die zwangsläufig schwer gestörte Mutter-Tochter-Bindung. Den Mangel an Empathie. Schönschwätzer suggerieren, ein bisschen Liebe könne alle Schmerzen lindern. Wir Cops wissen es besser.«

»Sie behauptet, Rosalind geliebt zu haben.«

»Das ändert nichts. Mag sein, dass ihr Rosalinds Tod den Rest gegeben hat. Ich kann mir vorstellen, dass sie durchgedreht ist und vielleicht ihre Mom getötet hätte, wäre die mit dem Messer nicht schneller gewesen.«

»Noch so eine gewagte Hypothese.«

»Die Mom türmte, Charlie ging zu ihrer Tante in die Berge von New Hampshire. Neues Haus, neue Regeln, neue Stabilität. Vielleicht hat das eine Weile gewirkt. Bis ihre Freundinnen fortgezogen sind und unsere arme kleine Charlie wieder allein war. Mag sein, dass sie zu diesem Zeitpunkt beschlossen hat, ihre Mutter ausfindig zu machen und eine alte Rechnung zu begleichen.«

»Wir bräuchten einen Zeugen, irgendeinen Beweis, dass Charlie wusste, wo ihre Mutter lebt.«

»Beschlagnahmen wir ihren Computer.«

»Sie hat keinen.«

»Ich wette, ihre Tante hat einen bei sich zu Hause. Holen wir uns den und kramen in alten Dateien. Vielleicht ist da noch eine E-Mail, oder die Browser-Chronik gibt was her. Irgendwas findet sich immer. Außerdem bin ich mir sicher, dass sie Zugang zum Internet hat, in der Stadtbibliothek zum Beispiel. Wie hätte sie sonst Jagd auf Päderasten machen können? Heutzutage hängt jeder im Netz und hinterlässt dort Spuren. Wir müssen nur an der richtigen Stelle graben. Vielleicht hat Charlie vor acht Jahren ihre Mutter ausfindig gemacht und getötet. Sich Genugtuung verschafft, Gerechtigkeit wiederhergestellt. Wer weiß?«

D. D. sah keinen Grund, O zu widersprechen. Mit dem Tod der Mutter schien der Gerechtigkeit Genüge getan worden zu sein. Und dass jeder im Netz Spuren hinterließ, war nur zu hoffen. Von Phil hatte sie kurz vor dem Abendessen erfahren, dass er und Neil in Barrys Schlafzimmer acht elektronische Geräte konfisziert und der Kriminaltechnik ausgehändigt hatten, die nun unter anderem herauszufinden versuchte, ob es eine Verbindung gab zwischen Barry und den beiden anderen Päderasten, womöglich sogar zu der Person mit den »blauen Katzenaugen«, die dem jungen Zeugen aufgefallen waren.

»Charlene Grant hat also ihre eigene Mutter getötet«, resümierte D. D., »und so großen Gefallen daran gefunden, dass sie beschließt, acht Jahre zu warten und dann in Boston Sexualstraftäter zu jagen, um weitere Male der Gerechtigkeit Genüge zu tun. Verstehe ich Sie richtig?«

»Vielleicht hat sie gar nicht acht Jahre gewartet. Vielleicht war sie schon anderenorts aktiv. Wir wissen nur von drei Tötungsdelikten in unserem Zuständigkeitsbereich. Davon abgesehen werden Tötungsimpulse, wie wir wissen, vor allem in Stresssituationen getriggert, und dass Charlene Grant zurzeit schwer unter Stress steht, sieht man auf den ersten Blick.«

»Sie meinen, wenn der ansonsten braven Frau der Stress zu viel wird, lädt sie ihre Pistole und lässt Dampf ab?«

»Warum nicht? Es gibt abwegigere Motive, Sexualstraftäter zu töten.«

»Noch mehr gewagte Hypothesen.«

»Deshalb bin ich ihr heute Abend gefolgt«, erwiderte Detective O gereizt. »Ich habe ihre 22er ins Labor gebracht, und spätestens morgen liegt uns ein ballistischer Bericht vor. Dann wird sich zeigen, wie gewagt meine Hypothesen waren.«

»Hoffen wir's«, murmelte D. D. »Sonst hätten wir einem potenziellen Mordopfer eine vorschriftsmäßig angemeldete Waffe abgenommen, mit der es sich vor dem bevorstehenden Angriff schützen wollte.«

»Kommen Sie mir nicht damit!«, blaffte O. »Es geht um Charlene und um ihre Vergangenheit an der Seite einer psychotischen Mutter. Ich bezweifle, dass sie morgen Ziel eines Angriffs sein wird. Ich glaube vielmehr, sie hält uns mit dieser Geschichte bloß zum Narren. Viele Menschen wurden in ihrer Kindheit misshandelt, und sie schaffen es trotzdem aufzuwachsen, ohne ihr Gedächtnis unterwegs zu verlieren. Charlene behauptet, vergessen zu haben, dass sie von ihrer Mutter niedergestochen wurde. Schon das war gelogen, wenn Sie mich fragen.«

»Haben Sie ihr nicht eine dissoziative Persönlichkeitsstörung attestiert? Das würde doch die Gedächtnislücken erklären. Nicht Charlie wurde von ihrer Mutter niedergestochen, sondern ihre – sagen wir: Opferpersönlichkeit alias Rosalind. Davon weiß Charlie nichts mehr. Und statt ihrer läuft eine Beschützerpersönlichkeit namens Abigail durch Boston und bringt Sexualstraftäter zur Strecke.«

»Unsinn.«

»Sie haben damit angefangen.«

»Nur um mit Ihnen zu streiten. Unser Job wäre sonst doch verdammt fade, oder?«

»Schön. Immerhin sind wir uns in einem Punkt einig: Wir brauchen den Bericht der Ballistik. Dass Sie die Waffe sichergestellt und ins Labor gebracht haben, war gute Arbeit. Gratuliere, Detective.«

Für einen Moment glaubte D. D., Os Unbehagen in der Leitung spüren zu können, und musste unwillkürlich an eine andere Polizistin denken, der Lob auch eher peinlich war – sie selbst.

»Detective«, sagte D. D. in etwas anderer Tonlage.

»Ja.«

»Gehen Sie nach Hause. Schlafen Sie sich aus. In rund sieben Stunden ist Charlenes Schicht vorbei, und Jon Cassir hat hoffentlich Ergebnisse vorliegen. Das heißt, uns steht wahrscheinlich ein schwerer Tag bevor. Und womöglich ...« D. D. zögerte. »Womöglich auch noch eine schwere Nacht danach, denn morgen jährt sich der Mord an Charlies Freundinnen.«

»Keine Sorge«, entgegnete O prompt. »Charlene wird gegen elf festgenommen, bis drei erkennungsdienstlich behandelt und danach sicher unter Verschluss sein. Wenn irgendein Killer an sie heranwill, muss er sich einen Tunnel durch Beton graben.«

33. KAPITEL

Hallo. Mein Name ist Abigail.

Keine Sorge, wir sind uns schon begegnet.

Hast du Angst vor mir? Oder hast du Angst um mich?

Vertraue mir, ich werde auf dich aufpassen.

Vertraust du mir nicht?

Hallo. Mein Name ist Abigail.

34. KAPITEL

Samstagmorgen um sieben. Noch dreizehn Stunden.

Vielleicht weniger? Vielleicht mehr?

Wer weiß? Ich hatte Feierabend, aber meine Ablösung war noch nicht eingetroffen. Deshalb hing ich an meinem Schreibtisch fest und musste Anrufe diverser Bostoner Bürger in diversen Panikzuständen entgegennehmen.

Zu Beginn meiner Schicht waren hauptsächlich Verkehrsunfälle gemeldet worden. Auto vs. Katze. Motorrad vs. Telegraphenmast. Teenager A vs. Teenager B, beide alkoholisiert.

Als gegen zwei die Bars schlossen, liefen die Leitungen heiß. Tina Limmer rief aus der Markham Street Nr. 375 an und bezeichnete ihren Freund als Dreckskerl. Vermutlich hatte sie ihn mit ihrer besten Freundin im Bett erwischt. Schlimm so was, aber ein Dreckskerl zu sein war kein Straftatbestand, und so musste ich Tina aus der Leitung werfen. Gleich darauf meldete Cherry Weiss aus der Concord Avenue Nr. 896 Feuerrauch im Treppenhaus. Ich setzte zwei Kollegen und die Feuerwehr in Marsch. Die Kollegen nahmen zwei betrunkene, siebzig Jahre alte Männer fest, die tapfer den Beweis zu erbringen versucht hatten, dass sich Fürze anstecken ließen. Die Jungs von der Feuerwehr amüsierten sich köstlich.

Dann hatte ich einen gewissen Vinnie Pearl am Apparat, der vom Wentworth Way Nr. 95 aus anrief und darüber klagte, seine Nase verloren zu haben. Nach kurzer Suche (ich lotste ihn in sein Badezimmer) fand er sie im Spiegel. Es stellte sich heraus, dass Vinnie den ganzen Freitag über fleißig Limoncello zusammengemixt hatte. Was auch erklärte, weshalb er zehn Minuten später ein weiteres Mal anrief und den Verlust seiner Lippen meldete. Er könne sie nirgends finden, der ganze Mund sei verschwunden.

Ich forderte Vinnie auf, vier Aspirin zu schlucken und mindestens einen Liter Wasser zu trinken, und wünschte ihm viel Glück.

Unmittelbar darauf registrierte ich den ersten von insgesamt drei Schlägereien in Bars, zwei Fälle häuslicher Gewalt und einen weiteren Verkehrsunfall: Hummer vs. drei parkende Autos.

Die parkenden Autos gingen als Verlierer vom Platz. Der Hummer blieb auch nicht ohne Schaden, und sein sturzbetrunkener Fahrer leistete, wie es hieß, keinerlei Widerstand, als man ihn in Gewahrsam nahm.

Um drei aß ich mein mit Hühnerfleisch belegtes Sandwich und eine halbe Grapefruit am Schreibtisch. Gegen vier wurden die Anrufe weniger, sodass ich kurz austreten konnte. Um 4:30 Uhr loggte ich mich am stationseigenen Computer bei Facebook ein. Ich wollte mir die zum Andenken an Randi und Jackie eingerichtete Seite ansehen.

Mir blieben genau acht Minuten, die lange Liste der Freunde und bittersüßen Erinnerungen zu bestaunen, bevor der Monitor wieder aufleuchtete. Diesmal ging es um Auto vs. Fußgänger. Der Fußgänger war verletzt, aber noch in der Lage gewesen, die 911 zu wählen, während der Unfallgegner das Weite suchte.

Randi hatte am Einundzwanzigsten, wie ich annahm, nichts Böses geahnt. Laut Auskunft der Polizei waren keine Drohbriefe in ihrer Wohnung gefunden worden, und ihre Yogalehrerin, die wahrscheinlich einzige ihr nahestehende Person, hatte ausgesagt, dass Randi, die recht zurückgezogen lebte, nichts habe verlauten lassen, was Anlass zur Sorge gegeben hätte. Der Einundzwanzigste war demnach wie jeder andere Tag für sie gewesen. Aufstehen und funktionieren, ohne einen Schimmer davon zu haben, dass dies der letzte Tag auf Erden sein würde.

Ist es so besser? Den eigenen Tod nicht kommen zu sehen, statt die Wochen und Tage zu zählen, wie ich es tat, das drohende Ende ständig vor Augen?

Jackie hatte am Morgen des Einundzwanzigsten geweint. Da bin ich mir sicher. Sie war ganz bestimmt mit ähnlich traurigen Gefühlen aufgewacht wie ich. Es war schließlich Randis Todestag, und die

Polizei hatte bei ihren Ermittlungen immer noch keine Fortschritte gemacht. Unsere Freundin aus der Kindheit war einem Verbrechen zum Opfer gefallen, und wir hatten mehr Fragen als Antworten.

Jackie wird ihren letzten Tag in aller Stille begonnen haben. Vielleicht hatte sie zur Erinnerung an Randi eine Perlenkette angelegt oder frische Schnittblumen gekauft oder während der Fahrt zur Arbeit Musik von Randis Lieblingsband Journey gehört.

Ich war an diesem Morgen zum Friedhof gefahren und hatte einen großen Strauß gelber Rosen auf Randis Grab gelegt. Ich hatte Angst, ihren Eltern dort zu begegnen und nicht zu wissen, was ich sagen sollte. Aber es war niemand dort, und ich stand allein auf festgefrorenem Schnee, vor Kälte zitternd, während mir die Tränen auf den Wangen vereisten.

Jackie hatte am Einundzwanzigsten wahrscheinlich jede Menge Termine wahrnehmen müssen und kaum Zeit gehabt, an sich selbst zu denken, geschweige denn ihrer stillen Trauer nachzuhängen. Vielleicht war sie deshalb am Abend in eine Bar gegangen in der Hoffnung, das könnte sie etwas aufheitern.

Angeblich hatte sie dort eine Frau getroffen, allem Anschein nach eine ihr fremde Person, denn aus ihrem Freundes- und Bekanntenkreis war niemand während der letzten Stunden mit ihr zusammen gewesen. Diese fremde Frau war ihr offenbar so sympathisch, dass sie sie mit zu sich nach Hause genommen hatte.

Keine Kampfhandlungen.

Auf diesen Umstand kam ich immer wieder zurück. Nicht nur, dass sie sterben musste; sie starb auch noch ohne Gegenwehr.

Ich konnte mir das kaum vorstellen. Als J. T. mir seine Pranken um den Hals gelegt hatte, war ich für einen kurzen Moment wie paralysiert gewesen. Aber mit der Atemnot setzten die Instinkte ein, und ich kämpfte wie verrückt, um wieder Luft holen zu können.

Randi war sanftmütig gewesen, ein Lämmchen, ganz anders als Jackie, die es immer schon verstanden hatte, sich durchzuboxen, bis hinauf in die Chefetage eines großen Konzerns, obwohl sie erst sechsundzwanzig Jahre alt war.

Was also war in jener Nacht passiert? Wen hatte sie getroffen, wie konnte es geschehen, dass sie sich passiv ihrem Schicksal ergab?

An diesen Fragen knackte ich schon seit einem Jahr herum. Antworten fielen mir nicht ein, was meine Nerven umso mehr strapazierte.

Die Telefone klingelten. Meine Hände zitterten. Ich arbeitete und arbeitete mit zusammengebissenen Zähnen, immer auf dem Sprung und verzweifelt darauf aus, endlich wieder in den Besitz meiner Taurus zu kommen.

Von sieben bis acht, bis neun wartete ich auf meine Ablösung.

Um Viertel nach neun steckte Sergeant Collins den Kopf zur Tür herein und sagte, dass sich die Kollegin krankgemeldet habe. Man suche jetzt Ersatz; ich solle so lange die Stellung halten.

Es war keine Bitte, sondern ein Befehl. Das bringt dieser Job mit sich. 911-Leitungen *müssen* besetzt sein. Man kann erst gehen, wenn die Ablösung da ist.

Von neun bis zehn, bis elf.

Ich saß in der abgedunkelten Leitstelle, nahm Notrufe entgegen und versuchte, anderer Leute Probleme zu lösen.

Auf diese Weise endet die Welt, dachte ich in Erinnerung an ein Gedicht von T. S. Eliot, das wir in der Schule gelesen hatten. Nicht mit einem Knall, sondern mit einem Wimmern.

Ich wollte kämpfen. Was auch immer an diesem Abend geschehen mochte, *ich* wollte diejenige sein, die verletzt und Schaden anrichtet. Gewinnen oder verlieren. Detective D. D. Warren und ihr Team würden an meinem Tatort jede Menge Spuren sicherstellen können. Dazu war ich entschlossen.

Halb zwölf. Shirlee Wertz erschien mit einem roten Stirnband über den schwarzen Locken und einer Schultertasche voller Bücher. Wir gingen die Anrufliste durch. Ich machte sie auf Vinnie und seine verschwundenen Körperteile aufmerksam, übergab ihr mein Headset und verließ den Schreibtisch. In der Tür drehte ich mich noch einmal um.

Würde mir dieser Arbeitsplatz fehlen?

Ich hatte zwei Wochen Urlaub eingereicht, um meinen Abschied weniger dramatisch zu gestalten. Niemand stellte mir Fragen zu meiner Zukunft, was ich denn machen würde nach dem Einundzwanzigsten.

Seltsam, ich hatte einen Kloß im Hals. Ich starrte auf den ANI/ALI-Monitor und schluckte.

Mir gefiel dieser Job. Die Kollegen lagen mir am Herzen. Es war mir eine Ehre gewesen, sie mit meinen bescheidenen Mitteln und von diesem abgedunkelten Raum aus zu unterstützen. Ein Jahr lang hatte ich mich hier um gute Arbeit bemüht.

Viertel vor zwölf. Noch acht Stunden und fünfzehn Minuten.

Ich nahm meine Umhängetasche und verließ die Polizeistation von Grovesnor. Ich zwang mich, nicht zurückzublicken.

Ich steuerte geradewegs auf den Dornstrauch am Rand des Parkplatzes zu, vergewisserte mich, dass mich niemand beobachtete, und bückte mich, um die Waffe zu bergen.

Aber sie war nicht zu finden. Ich grub ein bisschen weiter links, ein bisschen weiter rechts, gab dann alle Vorsicht auf und buddelte mit beiden Händen im Schnee herum wie ein Terrier nach einem Knochen.

Nichts.

Die Pistole war verschwunden. Übrig blieb nur ein eisiges Loch, umkränzt von Streusand und Stadtdreck.

In der Ferne heulten die Sirenen mehrerer Streifenwagen.

Wer hatte sie genommen?

Ich hatte keinem Menschen etwas gesagt und die Waffe erst im letzten Moment versteckt, als niemand in der Nähe war. Wie hatte jemand vorhersehen können, was mir selbst erst zuallerletzt eingefallen war?

Meine Nackenhaare stellten sich auf. Mir dämmerte es.

Der Killer war in Boston.

Er/sie beschattete mich.

Und war mir bereits einen Schritt voraus.

Die Uhr war abgelaufen.

Der Angriff auf mein Leben hatte begonnen.

Wankend entfernte ich mich von dem schmutzigen Schneehaufen und rannte los, unbewaffnet und voller Panik.

35. KAPITEL

Am Samstagmorgen wachte Jesse im Doppelbett seiner Mutter auf. Sie lag am Rand, das Gesicht zur Wand, und schnarchte. Ein Arm hing von der Bettkante auf den Boden herab. Jesse wusste nicht, wie viel Uhr es war. Wahrscheinlich schon recht spät, denn es war hell im Schlafzimmer. Die Sonne zwängte sich durch die Lamellen des Rollos.

Normalerweise wäre Jesse von sich aus aufgestanden. Er hätte sich mit einer Schale Cornflakes vor den Fernseher gesetzt und Zeichentrickfilme angesehen. Oder er hätte sich ins Internet eingeloggt und wäre in die Welt von AthleteAnimalz eingetaucht.

Jetzt aber schmiegte er sich an seine schlafende Mutter. Es gefiel ihm, ihren weichen, warmen Körper im Rücken zu spüren. Er fuhr mit der Hand über die rot geblümte Bettdecke und starrte auf die grau gestrichene Wand auf der anderen Seite.

In seinem Alter gehörte es sich eigentlich nicht mehr, bei seiner Mutter im Bett zu schlafen. Wehe, die Jungs in der Schule erführen davon. Aber bald würde er ohnehin wieder in sein eigenes Bett umziehen. Morgen oder übermorgen Abend, hatte seine Mutter gesagt. Genauso wie die Therapeutin. Es müsse wieder Normalität einkehren, meinten beide, doch als seine Mutter diese Worte aussprach, hatten sich zwei Falten zwischen ihren Augenbrauen gebildet. Er mochte diese Falten nicht. Wenn er sie sah, war er immer versucht, sie mit der Hand glatt zu streichen.

Er hatte seiner Mom weh getan, schlimmer noch: Er hatte sie zu Tode erschreckt. So wie er bei jedem lauten Geräusch zusammenzuckte, konnte sie nicht anders, als ihn ständig im Auge zu behalten. Gestern hatten sie darum den ganzen Tag auf dem Sofa gesessen, sich idiotische Fernsehshows angesehen und Junkfood gegessen, so viel, dass selbst Jesse fürchtete, seinen Gehirnzellen damit zu schaden.

Ihm war tatsächlich, als wüchsen Warzen in seinem Kopf, als wucherte in seinem Schädel ein Zombie-Hirn heran.

Er hatte den angeknabberten Schokoriegel beiseitegelegt und um einen Apfel gebeten.

Als seine Mutter daraufhin in Tränen ausgebrochen war, hatte er wieder nach dem Schokoriegel gegriffen, den sie ihm aber sofort aus der Hand nahm. Der Riegel schien also nicht das Problem zu sein.

Er war ungezogen gewesen. Daran lag es. Er hatte sich nicht an die Regeln gehalten, war einem Fremden gefolgt, einem Dämonen begegnet und hatte einen Jungen sterben sehen. Und das war nicht mehr rückgängig zu machen. Es war geschehen, weil er nicht auf seine Mutter gehört hatte. Und jetzt … jetzt …?

Wenn es bloß möglich wäre, die Zeit zurückzudrehen, so wie man ein Video zurückspulen konnte. Er stellte sich vor, rückwärts in die Bibliothek zu gehen und sich zu einem fremden Jungen zu setzen, nur dass er diesmal sofort wieder aufstand und zu seiner Mutter nach unten ging. Schau, da ist Jesse bei seiner Mutter. Bleib, Jesse, bleib! Sei ein guter Junge, und deine Mutter muss nicht weinen.

Die Polizei hatte den Laptop mitgenommen. Irgendwann zwischen Donnerstagabend und Freitagmorgen, schätzte er. Er war auf dem Nachhauseweg von der Polizeistation nach den vielen Fragen, die er dort hatte beantworten müssen, auf der Rückbank des Streifenwagens eingeschlafen und dann vermutlich von seiner Mutter in die Wohnung getragen worden, die ganze Treppe hoch bis in den dritten Stock, obwohl er dafür eigentlich auch schon viel zu groß war. Sie hatte ihn aufs Sofa gelegt und ihm die Schuhe ausgezogen, was er vor lauter Erschöpfung gar nicht gemerkt hatte.

Um sechs in der Früh war er zum ersten Mal schreiend aus dem Schlaf aufgeschreckt. Schlecht geträumt. An den Traum konnte er sich nicht erinnern, nur an einen schrecklich dünnen Dämon mit spitzen Scherben im Mund und viel zu hellen blauen Augen.

Um neun holte ihn seine Mutter aus dem Bett. Gute Nachricht: Für ihn fiel die Schule aus, und sie nahm sich ebenfalls frei. Sie wollten sich einen Erholungstag gönnen, sagte sie, hatte aber wieder diese Falten zwischen den Brauen, und er sah, dass sie nicht wirklich glücklich war und dass sie nicht wirklich Spaß miteinander haben würden.

Zum Frühstücken gingen sie in den kleinen Diner um die Ecke. Auf dem Weg dorthin rückte sie damit heraus, dass die Polizei für ihre Ermittlungen den alten Laptop brauchte. Sie habe ihn dem Officer übergeben, der sie nach Hause gebracht hatte. Sobald die Polizei mit ihren Untersuchungen daran fertig sei, könnten sie ihn wieder abholen, aber Jesses Mutter wollte das Ding nicht wieder sehen.

Als sie das sagte, schaute sie ihrem Sohn ins Gesicht. Er nickte nur stumm und protestierte nicht. Sie seufzte ein wenig, und die Falten zwischen den Augen glätteten sich für einen Moment. Eine Last war ihr genommen, aber allzu viele schien sie noch tragen zu müssen.

Jesse glaubte, seine Rolle verstanden zu haben. Er war ungezogen gewesen, die Zeit ließ sich nicht zurückdrehen, und das, was er angerichtet hatte, war nicht wiedergutzumachen. Er konnte nur versuchen, einen Ausgleich zu schaffen, so wie er jeden Twinkie, den er naschte, mit einem Glas Milch ausglich. Schlechtes Verhalten durch gutes Verhalten wettzumachen.

Die Frau von der Polizei hatte am Abend gesagt, sie sei auf seine Hilfe angewiesen. Er sei Augenzeuge. Und er müsse tapfer sein und alles erzählen, was vorgefallen war. Er habe sich nichts zuschulden kommen lassen und brauche sich nicht zu schämen. Er brauche nur zu reden.

Und das hatte er auch getan. Trotzdem schämte er sich. Er schämte sich, einem fremden Jungen nach draußen gefolgt zu sein, obwohl er es eigentlich besser wusste. Er schämte sich, weil dieser Fremde vor seinen Augen die Hose heruntergelassen hatte, und noch mehr schämte er sich wegen der jungen, dünnen Frau mit den dunklen Haaren und den viel zu blauen Augen, die mit einer Pistole aufgekreuzt war und ihn auf eine Weise angelächelt hatte, die ihm irgendwie unpassend vorkam.

Wofür sich Jesse aber am meisten schämte, war die Tatsache, dass er sich schrecklich gefürchtet und vor lauter Angst die Augen zugemacht hatte. Die meiste Zeit über – nein, die ganze Zeit über.

Als er mit dem Jungen die Bibliothek verlassen hatte, hatte er gar nicht wissen wollen, was als Nächstes geschehen würde. Nun wollte er, was nicht rückgängig zu machen war, einfach auslöschen, die Bilder aus seinem Gedächtnis herausschneiden, um nicht immer wieder schreiend aus dem Schlaf gerissen zu werden und auf die Sorgenfalten seiner Mutter blicken zu müssen.

Er würde bald wieder zur Schule gehen, und allmählich würden er und seine Mutter zumindest einen Teil der alten Routine wiederfinden. Jenny und Jesse gegen den Rest der Welt.

Das wünschte er sich. Mehr als alles andere. Dass es ihm und seiner Mutter als dem unerschütterlichen Team, das sie waren, wieder gutginge.

»Mommy.« Er drehte sich um und betrachtete die schlafende Gestalt an seiner Seite.

Sie rührte sich nicht.

Er legte eine Hand auf ihre Schulter. »Mommy.«

»Mmmhmm?«, war leise von ihr zu hören, doch sie rührte sich immer noch nicht.

Er berührte ihr langes, braunes Haar, das sich über das Kissen fächerte. Es erinnerte ihn ein wenig an die Haare des Dämons, obwohl seine Mutter ansonsten nichts mit ihm gemeinsam hatte. Denn seine Mutter war aus Fleisch und Blut, diese Frau mit der Pistole dagegen war eindeutig ein Monster.

Jesse seufzte verhalten. Es widerstrebte ihm, seine Mutter zu wecken, aber er wusste, was er zu tun hatte. Er war ungezogen gewesen. Das ließ sich nicht ungeschehen machen. Er würde jetzt ein guter Junge sein.

»Mommy, wach auf.«

Seine Mutter stöhnte und drehte sich auf den Rücken. Ihre Lider flatterten. Gähnend starrte sie unter die Decke.

Ihrem Gesicht, das im Schlaf noch entspannt gewesen war, sah er an, dass sie allmählich wach wurde. Es bildeten sich wieder die Falten zwischen den Brauen. Sie schaute ihn an.

»Gut geschlafen, Liebling?«, fragte sie, aber sogar ihre Stimme war angespannt.

»Ich liebe dich, Mommy.«

»Ich dich auch, mein Schatz.« Sie nahm seine Hand. »Schlecht geträumt?«

»Nein. Ich will heute auch keine Twinkies.«

»Okay.«

»Wir sollten nach draußen gehen. An die frische Luft.«

»Okay, Jesse.«

»Zum Frühstück esse ich Haferflocken. Ohne Zucker. Nur mit Milch, so wie du.«

»Jesse ...«

»Ich liebe dich, Mommy.«

»Ich dich auch. Kopf hoch, Jesse. Es wird alles gut.«

Er fing an zu weinen. Warum, wusste er selbst nicht. Er hatte nicht weinen wollen. Seine Mutter streckte die Arme aus. Er schmiegte sich an ihre Brust, wie er es als kleines Kind getan hatte, und als sie ihm den Kopf streichelte, weinte er noch mehr, denn er liebte seine Mommy, und er liebte es, wenn es hieß: Jenny und Jesse gegen den Rest der Welt.

Die beiden stiegen aus dem Bett. Sie machte Frühstück, er setzte sich an den Tisch. Beide aßen Haferflocken, in Milch langsam aufgekocht, weil seine Mutter ausnahmsweise Zeit hatte. Er führte den ersten Löffel zum Mund, kniff die Augen zusammen und schluckte tapfer.

Seine Mutter lachte laut auf, als sie seine gequälte Miene bemerkte.

Auch er musste lachen und nahm einen zweiten Happen. So schlimm war er gar nicht, der ungezuckerte, schleimige Brei. Er würde sich daran gewöhnen. Vielleicht.

Nach dem Frühstück packten sie ein paar Sachen zusammen und gingen in den Park. Es war kalt. Minus zwölf, sagte seine Mutter. Aber die Sonne schien und ließ den Schnee so hell erstrahlen, dass es in den Augen weh tat.

Plötzlich – er saß auf der Schaukel und schwang sich hoch in den blauen, blauen Himmel hinauf – fiel es ihm wieder ein.

Vor lauter Erregung ließ er im Scheitelpunkt der Pendelbewegung kurz die Ketten los und wäre fast vom Sitz gerutscht. Aber er reagierte schnell, streckte die Beine aus und bremste mit den Füßen am Boden ab. Rasch rannte er zu seiner Mutter.

»Ich erinnere mich, ich erinnere mich. Du musst die Detectives anrufen. Ich kann ihnen was sagen.«

»Okay, okay. Was ist es denn, Jesse?«

»Ihre Augen, diese blauen, blauen Dämonenaugen. Ich weiß jetzt, warum sie wie ein Monster ausgesehen hat.«

»Warum denn, mein Schatz?«

»Weil sie nicht echt sind, Mommy. Ich habe so was schon mal gesehen. In einem Katalog für Halloween-Kostüme. Es gibt da diese Kontaktlinsen, für Vampire, Zombies und auch für Katzen. Blaue Katzenaugen. Solche Linsen hat sie getragen. Sie war gar kein echter Dämon. Sie hat sich nur so verkleidet.«

36. KAPITEL

Um sechs schreckte D. D. aus dem Schlaf, nicht etwa vom Wecker geweckt, auch nicht vom Weinen ihres Babys. Selbst Alex schlief noch tief und fest. Es dauerte eine Weile, bis sie den Grund ihrer Unruhe benennen konnte. Es war der 21. Januar. Der Jahrestag der Morde. Der Tag, von dem Charlene Grant glaubte, dass er ihr letzter sein würde.

D. D. verließ das Bett.

Sie warf sich Alex' dunkelblauen Morgenmantel über und tappte in die Küche, um Kaffee zu machen. Weil ihr Handy griffbereit auf der Anrichte lag, schaute sie nach, ob Textnachrichten eingegangen waren. Nichts.

Sie verzog sich ins Bad, putzte ihre Zähne und musterte im Spiegel die dunklen Schatten unter den Augen, die bleiche Farbe des übernächtigten Gesichts, wobei ihr auffiel, dass die Haut unterm Kinn wieder ein wenig schlaffer geworden war. Dass sie einundvierzig wurde, machte sich unmissverständlich bemerkbar. Vergrätzt kehrte sie zu ihrer ersten Tasse Kaffee in die Küche zurück, wo sie ihren Anrufbeantworter im Büro anwählte, um eingegangene Nachrichten abzuhören. Wieder nichts.

Eigentlich war ein Anruf bei den Eltern fällig, die sie seit fast vierundzwanzig Stunden erfolgreich geschnitten hatte. Was diese ihr bestimmt verübelten, wohl zu Recht.

Aber das Frühstück ging vor.

Sie briet Speck und Eier und hatte gerade angefangen, Waffeln zu backen, als Alex schlaftrunken in die Küche geschlurft kam. Er trug einen Sweater der FBI-Academy über dem weißen T-Shirt und dem türkisfarbenen Kittel, den er als Nachthemd bevorzugte. Auf seinen Wangen lag ein Schatten graumelierter Stoppeln. Die linke Schulter des Sweaters war mit Babysabber bekleckert.

Auch nicht mehr der Jüngste, dachte sie, fand ihn aber immer noch verflixt gutaussehend.

Sie schenkte ihm eine Tasse Kaffee ein.

»Du hast doch heute frei, oder?«, murmelte er und nahm die Tasse entgegen.

»Ja. Allerdings warte ich auf einen Anruf der Kriminaltechnik. Könnte sein, dass wir kurz vor der Aufklärung unseres Falls stehen.« Sie füllte auch ihre Tasse wieder.

Er hob eine Augenbraue. »Ich dachte, du wolltest deinen Kaffeekonsum reduzieren.«

»Ja, aber manche Ermittlungen verlangen einfach eine stärkere Dosis.«

Alex, der selbst von morgens bis abends Kaffee in sich hineinschüttete, widersprach nicht.

Er setzte sich an den Tisch. D. D. servierte ihm das Frühstück, was selten genug vorkam, weil die Küche Alex' Domäne war. Noch so eine hübsche häusliche Szene, dachte D. D. Gestern Abend war es das Bild von Mutter und Kind, jetzt saßen Mann und Frau einträchtig beieinander.

Es ärgerte sie, dass ihre Mutter recht behalten könnte.

Sie aßen in einvernehmlichem Schweigen. Alex las danach Zeitung und versuchte sich am Kreuzworträtsel. D. D. kramte in der Küche, spülte, trocknete ab und stellte das Geschirr in den Schrank. In ihrem Kopf arbeitete es. Sie ahnte, dass er etwas ausbrütete, wusste aber nicht, was.

Um halb acht war auch Jack zur Stelle. Alex fütterte ihn, während sie duschte. Gegen acht entschied sie, dass es noch zu früh war, um ihre Eltern anzurufen. Sie checkte ihr Handy und den Anrufbeantworter im Büro. Immer noch keine neuen Nachrichten.

Charlene Grants Schicht würde zu Ende sein. Sie würde nach ihrer 22er suchen und sie nicht finden. Wahrscheinlich ahnte sie, wer dahintersteckte. Oder aber sie war so sehr auf das heutige Datum, den Todestag ihrer Freundinnen und die ihr drohende Gefahr fixiert, dass ihr die Polizei nicht in den Sinn kam. Vielleicht geriet sie allmählich in Panik.

Was tat man am letzten Tag seines Lebens? Ein Nickerchen halten, um für den Showdown wach zu sein? Einen hübschen Typen aufreißen, um ein letztes Mal Sex zu haben? Sich mit Süßigkeiten und Fastfood vollstopfen?

Freunde und Bekannte anrufen, um sich von ihnen zu verabschieden?

Aber Charlene hatte keine Freunde, nur ihre Tante Nancy und einen streunenden Köter.

Rosalind Grant. Carter Grant. Zwei tote Geschwister.

In ihrem Kopf arbeitete es weiter.

Gegen neun war Jack gefüttert und frisch gewickelt. Der Tag konnte beginnen. Ein letzter Check von Handy und Anrufbeantworter. Nichts.

D. D. raffte sich auf und rief ihre Eltern an, um sie zu sich nach Hause einzuladen. Alex erklärte sich bereit, sie vom Hotel abzuholen, denn sie hatten auf einen Mietwagen verzichtet, weil ihnen der Bostoner Verkehr unheimlich war. Sie wohnten doch in Waltham, hatte D. D. einwenden wollen, nicht in Boston. In Boston Auto zu fahren war ein Kampfsport, vergleichbar mit Sumo-Ringen. Die größten, aggressivsten Fahrzeuge siegten. Waltham hingegen war ein verschlafener Vorort. D. D. seufzte und nahm sich zum x-ten Mal vor, Jack, wenn er einmal größer und sie selbst alt war, mit solchen Zickereien zu verschonen. Insgeheim befürchtete sie aber, womöglich noch schlimmer zu sein.

Sie steckte Jack in seinen BabyBjörn, saugte mit ihm an der Brust den Läufer im Flur und machte im Wohnzimmer Ordnung.

Die Wände könnten mal einen frischen Anstrich gebrauchen, und vielleicht wäre bei der Gelegenheit ein neuer Bezug für Alex' verschossenes blaues Junggesellensofa fällig. Auch die Dielenböden müssten neu abgezogen werden. Darauf würden sich ein paar hübsch gemusterte Webteppiche gut machen. Außerdem fehlte ein grüner Klecks, was mit einer schönen großen Topfpflanze zu beheben wäre. Ganz zu schweigen von den Fenstern, die dringend neu lackiert werden mussten.

Als sich D. D. schließlich dabei ertappte, auch noch die Tapeten wechseln zu wollen, rief sie sich zur Räson. Schluss mit dem Firlefanz. Sie schaltete den Staubsauger aus. Um Himmels willen, sie war Detective D. D. Warren. Sie klärte Mordfälle auf und beschäftigte sich nicht mit Schonbezügen.

Viertel vor zehn. Statt länger auf Nachrichten zu warten, rief sie im Labor an. Jon Cassir antwortete nicht. Sie sprach ihm aufs Band. Anschließend schaukelte sie Baby Jack noch ein wenig durch die Wohnung.

Detective O hielt Charlie für den gesuchten Killer. Ihrer Theorie nach übte sie Selbstjustiz, um sich für die Hilflosigkeit ihrer von Missbrauch geprägten Kindheit zu entschädigen und sich an einer Mutter zu rächen, die ihre Kinder gequält und sogar getötet hatte, wofür sich Charlie mitschuldig fühlte. Und was hatte sie als todgeweihte Frau überhaupt noch zu verlieren?

Doch Detective O glaubte gar nicht daran, dass an diesem 21. Januar tatsächlich ein Angriff auf Charlie geplant war. Sie unterstellte ihr, die ganze Geschichte frei erfunden zu haben.

D. D. runzelte die Stirn. Beide Hypothesen schlossen einander aus. Entweder hatte Charlie die Januarmorde selbst begangen und war nicht, wie behauptet, die todgeweihte Frau, oder sie sah sich tatsächlich als Anschlagsziel und fand darin eine Rechtfertigung für die Ermordung von Sexualstraftätern.

D. D. marschierte im Wohnzimmer auf und ab.

Charlene glaubte, an diesem Tag sterben zu müssen. D. D. zweifelte nicht daran. Charlies ausgemergelte Erscheinung, die geschundenen Knöchel und die Blutergüsse am Hals sprachen für sich. So hart wie diese Frau trainierte nur, wer sich wirklich in Gefahr wähnte.

Mit anderen Worten: D. D. hatte zwei Serienverbrechen aufzuklären – den Doppelmord an zwei Freundinnen aus der Kindheit, dem möglicherweise ein dritter, nämlich an Charlie, folgen würde, sowie die Morde an drei Päderasten, die vermutlich Charlie begangen hatte, weil sie irrigerweise glaubte, in ihren letzten Tagen auf Erden der Gerechtigkeit Genüge tun zu müssen.

Am dritten Tatort hatte sich Charlene jedoch, wie es schien, einem jungen, verstörten Zeugen gegenüber als Abigail ausgegeben, ausgerechnet sie, die bereits die Last der Namen ihrer toten Geschwister mit sich herumtrug. Wenn sie sich zu erkennen geben wollte, warum hatte sie dann nicht den Namen Rosalind oder Carter genannt, was doch naheliegend gewesen wäre, oder das komplette Pseudonym Charlene Rosalind Carter Grant? Und überhaupt, welcher Mörder stellte sich seinem Publikum vor, nachdem er abgedrückt hatte?

Ein Verrückter eben, hörte sie Detective O antworten. Eine »gespaltene Persönlichkeit«. Eine Frau, die mit ihrer Vergangenheit nicht zurechtkam.

Die Eingangstür wurde geöffnet. Alex führte ihre Eltern ins Haus.

»Wo ist mein Enkel?« D. D.s Mutter eilte mit ausgebreiteten Armen in den Flur. »Es ist an der Zeit, für Erinnerungen zu sorgen.«

Erinnerungen, dachte D. D. Jedem die seinen.

Plötzlich kam ihr eine sehr interessante Idee.

Gegen elf lag Jack in der Babytragetasche und schlief. D. D.s Eltern saßen auf dem Sofa. Ihre Mutter beklagte sich über das scheußliche Wetter in Boston, den unerträglichen Verkehr und darüber, wie grau doch alles sei (fürs Protokoll: Die Sonne schien von einem strahlend blauen Himmel). Und dann kam sie auf die Versorgungslücke im Gesundheitssystem zu sprechen, die die Regierung einfach ignoriere; vor allem ältere Menschen treffe das hart.

»Werde nur ja nicht alt«, empfahl sie ihrer Tochter. »Es ist schrecklich. Ständig hat man diesen Papierkram am Hals. Und hat man endlich den Behandlungsplan und seine Anwendungen auf die Reihe gebracht, wird alles wieder über den Haufen geworfen.«

Alex saß im Schaukelstuhl und blickte leicht gelangweilt auf seine vierte Tasse Kaffee, die ihn auch nicht munterer zu machen schien.

D. D. konnte nicht länger sitzen. Sie stand auf und sammelte Jacks Spielsachen ein. Alle beide. Dann faltete sie seine Schmusedecke.

Dann verschob sie die Tragetasche und legte die Spielsachen in den Kindersitz fürs Auto. Für alle Fälle.

»Wann also besucht ihr uns in Florida?«, fragte ihre Mutter.

»Wie bitte?«

»Wir dachten an März«, fuhr sie fort und warf einen Blick auf ihren Mann. »Dann ist es schön warm, und die Sonne scheint den ganzen Tag, viel angenehmer als hier in New England. Im März habt ihr doch immer noch Frost, stimmt's? Bei uns könntest du mit Jack an den Strand gehen und seine Beinchen ins Wasser tunken. Und wir würden natürlich eine kleine Party schmeißen. Nichts Großes. Nur für unsere engsten Freunde, damit sie dich und Jack kennenlernen. Oh, und Alex natürlich auch.«

Alex blickte auf, als er seinen Namen hörte, und ließ erkennen, dass er nicht wusste, wovon die Rede war.

»Um die Tickets kümmern wir uns«, versprach D. D.s Mutter. »Sie sind unser Geschenk an euch. Fürs Enkelkind.« Sie strahlte über das ganze Gesicht.

D. D. stand mitten im Wohnzimmer und hielt Jacks Schnuller in der Hand. Sie schaute in Alex' Richtung.

»Florida?«, fragte er müde.

»Ja«, antwortete D. D. »Sie möchten, dass wir sie besuchen. Im März.«

»Schönes Wetter da unten, gerade im März«, sagte er.

»In der Tat.«

»Okay.«

»Was?«

»Von mir aus können wir fliegen. Im März. Würde mich freuen zu sehen, wie deine Eltern leben.« Alex stand auf und ging in die Küche.

D. D.s Handy klingelte. Es verhinderte womöglich einen dreifachen Totschlag. Der Name von Detective O erschien im Display.

»Ihr entschuldigt«, sagte sie und verzog sich ins Schlafzimmer.

»Soeben hat Cassir angerufen«, kam O gleich zur Sache. »Das Labor bestätigt: Stephen Laurent und Barry Epsom wurden mit

Charlies Waffe getötet. Ob sie auch auf Douglas Antiholde abgedrückt hat, lässt sich nicht mehr eindeutig nachweisen. Die Geschosse sind, wie vermutet, nicht zu verwerten. Aber in zwei der drei Fälle …«

»Verstehe«, unterbrach D. D. und schaltete sofort. »Beantragen Sie einen Haftbefehl für Charlene Rosalind Carter Grant.«

»Bin schon dabei.«

»Haben Sie heute Morgen schon einen Blick in Facebook geworfen?«

»Ja. Elfhundert Einträge, Tendenz steigend. Allerdings nichts, was für uns interessant sein könnte. Der Exgatte hat sich nicht mehr gemeldet. Ein halbes Dutzend Nachrichten stammt von Leuten, die offenbar mit den beiden Opfern zur Schule gegangen sind. Aber ob darunter ein Psycho ist, kann ich beim besten Willen nicht sagen. Wir brauchen mehr Zeit.«

»Lassen sich deren Geburtsdaten feststellen?«

»Bei manchen steht es im Profil, bei anderen wiederum nicht.«

»Suchen Sie nach dem 21. Januar.«

»Das Datum von heute? Glauben Sie … Sie glauben doch nicht etwa, da feiert jemand auf seine ganz eigene Art Geburtstag?«

»Die Wahl des Tages muss schließlich einen Grund haben, oder? Der Einundzwanzigste war weder für Randi noch für Jackie von besonderer Bedeutung, und das ist er auch für Charlie nicht. Also kann nur der Killer diesem Tag etwas abgewinnen.«

»Herzlichen Glückwunsch?«

»Ja«, erwiderte D. D., und als sie dies sagte, sah sie das letzte Puzzlestück in seine Lücke fallen. Die Räder in ihrem Kopf kamen zur Ruhe. Die Antwort lag auf der Hand. »Charlene Rosalind Carter Grant«, erklärte sie. »Unser Problem ist, dass wir die ganze Zeit wie selbstverständlich davon ausgehen, alles drehe sich um Charlene Rosalind Carter Grant.«

»Ja, etwa nicht?«

»Vielleicht. Aber vielleicht geht es tatsächlich um Abigail.«

»Charlie ist Abigail. Den Beweis dafür hat die Ballistik erbracht.«

»Scheint so. Aber warum hat sich die Frau, die Barry erschossen hat, als Abigail zu erkennen gegeben? Warum?«

»Sie wollte den Jungen beruhigen. Sie verachtet Perverse und hat ein Herz für deren Opfer.«

»Den Jungen hätte sie auch beruhigen können, ohne einen Namen zu nennen. Aber sie legte offenbar Wert darauf, sich vorzustellen mit den Worten: Mein Name ist Abigail.«

»Im Andenken an ihre Schwester. Das Baby, dessen Leiche noch nicht gefunden wurde.«

»Aber die Schwester hieß Rosalind, der Bruder Carter. Sie leben in Charlies Mittelnamen weiter. Abigail hingegen ...«

»Wird zu einer gespaltenen Persönlichkeit.«

»Warum?«

»Weiß der Henker. Sie ist halt verrückt.«

»Was hat es mit dem Einundzwanzigsten auf sich?«, setzte D. D. nach. »An diesem Tag wurden Charlenes beste Freundinnen getötet. Warum ausgerechnet an diesem Tag?«

»Die Frage haben wir uns schon gestellt, konnten aber keine Antwort darauf finden. Vielleicht finden wir sie heute.«

»Ich glaube, beides gehört zusammen.«

»Was meinen Sie mit beides?«

»Abigail und der 21. Januar. Schauen Sie, wir kennen nur Charlene Rosalind Carter Grant. Wir haben ihre Vergangenheit unter die Lupe genommen und sie zur Rede gestellt. Aber was ist mit Abigail? Was hat es mit diesem Namen auf sich, und warum dieses Datum?«

»Sehen Sie etwa einen Zusammenhang zwischen den Morden an Randi und Jackie auf der einen Seite und den Anschlägen auf unsere Sexualstraftäter auf der anderen?«

»Ja, den sehe ich.«

»Aber ...« O stockte. »Abigail ist Charlie.«

»Wenn wir es tatsächlich mit einem Fall von multipler Persönlichkeit zu tun haben, ist Abigail allenfalls ein Teil von Charlie. Genau genommen sind sich die beiden nie begegnet.«

»Soll ich Charlie nun festnehmen oder nicht?«, fragte O.

»Tun Sie das. Der Laborbericht reicht für einen Haftbefehl allemal. Vielleicht tun wir Charlene sogar einen Gefallen damit, dass wir sie einbuchten. Aber ich sage Ihnen: Wen wir eigentlich wollen, ist Abigail. Sie ist der Schlüssel.«

»Wie dem auch sei, ich werde jetzt Charlene Grant festnehmen«, sagte O und ließ anklingen, dass sie nun auch D. D. im Verdacht hatte, verrückt zu sein.

»Schön«, erwiderte D. D. »Und ich werde mich um Abigail kümmern. Mal sehen, wer von uns beiden den Killer zuerst stellt.«

37. KAPITEL

Als der erste Streifenwagen mit heulender Sirene anrollte, fiel ich in Schockstarre. Er kam meinetwegen. Davon war ich überzeugt, obwohl es keinen logischen Grund dafür gab. Unter Verfolgungswahn zu leiden schloss nicht aus, dass andere tatsächlich hinter einem her waren.

Ich versteckte mich hinter einem Telegraphenmasten neben dem Eingang zur U-Bahn-Station, hob die Schultern und zog den Kopf ein, als könnte ich tatsächlich in meiner dicken Winterjacke verschwinden.

Es war zwecklos. Auf kreischenden Reifen kam der Streifenwagen neben mir zum Stehen. Ich rechnete mir aus, wie schnell die Stufen zur U-Bahn-Station zu erreichen wären. Vierzig, fünfzig Schritte. Ich war klein und schnell. Wenn ich sofort losrannte, würde ich es vielleicht schaffen –

»Steigen Sie ein«, knurrte Officer Mackereth durch das geöffnete Fenster der Beifahrertür. »Los, Charlie! Steigen Sie ein. Sofort!«

Ich öffnete die Tür, stieg ein, zog die Tür hinter mir zu und verkroch mich in den Fußraum zwischen Sitz und Armaturenbrett. Mit eingezogenem Kopf, die dunklen Haare auf dem schwarzen Lederpolster, war ich von draußen nicht mehr zu sehen. Tom trat aufs Gaspedal. Die Sirene heulte immer noch. Allem Anschein nach lieferten wir uns eine wilde Verfolgungsjagd.

»Beschreiben Sie mir Ihre Waffe«, sagte Tom, beide Hände am Steuer, den Blick auf die Straße gerichtet.

»Wie bitte?«

»Beschreiben Sie mir Ihre Pistole!«

»22er Taurus Halbautomatik. Vernickelt … Griff aus Rosenholz.«

»Was für ein Griff?«

»Aus Rosenholz.« Er grunzte, bog um eine Ecke und beschleunigte wieder.

»Was geht hier ab, Tom?«

»Vor zwei Minuten hat der Sergeant angerufen. Gegen Sie liegt ein Haftbefehl vor.« Er warf mir einen Blick zu. »Wegen Mordes.«

Ich sperrte die Augen auf. Mein Mund blieb geschlossen.

»Was ist, Charlie? Wollen Sie mir nicht sagen, dass Sie nichts damit zu tun haben? Dass Sie unschuldig sind?«

»Ich verstehe nicht«, erwiderte ich.

»Ich auch nicht.« Er klang verärgert. Vielleicht ärgerte er sich über sich selbst. »So viel habe ich mitbekommen: Seit einer halben Stunde ist über Funk davon die Rede, dass die Bostoner Polizei einen größeren Fall aufgeklärt hat. Es geht um drei Kinderschänder, die erschossen wurden. Man hat die Tatwaffe sichergestellt. Einige Kollegen reißen Witze und meinen, *der Frau*, die geschossen hat, gehöre eine Dienstmarke an die Brust geheftet.«

Tom lenkte seinen Blick wieder auf mich. »Mir war sofort klar, dass Sie dahinterstecken, Charlie. Gestern hieß es, Ihre Waffe müsse beschlagnahmt werden. Dann hat sich der Lieutenant Ihren Dienstplan vorlegen lassen und die halbe Nacht mit einem Detective aus Boston telefoniert.«

»Augenblick.« Ich richtete mich auf und stieß prompt mit dem Kopf unter das Armaturenbrett. »Sagten Sie: drei Kinderschänder? Habe ich richtig verstanden?«

»Ja. Ich weiß, dass Shepherd ihre Tasche durchsucht und keine Waffe darin gefunden hat.«

Ich sagte nichts mehr, hörte nur zu.

Tom fuhr fort: »Da habe ich mich gefragt, wie es möglich ist, dass man Ihre Pistole als Tatwaffe identifizieren konnte. Also habe ich im Labor angerufen ...«

»Sie haben im Labor angerufen?«

»Ja. Ich kenne dort den Spezialisten für ballistische Untersuchungen. Jon Cassir. Wir haben zweimal im Monat gemeinsames Schießtraining. Ich fragte ihn, gewissermaßen von Cop zu Cop, rein dienstlich. Und er bestätigte mir, dass er in einer wichtigen Sache die ganze Nacht mit einer mutmaßlichen Tatwaffe beschäftigt war.

Die ballistischen Tests waren positiv, aber er konnte an der Waffe keine Fingerabdrücke finden, weil der Griff aus Gummi ist.«

»Aus Gummi?« Ich verstand gar nichts mehr.

Tom bremste ab und setzte den Blinker. Er hielt vor einer Kreuzung an. Ich duckte mich wieder und hoffte, unsichtbar zu sein. Er bog nach rechts ab, schaltete das Blaulicht aus und fuhr in gemäßigtem Tempo weiter, offenbar auf ein bestimmtes Ziel zu.

»Ich habe auch einmal in Ihre Tasche geschaut«, sagte er.

»Sie haben meine Umhängetasche durchsucht?«

»Sie hatten gerade eine Zehn-sechs. Ich wollte Sie sprechen. Sie waren weg, aber Ihre Tasche lag da. Also habe ich einen Blick reingeworfen.«

»Das ist unerhört ...«

»Seien Sie mir dankbar, Charlie. Ich habe Ihre Erbsenpistole gesehen. Hübsches Ding, dachte ich, besonders dieser Rosenholzgriff. Also, noch einmal gefragt: Wenn Sie eine 22er mit Rosenholzgriff besitzen, die wir gestern Abend definitiv nicht beschlagnahmen konnten, wie kommt dann die Bostoner Polizei darauf, eine 22er mit gummiertem Griff Ihnen zuzuordnen, eine Waffe, mit der drei Menschen erschossen wurden?«

»Warum haben Sie Ihre Nase in meine Tasche gesteckt?«

»Erinnern Sie sich nicht? Ich habe ein Faible für angeknackste Frauen.«

»Warum melden Sie nicht, dass Sie mich haben?«

»Ich bin noch unentschieden. Lassen Sie hören.«

Ich knabberte an meiner Unterlippe und sagte schließlich: »Ich habe die drei Kinderschänder nicht erschossen. Zugegeben, ich besitze eine Waffe, die ich nach unserer ... Unterhaltung gestern Abend im Schnee versteckt habe. Aber als ich sie vor zehn Minuten ausbuddeln wollte, war sie weg. Kann sein, dass sie den Bostoner Cops in die Hände gefallen ist. Allerdings scheint die untersuchte und als Tatwaffe identifizierte Pistole eine ganz andere zu sein. Trotzdem wurde ein Haftbefehl gegen mich erlassen. Wie passt das zusammen?«

Der Streifenwagen wurde noch langsamer. Tom setzte wieder den Blinker und bog nach links ab. »Können Sie sich vorstellen, dass Ihnen jemand was unterschieben will?«

»Ich kenne niemanden so gut, dass er Freund oder Feind sein könnte. Das ganze letzte Jahr habe ich mich komplett zurückgezogen und jede Gesellschaft gemieden. Das wird Ihnen vermutlich aufgefallen sein.«

Tom knurrte zustimmend. »Aber jemand scheint zu glauben, Sie seien ein Killer. Oder ...« Er korrigierte sich schnell. »... jemand will, dass andere Sie für einen Killer halten. So sieht es doch aus, oder? Nach vorsätzlicher Beweismittelfälschung. Jemand bringt eine Waffe ins Labor, behauptet, es sei Ihre, und nun stellt sich heraus, dass drei Menschen damit getötet wurden.«

»Meine Taurus kann es nicht gewesen sein.« Ich dachte nach. Auf meinem Waffenschein war nur der erlaubte Pistolentyp eingetragen und keine Details zum Kaliber oder zur Ausstattung. »Es ist nicht meine Waffe«, wiederholte ich entschieden. »Das kann mein Lehrer J. T. Dillon bezeugen. Er war ein ganzes Jahr lang mit mir am Schießstand und kennt meine Taurus. Er weiß, wie sie aussieht.«

Tom knurrte wieder. »Na schön, damit gäbe es wenigstens einen Zeugen der Verteidigung.«

Was er sagte, tröstete mich wenig. Irgendwann würde man meiner Version vielleicht Glauben schenken und einsehen, dass die als Tatwaffe identifizierte 22er nicht meine war. Aber in der Zwischenzeit wäre der Haftbefehl längst vollstreckt, und ich säße hinter Gittern. Alles Weitere würde sich später ergeben.

Doch es gab kein Später für mich. Heute war D-Day, der 21. Januar. Der Tag, auf den ich ein Jahr lang hin trainiert hatte. Ich sollte meinem Killer begegnen, bewaffnet und zum Kampf bereit. Nun aber war ich nicht nur schutzlos, sondern auch auf der Flucht vor der Polizei.

Wie hatte es dazu kommen können? Wer steckte dahinter?

Langsam, aber sicher schlossen sich die Schaltkreise in meinem Gehirn. »Ein Cop reicht eine Pistole ein, die tatsächlich die Tatwaffe ist.

Als solche konnte sie dann identifiziert werden. Ich meine, nicht jeder Hinz und Kunz kann im Labor aufkreuzen und behaupten, hier, das ist Charlene Rosalind Carter Grants Knarre; bitte nehmen Sie folgende Untersuchungen an ihr vor.«

»Bingo.«

»Aber weil dieser Cop vorausdenkt, hat er sich vorher meine Taurus Halbautomatik unter den Nagel gerissen, um zu verhindern, dass ich mit meiner Waffe in die Polizeizentrale spaziere und sage, he, hier muss ein Irrtum vorliegen.«

»Logisch.«

»Ich verstehe es trotzdem nicht«, sagte ich und ärgerte mich darüber, wie kläglich meine Stimme klang.

»Wer weiß von Ihrer 22er? Außer mir? Wie steht es um die Kollegen im Revier oder in der Bostoner Zentrale?«

»Ich bin vernommen worden, von Detective D. D. Warren und dieser anderen Frau, von der ich nur weiß, dass sie O genannt wird. Detective Warren hat mir versprochen, im Fall der Morde an meinen Freundinnen zu ermitteln. Sie scheint meine Befürchtungen ernst zu nehmen. Und diese O hat eine Facebook-Seite eingerichtet, um den Killer aus der Reserve zu locken ...«

Ich stockte in Erinnerung an die letzte Vernehmung in der Zentrale, als mir Fragen gestellt worden waren, die mit dem Tod meiner Freundinnen herzlich wenig zu tun hatten. Vielmehr hatten sich die beiden Frauen fast ausschließlich für meine Mutter, meine Kindheit und meine toten Geschwister interessiert. Vor allem diese O, die immer wieder auf meine vermeintlichen Gefühle der »Frustration und Hilflosigkeit« zu sprechen gekommen war. Woher ausgerechnet *ich* wissen sollte, wie viele Kinder da draußen leiden mussten und wie wenig die Polizei dagegen tun konnte.

Es sei denn, ich liefe durch die Stadt und richtete Kinderschänder.

Sie hielten mich für die Täterin. Na klar. Und ich hatte nichts abgestritten, weil ich nicht ganz frei von Schuld war. Es ging zwar um andere Verbrechen, aber trotzdem hatte ich Blut an den Händen.

Wie aber konnte es dazu kommen, dass man mich als Tatverdächtige mit gefälschten Beweismitteln zu leimen versuchte? Dahinter steckten mit Sicherheit die beiden Detectives oder zumindest eine von ihnen.

Plötzlich ging mir ein Licht auf. Ich wusste, was Sache war. »Detective O«, sagte ich an Tom gewandt. »Sie steckt dahinter. Sie will mir ihre eigenen Verbrechen in die Schuhe schieben.«

Tom beobachtete mich vom Fahrersitz des geparkten Wagen aus. Sein Blick verriet Skepsis. »Wie kommen Sie darauf?«

»Sie haben es selbst gesagt. Unter den Kollegen witzelt man, dass dem Schützen, statt ihn zu verhaften, eine Dienstmarke an die Brust geheftet werden sollte. Vielleicht hat der Päderastenjäger schon längst eine. Ein frustrierter Kollege von der Sitte, nämlich diese junge, zickige Anfängerin, die offenbar leidvoll erfahren musste, dass es nicht immer gelingt, einen Fall aufzuklären, Opfer zu retten und die Täter einzulochen. Aber im Schutz der Nacht kann sie sie immerhin abknallen.«

Tom legte die Stirn in Falten, verzichtete aber immerhin darauf, mich für verrückt zu erklären. »Ja, dieser Job kann ziemlich frustrierend sein«, räumte er ein. »Aber warum sollten ausgerechnet Sie den Kopf hinhalten? Wie gesagt, Sie haben Zeugen, einschließlich meiner Person, die versichern können, dass Sie eine Taurus mit Rosenholzgriff haben und keine gummierte. Früher oder später werden Sie entlastet, und dann steht Detective O dumm da, bestenfalls als böser Cop oder schlimmstenfalls als eigentliche Täterin.«

Die Antwort lag auf der Hand. »Weil es für mich kein Früher oder Später gibt. Sie weiß, dass mir heute das endgültige Aus droht. Für sie bin ich der perfekte Sündenbock. Wir sehen uns sogar ein bisschen ähnlich, außer, nun ja, sie ist hübscher. Aber ansonsten – braune Haare, ungefähr genauso groß. Sie weiß, dass ich eine 22er besitze, hat sich sogar danach erkundigt. Gestern noch legte sie es in der Vernehmung darauf an, ihre Kollegin D. D. Warren davon zu überzeugen, dass ich nicht alle Tassen im Schrank habe, dass man mir und meinem Gedächtnis wegen meiner traumatischen Vergangenheit nicht trauen könne. Die perfekte Beschreibung eines durchgeknallten Killers.« Ich schaute auf meine Uhr. »Und das Beste ist, dass ich in ungefähr acht Stunden meine Unschuld wohl nicht mehr werde verteidigen können. Tot und dringend tatverdächtig. Was kann sich ein Cop, der die Justiz selbst in die Hand nimmt, Besseres wünschen?«

Tom runzelte wieder die Stirn, deutete aber gleichzeitig ein Nicken an. Er öffnete die Tür. »Bleiben Sie«, befahl er.

Ich duckte mich, tat, was er von mir verlangte, und ärgerte mich über mich selbst. Hatte ich mich mit meinen Vorbereitungen und dem harten Training so sehr gequält, um letztlich wieder in die Rolle eines dressierten Hundes zurückzufallen? Von wegen. Ich richtete mich auf und spähte nach draußen.

Der Wagen stand neben einem Schneehaufen, hinter dem ein Backsteingebäude aufragte. Es war weder heruntergekommen noch teuer saniert, schien also von einfachen, arbeitenden Leuten bewohnt zu sein. Ich zählte gerade eins und eins zusammen, als Tom die Tür auf meiner Seite aufriss und sagte: »Vergessen Sie nicht, ich halte meinen Kopf hin. Also, wenn ich bitten darf ...«

Officer Mackereth hatte mich zu sich nach Hause gebracht. Er leistete Fluchthilfe, weil er ein Herz für mich hatte und richtig zu handeln glaubte.

Beschämt folgte ich ihm ins Haus, drei Stockwerke hinauf in ein schlichtes Einzimmerapartment mit großem, zugehängtem Erkerfenster, das zur Straße hinausblickte. Es war dunkel in dem Raum, was ich mir damit erklärte, dass er nachts arbeitete und tagsüber schlief.

Er schaltete das Licht ein und warf die Wagenschlüssel auf die Anrichte einer aufgeräumten Küchenzeile. Das Apartment war etwa fünfzig bis sechzig Quadratmeter groß. Küche und Wohnzimmer gingen ineinander über, davon abgetrennt waren Schlafzimmer und Bad. Den Boden bedeckte braune Auslegeware. Die Küche bestand aus dunkel furnierten Schränken und einer Arbeitsplatte mit golden getönter Resopalbeschichtung. Im Wohnbereich dominierten eine dick aufgepolsterte braune Couch und ein großer Flachbildschirm. Junggesellenbude, sauber und zweckmäßig eingerichtet. Officer Mackereth lebte bescheiden, aber gepflegt.

»Ich muss wieder los«, sagte er. »Gegen Sie läuft ein Haftbefehl, und der Lieutenant könnte Verdacht schöpfen, wenn ich zu lange wegbleibe.«

»Danke«, sagte ich.

»Wahrscheinlich läuft die Fahndung für ein, zwei Stunden auf Hochtouren. Alle Mann an Deck. Dann, wenn nichts dabei herumkommt, rotieren wir wieder nach Dienstplan. Ich melde mich ab, schaue kurz vorbei und kehre dann zur Nachtschicht zurück.«

»Okay.«

»Hier sind Sie in Sicherheit. Aber lassen Sie die Vorhänge zugezogen. Wenn Sie fernsehen, bitte nur leise. Zum Glück arbeiten die meisten meiner Nachbarn tagsüber.« Er sah mich an. »Machen Sie sich Sorgen um Ihren Hund?«

»Sie kommt allein klar.«

»Gibt es jemanden, den Sie gern anrufen würden?«

»Meine Tante.«

»Ihre nächste Verwandtschaft?«

»Ja …«

»Dann lassen Sie es lieber. Die Polizei wird ein Auge auf sie haben.«

»Aber ich will nicht, dass sie sich sorgt.«

»Steht sie Ihnen sehr nahe?«

»Ja …«

»Dann sollten Sie ihr vertrauen. Bei Haftbefehlen läuft es immer nach demselben Muster ab: Zuerst kommen die Kollegen zu Ihnen nach Hause oder an den Arbeitsplatz. Dann klappert man Ihre Bekanntschaften ab. In Ihrem Fall wird man sich da eine Weile am Kopf kratzen. Natürlich ist da Ihre Tante. Und wenn Sie Ihre Box- und Schießtrainer erwähnt haben, kommen die als Nächstes an die Reihe. Jedenfalls leben Sie inzwischen seit einem Jahr in der Stadt und haben kaum Spuren hinterlassen, was die ganze Sache ins Stocken bringen wird.«

»Das glaube ich nicht.«

»Warum nicht?«

»Weil da draußen jemand rumläuft, der die Augen aufhält und darauf wartet, mich umbringen zu können. Ich werde heute gefordert sein. Wie spät ist es? Kurz vor halb zwei. Und schauen Sie mich an. Dank der Machenschaften dieser Detective O bin ich jetzt unbewaffnet und habe den Schwanz eingeklemmt. Wenn Sie jetzt gehen, wird womöglich mein Mörder anklopfen. Ich werde aufmachen, obwohl ich es besser weiß. Auch Randi und Jackie haben aufgemacht. Ich sollte also auf der Hut sein. Aber sind wir nicht alle neugierig?« Meine Stimme war lauter geworden. »Vielleicht wird Sergeant Detective Warren vor der Tür stehen, vielleicht Detective O. Oder meine Tante, die mich ein Jahr nicht gesehen hat und gestern wundersamerweise in Boston aufgekreuzt ist. Ich werde die Tür öffnen, denn ich muss wissen, was sie mir zu sagen hat. Ich lasse sie in die Wohnung.

Sie wird etwas sagen. Keine Ahnung, was. Die letzten Worte, die Randi und Jackie gehört haben. Sie müssen sehr gut sein. Unwiderstehlich. Denn ich werde dastehen und nichts tun, wenn sich mir die Hände um den Hals legen und zudrücken.

Sie werden Ihren Dienst beenden, nach Hause kommen und mich tot am Boden liegen sehen. Keinerlei Hinweise auf Kampfhandlungen oder Spuren gewaltsamen Eindringens. Willkommen am 21. Januar.«

Tom betrachtete mich. Dann hob er langsam den Arm und stieß mir den Handballen vor die Stirn.

»Was bilden Sie sich ein, wer Sie sind? Schneewittchen? Hören Sie auf damit!«

Ich zwinkerte mit den Augen und wusste nicht, wie mir geschah. »Verzeihung. Ich habe eine Weile nicht geschlafen.«

»Scheint mir auch so. Und jetzt mal der Reihe nach. Sie haben drei Namen genannt. Detective Warren, Detective O und Ihre Tante.«

»Ja.«

»Gut, dass Ihnen die eingefallen sind. Vielleicht versuchen wir's mal mit Logik und lassen alle wilden Spekulationen außen vor.« Tom griff nach seinem Handy und wählte eine Nummer. »Jon Cassir, bitte«, sagte er. Einen Moment später: »Hey Jon, Tom hier. Ich habe eine Frage. Ich will dich nicht in Verlegenheit bringen, würde aber gern wissen, was die ballistischen Untersuchungen ergeben haben, an denen du letzte Nacht gearbeitet hast. Es geht um eine Waffe, die auf eine Mitarbeiterin meiner Dienststelle zugelassen ist. Ja, stell dir vor. Wir sind alle total perplex. Dass sie in ihrer Freizeit Jagd auf Perverse macht, hätten wir uns im Traum nicht vorstellen können. Trotzdem, wir hätten da noch ein paar Fragen, was die Kollegin angeht, die die Waffe bei dir abgegeben hat. Du hast ihren Namen auf der Quittung? Detective Ellen Ohlenbusch. Prima. Ich danke dir, Jon. Wir hören voneinander. Ja, nächste Woche. Ich freue mich schon. Bye.«

Tom klappte sein Handy zu. »Da haben wir's. Detective Ohlenbusch. Sie hat die Waffe eingereicht.«

»Dieses Miststück«, murmelte ich. »Nicht, dass ich mich mit ihr darüber streiten wollte, ob Sexualstraftäter den Tod verdient haben, aber wenn sie es getan hat, sollte sie auch dafür geradestehen und nicht mich anschwärzen.«

»Wenn Sie morgen noch leben, können Sie die Sache geraderücken.« Tom griff nach den Wagenschlüsseln. Er deutete auf das Telefon. »Versteht sich wohl, dass Sie die Finger davon lassen.«

»Ich habe ein Handy.«

»Mit GPS?«

»Als könnte ich mir so etwas von meinem Gehalt leisten.«

Er grinste und wandte sich der Tür zu. Bevor er ging, drehte er sich noch einmal um und streckte seine Hand aus.

Völlig ohne Gegenwehr ließ ich es mir gefallen, dass er mich an sich zog. Er krallte mir seine Finger in die Schultern und senkte seinen Mund auf meine Lippen, während ich reglos dastand, die Hände flach auf seiner Brust.

Er war alles andere als zärtlich. Fragte nicht, vergewisserte sich nicht und versprach auch nichts. Seine Lippen waren hart, vielleicht ein wenig zornig, aber auch hungrig, bedürftig und fordernd. Ich griff ihm mit beiden Händen in die Haare und knickte mein linkes Bein um seine Hüfte. Er verschlang mich fast, aber ich war noch hungriger, noch bedürftiger. Wir küssten und küssten uns.

Dann ließ er von mir ab und trat einen Schritt zurück. Seine kurzen braunen Haare standen zu Berge. Seine Brust ging keuchend auf und ab. Er hob die Rechte, als wollte er mich auf Abstand halten.

»Nichts für ungut« erklärte er, immer noch kurzatmig.

»Okay.« Ich hielt meine Hände, zu Fäusten geballt, an der Seite, um nicht über ihn herzufallen.

»Ich muss wieder auf Streife, mich zurückmelden.«

»Dienst ist Dienst«, erwiderte ich.

»Ein paar Stunden, dann bin ich wieder zurück, versprochen«, sagte er.

»Ich werd's überleben, versprochen.«

Er nickte, schaute mir in die Augen, und dann ...

Er ging.

Ich schloss die Tür hinter ihm ab, stand noch eine Weile auf dem Fleck und fragte mich, wer von uns beiden als Erster lügen würde.

Sechseinhalb Stunden. Keine Waffe. Kein Hund. Kein Heimvorteil.

Scheiß drauf. Ich durchwühlte sämtliche Küchenschränke und fand schließlich eine Schublade, in der Tom den üblichen Kram aufbewahrte. Klebeband, Kugelschreiber, Batterien, eine Angelschnur, Gummibänder, einen Hammer und Kleingeld.

Ich rüstete mich zum Krieg.

38. KAPITEL

D. D. kehrte in die Zentrale zurück und machte sich sofort auf den Weg in den Konferenzraum, wo sie im Uhrzeigersinn um den Tisch für acht Personen herumging und die Tatortberichte in den Fällen Randi Menke und Jackie Knowles auslegte. In der Mitte des Tischs verteilte sie in einer langen Reihe wie Platzdeckchen die entsprechenden Polizeifotos.

Dann trat sie zurück und betrachtete ihr Werk.

Neil kam zur Tür herein und sagte etwas über einen Zeugen, den sie anrufen müsse. Sie brummte. Er ging.

Phil kam und sagte, alle anderen machten Mittag. Sie brummte. Er ging.

Sie starrte noch eine Weile auf den Tisch.

Sie dachte an Abigail. Ein vor Jahren verschollenes Baby? Eine abgespaltene Person? Ein Bruchstück aus Charlene Grants lückenhafter Erinnerung? Egal, entschied D. D. Es kam nicht darauf an, was, sondern, wer Abigail war.

Abigail. Braune Haare, blaue Augen. Jemand, der die Stirn gehabt hatte, sich nach dem kaltblütigen Mord an einem Kinderschänder einem Augenzeugen namentlich vorzustellen. Wahrscheinlich in irgendeinem Verhältnis zu Charlene Grant stehend. Darüber hinaus auch mit den Morden an deren besten Freundinnen? Jedenfalls das fehlende Puzzlestück. Vielleicht von zentraler Bedeutung für den 21. Januar.

Abigail.

D. D. starrte auf die Fotos von Randi Menke und Jackie Knowles, und je länger sie die Bilder betrachtete, je länger sie darüber nachdachte, desto überzeugter war sie davon, auf der richtigen Spur zu sein. Abigail hatte diese Verbrechen begangen. Die Fotos rochen förmlich nach ihr.

Quincy hatte in den Morden eine weibliche Handschrift ausgemacht. Saubere, aufgeräumte Zimmer, aufgeschüttelte Kissen, blitzblanke Böden. Beide Opfer hatten ausgesehen, als schliefen sie. Sie hatten zwar verrenkt am Boden gelegen, aber auf ihren Gesichtern war kein Schrecken zu erkennen gewesen; von den Würgemalen abgesehen war ihnen kein Härchen gekrümmt worden.

Selbst in der Vergrößerung wirkten die Hämatome am Hals fast harmlos. Der Killer hatte nicht mehr Kraft aufgewendet als unbedingt nötig.

Und keines der Opfer hatte Widerstand geleistet, wie es schien, nicht einmal den Versuch unternommen, sich zu wehren.

Was wusste Abigail, was hatte sie in die Lage versetzt, zwei erwachsene Frauen derart präzise und sauber, ja fast zärtlich zu töten?

Es waren keine gewalttätigen Verbrechen. D. D. stockte und trat vor die weiße Tafel, um ihre Zwischenergebnisse niederzuschreiben. Abigails Motive waren fraglich, aber mit Mordlust oder Brutalität hatten sie nichts zu tun. Sie hasste ihre Opfer nicht. Sie hatte sie weder gefoltert noch misshandelt, auch post mortem nicht.

Sie hatte sie in ihren Wohnungen aufgesucht, ihr Vorhaben in die Tat umgesetzt und anschließend sauber gemacht. Alles fast klinisch rein und höchst penibel.

Abigail kannte beide Frauen, stand aber in keinem wirklich persönlichen Verhältnis zu ihnen. Anderenfalls hätte sie sie, wie es sonst typischerweise der Fall war, in entwürdigender Absicht zugerichtet, ihnen das Gesicht zerkratzt oder die Haare abgeschnitten. Am Ende des Spektrums gab es Mörder, die, zuerst von einem unwiderstehlichen Tötungswunsch getrieben, ihre Opfer nach vollendeter Tat aus Reue mit einer Decke verhüllten, zumindest das Gesicht, als wollten sie das Geschehene verbergen. Aber auch das traf in diesen Fällen nicht zu. Keine Wut, keine Scham. Klinisch.

Abigail hatte zwei Frauen getötet, weil es so sein musste. Sie hatte eine Art Ritual vollzogen, möglichst schnell und ohne unnötig Schmerzen zu verursachen. Danach hatte sie sauber gemacht. Vielleicht, um Spuren zu verwischen. Oder auch in einem Anflug von Reue, dachte D. D. Verstanden als Geste der Entschuldigung. Sorry, ich musste dich töten, aber dafür habe ich dir den Abwasch abgenommen, die Sofakissen aufgeschüttelt und den Boden gemoppt.

Doch das Motiv blieb ihr ein Rätsel. Wenn die Tat nicht persönlich motiviert war, weshalb hatte Abigail sie dann begangen? Um sich zu bereichern? Laut Quincy profitierte niemand vom Tod der beiden Frauen. Waren Rivalitäten im Spiel gewesen? Um die Gunst eines Mannes, um die Mitgliedschaft im Cheerleader-Team, um Beförderung im Job? Auch in dieser Hinsicht gab es keine Schnittmengen in den Fällen Menke und Knowles. Das jeweilige Umfeld der beiden lag über tausend Meilen voneinander entfernt. Die einzige Verbindung blieb ihre Freundschaft mit Charlene, und die gab nicht viel her.

D. D. machte sich an der Tafel Notizen in Form eines neuen Diagramms.

Sie beschloss, das Problem aus einem anderen Blickwinkel zu betrachten und die Frage nach dem Warum fürs Erste zurückzustellen.

Stattdessen beschäftigte sie sich mit dem Wie. Wie hatte es die Täterin – dass es sich um eine Frau handelte, stand für D. D. außer Zweifel – geschafft, eine andere Frau so mühelos zu töten?

Dank körperlicher Überlegenheit? Trotzdem, ein Mensch, der gewürgt wurde, wehrte sich mit Zähnen und Klauen; er trat mit den Füßen aus, setzte die Ellbogen ein. Und wäre der Tatort anschließend noch so sauber geputzt, es blieben zumindest am Mordopfer deutliche Spuren zurück. Prellungen, Schnittwunden, postmortale Widerlagerverletzungen.

An den Opfern hätten Haare oder Textilfasern gefunden werden müssen, Hautschuppen oder Blutspuren unter den Fingernägeln. Aufschluss hätten auch die Würgemale am Hals geben können. D. D. erinnerte sich, Blutergüsse gesehen zu haben, in denen die Umrisse von Ringen oder Abdrücke von Gürtelschnallen zu erkennen gewesen waren. Nach einer besonders wüsten Schlägerei zwischen zwei Frauen hatte sich sogar eine Haarspange auf der Wange der Toten abgezeichnet.

Im Fall von Randi Menke und Jackie Knowles schien es, als hätten sich die beiden Frauen schlicht und einfach erwürgen lassen. Dabei war die eine immerhin stark genug gewesen, sich von ihrem gewalttätigen Ehemann zu trennen, und die andere hatte sich noch vor ihrem dreißigsten Lebensjahr bis an die Spitze eines Großunternehmens durchgeboxt.

D. D. konnte es nicht glauben. Diese Frauen hatten sich zu wehren gewusst. Warum also hatten sie nicht gekämpft?

Ein weiblicher Killer …

Gift, dachte D. D. Für die meisten Mörderinnen war Gift die Waffe der Wahl. Abigail hatte ihre Opfer zuerst betäubt und dann getötet.

Nur so konnte es gewesen sein.

Außer … D. D. spürte Kopfschmerzen im Anmarsch. Sie nahm sich die toxikologischen Berichte vor, zuerst den von Randi, dann den von Jackie. In Jackies Blut waren 0,5 Promille Alkohol festgestellt worden, keine ungewöhnliche Menge für eine Frau, die ein oder zwei Gläser Wein in einer Bar getrunken hatte. Die toxikologische Untersuchung von Randi Menke war ergebnislos geblieben.

D. D. rückte sich einen Stuhl zurecht, nahm darauf Platz und brütete über den Berichten.

Phil trat zur Tür herein. Er hielt eine braune Tüte in der Hand und hob sie in die Höhe. Anscheinend hatte sie auf seine Frage, ob sie etwas zu essen wünschte, mit Ja geantwortet. Hunger hatte sie tatsächlich.

»Sie hat ihre Opfer betäubt, definitiv«, murmelte D. D. und nahm die Tüte entgegen.

»Sie?«

»Abigail.«

»Abigail?«

»Die Mörderin von Randi Menke und Jackie Knowles.«

»Verstehe.«

»So muss es gewesen sein, denn beide Opfer haben keinerlei Gegenwehr geleistet. Dazu waren sie offenbar nicht mehr in der Lage.«

»Verstehe.«

»In den toxikologischen Berichten ist von Betäubungsmitteln allerdings keine Rede.«

»Dann sind sie wohl auch nicht betäubt worden.«

»Doch. Ich bin mir sicher.«

»Na schön. Wie wär's damit: Abigail hat sie schachmatt gesetzt und ein Mittel dazu verwendet, das sich nicht mehr nachweisen lässt.«

»Barbiturate, Opium, Narkotika kämen also nicht in Betracht.« D. D. öffnete die braune Tüte, zog ein Roastbeef-Sandwich heraus und nahm einen ersten Bissen. »Ebenso wenig wie Methamphetamin, Kokain, Ecstasy, Oxycodon, Vicodin und so weiter. Was bleibt übrig?«

Phil zuckte mit den Schultern und machte sich über sein Thunfisch-Sandwich her. »Die Frage ist, was macht passiv und hinterlässt keine Spuren?«

»Hypnose?«, schlug D. D. vor.

Phil schüttelte den Kopf. »Das bezweifle ich. Selbst unter Hypnose ist der freie Wille nicht aufgehoben. Und wer will schon stranguliert werden?«

»Mir wäre auch lieber, die Opfer hätten sich gewehrt.« D. D. biss einen weiteren Happen von ihrem Sandwich ab. »Ich komme einfach nicht dahinter. Abigail hat zwei Frauen getötet, ohne ersichtlichen Grund. Wut kann es nicht gewesen sein, auch keine zwanghafte Handlung, und sie scheint auch keinen persönlichen Vorteil daraus gezogen zu haben. Was ist wohl schlimmer? Einem Mörder zu begegnen, der dich aus persönlichen Gründen aus der Welt schaffen will, oder einem, der einfach nur einen Job erledigt?«

»Du denkst an Auftragsmord?«, fragte Phil.

»Aber davon würde ja jemand profitieren, und ein solcher Jemand taucht nicht auf. Die einzige Person, die beide Frauen miteinander verbindet, ist Charlene Rosalind Carter Grant.«

»Vielleicht profitiert der Killer von Charlene«, sagte Phil. »Indem er Zugang zu ihr findet, ihre Aufmerksamkeit oder Zuneigung gewinnt. So was in der Art.«

»Wir glauben, Charlene ist Abigail.«

»Wirklich? Wie kommt's?«

»Nach dem ballistischen Gutachten, das uns seit heute Morgen vorliegt, wurden die tödlichen Schüsse auf die drei Sexualstraftäter aus Charlenes Waffe abgefeuert. Wir können also davon ausgehen, dass sie auch abgedrückt hat. Und weil sich die Täterin nach der letzten Tat mit dem Namen Abigail vorgestellt hat, sind Charlene und Abigail wohl ein und dieselbe Person.«

»Das macht mir Kopfschmerzen.«

»Mir auch«, klagte D. D.

Ihr Handy klingelte. Sie blickte auf das Display, halb in Sorge, es könnte ihre Mutter sein, halb in der Hoffnung, von Detective O die Festnahme Charlenes gemeldet zu bekommen. Stattdessen aber las sie eine Nummer, von der sie auch schon am Vortag angerufen worden war.

»Wenn man vom Teufel spricht«, murmelte sie und nahm den Anruf entgegen. »Guten Tag, Charlene Rosalind Carter Grant. Oder ziehen Sie es vor, Abigail genannt zu werden, insbesondere heute, am Einundzwanzigsten?«

»Es war nicht meine Waffe«, sagte Charlene ohne Einleitung.

»Wie bitte?«

»Ihr Labor hat nicht meine Waffe untersucht, sondern eine andere. Ich kann's beweisen.«

»Wie?«

»Mit Ihrer Hilfe. Sie kennen meine Pistole. Sie haben sie gesehen. Erinnern Sie sich? Eine vernickelte 22er Taurus mit Rosenholzgriff. Die Waffe, die letzte Nacht untersucht wurde, hatte einen gummierten Griff. Es ist nicht meine.«

D. D. ließ sich von Phil Papier und Bleistift geben und notierte *Ballistik-Bericht?* Tatsächlich hatte sie ihn noch nicht gelesen. Sie kannte nur das Ergebnis.

»Vielleicht besitzen Sie zwei Waffen«, erwiderte D. D.

»Nein, nur meine Taurus mit Rosenholzgriff, für die ich auch einen Waffenschein habe.«

»Beweisen Sie das.«

»Sprechen Sie mit J. T. Dillon, meinem Schießtrainer. Er hat mir vor einem Jahr beim Kauf dieser Pistole geholfen und mich seit zwölf Monaten damit üben sehen.«

»Was nur beweist, dass Sie mindestens eine Waffe besitzen. Sie könnten auch eine zweite haben, eine mit gummiertem Griff.«

Es blieb eine Weile still in der Leitung. »Liegt nicht die Beweislast bei Ihnen?«, fragte Charlene. »Werfen Sie einen zweiten Blick in den Bericht. Sind meine Fingerabdrücke auf der von Ihnen untersuchten Waffe? Nein. Sie können mir also nicht beweisen, dass ich diese Waffe in der Hand hatte und erst recht nicht, dass ich damit drei Männer getötet habe.«

»Vorschlag: Kommen Sie doch in die Zentrale, und wir regeln das.«

»Heute ist der 21. Januar. Meine Waffe ist verschwunden, und ich glaube, Ihre Kollegin will mir was unterjubeln. Ich werde mich hüten, auch nur in die Nähe der Polizeizentrale zu kommen.«

»Meine Kollegin?«

»Detective O. Sie hat mir die falsche Waffe untergeschoben. Und wahrscheinlich auch meine Taurus gestohlen.«

»Die mit dem Rosenholzgriff?«

»Exakt. Ich hatte sie gestern vor Dienstbeginn versteckt. Ich ...« Sie stockte. D. D. konnte buchstäblich hören, wie fieberhaft die junge Frau nachdachte. »Nach der gestrigen Vernehmung war mir klar, dass Sie mich für verdächtig halten, dass Sie mich als Opfer nicht ernst nehmen und mir stattdessen eine Straftat unterstellen. Sie haben mir Angst gemacht. Umso weniger mochte ich auf meine Waffe verzichten. Weil ich sie bei der Arbeit nicht bei mir tragen darf, habe ich sie auf dem Parkplatz versteckt, in einem Schneehaufen. Ich glaubte, da wäre sie sicher aufgehoben.«

D. D. nickte. Detective O hatte sie darüber aufgeklärt.

»Aber als ich sie nach Feierabend wieder holen wollte, war sie weg. Dann ... war über Funk zu hören, dass man per Haftbefehl nach mir fahndet, und zwar aufgrund eines Berichts der Ballistik. Also habe ich im Labor angerufen ...«

»Wie bitte?«

»Ja, ich habe im Labor angerufen, mich als Detective O ausgegeben und nach Einzelheiten des Berichts gefragt. Als man mir die untersuchte Waffe beschrieb, war mir klar: Das ist nicht meine. Aber meine ist verschwunden. Kapieren Sie endlich?«

»Klären Sie mich auf«, erwiderte D. D. beklommen. Sie schaute Phil an, der dem Gespräch mit weit aufgerissenen Augen zu folgen versuchte.

»Detective O hat dem Labor die tatsächliche Mordwaffe zur Untersuchung vorgelegt«, sagte Charlene. »Eine 22er Taurus Halbautomatik mit gummiertem Griff. Und die gehört nicht mir, sondern Detective O. Die Tatwaffe war in ihrem Besitz. Sie hat diese Männer getötet, und jetzt versucht sie, mich dafür verantwortlich zu machen. Sie hat dafür gesorgt, dass ich jetzt, ausgerechnet heute, ohne Waffe dastehe, dem Mörder von Randi und Jackie schutzlos ausgeliefert, der gegen acht aufkreuzen wird. Und wenn ich tot bin, kommt Detective O mit drei Morden ungeschoren davon. Nein, mit vieren, denn an meinem Tod trägt sie dann zumindest eine Mitschuld.«

D. D. starrte auf die weiße Tafel. »Sie glauben also, Detective O habe diese Sexualstraftäter getötet.«

»Ja. Jedenfalls stammt die Tatwaffe von ihr. Sie hat geschossen, nicht ich.«

»Und dem jungen Zeugen hätte sie sich dann als Abigail zu erkennen gegeben?«

»Ja, um mich zu belasten.«

»Warum hat sie sich nicht mit dem Namen Charlene Rosalind Carter Grant oder Charlie vorgestellt? Warum als Abigail?«

»Abigail war meine Schwester.«

»Woher sollte Detective O das wissen?«

Am anderen Ende der Leitung blieb es still.

»Irgendwann muss jeder sterben«, murmelte D. D. *»Sei tapfer.«*

»Wa-wa-was?«

»Wie ist das zu verstehen, Charlie?« D. D. hatte die Nachricht, die an allen drei Tatorten gefunden worden war, Charlie gegenüber bisher mit keinem Wort erwähnt. Die Inhalte einer solchen Botschaft gehörten zu den Dingen, die ein guter Ermittler für sich behielt und erst dann preisgab, wenn sich einer Verdachtsperson ein Geständnis damit entlocken ließ.

Jetzt hörte sie Charlie wie ferngesteuert flüstern: *»Irgendwann muss jeder sterben. Sei tapfer, Kind. Sei tapfer.«*

»Charlie?«

»Meine Mutter. Meine Mutter hat diese Worte zu mir gesagt.«

»Zu Ihnen, Charlie? Vielleicht auch zu Ihrer kleinen Schwester Abigail?«

»Oh, mein Gott ...«

Diesem Seufzer konnte sich D. D. anschließen. Sie starrte auf Phil. Phil starrte zurück. Und dann blickten beide auf den Tisch, auf die bunte Collage der beiden Frauenmorde.

»Charlie«, drängte D. D. »Erzählen Sie mir von Abigail. Versuchen Sie, sich zu erinnern. Es sieht so aus, als sei aus Abigail irgendwann, irgendwie eine Polizistin mit Namen Ellen O geworden, die mindestens drei Sexualstraftäter getötet hat. Vielleicht auch Ihre beiden besten Freundinnen. Ihre Schwester lebt und scheint es auch auf Sie abgesehen zu haben, Charlie. Sie will Sie töten, in wenigen Stunden.«

39. KAPITEL

Boxen ist eine relativ zivile Sportart, und das ist ein Problem.

Man stellt sich dem Gegner, setzt nur die Fäuste ein und verzichtet auf Tiefschläge.

Zur Selbstverteidigung eignet sich das geltende Regelwerk weniger gut. Es gibt wohl sehr viel effektivere Mittel im Kampf um Leben und Tod, insbesondere für ein Mädchen.

Aber mir hat Boxen von Anfang an großen Spaß gemacht.

Ich glaube fast, ich habe mein ganzes Leben darauf gewartet, meinem Widersacher gegenüberzutreten und ihm in die Augen zu blicken.

Zum Glück bot mein Boxtrainer Dick auch Selbstverteidigungskurse für Frauen an. Er spielte nicht selten auf eine schwere Jugendzeit an, in der wüste Schlägereien die einfachste Lösung aller Probleme gewesen zu sein schienen. Er konnte mir einiges beibringen. Und J. T., mein Schießtrainer, war auch nicht von schlechten Eltern. Glauben Sie mir, wer mit allen schmutzigen Tricks kämpfen lernen will, sollte Rat suchen bei jemandem, der in einem Aufklärungsbataillon der Marines gedient hat. Solche Typen sind tatsächlich davon überzeugt, dass der Zweck alle Mittel heiligt.

Ich hatte mich nie darüber beschwert und beschwerte mich auch jetzt während meiner letzten Vorbereitungen nicht.

Viertel vor vier. Es wurde schon langsam dunkel.

Die Nacht würde mir Schutz bieten. Ich überlegte, ob ich Toms Apartment verlassen, mein Schicksal in die Hand nehmen und versuchen sollte, begangene Fehler wettzumachen. Falls es dafür nicht schon zu spät war.

Ich begann mit ein paar billigen Tricks und steckte zum Beispiel einen Kugelschreiber hinter das Pferdeschwanz-Gummi im Nacken, wo ich leicht an ihn herankommen würde. In Toms Kramschublade fand ich unter anderem eine lange weiße Sportsocke, in die ich vier Mono-Batterien steckte. Ich verknotete das Ende und schlug mir ein paar Mal probehalber in die Hand. Der Strumpf dehnte sich, das Aufprallgewicht war erheblich. Ich würde meine Schlagwaffe also auch auf Distanz wirksam einsetzen können.

Aus dem Klebeband, das in der Schublade lag, bastelte ich mir eine feste Messerscheide, die ich mitsamt einem kurzen schartigen Küchenmesser am Fußgelenk befestigte. Ich hatte nicht gelernt, mit einem Messer zu kämpfen, und bezweifelte sogar, den Mumm zu haben, es tatsächlich auch einzusetzen. Aber verzweifelte Zeiten verlangen nach verzweifelten Mitteln.

Irgendwann muss jeder sterben. Sei tapfer.

Ich hörte Schritte im Flur und erstarrte. Es klopfte sacht an der Tür.

»Ich bin's«, hörte ich Tom leise rufen. Er steckte seinen Schlüssel ins Schloss.

Schnell sammelte ich die Sachen zusammen und ließ sie in meinen Hosentaschen verschwinden. Mein Herz raste, mein Atem ging stoßweise. Ich hatte gerade das Messer an meinem Bein angebracht und den Stiefel geschnürt, als Tom reinkam.

Das Endspiel sollte wohl beginnen.

21. Januar.

Irgendwann muss jeder sterben. Sei tapfer.

Wie es schien, hatte Detective Warrens schockierende Nachricht irgendwelche Schleusen in meinem Kopf geöffnet. Ich erinnerte mich tatsächlich und wundersamerweise an meine verschollene Schwester Abigail. Und wie ein Wunder offenbarten sich mir auch das Geheimnis von Detective O und die Bedeutung des Einundzwanzigsten. Ich ahnte, warum meine besten Freundinnen sterben mussten, und verstand sogar, wieso eine respektierte Mitarbeiterin der Sitte Jagd auf Päderasten gemacht, an jedem Tatort eine verstörende Nachricht hinterlassen und versucht hatte, mir ihre Verbrechen in die Schuhe zu schieben.

Abigail tauchte aus meiner Erinnerung als ein Baby mit glänzenden braunen Augen auf, pummelig und sabbernd. Meine kleine Schwester, die ich von ganzem Herzen geliebt und verloren hatte. Ich hatte sie für tot gehalten. Aber wenn sie gestorben wäre, hätte ich dann nicht auch ihren Namen angenommen wie die meiner anderen Geschwister? Charlene Rosalind Carter Abigail Grant?

Detective Warren sah darin einen weiteren Beweis dafür, dass Abigail lebte und auf rätselhaften Wegen ins Sittendezernat der Bostoner Polizei gefunden hatte. Detective O. Braune Haare, braune Augen – wie das Baby in meinen Träumen.

Allerdings erinnerte ich mich nur an einen Säugling, der höchstens neun Monate alt war. Ich hätte ihn unmöglich mit diesem exotischen, langhaarigen, kurvenreichen Wesen in Verbindung bringen können, mit dieser jungen tüchtigen Polizistin, der schon eine beachtliche Karriere gelungen und die mir offenbar gleich auf den ersten Blick feindlich gesinnt gewesen war.

Irgendwann muss jeder sterben. Sei tapfer.

Ich erinnerte mich an diese Worte. Als ich sie wieder hörte, lief mir ein kalter Schauer über den Rücken. Sie bewirkten, dass ich unwillkürlich die Schultern straffte und den Kopf hob.

Meine Mutter hatte diesen Spruch gern heruntergebetet. Dass Detective Warren sie zitieren konnte, bewies eindeutig: Abigail lebte.

Aber meine kleine Schwester schien mich zu verachten.

»Den Kühlschrank geplündert?«, fragte Tom, nachdem er die Tür hinter sich geschlossen hatte. Er war seit mindestens achtzehn Stunden auf den Beinen und wirkte entsprechend abgespannt und müde. Mich in seiner Wohnung zu sehen schien ihn ein wenig befangen zu machen.

»Ich habe Ihren O-Saft getrunken«, erwiderte ich.

»Noch irgendwas Haltbares zum Essen gefunden?«

»Die Dill-Pickles waren noch ganz gut.«

»Konnten Sie meinen Waffentresor knacken?«

»Wir kennen uns seit zwölf Monaten, aber ich weiß immer noch nicht, wann Sie Geburtstag haben oder wie Ihre Mutter mit Mädchennamen heißt. Ich habe lange probiert, aber die Kombination einfach nicht herausgefunden.«

»Dachte ich mir. Gab's irgendwelche Anrufe?«

»Ich habe mit Detective D. D. Warren telefoniert. Gute Nachrichten. Sie scheint mir endlich zu glauben.«

»Aber den Haftbefehl gegen Sie hat sie nicht aufgehoben«, schränkte Tom ein.

»Vielleicht traut sie mir immer noch nicht über den Weg.« Ich hielt meine Hände unter der Tischkante versteckt. Er sollte nicht sehen, dass sie zitterten. Meine Nerven lagen blank.

Irgendwann muss jeder sterben. Sei tapfer.

»Warum hat es diese andere Frau, Detective O, auf Sie abgesehen?«

»Detective Warren scheint überzeugt davon zu sein, dass sie meine Schwester ist. Dann wäre das Motiv Rache.«

Tom verzog das Gesicht. »Ernsthaft? Auch an Ihnen will sie sich rächen?«

»D. D. glaubt's jedenfalls.« Ich rückte bis ans Ende der Anrichte zurück, steckte meine rechte Hand in die Hosentasche und kramte darin herum, bis ich fand, wonach ich suchte. »Ich bin anderer Meinung.«

»Sie halten Detective O nicht für Ihre Schwester?«

»Doch, ich bin mir ziemlich sicher, dass D. D. in diesem Punkt recht hat. Aber ich glaube nicht, dass Abigail oder Detective O es auf mein Leben abgesehen hat. Ich war lange Zeit im Irrtum. Ich bin gar nicht das dritte Mordopfer.«

»Gut zu hören.«

»Quincy, der Profiler, hat mir eigentlich schon zu bedenken gegeben, dass aus den beiden Morden an meinen Freundinnen keine logische Reihe wird, die mich zwingend an die dritte Stelle setzt. Meine Rechnung war falsch. Randi und Jackie wurden nicht getötet, weil sie meine besten Freundinnen waren; sie wurden getötet, weil ich sie liebte.«

Tom, der auf der anderen Seite der Anrichte stand, runzelte die Stirn. »Ist das nicht dasselbe?«

»Ja und nein, je nach Blickwinkel. Ich hatte zwei beste Freundinnen. Aber es gibt noch einen dritten Menschen, den ich liebe.«

»Tante Nancy.«

»Richtig. Ich habe sie zweimal in ihrem Hotel anzurufen versucht, aber sie ist nicht zu erreichen. Detective O sollte irgendwann heute mit ihr reden. D. D. Warren hatte ihr den Auftrag dazu erteilt, bevor sie wusste, wer O in Wirklichkeit ist.« Ich wich noch einen weiteren Schritt zur Seite aus und war fast am anderen Ende der Anrichte, von wo ich Tom mit einem Satz erreichen konnte.

Meine Hände zitterten noch mehr. Mir schnürte sich die Kehle zu, doch ich zwang mich zu schlucken und tief Luft zu holen.

Irgendwann muss jeder sterben. Sei tapfer.

Nach all den Jahren suchte mich meine Mutter heim. So fühlte es sich für mich an. Auf eine Weise, die ich noch nicht verstand, hatte sie gewonnen, und ich hatte verloren. Nach zwanzig Jahren ließ sie mich immer noch büßen.

Nur, dass ich kein kleines Mädchen mehr war. Ich würde mich nicht still in mein Schicksal fügen.

Ich hatte meine Lehren gezogen. Ich war bereit zu sterben, gleichzeitig aber bestens darauf vorbereitet, um mein Leben zu kämpfen.

»Sind Sie sicher, dass es Abigail auf Ihre Tante abgesehen hat?«, fragte Tom. »Denn, wie gesagt, zwei Opfer ergeben noch keine logische Reihe. Wenn diese Polizistin tatsächlich Ihre verschollene Schwester ist, die sich rächen will, könnte sie auch hinter Ihnen her sein.«

»Wenn es ihr darum ginge, mich zu töten, hätte sie schon früher Gelegenheit dazu gehabt. Sie braucht nur an meine Tür zu klopfen und mir ihren Namen zu nennen. Ich würde sie hereinlassen, Tom. Ich würde vor ihr stehen und zulassen, dass mir meine kleine Schwester die Hände um den Hals legt und zudrückt. Aber das hat sie nicht getan. Stattdessen hat sie sich an meinen Freundinnen vergriffen. Sie will mich nicht töten; sie will, dass ich leide. Vielleicht so, wie sie gelitten hat.«

»Und deshalb hängt sie Ihnen ihre Morde an? Sie tötet Ihre

Freundinnen, dann auch noch Ihre Tante und sorgt schließlich dafür, dass Sie ins Gefängnis wandern?«

Ich zuckte mit den Achseln und hoffte, einen lockeren Eindruck zu machen. »Ich glaube, sie schwärzt mich an, um Zeit zu gewinnen. Solange ich isoliert und in der Defensive bin, hat sie es leichter, meine Tante zu stellen.«

»Na schön«, sagte Tom entschieden. »Wo hält sich Ihre Tante auf? Wir machen uns sofort auf den Weg.«

»Das lassen wir besser bleiben.«

»Ich könnte Unterstützung anfordern. Unter irgendeinem Vorwand. Raubüberfall, Feuer. Wir schlagen Alarm, und in fünf Minuten wimmelt es von Polizisten, die auf Sie aufpassen.«

»Das lassen wir besser bleiben.«

Er nahm seine Schlüssel und beachtete mich nicht weiter, wie ich es erwartet hatte.

»Ich habe eine Überraschung für Sie«, sagte er.

»Ich auch«, sagte ich. Mit zwei Schritten und einer halben Drehung war ich bei ihm und verpasste meinem Retter mit der Linken drei Schläge auf die Nase. Toms Hände blieben unten. Keine Zeit für Gegenwehr.

In meine Rechte legte ich alle Kraft aus der Schulter. Meine Faust, in der das zusätzliche Gewicht der eingewickelten Batterien steckte, traf ihn mit voller Wucht ins Gesicht.

Zuerst sackte er in den Knien ein, dann schwankte sein Oberkörper und kippte seitlich weg. Die Schulter landete krachend auf einem der Küchenschränke. Ich hielt die Luft an und drückte unwillkürlich die Augen zu, besann mich dann aber eines anderen.

Wenn du den Mann niederschlägst, der noch vor drei Stunden dein Liebhaber hätte sein können und der einzige Beschützer ist, den du noch hast, solltest du verdammt noch mal die Augen offen halten und sehen, was dein Schlag anrichtet.

Er ging zu Boden. Ich schüttelte beide Hände aus, die höllisch weh taten. Aber das ist Sinn und Zweck zähen Trainings – man ist vorbereitet auf den Schmerz und hält ihn aus.

Ich hatte nicht mehr viel Zeit.

Es ging auf den Abend zu. 21. Januar.

Ich streckte Tom auf den Dielen aus, prüfte seinen Puls und fand ein Kissen, das ich ihm unter den Kopf schob. Dann zog ich meine Jacke aus und schlüpfte in einen gefütterten Tarnparka von L. L. Bean aus seinem Kleiderschrank. Ich wickelte mir seinen braunen Schal um den Hals und registrierte den Duft seiner Seife und seines Rasierwassers. Die Strickmütze, die ich mir tief in die Stirn zog, war ebenfalls braun. Schließlich prüfte ich noch den Inhalt meiner Taschen.

Irgendwann muss jeder sterben. Sei tapfer.

Ich drückte Tom einen Kuss auf die Stirn. Zärtlich, liebevoll, reumütig.

Tom hätte mir gewiss geholfen. Doch das hätte auch Detective Warren. Ich wollte mir nicht helfen lassen. Schon in dem Moment, als D. D. mir gesagt hatte, dass meine kleine Schwester lebte und hinter mir her sei, war mir klar gewesen, was ich zu tun hatte. In den nächsten Stunden ging es darum, sehr persönliche Dinge zu regeln.

Eine Familienangelegenheit.

Eilig kritzelte ich eine Entschuldigung auf Papier, nahm Toms Schlüssel und verließ die Wohnung.

Auf dem schlecht beleuchteten Parkplatz erlebte ich einen neuen Schock. Ich hörte ein leises Winseln, das lauter wurde, als ich mich Toms Streifenwagen näherte. Auf dem Beifahrersitz hockte Tulip, die mir durch die Windschutzscheibe entgegenblickte.

Tom hatte mir eine Überraschung in Aussicht gestellt. Meinen Hund. Er hatte in der Stadt nach Tulip gesucht, um uns wieder zusammenzubringen.

Möglich, dass meine Augen ein wenig feucht wurden, als ich mit der Fernbedienung den Wagen entriegelte. Ich öffnete die Fahrertür, und die Hündin, die heraussprang, war definitiv meine, denn sie strich mir sichtlich beglückt um die zitternden Beine. Ich hob sie auf und drückte sie an mich. Es tat mir alles so schrecklich leid. Tom und meine kleine Schwester, die ich so sehr geliebt hatte und trotzdem nicht retten konnte. Aber das Unverzeihlichste war, dass meine Tante nun für meine Sünden büßen musste, obwohl sie es immer nur gut gemeint hatte.

Ich verriegelte den Streifenwagen wieder. Er war mir zu auffällig.

Stattdessen nahm ich Toms dunkelgrünen Ram Truck. Ich öffnete beide Türen. Tulip nahm auf dem Beifahrersitz Platz.

Wir machten uns auf den Weg durch die Nacht.

Zwanzig Jahre später. Einst Opfer, jetzt Vorhut.

40. KAPITEL

D. D. rief Neil und Phil zu einer außerordentlichen Lagebesprechung in ihr Büro. In spätestens einer halben Stunde würde sie ihren direkten Vorgesetzten, den stellvertretenden Leiter des Morddezernats, über die jüngsten Entwicklungen und ihren Verdacht gegen die Kollegin Detective O unterrichten müssen. Aber vorher wollte D. D. ihre Hausaufgaben erledigt haben.

Sie kam gleich zur Sache. »Wo steckt Detective O, was hat sie getan, und warum sind wir ihr nicht schon früher auf die Schliche gekommen?«

Phil antwortete als Erster. Da sie ihr Handy anscheinend ausgeschaltet habe, auf Pager-Rufe nicht reagiere geschweige denn von sich aus Kontakt mit der Leitstelle halte, sei wohl davon auszugehen, dass sie auf eigene Faust handele. Offiziell werde noch nicht nach ihr gesucht, aber die Kollegen auf Streife seien angewiesen, Ausschau nach ihr und ihrem Vic Crown zu halten.

In der Zwischenzeit hatte sich Phil ihre Personalakte vorgenommen, die schnell gelesen war, weil Detective O erst ein paar Dienstjahre auf dem Buckel hatte. Angefangen hatte sie in einem kleinen Vorstadtrevier und war erst vor zwei Jahren in die Bostoner Polizeizentrale versetzt worden. Man kannte sie als fleißige und gewissenhafte Kraft, ein bisschen rigoristisch vielleicht und nicht besonders einfühlsam im Umgang mit anderen, aber durchaus erfolgreich auf ihrem Gebiet, das alles andere als leicht zu bearbeiten war.

Ihre jährlichen Bewertungen ließen an keiner Stelle erkennen, dass sie eine tickende Zeitbombe sein könnte.

»Andererseits hat sie insgesamt acht Jahre in Colorado gewohnt, übrigens zur selben Zeit, als Charlene in Arvada Notrufe entgegennahm und Christine Grant spurlos verschwand.«

»Oh, Mann. Das passt alles zusammen. Ich wette, Kollegin O

alias Abigail hat ihre eigene Mutter umgebracht, und zwar genau so, wie diese nach Os Beschreibung ihre Kinder getötet hat, nämlich indem sie ihr ein Kissen auf das Gesicht drückte.«

»Warum?«, fragte Neil.

»Das wird sie uns beantworten müssen.« D. D. kaute auf ihrer Unterlippe. »Wir brauchen Charlene. Wir brauchen weitere Informationen über die Zeit vor zwanzig Jahren. Damals muss etwas passiert sein. Kann sein, dass die Mutter ihre Tochter Charlene nicht nur missbraucht, sondern tatsächlich zu töten versucht hat, dann in Panik geraten und zusammen mit dem jüngeren Kind getürmt ist.«

»Eins verstehe ich nicht«, sagte Neil. »Wie konnte Charlene ihre jüngere Schwester vergessen? Und wie ist es möglich, dass der Polizei, die diesen letzten Vorfall untersucht hat, nicht aufgefallen ist, dass es noch ein weiteres Kind gibt?«

D. D. zuckte die Schultern. »Wir wissen inzwischen, dass Christine Grant zwei Babys hatte, für die nie eine Geburtsurkunde ausgestellt wurde. Charlenes jüngere Schwester Abigail scheint ebenfalls heimlich zur Welt gebracht worden zu sein. Was mich an den Polizeiberichten am meisten verwundert hat, ist, dass die Bleibe aussah, als habe nie eine Familie darin gewohnt. Keine Spielsachen, keine Kleider, kein ... Plunder. Es scheint, Mommy Grant war nicht nur psychisch krank, sondern total verrückt, also nicht in der Lage, für sich oder andere zu sorgen. Ich frage mich, wie viel Verantwortung auf den Schultern der achtjährigen Charlene lastete. Und zum Lohn dafür wurde sie niedergestochen und halbtot zurückgelassen. Dass sie an diese Zeit nicht gern erinnert wird, erscheint mir nur allzu verständlich.«

»Christine Grant war also dermaßen durch den Wind, dass sie zwei Babys tötete, scheint sich aber immerhin doch noch aufgerafft zu haben, zwei weitere Kinder großzuziehen«, fasste Neil zusammen, verriet aber unmissverständlich Skepsis.

D. D. dachte nach. »O wollte von Charlene wissen, ob sie ein gutes Kind gewesen sei. Sie meinte, Rosalind und Carter könnten die Mutter womöglich dermaßen strapaziert haben, dass ihr die Nerven durchgegangen sind.« Sie schaute ihre Partner an. »Es sieht alles danach aus, dass die Mutter ihr genau diese Geschichte erzählt hat. Die Moral: Sei brav, und ich lass dich leben. Fällst du mir jedoch auf den Wecker …«

»Irgendwann aber hat sich Abigail anscheinend gegen ihre Mutter gewandt«, spekulierte Phil. »Wie du schon sagtest: Wahrscheinlich hat sie sie getötet.«

»Ja. Man stelle sich vor, acht Jahre lang war Charlene das Hauptangriffsziel ihrer Mutter, die sie nach Belieben geschunden hat und von den Ärzten wieder zusammenflicken ließ. Haltet ihr für möglich, dass Mommy Grant nach dem Verlust ihrer ältesten Tochter ihr Münchhausen-Syndrom überwunden hat? Wohl eher nicht. Ich glaube, sie hat auf Tochter Nummer zwei herumgehackt. Soll heißen, von da an musste Abigail Glasscherben schlucken und Rohrreiniger trinken. Sie musste am eigenen Leib erfahren, wie sehr die Liebe einer Mutter schmerzen kann.«

D. D. seufzte und schlug einen nüchterneren Ton an. »Leidtragende von Münchhausen-Syndrom-Kranken sind in der Regel sehr kleine Kinder. Säuglinge, Krabbelkinder, die nicht in der Lage sind, sich zu verteidigen. Aber Abigail wurde älter; irgendwann hat sie es sich nicht mehr gefallen lassen, von der Mutter die Finger in der Tür eingequetscht zu bekommen. Sie kannte wahrscheinlich irgendwann selbst ein paar wirksame Tricks. Weiß Gott, sie hatte eine verteufelt gute Lehrerin.«

D. D. wandte sich an Phil. »Bevor wir eine Kollegin des mehrfachen Mordes bezichtigen, sollten wir absolut wasserdichte Beweise vorlegen können. Zuerst einmal müssen wir klären, wie aus Abigail Grant Ellen O wurde.«

»Ja, ja, aber zaubern kann ich auch nicht. Ich hatte …« Phil blickte auf seine Uhr. »… zwanzig Minuten, um dieser Frage nachzugehen. Erschöpfend beantworten kann ich sie nicht. Vermutlich ist Ellen O ein angenommener Name und als solcher bereits längere Zeit amtlich. Ich habe eine Sozialversicherungsnummer ausgegraben, einen Führerschein, Kontoauszüge und Studienbelege von der University of Denver.

Nach der Länge der Papierspur zu urteilen, war Abigail noch ein Teenager, als sie den Namen Ellen O angenommen hat. Das heißt, sie wurde entweder adoptiert oder frühzeitig für voll geschäftsfähig erklärt, womit sie freie Namenswahl hatte. Ich bin noch dabei, Unterlagen verschiedener Familiengerichte zu sichten, hatte aber bislang wenig Glück.«

»Gibt es keine Angehörigen, Freunde oder Bekannten, die mehr über sie wissen?«, fragte Neil.

»Davon steht hier nichts drin«, antwortete Phil und hob Os Personalakte in die Höhe. »Unter der Rubrik ›Im Notfall zu informieren‹ steht die Telefonnummer einer Holding, die unter anderem als Eigentümerin des Apartmentblocks firmiert, in dem sie wohnt. Ich glaube, man kann behaupten, dass Abigail oder O offiziell sehr allein ist auf der Welt.«

»Aber warum erschießt sie Päderasten?«, fragte Neil stirnrunzelnd. »Nach ihrer Familiengeschichte könnte man ja noch irgendwie nachvollziehen, dass sie sich an der älteren Schwester rächen will und, nun ja, vielleicht auch an deren besten Freundinnen. Aber wieso an Päderasten?«

D. D. versuchte sich an einer Erklärung. »Vielleicht folgt sie zwei unterschiedlichen Agenden. Was sie den Freundinnen angetan hat und für Charlene in petto hält, ist für sie eine sehr intime, gewissermaßen ritualisierte Form von Vergeltung. Sie will ihre ältere Schwester bestrafen, die sie ihrem Verständnis nach im Stich gelassen hat. Darüber hinaus versucht sie, eine von Missbrauch geprägte Jugend zu bewältigen, indem sie von der Opfer- in die Täterrolle schlüpft. Dass sie auf Päderasten Jagd macht, ist vielleicht ein Ergebnis ihrer Vorstellung von Stressmanagement. Sie will nicht länger tatenlos mit ansehen müssen, wie sich vorbestrafte Sexualstraftäter ein ums andere Mal an Kindern vergreifen. In dem Zusammenhang fällt mir ein, O unterstellte Charlene, sie identifiziere sich allzu sehr mit den Opfern und hasse es, sich machtlos zu fühlen. Im Rückblick glaube ich, dass sie tatsächlich von sich gesprochen hat. Auch sie identifiziert sich allzu sehr mit den Opfern und ist es leid, sich hilflos zu fühlen.«

»Was hat es mit diesen anonymen Nachrichten auf sich? *Irgendwann muss jeder sterben …*«

»Nach Auskunft von Charlene Grant war das ein Spruch ihrer Mutter. Ein Familien-Mantra gewissermaßen. Interessanter finde ich die Botschaft innerhalb der Nachricht, geschrieben mit Zitronensaft. *Schnappt mich.* Zuerst dachte ich, der Autor dieser Nachricht will uns verhöhnen. Jetzt frage ich mich, ob es nicht doch eher eine Bitte ist. Abigail schrieb: *Irgendwann muss jeder sterben.* Und Detective O fügte hinzu: *Schnappt mich.*«

»Good Cop, bad Cop«, bemerkte Neil.

»Exakt«, erwiderte D. D. und dachte daran, wie oft sie und O allein in diesem Büro gesessen, über den anonymen Nachrichten gebrütet, Handschriften verglichen und Zeugenaussagen diskutiert hatten. Der Kollegin war nie auch nur das Geringste anzumerken gewesen. Wie gut sie sich im Griff hatte, war beängstigend.

Das passte auch zum Ergebnis der Handschriftenanalyse, nach der der Verfasser ein hochgradig pedantischer, rigoristischer Typ-A-Mensch sein musste.

Nachdem sie mit Charlene telefoniert hatte, war D. D. sofort in Os Büro geeilt, um Proben ihrer Handschrift einzusammeln. Die hatte sie zusammen mit den anonymen Nachrichten auf einem freien Tisch ausgebreitet und miteinander verglichen. Auffällige Übereinstimmungen waren ihr allerdings nicht ins Auge gesprungen. Zwar schrieb auch O sauber und präzise, aber ihre Buchstaben waren weniger perfekt proportioniert, und der untere Rand bildete keine absolut gerade Linie. Es konnte aber durchaus sein, dass sie beim Verfassen der Nachrichten ein Lineal zu Hilfe genommen hatte, vielleicht um Verwirrung zu stiften. Aber vielleicht erklärte sich das akkuratere Schriftbild damit, dass die Nachrichten lediglich aus sechs Wörtern bestanden und bis zur Vollendung ausprobiert worden waren.

Trotzdem trat die Persönlichkeit der Verfasserin in den Schriftproben deutlich genug zum Vorschein. Kontrolliert, entschlossen, psychopathisch.

»Die Mutter des Zeugen im Fall Barry hat heute Nachmittag angerufen«, berichtete nun D. D. »Sie sagt, ihr Sohn habe erklärt, die Augen der Täterin seien nicht wirklich dämonisch gewesen, sie hätte wahrscheinlich nur blaue Kontaktlinsen getragen. Vor ungefähr einer Stunde waren beide hier bei uns in der Zentrale und haben einen Katalog für Halloween-Kostüme vorgelegt, in dem solche Linsen angeboten werden.«

Sie holte eine aus dem Katalog herausgerissene Seite aus der Tasche und legte sie zwischen Neil und Phil auf den Tisch. »Ich vermute, O hat solche Linsen getragen, um der Beschreibung ihrer Schwester Charlene zu entsprechen: braune Haare, blaue Augen ...«

»Aber warum Katzenaugen?«, fragte Phil, der sich beim Anblick der Abbildung ein wenig zu winden schien.

»Gruselig, nicht wahr?«

»Allerdings.«

»Aber es ergibt Sinn. O wollte nicht nur ihrer Schwester ähnlicher sehen, sondern sich selbst entstellen. Schließlich musste sie damit rechnen, nur wenig später dem Zeugen persönlich gegenüberzustehen. Ich weiß noch, dass ich, als sie aufkreuzte, glaubte, sie sei von einem Rendezvous gekommen. Tatsächlich aber hat sie sich wohl nur besonders hübsch geschminkt, um von dem Jungen nicht erkannt zu werden. Der hatte nämlich eine dünne Frau mit hagerem Gesicht und straff zusammengefassten Haaren beschrieben. Uns hat sich O immer ganz anders gezeigt.«

»Aber als ausgemergelt kann man sie nicht gerade bezeichnen«, meinte Neil.

»Es würde mich nicht wundern, wenn sie sich aufpolstert.« D. D. blickte auf ihre Brüste, die während der Schwangerschaft noch ganz anders ausgesehen hatten. »Glaubt mir, davon verstehe ich was.«

Neil errötete leicht und schüttelte seinen roten Schopf. »Na schön, nehmen wir also an, O ließ sich vor zwei Jahren hierher versetzen, um Charlene zu töten. Aber Charlie kam erst vor einem Jahr nach Cambridge. Das konnte O doch unmöglich vorhergesehen haben.«

»Natürlich nicht, das war auch nicht nötig. Boston liegt mitten in New England. Von hier sind rund ein Dutzend anderer Staaten in nur wenigen Stunden erreichbar, nicht zuletzt New Hampshire und Rhode Island. Mit dem Flieger ist es auch nicht allzu weit nach Atlanta, wo Jackie Knowles wohnt. Mit anderen Worten, egal, wo sich Charlie oder ihre beiden anderen Opfer am 21. Januar aufhalten würden – O hätte leichten Zugriff auf sie.«

»Ich habe mich mit ihrem Vorgesetzten unterhalten«, sagte Phil. »Detective O hatte am 21. Januar vergangenen Jahres und auch im Jahr davor frei. Heute hätte sie zwar theoretisch Dienst, aber wir sehen ja, was das bedeutet ...«

D. D. nickte und machte sich eine Notiz mit Blick auf die Präsentation für Horgan.

»Warum hat sie Randi Menke zuerst getötet? Warum nicht gleich Charlie?«, fragte Phil.

»Ich glaube, Abigail ist nicht bloß auf eine schnelle Gelegenheit aus. Wäre das der Fall, hätte sie in der Tat auf direktem Weg nach New Hampshire fahren und Charlene wie unsere Päderasten mit zwei Schüssen in die Stirn erledigen können. Mir scheint, sie spannt ihre Schwester lieber auf die Folter und vermittelt ihr das Gefühl, allein und verwundbar zu sein. Aber warum zuerst Randi und nicht Jackie ...« D. D. zuckte mit den Achseln. »Irgendwo musste Abigail ja anfangen, und Randi erschien ihr vielleicht als das leichtere Ziel. Nicht weit von Boston entfernt und misshandelt von einem gewalttätigen Ehemann. Ich kann mir vorstellen, dass O zu ihr gefahren ist, ihre Marke gezeigt und behauptet hat, gegen ihren Exgatten zu ermitteln. Und so machte ihr Randi die Tür zu ihrer Wohnung auf.«

»Aber warum hat sie sich nicht gewehrt, als O ihr an die Gurgel ging?«, fragte Phil.

»Details, Details«, murmelte D. D., nahm den Einwand aber ernst. »Was Jackie Knowles betrifft ... nun ja, O wird nach Atlanta geflogen sein. Keine große Sache. Wahrscheinlich hat sie im Vorfeld Erkundigungen eingeholt, festgestellt, wo Jackie arbeitet, wo sie wohnt und in welchen Lokalen sie verkehrt. Oder sie hat sie einfach vor ihrem Büro abgepasst, ist ihr in diese Bar folgt, hat sich vorgestellt und ihr einen oder zwei Drinks spendiert. So kam eins zum anderen.«

»Sie begleitet Jackie nach Hause«, ergänzte Neil, »schaltet die beste Freundin Nummer zwei aus und nimmt ihr drittes Opfer ins Visier.«

D. D. dachte darüber nach. »Wir dürfen nicht vergessen, unter welchen Verhältnissen die Mädchen an der Seite ihrer psychotischen Mutter aufgewachsen sind. Sie wurden nach allen Regeln der Kunst und auf geradezu ritualistische Weise misshandelt. Darauf versteht sich Abigail. Am Tod ihrer Schwester ist ihr weniger gelegen als daran, sie leiden zu sehen und Befriedigung darin zu finden. Das ist beiden vertraut. Für Abigail ist Leid vielleicht sogar ein Ausdruck von Liebe. Warum tut dir Mommy weh? Weil sie dich so lieb hat.«

»Aber es scheint doch, dass weder Randi noch Jackie leiden mussten«, sagte Phil und krauste die Stirn.

»Das war auch nicht Abigails Absicht; es ging ihr um die Aufmerksamkeit ihrer Schwester. Die mysteriösen Umstände der Mordanschläge – keine Spuren gewaltsamen Eindringens, keine Hinweise auf Kampfhandlungen – werden Charlene zusätzlich geängstigt und verwirrt haben.«

»Ich fürchte«, sagte Phil, »Charlie wird nichts erspart bleiben.«

»Das fürchte ich auch. Aber immerhin hat sie sich gut vorbereitet. Und ist absolut fit.«

»Das ist O auch«, meinte Neil.

»Stimmt«, sagte D. D. bitter. »Außerdem hat sie Charlie die Pistole abgenommen. Was sich allerdings rächen könnte, wenn sie glaubt, auf weniger Gegenwehr zu stoßen.«

»Tja, jetzt heißt's wohl, wer findet Charlie zuerst«, meinte Phil. »O oder wir.«

»Hast du ihr denn keinen Polizeischutz angeboten?«, fragte Neil überrascht.

»Du bist gut. Meinst du, sie geht einfach ans Telefon, wenn ich sie anklingle? Einmal hat sie mich angerufen, um mir ihre Version der Geschichte zu erzählen. Unsere Sicht der Dinge scheint sie nicht zu interessieren. Ich glaube, sie traut uns nicht über den Weg. Was nicht unbedingt damit zusammenhängen muss, dass ihr eine von Bostons Detectives ans Leder will.«

»Ist deshalb noch der Haftbefehl in Kraft?«, fragte Phil.

»Ja, in unserem Gewahrsam wäre sie immerhin geschützt.«

»Aber keine Spur von ihr.«

»So ist es, sie hält sich versteckt.«

»Hoffentlich gut genug.«

»Zum nächsten Punkt.« D. D. klopfte auf den Tisch. »Ich treffe mich gleich mit Horgan und werde ihn um einen Durchsuchungsbeschluss für Detective Os Apartment bitten. Neil, ich möchte, dass du das übernimmst. Und du, Phil, kümmerst dich weiter um Os Vergangenheit. Ich möchte alles über sie wissen – Freunde, Hobbys, Haustiere, Lebensmittelallergien –, einfach alles, was uns irgendwie weiterhelfen könnte. Besorg mir Zeitabläufe, Daten, einschließlich aller auf ihren Namen zugelassenen Waffen. Ich werde mich derweil mit ihrem Vorgesetzten unterhalten.«

»Worüber?«, fragte Phil.

»Über eine Ahnung, die ich habe.«

»Nämlich?«

Sie schaute ihn nachdenklich an. »Du hast den Anstoß dazu gegeben, also werde ich dir das Verdienst gutschreiben, falls sich diese Ahnung bestätigt. Erinnerst du dich? Ich bin heute Morgen die toxikologischen Berichte der Mordfälle Randi und Jackie durchgegangen. Meiner Meinung nach müssen beide Frauen betäubt worden sein, aber es fanden sich keinerlei Spuren im Blut.«

Er nickte.

»Du sagtest, es gebe auch Drogen, die keine Spuren hinterlassen oder schnell nicht mehr nachzuweisen sind.«

»Habe ich auch gesagt, um welche Drogen es sich handeln könnte?«

»Nein, aber O selbst hat mich mit der Nase darauf gestoßen.« D. D. trommelte mit den Fingern auf die Tischplatte. Von allen

Einzelteilen des Puzzles machte ihr dieses am meisten zu schaffen. Dass sie keinen Verdacht geschöpft hatte, als ihr Hinweise auf Os mörderisches Spiel zu Ohren gekommen waren. Hatte O mit diesem Fingerzeig ein weiteres Mal indirekt darum gebeten, überführt zu werden, oder hatte sie die ältere, erfahrenere Kollegin, die es eigentlich besser wissen sollte, einfach nur foppen wollen?

»O erzählte mir von einem Fall, von einem Stiefvater, der seinen Stieftöchtern Insulin verabreicht hat mit dem Ergebnis, dass sie ins Koma fielen und sich nicht mehr wehren konnten. Nach dem Missbrauch hat er sie mit Zuckerglasur aus der Sprühdose wieder aufgeweckt.«

»Insulin«, wiederholte D. D. leise. »In jeder Apotheke erhältlich und spielend leicht zu verabreichen. Ein kleiner Pikser in den Arm, und das Opfer ist nach spätestens fünfzehn Minuten schachmatt.«

Neil starrte sie an. »Insulin. Ja, das könnte hinhauen.«

D. D. stand auf. »Wir müssen Detective O finden«, sagte sie entschieden. »Und auch Charlene Grant. Wir haben Viertel vor vier, meine Herren. Abigail macht wieder Jagd. Charlie wird ihr Boxtraining vergeblich absolviert haben, wenn Abigail die Chance bekommen sollte, ihr eine Spritze zu setzen.«

41. KAPITEL

Ich machte mich auf den Weg zur Unterkunft meiner Tante. Sparsam, wie sie war, hatte sie in den Gelben Seiten nach einer Billigbleibe gesucht und diverse Adressen abtelefoniert, bevor sie sich entschied. Da sie wahrscheinlich mit ihrer Kreditkarte eingecheckt hatte, würde es einem Bostoner Cop nicht schwerfallen, sie ausfindig zu machen. Detective O konnte den Abbuchungen bis zu ihrer Zimmertür folgen, und wenn sie ihre Marke zückte, würde meine Tante sie hereinbitten.

Ich parkte in einiger Entfernung, hieß Tulip sitzen bleiben und stieg aus. Möglichst unauffällig näherte ich mich der Pension und scannte die Gegend, gefasst darauf, einem Cop zu begegnen. Es war ein zweigeschossiges Hufeisengebäude mit einem Parkplatz in der Mitte. Meine Tante wohnte auf der ersten Etage. Ich stieg über teppichbelegte Stufen nach oben und klopfte an ihre Tür. Als niemand antwortete, verschaffte ich mir Einlass. Die Vorhänge waren zurückgezogen, und von der Decke fiel indirektes Licht auf leere, goldbraune Wände. Ich stand für eine Weile mitten im Raum und ließ, was ich sah, auf mich wirken. Keine Frau, die bei Verstand war, exponierte sich in einem Hotelzimmer hinter offenen Vorhängen. Meine Tante hätte auch nie das Licht brennen lassen. Sie war nicht nur sparsam, sondern auch umweltbewusst.

Kein Zweifel, Detective O war schon vor mir hier gewesen. Sie ließ mich wissen, dass sie meine Tante in ihrer Gewalt hatte.

Die Hände in den Taschen, den Kopf eingezogen, kehrte ich zu Toms Truck zurück. Es war dunkel und bitterkalt. Alle Welt hockte im Warmen und lachte unbeschwert mit den Lieben, während ich durch leere Straßen zog, mit dem Wissen, dass ich zu spät gekommen war und dass ich dafür würde bezahlen müssen.

Detective O hatte meine Tante vor mir erreicht. Aber sie hatte sie nicht an Ort und Stelle erwürgt, sondern entführt. Warum?

Weil das Hotelzimmer nicht ihr Zuhause war. Meine Freundinnen starben im Schutz und in der Geborgenheit ihrer eigenen Wohnungen.

Warum? Weil wir, meine Schwester und ich, nie Schutz und Geborgenheit erfahren durften? Oder um den Schrecken des Verbrechens noch zu steigern?

Unwillkürlich fuhr ich mit der Hand über die Narbe an der Seite.

Und für einen kurzen Moment konnte ich es fast spüren. Meine Rippen, feucht und klebrig, meine zitternden Beine, die unter mir wegzubrechen drohten. Sah Flammen über eine Wand züngeln. Seltsam, dachte ich noch, Feuer zu sehen und dabei zu frieren.

SisSis, hörte ich eine Stimme rufen. *SisSis*.

Tut mir leid, sagte ich. Tut mir leid.

Ich war ungefähr zwanzig Schritte von Toms Truck entfernt, als mein Handy klingelte. Ich ging ran.

»Du erinnerst dich?«, fragte meine Schwester.

»Die Wohnung stand in Flammen.«

»Arme alte Mom. Es konnte ihr nicht dramatisch genug sein.«

»Du hast den Brand zu löschen versucht.«

»Bot sich an.«

Ich zögerte. »SisSis. Du hast mich SisSis genannt.«

Es blieb eine Weile still. Als sie wieder sprach, klang ihre Stimme bitter.

»Du hast versprochen, dich immer um mich zu kümmern, mich zu beschützen. Aber damit war es nicht weit her, nicht wahr, Charlene? Du hast mich im Stich gelassen und vergessen. So viel zur Liebe unter Geschwistern, *SisSis*.«

Ich wusste nicht, was ich sagen sollte. Aber sie kam mir ohnehin zuvor. »Bist du immer noch ein guter Soldat, Charlene? Was meinst du?«

»Warum?«

»Weil irgendwann jeder sterben muss. Sei tapfer, Charlie. Sei tapfer ...«

Mir rieselte ein kalter Schauer über den Rücken. Auslöser waren nicht ihre Worte, sondern die Art, wie sie sie aussprach. Mit der geflüsterten Grabesstimme meiner Mutter.

»Bitte, tu ihr nichts«, sagte ich betont ruhig. »Tante Nancy hat sich nichts zuschulden kommen lassen. Es geht um uns und um niemand sonst.«

»Mir scheint, du hast doch einiges vergessen.«

»Was willst du?«

»Dass du Bescheid weißt.«

»Sag es mir, und ich komme zu dir.«

»Ja, du sollst wissen, wo ich bin.«

Ich öffnete die Truck-Tür und stieg ein, das Handy am Ohr. Ich ahnte, was mich erwartete. 21. Januar. Der Tag, auf den die letzten zwanzig Jahre ausgerichtet waren.

»Ich liebe dich, Abby«, flüsterte ich ins Handy an die Adresse meiner Schwester, die vorhatte, mich zu töten. »Denk daran, was immer geschieht, ich liebe dich.«

Meine kleine Schwester brach die Verbindung ab.

Und ich dachte lange darüber nach, was ich als Nächstes tun sollte.

Seit ich denken konnte, war mir, auch ohne dass ich es verstand, irgendwie klar gewesen, dass meine Mutter nicht richtig tickte. Im Alter von zwei oder vier oder fünf Jahren hatte ich natürlich über das, was im Einzelnen passiert war, nicht länger nachgedacht, aber was ich mitbekam, war auch im Nachhinein alles andere als angenehm, geschweige denn kindgerecht. In meiner Erinnerung fehlten Bilder einer Mutter, die ihrem Kind eine Gutenachtgeschichte vorliest und mit ihm selbstgebackene Kekse knabbert.

In kalten Winternächten, wenn der Wind von den Bergen herabfegte und an den Fensterläden rüttelte, dachte ich an meine Mom. In dunklen Kellern, wo es nach Moder und Verwesung roch, dachte ich an sie. Einmal, als ich auf dem Schulhof vom Klettergerüst fiel und mir die Schulter auskugelte, was ein seltsames Geräusch machte, und als ich mich dann gegen einen Baumstamm stemmte, um sie wieder einzurenken, was noch seltsamer klang, da dachte ich unwillkürlich an meine Mom.

Sie war verrückt im Sinne von ungesund. Unberechenbar, instabil, unzuverlässig. Hin und her geworfen zwischen grandiosen Höhenflügen und tiefer Verzweiflung. Ich war ihre Lieblingstochter. Ein braves Kind, das stillhielt, wenn sie mir eine Bowlingkugel auf die Füße fallen ließ.

In der Welt meiner Mutter äußerte sich Liebe in Gewaltakten. Also hätte ich mich umso mehr geliebt fühlen sollen, je heftiger die Schmerzen waren, die sie mir zufügte.

Verrücktheit ist erblich, müssen Sie wissen.

In meiner Jugend hatte ich große Angst davor, eines Morgens aufzuwachen und das unwiderstehliche Bedürfnis zu empfinden, anderen weh zu tun. Dass ich plötzlich anfangen würde, meine Freundinnen zu piesacken oder meine Tante zu beschimpfen. Dass ich, statt aufzuräumen und zu putzen, in den Zimmern der Pension alles kurz und klein schlagen würde.

Dass ich als Charlene Rosalind Carter Grant zu Bett gehen und als Christine Grant aufwachen würde.

Zum Glück ist mir das erspart geblieben.

Aber ich fürchte, dass meine jüngere Schwester dieses Glück nicht hatte.

Mein erster Gedanke war, dass meine Schwester mit unserer Tante womöglich nach New Hampshire gefahren war, zurück in deren gemütliches Bed & Breakfast in den White Mountains. Aber die Fahrt dorthin dauerte mindestens drei Stunden, und so verrückt meine Schwester auch sein mochte, dumm war sie bestimmt nicht. Meine Tante führte ein kleines Unternehmen, und ihr Haus würde voller Zeugen sein.

Viel besser für eine finale Familienzusammenführung eignete sich meine kleine Wohnung. Ein Zimmer in einem alten Haus, in dem außer mir nur noch eine alleinstehende ältere Dame lebte. Ich hoffte für meine Vermieterin, dass sie gerade unterwegs war, als meine Schwester anklopfte. Aber ich bezweifelte es.

Ich stellte den Wagen auf der anderen Straßenseite ab, auf dem Parkplatz des Observatoriums. An einem Samstagnachmittag um fünf standen dort nur wenige Fahrzeuge. Es war völlig dunkel geworden, die Straßenlaternen verbreiteten schütteres Licht, das von den Schneehaufen reflektiert wurde.

Eigentlich hatte ich Tulip im Wagen zurücklassen wollen, aber als ich die Fahrertür öffnete, flog sie über mich hinweg und nutzte meinen Schoß als Sprungbrett. Offenbar glücklich, sich wieder bewegen zu können, rannte sie im Kreis. Ich dachte daran, sie einzufangen und wieder in ihr allradbetriebenes Gefängnis zu sperren, brachte es aber dann doch nicht übers Herz.

Ich rief sie ein letztes Mal zu mir, gab ihr einen Kuss auf den Kopf und bedankte mich für ihre Gesellschaft. Sie winselte ein wenig, wedelte mit dem Schwanz und schüttelte ihr weiß-braunes Fell, als würde sie frieren. Dann trottete sie los, weg von mir, neuen Abenteuern entgegen, von denen sie mir vielleicht irgendwann berichten würde, wenn ich dann noch lebte.

Ich schaute ihr nach, bis sie hinter der Ecke des Backsteingebäudes verschwand. Mir zog sich die Brust zusammen, so fest, dass es mich selbst überraschte. Ich klopfte mir auf die Jackentaschen und fummelte an dem Schal, den ich um den Hals geschlungen hatte.

Ich hatte mich ein Jahr lang vorbereitet und strategisch geplant.

Jetzt hörte ich im Hinterkopf nur die Worte meiner Mutter. *Irgendwann muss jeder sterben. Sei tapfer.*

Ich überquerte die Straße und steuerte auf das dunkle Haus meiner Vermieterin zu.

Die untere Reihe der dunklen Fenster wirkte auf mich wie ein zahnloses Grinsen. Es brannte weder die Lampe über dem Eingang noch die auf der Rückseite. Vielleicht war die Haustür nur angelehnt; vielleicht stand meine Schwester dahinter und wartete auf mich.

Ich beschloss, das zu tun, womit am wenigsten zu rechnen war. Klar, Abby wollte mich hierhaben. Für uns beide gab es noch einiges aufzuarbeiten, also würde sie nicht gleich auf mich schießen. Sie wollte mit mir reden, und ich wollte ihr zuhören. Sie wollte meine Tante töten und mir so weh tun wie nur irgend möglich. Ich wollte ihr sagen, dass es mir leidtat, dass ich sie liebte und alles wiedergutmachen wollte, obwohl mir klar war, dass das wohl nicht möglich wäre.

Ich wünschte, wir beide könnten ganz von vorn anfangen.

Auf der Straße regte sich nichts, als ich das Gartentürchen öffnete und leise hinter mir zuzog. Von der Straße aus würde mich jetzt niemand mehr sehen können. Ich schlich auf die Hintertür zu, durch die ich zu kommen und zu gehen pflegte.

Ich holte tief Luft und atmete aus.

Ich klopfte. Dreimal. *Poch, poch, poch.*

Zehn Sekunden später machte sie auf.

Der Flur hinter ihr war eine gähnend schwarze Leere, während in meinem Rücken, wie ich mir vorstellte, der Nachthimmel über der Stadt schimmerte.

Sie trug schwarze Jeans und einen enganliegenden schwarzen Sweater. Sie wirkte schlanker und härter als Detective O. Die Haare waren zu einem festen Pferdeschwanz zusammengefasst, und die Augen leuchteten durch unnatürlich blaue Kontaktlinsen.

Ich sah sie an und erblickte meine Mutter.

Ich sah sie an und erblickte mich selbst.

»Hallo«, sagte sie. »Mein Name ist Abigail.«

Sie hob die rechte Hand mit einer Injektionsnadel, die auf mich gerichtet war.

»Arm frei machen«, sagte sie.

»Was ist das?« Ich deutete auf die Nadel.

»Das fragst du noch? Sei ein braves Mädchen und tu, was ich dir gesagt habe.«

»Nein.«

»Charlene Rosalind Carter …«

»Unsere Mutter ist tot. Ich gehe nicht zurück, und auch du solltest dich trennen von dem, was gewesen ist. Wir sind Schwestern und achten einander.«

»Arm frei machen!«

»Nein.« Ich kehrte ihr den Rücken und setzte mich in Bewegung.

»Wenn du gehst, stirbt sie«, kreischte sie. »In acht Minuten, höchstens zehn. Mehr bleibt unserer Tante nicht. Oder ist dir das egal, *SisSis*? Darauf verstehst du dich ja am besten: deine Familie im Stich und verrecken zu lassen.«

Sie nannte mich bei meinem alten Spitznamen, was mir wie ein Sieg vorkam. Unser beider Gedächtnis setzte ein. Wenn ich die nächste Viertelstunde überleben wollte, musste ich meine Kindheit in Erinnerung rufen, insbesondere jene Zeit, als mich meine Schwester noch nicht so abgrundtief hasste. Als sie mich vielleicht sogar noch ein wenig liebte.

Ich drehte mich wieder um. Sie zeigte immer noch mit der Nadel auf mich. Nach kurzem Zögern streckte ich meinen Arm aus. Sie war schnell und stach zu durch den Ärmel hindurch in den Oberarm. Ich spürte kaum etwas, nur ein Kitzeln, das auch von einem Webfehler im Unterhemd hätte herrühren können. Sie drückte den Kolben, und die ganze Prozedur war in Sekundenbruchteilen erledigt.

Abigail musterte mich. Ich hielt ihrem Blick stand und wartete auf eine Reaktion. Auf ein Brennen in der Kehle vielleicht oder einen Anflug von Müdigkeit. Die meisten Tricks unserer Mutter brachten ihr sofortige Genugtuung. Ich aber spürte nichts.

Abigail nickte. Sie schien zufrieden zu sein und verlangte nun von mir, dass ich meine Jacke auszog. Ich streifte sie ab und überließ ihr mit der Jacke fast alle meine provisorischen Waffen, die in den Taschen steckten. Als Nächstes klopfte sie mich ab und nahm mir mein Handy weg, übersah aber den Kugelschreiber im Haarknoten und das mit Klebeband am Fußgelenk befestigte Messer in Winterstiefel und Wollsocke. Sie öffnete daraufhin die Tür ein Stück weiter und ließ mich in den dunklen Flur eintreten.

»Randi hat nichts mitgekriegt«, sagte sie, als könnte mir das etwas bedeuten. »Deine andere Freundin, Jackie, drehte sich ausgerechnet in dem Augenblick um, als ich ihr die Spritze setzte. Ich sagte ihr, es habe ihr ein Dorn hinten im Ärmel gesteckt, und sie glaubte mir. Tante Nancy hat die Spritze gesehen, und das war mir auch recht so.«

Abigail führte mich an meinem Schlafzimmer vorbei in das große Wohnzimmer mit den verschiedenen Sitzecken und der Kochnische. Ich hatte mich nicht getäuscht – es sollte wohl für uns alle kein glücklicher Tag sein. Beide, Tante Nancy und Frances, meine Vermieterin, waren da. Frances hing reglos und bleich in einem ihrer verschossenen Ohrensessel ganz hinten im Zimmer. Meine Tante lag auf dem alten Sofa mit der geschwungenen Rückenlehne. Ihre Lider flatterten, was ich als gutes Zeichen deutete.

Ich eilte sofort auf sie zu und fühlte ihr den Puls. Er war schwach. Der Schweiß stand ihr auf der Stirn, und sie zitterte am ganzen Körper.

»Was hast du getan?«

»Das weißt du doch. Oder hat sie dich damit verschont?«

»Womit?«

»Insulin. Lässt den Blutzuckerspiegel zusammenbrechen. Versetzt dich ins Koma, und wenn du nicht krepierst, geht's mit Tatütata ins Krankenhaus.«

Sie sprach flapsig, aber ich verstand, was dahintersteckte, nämlich zahllose Missbrauchsepisoden, die sie hatte erdulden müssen. Ich hätte ihr gern mein Mitgefühl gezeigt, baute mich aber stattdessen breitbeinig vor ihr auf und plädierte für meine Sache.

»Ich bin gekommen, ganz so, wie du wolltest. Lass mich den beiden etwas Zucker geben ...«

»Zuckerglasur. Wirkt besser«, sagte Abigail. »Damit habe ich am Ende auch deine Freundinnen behandelt. Sonst wäre dem Pathologen womöglich die geringe Zuckerkonzentration aufgefallen. Ein bisschen Zuckerglasur, im richtigen Moment verpasst ... Auf der Anrichte steht schon eine Sprühdose griffbereit.«

Ihr Einverständnis machte mich stutzig. Alles andere als erleichtert steuerte ich auf die Küchenzeile zu und spürte, wie die Beine unter mir wegzubrechen drohten. Ich geriet ins Wanken, stolperte. Mir wurde plötzlich schwindlig und schwarz vor den Augen. Das Insulin tat seine Wirkung. Ich nahm die silberne Sprühdose von der Anrichte und kehrte zu meiner Tante zurück.

»Du kannst den beiden das Zeug eintrichtern. Wenn du selbst davon nimmst, drück ich ab.« Abigail hatte die Injektionsnadel weggesteckt. Stattdessen hielt sie nun eine Sig Sauer, Kaliber .40, in der Hand.

»Aber wo bliebe da der Spaß für dich?«, fragte ich leichthin.

»Ich habe nicht gesagt, dass ich dich töte. Ich sagte nur, dass ich abdrücken werde.«

Es dauerte eine Weile, bis ich herausgefunden hatte, wie das Spritzventil zu bedienen war, für das vier Aufsätze zur Verfügung standen. Weißer Zuckerguss mit Vanillegeschmack. Zur Verzierung von Gebäck. Geeignet, um einen geliebten Menschen von den Toten zu erwecken oder zumindest aus dem Koma zu holen. Meine Hände zitterten. Ich musste mich konzentrieren, um den Fingern meinen Willen aufzuzwingen.

Ich kümmerte mich zuerst um meine Tante, dann ging ich zu Frances, steckte ihr den Aufsatz in den offenen Mund und drückte aufs Ventil.

Dann trat ich zurück und beobachtete die beiden wie meine Schwester auch.

»Wie ist aus dir Detective O geworden?«, wollte ich wissen. Ich stand drei Schritte von ihr entfernt. Ihre Pistole zielte auf meine linke Schulter. Der Raum lag im Dunkeln, weil kein Licht brannte. Die Möbel waren nur als eckige Schatten auszumachen.

Die Dunkelheit war für mich von Vorteil, weil ich die Wohnung besser kannte als sie. Aber sie hielt eine Waffe in der Hand und schien zuversichtlich, mir überlegen zu sein.

»Ich hatte einen Gönner«, antwortete sie.

»Einen Gönner?«

Ihre Miene blieb ungerührt, hart. Das Gesicht einer Polizistin, eines Opfers. Mir war bislang nie bewusst, wie ähnlich sich beide sind.

»Mit vierzehn habe ich unsere gute alte Mutter verlassen. Wir lebten damals in Colorado. Sie hatte aufgehört, mich zu verletzen und verkaufte mich stattdessen. Sie selbst sah nicht mehr so verführerisch aus wie früher, aber die Miete musste ja irgendwie reinkommen. Sie brachte ihre Freier immer noch mit nach Hause, nur übernachteten die nicht mehr in ihrem Zimmer.«

Ich sagte nichts.

»Eines Tages ging mir auf, dass ich mich auch selbständig machen könnte. Ich wartete auf den richtigen Kerl – einen mit genügend Asche – und schlug ihm einen Deal vor. Wenn er mich mit sich nehmen würde, dürfe er exklusiv über mich verfügen.

Meine Wahl fiel auf den Richtigen, wie sich herausstellte. Er war ein erfolgreicher Anwalt, der satte Honorare einsteckte, einen Teil davon an der Steuer vorbei. Ich bekam mein eigenes Apartment und legte mir eine neue Identität zu, damit unsere liebste Mommy mich nicht aufspüren konnte. War natürlich alles ganz legal. Es hat seine Vorteile, wenn man sich für einen Juristen prostituiert. Ich belegte dann ein paar Online-Kurse und erwarb meine Hochschulreife. Ich war achtzehn und wollte studieren, aber er bestand darauf, dass ich in seinem goldenen Käfig blieb.«

Abigail brach ihre Geschichte ab. Auf dem Sofa fing meine Tante an zu stöhnen. Sie schlug die Augen auf und starrte uns an, noch benebelt, wie es schien. Ich bezweifelte, dass sie uns erkannte.

»Wann hast du ihn umgebracht?«, fragte ich beiläufig.

Abigail lächelte. »Das Datum tut nichts zur Sache. Von Bedeutung ist ein ganz anderer Tag. Nicht zuletzt für dich.«

»Der 21. Januar.«

»Absolut. Aber warum wohl? Was glaubst du, SisSis? Inwiefern ist dieser Tag von besonderer Bedeutung?«

Ich musterte sie und suchte nach einer Antwort in der mit ihr gemeinsam verbrachten Zeit, die ich so gründlich vergessen hatte. »Dein Geburtstag?«

Sie verzog das Gesicht. »Nein.«

»Mein Geburtstag?«

»Ich bitte dich. Du bist im Juni zur Welt gekommen.«

Frances war wach geworden. Sie hing zwar immer noch schlaff in ihrem Ohrensessel, doch ihrem Atem hörte ich nun an, dass sie unserem Gespräch folgte. Ich fragte mich, ob auch Abigail Notiz davon nahm.

Aber sie achtete weder auf unsere Tante noch auf meine Vermieterin. Sie starrte mich unverwandt an und schien zum ersten Mal leicht verunsichert.

»Hast du wirklich alles vergessen?«

Ich zuckte mit den Achseln und schämte mich ein wenig. »Das meiste, ja.«

»Selbst mich?«

»Es tut mir leid, Abigail. Ich versuche ja, mich zu erinnern, aber ganz ehrlich ... Du warst noch ein Baby und bist dann von einem auf den anderen Tag verschwunden. Ich war mir sicher, dass sie dich umgebracht hat. Wie Rosalind. Wie Carter. So unschuldig und vollkommen, wie sie waren ...«

»Ich habe gesehen, wie sie Carter getötet hat.«

»Wirklich?«

»Ich erinnere mich an alles. Er weinte, und sie griff nach dem Kissen. Es war größer als er. Sie drückte es auf ihn und sagte: ›Das machen wir mit Kindern, die heulen. Merk dir das, Abigail.‹«

»Da warst du doch selbst noch ein Kleinkind.«

»Zwei Jahre alt, wenn ich mich nicht irre. Und du müsstest vier gewesen sein.«

»Wie ist es möglich, dass du dich an dein drittes Lebensjahr erinnern kannst?«

»Wie ist es möglich, dass du dein fünftes Lebensjahr vergessen hast?«

Meine Tante hatte sich aufgerichtet und bewegte die Hand.

»Ich wollte sterben«, hörte ich mich sagen. »Als ich im Krankenhaus aufgewacht bin, brüsteten sich die Ärzte damit, mich gerettet zu haben. Aber statt dankbar zu sein, hätte ich sie am liebsten umgebracht. Ich war so … so wütend.«

Ich wich einen Schritt zurück, weg von meiner Tante und in Richtung Hintertür, um Abigails Aufmerksamkeit auf mich zu lenken. Sie sollte nicht merken, dass die beiden Frauen aufgewacht waren.

»Offenbar musste ich vergessen«, sagte ich. »Mir blieb nichts anderes übrig, wenn ich überleben wollte.«

»Sie hat dich mit einem Messer niedergestochen«, entgegnete Abigail. »Das weiß ich, weil ich die Einstichwunde gesehen habe.«

»Es hat gebrannt.«

»Ach, daran erinnerst du dich.«

»Ich erinnere mich an Blut und Flammen und daran, dass ich mich über die Kälte gewundert habe.«

»Sie wollte das Haus abfackeln.«

»Nachdem sie mich niedergestochen hatte?«

»Ja. Zuerst warst du an der Reihe, aber was genau passiert ist, weiß ich nicht, denn ich war oben in meinem Zimmer. Sie ist dann zu mir hoch, hat mich runter in die Küche geführt und mit Streichhölzern herumhantiert. Ich konnte nicht weg. Sie wollte wohl, dass wir bei lebendigem Leib verbrennen. Aber dann bist du aufgetaucht und hast ihr diese schwere alte Tischlampe über den Schädel gezogen.«

»Das habe ich getan?«

Sie schaute mich an, und ihre Augen verrieten noch mehr Verunsicherung, was mir Hoffnung machte. »Du erinnerst dich wohl tatsächlich nicht.«

»Ich wünschte, ich könnte mich zumindest daran erinnern, ihr weh getan zu haben. Im Nachhinein kommt es mir vor, als hätte ich mein Leben lang zu lernen versucht, selbständig zu denken und zu handeln. Als ich noch zu klein gewesen bin, um mich zu wehren, spukte sie mir ständig durch den Kopf. Ich habe achtundzwanzig Jahre gebraucht, um eigene Gedanken zu entwickeln und meine eigene Identität zu finden. Unsere Mutter war krank, Abigail. Und als kleine Kinder waren wir ihr ausgeliefert. Aber jetzt sind wir erwachsen, und sie ist tot. Sie bestimmt nicht länger über uns. Wir haben letztlich gewonnen und können wir selbst sein.«

»Ich habe sie damals, in dieser Nacht, zu töten versucht«, murmelte Abigail, ohne auf meine Worte einzugehen. »Ich dachte, du wärst tot und ich würde ohne dich nicht überleben können. Als kleines Kind fühlte ich mich viel zu schwach. Als sie wieder zur Besinnung kam, habe ich mir die Lampe geschnappt, um noch einmal zuzuschlagen, aber bevor ich dazu kam, trat sie mit den Beinen aus, und ich lag am Boden. Dann hat sie die Lampe genommen und mich damit verprügelt.«

Ich zuckte zusammen. Ein Schauer überkam mich ... nein, eine Schockwelle, die mir durch Mark und Bein ging. Im ersten Moment wusste ich nicht zu unterscheiden, ob mein Blutzuckerspiegel abgesackt war oder ob verschüttete Erinnerungen in Bewegung gerieten und eine Art Beben verursachten.

»Ich habe dich sterben sehen«, hörte ich mich flüstern. »Ich ... sie ... sie hat dich erschlagen. Mit der Lampe. Ich erinnere mich wieder. Ich lag am Boden und konnte nichts tun. Ich konnte keinen Finger rühren, keinen Laut mehr von mir geben. Umso lauter schrie es in mir. Ja, daran erinnere ich mich jetzt wieder. Mir war heiß und kalt zugleich, und mein ganzer Körper schrie, als du zu Boden gestürzt bist und sie aufstand. Und plötzlich hatte sie diese Lampe in der Hand. Sie holte damit aus und schlug auf dich ein.

Du ahnst nicht, Abby, wie lange ich dich vor ihr beschützt habe, wie oft ich nachts mit dir durch den Wald gelaufen bin, dich unter dem Bett oder auf dem Dachboden versteckt habe. Den beiden anderen konnte ich nicht helfen. Ich war nicht gewitzt genug, nicht stark genug. Aber dich habe ich beschützen können, und ich dachte, wenn du erst mal drei oder vier sein würdest, hätten wir's geschafft. Ich habe dich geliebt, Abigail.«

Meine Stimme brach ab. Ich zitterte wie Espenlaub, während meine Gedanken durcheinanderwirbelten und sich nicht mehr ordnen ließen. Mit dem absackenden Blutzuckerspiegel stellten sich

Verwirrung und Orientierungslosigkeit ein. Und tiefe Trauer. Um meine kleine Schwester, die ich hatte sterben sehen oder von der ich damals annahm, dass sie die Attacke unserer Mutter nicht überleben würde. Ihren Tod vor Augen war etwas in mir zerbrochen, das kein Arzt hatte flicken können.

»Ich bin nicht gestorben«, erwiderte Abigail. Ihre Hände zitterten ebenfalls. Sie konnte die Waffe nicht ruhig halten.

Ich hätte meinen Vorteil daraus ziehen sollen, aber meine Beine gehorchten mir nicht. Vor meinen Augen drehte sich alles. Ich griff zur Wand, um mein Gleichgewicht zu halten.

Darauf war ich nicht trainiert, dachte ich. Auf solche Komplikationen hatte ich mich nicht vorbereitet.

»Ich habe überlebt«, fuhr Abigail mit rauer Stimme fort, in der Vorwurf und Traurigkeit mitklangen. »Sie floh mit mir aus dem Haus. Es war entsetzlich. Ich habe jede Nacht für dich gebetet, Charlie. Du warst meine große Schwester und hattest mir versprochen, mich zu retten. Ich habe für dich *gebetet*. Nacht für Nacht. Als ich zehn war, hatte ich den ersten Mann im Bett. Es tat schrecklich weh. Ich weinte und flehte darum, von dir gerettet zu werden. Aber du kamst nie. Du hast mich nicht gerettet. Ich wurde vierzehn und verkaufte mich an einen Perversling, nur um rauszukommen. Aber die Rechnung ging nicht auf, also musste ich ihn töten. Und auch damit war es nicht getan, also musste ich unsere Mutter ausfindig machen und auch sie töten. Ich hatte gehofft, danach ginge es mir besser. Aber es stellte sich heraus, dass auch das nicht reichte.«

Ich starrte meine Schwester an. »Du hast unsere Mutter getötet?«

»Natürlich.« Sie lächelte. »Rate, wann.«

»Am 21. Januar. Du hast sie am 21. Januar umgebracht.«

»Endlich hast du's begriffen. Mit ihrem eigenen Kissen, wie sie es mir beigebracht hatte.«

Ich fragte mich, ob ich entsetzt oder meiner Schwester dankbar sein sollte. »Aber ... dann hätte es doch gut sein können. Es hätte doch reichen müssen.«

»Nein, denn schließlich warst da noch du. Diejenige, die nicht zurückgekommen ist, die mich nicht gerettet hat.«

»Aber ich wusste doch nicht einmal, dass du noch lebst.«

»Doch, das wusstest du.«

»Nein, ich wusste es nicht. Wie hätte ich das wissen sollen?«

»Weil sie es dir gesagt haben müsste.«

Abigail drehte sich um und zeigte mit dem Finger auf Tante Nancy, die jetzt hellwach war und uns anstarrte.

»Tut mir leid«, platzte es aus ihr heraus. »Charlie, es tut mir so leid.«

In diesem Augenblick sprang Frances aus ihrem Ohrensessel und fiel mit markerschütterndem Gebrüll über Abigail her.

Die Pistole krachte.

Ich ging zu Boden.

Alle schrien. Frances, Tante Nancy, Abigail.

»SisSis.« Die Stimme meiner Schwester.

»SisSis!«

Ich schnappte mir die Sprühdose, die über den Boden rollte, und verkroch mich.

42. KAPITEL

D. D. wusste nicht mehr, wo ihr der Kopf stand.

17:02 Uhr, Samstag, der 21. Januar.

Von Charlene Rosalind Carter Grant oder Detective O keine Spur.

Vor einer Stunde waren mehrere Kollegen von der Streife vor Charlies Mietwohnung in Cambridge auf und ab gefahren und hatten gemeldet, dass im ganzen Haus kein Licht brenne und niemand die Tür öffne. Die Polizei von Grovesnor klapperte währenddessen sämtliche Personen ab, die mit Charlies Job in Verbindung standen. Nichts.

Blieb nur die Tante, die eine Pension in New Hampshire betrieb und zurzeit vielleicht irgendwo in Cambridge in einem Hotel wohnte. D. D. hatte die State Police von New Hampshire gebeten, in deren Bed & Breakfast vorbeizuschauen, doch Nancy Grant war nicht da, und die junge Aushilfskraft, die sie vertrat, hatte die Auskunft gegeben, dass sie ihre Chefin frühestens morgen zurückerwarte und heute noch nichts von ihr gehört habe.

D. D. erkundigte sich bei der zentralen Kreditkartenüberwachung und erfuhr, dass die Tante vor kurzem für die Übernachtung in einem billigen Motel in Cambridge bezahlt hatte.

Sie war jetzt auf dem Weg dorthin, nicht etwa, weil sie hoffte, Charlene unter dem Bett ihrer Tante aufzustöbern, sondern einzig und allein aus dem Bedürfnis heraus, irgendetwas zu unternehmen.

Es war inzwischen dunkel und noch um einige Grad kälter geworden. D. D. würde es sich nicht verzeihen, wenn in dieser Nacht in ihrer Stadt ein weiterer Mord passierte. Sie war vorgewarnt und wollte alles daransetzen, Charlie zu retten.

Das Motel fand sie problemlos. Es war eines jener in den späten Siebzigern gebauten Hässlichkeiten: ein zweigeschossiger Hufeisenkomplex mit einem Parkplatz in der Mitte, auf dem auch, wie sich schnell herausstellte, Nancy Grants Fahrzeug abgestellt war.

Drei Minuten später stand D. D. in der offenen Tür des gesuchten Zimmers. Der Angestellte, der sie hereingelassen hatte, war ebenso ratlos wie sie.

»Vielleicht ist sie schon abgereist«, meinte der kleine, kahlköpfige Asiat.

»Vielleicht.«

D. D. sah sich in dem Zimmer um, ohne irgendetwas zu berühren. Gepäckstücke oder Toilettenartikel waren nirgends zu entdecken. Sogar das Bett schien ungenutzt zu sein. Es sah nicht danach aus, dass Tante Nancy hier geschlafen hatte; wenn doch, hatte sie danach gründlich aufgeräumt.

D. D. fuhr ein kalter Schauer über den Rücken.

Abigail. Eine andere Erklärung gab es nicht. Die zwanghafte Ordnungsfanatikerin, die ihre Opfer erdrosselte und anschließend die Kissen aufschüttelte.

Allerdings lag hier keine Leiche. Statt zu töten, hatte sie Nancy Grant offenbar entführt. Warum? Dass sie in diesem grausamen Spiel so spät vom ritualisierten Muster abgewichen war, war mehr als verwunderlich.

Abigail hatte etwas anderes gesucht.

Jemand anderen.

Wie D. D. war sie hinter Charlene her.

Hatte sich aber zuerst an Nancy Grant vergriffen, um Charlene mit ihr zu ködern.

D. D. griff nach ihrem Handy und rief die Spurensicherung ins Motel.

Wenig später saß sie wieder in ihrem Wagen und verließ den Parkplatz. Ihre Gedanken rasten.

Abigail hatte es auf ihre Schwester abgesehen. Sie wollte sich an ihr rächen. Aber wo sollte der Showdown stattfinden?

In Charlenes Zimmer in Cambridge. Der einzig logische Ort. Aber dort hatte die Streife schon nachgesehen. Sie war am Haus vorbeigefahren. Hatte an die Tür geklopft. Es schien niemand zugegen gewesen zu sein. Kein Lebenszeichen.

War das womöglich ein Zeichen des Todes?

D. D. bog gerade in Charlenes Straße ein, als ihr auf dem Fußgängerweg eine Bewegung ins Auge fiel.

Sie trat auf die Bremse und zwang das nachfolgende Fahrzeug zu einem riskanten Ausweichmanöver. Der Fahrer drohte ihr mit einer obszönen Geste. D. D. nahm kaum Kenntnis davon. Sie hatte ihren Wagen bereits verlassen und streckte die Hand aus.

»Tulip!«, rief sie. »Komm her, mein Mädchen. Keine Angst, ja, so ist gut. Erinnerst du dich an mich? Du warst in meinem Büro. Ich bin eine Freundin von Charlie.«

Die weiß-braun gescheckte Hündin zögerte, wedelte vorsichtig mit dem Schwanz, kam aber dann näher und schnupperte an D. D.s Hand.

D. D. streichelte ihr den Kopf und spürte, wie sie zitterte.

»Wo ist Charlie, Tulip? Weißt du das? Ich mache mir Sorgen um sie. Willst du mir nicht helfen? Komm, Tulip, zeig mir, wo Charlie ist.«

Und sie staunte nicht schlecht, als Tulip herumfuhr und zielsicher die Straße entlanglief. Einmal schaute sie zurück, als wollte sie sich vergewissern, dass D. D. ihr folgte. Dann legten beide, Hündin und Detective, einen Schritt zu.

43. KAPITEL

Wie viele Defensivmanöver hatte ich nicht während des vergangenen Jahres einstudiert, wie die Deckung zu halten, auszuweichen und selbst Schläge zu verteilen. Mit ruhigem Arm zu zielen und abzudrücken. Zu rennen und zu rennen und auch dann nicht schlappzumachen, wenn meine Beine vor Erschöpfung zitterten.

Der 21. Januar war erreicht.

Ich lag halb kollabiert auf dem Holzboden, hörte Geschrei und roch Schießpulver.

Und ich tat das einzig Logische, was ich in meiner Situation tun konnte.

Ich hob die Sprühdose an meine Lippen und drückte aufs Ventil.

Es krachte wieder, Schuss Nummer drei und vier. Auf Händen und Knien warf ich mich ins Getümmel.

Jemand stöhnte. Ich entdeckte meine Vermieterin Frances. Sie lag zusammengerollt am Boden und hielt ihre Hand auf die Schulter gepresst.

»Helfen Sie mir«, stöhnte sie wieder. »Charlie, Charlie, helfen Sie mir ...«

»Versprochen«, flüsterte ich. »Aber seien Sie jetzt still.«

Schatten huschten umher. Einer ragte hoch über mir auf. Abigail. Sie hielt immer noch die Pistole in der Hand, schien aber zu wanken.

»Wo bist du?«, schrie sie. Sie folgte mit der Waffe einem anderen Schatten. Ich erstarrte, war mir aber nicht mehr sicher, ob meine Schwester tatsächlich auf mich schießen würde.

»Alles in Ordnung mit dir?« Ich sprach so ruhig wie möglich. »Abby?«

»Halt's Maul! Ich weiß, dass du mit ihr unter einer Decke steckst. Hast mich und Mom wegen ihr im Stich gelassen. Sei's drum, du willst es nicht anders.«

Plötzlich richtete sie die Waffe auf mich und bewegte den Finger am Abzug.

Nach dem Bruchteil einer Schrecksekunde wälzte ich mich blitzschnell zur Seite, von Frances weg und auf den Ohrensessel zu, der nun leer war. Ich war noch in Bewegung, als Abigail ihre Waffe abfeuerte, und ging in Deckung, während meine Tante, die sich anscheinend hinter den drei Sesseln am Erkerfenster befand, zu schreien anfing.

»Es war nicht ihre Schuld!«, rief meine Tante. »Sie hatte keine Ahnung. Ich habe ihr nie etwas davon erzählt.«

»Wovon erzählt?«, rief ich zurück, obwohl mir schwante, dass ich es längst wusste.

Abigail hörte auf zu schießen, offenbar selbst interessiert an der Antwort unserer Tante. Ich nutzte die Feuerpause, um einen Blick zu riskieren und meine Möglichkeiten einzuschätzen.

Frances war ernsthaft verletzt und bedurfte dringend medizinischer Hilfe. Von Abigail ging Gefahr aus. Und meine Tante ... Keine Ahnung. Fest stand nur, dass ich handeln musste.

»Ich habe eure Mutter in Colorado ausfindig gemacht«, sagte Tante Nancy. Es schien, dass sie sich im Raum bewegte und Deckung suchte. »Ich hatte einen Privatdetektiv engagiert, der ihr schließlich auf die Spur kam. Daraufhin machte ich mich auf die Reise. Ich wollte sie sehen. Du warst damals zehn, Charlie.«

»Warum?« Ich war so perplex, dass ich nicht länger auf Abigail achtete und mich der Stimme meiner Tante zuwandte. Anscheinend hatte ich mich hinter dem Ohrensessel ein bisschen zu weit vorgewagt, denn Abigail drückte wieder ab. Die Armlehne des Sessels explodierte. Ich ließ mich auf den Boden fallen, immer noch schwindelig und schwach. Noch ein Stoß Zuckerguss ...

»Ich wollte mit ihr reden, von Schwester zu Schwester«, fuhr meine Tante fort. »Sie hatte euch weh getan, ganz zu schweigen von den Babys, die sterben mussten. Aber ... mir war wohl selbst nicht klar, was ein solches Gespräch bringen sollte. Ich war wütend. Ich wollte mit ihr reden, ihr meine Meinung sagen und sie dann der Polizei ausliefern.«

Abigail bewegte sich. Nicht in meine Richtung, sondern auf Tante Nancys Stimme zu. Ich ließ mir wieder meine Optionen durch den Kopf gehen. Anrufen? Das Telefon war unerreichbar. Waffen? Die mit Batterien ausgestopfte Socke war mir von Abby abgenommen worden. Ich hatte nur noch das Messer am Fußgelenk und den Kuli im Haarknoten. Ob ich es tatsächlich über mich bringen würde, meine Schwester mit dem Messer anzufallen, war mehr als fraglich. Ich würde mit dem Kuli vorliebnehmen müssen.

»Du bist zu uns in die Wohnung gekommen«, meldete sich nun Abigail zu Wort. Ihre Stimme klang fast wie die eines kleines Mädchens, als sie im Dunkeln auf unsere Tante zusteuerte.

»Ich wusste nicht, dass du mit deiner Mutter zusammenlebtest. Ich wusste nicht einmal von deiner Existenz«, entgegnete Tante Nancy ruhig. »Im Polizeibericht ... da war von einem zweiten Kind keine Rede.«

»Alles, was ich besaß, habe ich in einem Rucksack aufbewahrt ...« Abigail sprach aus, was auch mir in diesem Moment durch den Kopf ging. Mit den Lippen formte ich den Rest, sodass wir beide in stummem Gleichklang den Satz zu Ende brachten. »Wie ein guter Soldat.«

»Als ich dich sah«, fuhr unsere Tante fort, »wusste ich nicht weiter. Ich hatte meine Schwester anherrschen, sie beschimpfen und die Polizei rufen wollen, die sie dann für den Rest ihres Lebens eingebuchtet hätte. Nichts anderes hätte sie verdient gehabt. Aber Chrissy wusste längst, was ich vorhatte, und war mir schon einen Schritt voraus.«

Hinter mir war wieder Frances zu hören, die nach Luft schnappte und vor Schmerzen stöhnte Ich musste etwas unternehmen.

»Aber dann sah ich dich, Abby«, erklärte Tante Nancy mit fester Stimme. »Und ich wusste nicht, was ich machen sollte. Ich sagte Chrissy, sie sei krank, und forderte sie auf, sich freiwillig zu stellen. Ich machte den Vorschlag, dich zu mir zu nehmen und großzuziehen wie Charlene. Aber Chrissy wollte nichts davon wissen. Ich läge völlig daneben, meinte sie. Es gebe da einen Freund in New York.

Der habe Charlie niedergestochen und die beiden Babys umgebracht. Seit jener Nacht sei sie mit dir, Abby, auf der Flucht. Damit dieser ›Freund‹ euch nicht findet.«

Ich bemerkte, dass Abigail auf der anderen Seite des Zimmers innehielt. Sie hatte sich der Tante bis auf wenige Schritte genähert. Doch jetzt schien sie zu zögern. Ich nutzte die Gelegenheit, um mir einen der schweren Winterstiefel vom Fuß zu streifen.

»Fast hätte ich ihr geglaubt«, flüsterte unsere Tante. »Aber dann fing Chrissy lauthals zu lachen an. Sie schaute mir in die Augen und sagte, dass sie genau das der Polizei erzählt habe. Die habe daraufhin nach diesem Freund gefahndet. Im Gegenzug sei ihr versprochen worden, dass sie das Sorgerecht für Charlie zurückbekomme. Sie wäre mit euch beiden wieder abgetaucht. Ich konnte es kaum glauben, aber sie war offenbar fest entschlossen. Drama und Intrige. Darauf verstand sie sich am besten. Wen kümmerte es schon, dass andere – du, Abigail, Charlie oder auch ich – darunter leiden mussten? Die Hauptsache war, dass sie, Christine, ihren Willen durchsetzte.

Ich habe sie gefragt, was sie wolle, worauf sie mir einen Deal vorschlug. Wenn ich der Polizei gegenüber den Mund hielte, könne ich Charlie bei mir behalten. Wir würden voneinander nichts mehr hören und getrennte Wege gehen, jeder von uns mit einem Kind. Sie kam sich großzügig vor und tat so, als würde sie mir einen Gefallen tun. Und ich …

Ich konnte nicht zulassen, dass sie dich, Charlie, wieder zu sich holte. Du hattest Freundinnen und warst glücklich, und ich … ich habe dich zu sehr geliebt, als dass ich es übers Herz gebracht hätte, dich zu ihr zurückzuschicken. Also bin ich auf diesen teuflischen Handel eingegangen. Ich habe ihre Bedingungen akzeptiert und dich, Abigail, geopfert, um Charlie retten zu können. Und tief im Herzen hatte ich gehofft, dass du mir eines Tages verzeihen würdest.«

Tante Nancy schlug einen anderen Ton an; ihre Stimme wurde resoluter. Zu spät bemerkte ich, was sie vorhatte. Zu spät verließ ich meine Deckung auf der anderen Seite des Zimmers.

Meine Tante hatte sich hinter dem Sofa aufgerichtet und schaute Abigail ins Gesicht.

»Ich hatte gehofft«, fuhr sie tapfer fort, »als Schwester wärst du dankbar dafür, dass zumindest eine von euch beiden davongekommen war.«

Abigail starrte sie an. Für einen kurzen Moment wähnte ich die Krise überwunden. Ich dachte, Abigail …

Sie drückte ab. Ihre Sig Sauer krachte. Meine Tante gab einen seltsam zischenden Laut von sich, fuhr ein Stück links herum und streckte den Arm aus, um sich an der Sofalehne abzustützen. Als Abigail wieder auf sie anlegte, schleuderte ich meinen Stiefel auf sie.

Er traf sie am Kopf genau in dem Moment, da sich der Schuss löste. Wieder war dieses Zischen von meiner Tante zu hören. Abigail wirbelte herum und richtete die Waffe auf mich. Ich hatte inzwischen auch den zweiten Stiefel ausgezogen und ließ ihn durch die Luft fliegen.

An der Schulter getroffen, geriet sie ein wenig aus dem Gleichgewicht. Sie musste neu zielen, doch bevor sie mich im Visier hatte, flogen ihr drei Sofakissen entgegen.

Unwillkürlich zog sie den Kopf ein. Ich nutzte die Gelegenheit und rannte durchs Zimmer.

Nicht weg von ihr.

Sondern geradewegs auf sie zu. Ich sprang über den Teetisch und hechtete über das Sofa hinweg direkt in die Schusslinie.

Vor Schreck riss sie die Augen auf. Ihr bleiches Gesicht schimmerte im Dunkeln, was eine schmerzliche Erinnerung in mir freisetzte, die Erinnerung an ein anderes bleiches Gesicht, an einen Menschen, den ich liebte und glücklich sehen wollte.

Doch das würde mir wohl nie gelingen. Was immer ich versuchte, sollte nicht reichen. Ich schadete mir nur selbst.

Unmittelbar vor meiner kleinen Schwester baute ich mich auf. Die heiße Mündung ihrer Sig Sauer berührte mein Brustbein.

»Du hättest mich retten müssen«, flüsterte sie heiser.

»Ich habe mich für dich aufgeopfert. Immer und immer wieder.

Aber es reichte nie. Ich liebe dich, Abby. Und wenn auch du mich lieben würdest, hättest du, wie es Tante Nancy gerade sagte, froh für mich sein können.«

»Verdammt, ich hasse …«

»Pssst.«

Die Hand meiner kleinen Schwester bebte. Sie legte den Finger um den Abzug. In Windeseile zog ich mit der Faust den Kuli aus meinem Haarknoten und rammte ihr die Spitze in den Unterarm knapp über dem Handgelenk.

Ein alter Kneipiertrick. Scheinbar harmlos, tut aber höllisch weh, bevor das Blut fließt und die Hand taub wird. Der Gegner ist außer Gefecht gesetzt.

Reflexartig öffnete sich Abigails rechte Hand. Der Schmerz verzog ihren Mund. Die Pistole fiel zu Boden. Ich trat sie mit dem Fuß weg, als mich ihre linke Faust an der Schläfe traf.

Sie prügelte auf mich ein, und ich versuchte, mich zu verteidigen. Plötzlich flog die Hintertür auf. Ein Hund rannte herbei, während eine Frau brüllte: »Polizei! Die Hände bleiben da, wo ich sie sehen kann!«

Statt dieser Aufforderung Folge zu leisten, versuchte ich, Abigails Finger aufzubiegen, die sich um meinen Hals klammerten. Sie drückte so fest zu, dass mir schwarz vor Augen wurde und Sternchen über die Netzhaut flackerten. Mir drohte der Schädel zu platzen.

Sie hatte erstaunlich viel Kraft. Es schien, als ob sie mir nicht nur die Luft abzuschnüren versuchte, sondern alles daransetzte, mir den Hals zu brechen.

Ich taumelte rückwärts gegen den niedrigen Teetisch, verlor das Gleichgewicht und kippte seitlich zu Boden.

»Aufhören! Polizei!«

Meine kleine Schwester kauerte über mir. Sie hielt mich immer noch gepackt und grinste teuflisch. Dann verschwammen die Konturen, und ich blickte nicht mehr in das Gesicht meiner Schwester, sondern sah meine Mutter vor mir.

Irgendwann muss jeder sterben. Sei tapfer …

Ich hörte auf, an ihren Händen zu zerren, und machte Ernst. Drei, vier Haken trafen auf ihre Nieren, ein Uppercut unters Kinn, und die Rechte klatschte ihr seitlich ins Gesicht. Immer und immer wieder schlug ich zu. Das harte Trainingsjahr machte sich bezahlt; ich kämpfte um mein Leben.

Doch meine verrückte Schwester steckte jeden Treffer weg, sie ließ nicht locker und würgte mich mit unverminderter Entschlossenheit.

»Abigail Grant. Detective O. Aufhören, sofort! Und zeigen Sie mir Ihre Hände!«

Schieß doch, forderte ich Detective Warren im Stillen auf, schieß doch endlich. Sie aber hielt sich zurück, aus verständlichen Gründen. Abigail und ich waren ineinander verhakt. Sie hielt mich an der Kehle gepackt, und ich stemmte ihr beide Fäuste in den Magen. Zwei verzweifelte Frauen, ein festes Paket.

Dann, wie aus heiterem Himmel, war plötzlich Tulip da, stürzte sich knurrend auf Abigail, schlug ihr die Zähne ins Fleisch. Meine Schwester schrie und ließ endlich von meinem Hals ab, richtete sich auf und schleuderte Tulip vor die Wand.

Ein Kläffen, dann Stille.

Ich wälzte mich herum und versuchte aufzustehen. Aber weil mir das nicht gelang, robbte ich irgendwie in Sicherheit und schnappte nach Luft.

»Abigail Grant. Hände hoch. Ich warne Sie zum letzten Mal. Geben Sie auf, oder ich schieße.«

Irgendwann muss jeder sterben. Sei tapfer.

Meine Schwester wandte sich der Polizistin zu. Sie hielt plötzlich etwas in der Hand. Ein Messer. Das aus der provisorischen Scheide an meinem Fußgelenk. Es musste mir, als wir miteinander kämpften, herausgerutscht sein.

Sie richtete den Blick auf meine entblößte Seite. Ich regte mich nicht und erwartete ihren Angriff. Blut und Feuer. Vielleicht warteten wir beide darauf. Eine offene Rechnung nach zwanzig Jahren endlich begleichen zu können.

Statt meine Hände zur Deckung vors Gesicht zu heben, starrte ich meine kleine Schwester an und zwang sie, mir in die Augen zu blicken. »Leg das Messer weg, Abby. Du bist Polizistin, denk daran. *Schnappt mich*. Das hast du aus gutem Grund auf die Nachrichten geschrieben.«

»Mutter hatte recht«, flüsterte Abigail, mehr zu sich selbst als an meine Adresse gerichtet. »Die Monster lauern überall. Sie kommen aus dem Dunkeln gekrochen, um kleinen Kindern weh zu tun. Im Internet oder auf der Straße. Ich sehe sie an allen Ecken. Ich habe sie mit meiner Dienstmarke aufzuhalten versucht, mit meiner Waffe. Aber es nützt nichts. Die Monster. Unsere Mutter. Sie sind in meinem Kopf.«

»Lassen Sie die Waffe fallen, Kollegin. Ich helfe Ihnen. Auch Ihre Schwester wird Ihnen helfen. Wir biegen die Sache wieder hin.«

Meine Schwester warf einen Blick auf D. D. und nahm dann wieder mich ins Visier.

Zwanzig Jahre hatte sie auf diesen Moment hin gelebt.

Meine Schwester hob das Messer.

»Ich will niemanden mehr verletzen, Charlie. Ich will nur noch Ruhe und Frieden.«

Ich schrie. Detective Warren sprang über den Teetisch auf Abigail zu.

Doch schon hatte sich meine Schwester die Klinge in den Bauch gestoßen. Auf ihrem bleichen Gesicht machte sich Verwunderung breit. Sie wankte, knickte in den Knien ein und fiel zu Boden.

Detective D. D. verlangte mit lauter, deutlicher Stimme nach einem Notarzt. Offenbar ihr Telefon. Ich hörte nicht mehr hin. Mir war plötzlich alles egal.

Ich lag mit meiner kleinen Schwester am Boden und ertastete im Dunkeln ihre Hand.

»SisSis?«, hauchte sie mir zu.

»Ich liebe dich, Abby.«

Sie gab einen scheußlichen, gurgelnden Laut voller Schmerzen von sich.

»Irgendwann muss jeder sterben«, flüsterte ich in diesem letzten Moment, der uns verblieb. Sie umklammerte meine Hand. Ich drückte sie an mich. »*Sei tapfer*, Abby. Ich liebe dich. *Sei tapfer*.«

44. KAPITEL

Ich ließ meine Schwester neben unseren Geschwistern Baby Rosalind und Baby Carter begraben. Einen großen Grabstein haben sie nicht, nur zwei flache Granitplatten. Mehr konnte sich meine Tante damals nicht leisten, als sie vor zwanzig Jahren die beiden zu Grabe trug, und ich kann leider auch nicht mehr für meine Schwester ausgeben. Aber sie liegen jetzt beieinander, ein trauriges Trio, zusammen mit ihren Großeltern auf dem zweihundert Jahre alten Friedhof von J-Town. Zwei Gräber sind noch leer. Eins für meine Tante und eins, wenn die Zeit kommt, für mich.

Detective Warren fand auf dem Computer meiner Schwester einen von ihr eingerichteten Blog mit der Überschrift »Hallo, mein Name ist Abigail«. Er bestand aus gespenstischen Einträgen, in denen sie die Morde an meinen besten Freundinnen im Detail beschrieben hatte, so auch ihre zahllosen Stunden im Internet auf der Jagd nach Sexualstraftätern und nach Kindern, die Hilfe brauchten.

Ich glaube ihr, dass sie sich ständig und überall von Monstern belauert sah. Sie fühlte sich von ihnen überwältigt wie von einer dunklen Welle, gegen die sie nichts ausrichten konnte, am wenigsten dadurch, dass sie anderen auflauerte und sie tötete. Wie sich herausstellte, hatte sie in Boston, New York und Los Angeles dreiunddreißig mutmaßliche Päderasten zur Strecke gebracht, die letzten drei in kurzer Folge, weil der 21. Januar näher kam und sie zwang, ihren Feldzug auf Boston und Umgebung zu beschränken. Vorher war sie vorsichtiger zu Werke gegangen. Als Polizistin wusste sie ihre Spuren gründlich zu verwischen.

Meine Freundinnen Randi und Jackie hatten ihren Tod nicht kommen sehen. Randi hatte der Polizistin die Tür geöffnet und sich mit ihr bei einer Tasse Tee über ihren Exmann unterhalten, ehe die heimliche Insulingabe zu wirken anfing und sie das Bewusstsein verlor.

Jackie lernte in einer Bar eine wunderschöne Frau kennen. Eine andere Geschichte mit ähnlichem Ausgang.

Wahrscheinlich hatten beide am Ende gar nicht mehr an mich gedacht, erst recht nicht daran, dass ihre alte Freundschaft zu mir ihr Todesurteil war.

Sollte ich mich darum besser oder schlechter fühlen?

Auch diese Frage werde ich nie beantworten können.

Die nicht identifizierten Leichenreste wurden mittels DNA-Analyse zweifelsfrei meiner Mutter zugeordnet. Auf eine Umbettung habe ich verzichtet. Christine Grant kann mir gestohlen bleiben. Jedenfalls kommt sie nicht neben Abigail, Rosalind und Carter zu liegen. Mag sein, dass meine Entscheidung ein bisschen herzlos ist. Zugegeben, sie war krank und hatte vielleicht auch ein wenig Mitleid verdient.

Aber darüber denke ich nicht länger nach. Die Polizei hat ihren Fall zu den Akten gelegt, und ich werde sie nicht wieder öffnen.

Detective Warren fand auch meine 22er Taurus. Sie lag auf dem Nachttisch meiner Schwester. Weil die Waffe ordnungsgemäß auf meinen Namen registriert ist, gab sie sie mir zurück. Vermutlich sah sie keinen Anlass für eine ballistische Untersuchung, die ergeben hätte, dass die in der Wohnung von Stan Miller sichergestellten Geschosse aus ihr abgefeuert wurden.

Sollte ich mich darum besser oder schlechter fühlen?

Auch diese Frage werde ich nie beantworten können.

Meine Hauswirtin Frances verbrachte zwei Wochen im Krankenhaus, um sich von der Schusswunde in der Schulter zu erholen. Interessanterweise tauchte zu dieser Zeit ihre seit Jahren verschollene Nichte auf, die sich nach einer kurzen Auseinandersetzung mit ihrer Tante bereit erklärte, in ihr Haus einzuziehen und sie zu pflegen. Frances ist, wie ich erfuhr, seit dem Tod ihres Mannes und ihres vierjährigen Sohnes, die vor dreißig Jahren bei einem Autounfall ums Leben kamen, alkoholabhängig. Sie hatte daraufhin alle familiären Brücken abgebrochen und erhebliche Kollateralschäden verursacht. In unseren Gesprächen war nie davon die Rede gewesen.

Aber Todesnähe ist ein unüberhörbarer Weckruf. Frances war schon seit Jahren bereit zu verzeihen und zu vergessen, und das war nun endlich auch ihre Nichte.

Ich weiß von solchen Dingen, denn während der sechs Wochen, die ich am Krankenbett meiner Tante zubrachte, kam es zu der längst überfälligen Aussprache zwischen uns. Tante Nancy hatte sich zwei Steckschüsse in der Schulter eingefangen. Die erste Woche war sehr kritisch und bot mir Gelegenheit, ihre Hand zu halten und meine Gefühle zu klären.

Meine Tante hatte meine Schwester geopfert, um mich zu retten. In den ersten Tagen kam ich darüber nicht hinweg. Ich wollte dankbar sein, war aber auch wütend. Wie konnte sie ihre kleine Nichte bei einer Frau zurücklassen, die bereits zwei Kinder getötet und die anderen unausgesetzt misshandelt hatte? Eine solche Entscheidung erschien mir zu herzlos, zu grausam.

Der Gedanke ließ mich nicht los. Meine Tante ist eine praktische Frau, aber nie gefühlskalt.

Am fünften Tag ihrer Genesung rief ich an meinem ehemaligen Arbeitsplatz in Arvada an. Die Kollegen vermittelten mich an zwei pensionierte Polizeibeamte in Boulder, und es stellte sich heraus, dass mir meine Tante nicht die ganze Geschichte erzählt hatte. Sie hatte tatsächlich ihre Schwester ausfindig gemacht, war nach Colorado geflogen, um sie zur Rede zu stellen, und erfuhr zu ihrem Schrecken von Abigails Existenz. Auf den Handel mit meiner Mutter ging sie aber nur zum Schein ein.

Meine Tante fuhr nicht einfach wieder davon. Sie war von der heruntergekommenen Wohnung ihrer Schwester geradewegs zur Polizei gegangen. Es hatte offenbar eine Weile gedauert, bis sich ein Vieraugengespräch mit einem Detective einrichten ließ, und dann waren weitere wertvolle Stunden verstrichen, bevor sich das Jugendamt einschaltete und eine Streife auf den Weg geschickt wurde, um Christine Grant zu verhaften und Abigail in Obhut zu nehmen.

Meine Mutter aber hatte geahnt, dass sie ihr die Polizei auf den Hals schicken würde. Während meine Tante die Kavallerie zusammentrommelte, hatte sie ihre Sachen gepackt und mit Abigail das Weite gesucht.

Von der Rückkehr der Tante und dem Polizeieinsatz hatte Abigail nichts mehr mitbekommen. Sie war der Mutter in eine andere Stadt gefolgt, wieder einmal von allen im Stich gelassen.

Meine Tante hatte ihr Möglichstes getan und war gescheitert. Während jener dunklen Stunden in meinem Zimmer in Cambridge hatte sie darauf verzichtet, sich meiner Schwester zu erklären, und stattdessen ihre Aufmerksamkeit auf sich gelenkt, um mir zu helfen.

Auch nach all den Jahren war sie immer noch bereit gewesen, ihr Leben für meines zu opfern.

Man kann wohl mit Fug und Recht behaupten, dass sie ihrer Schwester so unähnlich ist, wie ich es meiner bin.

Der 21. Januar hatte natürlich noch weitere Konsequenzen. Mit Tom habe ich kein Wort mehr gesprochen. Ein Mann lässt es sich vielleicht noch gefallen, dass man ihm seinen Truck klaut, aber ohnmächtig geschlagen zu werden ist wohl zu viel des Guten. Dafür habe ich durchaus Verständnis. Täuschung und Körperverletzung sind keine gute Grundlage für eine auf Dauer angelegte Beziehung.

Trotzdem, er fehlt mir, vor allem, wenn ich mich traurig und einsam fühle. Unter anderen Umständen ...

Vielleicht werde ich ihm demnächst einmal eine Nachricht zukommen lassen: *Ich bin immer noch angeknackst. Vielleicht sind Sie immer noch interessiert.*

Man kann nie wissen.

Ich bin nach J-Town zurückgezogen, zurück in die Berge, zu meiner Tante und den Leuten, die mich alle mit Namen kennen. Tulip ist einverstanden damit. Sie genießt ihre neue Rolle als B & B-Hund, heißt unsere Gäste willkommen, macht auf Eichhörnchen Jagd und kommt und geht, wie es ihr gefällt.

Ich helfe in der Pension aus und schmeiße den Laden an den Wochenenden, solange meine Tante noch nicht wieder voll genesen ist. Wie es sich fügte, brauchte die Polizeileitstelle meiner kleinen Stadt eine neue Telefonistin. Ich arbeite nachts von dienstags bis freitags.

Und man lasse sich von einer Kleinstadt nicht täuschen. Erst gestern kaperte jemand einen Golfcaddy, fuhr damit von einem Fairway zum anderen und verteilte auf den Greens Bleichmittel in Zickzackmustern. Der Anrufer, ein neunzigjähriger Zeuge der Irrsinnsfahrt, half, den Täter zu überführen, und zwar anhand zurückgelassener Ananasstücke.

Ich halte mich immer noch mit Joggen und Boxen fit. Nach langen, schlaflosen Nächten gehe ich bisweilen auch auf den Schießstand und reagiere mich an irgendwelchen Zielscheiben ab.

Insgesamt aber versuche ich, ein ruhigeres, beschaulicheres Leben zu führen. Ich denke an meine Schwester und ihre dreiunddreißig Tötungsdelikte, mit denen sie ihr Leben keinen Deut sicherer gemacht hat. Ich denke an Stan Miller und daran, wie ich mich in seinem Fall hätte anders verhalten können.

Nicht nur eine gestörte psychische Disposition ist erblich, sondern auch der Hang zu Gewalt, müssen Sie wissen.

Ich habe mir fest vorgenommen, meine zweite Chance besser zu nutzen, und tue meinen Job nach Vorschrift, wenn ich ein Kind weinen höre oder wenn eine Frau hysterisch schluchzt und um Hilfe bittet. Ich lasse mich nicht mehr dazu hinreißen, auf eigene Faust zu handeln.

Mal sehen, wie lange meine guten Vorsätze Bestand haben.

Noch so eine Frage, die ich nicht beantworten kann.

Noch nicht.

45. KAPITEL

Es dauerte mehrere Wochen, und so manche Gefälligkeit musste in Anspruch genommen werden, bis D. D. den Abschlussbericht zu ihrer eigenen Zufriedenheit verfasst hatte. Als sie mit der Arbeit, für die sich niemand mehr interessierte, fertig war, legte sie den Fall zu den Akten und kehrte nach Hause zurück.

»Du siehst glücklich aus«, sagte Alex, als sie zur Tür hereinkam.

»Weil ich recht behalten habe.«

»Na bitte, wer sagt's denn?«

»Endlich liegt der Bericht der Ballistik vor. Er bestätigt meinen Verdacht: Auch wenn Charlene Rosalind Carter Grant unschuldig ist am Tod unserer drei Päderasten, hat sie sich doch in einem anderen Fall schuldig gemacht.«

Alex fütterte Jack mit einem fahlen Brei. Es war die erste feste Nahrung, die sie ihm zu verabreichen versuchten: eingeweichte Reisflocken. Immerhin sahen sie als Schmiere auf seinen rosa Wangen ganz reizend aus.

»Wann wirst du sie festnehmen?«

»Nicht so bald.«

Alex simulierte Geräusche eines Flugzeugs. Jack kaufte sie ihm nicht ab. Also übernahm D. D. Sie trug zwar immer noch eines ihrer schwarzen Lieblingsjacketts, war aber zuversichtlich, mehr Erfolg zu haben.

Alex lehnte sich zurück und musterte sie mit neugierigen Blicken. Er hatte frei an diesem Tag und die Reisflocken selbst zubereitet. In der Küche sah es entsprechend aus.

»Was ist los? Normalerweise macht dich doch nichts glücklicher als eine schöne Festnahme«, sagte er.

D. D. schnitt eine Grimasse mit eingesaugten Wangen. Jack versuchte, sie zu imitieren, und rundete die kleinen Lippen zu einem O, in das sie schnell ein erstes Löffelchen schob. Ermutigt durch ihren Erfolg sorgte sie für Nachschub. »Erkenntnisse der Ballistik sind vor Gericht nur begrenzt verwertbar. Zum Beispiel würde mir die Frage gestellt, ob es für die Untersuchung einer registrierten Waffe einen hinreichenden Verdacht gegeben habe. Ganz zu schweigen von dem Umstand, dass besagte Waffe widerrechtlich beschlagnahmt wurde, und zwar von einer Polizistin, die selbst gemordet und ihre Taten Charlie in die Schuhe zu schieben versucht hat. Mit anderen Worten: Meine Beweismittel taugen nichts, und mein ganzer Bericht ist für die Katz.«

D. D. sperrte den Mund weit auf. Jack kicherte. Der zweite Löffel wurde erfolgreich verabreicht.

»Und trotzdem bist du gut gelaunt?«

»Weil ich die richtige Nase hatte. Schon bei ihrer ersten Vernehmung war unserer Verdächtigen deutlich anzusehen, dass sie Dreck am Stecken hat. Nicht dass sie durch Boston läuft und Päderasten über den Haufen schießt. Aber irgendetwas hatte Charlie ausgefressen.«

»Nämlich?«

»Sie war mit einem reizenden Herrn namens Stan Miller aneinandergeraten. Hatte eine Vorliebe für Hämmer oder ähnliche Schlagwerkzeuge, die er offenbar auch gegen seine Frau zum Einsatz brachte. Vor rund sieben Wochen stürzte er aus seiner Wohnung im fünften Stock und spießte sich an den Streben der Feuerleiter auf, die unter ihm zusammengebrochen war. In der Wohnung hatte es vorher offenbar eine Schießerei gegeben. Frau und Kinder waren verschwunden. Sie werden übrigens immer noch vermisst. Wenn man den Gerüchten in der Nachbarschaft trauen darf, ist es durchaus im Interesse der Restfamilie, verschwunden zu bleiben.«

»Aber dieser reizende Herr kam, wenn ich richtig verstanden habe, durch den Sturz zu Tode und nicht durch Schüsse.«

»Beweisen lässt sich nur, dass aus Charlie Grants Waffe auf Stan Miller geschossen wurde, nicht, dass er irgendwelchen Schussverletzungen erlag.«

»Und trotzdem bist du froh und glücklich.«

Baby Jack kicherte wieder und prustete, was er im Mund hatte, zur Hälfte auf die Sessellehne, während die andere Hälfte im Gesicht seiner Mutter landete. Trotzdem war sie guter Dinge. Sie rührte in den Reisflocken und wartete auf ihre nächste Chance.

»Ich will einfach Bescheid wissen«, sagte sie. »Ich will wissen, was Charlie Grant getan hat, und wenn ich es weiß, möchte ich sie davon in Kenntnis setzen. Sie ist gefährlich und soll wissen, dass ihr die Bostoner Polizei über die Schulter schaut. Es wäre gut für sie.«

»Aha. Du spannst sie auf die Folter. Damit erklärt sich deine gute Stimmung.«

»Ich behalte sie im Auge. Es wird ihr helfen, die Spielregeln einzuhalten, und ich bin mir sicher, dass sie letztlich nichts dagegen hat.«

Jack hatte zu prusten aufgehört. D. D. verlegte sich wieder aufs Grimassenschneiden und landete zwei Treffer in kurzer Folge.

»Ich bin in Gedanken schon im September«, sagte sie beiläufig.

Alex beäugte sie. »Urlaub? Willst du weg?« Er schloss die Augen und schluckte. »Du hast also wirklich vor, deine Eltern zu besuchen.«

»Nicht, wenn es sich vermeiden lässt. Allerdings vermute ich, dass sie hierherkommen. Sie werden sich doch die Hochzeit ihrer Tochter nicht entgehen lassen.«

Sie beobachtete ihn mit aufmerksamem Blick. Er sperrte die Augen auf, verwundert, vielleicht auch ein wenig irritiert. Ihr Herz klopfte. Sie hatte damit gerechnet, war aber von ihrer Nervosität selbst überrascht.

»Hochzeit?«, fragte er.

»Im Herbst. Wenn die Blätter bunt werden. Ich glaube, das könnte schön werden.«

»Bin ich irgendwie daran beteiligt?«

»Ich stelle mir vor, ich bin diejenige in Weiß – na gut, sagen wir: elfenbeinfarben –, und du trägst einen schwarzen Frack.«

Er nickte bedächtig. »Darf ich fragen, wie du darauf kommst, oder soll ich dir den Ring an den Finger stecken, bevor du es dir anders überlegst?«

»Nun, es könnte ein paar Wochen dauern, ehe wir den richtigen Ring gefunden haben ...«

»Von wegen«, sagte Alex. »Augenblick.« Er rückte mit dem Stuhl nach hinten, stand etwas schwerfällig auf und verließ das Zimmer. D. D. widmete sich wieder der Fütterung ihres Sohnes, der ihr von seinem etwas zurückgelehnten Kinderstuhl aus mit seinen kleinen runden Fäusten zuwinkte.

»Ich glaube, dein Vater ist ein bisschen neben der Spur«, verriet sie ihm.

Jack gab schmatzende Geräusche von sich.

Als Alex zurückkehrte, hielt er ein blaues Kästchen in der Hand, über dessen Inhalt kein Zweifel bestehen konnte.

»Ist es die Möglichkeit?«

»Ich warte schon seit vierzehn Monaten darauf. Muss ich dir sagen, was für eine eigensinnige, nervtötende und einen in den Wahnsinn treibende Frau du bist?«

D. D.s Herz legte wieder einen Schlag zu. »Das sind zwar nicht unbedingt die Worte, die zu einem Antrag passen, aber ...«

Sei's drum. Alex kniete vor ihr in der Küche, ihr kleiner Sohn war über und über mit eingespeichelten Reisflocken beschmiert, und D. D., ebenfalls total bekleckert, fand, dass es genau so zu sein hatte.

»D. D. Warren, willst du mich zum Mann nehmen?«

»Alex Wilson, willst du mich zur Frau nehmen?«

»Ja«, sagten beide gleichzeitig. Er öffnete das Kästchen. Sie schnappte nach Luft, denn was sie sah, war ein Saphirring genau nach ihrem Geschmack. Dann weinte sie ein wenig, und auch er verdrückte eine Träne, während Baby Jack wieder schmatzende Laute von sich gab. Er wurde geherzt und geküsst, bis Mutter und Vater am Reisbreichen gleichermaßen teilhatten und nicht einmal der Saphirring verschont blieb.

Als sich der Staub gelegt hatte, Jack wieder halbwegs sauber war und sie gerade beschlossen hatten, eine Flasche Champagner zu köpfen, fragte Alex: »Warum eigentlich ausgerechnet jetzt? Willst du mich endlich heiraten, weil du diese Frau überführt hast, aber nicht verhaften kannst?«

»Nein. Mir ist aufgefallen, dass mich kleinere Frustrationen im Job kaum mehr kratzen, weil es für mich mehr gibt als nur den Job. Ich habe dich und Jack. Und stell dir vor, als mir der Bericht vorlag, war es mir überhaupt nicht wichtig, Neil und Phil davon in Kenntnis zu setzen. Ich wollte nur schnellstens nach Hause kommen und dich einweihen.«

Sie betrachtete ihren Bräutigam, der neben ihr auf dem Sofa saß, und sagte leise und ernst: »Dir ist gelungen, wovor ich am meisten Bammel hatte, Alex. Ich musste es zulassen und stelle nun fest, dass es gar nicht so schlecht ist.«

»Was ist mir gelungen?«

»Du hast mich verändert.« Sie zuckte mit den Achseln. »Dagegen habe ich mich mein Leben lang gewehrt. In meiner Familie galt ich immer als der burschikose Sonderling, der kleine Wildfang, dem kaum beizukommen war. Meine Eltern hätten lieber ein angepasstes Mädchen gehabt, das alles daransetzt, ihnen zu gefallen. Ich hatte stattdessen beschlossen, mir immer treu zu bleiben, auch auf die Gefahr hin, mich bei anderen nicht beliebt zu machen. Sollten sie mich doch für sperrig und angriffslustig halten ...«

»Sperrig und angriffslustig«, wiederholte er.

Sie lächelte. »Du hast dich davon nicht abschrecken lassen und nicht etwa versucht, mich zu verändern. Du tust mir gut, Alex. Du bist geduldig, tolerant und genau der richtige Vater für Jack. Und dein Beispiel hat mir vor Augen geführt, dass ich auch so sein kann. Es ist gut, ab und zu Geduld zu haben, und ein bisschen mehr Toleranz macht alles erträglicher. Was nicht heißen soll, dass mir nicht manchmal der Kragen platzt. Aber es geht eben auch anders. Und das gefällt mir. Zum ersten Mal kann ich nach Hause kommen und ... einfach sein.«

Alex nahm sie bei der Hand. Er drückte sie, wortlos, weil sich Worte erübrigten.

»Ich liebe dich, Alex.«

»Ich liebe dich auch, D. D.«

Sie brachten Jack zu Bett und machten es sich auf dem Sofa bequem. Beschlossen, das Wohnzimmer neu zu streichen. Schauten sich eine Sendung im History Channel an und schliefen ein, als eine Marines-Einheit irgendwo in der Ferne am Strand einer entlegenen Insel anlandete.

Gegen Mitternacht verlangte Jack nach seinem Fläschchen.

D. D. gab ihm zu trinken und brachte ihn und Alex zu Bett.

Um zwei meldete sich ihr Pager.

Sie zog sich an, ohne Licht zu machen, küsste Alex, küsste Jack, steckte ihre Polizeimarke an und machte sich auf den Weg.

Sergeant Detective D. D. Warren war wieder im Einsatz. Und es fühlte sich gut an.

ANMERKUNGEN UND DANKSAGUNGEN

Was mir bei der Arbeit an einem Buch mit Abstand am meisten gefällt, sind die Gespräche mit interessanten Menschen, die mich auf die Ideen bringen, wie ich meinen Lesern (und manchmal mich selbst) auf unterhaltsame Weise das Fürchten lehren kann. So auch wieder im Rahmen meiner Recherchen zu *Der Tag, an dem du stirbst*. Großen Dank schulde ich:

Ellen Ohlenbusch, die mir als Expertin für Internetsicherheit mit ihren nüchternen Erklärungen darüber, wie im World Wide Web Kindern nachgestellt wird, einen mächtigen Schrecken eingejagt hat. Davon wollen die meisten Eltern wohl nichts wissen, aber Ignoranz kann gefährlich werden. Jesses Mom wird Ihnen das bestätigen können. Ich danke Ellen auch dafür, dass ich ihren Namen verwenden durfte. Ohlenbusch war unwiderstehlich, insbesondere für eine Bostoner Polizistin.

Apropos ... Während meiner Recherchen zu *Kühles Grab* – einer früheren D. D.-Warren-Geschichte, an der ich vor sieben Jahren gearbeitet habe – lernte ich Wayne Rock, Esquire, von der Bostoner Polizei kennen. Wayne ist inzwischen pensioniert, muss sich aber immer noch meine Anrufe gefallen lassen. Er weiß bestens Bescheid, wenn es um verfahrenstechnische Fragen oder juristische Details geht. Für seine Auskünfte bin ich zutiefst dankbar.

In Sachen Polizeileitstellen halfen mir mehrere Fachleute weiter, unter anderem Shannon L. Barnes von der Gardner Police. Ich glaube, die Pressesprecher der Polizei zählen zu den wichtigsten Mitarbeitern der Behörde, auch wenn sie häufig übersehen werden. Danke, Shannon, dass Sie mir Ihre Geschichte erzählt haben. Ich hätte gern mehr Zeit und Raum gehabt, um ihr gerecht zu werden.

An der Boxfront bedanke ich mich von Herzen bei dem dreifachen Weltmeister Dick Kimber. Er ließ meine ganze Familie an seiner Begeisterung für den Boxsport teilhaben. Ja, eine Familie, in der jeder für jeden einsteht, hält fest zusammen. Dick hat mir außerdem viele kleine Tricks zur Selbstverteidigung beigebracht, unter anderem den mit dem Kugelschreiber. Ich kann Ihnen versichern, es tut höllisch weh. Mein Unterarm war tagelang geschwollen. Danke, Dick!

Wie immer nehme ich alle Fehler, falls sich welche eingeschlichen haben, auf meine Kappe. Irgendetwas muss ich mir schließlich zugutehalten dürfen.

Wer der Ansicht ist, dass manche der in diesem Roman auftretenden Figuren mehr zu erzählen hätten, liegt genau richtig. Charlies Schießlehrer J. T. Dillon und seine Frau Tess tauchten zum ersten Mal in meinem Roman *The Perfect Husband* auf. Sergeant Roan Griffin von der Polizei Rhode Islands lernte seine Frau Jillian in *Unter Mordverdacht* kennen. Der ehemalige FBI-Profiler Pierce Quincy und seine Tochter, die FBI-Agentin Kimberly Quincy, sind die Helden einer ganzen Reihe, bestehend aus *The Perfect Husband, Der Schattenmörder, Der nächste Mord, Zum Zeitpunkt des Todes, Schrei, wenn die Nacht kommt* und *Say Goodbye*. Genannt sei auch David Riggs, der sich als FBI-Ermittler für Straftaten im Gesundheitswesen bereits in *The Other Daughter* die Ehre gab. Ich bin mir sicher, er hätte es nicht schwer, genügend Beweise zusammenzutragen, um Randi Menkes üblen Exgatten hinter Gitter zu bringen. Weitere Informationen über sämtliche Figuren aus meinen Romanen finden sich auf www.LisaGardner.com.

Dass so viele meiner Figuren nun in einer einzigen Erzählung vorkommen, ist meiner Mutter zu verdanken beziehungsweise anzulasten. Als ich ihr sagte, dass mir eine nette Möglichkeit zur Wiederaufnahme von J. T. Dillon eingefallen sei – ich wusste, dass viele Leser ihn vermissten –, nickte sie und meinte, ihr wäre es lieb, wieder einmal von Griffin aus *Unter Mordverdacht* zu hören. Und was denn übrigens aus Quincy und Kimberly geworden sei?

Ich hatte anfangs meine Bedenken, fand die Idee dann aber

doch sehr gut. Darum widme ich dir das Buch, Mom. Du inspirierst mich immer wieder aufs Neue, während ich dir mit meiner Schriftstellerei offenbar allzu häufig Rätsel aufgebe. Ich liebe dich.

Apropos Liebe. Auch der echten Tulip ist dieses Buch gewidmet. Sie wurde vor sechzehn Jahren aus einem Tierheim adoptiert, ist die klügste und sanfteste Hündin aller Zeiten, und führt ein glückliches Leben im Kreis ihrer Familie, die bei einer Versteigerung zugunsten der Animal Rescue League von NH-North darauf setzte, dass Tulip in diesem Roman eine Rolle bekommt. Den Angehörigen war klar, dass Tulip nicht mehr lange zu leben hatte, und so wollten sie die Einzigartigkeit ihrer großartigen Hündin verewigt wissen. Auf diese Weise lebt Tulip fort und inspiriert auch weiterhin.

Zu den anderen fiktiven Gestalten aus der Wirklichkeit: Herzlichen Glückwunsch an Tom Mackereth und Randi Menke, die beim letztjährigen von LisaGardner.com ausgeschriebenen Wettbewerb *Kill a Friend, Maim a Buddy/Mate Sweepstakes* gewonnen haben. Als Sieger durften sie eine Person ihrer Wahl benennen, die in meinem nächsten Roman getötet und/oder verstümmelt werden sollte. Beide wählten sich selbst. Ich hoffe, euch gefällt der Ausflug ins frei Erfundene. Allen anderen Teilnehmern sei gesagt, dass der Wettbewerb fortgesetzt wird. Schauen Sie vorbei bei LisaGardner.com. Wer weiß, vielleicht sind Sie im nächsten Jahr an der Reihe.

Beglückwünschen möchte ich auch Stan Miller, der auf einer anderen Wohltätigkeitsveranstaltung das Glück hatte zu gewinnen, sowie Frances Beals, deren Tochter so freundlich war, bei der *Rozzie May Animals Alliance* für sie zu votieren.

Wie immer gilt meine Liebe und Dankbarkeit vor allem meiner Familie: meinem Mann, der sich an eine Frau gewöhnt hat, die immerzu Löcher in die Luft starrt, und meiner Tochter, die sich tagtäglich danach erkundigt, wie es in meinen Erzählungen weitergeht, das Was, Wo, Wann, Warum und Wer ausführlich erklärt haben will und – wenn ich Glück habe – zustimmend nickt.

Schließlich möchte ich mich noch bei meinen beiden neuen, außergewöhnlichen Lektoren bedanken: bei Ben Sevier von Dutton in den Vereinigten Staaten und bei Vicki Mellor von Headline in Großbritannien. Ich glaube, wir stehen am Anfang einer wunderbaren Beziehung.